中國古典文學名家選集

李白選集

郁賢皓 選注

圖書在版編目(CIP)數據

李白選集 / 郁賢皓選注. —上海：上海古籍出版社，2013.12（2025.5重印）
（中國古典文學名家選集）
ISBN 978-7-5325-7126-0

Ⅰ.①李… Ⅱ.①郁… Ⅲ.①唐詩－選集②古典散文－散文集－中國－唐代 Ⅳ.①I214.222

中國版本圖書館 CIP 數據核字（2013）第 262318 號

中國古典文學名家選集
李 白 選 集
郁賢皓　選注
上海古籍出版社出版發行
（上海市閔行區號景路 159 弄 1-5 號 A 座 5F　郵政編碼 201101）
　（1）網址：www.guji.com.cn
　（2）E-mail：guji1@guji.com.cn
　（3）易文網網址：www.ewen.co
上海中華商務聯合印刷有限公司印刷
開本 890×1240　1/32　印張 24.75　插頁 6　字數 680,000
2013 年 12 月第 1 版　2025 年 5 月第 12 次印刷
印數：15,701—16,800
ISBN 978-7-5325-7126-0
Ⅰ・2782　定價：99.00 元
如有質量問題，請與承印公司聯繫

出版說明

上海古籍出版社及其前身中華書局上海編輯所一向重視中國古典文學的普及工作，早在二十世紀六十年代，在出版《中國古典文學作品選讀》等基礎性普及讀物的同時，又出版了兼顧普及與研究的中級選本。該系列選本首批出版的是周汝昌先生選注的《楊萬里選集》和朱東潤先生選注的《陸游選集》。

一九七九年，時值百廢俱舉，書業重興，我社為滿足研究者及愛好者的迫切需要，修訂重印了上述兩書，並進而約請王汝弼、聶石樵、周振甫、陳新、杜維沫、王水照等先生選輯白居易、杜甫、李商隱、歐陽修、蘇軾等唐宋文學名家的作品，略依前書體例，加以注釋。該套選本規模在此期間得以壯大，叢書漸成氣候，初名"古典文學名家選集"。此後，王達津、郁賢皓、孫昌武等先生先後參與到選注工作中來，叢書陸續收入王維、孟浩然、李白、韓愈、柳宗元、杜牧、黃庭堅、辛棄疾等唐宋文學名家的選本近十種，且新增了清代如陳維崧、朱彝尊、查慎行等重要作家的作品選集，品種因而更加豐富，並最終定名為"中國古典文學名家選集"。

本叢書的初創與興起得到學界和讀者的支持。叢書作品的選注者多是長期從事古典文學研究的名家，功力扎實，勤勉嚴謹，選輯精當，注釋、箋評深淺適宜，選本既有對古典文學名家生平、作品特色的總論,又或附有關名家生平簡譜或相關研究成果,所以推出伊始即深受讀者喜愛,很快成為一些研究者的重要參考用書,在海内外頗獲好評。至上世紀九十年代,本叢書品種蔚然成林,在業界同類型選集作品中以其特色鮮明而著稱:既可供研究者案頭參閱,也可作為古典文學愛好者品評賞鑒的優秀版本。由於初版早已售罄,部分品種雖有重印,但印數有限,不成規模,應讀者呼籲,今特予改版,重新排印,并稍加修訂。此叢書將以全新的面貌展現在讀者面前。

上海古籍出版社
二〇一二年十二月

前　　言

　　李白是最受中國人民喜愛的唐代偉大的詩人，是中國古代詩歌史上最璀璨的明星，他以獨特的成就，把中國的詩歌藝術推上了頂峰，作出了偉大的貢獻。他的許多優秀詩篇，不但在中國人民中膾炙人口，而且在世界各國人民中也有很大的影響。現在，我們將他的優秀詩篇和文章精選出來，彙爲一編，供青年人閱讀，顯然是很有意義的。

一

　　李白(七〇一—七六二)，字太白，號青蓮居士，排行十二。自稱"家本隴西人，先爲漢邊將"(《贈張相鎬二首》)，是西漢飛將軍李廣的後裔。在《上安州裴長史書》中説，他的祖先曾"遭沮渠蒙遜難，奔流咸秦，因官寓家"，據《晉書·涼武昭王李玄盛傳》記載，涼武昭王李暠字玄盛，乃李廣十六代孫，東晉安帝隆安四年(四〇〇)，李暠在敦煌一帶被部衆推戴爲涼公。死後由其子李歆繼位，被沮渠蒙遜打敗而死，諸弟奔逃。李白所説當即指此事。李陽冰《草堂集序》、范傳正《唐左拾遺翰林學士李公新墓碑》也都説李白是涼武昭王李暠九代孫。而唐朝皇帝也自稱是李暠後代，由此可説李白與唐皇室同宗。可是，《新唐書·宗室世系表》載涼武昭王李暠後代各支却没有李白這一支家族。他在詩文中稱李唐皇室的人爲從祖、從叔、從兄、從姪，也往往不符合他作爲李暠九世孫的輩分。李陽冰還説李白先世曾"謫居條支"，范傳正則説隋末"被竄於碎葉"，曾隱姓埋名，中宗神龍初(七〇五)纔逃歸蜀中，李白出生時纔恢復李姓。這些説法也存在一些矛盾。據李白在至德二載(七五七)寫的《爲宋中丞自薦表》説當時年五十七，李陽冰在李白臨終受囑寫序時爲寶應元年(七六二)，李華《故翰林學士李君墓誌》稱李白卒時年六十二，都可證知李白生於武后長安元年(七〇一)，至神龍初歸蜀時已五歲，説明李白並不是生在蜀中。二十世紀三十年代，陳寅恪先生發表《李白氏族之疑問》(《清華學報》第十卷第一期，一九三五年一月)，認爲李白先世"本爲西域胡人"，"隴西李氏"説乃"詭托之辭"。日本學者松浦友久亦贊同此説(《李白傳記論·李白的出生地和家系》)。又有張書城發表《李白家世之謎》(蘭州大學出版社一九九四年版)，提出李白不是涼武昭王李暠後裔，而是李陵——北周李賢——楊隋李穆一系的後代。看來，李白的種族、籍貫、家世、出生地等，至今還未取得一致的意見。

關於李白的出生地，目前也有蜀中説、中亞碎葉説、條支説、焉耆碎葉説等，但多數學人認爲李白出生於中亞碎葉(今吉爾吉斯斯坦共和國托克馬克附近)，當時屬唐朝安西都護府管轄。李白五歲時纔從碎葉遷居蜀中，住在綿州昌隆縣(後避玄宗諱，改名昌明縣；五代時又因避諱改名彰明縣，今四川江油)。

李白父親的真正名字和生平事蹟均不詳。因從西域到蜀中，蜀人以"客"稱之。范傳正説他"高卧雲林，不求禄仕"，可是他能讓李白長期漫游，輕財好施，因此不少研究者認爲他可能是個大商人。李白家庭的其他成員，現存資料很少。李白晚年在潯陽獄中寫的《萬憤詞投魏郎中》詩中提到有一個弟弟在三峽："兄九江兮弟三峽。"據《彰明逸事》記載，還有一個妹妹名月圓，嫁在本縣。其他情況均無考。

　　李白從五歲到二十四歲(七〇五—七二四)，是在蜀中讀書和任俠時期。他讀書涉獵很廣："五歲誦六甲，十歲觀百家。軒轅以來，頗得聞矣。常横經籍書，制作不倦。"(《上安州裴長史書》)從書本中接受了各種思想的影響。很早從事詩賦創作："十五觀奇書，作賦凌相如。"(《贈張相鎬二首》其二)開元九年(七二一)春，他在路中拜見益州(治所在今四川成都市)長史蘇頲時，蘇頲就贊賞他的作品"天才英麗"，"若廣之以學，可以相如比肩"(《上安州裴長史書》)。說明那時詩賦已寫得很好。據《彰明逸事》(《唐詩紀事》卷一八引)記載，在拜見蘇頲前，李白曾跟"任俠有氣、善為縱横學"的趙蕤學習歲餘。趙蕤著有《長短經》(一名《長短要術》)十卷，論述王霸之道、統治之術。李白一生喜談王霸之道，以管(管仲)葛(諸葛亮)自許，當是受趙蕤的影響。李白青年時代就仗劍任俠，"十五好劍術，遍干諸侯"(《與韓荆州書》)，"結髮未識事，所交盡豪雄。……托身白刃裏，殺人紅塵中"(《贈從兄襄陽少府皓》)。魏顥《李翰林集序》說他"少任俠，手刃數人"；劉全白《唐故翰林學士李君碣記》說他"少任俠，不事產業"；范傳正《唐左拾遺翰林學士李公新墓碑》說他"少以俠自任，而門多長者車"，當是真實情況。此外，由於時代風尚的影響，在蜀中時已與道士交往，有《訪戴天山道士不遇》詩可證。二十歲後游峨眉山，結識道友元林宗，求仙問道思想已很強烈，《登峨眉山》詩中已嚮往"儻遇騎羊子，攜手凌白日"了。

　　從二十四歲到四十二歲(七二四—七四二)，是李白追求功業的時期。開元十二年(七二四)，他認為"大丈夫必有四方之志，乃仗劍去國，辭親遠游；南窮蒼梧，東涉溟海"。然後到安陸(今屬湖北省)，被故相許圉師家招親，"妻以孫女"(《上安州裴長史書》)。

從此"酒隱安陸,蹉跎十年"(《秋於敬亭送從姪耑游廬山序》)。出蜀初期,雖還有任俠舉動,如丐貸營葬友人吳指南的"存交重義",在揚州不到一年"散金三十萬"接濟落魄公子等事,但通過"黃金散盡交不成"(《答王十二寒夜獨酌有懷》)的教訓後,基本上結束了任俠生活。他在《淮南臥病書懷寄蜀中趙徵君蕤》詩中第一次提到"功業莫從就,歲光屢奔迫"。他所謂的"功業",在安陸寫的《代壽山答孟少府移文書》中曾申述説:"申、管、晏之談,謀帝王之術,奮其智能,願為輔弼。使寰區大定,海縣清一,事君之道成,榮親之義畢,然後與陶朱、留侯,浮五湖,戲滄海,不足為難矣。"就是要以范蠡、張良為榜樣,輔佐君王,建功立業,然後功成身退。這實際上是儒家積極用世、兼濟天下的思想與道家"知足"、"知止"思想的結合,並帶有明顯的縱橫家色彩。從此他為實現這一理想目標而奮鬥了一生。要實現輔佐君王的理想,當時有兩條路可走。一是大部分士子走的通過科舉考試,慢慢地從小官升遷到卿相;但李白"不求小官,以當世之務自負"(劉全白《唐故翰林學士李君碣記》),於是選擇了另一條道路——隱逸以待明主徵召,以布衣一舉而為卿相。這條路在唐前期是可行的,唐代皇帝經常下令各地長官推舉隱逸之士,參與政治。武后時的盧藏用,屢試不第,後來隱居終南山,得到武后召見,出山做官,一直做到尚書左丞。當時著名道士司馬承禎説這是"仕宦之捷徑"(《新唐書·盧藏用傳》)。但李白在安陸隱居未能建立聲譽,從《上安州裴長史書》中可以看出他在安陸受到毀謗,大約在開元十八或十九年(七三〇或七三一),他懷着"西入秦海,一觀國風,何王公大人之門不可曳長裾乎"(《上安州裴長史書》)的目的初入長安,隱居終南山,結識了玄宗寵婿衛尉卿張垍,請求援引,可是張垍没有幫助他。接着西游邠州(今陝西彬縣)、坊州(今陝西黄陵)尋覓知己,可是位卑職小的朋友們更無法幫助他找到"一佐明主"的機會。李白終於悲憤地吟唱着"大道如青天,我獨不得出"(《行路難》其二),頹喪而歸。應道友元丹丘邀請,隱居嵩山。但當他聽到善於獎掖後進的韓朝宗出任荊州長史兼襄州刺史(治所在今湖北襄陽)時,又立即寫了《與韓荊州書》,並前往揖拜,希望得到他的推薦。可是韓朝宗没有賞識他。他只能借酒澆愁,與好友元演游洛陽、太原,又到隨州去見道士胡紫陽。後移家山東兖州,與孔巢父等隱於徂徠山,人稱"竹溪六逸"。其間有過游仙思想,但始終未能忘情功業,時常發出"功業若夢裏,撫琴發長嗟"(《早秋贈裴十七仲堪》)的感歎。這一時期寫了許多樂府詩,深信終有一天能施展自己的抱負。

從四十二歲到四十四歲(七四二—七四四),是李白供奉翰林時期。天寶元年(七四二),由於好友元丹丘通過玉真公主的推薦,唐玄宗下詔徵召李白進京。李白認為實現理想的機會來了,興高采烈地告别兒女奔赴長安。一開始玄宗確實給李白以殊遇:"降輦步迎,如見綺皓。以七寶牀賜食,御手調羹以飯之。……置於金鑾殿,出入翰林中。問以國政,潛草詔誥,人無知者。"(李陽冰《草堂集序》)李白也覺得很光榮,决心"盡節報明主",酬謝"君王垂拂拭"的知遇之恩(《駕去温泉宫後贈楊山人》),並切盼升遷。但實際上玄宗只把他作為侍從文人,主要讓他寫些《宫中行樂詞》、《清平調詞》等點綴歌舞升平的作品,並没有提拔他做朝廷大臣的打算。據魏顥(原名魏萬)《李翰林集序》記載,玄宗本來準備讓李白擔任中書舍人,可是,"以張垍讒逐",其事未成。李白對此非常氣憤,後來他經常提到此事:"讒惑英主心,恩疏佞人計。"(《答高山人》)由於佞人進讒,玄宗就疏遠李白,李白就浪迹縱酒,並請求還山,玄宗就順水推舟,"乃賜金歸之"(《草堂集序》)。天寶三載(七四四)暮春,李白終於離開了朝廷。實際只有一年半的翰林供奉生活,使李白對唐王朝的腐敗政治有了深刻的認識,而追求功業的思想却被消極頹放的思想所代替了。

天寶三載(七四四)秋天,是中國詩歌史上值得紀念的日子。詩壇兩曜——李白和杜甫終於相遇了。杜甫自結束吳越、齊趙之行,回到洛陽已有兩年。這年五月繼祖母范陽太君(祖父杜審言的繼室)卒於陳留之私第,八月歸葬偃師,杜甫作墓誌,奔走於陳留(今河南開封)、偃師(今屬河南)之間。李白這年暮春被賜金還山出京後,在商州盤桓一些時日,又到南陽與趙悦相處了一段日子,秋天也來到梁(開封)、宋(今河南商丘)。"李白與杜甫相遇梁、宋間,結交歡甚"(《唐詩紀事》卷一八引楊天惠《彰明逸事》)。當時李白一心求仙訪道,杜甫對李白非常仰慕,對自己在洛陽兩年經歷的機巧生活感到厭惡,所以受李白思想的影響,也和他一起求仙訪道。杜甫在第一首《贈李白》詩中就寫道:"李侯金閨彥,脱身事幽討。亦有梁宋游,方期拾瑶草。"當時詩人高適也正在梁宋一帶漫游,於是三人同登吹台,慷慨懷古。又同游"梁孝王都"的宋州,還到單父孟諸澤縱獵。當時詩人賈至正在單父縣尉任,當參與了共同活動。所以"梁宋游"時有不少詩壇明星圍繞在兩曜周圍。不久,高適離梁宋東行,李白赴齊州紫極宫從高如貴道士受道籙,杜甫赴兖州省父,暫時分手。次年春,李白到兖州家中與兒女團聚,再與杜甫同游,泗水邊賞春,同訪范居士,同到東蒙山元丹丘處作客。杜甫《與李十二同尋范十隱居》詩説:"醉眠秋共被,攜手日同行。"可見友誼之深。這年夏天,他們還曾一起到齊州(今山東濟南),與李邕、高適、盧象等詩人相會。齊州之會也是詩壇兩曜和衆星相聚的盛事(詳見拙著《天上謫仙人的秘密——李白考論集·李杜交游新考》,臺灣商務印書館一九九七年版)。這年秋天,杜甫告別李白,李白有《魯郡東石門送杜二甫》詩。從此兩人再也沒有見面,但他們都經常思念着對方。杜甫走後不久李白便有《沙丘城下寄杜甫》詩,杜甫則有更多憶念、夢見李白的詩。

從四十四歲離開長安後到五十五歲(七四四—七五五),是漫游時期,也是其思想極為複雜的時期。游梁宋、齊魯時,道教思想占上風,加入了道士行列。他説:"我本不棄世,世人自棄我。"(《贈蔡山人》),以此表示對現實的反抗。其實李白也明知神仙世界是虛幻的,他在告别東魯南下會稽時寫的《夢游天姥吟留别》中寫道:"海客談瀛洲,煙濤微茫信難求。"所以當他在江南獲悉奸相李林甫在朝中製造冤獄,好友李邕與李適之等橫遭慘死、崔成甫受累被貶時,便立即從棄世思想中驚醒,深深為國事憂慮。特别是朝廷内外盛傳安禄山在北方招兵買馬、陰謀叛亂時,他更不顧安危,深入虎穴探看虚實。目睹安禄山囂張氣焰後,預感到唐王朝將出現災難,譴責"君王棄北海,掃地借長鯨",奔到黄金臺上哭昭王。回到江南宣城後,他一直關注着事態的發展。當時楊國忠兩次發動對南詔的戰爭都遭全軍覆没,使國家和人民遭受重大損失,李白寫了《古風》其三十四("羽檄如流星")、《書懷贈南陵常贊府》等詩,譴責將領的無能,表達了詩人對國事的關切以及對人民遭難的同情和沉痛心情。此時李白濟世思想甚切,只恨報國無門。

從五十五歲到六十二歲(七五五—七六二),是安史之亂時期,也是李白報國蒙冤時期。天寶十四載(七五五)冬,安禄山叛亂時,李白正在梁園,匆匆攜夫人宗氏逃難,由梁園經洛陽到函谷關,西上蓮花山。次年春又南下宣城,經溧陽到杭州,後來在廬山屏風疊隱居。當時兩京陷落,玄宗逃往蜀中,永王李璘受命為江陵大都督,經略南方軍事。當永王水師東下到達潯陽(今江西九江)時,三次徵召李白,在國家危難時刻,李白認為"苟無濟代心,獨善亦無益"(《贈韋秘書子春》),抱着平叛志願,參加了永王幕府。他天真

7

地認為這是報效祖國的好機會,正當他自比謝安,高唱着"為君談笑靜胡沙"(《永王東巡歌》)時,統治階級内部矛盾激化了。此時肅宗李亨在靈武(在今寧夏)即位,尊玄宗為太上皇,並下令永王李璘回蜀中。李璘剛愎自用,不從命,肅宗即派兵討伐。永王部下頃刻之間成鳥獸散。李璘被殺,李白也被繫潯陽獄中。經御史中丞宋若思和宣慰大使崔焕的營救,才得以出獄,但不久又被判流放夜郎。欲報效祖國却反而獲罪,李白痛心疾首。幸而在乾元二年(七五九)春,因天旱朝廷發布大赦令,李白纔在流放途中白帝城遇赦獲釋。回到江夏,又盼望朝廷能起用他,認為"今聖朝已捨季布,當徵賈生"(《江夏送倩公歸漢東序》),請江夏太守韋良宰回朝時不要忘了推薦自己。經歷大難的李白仍想為祖國出力,可是朝廷不需要他,他在江夏徘徊了幾個月,毫無消息,便懊喪地回到豫章(今江西南昌),與夫人宗氏團聚。後又重游宣城等地,其報效祖國的熱情並未消退。上元二年(七六一),當他聽說太尉李光弼出鎮臨淮時,六十一歲高齡的李白又毅然從軍,希望發揮鉛刀一割之用。不幸因病半途折回,次年冬天病逝當塗(今屬安徽省)。"大鵬飛兮振八裔,中天摧兮力不濟"(《臨終歌》),他為自己的理想未能實現而抱恨終生!

二

李白在政治上不得志,未能實現"安社稷"、"濟蒼生"的理想抱負,但在詩文創作上他充分施展了才華,為後人留下了十分珍貴的文學遺產。李白詩今存千首,文六十多篇,全面而深刻地反映了那個時代的精神風貌和社會生活。開元時代是有浪漫情調、誘人追求的時代,李白一生以大鵬自喻,二十四歲出蜀時寫的《大鵬遇稀有鳥賦》,後來改寫題為《大鵬賦》,即以"激三千以崛起,向九萬而迅征"的大鵬形象,表現自己不同凡俗的性格、氣概和抱負。直到臨終時他還自比大鵬,充分顯示出高傲的個性和宏大的氣魄。他相信自己的才能會有施展的機會,"天生我材必有用"(《將進酒》),"長風破浪會有時,直挂雲帆濟滄海"(《行路難》其一),"東山高卧時起來,欲濟蒼生應未晚"(《梁園吟》),經常在詩中以管仲、張良、諸葛亮、謝安自比,深信自己能成為王者師。"余亦南陽子,時為《梁甫吟》……願一佐明主,功成還舊林。"(《留別王司馬嵩》)一旦機會來到,他興高采烈:"仰天大笑出門去,我輩豈是蓬蒿人!"(《南陵别兒童入京》)歌頌朝廷"巨海納百川,麟閣多才賢"(《金門答蘇秀才》),決心要"盡節報明主"(《駕去溫泉宫後贈楊山人》)。這些詩句充分體現了時代精神,也就是人們常説的"盛唐氣象"。李白的《古風》其四十六寫唐王朝國勢,《君子有所思行》描繪長安形勢,《明堂賦》鋪叙建築的宏偉,宣揚大唐"列聖之耿光",最後點出"鎮八荒,通九垓,四門啓兮萬國來"的主題;《大獵賦》寫開元天子大獵於秦,是時"海晏天空,萬方來同。雖秦皇與漢武兮,復何足以爭雄!"詩人熱情贊頌前所未有的盛唐氣象,都充滿了時代的自豪感。

盛唐時代也有弊政,有許多不合理現象,李白對此都作了深刻的揭露和批判。早在開元年間李白初入長安時,就寫有《古風》其二十四("大車揚飛塵"),揭露宦官、鬥雞徒驕橫跋扈的囂張氣焰,《行路難》等詩抒發了有志之士找不到出路的苦悶。《古風》其十六("天津三月時")揭露了貴族官僚驕奢淫逸的生活,《梁甫吟》描繪了君王被雷公、玉女、閽者等小人所包圍,有才能的人見不到明主的情景。天寶年間,李林甫、楊國忠相繼為宰相,排擠陷害賢能之士,李白寫了許多詩歌揭露"珠玉買歌笑,糟糠養賢才"(《古風》其十四)、"梧桐巢燕雀,枳棘棲鴛鴦"(《古風》其三十九)、"雞聚族以争食,鳳孤飛而無鄰;蝘蜓嘲龍,魚目混珍;嫫母衣錦,西施負薪"

(《鳴皋歌送岑徵君》)的不合理現實。甚至把批判的矛頭直指唐玄宗,把他比作殷紂王、楚懷王,把被李林甫陷害的李適之、崔成甫等比作古代忠良賢臣:"殷后亂天紀,楚懷亦已昏。夷羊滿中野,菉施盈高門。比干諫而死,屈平竄湘源。"(《古風》其五十一)詩人晚年還在《澤畔吟序》中為崔成甫的遭遇鳴不平,追叙當年李林甫陷害韋堅案件牽連數十人的恐怖氣氛。

　　李白所處的時代發生過多種不同性質的戰爭,他的詩歌都作了正確的反映。對於抵禦和抗擊外族入侵的戰爭,就寫詩高歌祝頌,如《塞下曲六首》、《白馬篇》等描寫"橫行負勇氣,一戰靜妖氛"、"叱咤經百戰,匈奴盡奔逃"的英雄氣概,《送梁公昌從信安王北征》、《送白利從金吾董將軍西征》等鼓勵友人英勇殺敵,凱旋而歸。對於統治階級發動的黷武戰爭,如天寶年間楊國忠發動對南詔的兩次戰爭,李白寫有《古風》其三十四("羽檄如流星")、《書懷贈南陵常贊府》等詩予以揭露批判。而對於安史之亂,李白從國家命運和人民安定出發,寫了許多積極支持朝廷平叛戰爭的詩篇,李白在《古風》其十七("西上蓮花山")中揭露敵人的凶殘和無恥:"流血塗野草,豺狼盡冠纓。"在《贈江夏韋太守良宰》詩中責問:"白骨成丘山,蒼生竟何罪!"《贈張相鎬二首》表示:"誓欲斬鯨鯢,澄清洛陽水!"充分表現出同情人民和仇恨敵人的深切感情。

　　李白對人民的艱苦生活和不幸遭遇都非常關心和同情。《丁都護歌》寫縴夫的繁重勞動,《北風行》叙幽州思婦在丈夫出征戰死後的劇烈悲痛,《宿五松山下荀媪家》描寫農家艱苦生活和殷勤招待,詩人都灑下同情之淚。

　　李白熱愛祖國山川,寫有許多描繪自然景物的詩。李白筆下有廬山飛瀑,蜀道奇險,《西嶽雲臺歌送丹丘子》中籠罩着神話氣氛的華山,《將進酒》、《公無渡河》中奔騰咆哮的黄河,《關山月》中的蒼茫天山，《橫江詞》中的長江風浪，都寫得驚心動魄。還有寫大自然明媚秀麗的景色，《渡荆門送別》的"月下飛天鏡，雲生結海樓"，《夜下征虜亭》的"山花如繡頰，江火似流螢"，《秋登宣城謝朓北樓》的"兩水夾明鏡，雙橋落彩虹"，等等，充滿健康明朗的氣息。李白特別愛用具有透明意象的詞寫景，諸如碧山、淥水、白玉、明月等景色，在他的詩中俯拾即是。尤其是對明月，詩中最多。《古朗月行》《峨眉山月歌》《静夜思》等，都是賦明月的。李白一生欽仰六朝詩人謝朓，就因為謝詩有"澄江静如練"那樣清新明麗的詩句，説明李白秉性就嚮往光明晶瑩的景物。

李白性格疏放倔強，自視極高，不做小官，欲一舉取卿相，生活瀟灑自在，擺脱家庭、環境束縛。自以為在天下大亂時能施展自己的才華。他在許多詩中自抒抱負。同時，他又表現出蔑視權貴、否定功名富貴的思想。如《夢游天姥吟留别》詩説："安能摧眉折腰事權貴，使我不得開心顔！"《答王十二寒夜獨酌有懷》又説："嚴陵高揖漢天子，何必長劍拄頤事玉階。達亦不足貴，窮亦不足悲。"明確表示對獨立人格和自由生活的追求。功名富貴本是士子的追求目標，李白詩卻説："鐘鼓饌玉不足貴，但願長醉不復醒。"（《將進酒》）"功名富貴若長在，漢水亦應西北流。"（《江上吟》）當然，有些詩是失意後的牢騷，但李白對功業的追求確實不是為了牟取富貴，而主要是為了顯示"安社稷"、"濟蒼生"的才能。

以上只是叙述了李白詩歌的主要内容，其實他的詩歌内容是非常豐富的，涉及社會的各個方面乃至日常生活，不可能逐一介紹，只能從略。

三

對李白的評價，我想起馬鞍山市采石磯李白紀念館中有吴鼒寫的一副對聯。其上聯曰："謝宣城,何許人,只憑江上五言詩,教先生低首。"其下聯曰："韓荆州,差解事,肯讓階前盈尺地,使國士揚眉。"對得非常工整。尤其是上聯用範圍副詞"只",下聯用反詰副詞"肯",把作者揶揄調侃李白的神情巧妙地表達出來了。只,僅也;肯,豈也。意思是説:南朝齊代的宣城太守謝朓,是個什麽樣的人,僅靠"澄江静如練"這樣的五言詩,讓李白低首欽敬;唐朝的荆州長史韓朝宗,頗爲明白事理,豈能讓出官場地盤,使不善從政的李白揚眉做官！言外之意是:李白的詩歌藝術成就,早就大大地超過謝朓,所以李白實在不需要一生俯首。而李白不善於政治權術,韓朝宗比較理解李白的性格,怎能讓出官位舉薦他,使詩人忘乎所以？關於這副對聯,早在一九八六年八月十五日我應馬鞍山報副刊特約,寫過《吴鼒對聯乃揶揄李白之作》一文,可惜當時只有上海古籍出版社老編審朱金城先生撰文贊同拙見,不少年輕的同志却不懂古漢語中"肯"字是反詰副詞作"豈"解(張相《詩詞曲語詞匯釋》已用大量的例證説明),他們用現代漢語解釋"肯"作能願動詞。而且還加"如果"二字進行解釋説:韓荆州如果比較懂事,肯讓出階前盈尺地,就能使李白揚眉吐氣。他們認爲上聯是贊揚李白的謙虚,下聯是批評韓朝宗的不識人。這種看法至今尚有人在。他們認爲:下聯稱李白爲"國士",説明是肯定和贊揚李白,其實,"國士"原是李白《與韓荆州書》中恭維韓朝宗的稱呼,這裏移用於李白,與上聯的"先生"相同,都帶有揶揄調侃之意。質言之,這副對聯用調侃的語氣,上聯是對李白文學成就的評價,下聯則是對李白政治識見的評價,雖是揶揄調侃語氣,實際上却是比較公允的。

　　關於李白的政治識見,歷史上已有許多人發表過意見。雖然李白有很高的理想與抱負,以"安社稷"、"濟蒼生"爲己任,經常以管仲、范蠡、張良、諸葛亮、謝安等自比,但實際上他並没有像上述人物那樣具備"運籌帷幄之内,決勝千里之外"的才能。恰恰相反,當國家政治、軍事發生重大變化的關鍵時刻,李白不能清醒地認識形勢,往往提出錯誤的主張和做出錯誤的舉動。安史之亂是李白一生所經歷的最重大的政治事件。他對安禄山的叛亂給國家和人民造成的災難十分痛恨,在詩中大聲責問:"白骨成丘山,蒼生竟何罪!"(《贈江夏韋太守良宰》)他表示要"誓欲斬鯨鯢,澄清洛陽水!"這種愛國愛民的精神是十分可貴的,但他並没有找到正確的出路。就拿他參加永王李璘幕府一事來説,雖然李白主觀上是想報效祖國,建功立業,但他對李璘的"異志"缺乏認識。《舊唐書·玄宗諸子傳》:"永王璘,玄宗第十六子也。……(天寶)十五載六月,玄宗幸蜀,至漢中郡,下詔以璘為山南東路及嶺南黔中江南西路四道節度采訪等使、江陵大都督,餘如故。七月至襄陽,九月至江陵,召募士將數萬人,恣情補署,江淮租賦,山積於江陵,破用鉅億。以薛鏐、李臺卿、蔡坰為謀主,因有異志。肅宗聞之,詔令歸覲於蜀,璘不從命。十二月,擅領舟師東下。"由此可知,當時肅宗已即位,並已下詔命永王李璘"歸覲於蜀,璘不從命","擅領舟師東下",目的是"因有異志"。但李璘"雖有窺江左之心,而未露其事",所以當時有些將士如季廣琛等跟隨李璘東下,還以為是去抗擊安禄山叛軍。等到李璘東至丹陽郡,肅宗下令討伐李璘時,季廣琛纔謂諸將曰:"與公等從王,豈欲反邪?上皇播遷,道路不通,而諸子無賢於王者。如總江淮鋭兵,長驅雍洛,大功可成。今乃不然,使吾等名繫叛逆,如後世何?"於是諸將都叛離永王而去。其實在此之前,當時有識之士對於李璘東下多持躲避不合作態度。如《資治通鑑》至德元載十二月記載,肅宗敕永王"歸覲於蜀,璘不從"時,"江陵長史李峴辭疾赴行在"。胡三省注:"璘將稱兵,峴不欲預其禍也。"邵説《有唐相國贈太傅崔公(祐甫)墓誌銘》曰:"屬禄山構禍……尋江西連帥皇甫侁表為廬陵郡司馬,兼倅戎幕。時永王總統荊楚,搜訪俊傑,厚禮邀公,公以王心匪臧,堅卧不起。人聞其事,為之慴栗,公臨大節,處之怡然。"李華《揚州功曹蕭穎士文集序》:"辭官避地江左,永王修書請君,君遁逃不與相見。"《舊唐書·孔巢父傳》:"永王璘起兵江淮,聞其賢,以從事辟之,巢父知其必敗,側身潛遁,由是知名。"李白自己寫的《天長節使鄂州刺史韋公德政碑》曰:"曩者永王以天人授鉞,東巡無名。利劍承喉以脅從,壯心堅守而不動。"為什麼崔祐甫、蕭穎士、孔巢父、鄂州刺史韋良宰等都知道永王之心"匪臧","東巡無名",早就認識到永王必敗,所以無論怎樣威脅都不從,而李白却就入其幕呢? 這有兩個原因,一是李白的功名心太強,一是李白的政治識見不高。這從他後來參加宋若思幕府時寫的《為宋中丞請都金陵表》也可看出。他認為:"今自河以北,為胡所凌;自河之南,孤城四壘。大盜蠶食,割為洪溝……臣伏見金陵舊都,地稱天險。龍盤虎踞,開局自然。六代皇居,五福斯在。雄圖霸迹,隱軫由存。咽喉控帶,縈錯如繡。天下衣冠士庶,避地東吴,永嘉南遷,未盛於此。……伏惟陛下因萬人之蕩析,乘六合之譸張,去扶風萬有一危之邦,就金陵太山必安之成策。苟利於物,斷在宸衷。"李白完全不理解肅宗駐行在於扶風對收復兩京的重要意義,却認為南北分裂的大局已定,又將出現南北朝局面,所以力主遷都金陵。可見他政治識見極低。李白始終認為永王是奉父皇之命行動,全然不懂何以成為叛逆。他缺乏皇室正統繼承的順逆觀念,認為肅宗和永王只是同室操戈。正因為如此,李白同時還寫下了樂府詩《上留田行》,詩中有"昔之弟死兄不葬,他人於此舉銘旌"、"參商胡乃尋天兵? 孤竹延陵,讓國揚名"、"尺布之謡,塞耳不能聽"等句,《樹中草》有"如何同枝葉,各自有枯榮"句,顯然都是用比興手法借古喻今,諷刺肅宗兄弟不能相容。李白始終不認為肅宗是以正討逆。羅大經《鶴林玉露》丙編卷六引朱文公曰："李白見永王反，便從臾之，詩人没頭腦至於如此。"在這點上，説得是很對的。所以李白只能做個偉大的詩人，却絶不可能成為傑出的政治家。

四

李白詩歌藝術的最大特點是融會了屈原和莊周的藝術風格。在他的作品中，經常綜合運用豐富的想像、極度的誇張、生動的比喻、縱橫飛動的文字，加上充沛的氣勢，形成獨特的雄奇、奔放、飄逸的風格。龔自珍《最録太白集》説："莊、屈實二，不可以併；併之以為心，自白始。"李白的作品既有屈原執著熾熱的感情，又有莊周放達超脱的作風。這在他的樂府詩、歌吟體詩以及絶句中最能體現這個特點。

李白詩歌藝術成就最高的是樂府詩。詩人自己也認為擅長樂府，晚年在江夏還把古樂府之學傳授給好友韋冰的兒子韋渠牟（詳見拙著《李白叢考·李白暮年若干交游考索》）。李白現存樂府一百四十九首，多為舊題樂府。這些詩與古辭和前人創作已經形成的傳統題材、主題、氣氛、節奏有緊密聯繫。如《陌上桑》、《楊叛兒》等内容與古辭相同，《白頭吟》寫卓文君故事，與本事緊密相連。《夜坐吟》、《玉階怨》等明顯是模擬鮑照、謝朓的同題作品。即使像《丁都護歌》似乎與原曲主題無關，但詩中仍有"一唱《都護歌》，心摧淚如雨"，説明創作時對原樂曲的悲慘意境有深切的聯想。李白樂府詩包括《静夜思》、《宫中行樂詞》等新題樂府在内，幾乎都是寫戰爭、閨怨、宫女、飲酒、思鄉、失意等傳統題材的，而且在表現這些題材時，總是將個別特定的感受轉化為普遍傳統的形象表現出來。例如《戰城南》，有漢樂府本辭，經過梁、陳的吴均、張正見以及唐初盧照鄰的創作，已經形成描寫北方戰爭悲慘形象的特定內容。儘管李白的《戰城南》可能是對唐代某一戰爭的獨特感受，也寫到一些具體地名，但很難考證出寫的是具體哪一次戰爭，給人的印象並不是某個特定戰役的反映，而是自古以來北方戰爭的集中概括，與古辭主題相同。又如《將進酒》的主題也與前人之作類似，但李白詩中充滿樂觀豪邁之情："黃河之水天上來，奔流到海不復回！"這種合理的極度誇張使黃河具有震撼人心的魅力。其文筆縱橫馳騁，他的偉大之處，並不在於擴大題材，改換主題，恰恰相反，他是在繼承前人創作總體性格的基礎上，沿着原來的方向把這題目寫深、寫透、寫徹底，發揮到淋漓盡致、無以復加的境地，從而使後來的人難以為繼，再也無法在這一舊題內超越他的水準。

李白的樂府詩多表現出渾成氣象，多用比興手法，不顯露表現意圖，這在一些代表作雜言樂府中尤為明顯。同時，他又把瑰麗奇幻的想像注入這些作品，使樂府舊題獲得新的生命。前人對此特點已有評述。如《河岳英靈集》論李白詩說："至如《蜀道難》等篇，可謂奇之又奇，然自騷人以還，鮮有此體調也。"李陽冰《草堂集序》說："其言多似天仙之辭，凡所著述，言多諷興。"王世貞《藝苑卮言》卷四："太白古樂府，窈冥惝恍，縱橫變幻，極才人之致。"這些都是指李白樂府故意不點出主題寓意，多比興寄托而使之有豐富的內涵。這些特點造成李白許多樂府代表作至今存在很大的認識分歧。妙處還在於這些樂府可以允許有的人認為有寄托，有的人認為沒有寄托，所以胡震亨《唐音癸籤》卷三說："樂府妙在可解可不解之間。"但如果我們掌握了這些特點後，對李白一些有分歧的代表作也可以取得較為一致的認識。如《蜀道難》的主旨和寓意是歷來分歧最大的，前人作品中，陰鏗的《蜀道難》已有"蜀道難如此，功名詎可要"的思想，唐人姚合《送李餘及第歸蜀》詩也認為李白《蜀道難》乃因功業無成而作:"李白《蜀道難》,羞為無成歸。子今稱意行,蜀道安覺危!"由此可以明白李白在詩中再三用"蜀道之難,難於上青天"的極度誇張,正是寄寓着初入長安追求功業無門而鬱積的強烈苦悶。李白現存的樂府代表作,大都是出蜀以後追求功業時期的作品,尤其是初入長安失意而作的居多。《梁甫吟》原是諸葛亮出山前隱居隆中之作,李白選用此題表明自己亦未出山。作品開頭就說:"長嘯《梁甫吟》,何時見陽春?"可知尚未見過明主。詩中用雷公、玉女、閽者等神話中形象以喻張垍等小人,寫出了自己初入長安被小人阻於君門之外的激憤心情。後期的《北風行》則一開頭用極度誇張的形象渲染嚴酷氣氛:"燕山雪花大如席,片片吹落軒轅臺。"最後又用"黃河捧土尚可塞,北風雨雪恨難裁"這樣極度誇張的比喻,將思婦失去丈夫後的深切痛苦刻畫得入木三分。由此可見,李白把舊題樂府發展到頂峰,對舊題樂府作了輝煌、偉大的完成和結束。從此以後,再也沒有人能用樂府舊題寫出超越李白的作品。

李白的歌吟體詩現存約八十餘首,有不少是送別留別詩。如《白雲歌送劉十六歸山》、《鳴皋歌送岑徵君》、《夢游天姥吟留別東魯諸公》、《西嶽雲臺歌送丹丘子》、《宣州謝朓樓餞別校書叔雲》(應作《陪侍御叔華登樓歌》)、《金陵歌送別范宣》、《峨眉山月歌送蜀僧晏入中京》等等,這類詩與樂府詩不同,不僅因為它沒有舊題的制約,而且因為它不像樂府那樣寄興於客體,相反,它都用第一人稱表現,而且物件明確,創作意圖都在詩中和盤托出,淋漓盡致。如《夢游天姥吟留別》以色彩繽紛、瑰奇壯麗的夢幻和神話相結合的形式,來抒發對現實的感受,但主題卻非常明確:"安能摧眉折腰事權貴,使我不得開心顏。"並沒有像樂府詩那樣因"迷離惝恍"而使後人對其寓意捉摸不定。歌吟體詩與樂府詩特質的區別,大概就是從李白開始的吧!

　　李白五言古詩較多,以《古風五十九首》為代表,這是編集者將李白數十年間所寫的五言詠懷古詩的彙編,並非一時一地之作。這些詩的內容主要是指斥朝政、感傷己遇和抒寫抱負等。這些詩與李白的樂府詩、歌吟體詩不同,寫得比較嚴密,較少誇張跳躍,也常用比興手法。《唐宋詩醇》說這些詩"遠追嗣宗《詠懷》,近比子昂《感遇》,其間指事深切,言情篤摯,纏綿往復,每多言外之旨"。基本上說得不錯。但應該說這些作品還是繼承了《風》《雅》和楚《騷》的傳統,如《古風》其一(《大雅》久不作)就以恢復《風》《雅》傳統為己任。而五十九首詩中又有不少篇章是學習屈原以香草美人自喻來抒發感慨的。此外,其中有些詠史詩是脫胎於左思,游仙詩則顯然受到郭璞的影響。這些詩比起前人的作品來,內容更為顯豁,感情更為深摯,意境更為明朗,語言更為流暢。這是李白對詠懷詩、感遇詩的發展(詳見拙著《天上謫仙人的秘密・論李白古風五十九首》)。

　　李白的律詩現存一百十八首,絕大多數為五律,七律僅八首。詩人早年曾花相當功夫攻五律,現存最早詩篇之一《訪戴天山道士不遇》,就是一首工穩整飭的五律。開元年間寫的《渡荊門送別》、《送友人入蜀》、《江夏別宋之悌》、《太原早秋》、《贈孟浩然》等等,平仄對仗都合律,意境也是律詩氣象。天寶初應制立就的《宮中行樂詞》,律對非常工切,也可說明李白對五律是有功力的。即使在後期,李白也還有格律嚴整的佳構如《秋登宣城謝朓北樓》等作。《唐詩品彙》說:"盛唐五言律句之妙,李翰林氣象雄逸。"沈德潛《唐詩別裁集》也說李白五律"逸氣凌雲,天然秀麗"。從上列諸詩看,李白五律確有一種飛動之勢,英爽之氣,與王維、孟浩然、杜甫不同。尤其是李白還有不少律詩不屑束縛於對偶,往往只用一聯對句,甚或全用散句,有時平仄也不全部協調。如《夜泊牛渚懷古》,按平仄協調是一首律詩,但却没有一聯對仗,而且最後兩句:"明朝挂帆席,楓葉落紛紛。"含不盡之意於言外,不符合意象應起訖完整的律詩原則。又如《送友人》首聯對仗,領聯却用"此地一為别,孤蓬萬里征"散句,它和尾聯的"揮手自茲去,蕭蕭班馬鳴"都呈現出詩意的不完結狀態,這是絶句的意境和氣象。七律《登金陵鳳凰臺》雖然平仄對仗都符合要求,但首聯反復出現相同的詞語,全詩的氣氛、風格也不像律詩。所以,胡應麟《詩藪》認為"杜(甫)以律為絶,李(白)以絶為律",是有道理的。

李白的絶句今存九十三首,歷來一致公認"冠古絶今"。絶句的特點除調平仄與律詩相同外,其餘却相反。即要求散句,不要對仗;要意脈疏放跳躍,突出一點,不要完整嚴密;要含蓄,留有餘地,不要完全説出表現意圖。而這正好符合李白性格,所以李白的絶句寫得最好。王世貞《藝苑卮言》云:"五七言絶句,李青蓮、王龍標最稱擅場,為有唐絶唱。"胡應麟《詩藪·内編》卷六說:"太白五七言絶,字字神境,篇篇神物。"又說:"太白五言,如《静夜思》《玉階怨》等,妙絶古今。""太白七言絶,如'楊花落盡子規啼'、'朝辭白帝彩雲間'、'誰家玉笛暗飛聲'、'天門中斷楚江開'等作,讀之真有揮斥八極、凌屬九霄意。賀監謂為謫仙,良不虛也。"李白有些描繪山水和抒發憂憤的絶句,用極度誇張的比喻,充滿超邁奔放的激情。如:"飛流直下三千尺,疑是銀河落九天!"寫出雄偉氣勢;"白髮三千丈,緣愁似個長!"顯示深廣憂憤,都富有強烈感染力。李白絶句的特點是:語言明朗,聲調優美,感情深摯,意境含蓄,韻味深長。上列諸詩都有這些特點,所以千百年來膾炙人口,傳誦不絶,確實無人能企及。沈德潛《説詩晬語》卷上説:"七言絶句,以語近情遥、含吐不露為主。只眼前景、口頭語,而有弦外音、味外味,使人神遠,太白有焉。"這些説法都並非過譽。

　　李白的賦、表、書、序、記、頌、贊、銘、碑、祭等各類文章,大致與他的性格和詩風相似,都有飄逸英爽之氣。《大鵬賦》、《大獵賦》、《代壽山答孟少府移文書》等作品抒寫豪情壯志,文筆縱橫恣肆,有一往無前的氣概,受《莊子》的影響最爲明顯。《與韓荆州書》、《春夜宴從弟桃花園序》等文章如行雲流水,一氣呵成,千百年來膾炙人口。《澤畔吟序》則感情深摯,沉鬱頓挫,表現出對奸臣的刻骨痛恨和對友人的深切同情。一般人寫碑文,叙述家世行事容易板滯,而李白的《虞城縣令李公去思頌碑》等却寫得層次井然,叙事具體而生動。這些文章或散或駢,或駢散結合,大都剪裁得當,既富文采,又無雕琢堆砌之病,堪稱唐代文章的上乘之作。

　　李白詩文是他文學主張的實踐。他在《古風》其一("《大雅》久不作")詩中提出文章貴"清真",反對"綺麗",其三十五("醜女來效顰")又提出反對模仿、"雕琢",主張"天真"、自然。他一生敬仰謝朓詩的"清發",提出詩歌應當像"清水出芙蓉,天然去雕飾"(《經亂離後天恩流夜郎憶舊游書懷贈江夏韋太守良宰》),這些就是李白的美學理想。李白的詩文,確實以真率的感情和自然的語言構成"清水芙蓉"之美。方回《雜書》論李白的詩説:"最於贈答篇,肺腑露情愫。何至昌谷生,一一雕麗句?亦焉用玉溪,纂組失天趣?"他認爲李白的詩能袒露真情,不像李賀、李商隱那樣雕章琢句,全賴人工。李賀、李商隱的詩,使人總感到如霧裏看花,隔着一層,而李白的詩却能使人洞見肺腑,這在許多贈送親友的詩文中特別顯著,他從不掩飾自己的真實情感。追求功業,就給韓朝宗上書説:"而君侯何惜陛前盈尺之地,不使白揚眉吐氣、激昂青雲耶!"奉詔進京的喜悦,他就説:"仰天大笑出門去,我輩豈是蓬蒿人!"(《南陵別兒童入京》)希望升官,就寫道:"恩光照拙薄,雲漢希騰遷。"(《金門答蘇秀才》)得志時人們巴結、失寵後無人理睬的世態炎涼,他寫道:"當時笑我微賤者,却來請謁為交歡。一朝謝病游江海,疇昔相知幾人在?前門長揖後門關,今日結交明日改。"(《贈從弟南平太守之遙》其一)他被流放遇赦歸來後,認為皇帝又將起用他,就寫道:"聖主還聽《子虛賦》,相如却欲論文章。"(《自漢陽病酒歸寄王明府》)即使是些男女冶游言笑,他也不掩飾:"千金駿馬換小妾,笑坐雕鞍歌《落梅》。車旁側挂一壺酒,鳳簫龍管行相催。"(《襄陽歌》)坦率得何等天真可愛。李白詩文的語言都不假雕琢,自然流暢,明白如話,音節和諧,渾然天成,即王世貞《藝苑巵言》所謂"以自然為宗"。"黃河之水天上來,奔流到海不復回"(《將進酒》),"飛流直下三千尺,疑是銀河落九天"(《望廬山瀑布二首》),何等雄健!"桃花潭水深千尺,不及汪倫送我情"(《贈汪倫》),何等深情!"一年三萬六千日,一日須傾三百杯"(《襄陽歌》),何等豪放!"牀前明月光,疑是地上霜。舉頭望明月,低頭思故鄉"(《静夜思》,不同版本用字稍有不同,今用通行本),又何等清新雋永!這些語言,似乎都不假思索,信手寫出,實際上這是李白長期從漢魏六朝樂府民歌和前人優秀作品的語言中吸取養料,加工提煉,終於達到爐火純青之境界的結果。

總之,李白詩歌把我國古代的詩歌藝術推向了頂峰,對後代產生深遠影響。李陽冰《草堂集序》稱李白詩"千載獨步,惟公一人",皮日休《七愛詩》稱李白"惜哉千萬年,此俊不可得",吴融《禪月集序》説:"國朝能為歌詩者不少,獨李太白為稱首。"唐代韓愈、李賀、杜牧都從不同方面受過李白詩風的熏陶;宋代蘇軾、陸游的詩,蘇軾、辛棄疾、陳亮的豪放派詞,也顯然受到李白詩歌的影響;而金元時代的元好問、薩都剌、方回、趙孟頫、范德機、王惲等,則多學習李白的飄逸風格;明代的劉基、宋濂、高啓、李東陽、高棅、沈周、楊慎、宗臣、王穉登、李贄,清代的屈大均、黄景仁、龔自珍等,都對李白非常仰慕,努力學習他的創作經驗。

現在,李白詩歌不僅在中國廣泛流傳,有許多學者在認真研究,而且流傳到世界上許多國家,得到外國人民的喜愛,許多國家的學者也在研究李白的詩歌藝術,李白已經不僅是中國而且是全世界的文化名人。

五

本書是應上海古籍出版社之約而編寫的。早在上世紀八十年代初,由於朱金城先生的推薦,何滿子先生約我為《中國古典文學名家選集》撰寫《李白選集》。我用了大約三年時間,一九八六年選注完成。何滿子先生審讀後感到很滿意,即請曹明綱先生為責任編輯,負責全書的審稿。不久審稿完成,即交印刷廠排印。當時上海只有中華印刷廠能排印繁體字的書,而中華印刷廠正接到《辭海》繁體字版的任務,於是拙著便在中華印刷廠整整躺了三年。後來我請王運熙先生幫助,將拙著從中華印刷廠抽出來,轉到常熟新成立的一家印刷廠,到一九九〇年十月才出書。此書初次印刷一萬册,深受讀者歡迎,一九九九年五月第二次印刷又印了五千册。

去年底,上海古籍出版社又約我重新修訂《李白選集》。於是這半年多時間,我集中精力將此書在原來的基礎上認真修改一過。主要修改有如下幾方面:

(一)一九九〇年版《李白選集》的原文,是以王琦《李太白文集輯注》(又名《李太白全集》)作為底本的,此次則改為以日本京都大學人文科學研究所影印静嘉堂文庫藏宋蜀刻本《李太白文集》為底本(簡稱"宋本")。參校元至勤有堂刻本宋楊齊賢集注、元蕭士贇補注《分類補注李太白詩》(簡稱"蕭本"),《四部叢刊》影印明郭雲

前　言

鵬重刊《分類補注李太白集》(簡稱"郭本"),南京圖書館藏清初刻本胡震亨《李詩通》(簡稱"胡本"),清康熙繆曰芑翻刻《李太白文集》(簡稱"繆本"),清乾隆刊本王琦《李太白文集輯注》(一作《李太白全集》)(簡稱"王本"),清光緒劉世珩玉海堂《景宋咸淳本李翰林集》(簡稱"咸本"),並參校唐宋總集《河岳英靈集》、敦煌寫本《唐人選唐詩》、《又玄集》、《才調集》、《文苑英華》、《唐文粹》、《樂府詩集》等,擇善而從,重要異文皆在注釋中出校。凡宋本明顯的錯字,則據各本改正,亦在注釋中說明。限於選本體例,校語中並不特意指明版本,以示異文為要。

(二) 本書精選李白詩三百二十首,幾近李白現存全部詩作的三分之一。與原書一致,只有個别篇目作了調换。精選書序賦表等文章十八篇,占全部文章的四分之一有餘,與原書完全相同。所選詩文多為代表性作品,力求各體兼備,並兼顧各個時期,使廣大讀者能從這個選本中領略李白詩文的大致風貌。其中有些詩文過去未引起人們注意,一般選本未予選錄,實際上它能幫助我們瞭解李白的思想和重要事蹟,故本書酌予選錄。入選的詩文根據筆者的考證儘量予以編年。但由於李白詩歌長於抒情,不著事蹟,所以給編年增加了許多困難。有些詩篇實在無法考知寫作年代,只得暫不編年。所以本書所選詩歌分成編年和不編年兩部分。編年部分也只是根據本人的見解,可能與各家看法不同。此次修訂,個別詩文的編年根據新的材料作了相應調整。如《贈何七判官昌浩》詩,原書不編年。現在《何昌浩墓誌》出土了,證知何在肅宗至德二載(七五七)入宣歙采訪使宋若思幕府,而李白也正在此年由宋若思營救出潯陽獄,並參加宋若思幕。可知兩人是同僚,李白此詩必為此年之作,故此次列入編年詩。《寄遠十二首》原不編年,現考定其中十首為初入長安之作,故此次選十首都列入編年詩。《望廬山

23

瀑布二首》與《望廬山五老峰》原編入晚年,現根據任華《贈李白》詩可知當為早年之作,故此次編入初出蜀游廬山之時。不編年詩部分,由於已單列於"不編年詩",則不再一一指明其作年不詳。

　　(三)在注釋方面,主要是説明題中和文中的人名、地名和官名、爵位名,訓釋難懂的詞語和典故,疏通文字,對個別較難理解的句子進行串解。凡用典故或化用前人詩文典籍的句子,盡力注明出處。

　　(四)為了幫助讀者領悟詩意,本書在每篇詩文後儘量選錄了一些歷代名家的評箋,同時還用"按"語的形式,發表了筆者對該篇詩文的一些見解。希望能對讀者的鑒賞有所幫助。當然,限於水準,未必完全能符合詩文旨意,僅供讀者參考。

　　本書撰寫過程中,曾參考和吸收了前輩和今賢的一些研究成果,未能一一詳加注明,謹致歉意。上海古籍出版社的劉賽先生對本書的選注工作曾給予指導和幫助,謹在此一併致以深切謝忱。

二○一二年六月於金陵寓所

目　錄

前言 ……………………………………………………… 1

詩　選

甲、編年詩

訪戴天山道士不遇 ……………………………………… 3
登錦城散花樓 …………………………………………… 4
白頭吟 …………………………………………………… 5
登峨眉山 ………………………………………………… 9
峨眉山月歌 ……………………………………………… 11
巴女詞 …………………………………………………… 13
渡荊門送別 ……………………………………………… 13
秋下荊門 ………………………………………………… 15
望廬山瀑布二首 ………………………………………… 16
　　其一　西登香爐峰/16　　其二　日照香爐生紫烟/19
望廬山五老峰 …………………………………………… 20
望天門山 ………………………………………………… 21
金陵城西樓月下吟 ……………………………………… 22
長干行 …………………………………………………… 23
楊叛兒 …………………………………………………… 26

1

金陵酒肆留別 ……………………………… 28
夜下征虜亭 ………………………………… 31
別儲邕之剡中 ……………………………… 31
越中覽古 …………………………………… 32
越女詞五首 ………………………………… 34
　　其一　長干吳兒女/34　　其二　吳兒多白皙/35
　　其三　耶溪采蓮女/36　　其四　東陽素足女/37
　　其五　鏡湖水如月/37
蘇臺覽古 …………………………………… 38
烏棲曲 ……………………………………… 40
淮南臥病書懷寄蜀中趙徵君蕤 …………… 42
靜夜思 ……………………………………… 44
夜泊牛渚懷古 ……………………………… 46
贈從兄襄陽少府皓 ………………………… 48
黃鶴樓送孟浩然之廣陵 …………………… 51
江夏行 ……………………………………… 52
安陸白兆山桃花巖寄劉侍御綰 …………… 55
山中答俗人 ………………………………… 57
酬崔五郎中 ………………………………… 58
　　附：贈李十二 …………………… 崔宗之　61
玉真公主別館苦雨贈衛尉張卿二首（選一）… 62
　　其一　秋坐金張館/62
讀諸葛武侯傳書懷贈長安崔少府叔封昆季 … 63
烏夜啼 ……………………………………… 66
子夜吳歌 …………………………………… 68
　　春/68　　夏/69　　秋/70　　冬/71
古風(其二十四　大車揚飛塵) …………… 72
蜀道難 ……………………………………… 74

2

送友人入蜀 …………………………………………… 81
行路難三首 …………………………………………… 83
　　其一　金樽清酒斗十千/83　　其二　大道如青天/84
　　其三　有耳莫洗潁川水/86
下終南山過斛斯山人宿置酒 …………………………… 89
贈裴十四 ………………………………………………… 90
登太白峰 ………………………………………………… 92
登新平樓 ………………………………………………… 93
贈新平少年 ……………………………………………… 94
酬坊州王司馬與閻正字對雪見贈 ……………………… 96
留別王司馬嵩 …………………………………………… 98
以詩代書答元丹丘 ……………………………………… 100
寄遠十二首（選十）…………………………………… 102
　　其一　三鳥別王母/102　　其二　青樓何所在/103
　　其三　本作一行書/104　　其四　玉筯落春鏡/105
　　其五　遠憶巫山陽/106　　其六　陽臺隔楚水/106
　　其七　妾在春陵東/107　　其八　憶昨東園桃李紅碧枝/108
　　其九　長短春草綠/109　　其十一　美人在時花滿堂/109
白馬篇 …………………………………………………… 110
梁園吟 …………………………………………………… 113
題元丹丘潁陽山居 并序 ………………………………… 118
古風（其十六　天津三月時）………………………… 120
春夜洛城聞笛 …………………………………………… 123
梁甫吟 …………………………………………………… 125
襄陽歌 …………………………………………………… 132
大堤曲 …………………………………………………… 137
江夏別宋之悌 …………………………………………… 138
太原早秋 ………………………………………………… 140

3

將進酒……………………………………………… 141
贈孟浩然…………………………………………… 144
五月東魯行答汶上翁……………………………… 147
嘲魯儒……………………………………………… 148
魯東門泛舟二首…………………………………… 150
　　其一　日落沙明天倒開/150
　　其二　水作青龍盤石堤/151
魯東門觀刈蒲……………………………………… 152
游太山六首(選三)………………………………… 153
　　其一　四月上太山/153　　其三　平明登日觀/155
　　其六　朝飲王母池/156
南陵別兒童入京…………………………………… 158
駕去溫泉宮後贈楊山人…………………………… 160
陽春歌……………………………………………… 162
宮中行樂詞八首(選四)…………………………… 163
　　其一　小小生金屋/163　　其二　柳色黃金嫩/165
　　其三　盧橘為秦樹/166　　其八　水淥南薰殿/168
清平調詞三首……………………………………… 171
　　其一　雲想衣裳花想容/171
　　其二　一枝紅豔露凝香/172
　　其三　名花傾國兩相歡/174
金門答蘇秀才……………………………………… 177
塞下曲六首………………………………………… 181
　　其一　五月天山雪/181　　其二　天兵下北荒/182
　　其三　駿馬如風飆/183　　其四　白馬黃金塞/185
　　其五　塞虜乘秋下/185　　其六　烽火動沙漠/187
塞上曲……………………………………………… 188
白雲歌送劉十六歸山……………………………… 190

灞陵行送別 …………………………………… 191
玉壺吟…………………………………………… 193
翰林讀書言懷呈集賢院内諸學士 ……………… 196
送裴十八圖南歸嵩山二首 ……………………… 198
  其一 何處可爲別/198　其二 君思潁水緑/199
古風(其四十六 一百四十年) ………………… 200
送賀賓客歸越 …………………………………… 203
相逢行…………………………………………… 205
感寓二首(選一) ………………………………… 208
  其二 咸陽二三月/208
月下獨酌四首 …………………………………… 210
  其一 花間一壺酒/210　其二 天若不愛酒/212
  其三 三月咸陽城/213　其四 窮愁千萬端/215
贈參寥子………………………………………… 216
東武吟…………………………………………… 218
古風(其三十九 登高望四海) ………………… 221
古風(其十一 松柏本孤直) …………………… 223
古風(其十四 燕昭延郭隗) …………………… 224
山人勸酒………………………………………… 226
單父東樓秋夜送族弟況之秦 …………………… 228
鳴皋歌送岑徵君 ………………………………… 231
憶襄陽舊游贈濟陰馬少府巨 …………………… 237
金鄉送韋八之西京 ……………………………… 239
上李邕…………………………………………… 240
東海有勇婦 ……………………………………… 241
贈從弟冽………………………………………… 245
尋魯城北范居士失道落蒼耳中見范置酒摘蒼耳作 …… 247
西岳雲臺歌送丹丘子 …………………………… 249

5

魯郡東石門送杜二甫 ……………………………………… 253
秋日魯郡堯祠亭上宴別杜補闕范侍御 ………………… 254
沙丘城下寄杜甫 …………………………………………… 257
憶舊游寄譙郡元參軍 ……………………………………… 258
魯郡堯祠送竇明府薄華還西京 …………………………… 266
夢游天姥吟留別 …………………………………………… 271
經下邳圯橋懷張子房 ……………………………………… 278
題瓜洲新河餞族叔舍人賁 ………………………………… 280
丁都護歌 …………………………………………………… 283
對酒憶賀監二首 并序 …………………………………… 284
　　其一　四明有狂客/285　　其二　狂客歸四明/286
重憶一首 …………………………………………………… 287
酬崔侍御 …………………………………………………… 288
　　附：贈李十二 ……………………………… 崔成甫 289
翫月金陵城西孫楚酒樓達曙歌吹日晚乘醉著紫綺裘
　　烏紗巾與酒客數人棹歌秦淮往石頭訪崔四侍御 …… 290
古風(其五十一　殷后亂天紀) …………………………… 292
登金陵鳳凰臺 ……………………………………………… 294
叙舊贈江陽宰陸調 ………………………………………… 297
聞王昌齡左遷龍標遙有此寄 ……………………………… 301
寄東魯二稚子 ……………………………………………… 303
答王十二寒夜獨酌有懷 …………………………………… 306
古風(其十三　胡關饒風沙) ……………………………… 312
古風(其三十四　羽檄如流星) …………………………… 314
留別于十一兄逖裴十三游塞垣 …………………………… 317
贈清漳明府姪聿 …………………………………………… 319
行行且游獵篇 ……………………………………………… 323
北風行 ……………………………………………………… 324

6

遠別離 ·················· 327
書情贈蔡舍人雄 ·············· 331
獨坐敬亭山 ················ 336
秋登宣城謝朓北樓 ············· 338
宣州謝朓樓餞別校書叔雲 ·········· 340
哭晁卿衡 ················· 342
送王屋山人魏萬還王屋 ··········· 343
　　附：金陵酬翰林謫仙子 ····魏　萬 354
當塗趙炎少府粉圖山水歌 ·········· 354
答杜秀才五松山見贈 ············ 358
書懷贈南陵常贊府 ············· 362
清溪行 ·················· 365
宿清溪主人 ················ 366
秋浦歌十七首 ··············· 367
　　其一　秋浦長似秋/367　其二　秋浦猿夜愁/368
　　其三　秋浦錦駝鳥/369　其四　兩鬢入秋浦/369
　　其五　秋浦多白猿/370　其六　愁作秋浦客/371
　　其七　醉上山公馬/371　其八　秋浦千重嶺/372
　　其九　江祖一片石/373　其十　千千石楠樹/373
　　其十一　邏人橫鳥道/374　其十二　水如一疋練/375
　　其十三　淥水净素月/376　其十四　爐火照天地/377
　　其十五　白髮三千丈/377　其十六　秋浦田舍翁/379
　　其十七　桃波一步地/379
贈汪倫 ·················· 380
北上行 ·················· 382
奔亡道中五首 ··············· 385
　　其一　蘇武天山上/385　其二　亭伯去安在/386
　　其三　談笑三軍却/387　其四　函谷如玉關/387

7

其五　淼淼望湖水/389
古風(其十七　西上蓮花山)……………………………390
經亂後將避地剡中贈崔宣城……………………………391
贈溧陽宋少府陟………………………………………395
猛虎行…………………………………………………397
扶風豪士歌……………………………………………402
贈王判官時余歸隱居廬山屏風疊………………………406
在水軍宴贈幕府諸侍御…………………………………408
永王東巡歌十一首………………………………………411
　　　其一　永王正月東出師/411　　其二　三川北虜亂
　　　如麻/412　　其三　雷鼓嘈嘈喧武昌/414　　其四
　　　龍盤虎踞帝王州/414　　其五　二帝巡游俱未迴/415
　　　其六　丹陽北固是吳關/416　　其七　王出三江按
　　　五湖/416　　其八　長風挂席勢難迴/417　　其九
　　　祖龍浮海不成橋/418　　其十　帝寵賢王入楚關/419
　　　其十一　試借君王玉馬鞭/420
南奔書懷………………………………………………422
上留田…………………………………………………426
萬憤詞投魏郎中…………………………………………431
上崔相百憂章……………………………………………434
中丞宋公以吳兵三千赴河南軍次尋陽脱余之囚參謀
　　幕府因贈之………………………………………438
贈何七判官昌浩…………………………………………441
贈張相鎬二首……………………………………………443
　　　其一　神器難竊弄/443　　其二　本家隴西人/448
公無渡河………………………………………………451
流夜郎贈辛判官…………………………………………454
放後遇恩不霑……………………………………………456

8

南流夜郎寄内	457
上三峽	458
自巴東舟行經瞿唐峽登巫山最高峰晚還題壁	459
早發白帝城	462
荆門浮舟望蜀江	464
贈從弟南平太守之遥二首(選一)	466
其一 少年不得意/466	
江夏贈韋南陵冰	468
江上吟	472
自漢陽病酒歸寄王明府	474
峨眉山月歌送蜀僧晏入中京	476
與史郎中欽聽黃鶴樓上吹笛	477
經亂離後天恩流夜郎憶舊游書懷贈江夏韋太守良宰	479
與夏十二登岳陽樓	491
巴陵贈賈舍人	493
陪族叔刑部侍郎曄及中書賈舍人至游洞庭五首	494
其一 洞庭西望楚江分/494 其二 南湖秋水夜無烟/496 其三 洛陽才子謫湘川/496 其四洞庭湖西秋月輝/497 其五 帝子瀟湘去不還/498	
陪侍郎叔游洞庭醉後三首	499
其一 今日竹林宴/499 其二 船上齊橈樂/500 其三 剗却君山好/501	
荆州賊亂臨洞庭言懷作	503
九日登巴陵置酒望洞庭水軍	505
司馬將軍歌	507
門有車馬客行	510
贈盧司户	512
早春寄王漢陽	513

鸚鵡洲……………………………………………… 514
廬山謠寄盧侍御虛舟……………………………… 517
下尋陽城汎彭蠡寄黃判官………………………… 520
豫章行……………………………………………… 522
江西送友人之羅浮………………………………… 525
聞李太尉大舉秦兵百萬出征東南懦夫請纓冀申一割之
　用半道病還留別金陵崔侍御十九韻 …………… 527
臨路歌……………………………………………… 530

乙、不編年詩

古風(其一　《大雅》久不作)…………………… 533
古風(其三　秦皇掃六合)………………………… 536
古風(其九　齊有倜儻生)………………………… 539
古風(其二十一　郢客吟《白雪》)……………… 541
古風(其二十六　碧荷生幽泉)…………………… 542
古風(其三十三　北溟有巨魚)…………………… 543
古風(其三十五　醜女來效顰)…………………… 544
古風(其四十八　秦皇按寶劍)…………………… 546
古風(其四十九　美人出南國)…………………… 547
古風(其五十三　戰國何紛紛)…………………… 548
古風(其五十四　倚劍登高臺)…………………… 550
古風(其五十九　惻惻泣路歧)…………………… 551
戰城南……………………………………………… 553
長相思……………………………………………… 556
前有樽酒行二首…………………………………… 558
　其一　春風東來忽相過／558
　其二　琴奏龍門之綠桐／559
夜坐吟……………………………………………… 560

10

日出入行 …………………………………………… 562
胡無人 ……………………………………………… 564
俠客行 ……………………………………………… 567
關山月 ……………………………………………… 568
登高丘而望遠海 …………………………………… 570
荆州歌 ……………………………………………… 572
設辟邪伎鼓吹雉子班曲辭 ………………………… 573
久別離 ……………………………………………… 575
結客少年場行 ……………………………………… 577
古朗月行 …………………………………………… 579
獨不見 ……………………………………………… 581
白紵辭三首 ………………………………………… 582
　　其一　揚清歌/582　　其二　館娃日落歌吹深/583
　　其三　吳刀剪綵縫舞衣/585
妾薄命 ……………………………………………… 586
玉階怨 ……………………………………………… 588
鼓吹入朝曲 ………………………………………… 590
秦女休行 …………………………………………… 592
少年行二首 ………………………………………… 594
　　其一　擊筑飲美酒/594　　其二　五陵年少金市東/595
淥水曲 ……………………………………………… 596
春思 ………………………………………………… 597
搗衣篇 ……………………………………………… 599
橫江詞六首 ………………………………………… 601
　　其一　人言橫江好/601　　其二　海潮南去過尋陽/602
　　其三　橫江西望阻西秦/603　　其四　海神來過惡
　　風迴/604　　其五　橫江館前津吏迎/605　　其六
　　月暈天風霧不開/606

11

送友人……………………………………………… 607
把酒問月……………………………………… 608
宿五松山下荀媼家…………………………… 610
山中與幽人對酌……………………………… 612
自遣…………………………………………… 613
聽蜀僧濬彈琴………………………………… 614
勞勞亭………………………………………… 616
宣城見杜鵑花………………………………… 617
長門怨二首…………………………………… 618
　　其一　天回北斗挂西樓/618　　其二　桂殿長愁不記春/619
怨情…………………………………………… 621
學古思邊……………………………………… 622
思邊…………………………………………… 623
折荷有贈……………………………………… 624
哭宣城善釀紀叟……………………………… 624

文　　選

編年文

代壽山答孟少府移文書……………………… 629
早春於江夏送蔡十還家雲夢序……………… 637
上安州裴長史書……………………………… 640
劍閣賦　送友人王炎入蜀………………………… 653
春夜宴從弟桃花園序………………………… 655
與韓荆州書…………………………………… 658
冬夜於隨州紫陽先生餐霞樓送烟子元演隱仙城山序…… 665
大獵賦　并序………………………………… 669
大鵬賦　并序………………………………… 697

虞城縣令李公去思頌碑 并序 ………………………… 710
秋於敬亭送從姪耑游廬山序 ……………………… 720
趙公西候新亭頌 并序 ……………………………… 723
春於姑熟送趙四流炎方序 ………………………… 731
與賈少公書 ………………………………………… 735
為宋中丞自薦表 …………………………………… 738
為宋中丞祭九江文 ………………………………… 742
《澤畔吟》序 ……………………………………… 745
江夏送倩公歸漢東序 ……………………………… 750

詩　選

甲、編年詩

訪戴天山道士不遇〔一〕

犬吠水聲中,桃花帶露濃。樹深時見鹿,溪午不聞鐘〔二〕。野竹分青靄〔三〕,飛泉挂碧峰〔四〕。無人知所去,愁倚兩三松〔五〕。

【注釋】
〔一〕戴天山:又名大匡山、大康山,在今四川省江油市。山有大明寺,傳開元中李白讀書於此。 〔二〕露:一作"雨"。鐘,宋本作"鍾",據他本改。 〔三〕青靄:山中雲氣。王筠《苦暑》詩:"日阪散朱氛,天隅斂青靄。" 〔四〕飛泉:陸機《招隱詩》:"飛泉漱鳴玉。" 〔五〕"愁倚"句:謝靈運《於南山往北山經湖中瞻眺》詩:"停策倚茂松。"

【評箋】
舊題嚴羽評點《李太白詩集》卷一九:寫幽意固其所長,更喜其無丹鼎氣,不用所短。

《唐詩歸》卷一六鍾惺評:全首幽適。

唐汝詢《唐詩解》卷三三:今人作詩,多忌重疊,右丞《早朝》妙絕今古,猶未免五用衣服之論。如此詩"水聲"、"飛泉"、"樹"、"松"、"桃"、"竹",語皆犯重,得脱王、何之論,幸也。吁!古人於言外求佳,今人於句中求隙,去之所以更遠。

王夫之《唐詩評選》卷三：全不添入情事，只拈死"不遇"二字作，愈死愈活。

賀貽孫《詩筏》：無一字説"道士"，無一字説"不遇"，却句句是"不遇"，句句是"訪道士不遇"。何物戴天山道士，自太白寫來，便覺無烟火氣，此皆以不必切題爲妙者。

王堯衢《古唐詩合解》卷七：前解訪道士不遇，後解則對景而悵然，倚樹望竹泉而已。

《唐宋詩醇》卷八：自然深秀，似王維集中高作，視孟浩然《尋梅道士》詩，華實俱勝。

高步瀛《唐宋詩舉要》卷四引吴汝綸曰：此（犬吠）四句寫深山幽麗之景，設色甚鮮采。

按：《唐詩紀事》卷一八引楊天惠《彰明逸事》云，李白"隱居戴天大匡山，往來旁郡，依潼江趙徵君蕤。（蕤）亦節士，任俠有氣，善爲縱橫學，著書號《長短經》。太白從學歲餘，去游成都……益州刺史蘇頲見而奇之"。説明李白青年時曾隱居戴天山讀書。並知李白隱戴天山在游成都謁見蘇頲之前。按《舊唐書·蘇頲傳》，蘇頲於開元八年後由禮部尚書出爲益州大都督府長史，則李白隱居戴天山讀書約在開元七年（七一九），年十九歲。此詩當作於是年，爲現存李白最早詩篇之一。全詩信手拈來，無斧鑿痕，而平仄黏對都合律詩規則，中間兩聯尤屬工對，足見詩人早年於律詩曾下過工夫。前人或謂李白不善律詩，豈其然乎？

登錦城散花樓〔一〕

日照錦城頭，朝光散花樓〔二〕。金窗夾繡户〔三〕，珠箔懸瓊鈎〔四〕。飛梯綠雲中〔五〕，極目散我憂〔六〕。暮雨向三峽〔七〕，春江繞雙流〔八〕。今來一登望，如上九天游。

【注釋】

〔一〕錦城：錦官城的簡稱。故址在今四川省成都南。三國蜀漢時管理織錦之官駐此，故名。後人即用作成都的別稱。散花樓，在成都摩訶池上，乃隋末蜀王楊秀所建。　〔二〕"朝光"句：謂朝陽使散花樓閃閃發光。這裏的"光"用作致使性動詞。　〔三〕"金窗"句：金碧輝煌的窗子夾著雕繪華美的門戶。形容樓中華麗的房屋。　〔四〕"珠箔"句：珠箔，即珠簾，由珍珠綴成或飾有珍珠的簾子。瓊鉤，一作"銀鉤"，銀或玉製的簾鉤。梁簡文帝《東飛伯勞歌二首》："網戶珠綴曲瓊鉤。"　〔五〕"飛梯"句：形容樓梯極高，似飛挂於綠雲之中。　〔六〕極目：盡目力所及遠眺。　〔七〕三峽：古時山川稱三峽者甚多，名稱亦不一，而以長江上游的瞿塘峽、巫峽、西陵峽者為最著名。　〔八〕雙流：縣名，本漢廣都縣，隋時避煬帝諱，改為雙流，以縣在郫江、流江之間得名。今屬成都市。

按：此詩當是開元八年（七二〇）或九年春游成都時所作。《唐詩紀事》卷一八引《彰明逸事》謂李白"依潼江趙徵君蕤"，"從學歲餘，去游成都"。此詩即游成都登樓覽景之作。

白　頭　吟〔一〕

錦水東北流〔二〕，波蕩雙鴛鴦〔三〕。雄巢漢宮樹，雌弄秦草芳〔四〕。寧同萬死碎綺翼，不忍雲間兩分張〔五〕。

【注釋】

〔一〕白頭吟：樂府舊題。《樂府詩集》卷四一列於《相和歌辭·楚調曲》。《西京雜記》卷三云："司馬相如將聘茂陵人女為妾，卓文君作《白頭吟》以自絕，相如乃止。"南朝宋鮑照、陳張正見以及唐代劉希夷，均有《白頭吟》

之作。李白集此題有二首,此其一。另一首内容與此首相同,語句略異。《千一録》謂"蓋初本也"。近是。　〔二〕"錦水"句:錦水即錦江;又名流江、汶江,在今四川省成都平原。爲岷江分支之一,自郫縣西岷江分出,到成都市南與岷江分支郫江合流。據《華陽國志》記載,蜀人織錦,於此水中濯則錦鮮明,故名錦江。北,《文苑英華》作"碧"。　〔三〕鴛鴦:偶居不離的水禽,故古稱匹鳥,常喻夫婦。　〔四〕"雄巢"二句:漢宫、秦草,互文見義,均指長安(今陝西西安)地區。二句以一對鴛鴦棲居在長安一帶,隱襯下文相如與卓文君。樹,《文苑英華》作"月";秦,《文苑英華》作"春"。　〔五〕"寧同"二句:綺翼,錦翼,猶言美麗的翅膀。分張:分離。《顏氏家訓·風操》:"梁武帝弟出爲東郡,與武帝别,帝曰:'我年已老,與汝分張,甚以惻愴。'"二句意謂寧願砸碎美麗的翅膀而同死,不願在天空中兩相分離。

以上六句爲第一段,托物起興。

此時阿嬌正嬌妒,獨坐長門愁日暮。但願君恩顧妾深,豈惜黄金買詞賦〔六〕？相如作賦得黄金,丈夫好新多異心〔七〕。一朝將聘茂陵女〔八〕,文君因贈《白頭吟》〔九〕。東流不作西歸水,落花辭條羞故林〔一〇〕。

【注釋】

〔六〕"此時"四句:阿嬌,漢武帝皇后陳氏小字。相傳陳皇后原甚得漢武帝寵幸,頗嬌妒。後失寵,居長門宫。聞説司馬相如善作賦,深得武帝賞識,故以黄金百斤請相如作《長門賦》,武帝讀後很感動,於是陳皇后又得到寵幸(見《文選》卷一六司馬相如《長門賦序》)。詞賦,同"辭賦",辭賦同體,屈原楚辭亦可稱"楚賦"或"屈賦",漢賦亦由楚辭發展而來,故可並稱。惜,《文苑英華》作"憚"。買詞賦,咸本作"將買賦"。　〔七〕丈夫:古時對成年男子的通稱。傅玄《苦相篇》"玉顔隨年變,丈夫皆好新。"〔八〕茂陵:古縣名、陵墓名。漢武帝建元二年(前一三九),在槐里縣(今陝西興平東南)茂鄉築茂陵,漢武帝死後葬此。並因此置茂陵縣,治所在今興平東北。　　〔九〕贈：宋本校："一作賦。"　　〔一〇〕"東流"二句：南朝民歌《子夜歌》："不見東流水，何時復西歸。"故，蕭本、郭本、胡本、咸本作"固"。此以流水不再西歸、落花羞返故林喻夫妻分離後難以重合。

以上為第二段，敘司馬相如富貴後喜新厭舊。

　　兔絲故無情，隨風任傾倒。誰使女蘿枝，而來強縈抱？兩草猶一心，人心不如草〔一一〕。莫卷龍鬚席，從他生網絲。且留琥珀枕，或有夢來時〔一二〕。覆水再收豈滿杯？棄妾已去難重回〔一三〕。古時得意不相負，祇今惟見青陵臺〔一四〕。

【注釋】

〔一一〕"兔絲"六句：兔絲，即菟絲。《詩·小雅·頍弁》："蔦(niǎo)與女蘿。"毛傳："女蘿，菟絲也。"《爾雅·釋草》："唐蒙，女蘿；女蘿，菟絲。"郭璞注："別四名。"毛傳、郭璞注都以女蘿與菟絲為一物。而陸璣《毛詩草木鳥獸蟲魚疏》則認為："菟絲蔓連草上生，黃赤如金，今合藥菟絲子是也，非松蘿。松蘿自蔓松上生，枝正青，與菟絲殊異。"《爾雅翼》卷二亦曰："女蘿、菟絲，其實二物也。然皆附木上。"明李時珍《本草綱目》認為女蘿即松蘿。按今植物學家認為菟絲乃旋花科植物，松蘿為地衣門松蘿科植物，兩者絕不相類。由於菟絲蔓有時纏繞在女蘿上，所以古人常用菟絲、女蘿比喻男女愛情。如古樂府："南山冪(mì)冪菟絲花，北陵青青女蘿樹。由來花葉同一根，今日枝條分兩處。"此處以兔絲、女蘿兩草的"一心"、"縈抱"，反襯男子對愛情不堅貞，"人心不如草"。傾，《樂府詩集》、《全唐詩》作"顛"。　　〔一二〕"莫卷"四句：龍鬚席，以龍鬚草編織的席子。南朝《吳聲歌曲·長樂佳》："玉枕龍鬚席，郎眠何處牀。"琥珀枕，用琥珀(名貴的樹脂化石)製成的枕頭。《西京雜記》卷一謂漢成帝皇后趙飛燕曾接受她妹妹送的琥珀枕。又南朝宋武帝時，寧州曾獻琥珀

7

枕,光色很美,價值百金。徐陵《雜曲》:"只應私將琥珀枕,暝暝來上珊瑚牀。"詩中所寫龍鬚席和琥珀枕,往往指愛情生活而言。此四句表示女子對以往愛情生活的追念和留戀。時,一作"來"。〔一三〕"覆水"二句:傳說姜太公呂望初娶馬氏,馬氏厭其不事產業,因離而去之。後太公輔佐周武王取得天下,封侯齊國,馬氏要求再合。太公取水傾覆於地,令馬氏收水,結果只取得泥土。太公因謂覆水不能收,人離難再合。見胡侍《真珠船》卷一。按:此乃小說家語,未必可據。《後漢書·何進傳》:"國家之事,亦何容易!覆水不可收,宜深思之。"後以"覆水難收"比喻事成定局,難以挽回。〔一四〕青陵臺:戰國時宋康王所築,故址在今河南商丘縣。《搜神記》卷一一載戰國時宋康王見韓憑(一作朋)妻何氏很美,奪為己有,並將韓憑囚禁,處以"城旦"之刑(輸邊築長城的勞役)。後夫婦相約自殺。宋康王大怒,使分葬兩墓。不久便有梓樹從墓旁長出,樹根在地下交錯,樹枝在空中交錯。又有一對鴛鴦在樹上交頸悲鳴,宋人因名此樹為相思樹,謂鴛鴦是韓憑夫婦的精魂所化。這一傳說後來在唐代《嶺表錄異》、《法苑珠林》,以及宋代《太平御覽》中均有記載。敦煌石窟遺書中亦有唐寫本《韓朋賦》發現。然各書記載內容不盡相同。

以上為第三段,抒發人心不如草的感歎。

【評箋】

舊題嚴羽評點《李太白詩集》卷三:"此時阿嬌正嬌妒":妒有不嬌,嬌未有不妒者。 又評"相如"二句:罵武帝,並相如亦罵,甚快。 又評"東流"二句:與"寧同"、"不忍"句呼應。歡則願死聚,怨則願生離:皆鍾情語。 又評"莫卷"四句:四句可摘作《子夜歌》,妙絕。 又評末四句:此四句為贅。詩人好盡,往往病此。

蕭士贇《分類補注李太白詩》:此詩其為明皇寵武妃廢王后而作乎!……唐詩人多引《春秋》作魯諱之義,以漢武比明皇,中間比義引事,讀者自見。

胡震亨《李詩通》:舊說卓文君為相如將聘茂陵女為妾作。然本辭自疾相知者以新間舊,不能至白首,故以為名。六朝人擬作皆然。而白詩自用文君本事。

沈德潛《唐詩別裁》：太白詩固多寄托，然必欲事事牽合，謂此詩指廢王皇后事，殊支離也。

延君壽《老生常談》：《白頭吟》云："此時阿嬌正嬌妒"，接法有形無迹，有一落千丈之勢，其妙不可思議。"莫卷龍鬚席"四句，尚作迴護之筆，至"覆水再收"句，方下決絕語，用筆如晴絲嫋空，深靜中自能一一領會。

潘德輿《養一齋李杜詩話》：方氏宏靜曰：太白《白頭吟》，頗有優劣，其一蓋初本也。天才不廢討潤，今人落筆便刊布，縱云"揮珠"，無怪多纇。

按：詹鍈《李白詩文繫年》據首句"錦水東北流"，謂此詩乃開元八年（七二〇）游成都時有感於卓文君事而擬作。其實首六句乃樂府詩常用之托物起興，未必實指寫作地點。日本學者松浦友久（早稻田大學教授）認為此詩首句只是作為引出司馬相如和卓文君故事的一種修辭手段，不能作為此詩寫於成都的根據（《李白的蜀中生活》，見早稻田大學中國文學會編《中國文學研究》一九七九年第五期）。但目前尚未能考定寫作年代。而托物起興亦不排除由譴前所見景物引起聯想，故仍編於此。李白此詩主題與古辭最相近：表現被棄女子的悲哀及其對負心男子的譴責。李白另有《怨情》詩，主題亦為譴責喜新棄舊之人，可參讀。蕭士贇以為此詩"為明皇寵武妃廢王后而作"，即含有"君恩以薄"之意，而沈德潛《唐詩別裁》又以"支離"駁之。古題樂府主題的寓意往往難解，於此可見一斑。

登峨眉山〔一〕

蜀國多仙山，峨眉邈難匹〔二〕。周流試登覽〔三〕，絶怪安可悉〔四〕？青冥倚天開〔五〕，彩錯疑畫出〔六〕。泠然紫霞賞〔七〕，果得錦囊術〔八〕。雲間吟瓊簫〔九〕，石上弄寶瑟。平生有微尚〔一〇〕，歡笑自此畢〔一一〕。烟容如在顏〔一二〕，塵累忽相失〔一三〕。儻逢騎羊子〔一四〕，攜手凌白日〔一五〕。

【注釋】

〔一〕峨眉山：《元和郡縣志》卷三一劍南道嘉州峨眉縣："峨眉大山，在縣西七里。《蜀都賦》云'抗峨眉於重阻'。兩山相對，望之如蛾眉，故名。"在今四川峨眉山市西南。　〔二〕"峨眉"句：邈，遠。匹，匹敵，相比。此句意謂峨眉山綿延遼遠，為它山所難相比。　〔三〕周流：周游。〔四〕"絕怪"句：絕，極，獨特。悉，盡其所有；一作"息"。此句意謂山巒獨特怪異，不能全部登覽。　〔五〕"青冥"句：青冥，原指青色的天空。屈原《悲回風》："據青冥而攄虹兮，遂倏忽而捫天。"此處指青幽的山峰。開，一作"關"。　〔六〕彩錯：指色彩斑斕錯雜。　〔七〕"泠然"句：《文選》卷三一江淹《雜體詩三十首·許徵君詢自序》："泠然空中賞。"李周翰注："泠然，輕舉貌。"紫霞，紫色的雲霞，多指神仙居處。此句意謂如仙人般地飄游空中，欣賞神異的景色。　〔八〕錦囊術：錦囊，用錦製成的袋子。《太平御覽》卷七〇四引《漢武内傳》："帝見王母有一卷書，盛以紫錦之囊，母曰：'此吾真形圖也。'"後因以"錦囊術"指成仙之術。〔九〕吟瓊簫：吟，《文苑英華》作"吹"。瓊簫，玉簫。　〔一〇〕微尚：微小的志向。自謙之詞。謝靈運《初去郡》詩："伊余秉微尚。"〔一一〕"歡笑"句：意謂自己決定脫離塵世，求仙隱居，人間的歡笑從此結束。　〔一二〕烟容：傳說仙人托身雲烟，因此容顏也有雲烟色。〔一三〕塵累：世俗的牽累。　〔一四〕"儻逢"句：儻，通"倘"，倘若。騎羊子，指古代傳說中的仙人葛由。《列仙傳》卷上載周成王時羌人葛由，好刻木羊出賣。有一天他騎羊入西蜀，蜀中的王侯貴人追隨他登上峨眉山西南的綏山，結果都得了仙道。　〔一五〕"攜手"句：凌，升。

10

謂升天成仙。陳子昂《與東方左史虯修竹篇》："攜手登白日,遠游戲赤城。"

按:此詩當作於開元九年(七二一)游成都之後、開元十二年(七二四)出蜀之前。從詩中看出詩人此時已熱衷於求仙學道。後李白有《秋日煉藥院鑷白髮贈元六兄林宗》詩云:"弱齡接光景,矯翼攀鴻鶯。投分三十載,榮枯同所歡。"知其二十歲左右與元林宗結交,當即在游峨眉山時。此詩的求仙思想似與元林宗的影響有關。前八句描寫峨眉山的高遠廣大及秀麗怪絕,無與倫比。自己登覽不可全悉,飄然賞紫霞而得修道成仙之術。後八句描寫吹簫雲間,鼓瑟石上,自己平生有游仙之趣,世俗歡笑自此而盡。詩人感到烟容在顏,塵累忽失。倘遇騎羊之仙人,自當攜手飛升。

峨眉山月歌〔一〕

峨眉山月半輪秋〔二〕,影入平羌江水流〔三〕。夜發清溪向三峽〔四〕,思君不見下渝州〔五〕。

【注釋】

〔一〕峨眉山:見《登峨眉山》注。　〔二〕半輪秋:謂秋夜的上弦月形似半個車輪。　〔三〕平羌江:即今青衣江,大渡河的支流,在今四川中部峨眉山東北。　〔四〕"夜發"句:古時稱三峽者甚多,味此詩中之三峽,似非指長江三峽。《樂山縣志》謂當指樂山縣之黎頭、背峨、平羌三峽,而清溪則在黎頭峽之上游。其說可供參考。　〔五〕"思君"句:君,前人多謂指月亮。今人或謂指友人。按:似指友人為是,唯不知指誰。渝州,唐代州名,治所在巴縣,即今重慶市。

【評箋】

　　舊題嚴羽評點《李太白詩集》卷七：色與月俱清，音與江俱長。不獨無一點俗氣，并無一點仙氣。"秋"字作韻，妙。"影"字安在上，妙。試一變動，便識妍媸。

　　劉辰翁評：含情悽婉，有《竹枝》縹緲之音。（《唐詩品彙》卷四七引）

　　王世貞《藝苑卮言》卷四：此是太白佳境，然二十八字中，有峨眉山、平羌江、清溪、三峽、渝州，使後人為之，不勝痕迹矣。益見此老爐錘之妙。

　　王世懋《藝圃擷餘》：談藝者有謂七言律一句不可兩入故事，一篇中不可重犯故事。此病犯者故少，能拈出亦見精嚴。然我以為皆非妙悟也。作詩到神情傳處，隨分自佳，下得不覺痕迹，縱使一句兩入，兩句重犯，亦自無傷。如太白《峨眉山月歌》，四句入地名者五，然古今目為絕唱，殊不厭重。蜂腰、鶴膝、雙聲、疊韻，休文三尺法也，古今犯者不少，寧盡被汰邪？

　　唐汝詢《唐詩解》卷二五："君"者，指月而言。清溪、三峽之間，天狹如線，即半輪亦不復可視矣。

　　《唐詩選脈會通評林》引金獻之云：王右丞《早朝》詩，五用衣服字；李供奉《峨眉山月歌》，五用地名字；古今膾炙。然右丞用之八句中，終覺重複；供奉只四句，而天巧渾成，毫無痕迹，故是千秋絕調。

　　黃叔燦《唐詩箋注》："君"，指月。月在峨眉，影入江流，因月色而發清溪，及向三峽，忽又不見月，而舟已直下渝州矣。詩自神韻清絕。

　　按：此詩乃開元十二年（七二四）秋天，李白"仗劍去國，辭親遠游"，在離開蜀中赴長江中下游的舟行途中，寫下這首膾炙人口的七言絕句。在篇幅短小的絕句中，忌用人名、地名或數字，而李白此詩二十八字中連用五個地名，却不但沒有被人譏諷，反而受到人們的贊賞，因為安排巧妙，毫無呆板、堆砌之迹，讀來仍感明快、自然、流暢，顯示出青年詩人的藝術天才。李白一生酷愛明月，常在詩中歌詠。對峨眉山月愛之尤深，晚年還寫有《峨眉山月歌送蜀僧晏入中京》詩，可參讀。

巴　女　詞[一]

巴水急如箭,巴船去若飛[二]。十月三千里[三],郎行幾歲歸?

【注釋】
〔一〕巴女:巴地的女子。巴,古族名、古國名。主要分布在今重慶市、湖北省交界地帶。周武王克殷,封為子國。春秋時與楚、鄧等國交往頻繁。公元前三一六年被秦所滅,以其地為巴郡。　〔二〕"巴水"二句:王琦注:"唐之渝州、涪州、忠州、萬州等處,皆古時巴郡地。其水流經三峽下至夷陵,當盛漲時,箭飛之速,不是過矣。"按:巴水即指今重慶至湖北宜昌的一段長江。　〔三〕"十月"句:謂郎離去時間之久和兩地相距之遙遠。

【評箋】
胡震亨《李詩通》:似亦效《西曲》者。

按:此詩似是開元十二年(七二四)詩人出蜀過三峽時擬巴地民歌之作。詩中以巴地女子的口吻,從眼見湍急如箭的流水和飛速遠去的巴船,懷念久去不歸的丈夫,發出"郎行幾歲歸"的呼喚。全詩清新、自然,風格與當地民歌《巴渝曲》極為相似。

渡荆門送別[一]

渡遠荊門外,來從楚國游[二]。山隨平野盡[三],江入大荒流〔四〕。月下飛天鏡〔五〕，雲生結海樓〔六〕。仍憐故鄉水〔七〕，萬里送行舟。

【注釋】

〔一〕荆門：山名。在今湖北宜都市西北長江南岸。《水經注·江水》："江水又東歷荆門、虎牙之間。荆門在南，上合下開，闇徹山南。有門像。"送别，唐汝詢《唐詩解》云："題中'送别'二字，疑是衍文。"沈德潛《唐詩别裁集》云："詩中無送别意，題中'送别'二字可删。"其説良是。　〔二〕"渡遠"二句：渡遠，乘舟遠行。從，至，向。楚國，指今湖北省境，春秋戰國時屬楚國。　〔三〕"山隨"句：意謂荆門山以東，地勢漸趨平坦，隨着平原的出現，長江兩岸的高山隨之消失殆盡。　〔四〕大荒：廣闊無際的原野，極遠之地。　〔五〕"月下"句：謂月影倒映江中，如天上飛下的明鏡。《玉臺新詠·古絶句四首》："何當大刀頭，破鏡飛上天？"　〔六〕海樓：即海市蜃樓。海上光線經過不同密度的空氣層，發生顯著折射時，把遠處景物顯示在空中或地面，變幻出像城市、樓臺般的景象；古人誤認爲蜃（大蛤）吐氣而成，並稱之爲"海市蜃樓"。《史記·天官書》："海旁蜃氣象樓臺，廣野氣成宫闕然；雲氣各象其山川人民所聚積。"詩以"海樓"形容江上雲彩奇異的變幻。　〔七〕"仍憐"句：憐，愛。一作"連"，誤。故鄉水，長江水自蜀東流，詩人長於蜀中，極愛蜀中山水，故稱之爲"故鄉水"。沈德潛《唐詩别裁》云："太白蜀人，江亦發源於蜀。"

【評箋】

　　舊題嚴羽評點《李太白詩集》卷一三："山隨"二句：此二句意象渾漠，下聯不稱。不若作淡語度去爲妙。

　　胡應麟《詩藪·内編》卷四："山隨平野闊，江入大荒流"，太白壯語也；杜"星垂平野闊，月涌大江流"，骨力過之。

　　陸時雍《唐詩鏡》卷一七：詩太近人，其病有二。淺而近人者，率也；易而近人者，俗也。如《荆門送别》詩，便不免此病。

王夫之《唐詩評選》卷四：明麗果如初日。結二語，得象外於圜中。"飄然思不窮"，唯此當之。泛濫鑽研者，正由思窮於本分耳。

應時《李詩緯》卷三引丁谷雲評：胡元瑞謂"山隨平野"一聯，此太白壯語也，子美詩"星隨平野闊，月涌大江流"二語骨力過之，似矣。豈知李是晝景，杜是夜景，又李是行舟暫視，杜是停舟細視，可概論乎？

翁方綱《石洲詩話》卷一：太白云："山隨平野盡，江入大荒流。"少陵云："星垂平野闊，月涌大江流。"此等句皆適與手會，無意相合，固不必謂相為倚傍，亦不容區分優劣也。

高步瀛《唐宋詩舉要》：語意偶儷，太白本色。

按：此詩乃開元十二年(七二四)李白離開蜀中行至楚地漫游時的作品。全詩風格雄健，意境高遠，是一首色彩明麗、風姿秀逸而又格律工穩、對仗精切的早年五律佳構。

秋　下　荆　門〔一〕

霜落荆門江樹空，布帆無恙挂秋風〔二〕。此行不為鱸魚鱠〔三〕，自愛名山入剡中〔四〕。

【注釋】
〔一〕秋下荆門：敦煌寫本《唐人選唐詩》題作《初下荆門》。　〔二〕布帆無恙：用東晉畫家顧愷之語，意謂一路平安。《晉書·顧愷之傳》："後為殷仲堪參軍……仲堪在荆州，愷之嘗因假還，仲堪特以布帆借之。至破冢，遭風大敗，愷之與仲堪箋曰：'地名破冢，直破冢而出，行人安穩，布帆無恙。'"　〔三〕鱸魚鱠：《晉書·張翰傳》：翰在京城洛陽做官，"因見秋風起，乃思吴中菰菜、蒪羹、鱸魚鱠，曰：'人生貴得適志，何能羈宦數千里以要名爵乎！'遂命駕而歸。"鱠，通膾，切細的魚肉。　〔四〕剡

15

(shàn)中：古地名，今浙江嵊州市和新昌縣一帶。當地有剡溪，即晉王徽之雪夜訪戴逵處。那裏有沃洲、天姥，山明水秀，故自晉至唐多隱逸之士。

【評箋】

　　舊題嚴羽評點《李太白詩集》卷一八：自清勝，然思鱸魚是晉人偏趣，翻作愛山，是唐人便癡。
　　《唐宋詩醇》卷七：輕秀。運古入化，絕妙好辭。
　　李鍈《詩法易簡錄》：首句寫荆門，用"霜落"、"樹空"等字，已為次句"秋風"通氣。次句寫舟下，趁便嵌入"挂秋風"字，暗引起第三句"鱸魚鱠"意來。第三句即以"此行"承住上二句，以"不為鱸魚鱠"五字翻用張翰事，以生出第四句來。托興名山，用意微婉。
　　宋顧樂《唐人萬首絕句選評》：清景幽情，自然深出，若着一點俗思，作不得亦讀不得。此等句點撥入神，筆端真有造化。

　　按：此詩在敦煌寫本《唐人選唐詩》中題作《初下荆門》，當是開元十二年（七二四）秋天初次離開荆門東下時所作。從此詩可見"入剡中"乃李白出蜀時的原定計劃，前人以為李白"東入溟海"僅到揚州為止，是不正確的。沈德潛謂"天下將亂"，尤誤。絕句因篇幅短小，一般不用典實。詩人在此連用兩個典故，讀來仍然流暢自如，使人不易察覺，可謂七絕妙境。

望廬山瀑布二首〔一〕

其一

　　西登香爐峰，南見瀑布水〔二〕。挂流三百丈，噴壑數十里〔三〕。欻如飛電來，隱若白虹起〔四〕。初驚河漢落，半灑雲天裏〔五〕。仰觀勢轉雄〔六〕，壯哉造化功〔七〕！海風吹不斷，江月照還空〔八〕。空中亂潈射，左右洗清壁〔九〕。飛珠散輕霞，流沫沸穹石〔一〇〕。而我游名山，對之心益閑〔一一〕。無論漱瓊液，且得洗塵顔〔一二〕。且諧宿所好，永願辭人間〔一三〕。

【注釋】
〔一〕廬山：在江西省北部，聳立於鄱陽湖、長江之濱。江湖水氣鬱結，雲海彌漫，多巉巖、峭壁、清泉、飛瀑，為著名游覽勝地。題中"瀑布"下一多一"水"字。敦煌寫本《唐人選唐詩》只收其一，題作《瀑布水》。《文苑英華》卷一六四題作《翫廬山瀑布》。　〔二〕"西登"二句：香爐峰，據陳舜俞《廬山記》卷二，廬山有南、北兩個香爐峰，李白所登乃山南之香爐峰。見，宋本校："一作望。"　〔三〕"挂流"二句：自上懸下奔流，不着崖壁，望之如挂。三百丈，《文苑英華》作"三千尺"，宋本校："一作三千匹。"數十里，一作"數千里"。　〔四〕"欻如"二句：欻(xū)如，迅疾貌。敦煌寫本《唐人選唐詩》作"倏如"。飛電，空中閃電。電，《文苑英華》作"練"。隱若，敦煌寫本《唐人選唐詩》作"宛若"。沈約《被褐守山東》詩："掣曳瀉流電，奔飛似白虹。"按：飛電、白虹，及下句的河漢，皆形容瀑布之狀。　〔五〕"初驚"二句：敦煌寫本《唐人選唐詩》作"舟人莫敢窺，羽人遥相指"。河漢，宋本校："一作銀河。"半灑雲天，宋本校："一作半瀉金潭。"　〔六〕"仰觀"句：敦煌寫本《唐人選唐詩》作"指看氣轉雄"。
〔七〕造化功：大自然的力量。　〔八〕江月：江，宋本校："一作山。"
〔九〕"空中"二句：空，《又玄集上》任華《雜言寄李白》詩引作"明"。潈，敦煌寫本《唐人選唐詩》作"叢"。洗青壁，敦煌寫本《唐人選唐詩》作"各千尺"。潈(cóng)，衆水流相會在一起。此處形容瀑布水之美。
〔一〇〕"飛珠"二句：飛珠、流沫，皆指瀑布水所濺。圓而成珠，浮而成沫。穹石，大巖石。《漢書·司馬相如傳上》："赴隘陜之口，觸穹石，激堆埼。"顔師古注引張揖曰："穹石，大石也。"流，敦煌寫本《唐人選唐詩》作

17

"灑"。沸，咸本作"拂"。　〔一一〕"而我"二句：游名山，游，一作"樂"。對之心益閑：對，敦煌寫本《唐人選唐詩》作"弄"。心益，《文苑英華》校："一作益自。"　〔一二〕"無論"二句：《唐文粹》無此二句。漱瓊液，敦煌寫本《唐人選唐詩》作"傷玉趾"。且，胡本、《全唐詩》作"還"。瓊液，瓊漿玉液，仙家所飲。此指山中清泉。　〔一三〕"且諧"二句：敦煌寫本《唐人選唐詩》作"愛此腸欲斷，不能歸人間"。似是。宋本校："一作集譜宿所好，永不歸人間。"且，《文苑英華》作"仍"。諧，諧和。宿，舊。

【評箋】

　　胡仔《苕溪漁隱叢話後集》卷四：太白《望廬山瀑布》絕句……東坡美之。……然余謂太白前篇古詩云："海風吹不斷，江月照還空。"磊落清壯，語簡而意盡，優於絕句多矣。

　　葛立方《韻語陽秋》卷一三：徐凝《瀑布》詩云："千古猶疑白練飛，一條界破青山色。"或謂樂天有賽不得之語，獨未見李白詩耳。李白《望廬山瀑布》詩云："飛流直下三千尺，疑是銀河落九天。"故東坡云："帝遣銀河一派垂，古來惟有謫仙詞。"以余觀之，銀河一派，猶涉比類，未若白前篇云："海風吹不斷，江月照還空"，鑿空道出，為可喜也。

　　韋居安《梅磵詩話》卷上：李太白《廬山瀑布》詩有"疑是銀河落九天"句，東坡嘗稱美之。又觀太白"海風吹不斷，江月照還空"一聯，磊落清壯，語簡意足，優於絕句，真古今絕唱也。然非歷覽此景，不足以見此詩之妙。

　　瞿佑《歸田詩話》卷中"廬山瀑布"：然太白又有"海風吹不斷，山月照還空"，亦奇妙句，惜世少稱之者。

　　《唐宋詩醇》卷七：五、六以淺得工，至"海風吹不斷，江月照還空"，可吟賞不置矣。

　　按：此詩首段敘寫登香爐峰望瀑布水，前人評此詩，皆謂"海風"二句"氣象雄傑，古今絕唱"。此首雖是古詩，其中却有不少對仗。古今讀者多謂此首不如第二首絶句寫得好,但也有不少人指出此詩自有妙句。

其 二〔一四〕

日照香爐生紫烟,遥看瀑布挂長川〔一五〕。飛流直下三千尺,疑是銀河落九天〔一六〕。

【注釋】

〔一四〕詩題,宋本校:"一本題云《望廬山香爐峰瀑布》",胡本題作《望廬山瀑布泉》,《文苑英華》作《廬山瀑布》,《萬首唐人絶句》、《唐詩品彙》作《望廬山瀑布水》。 〔一五〕"日照"二句:《文苑英華》作"廬山上與斗星連,日照香爐生紫烟"。宋本校:"一作廬山上與斗星連,日照香爐生紫烟。"香爐,香爐峰。峰頂水氣鬱結,雲霧彌漫如香烟繚繞,故名。紫烟,雲霧在陽光照射下呈紫色烟霧。孟浩然《彭蠡湖中望廬山》:"香爐初上日,瀑布噴成虹。"長川,一作"前川"。 〔一六〕"飛流"二句:九天,九重天,即天空最高處。極言瀑布落差之大。三千尺,《文苑英華》作"三千丈"。九天,一作"半天"。

【評箋】

《蘇軾文集》卷六八《自記廬山詩》:僕初入廬山,山谷奇秀,平日所未見,殆應接不暇,遂發意不欲作詩。……是日有以陳令舉《廬山記》見寄者,且行且讀,見其中有云徐凝、李白之詩,不覺失笑。開元寺主求詩,為作一絶云:"帝遣銀河一派垂,古來唯有謫仙詞。飛流濺沫知多少,不與徐凝洗惡詩。"

舊題嚴羽評點《李太白詩集》卷一八:亦是眼前喻法,何以使後人推重?試參之。

唐汝詢《唐詩解》卷二五:泉自峰頂而出,故以香爐發端,從天際而下,故以銀河取譬。

吳昌祺《删訂唐詩解》卷一三:東坡以此斥徐凝,而劉須溪曰:銀河猶不免俗,亦太刻矣。

宋宗元《網師園唐詩箋》:非身歷其境者不能道。

按:本詩寫香爐峰瀑布,境界瑰麗,氣勢磅礴,想像奇特,不僅傳瀑布之神,而且合廬山高峰之理,展現出詩人胸襟之高遠逸放。後來中唐詩人徐凝也寫一首《廬山瀑布》詩:"虛空落泉千仞直,雷奔入江不暫息。千古長如白練飛,一條界破青山色。"其弊就在不能想落天外、虛實相生,缺乏"才氣豪邁,全以神運"(趙翼《甌北詩話》)之筆力。宋代蘇軾曾評這兩詩云:"帝遣銀河一派垂……"(見本詩評箋所引)《東坡志林》卷一《記游廬山》把李白詩推為古今絶唱,而徐凝詩却被斥為"惡詩"。任華《雜言寄李白》詩曰:"登廬山,觀瀑布:'海風吹不斷,江月照還空。'余愛此兩句。"即指此詩,其下又曰:"中間聞道在長安,及余戾止,君已江東訪元丹。"可知此詩作於入京以前。則此二詩當是開元十三年(七二五)初游廬山時所作。

望廬山五老峰〔一〕

廬山東南五老峰,青天削出金芙蓉〔二〕。九江秀色可攬結〔三〕,吾將此地巢雲松〔四〕。

【注釋】

〔一〕五老峰:廬山東南部名峰。五峰聳立形如五老人並肩聳立,故稱。突兀雄偉,雲烟縹緲,變化萬千,為廬山勝境之一。峰下即九疊屏(屏風疊),李白後來隱居處。望,一作"登"。 〔二〕"青天"句:削出,形容五老峰峭拔險峻。芙蓉,蓮花,喻山峰秀麗。其色黃,故曰"金芙蓉"。

〔三〕"九江"句:攬結,即攬取。此句謂登上五老峰,九江秀色盡收眼底。

〔四〕巢雲松:巢居於白雲青松之間。《方輿勝覽》卷一七:"《圖經》:李白性喜名山,飄然有物外志,以廬阜水石佳處,遂往游焉。卜築五老峰下,有書堂舊址,後北歸猶不忍去,指廬山曰:"與君再會,不敢寒盟。丹崖綠壑,神其鑒之!"

【評箋】

《唐宋詩醇》卷七:純用古調,次句亦秀削天成。

按:此詩當是與《望廬山瀑布二首》同時之作。全詩以"望"字着筆,以簡馭繁,輕妙地揮灑出一幅五老峰山水圖,並抒發了傾慕之情。

望 天 門 山〔一〕

天門中斷楚江開〔二〕,碧水東流直北迴〔三〕。兩岸青山相對出,孤帆一片日邊來。

【注釋】

〔一〕天門山:在今安徽省當塗縣西南長江兩岸。東為博望山,西為梁山。兩山夾江對峙,中間如門,故合稱天門山。 〔二〕"天門"句:意謂天門山中間斷裂,為大江打開通道。楚江,指長江。當塗在戰國時代屬楚國,故流經此處的長江稱楚江。 〔三〕直北迴:直北,一作"至北",又一作"至此"。按:作"至此迴"為勝。因兩山石壁突入江中,江面突然狹窄,上游水流至此衝撞石壁而形成旋渦回流。王琦注引毛西河語曰:"因梁山、博望夾峙,江水至此一迴旋也。時刻誤'此'作'北',既東又北,既北又迴,已乖句調,兼失義理。"

【評箋】

舊題嚴羽評點《李太白詩集》卷一八:自然,清遒。

胡應麟《詩藪・内編》卷六：太白七言絶，如"楊花落盡子規啼"、"朝辭白帝彩雲間"、"誰家玉笛暗飛聲"、"天門中斷楚江開"等作，讀之真有揮斥八極、凌屬九霄意。賀監謂爲謫仙，良不虛也。

黄叔燦《唐詩箋注》：此天然圖畫境界，正難有此大手筆寫成。

宋顧樂《唐人萬首絶句選》：此等詩真可謂"眼前有景道不得"也。

俞陛雲《詩境淺説續編》：此詩賦天門山，宛然楚江風景……能手固無淺語也。

按：此詩當是開元十三年（七二五）夏秋之交，二十五歲的詩人初次過天門山所作。題中著"望"字，可知詩中寫的都是詩人"望"中的天門山勝景。全詩四句，每句都是一個特寫鏡頭。在這幅壯麗的山水畫中，山多麼靈秀，水多麼矯健，帆多麼瀟灑。在這景的背後，反映了詩人的氣宇、感情和風貌。讀者可從字裏行間體會到詩人情緒是愉快的。全詩都用白描。緊扣題中"望"字，每句都是"望"中所得，但都不落"望"字；四句都不説舟在行進，讓讀者從中去體會，這是此詩的高妙之處。

金陵城西樓月下吟〔一〕

金陵夜寂涼風發〔二〕，獨上高樓望吴越〔三〕。白雲映水搖空城〔四〕，白露垂珠滴秋月〔五〕。月下沉吟久不歸，古來相接眼中稀〔六〕。解道澄江淨如練，令人長憶謝玄暉〔七〕。

【注釋】

〔一〕金陵，即今江蘇南京市。城西樓，咸本無"城"字。按《景定建康志》卷二一"李白酒樓"條下引此詩，則"城西樓"當即城西孫楚酒樓，詩人又有《翫月金陵城西孫楚酒樓訪崔四侍御》詩,可參看。　〔二〕寂:宋本校:"一作靜。"　〔三〕"獨上"句:高,一作"西"。吳越,指今江蘇南部和浙江北部一帶。古為吳國和越國的屬地。　〔四〕"白雲"句:意謂白雲和城樓均倒影水中,隨波搖蕩。空城,《文苑英華》作"秋光"。空,宋本校:"一作秋。"　〔五〕"白露"句:江淹《別賦》:"秋露如珠。"此句寫白露在秋月下垂滴如珠。垂珠滴秋月,宋本校:"一作沾衣濕秋月。"垂,《文苑英華》作"如"。滴,《又玄集》作"濕"。　〔六〕"月下"二句:沉吟,一作"長吟"。相接,指在思想上能引起共鳴的人。二句謂在月下吟歎長久不歸,自古以來知己甚少。　〔七〕"解道"二句:解道,懂得。長憶,咸本作"還憶",《文苑英華》作"却憶"。謝玄暉,南朝齊代詩人謝朓,字玄暉。其《晚登三山還望京邑》詩有"餘霞散成綺,澄江静如練"句,令詩人歎慕傾倒。

【評箋】

胡仔《苕溪漁隱叢話後集》卷四:太白云:"解道澄江静如練,令人還憶謝玄暉。"至魯直則云:"憑誰説與謝玄暉,休道澄江静如練。"……皆反其意而用之,蓋不欲沿襲之耳。

舊題嚴羽評點《李太白詩集》卷六:"白雲"二句:摇着雲,滴着月,好。　又評"月下"二句:懷古傷今,無限悲思。

按:此詩當是出蜀後初到金陵時開元十三年(七二五)作。全詩結構巧妙,層層深入,馳騁古今,揮灑自如。

長　干　行〔一〕

妾髮初覆額〔二〕,折花門前劇〔三〕。郎騎竹馬來,繞牀弄青梅〔四〕。同居長干里,兩小無嫌猜〔五〕。十四為君婦,羞顏未嘗開〔六〕。低頭向暗壁,千喚不一回。十五始展眉〔七〕,願同塵與灰〔八〕。常存抱柱信〔九〕,豈上望夫臺〔一〇〕?十六君遠行,瞿塘灩預堆〔一一〕。五月不可觸,猿聲天上哀〔一二〕。門前遲行迹,一一生綠苔〔一三〕。苔深不能掃,落葉秋風早。八月蝴蝶來〔一四〕,雙飛西園草。感此傷妾心〔一五〕,坐愁紅顏老〔一六〕。早晚下三巴〔一七〕,預將書報家。相迎不道遠〔一八〕,直至長風沙〔一九〕。

【注釋】

〔一〕長干行:樂府舊題。《樂府詩集》卷七二《雜曲歌辭》有《長干曲》,原為長江下游一帶民歌。行,古詩的一種體裁。按:宋本《李太白文集》中《長干行》有二首,此為其一。第二首實非李白作,前人已屢言之。長干,地名,即長干里、長干巷,在今江蘇南京市。六朝時建康(今南京市)城南秦淮河兩岸有山岡,其間平地為吏民雜居之所。江東稱山隴之間平地為"干",故名。左思《吳都賦》:"長干延屬,飛甍舛互。"有大、小長干巷相連,大長干巷在今南京市中華門外;小長干巷在今南京市鳳凰臺南,巷西達古長江。　〔二〕"妾髮"句:妾,古代婦女自稱的謙詞。初覆額:纔遮額,指髮尚短。　〔三〕劇:游戲。　〔四〕"郎騎"二句:寫兒童時兩小無猜相伴嬉戲之狀。竹馬,古代兒童玩耍,常把竹竿騎在胯下當馬騎。牀,古代坐卧用具。亦指井上的欄杆。弄,玩。　〔五〕"兩小"句:嫌猜,嫌疑、猜忌。古代封建禮教規定:男女七歲以上,授受不親,以別嫌疑。此句謂當時兩人都很年幼,天真爛漫,所以不避嫌疑。　〔六〕"羞顏"句:羞顏,臉上顯示怕羞的神情。　〔七〕展眉:開眉;謂略懂世事,感情展露於眉間。　〔八〕塵與灰:塵、灰原是同類,本易凝合;此喻夫妻倆願永遠和合不分,亦即古詩"以膠投漆中"之意。　〔九〕抱柱信:典出《莊子·盜跖》:"尾生與女子期於梁(橋)下,女子不來。水至,不去。抱梁柱而死。"後人即以此稱堅守信約。　〔一〇〕"豈上"句:豈,宋本校:"一作耻。"望夫臺,即望夫山。古代傳說,夫久出不歸,妻每天上山眺望,化為石頭,因稱之為望夫石,山亦被稱為望夫山或望夫臺。此蓋以石形想像成説。典籍中記載的望夫山有多處。如劉義慶《幽明録》謂在武昌山北,劉澄之《鄱陽記》謂在鄱陽西,《水經注·江水》及《輿地紀勝·江州》謂在今江西德安西北一十五里。《太平寰宇記》卷一〇五謂在今安徽當塗北四十七里,王琦注引蘇轍説在今重慶忠縣南數十里,等等。

〔一一〕"瞿塘"句:瞿塘,為長江三峽之一,指今重慶市奉節以下一段較窄的長江。灩澦(yàn yù)堆,亦作"淫預堆",為長江江心突起的大巖石,在奉節東五公里瞿塘峽口。附近水流湍急,乃舊時長江三峽的著名險灘。古樂府《淫預歌》:"灩澦大如襆(fú),瞿塘不可觸。"陰曆五月,江水上漲,灩澦堆被水淹没,船隻不易辨識,容易觸礁致禍,故曰"五月不可觸"。
〔一二〕"猿聲"句:猿聲,《樂府詩集》作"猿鳴"。古時三峽多猿,啼聲哀切。《水經注·江水》引古歌謡説:"巴東三峽巫峽長,猿鳴三聲淚沾裳。"天上,形容峽中山高,猿聲如在天上。以上四句寫丈夫西去巴蜀,江行艱險,表現女子對丈夫安危的深切關懷。　〔一三〕"門前"二句:謂久盼丈夫不歸,門前小徑長滿了青苔。李白《自代内贈》詩:"别來門前草,秋巷春轉碧。掃盡更還生,萋萋滿行迹。"遲,等待,動詞。一作"舊"。行迹,足迹。緑,宋本校:"一作蒼。"　〔一四〕蝴蝶來:來,胡本作"黄"。明代楊慎《升庵詩話》卷一〇謂秋天黄色蝴蝶最多,並引李白此句以為深中物理。認為今本改"黄"為"來","何其淺也。"但王琦注云:"以文義論之,終以來字為長。"按:六朝至唐代詩中寫黄蝶者甚多,如梁簡文帝《春情》詩:"蝶黄花紫燕相追,楊低柳合露塵飛。"李白好友張謂《别韋郎中》詩:"崢嶸洲上飛黄蝶,灩澦堆邊起白波。"可見無論春或秋季都有黄蝶。　〔一五〕感此:指因蝴蝶雙飛而引起感觸。
〔一六〕坐:由於。　〔一七〕"早晚"句:早晚,疑問詞,猶今言多早晚、什麽時候。三巴,即巴郡、巴東、巴西,相當於今重慶市及奉節、合川等地。　〔一八〕不道:不管、不顧,不嫌。　〔一九〕長風沙:地名,在今安徽安慶市長江邊。

【評箋】

舊題嚴羽評點《李太白詩集》卷三:"郎騎"二句:《摽有梅》,匪媒弗

25

得,用自關情。 又評"同居"二句:極尋常情事,説得出。 又評"低頭"二句:常情羞生,此却羞熟。 又評"五月"二句:"不可觸"、"天上哀",或近或遠,難為情。

《唐詩歸》卷一五鍾惺評:古秀,真漢人樂府。"繞牀弄青梅",寫出小兒女來。"千喚不一迴",有許多情在裏面,不專是小不解事。"豈上望夫臺",解事又似太早了,可見低頭向暗壁,不是一味嬌癡。"相迎不道遠",酷像,妙!妙! 譚元春評"兩小無嫌猜":關尹子兩幼相好,不如此情深。"千喚不一迴",嬌癡可想。"早晚下三巴,預將書報家。相迎不道遠,直至長風沙。"太白絶句妙口,此四語亦可截作一首矣。

陸時雍《唐詩鏡》卷一七:古貌唐音。

沈德潛《唐詩別裁》:"蝴蝶"二句,即所見以感興。 又曰:長風沙在舒州。金陵至舒州七百餘里,言相迎之遠也。

李鍈《詩法易簡錄》:此詩音節,深得漢人樂府之遺,當熟玩之。

《唐宋詩醇》卷三:兒女子情事,直從胸臆間流出,縈迂迴折,一往情深。嘗愛司空圖所云:"道不自器,與之圓方。"為深得委曲之妙。此篇庶幾近之。

按:此詩當是開元十三年(七二五)或十四年初游金陵時所作。詩中以商婦自述的口吻,描述了一個生動的愛情故事。全詩通過具有典型意義的生活片段和心理活動的描寫,展示了少婦的心理成長史和性格發展史。將這位南方女子溫柔細膩的感情、心理,寫得纏綿婉轉,步步深入,充分顯示出她單純、嬌柔、深情、脆弱等性格特點,塑造了一個美麗的商婦形象。全詩情、景、理三者交融,抒情和敘事完美結合,對後來白居易《琵琶行》等詩的創作有重要影響。

楊叛兒〔一〕

君歌《楊叛兒》,妾勸新豐酒〔二〕。何許最關人〔三〕?

楊叛兒

烏啼白門柳〔四〕。烏啼隱楊花,君醉留妾家。博山爐中沉香火,雙烟一氣凌紫霞〔五〕。

【注釋】

〔一〕楊叛兒:楊,宋本作"陽",據他本改。下同。六朝樂府《西曲歌》曲調名,《樂府詩集》卷四九列爲《清商曲辭》,題作《楊叛兒》。《舊唐書·音樂志二》:"《楊伴》,本童謠歌也。齊隆昌時,女巫之子曰楊旻,旻隨母入内,及長,爲后所寵。童謡云:'楊婆兒,共戲來。'而歌語訛,遂成'楊伴兒'。"後來演變爲《西曲歌》的樂曲之一。現存古辭八首,皆爲情歌。其二云:"暫出白門前,楊柳可藏烏。歡作沉水香,儂作博山爐。"李白即以此意改寫成此詩。　　〔二〕"君歌"二句:歌,咸本作"家",非。新豐酒,指美酒。新豐,一是漢代縣名,在今陝西臨潼縣東北。漢高祖定都長安,因其父思歸故鄉,乃於故秦驪邑仿照豐、沛街巷築城,遷豐、沛部分居民於此,以樂其父,名之曰新豐。六朝以來即以多出美酒聞名。王維《少年行》有"新豐美酒斗十千"句。二是在今江蘇鎮江丹徒區。錢大昕《十駕齋養新録》卷一一:"丹徒縣有新豐鎮。陸游《入蜀記》:六月十六日,早發雲陽,過夾岡,過新豐小憩。李太白詩云:'南國新豐酒,東山小妓歌。'又唐人詩云:'再入新豐市,猶聞舊酒香。'皆謂此,非長安之新豐也。然長安之新豐亦有名酒,見王摩詰詩。"　　〔三〕"何許"句:何許,何處。關人,牽動人的情思。　　〔四〕白門:六朝時都城建康(今南京市)的正南門即宣陽門,民間謂之白門。後來用爲金陵(南京市)的别稱。一説爲"建康城西門也,西方色白,故以爲稱"(見胡三省《通鑑注》)。

〔五〕"博山"二句:博山爐,古香爐名,在香爐表面雕有重疊山形的裝飾,香爐像海中的博山,下有盤,貯湯,使潤氣蒸香,以像海之迴環(王琦注)。《西京雜記》卷一:"長安巧工丁緩者……又作九層博山香爐,鏤爲奇禽怪獸,窮諸靈異,皆自然運動。"沉香,又名沉水香,南方瑞香科植物,產於我國臺灣、越南、印度、泰國等地,木材心爲著名的薰香料。紫霞,指天空雲霞。二句詩用古歌意,女子以博山爐自喻,以沉香喻對方,象徵男女愛情生活融洽歡樂。烟,宋本作"咽",誤,據他本改。

27

【評箋】

　　舊題嚴羽評點《李太白詩集》卷三："烏啼隱楊花"二句：此二句賦、比、興俱現。　　又評末二句曰：有此蛇足，愈見古曲之妙。且道笈符籙語入此，更惡俗。

　　楊慎《升庵詩話》卷二：古樂府："暫出白門前，楊柳可藏烏。歡作沉水香，儂作博山爐。"李白用其意，衍為《楊叛兒》。……即"暫出白門前"之鄭箋也。因其拈用，而古樂府之意益顯，其妙益見。如李光弼將子儀軍，旗幟益精明。又如神僧拈佛祖語，信口無非妙道，豈生吞義山、拆洗杜詩者比乎？

　　沈德潛《唐詩別裁》卷六：即《子夜》、《讀曲》意，而語不媟褻。故知君子言有則也。

　　王琦注《李太白全集》："沉水"、"博山"之句，非太白以"雙烟一氣"解之，樂府之妙亦隱矣。

　　陳沆《詩比興箋》：詩中"楊花"與其篇題皆寓其姓也。"君醉留妾家"，寄其志也。香化成烟，凌入雲霞，而雙雙一氣，不少變散，兩情固結深矣。其寓長生殿七夕之誓乎？

　　按：此詩亦當為青年時代游金陵時作。是繼承古樂府《楊叛兒》而進行藝術再創造的一首情歌。樂府古辭原來只有四句，此詩衍化為八句，使男女形象更為豐滿，生活氣息更為濃厚。

金陵酒肆留別〔一〕

　　風吹柳花滿店香〔二〕，吳姬壓酒喚客嘗〔三〕。金陵子弟來相送〔四〕，欲行不行各盡觴〔五〕。請君試問東流水〔六〕，別意與之誰短長？

【注釋】

〔一〕金陵：地名。今江蘇南京市。戰國時楚威王七年（前三三三）滅越國後置金陵邑，在今南京市清涼山。東晉時王導謂"建康古之金陵"。後人作為今南京市的別稱。酒肆：酒店。　　〔二〕"風吹"句：風吹，宋本作"白門"，據他本改。柳花，指柳絮。柳絮本無香味，徐文靖《管城碩記》以為指用柳花作酒的酒香。楊慎《升庵詩話》卷七云："其實柳花亦有微香，詩人之言非誣也。柳花之香，非太白不能道。"滿，宋本校："一作酒。"　　〔三〕"吳姬"句：吳姬，吳地美女。春秋時金陵屬吳地，故稱金陵美女為吳姬。此指酒店侍女。壓酒，古時米酒釀製成熟，盛於囊中，置之槽內，壓以重物，去滓而取汁。喚，蕭本作"使"，郭本作"勸"。　　〔四〕子弟：青年人；年輕的一輩人。　　〔五〕"欲行"句：欲行，指自己。不行，指金陵子弟。盡觴，飲盡杯中酒。觴，酒杯。　　〔六〕試問：一作"問取"。

【評箋】

　　《苕溪漁隱叢話前集》卷五引《詩眼》：山谷言，學者若不見古人用意處，但得其皮毛，所以去之更遠。如"風吹柳花滿店香"，若人復能為此句，亦未是太白。至於"吳姬壓酒勸客嘗"，"壓酒"字他人亦難及。"金陵子弟來相送，欲行不行各盡觴"，益不同。"請君試問東流水，別意與之誰短長"，至此乃真太白妙處，當潛心焉。故學者要先以識為主，禪家所謂正法眼。直須具此眼目，方可入道。

　　趙彥衛《雲麓漫鈔》卷一〇：李太白詩"吳姬壓酒勸客嘗"，說者以為工在"壓"字上。殊不知乃吳人方言耳。至今酒家有"旋壓酒子相待"之語。

　　舊題嚴羽評點《李太白詩集》卷一三：首句：句既飄然不群，柳花説香，更精微，山谷本作"桃花"，便俗。　　又評次句：山谷謂"壓酒"字他人難及，不知"使"字更難及。又有作"勸"字者，便與"嘗"字無干。　　又評三、四句："欲行不行"四字內，不獨情深，已有短長意。　　又評末二句：當與《別汪倫》句參看。

楊慎《升庵詩話》卷七：李太白詩："風吹柳花滿店香。"溫庭筠《詠柳》詩："香隨靜婉歌塵起，影伴嬌嬈舞袖垂。"傳奇詩："莫唱踏春陽，令人離腸結。郎行久不歸，柳自飄香雪。"其實柳花亦有微香，詩人之言非誣也。

謝榛《四溟詩話》卷三：太白《金陵留別》詩："請君試問東流水，別意與之誰短長。"妙在結語，使坐客同賦，誰更擅場？謝宣城《夜發新林》詩："大江流日夜，客心悲未央。"陰常侍《曉發金陵》詩："大江一浩蕩，悲離足幾重。"二作突然而起，造語雄深，六朝亦不多見。太白能變化為結，令人叵測，奇哉！　又卷二：詩有簡而妙者，若劉楨"仰視白日光，皎皎高且懸"，不如傅玄"日月光太清"。……亦有簡而弗佳者，若……劉禹錫"欲問江深淺，應如遠別情"，不如太白"請君試問東流水，別意與之誰短長"。

王夫之《唐詩評選》卷一：供奉一味本色，詩則如此，在歌行誠為大宗。

沈德潛《唐詩別裁》卷六：語不必深，寫情已足。

王堯衢《古唐詩合解》卷三：此篇短調急節，情景各勝。首句非謂柳花香也，乃風吹柳花時，則滿店香耳。麗春美酒，別意更濃，自當徘徊盡興而去。流水無盡時，如君之意，又寧有盡耶？

《唐宋詩醇》卷六：言有盡而意無窮，味在酸鹹之外。

王闓運手批《唐詩選》評"欲行不行"句：無情有情。

按：此詩當是李白初游金陵後將往廣陵（今江蘇揚州）時留贈青年朋友之作，其時在開元十四年（七二六）春。首二句在寫景和敘事中點明留別的時節和地點。首句七字不僅將春光、東風、柳絮的優美景色生動而自然地脫口吟出，着一"香"字，引出下句的酒香、吳姬。而且"店"字在首句出現，初看不知為何店，至第二句始知是酒店，可謂安排妥帖而緊湊。首二句已將春光、柳絮、酒香、美女勸酒等美好境界全部寫出，三、四兩句便在這環境中接着寫青年朋友間的深厚情誼：一群金陵子弟聽説詩人要走，都趕到酒店來送行，於是，"欲行"的詩人和"不行"的金陵子弟都頻頻乾杯，盡情飲酒。情意綿綿，依依不捨。面對這種場面，詩人激動萬分，於是脱口而出最後兩句，以具體形象的長江流水，比擬抽象的離別之情，意境含蓄而韻味深長,惜別之情得到淋漓酣暢的表現。這一表現手法為後代許多詩人效仿。值得注意的是:後代詩人以流水比擬情感之深長,多為愁情;而李白此詩則表現的是激動歡快的情緒。此時李白只有二十六歲,還不知道憂愁哩!

夜下征虜亭〔一〕

船下廣陵去〔二〕,月明征虜亭〔三〕。山花如繡頰〔四〕,江火似流螢〔五〕。

【注釋】

〔一〕征虜亭:故址在今江蘇南京市。因為東晉時征虜將軍謝石所建,故名。　〔二〕廣陵:今江蘇揚州市。　〔三〕明:此用作使動詞,意謂照亮。　〔四〕繡頰:古代女子用丹脂塗飾臉頰,色如錦繡,因稱繡頰。此喻山花紅豔光澤。　〔五〕"江火"句:江,一作"紅",非。江火,江船中的燈光。流螢,飛動的螢火。

按:此詩當是開元十四年(七二六)春夜離金陵往廣陵時所作。首二句點明前往之地和離別之地,並點明是月夜舟行。後二句寫景,以"繡頰"代稱少女,用來形容山花之美;用飛來飛去的螢火蟲來形容倒映在江中的閃爍漁火;一幅春江花月的舟行夜景圖躍然紙上。語言明快,形象鮮明。

別儲邕之剡中〔一〕

借問剡中道,東南指越鄉〔二〕。舟從廣陵去,水入會稽長。竹色溪下緑,荷花鏡裏香。辭君向天姥〔三〕,拂石卧秋霜〔四〕。

【注釋】
〔一〕儲邕:人名,事蹟不詳。李白另有《送儲邕之武昌》詩,當為同一人。剡中,古地名。見前《秋下荆門》詩注。今浙江嵊州市和新昌一帶,當地有剡溪,即東晉王徽之雪夜訪戴逵處。該地山明水秀,故自晉至唐多隱逸之士。　〔二〕越鄉:即指會稽(今浙江紹興市),春秋時為越國都城,故稱越鄉。　〔三〕天姥:山名。在今浙江新昌縣。謝靈運《登臨海嶠與從弟惠連》詩:"暝投剡中宿,明登天姥岑。"《太平寰宇記》卷九六"越州"引《後吴録》:"剡縣有天姥山,傳云登者聞天姥歌謡之聲。"天姥山為道教中的福地。　〔四〕"拂石"句:謂在霜秋季節拂拭山石高卧雲林。此指隱居。

按:從"借問剡中道,東南指越鄉"二句可知,乃初入會稽之作。又云"舟從廣陵去",知從廣陵出發。"竹色溪下緑,荷花鏡裏香",時當盛夏。則此詩當是開元十四年(七二六)盛夏從廣陵出發初入會稽之作。

越　中　覽　古〔一〕

越王勾踐破吴歸〔二〕,義士還家盡錦衣〔三〕。宫女如花滿春殿〔四〕,只今唯有鷓鴣飛〔五〕。

【注釋】
〔一〕越中:指會稽(今浙江紹興市),春秋時越國國都。覽古,游覽古迹。
〔二〕"越王"句:勾踐,春秋時越國君主(?—前四六五年)。曾被吴王夫差打敗,屈服求和。後臥薪嘗膽,發憤圖強,任用范蠡、文種等賢人整理國政。經過二十年的生息積聚,終於轉弱為強,滅亡吳國。接着又在徐州(今山東滕縣南)大會諸侯,成為霸主。破吳,滅亡吳國。事在公元前四七三年。　〔三〕"義士"句:義士,忠勇之士,即《史記·越王勾踐世家》所稱的君子六千人。一説,"義士"乃"戰士"傳寫之訛。還家,《全唐詩》作"還鄉"。錦衣,貴顯者穿的錦繡衣。此句謂忠勇之士因破吳有功,回來時都得到官爵賞賜。　〔四〕春殿:指越王的宫殿,因勝利凱旋而充滿春意。春,美好的時光和景象。　〔五〕"只今"句:只今,《文苑英華》作"至今"。飛,一作"啼"。鷓鴣,鳥名。羽毛多黑白相雜,尤以背上和胸腹等部的眼狀白斑更顯著。棲息於山地灌木叢,鳴時常立於山巔樹上。多分布於我國南部。《文選》卷五左思《吴都賦》:"鷓鴣南翥而中留。"劉逵注:"鷓鴣,如雞,黑色,其鳴自呼。或言此鳥常南飛不北,豫章已南諸郡處處有之。"

【評箋】

敖英輯評《唐詩絶句類選》:弔古諸作,大得風人之體。……《越中覽古》詩,前三句賦昔日之豪華,末一句詠今日之凄涼。大抵唐人弔古之作,多以今昔盛衰構意,而縱橫變化,存乎體裁。

查慎行《初白詩評》:用一句結上三句,章法獨創。

王堯衢《古唐詩合解》卷五:此"只今唯有"四字用在合句,各盡其妙。

沈德潛《唐詩別裁》卷二〇:三句説盛,一句説衰,其格獨創。

《唐宋詩醇》卷八:前《蘇臺覽古》,通首言其蕭索,而末一語兜轉其盛;此首從盛時説起,而末句轉入荒涼,此立格之異也。

黄叔燦《唐詩箋注》:《蘇臺覽古》……是由今溯古也。此首從越王破吳説起,雄圖霸業,奕奕聲光,追出"鷓鴣"一句結局,是弔古傷今也。體局各異。古人煉局之法,於此可見。

李鍈《詩法易簡録》:前三句極寫其盛,末一句始用轉筆以寫其衰,格法奇矯。

宋顧樂《唐人萬首絶句選評》:極力振宕一句,感歎懷古,轉有餘味。

管世銘《讀雪山房唐詩凡例·論文雜言》：杜公"蓬萊宮闕對南山"，六句開，兩句合；太白"越王勾踐破吳歸"，三句開，一句合，皆律絕中創調。

俞陛雲《詩境淺説續篇》：詠勾踐平吳事，振筆疾書，其異於平鋪直敘者，以真有古茂之致；且末句以"惟有"二字，力綰全篇，詩格尤高。前三句言平吳歸後，越王固粉黛三千，宮花春滿；戰士亦功成解甲，晝錦榮歸。曾幾何時，而霸業烟消，所餘者惟三兩鷓鴣，飛鳴原野，與夕陽相映耳。

按：此詩當是開元十四年（七二六）初游會稽時所作。此詩的結構與一般七言絕句也不同。一般七絕在第三句作轉折，而此詩前三句却一氣貫串直下，到末句才轉折，而且轉折得非常有力，對比非常強烈。這在一般詩人是難以做到的。

越女詞五首〔一〕

其　一

長干吳兒女〔二〕，眉目豔星月〔三〕。屐上足如霜〔四〕，不著鴉頭襪〔五〕。

【注釋】

〔一〕胡本、《全唐詩》題下注："越中書所見也。"按此組詩乃寫金陵和越中女子之美好，非專寫越女，當是編集者將五首合成組詩。　〔二〕"長干"句：長干，即長干里，金陵里巷名。見前《長干行》注。吳，指今南京市一帶。兒女，指女子。　〔三〕"眉目"句：謂眉目明朗比星月還要美豔。星，《全唐詩》作"新"。　〔四〕"屐上"句：屐，木屐，古代吳越男女多穿木屐。《晉書·五行志上》："初作屐者，婦人頭圓，男子頭方。圓者順之義，所以別男女也。至太康初，婦人屐乃頭方，與男無別。"由此可證女子亦穿木屐。如霜,形容皮膚潔白。　〔五〕鴉頭襪:一種使拇趾與其他四趾分開的襪子。"鵶","鴉"的異體字。

【評箋】
　　舊題嚴羽評點《李太白詩集》卷二一:有此品題,始知女兒露足之妙,何用行纏?

　　按:此詩疑是開元十三年(七二五)初游金陵(今江蘇南京市)時所作。詩中描寫金陵長干里的女子眉目秀美,不穿襪子,雙足細白。語言風格顯然受南朝民歌的影響。

其　　二

　　吴兒多白皙〔六〕,好為蕩舟劇〔七〕。賣眼擲春心,折花調行客〔八〕。

【注釋】
〔六〕"吴兒"句:吴兒,吴地女子。白皙,白淨。　〔七〕好:喜歡。蕩舟劇,摇蕩舟船的游戲。《史記·齊太公世家》:"二十九年,桓公與夫人蔡姬戲船中。蔡姬習水,蕩公,公懼,止之。"裴駰《集解》引賈逵曰:"蕩,摇也。"劇,游戲。　〔八〕"賣眼"二句:謂女子對人以飛眼傳情,賣弄春心,折花戲弄行客。賣眼,以目傳情。即《楚辭》中"目成"之意。調,戲弄,挑逗。梁武帝《子夜四時歌·冬歌四首》其一:"賣眼拂長袖,含笑留上客。"二句即化用其意。

【評箋】
　　《唐詩歸》卷一六鍾惺評:填詞妙語,入詩不纖。　譚元春評:似吴兒在此詩中,呼之或出耳。

　　〔日〕近藤元粹《李太白詩醇》卷五:"賣眼"字、"擲"字俱奇。調,嘲笑也。

按：此詩與上首當是同時之作。詩中描寫吳地女子皮膚細白，喜歡蕩舟，還善於眉目傳情，折花挑逗行客。

其　　三

耶溪采蓮女〔九〕，見客棹歌回〔一〇〕。笑入荷花去，佯羞不出來〔一一〕。

【注釋】

〔九〕耶溪：即若耶溪。在今浙江紹興市南。溪旁舊有浣紗石古迹，相傳西施浣紗於此，故一名浣紗溪。　〔一〇〕棹歌：摇船時所唱之歌。漢武帝《秋風辭》："簫鼓鳴兮發棹歌。"　〔一一〕"佯羞"句：佯，假裝。此句謂假裝害羞而不出來。出，宋本作"肯"，據他本改。

【評箋】

舊題嚴羽評點《李太白詩集》卷二一：調客不如避客，眼擲不如笑去，女兒情以此為深。如前者易喜，亦易賤也。

《唐詩歸》卷一六譚元春評：説情處，字字使人心宕。　鍾惺評：非"佯羞"二字，説不出"笑入"之情。

應時《李詩緯》卷四評"笑入"二句：極寫情態。雖寫深情，亦是變風之正。　又引丁谷雲評：小樂府之神，昔人不多得。

按：此詩疑是開元十四年（七二六）初入會稽（今浙江紹興市）時所作。詩中描寫若耶溪采蓮女的天真嬌羞的動作和神態，棹歌、笑入荷花、佯羞不出來，逼真如畫。

其　　四

東陽素足女〔一二〕,會稽素舸郎〔一三〕。相看月未墮,白地斷肝腸〔一四〕。

【注釋】

〔一二〕"東陽"句:東陽,唐縣名,屬江南道婺州,今浙江東陽市。素足女,不穿襪子的赤腳女子,亦即指雙足潔白的女子。　〔一三〕"會稽"句:會稽,唐縣名,屬江南道越州,為越州治所所在地,今浙江紹興市。素舸,不加裝飾的船。謝靈運《東陽溪中贈答》詩其二:"可憐誰家郎,緣流乘素舸。"　〔一四〕"相看"二句:白地,猶俚語"平白地"、"白白地"。按此詩點化謝靈運《東陽溪中贈答二首》:"可憐誰家婦,緣流洗素足。明月在雲間,迢迢不可得。""可憐誰家郎,緣流乘素舸。但問情若何,月就雲中墮。"此"月未墮",則反用其意。

【評箋】

楊慎《升庵詩話》卷八:李白詩:"東陽素足女,會稽素舸郎。相看月未墮,白地斷肝腸。"按謝靈運有《東陽江中贈答》二首云:"可憐誰家婦,緣流洗素足。明月在雲間,迢迢不可得。"答詩云:"可憐誰家郎,緣流乘素舸。但問情若為,月就雲中墮。"太白蓋全祖之也,而注不知引。

按:此詩當與前首同時之作。前二句分寫東陽、會稽的一對小情人,後二句寫兩地同看一個明月而愁斷肝腸。全詩點化謝靈運《東陽溪中贈答二首》為一詩,更有情趣。

其　　五

鏡湖水如月〔一五〕,耶溪女如雪〔一六〕。新妝蕩新波,光景兩奇絕〔一七〕。

【注釋】
〔一五〕"鏡湖"句：鏡湖，得名於王羲之"山陰路上行，如在鏡中游"之句。又名鑑湖、長湖、慶湖，在今浙江紹興市會稽山北麓。東漢永和五年(一四〇)，會稽太守馬臻徵集民工修築，周圍三百一十里，呈東西狹長形。築堤東起今曹娥鎮附近，經郡城(今紹興)南，西抵今錢清鎮附近，盡納南山三十六源之水瀦而成湖，灌田九千餘頃，為古代長江以南大型水利工程之一。水如月，謂鏡湖呈圓月形狀，如一銅鏡。如，《全唐詩》作"似"。
〔一六〕"耶溪"句：耶溪，若耶溪。北流入鏡湖，二句雖分言兩水，實即一地。女如雪，謂女子肌膚潔白如雪。按：鏡湖、耶溪，雖分言兩水，實處一地。　〔一七〕"新妝"二句：謂越女新妝臨春水，倩影映碧波，蕩漾生輝，水光和倒影極美，兩相奇絕。新妝，謂新打扮。新波，指春水。

按：此詩與前二首當為同時之作。詩中前二句描寫鏡湖之水和耶溪之水都極美，水如月，女如雪，明亮潔白。後二句描寫越女新妝映入春水中，新妝新波，相互輝映，人極美，景也極美，所謂兩奇絕。

蘇　臺　覽　古〔一〕

舊苑荒臺楊柳新〔二〕，菱歌清唱不勝春〔三〕。只今唯有西江月〔四〕，曾照吳王宮裏人。

【注釋】
〔一〕蘇臺：即姑蘇臺。故址在今江蘇蘇州市西南姑蘇(又名姑胥、姑餘)山上，春秋時吳王闔閭(hé lú)興建；其子夫差增修，立春宵宮，與西施及宮女們為長夜之飲。越國攻吳國,吳太子友戰敗,遂焚姑蘇臺。覽古,游覽古迹。　　〔二〕舊苑荒臺:舊時吳王的園林和荒圮的臺榭。
〔三〕"菱歌"句:菱歌,采菱時所唱的歌曲。清唱,指歌聲清晰響亮。宋本作"春唱",據他本改。菱歌清唱,《文苑英華》作"采菱歌唱"。不勝春,不盡的春意。　　〔四〕西江月:西邊江上的月亮。西江,指從江西省九江市至江蘇省南京市之間這一段長江。此段長江呈西南往東北流向,古稱"西江"。宋本作"江西",據他本改。

【評箋】

　　舊題嚴羽評點《李太白詩集》卷一九:感慨語,極清深。但太白多用此,亦不堪數見。

　　胡應麟《詩藪·內編》卷三:衛萬《吳宮怨》:"吳王宮闕臨江起,下捲珠簾見江水。……祇今惟有西江月,曾照吳王宮裏人。"高華響亮,可與王勃《滕王閣》詩對壘。第末二句全與太白同,不知孰先後也。

　　陳繼儒《唐詩三集合編》:末二句如天花從空中幻出。

　　王夫之《薑齋詩話》卷下:七言絕句……其免於滯累者,如"只今唯有西江月,曾照吳王宮裏人","黃鶴樓中吹玉笛,江城五月《落梅花》","此夜曲中聞《折柳》,何人不起故園情",則又疲苶無生氣,似欲匆匆結煞。

　　應時《李詩緯》卷四引丁谷雲評:意若盡而味無窮,真絕句體也。

　　黃叔燦《唐詩箋注》:弔古情深,語極淒婉。

　　李鍈《詩法易簡錄》:一、二句但寫今日蘇臺之風景,已含起吳宮美人不可復見意。却妙在三、四句不從不得見處寫,轉借月之曾經照見寫,而美人之不可復見,已不勝感慨矣。

　　按:此詩當是開元十五年(七二七)春由越州回到蘇州時作。在結構上,末句"吳王宮裏人"與次句"菱歌清唱"暗相對照,妙在不着痕迹。此詩與《越中覽古》主題相似,同為弔古。但此詩以今溯古,而《越中覽古》則從盛寫到衰,以古襯今;此詩之轉在第三句,而彼詩之轉在末句;可謂同中有異。由此可見李白詩歌藝術的構思巧妙多變。

烏棲曲〔一〕

姑蘇臺上烏棲時，吳王宮裏醉西施〔二〕。吳歌楚舞歡未畢〔三〕，青山猶銜半邊日〔四〕。銀箭金壺漏水多〔五〕，起看秋月墜江波〔六〕，東方漸高奈樂何〔七〕！

【注釋】
〔一〕烏棲曲：六朝樂府《西曲歌》舊題。《樂府詩集》列於《清商曲辭》。梁簡文帝、梁元帝、蕭子顯、徐陵、岑之敬等均有此題之作，內容多寫男女歡愛。按《文苑英華》收李白此詩題為《烏夜啼》，誤。　〔二〕"姑蘇臺"二句：姑蘇臺，見《蘇臺覽古》注。烏棲時，指黃昏時。吳王，此指春秋時的吳王夫差（？——前四七三）。公元前四九四年，夫差打敗越王勾踐，勾踐獻美女西施求和。從此夫差驕奢淫逸，與西施晝夜飲酒作樂。據《述異記》卷上記載，吳王在姑蘇臺上"別立春宵宮，為長夜之飲，造千石酒鍾。夫差作天池，池中造青龍舟，舟中盛陳妓樂，日與西施為水嬉"。二十年後，勾踐舉兵復仇，吳國遂亡。　〔三〕吳歌楚舞：春秋時吳國與楚國疆域相接，都在南方，故此泛指南方樂舞。　〔四〕"青山"句：形容太陽下山時的情景，意謂整天作樂，不覺又到了黃昏。猶，一作"欲"。　〔五〕銀箭金壺：《河岳英靈集》作"金壺丁丁"。　我國古代的計時器，以銅壺盛水，水從壺底孔中緩緩滴漏。水中立一有刻度的箭，度數隨着水平面逐漸下降而變化，藉以標誌時間。又稱"銅壺滴漏"。
〔六〕"起看"句：謂一夜又到了盡頭。秋月墜江波，黎明前的景色。起，咸本作"趨"。墜，敦煌寫本《唐人選唐詩》作"墮"。　〔七〕"東方"句：東方漸高，東方漸曉。高，讀皜(hào)，白，明，曉色。按漢樂府《有所思》："東方須臾高知之"，與此同意。奈樂何，《河岳英靈集》作"奈爾何"。此句意謂吳王日夜尋歡作樂，即使天亮，又對他怎樣呢！

40

【評箋】

孟棨《本事詩·高逸》：賀(知章)又見其《烏棲曲》，歎賞苦吟，曰："此詩可以泣鬼神矣。"故杜子美贈詩及焉。……或言是《烏夜啼》，二篇未知孰是，故兩録之。

胡仔《苕溪漁隱叢話前集》卷五：老杜《寄李十二白》詩云："詩成泣鬼神。"元和中范傳正誌白墓云："賀公知章吟公《烏棲曲》，云此詩可以哭鬼神矣。"……古人作詩，類皆摭實，豈若今人憑空造語耶！

王夫之《薑齋詩話》卷下：豔詩有述歡好者，有述怨情者，《三百篇》亦所不廢。……至如太白《烏棲曲》諸篇，則又寓意高遠，尤為雅奏。

又《古詩評選》卷一評蕭子顯《烏棲曲》"芳樹歸飛聚儔匹，猶有殘光半山日"曰："第二句為太白奄有，遂成絕唱。"

又《唐詩評選》卷一：薑尾銀鈎，結構特妙。　總此數語，由人卜度，正使後人誤解，方見圈饋之大。　"青山"句天授，非人力。

沈德潛《唐詩別裁》卷六：末句為樂難久也。綴一單句，格奇。

《唐宋詩醇》卷二：樂極悲生之意寫得微婉。荒宴未幾而麋鹿游於姑蘇矣。全不說破，可謂興寄深微者。胡應麟以杜之《八哀》雋永深厚，法律森然，謂此篇斤兩稍輕，詠歎不足，真意為謗傷，未足與議也。末綴一單句，有不盡之妙。

方東樹《昭昧詹言》卷一二：太白層次插韻，此最迷人，真太史公文法矣。

按：相傳李白初入長安賀知章吟讀此詩後，大為贊賞說："此詩可以泣鬼神矣。"(見孟棨《本事詩·高逸》)則此詩當是李白出蜀後游蘇州登姑蘇臺遺址有感而作。當是與《蘇臺覽古》同期作品。唐汝詢《唐詩解》卷一二謂"此因明皇與貴妃為長夜飲，故借吳宮事以諷之。"非是。

全詩構思的特點是以時間為線索，寫出吳宮淫蕩生活自暮達旦、又自旦達暮不斷進行的過程。通過日暮棲烏、落日銜山、秋月墜江等富於象徵色彩的物象，暗示荒淫君王不可避免的樂極生悲的下場。全篇純用客觀敘寫，不入一句貶辭，但諷刺却很尖銳而冷峻深刻。李白的樂府詩

41

和七言古詩，多雄奇奔放，縱橫淋漓，而此詩却收斂含蓄，深婉隱微，成為李白樂府詩中的別調。

淮南卧病書懷寄蜀中趙徵君蕤〔一〕

吴會一浮雲，飄如遠行客〔二〕。功業莫從就，歲光屢奔迫〔三〕。良圖俄棄捐，衰疾乃綿劇〔四〕。古琴藏虚匣，長劍挂空壁〔五〕。楚懷奏鍾儀，越吟比莊舄〔六〕。國門遥天外〔七〕，鄉路遠山隔。朝憶相如臺〔八〕，夜夢子雲宅〔九〕。旅情初結緝〔一〇〕，秋氣方寂歷〔一一〕。風入松下清，露出草間白。故人不在此，而我誰與適〔一二〕？寄書西飛鴻，贈爾慰離析〔一三〕。

【注釋】
〔一〕淮南：唐代開元時分全國為十五道，淮南道治所在揚州(今江蘇揚州)，故此以淮南稱揚州。趙徵君蕤，徵君趙蕤。《唐詩紀事》卷一八引楊天惠《彰明逸事》：“(李白)隱居戴天大匡山，往來旁郡，依潼江趙徵君蕤。(蕤)亦節士，任俠有氣，善為縱橫學，著書號《長短經》。李白從學歲餘，去游成都。”徵君，對曾經被朝廷徵聘而不肯受職的隱士的尊稱。《後漢書·黃憲傳》：“初舉孝廉，又辟公府。友人勸其仕，憲亦不拒之，暫到京師而還，竟無所就。年四十八終，天下號曰徵君。”按：宋本題下有“淮南”二字，乃宋人編集時所加，以為作詩之地。　〔二〕“吴會”二句：宋本校：“一作萬里無主人，一身獨為客。”吴會，東漢時分會稽郡為吴郡和會稽郡，合稱“吴會”。後雖分郡漸多，但仍以吴會通稱兩郡故地。其地在今江蘇東南部、上海市和浙江北部。浮雲：喻游子，此為自稱。其時詩人客游越州和蘇州後回到揚州，故云。魏文帝《雜詩二首》：“西北有浮雲，亭亭如車蓋。惜哉時不遇，適與飄風會。吹我東南行，行行至吳會。"潘岳《楊氏七哀詩》："人居天地間，飄若遠行客。"二句即用其意。　〔三〕"功業"二句：莫從就，無所從而不得成就。歲光，歲月時光。奔迫，奔走催逼，形容歲月逝去之迅速。　〔四〕"良圖"二句：良圖，指美好的志向、政治抱負。俄，頓時，頃刻。棄捐，捨棄。綿劇，延續加重。　〔五〕"古琴"二句：以琴、劍的虛藏空挂放置不用，喻己才能抱負無法施展。　〔六〕"楚懷"二句：宋本校："一作卧來恨已久，興發思逾積。"奏，宋本作"秦"，繆本改作"奏"，今據改。一本上句作"楚冠懷鍾儀"，是。《左傳·成公九年》："晉侯觀于軍府，見鍾儀，問之曰：'南冠而縶者，誰也？'有司對曰：'鄭人所獻楚囚也。'使稅之。召而弔之。再拜稽首。問其族，對曰：'泠（伶）人也。'公曰：'能樂乎？'對曰：'先父之職官也，敢有二事？'使與之琴，操南音。⋯⋯公語范文子，文子曰：'楚囚，君子也。言稱先職，不背本也；樂操土風，不忘舊也。'"杜預注："南音，楚聲。"此謂鍾儀戴南冠奏南音表示對楚國的懷念。莊舄（xī）：《史記·張儀列傳》："越人莊舄仕楚執珪，有頃而病。楚王曰：'舄故越之鄙細人也，今仕楚執珪，富貴矣，亦思越不？'中謝對曰：'凡人之思故，在其病也。彼思越則越聲，不思越則楚聲。'使人往聽之，猶尚越聲也。"此處用二典表示自己思念故鄉。　〔七〕國門：故鄉；指蜀中。李白《早春於江夏送蔡十還家雲夢序》："海草三緑，不歸國門。又更逢春，再結鄉思。"　〔八〕相如臺：西漢文學家司馬相如的琴臺，遺迹在今四川成都市。　〔九〕子雲宅：西漢文學家揚雄，字子雲，其宅故址在今四川成都市。　〔一〇〕初結緝：宋本校："一作如結骨。"按結緝當作"結縎（gǔ）"，鬱結不解之意。王逸《九思·怨上》："佇立兮忉怛，心結縎兮折摧。"《漢書·息夫躬傳》："涕泣流兮萑蘭，心結慉（gǔ）兮傷肝。"本作"結絓"，屈原《悲回風》："心結絓而不解兮，思蹇産而不釋。""縎"、"慉"並為"絓"之通假字。　〔一一〕寂歷：蕭瑟，冷落。《文選》卷三一江淹《雜體詩三十首·王徵君〈養疾〉》："寂歷百草晦。"李善注："寂歷，凋疏貌。"　〔一二〕"故人"二句：不在此，一作"不可見"。而我，一作"幽夢"。誰與，咸本作"與誰"。誰與適，與誰適。適，合。　〔一三〕"贈爾"句：謝靈運《南樓中望所遲客》詩：

"路阻莫贈問,云何慰離析?"爾,你;第二人稱代詞。離析,離別分散。析,一作"拆",據他本改。

按:這是李白出蜀後唯一的一首寄蜀中友人的詩。李白《上安州裴長史書》云:"曩昔東游維揚,不逾一年,散金三十萬。"此詩當作於開元十五年(七二七)秋天游吳會後回到揚州時。其時黃金散盡,功業無成,加之貧病交迫,因而思鄉寄友,情懷淒然。

靜　夜　思〔一〕

牀前看月光〔二〕,疑是地上霜〔三〕。舉頭望山月〔四〕,低頭思故鄉。

【注釋】

〔一〕靜夜思:詩人自製的樂府詩題,《樂府詩集》卷九〇列入《新樂府辭》。題解曰:"新樂府者,皆唐世之新歌也。以其辭實樂府,而未嘗被於聲,故曰新樂府也。"其實李白這類作品仍存舊題樂府的傳統特質,絶去雕飾,純出天真,雖不用樂府舊題,而古意盎然。與後來元稹、白居易等人的新樂府不同。　〔二〕看月光:《唐人万首絶句選》及《唐詩別裁》作"明月光"。　〔三〕"疑是"句:梁簡文帝《玄圃納涼》詩:"夜月似秋霜。"此即化用其意。　〔四〕山月:《唐詩品彙》作"明月"。

【評箋】

舊題嚴羽評點《李太白詩集》卷五:前句生二句,二句生四句,却一意説出,不由造作。

劉辰翁曰:自是古意,不須言笑。(《唐詩品彙》卷三九引)。

范梈曰:五言短古不可明白説盡,含糊則有餘味,如此篇是也。(《唐詩選》卷六引)。

胡應麟《詩藪・内編》卷六：太白五言，如《静夜思》、《玉階怨》等，妙絶古今，然亦齊、梁體格。

《唐詩歸》卷一六鍾惺評：忽然妙境，目中口中湊泊不得，所謂不用意得之者。

吴逸一評《唐詩正聲》：百千旅情，妙復使人言説不得。天成偶語，詎由精煉得之？

胡震亨《李詩通》：思歸之辭，白自製名。

沈德潛《唐詩別裁》卷一九：旅中情思，雖説明却不説盡。

黄叔燦《唐詩箋注》：即景即情，忽離忽合，極質直却自情至。

《唐宋詩醇》卷四：《詩藪》謂古今專門大家得三人焉：陳思之古，拾遺之律，翰林之絶。皆天授，非人力也。要是確論。至所云"唐五言絶多法齊梁，體製自別"；此則氣骨甚高，神韻甚穆，過齊梁遠矣。

王堯衢《古唐詩合解》卷四：此詩如不經意，而得之自然，故群服其神妙。

俞樾《湖樓隨筆》：李太白詩"牀前明月光……"，王昌齡詩"閨中少婦不知愁……"，此兩詩體格不倫而意實相準。……牀前明月光，初以為地上之霜耳，乃舉頭而見明月，則低頭而思故鄉矣。此以見月色之感人者深也。蓋欲言其感人之深，而但言如何相感，則雖深仍淺矣。以無情言情則情出，從無意寫意則意真。知此者可以言詩乎！

俞陛雲《詩境淺説續編》：前二句，取喻殊新。後二句，在舉頭、低頭俄頃之間，頓生鄉思。良以故鄉之念，久藴懷中，偶見牀前明月，一觸即發，正見其鄉心之切。且"舉頭"、"低頭"，聯屬用之，更見俯仰有致。

按：此詩乃客久而思鄉之辭，疑作於"東涉溟海"、"散金三十萬"之後的貧困之時。中國古代詩歌向有描寫月夜思鄉思親友的傳統，因為月亮普照天下，遠隔千山萬水的故鄉親友，與游子所見到的是同一個月亮。所以曹丕的《燕歌行》描寫思婦在"明月皎皎照我牀"的情况下思念客游邊地的夫君；《古詩十九首・明月何皎皎》和南朝《子夜吴歌》分別寫游子思鄉和女子思念情人,都是由明月引起思念。這些詩對李白此詩的藝術構思乃至遣詞造句都有一定的影響。此詩短短二十字,情景交融,描繪出一幅客子秋夜思鄉的鮮明圖畫,語淺情深,委婉動人,完美地表現了旅人思鄉的普遍性主題,所以此詩具有強烈的藝術魅力,永遠激動人心。

夜泊牛渚懷古　此地即謝尚聞袁宏詠史處〔一〕

牛渚西江夜〔二〕,青天無片雲。登舟望秋月,空憶謝將軍〔三〕。余亦能高詠,斯人不可聞〔四〕。明朝挂帆席,楓葉落紛紛〔五〕。

【注釋】

〔一〕詩題一作《夜宿牛渚》。牛渚:山名,在今安徽馬鞍山市。山北部突入長江,名牛渚磯,又名采石磯。按:題下為李白自注。《世説新語·文學》:"袁虎少貧(虎,袁宏小字也),嘗為人傭載運租。謝鎮西經船行,其夜清風朗月,聞江渚間估客船上有詠詩聲,甚有情致。所誦五言,又其所未嘗聞,歎美不能已。即遣委曲訊問,乃是袁自詠其所作《詠史詩》。因此相要,大相賞得。"劉孝標注引《續晉陽秋》及《晉書·袁宏傳》所載略同。　〔二〕西江:見《蘇臺覽古》注〔四〕。牛渚山即在此段江邊。
〔三〕"空憶"句:空憶,徒然想念。謝將軍,指謝尚。《晉書·謝尚傳》:謝尚,字仁祖,累官至建武將軍,進號安西將軍。永和中,拜前將軍、豫州刺史,鎮歷陽(今安徽和縣)。入朝,進號鎮西將軍,鎮壽陽。升平初(三五七),徵拜衛將軍,加散騎常待,未至,卒於歷陽。按:袁宏即在謝尚為安西將軍、豫州刺史時被引入幕府參其軍事。　〔四〕"余亦"二句:意謂我也能如袁宏那樣高誦自己的詩篇,可惜此人(謝尚)已無法聽到了。斯人,此人。指謝尚。李白《勞勞亭歌》:"昔聞牛渚吟五章,今來何謝袁家郎。"《答杜秀才五松山見贈》："吾非謝尚邀彥伯,異代風流各一時。"可與此參讀。　〔五〕"明朝"二句：感歎不遇知音,只得在楓葉紛紛下落的秋色中張帆離去。挂帆席,揚帆駛船。古代帆或以席為之,故名帆席。見劉熙《釋名》。按：朝,咸本作"月"。挂帆席,宋本校："一作洞庭去。"落,宋本校："一作正。"胡本作"正"

【評箋】

　　舊題嚴羽評點《李太白詩集》卷一九：淒然。
　　又《滄浪詩話·詩體》：有律詩徹首尾不對者。盛唐諸公有此體。如孟浩然詩"挂席東南望……",又"水國無邊際"之篇,又太白"牛渚西江夜"之篇,皆文從字順,音韻鏗鏘,八句皆無對偶者。
　　王士禛《帶經堂詩話》卷三：或問"不著一字、盡得風流"之說。答曰：太白詩"牛渚西江夜……楓葉落紛紛",詩至此,色相俱空,正如羚羊挂角,無迹可求,畫家所謂逸品是也。
　　沈德潛《說詩晬語》卷上：又有通體俱散者,李太白《夜泊牛渚》……興到成詩,人力無與,匪垂典則,偶存標格而已。
　　又《唐詩別裁》卷一〇：不用對偶,一氣旋折,律詩中有此一格。
　　《唐宋詩醇》卷八：白天才超邁,絕去町畦,其論詩以興寄為主,而不屑屑於排偶、聲調。當其意合,真能化盡筆墨之迹,迥出塵壒之外。司空圖云："不著一字,盡得風流。"嚴羽云："鏡中之花,水中之月,羚羊挂角,無迹可求。"論者以此詩及孟浩然《望廬山》一篇當之,蓋有以窺其妙矣。羽又云："味在酸鹹之外。"吟此數過,知其善於名狀矣。
　　王琦注《李太白全集》卷二二引趙宧光曰：律不取對,如李白"牛渚西江夜"云云,孟浩然"挂席東南望"云云,二詩無一句屬對,而調則無一字不律。故調律則律,屬對非律也。近有詩家竊取古調作近體,自以為高者,終是古詩,非律也。中晚之律,每取一貫而下,已自失款,況今日之以古作律乎？楊用修云："五言律八句不對,太白、浩然有之,乃是平仄穩貼古詩也。"楊謬以對為律,亦淺之乎觀律矣。古詩在格與意義,律詩在調與聲韻。如必取對,則六朝全對者正自多也,何不即呼律詩乎？律詩之名起於唐,律詩之法嚴於唐。未起未嚴,偶然作對,作者觀者慎勿以此持心,方能得一代作用之旨。

王堯衢《古唐詩合解》:前解是牛渚懷古,後解自況袁宏,正寫懷古之情。此詩以古行律,不拘對偶,蓋情勝於詞者。

陳僅《竹林答問》:盛唐人古律有兩種:其一純乎律調而通體不對者,如太白"牛渚西江月"、孟浩然"挂席東南望"是也。

施補華《峴傭說詩》:五律有清空一氣不可以煉句、煉字求者,最為高格。如太白"牛渚西江夜"、"蜀僧抱綠綺",襄陽"挂席幾千里",摩詰"中歲頗好道",劉眘虛"道由白雲盡"諸首,所謂"羚羊挂角,無迹可求"。　又曰:五言律有中二語不對者,如"倚杖柴門外,臨風聽暮蟬"是也;有全詩不對者,如"挂席幾千里"、"牛渚西江夜"是也。須一氣揮灑,妙極自然。初學人當講究對仗,不能臻此化境。

按:此詩自傷不遇知音。當作於青年時代名未振之時。詩云"明朝洞庭去",疑作於開元十五年(七二七)秋完成"東涉溟海"後溯江往洞庭擬安葬友人吳指南途經牛渚時。牛渚是有深厚歷史文化積澱而充滿魅力的山水勝地,更易引起詩人的懷古情緒。全詩意境明朗,蕭散自然,富有令人神遠的韻味。尾聯更是餘音嫋嫋,含不盡之意於言外。這是一首五律,平仄都合規矩,但中間兩聯却未按規矩對仗。這也是李白律詩不拘約束的一個特點。

贈從兄襄陽少府皓[一]

結髮未識事[二],所交盡豪雄。却秦不受賞,擊晉寧為功[三]?托身白刃裏,殺人紅塵中。當朝揖高義,舉世欽英風[四]。小節豈足言?退耕舂陵東[五]。歸來無產業〔六〕,生事如轉蓬〔七〕。一朝狐裘弊,百鎰黃金空〔八〕。彈劍徒激昂,出門悲路窮〔九〕。吾兄青雲士〔一〇〕,然諾聞諸公〔一一〕。所以陳片言〔一二〕,片言貴情通。棣華儻不接〔一三〕,甘與秋草同。

【注釋】
〔一〕咸本無"襄陽少府"四字。從兄,比自己年長的伯叔之子。按《新唐書・宰相世系表》趙郡李氏東祖房有李皓,許州司馬,未知是否此人。又按李白另有《贈臨洺縣令皓弟》詩,而此詩稱兄,彼詩稱弟,當非一人。襄陽,唐代襄州有襄陽縣,在今湖北襄陽。少府,對縣尉的敬稱。唐代敬稱縣令為明府,縣丞為贊府,縣尉為少府。皓,宋本校:"一作晧。"
〔二〕結髮:束髮。古代男子二十歲束髮加冠,以示成年。此指年輕時。
〔三〕"却秦"二句:戰國時齊人魯仲連喜為人排難解紛。秦軍圍困趙都邯鄲,趙向魏求救,魏不敢出兵,却派將軍辛垣衍去說服趙尊秦為帝,諉秦罷兵。魯仲連知此事後,立即去見辛垣衍,指出尊秦為帝的禍患。辛聽後心悦誠服,不敢再提此事。秦將聞之,為之退軍五十里。趙平原君趙勝封魯仲連以官爵,被他謝絕。又置酒以千金為魯仲連壽。魯仲連說:"所貴於天下之士者,為人排患難解紛亂而無取也。即有取者,是商賈之事也,而連不忍為也。"於是辭別而去,終身不復見(見《史記・魯仲連鄒陽列傳》)。却秦,使秦退兵。擊晉,胡本作"救趙",是。寧為功,豈能以此為功。　〔四〕"托身"四句:這是詩人青年時任俠思想的寫照。與魏顥《李翰林集序》中說"少任俠,手刃數人"相符。一本脫此四句。
〔五〕舂陵東:指湖北安陸。李白《寄遠》其五云:"妾在舂陵東",即指夫人許氏居安陸可證。《元和郡縣志》卷二一隨州棗陽縣:"舂陵故城在縣東南三十五里。"按隋代舂陵郡治所在今湖北棗陽縣,轄境相當於今湖北棗陽縣迤南至大洪山、北至河南唐河縣地,唐武德三年(六二〇)改置昌州,開元年間已屬隨州。此沿用舊名,舂陵東當指大洪山之東的安陸。開元十五年(七二七)秋,李白結束"東涉溟海"之游後即至安陸隱居。其間曾到過襄陽。舂,宋本作"春",誤。據他本改。　〔六〕產業:指私

49

有的土地、房屋等家產、財物。　〔七〕"生事"句：生事，猶生計。轉蓬，蓬草枯後根斷，遇風飛旋，故曰轉蓬。古人常以此喻行踪不定或身世飄零。《文選》卷二九曹植《雜詩六首》其二："轉蓬離本根，飄颻隨長風。"二句謂被生計所迫如轉蓬似地到處漂泊。　〔八〕"一朝"二句：狐裘，一作"烏裘"，黑色皮衣。弊，一作"敝"。鎰(yì)，古代重量單位，二十兩或二十四兩為一鎰。《戰國策·秦策一》："(蘇秦)説秦王書十上而説不行，黑貂之裘弊，黃金百斤盡。"二句用蘇秦仕途困頓舊事，喻己窮困潦倒。〔九〕"彈劍"二句：《史記·孟嘗君列傳》記載，戰國時齊國孟嘗君門客馮驩曾多次彈鋏(劍把)而歌，慨歎生活不如意："長鋏歸來乎，食無魚！""長鋏歸來乎，出無車。""長鋏歸來乎，無以為家！"後因以"彈鋏"或"彈劍"喻生活困窘，求助於人。路窮，《晉書·阮籍傳》："時率意獨駕，不由徑路，車迹所窮，輒慟哭而返。"　〔一〇〕青雲士：品行高尚之士。〔一一〕"然諾"句：然諾，許諾，答應並實現諾言。此句意謂李皓以守信義、重然諾的品德聞名於諸公。　〔一二〕陳片言：陳説簡短的幾句話。　〔一三〕"棣華"句：棣華，指兄弟。《詩·小雅·常棣》："常棣之華，鄂不韡韡(wěi)。凡今之人，莫如兄弟。"常棣，木名。鄂，通"萼"，花托。不(fū)，柎的本字。即萼柎，花蒂。韡韡，光明貌。詩以花萼喻兄弟情誼。後因以"棣華"為兄弟的代稱。儻，通"倘"，倘使。二句謂如堂兄李皓不肯接濟，自己則甘願似秋草般地枯萎下去。

【評箋】

　　舊題嚴羽評點《李太白詩集》卷八：首二句："未識事"即能如此，固作贊語説；"未識事"乃能如此，亦可作危語看。　又評末二句：至性語，甚烈。

　　按：此詩當作於開元十五年(七二七)。其時黃金散盡，來到安陸隱居，其間曾去襄陽，向從兄襄陽縣尉乞求接濟。

黃鶴樓送孟浩然之廣陵〔一〕

故人西辭黃鶴樓〔二〕，烟花三月下揚州〔三〕。孤帆遠影碧山盡，唯見長江天際流〔四〕。

【注釋】
〔一〕咸本和《唐文粹》題中無"黃鶴樓"三字。黃鶴樓，故址在今湖北武漢市蛇山黃鶴磯上。相傳始建於三國吳黃武二年(二二三)，歷代屢毀屢建。傳說費褘登仙，每乘黃鶴於此憩駕，故號為黃鶴樓。孟浩然(六八九—七四〇)，唐代詩人，襄州襄陽(今屬湖北)人。早年隱居鹿門山，四十歲游長安，應進士試，不第。游歷東南等地，曾一度為荆州張九齡幕府從事，後患疽卒。其詩風格清淡，多反映隱逸生活，以山水田園詩著稱於世，與王維齊名，世稱"王孟"。之廣陵，敦煌寫本《唐人選唐詩》作"下維揚"。之，往。廣陵，今江蘇揚州市。　〔二〕"故人"句：故人，指孟浩然。李白在此之前曾北游汝州(今河南臨汝)途經襄州時結識孟浩然，故此次送行得以稱他為"故人"。西辭，黃鶴樓遠在廣陵之西，故云。　〔三〕烟花，形容春天繁花若霧的景象。
〔四〕"孤帆"二句：陸游《入蜀記》卷五云："八月二十八日訪黃鶴樓故址，太白登此樓送孟浩然詩云：'征帆遠映碧山盡，唯見長江天際流。'蓋帆檣映遠山尤可觀，非江行久不能知也。"影碧，敦煌寫本《唐人選唐詩》作"映綠"。山，一作"空"。

【評箋】
　　唐汝詢《唐詩解》卷二五："黃鶴"，分別之地；"揚州"，所往之鄉；"烟花"，叙別之景；"三月"，紀別之時。帆影盡，則目力已極；江水長，則離思無涯。悵望之情，俱在言外。

　　周珽《唐詩選脈會通評林》引陳繼儒曰：送別詩之祖，情意悠渺，可想不可説。

吴烶《唐詩選勝直解》：首二句將題面説明，後二句寫景，而送别之意已見言表。孤帆遠影，以目送也；長江天際，以心送也。極淺極深，極淡極濃，真仙筆也。

黄生《唐詩摘鈔》：不見帆影，惟見長江，悵别之情，盡在言外。

《唐宋詩醇》卷六：語近情遥，有"手揮五絃，目送飛鴻"之妙。

黄叔燦《唐詩箋注》："下揚州"着以"烟花三月"，頓為送别添毫。"孤帆遠映"句，以目送之，"盡"字妙。"惟見"句，再托一筆。

宋顧樂《唐人萬首絶句選評》：不必作苦語，此等語如朝陽鳴鳳。

俞陛雲《詩境淺説續編》：襄陽此行，江程迢遞，太白臨江送别……尚悵望依依，帆影盡而離心不盡。十四字中，正復深情無限。

按：此詩約作於開元十六年（七二八）暮春，時李白二十八歲，孟浩然四十歲，兩人都未經過政治上的挫折，詩中洋溢着青春歡快的活力。前兩句表面上只是點明送别的地點、時令和友人的去向，實際上每個詞都在創造氣氛。後二句表面是寫景，但其中藴含着豐富而濃厚的感情。試想：詩人送友人上船，船揚帆而去，詩人還在江邊目送遠去的小舟，一直看到帆影越去越遠，最後消失在碧空盡頭，而詩人還在翹首遥望，只看到一江春水浩浩蕩蕩流向水天交接處。由此可想見詩人眺望時間之長，也可體會詩人對朋友感情之深。詩中没有直接抒寫惜别之情，而是融情入景，含不盡之意，於言外見之，餘味無窮。

江　夏　行〔一〕

憶昔嬌小姿〔二〕，春心亦自持〔三〕。為言嫁夫婿〔四〕，得免長相思。誰知嫁商賈，令人却愁苦。自從為夫妻，何曾在鄉土？去年下揚州，相送黄鶴樓。眼看帆去遠，心逐江水流〔五〕。只言期一載,誰謂歷三秋〔六〕。使妾腸欲斷,恨君情悠悠。東家西舍同時發〔七〕,北去南來不逾月。未知行李游何方〔八〕?作箇音書能斷絶〔九〕。適來往南浦〔一〇〕,欲問西江船〔一一〕。正見當壚女〔一二〕,紅粧二八年〔一三〕。一種為人妻〔一四〕,獨自多悲悽。對鏡便垂淚,逢人只欲啼。不如輕薄兒〔一五〕,旦暮長追隨〔一六〕。悔作商人婦,青春長別離。如今正好同歡樂,君去容華誰得知〔一七〕?

【注釋】

〔一〕江夏行:李白自製的樂府新題。《樂府詩集》卷九〇列為《新樂府辭》。江夏,據兩《唐書·地理志》:唐代鄂州有江夏縣,為鄂州治所。天寶元年(七四二)鄂州改名江夏郡,乾元元年(七五八)復改為鄂州。即今湖北武漢市武昌。　〔二〕嬌小姿:謂體態窈窕。　〔三〕"春心"句:春心,心懷春情,指男女間愛戀之情。持,控制。　〔四〕婿:宋本作"聟",婿的異體字,據他本改。　〔五〕"去年"四句:揚州,泛指今江蘇南京、揚州一帶。按南朝樂府中"揚州"多指金陵,即南京市;而唐貞觀以後揚州即為今江蘇揚州市。黃鶴樓,見前《黃鶴樓送孟浩然之廣陵》詩注。古樂府《莫愁樂》:"聞歡下揚州,相送楚山頭。探手抱腰看,江水斷不流。"又《西曲歌》:"送歡板橋灣,相待三山頭。遥見千幅帆,知是逐水流。"此四句受其影響。　〔六〕"只言"二句:期一載,以一年為期。三秋,三年。曹植《雜詩六首》其三:"自期三年歸,今已歷九春。"

〔七〕東家西舍:猶左右鄰居。　〔八〕行李:《左傳·襄公八年》:"亦不使一介行李,告於寡君。"杜預注:"行李,行人也。"此指外出的丈夫。

〔九〕能:只是。意謂只是音訊斷絶,無法通信。胡震亨注:"能,善也,吴音有此。"疑非是。按唐詩中"能"作"只"解者甚多。杜甫《月》詩:"只益丹心苦,能添白髮明。""只"與"能"互文同義,可證。詳見張相《詩詞曲語辭匯釋》卷三。或謂"能"乃"恁"之吴音,意亦勝。　〔一〇〕"適來"句:

適來,剛纔。南浦,古水名,一名新開港,在今武漢市南。古詩常用作送別之地的泛稱。屈原《離騷》:"送美人兮南浦。"江淹《別賦》:"送君南浦,傷如之何!" 〔一一〕西江船:從長江下游來的船。西江,見《蘇臺覽古》注〔四〕。釋寶月《估客樂》:"大艑珂峨頭,何處發揚州?借問艑上郎,見儂所歡不?" 〔一二〕當壚女:賣酒的女子。《漢書·司馬相如傳》:"乃令文君當盧(壚)。"顏師古注:"賣酒之處,累土為盧(壚),以居酒甕,四邊隆起,其一面高,形如鍛盧(爐),故名盧(壚)耳。而俗之學者,皆謂當盧(壚)為對溫酒火盧(爐),失其義矣。"此指在酒店賣酒的女子。〔一三〕二八年:十六歲。 〔一四〕一種:一樣,同樣。 〔一五〕輕薄兒:輕佻浮薄的男子。 〔一六〕追隨:一作"相隨"。〔一七〕容華:美麗的容貌。鮑照《行藥至城東橋》詩:"容華坐銷歇,端為誰苦辛?"

【評箋】

　　舊題嚴羽評點《李太白詩集》卷七:首八句:以嫁之前後言之,無遺情,有餘情。一意一氣,只家常說來,不著一字,此最上乘也。此處即接"一種"二句與"不如"二句,意已足,氣已全,餘皆可割。

　　《唐宋詩醇》卷五:曲盡怨別之情,絮絮可聽。"豈無膏沐,誰適為容?"末句正用此意。

　　按:此詩當是開元十六年(七二八)春在江夏作。首段言出嫁前的情態和想像,與出嫁後的出乎意料相對比。將少女的天真寫得非常生動。胡震亨《李詩通》曰:"按白此篇及前《長干行》篇,並為商人婦詠,而其源似出《西曲》。蓋古者吳俗好賈,荆、郢、樊、鄧間尤盛。男女怨曠,哀吟清商,諸《西曲》所繇作也。第其辭,五言二韻,節短而情有未盡。太白往來襄漢、金陵,悉其人情風俗,因采而演之為長什。一從長干上巴峽,一從江夏下揚州,以盡乎行賈者之程,而言其家人失身誤嫁之恨,盼歸遠望之傷。使夫謳吟之者,足動其逐末輕離之悔,回積習而神王風。雖其才思足以發之,而踵事以增華,自從《西曲》本辭得來,取材固有在也。凡白樂府,皆非泛然獨造,必參觀本曲之辭與所借用之曲之辭,始知其源流之自、點化奪換之妙。要不獨此二篇爲然,聊發凡資讀者觸解云。"

安陸白兆山桃花巖寄劉侍御綰〔一〕

雲卧三十年〔二〕,好閑復愛仙。蓬壺雖冥絶,鸞鶴心悠然〔三〕。歸來桃花巖,得憩雲窗眠〔四〕。對嶺人共語,飲潭猿相連〔五〕。時昇翠微上〔六〕,邈若羅浮巔〔七〕。兩岑抱東壑〔八〕,一嶂橫西天〔九〕。樹雜日易隱,崖傾月難圓〔一〇〕。芳草換野色,飛蘿揺春烟。入遠構石室,選幽開山田〔一一〕。獨此林下意,杳無區中緣〔一二〕。永辭霜臺客〔一三〕,千載方來旋〔一四〕。

【注釋】

〔一〕安陸白兆山桃花巖寄劉侍御綰:宋本校:"一作春歸桃花巖貽許侍御。"一作,誤爲"下作"。胡本校:"一作春歸桃花巖贈許侍御。"安陸,唐縣名,屬淮南道安州。今湖北安陸市。白兆山,《太平寰宇記》卷一三二淮南道安州安陸縣:"白兆山在縣西三十里。"《輿地紀勝》卷七七德安府:"桃花巖在白兆山,即太白讀書之處。"劉侍御綰:監察御史劉綰。唐代御史臺分臺院、殿院、察院。臺院官員有侍御史,敬稱爲端公;殿院官員有殿中侍御史,察院官員有監察御史,俗稱爲侍御。《唐御史臺精舍碑題名》監察御史有劉綰。　〔二〕雲卧:高卧於雲霧繚繞之中。謂隱居。鮑照《代昇天行》:"風餐委松宿,雲卧恣天行。"　〔三〕"蓬壺"二句:蓬壺,即蓬萊,古代傳説中的仙山。《拾遺記·高辛》:"三壺,則海中三山也。一曰方壺,則方丈也;二曰蓬壺,則蓬萊也;三曰瀛壺,則瀛洲也。形如壺器。"冥絶,遥遠,隔絶。鸞鶴,王本作"鸞鳳"。鸞、鳳與鶴,相傳爲仙

55

人所乘。二句謂蓬壺神山雖遥遠隔絶,但自己心中却似乘鸞鶴那樣悠然自得。　〔四〕"雲卧"至"窗眠"六句:宋本校:"一本云:幼采紫房談,早愛滄溟仙。心迹頗相誤,世事空徂遷。歸來丹巖曲,得憩青霞眠。"〔五〕"飲潭"句:《爾雅翼》卷二〇:"(猿)尤好攀援,其飲水,輒自高崖或大木上纍纍相接下飲,飲畢,復相收而上。"　〔六〕翠微:青翠的山峰。〔七〕羅浮:山名,在今廣東省東江北岸,增城、博羅、河源等縣之間。風景優美,為粤中游覽勝地,道教稱之為"第七洞天"。《藝文類聚》卷七引《羅浮山記》曰:"羅浮者,蓋總稱焉。羅,羅山也;浮,浮山也。二山合體,謂之羅浮,在增城、博羅二縣之境。"　〔八〕"兩岑"句:謂兩座小小的高山環抱着東邊的坑谷。岑,小而高的山。壑,坑谷。　〔九〕一嶂:一座屏障似的山峰。　〔一〇〕"崖傾"句:謝靈運《石門新營所住四面高山迴溪石瀨修竹茂林》詩:"崖傾光難留。"此句用其意。圓,咸本作"延"。　〔一一〕"入遠"二句:意謂進入山巖深遠處構築石室,選擇幽勝的地方開山種田。　〔一二〕"獨此"二句:林下意,歸隱之心。林下,指山林田野退隱之處。《高僧傳·義解二·竺僧朗》:"與隱士張忠為林下之契,每共游處。"區中緣,塵世的俗緣。謝靈運《登江中孤嶼》詩:"想像崑山姿,緬邈區中緣。"　〔一三〕霜臺客:指監察御史劉綰。霜臺,御史臺的别稱。御史職司彈劾,為風霜之任,故稱。霜臺,宋本校:"一作繡衣。"　〔一四〕"千載"句:暗用丁令威故事。《搜神後記》卷一:"丁令威,本遼東人,學道於靈虛山,後化鶴歸遼,集城門華表柱。"時有少年舉弓欲射之,鶴乃飛,徘徊空中而言曰:"有鳥有鳥丁令威,去家千年今始歸。"旋,咸本作"還"。

【評箋】

舊題嚴羽評點《李太白詩集》卷一二:首四句:妙變動於毫端。又評"入遠"句:"入遠"佳,"入"字更佳。

《唐宋詩醇》卷六:此等篇詠,與鮑參軍、謝宣城自是神合,不徒形似。

按：此詩約作於開元十八年(七三〇)。時詩人已三十歲,被"許相國家見招,妻以孫女"後,隱居在安陸白兆山桃花巖。

山中答俗人〔一〕

問余何意棲碧山〔二〕,笑而不答心自閑。桃花流水窅然去〔三〕,別有天地非人間。

【注釋】
〔一〕山中答俗人:一作《山中問答》。敦煌寫本《唐人選唐詩》作《山中答俗人問》。《河岳英靈集》題作《答俗人問》。　〔二〕"問余"句:意,一作"事"。棲,隱居。　〔三〕"桃花"句:暗用陶淵明《桃花源記》事。桃花源中人與外界隔絕,安居樂業。窅然,深遠貌。窅,宋本校:"一作宛。"一作"杳"。

【評箋】
　　舊題嚴羽評點《李太白詩集》卷一六:云"不答",又復答矣。
　　李東陽《麓堂詩話》:詩貴意,意貴遠不貴近,貴淡不貴濃。濃而近者易識,淡而遠者難知。如……李太白"桃花流水窅然去,別有天地非人間"、王摩詰"返景入深林,復照青苔上",皆淡而愈濃,近而愈遠,可與知者道,難與俗人言。
　　應時《李詩緯》卷四:絕句原是古之遺,不可以作律法為之,恐失神致,觀此可知。　又評首二句:從古中脫化。　又引丁谷雲評:太白仙才,筆下絕無烟火氣。
　　王堯衢《古唐詩合解》卷五:此詩信手拈來,字字入化,無段落可尋,特可會其意,而不可拘其辭也。
　　黃叔燦《唐詩箋注》:《山中答俗人》及《與幽人對酌》,皆是太白絕調。

《唐宋詩醇》卷七：自是君身有仙骨，世人那得知其故。

王闓運《湘綺樓説詩》：李頎《寄韓鵬》詩："為政心閑物自閑，朝看飛鳥暮飛還。寄書河上神明宰，羨爾城頭姑射山。"此篇超妙，為絶句上乘。所謂"羚羊挂角，不著一字"者也。欲知其超，但看太白詩"問余何事棲碧山"一首，世所謂仙才者，與此相比，覺李詩有意作態，不免村氣。李選字皆妍麗，此則拉雜，如"神明宰"等字，比之"桃花流水"等字，雅俗相遠，而俗者反雅，雅者反俗，何耶？

又手批《唐詩選》卷一三：假作超妙。

按：此詩約作於開元十七年（七二九）或十八年隱居安陸白兆山桃花巖之時。

酬崔五郎中〔一〕

朔雲橫高天〔二〕，萬里起秋色。壯士心飛揚〔三〕，落日空歎息。長嘯出原野，凛然寒風生。幸遭聖明時，功業猶未成〔四〕。奈何懷良圖，鬱悒獨愁坐〔五〕。杖策尋英豪，立談乃知我〔六〕。崔公生人秀，緬邈青雲姿〔七〕。制作參造化〔八〕，托諷含神祇〔九〕。海嶽尚可傾，吐諾終不移〔一〇〕。是時霜飈寒，逸興臨華池〔一一〕。起舞拂長劍，四座皆揚眉〔一二〕。因得窮歡情，贈我以新詩。又結汗漫期，九垓遠相待〔一三〕。舉身憩蓬壺〔一四〕，濯足弄滄海。從此凌倒景〔一五〕，一去無時還。朝游明光宫〔一六〕，暮入閶闔關〔一七〕。但得長把袂，何必嵩丘山〔一八〕！

【注釋】

〔一〕崔五郎中：即崔宗之，兄弟間排行第五，官至右司郎中。《全唐文》卷四〇九崔祐甫《齊昭公崔府君（日用）集序》：“公嗣子宗之，學通古訓，詞高典册，才氣聲華，邁時獨步。仕於開元中，為起居郎，再為尚書禮部員外郎，遷本司郎中，時文國禮。十年三月（一作“入”），終於右司郎中。年位不充，海内歎息。”按崔宗之為李白好友，除此詩外，李白尚有《贈崔郎中宗之》、《月夜江行寄崔員外宗之》、《憶崔郎中宗之游南陽遺吾孔子琴撫之潸然感舊》諸詩，可參讀。先是，崔宗之有《贈李十二》詩給李白，李白以此詩酬答。　〔二〕朔雲：北方的雲。　〔三〕心飛揚：形容心情動蕩，難以平靜。《楚辭·九歌·河伯》：“心飛揚兮浩蕩。”王逸注：“心意飛揚。”　〔四〕“功業”句：劉琨《重贈盧諶》詩：“功業未及建，夕陽忽西流。”　〔五〕“奈何”二句：良圖，良好的抱負。左思《詠史詩》：“夢想騁良圖。”鬱悒，憂悶。《楚辭·離騷》：“曾歔欷余鬱邑兮，哀朕時之不當。”王逸注：“鬱邑，憂也。邑，一作悒。”獨愁坐，宋本校：“一作空獨坐。”　〔六〕“杖策”二句：杖策，執鞭，此指驅馬而行。《後漢書·鄧禹傳》：“及聞光武安集河北，即杖策北渡，追及於鄴。”立談，站着談話。比喻時間短暫。揚雄《解嘲》：“或立談而封侯。”　〔七〕“崔公”二句：崔公，對崔宗之的敬稱。生人，一作“生民”。“人”字乃唐人避太宗諱而改。秀，優秀者。緬邈，遥遠貌。青雲姿，《文選》卷二一顔延年《五君詠》：“仲容青雲器，實禀生民秀。”李善注：“青雲，言高遠也。”二句稱贊崔公人品秀傑。　〔八〕“制作”句：制作，著作，詩文作品。造化，天地；陰陽。《淮南子·覽冥訓》：“懷萬物而友造化。”高誘注：“造化，陰陽也。”《後漢書·張衡傳論》：“崔瑗之稱平子曰：數術窮天地，制作侔造化。”

〔九〕“托諷”句：托諷，指在詩文中托物而寄諷喻之意。神祇，天地神靈的總稱，在天為神，在地為祇。　〔一〇〕“海嶽”二句：海嶽，大海和山嶽。吐諾，吐辭而然諾。二句謂崔公重諾守信。　〔一一〕“是時”二句：是時，此時。霜飇，霜日巨風。逸興，超邁豪放的意興。華池，對池塘的美稱。《楚辭·七諫》：“蛙黽游乎華池。”王逸注：“華池，芳華之池也。”〔一二〕揚眉：形容振奮歡欣之狀。　〔一三〕“又結”二句：《淮南子·

道應訓》："盧敖游乎北海，經乎太陰，入乎玄闕，至於蒙穀之上。見一士焉……顧見盧敖，慢然下其臂，遁逃乎碑。盧敖就而視之，方倦龜殼而食蛤梨。盧敖與之語曰：'唯敖為背群離黨，窮觀於六合之外者，非敖而已乎？敖幼而好游，至長不渝，周行四極，唯北陰之未窺。今卒睹夫子於是，子殆可與敖為友乎？'若士者齤然而笑，曰：'……吾與汗漫期於九垓之外，吾不可以久駐。'若士舉臂而竦身，遂入雲中。"高誘注："汗漫，不可知之也。九垓，九天之外。"後因以汗漫為仙人的別名，或指仙游之意。〔一四〕蓬壺：古代傳說中的海中仙山，即蓬萊山。見《安陸白兆山桃花巖寄劉侍御綰》詩注。　〔一五〕倒景：倒影。景，通"影"。道家指天上最高之地。《漢書‧郊祀志》："登遐倒景。"顏師古注引如淳曰："在日月之上，反從下照，故其景倒。"　〔一六〕明光宮：猶丹丘，神話中神仙之地，晝夜長明。《楚辭》王褒《九懷》："朝發兮葱嶺，夕至兮明光。"王逸注："暮宿東極之丹巒也。"又屈原《遠游》："仍羽人於丹丘兮，留不死之舊鄉。"王逸注："丹丘，晝夜常明也。《九懷》云：夕宿乎明光。明光，即丹丘也。"　〔一七〕閶闔關：神話傳說中的天門。《楚辭‧離騷》："吾令帝閽開關兮，倚閶闔而望予。"王逸注："閶闔，天門也。"　〔一八〕"但得"二句：把袂，猶言握手，謂會面。嵩丘山，即嵩山。二句意謂只要能經常會面就好，何必一定要一起到嵩山去隱居呢！這是對崔宗之詩中"我家有別業，寄在嵩之陽。子若同斯游，千載不相忘"的回答。

【評箋】

　　舊題嚴羽評點《李太白詩集》卷一六："長嘯"二句：見其人。　又評"仗策"二句：許人處必自許，古人不輕已如此。　又評"制作"二句：上句想得及，此句想不及，詩家自有三昧，此政不可思議處。

　　按：此詩是對崔宗之《贈李十二》詩的酬答。從崔詩云"李侯忽來儀，把袂苦不早"，此詩云"杖策尋英豪，立談乃知我"可以想見，此時乃兩人初次見面。按李白開元二十二年（七三四）寫的《與韓荊州書》曰："而君侯亦薦一嚴協律，入為秘書郎。中間崔宗之、房習祖、黎昕、許瑩之徒，或以才名見知，或以清白見賞。白每觀其銜恩撫躬，忠義奮發，白以此感激。"可知在此之前李白已與崔宗之結識。則此詩當作於開元十八年（七三〇）或十九年初入長安之時。又按崔宗之開元二十七年（七三九）尚在禮部員外郎任，見《舊唐書·禮儀志六》。則此詩題應作《酬崔五員外》，或只作《酬崔五》，不應稱郎中。此詩所敘"奈何懷良圖，鬱悒獨愁坐"，正是追求功業無路的寫實。其時李白隱於終南山，崔宗之建議去隱嵩山，李白不願，正表明其追求功業之強烈。

附：贈李十二　　崔宗之

　　涼秋八九月，白露空園庭。耿耿意不暢，梢梢風葉聲。思見雄俊士，共話今古情。李侯忽來儀，把袂苦不早。清論既抵掌，玄談又絕倒。分明楚漢事，歷歷王霸道。擔囊無俗物，訪古千里餘。袖有匕首劍，懷中茂陵書。雙眸光照人，詞賦凌《子虛》。酌酒絃素琴，霜氣正凝潔。平生心事中，今日為君說。我家有別業，寄在嵩之陽。明月出高岑，清溪澄素光。雲散窗戶靜，風吹松桂香。子若同斯游，千載不相忘。

　　按：此乃崔宗之贈李白之詩，李白《酬崔五郎中》即為酬答此詩。宋本題下署名"崔宗之"前有"左司郎中"四字。按"左司郎中"當是後人所誤加，崔宗之終於右司郎中，從未任職左司郎中。今存《唐尚書省郎官石柱題名》左司郎中亦無崔宗之名可證。況此詩乃崔宗之與李白初次相識時所贈之詩，從詩中"把袂苦不早"等句可知。則此詩當作於開元年間李白初入長安之際。其時崔可能尚未入仕，或初仕為起居郎之職。

玉真公主別館苦雨贈衛尉張卿二首〔一〕（選一）

其　　一

秋坐金張館〔二〕，繁陰晝不開〔三〕。空烟送雨色〔四〕，蕭颯望中來〔五〕。翳翳昏墊苦〔六〕，沉沉憂恨催。清秋何以慰〔七〕？白酒盈吾杯。吟詠思管樂〔八〕，此人已成灰。獨酌聊自勉，誰貴經綸才〔九〕？彈劍謝公子，無魚良可哀〔一〇〕。

【注釋】

〔一〕玉真公主：唐睿宗之女，玄宗之妹，太極元年(七一二)出家為女道士。別館，別墅；指本宅外另置的園林游息處所。亦稱"別業"。玉真公主別館在今陝西周至縣終南山麓，今稱樓觀臺。王維《奉和聖製幸玉真公主山莊》、儲光羲《玉真公主山居》諸詩中的"山莊"、"山居"皆指此別館。苦雨，《埤雅·釋天》："雨久曰苦雨。"衛尉張卿，《舊唐書·職官志三》："衛尉寺，卿一員（從三品）……卿之職，掌邦國器械文物之事，總武庫、武器、守宫三署之官屬。"張卿指張垍(jì)。詳見拙著《李白叢考·李白與張垍交游新證》。又據《唐故九華觀主□師藏形記》(永貞元年八月廿四日，姪張岡撰)："叔母志意弘静……以總髮之年爰歸我族大鴻臚諱偁，即玉真公主之次子也。……叔上元中得罪，流竄遐荒，茂年傾逝，終於南土。"此上元年間官至鴻臚卿的張偁，是玉真公主次子，説明玉真公主的丈夫也姓張，也是駙馬，也有可能曾為衛尉卿員外置同正員，則此二詩中的衛尉張卿亦可能即玉真公主的丈夫。詳見拙著《李白與玉真公主過從新探》(《文學遺産》一九九四年第六期)。　〔二〕"秋坐"句：秋，一作"愁"。金張，《漢書·張湯傳》："功臣之世，唯有金氏、張氏，親近寵貴,比於外戚。"按漢宣帝時,金日磾和張安世並為顯宦,後世因以"金張"喻貴族。左思《詠史詩》:"朝集金張館。"此處以金張館喻玉真公主別館。〔三〕繁陰:濃陰。 〔四〕送雨色:送,一作"迷",是。 〔五〕蕭颯:同"蕭瑟"、"蕭索",蕭條寂寥。 〔六〕"翳翳"句:翳翳,光線暗弱貌。《文選》卷二二謝靈運《游南亭》詩:"久痗昏墊苦。"張銑注:"昏霧墊溺也,言病此霖雨之苦也。" 〔七〕慰:宋本作"尉",據他本改。 〔八〕管樂:指管仲、樂毅。管仲,春秋時齊國名相;樂毅,戰國時燕國名將。《三國志·蜀志·諸葛亮傳》:"每自比於管仲、樂毅。"詩人自比管樂,可見其欲追慕諸葛亮,思立功業於當世。 〔九〕經綸才:治理國家的才能。〔一〇〕"彈劍"二句:用馮驩在孟嘗君門下當食客的故事。見前《贈從兄襄陽少府皓》詩注。此處以馮驩自喻,以公子喻張垍。

【評箋】

舊題嚴羽評點《李太白詩集》卷八:"吟詠"二句:亦是下物。

按:此詩當是開元十九年(七三一)初入長安隱居終南山時,在玉真公主別墅中酬贈衛尉卿張垍之作。從詩中可以看出,當時玉真公主不在別館。詩人獨自坐在貴族之家,秋雨連綿,憂愁滿懷,只能借酒澆愁。詩人自以為有管仲樂毅之才,到長安來就是想"曳裾王門",尋找出路的。但"誰貴經綸才",詩人將張垍比作當年的孟嘗君,自比馮驩,希望能得到張垍援引,全詩抒寫窮困處境與苦悶心情,風格沉鬱,與李白一貫的豪放詩風不同。

讀諸葛武侯傳書懷贈長安崔少府叔封昆季〔一〕

漢道昔云季,群雄方戰爭〔二〕。霸圖各未立〔三〕,割據資豪英〔四〕。赤伏起頹運〔五〕,臥龍得孔明〔六〕。當其南陽時,隴畝躬自耕〔七〕。魚水三顧合〔八〕,風雲四海生〔九〕。武侯立岷蜀,壯志吞咸京〔一〇〕。何人先見許?但有崔州平〔一一〕。余亦草間人〔一二〕,頗懷拯物情〔一三〕。晚途值子玉,華髮同衰榮〔一四〕。托意在經濟〔一五〕,結交為弟兄。無令管與鮑,千載獨知名〔一六〕。

【注釋】

〔一〕諸葛武侯傳:當指《三國志·蜀志·諸葛亮傳》。諸葛亮(一八一——二三四),三國時蜀相。晚年被封為武鄉侯,簡稱武侯。長安,指長安縣,今西安市。按唐京兆府在皇城內有萬年、長安二縣。據徐松《兩京城坊考》卷二考證,以朱雀門大街為界,萬年縣領街東五十四坊及東市,長安縣領街西五十四坊及西市。崔少府叔封昆季,長安縣尉崔叔封兄弟。少府,對縣尉的敬稱。崔叔封,《新唐書·宰相世系表二下》崔氏清河大房有叔封,乃同州刺史崔子源子。李白又有《答長安崔少府叔封游終南翠微寺》詩。昆季,弟兄。   〔二〕"漢道"二句:謂時當東漢末年,群雄爭奪天下。云,語助詞。季,末年。群雄,指東漢末年袁紹、袁術、曹操、孫堅、孫權、劉備等人。楊炯《廣溪峽》詩:"漢氏昔云季,中原爭逐鹿。天下有英雄,襄陽有龍伏。"   〔三〕霸圖:稱霸天下的宏圖大業。
〔四〕"割據"句:資,憑藉,依靠。豪英,英雄豪傑。此句謂割據一方須憑藉智謀傑出之士。   〔五〕"赤伏"句:《後漢書·光武帝紀上》記載,光武帝劉秀原在長安時,有人獻赤伏符曰:"劉秀發兵捕不道,四夷雲集龍鬥野,四七之際火為王。"預言劉秀將做皇帝。此以西漢滅亡後由劉秀振興建立東漢王朝,喻東漢滅亡後由劉備復振劉氏衰亡的命運。頹運,衰落的命運。   〔六〕臥龍:指諸葛亮。《三國志·蜀志·諸葛亮傳》:徐庶謂劉備云:"諸葛孔明者,臥龍也,將軍豈願見之乎?"臥,指隱居;龍,喻才能傑出。孔明,諸葛亮字。   〔七〕"當其"二句:諸葛亮《出師表》:"臣本布衣,躬耕於南陽。"按諸葛亮隱居的南陽隆中山,在今湖北省襄陽西。　〔八〕"魚水"句：魚水，形容劉備與諸葛亮關係親密融合。三顧合，《三國志·蜀志·諸葛亮傳》："(徐)庶曰：'此人(諸葛亮)可就見，不可屈致也。將軍宜枉駕顧之。'由是先主(劉備)遂詣亮，凡三往乃見。……於是與亮情好日密，關羽、張飛等不悦。先主解之曰：'孤之有孔明，猶魚之有水也，願諸君勿復言。'羽、飛乃止。"　〔九〕"風雲"句：謂諸葛亮輔佐劉備在各地建立叱咤風雲的功業。　〔一〇〕"武侯"二句：武侯，指諸葛亮，封武鄉侯，卒諡忠武侯。立岷蜀，謂在蜀中建立根據地。蜀中有岷山、岷江，故稱岷蜀。咸京，指秦漢時京城咸陽、長安一帶。二句謂諸葛亮立足蜀中，志在吞滅關中，統一天下。壯志，宋本作"壯士"，據他本改。　〔一一〕"何人"二句：見許，為人贊許。但有，只有。有，胡本作"見"。崔州平，《三國志·蜀志·諸葛亮傳》："躬耕隴畝，好為《梁父吟》。身長八尺，每自比於管仲、樂毅，時人莫之許也，惟博陵崔州平、潁川徐元直與亮友善，謂為信然。"　〔一二〕草間人：指隱於草野並未出仕者。人，宋本校："一作士。"　〔一三〕拯物情：指拯救蒼生的心願。　〔一四〕"晚途"二句：晚途，晚年。值，遇到。子玉，指東漢崔瑗。《後漢書·崔瑗傳》："瑗字子玉，早孤，鋭志好學，盡能傳其父業。……與扶風馬融、南陽張衡特相友好。"此以崔瑗借指崔叔封。華髮，花白頭髮。二句謂到了晚年才遇崔少府，鬢髮都已花白了。按咸本校云："一本無此二句"，是。李白寫此詩時尚未到晚年。胡震亨《李詩通》云："既云州平，不得復云子玉，況又云管鮑乎！或謂余，子玉不如改為之子，則管、鮑亦不妨用，是則然，但青蓮政不如此拘拘耳。"
〔一五〕"托意"句：謂寄托志向於經世濟民。《晉書·殷浩傳》："足下沈識淹長，思綜通練，起而明之，足以經濟。"　〔一六〕"無令"二句：無令，一作"毋令"，是。不要使。管與鮑，春秋時政治家管仲和他的好友鮑叔牙。《史記·管晏列傳》："管仲夷吾者，潁上人也。少時常與鮑叔牙游，鮑叔知其賢。管仲貧困，常欺鮑叔，鮑叔終善遇之，不以為言。已而鮑叔事齊公子小白，管仲事公子糾。及小白立為桓公，公子糾死，管仲囚焉。鮑叔遂進管仲。管仲既用，任政於齊，齊桓公以霸，九合諸侯，一匡天下，管仲之謀也。管仲曰：'……生我者父母，知我者鮑子也。'鮑叔既進管仲,以身下之。……天下不多管仲之賢,而多鮑叔能知人也。"

【評箋】

舊題嚴羽評點《李太白詩集》卷八:贈人適以自贈,見任達;然有望而無怨,亦見溫厚。

周珽《删補唐詩選脈箋釋會通評林·盛五古五》評:此因讀武侯傳而感已懷才未遇,欲崔知所薦引也。蓋武侯之才不可窺測,先見許者其崔州平。太白托意經濟,得結交叔封昆季,意氣相似,故少府與州平同姓,又子玉亦崔姓,兩借以為比,見既有相知之雅,必當如管、鮑之不渝,勿使其讓於千載之士也。

按:此詩當是開元年間初入長安時所作。詩中以崔州平、鮑叔喻崔叔封昆季,隱以諸葛亮、管仲自比。冀人薦舉,成就一番事業,乃李白初入長安的主要思想,這一思想在李白初入長安及西游邠州、坊州時的許多詩篇中均有表現。或謂此詩中有"晚途值子玉,華髮同衰榮",未必為開元年間詩。其實,"一本無此二句"為是。

烏　夜　啼〔一〕

黄雲城邊烏欲棲〔二〕,歸飛啞啞枝上啼〔三〕。機中織錦秦川女〔四〕,碧紗如烟隔窗語〔五〕。停梭悵然憶遠人,獨宿孤房淚如雨〔六〕。

【注釋】

〔一〕烏夜啼:六朝樂府《西曲歌》舊題,《樂府詩集》卷四七列於《清商曲辭》。《舊唐書·音樂志二》:"《烏夜啼》,宋臨川王義慶所作也。元嘉十七年,徙彭城王義康於豫章。義慶時為江州,至鎮,相見而哭。為帝所怪,徵還宅,大懼。妓妾夜聞烏啼聲,扣齋閣云:'明日應有赦。'其年更為南兗州刺史,作此歌。故其和云:'籠窗窗不開,烏夜啼,夜夜望郎來。'今所傳歌似非義慶本旨。"按今存《烏夜啼》本辭八首,多寫男女離別思念之情。　〔二〕"黃雲"句:邊,王本校:"一作南。"欲,敦煌寫本《唐人選唐詩》校:"一作夜。"　〔三〕啞啞:烏鴉叫聲。《本事詩》作"鴉鴉"。《淮南子·原道訓》:"烏之啞啞,鵲之唶唶。"吳均《行路難五首》:"唯聞啞啞城上烏。"　〔四〕"機中"句:宋本校:"一作閨中織婦秦家女。"秦川女,指蘇蕙。《晉書·列女傳》:"竇滔妻蘇氏,始平人也,名蕙,字若蘭。善屬文。滔,苻堅時為秦州刺史,被徙流沙。蘇氏思之,織錦為《迴文旋圖詩》以贈滔,宛轉循環以讀之,詞甚悽惋,凡八百四十字。"庾信《烏夜啼》:"彈琴蜀郡卓家女,織錦秦川竇氏妻。"此泛指織錦女子。秦川,古地區名。泛指今陝西、甘肅秦嶺以北平原地帶,因春秋、戰國時地屬秦國而得名。〔五〕碧紗如烟:謂黃昏時碧綠的窗紗朦朧如烟。　〔六〕"停梭"二句:宋本校:"一作停梭向人問故夫,知在流沙淚如雨。"獨宿孤房,《本事詩》作"欲説遼西",宋本校:"一作獨宿空堂,一作知在流沙。"孤房,胡本作"空房",敦煌寫本《唐人選唐詩》作"空牀"。梭,織錦用的梭子,即引導緯絲使之與經絲交織的器件。悵然,失意懊惱貌。然,宋本校:"一作望。"遠人,指遠在外地的丈夫。

【評箋】
　　范德機批點《李翰林詩》卷一:漢魏詩多不可點,所以為好者,蓋其氣象自不同耳。李詩妙處亦復難點,點之則全篇有所不可擇焉。若此二詠(指《烏夜啼》與《烏棲曲》),則實精金粹玉耳。
　　王夫之《唐詩評選》卷一:只於烏啼上生情,更不復于情上布景,興賦乃以不亂。直叙中自生色有餘,不資爐冶,寶光爛然。
　　應時《李詩緯》卷一:語不必深,而深情婉致,人自難到。鳳洲譏其不合古,則非也。
　　吳昌祺《删定唐詩解》卷七:含蘊無窮,而節奏亦妙。

吴烶《唐詩選勝直解》：對景傷心，淚零如雨，此種情緒，描摹逼真。
沈德潛《唐詩別裁》卷六：蘊含深遠，不須言語之煩。
《唐宋詩醇》卷二：語淺意深，樂府本色。
王堯衢《古唐詩合解》：語簡情深，昔人評為精金粹玉。

按：此詩疑作於開元年間初次到長安時。其主題與古辭同，寫秦地婦女對遠戍親人的思念和孤獨生活的痛苦。

子夜吳歌〔一〕

春

秦地羅敷女〔二〕，采桑綠水邊。素手青條上，紅妝白日鮮〔三〕。蠶飢妾欲去，五馬莫留連〔四〕。

【注釋】

〔一〕子夜吳歌：六朝樂府《吳聲歌曲》有《子夜歌》，《樂府詩集》卷四四列為《清商曲辭》。《舊唐書·音樂志二》：“《子夜》，晉曲也。晉有女子名子夜造此聲，聲過哀苦，日常有鬼歌之。”今存晉、宋、齊《子夜歌》本辭四十二首，內容多寫女子思念情人之辭。又有《子夜四時歌》七十五首，《樂府題解》曰：“後人更為四時行樂之詞，謂之《子夜四時歌》。又有《大子夜歌》、《子夜警歌》、《子夜變歌》，皆曲之變也。”這四首詩題下原注“春夏秋冬”四字，每首復標春、夏、秋、冬。在《樂府詩集》中則題為《子夜四時歌》，每首分別標明《春歌》、《夏歌》、《秋歌》、《冬歌》。　〔二〕羅敷：漢樂府《陌上桑》古辭中的人名。古辭云：“日出東南隅，照我秦氏樓。秦氏有好女，自名為羅敷。羅敷善蠶桑，采桑城南隅。青絲為籠繫，桂枝為籠鈎。頭上倭墮髻，耳中明月珠。緗綺為下裙，紫綺為上襦。……使君從南來，五馬立踟躕。使君遣吏往，問是誰家姝。秦氏有好女，自名為羅敷。羅敷年幾何？二十尚不足，十五頗有餘。使君謝羅敷，寧可共載不？羅敷前致辭，使君一何愚！使君自有婦，羅敷自有夫。……"此詩即用其意。　〔三〕鮮：鮮豔明麗。咸本作"仙"，非。　〔四〕"蠶飢"二句：寫女子拒絕紈綺子弟調戲之語。梁武帝《子夜四時歌·夏歌三首》："君住馬已疲，妾去蠶欲飢。"五馬，漢時太守乘坐的車用五匹馬駕轅，因借指太守的車駕。李白另有《陌上桑》詩亦表現這一主題，可參讀："美女渭橋東，春還事蠶作。五馬飛如花，青絲結金絡。不知誰家子？調笑來相謔。妾本秦羅敷，玉顏豔名都。綠條映素手，采桑向城隅。使君且不顧，況復論秋胡。寒蚩愛碧草，鳴鳳棲青梧。托心自有處，但怪旁人愚。徒令白日暮，高駕空踟躕。"

【評箋】

舊題嚴羽評點《李太白詩集》卷五：極動情，使人不敢動情。
《唐宋詩醇》卷四：多少含蓄，勝於《陌上桑》作。

按：此詩驟括漢樂府《陌上桑》詩意。

夏

鏡湖三百里，菡萏發荷花〔五〕。五月西施采〔六〕，人看隘若耶〔七〕。回舟不待月，歸去越王家。

【注釋】

〔五〕"鏡湖"二句：鏡湖，又名鑑湖、長湖、慶湖，在今浙江紹興市會稽山北麓。東漢永和五年(一四〇)，會稽太守馬臻徵集民工修築，周圍三百一十里，呈東西狹長形。築堤東起今曹娥鎮附近，經郡城(今紹興)南，西抵今錢清鎮附近，盡納南山三十六源之水瀦而成湖，灌田九千餘頃，為古代長江以南大型水利工程之一。菡萏(hàn dàn)，含苞待放的荷花。《詩·陳風·澤陂》："彼澤之陂，有蒲菡萏。"毛傳："菡萏，荷華也。"《說文》:"菡萏,芙蕖華。未發為菡萏,已發為芙蕖。"二句謂三百里鏡湖中含苞待放的荷花競相吐豔。 〔六〕西施:春秋末年越國的民間美女,由越王勾踐獻給吳王夫差。見《吳越春秋·勾踐陰謀外傳》。後常用以喻越中一帶的美女。 〔七〕隘若耶:若耶,溪名,在浙江紹興市南,源出會稽山,北流入鏡湖。溪旁舊有浣紗石古迹,相傳西施曾浣紗於此,故一名浣紗溪。隘,極言圍看人多,使若耶溪因之顯得狹小。

【評箋】

嚴羽評點《李太白詩集》卷五:"菡萏"句:菡萏又言荷花,得行布意。

按:此首是游吳越時之作。全詩風格清新含蓄。富有南朝樂府民歌的氣息和情韻,耐人尋味。

秋

長安一片月,萬户擣衣聲〔八〕。秋風吹不盡,總是玉關情〔九〕。何日平胡虜,良人罷遠征〔一〇〕?

【注釋】

〔八〕擣衣:用木棒捶擊布帛,使之平貼,以備裁製衣服。謝惠連《擣衣》詩:"欄高砧響發,楹長杵聲哀。微芳起兩袖,輕汗染雙題。紈素既已成,君子行未歸。裁用笥中刀,縫為萬里衣。"李白亦有《擣衣篇》。
〔九〕"秋風"二句:玉關,玉門關。此泛指邊塞。二句意謂秋風吹不走對遠戍玉門關外的丈夫的思念之情。 〔一〇〕良人:古代妻子對丈夫的稱呼。《詩·唐風·綢繆》:"今夕何夕,見此良人。"孔穎達疏:"妻謂夫為良人。"

【評箋】

舊題嚴羽評點《李太白詩集》卷五:前四句:極含情,極盡情。

王夫之《唐詩評選》卷二：前四句是天壤間生成好句，被太白拾得。

又《薑齋詩話》卷下：情、景名為二，而實不可離。神於詩者，妙合無垠。巧者則有情中景，景中情。景中情者，如"長安一片月"，自然是孤棲憶遠之情。

沈德潛《說詩晬語》卷下：詩貴寄意，有言在此而意在彼者。李太白《子夜吳歌》，本閨情語，而忽冀罷征。

又《唐詩別裁》卷二：不言朝家之黷武，而言胡虜之未平，立言溫厚。

田同之《西圃詩說》：李太白《子夜吳歌》"長安一片月……"，余竊謂刪去末二句作絕句，更覺渾含無盡。

《唐宋詩醇》卷四：一氣渾成。有刪末二句作絕句者，不見此女貞心亮節，何以風世厲俗？

瞿蛻園、朱金城《李白集校注》：古時裁衣必先搗帛，裁衣多於秋風起時，為寄遠人禦寒之用，故六朝以來詩賦中多假此以寫閨思。此與下章詞意相連。

按：此詩疑是初次到長安時的有感之作。用《子夜吳歌》寫思婦對征夫的思念之情，這是詩人的創新。全詩有畫面，有畫外音。細細品味，思婦形象無處不在，濃烈情思彌漫於月色秋聲中，情景渾融無間。

冬

明朝驛使發〔一一〕，一夜絮征袍〔一二〕。素手抽針冷，那堪把剪刀？裁縫寄遠道，幾日到臨洮〔一三〕？

【注釋】

〔一一〕驛使：古時傳遞書信和物件者。　〔一二〕絮征袍：給征袍鋪絮。絮，用作動詞。　〔一三〕臨洮：郡名。唐代臨洮郡即洮州，屬隴右道，治所在今甘肅臨潭縣。

【評箋】

舊題嚴羽評點《李太白詩集》卷五：情古。

《唐宋詩醇》卷四：語逼清商。《擣衣篇》尚帶初唐綺習，不及此之真摯。《夏歌》一首，亦衹綺語，故并不錄。

按：此詩與前首詞意相連，當為同時之作。

按：此四詩疑非同時所作。第一首寫"秦地女"，第三首寫到"長安"，或作於長安。四首內容均非行樂之詞。首篇歌頌采桑女蔑視貴公子調戲，其二寫越國女子之美，三、四兩篇詞意相連，從少婦思念征夫，寫到希冀平虜罷征，總不脱古樂府傳統題材和民歌風韻。

古　　風〔一〕（其二十四）

大車揚飛塵，亭午暗阡陌〔二〕。中貴多黄金，連雲開甲宅〔三〕。路逢鬥雞者〔四〕，冠蓋何輝赫〔五〕！鼻息干虹霓〔六〕，行人皆怵惕〔七〕。世無洗耳翁〔八〕，誰知堯與蹠〔九〕！

【注釋】

〔一〕古風，本指古代風尚、古人風度。以古風作為詩體名，即古詩、古體詩，當自李白始。五代時韋縠所編《才調集》，收李白《古風》三首，即宋蜀刻本《李太白文集‧古風五十九首》其十九"泣與親友別"、其二十三"秋露如白玉"、其二十七"燕趙有秀色"。編排先後次序一致，説明此組詩在以前已編成。今存諸本題作《古風五十九首》者，篇目不盡相同，當為各本結集者所為。但可知，此組詩非一時一地之作，亦非一人所編集。此組詩之內容,胡震亨《李詩通》概括為"指言時事"和"感傷己遭",其實此外還應加上"抒寫抱負"。其體仿《古詩十九首》,繼阮籍《詠懷》、左思《詠史》、郭璞《游仙》、陳子昂《感寓》後的集大成者,此後,《古風》作為古詩同義的詩體名流傳下來(詳見拙著《論李白〈古風五十九首〉》)。此首在宋本《李太白文集·古風五十九首》中列二十四。 〔二〕"大車"二句:謂大車馳過,灰塵揚起,使正午時的道路為之昏暗。亭午,中午。亭,正、當。阡陌,田間小路。《史記·秦本紀》:"為田開阡陌。"司馬貞《索隱》引《風俗通》:"南北曰阡,東西曰陌;河東以東西為阡,南北為陌。"
〔三〕"中貴"二句:謂宦官得到皇帝的重賞,構築的高等住宅連雲接霄。中貴,即中貴人,內臣之貴幸者,亦即有權勢的宦官。甲宅,甲等住宅。《舊唐書·宦官傳》:"玄宗尊重宮闈,中官稍稱旨,即授三品將軍,門施棨戟……故帝城中甲第,畿甸上田、果園池沼,中官參半於其間矣。"
〔四〕鬥雞者:據陳鴻《東城老父傳》記載,唐玄宗喜歡鬥雞游戲,治雞坊於兩宮間。開元間諸王、外戚、公主等養雞成風。童子賈昌因善鬥雞,深受玄宗寵幸:"金帛之賜,日至其家。"開元十三年籠雞三百從封東嶽,父死泰山下,縣官為葬器喪車,乘傳洛陽道,歸葬雍州。十四年三月,衣鬥雞服會玄宗溫泉。當時天下號為"神雞童"。時人為之語曰:"生兒不用識文字,鬥雞走狗勝讀書。賈家小兒年十三,富貴榮華代不如。"
〔五〕"冠蓋"句:冠蓋,指鬥雞者的衣冠和車蓋。輝赫,顯赫,氣勢熏灼。
〔六〕"鼻息"句:形容鬥雞者氣焰囂張,不可一世。鼻息,呼吸。干,犯,上衝。虹霓,雲霞。按李白《答王十二寒夜獨酌有懷》云:"君不能狸膏金距學鬥雞,坐令鼻息吹虹霓。"可互參。 〔七〕怵惕:害怕;恐懼。
〔八〕洗耳翁:指堯時隱士許由。《高士傳》卷上:"堯又召為九州長,由不欲聞之,洗耳於潁水濱。時其友巢父牽犢欲飲之,見由洗耳,問其故。對曰:'堯欲召我為九州長,惡聞其聲,是故洗耳。'"後因稱之為洗耳翁。
〔九〕堯與蹠:堯,傳說中的上古賢君。蹠,"跖"(zhí)的異体字。相傳是春秋末年奴隸造反的領袖。《史記·伯夷列傳》張守節《正義》則曰:"蹠者,黃帝時大盜之名。"據《莊子·盜蹠》記載,蹠曾率"從卒九千人,橫行天下,侵暴諸侯"。由於歷來統治階級對他的憎惡,"蹠"一直被當作惡人

73

的代表。《史記·淮陰侯列傳》載韓信被殺後，漢高祖劉邦獲悉蒯通曾勸韓信反，欲烹殺蒯通。蒯通説："蹠之狗吠堯，堯非不仁，狗因吠非其主。"詩意謂如今没有像許由那樣清白的人，怎能分清好人與惡人？

【評箋】

趙翼《甌北詩話》卷一：《古風五十九首》非一時之作，年代先後亦無倫次，蓋後人取其無題者彙為一卷耳。如……第十九首"俯視洛陽川，茫茫走胡兵"，則安禄山陷東都時也。二十四首鋪張鬥雞之賈昌，則開元中事也。

王闓運手批《唐詩選》卷一：真有此人，但非跖耳。

按：此詩當是開元年間初次入長安時，目睹宦官窮奢極侈、鬥雞之徒氣焰囂張，深為憤怒而作。

蜀　道　難〔一〕

噫吁嚱〔二〕！危乎高哉！蜀道之難，難於上青天！

【注釋】

〔一〕蜀道難：南朝樂府舊題。《樂府詩集》卷四〇列於《相和歌辭·瑟調曲》，並引《古今樂録》曰："王僧虔《技録》有《蜀道難行》，今不歌。"又引《樂府解題》曰："《蜀道難》，備言銅梁、玉壘之阻，與《蜀國絃》頗同。"宋本題下注："諷章仇兼瓊也。"此乃宋人編集時所加的夾注。認為李白寫此詩是諷刺章仇兼瓊。其實，章仇兼瓊天寶初為劍南節度使兼益州大都督府長史，並無據險跋扈之事；且李白有《答杜秀才五松山見贈》詩曰："聞君往年游錦城，章仇尚書倒屣迎。飛牋絡繹奏明主，天書降問回恩榮。""章仇尚書"即指章仇兼瓊，説明李白對此人很有好感。故謂此詩"諷章仇兼瓊"説不可信。　〔二〕噫吁嚱：歎詞。宋庠《宋景文公筆記》："蜀人見物驚異，輒曰'噫吁嚱'，李白作《蜀道難》，因用之。"吁嚱，咸本校："一作嚱吁。"吁，敦煌寫本《唐人選唐詩》作"呼"，《又玄集》作"嘻"，《唐文粹》作"嘘"。

以上第一段。《唐宋詩醇》云："二語通篇節奏。"

蠶叢及魚鳧〔三〕，開國何茫然〔四〕！爾來四萬八千歲，不與秦塞通人烟〔五〕。西當太白有鳥道，可以橫絶峨眉巔〔六〕。地崩山摧壯士死〔七〕，然後天梯石棧相鉤連〔八〕。

【注釋】
〔三〕蠶叢、魚鳧：傳説中古蜀國的兩個君主名。揚雄《蜀王本紀》："蜀王之先，名蠶叢、柏灌、魚鳧、蒲澤、開明……從開明上至蠶叢，積三萬四千歲。"　〔四〕何茫然：多麽模糊。茫然，混沌不清貌。　〔五〕"爾來"句：爾來，從那時以來。四萬八千歲，極言歲月悠久，非實際數字。不，敦煌寫本《唐人選唐詩》、《又玄集》作"乃不"，《樂府詩集》作"乃"。秦塞，猶秦地，指今陝西西安一帶。塞，山川險阻處。通人烟，指互相交往。此句表明詩中所謂蜀道，是指蜀至秦的道路。古蜀國本與中原不相交通，戰國時秦惠王滅蜀(前三一六)，蜀地始與秦地交通。　〔六〕"西當"二句：太白，山名，又名太乙，秦嶺主峰，在今陝西眉縣南。冬夏積雪，望之皓然，故名太白。因在長安之西，詩人立足於長安，故云"西當"。鳥道，僅能容鳥飛過的通道，形容山峰極其高峻。可，宋本作"何"，據他本改。橫絶，橫渡，跨越。峨眉，山名，在今四川峨眉山市西南，有山峰相對如蛾眉，故名。二句謂只有鳥可以從太白山間的鳥道橫飛到峨眉山頂。　〔七〕"地崩"句：《華陽國志·蜀志》："(秦)惠王知蜀王好色，許嫁五女於蜀。蜀遣五丁迎之。還到梓潼，見一大蛇入穴中。一人攬其尾，掣之，不禁。至五人相助，大呼拽蛇。山崩，時壓殺五人及秦五女，并將從，而山分為五嶺。"　〔八〕"然後"句：天梯，喻高險的山路。石棧，在峭壁上鑿石架木築成的通道，即棧道。相，宋本作"方"，據他本改。鉤連，銜接。

鉤,《又玄集》作"勾"。

以上第二段,寫蜀道的來歷。

上有六龍回日之高標〔九〕,下有衝波逆折之回川〔一〇〕。黃鶴之飛尚不得過〔一一〕,猿猱欲度愁攀緣〔一二〕。青泥何盤盤,百步九折縈巖巒〔一三〕。捫參歷井仰脅息,以手撫膺坐長歎〔一四〕。

【注釋】

〔九〕"上有"句:六龍回日之高標,敦煌寫本《唐人選唐詩》、《又玄集》、《唐文粹》作"橫河斷海之浮雲"。六龍回日,古代神話中日神御者羲和每天趕着六龍所駕之車,載着日神在天空從東往西。見《初學記》引《淮南子·天文訓》注。高標,指蜀道上成為標誌的最高峰。此句為仰視,極言山高,六龍也只能拖着日神的車由此轉回。 〔一〇〕"下有"句:《文苑英華》作"逆折衝波之流川"。衝波逆折,指激浪衝撞巖石而逆流。回川,迴旋的川流。此句為俯視,寫谷深水急。 〔一一〕"黃鶴"句:《又玄集》作"黃鶴之飛兮上不得"。得,宋本校:"一作過。"《唐文粹》作"能"。過,宋本無"過"字,據他本補。黃鶴,善於高飛之鳥,即黃鵠,古書中鶴、鵠二字通用。 〔一二〕"猿猱"句:猿猱,指身體便捷、善於攀援的猿類動物。緣,一作"援",敦煌寫本《唐人選唐詩》、《又玄集》作"牽"。 〔一三〕"青泥"二句:青泥,嶺名。《元和郡縣志》卷二二興州長舉縣:"青泥嶺在縣西北五十三里(今甘肅徽縣南,陝西略陽縣北),接溪山東,即今通路也。懸崖萬仞,山多雲雨,行者屢逢泥淖,故號青泥嶺。"盤盤,盤旋曲折貌。百步九折,形容山路曲折盤旋,轉彎極多。縈巖巒,環繞着山峰巖巒。 〔一四〕"捫參"二句:捫,摸。歷,越過。參、井,兩星宿名。古代天文學者把天空中星宿的位置和地理區劃相對應,並以天象卜地區吉凶,叫做分野。參宿是蜀分野,井宿是秦分野。撫膺,撫摸胸脯。撫,《又玄集》、《唐文粹》作"拊"。膺,胸脯;敦煌寫本《唐人選唐詩》、《文苑英華》作"心"。

以上第三段,描繪蜀道之艱險。

問君西遊何時還？畏途巉巖不可攀〔一五〕。但見悲鳥號古木,雄飛雌從繞林間〔一六〕。又聞子規啼夜月,愁空山〔一七〕。蜀道之難,難於上青天,使人聽此凋朱顏〔一八〕！

【注釋】
〔一五〕"問君"二句：西游,成都在長安西南,故自秦入蜀,可稱西游。何時,一作"何當",意同。畏途,令人害怕的險路。畏,《又玄集》作"長"。巉巖,峥嶸高峻的山石。 〔一六〕"但見"二句：號古木,在枯樹上悲鳴。古,《樂府詩集》作"枯",敦煌寫本《唐人選唐詩》作"石"。雌從,一作"從雌",又一作"呼雌",《唐文粹》作"雌呼"。林間,敦煌寫本《唐人選唐詩》作"花間"。 〔一七〕"又聞"二句：子規,鳥名,即杜鵑。蜀中最多,相傳古蜀國王杜宇,號望帝,死後魂魄化為子規。春暮即鳴,夜啼達旦,啼聲悲淒,似説"不如歸去"。夜月,一本無"夜"字,《文苑英華》作"月落"。瞿蜕園、朱金城《李白集校注》以此二句十字斷為五言二句。 〔一八〕凋朱顏：青春的容顏為之變老。凋,凋謝。朱顏,紅顏,指年輕人的容顏。

以上第四段,渲染蜀道的陰森氣氛。

連峰去天不盈尺〔一九〕,枯松倒挂倚絕壁。飛湍瀑流爭喧豗,砯崖轉石萬壑雷〔二〇〕。其險也若此,嗟爾遠道之人胡為乎來哉〔二一〕？

【注釋】
〔一九〕"連峰"二句：連峰,連綿的山峰。去天不盈尺,敦煌寫本《唐人選唐詩》作"入烟幾千尺",《又玄集》作"入雲幾千尺"。 〔二〇〕"飛湍"二句：飛湍,飛濺的激流,指瀑布。瀑流,瀑布,與"飛湍"同義。瀑,宋本作"暴",據他本改。喧豗(huī),喧鬧聲。砯(pīng),水擊巖石之聲,此用

77

作動詞,撞擊。宋本作"冰",據他本改。後句謂激流衝擊山崖發出的轟響在千山萬壑間回蕩,聲如雷鳴。　〔二一〕"其險"二句:一本無"也"字。若此,一作"如此"。嗟,感歎聲。胡為,何為,為何。

以上第五段,直接描繪蜀道險峻,並對西游者表示關心。

　　劍閣崢嶸而崔嵬〔二二〕,一夫當關,萬夫莫開。所守或匪親,化為狼與豺〔二三〕。朝避猛虎,夕避長蛇,磨牙吮血,殺人如麻〔二四〕。錦城雖云樂,不如早還家〔二五〕。蜀道之難難於上青天,側身西望長咨嗟〔二六〕!

【注釋】

〔二二〕"劍閣"句:劍閣,今四川劍閣縣東北大劍山、小劍山之間的棧道,為三國時諸葛亮率衆所開。後成為秦蜀間的一條主要通道,為歷代戍守要地。唐代於此設劍門關。崢嶸、崔嵬,皆高峻貌。　〔二三〕"一夫"四句:語本晉張載《劍閣銘》:"一夫荷戟,萬夫趦趄。形勝之地,非親勿居。"匪,同"非"。四句意謂劍閣形勢險要,若非親信防守,一旦叛變,將會發生像豺狼吃人那樣的禍患。萬夫,宋本作"萬人",據他本改。匪親,《又玄集》、《唐文粹》作"匪人"。　〔二四〕"朝避"四句:懸想叛亂發生後的情況。猛虎、長蛇,喻據險叛亂者。吮,吸。虎,《又玄集》作"獸",乃避唐人諱改。　〔二五〕"錦城"二句:錦城,成都。錦官城的簡稱。故址在今四川成都市南。三國蜀漢時管理織錦之官駐此,故名。後人即用作成都的別稱。按:敦煌寫本《唐人選唐詩》無此二句。　〔二六〕長咨嗟:長長地歎息。敦煌寫本《唐人選唐詩》作"令人嗟"。

以上第六段,從社會人事寫蜀道之險,勸西游者早日歸家。

【評箋】

殷璠《河岳英靈集》卷上:至如《蜀道難》等篇,可謂奇之又奇。然自騷人以還,鮮有此體調也。

孟棨《本事詩·高逸》:李太白初自蜀至京師,舍於逆旅。賀監知章聞其名，首訪之。既奇其姿，復請所為文。出《蜀道難》以示之。讀未竟，稱歎者數四，號為"謫仙"，解金龜換酒，與傾盡醉，期不間日。由是稱譽光赫。

王定保《唐摭言》卷七：李太白始自西蜀至京，名未甚振，因以所業贄謁賀知章。知章覽《蜀道難》一篇，揚眉謂之曰："公非人世之人，可不是太白星精耶？"

舊題嚴羽評點《李太白詩集》卷二：提"蜀道難"，篇中三致意。用"噫吁戲"三字起，非無謂，後人學襲，便成惡道。　"西當"二句：好形擊。　"地崩"二句：天工人力，四語盡之。　"蜀道之難，難於上青天"：此中着二語，意本《陽關三疊》。　"連峰去天不盈尺"：有"捫參歷井"句，此不必。　"枯松"句：一幅好畫。　"磨牙"二句：雄語說難住。　"錦城"二句：只此十個字，是一篇之主。　末二句：言盡意無盡。

劉辰翁曰：妙在起伏，其才思放肆，語次崛奇，自不在言。（《唐詩品彙》卷二六引）

謝榛《四溟詩話》卷一：江淹有《古離別》，梁簡文、劉孝威皆有《蜀道難》。及太白作《古離別》、《蜀道難》，洒諷時事。雖用古題，體格變化，若疾雷破山，顛風簸海，非神於詩者不能道也。　又卷二：九言體，無名氏擬之曰："昨夜西風搖落千林梢，渡頭小舟捲入寒塘坳。"聲調散緩而無氣魄。惟太白長篇突出兩句，殊不可及，若"上有六龍回日之高標，下有衝波逆折之迴川"是也。

胡應麟《詩藪·內編》卷二：樂府則太白擅奇古今……《蜀道唯》、《遠別離》等篇，出鬼入神，惝恍莫測。　又卷三：太白《蜀道難》……無首無尾，變幻錯綜，窈冥昏默，非其才力學之，立見顛踣。

胡震亨《唐音癸籤·詁箋六》：太白《蜀道難》一詩，新史謂嚴武鎮蜀放恣，白危房琯、杜甫而作，蓋采自范攄《友議》。沈存中、洪駒父駁其說，謂為章仇兼瓊作。蕭士贇注又謂諷幸蜀之非，說不一。按白此詩，見賞賀監，在天寶入都之初，乃玄宗幸蜀、嚴武出鎮之前，歲月不合。而兼瓊在蜀，著功吐蕃，亦無據險跋扈之迹可當此詩。皆傅會不足據。《蜀道

79

難》自是古曲,梁、陳作者,止言其險,而不及其他。白則兼采張載《劍閣銘》"一人荷戟,萬夫趑趄。形勝之地,匪親弗居"等語用之,為恃險割據與覊留佐逆者著戒。惟其汎説事理,故苞括大,而有合樂府諷世立教本旨。若第取一時一人事實之,反失之細而不足味矣。諸解者惡足語此?

又《李詩通》卷四:兼瓊在蜀,禦吐蕃著績,無據險跋扈迹可當此詩;而嚴武出鎮在至德後,玄宗幸蜀在天寶末,與此詩見賞賀監在天寶入都初者,年歲亦皆不合;則此數説似並屬揣摩。愚謂《蜀道難》自是古相和歌曲,梁、陳間擬作者不乏,詎必盡有為始作?白蜀人,自為蜀詠耳。言其險,更著其戒,如云"所守或匪親,化為狼與豺",風人之義遠矣。必求一時一人事實之,不幾失之細乎?

賀裳《載酒園詩話又編》:《蜀道難》一篇,真與河嶽並垂不朽。即起句"噫吁嚱,危乎高哉"七字,如累棋架卵,誰敢併于一處?至其造句之妙:"連峰去天不盈尺,孤松倒挂倚絶壁。飛湍瀑流爭喧豗,砯崖轉石萬壑雷。"每讀之,劍閣、陰平,如在目前。又如:"一夫當關,萬夫莫開。所守或匪親,化為狼與豺。"不惟劉璋、李勢恨事如見,即孟知祥一輩亦逆揭其肺肝。此真詩之有關係者,豈特文詞之雄!

沈德潛《唐詩別裁》卷六:筆陣縱橫,如虯飛蠖動,起雷霆乎指顧之間。任華、盧仝輩仿之,適得其怪耳,太白所以為仙才也。

按:此詩寓意歷來衆説紛紜。宋本題下注"諷章仇兼瓊",胡震亨已辨明章仇兼瓊無據險跋扈之迹,故不可信。唐范攄《雲溪友議》卷上、《新唐書·嚴武傳》皆謂:嚴武鎮蜀,時杜甫在蜀中,房琯亦為屬下刺史,李白寫此詩為房、杜危之。蕭士贇《分類補注李太白詩》則謂諷玄宗於安禄山亂時幸蜀之非計。今按嚴武鎮蜀在肅宗上元二年(七六一),玄宗幸蜀在天寶十五載(七五六),而李白此詩早收入天寶十二載(七五三)結集之《河岳英靈集》,可證以上二説之非。胡震亨《李詩通》、顧炎武《日知録》謂"即事成篇,別無寓意";近人詹鍈謂送友人入蜀。然此數説又未盡達此詩之意。無寓意,送友人入蜀,何以將蜀道寫得如此艱險?今按:陳陰鑑《蜀道難》末二句曰："蜀道難如此,功名詎可要!"可知《蜀道難》此題原來就有功業難求之意。中晚唐之際的詩人姚合《送李餘及第歸蜀》詩曰:"李白《蜀道難》,羞為無成歸。子今稱意行,蜀道安覺危?"可知唐人認為李白寫《蜀道難》,是寓有功業無成之意的。正如《行路難》寓有仕途艱難之意一樣。孟棨《本事詩》和王定保《唐摭言》記載《蜀道難》被賀知章贊賞,皆稱"李白初自蜀至京師,舍於逆旅","名未甚振",當即指出蜀未幾、初入長安之時。李白初入長安,為的是追求功業,結果却無成而歸。由此證知,此詩當是開元年間初入長安無成而歸時,送友人而寄意之作。詳見拙著《李白叢考・李白兩入長安及有關交游考辨》。全詩七言為主,又有三言、四言、五言、九言、十一言,隨着感情起伏變化而長短錯落。詩中將豐富的想像,奇特的比喻,驚人的誇張,奔放的語言,磅礴的氣勢融匯一體,形成雄奇飄逸的風格,使舊題樂府獲得了嶄新的生命,表現出詩人傑出的藝術才能。

送友人入蜀

見說蠶叢路〔一〕,崎嶇不易行〔二〕。山從人面起,雲傍馬頭生〔三〕。芳樹籠秦棧〔四〕,春流繞蜀城〔五〕。升沉應已定,不必訪君平〔六〕。

【注釋】
〔一〕"見說"句:見說,聽說。蠶叢路,指蜀道。蠶叢,古蜀國君王,見前《蜀道難》注。　〔二〕崎嶇:道路曲折不直貌。　〔三〕"山從"二句:形容行進在蜀道中所遇之景。峭壁從行人面前突兀而起,白雲依着馬頭繚繞。　〔四〕"芳樹"句:芳樹,春天的樹木。秦棧,即棧道,見《蜀道難》注。以其自秦入蜀,故云。　〔五〕"春流"句:春流,即指郫江、流

81

江,二江均流經成都。蜀城,指成都。　〔六〕"升沉"二句:升沉,指人生仕途的榮枯進退。訪,一作"問"。君平,《漢書·嚴君平傳》:嚴遵,字君平,隱居不仕,"卜筮於成都市……裁日閲數人,得百錢足自養,則閉肆下簾而讀《老子》"。二句意謂功名得失應有定局,不必再去訪問占卜。

【評箋】

舊題嚴羽評點《李太白詩集》卷一五:"山從"二句:意象偪仄,乃見高奇。

徐增《而庵説唐詩》:"山從"二句,是承上"崎嶇不易行"五字,勿作好景看。

沈德潛《唐詩别裁》卷一○:奇語傳出"不易行"意。"籠秦棧"、"繞蜀城",以所經言之。結用蜀人恰好。

《唐宋詩醇》卷七:此五律正宗也。李夢陽語曰:"疊景者意必工,闊大者筆必細",極得詩家微旨。此詩頷聯承接次句,語意奇險;五、六則穠纖矣。頷聯極言蜀道之難,五、六又見風景可樂,以慰征夫。此兩意也。一結翻案,更饒勝致。

《瀛奎律髓彙評》卷二四引紀昀曰:一片神骨,而鋒芒不露。

《唐宋詩舉要》卷四引吴汝綸評首二句曰:起渾雄無迹。　又評三、四句:能狀奇險之景,而無艱深刻畫之態。　又評末二句曰:牢騷語抑遏不露。

俞陛雲《詩境淺説》:蜀中之棧道峽江,雄奇甲海内,惟李、杜椽筆足以舉之。李詩上句(按指"山從人面起"),言拔地高峰,忽當人而言,見山之奇也。萬山環合,處處生雲,馬前數尺,即不辨徑途,見雲之近也。

按:此詩疑與《蜀道難》同時作,寓意亦同。全詩氣韻張弛有致,對偶工整。意脈起伏跌宕,騰挪多變,於工麗中見神運之思。

行路難三首〔一〕

其 一

金樽清酒斗十千〔二〕,玉盤珍羞直萬錢〔三〕。停杯投筯不能食,拔劍四顧心茫然〔四〕。欲渡黄河冰塞川,將登太行雪暗天〔五〕。閑來垂釣坐溪上,忽復乘舟夢日邊〔六〕。行路難,行路難!多歧路,今安在〔七〕?長風破浪會有時〔八〕,直挂雲帆濟滄海〔九〕。

【注釋】

〔一〕行路難:樂府舊題。《樂府詩集》卷七〇列於《雜曲歌辭》,並引《樂府題解》云:"《行路難》,備言世路艱難及離別悲傷之意,多以'君不見'為首。"蕭士贇注:"《行路難》者,古樂府道路六曲之一。並有《變行路難》。"按《晉書·袁山松傳》:"舊歌有《行路難》曲,辭頗疏質,山松好之,乃文其辭句,婉其節制,每因酣醉縱歌之,聽者莫不流涕。初,羊曇善唱樂,桓伊能挽歌,及山松《行路難》繼之,時人謂之'三絶'。"惜袁山松所作之《行路難》今已不傳。此題今存最早的是鮑照的《行路難》十八首。胡震亨曰:"《行路難》,歎世路艱難及貧賤離索之感。古辭亡。鮑照擬作為多,白詩似全學照。"有齊僧寶月、梁吴均等多人同題之作。詩人這三首詩非同時所作。原題下夾注:"第三首一作古興。" 〔二〕"金樽"句:金樽,精美華貴的酒杯。樽,酒杯。宋本作"鐏",據他本改。清酒,《河岳英靈集》作"美酒"。斗十千,形容酒美價貴。斗,古代盛酒容器,亦用作賣酒的計量單位。曹植《名都篇》:"歸來宴平樂,美酒斗十千。"斗,《河岳英靈集》作"價"。十千,萬錢。 〔三〕"玉盤"句:羞,"饈"的本字。珍羞,珍貴的菜肴。直,通"值",價值。 〔四〕"停杯"二句:鮑照《擬行路難》:"對案不能食,拔劍擊柱長歎息。"筯(zhù),同"箸",筷子。顧,顧望。

〔五〕"欲渡"二句：鮑照《舞鶴賦》："冰塞長河，雪滿群山。"太行，山名。綿延山西高原與河北平原。雪，《河岳英靈集》作"雲"。暗天，一作"滿山"。　　〔六〕"閑來"二句：傳説吕尚未遇周文王前，曾在磻溪（在今陝西寶雞市東南）垂釣。伊尹未得商湯聘請之前，曾夢見自己乘船經過日月旁邊。二句意謂人生遇合多出於偶然。坐，一作"碧"。忽復，咸本作"忽然"。夢，《河岳英靈集》作"落"。　　〔七〕今安在，《河岳英靈集》作"道安在"。　　〔八〕"長風"句：《宋書·宗慤傳》："慤年少時，（叔父）炳問其志，慤曰：'願乘長風，破萬里浪。'"會，當。浪，咸本校："一作波。"此句謂施展抱負當有時機。　　〔九〕"直挂"句：直，就，當即。雲帆，高帆。濟，渡。滄海，大海。滄，《河岳英靈集》作"蒼"。

【評箋】
　　應時《李詩緯》卷一：太白縱作失意之聲，亦必氣概軒昂。若杜子則不然。
　　《唐宋詩醇》卷二："冰塞""雪滿"，道路之難甚矣。而日邊有夢，破浪濟海，尚未決志於去也。後有二篇，則畏其難而決去矣。此蓋被放之初，述懷如此，真寫得"難"字意出。
　　劉咸炘《風骨集評》："停杯"、"長風"二聯振動易學，"欲渡"四句排宕則不易，後人但學"停杯"以爲豪。渡河、登太行，濟世也。冰雪譬小人，猶《四愁詩》之水深雪雰也。溪上夢日邊，身在江湖、心存魏闕也。

　　按：此詩當是開元年間初入長安之作。今人詹鍈《李白詩論叢·李白樂府探源》謂此詩乃擬鮑照《行路難》"對案不能食"一首。全詩波瀾起伏，感情激蕩多變，使這首短篇樂府詩具有長篇歌行反復迴旋的氣勢和格局。

其　　二

　　大道如青天，我獨不得出〔一〇〕。羞逐長安社中兒，赤雞白狗賭梨栗〔一一〕。彈劍作歌奏苦聲〔一二〕，曳裾王門不稱情〔一三〕。淮陰市井笑韓信〔一四〕，漢朝公卿忌賈生〔一五〕。君不見昔時燕家重郭隗，擁篲折節無嫌猜〔一六〕；劇辛樂毅感恩分，輸肝剖膽效英才。昭王白骨縈蔓草，誰人更掃黃金臺〔一七〕？行路難，歸去來！

【注釋】
〔一〇〕"大道"二句：謂仕宦的大路像青天一樣寬廣，可唯獨我却找不到出路。大，宋本作"天"，據他本改。　〔一一〕"羞逐"二句：社，古代基層單位，二十五家為一社，此泛指里巷。社中兒，市井少年。赤雞白狗，指當時鬥雞走狗的博戲。梨栗，賭勝負的物品。二句謂自己羞於追隨長安里巷中的市井小人，去幹鬥雞走狗、以梨栗作賭品的游戲。狗，宋本校："一作雉。"　〔一二〕彈劍作歌：用戰國時馮驩在孟嘗君門下為食客事。見《贈從兄襄陽少府皓》注。　〔一三〕"曳裾"句：鄒陽《上吳王書》："飾固陋之心，則何王之門不可曳長裾乎？"後以"曳裾王門"喻在王公貴族門下作食客。曳裾，牽起衣服的前襟。不稱情，不稱心，不如意。
〔一四〕"淮陰"句：《史記·淮陰侯列傳》："淮陰侯韓信者，淮陰人也。……淮陰屠中少年有侮信者，曰：'若雖長大，好帶刀劍，中情怯耳。'衆辱之曰：'信能死，刺我；不能死，出我袴下。'於是信孰視之，俛出袴下，蒲伏。一市人皆笑信，以為怯。"淮陰，今江蘇淮安市。市井，古代群聚買賣之地，小城鎮。《史記·聶政傳》："政乃市井之人。"張守節《正義》："古者相聚汲水，有物便賣，因成市，故云市井。"　〔一五〕"漢朝"句：《史記·屈原賈生列傳》："於是天子議以為賈生任公卿之位。絳、灌、東陽侯、馮敬之屬盡害之，乃短賈生曰：'雒陽之人，年少初學，專欲擅權，紛亂諸事。'於是天子後亦疏之，不用其議，乃以賈生為長沙王太傅。"卿，《文苑英華》作"侯"。　〔一六〕"君不見昔時"四句：《史記·燕召公世家》："燕昭王於破燕之後即位，卑身厚幣以招賢者。謂郭隗曰：'齊因孤之國亂而襲破燕，孤極知燕小力少，不足以報。然誠得賢士以共國，以雪先王之恥，孤之願也。先生視可者，得身事之。'郭隗曰：'王必欲致士，先從隗始。況賢於隗者，豈遠千里哉！'於是昭王為隗改築宮而師事之。樂毅自魏往，鄒衍自齊往，劇辛自趙往，士爭趨燕。"此四句即用其意。擁篲，古人迎候尊貴的人，常拿着掃帚在前掃地領路，以示敬意。《史記·孟子荀卿列傳》："（騶衍）如燕，昭王擁篲先驅，請列弟子之座而受業。"司馬貞《索隱》："謂爲之掃地，以衣袂擁帚而却行，恐塵埃之及長者，所以爲敬也。"篲（huì），同"篲"，掃帚。折節，屈己下人。節，一作"腰"。嫌猜，猜疑；疑忌。劇辛，趙人，入燕爲謀士。樂毅，魏人，使於燕，燕王待以禮，遂委質爲臣。昭王以爲上將軍，伐齊，下七十餘城。《史記》有傳。輸肝剖膽，獻出肝膽，喻竭誠盡力。效英才，以英才相報效。英，《文苑英華》作"俊"。　　〔一七〕"昭王"二句：意謂燕昭王已死很久，如今無人能再像他那樣重用賢才。蔓草，一作"爛草"。黃金臺，相傳爲燕昭王所築，因曾置千金延請天下之士，故名。《文選》卷二八鮑照《放歌行》："將起黃金臺。"李善注引《上谷郡圖經》："黃金臺，易水東南十八里。"

【評箋】

舊題嚴羽評點《李太白詩集》卷二："大道"句，天衢亦是常語，作喻却奇。　　又評"羞逐"二句：極粗極雅。

按：此詩亦當作於開元年間第一次入長安時期。當時他干謁權貴，渴望能入朝做一番事業，却到處碰壁，找不到出路，於是寫下不少詩篇宣洩憤慨。前人以爲天寶三載賜金還山時作，非。剛離翰林供奉，決不致"曳裾王門"、"彈劍作歌"，不可能與"社中兒"有瓜葛。此詩運用許多典故，以古襯今，將古今之情打成一片作對比，使人感慨萬千，悵恨不已。

其　　三

有耳莫洗潁川水〔一八〕，有口莫食首陽蕨〔一九〕。含光混世貴無名〔二〇〕，何用孤高比雲月〔二一〕。吾觀自古賢達人,功成不退皆殞身。子胥既棄吳江上〔二二〕,屈原終投湘水濱〔二三〕。陸機雄才豈自保〔二四〕？李斯稅駕苦不早〔二五〕。華亭鶴唳詎可聞〔二六〕,上蔡蒼鷹何足道〔二七〕。君不見吳中張翰稱達生,秋風忽憶江東行。且樂生前一杯酒,何須身後千載名〔二八〕！

【注釋】

〔一八〕"有耳"句：此句反用許由洗耳事,見前《古風》其二十四注。
〔一九〕"有口"句：此句反用伯夷、叔齊事。《史記·伯夷列傳》："武王已平殷亂,天下宗周,而伯夷、叔齊恥之,義不食周粟,隱於首陽山,采薇而食之。"司馬貞《索隱》："薇,蕨也。"首陽,山名。一說在河南偃師縣西北十五里；一說在山西永濟縣南；一說在甘肅隴西縣西南一百里。蕨,多年生草本植物,嫩葉可食,俗稱"蕨菜"。根含澱粉,可食用或藥用。
〔二〇〕"含光"句：含光混世,猶和光同塵,藏光而不露鋒芒,與世俗相混而不標新立異。貴無名,以無名為貴。　〔二一〕雲月,《文苑英華》作"明月"。　〔二二〕"子胥"句：子胥,伍子胥,春秋時吳國大臣。《吳越春秋》卷五《夫差內傳》："吳王聞子胥之怨恨也,乃使人賜屬鏤之劍,子胥……遂伏劍而死。吳王乃取子胥屍,盛以鴟夷(皮製口袋)之器,投之於江中。"　〔二三〕"屈原"句：屈原(約前三四〇—前二七八),戰國時楚國大夫,主張聯齊抗秦,遭靳尚等人誣陷,被放逐,作《離騷》。頃襄王時再遭讒毀,謫於江南,後投汨羅江而死。湘水濱,指汨羅江,因其在湖南境內,接近湘江,為洞庭湖支流,故稱。　〔二四〕"陸機"句：陸機(二六一—三〇三),字士衡,西晉文學家。吳郡吳縣華亭(今上海市松江區)人。太康末,與弟雲同至洛陽,文才傾動一時。成都王司馬穎討長沙王司馬乂,任機為後將軍、河北大都督,兵敗被讒,為穎所殺。雄才,《文苑英華》作"英才",《樂府詩集》作"多才"。　〔二五〕"李斯"句：李斯(？—前二〇八),秦代政治家,上蔡(今河南上蔡西南)人。秦統一六國後,任丞相。秦始皇死後,追隨趙高,合謀偽造遺詔,迫令秦始皇長子扶蘇自殺,立少子胡亥為二世皇帝。後為趙高所忌,被殺。稅駕,停車,此指休息。《史記·李斯列傳》記載,有一次李斯自己說,"當今人臣之位,無居臣上者,可謂富貴極矣;物極則衰,吾未知所稅駕也。"司馬貞《索隱》:"稅駕,猶解駕,言休息也。李斯言己今日富貴已極,然未知向後吉凶止泊在何處也。"〔二六〕"華亭"句:《晉書·陸機傳》載陸機臨刑時,曾歎曰:"華亭鶴唳,豈可復聞乎?"華亭,今上海松江區。唳,鶴鳴。詎,豈。〔二七〕上蔡句:《史記·李斯列傳》:"二世二年七月,具斯五刑,論腰斬咸陽市。斯出獄,與其中子俱執,顧謂其中子曰:'吾欲與若復牽黃犬俱出上蔡東門逐狡兔,豈可得乎!'遂父子相哭而夷三族。"按今本《史記》無"蒼鷹"字。王琦注引《太平御覽》引《史記》"出上蔡東門"上有"臂蒼鷹"三字。李白詩賦屢用此事。其《擬恨賦》:"及夫李斯受戮,神氣黯然。左右垂泣,精魂動天。執愛子以長別,歎黃犬之無緣。"與此同意。〔二八〕"君不見吳中張翰"四句:張翰字季鷹,西晉吳人。《晉書·張翰傳》:"齊王冏辟為大司馬東曹掾,冏時執權……翰因見秋風起,乃思吳中菰菜、蓴羹、鱸魚膾,曰:'人生貴得適志,何能羈宦數千里以要名爵乎?'遂命駕而歸。……或謂之曰:'卿乃可縱適一時,獨不為身後名邪?'答曰:'使我有身後名,不如即時一杯酒。'時人貴其曠達。"不久齊王冏在政治鬥爭中失敗,張翰因早已離開,故未受株連。稱,宋本校:"一作真。"生,《樂府詩集》作"士"。

【評箋】

　　葛立方《韻語陽秋》卷一一:又《行路難》云:"有耳莫洗潁川水……何用孤高比明月。"則意在進為也,達人大觀,流行坎止,何常之有哉?
　　舊題嚴羽評點《李太白詩集》卷二:上掃世外名,下掃世間名,都盡。
　　陸時雍《詩鏡總論》:七言古,自魏文、梁武以外,未見有佳。鮑明遠雖有《行路難》諸篇,不免宮商乖互之病。太白其千古之雄乎?氣駿而逸,法老而奇,音越而長,調高而卓。少陵何事得與執金鼓而抗顏行也?

　　按:王琦曰:"此首一作《古興》。"按此作年不詳。因同題,姑附於此。

這是李白一生中經常表達的所謂功成身退的思想,所以難以編年。

下終南山過斛斯山人宿置酒〔一〕

暮從碧山下,山月隨人歸。却顧所來徑〔二〕,蒼蒼橫翠微〔三〕。相攜及田家〔四〕,童稚開荆扉〔五〕。緑竹入幽徑,青蘿拂行衣〔六〕。歡言得所憩〔七〕,美酒聊共揮〔八〕。長歌吟松風〔九〕,曲盡河星稀〔一〇〕。我醉君復樂,陶然共忘機〔一一〕。

【注釋】

〔一〕終南山:秦嶺山峰之一,在今陝西西安市南。又稱南山。古名太一山、地肺山、中南山、周南山。唐代士人多隱居此山。過,訪問。斛(hú)斯,複姓。山人,隱士。按杜甫有《過斛斯校書莊二首》,自注:"老儒艱難時病於庸蜀,歎其歿後方授一官。"《文苑英華》注云:"公名融。"杜甫又有《聞斛斯六官未歸》詩云:"走覓南鄰愛酒伴。"自注云:"斛斯融,吾酒徒。"未知斛斯山人即其人否。宿,咸本題中無"宿"字。　〔二〕却顧:回頭看。　〔三〕翠微:青翠掩映的山巒之色。《爾雅·釋山》:"山未及上,翠微。"郭璞注:"近上旁坡。"邢昺疏:"謂未及頂上,在旁陂陀之處,名翠微。一說,山氣青縹色,故曰翠微也。"　〔四〕及田家:及,《文苑英華》作"反"。田家,指斛斯山人的家。　〔五〕"童稚"句:童稚,《文苑英華》作"稚子"。荆扉,柴門。《文選》卷二二沈約《宿東園》詩:"荆扉新且故。"李周翰注:"以荆為門扉。"　〔六〕"緑竹"二句:徑,宋本作"徑",據他本改。胡本作"軒"。青蘿,即女蘿,又名松蘿,地衣類植物,常寄生在松樹上,絲狀,蔓延下垂。　〔七〕得所憩:得到休息之所,指被人留宿。　〔八〕揮:《禮記·曲禮上》:"飲玉爵者弗揮。"鄭玄注引何云:

"振去餘酒曰揮。"此謂開懷盡飲。　〔九〕松風：古樂府琴曲有《風入松》。　〔一〇〕河星稀：銀河中星辰稀少，謂夜已深。河星，胡本作"星河"。　〔一一〕"陶然"句：陶然，快樂陶醉貌。忘機，道家語，意謂忘却計較世俗的得失，此指心地曠達淡泊，與世無爭。

【評箋】

　　舊題嚴羽評點《李太白詩集》卷一七評首四句：作絕更有餘地。

　　王夫之《唐詩評選》卷二：清曠中無英氣，不可效陶。以此作視孟浩然，真山人詩爾。

　　沈德潛《唐詩別裁》卷二：太白山水詩亦帶仙氣。

　　《唐宋詩醇》卷七：此篇及《春日獨酌》、《春日醉起言志》等作，逼真淵明遺韻。

　　王堯衢《古唐詩合解》：首言下山時明月隨人，回顧行來路徑，夜色蒼蒼，橫於翠微之中矣。　又曰：首四句言下山時，次四句是過斛斯山人也。末六句便寫"宿置酒"三個字。

　　按：此詩當是開元年間初入長安隱居終南山時所作。詩中寫山中幽靜景色以及與山人歌酒取樂，風格飄逸清曠，閑澹入妙。王夫之《唐詩評選》稱此詩"清曠"中而有"英氣"，論斷非常深刻。

贈裴十四〔一〕

　　朝見裴叔則，朗如行玉山〔二〕。黃河落天走東海，萬里寫入胸懷間〔三〕。身騎白黿不敢度〔四〕，金高南山買君顧〔五〕。徘徊六合無相知〔六〕，飄若浮雲且西去。

【注釋】

〔一〕裴十四：排行十四，名字不詳。唐人喜在詩文中以行第相稱，不出名字，使後人難於考索。　〔二〕"朝見"二句：《世説新語·容止》："裴令公有儁容儀，脱冠冕，粗服亂頭皆好，時人以為玉人。見者曰：'見裴叔則，如玉山上行，光映照人。'"《晉書·裴楷傳》："楷字叔則……時人謂之'玉人'，又稱'見裴叔則如近玉山，映照人也。'"此借喻裴十四儀容美好。　〔三〕"黄河"二句：寫，通"瀉"，傾瀉。二句謂黄河之水從天上落下，直奔東海，萬里都傾瀉在胸懷間。形容其胸懷寬廣。入，宋本誤作"又"，據他本改。　〔四〕"身騎"句：白黿，屈原《九歌·河伯》："乘白黿兮逐文魚，與女游兮河之渚。"黿，一種水生動物。亦稱"緑團魚"，俗稱"癩頭黿"。背甲暗緑色，腹面白色，前肢外緣和蹼均呈白色，生活於河中。度，通"渡"。此句謂水極深而不敢渡河。　〔五〕"金高"句：金高南山，今人安旗認為化用"南金"一詞。《詩·魯頌·泮水》："元龜象齒，大賂南金。"毛傳："南，謂荆揚也。"鄭玄箋："荆揚之州，貢金三品。"後用以喻南方優秀人物。《晉書·薛兼傳》："兼清素有器宇，少與同郡紀瞻、廣陵閔鴻、吴郡顧榮、會稽賀循齊名，號為五儁。初入洛，司空張華見而奇之，曰：'皆南金也。'"此處以南金自喻。買君顧，《列女傳》卷五《楚成鄭瞀傳》："鄭瞀者，鄭女之嬴媵，楚成王之夫人也。初，成王登臺，臨後宫，宫人皆傾觀，子瞀直行不顧，徐步不變。王曰：'顧，吾以女為夫人。'子瞀復不顧。王曰：'顧，吾又與女千金而封若父兄。'子瞀遂一顧。"此借用鄭子瞀事，意謂希望得到裴公的垂顧。　〔六〕六合：指天地四方。

【評箋】

舊題嚴羽評點《李太白詩集》卷八：不輕世，不憤世，太上未能忘情。

沈德潛《唐詩别裁》卷六："黄河落天"二語，自道所得。

喬億《劍谿説詩》卷上："黄河落天走東海，萬里瀉入胸懷間"，太白具此襟抱，故下筆有延頸八荒氣象。

闕名《静居緒言》："朝見裴叔則，朗如行玉山。黄河落天走東海，萬里寫入胸懷間。"供奉詩略舉平澹者言之，已是天機在手，妙不關心，如麻姑之衣,非錦非繡,自成文章者也。人不思其平澹者尚無下手處,而謬為牛鬼蛇神之狀,欲效飛天仙人乎?

王闓運手批《唐詩選》卷八:小詩大做,蓋有求也。

按:此詩疑是開元年間初入長安隱於終南山時所作。詩中以晉人裴楷比擬裴十四,描繪其容儀之美,又形容其胸懷浩蕩如藏萬里河水。黃河水深莫測,故騎白黿亦不敢渡,自己希望買君一顧。但徘徊於天地四方無相知之人,所以只得如天上之浮雲暫且飄然西游。

登 太 白 峰〔一〕

西上太白峰,夕陽窮登攀〔二〕。太白與我語〔三〕,為我開天關〔四〕。願乘泠風去〔五〕,直出浮雲間。舉手可近月,前行若無山。一別武功去〔六〕,何時復更還〔七〕?

【注釋】
〔一〕太白峰:即太白山。見《蜀道難》注。 〔二〕"夕陽"句:夕陽,指山的西部。《爾雅·釋山》:"山西曰夕陽。"郭璞注:"暮乃見日。"邢昺疏:"日,即陽也。夕始得陽,故名夕陽。《詩·大雅·公劉》云'度其夕陽,豳居允荒'是也。"窮,盡。此句意謂終於登上太白峰西部頂點。
〔三〕太白:此指星名,即金星,一名啓明星。《史記·天官書》:"察日行以處位太白。"司馬貞《索隱》:"太白晨出東方曰啓明,故察日行以處太白之位也。" 〔四〕天關:天門。關本義為門閂,開關即打開門閂。此處形容山之極高與天相近。天關亦所謂通天之門。 〔五〕泠風:輕妙的和風。《莊子·逍遙游》:"夫列子御風而行,泠然善也。"郭象注:"泠然,輕妙之貌。"又《齊物論》:"泠風則小和。"陸德明《釋文》:"泠風,泠泠小風也。"　〔六〕武功：山名。在陝西武功縣南一百里,北連太白山,最為秀傑。古諺云："武功太白,去天三百。"功,宋本作"公",據他本改。〔七〕更還：一作"見還"。

【評箋】

　　《唐宋詩醇》卷七：亦率胸臆而出。形容峰勢之高,奇語獨造。

　　按：此詩似是初入長安時期離終南山西游時所作。詩中描寫登太白峰的情景,反映了詩人飄然欲仙的思想和奇異的想像力。詩人一生懷抱"安社稷"、"濟蒼生"的大志,即使在游仙之時,仍不忘用世之念。於是使此詩結構形成跌宕起伏,跳躍多變。

登　新　平　樓〔一〕

　　去國登茲樓〔二〕,懷歸傷暮秋。天長落日遠,水净寒波流。秦雲起嶺樹,胡雁飛沙洲〔三〕。蒼蒼幾萬里,目極令人愁〔四〕。

【注釋】

〔一〕新平：《舊唐書·地理志一》關內道邠州："隋北地郡之新平縣。義寧二年,割北地郡之新平、三水二縣置新平郡。武德元年,改為豳州。……開元十三年,改豳為邠。天寶元年,改為新平郡。乾元元年,復為邠州。"可知新平既是縣名,又是郡名。新平郡即邠州,治所就在新平縣。今陝西彬縣。　〔二〕"去國"句：去國,離開京城長安。茲樓,此樓。王粲《登樓賦》："登茲樓以四望兮。"此處指新平樓。　〔三〕"秦雲"二句：寫秦地暮雲籠罩着峰林,北方飛來的大雁停留在水中的沙島

93

上。二句有遥望京師之意。　〔四〕"蒼蒼"二句：蒼蒼,猶蒼茫,廣闊無邊貌。《淮南子・俶真訓》："渾渾蒼蒼,純樸未散。"目極,縱目遠望。《楚辭・招魂》："目極千里兮傷春心。"極,咸本作"斷"。

【評箋】

舊題嚴羽評點《李太白詩集》卷一八："天長"二句,太白多有此悠涵氣象。

楊慎《升庵詩話》卷七：高棅選《唐詩正聲》,首以五言古詩,而其所取,如……李太白"去國登兹樓,懷歸傷暮秋"……皆律也,而謂之古詩,可乎？譬之新寡之文君、屢醮之夏姬,美則美矣,謂之初笄室女,則不可。

按：此詩當是開元十九年（七三一）初入長安西游邠州時所作。詩中描寫暮秋登樓遠望長安所見的景色,以及懷念家鄉而思歸之情。全詩寫景感懷,曲盡其妙。隨心所至,自成結構。此詩四五句、六七句皆失黏；除首聯外,出句第三字皆拗,對句第三字皆救。故或謂此乃五言古詩；然既有拗救,還應算律詩。三平對三仄,乃詩人故意為之。此種調式,王維亦有之,如七律《酌酒與裴迪》："草色全經細雨濕,花枝欲動春風寒。"即其例。胡震亨《李詩通》以此詩編入五律,良是。

贈新平少年〔一〕

韓信在淮陰,少年相欺凌〔二〕。屈體若無骨,壯心有所憑〔三〕。一遭龍顏君〔四〕,嘯吒從此興〔五〕。千金答漂母,萬古共嗟稱〔六〕。而我竟胡為？寒苦坐相仍〔七〕。長風入短袂〔八〕,内手如懷冰〔九〕,故友不相恤〔一〇〕,新交寧見矜〔一一〕？摧殘檻中虎〔一二〕,羈紲韝上鷹〔一三〕。何時騰風雲,搏擊申與能〔一四〕?

【注釋】

〔一〕新平:唐代縣名。今陝西彬縣。見前《登新平樓》詩注。平,宋本、繆本、王本校:"一作豐。"　〔二〕"韓信"二句:見《行路難》其二注。〔三〕"屈體"二句:潘岳《西征賦》:"入屈節於廉公,若四體之無骨。"按此處指韓信為淮陰少年所辱,從胯下蒲伏而過之事。意謂當年韓信甘心受辱並非沒有志氣,而是為了使自己的雄心壯志將來有所施展。〔四〕龍顏君:指漢高祖劉邦。《史記·高祖本紀》:"高祖為人隆準而龍顏。"裴駰《集解》引應劭曰:"隆,高也。準,頰權準也。顏,額顙也。"又引文穎曰:"準,鼻也。"按隆準,謂高鼻;龍顏,謂額角中間突出。〔五〕"嘯吒"句:嘯吒,一作"嘯咤",同。形容令人敬畏的聲威。晉袁宏《後漢紀·光武帝紀論》:"雖強毅之國不能擅一時之勢,豪傑之士無所騁嘯咤之心。"興,咸本作"昇"。　〔六〕"千金"句:《史記·淮陰侯列傳》:"信釣於城下,諸母漂,有一母見信飢,飯信,竟漂數十日。信謂漂母曰:'吾必有以重報母。'……漢五年,徙齊王信為楚王,都下邳。信至國,召所從食漂母,賜千金。"　〔七〕"而我"二句:胡為,為何。胡,一作"何"。坐相仍,鮑照《代白頭吟》:"猜恨坐相仍。"坐,正,恰恰。仍,頻繁,重複。　〔八〕袂:袖口。　〔九〕"內手"句:漢樂府《善哉行》:"自惜袖短,內手知寒。"內,通"納",納手,袖手。內,一作"兩"。張華《雜詩三首》:"挾纊如懷冰。"　〔一〇〕恤:體恤,周濟。　〔一一〕寧見矜:哪裏會加憐憫。矜,通"憐",憐憫,同情。《書·泰誓》:"天矜於民。"孔傳:"矜,憐也。"　〔一二〕檻中虎:《漢書·司馬遷傳》:"猛虎處深山,百獸震恐;及其在穽檻之中,搖尾而求食,積威約之漸也。"檻(jiàn):關野獸的籠子。　〔一三〕"羈紲"句:羈紲(jī xiè),束縛。用繩子拴住。《文選》卷二八鮑照《東武吟》:"昔如韝上鷹。"劉良注:"韝,以皮蔽手而臂鷹也。"羈,馬絡頭。紲,牽牲畜的繩子。羈紲,此作動詞,猶束縛。韝,臂套。二句以虎被摧殘、鷹受束縛喻己有才不能施展。　〔一四〕"搏擊"句:搏,宋本作"搏",據他本改。搏擊,奮鬥。申,通"伸",施展。

【評箋】

舊題嚴羽評點《李太白詩集》卷八：太白詩多匠心，衝口似不由推敲，能使推敲者見之而醜，此何以故？

按：此詩當是開元年間初入長安西游邠州時所作。前段描寫韓信少年時忍辱實懷壯志，遇漢高祖而叱咤風雲，拜將封侯，佐成王業。以千金酬謝漂母，不忘舊恩，萬古被人贊賞。可知詩人當時亦困頓受辱，却無機會遇見"龍顏君"。後段則描寫自己的寒苦情景，無人憐惜，猶如籠中虎、套中鷹。末二句渴望發揮自己才能作一番事業。前後兩段對比鮮明，詩人當時困頓並遭辱可以概見。從此詩可見開元年間初入長安與天寶元年奉詔入京供奉翰林的心情完全不同。

酬坊州王司馬與閻正字對雪見贈〔一〕

游子東南來，自宛適京國〔二〕。飄然無心雲〔三〕，倏忽復西北〔四〕。訪戴昔未偶〔五〕，尋嵇此相得〔六〕。愁顏發新歡，終宴叙前識。閻公漢庭舊，沉鬱富才力〔七〕。價重銅龍樓，聲高重門側〔八〕。寧期此相遇，華館陪游息。積雪明遠峰，寒城沍春色〔九〕。主人蒼生望，假我青雲翼〔一〇〕。風水如見資〔一一〕，投竿佐皇極〔一二〕。

【注釋】

〔一〕坊州：《舊唐書‧地理志一》關內道有坊州，為上州。治所在今陝西黃陵縣東南。王司馬，王嵩，生平未詳。司馬，官名。《舊唐書‧職官志三》："上州：刺史一員，別駕一人，長史一人，司馬一人（從五品下）。"閻正字，名不詳。正字，官名。據《舊唐書‧職官志二》：秘書省有正字四人

（正九品下），其所屬著作局又有正字二人（正九品下）。《職官志三》：東宮官屬司經局有"校書四人（正九品），正字二人（從九品上）……校書、正字掌典校四庫書籍"。此詩云："價重銅龍樓"，銅龍乃太子門樓，故知此閻正字為太子正字。　〔二〕"游子"句：游子，詩人自謂。宛，秦漢時縣名，為南陽郡治所。唐代為南陽縣，屬鄧州。今河南南陽市。京國，指長安。二句意謂己此次由東南經南陽來到長安。　〔三〕無心雲：陶潛《歸去來辭》："雲無心以出岫。"形容自己行蹤不定，如浮雲隨風。
〔四〕"倏忽"句：倏忽，轉眼間。西北，此指邠州、坊州。此句謂至京不久，旋又來到西北的邠州、坊州。　〔五〕"訪戴"句：《世說新語·任誕》："王子猷居山陰，夜大雪……忽憶戴安道。時戴在剡，即便夜乘小船就之。"後因稱訪友為"訪戴"。此謂昔日訪友未能相遇。　〔六〕"尋嵇"句：《世說新語·簡傲》："嵇康與呂安善，每一想思，千里命駕。"後又以"尋嵇"為訪友的代稱。此謂此次訪友得遇，彼此情投意合。
〔七〕"閻公"二句：漢庭舊，按漢代無姓閻的顯赫人物，此"漢庭"當借指唐代。初唐時有閻立德為工部尚書、大安公，閻立本為高宗宰相，或閻正字即其後歟？沉鬱，深沉蘊藉。劉歆《與揚雄書》："非子雲淡雅之才，沉鬱之思，不能經年銳精，以成此書。"　〔八〕"價重"二句：銅龍樓，指太子宮樓。《漢書·成帝紀》："上嘗急召太子，出龍樓門。"顏師古注引張晏曰："門樓上有銅龍，若白鶴、飛廉之為名也。"《文選》卷二六陸厥《奉答内兄希叔》詩："屬叨金馬署，又點銅龍門。"劉良注："銅龍，太子門名。"由此知閻正字當為太子宮中官員。王琦注："按《寶刻叢編》：天寶中，太子正字閻寬撰《襄陽令盧僎德政碑》，未知即此閻正字否？"重門，《文選》卷三〇謝朓《觀朝雨》詩："平明振衣坐，重門猶未開。"呂向注："重門，帝宮也。"　〔九〕"寒城"句：寒城，指坊州城。沍(hù)，凍結。《莊子·齊物論》："河漢沍而不能寒。"按：沍，一作"鎖"。　〔一〇〕"主人"二句：主人，指王司馬。假，借。青雲，比喻入仕做官。二句希望得到王、閻二人薦引。　〔一一〕"風水"句：風水，風雨，喻援助之物。見資，得到資助。　〔一二〕"投竿"句：投竿，丟掉釣竿，此喻入仕。皇極，本指帝王統治的準則。《書·洪範》："五，皇極。皇建其有極。"古代帝王自以為所

97

施政教得其正中,可為法則,故稱。後即指帝王之位或王室。干寶《晉紀總論》:"至於世祖,遂享皇極。"吕延濟注:"皇極,天子之位也。"此句意謂入仕輔佐帝王。

【評箋】

　　舊題嚴羽評點《李太白詩集》卷一六:"終宴"句,此中情緒,須數語始盡,以五字該之,是何等才力!

　　詹鍈《李白詩文繫年》天寶四載下云:詩云"游子東南來……倏忽復西北",蓋白由江東經南陽入京,又自京師西北游,經邠州而至坊州也。又云"積雪明遠峰,寒城鎖春色",則已屆初春矣。

　　瞿蜕園、朱金城《李白集校注》:白之游邠州、坊州,必非在天寶初出京以後。

　　按:此詩乃開元年間初入長安時期由邠州至坊州作。

留別王司馬嵩〔一〕

　　魯連賣談笑,豈是顧千金〔二〕?陶朱雖相越,本有五湖心〔三〕。余亦南陽子,時為《梁甫吟》〔四〕。蒼山容偃蹇〔五〕,白日惜頹侵〔六〕。願一佐明主,功成還舊林〔七〕。西來何所為?孤劍托知音〔八〕。鳥愛碧山遠,魚游滄海深〔九〕。呼鷹過上蔡〔一〇〕,賣畚向嵩岑〔一一〕。他日閑相訪,丘中有素琴〔一二〕。

【注釋】

〔一〕王司馬嵩:當即前詩《酬坊州王司馬與閻正字對雪見贈》中的"坊州

王司馬"。　〔二〕"魯連"二句：魯連，魯仲連。其談笑却秦軍而不受平原君千金之賞，見前《贈從兄襄陽少府皓》詩注。　〔三〕"陶朱"二句：陶朱，春秋時越國大夫范蠡別名。《史記·越王勾踐世家》記載，越國為吳所敗時，范蠡曾赴吳為質二年。回越後輔佐越王勾踐深謀二十餘年，竟滅吳。范蠡以勾踐為人可與同患，難與處安，遂為書辭勾踐而去。乘舟浮海出齊，止于陶(今山東定陶)，候時轉物，逐什一之利。居無何，致貲累巨萬。天下稱陶朱公。《國語·越語下》："范蠡遂乘輕舟，以浮於五湖，莫知其所終極。"相(xiàng)，輔佐。五湖，郭本作"江湖"。　〔四〕"余亦"二句：南陽子，指諸葛亮。諸葛亮《出師表》："臣本布衣，躬耕於南陽。"梁甫，即梁父；山名，在泰山下。《梁甫吟》，樂府楚調曲名。歌詞哀歎人死葬此，悲涼慷慨。《三國志·蜀志·諸葛亮傳》："亮躬耕隴畝，好為《梁父(甫)吟》。"　〔五〕"蒼山"句：容，容納。咸本作"空"。偃蹇(jiǎn)，困頓；臥息。郭璞《客傲》："莊周偃蹇於漆園。"此句意謂蒼山可容困頓之人臥息。　〔六〕"白日"句：頹侵，指太陽漸落。此句意謂可惜時光空過，日月徒逝。　〔七〕"願一"二句：意謂希望能輔佐明主，功成後仍回山隱居。這是詩人一貫的思想。　〔八〕"孤劍"二句：孤劍，詩人自喻。此句謂此番孤單西來是想求托於知音。　〔九〕"鳥愛"二句：鳥愛碧山，魚游滄海，比喻賢人樂於自由隱居。按："鳥愛"句，宋本校"一作鳳集碧相秀"的"相"字誤。繆本、王本校："一作鳳集碧梧秀。"滄海，胡本作"江海"。　〔一〇〕"呼鷹"句：指李斯自謂未仕前曾臂鷹出上蔡東門打獵。見《行路難》其三注。　〔一一〕"賣畚"句：《十六國春秋》記載，苻秦時宰相王猛，少貧賤，以鬻畚為業。嘗於洛陽遇一人貴買其畚，遂隨其入深山取錢。見"一老公踞胡牀而坐，鬚髮悉白，侍從十許人。有一人引猛曰：'……大司馬可進。'猛因進拜老公。公曰：'王公何緣拜也？'乃十倍償畚直。遣人送之。既出，顧視，乃嵩高山也"。畚，宋本作"蚕"，誤，據他本改。嵩岑，嵩山。　〔一二〕"丘中"句：左思《招隱》詩："巖穴無結構，丘中有鳴琴。"末二句謂將來閑暇時你若相訪，我會在山丘中輕彈素琴。

99

按：此詩當是開元年間初入長安西游坊州告別王司馬時所作。此詩也是研究李白開元年間初入長安的行蹤和思想的重要作品，詳見拙著《李白叢考·李白兩入長安及有關交游考辨》。

以詩代書答元丹丘〔一〕

青鳥海上來〔二〕，今朝發何處？口銜雲錦字〔三〕，與我忽飛去。鳥去凌紫烟〔四〕，書留綺窗前〔五〕。開緘方一笑〔六〕，乃是故人傳。故人深相勗〔七〕，憶我勞心曲〔八〕。離居在咸陽〔九〕，三見秦草綠〔一〇〕。置書雙袂間〔一一〕，引領不暫閑〔一二〕。長望杳難見〔一三〕，浮雲横遠山。

【注釋】

〔一〕元丹丘：李白好友。詩人《上安州裴長史書》提及前受安州馬郡督和李長史接見時云："故交元丹，親接斯議"，知早在青年時代已與元丹丘訂交。《冬夜於隨州紫陽先生餐霞樓送烟子元演隱仙城山序》云："吾與霞子元丹、烟子元演氣激道合，結神仙交。"魏顥《李翰林集序》："與丹丘因持盈法師達，白亦因之入翰林。"知元丹丘曾與李白同為玉真公主推薦。據李白《漢東紫陽先生碑銘》，元丹丘於天寶初受道籙於胡紫陽。李白一生與元丹丘過從最密，酬贈元丹丘詩甚多。詳拙著《李白叢考·李白與元丹丘交游考》。　〔二〕"青鳥"句：青鳥，《藝文類聚》卷九一引《漢武故事》："七月七日，上(漢武帝)於承華殿齋，日正中，忽見有一青鳥從西方來，集殿前。上問東方朔，朔曰：'此西王母欲來也。'有頃，王母至。有二青鳥如烏，俠(夾)侍王母旁。"《山海經·大荒西經》："西有王母之山……有三青鳥，赤首黑目。"郭璞注："皆西王母所使也。"後因以青鳥稱信使。鳥，宋本校："一作烏。"海上，泛指遠方。此指長江中下游地區。

〔三〕雲錦字：對別人書簡的敬稱。《太平御覽》卷七〇四引《漢武內傳》："帝見王母有一卷書，盛以紫錦之囊。"字，《文苑英華》作"書"。
〔四〕淩紫烟：飛越在紫色的雲氣之上。　〔五〕綺窗：雕鏤花紋的窗戶。《文選》卷四左思《蜀都賦》："列綺窗而瞰江。"呂向注："綺窗，彫畫若綺也。"　〔六〕"開緘"句：開緘，拆封。方，宋本校："一作時。"
〔七〕勗（xù）：勉勵。　〔八〕勞心曲：勞，騷擾，憂愁。《詩‧邶風‧燕燕》："瞻望弗及，實勞我心。"心曲，心之深處。《詩‧秦風‧小戎》："在其板屋，亂我心曲。"鄭玄箋："心曲，心之委曲也，憂則心亂也。"
〔九〕"離居"句：離居，分居。咸陽，秦京城，故址在今陝西咸陽市東北之渭城故城，與今咸陽市地點不同。此處指長安。　〔一〇〕"三見"句：謂在秦地住了三年。三次見草綠。草，咸本校："一作城。"
〔一一〕"置書"句：《古詩十九首》："置書懷袖中。"雙袂，雙袖。
〔一二〕引領：伸頸遙望。形容盼望的殷切。《左傳‧成公十三年》："我君景公引領西望，曰：'庶撫我乎？'"　〔一三〕"長望"句：望，宋本校："一作歎。"杳，渺遠。

【評箋】

　　舊題嚴羽評點《李太白詩集》卷一六：試看雙魚、尺素，便覺此鳥為煩。

　　桂天祥《批點唐詩正聲》：《答元丹丘》詩自是一體，詞旨蓋出樂府。

　　郭濬《增定評注唐詩正聲》：將青鳥銜書一意，委折到底，不拘不散，妙甚。

　　袁枚《詳注圈點詩學全書》卷一：上八句叙丹丘生寄書於我。"故人"四句叙丹丘生寄書之由。末四句言我得書，悵望其人。因以"詩"答之。此五言換數韻長古風。

　　按：此詩當是開元年間初入長安時所作。據詩稱"離居在咸陽，三見秦草綠"，知詩人在長安歷時三年，詩當作於開元二十一年（七三三）。前人認為作於天寶年間，非。據蔡瑋《玉真公主受道靈壇祥應記》，天寶二載元丹丘在長安為大昭成觀威儀,當與李白同在長安,不存在"離居"問題,也無需"憶我勞心曲"。若此詩作於開元年間初入長安之時,則其時元丹丘仍在江夏一帶,詩所謂"憶我勞心曲"、"引領不暫閑"云云,皆無忤矣。

寄遠十二首（選十）〔一〕

其　　一

　　三鳥別王母,銜書來見過〔二〕。腸斷若剪絃,其如愁思何〔三〕！遙知玉窗裏,纖手弄雲和〔四〕。奏曲有深意,青松交女蘿〔五〕。寫水落井中,同泉豈殊波〔六〕！秦心與楚恨,皎皎為誰多〔七〕？

【注釋】
〔一〕此組詩非一時一地之作。寄贈對象亦不一,以寄内及自代内贈為多。當為宋人編集時將詩人此類作品彙集而成組詩。胡本在"五古"中收錄此組詩中九首,"七言長短句"中收錄三首。　〔二〕"三鳥"二句:意謂西王母使者帶着書信來訪我。楊齊賢注:"三青鳥,王母使也。"見,咸本作"相"。　〔三〕"腸斷"二句:腸斷,郭本作"斷腸"。二句意謂相思腸斷如琴絃被剪斷一樣痛苦,無可奈何。　〔四〕雲和:琴瑟的代稱。語出《周禮·春官·大司樂》"雲和之琴瑟"。庾信《周祀圜丘歌·昭夏》:"孤竹之管雲和絃,神光未下風肅然。"　〔五〕女蘿:又名松蘿,地衣門松蘿科植物,攀援於松柏樹上。《詩·小雅·頍弁》:"蔦與女蘿,施於松柏。"此句以女蘿繞於松樹以喻男女之情。　〔六〕"寫水"二句:寫,通"瀉"。落,一作"山"。落井中,郭本作"山中井"。二句意謂兩人的感情如泉水瀉入同一口井中,已融為一體,豈能有不同的波瀾?

〔七〕"秦心"二句：謂二人分處秦、楚兩地，相思之恨皎然，哪一個多？秦，指詩人自己在長安，古屬秦地；楚，指李白妻子許氏在安陸，古屬楚地。

【評箋】

舊題嚴羽評點《李太白詩集》卷二一："秦心"二句，秦楚分署得好，"皎皎"字如見。

曾國藩《求闕齋讀書録》卷七：寫水，即瀉水也。本鮑明遠"瀉水置平地"。"寫水"四句，謂彼此兩地同一相思，未知情恨孰多耳。

按：此詩當是開元十九年（七三一）詩人在秦地思念在安陸的妻子而作。

其　二

青樓何所在？乃在碧雲中〔八〕。寶鏡挂秋水，羅衣輕春風〔九〕。新妝坐落日，悵望金屏空〔一〇〕。念此送短書，願因雙飛鴻〔一一〕。

【注釋】

〔八〕"青樓"二句：青樓，豪華的樓房。曹植《美女篇》："青樓臨大路，高門結重關。"碧雲中，比喻高遠的天邊，用以表達離情別緒。　〔九〕"寶鏡"二句：謂珍貴的鏡子明如秋水，羅衣輕柔於春風。水，宋本校："一作月。"　〔一〇〕"新妝"二句：金屏，華麗的屏風。金，宋本校："一作錦。"二句謂打扮一新坐在落日中，悵然望着屏風，不見所懷之人。
〔一一〕"念此"二句：念此，宋本校："一作剪綵。"短書，短信。《文選》卷三一江淹《雜體詩三十首·李都尉陵從軍》："袖中有短書，願寄雙飛燕。"李周翰注："短書，小書也。"因，宋本校："一作同。"飛鴻，飛雁。古有鴻雁傳書的傳説。

按：此詩當與前首同一時期之作。詩中描寫思念妻子之情。

其　　三〔一二〕

本作一行書〔一三〕，殷勤道相憶〔一四〕。一行復一行，滿紙情何極〔一五〕！瑤臺有黃鶴，為報青樓人〔一六〕。朱顏凋落盡，白髮一何新〔一七〕！自知未應還，離居經三春〔一八〕。桃李今若為〔一九〕，當窗發光彩。莫使香風飄，留與紅芳待〔二○〕。

【注釋】

〔一二〕咸本將"遠憶巫山陽"一首置於此首之前。　〔一三〕一行書：指很短的書信。何遜《從主移西州寓直齋內霖雨不晴懷郡中游聚》詩："欲寄一行書，何解三秋意。"　〔一四〕道相憶：道，咸本作"坐"。憶，宋本作"億"，據他本改。　〔一五〕"滿紙"句：謂寫滿了紙仍然未盡相思之情。　〔一六〕"瑤臺"二句：瑤臺，形容華麗的樓臺。黃鶴，古有黃鶴報信之說。江淹《去故鄉賦》："願使黃鶴兮報佳人。"青樓人，華美高樓中之人，指妻子。　〔一七〕"朱顏"二句：謂因相思而紅顏凋落，新生白髮。　〔一八〕"自知"二句：還，宋本校："一作老。"居，宋本校："一作君。"《古詩十九首》："同心而離居，憂傷以終老。"三春，三年。
〔一九〕"桃李"句：謂家園的桃李今春如何。若為，猶如何。
〔二○〕留與：與，胡本作"取"。紅芳，紅花。喻青春年華。江淹《銅爵妓》詩："瑤色行應罷，紅芳幾為樂。"

【評箋】

陸時雍《唐詩鏡》卷一七：托意之妙，宛有風人之致。

按：此詩當是緊接前首之作。

其　　四

玉筯落春鏡,坐愁湖陽水[二一]。聞與陰麗華,風烟接鄰里[二二]。青春已復過[二三],白日忽相催。但恐荷花晚[二四],令人意已摧。相思不惜夢,日夜向陽臺[二五]。

【注釋】

〔二一〕"玉筯"二句:玉筯,形容眼淚。劉孝威《獨不見》:"誰憐雙玉筯,流面復流襟。"春,宋本校:"一作清。"湖陽,縣名。唐代湖陽縣屬唐州,故址在今河南唐河縣南湖陽鎮,二句謂女子憂愁地坐在湖陽水邊,眼淚不斷掉落在明鏡般的春水中。　〔二二〕"聞與"二句:聞,宋本校:"一作且。"陰麗華,漢光武帝皇后,南陽新野人。湖陽與新野相距不遠,故云風烟接鄰。《後漢書·皇后紀·光烈陰皇后》:"光烈陰皇后諱麗華,南陽新野人。初,光武適新野,聞后美,心悅之。後至長安,見執金吾車騎甚盛,因歎曰:'仕宦當作執金吾,娶妻當得陰麗華。'"鄰里,鄉里近鄰。唐代湖陽縣屬唐州,新野縣屬鄧州,兩縣邊界相接為鄰。故云"風烟接鄰里"。　〔二三〕青春:指春天,喻青年時代。《楚辭·大招》:"青春受謝,白日昭只。"王逸注:"青,東方春位,其色青也。"　〔二四〕荷花:荷,胡本作"飛"。　〔二五〕陽臺:指宋玉《高唐賦》中巫山地名。神女語曰:"妾在巫山之陽,高丘之岨,且為朝雲,暮為行雨,朝朝暮暮,陽臺之下。"此處指夫妻歡聚之地。

【評箋】

[日]近藤元粹《李太白詩醇》卷八:"不惜夢"字最奇警可喜。

按:此詩以自代內贈的口吻,遙想妻子對出門遠游的丈夫思念之情。全詩意境含蓄,情意深長。

其　　五〔二六〕

　　遠憶巫山陽〔二七〕，花明淥江暖。躊躇未得往〔二八〕，淚向南雲滿〔二九〕。春風復無情，吹我夢魂斷〔三〇〕。不見眼中人，天長音信短〔三一〕。

【注釋】

〔二六〕此詩與李白《大堤曲》多同。唯前三句異。前三句《大堤曲》作"漢水臨襄陽，花開大堤暖。佳期大堤下"。六句"夢魂斷"之"斷"，《大堤曲》作"散"。末句"音信短"之"短"，《大堤曲》作"斷"。餘全同。當是一詩之兩傳者。　〔二七〕巫山：在今重慶、湖北兩省市邊境。北與大巴山相連，形如"巫"字，故名。長江穿流其中，形成三峽。宋玉《高唐賦》中神女曰："妾在巫山之陽，高丘之岨，旦為朝雲，暮為行雨，朝朝暮暮，陽臺之下。"後遂以"巫山陽"用為男女幽會的典實。此處借指詩人妻子的所在地。　〔二八〕躊躇：猶豫，徘徊。　〔二九〕南雲：南飛之雲。常用以寄托思親、懷鄉之情。陸機《思親賦》："指南雲以寄款，望歸風而效誠。"　〔三〇〕"春風"二句：古樂府《子夜春歌》："春風復多情，吹我羅裳開。"此處反用其意。　〔三一〕"不見"二句：何遜《從主移西州寓直齋內霖雨不晴懷郡中游聚》詩："不見眼中人，空想南山寺。"

　　按：此詩思念在遠方的情人，希望在夢中相見。樂景哀情，更深一層。

其　　六

　　陽臺隔楚水，春草生黃河〔三二〕。相思無日夜，浩蕩若流波。流波向海去，欲見終無因〔三三〕。遙將一點淚〔三四〕，遠寄如花人。

【注釋】

〔三二〕"陽臺"二句：宋本校："一作陰雲隔楚水，轉蓬落渭河。"陽臺，用宋玉《高唐賦》巫山神女故事，此處喻指思念之人的居住之處。楚水，指楚地江水。春草，用《楚辭·招隱士》"王孫游兮不歸，春草生兮萋萋"意。二句意謂所思之人在陽臺遠隔楚水，自己相思之情如黃河邊所生的春草無窮無盡。楚水、黃河，泛言相隔遙遠。　〔三三〕"流波"二句：意謂河水向海流去就一去不返，想要再見就沒有辦法了。無因，無由。無機緣。欲見終無因，宋本校："一作定繞珠江濱。"　〔三四〕將：咸本校："一作持。"

【評箋】

《唐宋詩醇》卷八：三詩(指此詩及其九、其十)皆與古為化，不以摹擬為工，而寄托自遠。

按：此詩似亦為寄內詩。詩中運用民歌的頂真勾連句，表現出清新流暢、意趣天真的藝術境界。

其　七

妾在舂陵東〔三五〕，君居漢江島〔三六〕。百里望花光，往來成白道〔三七〕。一為雲雨別〔三八〕，此地生秋草。秋草秋蛾飛〔三九〕，相思愁落暉〔四〇〕。何由一相見〔四一〕，滅燭解羅衣〔四二〕？

【注釋】

〔三五〕"妾在"句：妾，宋本作"昔"，據他本改。舂陵，宋本作"春陵"，據他本改。按此處"舂陵東"當即指詩人妻許氏所居地安陸。漢舂陵故城在今湖北棗陽市東南，安陸更在其東南。見《贈從兄襄陽少府皓》注。　〔三六〕漢江島：泛指漢水一帶。　〔三七〕"百里"二句：胡本作"日日

107

采蘼蕪,上山成白道"。百里,一作"一日"。白道,大路。蘼蕪,草名,葉有香氣。《古詩五首》其一:"上山采蘼蕪,下山逢故夫。" 〔三八〕雲雨別:如雲散雨消般離別。《文選》卷二三王粲《贈蔡子篤》詩:"悠悠世路,亂離多阻。……風流雲散,一別如雨。"吕延濟注:"言此別離各恨時亂,如風流雲散,無所定止,如雨之降,不還雲中也。" 〔三九〕秋蛾飛:江淹《扇上綵畫賦》:"促織兮始鳴,秋蛾兮載飛。" 〔四〇〕落輝:輝,一作"暉"。相思愁落輝,宋本校:"一本此句下添昔時攜手去,今時流淚歸,遥知不得意。玉筯點羅衣。" 〔四一〕何由:由,胡本作"時"。 〔四二〕"滅燭"句:古樂府《子夜四時歌》:"開窗秋月光,滅燭解羅衣。"

按:此詩亦當是詩人自代内贈。

其　　八

憶昨東園桃李紅碧枝[四三],與君此時初別離。金瓶落井無消息[四四],令人行歎復坐思。坐思行歎成楚越[四五],春風玉顏畏銷歇[四六]。碧窗紛紛下落花,青樓寂寂空明月。兩不見,但相思。空留錦字表心素[四七],至今緘愁不忍窺。

【注釋】

〔四三〕"憶昨"句:阮籍《詠懷詩》其三:"嘉樹下成蹊,東園桃與李。"紅,咸本作"花"。 〔四四〕金瓶落井:猶言石沉大海。語本釋寶月《估客樂》其二:"莫作瓶落井,一去無消息。" 〔四五〕"坐思"句:咸本校:"一本無坐思二字。"楚越,楚國和越國。比喻相距遥遠。《莊子·德充符》:"仲尼曰:'自其異者視之,肝膽楚越也。'"成玄英疏:"楚越迢遞,相去數千。" 〔四六〕"春風"句:咸本校:"一本云楚越春風畏銷歇。"銷歇,消失,衰敗。鮑照《行藥至城東橋》詩:"容華坐銷歇,端為誰苦辛。"　〔四七〕"空留"句:錦字,指錦字書。前秦蘇蕙寄給丈夫的織錦迴文詩。《晉書·列女傳·竇滔妻蘇氏》:"名蕙,字若蘭。善屬文。滔,苻堅時為秦州刺史,被徙流沙,蘇氏思之,織錦為迴文旋圖詩以贈滔。宛轉循環以讀之,詞甚悽惋。"此處指妻子給丈夫表達思念之情的書信。

　　按:此詩亦是自代内贈。詩以春花爛漫寫別離時情景,以樂襯哀;以金瓶落井喻杳無音信;以落花紛紛喻別時久遠,意境含蓄。句式參差,音情頓挫,有一唱三歎之餘味。

其　九

　　長短春草緑,緣階如有情〔四八〕。卷葹心獨苦,抽却死還生〔四九〕。睹物知妾意,希君種後庭。閑時當采掇〔五〇〕,念此莫相輕。

【注釋】

〔四八〕"長短"二句:謂長短不齊的春草沿階而生,碧緑一片似有慰藉之情。階,宋本作"門",據他本改。　　〔四九〕"卷葹"二句:卷葹,草名,江淮間謂之宿莽。其草堅苦,拔心不死,詩以此喻女子愛情的堅貞和相思的痛苦。《爾雅·釋草》:"卷葹草,拔心不死。"郭璞注:"宿莽也。"二句比喻女子的相思之苦及對愛情的堅貞。　　〔五〇〕采掇:料理;采摘。

　　按:此詩亦為自代内贈。

其　十　一〔五一〕

　　美人在時花滿堂,美人去後餘空牀〔五二〕。牀中繡被卷不寢〔五三〕，至今三載聞餘香〔五四〕。香亦竟不滅，人亦竟不來。相思黄葉盡〔五五〕，白露濕青苔〔五六〕。

【注釋】

〔五一〕宋本校："此首一作《贈遠》。"胡本列此首爲《長相思三首》其三。《又玄集》、《樂府詩集》收此詩題作《長相思》。《唐文粹》收此詩題作《寄遠》。《全唐詩》收《寄遠十一首》，缺此詩。　〔五二〕餘空牀：餘空，一作"空餘"、"花餘"。　〔五三〕卷不寢：胡本作"更不卷"。《又玄集》作"竟不掩"。　〔五四〕聞餘香：《又玄集》、《樂府詩集》、《全唐詩》作"猶聞香"。〔五五〕黄葉盡：盡，一作"落"。　〔五六〕濕，一作"點"。

【評箋】

舊題嚴羽評點《李太白詩集》卷二一：評"相思"二句：只須言景之淒涼。

按：此詩當是詩人初入長安時之作，以自代内贈口吻，描寫別後妻子的相思之情。用排疊、頂真的流暢句式，表達對相聚時的留戀與今日獨處的傷懷。最後以景結情，寫秋日蕭瑟，意味深長。

按：以上所選十首多爲開元年間初入長安時所作。

白　馬　篇〔一〕

龍馬花雪毛〔二〕，金鞍五陵豪〔三〕。秋霜切玉劍〔四〕，落日明珠袍〔五〕。鬥雞事萬乘〔六〕，軒蓋一何高〔七〕？弓摧南山虎〔八〕，手接太山猱〔九〕。酒後競風采，三杯弄寶刀。

殺人如剪草,劇孟同游遨〔一〇〕。發憤去函谷〔一一〕,從軍向臨洮〔一二〕。叱咤經百戰〔一三〕,匈奴盡奔逃〔一四〕。歸來使酒氣〔一五〕,未肯拜蕭曹〔一六〕。羞入原憲室〔一七〕,荒徑隱蓬蒿〔一八〕。

【注釋】

〔一〕白馬篇:樂府舊題。《樂府詩集》卷六三收此詩,列於《雜曲歌辭》。並云:"白馬者,見乘白馬而為此曲,言人當立功立事,盡力為國,不可念私也。"又引《樂府解題》曰:"鮑照云'白馬騂角弓',沈約云'白馬紫金鞍',皆言邊塞征戰之事。" 〔二〕"龍馬"句:龍馬,《周禮‧夏官‧庾人》:"馬八尺以上為龍。"花雪毛,毛,一作"白"。 〔三〕五陵:西漢五個皇帝的陵墓,即高祖長陵、惠帝安陵、景帝陽陵、武帝茂陵、昭帝平陵。皆置縣,在渭水北岸今咸陽市附近,合稱"五陵"。因地近長安,漢初徙齊楚大族於長陵,後世又徙二千石高貲富人及豪傑名家於諸陵,故五陵為豪門貴族聚居之地。詩文中常以五陵指長安。 〔四〕切玉劍:喻劍之鋒利。《列子‧湯問》:"周穆王大征西戎,西戎獻錕鋙之劍。……其劍長尺有咫,煉鋼赤刃,用之切玉,如切泥焉。" 〔五〕"落日"句:謂落日映照着鑲珠的衣袍。王僧孺《古意詩》:"落日映珠袍。"此即用其意。 〔六〕"鬥雞"句:見前《古風》其二十四注。 〔七〕軒蓋:車蓋。 〔八〕"南山"句:南山,宋本作"宜山",據他本改。南山虎,《晉書‧周處傳》:"南山白額猛獸……為患。……處乃入山中射殺猛獸。"按"猛獸"即"猛虎",唐朝人修《晉書》,避"虎"字諱而改為"獸"字。 〔九〕"手接"句:太行,宋本作"太山",誤。據他本改。太行,山名,在山西高原和河北平原之間。猱,獸名,屬猿類。《文選》卷一五張衡《思玄賦》李善注引《尸子》:"中黃伯曰:予左執太行之獶(同"猱"),而右搏雕虎。"

〔一〇〕劇孟:見前《梁甫吟》注。 〔一一〕函谷:關名,古關在今河南省靈寶東北。戰國時秦置。因關在谷中,深險如函而名。其東自崤山,西至潼津,通名函谷,號稱天險。漢元鼎三年(前一一四),徙關至今河南新安縣東,離故關三百里,稱新函谷關。乃古時由東方入秦之重要關口。

〔一二〕臨洮：古縣名。在今甘肅岷縣一帶，以地臨洮水，故名。是長城的起點。《舊唐書·地理志一》隴右節度使："臨洮軍，在鄯州城内，管兵萬五千人，馬八千疋。" 〔一三〕"叱咤"句：形容戰鬥時的威風。經百戰，一作"萬戰場"。 〔一四〕奔逃：宋本作"波濤"，據他本改。〔一五〕使酒氣：因酒使氣。《史記·魏其武安侯列傳》："灌夫為人剛直使酒。" 〔一六〕拜蕭曹：拜，宋本校："一作下。"蕭曹，西漢初期宰相蕭何及曹參。《漢書·魏相丙吉傳贊》："近觀漢相，高祖開基，蕭曹為冠。" 〔一七〕原憲室：喻貧士之室。原憲，春秋時魯國人，或謂宋人，字子思，亦稱原思。孔子弟子，清静守節，貧而樂道。《史記·仲尼弟子列傳》記載，孔子卒，原憲退隱草澤。子貢相衛，訪原憲。憲穿戴破衣冠見子貢。子貢恥之，問其是否有病。原憲説："無財者謂之貧，學道而不能行者謂之病。若憲，貧也，非病也。"子貢羞慚而去。又《韓詩外傳》卷一："原憲居魯，環堵之室，茨以蒿萊，蓬户甕牖，桷桑而為樞，上漏下濕，匡坐而絃歌。" 〔一八〕"荒徑"句：荒徑，宋本作"荒淫"，據他本改。蓬蒿，即草莽。謝朓《和沈祭酒行園》詩："荒徑隱蒿蓬。"

【評箋】

舊題嚴羽評點《李太白詩集》卷四：非勢所屈，非理所攝，寧荒淫（徑）而隱，是箇俠士本色。 又評"秋霜"二句：何其雄麗！

蕭士贇《分類補注李太白詩》：此詩寓貶於褒，寄揚於抑，深得《國風》之旨，讀者宜細味之。

胡震亨《李詩通》：曹植《齊瑟行》："白馬飾金羈。"言人當立功邊塞，白擬為《白馬篇》，詩義同。

按：此詩寫長安五陵貴族子弟的氣概，當作於開元年間李白初入長安之時。按李白《叙舊游贈江陽宰陸調》詩曾回憶："風流少年時，京洛事游熬。腰間延陵劍，玉帶明珠袍。我昔鬥雞徒，連延五陵豪。邀遮相組織，呵嚇來煎熬。君開萬叢人，鞍馬皆辟易。告急清憲臺，脱余北門厄。"所言即當時事，説明李白初入長安時曾與五陵豪交游，後為其所厄。安旗等《李白全集編年注釋》認爲所謂"五陵豪","乃長安之豪門子弟而供職羽林軍者。此輩爲朝廷所寵,故驕橫跋扈,不可一世。……此詩蓋作於初交之時,雖頗有羨慕之情,然亦不無貶刺之意"。其説可從。

梁　園　吟〔一〕

我浮黄河去京闕〔二〕,挂席欲進波連山〔三〕。天長水闊厭遠涉,訪古始及平臺間〔四〕。平臺爲客憂思多,對酒遂作《梁園歌》。却憶蓬池阮公詠,因吟淥水揚洪波〔五〕。

【注釋】
〔一〕梁園吟:敦煌寫本《唐人選唐詩》、《文苑英華》作"梁園醉歌"。宋本校:"一作梁園醉酒歌。"王本校:"一作梁苑醉酒歌。"梁園,即梁苑,又稱兔園,漢梁孝王劉武築。爲游賞與延賓之所,當時名士司馬相如、枚乘、鄒陽等皆爲座上客。《史記·梁孝王世家》:"孝王築東苑,方三百餘里,廣睢陽城七十里。"故址在今河南商丘市。　〔二〕"我浮"句:浮,漂舟。宋本校:"一作乘。"河,一作"雲"。去京闕,離開長安;闕,宋本作"關",據他本改。　〔三〕"挂席"句:挂席,揚帆。《文選》謝靈運《游赤石進帆海》詩:"揚帆采石華,挂席拾海月。"李善注:"揚帆、挂席,其義一也。"波連山,形容水勢浩瀚。木華《海賦》:"波如連山,乍合乍散。"進,宋本校:"一作往。"　〔四〕平臺:相傳爲春秋時魯襄公十七年宋皇國父所築,漢梁孝王與鄒陽、枚乘等文士曾游於其上(見《漢書·梁孝王傳》)。南朝宋謝惠連曾在此作《雪賦》,故又名雪臺。故址在今河南虞城縣。
〔五〕"却憶"二句:阮公,指三國時魏詩人阮籍。籍常用飲酒放誕,在當時複雜的政治鬥争中保全自己。阮籍《詠懷》詩云:"徘徊蓬池上,還顧望大梁。淥水揚洪波,曠野莽茫茫。"按蓬池遺址在今開封市。

以上第一段,敘離京來梁園作客。

洪波浩蕩迷舊國〔六〕,路遠西歸安可得?人生達命豈暇愁〔七〕,且飲美酒登高樓。平頭奴子搖大扇〔八〕,五月不熱疑清秋。玉盤楊梅為君設,吳鹽如花皎白雪〔九〕。持鹽把酒但飲之〔一〇〕,莫學夷齊事高潔〔一一〕。

【注釋】

〔六〕"洪波"二句:意謂波濤洶涌壯闊,長安已迷茫不可見,路途遥遠不能回歸。舊國,指長安。 〔七〕"人生"句:達命,通達知命。暇,空閑。宋本作"假",據他本改。 〔八〕"平頭"二句:平頭奴子,戴平頭巾的奴僕。平頭,頭巾名。梁武帝《河中之水歌》:"平頭奴子擎履箱。"疑,一作"如"。 〔九〕"玉盤"二句:玉,敦煌寫本《唐人選唐詩》、《文苑英華》作"素"。楊,敦煌寫本《唐人選唐詩》作"青"。吳鹽,《史記·吳王濞列傳》:"吳王即山鑄錢,煮海水為鹽。"又《貨殖列傳》:"夫吳自闔閭、春申、吳王濞三人招致天下之喜游子弟,東有海鹽之饒……"自此吳地產鹽以供四方。按鹽和梅是古代調味品,此處借指佐酒菜肴。白,《文苑英華》作"如"。 〔一〇〕持鹽把酒:《魏書·崔浩傳》:"賜浩御縹醪酒十觚,水精戎鹽一兩,曰:'朕味卿言,若此鹽酒,故與卿同其旨也。'"
〔一一〕"莫學"句:此句敦煌寫本《唐人選唐詩》作"世上悠悠不堪説"。宋本、王本校:"一作何用孤高比雲月,一作咄咄(宋本作"嗤嗤")書空字邊滅。"莫,《文苑英華》作"勿"。夷齊,指殷末孤竹君的兩個兒子伯夷、叔齊。周武王伐殷紂,平定天下,他倆認為是"以暴易暴",恥食周粟,餓死在首陽山(見《史記·伯夷列傳》)。此句意謂應及時行樂,不必空持高潔而受苦。李白《少年子》詩刺貴公子打獵行樂,末二句以夷齊高潔對比:"夷齊是何人,獨守西山餓?"意略同。

以上第二段,謂人生須曠達知命,及時行樂,失意之情溢於言表。

昔人豪貴信陵君〔一二〕,今人耕種信陵墳〔一三〕。荒城虛照碧山月,古木盡入蒼梧雲〔一四〕。梁王宮闕今安在〔一五〕?枚馬先歸不相待〔一六〕。舞影歌聲散淥池〔一七〕,空餘汴水東流海〔一八〕。

【注釋】

〔一二〕信陵君:戰國時魏國貴族,安釐王之弟,名無忌(?—前二四三),封於信陵(今河南寧陵),故號信陵君。喜養士,有食客三千,為著名的戰國四公子之一。公元前二五七年,曾設法竊取虎符,奪得兵權,擊秦救趙。後十年,又聯合五國擊退秦將蒙驁的進攻。　〔一三〕信陵墳:據《太平寰宇記》卷一載,信陵君墓在河南開封府浚儀縣(治所在今河南開封市)"南十二里"。　〔一四〕"荒城"二句:虛,宋本校:"一作遠。"蒼梧雲,《太平御覽》卷八引《歸藏》曰:"有白雲自蒼梧入大梁。"此即用其意。蒼梧,山名,即九疑(一作"嶷")山,在今湖南寧遠縣南。

〔一五〕"梁王"句:梁王,指漢梁孝王劉武。當年曾在梁苑大治宮室。阮籍《詠懷》詩:"梁王安在哉!"宮闕,敦煌寫本《唐人選唐詩》、《文苑英華》作"賓客"。　〔一六〕枚馬:指西漢文學家枚乘和司馬相如。兩人都曾游梁。《漢書·枚乘傳》:"枚乘字叔,淮陰人。……游梁,梁客皆善屬詞賦,乘尤高。"又《司馬相如傳》:"是時梁孝王來朝,從游說之士鄒陽、枚乘……之徒,相如見而說之,因病免,客游梁,得與諸侯游士居。"

〔一七〕淥池:清澈的水池。淥,一作"綠"。　〔一八〕汴水東流:汴水,古水名。唐代自滎陽出河經汴州(開封)至泗州入淮水的通濟渠東段,全流統稱汴水。東流,《文苑英華》作"流東"。

以上第三段,憑弔古迹,抒發感慨。

沉吟此事淚滿衣,黃金買醉未能歸〔一九〕。連呼五白行六博〔二〇〕,分曹賭酒酣馳暉〔二一〕。酣馳暉,歌且謠〔二二〕,意方遠。東山高臥時起來,欲濟蒼生未應晚〔二三〕!

【注釋】

〔一九〕"沉吟"二句:滿衣,敦煌寫本《唐人選唐詩》作"沾衣"。未能,宋本校:"一作莫言。" 〔二〇〕"連呼"句:五白,古代博戲樗蒲用五木擲采打馬,其後則專擲五木以決勝負。唐李翱著《五木經》謂:五木之制,上黑下白,擲得五子皆黑,叫盧,最貴;其次五子皆白,叫白。行,《文苑英華》作"投"。六博,古代博戲。兩人相博,共十二棋,每人六棋,六黑六白,故名。又叫"六簙"或"陸博"。《楚辭·招魂》:"菎蔽象棋,有六簙些。分曹並進,遒相迫些。成梟而牟,呼五白些。"蔣驥注:"菎,竹名。蔽,簙箸也;蓋投之以行棋者。象,象牙;棋,棋子也。簙,博通,局戲也。投六箸,行六棋,故曰六簙。言設六簙以行酒,用菎籐為箸、象牙為棋也。……梟,博采;倍勝為牟。五白,簙箸之齒也。言棋已得采,欲成倍勝,故呼五白以助投也。" 〔二一〕"分曹"句:分曹,兩人一對為曹;分曹即分對。酣,《文苑英華》作"看"。馳暉,飛馳的太陽。《文選》卷二五謝朓《暫使下都夜發新林至京邑贈西府同僚詩》:"馳暉不可接。"李善注:"馳暉,日也。"本句下重複"甘馳暉"三字,其他各本皆無。 〔二二〕歌且謠:《詩·魏風·園有桃》:"我歌且謠。"毛傳:"曲合樂曰歌,徒歌曰謠。"且,而;進層連詞。 〔二三〕"東山"二句:《世說新語·排調》:"謝公在東山,朝命屢降而不動。後出為桓宣武司馬,將發新亭,朝士咸出瞻送。高靈時為中丞,亦往相祖。先時多少飲酒,因倚如醉,戲曰:'卿屢違朝旨,高臥東山,諸人每相與言,安石不肯出,將如蒼生何!今亦蒼生將如卿何!'謝笑而不答。"蒼生,百姓。二句意謂準備像謝安那樣高臥東山(指隱居),但終有出山之日,到時再拯救百姓也不應算晚。時,敦煌寫本《唐人選唐詩》、《文苑英華》作"還",宋本校:"一作忽。"未,敦煌寫本《唐人選唐詩》作"不"。

以上第四段,寫暫且行樂,等待時機出山濟世。

梁園吟

【評箋】

　　舊題嚴羽評點《李太白詩集》卷六："挂席"句：壯險語却自然，非造非矯。　又評"人生"句：甚真，甚醒。　又評"荒城"二句：上句淒清意近，下句悲澹意遠，下更勝。　又評"梁王"四句：上是客，尚渾；此是主，更破。　又評"黄金"句："未能歸"與"豈暇愁"呼應。　又評末句：又生妄想，並前"豈暇愁"、"未能歸"、"莫學夷齊"處俱無力味。

　　《唐宋詩醇》卷五：懷古之作，慷慨悲歌，興會飆舉。范傳正有云："李白脱屣軒冕，釋羈韁鎖，自放宇宙間。飲酒非嗜其酣樂，取其昏以自穢；好神仙非慕其輕舉，欲耗壯心遣餘年；作詩非事其文律，取其吟詠以自適。"三誦斯篇，信然。

　　王琦注《李太白全集》：作《梁園歌》而忽間以信陵數語，意謂以信陵之賢，名震一世。至今日而墓域且不克保，況梁孝王之賢不及信陵，其歌臺舞榭又焉能保其常在乎？此文章襯托法，不是為信陵致慨，乃是為梁王釋恨，並為自己解愁，以見不如及時行樂之為得也。故下遂接以"沉吟此事淚滿衣"云云。

　　方東樹《昭昧詹言》卷一二：起四句叙。"平臺"二句入題情，正點一篇提局。"却憶"句轉放開展，用筆頓折渾轉。"平頭"二句，酣恣肆放。"玉盤"四句鋪。"昔人"數句，詠歎以足之。情文相生，情景交融，所謂興會才情，忽然涌出花來者也。"空餘"句頓挫。"沉吟"句轉正意。太白亦自沉痛如此，其言神仙語，乃其高情所寄，實實有見。小兒子強欲學之，便有令人嘔吐之意。讀太白者辨之。因見梁園有阮公、信陵、梁王諸迹，今皆不見，足為憑弔感慨。他人萬手，同知如此用意，而不解如此作法。此却從自己游歷多愁説入，又自解不必如此。所謂借他人酒杯，澆自己塊壘，死活、仙凡，全在如此。尋常俗士，但知正衍故實，以為詠古炫博，或叙後人議論，炫才識，而不知此凡筆也。此却以自己為經，偶觸此地之事，借作指點慨歎，以發洩我之懷抱，全不專為此地考古迹、發議論起見。所謂以題為賓、為緯，於是實者全虛，憑空御風，飛行絶迹，超超乎仙界矣，脱離一切凡夫心胸識見矣。杜公《詠懷古迹》便是如此。解此可通之近體，一也。詩最忌段落太分明，讀此可得音節轉換及章法大規。

高步瀛《唐宋詩舉要》卷二引吳北江曰："昔人"八句,感弔蒼茫,以見懷抱。 又評末二句:慷慨自負,是太白意態。

按:此詩當是開元二十二年(七三四)初夏離開長安,舟行抵達梁園時作。詩人身在縱酒,但心中却念念不忘"濟蒼生"的宏願,深信將來終能像謝安那樣東山再起,實現"濟蒼生"的抱負。這正是初入長安前後許多詩中表現的思想特點。前人謂此詩乃天寶中賜金還山後作,殊不如那時詩人離京走的是商山道,一心尋找商山四皓,隱居出世,受道籙當道士,一時喪失了實施抱負之信心,與此詩的思想截然不同。

題元丹丘潁陽山居〔一〕 并序

丹丘家于潁陽,新卜別業〔二〕。其地北倚馬嶺〔三〕,連峰嵩丘〔四〕,南瞻鹿臺〔五〕,極目汝海〔六〕。雲巖映鬱〔七〕,有佳致焉。白從之游,故有此作。

仙游渡潁水,訪隱同元君〔八〕。忽遺蒼生望〔九〕,獨與洪崖群〔一〇〕。卜地初晦迹〔一一〕,興言且成文。却顧北山斷,前瞻南嶺分。遥通汝海月,不隔嵩丘雲。之子合逸趣〔一二〕,而我欽清芬〔一三〕。舉迹倚松石,談笑迷朝曛〔一四〕。終願狎青鳥,拂衣棲江濆〔一五〕。

【注釋】

〔一〕元丹丘:見前《以詩代書答元丹丘》詩注。潁陽,唐縣名。屬河南道河南府。治所在今河南登封市西潁陽鎮。山居,山中住所。
〔二〕"新卜"句;卜,選擇。別業,別墅。　〔三〕馬嶺:《元和郡縣志》卷五河南府密縣:"馬嶺山在縣南十五里。"　〔四〕"連峰"句:謂綿延的山峰連接嵩山。　〔五〕鹿臺：《清一統志》卷二二四汝州："鹿臺山，在州北二十里。《名勝志》：有臺，狀若蹲鹿。"　〔六〕汝海：指汝水。《文選》卷三四枚乘《七發》"北望汝海"李善注："郭璞《山海經注》曰：'汝水出魯陽山東，北入淮海。汝稱海，大言之也。'"汝水源出河南魯山縣大盂山，流經寶豐、襄城、郾城、上蔡、汝南，注入淮河。唐設汝州，治所在梁縣，今河南汝州市。　〔七〕雲巘：高聳入雲的山巒。　〔八〕"仙游"二句：潁水，源出河南登封市嵩山西南，東南流入商水縣，納沙河、賈魯河，至安徽壽縣正陽關入淮河。元君，指元丹丘。　〔九〕"忽遺"句：意謂突然遺忘了百姓的仰望。蒼生，百姓。《世說新語·排調》："謝公(謝安)在東山，朝命屢降而不動。後出為桓宣武司馬……高靈時為中丞，亦往相祖。先時多少飲酒，因倚如醉，戲曰：'卿屢違朝旨，高卧東山，諸人每相與言：安石不肯出，將如蒼生何！今亦蒼生將如卿何？'謝笑而不答。"　〔一〇〕洪崖：傳說中的仙人。黃帝時臣子伶倫，堯時已三千歲，仙號洪崖。亦作"洪涯"。《文選》卷二張衡《西京賦》："洪涯立而指麾。"薛綜注："洪涯，三皇時伎人。"郭璞《游仙詩》其三："左把浮丘袖，右拍洪崖肩。"　〔一一〕晦迹：隱居，不讓人知道自己的蹤迹。〔一二〕"之子"句：之子，此人，指元丹丘。逸趣，超逸出俗的情趣。沈約《鍾山詩應西陽王教》："君王挺逸趣，羽旆臨崇基。"　〔一三〕清芬：喻德行高潔。陸機《文賦》："誦先人之清芬。"　〔一四〕"舉迹"二句：舉迹，猶舉足，提腳跨步。迷朝曛，忘記了早晚。朝，早晨。曛，日落時。〔一五〕"終願"二句：終，一作"益"。狎青鳥，《文選》卷三一江淹《雜體詩·阮步兵籍詠懷》："青鳥海上游。"李善注："《呂氏春秋》曰：海上有人好青者，朝至海上而從青游，青至者前後數百。其父曰：聞汝從青游，盍取來？我欲觀之，其子明旦至海上，群青翔而不下。"劉良注："青鳥，海鳥也。"王琦按："此詩所謂青鳥，當是用此事。然考今《呂氏春秋》本'青'作'蜻'，而注以為蜻蜓小蟲，與李氏所引不同。疑今本之訛也。"狎，親近。江濆，江邊。濆，沿江高地。

【評箋】

　　王琦注《李太白全集》卷二五：詩意謂潁陽別業，固盡丘壑之美，而己之所好更在江湖，是以欲與青鳥相狎而棲息江濆。范傳正稱："太白偶乘扁舟，一日千里，或遇勝景，終年不移。"逸情所寄，不即此可見歟？

　　按：此詩當是開元二十二年（七三四）與元丹丘同隱嵩山時所作。在此之前，元丹丘曾發信邀請，李白有《題嵩山逸人元丹丘山居并序》記其事："元公近游嵩山，故交深情，出處無間，嚴信頻及，許為主人。欣然適會本意，當冀長往不返，欲便舉家就之。"可知李白乃應邀赴嵩山。同一時期寫的詩尚有《元丹丘歌》、《題元丹丘山居》、《贈嵩山焦煉師》等，詩中並表示對隱逸生活的欽羨。稍後還有《潁陽別元丹丘之淮陽》詩，乃告別嵩山和洛陽回安陸時作。詳見拙著《李白叢考·李白與元丹丘交游考》。

古　　風（其十六）

　　天津三月時〔一〕，千門桃與李。朝為斷腸花〔二〕，暮逐東流水。前水復後水，古今相續流。新人非舊人，年年橋上游〔三〕。雞鳴海色動〔四〕，謁帝羅公侯〔五〕。月落西上陽〔六〕，餘輝半城樓。衣冠照雲日，朝下散皇州〔七〕。鞍馬如飛龍，黃金絡馬頭〔八〕。行人皆闢易〔九〕，志氣橫嵩丘〔一〇〕。入門上高堂，列鼎錯珍羞〔一一〕。香風引趙舞，清管隨齊謳〔一二〕。七十紫鴛鴦，雙雙戲庭幽〔一三〕。行樂爭晝夜，自言度千秋。功成身不退，自古多愆尤〔一四〕。黃犬空歎息〔一五〕，綠珠成釁讎〔一六〕。何如鴟夷子〔一七〕，散髮棹扁舟〔一八〕。

古風

【注釋】

〔一〕天津：古浮橋名。故址在今河南洛陽市舊城西南、隋唐皇城正南的洛水上。此借指洛陽。《元和郡縣志》卷五河南道河南府河南縣："天津橋，在縣北四里。隋煬帝大業元年初造此橋，以架洛水，用大纜維舟，皆以鐵鎖鉤連之。南北夾路，對起四樓，其樓為日月表勝之象。然洛水溢，浮橋輒壞，貞觀十四年更令石工累方石為腳。因《爾雅》'箕斗之間為天漢之津'，故取名焉。" 〔二〕斷腸花：楊齊賢注："言三月之朝，人見桃李爛漫，春心搖蕩，感物傷情，腸為之斷。至於日暮，花已零落，隨逐東流之水。"劉希夷《公子行》："可憐楊柳傷心樹，可憐桃李斷腸花。""傷心"與"斷腸"互文見義，詩人即用其意。 〔三〕"前水"四句：復，宋本校："一作非。"新，宋本校："一作今。" 〔四〕"雞鳴"句：楊齊賢注："海色，曉色也。雞鳴之時，天色昧明，如海氣朦朧然。"一説海色動謂日出時海水沸騰，疑非是。 〔五〕"謁帝"句：謁，拜見。羅，排列。此句意謂公侯列隊拜見皇帝。按唐沿漢制，稱洛陽為東都，從高宗到玄宗，皇帝經常東幸，文武百官隨從，在東都上朝。其時長安則設西京留守。

〔六〕西上陽：宮名。《舊唐書·地理志一》河南道東都："上陽宮，在宮城之西南隅。南臨洛水，西拒穀水，東即宮城，北連禁苑。宮內正門正殿皆東向，正門曰提象，正殿曰觀風。其內別殿、亭觀九所。上陽之西，隔穀水有西上陽宮，虹梁跨穀，行幸往來。皆高宗龍朔後置。"西上陽，宋本校："一作上陽西。" 〔七〕"朝下"句：意謂下朝後各官員散往東都各處。皇州，《文選》卷三〇謝朓《和徐都曹》詩："春色滿皇州。"張銑注："皇州，帝都也。" 〔八〕"鞍馬"二句：形容官僚臣屬下朝後在路上的神氣。飛龍，《後漢書·明德馬皇后紀》："車如流水，馬如游龍。"《晉書·食貨志》："車如流水，馬若飛龍。"黃金絡馬頭，古樂府《雞鳴曲》《相逢行》、《陌上桑》中的成句。 〔九〕闢易，驚退躲避。《史記·項羽本紀》："項王瞋目而叱之，赤泉侯人馬俱驚，辟易數里。"張守節《正義》："言人馬俱驚，開張易舊處，乃至數里。"辟，同"闢"。 〔一〇〕橫嵩丘：橫，橫暴、強橫。嵩丘，嵩山。古稱中嶽，在今河南登封縣北。此句謂朝官得志，盛氣橫溢嵩山。 〔一一〕"列鼎"句：列，布陳。鼎，古食器，多用青銅製

121

成。錯,錯雜。珍羞(饈),名貴珍奇的食物。此句謂桌上雜陳各種佳餚。
〔一二〕"香風"二句:香風,指脂粉香味隨風飛散。清管,清澈的管樂之聲。謳,古代齊國稱唱歌曰謳。春秋戰國時代,趙舞、齊謳皆負盛名。左思《嬌女詩》:"從容好趙舞。"《漢書·禮樂志》:"齊謳員六人。"
〔一三〕"七十"二句:古樂府《雞鳴曲》、《相逢行》皆云:"鴛鴦七十二,羅列自成行。"此"七十"即舉成數,指鴛鴦之多,非實數。鴛鴦,鳥名。雌雄偶居不離,古稱"匹鳥",常用以比喻夫婦。　〔一四〕愆尤:罪過,災禍。　〔一五〕"黃犬"句:用秦相李斯被殺典故。《史記·李斯列傳》載李斯獄中顧謂其中子曰:"吾欲與若復牽黃犬俱出上蔡東門逐狡兔,豈可得乎!"父子相哭而夷三族。李白詩賦屢用此事。見《行路難》其三注。
〔一六〕"綠珠"句:《晉書·石崇傳》:"崇有妓曰綠珠,美而豔,善吹笛。孫秀使人求之。崇時在金谷別館,方登涼臺,臨清流,婦人侍側。使者以告,崇盡出其婢妾數十人以示之,皆蘊蘭麝,被羅縠。曰:'在所擇。'使者曰:'君侯服御,麗則麗矣,然本受命指索綠珠,不識孰是。'崇勃然曰:'綠珠吾所愛,不可得也!'……崇竟不許。秀怒,乃勸(趙王)倫誅崇。……崇正宴於樓上,介士到門,崇謂綠珠曰:'我今為爾得罪!'綠珠泣曰:'當效死於官前。'因自投於樓下而死。……崇母兄妻子無少長皆被害。"釁(xìn),事端。讎(chóu),怨仇。　〔一七〕鴟夷子:指春秋時越國大夫范蠡。《史記·貨殖列傳》:"昔者越王勾踐困於會稽之上,乃用范蠡、計然。……范蠡既雪會稽之恥……乃乘扁舟浮於江湖,變名易姓,適齊,為鴟夷子皮,之陶,為朱公。"又《越王勾踐世家》:"范蠡事越王勾踐,既苦身勠力,與勾踐深謀二十餘年,竟滅吳,報會稽之恥……范蠡浮海出齊,變姓名,自謂鴟夷子皮。"司馬貞《索隱》:"范蠡自謂也。蓋以吳王殺子胥而盛以鴟夷,今蠡自以有罪,故為號也。韋昭曰:'鴟夷,革囊也。'"
〔一八〕"散髮"句:謂棄冠簪,不束髮而隱居。棹,宋本校:"一作弄。"棹扁舟,指泛游江湖。

【評箋】

　　舊題嚴羽評點《李太白詩集》卷一:評"新人"二句:承"流"變聲,見古意。　　又評"雙雙"句以上：政須多言之；榮華處，皆是斷腸處。

蕭士贇《分類補注李太白詩》：大意蓋謂天津橋水閱人亦多矣。富與貴者自謂可以長保而不知退，安知其無李斯、石崇之禍乎？何如范蠡之勇退為高也？

徐禎卿曰：此篇諷時貴也。（郭雲鵬本引）　　又曰："黃犬"句應前貴寵之言，"綠珠"句應前歌舞之言，"鴟夷"句應前功成身退之言。（王琦注引）

唐汝詢《唐詩解》卷三：此歎在朝之臣持爵祿而不能退，終以取禍也。首以桃李為比，見榮華之易盡；次以流水起興，見人代以數更。於是歷敘權貴豪奢之事，因言彼方溺於富貴之樂，自謂身可永存。不知功成不退，未有不遭罪累者，李斯、石崇之禍可鑑也。豈若范蠡之乘扁舟邪？

沈德潛《唐詩別裁》卷二：歷言權貴豪侈，沉溺不返，而有李斯、石崇之禍，不如范蠡扁舟歸去之為得也。前用興起。

《唐宋詩醇》卷一：此刺當時貴幸之徒怙侈驕縱而不恤其後也。杜甫《麗人行》，其刺國忠也微而婉，此則直而顯，自是異曲同工。……《詩眼》以為：建安氣骨，惟李杜有之，良然。

按：此詩當為開元二十二年（七三四）春游洛陽時所作。據《舊唐書·玄宗紀》記載，開元二十二年正月己丑，玄宗幸東都，由此可知是年春天百官在東都上朝全為寫實。全詩描寫、敘述、用典、議論融會一體，自然流暢，諷刺深刻。

春夜洛城聞笛[一]

誰家玉笛暗飛聲[二]？散入春風滿洛城。此夜曲中聞《折柳》[三]，何人不起故園情[四]？

【注釋】

〔一〕洛城：即洛陽城。今河南洛陽市。　〔二〕"誰家"句：玉笛，華美的笛；鑲嵌玉石的笛。暗飛聲，因笛聲在夜間傳來，故云"暗"。
〔三〕折柳：笛曲名，即樂府横吹曲《折楊柳》，内容多抒離别相思之情。《樂府詩集》卷二二收最早的《折楊柳》辭爲梁元帝所作。古時送别都有折柳相贈習俗，柳，用諧音"留"的意思。　〔四〕故園情：懷念家鄉的感情。

【評箋】

　　胡仔《苕溪漁隱叢話後集》卷四：《樂府雜録》云："笛者，羌樂也。古曲有《折楊柳》、《落梅花》。"故謫仙《春夜洛城聞笛》云……杜少陵《吹笛詩》："故園《楊柳》今摇落，何得愁中曲盡生？"王之涣云："羌笛何須怨《楊柳》，春風不度玉門關。"皆言《折柳曲》也。

　　胡應麟《詩藪·内編》卷六：太白七言絶，如"楊花落盡子規啼"、"朝辭白帝彩雲間"、"誰家玉笛暗飛聲"、"天門中斷楚江開"等作，讀之真有揮斥八極、凌屬九霄意。賀監謂爲謫仙，良不虚也。

　　唐汝詢《唐詩解》卷二五：不見其人而聞其聲，故曰"暗"。"滿洛城"者，聲之遠也。折柳所以贈别，今於笛中聞之，則想及故園而傷别矣。

　　黄生《唐詩摘鈔》：前首（按：指《與史郎中欽聽黄鶴樓上吹笛》）倒，此首順；前首含，此首露；前首格高，此首調婉。並録之，可以觀其變矣。

　　敖英《唐詩絶句類選》：唐人作聞笛詩每有韻致，如太白散逸瀟灑者不復見。

　　黄叔燦《唐詩箋注》："散入"二字妙，領得下二句起。通首總言笛聲之動人。"何人不起故園情"，含着自己在内。

　　《唐宋詩醇》卷八：與杜甫《吹笛》七律同意，但彼結句與《黄鶴樓》絶句出以變化，不見用事之迹，此詩並不翻新，深情自見，亦異曲同工也。

　　宋顧樂《唐人萬首絶句選評》：下句下字爐錘工妙，却如信筆直寫。後來聞笛詩，誰復出此？真絶調也。

　　王闓運手批《唐詩選》卷一三：似聞笛聲。

俞陛雲《詩境淺説續編》：春宵人静，聞笛韻悠揚，已引人幽緒。及聆其曲調，不禁黯然動鄉國之思。釋貫休《聞笛》詩云："霜月夜徘徊，樓中羌笛催。曉風吹不盡，江上落殘梅。"同是風前聞笛，太白詩有磊落之氣，貫休詩得藴藉之神，大家名家之别，正在虚處會之。

按：此詩當是開元二十二年（七三四）春在洛陽作。前二句點題，後二句思鄉，全詩緊扣"聞"字，抒寫聞笛感受。本詩順叙，着力在前二句，條理通暢；《與史郎中欽聽黄鶴樓上吹笛》詩倒叙，着力在後二句，含蓄深沉。

梁　甫　吟〔一〕

長嘯《梁甫吟》，何時見陽春〔二〕？

【注釋】

〔一〕《梁甫吟》：又作《梁父吟》，樂府舊題。《樂府詩集》卷四一列於《相和歌辭·楚調曲》，並引《古今樂録》曰："王僧虔《技録》有《梁甫吟行》，今不歌。……李勉《琴説》曰：《梁甫吟》，曾子撰。《琴操》曰：曾子耕泰山之下，天雨雪凍，旬月不得歸，思其父母，作《梁山歌》。蔡邕《琴頌》曰：梁甫悲吟，周公越裳。"按梁父乃泰山下小山名。郭茂倩謂"《梁甫吟》，蓋言人死葬此山，亦葬歌也"。今存古辭乃題名為諸葛亮所作，主題是傷被齊相晏嬰用二桃所殺三士之事。《三國志·蜀志·諸葛亮傳》："亮躬耕隴畝，好為《梁父吟》。"按《文選》卷二九張衡《四愁詩》："我所思兮在太山，欲往從之梁父艱。"劉良注："太山，東嶽也。願輔佐君王致於有德而為小人讒邪之所阻難也。"此詩即取此義。　〔二〕陽春：温暖的春天。此喻知遇明主以施展抱負。詩人於天寶初供奉翰林時曾作《陽春歌》以頌得意，可知此詩作於未遇明主之時。蕭士贇注："喻有志之士何時而遇主也。"是。

以上第一段,抒發未見明主、不能施展抱負的感慨。

君不見朝歌屠叟辭棘津,八十西來釣渭濱〔三〕。寧羞白髮照清水,逢時壯氣思經綸〔四〕。廣張三千六百釣,風期暗與文王親〔五〕。大賢虎變愚不測,當年頗似尋常人〔六〕。

【注釋】
〔三〕"君不見朝歌"二句:朝歌,殷代京城,在今河南淇縣。屠叟,屠夫,此指呂望(姜太公呂尚)。棘津,在今河南延津縣東北。《韓詩外傳》卷七:"呂望行年五十,賣食棘津,年七十屠於朝歌,九十乃為天子師,則遇文王也。"又卷八:"太公望少為人壻,老而見去,屠牛朝歌,賃於棘津,釣於磻(pán)溪(在今陝西寶雞市東南),文王舉而用之,封於齊。"渭濱,渭水邊。《史記·范雎蔡澤列傳》:"臣聞昔者呂尚之遇文王也,身為漁父而釣於渭濱耳。"　〔四〕"寧羞"二句:清水,宋本作"淥水",據他本改。壯氣,一作"吐氣"。經綸,治國安邦之術。　〔五〕"廣張"二句:三千六百釣,謂呂望八十釣於渭濱,至九十遇文王,則垂釣十年,共三千六百日,故云。釣,宋本作"鈞",據他本改。一作"鈎"。風期,猶風度。《晉書·習鑿齒傳》:"其風期俊邁如此。"一作"風雅"。　〔六〕"大賢"二句:虎變,如虎皮花紋的更新變化。《易·革》:"大人虎變。象曰:其文炳也。"孔穎達疏:"損益前王,創制立法,有文章之美,焕然可觀,有似虎變,其文彪炳。"後因以虎變喻傑出人物的經歷變化莫測。二句謂大賢不會永久窮困而有得志之日,此非愚者所能預測。因為當年未遇時就像平常人一樣。

以上第二段,以呂望九十始遇周文王而發達為例,説明大賢終能得志。

君不見高陽酒徒起草中,長揖山東隆準公。入門開説騁雄辯，兩女輟洗來趨風〔七〕。東下齊城七十二，指麾楚漢如旋蓬〔八〕。狂客落拓尚如此，何況壯士當群雄〔九〕！

【注釋】

〔七〕"君不見高陽"四句：《史記·酈生陸賈列傳》："酈生食其者，陳留高陽人也。好讀書，家貧落魄，無以為衣食業，為里監門吏。然縣中賢豪不敢役，縣中皆謂之狂生。……沛公（劉邦）至高陽傳舍，使人召酈生。酈生至，入謁，沛公方倨牀使兩女子洗足而見酈生。酈生入，則長揖不拜，曰：'足下欲助秦攻諸侯乎？且欲率諸侯破秦也？'沛公罵曰：'豎儒！夫天下同苦秦久矣，故諸侯相率而攻秦，何謂助秦攻諸侯乎？'酈生曰：'必聚徒合義兵誅無道秦，不宜倨見長者。'於是沛公輟洗，起攝衣，延酈生上坐，謝之。"又曰："初，沛公引兵過陳留，酈生踵軍門上謁曰：'高陽賤民酈食其，竊聞沛公暴露，將兵助楚討不義，敬勞從者，願得望見，口畫天下便事。'使者入通，沛公方洗，問使者曰：'何如人也？'使者對曰：'狀貌類大儒，衣儒衣，冠側注。'沛公曰：'為我謝之，言我方以天下為事，未暇見儒人也。'……酈生瞋目案劍叱使者曰：'走！復入言沛公，吾高陽酒徒也，非儒人也。'……沛公遽雪足杖茅曰：'延客入！'"山東隆準公，指劉邦。《史記·高祖本紀》："高祖，沛豐邑中陽里人。……高祖為人，隆準而龍顏。"山東，因沛地處太行山東，故稱。隆準，高鼻。趨風，疾行至下風，表示向對方致敬。一說疾趨如風。入門開說，一作"入門不拜"，又一作"一開游說"。　〔八〕"東下"二句：據《史記·酈生陸賈列傳》，酈食其在楚漢戰爭中常為劉邦出謀畫策，後又游説齊王田廣，不費一兵一卒而使齊七十餘城歸漢。揮，一作"麾"。旋蓬，如隨風旋轉的蓬草，形容輕而易舉。　〔九〕"狂客"二句：狂客，《文苑英華》《樂府詩集》作"狂生"，酈食其曾被人稱為狂生。落拓，一作"落魄"，同"落泊"，窮困失意。壯士，李白自指。蕭士贇注："兩段聊自慰解，謂太公之老，食其之狂，當時視為尋常落魄之人，猶遇合如此，則為士者終有遇合之時也。"

以上第三段，以酈食其遇劉邦而施展才能為例，表示自己終有一天能大展宏圖。

我欲攀龍見明主,雷公砰訇震天鼓[一〇]。帝旁投壺多玉女,三時大笑開電光,儵爍晦冥起風雨[一一]。閶闔九門不可通,以額叩關閽者怒[一二]。

【注釋】
[一〇]"我欲"二句:攀龍,喻依附帝王以建功立業。陶潛《命子詩》:"於赫愔侯,運當攀龍。"雷公,雷神。砰訇(pēng hōng),宏大的響聲。天鼓,《史記·天官書》:"天鼓,有音如雷非雷,音在地而下及地。"本謂天神所擊之鼓發聲如雷,後即以天鼓喻雷聲。《初學記》卷一引《抱朴子》:"雷,天之鼓也。" [一一]"帝旁"三句:《神異經·東荒經》:"東王公……恆與一玉女投壺,每投千二百矯……矯出而脱誤不接者,天為之笑。"注:"今天上不雨而有電光,是天笑也。"按投壺為古代宴樂遊戲,設特製之壺,賓主以次向壺中投箭,中多者為勝,負者罰飲。玉女,仙女,此喻被皇帝寵幸的小人。三時,指早、中、晚一整天。開電光,胡本作"生電光",指閃電。儵爍,電光閃動貌。《楚辭·九思·憫上》:"雲濛濛兮電儵爍。"晦冥,《漢書·高帝紀》:"雷電晦冥。"顏師古注:"晦冥,皆謂暗也。"此喻政治昏暗。蕭士贇注:"喻權奸女謁用事政令無常也。" [一二]"閶闔"二句:《楚辭·離騷》:"吾令帝閽開關兮,倚閶闔而望予。"王逸注:"閽,主門者也。閶闔,天門也。"二句即用其意。九門,神話中的九道天門。

以上第四段,敘欲見明主,却因權幸所阻而無門可入。

白日不照吾精誠[一三],杞國無事憂天傾[一四]。猰㺄磨牙競人肉,騶虞不折生草莖[一五]。手接飛猱搏彫虎,側足焦原未言苦[一六]。智者可卷愚者豪,世人見我輕鴻毛[一七]。力排南山三壯士,齊相殺之費二桃[一八]。吳楚弄兵無劇孟,亞夫咍爾為徒勞[一九]。

【注釋】

〔一三〕"白日"二句：白日,喻皇帝。精誠,至誠,忠心。此句意謂皇帝不知道自己對國事的真誠關切。　〔一四〕"杞國"句：《列子·天瑞》："杞國有人,憂天地崩墜,身亡(無)所寄,廢寢食者。"此謂己對朝廷的憂慮被人認為是杞人憂天。　〔一五〕"猰貐"二句：猰貐(yà yǔ),古代傳說中食人的凶獸。《爾雅·釋獸》："猰貐,類貙,虎爪,食人,迅走。"騶虞,古代傳說中不吃生物、不踏生草的仁獸。《詩·召南·騶虞》："于嗟乎騶虞。"毛傳："騶虞,義獸也。白虎,黑文,不食生物,有至信之德則應之。"二句謂朝廷權幸,為政害人,就像猰貐磨牙,競食人肉;而忠良之臣,總像騶虞那樣仁愛,連草莖都不肯踐踏。　〔一六〕"手接"二句：《文選》卷一五張衡《思玄賦》："執雕虎而試象兮,阽焦原而跟趾。"舊注引《尸子》："中黃伯曰：余左執太行之獶(同猱),而右搏彫虎。……夫貧窮,太行之獶也;疏賤,義之彫虎也。而吾日遇之,亦足以試矣。……《尸子》又曰：莒國有石焦原者,廣五十步,臨百仞之谿,莒國莫敢近也。有以勇見莒子者,却行齊踵焉,所以稱於世。夫義之為焦原也,亦高矣。賢者之於義,必且齊踵,此所以服一時也。"飛猱,猿類動物,攀援輕捷的獼猴。彫虎,毛色斑駁之虎。焦原,山名,在今山東省莒縣南,亦名橫山,崢嶸谷,俗稱青泥弄。二句意謂自己雖處於貧窮疏賤之地,却仍有勇氣和才能去克服艱難險阻。沈德潛《唐詩別裁》云："見君子小人並列,而人主不知。我欲起而除去邪惡,猶'接飛猱,搏彫虎',不自言苦也。以愚自謂。"

〔一七〕"智者"二句：《論語·衛靈公》："君子哉,蘧伯玉! 邦有道,則仕;邦無道,則可卷而懷之。"鴻毛,喻分量極輕。《漢書·司馬遷傳》："死有重於泰山,或輕於鴻毛。"此謂聰明人往往在政治昏暗時把本領掩藏起來,而愚笨者却偏要逞強鬥勝;而己不被世俗所瞭解,因此被看得輕如鴻毛。　〔一八〕"力排"二句：據《晏子春秋·內篇·諫下二》記載：春秋時齊國公孫接、田開疆、古冶子並以勇力聞名,因對齊相晏子不恭敬,晏子陰謀除之,請齊景公以二桃賜贈三人,讓三人論功食桃。公孫接和田開疆先叙己功而取。古冶子叙述己功最大,要求他們把桃退出;兩人羞愧自殺,古冶子亦感到自己不義而自殺。後常以"二桃殺三士"喻用陰謀

129

借刀殺人。諸葛亮《梁甫吟》:"力能排南山,文能絕地紀。一朝被讒言,二桃殺三士。誰能為此謀?相國齊晏子。"李白詩中亦常用此典。如《懼讒》詩:"二桃殺三士,詎假劍如霜!" 〔一九〕"吳楚"二句:《史記·游俠列傳》:"吳楚反時,條侯(周亞夫)為太尉,乘傳車將至河南,得劇孟,喜曰:'吳楚舉大事而不求孟,吾知其無能為已矣。天下騷動,宰相得之,若得一敵國云。'"吳楚弄兵,指漢景帝三年(前一四五年)吳王劉濞、楚王劉戊等七國叛亂。咍(hāi),譏笑。此以劇孟自比,意謂朝廷如用己,就會像周亞夫得劇孟那樣發揮作用,否則就將無所作為。

以上第五段,敘自己為國擔憂,徒有壯志而無人理解;並揭露朝廷小人當權。沈德潛《唐詩別裁》云:"言朝無賢人,何以為國!仍望世之用己也。"

《梁甫吟》,聲正悲。張公兩龍劍,神物合有時〔二〇〕。風雲感會起屠釣,大人峴屼當安之〔二一〕。

【注釋】

〔二〇〕"張公"二句:《晉書·張華傳》記載,豐城縣令雷焕掘得二劍,送一劍給張華,留一劍自佩。張華很愛寶劍,寫信復雷焕說:"詳觀劍文,乃干將也,莫邪何復不至?雖然,天生神物,終當合耳。"後張華被殺,寶劍不知去向。雷焕死後,其子雷華佩劍延平津,劍突然從腰間躍入水中。急覓之,只見兩龍各長數丈,蟠在一起,光彩照水,波浪驚沸。雷華歎曰:"先君化去之言,張公終合之論,此其驗乎?"二句即用此典,謂才士與明主終有遇合之時。 〔二一〕"風雲"二句:《後漢書·馬武傳論》:"咸能感會風雲,奮其智勇。"風雲,喻際遇。屠釣,呂望曾屠牛、釣魚,因借指。大人,《文苑英華》作"天人",非。峴屼(niè wù):同"嶭屼"、"魙屼",不安貌。蕭士贇注:"申言有志之士終當感會風雲,如神劍之會合有時。則夫大人君子遭時屯否,峴屼不安,且當安時以俟命可也。"沈德潛《唐詩別裁》云:"言己安於困厄以俟時。"

以上第六段,謂有志之士終會有得意的際遇,目前應當安守困境,以待時機。

【評箋】

葛立方《韻語陽秋》卷一一：嘗觀其所作《梁父吟》，首言釣叟遇文王，又言酒徒遇高祖，卒自歎己之不遇。有云："我欲攀龍見明主……以額扣關閽者怒。"人間門户尚不可入，則太清倒景，豈易凌躡乎？太白忤楊妃而去國，所謂"玉女起風雨"者，乃怨懟妃子之詞也。

舊題嚴羽評點《李太白詩集》卷二：首二句：此一呼，下二應。　又評"狂客"二句：繳此是二應，仍是一應，看結句更知用意之妙。

王夫之《唐詩評選》卷一：長篇不失古意，此極難。將諸葛舊詞"二桃三士"攛入夾點，局陣奇絶。蘇子瞻取此法作"燕子樓空"三句，便自托獨得。

沈德潛《唐詩別裁》卷六：始言吕尚之耄年、酈食其之狂士，猶乘時遇合，為壯士者，正當自奮。然欲以忠言寤主，而權奸當道，言路壅塞。非不願剪除之，而人主不聽，恐為匪人戕害也。究之，論其常理，終當以賢輔國，惟安命以俟有為而已。後半拉雜使事，而不見其迹，以氣勝也。若無太白本領，不易追逐。

趙翼《甌北詩話》：《梁甫吟》專詠吕尚、酈生，以見士未遇時為人所輕，及成功而後見。

方東樹《昭昧詹言》卷一二：此是大詩，意脈明白而段落迷離莫辨。二句冒起。"朝歌"八句為一段，"大賢"二句總太公。"高陽"八句為一段，"狂客"二句總酈生。"我欲"句入己，以下奇横，用《騷》意。"帝旁"句，指群邪也。"三時"二句，言喜怒莫測。"閶闔"句歸宿，如屈子意，承上一束。"以額"句奇氣横肆，承上一束。"白日"二句轉。"猰貐"句斷，言性如此耳。"騶虞"句再束上頓住。"手接"句續。"力排"二句，解上"手接"二句。"吴楚"二句，解上"智者"二句。此上十九句，為一大段。"梁甫吟"以下為一段，自慰作收。

按：前人多因詩中有"雷公"、"玉女"、"閽者"等形象喻奸佞，以為被讒去朝後所作。殊不知開元年間初入長安求取功業,就是因為被張垍等奸佞所阻礙,而未能見到明主,此詩正切合當時情事。按《梁甫吟》現存古曲相傳為諸葛亮出山前所吟,本詩入手即問"何時見陽春","陽春"即喻明主,證知其時未遇君主。所用吕望、酈食其事亦為渴望君臣遇合,末以張公神劍遇合為喻,深信君臣際遇必有時日。則此詩必作於未見君主之前,與天寶年間待詔翰林和被放還山時事完全不同。按開元二十一年(七三三)秋冬李白在洛陽,有《秋夜宿龍門香山寺奉寄王方城十七丈奉國瑩上人從弟幼成令問》、《冬日於龍門送從弟京兆參軍令問之淮南覲省序》、《冬夜宿龍門覺起言志》等詩。詹鍈《李白詩文繫年》謂此詩與《冬夜醉宿龍門覺起言志》詩同時作,甚是。然繫於天寶九載則非。詩當作於開元二十一年即初入長安被張垍所阻而未見明主之後。其通篇用典,列舉歷史人物遭際,襯托自己懷才不遇,於揭露朝政昏暗的同時深信終有風雲感會之時,一氣呵成,意脈清楚,氣勢磅礴。

襄　陽　歌〔一〕

　　落日欲没峴山西,倒著接䍦花下迷〔二〕。襄陽小兒齊拍手,攔街争唱《白銅鞮》〔三〕。傍人借問笑何事,笑殺山公醉似泥〔四〕。

【注釋】
〔一〕襄陽歌:舊注或指為樂府《襄陽曲》,非。《樂府詩集》卷八五列於《雜曲歌辭》,其實此乃李白即地懷古之歌吟體作品。襄陽,縣名,唐襄州治所,今湖北襄陽市。　〔二〕"落日"二句:峴山,又名峴首山,在今湖北省襄陽市南。東臨漢水,為襄陽南面要塞。倒著接䍦,宋本校:"一作行客辭歸。"接䍦,古代的一種白色頭巾。䍦,宋本作"籬",據他本改。

《晉書·山簡傳》："永嘉三年,出為征南將軍,都督荆、湘、交、廣四州諸軍事,假節鎮襄陽。……簡每出游嬉,多之池上,置酒輒醉,名之曰高陽池。時有兒童歌曰:'山公出何許?往至高陽池,日夕倒載歸,酩酊無所知,時時能騎馬,倒著白接䍦。'"李白另有樂府詩《襄陽曲四首》,專詠山簡事。〔三〕"攔街"句:攔,宋本原作"欄",據他本改。《白銅鞮(tí)》,即《白銅蹄》。南朝齊梁時歌謠。《隋書·音樂志上》記載,南齊末,蕭衍行雍州府事,鎮襄陽。時有童謠云:"襄陽白銅蹄,反縛揚州兒。"時有附會者言:白銅蹄謂馬;白,金色。後蕭衍起兵,實以鐵騎,揚州(今南京市)之士皆面縛,如謠所言。故即位(梁武帝)之後,更造新聲,自為詞三曲,又令沈約為三曲,以被絃管。　〔四〕"笑殺"句:山公,一作"山翁",指山簡,此為詩人自喻。醉似泥,爛醉貌。《漢官儀》:"一日不齋醉如泥。"

以上第一段,叙山簡事以起興。

鸕鶿杓〔五〕,鸚鵡杯〔六〕。百年三萬六千日,一日須傾三百杯〔七〕。遥看漢水鴨頭渌〔八〕,恰似蒲萄初醱醅〔九〕。此江若變作春酒,壘麴便築糟丘臺〔一〇〕。千金駿馬換少妾〔一一〕,醉坐雕鞍歌《落梅》〔一二〕。車傍側挂一壺酒,鳳笙龍管行相催〔一三〕。咸陽市中歎黄犬〔一四〕,何如月下傾金罍〔一五〕?

【注釋】

〔五〕鸕鶿(lú cí)杓:形似鸕鶿鳥頸的長柄酒杓。鸕鶿,水鳥名,亦稱"水老鴉"、"魚鷹"。頸長,善潛水,可馴養捕魚。　〔六〕鸚鵡杯:用形似鸚鵡嘴的螺殼製成的酒杯。鸚鵡,鳥名,俗稱"鸚哥"。頭圓,上嘴彎曲成鈎狀,尖處紅色,能模仿人言的聲音。吴均《别新林》詩:"還傾鸚鵡杯。"〔七〕"一日"句:《世說新語·文學》:"鄭玄在馬融門下,……業成辭歸。"劉孝標注引《鄭玄别傳》:"袁紹辟玄,及去,餞之城東,欲玄必醉。會者三百餘人,皆離席奉觴,自旦及莫,度玄飲三百餘杯,而温克之容終日無怠。"陳暄《與兄子秀書》:"鄭康成(鄭玄)一飲三百杯,吾不以為多。"〔八〕鴨頭淥:染色業術語,指像鴨頭上緑毛般的顏色。顏師古《急就篇注》卷二:"春草、雞翹、鳧翁,皆謂染彩而色似之,若今染家言鴨頭緑、翠毛碧云。"淥,此用以形容漢水清澈。一作"緑"。 〔九〕"恰似"句:恰似,《文苑英華》校:"一作疑是。"蒲萄,一作"蒲桃"、"葡萄"。初,《文苑英華》作"新"。蒲萄,酒名。《博物志》卷五記載:"西域有葡萄酒,積年不敗,彼俗云可十年,飲之,醉彌日乃解。"程大昌《演繁露續集》卷四:"錢希白《南部新書》曰:太宗破高昌,收馬乳蒲萄,種於苑中,並得酒法,仍自損益之。造酒緑色,長安始識其味。太白命蒲萄之色以為緑者,蓋本此也。"醱醅(pō pēi),重釀而未經過濾的酒。酒再釀曰醱,未濾之酒曰醅。庾信《春賦》:"石榴聊泛,蒲桃醱醅。"此句謂清澈的漢水正像剛釀的葡萄酒。 〔一〇〕"此江"二句:春酒,《詩·豳風·七月》:"為此春酒,以介眉壽。"毛傳:"春酒,凍醪也。"馬瑞辰《毛詩傳箋通釋》:"周蓋以冬釀,經春始成,因名春酒。"古代稱美酒冠以"春"字,如劍南春、老春等。壘,堆疊。麴(qū),俗稱酒藥,即釀酒時所用的發酵糖化劑。糟丘臺,酒糟堆積如山丘高臺,極言其多。《新序·節士》:"桀為酒池,足以運舟;糟丘足以望七里。"糟,宋本作"槽",據他本改。 〔一一〕"千金"句:千金,《唐文粹》作"金鞍"。少妾,一作"小妾"。此句用曹彰以妾换馬典。《獨異志》卷中:"後魏曹彰性倜儻,偶逢駿馬愛之,其主所惜也。彰曰:'予有美妾可换,惟君所選。'馬主因指一妓,彰遂换之。" 〔一二〕"醉坐"句:醉,一作"笑"。雕,一作"金"。《落梅》,即樂府《梅花落》曲。《樂府詩集》卷二四《横吹曲辭》有《梅花落》,曰:"本笛中曲也。按唐大角曲亦有《大單于》、《小單于》、《大梅花》、《小梅花》等曲,今其聲猶有存者。"

〔一三〕"車傍"二句:傍,王本作"旁"。鳳笙,《風俗通·聲音》:"謹按《世本》:隨作笙,長四寸,十二簧,象鳳之身,正月之音也。"謂笙形像鳳,因稱鳳笙。龍管,馬融《長笛賦》:"近世雙笛從羌起,羌人伐竹未及已,龍鳴水中不見己,截竹吹之聲相似。"謂笛聲如龍鳴,故稱龍管。 〔一四〕"咸陽"句:用秦相李斯被殺典,見《行路難》其三注。中,一作"上"。

〔一五〕金罍:古酒器,即黄金所飾之酒尊。《詩·周南·卷耳》:"我姑酌彼金罍。"孔穎達疏:"罍……酒罇也。《韓詩》云:天子以玉飾,諸侯、大夫皆以黃金飾。"

以上第二段,抒寫詩人縱酒行樂。

　　君不見晉朝羊公一片古碑材〔一六〕,龜頭剥落生莓苔〔一七〕。淚亦不能為之墮,心亦不能為之哀。誰能憂彼身後事,金鳧銀鴨葬死灰〔一八〕。清風朗月不用一錢買,玉山自倒非人推〔一九〕。舒州杓,力士鐺〔二〇〕,李白與爾同死生〔二一〕。襄王雲雨今安在〔二二〕?江水東流猿夜聲。

【注釋】

〔一六〕"君不"句:羊公,指西晉名將羊祜。一片古碑材,一作"一片石",指墮淚碑。《晉書·羊祜傳》:"祜樂山水,每風景必造峴山置酒,言詠終日不倦。祜卒,襄陽百姓於峴山祜平生游憩之所建碑立廟,歲時饗祭焉。望其碑者莫不流涕。杜預因名為墮淚碑。"　〔一七〕"龜頭"句:龜頭,一作"龜龍"。指負碑的石雕動物贔屓。贔屓(bì xì),一種爬行動物,又名蠵(xī)龜,形狀似龜。古代碑下的石座,習慣雕作贔屓,作為負碑之物。《本草綱目·介部一》:"蠵龜,贔屓。贔屓者,有力貌,今碑趺象之。"剥落,《文苑英華》作"駁落",剥蝕脱落。　〔一八〕"誰能"二句:一本無此二句。　〔一九〕"玉山"句:《世説新語·容止》:"嵇叔夜之為人也,巖巖若孤松之獨立;其醉也,傀俄若玉山之將崩。"後因以"玉山自倒"形容醉態。　〔二〇〕"舒州"二句:宋本校:"一作黃金爵,白玉瓶。"舒州,今安徽潛山縣。據《新唐書·地理志五》,唐代舒州產酒器,為進貢之物。鐺(chēng),温酒器。《新唐書·韋堅傳》載各地進貢之物中有"豫章力士瓷飲器:茗、鐺、釜"。　〔二一〕李白:宋本校:"一作酒仙。"

〔二二〕襄王雲雨:宋玉《高唐賦》云:楚王曾游高唐,夢一神女,自稱巫山之女,願薦枕席。臨別時云:"妾在巫山之陽,高丘之岨。且為朝雲,暮為行雨,朝朝暮暮,陽臺之下。"後以"雲雨"稱男女幽歡,即本此。按巫山雲雨原為楚懷王事，後因此事乃宋玉對楚襄王所說，遂變為"襄王雲雨"。

以上第三段，感慨往事如烟，古迹難尋。

【評箋】

《苕溪漁隱叢話前集》卷五引六一居士（歐陽修）云："落日欲没峴山西，倒着接䍦花下迷，襄陽女兒齊拍手，大家齊唱《白銅鞮》。"此常言也。至於"清風明月不用一錢買，玉山自倒非人推"，然後見太白之橫放，所以驚動千古者，固不在此乎？

張戒《歲寒堂詩話》卷上：歐陽公喜太白詩，乃稱其"清風明月不用一錢買，玉山自倒非人推"之句。此等句雖奇逸，然在太白詩中，特其淺淺者。魯直云"太白詩與漢、魏樂府爭衡"，此語乃真知太白者。

舊題嚴羽評點《李太白詩集》卷六："襄陽小兒齊拍手……傍人借問笑何事"：今人學便俚。　又評"此江"二句：今人學便惡。　又評"笑坐"二句：今人學便俗。　又評"君不見"句：應前。　又評"涙亦"二句：翻得有力。　又評"舒州杓"三句：豪興深情。　又評末二句：使人凄然，使人廓然。

沈德潛《唐詩別裁》卷六評"遥看"二句：妙於形容。　又曰：羊叔子之峴山碑猶然磨滅，無人墮涙，况尋常富貴乎？不如韜精沉飲之為樂也。　又曰："清風明月"二語，歐陽公謂足以驚動千古，信然！

《唐宋詩醇》卷五：意曠神逸，極頽唐之趣，入後俯仰含情，乃有心人語。"韜精日沉飲，誰知非荒宴"，亦同此懷抱耳。子美云："長鑱長鑱白木柄，我生托子以為命。"語奇矣。此詩云："舒州杓，力士鐺，李白與爾同死生。"苦樂不同，造語正復匹敵。

方東樹《昭昧詹言》卷一二：《襄陽歌》，興起。筆如天半游龍，斷非學力所能到，然讀之使人氣王。"笑殺"句，借山公自興。"遥看"二句，又借興换筆换氣。"此江"句，起棱。"千金駿馬"，謂以妾换得馬也。"咸陽"二句，言所以飲酒者，正見此耳。"君不見"二句，以上許多都為此故。"玉山"句束題，正意藏脈，如草蛇灰線。此與上所謂筆墨化為烟雲，世俗作死詩者，千年不悟。只借作指點，供吾驅駕發洩之料耳。

劉熙載《藝概·詩概》:"清風明月不用一錢買",上四字共知也,下五字獨得也。凡佳章中必有獨得之句,佳句中必有獨得之字。惟在首、在腰、在足,則不必同。

王闓運手批《唐詩選》評"遥看"二句:筆勢浩渺。　又評"淚亦"二句:頓挫有局度。

按:此詩當是開元二十二年(七三四)游襄陽時作。全詩反映縱酒行樂的生活以及蔑視功名富貴的思想,表現出初入長安功業無成所產生的悲憤情緒。其氣勢縱橫跌宕,語言奔放自然,意境開曠神逸,藝術成就甚高。

大　堤　曲〔一〕

漢水臨襄陽〔二〕,花開大堤暖。佳期大堤下,淚向南雲滿〔三〕。春風復無情,吹我夢魂散〔四〕。不見眼中人〔五〕,天長音信斷。

【注釋】
〔一〕大堤曲:南朝樂府舊題,與《雍州曲》皆出《襄陽樂》。梁簡文帝《雍州曲》有《大堤》,為此題之本。按雍州指襄陽,宋文帝割荆州僑置雍州,號南雍。齊、梁因之。《樂府詩集》卷四八《清商曲辭》還收有唐代張柬之、楊巨源等人的《大堤曲》。據《一統志》、《湖廣志》等記載,大堤在襄陽府城外,東臨漢江,西自萬山,經澶溪、土門、白龍池、東津渡,繞城北老龍堤,復至萬山之麓,周圍四十餘里。　〔二〕臨:《才調集》作"橫"。
〔三〕南雲:陸機《思親賦》:"指南雲以寄款,望歸風而效誠。"江總《於長安歸還揚州九月九日行微山亭賦韻》:"心逐南雲逝,形隨北雁來。"後以

"南雲"用作思親和懷念家鄉之詞。　〔四〕"春風"二句：謂春風無情吹散夢魂，使己失去了夢中會見的親人。古樂府《子夜春歌》："春風復多情，吹我羅裳開。"此即反用其意。夢魂，《才調集》作"魂夢"。散，《才調集》作"亂"，《樂府詩集》作"斷"。　〔五〕"不見"句：何遜《從主移西州寓直齋内霖雨不晴懷郡中游聚》詩："不見眼中人，空想南山寺。"

【評箋】

　　舊題嚴羽評點《李太白詩集》卷四："花開"句：不言春，春已在。又評"春風"二句："春風"二語奇妙。
　　楊慎《升庵詩話》卷七《太白用古樂府》：古樂府云："春風復多情，吹我羅裳開。"李反其意，云："春風復無情，吹我夢魂散。"古人謂李詩出自樂府古選，信矣。
　　《唐宋詩醇》卷四：幽秀絶遠俗豔。胡應麟謂白詩：人知其華藻，而不知其神骨之清。於此亦見一斑。
　　王闓運手批《唐詩選》卷一：豈即弄青梅者耶？何情之深！

　　按：此詩當是開元二十二年（七三四）前後在襄陽思歸之作。《寄遠十二首》其五的後五句與本詩全同，唯前三句異，作"遠憶巫山陽，花明渌江暖。躊躇未得往"，疑為重出詩。

江夏別宋之悌〔一〕

　　楚水清若空〔二〕，遥將碧海通〔三〕。人分千里外〔四〕，興在一盃中〔五〕。谷鳥吟晴日，江猿嘯晚風。平生不下淚，於此泣無窮！

【注釋】

〔一〕江夏：唐縣名，治所在今湖北武漢市武昌。宋之悌：初唐詩人宋之問季弟。《朝野僉載》卷六："宋令文者，有神力。……令文有三子：長之問，有文譽；次之遜，善書；次之悌，有勇力。之悌後左降朱鳶，會賊破驩州，以之悌為總管擊之。募壯士，得八人。之悌身長八尺，被重甲，直前大叫曰：'獠賊，動即死。'賊七百人一時俱銼，大破之。"《舊唐書·宋之問傳》："之悌，開元中自右羽林將軍出為益州長史、劍南節度兼采訪使，尋遷太原尹。"宋之悌事蹟詳見拙著《李白叢考·李白詩江夏別宋之悌繫年辨誤》。　〔二〕楚水：指江夏。陸游《入蜀記》卷三："自此(鸚鵡洲)以南為漢水……水色澄澈可鑒。太白云'楚水清若空'，蓋言此也。"〔三〕"遥將"句：將，與。碧海，指朱鳶。朱鳶在唐代屬安南都護府交趾郡(交州)。當時有朱鳶江經此入海。《水經注》卷三七：葉榆水"過交趾……東入海"。　〔四〕千里：據《舊唐書·地理志四》，交趾"至京師七千二百五十三里"，則朱鳶至江夏亦相距有數千里。　〔五〕興：興會，興致。

【評箋】

胡應麟《詩藪·内編》卷四：太白"人分千里外，興在一杯中"，達夫"功名萬里外，心事一杯中"，甚類。然高雖渾厚，易到；李則超逸入神。

胡震亨《唐音癸籤》卷一一：太白"人分千里外，興在一杯中"，達夫"功名萬里外，心事一杯中"，似皆從庾抱之"悲生萬里外，恨起一杯中"來。而達夫較厚，太白較逸，並未易軒輊。

《唐宋詩醇》卷六：登高而呼，衆山皆響。

按：此詩約作於開元二十二年(七三四)前後，時宋之悌貶朱鳶途經江夏，李白作此送別詩。宋之悌一生仕途發達，歷任右羽林將軍，益州長史，太原尹，劍南、太原節度使，都是三品官。可是晚年突遭貶謫蠻荒。李白同情這位老將軍，所以"泣無窮"。前三聯豪逸灑脱以勸慰，尾聯却以悲愴作結。

太 原 早 秋〔一〕

歲落衆芳歇〔二〕,時當大火流〔三〕。霜威出塞早〔四〕,雲色渡河秋〔五〕。夢繞邊城月,心飛故國樓〔六〕。思歸若汾水〔七〕,無日不悠悠〔八〕。

【注釋】

〔一〕太原:唐府名。即并州太原府。今山西太原市。　〔二〕"歲落"句:歲落,猶歲晚,一年中歲月過半,故云"落"。衆芳歇,指群花凋謝。　〔三〕大火流:《詩·豳風·七月》:"七月流火。"毛傳:"火,大火也。流,下也。"孔穎達疏:"於七月之中有西流者,是火之星也,知歲將寒之漸。"按大火,指二十八宿之一的心宿,有星三顆,現代天文學上屬天蝎座。每年夏曆五月黄昏時心宿在中天,六月以後漸漸偏西,時暑熱開始減退。古代天文學把周天劃分十二個星次,因心宿在大火星次内,故以"火"或"大火"稱之。此"大火流"即指七月。　〔四〕"霜威"句:意謂嚴霜的威脅較早地出現於邊塞。唐代太原臨近北方邊塞,故稱"塞"。〔五〕河:一作"江",非。　〔六〕故國:家鄉。此指其妻許夫人所在地安陸。　〔七〕汾水:源出山西寧武縣管涔山,經太原市南流至新絳縣向西折,在河津縣西入黃河。為黃河第二大支流。　〔八〕悠悠:水流悠長遥遠貌。此以水流喻歸思的悠長。

【評箋】

舊題嚴羽評點《李太白詩集》卷一八:"出塞"字,更用得好。

唐汝詢《唐詩解》卷三三:此感秋而懷歸也。"芳歇"、"火流",夏秋之交,此時未應有霜;今太原近塞而寒,故霜威獨早,即"渡河""雲色"亦覺其含秋矣。夢雖繞乎邊月,心已飛於故園,是以懷歸之念,方如汾水之無極耳。"歲落"猶言歲晏。若作搖落之落,便與"歇"字無別。按唐人汾上之作,必用秋風辭語,如廷碩"北風吹白雲,千里渡河汾";嘉州"白雲猶是漢時秋",讀者咸知其來歷。太白用其語而化之曰"雲色渡河秋",便無蹊徑可尋。

王夫之《唐詩評選》卷三:兩折詩,以平敘,故不損。李、杜五言近體,其格局隨風會而降者,往往多有。供奉於此體似不著意,乃有入高、岑一派詩;既以備古今衆製,亦若曰:非吾不能爲之也。此自是才人一累。若曹孟德之噉冶葛,示無畏以欺人。其本色詩,則自在景雲、神龍之上,非天寶諸公可至,能揀者當自知之。

《唐宋詩醇》卷七:健舉之至,行氣如虹。

按:此詩當是開元二十三年(七三五)應好友元演之邀請同游太原時作。同時之作還有《秋日於太原南栅餞陽曲王贊公賈少公石艾尹少公應舉赴上都序》。據其後來所寫《憶舊游贈譙郡元參軍》詩,知其時元演父親爲太原尹(太原府最高長官),二人五月間越過太行山赴太原,在太原渡過夏秋兩季,此詩已表現出倦游思歸之情。

將　進　酒〔一〕

君不見黃河之水天上來,奔流到海不復回〔二〕!君不見高堂明鏡悲白髮,朝如青絲暮成雪〔三〕!人生得意須盡歡,莫使金樽空對月。天生我材必有用,千金散盡還復來〔四〕。烹羊宰牛且爲樂〔五〕,會須一飲三百杯〔六〕。岑夫子〔七〕、丹丘生〔八〕,進酒君莫停〔九〕。與君歌一曲,請君爲我傾耳聽〔一〇〕。鐘鼓饌玉不足貴〔一一〕,但願長醉不用醒〔一二〕。古來聖賢皆寂寞〔一三〕,惟有飲者留其名。陳王昔時宴平樂,斗酒十千恣歡謔〔一四〕。主人何為言少錢？徑須沽取對君酌〔一五〕。五花馬〔一六〕,千金裘〔一七〕,呼兒將出換美酒〔一八〕,與爾同銷萬古愁！

【注釋】

〔一〕將進酒：樂府舊題。將進酒，就是勸酒歌。《樂府詩集》卷一六《鼓吹曲辭・漢鐃歌》載《將進酒》古辭，內容言飲酒放歌。卷一七載梁昭明太子同題之作，亦只及游樂飲酒。蕭士贇云："《將進酒》者，漢短簫鐃歌二十二曲之一也。……唐時遺音尚存，太白填之，以申己之意耳。"按此詩兩見《文苑英華》，卷三三六題作"惜空罇酒"，卷一九五作"將進酒"，校："一作惜空酒。"敦煌寫本《唐人選唐詩》作"惜罇空"。〔日〕松浦友久以此認為此詩原非樂府詩。　〔二〕"君不見黃河"二句：黃河上源馬曲出青海省巴顏喀拉山脈雅拉達澤山東麓約古宗列盆地西南緣。古代統稱其左右之山為崑崙墟，故有河出崑崙之說。以其地勢極高，故詩人以"天上來"形容之。"奔流"句，古樂府《長歌行》："百川東到海，何時復西歸？"到，一作"倒"，非。　〔三〕"君不見高堂"二句：高堂，敦煌寫本《唐人選唐詩》作"牀頭"。青絲，敦煌寫本《唐人選唐詩》、《文苑英華》作"青雲"，喻柔軟的黑髮。成，《唐文粹》作"如"。　〔四〕"天生"二句：上句，宋本校：用，"一作開"，"又云天生我身必有財，又作天生吾徒有俊材"。《文苑英華》校："一作我身必有材。"敦煌寫本《唐人選唐詩》作"天生吾徒有俊才"。千：胡本作"黃"。千金散盡，《上安州裴長史書》云："曩昔東游維揚，不逾一年，散金三十餘萬，有落魄公子，悉皆濟之。"又《答王十二寒夜獨酌有懷》："黃金散盡交不成。"　〔五〕烹羊宰牛：曹植《野田黃雀行》："中廚辦豐膳，烹羊宰肥牛。"　〔六〕"會須"句：會須，該當。一飲三百杯，用鄭玄典故。《世說新語・文學》："鄭玄在馬融門下……業成辭歸。"劉孝標注引《鄭玄別傳》："袁紹辟玄，及去，餞之城東，欲玄必醉。會者三百餘人，皆離席奉觴。自旦及莫，度玄飲三百餘杯，而溫克之容終日無怠。"陳暄《與兄子秀書》："鄭康成一飲三百杯，吾不以為多。"　〔七〕岑夫子：當即岑勛。李白另有《酬岑勛見尋就元丹丘對酒

將進酒

相待以詩見招》。《文苑英華》卷八五七(《全唐文》卷三七九)有岑勛撰《西京千福寺多寶佛塔感應碑》。　〔八〕丹丘生：即元丹丘,李白好友。見前《以詩代書答元丹丘》詩注。　〔九〕"進酒"句：一作"將進酒,杯莫停"。　〔一〇〕"與君"二句：與君,為君。敦煌寫本《唐人選唐詩》即作"為君"。傾耳,一作"側耳"。　〔一一〕"鐘鼓"句：《河岳英靈集》作"鐘鼎玉帛不足悅"。敦煌寫本《唐人選唐詩》、《文苑英華》作"鐘鼎玉帛豈足貴"。瞿蛻園、朱金城《李白集校注》："按鐘鼓饌玉不成對文,疑當作鼓鐘饌玉,即鐘鳴鼎食之意。"按古時富貴家用膳時鳴鐘列鼎。饌(zhuàn),食飲。饌玉,形容食物如玉一般精美。梁戴暠《煌煌京洛行》："揮金留客坐,饌玉待鐘鳴。"　〔一二〕不用醒：用,一作"願",《文苑英華》、《樂府詩集》作"復"。　〔一三〕"古來"句：聖賢,一作"賢聖",《唐文粹》作"賢達"。寂寞,敦煌寫本《唐人選唐詩》、《文苑英華》作"死盡"。〔一四〕"陳王"二句：陳王,三國時魏國詩人曹植。《三國志·魏志·曹植傳》："陳思王植,字子建。太和六年,封植為陳王。"昔時,《文苑英華》作"昔日"。平樂,觀名。漢明帝時造,在洛陽西門外。曹植《名都篇》："歸來宴平樂,美酒斗十千。"斗酒十千,形容酒美價貴。斗,古代盛酒容器,亦用作賣酒的計量單位。恣歡謔,縱情尋歡作樂。　〔一五〕"主人"二句：為,《文苑英華》作"用"。徑須沽取對君酌,宋本校："一作且須沽酒共君酌。"沽取,《唐文粹》、《文苑英華》作"沽酒"。徑須,只管。沽取,買取。　〔一六〕五花馬：毛為五色花紋的好馬。《圖畫見聞志》引韓幹《貴戚閱馬圖》及張萱《虢國出行圖》,謂五花乃剪馬鬣(頸上長毛)為五瓣花。　〔一七〕千金裘：形容狐裘價值之高。《史記·孟嘗君列傳》："此時孟嘗君有一狐白裘,直(值)千金,天下無雙。"　〔一八〕將出：拿出。

【評箋】

舊題嚴羽評點《李太白詩集》卷二：一往豪情,使人不能句字賞摘。蓋他人作詩用筆想,太白但用胸口一噴即是。此其所長。

蕭士贇注：此篇雖似任達放浪,然太白素抱用世之才而不遇合,亦自

143

慰解之辭耳。

周珽《唐詩選脈會通評林》：首以"黃河"起興，見人之年貌倏改，有如河流莫返。一篇主意全在"人生得意須盡歡，莫使金樽空對月"兩句。

陸時雍《詩鏡總論》：宋人抑太白而尊少陵，謂是道學作用，如此將置風人於何地？放浪詩酒乃太白本行；忠君憂國之心，子美乃感輒發。其性既殊，所遭復異。奈何以此定詩優劣也？太白游梁宋間，所得數萬金，一揮輒盡，故其詩曰："天生我才必有用，黃金散盡還復來。"意氣凌雲，何容易得？

王堯衢《古唐詩合解》卷三：此篇用長短句為章法，篇首用兩個"君不見"領起，亦一局也。

按：此詩約作於開元二十三年（七三五）。岑勛因仰慕李白，尋訪到嵩山元丹丘處，請丹丘再邀李白到嵩山。三人置酒高會，李白在席間寫成此詩。前人寫此題的作品都是短篇小詩，李白衍為大幅長句，並灌輸強烈的浪漫主義激情，使舊題樂府獲得新的生命，達到頂峰，使後人難以為繼。全詩以明快的節奏、參差的句式、跳躍的韻律，抒發洶涌奔騰的悲憤感情，表面看豪放痛快，實際上苦悶無奈，深沉的悲痛寓於豪語之中，乃此詩主要特徵。

贈孟浩然〔一〕

吾愛孟夫子〔二〕，風流天下聞〔三〕。紅顏棄軒冕〔四〕，白首臥松雲〔五〕。醉月頻中聖〔六〕，迷花不事君〔七〕。高山安可仰〔八〕，徒此揖清芬〔九〕。

【注釋】

〔一〕孟浩然：唐代詩人，襄州襄陽（今湖北襄陽市）人。李白詩友。詳見前《黄鶴樓送孟浩然之廣陵》詩注。新、舊《唐書》有傳。　〔二〕孟夫子：指孟浩然。夫子，古代對男子的敬稱。　〔三〕風流：儒雅、瀟灑的風度。《世説新語·品藻》："(韓康伯)居然有名士風流。"《晉書·王獻之傳》："少有盛名，而高邁不羈，雖閑居終日，容止不怠，風流為一時之冠。"《三國志·蜀志·劉琰傳》："(劉備)以宗姓，有風流，善談論，厚親待之。"　〔四〕"紅顔"句：在青壯年時就絶意仕宦。《新唐書·孟浩然傳》："少好節義，喜振人患難，隱鹿門山。年四十，乃游京師。嘗於太學賦詩，一座嗟伏，無敢抗。張九齡、王維雅稱道之。維私邀入内署，俄而玄宗至，浩然匿牀下，維以實對。帝喜曰：'朕聞其人而未見也，何懼而匿？'詔浩然出。帝問其詩，浩然再拜，自誦所為，至'不才明主棄'之句，帝曰：'卿不求仕，而朕未嘗棄卿，奈何誣我？'因放還。采訪使韓朝宗約浩然偕至京師，欲薦諸朝。會故人至，劇飲歡甚，或曰：'君與韓公有期。'浩然叱曰：'業已飲，遑恤他！'卒不赴。朝宗怒，辭行，浩然不悔也。"紅顔，紅潤的臉色，指青壯年時代。軒冕，古時公卿大夫的車駕和禮帽，後用以代指官位爵禄。　〔五〕卧松雲：指隱居山林。《南史·宗測傳》："眷戀松雲，輕迷人路。"　〔六〕"醉月"句：醉月，月夜醉酒。中聖，《三國志·魏志·徐邈傳》："徐邈，字景山，燕國薊人也。……魏國初建，為尚書郎。時科酒禁，而邈私飲，至於沉醉。校事趙達問以曹事，邈曰：'中聖人。'達白之太祖，太祖甚怒。度遼將軍鮮于輔進曰：'平日醉客，謂酒清者為聖人，濁者為賢人。邈性修慎，偶醉言耳。'"後遂以'中聖人'或'中聖'稱酒醉。'中'本應讀去聲，但此需讀平聲才合轍。　〔七〕迷花：迷戀丘壑花草。　〔八〕"高山"句：《詩·小雅·車舝》："高山仰止，景行行止。"此以仰望高山喻己對孟浩然的景仰。　〔九〕"徒此"句：徒，只能。宋本作"從"，據他本改。此，這樣。揖，拱手為禮，表示致敬。清芬，喻高潔的德行。

【評箋】

舊題嚴羽評點《李太白詩集》卷八：首句：亦非概用。　又評"紅顔"二句：矯然不變，十字盡一生。

劉克莊《後村先生大全集》卷一七七《詩話後集》：世謂謫仙眼空四海，然《贈孟浩然》云："吾愛孟夫子……"則盡尊宿之敬。

謝榛《四溟詩話》卷三：凡作詩文，或有兩句一意，此文勢相貫，宜乎雙用。……至於太白《贈浩然》詩，前云"紅顏棄軒冕"，後云"迷花不事君"，兩聯意頗相似。劉文房《靈祐上人故居》詩，既云"幾日浮生哭故人"，又云"雨花垂淚共沾巾"，此與太白同病。興到而成，失於檢點。意重一聯，其勢使然；兩聯意重，法不可從。

袁枚《詳注圈點詩學全書》卷三：美孟之高隱也。"夫子"之"風流"聞天下者，以少無宦情，老不改節。五、六言其高尚不仕。末二尊禮之辭。

高步瀛《唐宋詩舉要》引吳曰：一氣舒卷，用孟體也；而其質健豪邁，自是太白手段，孟不能及。

按：此詩當為開元二十七年（七三九）李白過襄陽重晤孟浩然時所作。其時孟浩然已屆暮年，次年即患疽背卒。首聯點明題旨，總攝全詩。"愛"字是詩眼，是貫串全詩的抒情線索。"風流"二字是孟浩然品格的總概括，全詩圍繞此展開筆墨。領聯和頸聯申説"風流"所在，描寫孟浩然的高士形象。"紅顏"與"白首"對舉，概括從青壯年到晚年的生涯，從縱的方面寫；"醉月"與"迷花"對舉，概括隱居生活，從橫的方面寫；而"棄軒冕"與"不事君"是風流的核心，如果没有棄軒冕、不事君，那麼"卧松雲"、"醉月"、"迷花"就顯示不出高潔和脱俗，所以這兩聯的深意是耐人咀嚼的。前人多批評此兩聯詩意重複，失於檢點，其實這是從兩個不同角度描寫的。領聯由"棄"而"卧"是從反到正寫法，頸聯由"醉月"、"迷花"而不事君，是從正到反寫法。縱橫反正，筆法靈活，搖曳生姿，將孟浩然的高潔形象描繪得非常充分，同時也深藴着詩人的敬愛之情。於是尾聯就水到渠成，直接抒情。孟浩然的品格像高山屹立，仰望不及，故有"安可仰"之歎，只能對着他的高潔品格揖拜而已。這就比一般的贊仰又進了一層。此詩直抒胸臆，情深詞顯，自然古樸，格調高雅。巧用典故，無斧鑿痕。從抒情到描寫回到抒情，從愛最後歸結到敬仰，意境渾成，感情率真，表現出詩人特有風格。

五月東魯行答汶上翁〔一〕

五月梅始黃〔二〕，蠶凋桑柘空〔三〕。魯人重織作，機杼鳴簾櫳〔四〕。顧余不及仕，學劍來山東〔五〕。舉鞭訪前塗〔六〕，獲笑汶上翁〔七〕。下愚忽壯士〔八〕，未足論窮通〔九〕。我以一箭書，能取聊城功〔一〇〕。終然不受賞〔一一〕，羞與時人同。西歸去直道，落日昏陰虹〔一二〕。此去爾勿言，甘心如轉蓬〔一三〕。

【注釋】
〔一〕咸本題下校："一本無東魯行字。"東魯，指今山東兗州一帶。汶上，汶水以北。《論語‧雍也》："如有復我者，則吾必在汶上矣。"此處指汶水流域，其地在唐代屬兗州中都縣，今山東汶上縣一帶。翁，一作"君"。
〔二〕梅始黃：宋本校："一作禾黍綠。"　〔三〕"蠶凋"句：蠶凋，蠶老結繭。養蠶工作已結束。桑柘，兩種植物名。桑葉和柘葉皆可飼蠶。
〔四〕"機杼"句：機杼，指織布機。簾櫳，窗簾和窗上櫳木。此指窗戶。《文選》卷三〇謝惠連《七月七日夜詠牛女》詩："升月照簾櫳。"李周翰注："櫳，窗也。"此句謂織布聲從窗中傳出。　〔五〕"顧余"二句：顧，句首助詞。仕，咸本作"事"。學劍，《史記‧項羽本紀》："項籍少時，學書不成，去，學劍，又不成。"山東：指太行山以東地區。一作"關東"，指崤山和函谷關以東地區。此處指東魯。　〔六〕前塗：前行的路徑。塗，一作"途"。　〔七〕"獲笑"句：獲笑，受到譏笑。汶上翁，指下文的"下愚"之人。翁，一作"君"。　〔八〕"下愚"句：下愚，愚人。《論語‧陽貨》："唯上智與下愚不移。"宋本校："一作宵人。"花言巧語、游手好閒的小人。此指汶上翁。忽，輕視。壯士，意氣壯盛之士，此自指。　〔九〕窮通：政治上的困窘和顯達。　〔一〇〕"我以"二句：聊城，今山東聊城市。

147

宋本作"遼城",誤。據他本改。《史記·魯仲連鄒陽列傳》:"燕將攻下聊城,聊城人或讒之燕,燕將懼誅,因保守聊城,不敢歸。齊田單攻聊城歲餘,士卒多死,而聊城不下。魯連乃為書,約之矢以射城中,遺燕將。……燕將見魯連書,泣三日……乃自殺。聊城亂,田單遂屠聊城。歸而言魯連,欲爵之。魯連逃隱於海上,曰:'吾與富貴而詘於人,寧貧賤而輕世肆志焉。'"此以魯仲連自比,表示有遠大抱負和政治才能。
〔一一〕"終然"句:終然,到底,終究。不受賞,不接受賞賜。
〔一二〕"西歸"二句:西歸,謂自東魯往長安。直道,直通之路。落日昏陰虹,實寫夕陽西下,天空陰暗。一本無此二句。楊齊賢謂陰虹指李林甫、楊國忠輩昏蔽其君,非。　〔一三〕"此去"二句:此,宋本校:"一作我。"如,一作"為"。轉蓬,蓬草隨風旋轉,喻己四處漂泊。

【評箋】
　　邢昉《唐風定》:豪傑吐氣如虹。

　　按:此詩前人多謂開元二十七年(七三九)前後移家東魯時所作。近年來或以"西歸去直道"句謂乃天寶元年自東魯奉詔入京前之詩。其實一本無此二句,是。故仍當為開元二十七年之作近是。

嘲　魯　儒〔一〕

　　魯叟談五經〔二〕,白髮死章句〔三〕。問以經濟策〔四〕,茫如墜烟霧〔五〕。足著遠游履,首戴方頭巾〔六〕。緩步從直道,未行先起塵〔七〕。秦家丞相府,不重褒衣人〔八〕。君非叔孫通〔九〕,與我本殊倫〔一〇〕。時事且未達,歸耕汶水濱〔一一〕。

【注釋】

〔一〕魯儒：指魯地（今山東兗州、曲阜一帶，春秋時魯國）的儒者。
〔二〕五經：指儒家五部經典著作，即《易》、《書》、《詩》、《禮》、《春秋》。
〔三〕章句：指文字的句讀和分章。《漢書·夏侯勝傳》："勝從父子建，字長卿，自師事勝及歐陽高。左右采獲。又從五經諸儒問與《尚書》相出入者，牽引以次章句，具文飾說。勝非之曰：'建所謂章句小儒，破碎大道。'建亦非勝為學疏略，難以應敵。"以上二句嘲諷魯儒學習經書到老只知死記章句，而不知用世的大道。　〔四〕經濟策：治理國家的策略。經濟，經世濟民。《晉書·殷浩傳》："足下沈識淹長，思綜通練，起而明之，足以經濟。"　〔五〕"茫如"句：謂一無所知，茫然如墮入烟霧之中。
〔六〕"足著"二句：遠游履，履名。《文選》卷一九曹植《洛神賦》："踐遠游之文履。"呂向注："遠游，履名。"其形製未詳。方頭巾，當即方山巾。頭，一作"山"，是。"方山冠"原為漢代祭祀宗廟時樂舞者所戴之冠。《後漢書·輿服志下》："方山冠，似進賢（冠），以五采縠為之。祠宗廟，《大予》、《八佾》、《四時》、《五行》樂人服之，冠衣各如其行方之色而舞焉。"後成為儒生所戴之冠。以上二句謂魯儒在唐代仍服漢時巾履。　〔七〕"緩步"二句：謂魯儒身穿漢儒寬袍博帶，走路緩慢地順著直道，未行幾步，寬大衣袖就揚起灰塵。　〔八〕"秦家"二句：秦家丞相，指李斯。《史記·李斯列傳》載李斯曾建議秦始皇焚書曰："臣請諸有文學《詩》《書》百家語者，蠲除去之。令到滿三十日弗去，黥為城旦。所不去者，醫藥卜筮種樹之書。若有欲學者，以吏為師。"秦始皇接受了這個建議，遂"收去《詩》《書》百家之語以愚百姓，使天下無以古非今"。褒衣，寬袍，古代儒生的裝束。《漢書·雋不疑傳》："褒衣博帶，盛服至門上謁。"顏師古注："褒，大裾也。言著褒大之衣，廣博之帶也。"二句謂秦朝丞相李斯，是不看重寬袍闊帶的儒生的。　〔九〕叔孫通：漢初薛縣（今山東省棗莊薛城）人，曾為秦博士。秦末農民起義，為項羽部屬，後歸劉邦，為博士。漢朝建立，曾率儒生改造前代禮制，為漢高祖劉邦製訂新的朝儀。《史記·劉敬叔孫通列傳》："於是叔孫通使徵魯諸生三十餘人。魯有兩生不肯行，曰：'公所事者且十主，皆面諛以得親貴。今天下初定，死者未葬，傷者未起,又欲起禮樂。禮樂所由起,積德百年而後可興也。吾不忍為公所為。公所為不合古,吾不行。公往矣,無汙我!'叔孫通笑曰:'若真鄙儒也,不知時變。'"　〔一〇〕殊倫:不是同一類人。謂魯儒不是叔孫通那樣的人,與我本來就不是同一類人。詩人於此自比叔孫通,以"不知時變"的"鄙儒"喻魯叟,故云不同類。　〔一一〕"時事"二句:時事,當世的要事。且未達,尚且不明白。達,通曉,明白。《吕氏春秋·遇合》:"凡能聽音者,必達於五聲。"汶水,今名大汶河,源出山東萊蕪縣北,西南流至梁山入濟水。二句謂魯叟對當世要事尚且不懂,只能回到汶水邊去種田!

【評箋】

舊題嚴羽評點《李太白詩集》卷二一:"足著"四句:腐儒光景,形容逼肖。

劉克莊《後村先生大全集》卷一八一《詩話新集》:此篇幾於以儒為戲,然"秦家丞相府,不重褒衣人",非謫仙不能道。

《唐宋詩醇》卷八:儒不可輕。若死於章句,而不達時事,則貌為儒而已。漢宣帝所謂"俗儒不達時宜",叔孫通所謂"鄙儒",施之此人則可矣。不然,以儒為戲,豈可訓哉!

按:此詩當是開元二十七年(七三九)初到東魯時所作。此詩表明作者諷刺的只是儒生中的一部分,即死守章句而不懂經世濟民方略者,説明詩人自認為是一個有政治抱負,希望積極用世的真正儒生。全詩形象鮮明,用典貼切。

魯東門泛舟二首〔一〕

其　一

日落沙明天倒開〔二〕,波摇石動水縈回〔三〕。輕舟泛月尋溪轉,疑是山陰雪後來〔四〕。

【注釋】

〔一〕魯東門：一作"東魯門"。魯東門當指唐兗州(魯郡)城東門。在今山東兗州市。　〔二〕"日落"句：王堯衢《古唐詩合解》："日光落下,照沙而明,有似乎天在下者,故曰倒開。"　〔三〕"波摇"句：指山石倒影在水波中晃動。縈,盤旋,回繞。王堯衢云："水騰起為波,摇石如動,其四面皆水,縈旋回繞,總言泛舟光景。"　〔四〕"輕舟"二句：謂月下泛舟,其興恍如王徽之雪夜訪戴。疑,宋本字迹漫漶,據他本補。山陰,今浙江紹興。雪後來,《世説新語·任誕》："王子猷(徽之)居山陰,夜大雪,眠覺,開室,命酌酒,四望皎然,因起彷徨,詠左思《招隱》詩。忽憶戴安道,時戴在剡,即便夜乘小船就之,經宿方至,造門不前而返。人問其故,王曰：'吾本乘興而行,盡興而返,何必見戴？'"

【評箋】

敖英輯評《唐詩絶句類選》：此詩綴景之妙,如畫中神品,氣韻生動,窅然入微。

黄叔燦《唐詩箋注》："日落沙明"二句,寫景奇絶。少陵造句常有此,而此二句畢竟是李非杜,有飛動凌雲之致也。下二句日落泛月,尋溪而轉,清境迴絶,故疑似王子猷之山陰雪後來也。詩真飄然不群。

其　　二

水作青龍盤石堤〔五〕,桃花夾岸魯門西。若教月下乘舟去,何啻風流到剡溪〔六〕！

【注釋】

〔五〕"水作"句：形容水流彎曲,像青龍盤繞着石砌堤岸。　〔六〕"若教"二句：何啻,何止；不止。風流,嫻雅瀟灑的風度。剡溪,曹娥江上游,北流為上虞江,在浙江嵊州市南。《元和郡縣志》卷二六江南道越州剡縣："剡溪,出縣西南,北流入上虞縣界為上虞江。"即晉王子猷雪夜訪戴之所,故亦名戴溪。二句謂東魯門月下泛舟的雅興,又何止是王徽之雪夜訪戴所能比擬的！

按：開元後期李白移居東魯,此二詩約作於開元二十八年(七四〇)前後。第二首後二句與前首後二句用同一典故,但又進了一步。前首用"疑是",尚不能確定,意境尚淺。此首用"何啻",則不僅確定,而且超越,意謂此次泛舟的風流瀟灑遠遠超過當年王子猷雪夜訪戴,意境更深入一層,更具風致韻味。

魯東門觀刈蒲〔一〕

魯國寒事早〔二〕,初霜刈渚蒲〔三〕。揮鐮若轉月,拂水生連珠〔四〕。此草最可珍,何必貴龍鬚〔五〕？織作玉牀席〔六〕,欣承清夜娛。羅衣能再拂,不畏素塵蕪〔七〕。

【注釋】
〔一〕刈(yì)蒲：割蒲。蒲,水生植物,可以製席。嫩蒲可食。
〔二〕"魯國"句：魯國,指山東兗州、曲阜一帶,春秋時屬魯國。寒事早,謂寒冷的季節到得早。陸倕《以詩代書別後寄贈》："江關寒事早,夜露傷秋草。"　〔三〕渚(zhǔ)：水中的小洲。　〔四〕"揮鐮"二句：形容割蒲情態,意謂揮舞鐮刀猶如轉動彎月,拂動蒲上露水滾落成連串的珠子。
〔五〕龍鬚,草名。龍鬚草,多年生草本植物,古代往往用以編織成珍貴的龍鬚席。　〔六〕玉牀：用玉裝飾的牀。　〔七〕"羅衣"二句：謝朓

《詠坐上所見一物·席》:"但願羅衣拂,無使素塵彌。"此化用其意,謂綾羅衣服可在席上再三拂拭,不用擔心被灰塵弄髒。蕪,髒亂。

【評箋】

蕭士贇《分類補注李太白詩》:此詩借蒲起興以自比也,其有望君再用之意乎?

詹鍈《李白詩文繫年》:按此詩直是寫蒲,別無寓意,蕭說失之鑿。

按:此詩當是開元二十八年(七四〇)前後在兗州一帶作。詹鍈繫於天寶五載(七四六),疑非。李白的農事詩不多,此為其中之一。

游太山六首〔一〕(選三)

其　一

四月上太山,石平御道開〔二〕。六龍過萬壑〔三〕,澗谷隨縈迴〔四〕。馬迹繞碧峰,于今滿青苔〔五〕。飛流灑絕巘〔六〕,水急松聲哀。北眺崿嶂奇〔七〕,傾崖向東摧。洞門閉石扇〔八〕,地底興雲雷〔九〕。登高望蓬瀛〔一〇〕,想象金銀臺〔一一〕。天門一長嘯〔一二〕,萬里清風來。玉女四五人〔一三〕,飄颻下九垓〔一四〕,含笑引素手〔一五〕,遺我流霞杯〔一六〕。稽首再拜之,自愧非仙才〔一七〕。曠然小宇宙〔一八〕,棄世何悠哉〔一九〕!

【注釋】

〔一〕太山:即泰山。一名岱山、岱宗,古稱東嶽,在今山東省中部。綿延於長清、濟南、泰安之間,長約二百公里。主峰玉皇頂,在泰安市北。宋本題下注："一作天寶元年四月從故御道上太山"，胡本多"自注"二字。御道，指唐玄宗於開元十三年(七二五)登泰山所行之道。《舊唐書·玄宗紀上》：開元十三年十月，"辛酉，東封泰山，發自東都。十一月丙戌，至兗州岱宗頓。丁亥，致齋於行宮。己丑，日南至，備法駕登山，仗衛羅列嶽下百餘里。詔行從留於谷口，上與宰臣、禮官昇山。庚寅，祀昊天上帝於上壇，有司祀五帝百神于下壇。禮畢，藏玉册於封祀之石礈，然後燔柴。燎發，群臣稱萬歲，傳呼自山頂至嶽下，震動山谷"。　〔二〕石平：一作"石屏"。　〔三〕六龍：古代天子之車駕六馬，馬八尺稱龍，因以"六龍"作為天子車駕的代稱，李白《上皇西巡南京歌》："六龍西幸萬人歡。"與此同意。　〔四〕縈迴：盤旋；回繞。王勃《滕王閣序》："鶴汀鳧渚，窮島嶼之縈迴。"　〔五〕"馬迹"二句：謂當年君王圍繞碧峰登山的馬迹如今已長滿青苔。繞，咸本作"遠"。　〔六〕"飛流"二句：飛流，瀑布。孫綽《天台山賦》："瀑布飛流以界道。"絶巘(yǎn)，高峰。《文選》卷三四張協《七命》："於是登絶巘，遡長風。"張詵注："絶巘，高山也。"水急，《文苑英華》作"水色"。　〔七〕崿嶂：高峻的山崖。鮑照《自礪山東望震澤》詩："合沓崿嶂雲。"　〔八〕石扇：石門。咸本作"石扉"。〔九〕地底：底，一作"胝"。　〔一〇〕蓬瀛：蓬萊和瀛洲。古代神話中的海中仙山。後泛指仙境。　〔一一〕"想象"句：象，咸本作"像"。金銀臺，指神仙居處。郭璞《游仙詩》："神仙排雲出，但見金銀臺。"按：銀，宋本作"鐕"，據此本改。　〔一二〕"天門"句：楊齊賢注引《泰山記》："泰山盤道屈曲而上，凡五十餘盤，經小天門、大天門，仰視天門，如從穴中窺天窗。"按：泰山在十八盤盡處，有三天門：南天門、東天門、西天門。山於此最多勝境，再上即絶頂。　〔一三〕玉女：仙女。〔一四〕"飄颻"句：飄颻，同"飄搖"，飄揚。九垓，九重天。《文選》卷二一郭璞《游仙詩》："飄颻戲九垓。"張詵注："九垓，九天也。"　〔一五〕引素手：引，伸。素手，潔白的手。　〔一六〕流霞杯：神話中的仙酒。王充《論衡·道虛》："(項)曼都曰：'有仙人數人，將我上天，離月數里而止。……口飢欲食，仙人輒飲我以流霞一杯，每飲一杯，數月不飢。'"〔一七〕非仙才：《太平廣記》卷三引《漢武内傳》："(西王母曰：)'劉徹好道,適來視之,見徹了了,似可成進,然形慢神穢……雖當語之以至道,殆恐非仙才也。'" 〔一八〕"曠然"句:曠然,心胸開闊貌。小宇宙,以宇宙為小。 〔一九〕"棄世"句:棄世,摒絕世務。《莊子·達生》:"夫欲免為形者,莫如棄世,棄世則無累。"悠哉,閑適貌。

【評箋】

唐汝詢《唐詩解》卷四:此紀泰山之勝而有遺世之意也。首言明皇登封,曾於石屏之傍以開御道,騁六龍飛於壑谷之間,今其馬迹猶存,而蒼苔已滿,轉目皆空花矣。我但歷覽泉石之奇秀,又登高以望海中神山,長嘯生風,玉女來下,曠然視宇宙為小,又何難遺塵世哉!

應時《李詩緯》卷二引丁谷雲評:筆端橫絕,寓意深遠,然恐傷於誕,故入變風。

吳昌祺《刪訂唐詩解》卷二:此等詩筆力矯健,亦從景純《游仙》來。

按:此首描寫開始登山情景。

其 三

平明登日觀〔二○〕,舉手開雲關〔二一〕。精神四飛揚,如出天地間。黃河從西來,窈窕入遠山〔二二〕。憑崖覽八極,目盡長空閑〔二三〕。偶然值青童〔二四〕,綠髮雙雲鬟〔二五〕。笑我晚學仙,蹉跎凋朱顏〔二六〕。躊躇忽不見,浩蕩難追攀〔二七〕。

【注釋】

〔二○〕"平明"句:平明,古代時段名。亦稱"平旦",即寅時,約早上四點鐘。日觀,泰山峰名。著名的觀日出之所。《水經注·汶水》:"應劭《漢官儀》云:泰山東南山頂,名曰日觀。日觀者,雞一鳴時,見日始欲出,長三丈許,故以名焉。" 〔二一〕雲關:雲霧籠罩擁塞如門關。孔稚珪《北山移文》:"宜扃岫幌,掩雲關。" 〔二二〕"黃河"二句:《初學記》卷五引《泰山記》:"黃河去泰山二百餘里,於祠所瞻黃河如帶,若在山趾。"窈窕,曲折深遠貌。 〔二三〕"憑崖"二句:覽,一作"攬"。八極,最邊遠的地方。《淮南子·墜形訓》:"天地之間,九州八極。"空閑,空闊。《詩·商頌·殷武》:"旅楹有閑。"孔穎達疏:"閑為楹之大貌。" 〔二四〕值青童:遇仙童。值,逢。《史記·酷吏列傳》:"寧見乳虎,無值甯成之怒。" 〔二五〕"綠髮"句:綠髮,指仙童烏黑光亮的頭髮。雙,《文苑英華》作"盈"。雲鬟,濃密卷曲如雲的環形髮髻。李白《久別離》:"雲鬟綠鬢罷攬結。" 〔二六〕"蹉跎"句:謂虛度光陰而使容顏衰老。 〔二七〕"躊躇"二句:謂自己正在猶豫徘徊而仙童忽然不見,消失在廣闊天地之間難以追尋攀隨。浩蕩,廣闊貌。難,《文苑英華》作"艱",非。

【評箋】

《唐宋詩醇》卷七:白性本高逸,遇復偃蹇,其胸中磊砢,一於詩乎發之。泰山觀日,天下之奇,故足以舒其曠渺而寫其塊壘不平之意。是篇氣骨高峻,而無恢張之象。後三篇狀景奇特,而無刻削之迹。蓋浩浩落落,獨往獨來,自然而成,不假人力。大家所以異人者在此。若其體近游仙,則其寄興云爾。

按:此詩描寫登日觀峰遇見仙童的情景。

其 六

朝飲王母池〔二八〕,暝投天門關〔二九〕。獨抱綠綺琴〔三〇〕,夜行青山月〔三一〕。山明月露白,夜靜松風歇。仙人游碧峰,處處笙歌發〔三二〕。寂聽娛清輝〔三三〕,玉真連翠微〔三四〕。想像鸞鳳舞,飄颻龍虎衣〔三五〕。捫天摘匏瓜〔三六〕,恍惚不憶歸〔三七〕。舉手弄清淺〔三八〕,誤攀織女機〔三九〕。明晨坐相失〔四〇〕,但見五雲飛〔四一〕。

【注釋】

〔二八〕王母池:王琦注引《山東通志》:"王母池,在泰山下之東南麓,一名瑤池。水極甘冽……不竭不盈。" 〔二九〕"暝投"句:暝,日暮,傍晚。天門關,一作"天門闕"。即指上泰山頂峰時所經之南天門、東天門和西天門。 〔三〇〕綠綺琴:《文選》卷三〇張載《擬四愁詩》:"佳人遺我綠綺琴。"李周翰注:"綠綺,琴名。"傅玄《琴賦序》:"司馬相如有綠綺,蔡邕有焦尾,皆名器也。" 〔三一〕青山月:月,一作"間"。
〔三二〕笙歌發:吹笙唱歌。暗用仙人王子喬吹笙典故。 〔三三〕"寂聽"句:聽,一作"靜"。清輝,同"清暉",指月光。阮籍《詠懷》詩其七:"明月耀清暉。" 〔三四〕"玉真"句:玉真,道觀名。《舊唐書·睿宗紀》:景雲二年五月"辛丑,改西城公主為金仙公主,昌隆公主為玉真公主,仍置金仙、玉真兩觀"。此處借指泰山上的道觀。翠微,《爾雅·釋山》:"未及上,翠微。"郭璞注:"近上旁陂。"邢昺疏:"謂未及頂上,在旁陂陀之處,名翠微。一說,山氣青縹色,故曰翠微也。" 〔三五〕龍虎衣:指神仙所穿繡有龍虎花紋的衣服。 〔三六〕"捫天"句:捫(mén),撫摸。《楚辭·九章·悲回風》:"遂儵忽而捫天。"洪興祖補注:"捫,音門,撫也。"匏(páo)瓜,星名,一名天雞。《史記·天官書》:"匏瓜,有青黑星守之,魚鹽貴。"司馬貞《索隱》:"《荊州占》云:瓠瓜,一名天雞,在河鼓東。瓠瓜明,歲則大熟也。"張守節《正義》:"匏瓜五星,在離朱北,天子果園。占:明大光潤,歲熟;不,則包果之實不登;客守,魚鹽貴也。"此句謂可以撫摸青天而摘下匏瓜星。 〔三七〕"恍惚"句:謂精神不定而忘記歸去。
〔三八〕清淺:指銀河。《古詩十九首》:"河漢清且淺。"後人遂徑以"清淺"指銀河。 〔三九〕織女機:此處指織女星。《史記·天官書》:"婺女,其北織女。織女,天女孫也。"按:織女三星,在銀河北,與銀河南之牽牛星相對。 〔四〇〕坐相失:遂消失。坐,副詞;遂,就。

〔四一〕五雲：謂青、白、赤、黑、黃五色之雲。《關尹子·二柱》："五雲之變，可以卜當年之豐歉。"又指五色瑞雲，古代作為吉祥徵兆。《南齊書·樂志》："聖祖降，五雲集。"

【評箋】

沈濤《瓠廬詩話》：《古詩》"河漢清且淺"，李白《游太山》詩："舉手弄清淺，誤攀織女機。"是即以"清淺"為河漢。

按：此詩描寫山行夜景，想像仙境，更為空靈飄忽。

又按：此組詩并為天寶元年四五月間登泰山而作。詩中言及"玉女"、"青童"、"仙人"與其談笑邀游，表現出這一時期詩人仍有強烈的求仙思想。

南陵別兒童入京〔一〕

白酒新熟山中歸〔二〕，黃雞啄黍秋正肥。呼童烹雞酌白酒，兒女嬉笑牽人衣〔三〕。高歌取醉欲自慰，起舞落日爭光輝〔四〕。游說萬乘苦不早〔五〕，著鞭跨馬涉遠道〔六〕。會稽愚婦輕買臣〔七〕，余亦辭家西入秦〔八〕。仰天大笑出門去〔九〕，我輩豈是蓬蒿人〔一〇〕！

【注釋】

〔一〕南陵別兒童入京：《河岳英靈集》、《又玄集》題作《古意》。南陵，前人以為指宣州南陵（今屬安徽省），今人則多謂唐時兗州有南陵，李白另有《酬張卿夜宿南陵見贈》詩，亦指東魯之南陵。是。自開元末至天寶末李白子女一直居住於東魯兗州。　〔二〕新熟：指釀酒完成。新，一作"初"。　〔三〕"呼童"二句：童，一作"兒"。兒，一作"男"。兒女，李白有女名平陽，有子名伯禽。嬉笑，宋本作"歌笑"，據他本改。〔四〕"高歌"二句：咸本校："一本無此二句。"　〔五〕"游説"句：游説(shuì)，戰國時代策士周游列國，向諸侯陳説形勢，提出政治、軍事、外交方面的主張，以獲取官禄，謂之游説。萬乘(shèng)，指皇帝。古代天子有兵車萬輛，故以萬乘(乘即一車四馬)指帝位。苦不早，恨不能在早些年頭實現。　〔六〕"著鞭"句：著鞭，執鞭，揮鞭。遠，《河嶽英靈集》作"長"。　〔七〕"會稽"句：據《漢書·朱買臣傳》記載，朱買臣，吳人。"家貧，好讀書，不治産業，常艾薪樵，賣以給食。擔束薪，行且誦書。其妻亦負擔相隨，數止買臣毋歌嘔(謳)道中。買臣愈益疾歌，妻羞之，求去。買臣笑曰：'我年五十當富貴，今已四十餘矣。汝苦日久，待我富貴報女(汝)功。'妻恚怒曰：'如公等，終餓死溝中耳，何能富貴？'買臣不能留，即聽去。"後買臣得漢武帝信用，任會稽太守，"入吳界，見其故妻、妻夫治道。買臣駐車，呼令後車載其夫妻，到太守舍，置園中，給食之。居一月，妻自經死"。此處以朱買臣自喻。既表示己亦如買臣終當富貴，又似指時有妻妾董輕己者。按：魏顥《李翰林集序》："白始娶于許，生一女一男曰明月奴，女既笄而卒。又合于劉，劉訣。次合于魯一婦人……"此處"會稽愚婦"疑即指劉氏。　〔八〕西入秦：秦，指長安。西，《唐文粹》作"方"。　〔九〕"仰天"句：《史記·滑稽列傳》："淳於髡仰天大笑，冠纓索絶。"　〔一〇〕蓬蒿人：埋没於草野之人，指平民百姓。蓬蒿，兩種草名。

【評箋】

　　賀裳《載酒園詩話又編》：杜自稱"沉鬱頓挫"，謂李"飛揚跋扈"，二語最善形容。後復稱其"筆落驚風雨，詩成泣鬼神"，推許至矣。……宋人乃以好言婦人飲酒病之，則子美"耽酒須微禄"、"朝回日日典春衣"，不飲酒乎？"大婦同行小婦隨"、"翠眉縈度曲"，不婦人乎？太白曰"下士大笑，如蒼蠅聲"，又曰"仰天大笑出門去，我輩豈是蓬蒿人"。凡作此論者，

159

皆太白千載前豫知其笑,而先自仰天者也。

《唐宋詩醇》卷六:結句以直致見風格,所謂辭意俱盡,如截奔馬。

按:此詩當是天寶元年(七四二)奉詔入京時所作。全詩寫景敘事凝練簡潔,描寫人物形象鮮明生動,刻畫心理曲折多變。既有正面描寫,又有間接烘染;既跌宕多姿,又一氣呵成,淋漓盡致。所以此詩有強烈的藝術感染力。

駕去溫泉宮後贈楊山人〔一〕

少年落托楚漢間〔二〕,風塵蕭瑟多苦顏〔三〕。自言管葛竟誰許〔四〕?長吁莫錯還閉關〔五〕。一朝君王垂拂拭〔六〕,剖心輸丹雪胸臆〔七〕。忽蒙白日迴景光〔八〕,直上青雲生羽翼。幸陪鸞輦出鴻都〔九〕,身騎飛龍天馬駒〔一〇〕。王公大人借顏色〔一一〕,金章紫綬來相趨〔一二〕。當時結交何紛紛?片言道合唯有君〔一三〕。待吾盡節報明主,然後相攜臥白雲〔一四〕。

【注釋】

〔一〕駕去:當依敦煌寫本《唐人選唐詩》作"從駕"為是。溫泉宮,故址在今陝西臨潼驪山下。《新唐書·地理志一》京兆府昭應縣:"有宮在驪山下,貞觀十八年置,咸亨二年始名溫泉宮。天寶元年,更驪山曰會昌山。……六載,更溫泉曰華清宮。"後,敦煌寫本《唐人選唐詩》作"醉後"。楊山人,名未詳。山人,指隱士。李白又有《送楊山人歸嵩山》、《送楊山人歸天台》詩;高適亦有《送楊山人歸嵩陽》、《別楊山人》、《宋中遇林慮楊十七山人因而有別》、《武威同諸公遇楊山人》等詩;劉長卿亦有《夜宴洛陽程九主簿宅送楊山人往天台尋智者禪師隱居》詩，疑當為同一人。
〔二〕"少年"句：落托，疊韻聯綿詞。一作"落魄"，敦煌寫本《唐人選唐詩》作"落泊"，意同。窮困失意。楚漢間，指今湖北江漢流域。
〔三〕蕭瑟：形容寂寞淒涼。　〔四〕"自言"句：管葛，宋本作"介葦"，據他本改。管葛，指春秋時齊桓公宰相管仲和三國蜀漢丞相諸葛亮。此句謂儘管自以為有管仲、諸葛亮之才，可又有誰推許呢？　〔五〕"長吁"句：莫錯，敦煌寫本《唐人選唐詩》作"錯漠"，即錯莫。寂寞，內心紛亂貌。閉關，閉門，指無知友往來。關，門栓。古代關門用橫木作栓。
〔六〕"一朝"句：君王，敦煌寫本《唐人選唐詩》作"逢君"。垂拂拭，拂去塵埃，顯示光彩。喻被賞拔。　〔七〕"剖心"句：意謂甘願竭誠盡力，報答皇帝的知遇之恩。　〔八〕"忽蒙"句：白日，指皇帝。景光，日光，此指皇帝的寵賜。鮑照《蒜山被始興王命作》詩："白日迴清景。"
〔九〕"幸陪"句：鸞輦，皇帝的車乘。因車上有鈴似鸞鳴而名。鸞，敦煌寫本《唐人選唐詩》作"鑾"。鴻都，《後漢書·靈帝紀》："光和元年……始置鴻都門學生。"李賢注："鴻都，門名也，於內置學，時其中諸生，皆敕州郡三公舉召能為尺牘詞賦及工書鳥篆者，相課試，至千人焉。"此喻指當時李白所在的翰林院。　〔一〇〕"身騎"句：飛龍，馬廄名。《新唐書·兵志》："又以尚乘掌天子御。左右六閑……總十有二閑為二廄……其後禁中又增置飛龍廄。"天馬駒，指駿馬。《史記·大宛列傳》：漢武帝時"得烏孫馬，好，名曰天馬。及得大宛汗血馬，益壯，更名烏孫馬曰西極，名大宛馬曰天馬"。據李肇《翰林志》記載，唐代制度：翰林學士初入院，賜中廄馬一匹，謂之長借馬。其時李白供奉翰林，故得借飛龍廄馬。傅玄《擬四愁詩四首》之一："寄言飛龍天馬駒。"　〔一一〕借顏色：猶賞臉，給面子。借，一作"惜"，非。　〔一二〕"金章"句：金章，敦煌寫本《唐人選唐詩》作"金印"，銅印。一作"金璋"，非。紫綬(shòu)，紫色印帶。《漢書·百官公卿表上》："相國丞相皆秦官，金印紫綬。"此以金章紫綬代指朝廷大官。綬，敦煌寫本《唐人選唐詩》作"紱"。相趨，奉承，討好。　〔一三〕"當時"二句：意謂當時結交的人極多，可是真正志同道合的只有你。　〔一四〕"待我"二句：明主，郭本作"明王"。然後相

161

攜,宋本校:"一作攜手滄洲。"卧白雲,謂隱居。

【評箋】

舊題嚴羽評點《李太白詩集》卷八:"自言"二句:多少情折。 又評末二句:妄想亦同揚州鶴。

按:此詩乃天寶元年奉詔入京得到君王禮遇供奉翰林、從駕溫泉宫時所作。全詩以時間為綫索,過去、現在、將來,完全順叙,這在李白詩中較為少見。

陽 春 歌〔一〕

長安白日照春空,緑楊結烟桑嫋風〔二〕。披香殿前花始紅〔三〕,流芳發色繡户中〔四〕。繡户中,相經過。飛燕皇后輕身舞〔五〕,紫宫夫人絶世歌〔六〕。聖君三萬六千日〔七〕,歲歲年年奈樂何!

【注釋】

〔一〕陽春歌:樂府舊題。《樂府詩集》卷五一列入《清商曲辭》。蕭士贇曰:"《歌録》:《陽春歌》,楚曲也。即時景二十五曲之一。"胡震亨曰:"沈約《江南弄》有《陽春曲》,白歌疑即擬此。"詹鍈《李白詩文繫年》曰:"按吴(邁遠)沈(約)二家之作,皆傷世無知音,而太白此篇則亦宫中行樂之詞也。細繹全詩,疑是應制而作。" 〔二〕"長安"二句:意謂長安春日碧空萬里太陽普照,緑楊如烟桑枝在春風中摇曳。桑,一作"垂",敦煌寫本《唐人選唐詩》作"乘"。嫋(niǎo),同"嬝"。嫋嫋,摇曳貌。 〔三〕披香殿:漢代宫殿名,故址在今陝西西安市西北長安故城。《三輔黄圖》卷三：未央宮有披香殿。　　〔四〕"流芳"句：流芳,散布香氣。發色,顯露顏色。繡户,指雕繪華美的女子居室。此句謂從華美的窗户中散發出香氣,顯露出色彩。　　〔五〕飛燕皇后：指漢成帝皇后趙飛燕。據《漢書·孝成趙皇后傳》載,飛燕乃成陽侯趙臨之女,初學歌舞,以體輕號飛燕。成帝時由婕妤立為皇后,與其妹昭儀專寵十餘年。《西京雜記》卷一："趙飛燕為皇后,趙后體輕腰弱,善行步進退。"　　〔六〕"紫宮"句：紫宮,漢宮殿名。《文選》卷二張衡《西京賦》："正紫宮於未央。",薛綜注："天有紫微宮,王者象之。"李善注："辛氏《三秦記》曰：'未央宮一名紫微宮。'然未央為總稱,紫宮,其中别名。"夫人,指漢武帝李夫人。絶世歌,《漢書·外戚傳》："孝武李夫人本以倡進。初,夫人兄延年性知音,善歌舞,武帝愛之。延年侍上起舞,歌曰：'北方有佳人,絶世而獨立。一顧傾人城,再顧傾人國。寧不知傾城與傾國,佳人難再得。'上歎息曰：'世豈有此人乎?'平陽主因言延年有女弟,上乃召見之,實妙麗善舞,由是得幸。"絶世,絶代。　　〔七〕"聖君"句：聖君,敦煌寫本《唐人選唐詩》作"聖皇"。日,敦煌寫本《唐人選唐詩》作"歲"。

【評箋】

舊題嚴羽評點《李太白詩集》卷三：首句："空"字下得無脚。

按：此詩當是天寶二載(七四三)李白供奉翰林時所作。或謂末句頗有微詞。

宮中行樂詞八首〔一〕（選四）

其 一

小小生金屋〔二〕,盈盈在紫微〔三〕。山花插寶髻,石竹繡羅衣〔四〕。每出深宮裏,常隨步輦歸〔五〕。只愁歌舞散,化作綵雲飛〔六〕。

【注釋】
〔一〕宮中行樂詞：《本事詩·高逸》："（玄宗）嘗因宮人行樂，謂高力士曰：'對此良辰美景，豈可獨以聲伎為娛？倘時得逸才詞人吟詠之，可以誇耀於後。'遂命召（李）白。時寧王邀白飲酒，已醉。既至，拜舞頹然。上知其薄聲律，謂非所長，命為《宮中行樂》五言律詩十首。白頓首曰：'寧王賜臣酒，今已醉。倘陛下賜臣無畏，始可盡臣薄技。'上曰：'可。'即遣二内臣掖扶之，命研墨濡筆以授，又令二人張朱絲欄於其前。白取筆抒思，略不停輟，十篇立就，更無加點。筆迹遒利，鳳跱龍拏。律度對屬，無不精絶。"據此知《宮中行樂詞》乃奉詔而作，原有十首，今存八首，當已逸二首。按：寧王即玄宗兄李憲。據《舊唐書·李憲傳》，李憲卒於開元二十九年十一月。李白於天寶元年秋入京供奉翰林，李憲已卒，怎能與之飲酒？故《本事詩》所記未可盡信。題下原有李白自注"奉詔作五言"五字。　　〔二〕"小小"句：小小，幼小時。金屋，華美的宮室。《漢武故事》載："（漢武帝劉徹）為膠東王，數歲，長公主嫖抱置膝上，問曰：'兒欲得婦不？'……笑對曰：'好。若得阿嬌作婦，當作金屋貯之。'"　　〔三〕"盈盈"句：盈盈，風姿儀態美好貌。《古詩十九首》："盈盈樓上女。"在紫微，敦煌寫本《唐詩選》作"入紫微"。紫微，以紫微星垣比喻皇帝的居處。《文選》卷二四陸機《答賈謐一首并序》："來步紫微。"李善注："紫微，至尊所居。"吕向注："紫微，天子宮也。"　　〔四〕石竹：亦名石竹子。葉似竹而細窄，開紅白小花如錢，可植於庭院供觀賞。六朝至唐，常用作服飾刺繡圖案。　　〔五〕步輦：皇帝或皇后乘坐的用人抬的代步工具，類似轎子。　　〔六〕"只愁"二句：意謂只憂歌舞結束，人將像彩雲一樣不知飄向何處。散，一作"罷"。

【評箋】
　　舊題嚴羽評點《李太白詩集》卷四："山花"二句："山花"泛指，"石竹"專指，似一虛一實。"插寶髻"，虛者實之；"繡羅衣"，實者虛之。　　又

164

評"只愁"二句：是樂不可極意，出之逸，不覺腐。

《瀛奎律髓彙評》卷五引紀昀曰：麗語難於超妙，太白故是仙才。　　又曰：結用"巫山"事無迹。

施補華《峴傭説詩》：太白"漢宮誰第一？飛燕在昭陽"，"只愁歌舞散，化作彩雲飛"，皆譏明皇、楊妃事，何等婉曲！

其　　二

柳色黄金嫩，梨花白雪香〔七〕。玉樓巢翡翠〔八〕，珠殿鎖鴛鴦〔九〕。選妓隨雕輦〔一〇〕，徵歌出洞房〔一一〕。宫中誰第一？飛燕在昭陽〔一二〕。

【注釋】

〔七〕"柳色"二句：王琦注："本陰鏗詩，太白全用之。"按今本陰鏗詩無此二句。嫩，敦煌寫本《唐人選唐詩》作"暖"。　　〔八〕"玉樓"句：玉樓，華美的高樓。巢，宋本校："一作關。"敦煌寫本《唐人選唐詩》作"開"。翡翠，鳥名。羽毛有藍、緑、赤、棕等色，嘴和足呈珊瑚紅色。嘴長而直，捕食魚、蝦、蟹和昆蟲，棲息平原或山麓多樹的溪旁。其羽可爲飾品。

〔九〕"珠殿"句：珠殿，一作"金殿"，華美的宮殿。鎖，敦煌寫本《唐人選唐詩》作"入"，是。鴛鴦，雌雄偶居不離的水禽，故古稱匹鳥，常用作比喻形影不離的夫婦。　　〔一〇〕雕輦：雕飾彩畫的帝后坐車。雕，宋本校："一作朝。"　　〔一一〕洞房：深邃的内室。　　〔一二〕"飛燕"句：飛燕，指漢成帝皇后趙飛燕。《西京雜記》卷上："趙后體輕腰弱，善行步進退，女弟昭儀不能及也。但昭儀弱骨豐肌，尤工笑語，二人並色如紅玉，爲當時第一，皆擅寵後宮。"昭陽，漢殿名。《三輔黄圖》："成帝趙皇后居昭陽殿，有女弟俱爲婕妤。"按《漢書·外戚傳》謂飛燕妹昭儀，居昭陽舍。沈佺期《鳳簫曲》："飛燕侍寢昭陽殿，班姬飲恨長信宮。"此以趙飛燕喻楊貴妃。

【評箋】

舊題嚴羽評點《李太白詩集》卷四:"宫中"二句:如宫樹行列,葱蒨可觀。

唐汝詢《唐詩解》卷三三:此刺明皇之獨寵楊妃也。……禍水滅漢,聚麀亂唐,太白取喻,固自不淺。

吳昌祺《删定唐詩解》卷一六:唐(汝詢)以禍水況太真,恐非作者意。詩只言美而承寵耳。

應時《李詩緯》卷三:葱蒨可觀,六句總是行樂。　又評"玉樓"二句:叙時景。　又評"選妓"二句:二句叙事。　又評"宫中"二句:似有刺。

高步瀛《唐宋詩舉要》引紀昀曰:此首純用濃筆,而風韻天然,無繁縟排疊之迹。

其　　三

盧橘為秦樹〔一三〕,蒲桃出漢宫〔一四〕。烟花宜落日,絲管醉春風〔一五〕。笛奏龍鳴水〔一六〕,簫吟鳳下空〔一七〕。君王多樂事,何必向回中〔一八〕。

【注釋】

〔一三〕盧橘:《史記·司馬相如列傳》:"盧橘夏孰(熟)。"裴駰《集解》引郭璞曰:"今蜀中有給客橙,似橘而非,若柚而芬香,冬夏華實相繼。或如彈丸,或如拳。通歲食之。即盧橘也。"司馬貞《索隱》引晉灼曰:"此雖賦上林,博引異方珍奇,不係於一也。"又引《廣州記》云:"盧橘皮厚,大小如甘,酢多,九月結實,正赤,明年二月更青黑,夏孰(熟)。"又云:"盧即黑色是也。"　〔一四〕"蒲桃"句:蒲桃,一作"蒲萄",又作"蒲陶",即葡萄。《史記·大宛列傳》:"宛左右以蒲陶為酒,富人藏酒至萬餘石,久者數十歲不敗。俗嗜酒,馬嗜苜蓿。漢使取其實來,於是天子始種苜蓿、蒲陶肥饒地。及天馬多,外國使來衆,則離宫別觀旁盡種蒲桃、苜蓿極望。"出,敦煌寫本《唐人選唐詩》作"是"。二句寫宮廷中有各種珍異果木。一説盧橘、蒲桃皆喻異地女子。"為秦樹"者,作了長安人;"是漢宮"者,此女已為唐宮人。　〔一五〕"烟花"二句:謂春日麗景與落日的壯闊氣象相稱,春風中蕩漾着令人陶醉的樂聲。　〔一六〕"笛奏"句:謂笛聲如龍鳴水中。馬融《長笛賦》:"近世雙笛從羌起,羌人伐竹未及已。龍鳴水中不見已,截竹吹之聲相似。"鳴,一作"吟"。　〔一七〕"簫吟"句:吟,一作"鳴"。謂簫聲如鳳鳴,使鳳凰紛紛從空中飛下。《荀子·解蔽》:"《詩》曰:'鳳皇秋秋,其翼若干,其聲若簫。'"《列仙傳》:"蕭史者,秦穆公時人也,善吹簫。……穆公有女,字弄玉,好之,公遂以女妻焉。日教弄玉作鳳鳴。居數年,吹似鳳聲,鳳皇來止其屋。公為作鳳臺,夫婦止其上。不下數年,一旦皆隨鳳皇飛去。"　〔一八〕"君王"二句:謂君王行樂之事極多,何必要到回中去。回中,秦宮名。故址在今陝西隴縣西北。秦始皇二十七年(前二二〇)出巡隴西、北地,東歸時經過此處。漢文帝十四年(前一六六),匈奴從蕭關深入,燒毀此宮。又古道路名。南起汧水河谷,北出蕭關,因途經回中得名。西漢元封四年(前一〇七),漢武帝自雍縣(今陝西鳳翔南)經回中道,北出蕭關。何必向回中,一作"還與萬方同"。萬方,指庶民百姓。意謂還當與百姓同樂。向,宋本校:"一作在。"

【評箋】

　　舊題嚴羽評點《李太白詩集》卷四:"烟花"二句:樂意沉沉。　又評"君王"二句:諷意更深於第一首結。

　　唐汝詢《唐詩解》卷三三:此以大樂諷天子也。言苑囿聲樂,足稱巨麗,君豈獨享此樂乎?當與萬方共之耳。托諷之意昭然。按此詩句法,互有開合,如以盧橘發端,而以烟花承之,是開而合也。以絲管起下,而以簫笛分對,是合而開也。説者以起伏開合獨許工部,我未敢信。

　　吳昌祺《刪定唐詩解》卷一六:唐(汝詢)以三承一、二,四起五、六,殊不必也。刪之。諸詩大都複出,但為宮中所奏耳。

　　應時《李詩緯》卷三:不着議論而議論在其中。且先後虛實,步步不錯，詞格俱美。"還與萬方同"，似頌實諷。

沈德潛《唐詩別裁》卷一〇：中有規諷。

其　八

水淥南薰殿〔一九〕，花紅北闕樓〔二〇〕。鶯歌聞太液〔二一〕，鳳吹遶瀛洲〔二二〕。素女鳴珠佩〔二三〕，天人弄綵毬〔二四〕。今朝風日好〔二五〕，宜入未央游〔二六〕。

【注釋】

〔一九〕"水淥"句：水，謂龍池之水。淥，一作"綠"，是。與下句"紅"相對。南薰殿，唐宮殿名。《長安志》卷九："興慶殿：前有瀛洲門，内有南薰殿，北有龍池。"　〔二〇〕北闕樓：古代宮殿北面的門樓，為大臣等候朝見或上書奏事之地。《漢書·高帝紀》："至長安，蕭何治未央宮，立東闕、北闕。"顔師古注："未央殿雖南嚮，而上書奏事謁見之徒，皆詣北闕。……是則以北闕為正門，而又有東門、東闕。"　〔二一〕"鶯歌"句：鶯歌，形容歌喉宛轉如鶯啼。太液，池名。漢太液池乃漢武帝時於建章宮北興建，周十頃，中起三山，以象瀛洲、蓬萊、方丈三神山，並用金石刻成魚龍奇禽異獸之類。以其所及甚廣，故名太液。見《三輔黃圖》四《池沼》。故址在今陝西西安市西北。唐代太液池在長安大明宮内含元殿北，其遺址在今陝西省西安市北偏東。池分東、西兩部，西部較大，中間以渠道相連。　〔二二〕"鳳吹"句：鳳吹，指笙聲。《文選》卷二〇丘遲《侍宴樂游苑送張徐州應詔詩》："馳道聞鳳吹。"吕延濟注："鳳吹，笙也。笙體鳳故也。"此句謂笙歌之聲繚繞於太液池的神山瀛洲周圍。遶，《樂府詩集》作"遠"。　〔二三〕"素女"句：素女，傳說中的神女名，長於音樂。《史記·封禪書》："太帝使素女鼓五十絃瑟。"此喻指妃嬪。鳴珠佩，謂妃嬪走動時身上佩帶的珠環、玉佩發出聲音。　〔二四〕"天人"句：天人，出類拔萃者，又特指天子、皇帝。弄綵毬，唐代宮内的一種游戲。《文獻通考》卷一四七："蹴毬蓋始於唐。植兩修竹，高數丈，絡網於上為門以度毬。毬工分左右朋，以角勝負。豈非蹴鞠之變歟！"按：據《開天傳信記》謂：唐明皇常與諸王玩毬戲。〔二五〕風日好：風和日麗。庾信《詠畫屏詩二十五首》："今朝好風日，園苑足芳菲。"〔二六〕未央：西漢宮殿名。常為朝見之處。此借指唐朝宮殿。當指大明宮，內有含元殿和宣政殿，都是朝會和聽政之處所。

【評箋】

舊題嚴羽評點《李太白詩集》卷四：上三聯與前首一拍，上結晚，此結朝政，相對耳。

《瀛奎律髓彙評》卷五引馮舒評曰：天然富貴。 又引馮班評曰：亦似晚唐。 又引何焯評曰：未央，正皇后所居，歸之於正，且並諷之視朝於前殿也，却仍以"游"字結，不脫行樂，得文譎諫之妙。 又引紀昀評曰：此首亦豔而清。五首穠麗之中別餘神韻，覺後來宮詞諸作，無非剪綵為花。 又引無名氏(甲)評曰：凡濃麗之詞，最易生厭，惟太白本宗宣城，有清新俊逸之氣，故雖華豔，不害天然。幾此者難矣。

黃徹《碧溪詩話》卷二：世俗誇太白賜牀調羹為榮，力士脫靴為勇。愚觀唐宗渠渠於白，豈真樂道下賢者哉！其意急得豔詞媟語，以悅女人耳。白之論撰，亦不過為玉樓、金殿、鴛鴦、翡翠等語，社稷蒼生何賴？就使滑稽傲世，然東方生不忘納諫，況黃屋既為之屈乎？説者以謀謨潛密，歷考全集，愛國憂民之心如子美語，一何鮮也！力士閹閽腐庸，惟恐不當人主意，挾主勢驅之，何所不可，脫靴乃其職也。自退之為"蚍蜉撼大木"之喻，遂使後學吞聲。余竊謂如論其文采豪逸，真一代偉人，如論其心術事業，可施廊廟，李、杜齊名，真忝竊也。

賀貽孫《詩筏》：太白《清平》三絶與《宮中行樂詞》，鍾、譚譏其淺薄。然大醉之後，援筆成篇，如此婉麗，豈非才人！

沈德潛《唐詩別裁》卷一〇：原本齊、梁，緣情綺靡中不忘諷意，寄興獨遠。

王琦注《李太白全集》引蕭士贇曰：太白詩用意深遠，非洞悟《三百篇》之旨趣，未易窺其藩籬。晦庵所謂聖於詩者也。《清平調詞》、《宮中行樂詞》，其中數首全得國風諷諫之體，如曰"玉樓巢翡翠，金殿鎖鴛鴦"，是諷其玉樓、金殿不為延賢之地，徒使女子小人居之也。"選妓隨雕輦，徵歌出洞房"，是諷其不好德而好色，不聽雅樂而聽鄭聲也。"宮中誰第一，飛燕在昭陽"，是以飛燕比貴妃，妃與飛燕事迹相類，欲使明皇以古為鑒，知飛燕之為漢禍水，而不惑溺於貴妃也。"君王多樂事，還與萬方同"，是諷其與民同樂也。"今朝風日好，宜向未央游"，是諷其輟游宴之樂，而臨政視事於未央也。是時明皇有聲色之惑，多不視朝，故因及之也。言在於此，意在於彼，正得譎諫之體，太白纔得近君，當時人所難言者，即寓諷諫之意於詩内，使明皇因詩有悟，其社稷蒼生庶有瘳乎！豈曰小補之哉！琦按：蕭氏此説甚鑿，使解詩者必執此見於胸中而句度字權之，則古今之詩無一而非譏時誹政之作，而忠厚和平之旨，蓋於是失矣。尤而效之，幾何不為讒邪之嚆矢哉！

喻文鏊《考田詩話》卷一：黃徹《碧溪詩話》謂李、杜齊名，而太白集中愛君憂國如子美者絶少。然《蜀道難》、《遠别離》忠愛之忱溢於楮墨；《戰城南》、《獨漉篇》、《梁父吟》等作，亦寓憂時之意。第其天才縱軼，出入變幻，令人莫可端倪。且凡不能顯言者，每隱言之，是其忠愛之心，不能已也。至《宫中行樂詞》，一曰"君王多樂事，還與萬方同"，一曰"宫中誰第一？飛燕在昭陽"，一曰"只愁歌舞散，化作彩雲飛"，既規諷之，又深警之。徒以"玉樓金殿"、"翡翠鴛鴦"為艷詞，則失之矣。

陳僅《竹林答問》：太白《宫中行樂詞》諸作，絶似陰鏗。

（以上總評）

按：此組詩當作於天寶二年（七四三）春天李白供奉翰林時。為應詔之作。格律對仗工穩，為前人一致稱道。唯於詩意評論各異。當時身在宫廷，不得不作諛美之辭，若云以禍水誡明皇，誠為穿鑿之論；然正如《考田詩話》所云，其中亦不無規諷。

清平調詞三首〔一〕

其　一

雲想衣裳花想容〔二〕，春風拂檻露華濃〔三〕。若非群玉山頭見〔四〕，會向瑤臺月下逢〔五〕。

【注釋】
〔一〕清平調：唐大曲名。指清商樂中之清調、平調。《碧雞漫志》卷五謂其於"清調"、"平調"中製詞，近人或疑其説。《樂府詩集》卷八〇列入《近代曲辭》，題中無"詞"字。後用為詞牌，蓋因舊曲名，另創新聲。此三詩本事，李濬《松窗雜録》云："開元中，禁中初重木芍藥，即今牡丹也。得四本：紅、紫、淺紅、通白者，上因移植於興慶池東沉香亭前。會花方繁開，上乘照夜白，太真妃以步輦從。詔特選梨園弟子中尤者，得樂十六部。李龜年以歌擅一時之名，手捧檀板，押衆樂前，欲歌之。上曰：'賞名花，對妃子，焉用舊樂詞為？'遂命龜年持金花箋宣賜翰林學士李白，進《清平調詞》三章。白欣承詔旨，猶苦宿醒未解，因援筆賦之。……龜年遽以詞進，上命梨園弟子約略調撫絲竹，遂促龜年以歌。太真妃持頗梨(玻璃)七寶杯，酌西涼州蒲萄酒，笑領，意甚厚。上因調玉笛以倚曲。每曲遍將換，則遲其聲以媚之。太真飲罷，飾繡巾重拜上意。……上自是顧李翰林尤異於他學士。"　〔二〕"雲想"句：此句以雲和花比擬楊貴妃的衣裳和容貌。想，如，像。　〔三〕"春風"句：寫牡丹受春風露珠之滋潤而鮮豔盛開，喻妃子得玄宗之寵幸而更顯美麗。檻，亭子周圍的欄杆。　〔四〕群玉山：神話傳説中的仙山。《穆天子傳》卷二："癸巳，至於群玉之山。"郭璞注："即《西山經》玉山，西王母所居者。"　〔五〕"會向"句：會，當。瑤臺，神話中神仙所居之地。《拾遺記》卷一〇崑崙山："第九層山形漸小狹，下有芝田蕙圃，皆數百頃，群仙種耨焉。傍有瑤臺十二，各廣千步，皆五色玉為臺基。"

【評箋】

舊題嚴羽評點《李太白詩集》卷四：想望縹緲，不得以熟目忽之。

《唐詩絶句類選》引蔣仲舒曰："想"、"想"，妙，難以形容也。次句下得陡然，令人不知。

應時《李詩緯》卷四：以貴妃為主，以花為客，使情景俱現。

黄生《唐詩摘鈔》：三首皆詠妃子，而以花旁映之，其命意自有賓主。或謂初首詠人，次首詠花，三首合詠，非知詩者。

黄叔燦《唐詩箋注》：此首詠太真，着二"想"字妙。次句人接不出，却映花説，是"想"字之魂。"春風拂檻"，想其綽約；"露華濃"，想其芳豔；脱胎烘染，化工筆也。

李鍈《詩法易簡録》：三首人皆知合花與人言之，而不知意實重在人，不在花也。故以"花想容"三字領起。"春風拂檻露華濃"，乃花最鮮豔、最風韻之時，則其容之美為何如？説花處即是説人，故下二句極贊其人。

王琦注《李太白全集》：琦按：蔡君謨書此詩，以"雲想"作"葉想"，近世吴舒鳧遵之，且云"葉想衣裳花想容"，與王昌齡"荷葉羅裙一色裁，芙蓉向臉兩邊開"，俱從梁簡文"蓮花亂臉色，荷葉雜衣香"脱出。而李用二"想"字，化實為虛，尤見新穎，不知何人誤作"雲"字，而解者附會《楚辭》"青雲衣兮白霓裳"，甚覺無謂云云。不知改"雲"作"葉"，便同嚼蠟，索然無味矣。此必君謨一時落筆之誤，非有意點金成鐵，若謂太白原本是"葉"字，則更大謬不然。

沈謙《填詞雜説》："雲想衣裳花想容"，此是太白佳境。柳屯田："擬把名花比，恐旁人笑我，談何容易！"大畏唐突，尤見温存，又可悟翻舊換新之法。

其 二

一枝紅豔露凝香〔六〕，雲雨巫山枉斷腸〔七〕。借問漢宫誰得似？可憐飛燕倚新妝〔八〕。

【注釋】

〔六〕"一枝"句：以牡丹之穠豔芬芳喻妃子之美。紅，一作"穠"。

〔七〕"雲雨"句：謂楚王與神女幽歡，畢竟是在夢中，虛無縹緲，故曰"枉斷腸"。言外有不若今日君王有真實美人相陪盡歡之意。雲雨巫山，宋玉《高唐賦》謂楚王游高唐，夢一女子前來幽會，王因幸之。臨去致辭曰："妾在巫山之陽，高丘之岨，旦為朝雲，暮為行雨，朝朝暮暮，陽臺之下。"枉，空；徒然。斷腸，銷魂。　〔八〕"可憐"句：可憐，可愛。飛燕，漢成帝皇后趙飛燕，以美貌著稱。倚新妝，《唐人萬首絕句選》作"在昭陽"。

【評箋】

蕭士贇《分類補注李太白詩》卷五：傳者謂高力士指摘飛燕之事以激怒貴妃，予謂使力士知書，則"雲雨巫山"豈不尤甚乎！《高唐賦序》謂神女嘗薦先王之枕席矣，後序又曰襄王復夢遇焉。此云"枉斷腸"者，亦譏貴妃曾為壽王妃，使壽王而未能忘情，是"枉斷腸"矣。詩人引事比興，深切著明，特讀者以為常事而忽之耳。

唐汝詢《唐詩解》卷二五：此言既得貴妃而果有如花之容，覺襄王雲雨之夢為徒勞矣，吾想漢宮誰可似者，必飛燕新妝而倚差為可憐，其他無足齒也。蕭注謂神女刺明皇之聚麀，飛燕譏貴妃之微賤。意太白醉中應詔，想不到此。

徐增《而庵說唐詩》卷六：此首，言妃子之得寵於君王，前代無有及者。……"雲雨巫山"……此乃是夢，非實際也。孰如妃子，朝朝暮暮，在君王之側也。"枉斷腸"，"枉"字是笑神，言其不能望妃得君之萬一，亦徒為之斷腸耳。"借問漢宮誰得似？可憐飛燕倚新妝。"……言漢家后妃，其得寵無有如妃子者，庶幾還是趙飛燕；一似尋不出人來，而以飛燕來搪塞者，妙，妙。"倚新妝"，言飛燕之色，亦萬不及妃子，其所倚借者，在新妝耳。夫女子必須妝飾以見好，畢竟顏色有不如人處。"可憐"二字，是輕飛燕之詞。飛燕之色，原不十分足，以結成帝之愛，特自成帝之謬寵耳。

黃生《唐詩摘鈔》：首句承"花想容"來，言妃之美，惟花可比，彼巫山神女，徒成夢幻，豈非"枉斷腸"乎！必求其似，惟漢宫飛燕，倚其新妝，或庶幾耳。

王琦注《李太白全集》：力士之譖惡矣，蕭氏所解則尤甚。而揆之太白起草之時，則安有是哉！巫山雲雨，漢宫飛燕，唐人用之已為數見不鮮之典實。若如二子之説，巫山一事只可以喻聚淫之豔冶，飛燕一事只可以喻微賤之宫娃，外此皆非所宜言，何三唐諸子初不以此為忌耶？古來《新臺》、《艾豭》諸作，言而無忌者，大抵出自野人之口，若《清平調》是奉詔而作，非其比也。乃敢以宫闈暗昧之事，君上所諱言者而微辭隱喻之，將蘄君知之耶，亦不蘄君知之耶？如其不知，言亦何益？如其知之，是批龍之逆鱗而履虎尾也。非至愚極妄之人，當不為此。

黄叔燦《唐詩箋注》卷八：此首亦詠太真，却竟以花比起，接上首來。

李鍈《詩法易簡録》：仍承"花想容"言之，以"一枝"作指實之筆，緊承前首。三、四句作轉，言如花之容，雖世非常有，而現有此人，實如一枝名花，儼然在前也。兩首一氣相生，次首即承前首作轉。如此空靈飛動之筆，非謫仙孰能有之？

其 三

名花傾國兩相歡〔九〕，長得君王帶笑看〔一〇〕。解釋春風無限恨〔一一〕，沉香亭北倚闌干。〔一二〕

【注釋】

〔九〕名花傾國：名花，指牡丹花。傾國，指美女。《漢書·外戚·孝武李夫人傳》："（李）延年侍上起舞，歌曰：'北方有佳人，絶世而獨立，一顧傾人城，再顧傾人國。寧不知傾城與傾國，佳人難再得！'"後即以"傾國"、"傾城"代指絶色佳人。　〔一〇〕長：《全唐詩》卷八九〇作"常"。
〔一一〕"解釋"句：意謂賞名花、對妃子，即使有無限春愁，亦已在春風中消釋。解釋，消除。釋，《全唐詩》卷八九〇作"得"。　〔一二〕"沉香"句：沉香亭，用沉香木建造的亭子。徐松《唐兩京城坊考》卷一興慶宫：

"宮之正門西向,曰興慶門。其內興慶殿,殿後為龍池。池之西為文泰殿,殿西北為沉香亭。"注:"在池東北。"闌干,《樂府詩集》、《唐詩紀事》作"欄干"。

【評箋】

舊題嚴羽評點《李太白詩集》卷四：旖旎動人。

胡應麟《詩藪·內編》卷六："明月自來還自去,更無人倚玉闌干","解釋東風無限恨,沉香亭北倚闌干",崔魯、李白同詠玉環事,崔則意極精工,李則語由信筆,然不堪並論者,直是氣象不同。

《彙編唐詩十集》引唐云：三詩俱鑠金石,此篇更勝。字字得沉香亭真境。

徐增《而庵說唐詩》卷六：此首方作唐皇同妃子在沉香亭賞木芍藥也。……寫妃子之樂,到十分十釐地位。至今提起"沉香亭"三字,使我猶為妃子歡喜也。真字字飛舞。竟陵輩以為非太白至處,不入選。從來解此三首詩者,多不得其肯綮。

吳昌祺《刪定唐詩解》卷一三：此章合花與人言之,下二句言能消天子無窮之恨者,在亭邊一倚,所以帶笑而看也。極寫妃之媚。

黃生《唐詩摘鈔》：釋恨即從"帶笑"來。本無恨可釋,而云然者,即《左傳》(晉太子申生)"君非姬氏(指驪姬),居不安,食不飽"之意。

沈德潛《唐詩別裁》卷二〇：本言釋天子之愁恨,托以"春風",措詞微婉。

黃叔燦《唐詩箋注》卷八：此首花與太真合寫,"解釋春風無限恨,沉香亭北倚闌干",合人與花在內,寫照入神。三首章法如此。

李鍈《詩法易簡錄》：此首乃實賦其事而結歸明皇也。只"兩相歡"三字,直寫出美人絕代風神,並寫得花亦栩栩欲活,所謂詩中有魂。第三句承次句,末句應首句,章法最佳。

王堯衢《古唐詩合解》卷五：此章方寫唐皇同妃子同賞木芍藥。

周珽《唐詩選脈會通評林》：太白《清平調》三章,語語濃艷,字字葩流，美中帶刺，不專事纖巧。家澹翁謂：以是詩，合得是語，所謂破空截石、旱地擒魚者。近《詩歸》選極當，何故獨不收？吾所不解。

黃生《唐詩摘鈔》：三首皆詠妃子，而以"花"旁映之，其命意自有賓主。或謂初首詠人，次首詠花，三首合詠，非知詩者也。太白七絕以自然為宗，語趣俱若無意為詩，偶然而已。後人極力用意，愈不可到，固當推為天才。

毛先舒《詩辯坻》卷三：太白《清平調詞》"雲想衣裳花想容"，二"想"字已落填詞纖境；"若非"、"會向"，居然滑調。"一枝濃豔"、"君王帶笑"，了無高趣，"小石"躋之坦塗耳。此君七絕之豪，此三章殊不厭人意。

田雯《古歡堂雜著》卷一：少陵《秋興八首》、青蓮《清平調》三章，膾炙千古矣。余三十年來讀之，愈知其未易到。

葉燮《原詩·外編下》：李白天才自然，出類拔萃，然千古與杜甫齊名，則猶有間。蓋白之得此者，非以才得之，乃以氣得之也。……如白《清平調》三首，亦平平宮豔體耳，然貴妃捧硯，力士脫靴，無論懦夫於此戰慄趑趄萬狀，秦舞陽壯士不能不色變於秦皇殿上，則氣未有不先餒者，寧暇見其才乎？觀白揮灑萬乘之前，無異長安市上醉眠時，此何如氣也！

吳烶《唐詩選勝直解》：《清平調》三首章法最妙。第一首賦妃子之色，二首賦名花之麗，三首合名花、妃子夾寫之，情境已盡於此，使人再續不得，所以為妙。

沈德潛《唐詩別裁》卷二〇：三章合花與人言之，風流旖旎，絕世豐神。或謂首章詠妃子，次章詠花，三章合詠，殊近執滯。

（以上三首合評）

按：根據《松窗雜錄》記載，此三首詩當是天寶二年（七四三）春天李白在長安供奉翰林時應詔而作。三詩都將木芍藥（即牡丹）和楊貴妃交織在一起描寫，但着重點不同。辭多諛美，當非譏諷。前二首用仙境和古代美人比擬，都未明說所詠的對象，第三首才將"名花"、"傾國"點出，回到當前現實。"名花"，指牡丹花，"傾國"，當然指楊貴妃。前二首表面上寫牡丹花，實際上都是寫妃子，而第三首卻是寫唐明皇眼中、心中的楊貴妃。這三首詩，語言豔麗，但揮灑自如，毫無雕琢。第一首和第三首兩用"春風"，前後呼應。信筆寫來，自然流暢。其藝術水準之高超，歷代一致公認。

金門答蘇秀才〔一〕

君還石門日〔二〕，朱火始改木〔三〕。春草如有情，山中尚含綠。折芳愧遙憶，永路當自勖〔四〕。遠見故人心，平生以此足。

【注釋】

〔一〕金門：漢代宫門名，即金馬門。《史記·滑稽列傳》："金馬門者，宦署門也。門傍有銅馬，故謂之曰金馬門。"漢代朝廷徵召來京者都待詔公車（官署名），其中才能優異者待詔金馬門。《漢書·揚雄傳下》："歷金門，上玉堂有日矣。"此借指唐代翰林院，當時李白正供奉翰林。蘇秀才，名未詳。秀才是古代對一般讀書人的泛稱。從詩中看，蘇秀才原是隱士。孟浩然有《閑園懷蘇子》詩云："感念同懷子，京華去不歸。"疑即同一人。詳見拙著《李白叢考·李白與孟浩然交游考》。　〔二〕石門：各地名石門者甚多，此所指不詳。　〔三〕"朱火"句：朱火，指初夏。陳子昂《感遇》其十三："青春始萌達，朱火已滿盈。"改木，古代鑽木取火，四季所用樹木種類不同，所以常用"改木"或"改火"喻指時節改换。《文選》卷二九張協《雜詩》其一："離居幾何時，鑽燧忽改木。"李善注引《鄒子》："春取榆柳之火，夏取棗杏之火，季夏取桑柘之火，秋取柞楢之火，冬取槐檀之火。"此處指春末夏初。　〔四〕"折芳"二句：意謂折花相贈而將愧對在遠地思念的人，路途長遠須自己勉勵。屈原《九歌·山鬼》："折芳馨兮遺所思。"永路，遠路。勖(xù)，勉勵。

巨海納百川，麟閣多才賢〔五〕。獻書入金闕〔六〕，酌醴奉瓊筵〔七〕，屢忝白雲唱，恭聞黃竹篇〔八〕。恩光煦拙薄〔九〕，雲漢希騰遷〔一〇〕。銘鼎儻云遂，扁舟方渺然〔一一〕。

【注釋】

〔五〕"巨海"二句：王琦注："是正喻對寫句法，言麟閣之廣集才賢，猶巨海之收納百川，甚言其多也。"謝靈運《擬魏太子鄴中集·魏太子》："百川赴巨海。"麟閣，即麒麟閣。漢代閣名，在未央宮中。《三輔黃圖》卷六："麒麟閣，蕭何造，以藏秘書、處賢才也。"此借指唐代翰林院。二句倒裝，意謂翰林院廣集賢才，猶如大海之納百川。　〔六〕金闕：猶金門。指帝王所居之宮殿。　〔七〕酌醴句：《文選》卷三十謝朓《始出尚書省》詩："既通金閨籍，復酌瓊筵醴。"張銑注："瓊筵，天子宴群臣之席。言瓊者，珍美言之。醴，酒也。"　〔八〕"屢忝"二句：忝(tiǎn)，辱，有愧於。自謙之辭。白雲唱、黃竹篇，用西王母、周穆王典。《穆天子傳》卷三："乙丑，天子觴西王母於瑶池之上，西王母為天子謠曰：'白雲在天，山陵自出。道里悠遠，山川間之。將子無死，尚能復來。'天子答之曰：'予歸東土，和洽諸夏。萬民平均，吾顧見汝。比及三年，將復而野。'"又卷五："日中大寒，北風雨雪，有凍人，天子作詩三章以哀民。"每章首句均有"我徂黃竹"，詞長不錄。此以"白雲唱"喻指自己參與朝政，以"黃竹篇"喻指帝王關懷人民。　〔九〕"恩光"句：恩光，指皇帝的恩惠。江淹《詣建平王上書》："大王惠以恩光。"煦，一作"照"。拙薄，性拙才薄，自謙之詞。此句謂已沐受皇恩。　〔一〇〕"雲漢"句：雲漢，雲霄。此句謂希冀日後能飛黃騰達，致身青雲。　〔一一〕"銘鼎"二句：《禮記·祭統》："夫鼎有銘。銘者，自名也；自名以稱揚其先祖之美，而明著之後世者也。"儻，通"倘"，《全唐詩》作"倘"。云，語助詞，無義。遂，成功。渺，胡本作"邈"。二句謂揚名後世的功業倘能實現，方可如范蠡那樣泛舟五湖。

178

我留在金門，不去卧丹壑〔一二〕。未果三山期〔一三〕，遥欣一丘樂〔一四〕。玄珠寄罔象，赤水非寥廓〔一五〕。願狎東海鷗〔一六〕，共營西山藥〔一七〕。栖巖君寂蔑〔一八〕，處世余龍蠖〔一九〕。

【注释】

〔一二〕"不去"句：不，一作"君"。丹壑，赭色之壑，指隱居的山野。鮑照《歲暮悲》詩："妍容逐丹壑。" 〔一三〕"未果"句：果，實現。三山，指海中蓬萊、方丈、瀛洲三神山。期，定約。此句謂未能實現隱居的定約。〔一四〕一丘樂：謂隱居之樂。《漢書·叙傳》："漁釣於一壑，則萬物不奸其志；棲遲於一丘，則天下不易其樂。"此句謂只能遥遠地欣羨隱居的快樂。 〔一五〕"玄珠"二句：玄珠，道家喻指大道。罔象，一作"象罔"。《莊子·天地》："黄帝游乎赤水之北，登乎崑崙之丘，而南望。還歸，遺其玄珠。使知索之而不得，使離朱索之而不得，使喫詬索之而不得也。乃使象罔，象罔得之。黄帝曰：'異哉，象罔乃可以得之乎！'"成玄英疏："象罔，無心之謂。"赤水，神話中的水名。屈原《離騒》："忽吾行此流沙兮，遵赤水而容與。"二句意謂蘇秀才定能修鍊得道。離聲色、絶思慮的罔象纔能得大道，赤水亦非空曠無邊。 〔一六〕"願狎"句：狎，親近。鷗，水鳥名。翼尖長，善飛翔；趾間具蹼，能游水。羽毛多灰、白色。《列子·黄帝》："海上之人有好鷗鳥者，每旦之海上，從鷗鳥游。鷗鳥之至者百住而不止。"此句意謂願閑居東海之濱，與海鷗狎玩。 〔一七〕西山藥：指在西山煉丹藥。沈約《宿東園》詩："若蒙西山藥，頽齡倘能度。" 〔一八〕寂蔑：一作"寂滅"。同音通假，疊韻聯綿詞。按佛家言寂滅，乃"涅槃"之意譯，意謂超脱一切境界入於不生不滅之門，即寂寞清静、無色聲香味觸覺之意。謝靈運《鄰里相送方山》詩："各勉日新志，音塵慰寂蔑。" 〔一九〕"處世"句：處世，猶入世，參與世務。一作"處士"，非。龍蠖，龍蟄蠖屈。《易·繫辭下》："尺蠖之屈，以求信（伸）也；龍蛇之蟄，以存身也。"蠖，一種身體細長的小蟲，因行時屈伸其體如尺量物，故又稱尺蠖。此句謂己入世不過如尺蠖屈體求伸、龍蛇潛伏存身而已。

　　良辰不同賞，永日應閑居。鳥吟簷間樹〔二〇〕，花落窗下書。緣谿見綠篠〔二一〕，隔岫窺紅蕖〔二二〕。采薇行笑歌，眷我情何已〔二三〕！

【注釋】
〔二〇〕鳥吟：吟，一作"鳴"。　〔二一〕綠篠（xiǎo）：青翠的小竹。篠，宋本原作"條"，據他本改。　〔二二〕"隔岫"句：岫（xiù），峰巒。蕖（qú），芙蕖，荷花。此句謂從山峰的縫隙間窺見荷花。
〔二三〕"采薇"二句：《詩·召南·草蟲》："陟彼南山，言采其薇。未見君子，我心傷悲。"此即用其意，謂當蘇秀才歌笑采薇之時，眷念我的感情將難以遏止。

　　月出石鏡間，松鳴風琴裏〔二四〕。得心自虛妙，外物空頹靡〔二五〕。身世如兩忘，從君老烟水〔二六〕。

【注釋】
〔二四〕"月出"二句：王琦注："方弘静曰……言月出石若鏡，風入松若琴也。琦謂'石鏡'、'風琴'蓋是蘇秀才山中之地名耳。若如方氏所解，恐大家未必有此句法。"按方說符合詩意，王說恐非。　〔二五〕"得心"二句：謂心靈清静纔得妙境，外物牽累徒然萎靡。　〔二六〕"身世"二句：謂自己和世上的一切如都能忘却，我將隨你在烟水生涯中終老一生。

【評箋】
　　舊題嚴羽評點《李太白詩集》卷一六："折芳"四句：以相勖為足，贈人如此，乃見交情。　又評"鳥吟"二句：自然拈出，却使造揉者知醜。　又評"月出"二句：是一是二，用耳用目者，必不能辨。　又評

"得心"二句：以此二語接上，妙。若折開獨説道理，亦常談耳。

《唐宋詩醇》卷七：寫閑居之况，幽静可愛。入後頗窺道妙，吐屬亦臻妙境。

按：此詩當是天寶二年（七四三）夏初在長安作。時李白正供奉翰林，得到皇帝的恩寵，並希望致身青雲。故雖欣羡蘇秀才還山隱居，但還想留在金門作一番事業。這是詩人一生中最得意的時期。

塞下曲六首〔一〕

其　一

五月天山雪〔二〕，無花祇有寒。笛中聞《折柳》〔三〕，春色未曾看。曉戰隨金鼓〔四〕，宵眠抱玉鞍。願將腰下劍，直為斬樓蘭〔五〕。

【注釋】
〔一〕塞下曲：《樂府詩集》卷九二收此詩，列為《新樂府辭》。又卷二一《出塞》引《晉書·樂志》曰："《出塞》、《入塞》曲，李延年造。"按：《西京雜記》曰："戚夫人善歌《出塞》、《入塞》、《望歸》之曲。"則似高帝時已有之。然《西京雜記》多小説家語，不可盡信。唐代《塞上》、《塞下》曲，蓋出於《出塞》、《入塞》曲。《塞下曲六首》，咸本校："一本云五篇。"此首《文苑英華》卷一九七題作《塞上曲》。　〔二〕天山：《元和郡縣志》卷四〇隴右道伊州伊吾縣："天山，一名白山，一名折羅漫山，在州北一百二十里。春夏有雪。出好木及金鐵。匈奴謂之天山，過之皆下馬拜。"按：伊州在今新疆哈密市，西州在今新疆吐魯番一帶。天山即指伊州、西州以北一帶山脈。　〔三〕折柳：即《折楊柳》，漢樂府曲名，屬《橫吹曲辭》。古辭已亡。後人擬作，多為五言八句，為傷春悲離之辭。梁《鼓角橫吹曲》亦有《折楊柳歌辭》，源出於北國。此外，《相和歌·瑟調曲》有《折楊柳行》，《清商曲·西曲歌》有《月折楊柳歌》，皆與此不同。　〔四〕金鼓：金屬樂器，即鉦。《漢書·司馬相如傳上》："摐金鼓，吹鳴籟。"顏師古注："金鼓，謂鉦也。"王先謙補注："鉦，鐃也。其形似鼓，故名金鼓。"　〔五〕樓蘭：漢代西域國名，在今新疆羅布泊西，地處西域通道上。此指樓蘭國王。據《漢書·傅介子傳》記載，西漢昭帝時，樓蘭國王屢次遮殺通西域的漢使，大將軍霍光派平樂監傅介子前往樓蘭，用計刺殺樓蘭國王安歸（一作"嘗歸"），立尉屠耆為王，改其國名為鄯善。

【評箋】

　　唐汝詢《唐詩解》卷三三：此為邊士求立功之詞。言處寒苦之地，曉則出戰，夜不解鞍，欲安所表樹乎？思斬樓蘭以報天子耳。

　　吳昌祺《删訂唐詩解》卷一六：此三章大不同矣。此起更妙，言夏尚有雪，春安得柳？

　　沈德潛《說詩晬語》卷上：太白"五月天山雪，無花只有寒。笛中聞折柳，春色未曾看。"一氣直下，不就羈縛。

　　又《唐詩別裁》卷一〇評首四句：四語直下，從前未具此格。

　　黃叔燦《唐詩箋注》：四十字中，不假雕鏤，自然情致。

　　高步瀛《唐宋詩舉要》卷四引吳汝綸評首二句曰：淡語便自雄渾。

　　按：此乃一首五言律詩，但在結構上完全打破律詩四聯為起、承、轉、合的格式。前六句寫環境之苦，戰鬥之烈，暗含怨情，實為反襯烘托。末二句雄快有力，是畫龍點睛之筆。全詩蒼涼雄壯，意境渾成，真實感人。

其　二

　　天兵下北荒〔六〕，胡馬欲南飲〔七〕。橫戈從百戰，直為銜恩甚〔八〕。握雪海上飡，拂沙隴頭寢〔九〕。何當破月氏〔一〇〕,然後方高枕〔一一〕。

【注釋】

〔六〕"天兵"句:天兵,指唐軍。北荒,北方荒遠之地。 〔七〕"胡馬"句:謂胡人覬覦唐朝疆域,準備南侵。胡馬,宋本作"胡為",據他本改。南飲,南下飲水,喻南侵。 〔八〕"直為"句:謂只因承受朝廷之恩甚多。 〔九〕"握雪"二句:《漢書·蘇武傳》:"單于愈益欲降之,乃幽武置大窖中,絕不飲食。天雨雪,武臥齧雪,與旃毛并咽之,數日不死,匈奴以為神。乃徙武北海上無人處。"海上,指瀚海沙漠。《後漢書·段熲傳》載:段熲追羌人,"且鬥且行,晝夜相攻,割肉、食雪四十餘日,遂至河首積石山,出塞二千餘里"。此形容士兵生活艱苦,日以雪為餐,夜露宿隴沙。飡,同"餐"。隴頭,即隴山,此處泛指西北邊塞地區。 〔一〇〕"何當"句:何當,何時。月氏(zhī),亦作"月支",漢代西域國名。據《漢書·西域傳》載:其族原居今甘肅敦煌與青海祁連縣之間。漢文帝時被匈奴攻破,西遷至今伊犁河上游,又擊敗大夏,都媯水北為王庭,稱大月氏;其餘小衆不能去者,入祁連山區,稱小月氏。 〔一一〕高枕:"高枕而臥"的略語,表示無所顧慮。《漢書·匈奴傳》:"故北狄不服,中國未得高枕安寢也。"

【評箋】

舊題嚴羽評點《李太白詩集》卷四:一、三、五是近體律詩,其二亦是側律。又曰:單結"寢"是折腳,亦為軟腳,意境近而泥。

按:此詩表現了詩人希望和平的思想。全詩敘事、描寫、議論相結合,層次分明。

其 三

駿馬如風飈〔一二〕,鳴鞭出渭橋〔一三〕。彎弓辭漢月〔一四〕,插羽破天驕〔一五〕。陣解星芒盡,營空海霧銷〔一六〕。功成畫麟閣,獨有霍嫖姚〔一七〕!

【注釋】

〔一二〕"駿馬"句:如,一作"似"。飇(biāo),旋風,暴風。　〔一三〕渭橋:即中渭橋,本名橫橋,在今西安市北渭水上。秦都咸陽,渭南有興樂宮,渭北有咸陽宮,因建此橋以通二宮。　〔一四〕"彎弓"句:謂拿着武器離開京城。　〔一五〕"插羽"句:插羽,腰間插着箭。箭杆上端有羽毛,叫箭翎,又叫箭羽。此以羽代指箭。天驕,指匈奴。《漢書·匈奴傳》:"南有大漢,北有强胡。胡者,天之驕子也。"簡稱天驕。後常用以泛稱强盛的邊地民族。　〔一六〕"陣解"句:陣解,解散陣列,指戰鬥結束。星芒,客星之光芒。《後漢書·天文志》:"客星芒氣白為兵。"星芒盡,謂兵氣已解除。營空,兵營已空,指士兵皆已離開戰地回歸家鄉。楊素《出塞二首》:"兵寢星芒落,戰解月輪空。"為此二句所本。銷,一作"消"。　〔一七〕"功成"二句:麟閣,麒麟閣。漢高祖時蕭何造。漢宣帝時曾畫霍光等十一功臣像於閣上,以表彰其功績,見《漢書·蘇武傳》。後多以"麒麟閣"或"麟閣"喻指褒獎最高功績之處。霍嫖姚,漢武帝時破匈奴的名將霍去病,曾為票(嫖)姚校尉。按漢代畫圖像於麒麟閣者是霍光,不是霍去病。詩於此用一"獨"字,感歎功勞只歸上將一人,不能遍及血戰之士。因霍去病乃漢代外戚,故又似有功歸外戚之意。

【評箋】

王夫之《唐詩評選》卷三:總為末二句作。前六句,直爾赫奕,正以激昂見意。俗筆開口便怨。　又曰:"麟"字拗。

沈德潛《唐詩別裁》卷一〇:獨有貴戚得以紀功,則勇士喪氣矣。

王琦注《李太白全集》:"彎弓"以上三句,狀出師之景,"插羽"以下三句,狀戰勝之景。末言功成奏凱,圖形麟閣者,止上將一人,不能遍及血戰之士,太白用一"獨"字,蓋有感乎其中歟?然其言又何婉而多風也。

高步瀛《唐宋詩舉要》卷四引吳汝淪評首二句:高唱入雲。　又引吳汝淪評"彎弓"二句:壯麗雄激。

其　　四

　　白馬黃金塞,雲砂繞夢思〔一八〕。那堪愁苦節,遠憶邊城兒〔一九〕。螢飛秋窗滿,月度霜閨遲。摧殘梧桐葉,蕭颯沙棠枝〔二〇〕。無時獨不見,淚流空自知〔二一〕。

【注釋】

〔一八〕"白馬"二句:黃金塞,似為邊境地名。或因邊塞多黃沙,故稱。金,敦煌寫本《唐人選唐詩》作"花",《詩淵》作"雲"。雲砂,指高聳入雲的沙漠。砂,一作"沙"。　〔一九〕"那堪"二句:愁苦節,令人愁苦的季節,此指秋天。二句從思婦角度寫已到愁苦的秋節,更想念遠戍的親人。〔二〇〕"蕭颯"句:蕭颯,凋零衰落。沙棠,幹與葉似棠梨,果紅如李,木材可造船。《山海經・西山經》:"崑崙之丘……有木焉。其狀如棠,黃華赤實,其味如李而無核,名曰沙棠。"　〔二一〕"無時"二句:無時,猶時時。時,敦煌寫本《唐人選唐詩》作"然"。淚流,一作"流淚"。

【評箋】

　　舊題嚴羽評點《李太白詩集》卷四:"螢飛"二句:"滿"字、"遲"字,景中見情。此以閨中見塞下。

　　按:一本無此首。敦煌寫本《唐人選唐詩》題作《獨不見》。按其他五首皆律體,唯此首不是,宋本《李太白文集》卷四《獨不見》與此詩有較多相同的詞句,疑作《獨不見》是。都是寫閨中少婦思念遠戍邊地的丈夫。"螢飛秋窗滿,月度霜閨遲"二句,景中見情,意味深長。

其　　五

　　塞虜乘秋下〔二二〕,天兵出漢家〔二三〕。將軍分虎竹〔二四〕,戰士臥龍沙〔二五〕。邊月隨弓影,胡霜拂劍花〔二六〕。玉關殊未入〔二七〕,少婦莫長嗟〔二八〕!

【注釋】

〔二二〕"塞虜"句:塞虜,邊塞上的胡兵。乘秋下,乘秋天馬肥弓勁時南下入侵。　〔二三〕"天兵"句:謂唐朝調遣軍隊出征。漢家,指唐朝。唐詩中常以漢喻唐。　〔二四〕虎竹:兵符。古代朝廷徵調兵將,朝廷與領軍人各執兵符一半,合之以驗真假。《漢書·文帝紀》:"二年九月,初與郡守為銅虎符、竹使符。"顏師古注:"與郡守為符者,謂各分其半,右留京師,左以與之。"又引應劭曰:"銅虎符第一至第五,國家當發兵,遣使者至郡,合符,符合乃聽受之。竹使符者,以竹箭五枚長五寸,鐫刻篆書第一至第五。"古代詩文中因常以"虎竹"連稱代指兵符。鮑照《擬古》詩:"留我一白羽,將以分虎竹。"　〔二五〕臥龍沙:《文苑英華》作"泣龍沙"。《後漢書·班超傳贊》:"坦步蔥、雪,咫尺龍沙。"李賢注:"蔥嶺,雪山,白龍堆,沙漠也。"《漢書·西域傳》:"樓蘭國最在東垂,近漢,當白龍堆。"　〔二六〕"邊月"二句:描寫夜晚行軍情狀。意謂邊月如彎弓影,嚴霜拂拭劍成花。　〔二七〕"玉關"句:玉關,玉門關,在今甘肅敦煌西北小方盤城。和西南的陽關同為當時通往西域各地的交通門户。殊,副詞,還,尚。此句謂戰士尚未入關。《漢書·李廣利傳》:"太初元年,以廣利為貳師將軍。……使使上書言……願且罷兵,益發而復往。天子聞之大怒,使使遮玉門關曰:'軍有敢入,斬之。'"　〔二八〕長嗟:長歎。

【評箋】

舊題嚴羽評點《李太白詩集》卷四:"邊月"二句:皆是前料,無斧鑿聲,又成一構。　又評末二句:結答慰前章。

邢昉《唐風定》:以太白之才詠關塞,而悠悠閑澹如此,詩所以貴淘煉也。

沈德潛《唐詩別裁》卷一〇:只"弓如月"、"劍如霜"耳,筆端點染,遂成奇彩。　結意亦復深婉。

《唐宋詩醇》卷四：高調入雲,於聲律中行俊逸之氣,自非初唐可及。
《李詩直解》卷五：此詠征戍者之不得歸而致意於少婦也。
高步瀛《唐宋詩舉要》引吳評：前四句：有氣骨,有采澤,太白才華過人處。

其　　六〔二九〕

烽火動沙漠,連照甘泉雲〔三〇〕。漢皇按劍起,還召李將軍〔三一〕。兵氣天上合〔三二〕,鼓聲隴底聞〔三三〕。橫行負勇氣〔三四〕,一戰靜妖氛〔三五〕。

【注釋】

〔二九〕按：此首《文苑英華》題作《塞上曲》。　〔三〇〕甘泉：秦漢宮名,秦始皇二十七年建。漢武帝建元中增廣。一名雲陽宮。在今陝西淳化縣西北甘泉山。《史記·匈奴列傳》："胡騎入代句注邊,烽火通於甘泉、長安。"　〔三一〕"漢皇"二句：漢皇,漢武帝。此處以漢喻唐,指唐玄宗。按劍起,形容發怒時的舉動。鮑照《出自薊北門行》："天子按劍怒。"李將軍,指屢敗匈奴的西漢名將李廣。《史記·李將軍列傳》："廣居右北平,匈奴聞之,號曰'漢之飛將軍',避之數歲,不敢入右北平。"
〔三二〕"兵氣"句：意謂戰爭氣氛瀰漫天空。兵,宋本校："一作殺。"
〔三三〕隴底：山岡之下。　〔三四〕橫行：縱橫馳騁。　〔三五〕靜妖氛：指平定禍亂。

【評箋】

胡應麟《詩藪·內篇》卷四：李白《塞下曲》、《溫泉宮》、《別宋之悌》、《南陽送客》、《度荊門》……俱盛唐絕作,視初唐格調如一,而神韻超玄,氣概閎逸,時或過之。

按：蕭士贇曰："《樂府遺聲》征戍十五曲中有《塞下曲》。……此六詩,《從軍樂》之體也。"詹鍈《李白樂府集説》:"按六首中有五首與蕭説合。惟第四首具道思婦別離之苦,與其餘五首取意不類,蓋本是《獨不見》詩,後世編太白集者誤入《塞下曲》中耳。"詹説是。從此組詩中多寫朝廷出兵情況推測,疑於天寶二年(七四三)在長安作。其主題是要求平定邊患。詩中描寫戰士的艱苦生活以及婦女對征夫的思念,都統攝於"願將腰下劍,直為斬樓蘭"、"何當破月氏,然後方高枕"、"横行負勇氣,一戰静妖氛"的主題思想之下,格調昂揚。

塞 上 曲〔一〕

大漢無中策〔二〕,匈奴犯渭橋〔三〕。五原秋草緑,胡馬一何驕〔四〕。命將征西極,横行陰山側〔五〕。燕支落漢家,婦女無花色〔六〕。轉戰渡黄河,休兵樂事多。蕭條清萬里,瀚海寂無波〔七〕。

【注釋】

〔一〕塞上曲:《樂府詩集》卷九二收《塞上曲》,列為《新樂府辭·樂府雜題》,以此詩為首。《樂府詩集》又於《横吹曲辭·出塞》曰:"《晉書·樂志》曰:'《出塞》、《入塞》曲,李延年造。'唐人有《塞上》、《塞下》曲,蓋出於此。"蕭士贇曰:"樂府《塞上曲》者,古征戍十五曲之一也。……此詩是美頌一時勳德,借漢為喻也。"王琦曰:"此篇蓋追美太宗武功之盛而作也。"蕭、王皆詳舉《唐書·突厥傳》與《李靖傳》記載李靖擊破突厥頡利可汗事蹟,以為此詩即歌頌此事。 〔二〕中策:中等謀略。《漢書·匈奴傳》:"匈奴為害,所從來久矣。……周、秦、漢征之,然皆未得上策者也。周得中策,漢得下策,秦無策焉。" 〔三〕"匈奴"句:匈奴,此借指突厥。渭橋,指西渭橋,在今陝西咸陽市西南渭水之上,漢武帝造,亦名便

188

橋。據兩《唐書·突厥傳》記載：武德九年(六二六)七月，頡利可汗自率十萬餘騎進寇武功，京師戒嚴。癸未，頡利至於渭水便橋之北，太宗與侍中高士廉、中書令房玄齡馳六騎幸渭水之上，與頡利隔津而語，責以負約。其酋帥大驚，皆下馬羅拜。俄而衆軍繼至，軍威大盛。太宗獨與頡利臨水交言，麾諸軍却而陣焉。頡利請和。乙酉，幸城西，刑白馬，與頡利同盟於便橋之上，頡利引兵而退。此句所寫當即指此事。

〔四〕"五原"二句：五原，在今陝西定邊一帶。兩《唐書·突厥傳》稱：頡利建牙直五原之北，承父兄之資，兵馬強盛，有憑陵中國之志。

〔五〕"命將"二句：陰山，在今內蒙古自治區，東西走向。西起狼山、烏拉山，中為大青山、灰騰梁山，南為涼城山、樺山，東為大馬群山。全長約一千二百公里。據《舊唐書·李靖傳》記載：貞觀三年(六二九)，突厥諸部離叛，朝廷將圖進取，以靖為代州道行軍總管，率驍騎三千，自馬邑出其不意，直趨惡陽嶺以逼之。四年，李靖進擊定襄，破之，可汗僅以身遁。太宗曰："足報往年渭水之役。"自破定襄後，頡利大懼，請舉國內附，但潛懷猶豫。李靖督軍疾進，師至陰山，遇其斥候千餘帳，皆俘以隨軍。逼其牙帳十五里，頡利逃走，部衆潰散，李靖斬萬餘級，俘男女十餘萬。頡利逃投吐谷渾，西道行軍總管張寶相擒之以獻。俄而突利可汗來奔，遂復定襄、常安之地，斥土界自陰山北至於大漠。二句即叙此事。

〔六〕"燕支"二句：燕支，山名，一作"焉支"。在今甘肅永昌西、山丹東南。綿延祁連山和龍首山間。《元和郡縣志》卷四〇隴右道甘州删丹縣："按焉支山，一名删丹山，故以名縣。山在縣南五十里，東西一百餘里，南北二十里，水草茂美，與祁連山同。"《史記·匈奴列傳》："攻祁連山。"司馬貞《索隱》："《西河舊事》云：……匈奴失二山，乃歌曰：'亡我祁連山，使我六畜不蕃息；失我燕支山，使我嫁婦無顏色。'"二句用此事。花，一作"華"。王琦注引《北邊備對》："説者曰：焉支，閼氏也，今之燕脂也。此山產紅藍，可為燕脂，而閼氏資以為飾，故失之則婦女無顏色。其説或然也。"　〔七〕"蕭條"二句：謂肅清入侵之敵，沙漠寂靜無波。班固《燕然山銘》："蕭條萬里，野無遺寇。"瀚海，唐詩中泛指蒙古高原大沙漠及其以西今准噶爾盆地一帶地區。

【評箋】

舊題嚴羽評點《李太白詩集》卷四："五原"句：偏説緑，奇。　又評"蕭條"二句："蕭條"語，偏宏壯。

邢昉《唐風定》：《塞上》詩，三唐之冠，正以不極意為難。

王琦注《李太白全集》卷五：此篇蓋追美太宗武功之盛而作也。……或曰：此詩亦可定為泛詠邊事，何以決其為崇美太宗武功歟？曰：兩漢而下，匈奴犯邊，未有至於渭橋者。至唐武德年間，始有此事，以此知之。或曰：既美本朝矣，又何以用"大漢"、"漢家"字耶？曰：太白本以唐之初年，與頡利和好為非是，而不可直言，故借漢以喻，而歎其失禦戎之策也。至"漢家"二字，唐人用入詩章以為"中國"二字之代稱，歷宋、元、明皆然，何必滯此為疑耶？洪邁選《萬首唐人絶句》，分此詩為三章，頓覺無味，不若合作一首之善。

按：此詩《萬首唐人絶句》分為三首。此詩疑亦作於天寶二年（七四三）供奉翰林時期。詩中借漢喻唐，以匈奴喻突厥，歌頌唐太宗擊破突厥侵擾的武功。全詩分三小節。前四句寫唐初未得禦敵之策，致使突厥入侵，而有便橋之盟。中四句寫朝廷命將出師，大獲全勝。後四句寫休兵，而天下安寧。

白雲歌送劉十六歸山〔一〕

楚山秦山皆白雲〔二〕，白雲處處長隨君。長隨君，君入楚山裏，雲亦隨君渡湘水〔三〕。湘水上，女蘿衣，白雲堪卧君早歸〔四〕。

【注釋】

〔一〕劉十六：排行十六，名未詳。蕭士贇曰："意劉十六楚人，而游於秦。

送其歸山者,楚山也。"按:此詩與卷一五《白雲歌送友人》僅小有異同。
〔二〕"楚山"句:楚山,指劉十六歸去之地湖南,秦山,指送別之地長安。皆,一作"多"。　　〔三〕"君入"二句:君入,一作"君今還入"。湘水,即湘江,今湖南省最大河流。源出廣西壯族自治區靈川東海洋山西麓,東北流貫湖南東部,經衡陽、湘潭、長沙等市至湘陰浩河口入洞庭湖。
〔四〕"湘水上"三句:卷一五《白雲歌送友人》作"水上女蘿衣白雲,早卧早行君早起"。女蘿衣,以女蘿為衣。喻隱士之服飾。蘿,宋本作"羅",據他本改。女蘿,即松蘿,植物名。屈原《九歌·山鬼》:"若有人兮山之阿,被薜荔兮帶女蘿。"朱熹曰:"則言其被服之芳者,自明其志行之潔也。"

【評箋】

舊題嚴羽評點《李太白詩集》卷六:"長隨君":下非君韻,三字可省。　　又評"君入"二句:其情纏綿,其事牽率。
王琦注《李太白全集》引方弘靜曰:太白賦《新鶯百囀》與《白雲歌》,無詠物句,自是天仙語,他人稍有擬象,即屬凡響。
沈德潛《唐詩別裁》卷六:隨手寫去,自然流逸。
《唐宋詩醇》卷五:吐語如轉丸珠,又如白雲卷舒,清風與歸,畫家逸品。

按:此詩當是天寶二年(七四三)李白在長安送友人回湖南歸隱之作。全詩運用頂真格和複沓歌詠形式,"隨手寫去,自然流逸"(沈德潛《唐詩別裁》)。

灞陵行送別〔一〕

送君灞陵亭,灞水流浩浩〔二〕。上有無花之古樹,下有傷心之春草〔三〕。我向秦人問路岐〔四〕,云是王粲南登之古道〔五〕。古道連綿走西京〔六〕，紫闕落日浮雲生〔七〕。正當今夕斷腸處〔八〕，驪歌愁絕不忍聽〔九〕。

【注釋】

〔一〕灞陵：漢文帝陵墓所在地，又作"霸陵"，在今陝西西安市東。附近有灞橋，唐人常在此送別。　〔二〕"送君"二句：亭，咸本作"行"。灞水，本作"霸水"，今灞河，為渭河支流，關中八川之一，在陝西中部。源出藍田縣東秦嶺北麓，西南流納藍水，折向西北經西安市東，過灞橋北流入渭河。浩浩，水盛大貌。　〔三〕"下有"句：江淹《別賦》："春草碧色，春水淥波。送君南浦，傷如之何？"此句用其意。　〔四〕路岐：即歧路，岔路。岐，通"歧"。　〔五〕"云是"句：謂據說這是王粲南奔時走的道路。王粲（一七七—二一七），字仲宣，東漢末山陽高平（今山東金鄉縣西北）人，建安七子之一。《三國志·魏志》有傳。獻帝初因長安擾亂，南奔荊州依劉表，後歸曹操。其《七哀》詩描寫離開長安情景，中有句云："南登灞陵岸，回首望長安。"　〔六〕西京：指長安。唐代稱長安為西京，洛陽為東都（東京），太原為北都（北京）。　〔七〕"紫闕"句：紫闕，帝王所居之宮城。宋本作"紫關"，據他本改。浮雲，喻朝廷奸佞。按：李白詩中以"浮雲"喻小人者甚多，《古風》其三十七："浮雲蔽紫闥，白日難回光。"《登金陵鳳凰臺》："總為浮雲能蔽日，長安不見使人愁。"寓意與此同。　〔八〕斷腸處：《開元天寶遺事》卷下："長安東灞陵有橋，來迎去送皆至此橋，為離別之地，故人呼之銷魂橋。"斷腸、銷魂，皆謂傷心至極。江淹《別賦》："黯然銷魂者，惟別而已矣。"　〔九〕驪歌愁絕：《漢書·王式傳》："（江公）謂歌吹諸生曰：'歌《驪駒》。'"顏師古注："服虔曰：'逸《詩》篇名也，見《大戴禮》。客欲去，歌之。'文穎曰：'其辭云"驪駒在門，僕夫具存；驪駒在路，僕夫整駕"也。'"後因稱離別之歌為驪歌。絕，極點。驪歌，一作"黃鸝"

【評箋】

郭濬《增定評注唐詩正聲》：連用三"之"字，在太白則可，他人學之，便墮訓詁一路。

許學夷《詩源辯體》卷一八：《公無渡河》、《北風行》、《飛龍引》、《登高丘》、《灞陵行》等，出自古樂府。

周珽《唐詩選脈會通評林》：〝落日浮雲生〞，深情可思。

唐汝詢《唐詩解》卷一三：此因離別所經，賦其地以興慨也。水流，樹古，春草傷心，昔人亦嘗登此道而興懷矣。今與我友分別，而覩薄暮之景，已足斷腸，況又聞啼鳥之音乎？稱西京者，明戀闕也；舉黃鸝者，感求友也。

吳昌祺《刪訂唐詩解》卷七：西京、浮雲，乃斷腸之由也。唐但言薄暮，似淺。

王夫之《唐詩評選》卷一：夾樂府入歌行，掩映百代。

《唐宋詩醇》卷六：古之〝傷心人別有懷抱〞，是詩之謂矣。

方東樹《昭昧詹言》卷一二：叙起。〝上有〞二句，奇橫酣恣，天風海濤，黃河天上來。〝我向〞句倒點題柄，更橫。〝古道〞句入〝送〞。

按：此詩約天寶三載（七四四）春天在長安作。

玉　壺　吟〔一〕

烈士擊玉壺〔二〕，壯心惜暮年。三杯拂劍舞秋月，忽然高詠涕泗漣〔三〕。鳳凰初下紫泥詔〔四〕，謁帝稱觴登御筵〔五〕。揄揚九重萬乘主〔六〕，謔浪赤墀青瑣賢〔七〕。朝天數換飛龍馬〔八〕，敕賜珊瑚白玉鞭〔九〕。世人不識東方朔，大隱金門是謫仙〔一〇〕。西施宜笑復宜顰，醜女效之徒累身〔一一〕。君王雖愛蛾眉好〔一二〕，無奈宮中妒殺人〔一三〕。

【注釋】

〔一〕玉壺吟：《世説新語·豪爽》："王處仲(敦)每酒後輒詠：'老驥伏櫪，志在千里。烈士暮年，壯心不已。'（曹操《步出夏門行》詩句）以如意擊唾壺，壺口盡缺。"本詩即以此故事為題。玉壺，玉製的唾壺。　〔二〕烈士：剛烈之士。李白自謂。烈，宋本作"列"，據他本改。　〔三〕"三杯"二句：謂酒後拔劍於月下起舞，一時激憤高歌，涕淚縱橫。一作"三杯拂劍舞，秋月忽高懸"。涕，眼淚。泗，鼻涕。漣，不斷流淌。《詩·陳風·澤陂》："涕泗滂沱。"毛傳："自目曰涕，自鼻曰泗。"　〔四〕"鳳凰"句：《初學記》卷三〇引晉陸翽《鄴中記》云："石季龍(虎)與皇后在觀上為詔書，五色紙，著鳳口中。鳳既銜詔，侍人放數百丈緋繩，轆轤回轉，鳳凰飛下，謂之鳳詔。鳳凰以木作之，五色漆畫，脚皆用金。"後因稱皇帝的詔書為"鳳詔"或"鳳凰詔"。紫泥，一種紫色有黏性的泥，古代用以封詔書袋口，上面蓋印。《漢舊儀》上："皇帝六璽……皆以武都紫泥封。"後又稱詔書為"紫詔"、"紫誥"、"紫泥詔"。《元和郡縣志》卷三九隴右道武州："武州有紫水，泥亦紫。漢朝封璽書用紫泥，即此水之泥也。"
〔五〕"謁帝"句：稱觴，猶舉杯。稱，舉。御筵，皇帝所設酒席。
〔六〕"揄揚"句：揄揚，贊揚。揄，宋本作"愉"，據他本改。九重，指皇帝所居之處。《楚辭·九辯》："君之門以九重。"萬乘主，指皇帝。周制：王畿方千里，能出兵車萬乘，後因以"萬乘"指皇帝。　〔七〕"謔浪"句：謔浪，戲謔放浪。《詩·邶風·終風》："謔浪笑敖。"毛傳："言戲謔不敬。"赤墀(chí)，皇宮中用丹漆所塗的臺階。青瑣，古代宫殿門窗上雕刻的連鎖文，並塗以青色。《漢書·元后傳》："曲陽侯根驕僭上，赤墀青瑣。"顔師古注："青瑣者，刻為連環文，而以青塗之也。"賢，指朝廷大臣。
〔八〕"朝天"句：謂上朝時經常換乘飛龍廄中的好馬。朝天，指朝見皇帝。飛龍，唐代御廄名。按唐代制度，學士初入翰林院，例借飛龍廄馬一匹。李白《答杜秀才五松山見贈》詩："敕賜飛龍二天馬，黃金絡頭白玉鞍。"　〔九〕"敕賜"句：敕，皇帝詔令。珊瑚白玉鞭，用珊瑚、白玉裝飾的馬鞭。　〔一〇〕"世人"二句：《史記·滑稽列傳》記載東方朔事云："時坐席中，酒酣，據地歌曰：'陸沉於俗，避世金馬門。宫殿中可以避世全身,何必深山之中,蒿廬之下。'"其時李白正供奉翰林,故以東方朔自喻。金門,即金馬門,因宮門旁有銅馬,故稱。見《金門答蘇秀才》注。謫仙,謫居凡間的仙人。賀知章初見李白,呼之為謫仙人,詩人深喜之,常用以自稱。　〔一一〕"西施"二句:《莊子·天運》:"故西施病心而矉其里,其里之醜人見而美之,歸亦捧心而矉其里。其里之富人見之,堅閉門而不出。貧人見之,挈妻子而去之走。"矉(pín),同"顰"、"顰",皺眉。梁簡文帝《鴛鴦賦》:"亦有佳麗自如神,宜羞宜笑復宜顰。"此謂西施無論微笑或皺眉均美,而醜女效之,却只增其醜態而已。笑,宋本作"美",據他本改。累,宋本作"集",據他本改。　〔一二〕蛾眉:代指美女,此處用以自喻。　〔一三〕宮中:指妃嬪,此處喻讒毀自己的小人。屈原《離騷》:"衆女嫉余之蛾眉兮,謡諑謂余以善淫。"

【評箋】

舊題嚴羽評點《李太白詩集》卷六:"揄揚"二句:去"九重"、"赤墀"字,便成好句。

劉克莊《後村先生大全集》卷一八一《詩話新集》:《玉壺吟》云:"西施宜笑復宜顰,醜婦效之徒害身。君王雖愛蛾眉好,無奈宮中妒殺人。"則妃嘗沮白,信而有證。

蕭士贇《分類補注李太白詩》:此詩乃太白自述其知遇始末之辭也。觀太白傳及前後詩集序,其意自見矣。

陸時雍《唐詩鏡》卷一八:步驟之奇,歌頌之妙。

吳喬《圍爐詩話》卷二:太白云:"君王雖愛蛾眉好,無奈宮中妒殺人",無餘味。

余成教《石園詩話》卷一:太白《梁父》、《玉壺》兩吟,隱寓當時受知明主、見慍群小之事于其内,讀之者但賞其神俊,未覺其自為寫照也。

按:此詩當作於天寶二年(七四三)秋天供奉翰林時,其時已遭小人讒毁,帝王疏遠他,故心情激憤。全詩波瀾起伏,收放自如。洋溢着憤慨不平之氣,但不作悲酸語,不流於粗野。仍顯示出壯浪豪放的風格。

翰林讀書言懷呈集賢院内諸學士〔一〕

晨趨紫禁中〔二〕，夕待金門詔〔三〕。觀書散遺帙，探古窮至妙〔四〕。片言苟會心，掩卷忽而笑〔五〕。青蠅易相點〔六〕，《白雪》難同調〔七〕。本是疏散人，屢貽褊促誚〔八〕。雲天屬清朗〔九〕，林壑憶游眺。或時清風來，閑倚欄下嘯〔一〇〕。嚴光桐廬溪〔一一〕，謝客臨海嶠〔一二〕。功成謝人君〔一三〕，從此一投釣〔一四〕。

【注釋】

〔一〕翰林：指翰林院。玄宗開元初，置翰林院，設翰林供奉。至二十六年，"始別建學士院於翰林院之南"（李肇《翰林志》），"由是遂建學士，俾專内命"（韋執誼《翰林院故事》）。同時在翰林院中仍有供奉，"其外有韓翃（汯）、閻伯璵、孟匡朝、陳兼、蔣鎮、李白等，在舊翰林中，但假其名，而無所職"（同上）。所謂"外"，即學士院之外。説明李白只是翰林供奉，從未進學士院為學士。集賢，指集賢院。《新唐書·百官志二》："（開元）十三年，改麗正脩書院為集賢殿書院，五品以上為學士，六品以下為直學士，宰相一人為學士知院事，常侍一人為副知院事。……玄宗嘗選耆儒，日一人侍讀，以質史籍疑義，至是，置集賢院侍講學士、侍讀直學士。"時李白正供奉翰林，集賢院亦在宮禁中，故與集賢院學士往來甚密。按：他本題中或無"院内"二字。咸本"賢"下多"及"字。　〔二〕紫禁：古人以紫微星垣喻皇帝居處，因稱皇宮為"紫禁宮"。《文選》卷五七謝莊《宋孝武宣貴妃誄》："收華紫禁。"吕延濟注："紫禁，即紫宮，天子所居也。"〔三〕金門：即金馬門。《漢書·東方朔傳》："因使待詔金馬，稍得親近。"此借指唐代翰林院。詳見前《金門答蘇秀才》詩注。　〔四〕"觀書"二句：遺，咸本作"道"。帙，用布帛製成的書套，亦可作書籍的代稱。王琦

注:"散帙者,解散其書外所裹之帙而翻閱之也。"《文選》卷二五謝靈運《酬從弟惠連》詩:"散帙問所知。"李善注引《説文》曰:"帙,書衣也。"遺帙,前代之書。二句意謂公餘博覽群書,深入鑽研其中奥妙。 〔五〕"片言"二句:片言,猶一言半語。《論語·顏淵》:"片言可以折獄者,其由(子路)也與?"會心,領悟。《世説新語·言語》:"簡文入華林園,顧謂左右曰:'會心處不必在遠,翳然林水,便自有濠、濮間想也。'"忽而,《文苑英華》作"而忽"。 〔六〕"青蠅"句:《詩·小雅·青蠅》:"營營青蠅,止於樊。豈第君子,無信讒言。"點,點污。陳子昂《宴胡楚真禁所》詩:"青蠅一相點,白璧遂成冤。"意謂蒼蠅遺糞於白玉,致成污點;此喻讒言使正人蒙冤。 〔七〕"白雪"句:《白雪》,古樂曲名。宋玉《對楚王問》:"客有歌於郢中者,其始曰《下里》、《巴人》,國中屬而和者數千人……其為《陽春》、《白雪》,國中屬而和者不過數十人。……是其曲彌高,其和彌寡。"同調,曲調相同。此句謂因己所持甚高而知音難得。 〔八〕"本是"二句:疏散,閒散,不受拘束。屢殆,多次招致。貽,招致。褊促,狹隘。誚,譏嘲。二句謂自己本是閒散之人,經常遭到小人狹隘的譏諷。 〔九〕"雲天"句:謂正值天氣晴朗。比喻朝廷清明。屬,適值;正當。 〔一〇〕欄下嘯:欄,胡本作"簷",《文苑英華》作"門"。嘯,撮口發出長而清越的聲音。 〔一一〕"嚴光"句:嚴光,東漢初會稽餘姚(今屬浙江)人,字子陵,曾與光武帝劉秀同學。劉秀即位後,改名隱居。後被召至京師洛陽,任為諫議大夫,不受,歸隱富春山。《後漢書》有傳。桐廬溪,指今浙江桐廬縣富春江上游,今江邊有嚴陵瀨和嚴子陵釣臺,即嚴光游釣遺迹。 〔一二〕"謝客"句:謝客,南朝宋代詩人謝靈運,小字客兒,時人稱為謝客。臨海嶠,謝靈運有《登臨海嶠初發彊中作》詩。臨海,郡名,今浙江臨海市。嶠,尖而高的山。以上二句表明對嚴光、謝靈運等古人清閒生活的嚮往。 〔一三〕"功成"句:謝,辭別。人君,指朝廷。君,一作"間"。 〔一四〕一投釣:一,《文苑英華》作"亦"。投釣,指過隱居生活。

【評箋】

舊題嚴羽評點《李太白詩集》卷二〇:"觀書"四句:真得讀書味。

197

蕭士贇《分類補注李太白詩》：此太白寫心之作。

按：此篇當為天寶二年（七四三）秋後在翰林供奉時作。時已遭讒，詩中充滿憤懣之情。全詩屬賦體直叙，語言平實，却不乏比興。句多對仗，却自然流暢。是詩人豪放以外的又一種風格。

送裴十八圖南歸嵩山二首〔一〕

其　　一

何處可為別？長安青綺門〔二〕。胡姬招素手，延客醉金樽〔三〕。臨當上馬時，我獨與君言〔四〕。風吹芳蘭折〔五〕，日没鳥雀喧〔六〕。舉手指飛鴻〔七〕，此情難具論〔八〕。同歸無早晚，潁水有清源〔九〕。

【注釋】

〔一〕裴十八圖南：裴圖南，排行第十八。事蹟不詳。王昌齡亦有《送裴圖南》詩云："黃河渡頭歸問津，離家幾日茱萸新。漫道閨中飛破鏡，猶看陌上別行人。"當是同一人。未知是否與此詩為同時之作。嵩山，即嵩高山。古稱中岳，為五岳之一。在今河南登封市北。　〔二〕青綺門：《水經注・渭水》："長安……東出……第三門，本名霸城門……民見門色青，又名青城門，或曰青綺門，亦曰青門。"　〔三〕"延客"句：延，宋本校："一作留。"　〔四〕獨：宋本校："一作因。"　〔五〕"風吹"句：喻遭受權臣的讒毁和打擊。芳蘭，喻君子。吹，宋本校："一作驚。"
〔六〕"日没"句：日没，喻政治昏暗。鳥雀喧，喻佞臣囂張。　〔七〕"舉手"句：《晉書・郭瑀傳》："郭瑀隱於臨松薤谷……張天錫遣使者孟公明持節，以蒲輪玄纁備禮徵之。……公明至山，瑀指翔鴻以示之曰：'此鳥也,安可籠哉!'遂深逃絶迹。"此即用其事,表明已將不受小人的束縛。
〔八〕"此情"句:情,《文苑英華》作"心"。難具論,難以一一叙説。
〔九〕"潁水"句:潁水,即潁河,淮河最大支流。源出河南登封嵩山西南,東南流到商水縣,納沙河、賈魯河,至安徽壽縣正陽關入淮河。裴圖南歸嵩山,故云"潁水"。《水經注·潁水》:"潁水出潁川陽城縣西北少室山,東南過其縣南,又東南過陽翟縣北,又東南過潁陽縣西,又東南過潁陽縣西南……又東南至慎縣東,南入于淮。"清源,水初出清淺的源頭。吴均《酬别江主簿屯騎》詩:"濟水有清源。"

【評箋】

舊題嚴羽評點《李太白詩集》卷一四:首二句:若作起詰語,只言别在何處便淡,即云此處難别亦淺,今謂無處堪别,更覺超越一層。　又評"臨當"二句:自重重人,立意高,特不獨情至。

《唐詩歸》卷一五鍾惺評:"何處可爲别",别何須論其處,妙!妙!"臨當上馬時,我獨與君言",從來無人人與言之理,亦怪他不得,想太白當時聲名意氣,有一段籠蓋人處,人亦不敢怪。　譚元春評:"臨當上馬時,我獨與君言",妙在眼中别白,若人人如是,不惟不能羅致英俊,反傷其心矣。句法軒豁,想其脱口時。

王夫之《唐詩評選》卷二:只寫送别事,托體高,著筆平。"風驚芳蘭折"以下,即所與君言者也。寒山指裂石壁便去,豈有步後塵蹤!

王琦《李太白全集》注:"風吹芳蘭折",喻君子被抑不得伸其志也。"日没鳥雀喧",喻君暗而讒言競作也。

其 二

君思潁水緑,忽復歸嵩岑〔一〇〕。歸時莫洗耳〔一一〕,爲我洗其心〔一二〕。洗心得真情,洗耳徒買名〔一三〕。謝公終一起,相與濟蒼生〔一四〕。

【注釋】

〔一〇〕嵩岑：嵩山。　〔一一〕洗耳：用高士許由潁水洗耳事。見前《古風》其二十四注。　〔一二〕洗其心：清除其心中的雜念。《易·繫辭上》："六爻之義，易以貢。聖人以此洗心，退藏於密。"孟浩然《和于判官登萬山亭因贈韓公》詩："遲爾長江暮，澄清一洗心。"　〔一三〕買名：追逐名譽。李白《贈范金鄉》詩其二："范宰不買名，絃歌對前楹。"買，一作"賣"。　〔一四〕"謝公"二句：指東晉著名政治家謝安。其早年隱居浙江上虞縣東山，時人希望他出山從政，謂："斯人不出，如蒼生何？"後苻秦攻晉，謝安為征討大都督，遣姪謝玄等大破苻堅於肥水，以功拜太保。二句以謝安為例，勉勵裴圖南及已待時濟世。

【評箋】

　　舊題嚴羽評點《李太白詩集》卷一四："為我"句："為我"字説得親熱。　又曰：此格如常山蛇，首尾與中皆相應。
　　《唐詩歸》卷一五鍾惺評："洗心得真情，洗耳徒買名"，罵盡假人。
　　沈德潛《唐詩別裁》卷二：言真能洗心，則出處皆宜，不專以忘世為高也。借洗耳引洗心，無貶巢父意。
　　《唐宋詩醇》卷六：沉刻之意，以快語出之，可令聞者警竦。

　　按：此二首詩當為天寶二年（七四三）秋後在長安送裴圖南歸山時作。其時已遭讒被疏，故詩中表示亦想歸隱，等待時機。

古　　風（其四十六）

一百四十年〔一〕，國容何赫然〔二〕！隱隱五鳳樓〔三〕，峨峨橫三川〔四〕。王侯象星月，賓客如雲烟〔五〕。鬥雞金宫裏〔六〕，蹴鞠瑶臺邊〔七〕。舉動揺白日，指揮回青天〔八〕。當塗何翕忽，失路長棄捐〔九〕。獨有揚執戟，閉關草《太玄》〔一〇〕。

【注釋】

〔一〕"一百"句：此句當指唐開國至李白寫此詩時的年數。按唐建國在六一八年，開國一百四十年則當在七五七年，該年為肅宗至德二載，正是安史之亂時期，所以前人都疑此句"四"字有誤。疑為"二"或"三"字之誤。開國一百二十年則當在七三七年，即開元二十五年；開國一百三十年則當在七四七年，即天寶六載，此時期正是唐王朝全盛時期。詹鍈《李白詩文繫年》則曰："太白《為宋中丞請都金陵表》云'皇朝百五十年，金革不作，逆胡竊號，剝亂中原'，謂至天寶十五載唐有天下已百五十年，則此詩當是天寶四載左右，太白被讒去朝後作。或者太白別有演算法，'四'字不當有誤。"按宋本校："一本首六句云：帝京信佳麗，國容何赫然。劍戟擁九關，歌鍾沸三川。蓬萊象天構，珠翠誇雲仙。" 〔二〕"國容"句：國容，國家的氣象容儀。赫然，強盛顯耀貌。 〔三〕"隱隱"句：隱隱，形容宮殿高大深邃、遠望隱約不明貌。五鳳樓，泛指宮中建築。一說五鳳樓在東都洛陽，《新唐書·元德秀傳》："玄宗在東都，酺五鳳樓下，命三百里縣令、刺史各以聲樂集。" 〔四〕"峨峨"句：峨峨，高聳貌。三川，古稱涇水、渭水、洛水為關中三川，此借指長安。一說三川指洛陽的黃河、洛水、伊水，此借指洛陽。二句謂遠望隱約不清的皇宮殿樓，高高地橫聳在關中長安。 〔五〕"王侯"二句：形容王侯和賓客之衆多。
〔六〕"鬥雞"句：鬥雞，見《古風》其二十四"大車揚飛塵"注。金宫，帝王宫殿的美稱。宫，宋本、繆本、王本校："一作城"。 〔七〕"蹴鞠(cù jū)"句：宋本校："一作走馬蘭臺邊。"蹴鞠，踢球，中國古代的一種足球運動。亦作"蹴鞫"、"蹙鞠"、"踢鞠"等。《漢書·枚乘傳》："蹴鞠刻鏤。"顏師古注："蹴，足蹴之也；鞠，以韋為之，中實以物，蹴蹋為戲樂也。"可知"鞠"當從"革"作"鞠"。瑶臺，此指雕飾華麗、結構精巧的樓臺。
〔八〕"舉動"二句：以"摇日"、"回天"形容鬥雞踢球之徒因皇帝寵幸而氣焰囂張。　〔九〕"當塗"二句：當塗，亦作"當途"，塗、途古通。指當時掌權者。翕(xī)忽：疾速貌。揚雄《解嘲》："當塗者昇青雲，失路者委溝渠。"二句意謂政治上得志者昇官疾速，而失意者却長期被棄置。一説謂此輩幸臣當其得志，不過翕忽之頃；一朝失寵，却被長期棄捐不用，蓋言寵恩不足恃也。　〔一〇〕"獨有"二句：揚執戟，指揚雄。秦漢時代郎官有中郎、侍郎、郎中，職掌執戟侍從、宿衛殿門，故亦稱執戟。揚雄曾任郎官，故稱揚執戟。《文選》卷四二曹植《與楊德祖書》："昔揚子雲，先朝執戟之臣耳。"李善注："《漢書》曰：'揚雄奏《羽獵賦》，為郎。然郎皆執戟而侍也。"閉關，閉門。草《太玄》，撰寫《太玄經》。按《太玄經》是揚雄撰寫的一部哲學著作。《漢書·揚雄傳》："哀帝時，丁、傅、董賢用事，諸附離之者，或起家至二千石。時揚雄方草《太玄》，有以自守，泊如也。"

【評箋】

蕭士贇《分類補注李太白詩》：此篇前六句，意出自梁鴻《五噫歌》。大意謂：有唐得國之久如此，國容之盛如此，王侯賓客又如此。所謂金宮、瑶臺，正當為延賢之地，今乃為鬥雞、蹴踘之場。"白日"、"青天"者，天日以比其君。鬥雞、蹴踘，明皇所好。此等之人，得志用事，舉動指揮，足以動搖主聽也。"當塗何翕忽"者，以喻得其蹊徑而依附之者，可以翕忽而暴貴也。"失路長棄捐"者，以喻不得其蹊徑而不依附之者，終於棄捐而不見用也。惟儒者獨有定守，閉門著書而已。

郭本引徐禎卿曰："當塗"以後，蕭説未善。蓋言此輩得志之人，據要路則氣焰揮霍，而失路則終於棄捐而不用也。唯揚子雲則閉門著書，以道自守，不以得喪為心。

陳沆《詩比興箋》卷三：此極言其盛以憂其亂也。"當塗"、"失路"二語，言權勢之人，附者升青雲，忤者委溝渠，是以知幾之士，杜門潛隱。

按：此詩作年衆説不一。今按此詩當作於天寶二、三載（七四三—七四四）李白供奉翰林時。首句當從一本作"帝京信佳麗"為是。詩中描寫當時唐朝極盛的繁榮景象，同時也揭露隱藏在繁榮後面的如當權者氣焰囂張,失意者無路可走等矛盾和危機。顯示李白目光的敏銳。末二句以揚雄自喻,表示自己有以自守,對權勢富貴冷眼旁觀。

送賀賓客歸越〔一〕

鏡湖流水漾清波〔二〕,狂客歸舟逸興多〔三〕。山陰道士如相見,應寫《黄庭》换白鵝〔四〕。

【注釋】
〔一〕敦煌寫本《唐人選唐詩》題作《陰盤驛送賀監歸越》。賀賓客,即唐代詩人賀知章(六五九—七四四),字季真,會稽永興(今浙江蕭山)人。曾任工部侍郎、集賢院學士、太子賓客、秘書監等職,故稱"賀賓客"、"賀監"。兩《唐書》有傳。天寶二年(七四三)十二月乙酉,請度為道士還鄉。三載正月庚子,皇帝遣左右相以下祖別賀知章於長樂坡,各賦五律詩贈之,詩今存《會稽掇英總集》。今《李太白集》有七律《送賀監歸四明應制》一首,乃晚唐人擬作,誤入李集。李白與賀知章感情深厚,當是單獨送賀至陰盤驛(今陝西臨潼東),作此首七絶送別。越,越州,治所在今浙江紹興市。　〔二〕"鏡湖"句:鏡湖,在今浙江紹興市會稽山麓。得名於王羲之"山陰路上行,如在鏡中游"之句,又名鑑湖、長湖、慶湖。東起今曹娥鎮附近,經郡城(今紹興市)南,西抵今錢清鎮附近,盡納南山三十六源之水瀦而成湖。周三百一十里,呈東西狹長形。唐朝時湖底逐漸淤淺,今唯城西南尚有一段較寬河道被稱為鑒湖,此外只殘存幾個小湖。據《新唐書·賀知章傳》,賀知章還鄉時,皇帝"有詔賜鏡湖剡川一曲"。漾清波,敦煌寫本《唐人選唐詩》作"春始波"。　〔三〕"狂客"句:狂客,指賀知章。《舊唐書·賀知章傳》:"知章晚年尤加縱誕,無復規檢,自號'四明狂客'。"杜甫《寄李十二白二十韻》:"昔年有狂客,號爾謫仙人。"逸興,超逸豪放的意興。　〔四〕"山陰"二句:用東晉大書法家王羲之典故。相傳山陰(今浙江紹興市)有道士以鵝作報酬請王羲之書寫《黃庭經》。王羲之欣然同意,寫畢,籠鵝以歸。唯《晉書・王羲之傳》謂寫《道德經》換白鵝;又宋代黃伯思謂王羲之卒於晉穆帝升平五年(三六一),而《黃庭經》至哀帝興寧二年(三六四)始出,故有人疑李白詩誤。然《太平御覽》卷二三八引何法盛《晉中興書》已謂王羲之寫《黃庭經》換白鵝,則當時傳聞不同而已。白詩不誤。《黃庭》,即《黃庭經》。道教經書名,講養生修煉之道,稱脾臟為中央黃庭,於五臟中特重,故名《黃庭經》。賀知章乃唐代書法家,尤工草隸,又度為道士,故以此典為喻。換,敦煌寫本《唐人選唐詩》作"取"。

【評箋】

《苕溪漁隱叢話前集》卷四〇引《西清詩話》云:唐人以詩為專門之學,雖名世善用故事者,或未免小誤。如……李太白"山陰道士如相訪,為寫《黃庭》換白鵝",乃《道德經》非《黃庭》也。逸少嘗寫《黃庭經》與王修,故二事相紊。

洪邁《容齋四筆》卷五:李太白詩云:"山陰道士如相見,應寫《黃庭》換白鵝。"蓋用王逸少事也。前賢或議之曰:'逸少寫《道德經》,道士舉鵝群以贈之。'元非《黃庭》。以為太白之誤。予謂太白眼高四海,衝口成章,必不規規然,旋檢閱《晉史》,看逸少傳,然後落筆。正使誤以《道德》為《黃庭》,於理正自無害,議之過矣。

舊題嚴羽評點《李太白詩集》卷一四:末句:但取黃白相映耳。即謂羲之寫《道德》,賀寫《黃庭》亦可,不必檢點用事之誤。

王琦注《李太白全集》詳引歷來各家之説後曰:琦按:《白氏六帖》:右軍王羲之,嘗見山陰道士有群鵝,求之,乃邀右軍書《黃庭經》以換,遂書之。《太平御覽》:何法盛《晉中興書》曰:山陰有道士養群鵝,羲之意甚悦。道士云:"為寫《黃庭經》,當舉群相贈。"乃為寫訖,籠鵝而去。《仙傳拾遺》:山陰道士管霄霞籠紅鵝一雙遺羲之,請書《黃庭經》。太白所用似非誤記。即謂《仙傳拾遺》或出於偽撰,《白氏六帖》所引又不著本自何書,自當以《晉書》所載為信。然《太平御覽》所引何法盛《晉中興書》,則又晉史之先鞭也,豈亦不足信乎?夫一經也,或以為《黃庭》,或以為《道德》;一道士也,或以為劉,或以為管;一鵝也,或以為舉群,或以為一雙,蓋所謂傳聞異辭之故。遐考一事兩傳者,載籍固多有也。乃取其一說而訾其餘,或以為太白之誤,或以為《晉書》之誤,或以為右軍換鵝本有二事,或以為右軍初未嘗書《黃庭經》,皆失之執矣。又洪容齋《四筆》謂太白眼高四海,衝口成章,必不規規然檢閱晉史,看逸少傳,然後落筆,正使誤以《道德》為《黃庭》,於理正自無害。夫詩之美劣,原不關乎用事之誤與否,然白璧微瑕,不能不受後人之指摘。若太白此詩,則固未嘗有瑕者也。故歷引昔人之論而辯晰之,且以見考古者之不易也。

按:此詩當是天寶三載(七四四)正月作。全詩緊扣"歸越"二字,前兩句把題意已寫足,後兩句則拓開境界,用王羲之寫《黃庭經》與山陰道士換鵝的故事,以贊美今後賀知章的生活,兼致送別之意。用典非常精切。因為賀知章也是大書法家,故以王羲之擬之;此次歸鄉前已入道,而又定居山陰,故以"山陰道士"作陪襯。如此用典,意義深刻而貼切,毫無雕琢痕,而且饒有情趣。不愧為絕句中的佳構。

相　逢　行〔一〕

朝騎五花馬〔二〕,謁帝出銀臺〔三〕。秀色誰家子?雲車珠箔開〔四〕。金鞭遙指點,玉勒近遲回〔五〕。夾轂相借問〔六〕,疑從天上來〔七〕。邀入青綺門,當歌共銜杯〔八〕。銜杯映歌扇,似月雲中見。

【注釋】
〔一〕相逢行:樂府舊題。《樂府詩集》卷三四收此詩,列於《相和歌辭》。

按此曲又名《相逢狹路間行》、《長安有狹邪行》。《樂府詩集》引《樂府解題》云："古詞文意與《雞鳴曲》同。晉陸機《長安狹邪行》云：'伊洛有歧路，歧路交朱輪。'則言世路險狹邪僻，正直之士無所措手足矣。"胡震亨《李詩通》注："相和歌本辭言相逢年少，問知其家之豪盛。此則言相逢其人，仍不得相親。"此詩乃借古題寫新意。宋本校："一作有贈。"
〔二〕"朝騎"句：朝，宋本作"胡"，誤。據他本改。五花馬，見前《將進酒》詩注。 〔三〕"謁帝"句：謁，晉見。銀臺，宮門名。唐時翰林院在銀臺門內。李肇《翰林志》："學士……每下直出門，相謔謂之小三昧。出銀臺乘馬，謂之大三昧。如釋氏之去纏縛而自然也。"王琦注："用此言之，則學士自出院門而至右銀臺門，皆步行。直至已出宮城銀臺門外，乃得乘馬也。" 〔四〕"雲車"句：雲車，繪有雲紋之車。珠箔，珠簾，用珍珠綴成或飾有珍珠的簾子。 〔五〕"玉勒"句：玉勒，套在馬頭上玉製的帶嚼口的籠頭，此代指馬。遲回，同"遲迴"；徘徊，遲疑不決。
〔六〕夾轂：形容兩車相靠很近。轂，車輪中車軸貫入處的圓木，此指車。《相逢行》古辭："夾轂問君家。" 〔七〕"疑從"句：謂疑是從天上來的仙女。疑，一作"知"。天上來，形容人間少有。此下《樂府詩集》、《全唐詩》有"憐腸愁欲斷，斜日復相催。下車何輕盈，飄然似落梅"四句。
〔八〕"邀入"二句：邀，一作"甕"。甕，急促。青綺門，《水經注·渭水》："長安十二門，東出……第三門，本名霸城門。民見門色青，又名青城門，或曰青綺門，亦曰青門。"當歌，曹操《短歌行》："對酒當歌。"銜杯，謂飲酒。此二句宋本校："一作嬌羞初解佩，語笑共銜杯。"

相見不得親〔九〕，不如不得見。相見情已深，未語可知心。胡為守空閨〔一〇〕，孤眠愁錦衾。錦衾與羅帷〔一一〕，纏綿會有時。春風正澹蕩，暮雨來何遲〔一二〕？願因三青鳥〔一三〕，更報長相思。

【注釋】
〔九〕不得親：不能親近。得，《樂府詩集》、《全唐詩》作"相"。

〔一〇〕守空闺：守，一作"返"。　〔一一〕"锦衾"句：锦缎的被子与帷帐。与，一作"语"。帷，一作"㡓"。　〔一二〕"春风"二句：宋本校："一作春风正纠结，青鸟来何迟。"澹荡，即荡漾。鲍照《代白纻曲》之二："春风澹荡侠思多。"暮雨，暗用巫山神女故事，代指心中女子。
〔一三〕"愿因"句：愿，《唐文粹》作"后"。三青鸟，《山海经·西山经》："三危之山，三青鸟居之。"郭璞注："三青鸟，主为西王母取食者，别自栖息于此山也。"又《海内北经》："其南有三青鸟，为西王母取食，在昆仑墟北。"此借指使者、媒人。

　　光景不待人，须臾发成丝。当年失行乐，老去徒伤悲〔一四〕。持此道密意，无令旷佳期〔一五〕。

【注释】

〔一四〕"当年"二句：当年，犹少年或壮年。《古长歌行》："少壮不努力，老大徒伤悲。"　〔一五〕"无令"句：无，通"毋"，不要。旷，荒废。此句谓不要使佳期虚掷。一本无末六句。

【评笺】

　　旧题严羽评点《李太白诗集》卷五："金鞭"二句：金银珠玉，太堆积。
　　杨慎《升庵诗话》卷七《李白相逢行》：太白号"斗酒百篇"，而其诗精练若此，所以不可及也。
　　胡震亨《李诗通》：相和歌本辞言相逢年少，问知其家之豪盛。此则言相逢其人，仍不得相亲。恐失佳期，回环致望不已，较古辞用意尤深。《离骚》咏不得于君，必托男女致词，曰："初既与余成言兮，后悔遁而有他。"又曰："日月忽其不淹兮……恐美人之迟暮。"白诗题虽取之乐府，而诗意实本诸《骚》。盖有已近君而终不得近之怨焉。臣子暌隔之痛，思慕之诚，具见于是。观篇首以谒帝开端，大旨自明，不当仅作情辞读也。
　　王琦《李太白全集》：《杨升庵外集》载太白《相逢行》云："此诗予家藏乐史本最善，今本无'怜肠愁欲断，斜日复相催，下车何轻盈，飘然似落梅'四句。他句亦不同數字,故備錄之。……"琦嘗細校其文,所謂不同數字者,"雲車"作"雲中","疑從"作"知從","蹵入青綺門,當歌共銜杯"作"嬌羞初解珮,語笑共銜杯","不得親"作"不相親"。他本亦有同者,若"近遲回"作"乍遲迴","願因"作"願言","更報"作"却寄","當年失行樂"作"壯年不行樂","老去"作"老大",而中間又無"春風正澹蕩"二句,則諸本皆無同者。據此,樂史原本,明中葉時尚有存者,今則斷帙殘編,無由得覩,不深可惜乎!

王闓運手批《唐詩選》卷一評"光景"六句:入翰林後求官之詞。

按:此詩表面上寫與美女相愛,實際上希冀君王之恩寵。按詩云"謁帝出銀臺",當為供奉翰林時所作。又云"相見不得親",謂被讒而見疏。又云"春風正澹蕩",則此詩之作疑在天寶三載(七四四)春。

感 寓 二 首 〔一〕(選一)

其 二

咸陽二三月,宮柳黃金枝〔二〕。綠幘誰家子?賣珠輕薄兒〔三〕。日暮醉酒歸,白馬驕且馳。意氣人所仰〔四〕,游冶方及時〔五〕。子雲不曉事,晚獻《長楊》詞〔六〕。賦達身已老,草《玄》鬢若絲〔七〕。投閣良可歎,但為此輩嗤〔八〕。

【注釋】

〔一〕按:此首他本皆編入《古風五十九首》其八。《唐文粹》亦收入《古風》門類。 〔二〕"咸陽"二句:咸陽,此處借指唐朝京都長安。宮柳黃金枝,宋本原作"百鳥鳴花枝",據他本改。 〔三〕"綠幘"二句:《漢書·東方朔傳》載,董偃少時與母賣珠為業,十三歲時隨母入武帝姑母館陶公主家,為館陶公主寵幸,出則執轡,入則侍內,號曰董君。為防武帝治罪,用爰叔之計,讓館陶公主把自己的園林長門園獻給武帝。後武帝至山林,要見董偃,館陶公主乃下殿,去掉簪珥,赤腳步行叩頭認罪。武帝免其罪,並命她引董偃進見。董君綠幘傅韝,隨主前,伏殿下。主乃贊:"館陶公主胞(庖)人臣偃昧死再拜謁。"因叩頭謝,上為之起。有詔賜衣冠上。偃起,走就衣冠。主自奉食進觴。當是時,董君見尊不名,稱為"主人翁","於是董君貴寵,天下莫不聞。郡國狗馬蹴鞠劍客輻湊董氏"。綠幘(zé),僕役低賤人所戴綠色包髮頭巾。按:"綠幘誰家子?賣珠輕薄兒"二句,宋本原作"玉劍誰家子?西秦豪俠兒",據他本改。

〔四〕"意氣"句:意氣,意態;氣概。仰,一作"傾"。　〔五〕游冶:一作"冶游"。野外游樂,後專指狎妓。　〔六〕"子雲"二句:西漢辭賦家揚雄,字子雲。中年時曾向漢成帝獻《甘泉賦》、《羽獵賦》、《長楊賦》等,為給事黃門郎。不曉事,不識時務。楊修《答臨淄侯箋》:"修家子雲,老不曉事,強著一書,悔其少作。"《長楊詞》,即《長楊賦》。詞,一作"辭"。

〔七〕"草《玄》"句:據《漢書·揚雄傳》載,揚雄晚年鄙薄辭賦,以為"雕蟲篆刻,壯夫不為",轉而研究哲學。哀帝時董賢等用事,依附者驟登高官。揚雄秉節,不鑽營富貴,在家仿《易經》作《太玄經》,提出以"玄"作為宇宙萬物根源的學說。草《玄》:撰寫《太玄經》。鬢若絲,頭髮斑白。

〔八〕"投閣"二句:王莽篡漢,建立新朝,揚雄曾寫《劇秦美新》阿諛王莽。後來王莽誅甄豐父子,揚雄學生劉棻被流放,雄受牽連。時雄正於天祿閣校書,治獄者來,雄乃從閣上跳下,幾乎死。王莽下詔勿問。但當時京城中人多用雄在《解嘲》中說的"惟寂惟寞,守德之宅"譏其"惟寂寞,自投閣"。見《漢書·揚雄傳》。意謂揚雄不能自守其言。此輩,指前所謂"輕薄兒"。哂,譏笑。

【評箋】

　　舊題嚴羽評點《李太白詩集》卷一:評"子雲"六句:悲憤語,不堪再讀。

　　陶穀《清異錄》:唐劍具稍短,常施於脅下者名腰品。隴西人韋景珍有四方志,呼盧酣酒,衣玉篆袍,佩玉鞈(鞈)兒腰品,修飾若神人,李太白常識之,見《感遇詩》云:"玉劍誰家子,西秦豪俠兒。"謂景珍也。

蕭士贇《分類補注李太白詩》注:此時戚里驕縱逾制,動致高位,儒者沉困下僚,是詩必有所感諷而作。

吴昌祺《删訂唐詩解》卷二:言子雲不能自守,則反為小人所嗤。唐(汝詢)謂以子雲自況者,非也。

《唐宋詩醇》卷一:世所謂曉事者,及時行樂耳。而至老矻矻者,晚節末路,又復可欺。白氣骨自負,豈願以辭人終老?兩兩夾照,不是漫作詼啁語。

方東樹《昭昧詹言》卷七:此言少年乘時,賢者無位。

王闓運手批《唐詩選》卷一:"綠幘誰家子",楊國忠亦其類。"投閣"二句,令人不能不羨富貴,與班固同意。

瞿蜕園、朱金城《李白集校注》按:《清異録》説此詩姑無論有無確據,即使李意果指韋景珍而言,篇末"但為此輩嗤"一語,顯非褒許之詞。

按:此詩當是天寶三載(七四四)春在長安有感而作。詩中以揚雄與輕薄兒對比,顯為有感而發。前人或謂以揚雄自況,恐未必是,不如視為詠史為妥。

月下獨酌四首〔一〕

其　　一

花間一壺酒〔二〕,獨酌無相親。舉杯邀明月,對影成三人。月既不解飲,影徒隨我身〔三〕。暫伴月將影〔四〕,行樂須及春〔五〕。我歌月徘徊,我舞影凌亂〔六〕。醒時同交歡,醉後各分散。永結無情游〔七〕,相期邈雲漢〔八〕。

【注釋】

〔一〕此組詩當是天寶三載(七四四)春即將離開長安之作。詩中寫飲酒行樂,然充溢着孤獨窮愁之感。敦煌寫本《唐人選唐詩》合一、二兩首為一首,題作《月下對影獨酌》,無三、四首。《文苑英華》亦只收前二首,前首題作《獨酌》,題下校:"一作《月下獨酌》。"後首題作《對酒》,題下校:"一作《月夜獨酌》。" 〔二〕"花間":間,咸本作"下",明刊《文苑英華》作"前"。 〔三〕"舉杯"四句:陶淵明《雜詩》:"欲言無余和,揮杯勸孤影。"此處或受其啟發。三人,指月、自己和影。徒,只;但。 〔四〕將:與;共。 〔五〕行樂:敦煌寫本《唐人選唐詩》作"為樂"。 〔六〕凌亂:一作"零亂"。 〔七〕無情游:月與影都為無知無情之物,而與之游,故稱"無情游",與上文稱月、影不解人事相應。 〔八〕"相期"句:期,約。邈,遥遠。雲漢,銀河。詩人想像自己飄然成仙,故與月、影相約在遥遠的高空銀河邊相見。

【評箋】

吳开《優古堂詩話·一意兩用》:太白:"舉杯邀明月,對影成三人。"又云:"獨酌勸孤影。"此意亦兩用也。然太白本取淵明"揮杯勸孤影"之句。

舊題嚴羽評點《李太白詩集》卷一九:飲情之奇,於孤寂時覓此伴侶,更不須下物。且一歎一解,若遠若近,開開闔闔,極無情,極有情。如此相期,世間豈復有可"相親"者耶?

《唐詩歸》卷一五譚元春評:奇想,曠想。"對影成三人",妙在實作三人算。"永結無情游,相期邈雲漢",要知實實有情,如此伴侶,儘不寂寞。 鍾惺評:"對影成三人",從無可奈何中,却想出佳境、佳事、佳話。"永結無情游","無情游"三字近道。

沈德潛《唐詩別裁》卷二:脱口而出,純乎天籟,此種詩,人不易學。

《唐宋詩醇》卷八:千古奇趣,從眼前得之。爾時情景,雖復潦倒,終不勝其曠達。陶潛云"揮杯勸孤影",白意本此。

李家瑞《停雲閣詩話》:李詩"舉杯邀明月,對影成三人",東坡喜其造句之工,屢用之。予讀《南史·沈慶之傳》,慶之謂人曰:"我每履田園,有人

211

時與馬成三,無人則與馬成二。"李詩殆本此。然慶之語不及李詩之妙耳。

孫洙《唐詩三百首》卷一:題本獨酌,詩偏幻出三人,月影伴說,反覆推勘,愈形其獨。

按:此詩約作於天寶三載(七四四)春天。當時詩人被讒見疏,心情苦悶。此詩突出一個"獨"字。全詩想像豐富,構思奇特。由"獨"幻化成不獨,再由不獨而"獨"到"獨"而不獨。回環起伏,富於變化。是詩人獨創的佳作。

其　二

天若不愛酒〔九〕,酒星不在天〔一〇〕;地若不愛酒,地應無酒泉〔一一〕。天地既愛酒〔一二〕,愛酒不愧天。已聞清比聖,復道濁如賢。賢聖既已飲,何必求神仙〔一三〕?三杯通大道〔一四〕,一斗合自然〔一五〕。但得醉中趣〔一六〕,勿為醒者傳。

【注釋】

〔九〕愛酒:敦煌寫本《唐人選唐詩》作"飲酒"。　〔一〇〕酒星:即酒旗星。《晉書·天文志上》:"軒轅右角南三星,曰酒旗,酒官之旗也,主宴饗飲食。"今天文學中酒旗三星屬獅子座。　〔一一〕酒泉:《文苑英華》作"醴泉"。按《漢書·地理志》有酒泉郡,武帝太初元年置。顏師古注引應劭曰:"其水若酒,故曰酒泉也。"《三國志·魏志·崔琰傳》裴松之注引張璠《漢紀》曰:"太祖制酒禁,而(孔)融書啁之曰:天有酒旗之星,地列酒泉之郡。人有旨酒之德。"當為李白所本,則作"酒泉"是。
〔一二〕既:胡本作"皆"。　〔一三〕"已聞"四句:敦煌寫本無此四句。清比聖、濁如賢,見《三國志·魏志·徐邈傳》:"平日醉客,謂酒清者為聖人,濁者為賢人。"賢聖,《文苑英華》作"聖賢"。　〔一四〕大道:古指政治上的最高理想。《禮記·禮運》："大道之行也，天下為公。"
〔一五〕自然：天然，指非人為的規律。《老子》："人法地，地法天，天法道，道法自然。"　　〔一六〕醉中趣：飲酒的樂趣。醉，一作"酒"。陶淵明《晉故征西大將軍長史孟府君(嘉)傳》："(桓)溫嘗問君：'酒有何好，而卿嗜之？'君笑而答之：'明公但不得酒中趣爾。'"

【評箋】

　　舊題嚴羽評點《李太白詩集》卷一九：首四句：極豪率，却極雅蘊，有來歷，又不必有學問，政是佳境。　　又評"天地"二句：見此外着愛者，便不可使天知。　　又評"三杯"二句：頌酒功德之火，無如此二句。　　又評末二句：何忍獨為醒，看得醒者可憐。"勿為醒者傳"，看得醒者可鄙。酒人占地步如此。

　　劉辰翁曰：纏綿散朗，漸入真趣，言語之悟入如此。(《唐詩品彙》卷六引)

　　應時《李詩緯》卷二："醉語縱橫，旁若無人。千古只有太白方可嗜酒，其次則阮嗣宗乎？"

　　按：此首以天、地、聖、賢都愛酒證明飲酒樂趣無窮。蓋此樂趣可通大道，合乎自然。能得此酒中趣，既不愧天，不必求神仙，只此趣不可為醒者傳，只宜自己得之可矣。胡震亨《李詩通》謂"此詩乃馬子才詩也"，王琦謂："馬子才乃宋元祐中人，而《文苑英華》已載太白此詩，胡說恐誤。"今按：敦煌寫本《唐人選唐詩》已載此詩，足證為李白之詩。又《太平廣記》卷二〇一引《本事詩》云："而白才行不羈，放曠坦率，乞歸故山。玄宗亦以非廊廟器，優詔許之。嘗有醉吟詩曰：'天若不愛酒，酒星不在天。地若不愛酒，地應無酒泉。……'"即此詩。由此證之，決非偽作。

其　　三

三月咸陽城〔一七〕，千花晝如錦〔一八〕。誰能春獨愁？

對此徑須飲〔一九〕。窮通與修短,造化夙所稟〔二〇〕。一樽齊死生〔二一〕,萬事固難審〔二二〕。醉後失天地〔二三〕,兀然就孤枕〔二四〕。不知有吾身〔二五〕,此樂最為甚。

【注釋】

〔一七〕"三月"句:咸陽,秦代京城,此代指唐代長安。城,宋本作"時",據他本改。 〔一八〕"千花"句:梁元帝《燕歌行》:"黃龍戍北花如錦。"以上二句,宋本校:"一作好鳥吟清風,落花散如錦。又作園鳥語成歌,庭花笑如錦。" 〔一九〕徑須:直須,就須。李白《將進酒》:"主人何為言少錢,徑須沽取對君酌。" 〔二〇〕"窮通"二句:窮通,以出處言,指仕途的困窘與顯達。《莊子·讓王》:"古之得道者,窮亦樂,通亦樂,所樂非窮通也。"修短,以壽數言,指人的壽命長短。《漢書·谷永傳》:"加以功德有厚薄,期質有修短,時世有中季,天道有盛衰。"造化,自然界的創造者。亦指自然;命運。夙,夙昔,歷來。夙所稟,昔所承受。二句意謂人的窮通壽命都是自然界早就賦予決定了的。 〔二一〕齊死生:死生相同。《莊子·齊物論》認為對立的事物都是相同的,主張齊是非、齊彼此、齊物我、齊夭壽。《文選》卷一四班固《幽通賦》:"周賈蕩而貢憤兮,齊死生與禍福。"李善注引曹大家(班昭)曰:"周,莊周;賈,賈誼也;貢,潰也;憤,亂也;蕩,蕩不知所守也。莊周、賈誼有好智之才,而不以聖人為法,潰亂於善惡,遂為放蕩之辭。"詩人受《莊子》影響甚深,於此流露的正是這種思想。 〔二二〕審:詳知,明悉。 〔二三〕失天地:形容醉後天旋地轉,難以區分。 〔二四〕兀然:渾然無知貌。 〔二五〕"不知"句:即"齊死生"之意。《老子》:"吾所以有大患者,為吾有身。及吾無身,吾有何患?"此處用其意。有身,即有我;無身,即無我。

【評箋】

舊題嚴羽評點《李太白詩集》卷一九:首四句:摘此四句已盡,以下嫌多嫌破。

《唐宋詩醇》卷八:置之陶《飲酒》中,真趣正復相似。

按：此首極寫及時飲酒游樂不須愁。

其　四

窮愁千萬端，美酒三百杯〔二六〕。愁多酒雖少，酒傾愁不來〔二七〕。所以知酒聖〔二八〕，酒酣心自開。辭粟臥首陽〔二九〕，屢空飢顏回〔三〇〕。當代不樂飲，虛名安用哉〔三一〕？蟹螯即金液〔三二〕，糟丘是蓬萊〔三三〕。且須飲美酒，乘月醉高臺。

【注釋】

〔二六〕"窮愁"二句：千萬端，宋本校："一作有千端。"端，種；方面。三百杯，宋本校："一作唯數杯。"　〔二七〕酒傾：胡本作"酒醉"。
〔二八〕酒聖：宋本校："一作聖賢。"　〔二九〕"辭粟"句：用伯夷、叔齊恥食周粟事。見前《行路難》其三注。首陽，首陽山。在今河南省偃師西北。《史記·伯夷列傳》："武王已平殷亂，天下宗周，而伯夷、叔齊恥之，義不食周粟，隱於首陽山，采薇而食之。"卧首陽，宋本校："一作餓伯夷。"
〔三〇〕飢顏回：飢，宋本校："一作悲。"顏回（前五二一——前四九〇），孔子弟子，春秋魯國人，字子淵。為人安貧樂道而又好學，在孔門中以德行著稱。《論語·先進》："子曰：'回也其庶乎，屢空。'"又《雍也》："子曰：'賢者回也！一簞食，一瓢飲，在陋巷，人不堪其憂，回也不改其樂。'"
〔三一〕"當代"二句：暗用西晉張翰語。《晉書·張翰傳》："或謂之曰：'卿乃可縱適一時，獨不為身後名耶？'答曰：'使我有身後名，不如即時一杯酒。'時人貴其曠達。"　〔三二〕"蟹螯"句：《晉書·畢卓傳》："卓嘗謂人曰：得酒滿數百斛船，四時甘味置兩頭，右手持酒杯，左手持蟹螯，拍浮酒船中，便足了一生矣。"金液，古時方士用黃金煉成的金液。此句謂酒、蟹便是長生不老的金液。　〔三三〕"糟丘"句：糟丘，酒糟堆成的小丘。蓬萊，古代神仙故事中的海中仙山。此句謂酒糟堆成的小丘便是

215

仙山蓬萊。

【評箋】
　　舊題嚴羽評點《李太白詩集》卷一九：首四句：無可奈何,賴有此耳。　又評"辭粟"四句：並掃夷、齊、顏回,更高一着。

　　按：此首詩人強調飲酒的樂趣,否定庸俗、虛名和神仙。

　　按：此組詩顯然是天寶三載（七四四）春在長安所作,詩中充分表現了當時借酒澆愁的苦悶心情。也有否定煉丹求仙之意。大約此後不久,便被賜金還山,離開了長安。

贈參寥子〔一〕

　　白鶴飛天書〔二〕,南荆訪高士〔三〕。五雲在峴山〔四〕,果得參寥子。骯髒辭故園〔五〕,昂藏入君門〔六〕。天子分玉帛〔七〕,百官接話言〔八〕。毫墨時灑落〔九〕,探玄有奇作〔一〇〕。著論窮天人〔一一〕,千春祕麟閣〔一二〕。長揖不受官,拂衣歸林巒。余亦去金馬〔一三〕,藤蘿同所歡〔一四〕。相思在何處？桂樹青雲端〔一五〕。

【注釋】
〔一〕參寥子：當時一位隱士的號。《莊子·大宗師》："玄冥聞之參寥,參寥聞之疑始。"參寥、玄冥,都是莊周虛擬的含有寓意的人名。參寥,本形容虛空高遠,故逸士取以為號。按孟浩然有《贈道士參寥》詩,當與此詩之"參寥子"為同一人。按詩云："白鶴飛天書,南荆訪高士。五雲在峴山,果得參寥子。"知參寥子原為襄陽隱士。　〔二〕"白鶴"句:古代稱徵辟賢士的詔書為鶴書,又名鶴頭書。《文選》卷四三孔稚圭《北山移文》:"及其鳴騶入谷,鶴書赴隴。"李善注引蕭子良《古今篆隸文體》曰:"鶴頭書與偃波書,俱詔板所用,在漢則謂之尺一簡,髣髴鵠頭,故有其稱。"　〔三〕"南荆"句:南荆,猶南楚,指今湖北襄陽一帶,唐代荆州采訪使駐此。高士,志行高尚之士,指隱士。　〔四〕"五雲"句:五雲,五彩祥瑞之雲。《太平御覽》卷八引京房《易·飛候》:"視四方常有大雲五色,其下賢人隱也。"峴山:見前《襄陽歌》注。　〔五〕骯髒:同"抗髒",剛直不屈貌。趙壹《刺世疾邪賦》:"伊優北堂上,抗髒倚門邊。"　〔六〕昂藏:形容氣宇軒昂、氣概不凡。　〔七〕玉帛:玉器和束帛。〔八〕話言:《詩·大雅·抑》:"告之話言。"毛傳:"話言,古之善言也。"〔九〕"毫墨"句:用鮑照《蜀四賢詠》成句。　〔一〇〕探玄:玄,宋本作"元",乃避宋皇朝始祖趙玄朗諱改,今據他本改。探玄,研究探索道家深奥妙理。　〔一一〕窮天人:指能通曉天和人、天道和人道或自然和人為的關係。司馬遷《報任安書》:"亦欲以究天人之際,通古今之變,成一家之言。"　〔一二〕"千春"句:謂所著之書將秘藏於麟閣而傳之千秋。麟閣,即麒麟閣。見《金門答蘇秀才》注。　〔一三〕金馬:即金馬門。漢代宫門名。見《金門答蘇秀才》注。此處代指唐代翰林院。〔一四〕同所歡:歡,一作"攀"。　〔一五〕"桂樹"句:《楚辭·招隱士》:"桂樹叢生兮山之幽。"此指隱居之地。吴均《山中雜詩》:"桂樹籠青雲。"此句謂將過隱居生活。

【評箋】

舊題嚴羽評點《李太白詩集》卷八:格如鎖骨,音斷義連,惟五言短韻,故不多得。

蕭士贇《分類補注李太白詩》卷九:按李白本傳曰:白懇求還山,帝賜金放還。作是詩必此時也。

李日華《恬致堂詩話》:李白《贈參寥子》詩云:"五雲在峴山,果得參寥子。"又云:"骯髒辭故園,昂藏入君門。"知為荆襄間隱人,曾召對放還者。

　　按：詩云"余亦去金門"，則此詩當是天寶三載(七四四)春李白被"賜金還山"時所作。從孟浩然《贈道士參寥》詩可知，參寥子當是孟浩然知音，且同隱於襄陽峴山。然李白寫此詩時，亦即參寥辭京歸隱之時，孟浩然已前卒。從詩中意境看，似李白早在入京供奉翰林前已結識參寥。疑其結識當在襄陽與孟浩然過從之時。

東　武　吟〔一〕

　　好古笑流俗〔二〕，素聞賢達風〔三〕。方希佐明主，長揖辭成功。白日在高天，回光燭微躬〔四〕。恭承鳳凰詔〔五〕，欻起雲蘿中〔六〕。清切紫霄迥，優游丹禁通〔七〕。君王賜顏色，聲價凌烟虹〔八〕。乘輿擁翠蓋，扈從金城東〔九〕。寶馬麗絕景〔一〇〕，錦衣入新豐〔一一〕。倚巖望松雪，對酒鳴絲桐〔一二〕。因學揚子雲，獻賦甘泉宮〔一三〕。天書美片善，清芬播無窮〔一四〕。歸來入咸陽〔一五〕，談笑皆王公。一朝去金馬，飄落成飛蓬〔一六〕。賓友日疏散，玉樽亦已空〔一七〕。才力猶可倚，不慚世上雄〔一八〕。閑作《東武吟》〔一九〕，曲盡情未終。書此謝知己，吾尋黃綺翁〔二〇〕。

【注釋】

〔一〕東武吟：樂府舊題。《樂府詩集》卷四一列入《相和歌辭·楚調曲上》。前有鮑照、沈約《東武吟》，並"傷時移事異，榮華徂謝也"(《樂府解題》)。左思《齊都賦》注："《東武》、《泰山》，皆齊之土風，絃歌謳吟之曲名也。"按：東武，漢縣名，今山東諸城市。《元和郡縣志》卷七密州諸城縣："本漢東武縣也，屬琅邪郡，樂府章所謂《東武吟》者也。"《海錄碎事》："《東武吟》，樂府詩，人有少壯從征伐，年老被棄，游於東武者，不敢論功，但戀君耳。"此詩在李白詩集中重出，題作《還山留別金門知己》，文字小異。詩題下校云："一本作《出金門後書懷留別翰林諸公》。"　〔二〕流俗：世俗，指當時社會流行的平庸風俗習慣。　〔三〕賢達風：賢士之風。賢達，指有才德、聲望的人。　〔四〕"白日"二句：高，一作"青"。燭，照耀。微躬，猶賤軀，自稱謙詞。燭，一作"矚"，又一作"照"。〔五〕鳳凰詔：皇帝的詔書。見《玉壺吟》注。　〔六〕"欻起"句：欻(xū)，忽然。雲蘿，女蘿似雲；雲蘿中，猶草間，指隱居地。欻，一作"欸"。起，《文苑英華》作"然"。蘿，一作"羅"。　〔七〕"清切"二句：清切，指清貴而接近帝王。劉楨《贈徐幹》詩："拘限清切禁，中情無由宣。"紫霄，指帝王所居之處。梁簡文帝《圍城賦》："升紫霄之丹地，排玉殿之金扉。"此句謂在帝王身邊從事清貴的工作，自由出入於紫禁城。霄，《文苑英華》二〇一作"垣"。迴，宋本作"迴"，據他本改。優游，閑暇自得貌。丹禁，帝王所居禁城。　〔八〕"君王"二句：賜顏色，猶賞臉。凌煙虹，猶凌雲，形容聲望和社會地位直上雲霄。　〔九〕"乘輿"二句：乘輿，皇帝的車隊，常指皇帝。翠蓋，猶翠輦，翠羽裝飾的車蓋，此指帝王的車駕。二句謂乘車簇擁着御駕，隨從護駕。扈從，百官從駕，謂之扈從。見《封氏聞見記》卷五。金城，堅固之城，指長安。賈誼《過秦論》："天下已定，始皇之心自以為關中之固，金城千里，天府之國。"因新豐在長安東，故稱"金城東"。　〔一〇〕"寶馬"句：麗，原為"附"義，引申作拴，繫。麗，一作"驟"。絕景，極佳的風景。此句謂把寶馬拴在風景極美之地。
〔一一〕新豐：漢縣名。治所在今陝西臨潼東北新豐鎮。按此指李白扈從溫泉宮，宮在當時新豐縣驪山下。　〔一二〕"倚巖"二句：倚巖，一作"依巖"。絲桐，指琴。琴多以桐木製成，上安絲絃，故稱"絲桐"。
〔一三〕"因學"二句：因，一作"方"。揚子雲，揚雄，字子雲，西漢文學家。揚，宋本作"楊"，據他本改。獻賦，《漢書·揚雄傳》："正月，從上甘泉還，奏賦以風。"甘泉宮，漢代宮名。故址在今陝西淳化西北甘泉山。

〔一四〕"天書"二句：天書，帝王詔書的尊稱。片善，小善。清芬，喻好名聲。播無窮，形容傳播極廣。芬，一作"芳"。 〔一五〕"歸來"二句：郭本誤失此二句。咸陽，此指長安。 〔一六〕"一朝"二句：去，離開。金馬，即金馬門。見《金門答蘇秀才》注。飛蓬，喻行蹤漂泊不定如遇風飛旋的蓬草。 〔一七〕"賓友"二句：友，一作"客"。亦已，《唐詩紀事》作"日成"。亦，《文苑英華》二八六作"尋"。已，郭本一五作"成"。玉樽，製作精美的酒杯。 〔一八〕"才力"二句：才力，才能。倚，依賴。才力，一作"長才"。倚，胡本作"恃"。二句自謂尚有才能，並不因出金門而在當世英雄面前感到慚愧。 〔一九〕作：一作"來"。 〔二〇〕"吾尋"句：一作"扁舟尋釣翁"、"滄浪尋釣翁"。扁舟，宋本校："一作滄波。"黃綺翁，指商山四皓夏黃公、綺里季等，為漢初高士。事見《史記·留侯世家》。

【評箋】

計有功《唐詩紀事》卷一八：或曰，白以是詩留別翰苑，遂放游江湖矣。

舊題嚴羽評點《李太白詩集》卷四："好古"二句：超邁之意，等閒説出。 又評"方希"四句：是自信，非乞憐。 又評"倚巖"二句：忽入清騷。 又評"才力"二句：是豪士語。若"猶"字、"不"字一改，可成見道語。

《後村先生大全集》卷一七七《詩話後集》：《東武吟》云："白日在高天……飄落成飛蓬。"《贈宋陟》云："早懷經濟策……君臣忽行路。"二詩與杜公"集賢學士如堵牆，觀我落筆中書堂"、"往時文采動人主，此日飢寒趨路旁"之作，悲壯略同。

蕭士贇《分類補注李太白詩》注：此詩乃太白放黜之後，作此以別知己者。抱材於世，始遇而卒不合，見知而不見用。……眷戀不忘之意，悠悠然見於辭外，亦可慨歎也已。

按：由此詩題下校語"一本作《出金門後書懷留別翰林諸公》"可知，

當是天寶三載(七四四)出翰林院離京時之作。詩中詳敘從奉詔入京到離京還山的經歷和情景,可作史詩看待。

古　　風（其三十九）

登高望四海,天地何漫漫〔一〕!霜被群物秋〔二〕,風飄大荒寒〔三〕。榮華東流水,萬事皆波瀾〔四〕。白日掩徂暉,浮雲無定端〔五〕。梧桐巢燕雀,枳棘棲鴛鸞〔六〕。且復歸去來,劍歌《行路難》〔七〕。

【注釋】

〔一〕漫漫:亦作"曼曼",無涯際貌。　〔二〕"霜被"句:謂秋霜覆蓋萬物。被,動詞,披,覆蓋。　〔三〕"風飄"句:大荒,廣野,極言其地曠遠。宋本校:"一本自第四句後云:殺氣落喬木,浮雲蔽層巒。孤鳳鳴天霓。遺聲何辛酸。游人悲舊國,撫心亦盤桓。倚劍歌所思,曲終涕泗瀾。"　〔四〕"榮華"二句:謂榮華易逝如東流之水,一去不返,萬事盛衰都像波瀾一樣起伏無常。　〔五〕"白日"二句:白日,喻指君王。徂(cú)暉,落日之餘暉。浮雲,喻指小人。無定端,沒有一定方向。暗喻朝政腐敗。　〔六〕"梧桐"二句:《莊子·秋水》:"夫鵷鶵,發於南海,而飛於北海,非梧桐不止,非練實(竹實)不食,非醴泉不飲。"枳(zhǐ)棘,多刺之樹。鴛,通"鵷",胡本作"鵷"。與傳說中鸞鳳同類。二句意謂本來只配棲息在多刺樹木上的燕雀,現在却巢息於梧桐;本應止宿於梧桐的鴛鳳,如今却反而棲於惡樹。　〔七〕"且復"二句:歸去來,即歸去,回家。來,語氣助詞,無義。晉陶淵明有《歸去來辭》,此用其意。劍歌,彈劍而歌。暗用《史記·孟嘗君列傳》馮驩彈鋏而歌"食無魚"、"出無輿"、"無以為家"的典故。《行路難》,樂府《雜曲歌辭》篇名。《樂府解題》曰:

221

"《行路難》,備言世路艱難及離別悲傷之意。"本為民間歌謠。南朝宋鮑照有《擬行路難》十九首,以雜言歌行體抒寫懷抱,為樂府詩名作。李白也有三首,更著名。行,宋本校:"一作悲。"

【評箋】

蕭士贇《分類補注李太白詩》注:此篇"登高望四海,天地何漫漫"者,以喻高見遠識之士知時世之昏亂也。"霜被群物秋,風飄大荒寒"者,以喻陰小用事而殺氣之盛也。"榮華東流水,萬事皆波瀾"者,謂遭時如此,所謂榮華者如水之逝,萬事之無常亦猶波瀾之無有底止也。日,君象;浮雲,奸臣也;掩者,蔽也;徂暉者,日落之光也;以喻人君晚節為奸臣蔽其明,猶白日將落為浮雲掩其輝也。無定端者,政令之無常也。"梧桐巢燕雀"者,喻小人在上位而得志也。"枳棘棲鴛鸞"者,喻君子在下位而失所也。"且復歸去來,劍歌《行路難》"者,白意蓋謂危邦不入、亂邦不居,識時知幾之士,當此之際,惟有歸隱而已。

沈德潛《唐詩別裁》卷二:"白日"二語,喻讒邪惑主。"梧桐"二語,喻小人得志,君子失所。

王琦《李太白全集》注:"登高望四海,天地何漫漫",見宇宙廣大之意。"霜被群物秋,風飄大荒寒",見生計蕭索之意。"榮華東流水",言年華日去,如水之東流,滔滔不返。"萬事皆波瀾",言生事擾擾,反覆相乘,如水之波瀾,無有靜時。"白日掩徂暉",謂日將落而無光,如人將有去志而意色不快。"浮雲無定端",言人生世上,行蹤原無一定,何必戀戀於此!或以落日為浮雲所掩,喻英明之人為讒邪所惑,兩句作一意解者亦可。梧桐之木,本鳳凰所止,而燕雀得巢其上,喻小人得志。枳棘之樹,本燕雀所萃,而鵷鸞反棲其間,喻君子失所。以上皆即景而寓感歎於間,以見不得不動歸來之念。意者,是時太白所投之主人,惑於群小而不見親禮,將欲去之而作此詩。舊注以時世昏亂、陰小用事為解,專指朝政而言,恐未是。

按:此詩所述景象皆為現實所見而寓感歎於其間。從詩意看,此詩亦當為天寶三載(七四四)被讒去朝時所作。

古　　風（其十一）

　　松柏本孤直，難為桃李顏〔一〕。昭昭嚴子陵〔二〕，垂釣滄波間。身將客星隱〔三〕，心與浮雲閑。長揖萬乘君〔四〕，還歸富春山〔五〕。清風灑六合〔六〕，邈然不可攀〔七〕。使我長歎息，冥棲巖石間〔八〕。

【注釋】
〔一〕桃李顏：桃李色豔，詩人借喻賣弄風騷、投人所好的品行。
〔二〕"昭昭"句：昭昭，光明磊落貌。嚴子陵，《後漢書·嚴光傳》："嚴光，字子陵，會稽餘姚人也。少有高名，與光武同游學。及光武即位，乃變名姓，隱身不見。帝思其賢，乃令以物色訪之。後齊國上言：'有一男子，披羊裘，釣澤中。'帝疑其光，乃備安車玄纁，遣使聘之。三反而後至。……車駕即日幸其館，光卧不起。……於是〔帝〕升輿歎息而去。復引光入，論道舊故，相對累日。……因共偃卧，光以足加帝腹上。明日，太史奏客星犯御座甚急。帝笑曰：'朕故人嚴子陵共卧耳。'除為諫議大夫，不屈，乃耕於富春山，後人名其釣處為嚴陵瀨焉。"　〔三〕"身將"句：自身與天上客星一樣隱遁。將，與。　〔四〕"長揖"句：長揖，古時不分尊卑的相見禮。拱手高舉，自上而下。萬乘君，指皇帝。　〔五〕富春山：在今浙江桐廬西，又名嚴陵山。　〔六〕六合：指天地四方。
〔七〕"邈然"句：邈然，高遠貌。不可攀，謂不能企及。　〔八〕冥棲：深居。

【評箋】
　　舊題嚴羽評點《李太白詩集》卷一："昭昭"二字，為隱人生光焰，妙，妙。　　又評"身將"四句：何等傲逸！

郭本引徐禎卿曰：此篇蓋有慕乎子陵之高尚也。

邢昉《唐風定》：詠史亦人所同，氣體高妙則獨步矣。

沈德潛《唐詩別裁》卷二：不著議論，詠古一體。

《唐宋詩醇》卷一：起句本之《荀子》，直揭本指，嚴羽所謂"開門見山"者也。與左思《詠史》作風格正復相似。《荀子》曰：桃李倩粲於一時，時至而後殺。至於松柏，經隆冬而不凋，可謂得其真矣。

按：從此詩用嚴光事以自況來看，疑是天寶三載(七四四)離長安時所作。全詩以首二句為中心線索，貫串全詩，結構嚴密。

古　　風（其十四）

燕昭延郭隗〔一〕，遂築黃金臺〔二〕。劇辛方趙至〔三〕，鄒衍復齊來〔四〕。奈何青雲士〔五〕，棄我如塵埃！珠玉買歌笑，糟糠養賢才〔六〕。方知黃鶴舉，千里獨徘徊〔七〕。

【注釋】

〔一〕"燕昭"句：昭，宋本作"趙"，據他本改。燕昭，燕昭王，戰國時燕國國君，名職。燕王噲的庶子。公元前三一一至前二七九年在位。原來流亡在韓國。子之三年(前三一五年)，燕國內亂，齊國乘機攻占燕國，噲和子之被殺。趙國派樂池護送他回燕國，公元前三一一年即位。其在位期間改革政治，招聘人才，後來聯合各國攻打齊國，占領齊國七十多城，成為燕國最強盛的時期。延，聘請。郭隗，燕昭王的謀臣。據《戰國策·燕策一》與《史記·燕召公世家》等記載，燕昭王即位，欲招致天下賢士，雪先王之恥，向郭隗問計，他說："請先自隗始。"燕昭王就先為郭隗築宮而師事之。結果,樂毅從魏國、鄒衍從齊國、劇辛從趙國,賢士都争着往燕國。　〔二〕黄金臺:先秦典籍和《史記・燕召公世家》皆未記黄金臺之名。孔融《論盛孝章書》:"昭王築臺,以尊郭隗。隗雖小才,而逢大遇。"亦未有"黄金臺"之名。《文選》卷二八鮑照《放歌行》:"豈伊白璧賜,將起黄金臺。"李善注:"王隱《晉書》曰:'段匹磾討石勒,進屯故安縣故燕太子丹金臺。'《上谷郡圖經》曰:'黄金臺,易水東南十八里,燕昭王置千金於臺上,以延天下之士。'二説既異,故俱引之。"則晉以後始有此名。〔三〕"劇辛"句:劇辛,燕昭王招徠賢者,劇辛從趙國入燕國為將軍。至,宋本校:"一作往。"　〔四〕鄒衍:齊國人,曾游學稷下。燕昭王招徠賢者,他從齊國入燕。　〔五〕青雲士:比喻高官顯爵之人。《史記・伯夷列傳》:"閭巷之人,欲砥行立名者,非附青雲之士,惡能施于後世哉!"張守節《正義》:"礪行修德在鄉閭者,若不托貴大之士,何得封侯爵賞而名留後代也?"　〔六〕"珠玉"二句:蕭士贇《分類補注李太白詩》引楊齊賢注:"太白意謂吴姬越女資其一歌笑,則不惜珠玉之費,至於賢人才士,則待之以糟糠,其好色而不好德如此。"瞿蜕園、朱金城《李白集校注》云:"'珠玉買歌笑'不過比喻讒諂面諛之近倖。楊説似失之淺。"〔七〕"方知"二句:黄鵠舉,《韓詩外傳》卷二:"田饒事魯哀公而不見察,田饒謂魯哀公曰:'臣將去君,黄鵠舉矣!'""黄鵠"即"黄鶴"。鶴,《唐文粹》作"鵠"。二句意謂有了被朝廷遺棄的親身經歷,纔懂得黄鶴為什麽一舉千里,獨自徘徊自適的道理。

【評箋】

舊題嚴羽評點《李太白詩集》卷一:"珠玉"二句:慨痛,一字一涙。

蕭士贇《分類補注李太白詩》:"太白少有高尚之志,此詩豈出山之後不為時相所禮,有輕出之悔歟?不然,何以曰'方知黄鵠舉,千里一徘徊'?吁!讀其詩者,百世之下,猶有感慨。"

郭本引徐禎卿曰:"此篇刺時貴也。"

《唐宋詩醇》卷一:《國策》:田需對管燕云:"士三日不得咽,而君鵝鶩有餘粟。"與《孟子》所云豕交獸畜者更有甚焉。乃知穆生辭楚,見色斯舉耳。

　　陳沆《詩比興箋》卷三：刺不養士求賢也。天寶之末，宰臣媢嫉，林甫賀野無遺賢，國忠非私人不用。廟堂惟聲色是娛，而天地否、賢人隱矣。

　　按：此詩當是天寶三載（七四四）離長安後作。全詩借古諷今，抒發懷才不遇的深切感慨。

山人勸酒〔一〕

　　蒼蒼雲松〔二〕，落落綺皓〔三〕。春風爾來為阿誰？胡蝶忽然滿芳草〔四〕。秀眉霜雪桃花貌，青髓綠髮長美好〔五〕。稱是秦時避世人，勸酒相歡不知老。各守麋鹿志〔六〕，恥隨龍虎爭〔七〕。欻起佐太子，漢皇乃復驚。顧謂戚夫人，彼翁羽翼成〔八〕。歸來商山下，泛若雲無情〔九〕。舉觴酹巢由，洗耳何獨清〔一〇〕。浩歌望嵩嶽〔一一〕，意氣還相傾〔一二〕。

【注釋】

〔一〕山人勸酒：樂府舊題。《樂府詩集》卷六〇收此詩，列於《琴曲歌辭》。蕭士贇注："樂府觴酌七曲，其一曰《山人勸酒》。"　〔二〕"蒼蒼"句：蒼蒼，深青色。雲松，形容松樹高聳入雲。　〔三〕"落落"句：落落，豁達開朗貌。綺皓，指商山四皓：東園公、甪里先生、綺里季、夏黃公。秦末隱於商山（今屬陝西商洛市），都年過八十，鬚眉皓白。《文選》卷三一江淹《雜體詩·孫廷尉綽雜述》："南山有綺皓。"張銑注："綺，綺里季。皓，老人貌。"　〔四〕"春風"二句：阿誰，誰人。胡蝶，即蝴蝶。

〔五〕"秀眉"二句：形容四皓容顏秀美。桃花貌，一作"顏桃花"、"顏桃李"。青髓綠髮，一作"骨青髓綠"。長美好，阮籍《詠懷詩》其四："自非王子晉，誰能長美好。" 〔六〕麋鹿志：指隱居的志向。麋，宋本作"兔"，據他本改。麋是鹿的一種，古時常以麋鹿為隱士代稱。 〔七〕龍虎爭：指秦末群雄相爭。 〔八〕"欻起"四句：欻，忽然。佐太子，佐，《文苑英華》作"安"。據《史記·留侯世家》記載，漢高祖欲廢太子劉盈而立戚夫人之子趙王如意，呂后恐懼，留侯張良為她設計，使人奉太子書札，卑辭厚禮，迎請商山四皓。漢高祖設宴，太子侍酒，四人從，年皆八十有餘，鬚眉皓白，衣冠甚偉。高祖驚問之，四皓盛稱太子仁孝愛士，天下賢士均願效死，故來輔佐。高祖遂放棄改易太子的想法。對戚夫人說："我欲易之，彼四人輔之，羽翼已成，難動矣。"四句即指此事。皇，一作"王"。〔九〕"歸來"二句：謂事畢後四皓回到商山，飄然如無情之雲。商，《樂府詩集》、《全唐詩》作"南"。 〔一〇〕"舉觴"二句：酹(lèi)，用酒灑在地上表示祭奠。巢由，巢父與許由。相傳為堯時隱士。堯要讓位給許由，許由認為弄髒了自己的耳朵，於是到潁水去洗耳。許由將此事告訴巢父，巢父斥責許由。事見《高士傳》。二句即用此意。獨，《文苑英華》作"太"。 〔一一〕嵩嶽：即嵩山。嵩山之南有許由山，高大四絕。北有潁水，相傳即許由洗耳處。 〔一二〕"意氣"句：謂志趣相慕。鮑照《代雉朝飛》："握君手，執杯酒，意氣相傾死何有？"還，一作"遙"。

【評箋】

舊題嚴羽評點《李太白詩集》卷三評首二句：人境俱不奪，喝起好，疊字更好。 又評"秀眉"二句：着色奇，非換骨洗髓人安能知之？ 又評"欻起"二句："欻起"二字，有大海迴瀾之力。 又評"歸來"二句：歸無情，始知出亦無心。 又評"浩歌"二句：此中有人"跂予望之"，無限深情。從來反招隱詩無此俊逸。

朱諫《李詩選注》："按《山人勸酒》則以四皓言之，辭大意高，雖用舊題，而點化之妙，消盡陳腐之氣也。"

陸時雍《唐詩鏡》卷一八：語致間仍見高風落落。

《唐宋詩醇》卷三：泛詠四皓，便是無情之文，故注家以為感時事、刺盧鴻輩，不為無見。白居易《四皓廟》云："如彼旱天雲，一雨百穀滋。澤則在天下，雲復歸希夷。"可謂蘊藉有味矣。白詩却只有五字，曰"泛若雲無情"，尤為深妙。知古人每相本也。

王琦《李太白全集》注：此詩大意美四皓，當暴秦之際，能避世隱居，及漢有天下，雖一出而輔佐太子，乃功成身退，曾不繫情爵位，真可以希風巢、許者矣。箕山、潁水是二子洗耳盤桓之地，俱在嵩山，故望之而慨焉生慕，巢、由如在，意氣可以相傾，此正尚友古人之意。初無譏評獨清之說，明皇一證，其見左也。

按：此詩當是天寶三載（七四四）賜金還山路過商山懷古之作。

單父東樓秋夜送族弟況之秦〔一〕 時凝弟在席

爾從咸陽來〔二〕，問我何勞苦。沐猴而冠不足言〔三〕，身騎土牛滯東魯〔四〕。況弟欲行凝弟留，孤飛一雁秦雲秋〔五〕。坐來黃葉落四五〔六〕，北斗已挂西城樓〔七〕。絲桐感人絃亦絕，滿堂送客皆惜別〔八〕。卷簾見月清興來〔九〕，疑是山陰夜中雪〔一〇〕。明日斗酒別，惆悵清路塵〔一一〕。遙望長安日，不見長安人。長安宮闕九天上，此地曾經為近臣〔一二〕。一朝復一朝，白髮心不改〔一三〕。屈平顦顇滯江潭，亭伯流離放遼海〔一四〕。折翮翻飛隨轉蓬〔一五〕，聞弦虛墜下霜空〔一六〕。聖朝久棄青雲士〔一七〕，他日誰憐張長公〔一八〕？

【注釋】

〔一〕單(shàn)父：唐縣名，屬河南道宋州，即今山東單縣。況，一作"沈"，下同。按《新唐書・宰相世系表二上》李氏姑臧大房有李況，無李沈，疑即此人。之秦，宋本校："一作西京。"指長安。"時凝弟在席"為太白自注。按《新唐書・宰相世系表二上》李氏姑臧大房有李凝，乃李冽弟，當即此人。　　〔二〕咸陽：指長安。　　〔三〕"沐猴"句：《史記・項羽本紀》："人言楚人沐猴而冠耳，果然。"裴駰《集解》引張晏曰："沐猴，獼猴也。"獼猴戴帽，徒具人形。此用以諷刺當權者。不足言，不屑一談。〔四〕"身騎"句：《三國志・魏志・鄧艾傳》裴松之注引《世語》："宣王(司馬懿)為(州)泰會，使尚書鍾繇調泰：'君釋褐登宰府，三十六日擁麾蓋，守兵馬郡；乞兒乘小車，一何駛乎？'泰曰：'誠有此。君，名公之子，少有文采，故守吏職，獼猴騎土牛，又何遲也！'"獼猴騎土牛喻晉升緩慢，政治上不得志。滯，滯留。東魯，指今山東兗州一帶。　　〔五〕"況弟"二句：一雁，指李況。秦雲秋，指秋天到長安去。　　〔六〕"坐來"句：坐來，正當……之時。此句謂時值黃葉初落。　　〔七〕"北斗"句：北斗，北方天上排列成斗形的七顆星，常被當作指示方向和認識星座的重要標誌。已，宋本校："一作稍。"　　〔八〕"絲桐"二句：咸本此二句顛倒，作"滿堂送客皆惜別，絲桐感人絃已絕"。絲桐，指琴。見前《東武吟》注。王粲《七哀詩》："絲桐感人情，為我發悲音。"亦絕，已斷。亦，宋本校："一作已。"客，一作"君"。　　〔九〕清興：閒適清雅的興致。　　〔一〇〕"疑是"句：用王子猷典。《世說新語・任誕》："王子猷居山陰，夜大雪，眠覺，開室，命酌酒，四望皎然。"　　〔一一〕清路塵：曹植《七哀詩》："君若清路塵，妾若濁水泥。浮沉各異勢，會合何時諧？"此即用其意，表示分手時的感慨。　　〔一二〕"長安"二句：此地，指長安。近臣，帝王親近之臣，指自己曾供奉翰林。　　〔一三〕白髮：一作"髮白"。　　〔一四〕"屈平"二句：平，一作"原"。《楚辭・漁父》："屈原既放，游於江潭，行吟澤畔，顏色憔悴，形容枯槁。"顦顇，同"憔悴"。《後漢書・崔駰傳》："崔駰，字亭伯，涿郡安平人。……駰為(竇憲)主簿，前後奏記數十，指切長短，憲不能容。……出為長岑長。駰自以遠去不得意，遂不之官而歸。"李賢

注："長岑縣，屬樂浪郡，其地在遼東。"二句以屈原、崔駰被疏放逐喻已仕途失意。　〔一五〕"折翮"句：咸本作"翼短天長去不窮"。折翮，喻政治上受到挫折。翮，羽莖，此指鳥翼。轉蓬，喻行迹不定如蓬草隨風飛轉。曹植《雜詩》："轉蓬離本根，飄颻隨長風。"　〔一六〕聞弦虛墜：用更嬴事。《戰國策·楚策四》："更嬴與魏王處京臺之下，仰見飛鳥，更嬴謂魏王曰：'臣能為王引弓虛發而下鳥。'……有間，雁從東方來，更嬴以虛弓發而下之。魏王曰：'然則射之精乃至於此乎？'更嬴曰：'此孽也。'王曰：'先生何以知之？'對曰：'其飛徐而鳴悲。飛徐者，故瘡痛也；鳴悲者，久失群也。故瘡未息，而驚心未去，聞弦音引而高飛，故瘡裂而隕也。'"此用喻已被讒去朝，有如驚弓之鳥。　〔一七〕青雲士：道德學問高尚之士。《史記·伯夷列傳》："閭巷之人，欲砥行立名者，非附青雲之士，惡能施於後世哉！"　〔一八〕張長公：《史記·張釋之馮唐列傳》："釋之卒。其子曰張摯，字長公，官至大夫，免。"司馬貞《索隱》："謂性公直，不能曲屈見容於當世，故至免官不仕也。"此以張摯"不能取容當世"自喻。他日誰憐張長公，宋本校："一作誰肯相思張長公。"

【評箋】

　　舊題嚴羽評點《李太白詩集》卷一四："坐來"二句：蕭然黯然，善寫愁別之境。"四五"字更着得好。

　　蕭士贇《分類補注李太白詩》：白此詩眷顧宗國之意深矣。

　　延君壽《老生常談》：《單父東樓秋夜送族弟沈之秦時凝弟在席》一首，"孤飛一雁秦雲秋"句，峭而逸。"絲桐感人弦亦絶"云云，突接硬轉。學古人全要在此等處留心，方能筋絡靈動。下用短句間夾長句，一路接去，其音悽愴，其筆俊逸，此太白獨異於諸家處也。

　　按：此詩當是天寶三載（七四四）秋游宋州單父時所作。其族弟李況從長安來，又要回長安去，詩人從此送別詩中抒發感慨。詩前半送別之情已寫盡，後半則自傷淪落。如屈原憔悴江潭，如崔駰流放遼海，如折翅之飛鳥，高潔之士不容於當世。

鳴皋歌送岑徵君〔一〕 時梁園三尺雪，在清泠池作。

若有人兮思鳴皋〔二〕，阻積雪兮心煩勞〔三〕。洪河凌兢不可以徑度〔四〕，冰龍鱗兮難容舠〔五〕。邈仙山之峻極兮〔六〕，聞天籟之嘈嘈〔七〕。霜崖縞皓以合沓兮〔八〕，若長風扇海，涌滄溟之波濤〔九〕。玄猿綠羆，舔舕崟岌〔一〇〕，咆柯振石〔一一〕，駭膽慄魄，群呼而相號。峰崢嶸以路絕，挂星辰於巖嶅〔一二〕。

【注釋】

〔一〕鳴皋：山名。取《詩·小雅·鶴鳴》"鶴鳴於九皋"之意。又作"明皋"，《元和郡縣志》卷五河南府陸渾縣："明皋山，在縣東北十五里。"王琦注《李太白全集》引作"鳴皋山"。按：在今河南伊川西南、嵩縣東北。岑徵君，李白有《酬岑勛見尋就元丹丘對酒相待以詩見招》詩，此岑徵君疑即岑勛。徵君，古時稱朝廷徵聘而不就的人。題下為李白自注。梁園，見前《梁園吟》注。清泠池，《元和郡縣志》卷七宋州宋城縣："兔園，縣東南三里，漢梁孝王園。清泠池，在縣東二里。"　〔二〕若有人：有個人。指岑徵君。屈原《九歌·山鬼》："若有人兮山之阿。"　〔三〕心煩勞：心中煩躁憂愁。張衡《四愁詩》："何為懷憂心煩勞。"　〔四〕"洪河"句：洪河，大河。指黃河。凌兢，《漢書·揚雄傳》："馳閶闔而入凌兢。"顏師古注："凌兢者，言寒涼戰慄之處也。"徑度，即徑渡。　〔五〕"冰龍"句：冰龍鱗，形容冰棱參差鋸齒如龍鱗。舠(dāo)：刀形小船。字本作"刀"。《詩·衛風·河廣》："誰謂河寬，曾不容刀。"鄭玄箋："小船曰刀。"　〔六〕"邈仙山"句：峻極，高大至極。《詩·大雅·崧高》："峻極於天。"毛傳："峻，大；極，至也。"　〔七〕"聞天"句：天籟，自然界的音響。嘈嘈，聲音嘈雜貌。　〔八〕"霜崖"句：霜崖，積雪的山崖。縞皓，潔白色。

合沓,重疊貌。 〔九〕"若長風"二句:長風,大風。風,宋本校:"一作虹。"滄溟,大海。袁宏《三國名臣贊》:"洪飆扇海,二溟揚波。"〔一〇〕"玄猿"二句:《文選》卷八司馬相如《上林賦》:"玄猿素雌。"李善注:"玄猿,言猿之雄者玄色也。"綠羆,《西京雜記》卷二:"熊羆毛有綠光皆長二尺者,直百金。"舚䑽(tiǎn tàn),通"䑛䑽",《文選》卷一一王延壽《魯靈光殿賦》:"玄熊䑛䑽以齗齗。"李善注:"䑛䑽,吐舌貌。"岌岌,山高貌。岌,《文苑英華》作"崟"。岌岌,一作"崟岌"(yín jí)。二句謂雄猿和熊羆在高山上吐舌。 〔一一〕咆柯:在樹下咆哮。咆,一作"危"。〔一二〕"峰崢嶸"二句:崢嶸,見前《蜀道難》注。巖嶅(ào),多小石的山。《文選》卷一二木華《海賦》:"戛巖嶅,偃高濤。"李善注引《爾雅》:"山多小石曰嶅。"二句極言山之高峻,謂山峰高峻而路斷,天上的星辰都挂在巖石上。

　　以上第一段,高步瀛《唐宋詩舉要》:"以上喻仕途危險,明徵君遠去之由。"

　　送君之歸兮,動鳴皋之新作〔一三〕。交鼓吹兮彈絲,觴清泠之池閣〔一四〕。君不行兮何待?若返顧之黃鶴〔一五〕。掃梁園之群英〔一六〕,振《大雅》於東洛〔一七〕。巾征軒兮歷阻折〔一八〕,尋幽居兮越巘崿〔一九〕。盤白石兮坐素月〔二〇〕,琴松風兮寂萬壑〔二一〕。

【注釋】
〔一三〕"送君"二句:謂送君歸山,因有感而作這首《鳴皋歌》。
〔一四〕"交鼓"二句:鼓吹,指鼓、鉦、簫、笳等樂器合奏。彈絲,奏絃樂器。觴,古代盛酒器,此用作動詞,指宴飲。　〔一五〕"君不行"二句:屈原《九歌·湘君》:"君不行兮夷猶。"《文選》卷二九蘇武詩:"黃鵠一遠別,千里顧徘徊。"庾信《別周尚書弘正詩》:"黃鵠一反顧,徘徊應愴然。"此以"黃鶴返顧"表示離別時的依戀。鶴,唯王琦注本作"鵠"。鶴、鵠通。

〔一六〕"掃梁園"句：梁園，見前《梁園吟》注。此句謂岑徵君的才華一掃當年梁園群英枚乘、司馬相如等，使他們也黯然失色。　〔一七〕"振大雅"句：《大雅》，《詩經》的一部分，共三十一篇，大多是西周王室貴族的作品，主要歌頌周天子祖先以至武王、宣王等功績，保存了較多的周初及宣王時的史料。對厲王、幽王時的政治混亂也有所反映。李白常以《大雅》指古典詩歌的優良傳統。東洛，洛陽。此句謂岑徵君在洛陽使古詩的優良傳統得到了振興。　〔一八〕巾征軒：用帷布蒙於巾車之上。《周禮·春官·序官》有"巾車"，鄭玄注："巾，猶衣也。"賈公彥疏："巾，猶衣也者，謂玉金象革等以衣飾其車。"當即為有被蓋之車。然《説文·巾部》段玉裁注："以巾拭物曰巾。"似"巾"又可用作動詞。征軒，遠行之車。
〔一九〕巘崿(yǎn è)：山崖。《文選》卷二二謝靈運《晚出西射堂》詩："連嶂疊巘崿。"李善注："巘崿，崖之別名。"　〔二〇〕"盤白石"句：謂盤坐在白石之上、皎月之下。　〔二一〕"琴松風"句：以琴彈出《風入松》曲調。《樂府詩集》卷六〇引《琴集》曰："《風入松》，晉嵇康所作也。"寂萬壑，寂，宋本校："一作昇。"

以上第二段，沈德潛《唐詩別裁》："此一段寫送別以後幽居寂寞之況，恰好引起下段。"高步瀛《唐宋詩舉要》云："以上送行之地。"

　　望不見兮心氛氲〔二二〕，蘿冥冥兮霰紛紛〔二三〕。水橫洞以下淥〔二四〕，波小聲而上聞。虎嘯谷而生風，龍藏谿而吐雲〔二五〕。冥鶴清唳，飢鼯嚬呻〔二六〕。塊獨處此幽默兮〔二七〕，愀空山而愁人〔二八〕。

【注釋】
〔二二〕氛氲：《文選》卷一三謝惠連《雪賦》："氛氲蕭索。"李善注："氛氲，盛貌。"高步瀛謂"氛氲與紛紜同"，亂貌。　〔二三〕"蘿冥冥"句：蘿，女蘿。屈原《九歌·山鬼》："被薜荔兮帶女蘿。"又："杳冥冥兮羌晝晦。"

後人因常以薜荔、女蘿借指隱士住處。冥冥，昏暗貌。霰，雪珠。〔二四〕橫洞：橫流穿通。　〔二五〕"虎嘯"二句：東方朔《七諫·哀命》："虎嘯而谷風至兮，龍舉而景雲往。"《三國志·魏志·管輅傳》裴松之注引《管輅別傳》："龍者陽精，以潛爲陰。幽靈上通，和氣感神。二物相扶，故能興雲。夫虎者，陰精而居於陽，依木長嘯，動於異林，二氣相感，故能運風。"　〔二六〕"冥鶴"二句：冥，一作"寡"，是。謝朓《敬亭山》詩："獨鶴方朝唳，飢鼯此夜啼。"唳，鶴鳴聲。鼯（wú），鼯鼠，亦稱"大飛鼠"，棲息於森林。嚬呻，痛苦呻吟。　〔二七〕"塊獨處"句：塊，孤獨貌。一作"魂"。宋玉《九辯》："塊獨守此無澤兮。"幽默，深暗寂靜。屈宋本《九章·懷沙》："孔靜幽默。"　〔二八〕"愀空山"句：愀（qiǎo），憂懼貌，此用作動詞，意謂對空山而憂懼。而，宋本校："一作兮。"

以上第三段，叙詩人的感傷。

　　雞聚族以争食〔二九〕，鳳孤飛而無鄰。蝘蜓嘲龍，魚目混珍〔三〇〕。嫫母衣錦，西施負薪〔三一〕。若使巢、由桎梏於軒冕兮，亦奚異乎夔、龍蹩躠於風塵〔三二〕？哭何苦而救楚〔三三〕，笑何誇而却秦〔三四〕！吾誠不能學二子沽名矯節以耀世兮，固將棄天地而遺身。白鷗兮飛來，長與君兮相親〔三五〕。

【注釋】

〔二九〕聚族：叢聚，集合。　〔三〇〕"蝘蜓"二句：蝘蜓（yǎn tíng），即蜥虎、蝎虎，狀如壁虎的爬行類動物。《荀子·賦篇》："螭龍爲蝘蜓，鴟梟爲鳳凰。"揚雄《解嘲》："今子乃以鴟梟而笑鳳凰，執蝘蜓而嘲龜龍，不亦病乎？"魚目混珍，《文選》卷二九張協《雜詩》："魚目笑明月。"李善注引《洛書》："秦失金鏡，魚目入珠。"二句以蝘蜓、魚目喻權倖小人。

〔三一〕"嫫母"二句：嫫（mó）母，古代醜女。西施，春秋時越國美女。二句以醜女穿錦、美女背柴諷刺統治者埋没人才。　〔三二〕"若使"二句：巢、由，即巢父、許由，傳說中堯時隱士。桎梏，古代拘禁罪人手足的刑具，此用作動詞，猶被束縛、被羈之意。軒冕，古代卿大夫的車與冠。此指仕宦。異乎，乎，王本作"於"。夔、龍，傳說中舜時賢臣。鷩躠（bié xiè），跛足而行貌。二句謂如志在隱逸的巢父、許由羈身官場，與志在行道的夔、龍被棄風塵又有何不同。高步瀛《唐宋詩舉要》云："以上申言遠去之故。"　〔三三〕"哭何苦"句：《左傳·定公四年》載吳軍攻入楚都郢城，楚王出奔，大夫申包胥為了挽救楚國，詣秦國乞救兵，秦初不依，申包胥遂"立，依於庭牆而哭，日夜不絕聲，勺飲不入口七日。秦哀公為之賦《無衣》，九頓首而坐，秦師乃出"。　〔三四〕"笑何誇"句：用魯仲連故事。魯仲連喜為人排難解紛。秦軍圍困趙都邯鄲，趙向魏求救，魏不敢出兵，却派將軍辛垣衍去說服趙尊秦為帝，誘秦罷兵。魯仲連知此事後，立即去見辛垣衍，指出尊秦為帝的禍患。辛聽後心悅誠服，不敢再提此事。秦將聞之，為之退軍五十里。趙平原君趙勝封魯仲連以官爵，被他謝絕。又置酒以千金為魯仲連壽。魯仲連說："所貴於天下之士者，為人排患難解紛亂而無取也。即有取者，是商賈之事也，而連不忍為也。"於是辭別而去，終身不復見。（見《史記·魯仲連鄒陽列傳》）左思《詠史》詩："吾慕魯仲連，談笑却秦軍。"　〔三五〕"吾誠"四句：誠，真正、實在。二子，指申包胥、魯仲連。沽名，邀取虛名。矯節，矜持造作以示高節。白鷗，水鳥，體羽白色，善飛翔，能浮水。四句謂己不能學申包胥、魯仲連沽名矜節光耀後世，本將棄世遺身而歸隱江海與白鷗鳥相親。

以上第四段，寫詩人不得志的苦悶。高步瀛《唐宋詩舉要》引吳先生曰："'望不見兮'以下寫己之離憂。"

【評箋】

曾季貍《艇齋詩話》：古今詩人有《離騷》體者，惟李白一人，雖老杜亦無似《騷》者。李白如……《鳴皋歌》云："雞聚族以爭食，鳳孤飛而無鄰。蠛蠓嘲龍，魚目混珍。嫫母衣錦，西施負薪。"如此等語，與《騷》無異。

舊題嚴羽評點《李太白詩集》卷六："玄猿"四句：四語又韻中

韻。　又評"峰峥嶸"二句：但言高者近，不言高自高。　又評"君不行"三句：是雪是人，亦逸亦豪。　又評"盤白石"二句："琴"字實作虛，"寂"字有作無，更好是用在上，又似可真，喧可靜，及此境，當自解之。又評"水橫洞"二句：境幽，人幽，寫得清峭。　又評"虎嘯"四句：四語有張翕，境緒楚楚。　又評"雞聚族"六句：鳳無鄰，蝘蜓嘲龍，沒來歷得好。　又評末二句：極閑遠，極關切，是放，却是收。他人以為上句可住，不知却放去矣。　又曰：晁補之謂此為變騷而非詩，不知少陵學富力厚，詩多似賦；太白才清情逸，詩多似騷，不可以定格論也。且《蜀道難》句法亦似此，豈得概以騷判耶？

胡應麟《詩藪·內編》卷二：太白以《百憂》等篇擬《風》、《雅》，《鳴皋》等作擬《離騷》，俱相去懸遠；樂府奇偉高出六朝，古質不如兩漢，較輸杜一籌也。

許學夷《詩源辯體》卷一八：太白《鳴皋歌》雖本乎《騷》，而精彩絕出，自是太白手筆。

周珽《唐詩選脈會通評林》：通篇仿《楚辭》意，發衰世之慨。觀"雞聚族"以下數語，其作於天寶楊、李用事之時乎？

吳昌祺《刪訂唐詩解》卷七：疊四句而以五句為一韻，又非騷人之法，且多對仗，則亦太白之古詩耳。

賀貽孫《詩筏》：若太白短篇佳矣，乃其《蜀道難》、《鳴皋歌》、《夢游天姥吟》諸篇，亦何邊不如子美長歌。讀二家詩者，勿隨人看場可也。

沈德潛《唐詩別裁》卷六評"玄猿"五句：疊四句，而以第五句為一韻；四句之中，又成二韻，變化已極。　又評"望不見兮"一段：此一段寫送別以後，幽居寂寞之況，恰好引起下段。　又曰：學楚騷而長短疾徐，縱橫馳驟，又復變化其體，是為仙才。

王琦《李太白全集》注：晁補之曰："李白天才俊麗，不可矩矱，然要長於詩，而文非其所能也。賦近於文，故白《大鵬賦》辭非不壯，不若其詩盛行於世。至《鳴皋歌》一篇，本末《楚辭》也，而世誤以為詩。因為出之。其略曰：'蝘蜓嘲龍，魚目混珍。嫫母衣錦，西施負薪。'此諄諄放屈原《卜居》及賈誼《弔屈原》語。而白才自逸蕩，故或離而去之云。"《楚辭後語》

曰："白天才絶出，尤長於詩，而賦不能及晉、魏，獨此篇近《楚辭》。然歸來子猶以為白才自逸蕩，故或離而去之，亦為知言云。"

《唐宋詩醇》卷五：作騷體便覺屈原、宋玉去人不遠，其不規規步趨處，正是其才高氣逸為之耳。"望不見兮"一段，寫出幽居寂寞之況，興起下文，脈絡相貫。陳繹曾謂："白詩祖《風》、《騷》，宗漢、魏，善於掉弄，造出奇怪，驚動心目，忽然撤出，妙入無聲。"其知言者乎！王世貞以為"歌行縱橫，往往強弩之末，間以長語，英雄欺人"，是不知其錯落變化自有天然節奏，而輕議之也。

施補華《峴傭說詩》：《鳴皋歌》是騷體，混入七古，大謬。

王闓運手批《唐詩選》卷八：亦八韻一派，稍有奇致。

高步瀛《唐宋詩舉要》卷二引吳汝綸曰："天籟嘈嘈"，謂帝旁讒口也；"滄海波濤"，"猿羆咆駭"，狀天籟也。　又引曰：此詩聲響，逼似《九辯》。

按：此詩與李白《送岑徵君歸鳴皋山》當為同時之作。該詩有"余亦謝明主，今稱偃蹇臣"句，可知是天寶三載（七四四）去朝以後游梁宋時所作。

憶襄陽舊游贈濟陰馬少府巨〔一〕

昔為大堤客〔二〕，曾上山公樓〔三〕。開窗碧嶂滿，拂鏡滄江流〔四〕。高冠佩雄劍，長揖韓荆州〔五〕。此地別夫子〔六〕，今來思舊游。朱顏君未老，白髮我先秋〔七〕。壯志恐蹉跎，功名若雲浮〔八〕。歸心結遠夢，落日懸春愁。空思羊叔子，墮淚峴山頭〔九〕。

237

【注釋】

〔一〕襄陽：即襄州，天寶元年(七四二)改為襄陽郡，乾元元年(七五八)復改為襄州。今湖北襄陽市。濟陰，唐代縣名，屬河南道曹州(濟陰郡)，治所在今山東定陶西。少府，縣尉的敬稱。馬巨，人名，當時為濟陰縣尉。按他本題中或無"濟陰"二字，或無"巨"字。　〔二〕大堤：見前《大堤曲》注。　〔三〕山公樓：西晉時山簡為襄陽太守，山公樓乃其遺迹，今已無存。　〔四〕"開窗"二句：碧嶂，青山。嶂，高險而如屏障的山峰。滄江，青綠的江水。滄，通"蒼"，青綠色。　〔五〕"長揖"句：長揖，拱手高舉自上而下的相見禮。韓荆州，指荆州大都督府長史韓朝宗。李白曾在開元二十二年(七三四)謁見韓朝宗，寫有《與韓荆州書》，時朝宗兼襄州刺史，故謁見之地在襄陽。魏顥《李翰林集序》云："又長揖韓荆州，荆州延飲，白誤拜，韓讓之，白曰：'酒以成禮。'荆州大悦。"
〔六〕"此地"句：此地，指襄陽。夫子，古代對男子的敬稱，此指馬巨。
〔七〕秋：猶衰老。又，古以白色為秋。　〔八〕"壯志"二句：宋本校："一作有意未得言，懷賢若沉憂。"　〔九〕"空思"二句：宋本校："一作何時共攜手，更醉峴山頭。"羊叔子，指羊祜。《晉書·羊祜傳》："祜樂山水，每風景必造峴山，置酒言詠，終日不倦。嘗慨然歎息，顧謂從事中郎鄒湛等曰：'自有宇宙，便有此山，由來賢達勝士登此遠望，如我與卿者多矣，皆湮滅無聞，使人悲傷。如百歲後有知，魂魄猶應登此也。'湛曰：'公德冠四海，道嗣前哲，令聞令望，必與此山俱傳。至若湛輩，乃當如公言耳。'……襄陽百姓於峴山祜平生游憩之所建碑立廟，歲時饗祭焉。望其碑者莫不流涕，杜預因名為墮淚碑。"

【評箋】

　　舊題嚴羽評點《李太白詩集》卷九：首四句：樓之佳處，貴見山水。"開窗"二語得造樓法。
　　《唐宋詩醇》卷五："落日懸春愁"，自是千古雋句。

　　按：此詩當為天寶三載(七四四)或四載游梁宋和東魯經濟陰時作。

金鄉送韋八之西京〔一〕

客自長安來，還歸長安去。狂風吹我心，西挂咸陽樹〔二〕。此情不可道〔三〕，此別何時遇？望望不見君，連山起烟霧〔四〕。

【注釋】

〔一〕金鄉：縣名，唐代屬兗州，今屬山東省。韋八，排行第八，名不詳。之，往。西京，指長安。唐天寶元年稱長安為西京，洛陽為東京，太原為北京。　〔二〕"狂風"二句：狂，宋本校："一作秋。"咸陽，指長安。二句以心挂咸陽樹形象地表示對長安的眷戀。　〔三〕道：宋本校："一作論。"　〔四〕"連山"句：鮑照《吳興黃浦亭庾中郎別》詩："連山眇烟霧，長波迥難依。"

【評箋】

劉辰翁評：同是瞻望不及之意，能者自然。（《唐詩品彙》卷五引）

蕭士贇《分類補注李太白詩》：太白此詩因別友而動懷君之思，可謂身在江海，心存魏闕者矣。

沈德潛《唐詩別裁》卷二：即"瞻望弗及，實勞我心"意，說來自遠。

宋宗元《網師園唐詩箋》評"狂風"二句：奇逸。

按：此詩當為天寶四載（七四五）在金鄉送別友人作。其時李白已被"賜金還山"，離開長安。與杜甫、高適一同游歷梁、宋（開封、商丘）後，李白來到東魯兗州。韋八可能是李白在長安結識的朋友，他從長安來，又要回長安去，李白為他送行，寫下此詩。

上　李　邕〔一〕

　　大鵬一日同風起，摶摇直上九萬里〔二〕。假令風歇時下來，猶能簸却滄溟水〔三〕。世人見我恒殊調〔四〕，見余大言皆冷笑。宣父猶能畏後生〔五〕，丈夫未可輕年少〔六〕。

【注釋】

〔一〕李邕：字泰和，唐代書法家，亦善詩文，官至北海(今山東濰坊及昌邑、安丘等地)太守。與李白、杜甫、高適等都有交往。兩《唐書》有傳。按此詩似有殘缺。　　〔二〕"大鵬"二句：《莊子·逍遥游》："《諧》之言曰：鵬之徙於南冥也，水擊三千里，摶扶摇而上者九萬里。"南冥，南海。成玄英疏："扶摇，旋風也。"此句形容大鵬急劇盤旋，自下而上。"摶摇"，郭本作"扶摇"。　　〔三〕"假令"二句：假令，如果。簸却，一作"簸却"，是。播蕩而去之。滄溟，大海。　　〔四〕"世人"二句：世人，他本皆作"時人"。恒殊調，經常發表與衆不同的議論。恒，一作"指"，誤。見余，一作"聞余"。大言，誇大的言辭。　　〔五〕"宣父"二句：宣父，指孔子。《新唐書·禮樂志五》：貞觀十一年，詔尊孔子為宣父。宋本誤作"宣公"，據他本改。畏，敬畏，佩服。後生，後輩，年輕人。《論語·子罕》："後生可畏，焉知來者之不如今也。"　　〔六〕丈夫：古時對成年男子的通稱。一説猶大丈夫。

【評箋】

　　舊題嚴羽評點《李太白詩集》卷八：小兒語，豈可使北海見？

　　按：蕭士贇謂"此篇似非太白之作"。錢謙益《少陵先生年譜》於天寶四載下注云："李邕為北海太守，陪宴(齊州)歷下亭，李白、高適俱有贈邕詩,當是同時。"今從"假令"二句看,似賜金還山後作。然李白、杜甫天寶四載在齊州與李邕會面時,李白已四十五歲,似不可謂"年少"。今人或謂此詩乃開元七年(七一九)拜謁李邕之作,時李白十九歲,可謂"年少",李邕時為渝州刺史。然缺乏李白十九歲游渝州的實證。詩中謂鵬起又落,似指供奉翰林又被棄,且"年少"只是泛指後輩,非必青年。故繫於天寶四載(七四五)較妥。詩中以大鵬自喻,乃貫串李白一生的自負特點。從初出蜀在江陵見司馬承禎時作《大鵬遇希有鳥賦》,到此詩中"假令風歌時下來,猶能搖却滄溟水",到臨終時還高歌大鵬"餘風激兮萬世",可以説大鵬是詩人一生的形象寫照。

東海有勇婦〔一〕 代關中有貞女

梁山感杞妻,慟哭為之傾〔二〕。金石忽暫開,都由激深情〔三〕。

【注釋】

〔一〕題下"代關中有貞女"為李白原注。關,宋本作"閨",據他本改。貞,一作"賢"。《樂府詩集》卷五三收此篇,列為《舞曲歌辭·鼙舞歌》,並云:"魏《鼙舞》五曲,李白作此篇《代關中有賢女》。"王琦注:"按《晉書》:《關東有賢女》乃《鼙舞》舊曲五篇之一,其辭已亡。'關中有貞女'當是'關東有賢女'之訛。" 〔二〕"梁山"二句:據《列女傳》記載,春秋時齊杞梁殖戰死於莒,其妻枕屍而哭於城下,路人莫不為之揮涕,連哭十天,城牆為之崩坍。然曹植《精微篇》云:"杞妻哭死夫,梁山為之傾。"與《列女傳》所載異。此乃用曹植詩。慟,一作"痛"。 〔三〕"金石"二句:《新序·雜事》:"熊渠子見其誠心,而金石為之開,況人心乎!"此即用其意。

東海有勇婦,何慚蘇子卿〔四〕?學劍越處子,超騰若流星〔五〕。捐軀報夫讎,萬死不顧生〔六〕。白刃耀素雪〔七〕,蒼天感精誠〔八〕。十步兩躩躍〔九〕,三呼一交兵〔一〇〕。斬首掉國門〔一一〕,蹴踏五藏行〔一二〕,豁此伉儷憤〔一三〕,粲然大義明〔一四〕。

【注釋】

〔四〕"東海"二句:胡震亨注:"勇婦"者,似即白同時人,史傳失載。蘇子卿,按蘇子卿乃漢蘇武字,無殺人報讎事。曹植《精微篇》:"關東有賢女,自字蘇來卿。壯年報父仇,身没垂功名。"知此"蘇子卿"實"蘇來卿"之誤。 〔五〕"學劍"二句:《吳越春秋》記載,越有處女,出於南林……越王乃使使聘之,問以劍戟之術。處女將北見於王,道逢一翁,自稱曰袁公。問於處女:"吾聞子善劍,願一見之。"女曰:"妾不敢有所隱,唯公試之。"於是袁公即杖箖菸竹,竹枝上頡橋,末墮地。女即接末,袁公則飛上樹,變為白猿。此處即用其事。超騰,跳躍。騰,一作"然"。
〔六〕"萬死"句:司馬遷《報任少卿書》:"夫人臣出萬死不顧一生之計,赴國家之難,斯以奇矣。" 〔七〕耀素雪:形容劍刃鋒利,如雪光霜氣。
〔八〕"精誠"句:精誠,至誠。此句謂蒼天也為其至誠所動。 〔九〕躩躍:跳躍。躩(jué),胡本作"跳"。 〔一〇〕交兵:謂交戰。兵,兵器。
〔一一〕"斬首"句:掉,落下。此猶"弔",懸挂。國門,城門。此句謂將仇人的頭砍下挂在城門上。 〔一二〕"蹴踏"句:蹴(cù),踢。五藏,即五臟。藏,宋本作"臧",據他本改。此句謂腳踏仇人的屍體。
〔一三〕"豁此"句:豁(huò),開釋,清雪。《樂府詩集》、《全唐詩》作"割"。伉儷,夫妻。此句謂勇婦報了仇,雪了憤。 〔一四〕粲然:鮮明貌。

北海李使君〔一五〕,飛章奏天庭〔一六〕。捨罪警風俗〔一七〕,流芳播滄瀛〔一八〕。志在列女籍〔一九〕,竹帛已光榮〔二〇〕。

【注釋】

〔一五〕"北海"句：北海，即青州，天寶元年(七四二)改為北海郡，治所在今山東濰坊及昌邑、安丘等地。使君，對州、郡長官刺史、太守的敬稱。宋本作"史君"，誤。據他本改。李使君即李邕，天寶四載(七四五)在北海太守任。　〔一六〕"飛章"句：飛，形容傳遞迅速。章，臣屬寫給皇帝的報告。天庭，朝廷。　〔一七〕"捨罪"句：謂赦免勇婦殺人之罪以垂誡風俗。　〔一八〕滄瀛：大海，此猶言四海，天下。一說指滄州(今河北滄州市一帶)、瀛州(今河北河間縣一帶)，都靠近北海郡。此句謂播芳名於旁郡。　〔一九〕"志在"句：志，一作"名"。列女籍，指專記女子品行的史籍。西漢劉向撰《列女傳》，記載古代婦女事蹟一百零四則。後各紀傳體正史中都有《列女傳》。籍，書冊。　〔二〇〕竹帛：竹簡和白絹。古代無紙，寫文字或刻於竹簡，或書於白絹。後因以代指史册。

　　淳于免詔獄，漢主為緹縈〔二一〕。津妾一棹歌，脫父於嚴刑〔二二〕。十子若不肖〔二三〕，不如一女英。

【注釋】

〔二一〕"淳于"二句：《史記‧扁鵲倉公列傳》記載，漢文帝四年，齊太倉令淳于意以罪當刑，"西之長安。意有五女，隨而泣。意怒，罵曰：'生子不生男，緩急無可使者！'於是少女緹縈傷父之言，乃隨父西。上書曰……妾願入身為官婢，以贖父刑罪。……上悲其意，此歲中亦除肉刑法。"詔獄，奉詔審理案件。　〔二二〕"津妾"二句：《列女傳‧辯通》記載，春秋時晉將趙簡子南擊楚國，事先以渡河日期通知津吏。屆時津吏却醉臥不能渡。簡子要殺他。津吏女名娟，向簡子說明父醉是為其禱告九江三淮之神，被巫祝所灌，並自願代父去死。簡子不准。娟又請俟父酒醒後再殺，簡子同意。渡河時，缺一搖櫓人，娟又自動卷袖搖櫓，並再次向簡子請求赦免父罪。船至河心，為簡子唱《河激》之歌陳情和祝福，使簡子大為高興，赦其父罪，還娶她為妻。　〔二三〕不肖：不賢。

豫讓斬空衣，有心竟無成〔二四〕。要離殺慶忌，壯夫素所輕。妻子亦何辜？焚之買虛聲〔二五〕。豈如東海婦，事立獨揚名！

【注釋】

〔二四〕"豫讓"二句：《戰國策·趙策一》記載，豫讓曾在晉國大夫知（智）伯門下，受知伯寵信。後知伯被趙襄子擒殺，豫讓改姓換名，毀容自刑，兩次行刺趙襄子未成，被趙襄子擒獲。豫讓表示要實現"士為知己者死"的義氣，請得趙襄子之衣而擊之，以示報仇之意。趙襄子認為其有義氣，就把衣服交給豫讓。"豫讓拔劍三躍，呼天擊之，曰：'吾可以報知伯矣！'遂伏劍而死。" 〔二五〕"要離"四句：《吳越春秋·闔閭內傳》記載，吳國闔閭派人刺殺吳王僚，奪取了王位。又憂慮僚子慶忌逃亡在衛，是有名的勇士，怕他回來報仇。要離自願行苦肉計謀刺慶忌，讓闔閭砍掉右手，假裝負罪出奔，闔閭又把他的妻、子焚死，棄於市中。要離至衛，騙取了慶忌的信任。慶忌帶兵回吳時，船到江心，被要離刺死。行至江陵，要離已認識到殺慶忌妻兒是不仁，為新君殺故君之子是不義，貪生棄行是不勇，有此三惡，無面目再活在世上，遂"自斷手足，伏劍而死"。素所輕，一作"所素輕"。虛聲，一作"虛名"。

【評箋】

葛立方《韻語陽秋》卷一〇：李白樂府三卷，於三綱五常之道，數致意焉。……慮父子之義不篤也，則有《東海勇婦》之篇，所謂"淳于免詔獄，漢主為緹縈。津妾一棹歌，脱父於嚴刑。十子若不肖，不如一女英"。

舊題嚴羽評點《李太白詩集》卷四：疑是應酬之作，然亦錚錚。

查慎行《初白詩評》：《東海有勇婦》，為夫報仇，必實有其事，而注家不詳。

《唐宋詩醇》卷四：辭氣甚古，寫出義烈之情，凜凜有生氣。

宋長白《柳亭詩話》：太白《東海有勇婦》篇，似目擊其事而賦之者，豈李使君即泰和邑邪？惜蕭、楊作注，弗備考其故實，並勇婦姓氏逸之，則奇人奇事淹没而弗傳者多矣。

王闓運手批《唐詩選》卷一：叙實事作新樂府，仍似古樂府。得力在後一段。

按：此詩歌頌東海郡一位勇婦爲夫報仇的故事。詩中提到"北海李使君"當即指李邕，據兩《唐書·李邕傳》記載，天寶四載（七四五）李邕在北海郡太守任，則此詩當即作於是年。

贈從弟冽[一]

楚人不識鳳，重價求山雞[二]。獻主昔云是，今來方覺迷[三]。自居漆園北，久別咸陽西[四]。風飄落日去，節變流鶯啼。桃李寒未開，幽關豈來蹊[五]？逢君發花萼[六]，若與青雲齊。及此桑葉綠，春蠶起中閨[七]。日出撥穀鳴，田家擁鋤犁[八]。顧余乏尺土，東作誰相攜[九]？傅説降霖雨，公輸造雲梯[一〇]。羌戎事未息，君子悲塗泥[一一]。報國有長策，成功羞執珪[一二]。無由謁明主，杖策還蓬藜[一三]。他年爾相訪，知我在磻溪[一四]。

【注釋】

〔一〕從弟冽：《新唐書·宰相世系表二上》李氏姑臧大房有冽，當即此人。冽弟凝，亦與李白交游，李白有《送族弟單父主簿凝攝宋城主簿》詩。
〔二〕"楚人"二句：《尹文子·大道上》："楚人擔山雉者，路人問：'何鳥也？'擔雉者欺之曰：'鳳凰也。'路人曰：'我聞有鳳凰，今直見之，汝販之乎？'曰：'然。'則十金，弗與，請加倍，乃與之。將欲獻楚王，經宿而鳥死。路人不遑惜金，惟恨不得以獻楚王。國人傳之，咸以爲真鳳凰。貴。欲以獻之,遂聞楚王。王感其欲獻于己,召而厚賜之,過于買鳥之金十倍。"重,宋本校:"一作高。"〔三〕"獻主"二句:謂己入長安亦如楚人獻山雞,過去以為很對,如今才覺得是迷誤。 〔四〕"自居"二句:漆園,戰國時莊周曾為蒙漆園吏。其地一説在今河南商丘市北,一説在今山東菏澤北,一説在今安徽定遠縣東。又有人以為漆園非地名,莊周乃在蒙邑中為吏主督漆事,蒙在今商丘市北。咸陽,指長安。二句謂已離別長安已久,住在漆園一帶。自,咸本作"因"。北,一作"地"。久別,咸本作"别之"。別,一作"識"。 〔五〕"桃李"二句:《史記·李將軍列傳》引諺曰:"桃李不言,下自成蹊。"司馬貞《索隱》引姚氏云:"桃李本不能言,但以華實感物,故人不期而往,其下自成蹊徑。以喻(李)廣雖不能出辭,能有所感,而忠心信物故也。"此反用其意,謂桃李因天寒而未開,門閭深閉,幽静的院落何來蹊徑?意指家中很少來客。 〔六〕花萼:《文選》卷二五謝瞻《於安城答靈運》詩:"華萼相光飾。"吕延濟注:"花萼,喻兄弟也。" 〔七〕"春蠶"句:謂時當春天,閨中女子都開始養蠶。〔八〕"日出"二句:撥穀,一作"布穀",鳥名。又名勃姑、鳲鳩、郭公、戴勝、戴紝。因鳴聲像"布穀",又值播種時多鳴,故相傳為勸農之鳥。攊,宋本作"攘",據他本改。 〔九〕"東作"句:東作,春耕。《書·堯典》:"平秩東作。"蔡沈集傳:"作,起也;東作,春月歲功方興,所當作起之事也。"攊,提攜,扶助。 〔一〇〕"傅說"二句:傅說(yuè),商朝武丁時大臣。相傳原是傅巖地方從事版築的奴隸,後被武丁"舉以為相。殷國大治"(《史記·殷本紀》)。武丁將其比作大旱中的霖雨。《書·説命》:"若歲大旱,用汝作霖雨。"公輸,名般,春秋時魯國人。"般"與"班"同音,故又稱魯班。相傳曾創造攻城的雲梯和刨、鑽等土木工具。《淮南子·修務訓》:"公輸,天下之巧士,作雲梯之械,設以攻宋。"高誘注:"雲梯,攻城具,高長上與雲齊,故曰雲梯。"二句謂傅說與公輸般都是於國有功之人。 〔一一〕"羌戎"二句:羌戎,古代西北部少數民族。塗泥,亦作"泥塗"。猶言草野,比喻卑下的地位。《左傳·襄公三十年》:"使吾子辱在泥塗久矣,武(趙武)之罪也。"二句謂邊塞戰事未息,君子悲於在野無法報效祖國。 〔一二〕執珪:爵位名。古時諸侯國以圭(長條形玉器,上端作三角狀)賜功臣,使持以朝見,稱執珪,亦稱"執圭"。《呂氏春秋·恃君覽·知分》:"荆王聞之,仕之執圭。"高誘注:"周禮:侯執信圭。"《戰國策·楚策一》:"通侯執珪死者七十餘人。"此句謂成就功業後羞於接受爵賞。　〔一三〕"無由"二句:明主,宋本作"明王",據他本改。杖策,拄杖。蓬藜,兩種野草。此指草野鄉間。藜,宋本作"梨",據他本改。　〔一四〕磻(pán)溪:水名,一名璜河,在今陝西寶雞市東南。相傳呂尚(姜太公)未遇周文王前曾在此垂釣。此句似隱喻待機而動。

【評箋】

舊題嚴羽評點《李太白詩集》卷一一:"報國"二句:卷舒自如。

按:詩云"獻主昔云是",但已"久別咸陽西","自居漆園北",躬耕卻又"乏尺土","羌戎事未息"但不能為國出力,反映出詩人的苦悶心情,當是天寶四載(七四五)在東魯時作。

尋魯城北范居士失道落蒼耳中見范置酒摘蒼耳作〔一〕

雁度秋色遠,日靜無雲時。客心不自得,浩漫將何之〔二〕?忽憶范野人〔三〕,閑園養幽姿〔四〕。茫然起逸興,但恐行來遲。城壕失往路,馬首迷荒陂〔五〕。不惜翠雲裘〔六〕,遂為蒼耳欺。入門且一笑,把臂君為誰。酒客愛秋蔬,山盤薦霜梨〔七〕。他筵不下箸,此席忘朝飢〔八〕。酸棗垂北郭〔九〕,寒瓜蔓東籬〔一〇〕。還傾四五酌,自詠《猛虎詞》〔一一〕。近作十日歡〔一二〕,遠為千載期。風流自簸蕩〔一三〕,謔浪偏相宜〔一四〕。酣來上馬去,却笑高陽池〔一五〕。

【注釋】
〔一〕魯城：即唐兖州(魯郡)治所瑕丘縣城，今山東兖州市。范居士，名未詳。按杜甫有《與李十二白同尋范十隱居》詩云："李侯有佳句，往往似陰鏗。予亦東蒙客，憐君如弟兄。醉眠秋共被，攜手日同行。更想幽期處，還尋北郭生。入門高興發，侍立小童清。落景聞寒杵，屯雲對古城。何來吟《橘頌》？唯欲討蓴羹。不願論簪笏，悠悠滄海情。"以時地言，范十隱居與范居士，當為同一人。可知當時李白與杜甫同尋范居士。李白又有《送范山人歸太山》詩，疑亦即此人。失道，迷路。蒼耳，又名卷耳、葈耳、苓耳、襢菜。一年生草本植物。春夏開花，果實倒卵形，有刺，常刺入人衣，稱"蒼耳子"，可提取工業用的脂肪油，亦可入藥。　〔二〕"客心"二句：客，詩人自謂。浩漫，曠遠貌。謂心情不樂，却又路途曠遠，不知何往。　〔三〕野人：居於鄉野之人。　〔四〕"閑園"句：閑，胡本作"閉"。幽姿，幽雅的姿態。謝靈運《登池上樓》詩："潛虬媚幽姿，飛鴻響遠音。"　〔五〕"城壕"二句：城壕，猶城池。護城河。壕，通"濠"。《文選》卷三一江淹《雜體詩·劉太尉琨傷亂》："飲馬出城濠。"呂延濟注："濠，城池。"失往路，迷失了來往之路。迷荒陂，在荒涼的山坡中迷了路。陂(bēi)：山坡。　〔六〕"不惜"句：惜，蕭本作"借"。翠雲裘，織有青雲紋彩的皮衣。《古文苑》宋玉《諷賦》："翳承日之華，披翠雲之裘。"
〔七〕薦霜梨：薦，呈獻。霜梨，梨的一種，入秋結實，霜後可食。
〔八〕朝飢：早晨空腹時的飢餓。《詩·周南·汝墳》："怒如調(朝)飢。"鄭玄箋："怒，思也。未見君子之時，如朝飢之思食。"　〔九〕"酸棗"句：酸棗，即山棗樹。八月結實，紫紅色，似棗而圓小，味酸。主產於我國北部。北郭，杜甫《與李十二白同尋范十隱居》詩："更想幽期處，還尋北郭生。"因范居士住在城北，故借以稱其居處。北，咸本作"此"。
〔一〇〕"寒瓜"句：謂秋瓜蔓籬而生。沈約《行園詩》："寒瓜方卧壠，秋菰亦滿陂。"寒瓜，泛指秋瓜。　〔一一〕猛虎詞：古樂府《相和歌辭》曲調名。即《猛虎行》或《猛虎吟》，內容多述貧士不因環境艱險而改變堅貞節操。李白有《聞謝楊兒吟猛虎詞因有此贈》詩,安史之亂後又有《猛虎行》之作,可知《猛虎詞》乃其常詠之作。　〔一二〕十日歡:《史記·范雎蔡澤列傳》:"(秦昭王)詳(佯)為好書遺平原君曰:'寡人聞君之高義,願與君為布衣之友,君幸過寡人,寡人願與君為十日之飲。'"此句謂將與范居士一起盡享歡樂。　〔一三〕簸蕩:搖蕩。鮑照《擬行路難》其八:"陽春妖冶二三月,從風簸蕩落西家。"　〔一四〕謔浪:《詩·邶風·終風》:"謔浪笑敖。"毛傳:"言戲謔不敬。"　〔一五〕高陽池:見前《襄陽歌》注。

【評箋】

舊題嚴羽評點《李太白詩集》卷一七:失足處政是得意處,遂使蒼耳條下增一妙典。　又評首四句:取境遠,取情近,興致應如此。　又評"忽憶范野人":看他稱人如此。"閑園養幽姿":風流不枯,得閒趣。"茫然起逸興":興從茫然起乃逸。"不惜"二句:說得草頭無眼有心,如稚子認真,趣而不怨。"入門"二句:反似不相識,寫喜慰之意有味。"酒客愛秋疏":真。"他筵"二句:舌頭有眼,亦介亦和。

陸時雍《唐詩鏡》卷一七:一起二語,景色何等明净!

按:聞一多《少陵先生年譜會箋》於天寶四載(七四五)下云:在兗州時,(李)白嘗偕公同訪城北范十隱居,公有詩曰"落景聞寒杵",白集亦有尋范詩曰"雁度秋色遠",二詩所紀時序正同。又公詩曰"更想幽期處,還尋北郭生",白詩曰"忽憶范野人,閑園養幽姿,茫然起逸興,但恐行來遲";公詩曰"入門高興發",白詩曰"入門且一笑";公詩曰"不願論簪笏,悠悠滄海情",白詩曰"遠為千載期,風流自簸蕩",辭意亦相仿佛,當是同時所作。按聞說甚是。此詩當是天寶四載秋在魯郡所作。

西岳雲臺歌送丹丘子〔一〕

西岳崢嶸何壯哉!黃河如絲天際來。黃河萬里觸山動,盤渦轂轉秦地雷〔二〕。榮光休氣紛五彩,千年一清聖人在〔三〕。巨靈咆哮擘兩山,洪波噴流射東海〔四〕。三峰却立如欲摧,翠崖丹谷高掌開〔五〕。白帝金精運元氣,石作蓮花雲作臺〔六〕。雲臺閣道連窈冥〔七〕,中有不死丹丘生。明星玉女備灑掃,麻姑搔背指爪輕〔八〕。我皇手把天地户〔九〕,丹丘談天與天語〔一〇〕。九重出入生光輝〔一一〕,東求蓬萊復西歸〔一二〕。玉漿儻惠故人飲,騎二茅龍上天飛〔一三〕。

【注釋】

〔一〕西岳:《爾雅·釋山》:"華山爲西岳。"一稱太華山,在今陝西華陰市。雲臺,華山東北部山峰。因兩峰崢嶸,四面陡絕,上冠景雲,下通地脈,崔嵬獨秀,猶如雲中之樓臺,故名。丹丘子,即李白好友元丹丘。見前《以詩代書答元丹丘》詩注。 〔二〕"西岳"四句:形容華山的高峻雄壯和黃河的偉大氣勢。崢嶸,高峻貌。黃河如絲,極言山高,站在峰頂遥望黃河細小如絲。周密《癸辛雜識續集下·華岳阿房基》:"五岳惟華岳極峻,直上四十五里,遇無路處,皆挽鐵絙以上,有西岳廟在山頂,望黃河一衣帶水耳。"盤渦轂轉,《文選》卷一二郭璞《江賦》:"盤渦谷轉,凌濤山頹。"李善注:"渦,水旋流也。"張銑注:"盤渦言水深風壯,流急相衝,盤旋作深渦,如谷之轉。"轂,《文苑英華》作"谷"。秦地,華山一帶古爲秦地,故云。此句謂黃河水勢撞擊華山,水流迴旋,聲如鳴雷。
〔三〕"榮光"二句:榮光,指五色雲氣,古時以爲祥瑞之徵。休氣,吉祥之氣。《太平御覽》卷八〇引《尚書中候》:"榮光起河,休氣四塞。"注:"休,美也。榮光,五色。從河出美氣四塞炫耀熠熠也。"又卷六一引《拾遺記》:"黃河千年一清,聖王之大瑞也。" 〔四〕"巨靈"二句:《文選》卷二張衡《西京賦》:"綴以二華,巨靈贔屭,高掌遠蹠,以流河曲,厥迹猶存。"薛綜注:"華,山名也。巨靈,河神也。巨,大也。古語云:'此本一山,當河。水過之而曲行。河之神以手擘開其上,足蹋離其下,中分爲二,以通河流。手足之迹,于今尚在。贔屭(bì xì),作力之貌也。'"此謂河西華山與河東首陽山本為一山,因河神用力而分開,使黃河從中流過,纔直奔東海。噴流射東海,宋本校:"一作箭射流東海。"流,一作"箭"。
〔五〕"三峰"二句:華山有三峰,西為蓮華峰,南曰落雁峰,東曰朝陽峰。却立,退後。摧,傾倒。高掌,華山東北部巖壁黑色,石膏流出凝結成痕,黃白相間,遠望如巨人指掌。傳說為巨靈擘山時留下的痕迹,故稱巨靈掌,又稱仙人掌。二句即寫此景。 〔六〕"白帝"二句:白帝,古代神話中西方之神。金精,華山在西方,屬白帝管轄;古代陰陽五行說西方屬金,故又稱白帝為金精。元氣,古人認為天地未分前,宇宙間充滿的混一之氣。二句謂白帝運用自然之能,使華山宛如青色蓮花開於雲臺之上。
〔七〕"雲臺"句:閣道,棧道。窈冥,深遠幽暗貌。雲臺閣道連窈冥,《文苑英華》作"閣道窈冥人不到"。連窈冥,宋本校:"一作人不到。"
〔八〕"明星"二句:明星玉女,神話中的仙女。《集仙錄》云:"明星玉女者,居華山,服玉漿,白日昇天。"(見《太平廣記》卷五九引)麻姑,神話中的女仙。《神仙傳》云:東漢桓帝時,神仙王方平降於蔡經家,召麻姑至,年十八九許。自云:"接待以來,已見東海三為桑田,向到蓬萊,水又淺於往者會時略半也。豈將復還為陵陸乎?"蔡經又見麻姑指甲細長如鳥爪,心中自念:"背大癢時,得此爪以爬背,當佳。"(見《太平廣記》卷六〇引)二句謂元丹丘乃神仙,到華山有明星、玉女為其灑掃,麻姑為其搔癢。
〔九〕"我皇"句:我皇,指唐玄宗。手把,掌握統治。天地戶,天地的門戶。天下。《漢武帝內傳》:王母命侍女法安嬰歌《元靈之曲》曰:"大象雖廓寥,我把天地戶。"此指唐朝統治者控制着天下。 〔一〇〕談天:戰國時齊人騶衍(約前三〇五一前二四〇)善於論辯宇宙之事,人稱"談天衍"。《史記·孟子荀卿列傳》裴駰《集解》引劉向《別錄》:"騶衍之所言五德終始,天地廣大,盡言天事,故曰'談天'。" 〔一一〕九重出入:指出入朝廷。九重,指帝王所居之處。元丹丘天寶初曾由玉真公主薦舉入京,為西京大昭成觀威儀(參見拙著《李白叢考·李白與元丹丘交游考》)。 〔一二〕"東求"句:求,一作"來"。蓬萊,傳說中海上仙山。此句謂元丹丘東來求仙,今又西歸。 〔一三〕"玉漿"二句:玉漿,猶

251

玉精、瓊漿，古代傳說謂飲之能使人登仙。儻，通"倘"。惠，賜。騎二茅龍，《列仙傳》卷下："呼子先者，漢中關下卜師也。老壽百餘歲。臨去，呼酒家老嫗曰：'急裝，當與嫗共應中陵王。'夜有仙人持二茅狗來，至，呼子先，子先持一與酒家嫗，得而騎之，乃龍也。上華陰山，常於山上大呼，言：'子先、酒家母在此云。'"二句謂如元丹丘願惠賜玉漿，兩人即可共騎茅龍上天成仙。騎二茅龍，《文苑英華》作"身騎第一龍"。上天，咸本作"天上"。

【評箋】

舊題嚴羽評點《李太白詩集》卷六："榮光"二句："在"字替"出"字，有斟酌。此句是四句中先得者。　又評"巨靈"六句：此太白家兵。　又評末句：醜。

《唐宋詩醇》卷五：健筆凌雲，一掃靡靡之調。

延君壽《老生常談》：太白《西岳雲臺歌送丹丘子》中云："雲臺閣道連窈冥，中有不死丹丘生。明星玉女備灑掃，麻姑搔背指爪輕。"下接仄韻云："我皇手把天地户，丹丘談天與天語。"每於轉韻處，棱角峭厲，令人耳目頓覺醒豁。學者要從此種尋去，方有途徑可通，若但貌襲其起句"石作蓮花雲作臺"，便是鈍漢。

方東樹《昭昧詹言》卷一二："中有不死"句入題。

王闓運手批《唐詩選》卷八評"白帝"二句：只是實賦，便成奇語。

按：用歌行體寫送別詩，是李白的創造。此詩前半寫題中的"西岳雲臺歌"，後半寫題中的"送丹丘子"。後來岑參等人也用歌行體寫送別詩，體制仿此。詳參拙撰《李白樂府與歌吟異同論》（原載日本專修大學學報一九九五年第一期，收入《天上謫仙人的秘密——李白考論集》，臺灣商務印書館一九九七年版）。此詩當是天寶四載（七四五）李白在龜蒙山一帶送元丹丘西游華山而作。詩中所謂"東求蓬萊復西歸"，即指元丹丘大約在天寶三載前後離開長安，東來蒙山海邊求仙，然後又要西回華山。杜甫有《玄都壇歌寄元逸人》詩云："故人昔隱東蒙峰，已佩含景蒼精龍。"此"元逸人"當即元丹丘。杜甫又有《與李十二白同尋范十隱居》詩云：

"余亦東蒙客,憐君如弟兄。"證知李白與杜甫曾一起至東蒙作客,當時元丹丘正隱居東蒙,即"東求蓬萊"。大約元丹丘離東蒙山時擬西去華山隱居,故李白寫此詩送別。全詩多用神話傳說,增添了虛幻縹緲的氣氛。想像神奇,構思巧妙。筆勢起伏,氣象萬千。洋溢着道教的仙氣,却又顯得豪放瀟灑,引人入勝。

魯郡東石門送杜二甫〔一〕

醉別復幾日〔二〕,登臨遍池臺。何言石門路〔三〕,重有金樽開〔四〕？秋波落泗水〔五〕,海色明徂徠〔六〕。飛蓬各自遠〔七〕,且盡手中杯〔八〕。

【注釋】

〔一〕魯郡:即兗州,天寶元年(七四二)改爲魯郡。乾元元年(七五八)復爲兗州。石門,今山東兗州東二里泗水金口壩附近原有巨石如門,相傳爲李白送別杜甫處。杜二甫,詩人杜甫,在同祖兄弟中排行第二。
〔二〕"醉別"句:李白與杜甫天寶三載(七四四)秋在梁、宋(今河南開封、商丘一帶)會面同游,後暫別;杜甫《寄李白二十韻》:"醉舞梁園夜,行歌泗水春。"可知次年春又在魯郡相會,接着游齊州(今山東濟南),又暫別。杜甫《贈李白》詩"秋來相顧尚飄蓬",知是年秋再次在魯郡相會,然後杜甫告別李白,西往長安,李白在石門相送,寫下此詩。　〔三〕"何言"句:何言,一作"何時",是。石門路,石門原是堤上行人通道。水盛大時成爲水門,水下爲石牀,旱時爲路,又稱石門路。路,宋本校:"一作下。"
〔四〕"重有"句:杜甫《贈李白》詩:"何時一樽酒,重與細論文。"意與此句略同,蕭士贇《分類補注李太白詩》因疑兩詩爲同時唱酬之作。然杜詩乃春天在長安寫成,當是在長安懷念李白之作。　〔五〕泗水:《元和郡縣志》卷一〇河南道兗州泗水縣："泗水,源出縣東陪尾山,其源有四,四泉俱導,因以為名。"源於今山東中部蒙山南麓,西流經泗水縣、曲阜市、兗州市,折南至濟寧市東南魯橋鎮入運河。唐代泗水自魯橋以下又南循今運河至南陽鎮,穿南陽湖而南,經江蘇沛縣東,又南至徐州市,經邳州市,東南流至淮安市,注入淮河。全長千數百里,是淮河下游第一支流,故往往"淮泗"連稱。 〔六〕"海色"句:海色,曉色。明,用作動詞,照亮。徂徠,山名,又稱尤崍山、龍崍山。在今山東泰安市東南。為大小汶河的分水嶺。宋本作"徂來",據他本改。 〔七〕飛蓬:以蓬草遇風飛旋喻行蹤漂泊不定。 〔八〕手:原作"林",據他本改。

【評箋】

舊題嚴羽評點《李太白詩集》卷一四:"醉別"二句:出語輕省,寫情稠至。 又評"秋波"二句:取境清曠,非胸懷如此者,對此亦墮茫昧。

《唐宋詩醇》卷六:無限低徊,有說不盡處,可謂情深於辭。

余成教《石園詩話》卷一:少陵於太白,或贈或懷,詩凡九見。太白於少陵,惟《魯郡東石門送杜二甫》、《沙丘城下寄杜甫》二作,而皆情溢言外……試玩二公詩及"醉眠秋共被,攜手日同行"句,可知其交情也。

按:此詩作於天寶四載(七四五)秋,寫兩人曾暫別不久又相會同游。杜甫別後在長安寫有《贈李白》詩:"何時一樽酒,重與細論文?"也有一個"重"字,一說重開金樽,一說重與論文,互文見義,深切地表達了兩位大詩人都企盼重逢的心情,同時也反映出在相處日子裏開懷暢飲、細細切磋詩文的歡快生活。全詩敘事、抒情、寫景,融會一體,互相映襯,結構緊湊嚴密,感情真摯深厚,景色明麗動人。這是表現兩位大詩人友誼的傑作,在文學史上具有重大意義。

秋日魯郡堯祠亭上宴別杜補闕范侍御〔一〕

我覺秋興逸,誰云秋興悲〔二〕?山將落日去,水與晴空宜〔三〕。魯酒白玉壺，送行駐金羈〔四〕。歇鞍憩古木〔五〕，解帶挂橫枝。歌鼓川上亭，曲度神飆吹〔六〕。雲歸碧海夕，雁沒青天時〔七〕。相失各萬里，茫然空爾思〔八〕。

【注釋】

〔一〕《酉陽雜俎》卷一二引此詩題作《堯祠亭上宴別杜考功》。魯郡，即兗州，天寶元年(七四二)改為魯郡，乾元元年(七五八)復為兗州。堯祠，《元和郡縣志》卷一〇河南道兗州瑕丘縣："堯祠，在縣東南七里，洙水之西。"杜補闕、范侍御，名不詳。當是李白友人。郭沫若《李白與杜甫》云："考唐人段成式《酉陽雜俎》已徵引此詩：衆言李白惟戲杜考功'飯顆山頭'之句，成式偶見李白《堯祠亭上宴別杜考功》詩，今録其首尾(案即此詩首四句與尾四句)。這雖然誤把'考功'弄成了杜甫的功名，'杜考功'即杜甫是無疑問的。'飯顆山頭'之句是李白贈杜甫的詩句，《堯祠亭上宴別》也必然是贈杜甫的詩。因此，李白集中的詩題應該是《秋日魯郡堯祠亭上宴別杜甫兼示范侍御》。'兼示'二字，抄本或刊本適缺，後人注以'闕'字。其後竄入正文，妄作聰明者乃益'甫'為'補'而成'補闕'。《酉陽雜俎》既只言'宴別杜考功'，則原詩應該只是'宴別杜甫'，范侍御不是'宴別'的對象。這位范侍御很顯然就是杜甫《與李白同尋范十隱居》的那位'范十'了。"按此說尚嫌缺乏根據。況范十乃隱士，范侍御為御史臺官員，當非其人。據《舊唐書·職官志二》，門下省有左補闕二員，從七品上。天授二年二月，加置三員，通前五員。中書省有右補闕二員，從七品上。補闕拾遺之職，掌供奉諷諫，扈從乘輿。又《職官志三》：御史臺有侍御史四員，從六品下，掌糾舉百僚，推鞫獄訟。殿中侍御史六人，從七品下，掌殿廷供奉之儀式。監察御史十員，正八品上，掌分察巡按郡縣、屯田、鑄錢、嶺南選補、知太府、司農出納，監決囚徒。　〔二〕"我覺"二句：宋玉《九辯》："悲哉秋之為氣也，蕭瑟兮草木搖落而變衰。"此反其意而用之。逸，安逸恬樂。誰云，《酉陽雜俎》作"誰言"。　〔三〕"山將"二句：將，帶。與《酉陽雜俎》作"共"。二句謂落日倚山而下，綠水與藍天一色相宜。胡震亨《唐音癸籤》卷一一云："太白詩押宜字韻者凡五見，

255

而韻致俱勝。如'山將落日去,水與晴空宜'。" 〔四〕駐金覊:猶停馬。覊,馬絡頭,此指馬。曹植《白馬篇》:"白馬飾金覊。" 〔五〕"歌鞍"句:歌,郭本作"攲"。憩古木,在古樹下休息。 〔六〕"歌鼓"二句:宋本校"一本無此兩句",却添"南歌憶郢客,東傳(轉)見齊兒(姬)。清波忽淡蕩,白雪紛透迤。一隔范杜游,此歡各棄遺"三韻。曲度,樂曲的節度。飈,疾風。神飈吹,形容吹奏有力。《後漢書·馬防傳》:"多聚聲樂,曲度比諸郊廟。"李賢注:"曲度,謂曲之節度也。"《文選》卷二十曹植《公讌詩》:"神飈接丹轂。"李周翰注:"飈,疾風也。"此句謂歌曲節奏飄揚如疾風勁吹。 〔七〕"雲歸"二句:雲歸,《酉陽雜俎》作"烟歸"。雁没,《酉陽雜俎》作"雁度"。 〔八〕"茫然"句:茫然,猶惘然,惆悵貌。空爾思,徒然思念你。爾思,思爾。《詩·衛風·竹竿》:"豈不爾思。"

【評箋】

舊題嚴羽評點《李太白詩集》卷一三:首二句:道其真情,非故爲翻案。 又評"山將"二句:寫山水情性悠然杳然,畫筆所不能及。

《唐詩歸》卷一五鍾惺評"我覺"二句:此二句之意,俗筆便倒轉用。 又評"山將"二句:去字有用得妙者,此處之妙,却不在"去"字,而在"將"字。"攲鞍憩古木,解帶挂橫枝。"可想。

胡震亨《李詩通》:太白詩慣押"宜"字,如"山將落日去,水與晴空宜"、"月色望不盡,空天交相宜",又"謔浪偏相宜"、"置酒正相宜"、"春風與醉客,今日乃相宜",凡五用,而前二"宜"韻爲尤佳。

《唐宋詩醇》卷六:飄然而來,戛然而止。格調高逸,有如鵬翔未息,翩翩而自逝。

按:此詩當是天寶四載(七四五)秋在魯郡作。自宋玉《九辯》以來,歷代詩多以秋景興悲傷的感情,李白却一反常格:"我覺秋興逸",情致高昂,再用"誰云秋興悲"作反襯,這一對時令不同感受的鮮明對照,使詩人不平凡的個性躍然紙上。全詩格調高昂,節奏明快,感情豪放,具有很强的藝術感染力。

沙丘城下寄杜甫〔一〕

　　我來竟何事？高臥沙丘城〔二〕。城邊有古樹，日夕連秋聲。魯酒不可醉，齊歌空復情〔三〕。思君若汶水，浩蕩寄南征〔四〕。

【注釋】

〔一〕沙丘城：指兗州（魯郡）治所瑕丘，今山東兗州。杜甫，唐代與李白齊名的偉大詩人。兩《唐書》有《杜甫傳》。天寶三載至四載曾與李白同游梁、宋、齊、魯，情同手足。杜甫贈寄李白詩甚多，李白還有《魯郡東石門送杜二甫》詩，可參讀。　〔二〕高臥：指閑居，隱居。《晉書·陶潛傳》："嘗言：夏月虛閑，高臥北窗之下，清風颯至，自謂羲皇上人。"
〔三〕"魯酒"二句：謂魯地薄酒已不能使己酣醉，齊女歌舞徒然多情，也不能使己快樂而忘記友人。極寫思念友人之深切。魯、齊，均指今山東地區。古代魯地產美酒，齊國美女善歌舞。《莊子·胠篋》："魯酒薄而邯鄲圍。"謝朓《同謝諮議銅雀臺》詩："嬋媛空復情。"　〔四〕"思君"二句：謂思念杜甫之情如滾滾汶水向南流去。詩意與其《寄遠》詩"相思無日夜，浩蕩若流波"略同。汶水，今名大汶河。浩蕩，水勢盛大廣闊貌。南征，南流。按古汶水實際上離兗州尚遠，李白寓家地正在泗水邊，泗水至兗州南流，水勢浩蕩。故或謂詩中之"汶水"當指"泗水"。

【評箋】

　　舊題嚴羽評點《李太白詩集》卷一二："魯酒"句：讀此句覺穆生無味。
　　桂天祥《批點唐詩正聲》：散淡有深情。

《唐詩歸》卷一六鍾惺評：一片真氣，自是李白寄杜甫之作，工拙不必論也。　又評"日夕"句："連"字下得奇。

《唐宋詩醇》卷六：白與杜甫相知最深，"飯顆山頭"一絶，《本事詩》及《酉陽雜俎》載之，蓋流俗傳聞之説，白集無是也。鮑、庾、陰、何，詞流所重，李杜實嘗宗之，特所成就者大，不寄其籬下耳。安得以為譏議之辭乎！甫詩及白者十餘見，白詩亦屢及甫，即此結語，情亦不薄矣。世俗輕誣古人，往往類是，尚論者當知之。

按：此詩當作於天寶五載（七四六）秋，當時杜甫已告别李白往長安去。

憶舊游寄譙郡元参軍〔一〕

憶昔洛陽董糟丘〔二〕，為余天津橋南造酒樓〔三〕。黄金白璧買歌笑，一醉累月輕王侯〔四〕。海内賢豪青雲客〔五〕，就中與君心莫逆〔六〕。迴山轉海不作難，傾情倒意無所惜〔七〕。

【注釋】
〔一〕譙郡：即亳(bó)州，天寶元年改為譙郡。乾元元年復為亳州。唐屬河南道。今安徽亳州市。參軍，唐制，各州(郡)置録事參軍事等官員，簡稱參軍。元參軍，名演，李白好友。宋本題下有"金陵"二字，乃宋人編集時所加，以為此詩作於金陵，非。寄，《文苑英華》作"贈"。　〔二〕董糟丘：姓董的酒商，名不詳。糟丘，酒渣堆成的小丘。董酒商可能以此為號。《新序·節士》："桀為酒池，足以運舟；糟丘足以望七里。"
〔三〕天津橋：古浮橋名。故址在今洛陽市舊城西南，隋、唐皇城正南洛水上。隋大業元年(六〇五)始建,用鐵鎖連接大船,南北夾路對起四樓。隋末為李密燒毀,唐代又多次改建加固。見《古風》(其十六)注。
〔四〕"一醉"句:《文選》卷四左思《蜀都賦》:"樂飲今夕,一醉累月。"劉逵注:"言頻飲也。"累月,幾個月。月,《文苑英華》作"日"。輕王侯,鄙視權貴。　〔五〕"海內"句:海內,《河岳英靈集上》作"四海"。賢豪,賢能勇壯。劉向《説苑·政理》:"劉侯曰:'子往矣,是無邑不有賢豪辯博者也。'"青雲客,指道德學問高尚之士。　〔六〕"就中"句:就中與君,《河岳英靈集》作"與君一見"。與君,《文苑英華》校:"一作一遇,又作一見。"心莫逆,《莊子·大宗師》:"子桑户、孟子反、子琴張……三人相視而笑,莫逆於心,遂相與為友。"此句謂其中只與元君彼此心意相通,無所違逆。　〔七〕"迴山"二句:迴山轉海,轉動山海。比喻力量巨大。《後漢書·宦者傳序》:"舉動迴山海,呼吸變霜露。"不作難,不以為難。傾情倒意,傾心盡意。

以上第一段,寫在洛陽的放縱生活以及與元演的深厚情誼。

　　我向淮南攀桂枝〔八〕,君留洛北愁夢思。不忍別,還相隨。相隨迢迢訪仙城〔九〕,三十六曲水迴縈〔一〇〕。一溪初入千花明,萬壑度盡松風聲〔一一〕。銀鞍金絡到平地〔一二〕,漢東太守來相迎〔一三〕。紫陽之真人〔一四〕,邀我吹玉笙。餐霞樓上動仙樂〔一五〕,嘈然宛似鸞鳳鳴〔一六〕。袖長管催欲輕舉〔一七〕,漢東太守醉起舞〔一八〕。手持錦袍覆我身〔一九〕,我醉橫眠枕其股。當筵意氣凌九霄,星離雨散不終朝〔二〇〕。分飛楚關山水遙〔二一〕。余既還山尋故巢,君亦歸家度渭橋〔二二〕。

【注釋】
〔八〕"淮南"句:淮南,唐開元十五道之一,轄境相當今淮河以南,長江以北,東至海,西至湖北應山、漢陽一帶。攀桂枝,指隱居。《楚辭·招隱士》:"攀援桂枝兮聊淹留。"此句謂已離洛陽回安陸家中。唐代安陸屬淮南道,故云。　〔九〕"相隨"句:迢迢,遙遠貌。仙城,山名,李白有《冬夜於隨州紫陽先生餐霞樓送烟子元演隱仙城山序》。此即指訪隨州(今湖北隨州市)道士胡紫陽。　〔一〇〕"三十"句:三十六曲,形容河道彎曲多折。迴縈,盤旋,迴繞。　〔一一〕"一溪"二句:千花明,群芳吐豔。《文選》卷三一江淹《雜體詩》"寂歷百草晦",李善注:"凡草木華實榮茂謂之明,枝葉彫傷謂之晦。"松風聲,《文苑英華》作"唯松聲"。〔一二〕"銀鞍"句:銀鞍金絡,此指騎馬。辛延年《羽林郎》:"銀鞍何煜爚。"漢樂府《陌上桑》古辭:"黃金絡馬頭。"到,一作"倒"。　〔一三〕漢東太守:即隨州刺史。天寶元年,天下諸州改為郡,刺史改為太守。隨州即於是年改為漢東郡。郡治在今湖北省隨州市。　〔一四〕紫陽真人:即道士胡紫陽。李白《漢東紫陽先生碑銘》:"先生姓胡氏。"真人,道家稱"修真得道"者,亦用於對道士的敬稱。《莊子·大宗師》:"且有真人而後有真知。何謂真人？古之真人,不逆寡,不雄成,不謨士。"後亦用於對道士的敬稱。　〔一五〕餐霞樓:胡紫陽的住所。李白《漢東紫陽先生碑銘》:"所居苦竹院,置餐霞之樓,手植雙桂,樓遲其下。"　〔一六〕"嘈然"句:嘈然,樂聲相和貌。此句謂樂聲悠揚猶如鸞鳳和鳴。潘岳《笙賦》:"雙鳳嘈以和鳴。"嵇康《琴賦》:"遠而聽之,若鸞鳳和鳴戲雲中。"此句謂樂聲應和悠揚如鸞鳳和鳴。　〔一七〕"袖長"句:謂長袖在管樂伴奏下,輕舞飄舉欲飛。　〔一八〕"漢東"句:漢東,宋本作"漢中",并校云:"一作漢東太守醉歌舞。"據他本改作"漢東"。按:漢中太守,當作"漢東太守"。漢中郡即梁州,州治在今陝西漢中市,距隨州甚遠,與上下詩意亦不合。而漢東郡即隨州。　〔一九〕錦袍:袍,宋本作"抱",誤。據他本改。　〔二〇〕"當筵"二句:意氣,意態、氣概。凌九霄,直上最高空。此句形容筵上意興酣暢淋漓,氣概非凡。凌,《文苑英華》作"陵"。《史記·李將軍列傳》:"會日暮,吏士皆無人色,而廣意氣自如。"星離雨散,喻分別。不終朝,不滿一個早晨,極言分別之速。《詩·小雅·采綠》:"終朝采綠。"毛傳:"自旦及食時為終朝。"二句謂在筵席上意興酣暢,氣概衝天,但歡宴後很快分別。　〔二一〕"分飛"句:楚關,指隨州。隨州古屬楚地，故云。闕，咸本作"闕"。此句謂隨州分別後兩人相隔遙遠。　〔二二〕"余既"二句：謂隨州別後詩人返回安陸，元演則歸家長安。度，一作"渡"。渭橋，漢、唐長安附近渭水上有三座橋。一、中渭橋。秦始皇始建，本名橫橋。漢名渭橋、橫門橋、石柱橋。後增建東西二橋，始稱中渭橋。故址在秦咸陽城正南，漢長安城北偏西，今咸陽市東約二十里。歷代屢毁屢建，至唐貞觀十年(六三六)東移約十里，在今西安市直北。唐以後毁。二、東渭橋。故址在今高陵南耿鎮白家嘴西南。漢景帝五年(前一五二)始建。唐咸亨中置渭橋倉於此。開元九年(七二一)重修。唐後期廢。三、西渭橋。漢武帝建元三年(前一三八)始建，因與長安城便門相對，亦名便橋或便門橋。故址在今咸陽市南。唐代亦名咸陽橋。其時長安人送客西行多到此相別。唐末廢。此代指長安。

以上第二段，敘元演與詩人同在隨州胡紫陽處宴飲歡樂情景，不久又分手各自歸家。

君家嚴君勇貔虎〔二三〕，作尹并州遏戎虜〔二四〕。五月相呼度太行〔二五〕，摧輪不道羊腸苦〔二六〕。行來北京歲月深〔二七〕，感君貴義輕黃金。瓊杯綺食青玉案〔二八〕，使我醉飽無歸心。時時出向城西曲，晉祠流水如碧玉〔二九〕。浮舟弄水簫鼓鳴〔三〇〕，微波龍鱗莎草綠〔三一〕。興來攜妓恣經過，其若楊花似雪何！紅妝欲醉宜斜日，百尺清潭寫翠娥〔三二〕。翠娥嬋娟初月輝〔三三〕，美人更唱舞羅衣〔三四〕。清風吹歌入空去，歌曲自繞行雲飛〔三五〕。

【注釋】
〔二三〕"君家"句：嚴君，指元演的父親。《易・家人》："家人有嚴君焉，父母之謂也。"貔(pí)，古籍中的一種猛獸。《書・牧誓》："如虎如貔，如熊如羆，於商郊。"孔傳："貔，執夷，虎屬也。四獸皆猛健，欲使士衆法之，奮擊於牧野。"《詩・大雅・韓奕》:"獻其貔皮。"孔穎達疏:"《釋獸》云:'貔,白狐,其子豰。'郭璞曰:'一名執夷,虎豹之屬。'陸璣疏云:'貔似虎,或曰似熊;一名執夷,一名白狐,遼東人謂之白羆。'"此句謂元演之父勇猛無比。　〔二四〕"作尹"句:并州,州治在今山西太原市晉源區。開元十一年(七二三),於太原置北都,改并州為太原府,長官稱尹,兼北都留守。此乃沿用舊稱。當時太原府尹既為地方行政長官,又兼太原節度使,並兼管太原以北數郡軍事。遏,抑止、阻擋。戎虜,此指唐代常侵擾太原以北地區的突厥族。　〔二五〕"五月"句:開元二十三年(七三五)五月,元演曾約李白同游太原,途中翻越太行山。度,王本作"渡",咸本作"凌"。太行,山名。在山西高原與河北平原之間。北起拒馬河谷,南至山西、河南邊界黃河沿岸。　〔二六〕"摧輪"句:摧輪,毁壞車輪。不道,不顧,不管。羊腸,形容狹窄迂迴的小路。《文選》卷二七曹操《苦寒行》:"北上太行山,艱哉何巍巍!羊腸阪詰屈,車輪為之摧。"李善注:"羊腸,其山盤紆如羊腸,在太原晉陽北。"此句即用其意。　〔二七〕"行來"句:北京,宋本作"北涼",據《河岳英靈集》改。指太原。《文苑英華》作"京北"。按:天寶元年(七四二),改北都為北京,設北京留守,由太原尹兼北京留守。北涼乃張掖郡,魏晉時隸涼州。及沮渠蒙遜立國於此,號為北涼,以涼州五郡,張掖在其北。唐時為甘州,天寶初改為張掖郡。此與太原相去遥遠。與詩意不合。故"北涼"必為"北京"之訛。歲月深,猶時間久。　〔二八〕"瓊杯"句:瓊杯,猶玉杯。綺食,精美的食物。青玉案,古代供進食用的飾有青玉的短足木盤。《文選》卷二九張衡《四愁詩》:"美人贈我錦繡段,何以報之青玉案。"李善注:"玉案,君所憑倚。《楚漢春秋》:淮陰侯曰:臣去項歸漢,漢王賜臣玉案之食。"劉良注:"玉案,美器,可以致食。"　〔二九〕"時時"二句:城西曲,城西隅。城西,《文苑英華》作"西城"。曲,邊;旁。晉祠,《元和郡縣志》卷一三河東道太原府晉陽縣:"晉祠,一名王祠,周唐叔虞祠也。在縣西南十二里。"指西周初晉開國諸侯唐叔虞的祠廟,在今山西太原市西南二十五公里懸甕山下。晉水發源於此,為當地名勝。如碧玉,形容水之清澈碧綠。　〔三〇〕"浮舟"句:漢武帝《秋風辭》:"簫鼓鳴兮發棹歌。"此句即用其意。

〔三一〕"微波"句：龍鱗，形容水波細碎複疊。莎草，多年生草本。地下有紡錘形塊莖，稱香附子，可入藥。潘岳《金谷集作》詩："濫泉龍鱗瀾。"
〔三二〕"紅妝"二句：寫翠娥，寫，畫，映照。翠娥，美女。此句意謂紅妝醉態在斜陽映照下容顏更美，百尺清潭中映照着美女的倩影。紅，宋本校："一作鮮。"宜斜日，宋本校："一作如花落。"娥，一作"蛾"。
〔三三〕"翠娥"句：娥，《河岳英靈集》作"蛾"。嬋娟，形態美好貌。此句謂美女容光煥發，猶如新月散發光輝。　〔三四〕更唱：輪流歌唱。宋玉《高唐賦》："更唱迭和，赴曲隨流。"　〔三五〕"歌曲"句：行雲，流動的浮雲。《列子·湯問》："撫節悲歌，聲振林木，響遏行雲。"

以上第三段，寫在太原受到元演父子的盛情款待，游覽晉祠與欣賞伎女歌舞的情況。

此時行樂難再遇〔三六〕，西游因獻《長楊賦》〔三七〕。北闕青雲不可期〔三八〕，東山白首還歸去〔三九〕。渭橋南頭一遇君〔四〇〕，酇臺之北又離群〔四一〕。問余別恨今多少？落花春暮爭紛紛〔四二〕。言亦不可盡，情亦不可極〔四三〕。呼兒長跪緘此辭，寄君千里遙相憶〔四四〕。

【注釋】
〔三六〕"此時"句：說明太原分別後，李白與元演很長一段時間未見面。行，一作"歡"。　〔三七〕"西游"句：《漢書·揚雄傳下》："雄從（帝）至射熊館，還，上《長楊賦》。"此借指自己天寶元年奉詔入京，曾向皇帝獻《大獵賦》。　〔三八〕"北闕"句：北闕，古代宮殿北面的門樓，為臣子等候朝見或上書之處，因用為朝廷的別稱。《漢書·高帝紀》："至長安，蕭何治未央宮，立東闕、北闕、前殿、武庫、太倉。"顏師古注："未央殿雖南向，而上書、奏事、謁見之徒皆詣北闕。"青雲，喻高官顯爵。此句謂朝廷的爵祿不可期待。　〔三九〕"東山"句：東山，指魯東蒙山，聞一多《唐詩雜論·少陵先生年譜會箋》天寶四載："公詩曰：'余亦東蒙客。'（李）白

263

《寄東魯二稚子》詩曰:'我家寄東魯,誰種龜陰田?'《憶舊游寄譙郡元參軍》詩曰:'北闕青雲不可期,東山白首還歸去。'曰東蒙,曰龜陰,曰東山,實即一處。《續山東考古録》:'《元和志》以蒙與東蒙為二山。余謂蒙在魯東,故曰東蒙。……今又分東蒙、雲蒙、龜蒙三山,惟《齊乘》以為龜、蒙二山最當。……合言之曰東山,分言之曰龜、蒙。'"則"東山"即指東蒙山。一説指謝安早年隱居之東山,浙江上虞、臨安、金陵均有謝安游憩之地。後因以"東山"指隱居。此句謂己求官不得,年紀老大還是回家隱居。首,宋本校:"一作髮。"〔四〇〕渭橋南頭,《文苑英華》作"渭水橋南",宋本校:"一作渦水橋南。"按:渦水源出河南開封,東南流經亳州,入淮。作"渦水橋南"是。〔四一〕"酇臺"句:酇(cuó),古縣名。秦置,漢屬沛郡。蕭何封酇侯,以此為封國。故址在今河南永城縣西。唐代屬譙郡(亳州)。酇臺,相傳蕭何於此造律,又名造律臺。蕭何封酇侯,故稱酇臺。酇臺之北,即指宋州。此句説明天寶三載李白游梁宋時與元演再次相見,後又分手。〔四二〕"問余"二句:宋本校:"一作鶯飛求友滿芳樹,落花送客何紛紛。"今,一作"知"。〔四三〕"言亦"二句:言,宋本校:"一作情。"情,宋本校:"一作言。"極,一作"及"。〔四四〕"呼兒"二句:長跪,直身而跪。古時席地而坐,坐時兩膝據地以臀部著足跟;跪則表示莊重,臀部離開足跟,伸直腰股,身就長,故稱。緘此辭,封此書信。由此知李白寫此詩時有兒在傍。辭,《文苑英華》作"詞"。

以上是第四段,寫在渦橋曾與元演相遇,後又在酇臺分手。別後不勝思念,故寫寄此詩。

【評箋】

舊題嚴羽評點《李太白詩集》卷一二:"一溪"二句:可使名手畫之,畫中當有松風可聽。又評"紫陽"二句:便可厭。又評"浮舟"二句:"莎草緑",見波色連郊,是賦;然亦可即指波,是比中比,惟人所會。又評"紅妝"二句:難描難畫。又評"清風"二句:"遶雲"活於"遏雲",又未若長吉"緣雲"為佳。

范梈批選《李翰林詩》卷三："嘈然宛似鸞鳳鳴"，本同韻，然"漢東太守"以下自是一段。有韻斷而意連，有韻連而意斷。韻連者，此類也。

唐汝詢《唐詩解》卷一九：此歷叙舊游之事以寄憶也。言我與參軍凡合而離者四，情好無二焉。夫在洛，則我就君游；適淮，則君隨我往；以并州戎馬之地，而攜妓相過；以《長楊》落魄之餘，而不忘晤對，真所謂金石交者也。離情安有極耶？此篇叙事四轉，語若貫珠，又非初唐牽合之比，長篇當以此為法。

應時《李詩緯》卷一：其用筆雖一縱難收，却是轉換矜節，意到筆隨。

沈德潛《唐詩別裁》卷六：叙與參軍情事，離離合合，結構分明，才情動蕩，不止以縱逸見長也。老杜外，誰堪與敵？　又評"憶昔"二句：此只作引，引入。　又評"海内"句：以下言元參軍。　又評"就中"句：此言合。　又評"不忍別"二句：此言欲離仍合。　又評"漢東"句：此賓。　又評"分飛"句：此言離。　又評"行來"二句：此又合。　又評"此時"二句：此又離。　又評"渭橋"二句：此兩合兩離，語從其略。

《唐宋詩醇》卷六：白詩天才縱逸。至於七言長古，往往風雨爭飛，魚龍百變；又如大江無風，波浪自涌；白雲從空，隨風變滅，誠可謂怪偉奇絕者矣。此篇最有紀律可循，歷數舊游，純用叙事之法。以離合為經緯，以轉折為節奏，結構極嚴，而神氣自暢。至於奇情勝致，使覽者應接不暇，又其才之獨擅者耳。

延君壽《老生常談》：《憶舊游寄譙郡元參軍》詩，以董糟丘陪起入題，先用"迴山轉海不作難"二句一頓，方能引起下文如許熱鬧。"一溪初入千花明"云云，東坡每能效此種句。前段入漢東太守，主中之賓也。插入紫陽真人，又賓中之賓也。又復折回漢東太守"手持錦袍"云云，不特氣力橫絕，而用筆迴環，亦極奇幻不測。"當筵意氣"五句，用單句作過脈，有峰迴嶺斷之妙。"君家嚴君"云云，又起一波，引起下半首，便不更添一人，只以美人歌曲略作點綴，與前面文字虛實相生恰好。末路回映渭橋，章法完密。一首長歌，以驚豔絕世之筆，寫舊游朋從之歡，乍讀去令人目炫心搖，不知從何處得來；細心繹之，中之離離合合，一絲不亂。

曾國藩《求闕齋讀書録》卷七："君留洛北"以上,洛陽相會,旋即相別。"我醉橫眠"以上,漢陽(應作漢東)相會,旋又相別。"歌曲自繞"以上,晉州相會,旋又相別。"鄞臺之北"以上,關中(應作宋州)相會,旋又相別。四會四别,統名曰"憶舊游。"

王闓運手批《唐詩選》卷八：只序交情,交情又只酒肉,而文自有傲兀之氣。

按：此詩當於天寶五載(七四六)在魯郡作。詩中叙寫與元演的過從最為詳明。此詩叙四次相會,四次分别。不斷相思,統名之曰"憶舊游"。

魯郡堯祠送竇明府薄華還西京〔一〕 時久病初起作

朝策犁眉騧〔二〕,舉鞭力不堪〔三〕。強扶愁疾向何處？角巾微服堯祠南〔四〕。長楊掃地不見日〔五〕,石門噴作金沙潭〔六〕。笑誇故人指絶境,山光水色青於藍〔七〕。廟中往往來擊鼓〔八〕,堯本無心爾何苦〔九〕？門前長跪雙石人,有女如花日歌舞。銀鞍繡轂往復迴〔一〇〕,簸林蹶石鳴風雷〔一一〕。遠烟空翠時明滅〔一二〕,白鷗歷亂長飛雪〔一三〕。紅泥亭子赤欄干〔一四〕,碧流環轉青錦湍〔一五〕。深沉百丈洞海底〔一六〕,那知不有蛟龍盤〔一七〕？

【注釋】

〔一〕魯郡堯祠：見前《秋日魯郡堯祠亭上宴别杜補闕范侍御》詩注。竇明府薄華,姓竇名薄華的縣令。明府,唐代對縣令的敬稱。竇薄華,事蹟未詳。西京,指長安。題下"時久病初起作"為李白原注。 〔二〕"朝策"句：策，鞭打。犁眉騧(guā)，黑眉黃馬。犁，通"黧"，黑色。騧，黑嘴黃馬。據《十六國春秋》記載，姚襄所乘駿馬為黧眉騧，日行千里。
〔三〕不堪：不能勝任。　〔四〕"角巾"句：角巾，古代隱士常戴的一種有棱角的頭巾。《晉書·羊祜傳》："既定邊事，當角巾東路歸故里。"微服，為隱蔽身份而改穿平民服裝。服，胡本作"步"。《孟子·萬章上》："孔子不悅於魯衛，遭宋桓司馬(桓魋)將要(攔截)而殺之，微服而過宋。"
〔五〕"長楊"句：謂柳條修長垂地，遮天蔽日。梁簡文帝《江南曲》："長楊掃地桃花飛。"　〔六〕"石門"句：《隋書·薛冑傳》："尋除兗州刺史。……先是，兗州城東沂、泗二水合而南，汎濫大澤中，冑遂積石堰之，使決令西注，陂澤盡為良田。又通轉運，利盡淮海，百姓賴之，號為薛公豐兗渠。"此處"石門"即薛冑所修建。此句謂大水從石門中噴射而出，形成金沙潭。　〔七〕"笑誇"二句：笑誇故人，宋本校："一作笑謔伯明。"絕境，風景極美的環境。青於藍，比藍色更青。《荀子·勸學》："青，取之於藍而青於藍。"　〔八〕擊鼓：指堯祠中擊鼓祠神。　〔九〕"堯本"句：謂堯本無心讓人祭祀，你們又何苦來擊鼓祠神呢？　〔一〇〕"銀鞍"句：銀鞍，宋本作"銀鞭"，據他本改。轂，車輪中心用以插軸的圓木，此指車。銀、繡均形容車馬裝飾之美。此句謂華美的車馬來來往往。王勃《臨高臺》詩："銀鞍繡轂盛繁華。"　〔一一〕"簸林"句：簸、蹶(guì)：並謂搖動。《文選》卷二張衡《西京賦》："蕩川瀆，簸林薄。"李周翰注："蕩、簸，謂搖動。"又卷三五張協《七命》："瓢林蹶石，扣跋幽叢。"李善注引郭璞《爾雅注》曰："蹶，動搖之貌也。"此句謂車馬聲如林石搖動，風雷鳴響。　〔一二〕"遠烟"句：謂遠處綠樹在烟霧中時明時暗。謝靈運《過白岸亭詩》："空翠難強名。"　〔一三〕"白鷗"句：歷亂，雜亂無次貌。此句謂白鷗在空中雜亂飛翔，猶如經年的飛雪。　〔一四〕"紅泥"句：謂用紅泥塗砌的亭子，用紅漆塗抹的欄干。赤，宋本校："一作朱。"欄干，通"闌干"。　〔一五〕"碧流"句：青錦湍，青錦似的急流。
〔一六〕"深沉"句：洞，動詞，穿通。此句謂金沙潭水之深可貫通海底。
〔一七〕"那知"句：那，通"哪"，怎。盤，盤伏。一作"蟠"，通。此句以"蛟龍盤"暗喻藏有賢能之士。

以上第一段,寫送別時的周圍環境。

　　君不見綠珠潭水流東海,綠珠紅粉沉光彩。綠珠樓下花滿園,今日曾無一枝在〔一八〕。昨夜秋聲閶闔來〔一九〕,洞庭木落騷人哀〔二〇〕。遂將三五少年輩〔二一〕,登高送遠形神開〔二二〕。生前一笑輕九鼎〔二三〕,魏武何悲銅雀臺〔二四〕?

【注釋】

〔一八〕"君不見"四句:《晉書·石崇傳》、《世説新語·仇隙》記載,西晉大臣石崇之妾綠珠,時趙王司馬倫專權,其親信孫秀向石崇索綠珠,綠珠跳樓自殺。綠珠潭,即指石崇家池,又名翟泉、狄泉。《洛陽伽藍記》卷一:"昭儀寺有池。……此是晉侍中石崇家池,池南有綠珠樓。"流東海,暗喻往事一去不返,都成陳迹。綠珠紅粉沉光彩,意謂紅粉佳人的光彩皆已沉没。宋本校:"一作白首同歸翳光彩。"曾,乃。　　〔一九〕閶闔:風名,即秋天的西風。《史記·律書》:"閶闔風居西方。"《淮南子·天文訓》:"涼風至四十五日,閶闔風至。"《文選》卷三張衡《東京賦》:"俟閶風而西遷。"李善注:"閶風,秋風也。"　　〔二〇〕"洞庭"句:屈原《九歌·湘夫人》:"嫋嫋兮秋風,洞庭波兮木葉下。"騷人,此指屈原。木,一作"水"。　　〔二一〕將:帶領。　　〔二二〕"登高"句:宋玉《高唐賦》:"登高遠望,使人心瘁。"此反用其意。送遠,一作"遠望"。形神開,謂身心舒暢。　　〔二三〕九鼎:古代傳說夏禹鑄九鼎,象徵九州,夏、商、周三代奉為傳國之寶。後人常以九鼎喻指帝位。《史記·封禪書》:"禹收九牧之金,鑄九鼎。"謝瞻《張子房詩》:"力政吞九鼎。"
〔二四〕"魏武"句:魏武,魏武帝,即曹操。銅雀臺,又作"銅爵臺"。《三國志·魏志·武帝紀》:建安十五年,"冬,作銅爵臺"。故址在今河北臨漳西南古鄴城西北隅,與金虎、冰井合稱三臺,現臺基大部為漳水衝毁。據陸機《弔魏武帝文》記載,曹操臨終時曾遺令四子曰:"吾婕好妓人,皆著銅爵臺,於臺堂上施八尺牀,張繐帳,朝晡上脯糒之屬。月朝十五,輒向帳作妓,汝等時時登銅爵臺,望吾西陵墓田。"

以上第二段,寫人生無常,昔日人物一去不復返,以達觀自慰。

　　我歌《白雲》倚窗牖〔二五〕,爾聞其聲但揮手。長風吹月渡海來,遙勸仙人一杯酒。酒中樂酣宵向分〔二六〕,舉觴酹堯堯可聞〔二七〕?何不令皋繇擁篲橫八極,直上青天揮浮雲〔二八〕?高陽小飲真瑣瑣,山公酩酊何如我〔二九〕?竹林七子去道賒〔三〇〕,蘭亭雄筆安足誇〔三一〕?堯祠笑殺五湖水〔三二〕,至今憔悴空荷花。爾向西秦我東越〔三三〕,暫向瀛洲訪金闕〔三四〕。藍田太白若可期,為余掃灑石上月〔三五〕。

【注釋】

〔二五〕"我歌"句:白雲,指《白雲謠》。《穆天子傳》記載,西王母在瑤池宴會上曾歌《白雲謠》贈穆王曰:"白雲在天,山陵自出。道里悠遠,山川間之。將子無死,尚復能來。"一說用漢武帝《秋風辭》:"秋風起兮白雲飛。"倚窗牖,宋本校:"一作大開口。" 〔二六〕"酒中"句:《漢書·司馬相如傳》:"於是酒中樂酣。"顏師古注:"酒中,飲酒中半也。樂酣,奏樂洽也。"中,咸本作"終"。宵向分,近夜半。宵分,夜半。沈約《秋夜詩》:"月落宵向分,紫烟鬱氤氲。" 〔二七〕"舉觴"句:酹(lèi),灑酒於地以示祭奠。此句謂在堯祠前舉杯祭堯,堯能知道否? 〔二八〕"何不"二句:皋繇(yáo),胡本作"皋陶"。舜時賢臣,曾被舜任為掌刑法的官。《史記·五帝本紀》:"皋陶為大理,平,民各伏得其實。"篲,同"彗",掃帚。古人迎候尊貴,常擁篲以示敬意。《史記·孟子荀卿列傳》:"(騶衍)如燕,昭王擁篲先驅,請列弟子之座而受業。"司馬貞《索隱》:"謂為之掃地,以衣袂擁帚而却行,恐塵埃之及長者,所以為敬也。"橫八極,橫掃八方最遠之地。揮,王本作"掃"。二句謂堯為何不派皋陶擁帚橫掃八方,一直掃盡天上的浮雲,以此迎接賢臣? 〔二九〕"高陽"二句:楚漢相争時酈食其揖見劉邦,曾自稱高陽酒徒。晉代山簡鎮守襄陽,峴山南有後漢侍中習郁的魚池。山簡每臨此池,置酒輒醉,曰:"此是我高陽池也。"時有兒歌曰:"山公出何許?往至高陽池。日夕倒載歸,酩酊無所知。時時能騎馬,倒著白接䍦。"見前《襄陽歌》注。瑣瑣,細小貌。酩酊,大醉貌。此謂山簡的高陽池大醉微不足道,怎能及得上我們今天的情景。
〔三〇〕"竹林"句:竹林七子,據《三國志·魏志·王粲傳》裴松之注引《魏氏春秋》云:三國魏末陳留阮籍、譙國嵇康、河内山濤、河南向秀、籍兄子咸、琅邪王戎、沛人劉伶相與友善,常宴集於竹林之下,時人號為竹林七賢。賒(shē),遠。此句謂竹林七賢的佳事已離得很遠了。
〔三一〕蘭亭雄筆:東晉永和九年(三五三)三月三日,王羲之與友人孫統、孫綽、謝安等四十二人,在山陰(今浙江紹興)的蘭亭舉行修禊(古時上巳日在水邊消除不祥的一種風俗,後演化為春游),飲酒賦詩,編成《蘭亭集》,王羲之親筆寫序,筆力遒媚勁健,絶代所無。 〔三二〕五湖:此指太湖。五,咸本作"鏡"。 〔三三〕"爾向"句:謂竇薄華還西京,而詩人已準備到東越(今浙江紹興一帶)去。 〔三四〕"暫向"句:瀛洲,傳説中的海中仙山。金闕,道教謂天上有黄金闕、白玉京,為天帝所居。又謂仙山上以黄金白銀為宫闕。此句謂暫去東越求仙訪道。
〔三五〕"藍田"二句:藍田,山名,在今陝西藍田縣東。《元和郡縣志》卷一京兆府藍田縣:"藍田山,一名玉山,一名覆車山,在縣東二十八里。"太白,山名,在今陝西省周至、眉縣、太白等縣間,為秦嶺主峰。期,約會。二句謂如果可相約在藍田、太白二山相會,那麼請清掃周圍環境,待我來日前去隱居。

以上第三段,寫與竇薄華在堯祠相别時情景,相約將來在藍田、太白隱居。

【評箋】

舊題嚴羽評點《李太白詩集》卷一四:"長楊"二句:幽勝可想。 又評"君不見"四句:三唤緑珠,情深弔古。 又評"酒中"四句：堯只堪一見，如此便纏擾，語意皆誕。

故應麟《詩藪・內編》卷三：太白《蜀道難》、《遠別離》、《天姥吟》、《堯祠歌》等，無首無尾，變幻錯綜，窈冥昏默，非其才力學之，立見顛踣。

《唐宋詩醇》卷六：起滅在手，變化從心，初曷嘗沾沾於矩矱，而意之所到，無不應節合拍。歌行至此，豈非神品。

延君壽《老生常談》：《魯郡堯祠送竇明府薄華還西京》詩，全用一拓一頓之筆，如神龍天矯九天，屈強奇擾。……"廟中往往來擊鼓"，此等接落，真出人意表。"堯本無心爾何苦"，意極正當，而筆極恣橫。"深沉百丈洞海底"二句，力為排奡。"昨夜秋聲閶闔來"云云，忽然又起一波，令人已不可測；"我歌白雲倚窗墉"云云，忽又作一頓折之筆，奇橫至此為極。"高陽小飲"四句，本作一氣讀，偏於下二句連，再下二句另為一韻，順帶一筆，挽回"堯祠"，有千鈞力量。結亦遒勁。

王闓運手批《唐詩選》卷八：亦欲泥沙俱下，而雜湊不勻，幸尚能驅駕耳。

按：詩云"爾向西秦我東越，暫向瀛洲訪金闕"，知將赴東越，當作於天寶五載(七四六)秋天。全詩意象的發展都是跳躍式的，隨着詩人感情的變幻激蕩而聯接奔瀉，這正是詩人豐富想像的如實表現。

夢游天姥吟留別[一]

海客談瀛洲[二]，煙濤微茫信難求[三]。越人語天姥，雲霓明滅或可覩[四]。天姥連天向天橫[五]，勢拔五岳掩赤城[六]。天台四萬八千丈，對此欲倒東南傾[七]。

【注釋】

[一] 天姥(mǔ)：山名。《元和郡縣志》卷二六江南道越州剡縣："天姥山，

在縣南八十里。"唐代屬剡縣,在今浙江新昌縣南部。主峰撥雲尖海拔八百一十七米,其峰孤峭突起,仰望如在天表。按:此詩《河岳英靈集》題作《夢游天姥山別東魯諸公》。宋本校:"一作別東魯諸公。" 〔二〕瀛洲:傳説中的海上仙山。《史記·秦始皇本紀》:"海中有三神山,名曰蓬萊、方丈、瀛洲,仙人居之。"李白詩中屢見。 〔三〕"烟濤"句:此句謂瀛洲在烟霧波濤之中,隱約渺茫,難以尋訪。濤,《河岳英靈集》作"波"。微茫,猶隱約,景象模糊。宋本校:"一作瀰漫。"信難,《河岳英靈集》作"不易"。 〔四〕"越人"二句:謂越人説的天姥山,在雲霧繚繞下時隱時現,有時還可以看到。語,咸本作"道",《河岳英靈集》作"話"。雲霓,王本作"雲霞"。指高空的雲霧。傅玄《秦女休行》:"猛氣上干雲霓。"明滅,謂時隱時現、忽明忽暗。或可,《河岳英靈集》作"如何"。或,宋本校:"一作安。" 〔五〕"天姥"句:連天,形容天姥山高峻聳直。向天横,形容山勢綿延闊大。除主峰撥雲尖外,還有斑竹峰、大尖等高峰,峰巒連綿三十餘里。 〔六〕"勢拔"句:形容天姥山雄偉氣勢超出五岳,掩蓋赤城。此乃詩人以往游剡中時留下的直覺印象。拔,宋本校:"一作枝。"五岳,指東岳泰山、西岳華山、中岳嵩山、南岳衡山、北岳恒山。赤城,赤城山,在今浙江天台東北,為天台山南門。因土色皆赤,狀如雲霞,望之似雉堞,因名。孔靈符《會稽記》:"赤城山,土色皆赤,狀似雲霞,望之如雉堞。" 〔七〕"天台"二句:天台,天台山,在今浙江天台縣城東北。主峰名華頂。四萬八千丈,極言其高。台,《河岳英靈集》作"姥"。四,王本校:"當作一。"按:《王文公詩集》卷四八《送僧游天台》李壁注云:"《真誥》:桐柏山高一萬八千丈,今天台亦然,太白云四萬,字誤。"欲,《河岳英靈集》作"絶"。二句謂高一萬八千丈的天台山也傾倒在天姥山東南。

我欲因之夢吴越,一夜飛度鏡湖月〔八〕。湖月照我影,送我至剡溪〔九〕。謝公宿處今尚在,渌水蕩漾清猿啼〔一〇〕。脚著謝公屐〔一一〕,身登青雲梯〔一二〕。半壁見海日〔一三〕,空中聞天雞〔一四〕。千巖萬轉路不定,迷花倚石忽已暝〔一五〕。熊咆龍吟殷巖泉,慄深林兮驚層巔〔一六〕。

雲青青兮欲雨,水澹澹兮生烟〔一七〕。列缺霹靂〔一八〕,丘巒崩摧。洞天石扉〔一九〕,訇然中開〔二〇〕。青冥浩蕩不見底〔二一〕,日月照耀金銀臺〔二二〕。霓為衣兮鳳為馬〔二三〕,雲之君兮紛紛而來下〔二四〕。虎鼓瑟兮鸞回車〔二五〕,仙之人兮列如麻〔二六〕。忽魂悸以魄動〔二七〕,怳驚起而長嗟〔二八〕。惟覺時之枕席,失向來之烟霞。

【注釋】

〔八〕"我欲"二句:因之,《河岳英靈集》作"冥搜"。鏡湖,在今浙江紹興市會稽山麓。得名於王羲之"山陰路上行,如在鏡中游"之句。又名鑑湖、長湖、慶湖。見前《送賀賓客歸越》詩注。　〔九〕"送我"句:至,一作"到"。剡溪,《元和郡縣志》卷二六江南道越州剡縣:"剡溪,出縣西南,北流入上虞縣界為上虞江。"在今浙江嵊州市南。即曹娥江上游諸水,古通稱剡溪。剡,今浙江嵊州市及新昌縣地。　〔一〇〕"謝公"二句:謝公,指南朝宋代詩人謝靈運,他曾在剡中住宿,登天姥山。其《登臨海嶠初發彊中作》詩云:"暝投剡中宿,明登天姥岑。高高入雲霓,還期那可尋。"淥水,《河岳英靈集》作"綠水"。清猿,《河岳英靈集》作"青猿"。
〔一一〕"脚著"句:著,《河岳英靈集》作"穿"。謝公屐(jī),謝靈運所穿木底有齒之鞋。《南史·謝靈運傳》:"尋山陟嶺,必造幽峻,巖嶂數十重,莫不備盡登躡,常著木屐,上山則去其前齒,下山去其後齒。"
〔一二〕"身登"句:身,《河岳英靈集》作"明"。青雲梯,謂山嶺石階高峻入雲,如登上天之梯。《文選》卷二二謝靈運《登石門最高頂》詩:"共登青雲梯。"劉良注:"仙者因雲而昇,故曰雲梯。"　〔一三〕"半壁"句:謂在半山腰上就能看見太陽從海面升起。日,《河岳英靈集》作"月"。
〔一四〕天雞:《述異記》卷下:"東南有桃都山,上有大樹名曰桃都,枝相去三千里,上有天雞,日初出照此木,天雞則鳴,天下之雞皆隨之鳴。"
〔一五〕"迷花"句:謂正迷戀山間花草、依倚山石時,天色突然暗下來。倚,咸本作"失"。已,《河岳英靈集》作"以"。　〔一六〕"熊咆"二句:

《楚辭·招隱士》:"虎豹鬥兮熊羆咆。"咆,猛獸嗥叫。殷,震動。慄,恐懼;戰慄。層巔,重疊的山峰。此謂龍吟熊吼聲震高山深林,使人戰慄恐懼。 〔一七〕"雲青"二句:雲,《河岳英靈集》作"楓"。澹澹,《文選》卷一九宋玉《高唐賦》:"水澹澹而盤紆兮。"李善注:"《説文》曰:澹澹,水搖也。" 〔一八〕列缺:閃電。《漢書·揚雄傳》:"霹靂列缺,吐火施鞭。"顏師古注引應劭曰:"列缺,天隙電照也。" 〔一九〕洞天石扉:洞天,道教稱神仙所居洞府為洞天,意謂洞中別有天地。石扉,石門。扉,一作"扉"。 〔二○〕訇然中開:《河岳英靈集》作"鞫然而中開"。訇(hōng)然,大聲貌,象聲。中,宋本校:"一作而。" 〔二一〕青冥浩蕩:青冥,青色的天空。浩蕩,廣闊浩大貌。《河岳英靈集》作"濛鴻"。 〔二二〕金銀臺:神仙所居的黃金白銀宮闕。郭璞《游仙詩》:"神仙排雲出,但見金銀臺。" 〔二三〕"霓為衣"句:衣,《河岳英靈集》作"裳"。鳳,一作"風"。《楚辭·九歌·東君》:"青雲衣兮白霓裳。"傅玄《吳楚歌》:"雲為車兮風為馬。" 〔二四〕"雲之君"句:雲之君,雲神。《楚辭·九歌》有《雲中君》篇。之,一作"中"。 〔二五〕"虎鼓瑟"句:瑟,《河岳英靈集》作"琴"。張衡《西京賦》:"白虎鼓瑟,蒼龍吹篪。"鼓,敲擊;彈奏。動詞。鸞回車:神鳥駕車而回。鸞,傳説中的鳳凰一類的鳥。 〔二六〕列如麻:《漢武帝內傳》引上元夫人《步玄之曲》:"忽過紫微垣,真人列如麻。" 〔二七〕"忽魂"句:魂悸,心跳。以魄動,《河岳英靈集》作"兮目眩"。 〔二八〕"怳驚起"句:怳,怳然,猛然。驚起,驚醒而起。而,《河岳英靈集》作"兮"。長嗟,長歎。

　　世間行樂亦如此〔二九〕,古來萬事東流水〔三○〕。別君去兮何時還?且放白鹿青崖間〔三一〕,須行即騎訪名山〔三二〕。安能摧眉折腰事權貴,使我不得開心顏〔三三〕!

【注釋】

〔二九〕"世間"句:行樂,《漢書·楊惲傳》:"人生行樂耳,須富貴何時!"亦如此,《河岳英靈集》作"皆如是"。此句結上文夢游:"因夢游推開,見世事皆成虛幻。"(沈德潛《唐詩別裁集》)　〔三〇〕東流水：喻一去不復還。　〔三一〕"別君"二句：兮，咸本無"兮"字，一作"時"。《楚辭·九章·哀時命》："浮雲霧而入冥兮，騎白鹿而容與。"白鹿，古代隱士多以神仙騎白鹿表示清高。青崖，青山。　〔三二〕"須行"句：須，《河岳英靈集》作"欲"。訪，《河岳英靈集》作"向"。　〔三三〕"安能"二句：安，《河岳英靈集》作"何"。摧眉折腰，低頭彎腰，卑躬屈膝貌。《宋書·陶潛傳》："我不能為五斗米折腰向鄉里小人。"使我不得開心顏，《河岳英靈集》作"暫樂酒色凋朱顏"。

【評箋】

舊題嚴羽評點《李太白詩集》卷一三："天姥連天向天橫"：重用"天"字，縱橫如意。　又評"半壁"二句：不獨境界超絕，語音亦復高朗。　又評"雲青"二句：有意味，在"青青"、"澹澹"字作疊。　又評"虎鼓"二句：太白寫仙人境界皆渺茫寂歷，獨此一段極真，極雄，反不似夢中語。　又評"世間"二句：甚達，甚警策，然自是唐人語，無宋氣。又評"安能"二句：萬斛之舟，收於一柁。

又《滄浪詩話·詩評》：子美不能為太白之飄逸，太白不能為子美之沉鬱。太白《夢游天姥吟》、《遠別離》等，子美不能道。

范梈批選《李翰林詩》卷三批首四句：瀛洲難求而不必求，天姥可覩而實未覩，故欲因夢而覩之耳。　又批"空中"句：其顯。　又批"迷花"句：其晦。　又批"日月"句：其又顯。　又批"失向來"句：顯而晦，晦而顯，極而與人接矣。不知其夢耶，分耶？倏而悸動驚起，得枕席而失烟霞，非有太白之胸次筆力，亦不能發此。"唯覺時之枕席，失向來之烟霞"，二句最有力。結語就平衍，亦文勢當如此也。　又曰："我欲"以下，夢之源委；以次諸節，夢之波瀾；"唯覺"二句，夢之會歸也。

胡應麟《詩藪·內編》卷三：太白《蜀道難》、《遠別離》、《天姥吟》、《堯祠歌》等，無首無尾，變幻錯綜，窈冥昏默，非其才力學之，立見顛踣。

桂天祥《批點唐詩正聲》：《夢游天姥吟》胸次皆烟霞雲石，無分毫塵濁，別是一副言語，故特為難到。

郭濬《增定評注唐詩正聲》：恍恍惚惚，奇奇幻幻，非滿肚皮烟霞，決揮灑不出。

周珽《唐詩選脈會通評林》：出於千絲鐵網之思，運以百色流蘇之局，忽而飛步凌頂，忽而烟雲自舒。想其拈筆時，神魂毛髮盡脱於毫楮，而不自知其神耶！　又引吴山民曰："天台四萬八千丈"，形容語，"白髮三千丈"同意，有形容天姥高意。"千巖萬轉"句，語有概括。下三句，夢中危景。又八句，夢中奇景。又四句，夢中所遇。"唯覺時之枕席"二語，篇中神句，結上啓下。"世間行樂"二句，因夢生意。結超。

賀貽孫《詩筏》：太白《夢游天姥吟》、《幽澗泉吟》、《鳴皋歌》、《謝朓樓餞別叔雲》、《蜀道難》諸作，豪邁悲憤，《騷》之苗裔。

應時《李詩緯》卷二：粘接變化，見手腕之力。　又丁谷雲評：有興有比，可做營營利禄者。

沈德潛《唐詩别裁》卷六："飛渡鏡湖月"以下，皆言夢中所歷。　又評"湖月照我影"至"訇然中開"：一路離奇滅没，恍恍惚惚，是夢境，是仙境。　又曰：托言夢游，窮形盡相，以極"洞天"之奇幻；至醒後，頓失烟霞矣。知世間行樂，亦同一夢，安能於夢中屈身權貴乎？吾當别去，遍游名山，以終天年也。詩境雖奇，脈理極細。

《唐宋詩醇》卷六：七言歌行，本出楚《騷》、樂府。至於太白，然後窮極筆力，優入聖域。昔人謂其"以氣爲主，以自然爲宗，以俊逸高暢爲貴，詠之使人飄揚欲仙"，而尤推其《天姥吟》、《遠别離》等篇，以爲雖子美不能道。蓋其才横絶一世，故興會標舉，非學可及，正不必執此謂子美不能及也。此篇天矯離奇，不可方物，然因語而夢，因夢而悟，因悟而别，節次相生，絲毫不亂；若中間夢境迷離，不過詞意偉怪耳。胡應麟以爲"無首無尾，窈冥昏默"，是真不可以説夢也。特謂"非其才力學之，立見顛踣"，則誠然耳。

翁方綱《趙秋谷所傳聲調譜》：方綱按：《扶風豪士歌》、《夢游天姥吟》二篇，雖句法、音節極其變化，然實皆自然入拍，非任意參錯也。秋谷於《豪士篇》但評其神變，於《天姥篇》則第云"觀此知轉韻元無定格"，正恐難以示後學耳。

喬億《劍谿說詩》卷上：太白詩"一夜飛渡鏡湖月"，又詩"一谿初入千花明，萬壑度盡松風聲"，皆天仙語也。太白詩境正如此。

方東樹《昭昧詹言》卷一二：陪起，令人迷。"我欲"以下正敘夢，愈唱愈高，愈出愈奇。"失向"句收住。"世間"二句入作意，因夢游推開，見世事皆成虛幻也；不如此則作詩之旨無歸宿。留別意只末後一點。韓《記夢》之本。

延君壽《老生常談》：《夢游天姥吟留別》詩，奇離惝恍，似無門徑可尋。細玩之，起首入夢不突，後幅出夢不竭，極恣肆幻化之中，又極經營慘澹之苦，若只貌其格句字面，則失之遠矣。一起淡淡引入，至"我欲因之夢吳越"句，乘勢即入，使筆如風，所謂緩則按轡徐行，急則短兵相接也。"湖月照我影"八句，他人捉筆，可云已盡能事矣，豈料後邊尚有許多奇奇怪怪。"千巖萬轉"二句，用仄韻一束，以下至"仙之人兮"句，轉韻不轉氣，全以筆力驅駕，遂成鞭山倒海之能。讀去似未曾轉韻者，有真氣行乎其間也。此妙可心悟不可言喻。出夢時用"忽魂悸以魄動"四句，似亦可以收煞得住，試想若不再足"世間行樂"二句，非但喝題不醒，抑亦尚欠圓滿。"且放白鹿"二句，一縱一收，用筆靈妙不測。後來惟東坡解此法，他人多昧昧耳。

陳沆《詩比興箋》卷三：此篇昔人皆置不論，一若無可疑議者。……蓋此篇即屈子《遠游》之旨，亦即太白《梁甫吟》"我欲攀龍見明主，雷公砰訇震天鼓……閶闔九門不可通，以額扣關閽者怒"之旨也。太白被放以後，回首蓬萊宮殿，有若夢游，故托天姥以寄意。首言求仙難必，遇主或易，故"我欲因之夢吳越，一夜飛渡鏡湖月"，言欲乘風而至君門也。"身登青雲梯，半壁見海日"以下，言金鑾召見，置身雲霄，醉草殿庭，侍從親近也。"忽魂悸以魄動"以下，言一旦被放，君門萬里。故云"惟覺時之枕席，失向來之烟霞"也。"世間萬事東流水"、"安能摧眉折腰事權貴"云云，所謂"平生不識高將軍，手污吾足乃敢嗔"也。題曰留別，蓋寄去國離都之思，非徒酬贈握手之什。

按：此詩當是天寶五載（七四六）李白離開東魯南下會稽時告別東魯

友人之作。詩人夢游天姥，藉對名山仙境的嚮往，表明對權貴的抗爭。全詩不寫惜别之情，却借"别"抒懷，另有寄托，寫成驚心動魄的記夢游仙詩，在構思上匠心獨運，在表現手法上别開生面。

經下邳圯橋懷張子房〔一〕

子房未虎嘯〔二〕，破産不為家〔三〕。滄海得壯士，椎秦博浪沙〔四〕。報韓雖不成，天地皆振動〔五〕。潛匿游下邳，豈曰非智勇〔六〕？我來圯橋上，懷古欽英風。唯見碧流水，曾無黄石公〔七〕。歎息此人去，蕭條徐泗空〔八〕。

【注釋】

〔一〕下邳(pī)：唐縣名，屬河南道泗州，今江蘇邳州市。圯(yí)：即橋。一説圯橋為圯水上的橋。《史記·留侯世家》："(張)良嘗從容步游下邳圯上。"司馬貞《索隱》："李奇云：'下邳人謂橋為圯。'……應劭云：'圯水之上也。'"《元和郡縣志》卷九河南道泗州下邳縣："沂水，經縣北分為二水，一水於城北西南入泗；一水經城東屈曲從縣南亦注泗，謂之小沂水。水上有橋，昔張子房遇黄石公於圯上，即此處也。南人謂橋為圯。"張子房，即張良，字子房。張良曾在下邳圯上遇一老父黄石公，授《太公兵法》一册，曰："讀此則為王者師矣。"後張良果為劉邦運籌帷幄，決勝千里，漢朝建立，封留侯。　　〔二〕虎嘯：喻豪傑發奮建立功業。王褒《聖主得賢臣頌》："虎嘯而谷風冽，龍興而致雲氣。"　　〔三〕"破産"句：據《史記·留侯世家》記載，張良原為戰國時韓國貴族，秦滅韓，張良年幼，即用全部家産求刺客為韓報仇。　　〔四〕"滄海"二句：《史記·留侯世家》記載，張良到東方去見倉海君，得一力士，遂以一百二十斤重的鐵椎，在博浪沙狙擊秦始皇，誤中副車。始皇大怒，大索天下，張良因改换名姓，逃亡下邳。滄海,當即指"倉海君"。裴駰《集解》引如淳曰:"秦郡縣無倉海,或曰東夷君長。"《漢書·張良傳》顏師古注:"蓋當時賢者之號也。良既見之,因而求得力士。"博浪沙,《漢書·張良傳》作"博狼沙"。顏師古注引服虔曰:"河南陽武南地名也,今有亭。"師古曰:"狼音浪。"按《漢書·地理志上》河南郡陽武縣有"博狼沙。"在今河南原陽縣東南。

〔五〕"報韓"二句:謂張良為韓報仇雖未成功,但名聲却振動天下。《史記·留侯世家》:"不愛萬金之資,為韓報仇強秦,天下振動。"

〔六〕"潛匿"二句:謂其隱藏而游下邳,難道說就不是智謀和勇敢?沈德潛《唐詩別裁》云:"為子房生色,'智勇'二字可補《世家》贊語。"

〔七〕"唯見"二句:流水,《文苑英華》作"水流"。曾,乃。黃石公,即張良早年於下邳圯上所遇之長者。　〔八〕徐泗:徐州和泗州。唐玄宗時徐州領彭城、豐、沛(今均屬江蘇),蕭、符離、蘄(今均屬安徽),滕(今屬山東)等七縣;泗州領臨淮、徐城(今已没入洪澤湖中)、虹(今安徽泗縣)、下邳(今江蘇邳州西南)、宿預(今江蘇宿遷與泗陽之間)、漣水(今屬江蘇)等六縣。《元和郡縣志》卷九河南道泗州:"後魏於此置東徐州。"

【評箋】

舊題嚴羽評點《李太白詩集》卷一九:"我來"以下六句:只存此六句已足。

桂天祥《批點唐詩正聲》:太白志豪,蓋有所慕而作,末句尤見感慨。

《唐詩歸》卷一五譚元春評首六句:將子房說活了。　鍾惺評"豈曰非智勇":無數斷案,在此五字,可作《留侯世家》小贊。

吳烶《唐詩選勝直解》:自寓之意,見於言表。

沈德潛《説詩晬語》卷下:詩貴寄意,有言在此而意在彼者。李太白《子夜吳歌》,本閨情語,而忽冀罷征。《經下邳圯橋》,本懷子房,而意實自寓。

又《唐詩別裁》卷二:為子房生色。"智勇"二字,可補《世家》贊語。

吳瑞榮《唐詩箋要》:雄俊事,得太白豪邁之筆傳之,倍覺生色。其豪邁處又抑揚頓挫,"雖不成"、"豈曰非"等字可味。《西清詩話》稱白"逸態凌雲",應是此種。

《唐宋詩醇》卷八：凜然英鷟之氣，"筆落驚風雨"，此足當之。

王堯衢《古唐詩合解》：是一首絕妙詠史詩。鍾伯敬曰："讀太白詩，當於雄快中察其靜遠精出處。"有斤兩，有脈理。

翁方綱《石洲詩話》卷一：太白詠古諸作，各有奇思。滄溟只取《懷張子房》一篇，乃僅以"豈曰非智勇"、"懷古欽英風"等句，得贊歎之旨乎？此可謂僅拾糟粕者也。　又曰：入手"虎嘯"二字，空中發越，不知其勢到何等矣，乃却以"未"字縮住；下三句又皆實事，無一字裝他門面，及至說破"報韓"，又用"雖"字一勒，真乃逼到無可奈何，然後發洩出"天地皆振動"五個字來，所以其聲大而遠也。不然，而但講虛贊空喝，如"懷古欽英風"之類，使後人為之，尚不值錢，而況在太白乎？

按：此詩當為天寶五載（七四六）李白由東魯南下會稽途經下邳時作。

題瓜洲新河餞族叔舍人賁〔一〕

齊公鑿新河，萬古流不絕，豐功利生人，天地同朽滅〔二〕。兩橋對雙閣，芳樹有行列。愛此如甘棠，誰云敢攀折〔三〕？吳關倚此固〔四〕，天險自茲設。海水落斗門〔五〕，湖平見沙沚〔六〕。我行送季父〔七〕，弭棹徒流悅〔八〕。楊花滿江來，疑是龍山雪〔九〕。惜此林下興〔一〇〕，愴為山陽別〔一一〕。瞻望清路塵〔一二〕，歸來空寂蔑〔一三〕。

【注釋】

〔一〕瓜洲：鎮名。又稱瓜埠洲、瓜州。在今江蘇揚州市邗江區南部、京杭大運河分支入江處。與鎮江市隔江相對。原為江中沙洲，因形似瓜而得名。晉時為瓜洲村，唐為瓜洲鎮。清末淪入江中。後在今址發展成鎮。《元和郡縣志》闕卷逸文卷二淮南道揚州江都縣："瓜洲鎮，在縣南四十里江濱。昔為瓜洲村，蓋揚子江中之沙磧也，狀如瓜字，遥接揚子渡口，自開元以來漸為南北襟喉之地。"新河，指唐玄宗開元二十六年潤州刺史齊澣在瓜洲新開的運河。《舊唐書·玄宗紀下》：開元二十六年冬，"潤州刺史齊澣開伊婁河於揚州南瓜洲浦"。舍人，官名。按唐制：中書省有中書舍人六員，正五品上；通事舍人十六人，從六品上。東宮官屬有太子中舍人二人，正五品上；太子舍人四人，正六品上。見《舊唐書·職官志》。賁，《新唐書·李素節傳》：孫名賁。又《宗室世系表下》許王房：李素節之孫、巴國公欽古之子名賁，襲公。未知是否此人。　〔二〕"齊公"四句：齊公，指齊澣。《舊唐書·齊澣傳》："(開元)二十五年，遷潤州刺史，充江南東道采訪處置使。潤州北界隔吳江，至瓜步沙尾，紆匯六十里，船繞瓜步，多為風濤之所漂損。澣乃移其漕路，於京口塘下直渡江二十里，又開伊婁河二十五里，即達揚子縣。自是免漂損之災，歲減脚錢數十萬。又立伊婁埭，官收其課，迄今利濟焉。"此四句即是對齊澣開新河的歌頌。　〔三〕"愛此"二句：甘棠，果木名，即白棠，又稱棠梨。《詩·召南·甘棠》："蔽芾甘棠，勿翦勿伐，召伯所茇。"鄭玄箋："召伯聽男女之訟，不重煩勞百姓，止舍小棠之下而聽斷焉。國人被其德，説其化，思其人，敬其樹。"朱熹注："召伯循行南國，以布文王之政，或舍甘棠之下。其後人思其德，故愛其樹而不忍傷也。"二句意謂百姓愛護新河兩岸的芳樹，就像周代百姓愛召伯的甘棠一樣，無人敢去攀折。

〔四〕"吳關"二句：吳關，指瓜洲渡。唐代此處為江北通向江南的交通咽喉，潤州春秋時屬吳國，故稱吳關。一作"美關"，誤。此固，一作"北固"。按：北固為潤州山名。然據詩意，仍當作"倚此固"為是，謂倚瓜洲新河而固。天險，指長江。謂瓜洲南依長江天險，從此設置了通往吳地的關隘。

〔五〕斗門：古代指橫截河渠、用以壅高水位的閘門，或堤、堰上所設的放水閘門。《新唐書·食貨志三》："江南戶口多，而無征防之役。然送租、庸、調物，以歲二月至揚州入斗門。四月已後，始渡淮入汴，常苦水淺。"〔六〕"湖平"句：湖，一作"潮"。汭，一作"汭"。沙汭，沙岸洞穴。沙汭，水灣邊的沙灘。兩者皆可通。《文選》卷一二木華《海賦》："若乃雲錦散文於沙汭之際。"李善注："汭，崖也，汭與汭通。"江淹《雜體詩·謝臨川靈運游山》："赤玉隱瑤溪，雲錦被沙汭。"　〔七〕"我行"句：我行(háng)，我這裏。季父，叔父。　〔八〕"弭棹"句：弭棹，停船。江淹《雜體詩·謝法曹惠連贈別》："弭棹阻風雪。"流悅，流連悅目，耽樂。《後漢書·蔡邕傳贊》："苑囿典文，流悅音伎。"　〔九〕龍山雪：《文選》卷三一鮑照《學劉公幹體》："胡風吹朔雪，千里度龍山。"呂向注："胡在北，朔亦北也。龍山，山名。言風雪自北來，度於龍山。"　〔一〇〕林下興：指放浪山林的逸趣。《高僧傳·義解二·竺僧朗》："朗常蔬食布衣，志耽人外。……與隱士張忠為林下之契，每共游處。"林，郭本作"花"，非。〔一一〕"愴為"句：為，郭本作"與"。山陽別，據《三國志·魏志·嵇康傳》裴松之注引《魏氏春秋》，阮籍、阮咸叔姪與嵇康、向秀等寓居河內山陽，共為竹林之游。向秀《思舊賦》："濟黃河以泛舟，經山陽之舊居。"《文選》卷二一顏延年《五君詠·向常侍》："流連河裏游，惻愴山陽賦。"劉良注："(向)秀嘗與嵇康寓居河內山陽，後經山陽舊居，因聞笛作《思舊賦》。……河裏，河內也。惻愴，悲傷也。山陽賦，則《思舊賦》也。"山陽，漢置縣名，以在太行山之陽得名。治所在今河南焦作市東。北齊時廢。此處喻指李貴與自己的叔姪之別。　〔一二〕清路塵：曹植《七哀》詩："君若清路塵。"　〔一三〕寂蔑：一作"寂滅"，同音通假，並為疊韻聯綿詞。按佛家言寂滅，乃"涅槃"之意譯，意謂超脫一切境界入於不生不滅之門，即寂寞清靜、無色聲香味觸覺之意。謝靈運《鄰里相送方山詩》："各勉日新志，音塵慰寂蔑。"《晉書·張駿傳》："江吳寂蔑，餘波莫及。"

按：此詩當為天寶五載(七四六)自東魯南下經瓜洲時作。

丁 都 護 歌〔一〕

雲陽上征去，兩岸饒商賈〔二〕。吳牛喘月時〔三〕，拖船一何苦〔四〕！水濁不可飲，壺漿半成土。一唱《都護歌》，心摧淚如雨〔五〕！萬人鑿盤石〔六〕，無由達江滸〔七〕。君看石芒碭〔八〕，掩淚悲千古。

【注釋】

〔一〕丁都護歌：一作《丁督護歌》。樂府舊題。《樂府詩集》卷四五列為《清商曲辭·吳聲歌曲》，並引《宋書·樂志》曰："《督護歌》者，彭城內史徐逵之為魯軌所殺，宋高祖使府內直督護丁旿收斂殯埋之。逵之妻，高祖長女也。呼旿至閤下，自問殮送之事。每問輒歎息曰：'丁督護！'其聲哀切，後人因其聲廣其曲焉。"《舊唐書·音樂志二》："督護，晉、宋間曲也。"魏晉之間，凡居節鎮者，其部將有督護(見《通鑒》卷九九胡三省注)。又按《宋書·樂志》都護皆作"督護"，則當以督護為是。李白此詩寫縴夫拖船之苦，與《宋書·樂志》所說本事更無關，只擬其歌調而已。舊注謂此詩詠齊澣或韋堅開運河通漕運，皆非。　〔二〕"雲陽"二句：雲陽，今江蘇丹陽市。《元和郡縣志》卷二五江南道潤州丹陽縣："本舊雲陽縣地。秦時望氣者云有王氣，故鑿之以敗其勢，截其直道，使之阿曲，故曰曲阿。……天寶元年，改為丹陽縣。"上征，由運河向上游行舟。饒商賈，多商人；指商業興隆。商賈，商人的總稱。《周禮·天官·太宰》："六曰商賈，阜通貨賄。"鄭玄注："行曰商，處曰賈。"　〔三〕"吳牛"句：《世說新語·言語》："滿奮畏風，在晉武帝坐，北窗作琉璃屏，實密似疏，奮有難色。帝笑之，奮答曰：'臣猶吳牛，見月而喘。'"劉孝標注："今之水牛唯生江淮間，故謂之吳牛也。南土多暑，而此牛畏熱，見月疑是日，所以見月則喘。"此指時值盛夏季節。　〔四〕"拖船"句：一何，副詞，何其，多麼。 〔五〕摧：悲傷。 〔六〕"萬人"句：繫盤石，繫，牽縛；盤石，大石。繫，一作"鑿"，非。 〔七〕江滸：江邊。 〔八〕芒碭(máng dàng)：疊韻聯綿詞，粗重龐大貌。

【評箋】
　　《唐宋詩醇》：落筆沉痛，含意深遠，此李詩之近杜者。

　　按：此詩約作天寶五載(七四六)，以樂府舊題寫當前潤州縴夫在炎熱季節拖船苦况，乃李白獨創。是反映勞動人民生活的重要篇章。全詩層層深入，多以形象畫面代替叙寫，全詩籠罩着濃厚哀傷氛圍和悲涼色調，從中可以感受到詩人對勞動人民的同情極爲強烈，也可體會到詩人心情的沉重。

對酒憶賀監二首　并序〔一〕

　　太子賓客賀公，於長安紫極宫一見余〔二〕，呼余爲謫仙人，因解金龜，换酒爲樂〔三〕。没後對酒〔四〕，悵然有懷，而作是詩。

【注釋】
〔一〕賀監：指賀知章。因其曾任秘書監，故稱。《舊唐書·職官志二》秘書省："秘書監一員，從三品。……秘書監之職，掌邦國經籍圖書之事。"詳見前《送賀賓客歸越》詩注。　〔二〕"太子賓客"二句：《舊唐書·職官志三》東宫官屬："太子賓客四員(正三品)，掌侍從規諫，贊相禮儀。"賀公，即指賀知章。《唐文粹》收此詩作"賀監"，無"紫極宫"三字。紫極宫，道宫名。按《舊唐書·玄宗紀下》："(開元)二十九年春正月丁丑，制兩京、諸州各置玄元皇帝廟，並崇玄學，置生徒，令習《老子》、《莊子》、《列子》、《文子》,每年准明經例考試。"天寶二年三月,"改西京玄元廟為太清宮,東京為太微宮,天下諸郡為紫極宮"。由此可知"長安紫極宮"當即京兆府紫極宮。　〔三〕"呼余"三句:孟棨《本事詩·高逸》:"李太白初自蜀至京師,舍於逆旅。賀知章聞其名,首訪之,既奇其姿,復請所為文。出《蜀道難》以示之。讀未竟,稱歎者數四,號為'謫仙'。解金龜換酒,與傾盡醉,期不間日,由是稱譽光赫。"謫仙人,貶謫到人世的仙人。參前《蜀道難》注。金龜,唐代官員佩玩之物,非三品以上章服之飾。
〔四〕没:一作"殁",通。

其　一

四明有狂客,風流賀季真〔五〕。長安一相見,呼我謫仙人。昔好杯中物〔六〕,翻為松下塵〔七〕。金龜換酒處,却憶淚沾巾〔八〕。

【注釋】
〔五〕"四明"二句:四明,山名,在今浙江寧波市西南。狂客,《舊唐書·賀知章傳》:"賀知章,會稽永興(今浙江杭州市蕭山區)人。……晚年尤加縱誕,無復規檢,自號'四明狂客',又稱'秘書外監',遨游里巷。醉後屬詞,動成卷軸,文不加點,咸有可觀。又善草隸書,好事者供其箋翰,每紙不過數十字,共傳寶之。"風流,宋本校:"一作霞衣。"季真,賀知章字。
〔六〕杯中物:指酒。陶淵明《責子》詩:"天運苟如此,且進杯中物。"
〔七〕"翻為"句:翻,一作"今"。松下塵,指已亡故。隋釋慧曉《祖道賦詩》(一作曇遷《緇素知友祖道新林去留哀感賦詩一首》):"我住邗江側,終為松下塵。"　〔八〕却憶:回憶。

【評箋】
舊題嚴羽評點《李太白詩集》卷一九:"四明有狂客":以"狂客"答其呼,易地皆然,又不過譽,真率,可法。

吴瑞榮《唐詩箋要》:"謫仙"之目,季真為青蓮第一知己,故青蓮此詩倍覺淋漓痛快。

其　　二

狂客歸四明〔九〕,山陰道士迎〔一〇〕。敕賜鏡湖水〔一一〕,為君臺沼榮〔一二〕。人亡餘故宅〔一三〕,空有荷花生〔一四〕。念此杳如夢〔一五〕,淒然傷我情。

【注釋】

〔九〕"狂客"句:賀知章於天寶三載(七四四)正月求為道士還鄉,見前《送賀賓客歸越》詩注。　〔一〇〕山陰道士:《晉書·王羲之傳》:"又山陰有一道士,養好鵝,羲之往觀焉,意甚悅,固求市之。道士云:'為寫《道德經》,當舉群相贈耳。'羲之欣然寫畢,籠鵝而歸,甚以為樂。"山陰,唐縣名,今浙江紹興市。　〔一一〕"敕賜"句:《新唐書·賀知章傳》:"天寶初,病,夢游帝居,數日寤,乃請為道士,還鄉里,詔許之,以宅為千秋觀而居。又求周宮湖數頃為放生池,有詔賜鏡湖剡川一曲。既行,帝賜詩,皇太子、百官餞送。擢其子曾子為會稽郡司馬,賜緋魚,使侍養,幼子亦聽為道士。卒,年八十六。肅宗乾元初,以雅舊,贈禮部尚書。"
〔一二〕臺沼:樓臺池沼。　〔一三〕"人亡"句:《舊唐書·賀知章傳》稱其"至鄉無幾壽終",李白天寶六載再至越州時賀知章已卒。故宅,故,《唐詩紀事》作"湖"。施宿《會稽志》卷一三:"唐賀祕監宅,在會稽縣東北三里八十步。……今天長觀是也。"　〔一四〕"空有"句:謂知友已亡,池中荷花徒然盛開。由此知李白此次至會稽乃盛夏季節。　〔一五〕杳如夢:渺茫如夢。

【評箋】

舊題嚴羽評點《李太白詩集》卷一九:"狂客歸四明":起句只一顛倒,有風雅之格。　又曰:二詩皆平平,然情事足傳。

陸時雍《唐詩鏡》：初唐以律行古,局縮不伸;盛唐以古行律,其體遂敗。良馬之妙,在折旋蟻封;豪士之奇,在規矩妙用。若恃一性,非善之善也。《對酒憶賀監》、《宿五松山下荀媪家》、《宿巫山下》、《夜泊牛渚懷古》,清音秀骨,夫豈不佳？第非律體所宜耳。

《唐宋詩醇》卷八：白於知章有知己之感,對酒傷懷,不減西州一慟。

按：此首章法結構與上首同,也是前四句贊美,後四句哀悼。

按：此二詩當是天寶五載（七四六）從東魯南下會稽,六載夏過賀知章故宅弔老友而作。

重憶一首〔一〕

欲向江東去〔二〕,定將誰舉杯〔三〕？稽山無賀老〔四〕,却棹酒船回〔五〕。

【注釋】

〔一〕重憶一首：裴敬《翰林學士李公墓碑》："予嘗過當塗,訪翰林舊宅,又於浮圖寺化城之僧得翰林自寫《訪賀監不遇》詩云：'東(稽)山無賀老,却棹酒船回。'"詹鍈《李白詩文繫年》據此謂"重憶一首"四字蓋後之編李白詩者所改。并云："意者白之江東以前尚未知賀之亡,乘興往訪,却見賀已物故,故曰'訪賀監不遇'耳。是此詩之作,猶當在《對酒憶賀監》之前,并非重憶也。"按：詹説是。此詩題當為《訪賀監不遇》,"重憶一首"當為宋人編集時誤改。　〔二〕江東：長江在今蕪湖、南京間作西南南、東北北流向,唐朝以前乃南北往來主要渡口所在,習稱此段長江東岸為江東,即吳越,包括今江蘇南部、浙江北部地區。《太平廣記》卷二〇一引《本事詩》作"東南"。疑非。　〔三〕將：與。　〔四〕稽山：會稽山。

在今浙江紹興、嵊州、諸暨、東陽之間。裴敬引作"東山",誤。
〔五〕棹:摇船工具,此用作動詞。此句謂只得摇着載酒的船回來。

【評箋】
　　裴敬《翰林學士李公墓碑》:予嘗過當塗,訪翰林舊宅,又於浮圖寺化城之僧得翰林自寫《訪賀監不遇》詩云:"東山無賀老,却棹酒船回。"味之不足,重之為寶,用獻知者。
　　宋顧樂《唐人萬首絶句選評》:真是目空一世,合之於題,一些不覺,神境也。
　　高步瀛《唐宋詩舉要》:太白此前有《對酒憶賀監》二首……蓋意有未盡,故有《重憶》之作。

　　按:此詩當作於天寶六載(七四七)到會稽之時,在《對酒憶賀監二首》之前或同時。詩中明確叙寫此次從東魯南下往江東是尋訪老友賀知章,欲與他叙舊暢飲,無奈一到會稽,得知賀老已亡,只得憑弔後恨然回去。

酬　崔　侍　御〔一〕

　　嚴陵不從萬乘游,歸卧空山釣碧流〔二〕。自是客星辭帝坐〔三〕,元非太白醉揚州〔四〕。

【注釋】
〔一〕崔侍御:即後附《贈李十二》詩的作者攝監察御史崔成甫。胡本下有"成甫"二字。此詩即為酬答崔成甫而作。崔成甫先有《贈李十二》詩給李白,李白以此詩酬答。李華《崔孝公(沔)文集序》:"長子成甫,進士擢第,校書郎,陝縣尉,知名當時,不幸早世。"又顔真卿《崔孝公宅陋室銘記》:"長子成甫,倜儻有才名。進士,校書郎,早卒。"按李白《澤畔吟序》:

"《澤畔吟》者,逐臣崔公之所作也。公代業文宗,早茂才秀,起家校書蓬山,再尉關輔,中佐於憲車,因貶湘陰。"所謂"中佐於憲車",當即指攝監察御史,其時在"再尉關輔"後,貶湘陰前。有關崔成甫生平詳見拙著《李白叢考·李白詩中崔侍御考辨》。　〔二〕"嚴陵"二句:《後漢書·嚴光傳》記載,嚴光,字子陵,會稽餘姚人。少有高名,與光武同游學。及光武即位,乃變名姓,隱身不見。後齊國上言:有一男子披羊裘,釣澤中。光武帝疑其光,遣使聘之,三反而後至。除為諫議大夫,不屈,乃耕於富春山,後人因名其釣處為嚴陵瀨。　〔三〕"自是"句:《後漢書·嚴光傳》謂光武帝復引光入,論道舊故,相對累日。因共偃卧,光以足加帝腹上。明日,太史奏:客星犯御座甚急。帝笑曰:"朕故人嚴子陵共卧耳。"此以嚴子陵自喻,謂己辭別朝廷。坐,一作"座"。　〔四〕"元非"句:元,本來;原本。太白醉揚州,杜甫《飲中八仙歌》:"李白一斗詩百篇,長安市上酒家眠。天子呼來不上船,自稱臣是酒中仙。"

【評箋】

劉克莊《後村先生大全集》卷一八一:攝監察御史崔成甫《贈李十二》云:"我是瀟湘放逐臣……"(見附詩)白《酬崔侍御》云:"嚴陵萬乘不從游……"成甫亦必豪傑之士,更相稱譽如此。

按:此詩乃酬答崔成甫之作,約作於天寶六載(七四七)。詩中以東漢嚴光醉別光武帝歸卧富春自喻,末句以並非太白酒星醉揚州來回答崔詩中的"金陵捉得酒仙人",詼諧有趣。表明此詩為去朝後在金陵與崔成甫相遇時所作。

附:贈李十二　　　崔成甫

我是瀟湘放逐臣,君辭明主漢江濱。天外常求太白老,金陵捉得酒仙人。

289

此詩當是天寶六載(七四七)成甫從湘陰來游金陵時遇見李白而作。

翫月金陵城西孫楚酒樓達曙歌吹日晚乘醉著紫綺裘烏紗巾與酒客數人棹歌秦淮往石頭訪崔四侍御〔一〕

昨翫西城月,青天垂玉鈎〔二〕。朝沽金陵酒,歌吹孫楚樓。忽憶繡衣人〔三〕,乘船往石頭。草裹烏紗巾,倒披紫綺裘。兩岸拍手笑,疑是王子猷〔四〕。酒客十數公,崩騰醉中流〔五〕。謔浪掉海客〔六〕,喧呼傲陽侯〔七〕。半道逢吳姬,卷簾出揶歈〔八〕。我憶君到此,不知狂與羞。月下一見君,三杯便迴橈〔九〕。捨舟共連袂〔一〇〕,行上南渡橋〔一一〕。興發歌《淥水》〔一二〕,秦客為之搖〔一三〕。雞鳴復相招,清宴逸雲霄〔一四〕。贈我數百字,字字凌風飈〔一五〕。繫之衣裘上,相憶每長謠〔一六〕。

【注釋】

〔一〕孫楚酒樓:唐代金陵酒樓名,在金陵城西。歌吹,歌聲和樂聲。紫綺裘,紫色繡有花紋的皮衣。烏紗巾,即烏紗帽,用烏紗抽紮帽邊,貴賤者都用。秦淮,河名。又稱淮水。《元和郡縣志》卷二五江南道潤州上元縣:"淮水,源出縣南華山,在丹陽、湖熟兩縣界,西北流經秣陵、建康二縣之間入於江。"今東源出江蘇句容市大茅山,南源出溧水縣東蘆山,在秣陵關附近匯合北流,經南京市西入長江。石頭,即石頭城。《元和郡縣志》卷二五潤州上元縣:"石頭城,在縣西四里。即楚之金陵城也,吳改為石頭城,建安十六年,吳大帝修築,以貯財寶軍器,有成,《吳都賦》云'戎車盈於石城'是也。諸葛亮云'鍾山龍盤,石城虎踞',言其形之險固也。"

故址在今南京市清涼山。崔四侍御,即崔成甫,在同祖兄弟中排行第四,曾攝監察御史,故稱崔四侍御。詳參拙著《李白叢考·李白詩中崔侍御考辨》。　〔二〕"昨翫"二句:鮑照《翫月城西門廨中》詩:"始出西南樓,纖纖如玉鈎。"吕向注:"月出於西南,纖纖然有似玉鈎。"此即用其意。〔三〕繡衣人:《漢書·百官公卿表》謂"侍御史有繡衣直指,出討奸猾,治大獄。武帝所制,不常置"。顔師古注:"衣以繡者,尊寵之也。"後因稱侍御史、監察御史為繡衣人。　〔四〕王子猷:見前《東魯門泛舟》詩注。〔五〕崩騰:雜亂貌。《文選》卷一九謝靈運《述祖德詩二首》:"崩騰永嘉末,逼迫太元始。"吕延濟注:"崩騰,破壞貌。"此用以形容各種醉態。〔六〕"謔浪"句:《詩·邶風·終風》:"謔浪笑敖。"毛傳:"言戲謔不敬。"掉,摇動。一作"棹"。　〔七〕"喧呼"句:喧呼,大聲喊叫。陽侯,古代傳説中的波濤神。《戰國策·韓策二》:"舟漏而弗塞,則舟沉矣;塞漏舟,而輕陽侯之波,則舟覆矣。"《淮南子·覽冥訓》:"武王伐紂,渡於孟津,陽侯之波,逆流而擊。"高誘注:"陽侯,陵陽國侯也。其國近水,溺水而死。其神能為大波,有所傷害,因謂之陽侯之波。"　〔八〕揶歈:一作"揶揄",同。戲弄;侮弄。《東觀漢記·王霸傳》:"市人皆大笑,舉手揶揄之。"　〔九〕"月下"二句:月下,蕭本、郭本、《全唐詩》作"一月"。橈(ráo),船槳。　〔一〇〕連袂:攜手同行。《抱朴子·疾謬》:"攜手連袂,以邀以集。"　〔一一〕南渡橋:似為秦淮河上的橋名。地點不詳。〔一二〕淥水:一作"緑水"。古曲名。《文選》卷一八馬融《長笛賦》:"上擬法於《韶箾(xiāo)》、《南籥》,中取度於《白雪》、《淥水》,下采制於《延露》、《巴人》。"李周翰注:"《白雪》、《淥水》,雅曲名。"　〔一三〕"秦客"句:客,郭本作"君"。摇,一作"謳"。　〔一四〕清宴:清雅的宴會。成公綏《延賓賦》:"高談清宴。"　〔一五〕字字:王本作"百字"。〔一六〕長謡:長歌。

【評箋】

　　舊題嚴羽評點《李太白詩集》卷一六:豪情盡於題内,不必觀詩。

按：此詩當與前詩《酬崔侍御》同為天寶六載（七四七）在金陵之作。按《舊唐書‧李白傳》云："侍御史崔宗之謫官金陵，與白詩酒唱和，嘗月夜乘舟，自采石達金陵，白衣宮錦袍，於舟中顧瞻笑傲，旁若無人。"按崔宗之未嘗為侍御史，又未曾謫官金陵。詩中崔四侍御乃指崔成甫，非崔宗之；乃自孫楚酒樓泛秦淮往石頭城，非"自采石達金陵"。《舊唐書》大誤。詳見拙著《李白叢考‧李白詩中崔侍御考辨》。

古　　風（其五十一）

殷后亂天紀〔一〕，楚懷亦已昏〔二〕。夷羊滿中野〔三〕，菉葹盈高門〔四〕。比干諫而死〔五〕，屈平竄湘源〔六〕。虎口何婉孌〔七〕？女嬃空嬋媛〔八〕。彭咸久淪沒〔九〕，此意與誰論？

【注釋】
〔一〕"殷后"句：殷后，指殷紂王。殷（商）代最後一個帝王，即亡國之君。古代帝王亦稱"后"。天紀，天之紀綱，指國之法制。陶淵明《桃花源詩》："嬴氏亂天紀。"殷朝君王姓嬴。　〔二〕"楚懷"句：楚懷，即楚懷王（？—前二九六），戰國時楚國國君。他因聽信讒言，放逐屈原。後被秦王所騙，死於秦國。昏，昏憒。　〔三〕"夷羊"句：夷羊，古代傳説中的神獸。此喻賢者。《國語‧周語上》："商之興也，檮杌次於丕山；其亡也，夷羊在牧。"韋昭注："夷羊，神獸；牧，商郊牧野也。"　〔四〕"菉葹"句：菉葹，兩種惡草。《楚辭‧離騷》："薋菉葹以盈室兮。"王逸注："薋，蒺藜也；菉，王芻也；葹，枲耳也。……三者皆惡草，以喻讒佞盈滿於側者也。"宋本作"緑葹"，據他本改。高門，比喻朝廷。　〔五〕"比干"句：比干，殷代貴族，紂王的叔父，官少師。因屢諫紂王，被剖心而死。《論語‧微子》:"微子去之,箕子為之奴,比干諫而死。孔子曰:殷有三仁焉。"《史記·殷本紀》:"紂愈淫亂不止。……比干曰:'為人臣者,不得不以死爭。'乃強諫紂。紂曰:'吾聞聖人心有七竅。'剖比干,觀其心。"〔六〕"屈平"句:屈平,《史記·屈原賈生列傳》:"屈原者,名平,楚之同姓也。為楚懷王左徒。……上官大夫與之同列,爭寵而心害其能。……因讒之……王怒而疏屈平。屈平疾王聽之不聰也……故憂愁幽思而作《離騷》。"又:"令尹子蘭聞之大怒,卒使上官大夫短屈原於頃襄王,頃襄王怒而遷之。屈原至於江濱,被髮行吟澤畔,顔色憔悴,形容枯槁……於是懷石遂自沈汨羅而死。"由此知屈原被流放到湘江之南乃楚頃襄王時事,非楚懷王。此乃交錯言之。湘源,湘江上游。 〔七〕"虎口"句:虎口,喻危險的境地。婉孌,依戀,眷念。此句謂比干、屈原處在黑暗時代,已陷於虎口,何以對君主還如此眷戀。 〔八〕"女嬃"句:女嬃(xū),宋本作"女顔",據他本改。嬋媛(yuán),宋本作"嬋娟",據他本改。《楚辭·離騷》:"女嬃之嬋媛兮。"王逸注:"女嬃,屈原姊也。嬋媛,猶牽引也。"此句謂屈原不聽其姊勸告,女嬃徒然情思牽縈。 〔九〕"彭咸"句:彭咸,宋本作"彭城",誤。據他本改。《楚辭·離騷》:"雖不周於今之人兮,願依彭咸之遺則。"王逸注:"彭咸,殷賢大夫,諫其君不聽,自投水而死。"淪没,淹没。此句謂彭咸已投水死了很久。

【評箋】

蕭士贇《分類補注李太白詩》:此詩比興之詩也。……太白此詩哀思怨怒,有感於時事而作,諷刺議諫之道,兼盡之矣。

陳沆《詩比興箋》卷三:此歎明皇拒直諫之臣,張九齡、周子諒俱竄死也。

方東樹《昭昧詹言》卷七:忠不見容。

按:此詩約作於天寶六載(七四七)。當時玄宗寵愛貴妃楊玉環,不理國事,朝政被奸相李林甫霸持,製造了許多冤獄,名士李邕、裴敦復都無辜被殺。李林甫又奏分遣御史,在貶所將皇甫惟明、韋堅等殺害。當時左相李適之被貶為宜春太守，聽到消息，也服毒自殺。李白的好友崔成甫，也因受韋堅案牽連，被貶為湘陰縣尉。李適之是唐王朝宗室（他於玄宗是從祖兄弟行），也是李白好友，是杜甫歌詠的"飲中八仙"之一。此詩顯然是借用殷、楚的宗室比干、屈原的歷史題材來諷刺現實。全詩洋溢着痛恨權奸和哀挽賢人的強烈感情。這是李白《古風》中指斥玄宗最激烈的一首詩。

登金陵鳳凰臺〔一〕

鳳凰臺上鳳凰游，鳳去臺空江自流〔二〕。吳宮花草埋幽徑〔三〕，晉代衣冠成古丘〔四〕。三山半落青天外〔五〕，一水中分白鷺洲〔六〕。總為浮雲能蔽日〔七〕，長安不見使人愁。

【注釋】

〔一〕鳳凰臺：在今南京城西南來鳳街附近。相傳南朝宋元嘉年間，有鳥翔集山間，狀如孔雀，文采五色，時人謂之鳳凰。起臺於山，謂之鳳凰臺，山曰鳳臺山。《宋書·符瑞志中》："文帝元嘉十四年三月丙申，大鳥二集秣陵民王顗園中李樹上，大如孔雀，頭足小高，毛羽鮮明，文采五色，聲音諧從，眾鳥如山雞者隨之，如行三十步頃，東南飛去。揚州刺史彭城王義康以聞。改鳥所集永昌里曰鳳皇里。"按李白另有《金陵鳳凰臺置酒》詩，當為同時之作，可參讀。　〔二〕"鳳凰"二句：凰，宋本作"皇"。據他本改。"皇"為"凰"本字。按此二句句法，仿用崔顥《黃鶴樓》詩："昔人已乘黃鶴去，此地空餘黃鶴樓。黃鶴一去不復還，白雲千載空悠悠。"

〔三〕吳宮：宮，一作"時"。三國時吳國建都金陵，即今南京市。吳宮即指金陵的宮殿。　〔四〕"晉代"句：代，一作"國"。東晉時都城建鄴，亦即今南京市。衣冠，指世族、士紳。成古丘，謂昔人已死，空留古墳。〔五〕"三山"句：三山，在今南京市西南長江岸邊，以有三峰得名。長江從西南來，此山突出江中，當其衝要。六朝都城在今南京市，三山為其西南屏障，故又稱護國山。半落青天外，形容三山有一半被雲遮住，看不清楚。陸游《入蜀記》云："三山，自石頭及鳳凰臺望之，杳杳有無中耳。及過其下，則距金陵纔五十餘里。"可為本句注腳。〔六〕"一水"句：一水，指長江。一，或作"二"。白鷺洲，古代長江中的小洲，在今南京市水西門外。後世江流西移，洲與陸地遂相連接。〔七〕"總為"句：總為，宋本校："一作盡道。"陸賈《新語·慎微》："邪臣之蔽賢，猶浮雲之障日月也。"

【評箋】

潘淳《潘子真詩話》：陸賈《新語》曰："邪臣蔽賢，猶浮雲之障日月也。"太白詩："總為浮雲能蔽日，長安不見使人愁。"蓋用此語。

舊題嚴羽評點《李太白詩集》卷一八：《鶴樓》祖《龍池》而脫卸，《鳳臺》復倚黃鶴而翻戺。《龍池》渾然不鑿，《鶴樓》寬然有餘。《鳳臺》構造亦新豐凌雲妙手，但胸中尚有古人，欲學之，欲似之，終落圈圚。蓋翻異者易美，宗同者難超。太白尚爾，況餘才乎！

劉克莊《後村先生大全集》卷一七三：古人服善。太白過黃鶴樓，有"眼前有景道不得，崔顥題詩在上頭"之句。至金陵，遂為《鳳凰臺》詩以擬之。今觀二詩，真敵手棋也。若他人，必次顥韻，或於詩版之傍別着語矣。

劉辰翁曰：其開口雄偉，脫落雕飾，俱不論。若無後二句，亦不必作。出於崔顥而時勝之，以此云。（《唐詩品彙》卷八三引）

方回《瀛奎律髓》卷一：太白此詩與崔顥《黃鶴樓》相似，格律氣勢未易甲乙。此詩以鳳凰臺為名，而詠鳳凰臺不過起語兩句已盡之矣。下六句乃登臺而觀望之景也。三、四懷古人之不見也。五、六、七、八詠今日之景，而慨帝都之不可見也。登臺而望，所感深矣。金陵建都自吳始，三山、二水，白鷺洲，皆金陵山水名。金陵可以北望中原唐都長安，故太白

295

以浮雲遮蔽，不見長安為愁焉。

范梈批點《李翰林詩》卷四：登臨詩，首尾好，結更悲。七言律之可法者。

王世懋《藝圃擷餘》：崔郎中作《黃鶴樓》詩，青蓮短氣。後題鳳凰臺，古今目為勍敵。識者謂前六句不能當，結語深悲慷慨，差足勝耳。然余意更有不然。無論中二聯不能及，即結語亦大有辨。言詩須道興、比、賦，如"日暮鄉關"，興而賦也。"浮雲蔽日"，比而賦也。以此思之，"使人愁"三字雖同，孰為當乎？"日暮鄉關"、"烟波江上"，本無指著，登臨者自生愁耳，故曰："使人愁"，烟波使之愁也。"浮雲蔽日"、"長安不見"，逐客自應愁，寧須使之？青蓮才情標映萬載，寧以予言重輕？尺有所短，寸有所長，竊以為此詩不逮，非一端也。如有罪我者，則不敢辭。

胡應麟《詩藪·內編》卷五：崔顥《黃鶴樓》、李白《鳳凰臺》，但略點題面，未嘗題黃鶴、鳳凰也。……故古人之作，往往神韻超然，絕去斧鑿。

《唐詩選脈會通評林》引周敬曰：讀此詩，知太白眼空法界，以感生愁，勍敵《黃鶴樓》。一結實勝之。　周珽曰：胸中籠蓋，口裏吐吞。眼前光景，又豈慮説不盡耶？

瞿佑《歸田詩話》卷上：崔顥題黃鶴樓，太白過之不更作。時人有"眼前有景道不得，崔顥題詩在上頭"之譏。及登鳳凰臺作詩，可謂十倍曹丕矣。蓋顥結句云："日暮鄉關何處是，烟波江上使人愁。"而太白結句云："總為浮雲能蔽日，長安不見使人愁。"愛君憂國之意，遠過鄉關之念。善占地步矣！然太白別有"搥碎黃鶴樓"之句，其於顥未嘗不耿耿也。

王夫之《唐詩評選》卷四："浮雲蔽日"、"長安不見"，借晉明帝語影出。"浮雲"以悲江左無人，中原淪陷；"使人愁"三字，總結"幽徑"、"古丘"之感，與崔顥《黃鶴樓》落句語同意別。宋人不解此，乃以疵其不及顥作，覿面不識，而強加長短，何有哉？太白詩是通首混收，顥詩是扣尾掉收；太白詩自《十九首》來，顥詩則純為唐音矣。

《唐宋詩醇》卷七：崔顥題詩黃鶴樓，李白見之，去不復作，至金陵登鳳凰臺乃題此詩，傳者以為擬崔而作，理或有之。崔詩直舉胸情，氣體高渾；白詩寓目山河，別有懷抱。其言皆從心而發，即景而成，意象偶同，勝境各擅,論者不舉其高情遠意,而沾沾吹索於字句之間,固已蔽矣。至謂白實擬之以較勝負,并謬為"搥碎黄鶴樓"等詩,鄙陋之談,不值一噱也。

沈德潛《唐詩別裁》卷一三：從心所造,偶然相似,必謂摹倣司勛,恐屬未然。

徐文弼《詩法度鍼》：按此詩二王氏並相訛訾,緣先有《黄鶴樓》詩在其胸中,拘拘字句,比較崔作謂為弗逮。太白固已虚心自服,何用呶呶？惟沈評云："從心所造,偶然相類,必謂摹仿崔作,恐屬未然。"誠為知言。

俞陛雲《詩境淺說》評"吴宫"一聯：慨吴宫之秀壓江山,而消沉花草,晉代之史傳人物,而寂寞衣冠。在十四字中,舉千年之江左興亡,付憑闌一歎。與"漢家簫鼓空流水,魏國山河半夕陽"句調極相似,但懷古之地不同耳。

按：詹鍈《李白詩文繫年》繫此詩於上元二年(七六一),疑非是。瞿蜕園、朱金城《李白集校注》云："此詩自是白之本色,不為摹擬。浮雲一語當指開元、天寶間之讒諂蔽明,若在上元末年,則白方獲罪遇赦,方銷聲斂迹之不暇,似不當復有此激切之語。"其説為勝。此詩約作於天寶六載(七四七)游金陵時。此乃李白最著名的一首七律。此詩句法仿崔顥《黄鶴樓》詩："昔人已乘黄鶴去,此地空餘黄鶴樓。黄鶴一去不復返,白雲千載空悠悠。"全詩從登臺起筆,最終歸結於報國無門的憂憤,感情深沉,聲調激越。從思想境界看,遠遠超過崔顥《黄鶴樓》,是唐前期七律中最佳名篇之一。

叙舊贈江陽宰陸調〔一〕

太伯讓天下,仲雍揚波濤〔二〕。清風蕩萬古,迹與星辰高〔三〕。開吴食東溟,陸氏世英髦〔四〕。多君秉古節〔五〕,嶽立冠人曹〔六〕。風流少年時,京洛事游遨〔七〕。

腰間延陵劍，玉帶明珠袍〔八〕。

【注釋】
〔一〕江陽宰陸調：江陽縣令陸調。江陽，唐縣名。《舊唐書·地理志三》淮南道揚州大都督府：“江陽，貞觀十八年，分江都縣置，在郭下，與江都分理。”治所在今江蘇揚州市。宰，縣令。陸調，李華《平原公(張鎬)遺德頌》：“公故吏……袁州別駕吳郡陸調牧臣……等一十二人咨余為頌。”當即此人。張鎬卒於廣德元年七月，見獨孤及《唐故洪州刺史張公遺愛碑》，時陸調為袁州別駕。其為江陽縣令在此前。　〔二〕“太伯”二句：太伯、仲雍，周文王姬昌的兩位伯父。《史記·吳太伯世家》載，周太王有三子：太伯、仲雍、季歷。太王想立季歷(周文王之父)繼位，於是太伯、仲雍兩人逃奔南方，自號勾吳，為吳人擁戴為君主。太伯卒，無子，弟仲雍立。後來周武王滅殷，求太伯、仲雍後代，封仲雍曾孫周章為吳國諸侯。周章弟虞仲為虞國諸侯。陸機《吳趨行》：“大伯導仁風，仲雍揚其波。”揚波濤，謂繼承發揚仁風。　〔三〕“清風”二句：謂清廉的仁風激蕩於萬世，其德行與星辰一樣高。張協《詠史》詩：“清風激萬代，名與天壤俱。”
〔四〕“開吳”二句：謂太伯在東海邊開創吳國大業後，陸氏世代多秀特之士。英髦，英俊傑出。《爾雅·釋言》：“髦，俊也。”邢昺疏：“毛中之長毫曰髦，士之俊選者借譬為名焉。”按陸氏自漢至唐，世為吳地望族。《三國志·吳志·陸遜傳》：“字伯言，吳郡吳人也。本名議，世江東大族。”
〔五〕“多君”句：胡本作“夫子特峻秀”。多君，猶賢君。秉古節，保持古人高尚的節操。《文選》卷二七鮑照《還都道中作》：“誰令乏古節？”張銑注：“古節，古人高尚之節。”　〔六〕“嶽立”句：嶽立，形容品行如山嶽般聳立突出。陸機《答賈謐》：“吳實龍飛，劉亦嶽立。”人曹，人群。
〔七〕“京洛”句：京洛，指京師長安和東都洛陽。事，動詞，從事。游遨，亦作“游敖”、“敖游”，閑游，游嬉。謝靈運《酬從弟惠連》詩：“仲春善游遨。”　〔八〕“腰間”二句：描繪陸調的服飾。腰間延陵劍，胡本作“驂驔紅陽燕”。帶，胡本作“劍”。延陵，春秋時吳國邑名，故址即今江蘇省常州市。《史記·吳太伯世家》：“季札封於延陵，故號曰延陵季子。……

298

四年,吳使季札聘於魯……季札之初使,北過徐君。徐君好季札劍,口弗敢言。季札心知之,為使上國,未獻。還至徐,徐君已死,於是乃解其寶劍,繫之徐君冢樹而去。從者曰:'徐君已死,尚誰予乎?'季子曰:'不然。始吾心已許之,豈以死倍吾心哉!'"此以暗示陸調很講信用,很重友誼。

以上第一段,敘陸調籍貫、家世及俊逸倜儻的外表形象。

我昔鬥雞徒〔九〕,連延五陵豪〔一〇〕。邀遮相組織〔一一〕,呵嚇來煎熬〔一二〕。君開萬叢人,鞍馬皆辟易〔一三〕。告急清憲臺〔一四〕,脫余北門厄〔一五〕。

【注釋】

〔九〕"我昔"句:鬥雞徒,見前《古風》其二十四注。此句謂以往自己曾與鬥雞徒發生過衝突。　〔一〇〕"連延"句:五陵,西漢五個皇帝的陵墓,即高帝長陵、惠帝安陵、景帝陽陵、武帝茂陵和昭帝平陵,均置縣,在渭水北岸今咸陽市附近,合稱五陵。唐代五陵為貴族紈綺子弟游宴集聚之地。此句謂連續引來咸陽周圍許多貴族惡少年們的圍攻。
〔一一〕"邀遮"句:邀遮,邀擊攔截。《後漢書·清河孝王慶傳》:"後於掖庭門邀遮得貴人書。"組織,猶羅織;構陷。　〔一二〕"呵嚇"句:呵嚇,大聲呵斥和恐嚇。煎熬,猶威迫,折磨。　〔一三〕辟易:驚退。宋本作"闢易",據他本改。《史記·項羽本紀》:"項王瞋目而叱之,赤泉侯人馬俱驚,辟易數里。"　〔一四〕清憲臺:御史臺。管理彈劾官員的監察機關。《文選》卷二四潘尼《贈侍御史王元貺》:"迥迹清憲臺。"李善注:"《漢官儀》曰:'御史為憲臺也。'"　〔一五〕"北門"句:北門,未詳所指,疑為長安北門。瞿蛻園、朱金城《李白集校注》引《新唐書·兵志》:"唐之北軍為皇帝私兵,以屯於宮之北門,故以北軍為號。疑李白以狎游之故,為北軍中人所窘,幸遇陸調以憲府之力脫之。"可備一說。按一本此段作:"我昔北門厄,摧如一枝蒿。有虎挾雞徒,連延五陵豪。邀遮來組織,呵嚇相煎熬。君披萬人叢,脫我如狌牢。此恥竟未刷,且食綏山桃。非天雨文章,所祖托《風》、《騷》。蒼蓬老壯髮,長策未逢遭。別君幾何時,君無相思否?"

以上第二段,叙己曾在北門遭難而得陸調解救。

間宰江陽邑,剪棘樹蘭芳〔一六〕。城門何肅穆〔一七〕,五月飛秋霜〔一八〕。好鳥集珍木,高才列華堂〔一九〕。時從府中歸,絲管儼成行〔二〇〕。但苦隔遠道,無由共銜觴〔二一〕。

【注釋】

〔一六〕"間宰"二句:間,近來。宰江陽邑,為江陽縣令。棘,有刺草木的通稱。樹,培植。蘭芳,即芳蘭(因押韻而倒置),香草。《文選》卷四七袁宏《三國名臣序贊》:"思樹芳蘭,剪除荆棘。"李善注:"芳蘭以喻君子,荆棘以喻小人。"二句宋本校:"一作鳴琴坐高樓,淥水净窗牖。政成聞《雅》《頌》,人吏皆拱手。投刃有餘地,迴車攝江陽。錯雜非易理,先威挫豪強。"　〔一七〕肅穆:嚴肅靜謐。《晉書·賀循傳》:"歷試二城,刑政肅穆。"　〔一八〕"五月"句:形容陸調治政態度神情嚴肅如秋霜。荀悦《申鑑·雜言》:"蓄如春陽,怒如秋霜。"　〔一九〕"好鳥"二句:謂陸調的華堂上聚集了許多高才,猶如好鳥聚集在珍貴的樹上。　〔二〇〕"絲管"句:謂絃管樂器莊嚴排列成行。儼,莊嚴貌。　〔二一〕銜觴:銜杯,喝酒。

以上第三段,叙陸調為江陽縣令的政績。

江北荷花開,江南楊梅熟〔二二〕。正好飲酒時,懷賢在心目〔二三〕。挂席候海色〔二四〕,當風下長川〔二五〕。多酤新豐醁〔二六〕,滿載剡溪船〔二七〕。中途不遇人,直到爾門前。大笑同一醉,取樂平生年〔二八〕。

【注釋】

〔二二〕"江北"二句：江陽縣在長江以北，李白當時在江南，此分寫兩地景色。楊梅，《文選》卷八司馬相如《上林賦》："樗棗楊梅。"張揖注："楊梅其實似穀而有核，其味酢，出江南也。"楊梅熟，一作"楊梅鮮"。　〔二三〕"正好"二句：他本無此二句。　〔二四〕"挂席"句：挂席，《文選》卷二二謝靈運《游赤石進帆海》："揚帆采石華，挂席拾海月。"李善注："《臨海志》曰：'……海月大如鏡，白色。'揚帆、挂席，其義一也。"候海色，一作"拾海月"。　〔二五〕"當風"句：當，一作"乘"。長川，指長江。　〔二六〕"多酤"句：酤，通"沽"，買酒。新豐，據錢大昕《十駕齋養新録》卷一一云，此"新豐"當指江南丹徒縣之新豐，見前《楊叛兒》詩注。醁，美酒。　〔二七〕剡溪船：用王子猷雪夜訪戴逵故事，見前《東魯門泛舟二首》詩注。　〔二八〕平生年：一生年華。

以上第四段，希望前去相會暢飲。

【評箋】

舊題嚴羽評點《李太白詩集》卷九：首六句：詩有似誅者，此也。　又評末四句：至此始得豪。

趙翼《甌北詩話》卷一：青蓮少時，曾為無賴子所困，得陸調救解。集中有贈調詩云："我昔鬥雞徒，連延五陵豪，邀遮相組織，呵嚇來煎熬。君開萬人叢，鞍馬皆辟易，告急清憲臺，脱余北門厄。"此亦其逸事也。

按：此詩當是天寶六載（七四七）夏在金陵作。詩中敘事多從情態著筆，神韻悠然。

聞王昌齡左遷龍標遙有此寄〔一〕

楊花落盡子規啼〔二〕，聞道龍標過五溪〔三〕。我寄愁心與明月〔四〕，隨君直到夜郎西〔五〕。

【注釋】

〔一〕王昌齡：唐代詩人。《舊唐書·文苑傳》及《新唐書·文藝傳》有傳。據傅璇琮《唐代詩人叢考·王昌齡事蹟考略》云：京兆人，開元十五年（七二七）進士登第，補秘書省校書郎。二十二年（七三四）博學宏詞科登第，為汜水縣尉。……約天寶七載（七四八）秋被貶為龍標縣尉，約至德中（七五六—七五七）被閭丘曉所殺。左遷，貶官；降職。龍標，唐縣名，屬巫州，治所在今湖南洪江市。 〔二〕"楊花"句：楊花落盡，宋本作"揚州花落"，據他本改。子規，杜鵑鳥的別稱。傳說其啼聲淒哀，甚至啼血。〔三〕五溪：《通典》卷一八三黔州："五溪，謂酉、辰、巫、武、沅等五溪也。"指今湖南懷化、黔陽一帶。 〔四〕與：給。 〔五〕"隨君"句：君，一作"風"。夜郎西，此處"夜郎西"指龍標。當時龍標縣實際在夜郎縣南，詩中的"西"只是押韻而泛指附近。夜郎，唐縣名，治所在今湖南芷江西南，天寶元年改名峨山，曾先後為舞州、鶴州、業州（龍標郡）的治所。

【評箋】

舊題嚴羽評點《李太白詩集》卷一二：後二句：無情生情，其情遠。

桂天祥《批點唐詩正聲》：太白絕句，篇篇只與人別，如《寄王昌齡》、《送孟浩然》等作，體格無一分相似，音節、風格，萬世一人。

凌宏憲《唐詩廣選》引梅禹金曰：曹植《怨詩》："願作東北風，吹我入君懷"，齊澣《長門怨》："將心寄明月，流影入君懷"，此詩兼裁其意，撰成奇語。

胡應麟《詩藪·內編》卷六：太白七言絕，如"楊花落盡子規啼"、"朝辭白帝彩雲間"、"誰家玉笛暗飛聲"、"天門中斷楚江開"等作，讀之真有揮斥八極、凌屬九霄意。賀監謂為"謫仙"，良不虛也。

毛先舒《詩辯坻》卷三：太白"楊花落盡"與樂天（當作元微之）"殘燈無焰"體同題類，而風趣高卑，自覺天壤。

黄生《唐詩摘鈔》：趣。一寫景，二叙事，三、四發意，此七絕之正格也。若單説愁，便直率少致，襯入景語，無其理而有其趣。

朱之荆《增訂唐詩摘鈔》：即景見時，以景生情，末句且更見真情。

沈德潛《唐詩別裁》卷二〇：即"將心寄明月，流影入君懷"意，出以摇曳之筆，語意一新。

黄叔燦《唐詩箋注》："愁心"二句，何等纏綿悱惻！而"我寄愁心"，猶覺比"隔千里兮共明月"意更深摯。

李鍈《詩法易簡録》：三、四句言此心之相關，直是神馳到彼耳，妙在借明月以寫之。

按：此詩約作於天寶八載（七四九）。明月象徵着純潔、高尚，詩人在許多詩中把明月看作通人心的多情物，也只有明月才能同時照亮詩人和友人。詩中雖未追叙兩人昔日相聚的情景和友誼，但却把友情抒發得非常真摯感人。而"遥有此寄"的題意也自然點明。

寄東魯二稚子〔一〕

吴地桑葉緑〔二〕，吴蠶已三眠〔三〕。我家寄東魯，誰種龜陰田〔四〕？春事已不及〔五〕，江行復茫然。南風吹歸心，飛墮酒樓前〔六〕。樓東一株桃，枝葉拂青烟〔七〕。此樹我所種，別來向三年〔八〕。桃今與樓齊，我行尚未旋〔九〕。嬌女字平陽，折花倚桃邊。折花不見我，淚下如流泉〔一〇〕。小兒名伯禽，與姊亦齊肩〔一一〕。雙行桃樹下，撫背復誰憐〔一二〕？念此失次第〔一三〕，肝腸日憂煎。裂素寫遠意〔一四〕，因之汶陽川〔一五〕。

【注釋】
〔一〕東魯：指今山東兗州、曲阜一帶。二稚子，指李白之女平陽、子伯禽，當時寄居在兗州。魏顥《李翰林集序》："白始娶於許，生一女一男。(男)曰明月奴，女既嫁而卒。"明月奴當為伯禽小字。　〔二〕吳地：當時詩人所在地金陵，在春秋時屬吳國。　〔三〕三眠：王琦注："蠶將蛻，輒卧不食，古人謂之俯。荀卿《蠶賦》'三俯三起，事乃大已'是也。"後因稱"三俯"為"三眠"。《本草》："蠶三眠三起，二十七日而老。"
〔四〕龜陰田：《左傳·定公十年》："齊人來歸鄆、讙、龜陰之田。"孔穎達疏："山北曰陰，田在龜山北，其邑即以龜陰為名。"《水經注·汶水》："龜山在博縣北十五里……山北即龜陰之田也。"《元和郡縣志》卷十河南道兗州泗水縣："龜山，在縣東北七十五里。"在今山東新泰市西南。陰，胡本作"茲"，誤。　〔五〕春事：指春天的農事。　〔六〕酒樓：舊注以為指任城(今山東濟寧市)酒樓。《太平廣記》卷二〇一引《本事詩》："初白自幼好酒，於兗州習業，平居多飲。又於任城縣構酒樓，日與同志荒宴其上，少有醒時。邑人皆以白重名，望其重而加敬焉。"按此處"酒樓"當非任城酒樓，而應在兗州。　〔七〕拂青烟：形容枝葉繁密。
〔八〕"此樹"二句：我，咸本作"昔"。向三年，向，將近，接近。陶潛《歲暮和張常侍》詩："向夕長風起。"李白在天寶五載離東魯南下，至寫此詩時已近三年。　〔九〕旋：回歸。《詩·小雅·黃鳥》："言旋言歸。"朱熹集傳："旋，回。"　〔一〇〕"嬌女"四句：胡本作"嬌女字平陽，有弟與齊肩。雙行桃樹下，折花倚桃邊。折花不見我，淚下如流泉"。劉琨《扶風歌》："據鞍長歎息，淚下如流泉。"　〔一一〕"小兒"二句：伯禽，李白之子。李白有《送蕭三十一之魯中兼問稚子伯禽》詩，又《贈武十七諤》詩序云："余愛子伯禽在魯，許將冒胡兵以致之。"李華《故翰林學士李君墓誌》云："有子曰伯禽。"范傳正《唐左拾遺翰林學士李公新墓碑》亦云："得公之亡子伯禽手疏十數行。"姊，王本作"姐"。　〔一二〕"撫背"句：謂又有誰撫摩和愛憐他們？撫背，撫摩其背。　〔一三〕失次第：失去常態，形容心緒紊亂。劉楨《贈徐幹詩》："起坐失次第，一日三四遷。"
〔一四〕裂素：猶裂帛。撕裂白絹寫信。徐彥伯《擬古》其一："裂帛附雙燕,為予向遼東。"古常以素絹代紙。　〔一五〕"因之"句:之,往。汶陽川,即汶水,今名大汶河。源出今山東萊蕪市北,西南流經古嬴縣南,古稱嬴汶,又西南會牟汶、北汶、石汶、柴汶至今東平戴村壩。自此以下,古汶水西流經東平且南,至梁山東南入濟水。此句意謂就此將家書寄往汶水那邊的家中。見前《沙丘城下寄杜甫》詩注。

【評箋】

　　舊題嚴羽評點《李太白詩集》卷一二:評"南風"二句:太白善用"吹"字,都在意象之外。　又評"桃今與樓齊……與姊亦齊肩":桃與樓齊,弟與姊齊,人境俱可念。　又評"裂素"二句:是家常寄書語,有情景映帶,書愁亦逸。

　　范梈批選《李翰林詩》卷三:天下喪亂,骨肉離散,此《北征》(當作《詠懷》)入門啼唬以下意也。然彼合此離,彼有哭其死,此則憐其生;彼兼時事,此乃單詠。要皆得憂思之正者也。

　　《唐詩歸》卷一五鍾惺評:家書語入詩,妙在不直叙,有映帶。　又曰:田園兒女,老杜妙於入詩,老杜愁苦得妙,妙在真;李擺脫得妙,妙在逸。　又評"雙行"二句:細極,却不家常瑣碎。亦有家常瑣碎妙者,不讀老杜諸詩不知。　譚元春評:"折花倚桃邊","雙行桃樹下",寫嬌女、孤兒,無情無緒,的的可思。

　　應時《李詩緯》卷一引丁谷雲評:讀杜家室詩令人情深,讀李家室詩即説得婉摯却令人達情,何也?曰:以太白氣概爽朗,子美心情誠摯。

　　沈德潛《唐詩別裁》卷二評"樓東"四句:家常語瑣瑣屑屑,彌見其真。得《東山》詩意。

　　按:詩云"別來向三年",李白天寶五載(七四六)離東魯,則此詩當為天寶八載(七四九)春在金陵作。詩中想像兒女的體態、動作、神情、心理活動,都描繪得惟妙惟肖,生動逼真,由此亦反映出詩人思念之深情。

305

答王十二寒夜獨酌有懷〔一〕

昨夜吳中雪,子猷佳興發〔二〕。萬里浮雲卷碧山,青天中道流孤月〔三〕。孤月蒼浪河漢清,北斗錯落長庚明〔四〕。懷余對酒夜霜白,玉牀金井冰崢嶸〔五〕。人生飄忽百年內,且須酣暢萬古情〔六〕。

【注釋】
〔一〕王十二:姓王,排行十二,名字不詳。其時王十二作《寒夜獨酌有懷》詩寄李白,李白作此詩答之。答王十二,咸本作"答友人"。
〔二〕"昨夜"二句:用王子猷雪夜訪戴逵事,見前《東魯門泛舟》詩注。此以王子猷比擬王十二。　〔三〕"萬里"二句:形容寒夜浮雲在青山上移動,月亮在浮雲中出没。謝莊《月賦》:"白露曖空,素月流天。"
〔四〕"孤月"二句:蒼浪,一作"滄浪"。滄浪,猶滄涼,寒冷。形容月光如水一般清涼。河漢,銀河。北斗,星名,在北天列成斗形的七顆亮星。錯落,交錯繽紛貌。長庚,即金星,又名太白星,早晨出現在東方謂啟明,黃昏出現在西方謂長庚。《詩·小雅·大東》:"東有啟明,西有長庚。"
〔五〕"玉牀"句:牀,井欄。玉、金形容井和井欄裝飾華麗。冰,一作"水"。崢嶸,形容冰結得很厚。以上六句想像王十二寒夜獨酌時的情景。　〔六〕"且須"句:且,句首助詞。須,應當。酣暢,指因飲酒而產生的暢快豁達之意。

以上第一段,想象王十二寒夜獨酌。

君不能狸膏金距學鬥雞〔七〕,坐令鼻息吹虹霓〔八〕。君不能學哥舒橫行青海夜帶刀,西屠石堡取紫袍〔九〕。吟詩作賦北窗裏,萬言不直一杯水〔一〇〕。世人聞此皆掉頭,有如東風射馬耳〔一一〕。

【注釋】
〔七〕狸膏：據《爾雅翼》記載，狸能捕雞，鬥雞時以狸膏塗於雞頭，對方之雞聞後即畏懼而走。曹植《鬥雞篇》："願蒙狸膏助，常得擅此場。"金距，用鋒利的金屬品裝在雞爪上。《左傳·昭公二十五年》："季、郈之雞鬥，季氏介其雞，郈氏為之金距。"梁簡文帝《雞鳴篇》："陳思助鬥協狸膏，郈昭妒敵安金距。" 〔八〕"坐令"句：坐令，遂使。鼻息吹虹霓，見前《古風》其二十四"大車揚飛塵"注。按玄宗喜鬥雞，王準、賈昌之流以善鬥雞得寵，此句即形容這些小人氣焰囂張的情狀。 〔九〕"君不能學哥舒"二句：哥舒，哥舒翰，唐代名將。《舊唐書·哥舒翰傳》記載，哥舒翰於天寶七載（七四八）冬代王忠嗣為隴右節度支度營田副大使，知節度事。"明年，築神威軍於青海上，吐蕃至，攻破之；又築城於青海中龍駒島，有白龍見，遂名為應龍城，吐蕃屏迹不敢近青海。吐蕃保石堡城，路遠而險，久不拔。八載，以朔方、河東群牧十萬衆委翰總統攻石堡城。翰使麾下將高秀巖、張守瑜進攻，不旬日而拔之，上錄其功，拜特進、鴻臚員外卿，與一子五品官，賜物千匹、莊宅各一所，加攝御史大夫。"夜帶刀，《太平廣記》卷四九五引《乾饌子》："天寶中，歌（哥）舒翰為安西（隴右、河西）節度，控地數千里，甚著威令。故西鄙人歌之曰：'北斗七星高，歌（哥）舒翰夜帶刀。吐蕃總殺盡，更築兩重濠。'"石堡，石堡城，又名鐵刃城，在今青海西寧市西南。唐與吐蕃交界，為唐蕃交通要道，曾於此先後置振武軍、神武軍及天威軍。紫袍，高官所穿公服。哥舒翰拜特進，為正二品官。唐代三品以上高官穿紫色公服。 〔一〇〕直：樂史《李翰林別集序》引作"及"。 〔一一〕"世人"二句：此，宋本校："一作之。"掉頭，轉過頭去。表示不屑一顧。杜甫《送孔巢父謝病歸游江東》詩："巢父掉頭不肯往，東將入海隨烟霧。"東風射馬耳，射，吹。馬聾着耳朵不怕風吹。比喻充耳不聞，無動於衷，不起作用。按蘇軾《和何長官六言詩》："青山自是絕世，無人誰與為容。說向市朝公子，何殊馬耳東風。"即用李白此意。

以上第二段，寫王十二不會以鬥雞取寵，以軍功邀賞，只會吟詩作賦,因此久不得志。

　　魚目亦笑我,謂與明月同〔一二〕。驊騮拳跼不能食〔一三〕,蹇驢得志鳴春風〔一四〕。《折楊》《皇華》合流俗〔一五〕,晉君聽琴枉《清角》〔一六〕。巴人誰肯和《陽春》〔一七〕,楚地猶來賤奇璞〔一八〕。黃金散盡交不成,白首為儒身被輕。一談一笑失顏色,蒼蠅貝錦喧謗聲〔一九〕。曾參豈是殺人者？讒言三及慈母驚〔二〇〕。

【注釋】

〔一二〕"魚目"二句：張協《雜詩》："魚目笑明月。"按魚目喻平庸之輩,明月即明月珠,喻才能之士。謂,宋本作"請",據胡本改。二句謂魚目混珠。　〔一三〕"驊騮"句：驊騮,良馬。周穆王八駿之一。拳跼,亦作"蜷局"、"蜷屈",拳曲不伸貌。此句喻賢士困窘。　〔一四〕"蹇驢"句：蹇,跛足。此句喻小人春風得意。　〔一五〕"折楊"句：《折楊》、《皇華》,皆古歌曲名。《莊子·天地》："大聲不入於里耳,《折楊》、《皇華》則嗑然而笑。"此句謂《折楊》、《皇華》符合流俗,為人喜愛。皇華,宋本作"黃花",據他本改。　〔一六〕"晉君"句：《韓非子·十過》："（晉平公）曰：'音莫悲於清徵乎？'師曠曰：'不如清角。'平公曰：'清角可得而聞乎？'師曠曰：'不可。昔日黃帝合鬼神於泰山之上……大合鬼神,作為清角。今主君德薄,不足聽之,聽之,將恐有敗。'平公曰：'寡人老矣,所好者音也,願遂聽之。'師曠不得已而鼓之,一奏而有玄雲從西北方起；再奏之,大風至,大雨隨之,裂帷幕,破俎豆,墮廊瓦,坐者散走。平公恐懼,伏於廊室之間。晉國大旱,赤地三年。平公之身遂癃病。"此句謂無德者聽高雅的音樂反而遭受災難。　〔一七〕"巴人"句：巴,宋本校："一作幾。"《陽春》,古樂曲名。宋玉《對楚王問》："客有歌於郢中者,其始曰《下里》、《巴人》,國中屬而和者數千人……其為《陽春》、《白雪》,國中屬而和者不過數十人。"此句謂曲調高雅,唱和者少。　〔一八〕"楚地"句：

《韓非子·和氏》記載,楚國人卞和在山中得一玉璞,奉獻楚厲王。厲王使玉工看,說是石頭,厲王以為卞和欺君,砍其左足。武王即位,卞和又獻,玉工仍說是石頭,武王砍其右足。文王即位,卞和抱着玉璞在楚山下哭了三日三夜,後文王派玉工治理玉璞,才發現是塊寶玉,因名之曰和氏璧。司馬彪《贈山濤詩》:"卞和潛幽冥,誰能證奇璞。"猶,一作"由"。以上八句均抒發自己的懷才不遇。 〔一九〕"一談"二句:蒼蠅,即青蠅。《詩·小雅·青蠅》:"營營青蠅,止于樊。豈弟君子,無信讒言。"鄭玄箋:"蠅之為蟲,汙白使黑,汙黑使白,喻佞人亂善惡也。"貝錦,古代繡有貝形花紋的錦緞。《詩·小雅·巷伯》:"萋兮斐兮,成是貝錦。彼譖人者,亦已太甚。"鄭玄箋:"喻讒人集作己過以成於罪,猶女工之集采色以成錦文。萋、斐,文彩錯雜貌。"二句謂小人喧囂誹謗,羅織罪名,令人於一談一笑亦不得不有所戒忌。 〔二〇〕"曾參"二句:《戰國策·秦策二》:"費人有與曾子同名姓者而殺人。人告曾子母曰:'曾參殺人。'曾子之母曰:'吾子不殺人。'織自若。有頃焉,人又曰:'曾參殺人。'其母尚織自若也。頃之,一人又告之曰:'曾參殺人。'其母懼,投杼逾牆而走。"二句謂謠言可畏。

以上第三段,寫己曲高和寡,被讒而仕途困躓。

　　與君論心握君手,榮辱於余亦何有!孔聖猶聞傷鳳麟〔二一〕,董龍更是何雞狗〔二二〕!一生傲岸苦不諧,恩疏媒勞志多乖〔二三〕。嚴陵高揖漢天子〔二四〕,何必長劍拄頤事玉階〔二五〕。達亦不足貴,窮亦不足悲。韓信羞將絳、灌比〔二六〕,禰衡恥逐屠沽兒〔二七〕。君不見李北海〔二八〕,英風豪氣今何在?君不見裴尚書〔二九〕,土墳三尺蒿棘居〔三〇〕。少年早欲五湖去〔三一〕,見此彌將鍾鼎疏〔三二〕。

【注釋】

〔二一〕"孔聖"句:孔子生於亂世,不為世用,曾歎鳳鳥之不至,悲西狩之獲麟。《論語·子罕》:"子曰:'鳳鳥不至,河不出圖,吾已矣夫!'"《史記·孔子世家》:"魯哀公十四年春,狩大野。叔孫氏車子鉏商獲獸,以為不祥,仲尼視之曰:'麟也。'取之。曰:'河不出圖,雒不出書,吾已矣夫!'顏淵死,孔子曰:'天喪予!'及西狩見麟,曰:'吾道窮矣!'"
〔二二〕"董龍"句:據《十六國春秋》記載,前秦宰相王墮性剛峻疾惡,雅好直言。右僕射董榮(小字龍)以佞幸進,疾之如仇,每於朝見之際,略不與言,或謂之曰:"董尚書貴幸一時無比,公宜降意接之。"墮曰:"董龍是何雞狗,而令國士與之言乎?"榮聞而慚恨,借故殺墮。 〔二三〕"一生"二句:傲岸,耿直剛正貌。鮑照《代挽歌》:"傲岸平生中,不為物所裁。"媒勞,指引薦者徒勞無功。《楚辭·九歌·湘君》:"心不同兮媒勞。"王逸注:"媒人疲勞而無功也。……喻行與君異,終不可合,亦疲勞而已。"乖,違背。二句謂己一生高傲耿直,故與世不合,使薦者徒勞,己志不伸。 〔二四〕"嚴陵"句:《後漢書·嚴光傳》:"嚴光,字子陵,會稽餘姚人。少有高名,與光武同游學。及光武即位,乃變名姓,隱身不見。後齊國上言,有一男子,披羊裘,釣澤中。光武帝疑其光,遣使聘之,三反而後至。除為諫議大夫,不屈,乃耕於富春山,後人因名其釣處為嚴陵瀨。" 〔二五〕"何必"句:長劍拄頤,形容佩劍很長,上端頂着下巴。《戰國策·齊策六》:"大冠若箕,修劍拄頤。"事玉階,在宮庭玉階邊侍奉皇帝。 〔二六〕"韓信"句:《史記·淮陰侯列傳》記載,韓信本封齊王,劉邦擊敗項羽,劉邦奪其軍,徙封楚王,後又降為淮陰侯,"信由此日夜怨望,居常鞅鞅,羞與絳、灌等列"。絳,指絳侯周勃;灌,指潁陰侯灌嬰;當時功勞均不及韓信。 〔二七〕"禰衡"句:《後漢書·禰衡傳》:"(禰衡)來游許下。……是時許都新建,賢士大夫四方來集。或問衡曰:'盍從陳長文(群)、司馬伯達(朗)乎?'對曰:'吾焉能從屠沽兒耶!'"按陳群、司馬朗為當時名人,禰衡故意辱之。 〔二八〕李北海:指唐代北海郡(即青州,治所在今山東青州市)太守李邕。與李白、杜甫都有交往,天寶六載(七四七)被奸相李林甫陷害杖殺。兩《唐書》有傳。
〔二九〕裴尚書:指刑部尚書裴敦復。裴為李林甫所忌,貶淄川郡(即淄州,治所在今山東淄博市南)太守,天寶六載與李邕同案被杖殺。

〔三〇〕"土墳"句：土，咸本作"古"。棘，宋本校："一作下。"蒿棘：泛指雜草。　〔三一〕"少年"句：五湖，泛指太湖流域一帶所有湖泊。此用春秋時范蠡典。據《國語·越語》載，春秋時越國大夫范蠡助越王勾踐滅吳後，功成身退，遂乘輕舟，浮於五湖，後莫知其所終。此句謂已年輕時就立志要像范蠡那樣功成身退，隱居江湖。　〔三二〕"見此"句：彌，更加。鍾鼎，同"鐘鼎"。鐘鳴鼎食的簡稱。古代貴族之家往往擊鐘列鼎而食，後即借指富貴。此句謂看到李、裴諸賢士懷忠被害，更將富貴看得淡薄。

以上第四段，抒發對不合理現實的憤慨。

【評箋】

樂史《李翰林別集序》：白有歌云："吟詩作賦北窗裏，萬言不及一杯水。"蓋歎乎有其時而無其位。

舊題嚴羽評點《李太白詩集》卷一六：感憤放達，不妨縱言之。世以為五季間學太白者，非知太白者也。　又評"萬里"二句：寫其心胸。

蕭士贇《分類補注李太白詩》注：按此篇造語叙事，錯亂顛倒，絕無倫次，董龍一事尤為可笑。決非太白之作，乃先儒所謂五季間學太白者所為耳。具眼者自能別之，今鏊而置諸卷末。

方東樹《昭昧詹言》卷一二：太白當希其發想超曠。落筆天縱。章法承接，變化無端，不可以尋常胸臆摸測。　又評此詩："魚目"句入己。"楚地"句以上學。"讒言"句以上世情。"與君"句合。

按：詩中提及李邕、裴敦復之死，乃天寶六載事。又提及哥翰攻取石堡城，乃天寶八載六月事。此詩當為天寶八載(七四九)冬所作。全詩感情激蕩，章法多變。元、明二代李詩注家蕭士贇、朱諫、胡震亨都斷此詩為偽作，其實，沿着詩人感情脈搏探索，不難理出頭緒。仔細品味，可知意脈一貫，一氣呵成，渾然一體，非李白無人能寫出此等詩。

古　　風（其十三）

　　胡關饒風沙〔一〕，蕭索竟終古〔二〕。歲落秋草黃〔三〕，登高望戎虜。荒城空大漠〔四〕，邊邑無遺堵〔五〕。白骨橫千霜〔六〕，嵯峨蔽榛莽〔七〕。借問誰陵虐〔八〕？天驕毒威武〔九〕。赫怒我聖皇〔一〇〕，勞師事鼙鼓〔一一〕，陽和變殺氣〔一二〕，發卒騷中土〔一三〕。三十六萬人〔一四〕，哀哀淚如雨。且悲就行役〔一五〕，安得營農圃〔一六〕？不見征戍兒，豈知關山苦〔一七〕！李牧今不在〔一八〕，邊人飼豺虎〔一九〕。

【注釋】

〔一〕"胡關"句：胡關，近胡地之關。張正見《雨雪曲》："胡關辛苦地。"饒，多。　〔二〕"蕭索"句：蕭索，聯綿詞，音義與"蕭颯"同，索，宋本校："一作颯。"蕭條冷落之意。竟，盡。終古，自古以來。　〔三〕歲落：一作"木落"。　〔四〕"荒城"句：謂荒僻的城垣徒然屹立在大沙漠中。〔五〕"邊邑"句：堵，土牆。張載《七哀詩》："周墉無遺堵。"　〔六〕千霜：猶千秋，千年。　〔七〕"嵯峨"句：嵯（cuó）峨，高峻貌。榛莽，蕪雜叢生的草木。　〔八〕陵虐：欺凌殘虐。陵，一作"凌"。　〔九〕"天驕"句：天驕，"天之驕子"的略語。漢時匈奴自稱天之驕子，意謂為天所驕寵，故極強盛。後以"天驕"泛指強盛的邊地胡族。毒，動詞，毒害；肆意殘害。此句謂胡人以威武肆意殘害人民。　〔一〇〕"赫怒"句：赫怒，勃然震怒。《詩·大雅·皇矣》："王赫斯怒。"鄭玄箋："赫，怒意。"聖皇，指玄宗。　〔一一〕"勞師"句：勞師，興師。鼙鼓，古代軍中所用之騎鼓，此指戰爭。此句謂煩勞軍隊去從事戰爭。　〔一二〕陽和：指溫暖和平的氣氛。　〔一三〕"發卒"句：發卒，發兵。騷，騷擾。中土，指唐王朝境內。　〔一四〕"三十"句：泛指發兵數量之多。　〔一五〕行役:因服軍役而在外跋涉。　〔一六〕營農圃:從事農業生産。古稱種五穀爲農,種蔬菜爲圃。　〔一七〕"豈知關山苦":宋本校:"一本此下添'爭鋒徒死節,秉鉞皆庸豎。戰士塗蒿萊,將軍獲圭組'四句。"〔一八〕"李牧"句:李牧,宋本校:"一作衛霍。"《史記·廉頗藺相如列傳》:"李牧者,趙之北邊良將也。常居代雁門,備匈奴。……習騎射,謹烽火,多間諜,厚遇戰士。……匈奴小入,詳北不勝,以數千人委之。單于聞之,大率衆來入。李牧多爲奇陳,張左右翼擊之,大破殺匈奴十餘萬騎。……單于奔走。其後十餘歲,匈奴不敢近趙邊城。"今不在,《唐文粹》作"今不存"。　〔一九〕"邊人"句:邊境人民經常被豺虎般的敵人吞噬。

【評箋】

舊題嚴羽評點《李太白詩集》卷一:此首可與老杜《塞上》諸篇伯仲。

蕭士贇曰:此詩雖微而實顯,其深得風之體歟?

應時《李詩緯》卷二:通體沉着,結峭勁,氣從漢魏來。

沈德潛《唐詩別裁》卷二:天寶中,上使王忠嗣攻吐蕃石堡城,忠嗣言:堅守難攻。董延光自請攻之,不克。復命哥舒翰攻而拔之,獲吐蕃四百人,而唐兵死亡略盡。其後世爲仇敵矣。詩爲開邊垂戒。

《唐宋詩醇》卷一:此詩極言邊塞之慘,中間直入時事,字字沉痛,當與杜甫《前出塞》參看。別本多四句,語盡而露。詩詞意已足,不當更益。

方東樹《昭昧詹言》卷七:此言窮兵之害。

趙翼《甌北詩話》:述用兵開邊之事,譏明皇黷武,則天寶初年事也。

按:此詩蕭士贇注以爲是爲哥舒翰攻吐蕃石堡城之事而作,時在天寶八載(七四九);胡震亨注謂哥舒翰攻石堡城只用兵十萬,與此詩所説"三十六萬"不合,故謂"此亦約略言開、天數十年間用兵吐蕃之概,歎中外之騷蔽耳。指石堡一役言則非也。"其説誠是。陳沆《詩比興箋》卷三:"'李牧今不在',思王忠嗣也。忠嗣嘗言:平世爲將,以安邊爲務,不肯疲中國以邀功。見可勝乃興師,故出必有成。自忠嗣讒死,而邊人塗炭矣。"此亦可備一説。則此詩當作於天寶八載以後。

古　　風（其三十四）

　　羽檄如流星〔一〕，虎符合專城〔二〕。喧呼救邊急，群鳥皆夜鳴。白日曜紫微，三公運權衡〔三〕。天地皆得一，澹然四海清〔四〕。借問此何為？答言楚徵兵〔五〕。渡瀘及五月，將赴雲南征〔六〕。怯卒非戰士，炎方難遠行〔七〕。長號別嚴親，日月慘光晶。泣盡繼以血，心摧兩無聲〔八〕。困獸當猛虎，窮魚餌奔鯨〔九〕。千去不一回，投軀豈全生！如何舞干戚，一使有苗平〔一〇〕？

【注釋】

〔一〕羽檄：徵兵的文書，以鳥羽插檄書，表示緊急。《史記·韓信盧綰列傳》："上曰：'非若所知！陳豨反，邯鄲以北皆豨有，吾以羽檄徵天下兵，未有至者，今唯獨邯鄲中兵耳。'"裴駰《集解》："魏武帝《奏事》曰：'今邊有小警，輒露檄插羽，飛羽檄之意也。'駰案：推其言，則以鳥羽插檄書，謂之羽檄，取其急速若飛鳥也。"　〔二〕"虎符"句：虎符，兵符，古代徵調軍隊的憑證。以銅刻作虎形，中剖為兩半，半留京都，半付將帥或州郡長官。《史記·孝文本紀》："初與郡國守相為銅虎符、竹使符。"裴駰《集解》引應劭曰："銅虎符，第一至第五，國家當發兵，遣使者至郡合符，符合乃聽受之。"按：唐代已無合符調兵之制，此處只是用典。專城，指州郡地方長官。《文選》卷五七潘岳《馬汧督誄》："剖符專城。"張銑注："專，擅也，擅一城也，謂守宰之屬。"　〔三〕"白日"二句：形容朝廷政治清明。紫微，星座名，即紫微垣。位於北斗東北，有星十五顆。古以紫微垣喻皇帝居處。《晉書·天文志上》："紫宫垣十五星……一曰紫微，大帝之坐也，天子之常居也，主命主度也。"三公，周代三公有二説：一説指司空、司徒、司馬；一説指太師、太傅、太保。西漢以丞相（大司徒）、太尉（大司馬）、御史大夫（大司空）合稱三公；東漢以太尉、司徒、司空合稱三公；為共同負責軍政的最高長官。唐代雖也以太尉、司徒、司空為三公，但已無實際職權，只是最高榮譽銜。此處指朝廷的軍政長官。權衡，古星座名。《史記·天官書》："南宫，朱鳥權衡。"裴駰《集解》引孟康曰："軒轅為權，太微為衡。"此處指權力。　〔四〕"天地"二句：《老子》："昔之得一者，天得一以清，地得一以寧。"河上公章句："一，無為道之子也。天得一，故能垂象清明；地得一，故能安静不動摇。"澹然，安定貌。意謂君主賢明，無為而治；臣輔得力，天地和合。　〔五〕"借問"二句：沈德潛《唐詩别裁集》注："言天下清平，不應有用兵之事，故因問之。"楚徵兵，宋本校："一作征楚兵。"指天寶年間征南詔而徵兵事。《資治通鑑》天寶十載：四月，"劍南節度使鮮于仲通討南詔，大敗於濾南。……制大募兩京及河南、北兵以擊南詔；人聞雲南多瘴癘，未戰士卒死者什八九，莫肯應募。楊國忠遣御史分道捕人，連枷送詣軍所。舊制，百姓有勳者免征役，時調兵既多，國忠奏先取高勳。於是行者愁怨，父母妻子送之，所在哭聲振野"。〔六〕"渡瀘"二句：瀘，古水名，指今雅礱江下游和金沙江會合雅礱江以後的一段江流。相傳江邊多瘴氣，三、四月間最甚，人遇之易亡。五月後稍好，故古代常擇五月發兵。諸葛亮《出師表》："五月渡瀘，深入不毛。"即此意。及，趁。　〔七〕"炎方"句：炎方，南方炎熱之地。〔八〕"長號"四句：形容徵兵時的悲慘情景，大哭着告別父母，日月黯然，淚盡繼血，心肝欲裂，相對無言。長號，大哭。嚴親，指父母。摧，悲傷。慘光晶，日月為之感動而慘澹無光。晶，光。　〔九〕"困獸"二句：謂怯卒前去與凶敵作戰，必死無疑。困獸、窮魚，喻怯卒。猛虎、奔鯨，喻強敵。當，通"擋"，抵擋。餌，餵食。　〔一〇〕"如何"二句：干，盾牌。戚，大斧。古代武舞時執之。有苗，古代民族名。《帝王世紀》："有苗氏負固不服，禹請征之。舜曰：'我德不厚而行武，非道也。吾前教由未也。'乃修教三年，執干戚而舞之，有苗請服。"

【評箋】

舊題嚴羽評點《李太白詩集》卷一：曰"長號別嚴親……投軀豈全生"：寫得慘動。

蕭士贇《分類補注李太白詩》：此詩蓋討雲南時作也。首即徵兵時景象而言。當此君明臣良、天清地寧、海内澹然、四郊無警之時，而忽有此事。問之於人，始知徵兵者，討雲南也。乃所調之兵，不堪受甲，所謂驅市人而戰之，如以困獸當虎，窮魚餌鯨，吾見師之出而不見師之入矣。末則深歎當國之臣，不能敷文德以來遠人，致有覆軍殺將之耻也。

胡震亨《李詩通》：此篇詠討南詔事，責三公非人，黷武喪師，有慕益、禹之佐舜。

查慎行《初白詩評》卷上：當天寶之世，忽開邊釁，驅無罪之人，置諸必死之地，誰為當國運權衡者？"白日"以下四句，國忠之蒙蔽殃民，二罪可併案矣。

沈德潛《唐詩別裁》卷二：炎月出師，而又當炎方，能無敗乎？

《唐宋詩醇》卷一："群鳥夜鳴"，寫出騷然之狀；"白日"四句，形容黷武之非。至於征夫之悽慘，軍勢之怯弱，色色顯豁，字字沉痛。結歸德化，自是至論。此等詩殊有關繫，體近《風》《雅》；與杜甫《兵車行》《出塞》等作，工力悉敵，不可軒輊。宋人羅大經作《鶴林玉露》，乃謂："白作為歌詩，不過狂醉於花月之間，社稷蒼生曾不繫其心膂，視杜甫之憂國憂民，不可同年語。"此種識見，真"蚍蜉撼大樹"，多見其不知量也。

按：此詩敘"楚徵兵"、"雲南征"，與史籍所記天寶十載（七五一）四月征南詔事合，當為是年作。南詔在今雲南大理一帶，是唐代西南民族建立的一個政權，附屬唐朝。後因與唐戰爭，改附吐蕃。據史載，天寶九載（七五〇），宰相楊國忠薦鮮于仲通為劍南節度使，仲通殘暴欺壓西南民族，引起南詔反抗。次年夏，仲通發兵八萬征討，戰于瀘南，遭到慘敗。而楊國忠却為他隱瞞敗績，仍大肆徵兵以圖報復。此詩即敘寫此次戰爭給人民造成的災難，抨擊當權者窮兵黷武之罪。此詩在謀篇布局上頗具匠心，迂回盤旋，跌宕起伏，錯落有致，使人有迴腸盪氣之感。詩中表達了憂國憂民、反對統治者不恤民力而窮兵黷武,這與同時代詩人高適等人為南詔戰爭大唱贊歌形成鮮明對比,可以看出李白高尚的政治品格。

留別于十一兄逖裴十三游塞垣〔一〕

太公渭川水〔二〕,李斯上蔡門〔三〕。釣周獵秦安黎元,小魚麆兔何足言〔四〕!天張雲卷有時節,吾徒莫歎羝觸藩〔五〕。于公白首大梁野〔六〕,使人悵望何可論?既知朱亥為壯士〔七〕,且願束心秋毫裹〔八〕。秦趙虎爭血中原,當去抱關救公子〔九〕。裴生覽千古,龍鸞炳天章〔一〇〕。悲吟雨雪動林木,放書輟劍思高堂〔一一〕。勸爾一杯酒,拂爾裘上霜。爾為我楚舞,吾為爾楚歌〔一二〕。且探虎穴向沙漠〔一三〕,鳴鞭走馬凌黃河〔一四〕。恥作易水別,臨歧淚滂沱〔一五〕。

【注釋】

〔一〕于十一兄逖:于逖,排行十一。蕭穎士《蓮蕟散賦序》:"己未歲夏六月……友生于逖、張南容在大梁。"己未,開元七年。大梁,唐汴州治所,今河南開封市。可知早在開元前期于逖就在汴州。《全唐詩》卷二五九收于逖詩二首,又卷一三三李頎有《答高三十五留別便呈于十一》,又卷二四六獨孤及有《夏中酬于逖畢耀問病見贈》,可知于逖當時交游甚廣。裴十三,姓裴,排行十三,名不詳。塞垣,指幽州。唐代幽州已近邊塞地區。　〔二〕"太公"句:太公,指姜太公呂尚,未遇周文王前曾釣於渭水,詳見前《梁甫吟》注。　〔三〕"李斯"句:見前《行路難》其三注。〔四〕"釣周"二句:黎元,百姓。麆(jùn),狡兔名。二句謂呂尚釣魚渭水,後助周武王滅商建周,李斯打獵上蔡東門外,後助秦始皇統一中國,都為

317

百姓的安居樂業作出了貢獻。故小魚和狡兔對呂尚和李斯來說，又何足道哉！　〔五〕"天張"二句：天張雲卷，猶天開雲收。羝(dī)，公羊。藩，籬笆。《易·大壯》："羝羊觸藩，羸其角。"孔穎達疏："藩，藩籬也。羸，拘累纏繞也。"二句謂我輩不要歎己似公羊觸籬纏角進退不得，要相信雲散天開、施展抱負的時機終會到來。　〔六〕"于公"句：于公，指于逖。大梁，今河南開封市。此句謂于逖一生在大梁，未曾出仕。按于逖《野外行》："有才且未達，況我非賢良。幸以朽鈍姿，野外老風霜。"與此詩所敘相合。李頎《答高三十五留別便呈于十一》云："寄書寂寂於陵子，蓬蒿沒身胡不仕？藜羹被褐環堵中，歲晚將貽故人耻。"與此詩所敘亦合。　〔七〕朱亥：《史記·魏公子列傳》記載，趙國都城邯鄲被秦軍圍困，平原君求救於魏公子信陵君。信陵君請如姬盜得兵符後，由侯嬴介紹，請力士朱亥同往晉鄙軍。晉鄙合符而疑之，朱亥即取出四十斤重的鐵椎擊殺晉鄙，信陵君終於帶領軍隊救了邯鄲之圍。　〔八〕束心秋毫：謂將心思拘束於筆墨之中。秋毫，指毛筆。　〔九〕"秦趙"二句：用侯嬴故事。《史記·魏公子列傳》："魏有隱士曰侯嬴，年七十，家貧，為大梁夷門監者。"向魏信陵君無忌獻計竊符救趙，事成自剄。此處以侯嬴比擬于逖，謂雖老年亦能建奇功。　〔一〇〕"裴生"二句：裴生，指題中的裴十三。龍鸞，喻文彩。《文選》卷四〇吳質《答魏太子箋》："摛藻下筆，鸞龍之文奮矣。"李善注："鸞龍鱗羽之有五彩，設以喻焉。"炳，光照。天章，一作"文章"。　〔一一〕"悲吟"二句：悲，宋本校："一作高。"思，宋本校："一作悲。"高堂，指父母雙親。二句寫曾子輟耕事。《藝文類聚》卷二引《琴操》曰："曾子耕太山之下，天雨雪，凍，旬日不得歸。思其父母，作《梁山歌》。"　〔一二〕"爾為"二句：《史記·留侯世家》："戚夫人泣，上(漢高祖劉邦)曰：'為我楚舞，吾為若楚歌。'"　〔一三〕"且探"句：《三國志·吳志·呂蒙傳》："年十五六，竊隨(鄧)當擊賊，當顧見大驚，呵叱不能禁止。歸以告蒙母。母恚，欲罰之。蒙曰：'貧賤難可居，脫誤有功，富貴可致。且不探虎穴，安得虎子？'"此即用其意。據此知李白北上幽燕，既有求功立業之意，又自知為冒險行動。虎穴，喻指安禄山根據地。沙漠，泛指北方邊塞，此處指幽州。　〔一四〕凌：渡。

〔一五〕"恥作"二句：反用荆軻事。《戰國策·燕策》載：燕太子丹請荆軻去刺秦王，"太子及賓客知其事者，皆白衣冠以送之。至易水上，既祖，取道。高漸離擊筑，荆軻和而歌，為變徵之聲，士皆垂淚涕泣。又前而為歌曰：'風蕭蕭兮易水寒，壯士一去兮不復還！'復為慷慨羽聲，士皆瞋目，髮盡上指冠。於是荆軻遂就車而去，終已不顧"。臨歧，猶臨別，到了該分手的岔路口。滂沱，大雨貌；此處形容淚下如雨。《詩·陳風·澤陂》："涕泗滂沱。"

【評箋】

舊題嚴羽評點《李太白詩集》卷一三：首四句："周""秦"非倫，以兩人並舉，更失分寸。　又評"釣周"八句：心膽語入微。　又評"秦趙"二句：既祇説秦趙事，何不懸起太公。

瞿蜕園、朱金城《李白集校注》：據詩意，游塞垣乃白自謂，正即《贈江夏韋太守》詩所謂"十月到幽州"。黄譜云：天寶十一年秋（按：當是天寶十載冬），白從梁苑游河北道，途徑大梁作，近是。

按：此詩當是天寶十載（七五一）冬由梁苑往幽州途經大梁（今河南開封市）時所作。

贈清漳明府姪聿〔一〕

我李百萬葉〔二〕，柯條布中州〔三〕。天開青雲器〔四〕，日為蒼生憂。小邑且割雞，大刀佇烹牛〔五〕。雷聲動四境〔六〕，惠與清漳流〔七〕。

【注釋】

〔一〕清漳明府姪：清漳，唐代縣名，屬洺州（廣平郡），縣治在今河北廣平縣東北。明府,唐代對縣令的敬稱。聿,宋本無"聿"字,據他本補。李白稱其為姪,說明也姓李。《全唐文》卷四三五收李聿《茗侶偈》一首。小傳稱:"玄宗朝官清漳令,遷尚書郎。" 〔二〕"我李"句:唐朝皇帝姓李,自稱是老子李耳的後代。傳説李耳出生時其父指李樹以為姓。詩人和李聿都姓李,故用李樹故事,稱"我李"。葉,世。此句謂李氏家族已傳了百萬代。 〔三〕"柯條"句:柯條,枝條。比喻宗族支脈。布,分布。中州,指全國。 〔四〕青雲器:有高才美德的人。《文選》卷二一顔延年《五君詠·阮始平》:"仲容青雲器。"李善注:"青雲,言高遠也。" 〔五〕"小邑"二句:《論語·陽貨》:"子之武城,聞絃歌之聲,夫子莞爾而笑曰:'割雞焉用牛刀?'"何晏集解:"孔曰:言治小何須用大道?"佇,等待。此謂李聿現在做縣令是大才小用,猶如用牛刀割雞;將來定會大用,猶如大刀等待宰牛。 〔六〕"雷聲"句:謂李聿的政績如雷聲一般震動了整個縣境。 〔七〕"惠與"句:惠,恩惠,給人以好處。清漳,水名。源出山西平定縣大黽谷,在河北、河南、山西三省邊境與濁漳水匯合後稱漳河。此句謂李聿政績給人民的好處猶如漳水一般流貫清漳地區。

絃歌詠《唐堯》〔八〕,脱落隱簪組〔九〕。心和得天真,風俗猶太古〔一〇〕。牛羊散阡陌〔一一〕,夜寢不扃户〔一二〕。問此何以然,賢人宰吾土〔一三〕。

【注釋】

〔八〕"絃歌"句:絃歌,彈琴唱歌。暗用孔子學生子游絃歌而治武城之典。《唐堯》,琴曲名。《文選》卷一八嵇康《琴賦》:"雅昶《唐堯》,終詠《微子》。"吕向注:"《唐堯》、《微子》,操名也。" 〔九〕"脱落"句:脱落,猶脱略、脱易,不受拘束。簪組,猶簪纓,簪和帶子,古代官員的冠飾,用以固冠。蕭士贇注:"隱於簪纓之間,乃大隱居塵及吏隱之意。"
〔一〇〕"心和"二句:天真,指未受禮俗影響的天性。《莊子·漁父》:"禮者,世俗之所為也。真者,所以受於天也,自然不可易也。故聖人法天貴真,不拘於俗。"猶太古,猶,宋本作"由",校:"一作獨。"據他本改。太古,遠古。二句謂心地和善保持着天真的性情,境內風俗仍保持着遠古時的淳樸。　　〔一一〕阡陌:田間小路。見前《古風》其二十四注。
〔一二〕扃户:插門栓。　　〔一三〕宰:主宰,治理。

　　舉邑樹桃李〔一四〕,垂陰亦流芬〔一五〕。河堤繞淥水,桑柘連青雲〔一六〕。趙女不冶容〔一七〕,提籠畫成群〔一八〕。繰絲鳴機杼〔一九〕,百里聲相聞。

【注釋】
〔一四〕"舉邑"句:舉邑,全縣。樹桃李,劉向《説苑》卷六:"樹桃李者,夏得休息,秋得其實焉。"　　〔一五〕"垂陰"句:言造福於民,留惠桑梓。
〔一六〕"河堤"二句:淥,一作"緑"。柘,亦名黄桑,葉亦可飼蠶。連青雲,形容桑柘高大茂盛。　　〔一七〕"趙女"句:清漳縣戰國時屬趙國。古代趙地出美女。冶容,裝飾。此謂由於李聿的教化,趙地美女都不追求裝飾打扮。　　〔一八〕"提籠"句:籠,竹籃。此句謂婦女白天成群結隊地提着竹籃去采桑。　　〔一九〕"繰絲"句:繰絲,抽理蠶絲。機杼,絲織機。

　　訟息鳥下階〔二〇〕,高卧披道帙〔二一〕。蒲鞭挂簷枝,示耻無撲抶〔二二〕。琴清月當户,人寂風入室。長嘯無一言,陶然上皇逸〔二三〕。

【注釋】
〔二〇〕"訟息"句:訟息,指民事争訟不再發生。句本《文選》卷三〇謝靈運《齋中讀書》詩:"虚館絶諍訟,空庭來鳥雀。"李周翰注:"無俗理喧諍訟言之事,但見鳥雀來游。"　　〔二一〕披道帙:翻閲道教書籍。帙(zhì),書套,用布帛製成,後因稱一套書爲一帙。　　〔二二〕"蒲鞭"二句:撲挬(chì),笞打。《後漢書·劉寬傳》:"典歷三郡,温仁多恕,雖在倉卒,未嘗有疾言遽色。嘗以為'齊之以刑,民免而無恥'。吏人有過,但用蒲鞭罰之,示辱而已,終不加苦。"此謂李聿把蒲鞭挂在簷下樹上,只讓有錯誤的官吏知恥,而不用以笞打。　〔二三〕"陶然"句:陶然,和樂貌。上皇,即羲皇上人,指伏羲氏。鄭玄《詩譜序》:"詩之興也,諒不於上皇之世。"孔穎達疏:"上皇,謂伏羲,三皇之最先者,故謂之上皇。"古人想像伏羲氏以前的人無憂無慮,生活閑適,故云"上皇逸"。《晉書·陶潛傳》:"嘗言夏月虛閑,高卧北窗之下,清風颯至,自謂羲皇上人。"此用以比擬李聿治理下清漳人民的生活。

　　白玉壺冰水,壺中見底清。清光洞毫髮,皎潔照群情〔二四〕。趙北美佳政,燕南播高名〔二五〕。過客覽行謠,因之頌德聲〔二六〕。

【注釋】

〔二四〕"白玉"四句:以白玉壺中水清澈見底喻李聿治政清明,洞察一切。鮑照《白頭吟》:"清如玉壺冰。"　〔二五〕"趙北"二句:清漳在趙之北,燕之南。《後漢書·公孫瓚傳》:"前此有童謡曰:'燕南垂,趙北際,中央不合大如礪。"二句謂南北都在傳播李聿的美政和高名。佳,一作"嘉"。　〔二六〕"過客"二句:過客,詩人自謂。覽,咸本作"鑑"。頌德聲,宋本校:"一作得頌聲。"二句意謂自己聽到贊頌縣令的民謡,於是寫下了這首頌德之詩。

【評箋】

　　舊題嚴羽評點《李太白詩集》卷八:"我李"二句:柯葉亦非蔓生,移用他姓便淡。　又評"問此"二句:可往,下便入套。　又評"琴清"四句:四句可摘。

　　《唐宋詩醇》卷五:"天開青雲器,日為蒼生憂",似范仲淹一流人物。"心和得天真"以下,循良之實,藹然可覩,為民牧者,直當書之於座右。

按：此詩當是天寶十一載（七五二）北上幽州途經清漳縣時所作。詩中所寫李聿無為而治，政簡訟息，民風淳樸，樂於耕織的情景，其中不乏誇飾之詞，實際上反映了詩人的理想政治。

行行且游獵篇〔一〕

邊城兒，生年不讀一字書〔二〕，但知游獵誇輕趫〔三〕。胡馬秋肥宜白草〔四〕，騎來躡影何矜驕〔五〕。金鞭拂雪揮鳴鞘〔六〕，半酣呼鷹出遠郊。弓彎滿月不虛發〔七〕，雙鶬迸落連飛髇〔八〕。海邊觀者皆辟易〔九〕，猛氣英風振沙磧〔一〇〕。儒生不及游俠人，白首垂帷復何益〔一一〕？

【注釋】
〔一〕《行行且游獵篇》，樂府舊題。敦煌寫本《唐人選唐詩》題作《行行游獵篇》。《樂府詩集》卷六七列為《雜曲歌辭》，題作《行行游且獵篇》。又有張華《游獵篇》，引《樂府解題》曰："梁劉孝威《游獵篇》云：……備言游行射獵之事。亦謂之《行行游且獵篇》。"蕭士贇注："《行行且游獵篇》即征戍十五曲中之《校獵曲》也。" 〔二〕"生年"句：生年，平生。敦煌寫本《唐人選唐詩》此句作"閑不讀書"。 〔三〕"但知"句：知，一作"將"。輕趫（qiáo），行動敏捷。 〔四〕"胡馬"句：謂胡地至秋天草熟而馬肥。梁簡文帝《隴西行》："邊秋胡馬肥。"白草，《漢書·西域傳》："鄯善國多白草。"顏師古注："白草似莠而細，無芒，其乾熟時正白色，牛馬所嗜也。" 〔五〕"騎來"句：躡（niè）影，追蹤日影。《文選》卷三四曹植《七啟》："忽躡景而輕騖。"李善注："景，日景（影）也。躡之言疾也。"何矜驕，多麼矜持驕橫。何矜，宋本校："一作可憐。"非。 〔六〕"金鞭"句：金鞭，馬鞭的美稱。雪，一作"雲"。鞘，通"梢"，鞭梢。 〔七〕"弓彎"

323

句:弓彎,宋本校:"一作彎弧。"滿月,蕭士贇注:"滿月者,彎弓圓滿之狀。"　〔八〕"雙鶬"句:鶬,鶬鴰,鳥名。即白頂鶴。《列子·湯問》:"蒲且子之弋也,弱弓纖繳,乘風振之,連雙鶬於青雲之際。"迸,通"并"。髇(xiāo),響箭。宋本作"骹"(xiāo),據他本改。　〔九〕"海邊"句:海,指瀚海,沙漠。辟易,驚退。　〔一〇〕"猛氣"句:猛,敦煌寫本《唐人選唐詩》作"勇"。沙磧,沙漠。　〔一一〕"儒生"二句:游俠,敦煌寫本《唐人選唐詩》作"征戰"。白首垂帷,用董仲舒故事。垂,一作"下"。《漢書·董仲舒傳》:少事《春秋》,"下帷講誦,弟子傳以久次相授業,或莫見其面。蓋三年不窺園,其精如此"。

【評箋】

蕭士贇《分類補注李太白詩》:天寶以後,上好邊功,武士得志,儒生罕得進用,太白號為儒者,亦自歎耳。

胡震亨《李詩通》:《行行且游獵》始梁劉孝威,其辭詠天子游獵事,此詠邊城兒游獵,為不同。

《唐宋詩醇》卷二:揆文教,奮武衛,二者不可偏廢。此白憤時有激而作。蓋天寶以後,益好邊功,武士得志,亦世道之憂也。

按:此詩當是天寶十一載(七五二)李白在幽燕看到邊地少年游獵情況有感而作。前段寫邊地少年不識一字,只知游獵以敏捷自詡。每當秋草馬肥之時,揮鞭呼鷹出郊縱獵,彎弓滿月,射而必中,而且往往一箭射落二鳥,説明這些邊地少年射藝極精。後段寫游俠少年的射藝威振沙漠,使旁觀者都驚退躲避;從而感歎書生不及游俠人,白首窮經仍不免貧困潦倒。這顯然是對當時朝廷重武輕文的一種抗議。

北　風　行〔一〕

燭龍棲寒門,光耀猶旦開〔二〕。日月照之何不及此〔三〕？唯有北風號怒天上來〔四〕。燕山雪花大如席,片片吹落軒轅臺〔五〕。幽州思婦十二月,停歌罷笑雙蛾摧〔六〕。倚門望行人,念君長城苦寒良可哀。別時提劍救邊去,遺此虎文金鞞靫〔七〕。中有一雙白羽箭〔八〕,蜘蛛結網生塵埃。箭空在,人今戰死不復回。不忍見此物,焚之已成灰〔九〕。黃河捧土尚可塞,北風雨雪恨難裁〔一〇〕!

【注釋】
〔一〕北風行:樂府舊題。《樂府詩集》卷六五列入《雜曲歌辭》,云:"《北風》,本衛詩也。《北風》詩曰:'北風其涼,雨雪其雱。'傳云:'北風寒涼,病害萬物,以喻君政暴虐,百姓不親也。'若鮑照'北風涼'、李白'燭龍棲寒門',皆傷北風雨雪,而行人不歸,與衛詩異矣。"蕭士贇注:"樂府有時景二十五曲,中有《北風行》。"　〔二〕"燭龍"二句:用古代神話。《淮南子·墬形訓》:"燭龍在雁門北,蔽于委羽之山,不見日,其神人面龍身而無足。"高誘注:"龍銜燭以照太陰,蓋長千里,視(睜眼)為晝,瞑(閉眼)為夜,吹為冬,呼為夏。"又:"北方曰北極之山,曰寒門。"高誘注:"積寒所在,故曰寒門。"因神龍開眼為晝,閉眼為夜,故云"光耀猶旦開"。
〔三〕"日月"句:宋本校:"一作日月之賜不及此。"此,指唐代幽州,天寶初改稱范陽郡。治所在今北京市。　〔四〕號怒:呼嘯狂暴。《全唐詩》作"怒號"。　〔五〕"燕山"二句:燕山,在今華北平原北側,由潮白河河谷直至山海關。大致成東西走向。此處乃概指燕地之山,猶秦山、楚山之類,非專指一山。大如席,極言雪片之大。軒轅臺,乃黃帝軒轅氏與蚩尤戰於涿鹿之處。遺址在今河北懷來縣喬山上。
〔六〕雙蛾摧:雙眉低垂。蛾,蛾眉,女子細長娟秀的眉毛。
〔七〕"遺此"句:謂留下了飾有虎紋的金色箭囊。鞞靫,當作"韛靫(bù chāi)",亦作"步叉",裝箭的器具。文,一作"紋"。鞞,一作"韡"。靫,宋本作"釵",據他本改。　〔八〕"中有"句:白羽箭,以白色羽毛裝飾的箭。　〔九〕已成灰:已成,宋本校:"一作以為。"　〔一〇〕"黃河"

二句：極言苦痛之深、怨恨之廣。《後漢書·朱浮傳》："此猶河濱之人捧土以塞孟津，多見其不知量也。"此處反用其意，謂黃河之水不足道，可用捧土加以阻塞，而思婦之恨，却如北風雨雪，難以遏制。裁，宋本校："一作哉。"

【評箋】

舊題嚴羽評點《李太白詩集》卷二："燕山"句：不知者以為誇辭，知者以為實語。

謝榛《四溟詩話》卷一：太白曰"燕山雪花大如席，片片吹落軒轅臺"，景虛而有味。

周珽《唐詩選脈會通評林》：此篇主意全在"念君長城苦寒良可哀"一句生情，調法光響，意多含蓄。

王夫之《唐詩評選》卷一：前無含，後亦不應，忽然及此，則雖道閨人，知其自道所感。

吳瑞榮《唐詩箋要續編》：雪花如席，自屬豪句，看下句接軒轅臺，另繪一種興圖，另成一種義理。嚴沖甫訾為無此理致，是膠柱鼓瑟之見。太白詩如"白髮三千丈"、"愁來飲酒二千石"，俱不當執文義觀。

《唐宋詩醇》卷二：悲歌激楚。

魯迅《漫談"漫畫"》："燕山雪花大如席"，是誇張，但燕山究竟有雪花，就含有一點誠實在裏面，使我們立刻知道燕山原來有這麽冷。（《魯迅全集》卷六）

按：此詩當是天寶十一載（七五二）在幽州作。據《資治通鑑》記載，其時范陽節度使"安禄山欲以邊功市寵，數侵掠奚、契丹，奚、契丹各殺公主以叛"（天寶四載九月），"安禄山屢誘奚、契丹，為設會，飲以莨菪酒，醉而阬之，動數千人；函其酋長之首以獻，前後數四"（天寶九載十月），"安禄山將三道兵六萬，以討契丹。……奚復叛，與契丹合，夾擊唐兵，殺傷殆盡"（天寶十載八月）。此詩所寫當即安禄山開啟邊釁給人民造成的災難。全詩以景起，以景結，首尾呼應，結構完整。

遠　別　離〔一〕

　　遠別離，古有皇英之二女〔二〕；乃在洞庭之南，瀟湘之浦〔三〕。海水直下萬里深，誰人不言此離苦〔四〕！日慘慘兮雲冥冥〔五〕，猩猩啼烟兮鬼嘯雨〔六〕。我縱言之將何補？皇穹竊恐不照余之忠誠〔七〕，雷憑憑兮欲吼怒〔八〕。堯舜當之亦禪禹〔九〕。君失臣兮龍為魚，權歸臣兮鼠變虎〔一〇〕。或云堯幽囚〔一一〕，舜野死〔一二〕。九疑聯綿皆相似〔一三〕，重瞳孤墳竟何是〔一四〕？帝子泣兮綠雲間〔一五〕，隨風波兮去無還。慟哭兮遠望，見蒼梧之深山。蒼梧山崩湘水絕，竹上之淚乃可滅。

【注釋】

〔一〕遠別離：樂府舊題。蕭士贇注："樂府《遠別離》者，別離十九曲之一也。"按《樂府詩集》卷七二列入《雜曲歌辭》。又卷七一於江淹《古別離》題下云："《楚辭》曰：'悲莫悲兮生別離。'《古詩》曰：'行行重行行，與君生別離。相去萬餘里，各在天一涯。'後蘇武使匈奴，李陵與之詩曰：'良時不可再，離別在須臾。'故後人擬之為《古別離》。梁簡文帝又為《生別離》，宋吳邁遠有《長別離》，唐李白有《遠別離》，亦皆類此。"　〔二〕皇英之二女：指傳說中唐堯的兩個女兒，即虞舜的兩個妃子娥皇、女英。皇，宋本作"黃"，據他本改。　〔三〕"乃在"二句：相傳舜巡狩南方，二妃從行，淹死湘水，為神。《水經注・湘水》："大舜之涉方也，二妃從征，溺於湘江。神游洞庭之淵，瀟湘之浦。瀟者，水清深也。"　〔四〕"海水"二句：王琦注："二句是倒裝句法，謂生死之別，永無見期，其苦如海水之深，無有底止也。"誰人不言此離苦，一作"人言不深此離苦"。
〔五〕"日慘慘"句：慘慘，無光貌。冥冥，陰晦貌。　〔六〕"猩猩"句：

此句謂烟雨中只聞猩猩哀啼,鬼怪嗥叫。 〔七〕"皇穹"句:《文選》卷一六潘岳《寡婦賦》:"仰皇穹兮歎息。"李善注:"皇穹,天也。"此喻指皇帝,句意與屈原《離騷》"荃不察余之中情"同。按:從押韻看,此句似與上句倒裝。忠,《文苑英華》作"衷"。 〔八〕憑憑:象聲詞,同"馮馮",形容雷聲轟響之大。雷,一作"雲"。 〔九〕"堯舜"句:此句為省略句,謂在這種情況下,即使是堯亦會禪舜,舜亦會禪禹。之,指下"君失臣"、"權歸臣"的情況。按古代關於堯舜禪讓的説法不一。其中一説謂禪讓乃失權後不得已所用的一種辦法,下述"堯幽囚,舜野死",即指此。〔一〇〕"君失"二句:謂國君失去賢臣的輔佐,則神龍也會變魚;大權落到奸臣手中,則老鼠也會變成虎。《説苑·正諫》:"吳王欲從民飲酒,伍子胥諫曰:'不可。昔白龍下清泠之淵,化為魚,漁者豫且射中其目。'"東方朔《答客難》:"用之則為虎,不用則為鼠。" 〔一一〕"或云"句:云,一作"言"。堯幽囚,《史記·五帝本紀》:"堯崩,三年之喪畢,舜讓辟丹朱於南河之南。"張守節《正義》引《括地志》:"《竹書》云:昔堯德衰,為舜所囚也。……舜囚堯,復偃塞丹朱,使不與父相見也。"此謂堯失權。〔一二〕舜野死:《國語·魯語上》:"舜勤民事而野死。"韋昭注:"野死,謂征有苗,死於蒼梧之野。"此似謂舜野死亦與失權有關。 〔一三〕"九疑"句:九疑,山名,即蒼梧山,在今湖南寧遠縣南。因山有九峰連綿皆相似,故名九疑山。相傳舜葬於此。聯,《文苑英華》作"連"。《史記·五帝本紀》:"(舜)踐帝位三十九年,南巡狩,崩於蒼梧之野。葬於江南九疑,是為零陵。"裴駰《集解》:"《皇覽》曰:'舜冢在零陵營浦縣,其山九谿皆相似,故曰九疑。'" 〔一四〕重(chóng)瞳:眼中有兩個瞳子。此指舜。《史記·項羽本紀論》:"吾聞之周生曰,舜目蓋重瞳子。"墳,《河岳英靈集》作"憤"。何,一作"誰"。 〔一五〕"帝子"句:帝子,指娥皇、女英。《楚辭·湘夫人》:"帝子降兮北渚。"王逸注:"帝子,謂堯女也。"泣,《河岳英靈集》作"降"。緑雲,狀青竹之茂盛。相傳舜死於蒼梧之野,娥皇、女英追之不及,相與慟哭,淚下霑竹,竹上紋斑斑然,人稱斑竹,又稱湘妃竹。見任昉《述異記》卷上。

【評箋】

　　曾季貍《艇齋詩話》：古今詩人有《離騷》體者，惟李白一人，雖老杜亦無似《騷》者。李白如《遠別離》云："日慘慘兮雲冥冥，猩猩啼烟兮鬼嘯雨。"……如此等語，與《騷》無異。

　　舊題嚴羽評點《李太白詩集》卷二：首六句：非情種，非情事，縱極言愁，何能愁？　　又曰：雲冥冥，雲憑憑，才逸失檢，雜而無章，學騷而失之。　　又評"堯舜"句曰：情理俱遠。　　又評末句曰：言不滅，便煞；可滅，意轉永。

　　又《滄浪詩話·詩評》：子美不能為太白之飄逸，太白不能為子美之沉鬱。太白《夢游天姥吟》、《遠別離》等，子美不能道。

　　劉辰翁云：參差屈曲，幽人鬼語，而動蕩自然，無長吉之苦。（《唐詩品彙》卷二六引）

　　范梈批選《李翰林詩》：此篇最有楚人風。所貴乎楚言者，斷如復斷，亂如復亂，而辭意反復曲折行乎其間者，實未嘗斷而亂也。使人一唱三歎而有遺音。至於抆淚謳吟，又足以興夫三綱五典之重者，豈虛也哉！茲太白所以為不可及也。

　　蕭士贇《分類補注李太白詩》：此篇前輩咸以為上元間李輔國、張后矯制遷上皇於西內時，太白有感而作。余曰非也。此詩大意謂無借人國柄，借人國柄，則失其權，失其權則雖聖哲不能保其社稷妻子，其禍有必至之勢。詩之作，其在天寶之末乎？按唐史《高力士傳》曰：天寶中，帝嘗曰："朕春秋高，朝廷細務問宰相，蕃夷不襲付諸將，寧不暇耶？"又嘗齋大同殿，力士侍。帝曰："海內無事，朕將吐納導引，以天下事付林甫若何？"力士對曰："天下大柄不可假人，威權既振，孰敢議者！"自是國權卒歸於林甫、國忠，兵權卒歸於祿山、舒翰。太白熟觀時事，欲言則懼禍及己，不得已而形之詩，聊以致其愛君憂國之志，所謂皇英之事，特借之以隱喻耳。曰"日"、曰"皇穹"，比其君也。曰"雲"，比其臣也。"日慘慘兮雲冥冥"，喻君昏於上，而權臣障蔽於下也。"猩猩啼烟兮鬼嘯雨"，極小人之形容而政亂之甚也。"堯舜當之亦禪禹"而下，乃太白所欲言之事，謂權歸臣下，其禍必至於此。詩意切直著明，流出胸臆，非識時憂世之士，存懷君忠國之心者,其孰能興於此哉!

李東陽《麓堂詩話》:古律詩各有音節,然皆限於字數,求之不難。樂府長短句,初無定數,最難調疊,然亦有自然之聲。……如李太白《遠別離》、杜子美《桃竹杖》,皆極其操縱,曷嘗按古人聲調,而和順委曲乃如此。

王世懋《藝圃擷餘》:太白《遠別離》篇,意最參錯難解……范德機、高廷禮勉作解事語,了與詩意無關。細繹之,始得作者意。其太白晚年之作邪? 先是肅宗即位靈武,玄宗不得已稱上皇,迎歸大内,又為李輔國劫而幽之。太白憂憤而作此詩。因今度古,將謂堯、舜事亦有可疑。曰"堯舜禪禹",罪肅宗也;曰:"龍魚"、"鼠虎",誅輔國也。故隱其詞,托興英、皇,而以《遠別離》名篇。風人之體善刺,欲言之無罪耳。然"幽囚"、"野死",則已露本相矣。古來原有此種傳奇議論。曹丕下壇曰:"舜、禹之事,吾知之矣。"太白故非創語。試以此意尋次讀之,自當手舞足蹈。

胡震亨《李詩通》:此篇借舜二妃追舜不及、淚染湘竹之事,言遠別離之苦。並借《竹書》雜記見逼舜禹、南巡野死之説,點綴其間,以著人君失權之戒。使其辭閃幻可駭,增奇險之趣。蓋體幹於楚《騷》,而韻調於漢鐃歌諸曲,以成為一家語,參觀之,當得其源流所自。

周珽《唐詩選脈會通評林》:詞意若斷若亂,實未嘗斷而亂,評者謂"至於抆淚謳吟,又足以興夫三綱五典之重,豈虛也哉"。讀此等詩,真午夜角聲,寒沙風緊,孤城觱吹,鐵甲霜生,一字一句,皆能泣鬼磷而裂肝膽。

許學夷《詩源辯體》卷一八:太白《蜀道難》、《天姥吟》,雖極漫衍縱橫,然終不如《遠別離》之含蓄深永,且其詞斷而復續,亂而實整,尤合騷體。

王夫之《唐詩評選》卷一:通篇樂府,一字不入古詩,如一匹蜀錦,中間固不容一尺吴練。工部譏時語開口便見,供奉不然,習其讀而問其傳,則未知己之有罪也。工部緩,供奉深。

應時《李詩緯》卷一:哀怨動人,而苦鬱之氣言不能盡,見忠君憂國之心,即謂之"廣騷"可也。

《唐宋詩醇》卷二：此憂天寶之將亂，欲抒其忠誠而不可得也。日者君象，雲盛則蔽其明。"啼烟"、"嘯雨"，陰晦之象甚矣。……小人之勢至於如此，政事尚可問乎？……白以見疏之人，欲言何補？而忠誠不懈如此，此立言之本指。

翁方綱《石洲詩話》卷一：太白《遠別離》一篇，極盡迷離，不獨以玄、肅父子事難顯言；蓋詩家變幻至此，若一説煞，反無歸着處也；惟其極盡迷離，乃即其歸着處。

按：朱金城《李白〈遠別離〉詩考釋》謂《遠別離》一詩乃有感於韋堅冤獄及其好友崔成甫被放逐湘陰而作，以為繫於天寶五載或六載似較接近於史實。（《天府新論》一九八七年第一期）李白此詩最早見於天寶十二載（七五三）結集之《河岳英靈集》，可知作於在此之前。王世懋《藝圃擷餘》、唐汝詢《唐詩解》、沈德潛《唐詩別裁》、陳沆《詩比興箋》皆謂此詩寫肅宗上元年間宦官李輔國幽太上皇於西内事，時代不合，非是。據《新唐書·高力士傳》記載，天寶年間，玄宗怠於政事，曾謂高力士曰："我不出長安且十年，海内無事，朕將吐納導引，以天下事付林甫，若何？"高力士回答説："天下柄不可假人，威權既振，孰敢議者！"玄宗不悦。可能李白風聞此事，心有憂慮，而天寶十一載在幽州親見安禄山招兵買馬、陰謀叛亂情景，自己又已見疏而還山，不能面諫，因作此詩。則此詩疑作於天寶十一載。

書情贈蔡舍人雄[一]

嘗高謝太傅，攜妓東山門[二]。楚舞醉碧雲，吳歌斷清猿。暫因蒼生起，談笑安黎元[三]。余亦愛此人，丹霄冀飛翻[四]。遭逢聖明主，敢進興亡言[五]。娥眉積讒妒，魚目嗤璵璠〔六〕。白璧竟何辜？青蠅遂成冤〔七〕。一朝去京國，十載客梁園〔八〕。猛犬吠九關，殺人憤精魂〔九〕。皇穹雪冤枉，白日開氛昏〔一〇〕。太階得夔龍，桃李滿中原〔一一〕。倒海索明月，凌山采芳蓀〔一二〕。愧無橫草功〔一三〕，虛負雨露恩〔一四〕。迹謝雲臺閣，心隨天馬轅〔一五〕。

【注釋】
〔一〕蔡舍人雄：舍人，官名。見《題瓜洲新河餞族叔舍人賁》注。蔡雄，事蹟不詳。　〔二〕"嘗高"二句：高，推崇。謝太傅，謝安字安石，死後贈太傅。攜妓，《世說新語·識鑑》："謝公在東山蓄妓，簡文曰：'安石必出，既與人同樂，亦不得不與人同憂。'"東山，在今浙江上虞市西南。嘗高謝太傅，宋本校："一作嘗聞謝安石。"嘗，咸本作"常"。　〔三〕"暫因"二句：暫，暫且。蒼生、黎元，均指百姓。起，指出仕。謝安卧東山，時人云："安石不肯出，將如蒼生何？"(《晉書·謝安傳》)　〔四〕"丹霄"句：丹霄，天空。王粲《贈蔡子篤》詩："苟非鴻雕，孰能飛翻？"此句謂希望有朝一日能高飛雲空，作一番大事業。　〔五〕"遭逢"二句：范雲《古意贈王中書》詩："遭逢聖明后，來棲桐樹枝。"王僧達《和琅琊王依古》詩："聊訊興亡言。"二句謂生活在英主統治時期，敢於提出國家治亂興亡的意見。　〔六〕"娥眉"二句：娥眉，當作"蛾眉"。娥，一作"蛾"。屈原《離騷》："衆女嫉余之蛾眉兮，謡諑謂余以善淫。"璵璠，美玉。《左傳·定公五年》："季平子行東野，還，未至，丙申，卒于房。陽虎將以璵璠斂。"杜預注："璵璠，美玉，君所佩。"按：一本無此二句。　〔七〕"白璧"二句：陳子昂《宴胡楚真禁所》詩："青蠅一相點，白璧遂成冤。"二句喻己供奉翰林時遭人讒毀。見前《翰林讀書言懷呈集賢諸學士》詩注。竟何辜，宋本校："一作本無瑕。"　〔八〕"一朝"二句：京國，指長安。王琦注："梁園，梁地。在唐為汴州，今為開封府，其地有漢梁王之園。太白在天寶中，游梁最久，故詩中屢以梁園為言。"　〔九〕"猛犬"二句：猛犬，喻把持朝政的奸佞。九關,猶九門、九重,天子所居,喻朝廷。《楚辭·九辯》:"豈不鬱陶而思君兮,君之門以九重。猛犬狺狺而迎吠兮,關梁閉而不通。"又《招魂》:"虎豹九關,啄害下人些。"此即用其意。二句譴責奸佞殘害忠良,使精魂憤怒。史載天寶五載(七四六)李林甫陷害貶殺韋堅,牽連一大批大臣。六載李林甫又使羅希奭等杖殺北海太守李邕、淄川太守裴敦復,並貶王忠嗣為漢陽太守。 〔一〇〕"皇穹"二句:皇穹,指天;喻聖明天子。夭柱,一作"冤柱",是。氛昏,一作"昏氛"。《文選》卷二五謝靈運《還舊園作見顏范二中書》詩:"盛明蕩氛昏,貞康康屯邅。"李善注:"言以盛明之德,而蕩氛昏之徒。"按:天寶十二載二月,追削故相李林甫在身官爵,男將作監、宗黨李復道等五十人皆流貶。此二句當指此事。〔一一〕"太階"二句:太階,同"泰階",星座名,又稱三台。古時以天上三台喻指朝廷三公。《漢書·東方朔傳》:"願陳《泰階六符》,以觀天變。"顏師古注引孟康曰:"泰階,三台也。每台二星,凡六星。"《晉書·天文志》:"三台……三公之位也。在人曰三公,在天曰三台。"夔、龍,傳説舜時的兩位賢臣。此處疑借指楊國忠。天寶十一載,李林甫死後,楊國忠為右相兼文部尚書。 〔一二〕"倒海"二句:謂搜羅天下人才。明月,寶珠。《史記·李斯列傳》:"今陛下致昆山之玉,有隨、和之寶,垂明月之珠。"索,探索。明月,明月珠。凌,度越。蓀,亦名荃,香草名。二句形容搜羅人才之勤。 〔一三〕橫草功:細小的功勞。《漢書·終軍傳》:"軍無橫草之功。"顏師古注:"言行草中,使草偃卧,故云橫草也。"〔一四〕雨露恩:喻皇恩如雨露滋潤萬物。 〔一五〕"迹謝"二句:迹,行蹤。謝,辭别。雲臺,漢宮中高臺名。《後漢書·陰興傳》:"後以興領侍中,受顧命於雲臺廣室。"李賢注:"洛陽南宫有雲臺廣德殿。"又《馬武傳論》:"永平中,顯宗追感前世功臣,乃圖畫二十八將於南宫雲臺。"此代指朝廷。天馬,指皇帝坐騎。轅,駕車用的橫木。一作"鞍"。二句即身在江湖、心存魏闕之意。

夫子王佐才,而今復誰論〔一六〕。層飆振六翮〔一七〕,不日思騰騫〔一八〕。我縱五湖棹,煙濤恣崩奔〔一九〕。夢釣子陵湍,英氛緬猶存〔二〇〕。徒希客星隱,弱植不足援〔二一〕。千里一迴首,萬里一長歌。黃鶴不復來,清風奈愁何〔二二〕!舟浮瀟湘月〔二三〕,山倒洞庭波。投汨笑古人〔二四〕,臨濠得天和〔二五〕。閑時田畝中,搔背牧雞鵝。別離解相訪〔二六〕,應在武陵多〔二七〕。

【注釋】

〔一六〕"夫子"二句:夫子,指蔡雄。王佐才,輔佐皇帝的大才。《漢書·董仲舒傳贊》:"劉向稱'董仲舒有王佐之材,雖伊吕亡(無)以加。管、晏之屬,伯者之佐,殆不及也。'"瞿蜕園、朱金城《李白集校注》云:"此下兩韻指蔡而言,'論'疑當作'倫',謂蔡之才今無其比也。"其説是。
〔一七〕"層飆"句:層,宋本作"曾",據他本改。層飆,高風。六翮,有力的翅膀。《文選》卷二九《古詩十九首》:"昔我同門友,高舉振六翮。"李善注引《韓詩外傳》:"夫鴻鵠一舉千里,所恃者六翮耳。" 〔一八〕"不日"句:鶱(xiān),宋本作"騫",據王本改。鳥飛動貌。騰鶱,振翼而飛,喻發迹。此句謂不久就要遷升。 〔一九〕"我縱"二句:《國語·越語下》:"遂滅吴,返至五湖,范蠡辭於王曰:'君王免之,臣不復入於越國矣。'……遂乘輕舟以浮於五湖,莫知其所終極。"五湖,泛指太湖流域一帶的所有湖泊。崩奔,水流衝激堤岸而奔涌。《文選》卷二六謝靈運《入彭蠡湖口作》詩:"洲島驟迴合,圻岸屢崩奔。"吕向注:"水激其岸,崩頽奔波也。"此句謂自己要像范蠡那樣縱舟泛游五湖。 〔二〇〕"夢釣"二句:子陵湍,《後漢書·嚴光傳》:"字子陵。……乃耕於富春山,後人名其釣處為嚴陵瀨焉。"李賢注:"顧野王《輿地志》曰:七里瀨在東陽江下,與嚴陵瀨相接,有嚴山。桐廬縣南有嚴子陵漁釣處,今山邊有石,上平,可坐十人,臨水,名為嚴陵釣壇也。"按:嚴陵瀨在今浙江桐廬市南富春江畔。湍,急流。英氛,胡本作"英芬"。一作"英風",是。高尚的風節。緬,遥遠貌。 〔二一〕"徒希"二句:徒,一作"彼"。希,通"睎",仰慕。客星,指嚴子陵。《後漢書·嚴光傳》:"(光武帝)復引光入,論道舊故,相對累日。……因共偃卧,光以足加帝腹上。明日,太史奏客星犯御坐甚急。帝笑曰:'朕故人嚴子陵共卧耳。'"弱植,軟弱而不能樹立。《左傳·襄公三十年》:"其君弱植。"孔穎達疏:"《周禮》謂草木為植物,植為樹立,君志弱,不樹立也。"二句謂只是仰慕客星隱居,志弱不堪輔佐。
〔二二〕"清風"句:奈愁,一作"愁奈"。 〔二三〕"舟浮"句:舟浮瀟湘月,宋本校:"一作江橫羅刹石。"江,指浙江,即錢塘江,亦稱羅刹江。唐代錢塘江中有羅刹石,風濤極險。如羅隱《錢塘江潮》詩:"怒聲洶洶勢悠悠,羅刹江邊地欲浮。"至五代開平中,此石為潮沙所没。瀟湘,一說謂清深之湘水。《水經注·湘水》:"大舜之陟方也,二妃從征,溺於湘江,神游洞庭之淵,出入瀟湘之浦。瀟者,水清深也。"一說謂瀟水與湘水匯合處。瀟水源出湖南省藍山縣南九嶷山,北流至零陵入湘江。 〔二四〕"投汨"句:用屈原事。《史記·屈原賈生列傳》:"(屈原)懷石自投汨羅以死。"張守節《正義》:"故羅縣城在岳州湘陰縣東北六十里。春秋時羅子國,秦置長沙郡而為縣也。按:縣北有汨水及屈原廟。"按汨羅江為湘江支流。在今湖南省東北部。 〔二五〕"臨濠"句:《莊子·秋水》:"莊子與惠子游於濠梁之上。莊子曰:'儵魚出游從容,是魚之樂也。……'"又《知北游》:"齧缺問道乎被衣,被衣曰:'若正汝形,一汝視,天和將至。'"此謂己願學莊子那樣,得自然之和氣。 〔二六〕解:明白,知道。 〔二七〕武陵:唐郡名,即朗州,天寶元年(七四二),改為武陵郡。乾元元年(七五八)復改為朗州,州治在今湖南常德市。此用陶淵明《桃花源記》典,桃花源又稱武陵源。意謂將隱居於世外桃源。

【評箋】

舊題嚴羽評點《李太白詩集》卷九:"楚舞"二句:能言歌舞之力,"醉"字更異。

趙翼《甌北詩話》卷一:青蓮自翰林被放還山,固不能無怨望,然其詩尚不甚露懟憾之意,如《贈蔡舍人雄》云:"遭逢聖明主,敢進興亡言。白璧竟何辜,青蠅遂成冤。"《贈崔司户》云:"布衣侍丹墀,密勿草絲綸。才微惠渥重,讒巧生緇磷。"《答王十二寒夜獨酌》云:"一談一笑失顏色,蒼蠅貝錦喧謗聲。"《贈宋少府》云："早懷經濟策,特受龍顏顧。白玉棲青蠅,君臣忽行路。"皆不過謂無罪被謗而出耳。

按：詩云："一朝去京國,十載客梁園。"李白於天寶三載(七四四)被賜金還山,至十二載(七五三)正當十年,則此詩之作或在天寶十二載從梁園南下之時。全詩圍繞"書情"二字描叙,最後點出別離,日後如相訪,當於武陵之地,表示自己將長期隱居。

獨坐敬亭山〔一〕

衆鳥高飛盡〔二〕,孤雲獨去閑〔三〕。相看兩不厭,只有敬亭山〔四〕。

【注釋】
〔一〕敬亭山：在今安徽宣城市城北。一名昭亭山,又名查山。東臨宛溪,南俯城闉,為近郭名勝。《元和郡縣志》卷二八江南道宣州宣城縣："敬亭山,州北十二里,即謝朓賦詩之所。" 〔二〕"衆鳥"句：高,咸本作"忽"。〔三〕"孤雲"句：陶淵明《詠貧士詩》其一："孤雲獨無依。"獨去,《萬首唐人絶句》作"去獨"。 〔四〕"只有"句：有,《文苑英華》作"在"。

【評箋】
舊題嚴羽評點《李太白詩集》卷一九：與寒山一片石語,惟山有耳;與敬亭山相看,惟山有目;不怕聾瞶殺世上人。古人胸懷眼界,直如此孤曠。

《唐詩歸》卷一六鍾惺評：胸中無事,眼中無人。 又云：說出矣,說不出。 譚元春評："只有"二字,人皆用作蕭條零落,沿襲可厭,惟"相看兩不厭"之下,接以"只有敬亭山",則此二字,竟是意象所結,豈許俗人浪識!

唐汝詢《唐詩解》卷二一：鳥飛雲去,似有厭時,求不厭者,惟此敬亭耳。模寫獨坐之景,非深知山水趣者不能道。

吳昌祺《删訂唐詩解》卷一一:鳥飛雲去,正言"獨坐"也。

應時《李詩緯》卷四:只論氣概,固當首推。

吳烶《唐詩選勝直解》:山間之所有者,鳥與雲耳,今則飛盡矣,去閑矣。獨坐之際,對之鬱然而深秀者,則有此山。陶靖節詩"悠然見南山",即此意也,加"不厭"二字,方醒得"獨坐"神理。言淺意深,人所不能道。

宋顧樂《唐人萬首絕句選評》:命意之高不待言,氣格亦內外具足,五絕中有數之作。

黃周星《唐詩快》:有此一詩,敬亭遂千古矣。

沈德潛《唐詩別裁》卷一九:傳"獨坐"之神。

《唐宋詩醇》卷八:宛然"獨坐"神理。胡應麟謂"絕句貴含蓄,此詩太分曉",非善説詩者。

黃叔燦《唐詩箋注》:"盡"字、"閑"字是"不厭"之魂,"相看"下着"兩"字,與敬亭山對若賓主,共為領略,妙!

李鍈《詩法易簡錄》:首二句已繪出"獨坐"神理,三、四句偏不從獨處寫,偏曰"相看兩不厭",從不獨處寫出"獨"字,倍覺警妙異常。

王堯衢《古唐詩合解》卷四:"衆鳥高飛盡",此為"獨"字寫照,"衆鳥"喻世間名利之輩,今皆得意而去盡。"孤雲獨去閑",此"獨"字,與上"盡"字應,非題中"獨"字也。"孤雲"喻世間高隱一流,雖與世相忘,尚有去來之迹。"相看兩不厭,只有敬亭山。"此二句總是"獨"字。鳥飛雲去,眼前並無別物,惟看着敬亭山。而敬亭山亦似看着我,兩相無厭,悠然清净,心目開朗,於敬亭山之外,尚安有堪為昭對者哉!深得"獨坐"之神。

袁枚《詳注圈點詩學全書》卷一:模寫"獨坐"之景。

俞陛雲《詩境淺説續編》:後二句以山為喻,言世既與我相遺,惟敬亭山色,我不厭看,山亦愛我。夫青山漠漠無情,焉知憎愛?而言不厭我者,乃太白憤世之深,願遺世獨立,索知音於無情之物也。

按:此詩當是天寶十二載(七五三)或十三載在宣城作。前二句看似寫景,實寫孤獨之情。後二句用擬人化手法寫出敬亭山對詩人的感情。

全詩平淡恬静,將感情融合於景而創造出寂静境界。

秋登宣城謝朓北樓〔一〕

　　江城如畫裏,山晚望晴空〔二〕。兩水夾明鏡,雙橋落彩虹〔三〕。人烟寒橘柚,秋色老梧桐〔四〕。誰念北樓上,臨風懷謝公〔五〕?

【注釋】

〔一〕宣城:唐郡名,即宣州。天寶元年改為宣城郡,乾元元年復改為宣州。今安徽宣城市。謝朓:字玄暉,南朝齊代詩人,曾為宣城太守,《南齊書》有傳。在宣城陵陽山上建北樓,人稱謝朓樓。　〔二〕"江城"二句:江城,宣城有宛溪、句溪二水繞城流過,故稱。下"兩水"即此二溪。山:指陵陽山。李白《自梁園至敬亭山見會公談陵陽山水》詩有"陵巒抱江城"句。《方輿勝覽》卷一五寧國府山川:"陵陽山,在宣城。一峰為疊嶂樓,一峰為譙樓,一峰為景德寺。"晚,《全唐詩》作"曉"。　〔三〕"兩水"二句:明鏡,形容水的清澈。雙橋,據《江南通志》載,宣城宛溪上有鳳凰、濟川二橋,隋開皇時建。彩虹:形容橋呈拱狀。彩,宋本作"采",據他本改。　〔四〕"人烟"二句:謂秋日寒烟繚繞於空,使橘柚帶有寒意,梧桐顯得蒼老。謝朓《宣城郡内登望》:"切切陰風暮,桑柘起寒烟。"二句即從此化出。寒,宋本校:"一作空。"　〔五〕"誰念"二句:謂無人理解自己登上北樓懷念謝朓的心情。

【評箋】

　　曾季貍《艇齋詩話》:李白云:"人烟寒橘柚,秋色老梧桐。"老杜云:"荒庭垂橘柚,古屋畫龍蛇。"氣焰蓋相敵。陳無己云:"寒心生蟋蟀,秋色上梧桐。"蓋出於李白也。

舊題嚴羽評點《李太白詩集》卷一八：入畫品中，極平淡，極絢爛，豈必王摩詰！

方回《瀛奎律髓》卷一：此詩起句似晚唐，中二聯言景而豪壯，則晚唐所無也。宣州有雙溪、疊嶂，乃此州勝景也，所以云"兩水"；惟有"兩水"，所以有"雙橋"。王荆公《虎圖行》"目光夾鏡當坐隅"，虎兩目如夾兩鏡，得非仿謫仙"兩水夾明鏡"之意乎？此聯妙絕。起句所謂"江城如畫裏"者，即指此三、四一聯之景，與五、六皆是也。謝朓為宣城賢太守，人呼為謝宣城，得太白表彰之，其名踰千古不朽焉。

應時《李詩緯》卷三：題外不溢一字，而感慨無窮。逸思橫出。　又評"兩水"四句：工鍊之至，不見痕迹，真化工也。　又引丁谷雲評：情入乎淒者，即當作淒景語。然淒者恐入於寒則為淒冷，不寒則為淒清。吾與先生審辨入微，如此二聯真淒清語也。又聞先生曰：淒冷語非不可用，但以少為貴耳。尤當含蓄。

顧安《唐律消夏錄》："明鏡"、"彩虹"、"寒"字、"老"字，皆在秋天晴空中看出，所以為妙。乃知古人好句，必與上下文關合。若後人就句論句，不知埋没古人多少好處。

沈德潛《唐詩別裁》卷一〇評前四句：二聯俱是如畫。　又評後四句：人家在橘柚林，故"寒"；梧桐早凋，故"老"。

《唐宋詩醇》卷七：風神散朗。五、六寫出秋意，鬱然蒼秀。

《唐宋詩舉要》卷四引吳汝綸評"兩水"二句：刻劃鮮麗，千古常新。　又評"人烟"二句：蒼老峭遠。

《瀛奎律髓彙評》卷一引馮舒評：看第二聯，何嘗分景與情？直作宣城語，幾不可辨。　又引馮班評：謝句也。太白酷學謝。　又引何義門評：中二聯是秋霖新霽絕景。落句以謝朓驚人語自負耳。　又引紀昀評：五、六佳句，人所共知。結在當時不妨，在後來則為窠臼語，為淺率語，為太現成語，故論詩者當論其世。

按：此詩當於天寶十二載（七五三）或十三載秋在宣州時作。

宣州謝朓樓餞別校書叔雲〔一〕

棄我去者昨日之日不可留,亂我心者今日之日多煩憂〔二〕。長風萬里送秋雁,對此可以酣高樓〔三〕。蓬萊文章建安骨〔四〕,中間小謝又清發〔五〕。俱懷逸興壯思飛,欲上青天覽明月〔六〕。抽刀斷水水更流,舉杯消愁愁更愁〔七〕。人生在世不稱意,明朝散髮弄扁舟〔八〕。

【注釋】

〔一〕李白另有《餞校書叔雲》詩,作於春天,有"喜見春風還"句,有餞別之語,無登樓之辭。而此詩則有"長風萬里送秋雁"句,乃秋天所作,李白似不可能在春、秋兩次餞別李雲。宋本題下校:"一作陪侍御叔華登樓歌。"宣州,咸本二字上有"於"字。《文苑英華》卷三四三收此詩正題作《陪侍御叔華登樓歌》,詩中無餞別之意,確是登樓之歌。獨孤及《檢校尚書吏部員外郎趙郡李公(華)中集序》:"(天寶)十一年拜監察御史……入司方書,出按二千石,持斧所向,郡邑為肅。為奸黨所嫉,不容於御史府,除右補闕。"此詩乃天寶十二載(七五三)在宣城作,時李華正在監察御史任,故稱之為"侍御叔華"。登樓,即登謝朓樓。詩中有"蓬萊文章建安骨,中間小謝又清發"句可證。年代和事蹟相符,則此詩題當以《文苑英華》為是。　〔二〕"棄我"二句:謂以往歲月已棄我而去,無法挽留,如今歲月却只能使人心煩意亂。可,《文苑英華》作"復"。多煩,《文苑英華》作"足繁"。　〔三〕"長風"二句:謂長風萬里,目送秋雁南歸,面對眼前之景正可陪友酣飲於高樓。陸機《前緩聲歌》:"長風萬里舉。"酣,《文苑英華》作"酌"。　〔四〕"蓬萊"句:此句謂李華的詩文具有漢魏風格。蓬萊,原指海中神山,據說仙府幽經秘録均藏於此山,故東漢時即以蓬萊指國家藏書處東觀。《後漢書·竇章傳》:"是時學者稱東觀為老氏藏室,道家蓬萊山。"此處即借指漢代。《文苑英華》作"蔡氏",指蔡邕,東漢文學家,以文章著名。建安,東漢末獻帝年號(一九六—二二〇)。當時曹操父子和王粲等七子寫作詩歌,辭情慷慨,語言剛健,形成俊爽剛健的風格,後人因譽為"建安風骨"。 〔五〕"中間"句:此句謂從漢至唐,中間謝朓詩最清新秀發。小謝,指謝朓。因謝朓晚於謝靈運,唐人稱靈運為大謝,稱朓為小謝。《南齊書·謝朓傳》:"少好學,有美名,文章清麗。" 〔六〕"俱懷"二句:謂兩人都滿懷豪情逸興,似欲上天摘取明月。逸興,超逸豪放的意興。覽,通"攬",摘取。盧思道《盧紀室誄》:"麗詞泉涌,壯思雲飛。"青天覽明月,《文苑英華》作"青雲攬明月"。明,一作"日"。 〔七〕"抽刀"二句:形容己憂連續不斷,無法排除。更,一作"復"。 〔八〕"人生"二句:不稱意,不合意。散髮,拋棄冠簪,隱居不仕。《文選》卷二四張華《答何劭詩》:"散髮重陰下,抱杖臨清渠。"張銑注:"散髮,言不為冠所束也。"扁舟,小舟。《史記·貨殖列傳》:"范蠡既雪會稽之恥……乃乘扁舟,浮於江湖。"人生,《文苑英華》作"男兒"。世,咸本作"代"。散髮弄扁舟,一作"舉棹還滄洲"。

【評箋】

劉辰翁曰:崔嵬迭宕,正在起一句。"不稱意",誦欲絕。(《唐詩品彙》卷二七引)

陸時雍《唐詩鏡》卷一九:雄情逸調,高莫可攀。

王夫之《唐詩評選》卷一:興比超忽。

沈德潛《唐詩別裁》卷六:評首二句:此種格調,太白從心化出。

《唐宋詩醇》卷七:遙情颷豎,逸興雲飛,杜甫所謂"飄然思不群"者,此矣。千載而下,猶見酒間岸異之狀,真仙才也。

王堯衢《古唐詩合解》卷三:此篇三韻兩轉,而起結別是一法。起勢豪邁如風雨之驟至。

方東樹《昭昧詹言》卷一二:起二句,發興無端。"長風"二句,落入;如此落法,非尋常所知。"抽刀"二句,仍應起意為章法。"人生"二句,言所以愁。

高步瀛《唐宋詩舉要》引吳曰：(起二句)破空而來，不可端倪。(長風句)再用破空之句作接，非太白雄才，那得有此奇橫？第四句始倒煞到題。　　(又評"抽刀"句)再斷，收倒煞到題。

劉熙載《藝概·詩概》：昔人謂激昂之言出於興，此"興"字與他處言興不同。激昂大抵只是情過於事，如太白詩"欲上青天覽日月"是也。

王闓運手批《唐詩選》卷八評"長風萬里"二句：起句破格，賴此救之。中四句不貫，以其無愁也。

按：此詩乃天寶十二載(七五三)在宣城作。全詩感情波瀾起伏，結構跌宕跳躍，語言生動自然，風格豪放而深沉。

哭晁卿衡〔一〕

日本晁卿辭帝都〔二〕，征帆一片繞蓬壺〔三〕。明月不歸沉碧海〔四〕，白雲愁色滿蒼梧〔五〕。

【注釋】

〔一〕晁卿衡：晁衡，日本奈良時代遣唐留學生阿倍仲麻呂的華名。又作"朝衡"、"仲滿"。卿，對友人的愛稱。《舊唐書·東夷·日本國傳》："開元初，又遣使來朝，因請儒士授經。……其偏使朝臣仲滿，慕中國之風，因留不去，改姓名為朝衡，仕歷左補闕、儀王友。衡留京師五十年。好書籍，放歸鄉，逗留不去。……上元中，擢衡為左散騎常侍、鎮南都護。"《新唐書·東夷·日本傳》稱："天寶十二載，朝衡復入朝。"據中日學者考證，晁衡於開元五年(七一七)作為遣唐學生來華，時年二十。天寶十二載(七五三)，任秘書監，兼衛尉卿。是年十二月隨遣唐使藤原清河等自長安經揚州東歸，遇暴風，漂至安南驩州。後重返長安，時為天寶十四載六月。天寶十三載李白於揚州聞晁衡等人海上遇風失蹤，誤以為身亡，故

342

寫此詩哀悼。今《全唐詩》尚存王維《送秘書晁監還日本國并序》、趙驊《送晁補闕歸日本》、包佶《送日本國聘賀使晁巨卿東歸》等送行詩,儲光羲有《洛中貽朝校書衡》詩。　　〔二〕辭帝都:指天寶十二載冬晁衡辭別唐朝京都長安歸國。　　〔三〕"征帆"句:征帆,遠行之船。一片,猶一葉,極言其小。蓬壺,即蓬萊、方壺等傳說中的海上仙山。
〔四〕"明月"句:明月,喻品德高潔才華出衆之士晁衡。沉碧海,謂溺死海中。　　〔五〕"白雲"句:此句意謂海上籠罩著哀愁的雲霧。比喻對日本友人哀悼之情的深廣。蒼梧,本指九疑山,即傳說中所謂舜死於蒼梧之野即其地,在今湖南寧遠縣南。又東北海中有大洲名鬱洲,亦名蒼梧山,即今江蘇連雲港市花果山,清中葉時泥沙淤漲,遂與大陸相連。傳說此山由蒼梧飛來。《水經注·淮水》:"東北海中有大洲,謂之郁洲。《山海經》所謂郁水在海中者也。言是山自蒼梧徙此云。山上猶有南方草木,今郁洲治。故崔季珪之叙《述初賦》,言郁洲者,故蒼梧之山也。"

【評箋】

　　[日]近藤元粹《李太白詩醇》卷五:是聞安陪仲麻呂覆没訛傳時之詩也。而詩詞絕調,慘然之情,溢於楮表。

　　此詩乃天寶十三載(七五四)春夏間在廣陵(今江蘇揚州)遇見魏顥,聞晁衡歸國時遇暴風失事的消息後所作,充滿對日本友人的痛悼之情。

送王屋山人魏萬還王屋〔一〕

　　王屋山人魏萬,云自嵩、宋沿吴相訪〔二〕,數千里不遇。乘興游台越〔三〕,經永嘉〔四〕,觀謝公石門〔五〕。後於廣陵相見。美其愛文好古,浪迹方外〔六〕,因述其行而贈是詩〔七〕。

【注釋】
〔一〕此詩題一作《送王屋山人魏萬并序》。按此詩前有"序",題中應有"并序"二字。王屋山,《元和郡縣志》卷五河南道河南府王屋縣:"王屋山,在縣北十五里。周迴一百三十里,高三十里。《禹貢》'底柱、析城,至於王屋'是也。"在今山西省垣曲縣和河南省濟源市之間。中條山分支。濟水源地。《列子》載"愚公移山"故事,即指此山。王屋山人,魏萬別號。魏萬,後改名顥。肅宗上元初登第。天寶十三載(七五四),為尋訪李白,曾歷三千餘里,終於廣陵相遇。李白言其以後"必著大名於天下",又請為己編文集。後魏萬於上元初編成《李翰林集》,惜今已佚,但存其序。見魏顥《李翰林集序》。 〔二〕自嵩、宋沿吳相訪:嵩,嵩山,在今河南登封市北。宋,宋州,州治在今河南商丘市。相訪,宋本作"相送",誤,據他本改。 〔三〕台越:台,台州,州治在今浙江臨海市。越,越州,州治在今浙江紹興市。 〔四〕永嘉:唐江南道溫州,天寶元年改為永嘉郡,乾元元年復改為溫州。今浙江溫州市。 〔五〕謝公石門:謝公,指南朝宋代謝靈運,曾為永嘉太守。石門,永嘉名勝。謝靈運曾游此山。故以"謝公石門"名之。《文選》卷二二收謝靈運《登石門最高頂》詩,李善注引謝靈運《游名山志》曰:"石門澗六處,石門溯水上,入兩山口,兩邊石壁,右邊石巖,下臨澗水。" 〔六〕"美其"二句:其,一作"而"。浪迹,行蹤無定的漫游。戴逵《棲林賦》:"浪迹潁湄,棲景(影)箕岑。"方外,世俗之外。語出《莊子·大宗師》"彼游方之外者也"。 〔七〕以上是序文。宋本校:"一作見王屋山魏萬,云自嵩歷兗,游梁入吳,計程三千里,相訪不遇,因下江東,尋諸名山,往復百越,後於廣陵一面,遂乘興共過金陵。美此公愛奇好古,獨往物表,因述其行李,遂有此贈。"

　　仙人東方生,浩蕩弄雲海。沛然乘天游,獨往失所在〔八〕。魏侯繼大名〔九〕,本家聊攝城〔一〇〕。卷舒入元化〔一一〕,迹與古賢并〔一二〕。十三弄文史,揮筆如振綺〔一三〕。辯折田巴生,心齊魯連子〔一四〕。西涉清洛源〔一五〕，頗驚人世誼。采秀卧王屋〔一六〕，因窺洞天門〔一七〕。

【注釋】

〔八〕"仙人"四句：宋本校："一作東方不辭家，獨訪紫泥海，時人少相逢，往往失所在。"東方生，即東方朔，字曼倩，漢武帝時弄臣。以奇計俳辭詼諧滑稽著名，後人傳聞甚多，方士附會為神仙。《漢武內傳》："東方朔一旦乘龍飛去，同時衆人見從西北冉冉上，仰望良久，大霧覆之，不知所適。"沛然：迅疾貌。　〔九〕"魏侯"句：《左傳·閔公元年》：晉侯賜畢萬為魏大夫，卜偃曰："畢萬之後必大。萬，盈數也；魏，大名也。以是始賞，天啓之矣。"詩用此典，謂魏萬繼承了魏侯的大名。　〔一〇〕聊攝城：指唐代博州，即今山東聊城市。《元和郡縣志》卷一六河北道博州："《禹貢》兗州之域。春秋時齊之西界聊攝地也。……在漢為東郡聊城縣之地。"又聊城縣："本春秋時聊攝地……漢以為縣，屬東郡。……隋開皇……十六年置博州，縣屬焉。"　〔一一〕"卷舒"句：卷舒，猶屈伸。比喻人的進退出處。《淮南子·俶真訓》："至道無為，一龍一蛇，盈縮卷舒，與時變化。"入元化，適應自然的發展變化。宋本校："一作雜仙隱。"陳子昂《感遇》詩："古之得仙道，信與元化并。"　〔一二〕"迹與"句：謂魏萬的行為與古賢人相合。　〔一三〕振綺：形容文章富有文采。張衡《歸田賦》："揮翰墨以振藻。"振藻，猶振綺。　〔一四〕"辯折"二句：事見《太平御覽》卷四六四引《魯連子》：齊國辯士田巴能言善辯，一日能服千人，而徐劫弟子魯連，年十二，終折服之。二句謂魏萬善辯，能像魯連一樣折服田巴。　〔一五〕清洛：即洛水，源出陝西洛南縣西北，東南流經河南盧氏縣折向東北，在偃師市楊村附近納伊水，至鞏縣洛口北入黃河。潘岳《藉田賦》："清洛濁渠，引流激水。"　〔一六〕采秀：采集芝草。此指隱居。《楚辭·九歌·山鬼》："采三秀兮於山間。"王逸注："三秀，謂芝草也。"　〔一七〕洞天門：傳說王屋山上有仙宮洞天，廣三千步，號為小有清虛洞天。

以上第一段，贊美魏萬愛文好古、隱居王屋之事。

345

揭來游嵩峰，羽客何雙雙〔一八〕！朝攜月光子〔一九〕，暮宿玉女窗〔二〇〕。鬼谷上窈窕，龍潭下奔濠〔二一〕。東浮汴河水，訪我三千里〔二二〕。逸興滿吳雲，飄飄浙江汜〔二三〕。揮手杭越間〔二四〕，樟亭望潮還〔二五〕。濤卷海門石，雪橫天際山〔二六〕。白馬走素車，雷奔駭心顔〔二七〕。

【注釋】
〔一八〕"揭來"二句：揭來，張相《詩詞曲語辭匯釋》："揭來，猶云去也。"李白《題嵩山逸人元丹丘故居》詩："揭來游閩荒。"嵩峰，即嵩山。羽客，指道士。　〔一九〕月光子：神仙名。《藝文類聚》卷七引《仙經》："嵩高山東南大巖下石孔，方圓一丈，西方，北入五六里，有大室，高三十餘丈，周圓三百步，自然明燭，相見如日月無異。中有十六仙人，云月光童子。常在天台，時亦往來此中，人非有道，不得望見。"　〔二〇〕玉女窗：《五色線》卷下引《圖經》："（嵩山）有玉女窗，漢武帝於窗中見玉女。"宋謝絳《游嵩山書》："進窺玉女窗擣衣石，石誠異，窗則亡。"可知玉女窗宋時已不存。　〔二一〕"鬼谷"二句：鬼谷，在今河南登封市，相傳戰國時鬼谷先生居此。窈窕，深遠貌。陶潛《歸去來辭》："既窈窕以尋壑，亦崎嶇而經丘。"龍潭，《明一統志》卷二九河南府山川："龍潭，在登封縣東二十五里，嵩頂之東，九潭相接，其深莫測。"故又稱九龍潭。濠，小水流入大水，匯在一起。　〔二二〕"東浮"二句：東浮，乘船東航。汴水，源於河南滎陽市，隋開通濟渠，因中間自今滎陽至開封一段即原汴水，故唐宋人遂將自出河至入淮通濟渠東段全流統稱汴水、汴河或汴渠。此句即指序言所謂"自嵩宋沿吳相訪"事。　〔二三〕"飄飄"句：飄飄，即飄搖，飄蕩。浙江，即今錢塘江。《元和郡縣志》卷二五江南道杭州錢塘縣："浙江，在縣南一十二里。《莊子》云浙河，即謂浙江，蓋取其曲折為名。江源自歙州界東北流經界石山，又東北流經州理北，又東北流入於海。江濤每日晝夜再上，常以月十日、二十五日最小，月三日、十八日極大。小則水漸漲不過數尺，大則濤湧高至數丈。每年八月十八日，數百里士女,共觀舟人漁子泝濤觸浪,謂之弄潮。"汜,通"涘",水邊。陸機《為顧彥先贈婦二首》:"願假歸鴻翼,翻飛浙江汜。" 〔二四〕"揮手"句:王琦注:"揮手,以手指畫也。杭,謂杭州餘杭郡,古時為越國西境。越,謂越州會稽郡,古時為越國都城。二郡中隔浙江,江之北為杭州,江之南為越州。"即今浙江省杭州市和紹興市。 〔二五〕樟亭:在杭州市,為觀潮勝地。李白《與從姪杭州刺史良游天竺寺》詩有"觀濤憩樟樓"句,樟樓即樟亭,又名浙江亭。白居易有《宿樟亭驛》詩,可知唐時此亭乃驛亭。樟,一作"章"。亭,一作"臺"。 〔二六〕"濤卷"二句:海門,錢塘江夾岸有山,南面為龕,北面為赭,兩山相對,因稱海門。岸狹勢逼,水涌為濤。見《西溪叢語》卷上。雪,一作"雲"。 〔二七〕"白馬"二句:形容錢塘江潮來勢凶猛,如白馬素車奔馳而來,其聲如雷,使人驚心動魄。枚乘《七發》:"其始起也,洪淋淋焉若白鷺之下翔。其少進也,浩浩溰溰,如素車白馬,帷蓋之張。……凌赤岸,篲扶桑,橫奔似雷行。"此即用其意。

以上第二段,叙魏萬自嵩宋沿吳相訪之事。

　　遙聞會稽美,一弄耶溪水〔二八〕。萬壑與千巖,崢嶸鏡湖裏〔二九〕。秀色不可名〔三〇〕,清輝滿江城。人游月邊去,舟在空中行〔三一〕。此中久延佇,入剡尋王許〔三二〕。笑讀《曹娥碑》,沉吟黃絹語〔三三〕。天台連四明〔三四〕,日入向國清〔三五〕。五峰轉月色〔三六〕,百里行松聲。靈溪恣沿越〔三七〕,華頂殊超忽〔三八〕。石梁橫青天,側足履半月〔三九〕。

【注釋】
〔二八〕"遙聞"二句:會稽,今浙江紹興市。一弄,一作"且度"。耶溪,即若耶溪,出若耶山,在今浙江紹興市南。相傳為西施浣紗處,故一名浣紗溪。見前《子夜吳歌·夏歌》注。 〔二九〕"萬壑"二句:《世說新語·

347

言語》載：顧長康(東晉大畫家顧愷之字)從會稽還，人問山川之美，顧云："千巖競秀，萬壑爭流。草木蒙籠其上，若雲興霞蔚。"鏡湖，見前《夢游天姥吟留別》詩注。　〔三〇〕"秀色"句：謂優美的景色難以言狀。不可名，不可名狀。無法用言辭形容。　〔三一〕"人游"二句：描繪湖水清澄，月光天色倒影湖中，使人覺得似乎在月邊遨游，舟在空中行駛。陳釋惠標《詠水詩》："舟如空裹泛，人似鏡中行。"　〔三二〕"此中"二句：謂為尋訪古賢遺迹，在會稽停留很久。延佇，很久停留。剡，剡中，唐剡縣，今浙江嵊州市及新昌縣。王許，指王羲之、許詢等曾隱居剡中沃洲山(在今浙江新昌縣)的東晉十八名士。　〔三三〕"笑讀"二句：曹娥，《後漢書・曹娥傳》："孝女曹娥者，會稽上虞人也。父盱，能絃歌，為巫祝。漢安二年五月五日，於縣江泝濤婆娑迎神，溺死，不得屍骸。娥年十四，乃沿江號哭，晝夜不絕聲，旬有七日，遂投江而死。至元嘉元年，縣長度尚改葬娥於江南道傍，為立碑焉。"李賢注引《會稽典録》曰："上虞長度尚弟子邯鄲淳，字子禮。時甫弱冠，而有異才。尚先使魏朗作《曹娥碑》……朗辭不才，因試使子禮為之。操筆而成，無所點定。……其後蔡邕又題八字曰：'黄絹幼婦。外孫虀臼。'"《世説新語・捷悟》："魏武嘗過曹娥碑下，楊修從。碑背上見題作'黄絹幼婦，外孫虀臼'八字，魏武謂修曰：'解不？'答曰：'解。'魏武曰：'卿未可言，待我思之。'行三十里，魏武乃曰：'吾已得。'令修別記所知。修曰：'黄絹，色絲也，於字為絶；幼婦，少女也，於字為妙；外孫，女子也，於字為好；虀臼，受辛也，於字為辭；所謂絶妙好辭也。'魏武亦記之，與修同。乃歎曰：'我才不及卿，乃覺三十里。'"虀臼，指將大蒜等辛辣醃菜舂之為末的石製舂物器具。虀(jī)，同"齏"。沉吟，低聲吟味。　〔三四〕"天台"句：天台，天台山，見前《夢游天姥吟留別》詩注。四明，四明山，在今浙江寧波市西南，天台支脈，南北走向，為曹娥江、甬江分水嶺。主峰在嵊州市東北。山有石窗，四面玲瓏，中通日月星辰之光，故名。《文選》卷一一孫綽《游天台山賦》："涉海則有方丈、蓬萊，登陸則有四明、天台。"　〔三五〕國清：佛寺名，在今浙江天台山南麓。本名天台寺。隋開皇十八年僧智顗建。相傳隋僧智顗曾夢定光告曰：寺若成，國即清，大業中因改名國清。《方輿勝覽》卷八台州國清寺："在天台縣北十里。隋僧智顗夢定光告曰：'寺若成，國即清。'故名。" 〔三六〕五峰：國清寺旁的五座山峰。正北曰八桂，東北曰靈禽，東南曰祥雲，西南曰靈芝，西北曰映霞。 〔三七〕"靈溪"句：靈溪，在今浙江天台縣北。孫綽《游天台山賦》："過靈溪而一濯，疏煩想於心胸。"恣，放縱。一作"咨"，非。沿越，順流而渡。 〔三八〕"華頂"句：華頂，天台山最高峰，高一萬八千丈，下瞰衆山，如龍虎盤踞，旗鼓布列。天台九高峰形如蓮花，華頂在九峰之中，如花心之頂，故名。超忽：遥遠貌。 〔三九〕"石梁"二句：石梁，石橋。《文選》卷十一孫綽《游天台山賦》："跨穹隆之懸磴，臨萬丈之絶冥。"李善注引顧愷之《啓蒙記》："天台山石橋，路徑不盈尺，長數十步，步至滑，下臨絶冥之澗。"橫青天，形容石梁之高。側足，形容石橋險而窄，只能側足而行。履，踩踏。半月，形容橋形彎如半月形。

　　以上第三段，叙魏萬乘興游台、越之事。

　　眷然思永嘉〔四〇〕，不憚海路賒〔四一〕。挂席歷海嶠〔四二〕，迴瞻赤城霞〔四三〕。赤城漸微没，孤嶼前嶢兀〔四四〕。水續萬古流，亭空千霜月。縉雲川谷難，石門最可觀。瀑布挂北斗〔四五〕，莫窮此水端。噴壁灑素雪，空濛生晝寒〔四六〕。却尋惡溪去，寧俱惡溪惡。咆哮七十灘，水石相噴薄〔四七〕。路創李北海，李公邕昔為括州，開此嶺路。巖開謝康樂〔四八〕，惡溪有謝康樂題詩處松風和猿聲，搜索連洞壑〔四九〕。徑出梅花橋，雙溪納歸潮〔五〇〕。落帆金華岸，赤松若可招〔五一〕。沈約八詠樓，城西孤岩嶤〔五二〕。岩嶤四荒外，曠望群川會。雲卷天地開，波連浙西大〔五三〕。亂流新安口〔五四〕，北指嚴光瀨〔五五〕。釣臺碧雲中，邈與蒼嶺對〔五六〕。

【注釋】

〔四〇〕"眷然"句：眷然，殷切思念貌。眷，《全唐詩》作"忽"。永嘉，郡名，即溫州。天寶元年改為永嘉郡，乾元元年復為溫州。今浙江溫州市。晉王羲之、宋謝靈運均曾官永嘉太守。　〔四一〕賒：遥遠貌。
〔四二〕"挂席"句：謝靈運《游赤石進帆海》詩："挂席拾海月。"海嶠，海邊尖峭的山。　〔四三〕赤城霞：赤城山在今浙江天台縣北，為天台山南門，登天台必經此山。《文選》卷一一孫綽《游天台山賦》："赤城霞起而建標。"李善注引孔靈符《會稽志》："赤城，山名。土色皆赤，狀似雲霞。"
〔四四〕"赤城"二句：謂舟行中回頭遠望，赤城山漸小，繼而消失，而孤嶼山却高聳眼前。孤嶼，山名，在今浙江温州市北江中，東西兩峰相對峙。謝靈運《登江中孤嶼》詩："亂流趨正絶，孤嶼媚中川。"嶢兀，高峻貌。
〔四五〕"縉雲"四句：縉雲，山名，在今浙江縉雲縣。縉雲山上有瀑布，日照如晴虹，風吹如細雨。石門，山名，在今浙江青田縣。兩峰壁立，高數十丈，相對如門，故名。山西南高谷有瀑布泉，自上潭奔流到天壁三十餘丈，自天壁至下潭四十餘丈。挂北斗，形容瀑布之高，如從北斗星上挂下。　〔四六〕空濛：細雨迷茫貌。　〔四七〕"却尋"四句：尋，一作"思"。惡溪，即麗水，今名好溪，源出今浙江麗水東北之大甕山。《元和郡縣志》卷二六江南道處州麗水縣："麗水本名惡溪，以其湍流阻險，九十里間五十六瀨，名為大惡。隋開皇中改為麗水，皇朝因之，以為縣名。"寧懼，豈怕。咆哮，形容水勢洶湧奔騰。七十灘，當為五十六瀨的誇張說法。噴薄，噴涌而出。　〔四八〕"路創"二句：宋本校："一作嶺路始北海，巖詩題康樂。"李北海，即天寶四載任北海太守的李邕，李邕，舊、新《唐書》有傳。李白有《上李邕》詩。李邕開元二十三年任括州刺史（治所在今浙江麗水市）時，曾在此開嶺築路。句下有李白自注云："李公邕昔為括州，開此嶺路。"謝康樂，即謝靈運。襲祖父謝玄的封爵為康樂公，世稱謝康樂。句下有李白自注："惡溪有謝康樂題詩處。"《方輿勝覽》卷九"處州"謂"謝公巖在好溪上，又名康樂巖"。　〔四九〕搜索：往來貌。《文選》卷一七王褒《洞簫賦》："玄猿悲嘯，搜索乎其間。"李善注："搜索，往來貌。"　〔五〇〕"徑出"二句：徑出，路出。徑出，宋本校："一作岸接。"王琦注:"梅花橋今無考,當在梅花溪之上。薛方山《浙江通志》:金華縣東石碕巖,高十餘丈,俯瞰大溪,巖下有洞曰梅花洞,又名梅花溪。雙溪在金華縣南,一曰東港,一曰南港。東港之源出東陽之大盆山,過義烏合衆流西行入縣境。又合杭慈溪、白溪、東溪、西溪、坦溪、玉泉溪、赤松溪之水,經馬鋪嶺石碕巖下與南港會。南港之源出縉雲之黃碧山,過永康、武義入縣境,又合松溪、梅溪之水,經屛山西北行,與東港會於城下,故曰雙溪,又名瀫溪。" 〔五一〕"落帆"二句:王琦注引薛方山《浙江通志》:"金華縣北有赤松山。相傳黃初平叱石成羊處,初平號赤松,故山以是名。後人為之立祠,名赤松宫。" 〔五二〕"沈約"二句:沈約(四四一—五一三),南朝齊梁詩人。八詠樓,舊名玄暢樓,在今浙江金華市舊城西。沈約在隆昌元年(四九四)為東陽太守時建,並題八詩於玄暢樓,後人更名為八詠樓。岧嶢,山高峻貌。曹植《九愁賦》:"登岧嶢之高岑。"此處形容樓高。 〔五三〕"雲卷"二句:開,咸本作"間"。浙西,指今浙江錢塘江以西地區。 〔五四〕新安口:即新安江口。新安江乃錢塘江上游的支流,一稱"徽港"、"歙港"。源出皖南休寧、祁門兩縣境,東南流至浙江建德梅城入錢塘江。 〔五五〕嚴光瀨:即七里瀨,在今浙江桐廬縣,有東西兩釣臺,各高數百丈,下臨七里瀨。《元和郡縣志》卷二五睦州桐廬縣:"嚴子陵釣臺在縣西三十里,浙江北岸也。" 〔五六〕蒼嶺:即括蒼山,在今浙江東南部,東北西南走向,主峰在臨海市西南。宋本作"蒼梧",誤。據他本改。

以上第四段,叙魏萬自台州泛海至永嘉,遍游縉雲、金華諸名勝之事。

稍稍來吴都〔五七〕,徘徊上姑蘇〔五八〕。烟綿横九疑〔五九〕,滫蕩見五湖〔六〇〕。目極心更遠,悲歌但長吁。迴橈楚江濱〔六一〕,揮策揚子津〔六二〕。身著日本裘〔六三〕,_{裘則朝卿所贈,日本布為之。}昂藏出風塵。五月造我語〔六四〕,知非儜儗人〔六五〕。相逢樂無限,水石日在眼。徒干五諸侯,

351

不致百金產〔六六〕。吾友揚子雲，絃歌播清芬〔六七〕。雖爲江寧宰，好與山公群〔六八〕。乘興但一行，且知我愛君〔六九〕。

【注釋】

〔五七〕"稍稍"句：稍稍，已而，隨即。吳都，指今江蘇蘇州市，春秋時爲吳國都城。《文選》卷五左思《吳都賦》劉淵林注："吳都者，蘇州是也。"
〔五八〕姑蘇：山名。又稱姑胥、姑餘。在今江蘇蘇州市西南。《史記·河渠書》："上姑蘇，望五湖。"亦指姑蘇臺，見《蘇臺覽古》注。
〔五九〕"烟綿"句：烟綿，疊韻聯綿詞，長而不斷貌。九疑，山名，即蒼梧山。在湖南寧遠縣南。九疑離蘇州數千里，詩言登姑蘇而能見九疑，乃誇張之辭。王琦疑此指蘇州西北之九隴山，可參。　〔六〇〕"漭蕩"句：漭蕩，宋本作"濟蕩"，校："一作蕩濟。"今據他本改。漭蕩是疊韻聯綿詞，水勢浩渺廣大貌。《水經注·淇水》："傾瀾漭蕩。"五湖，即太湖。《國語·越語下》："果興師而伐吳，戰於五湖。"韋昭注："五湖，今太湖。"《文選》卷一二郭璞《江賦》："注五湖以漫漭。"李善注引張勃《吳錄》："五湖者，太湖之別名也。"　〔六一〕橈：船槳。《楚辭·九歌·湘君》："蓀橈兮蘭旌。"王逸注："橈，船小楫也。"此處指船。　〔六二〕"揮策"句：策，馬鞭。揚子津：古渡口名，即瓜洲渡，在今江蘇揚州南長江邊，由此南渡京口（今江蘇鎮江市）。古時建康有四個津渡，橫江爲建康之西津，揚子爲建康之東津。　〔六三〕"身著"二句：日本裘，李白自注："裘則朝卿所贈，日本布爲之。"朝衡，亦作"晁衡"，日本遣唐留學生。見前《哭晁卿衡》詩注。昂藏，氣宇軒昂。陸機《晉平西將軍孝侯周處碑》："昂藏寮寀之上。"風塵，世俗。　〔六四〕造我語：來找我談話。造，往，到。
〔六五〕儜儜：癡呆貌。《廣韻·去代》："儜儜，癡貌。"亦作"佁儗"，《漢書·司馬相如傳下》："仡以佁儗兮。"顏師古注："張揖曰：'佁儗，不前也。'師古曰：佁音醜吏反，儗音魚吏反。佁儗又音態礙。"
〔六六〕"徒干"二句：謂徒然干謁權貴。得不到百金的資產。五諸侯，即五侯，原指漢代成帝時王譚等五個同時封侯的權臣（見《漢書·元后傳》)。此處泛指魏萬自嵩宋沿吳越至廣陵所歷之地的郡太守等人。
〔六七〕"吾友"二句：揚子雲,西漢辭賦家揚雄,字子雲,此稱"吾友",乃借指當時江寧縣令楊利物。李白有《江寧宰楊利物畫贊》等詩文。絃歌,《論語·陽貨》："子之武城,聞絃歌之聲。"春秋時孔子弟子子游為武成宰,以絃歌為教民之具。後用為縣令禮樂教化之典故。　〔六八〕山公：指晉朝名士山簡。見前《襄陽歌》注。　〔六九〕"乘興"二句：謂乘一時興會只要與我一起到江寧去,就將知道我是為了喜愛您。

以上第五段,叙魏萬自姑蘇至廣陵與詩人相見之事。

　　君來幾何時？仙臺應有期〔七〇〕。東窗綠玉樹,定長三五枝〔七一〕。至今天壇人〔七二〕,當笑爾歸遲。我苦惜遠別,茫然使心悲。黄河若不斷,白首長相思〔七三〕。

【注釋】
〔七〇〕"仙臺"句：仙臺,仙山,指王屋山。應有期,該有人期待。即魏萬《金陵酬翰林謫仙子》詩中"王屋人相待"。　〔七一〕"東窗"二句：設想魏萬離開王屋山後故居周圍的新景象。　〔七二〕"至今"句：至,宋本校："一作即。"天壇,山名,為王屋山諸峰之一,在今河南濟源市西。山頂有石壇,為唐司馬承禎得道之所。　〔七三〕"黄河"二句：王琦注："此是倒裝句法,謂白首相思,若黄河之水,終無斷絶時耳。"

以上第六段,叙因魏萬還山而相別。

【評箋】
　　舊題嚴羽評點《李太白詩集》卷十四：一篇記游文,勝情飛動。　又評"濤卷"二句：自然雄曠。　又評"五峰"二句：意境清絶,然是飛空人語。　又評"水續"二句：一味悠然。
　　《唐宋詩醇》卷六：就彼所述,鋪叙成文。因其曲折,緯以佳句,大有帆隨湘轉,水到渠成之致。

按：魏顥（即魏萬）《李翰林集序》："解攜明年，四海大盜。"由此知李白與魏萬相見在安史之亂前一年，即天寶十三載（七五四），則詩亦作於該年五月從廣陵與魏萬同回金陵之時。

附：金陵酬翰林謫仙子　　魏　萬

君抱碧海珠，我懷藍田玉。各稱希代寶，萬里遥相燭。長卿慕藺久，子猷意已深。平生風雲人，暗合江海心。去秋忽乘興，命駕來東土。謫仙游梁園，愛子在鄒魯。二處一不見，拂衣向江東。五兩挂淮月，扁舟隨海風。南游吳越徧，高揖二千石。雪上天台山，春逢翰林伯。宣父敬項托，林宗重黃生。一長復一少，相看如弟兄。惕然意不盡，更逐西南去。同舟入秦淮，建業龍盤處。楚歌對吳酒，借問承恩初。宮買《長門賦》，天迎駟馬車。才高世難容，道廢可推命。安石重攜妓，子房空謝病。金陵百萬户，六代帝王都。虎（闞）踞西江，鍾山臨北湖。湖山信為美，王屋人相待。應為岐路多，不知歲寒在，君游早晚還，勿久風塵間。此別未遠別，秋期到仙山。

當塗趙炎少府粉圖山水歌〔一〕

峨眉高出西極天，羅浮直與南溟連〔二〕。名工繹思揮彩筆〔三〕，驅山走海置眼前。滿堂空翠如可掃〔四〕，赤城霞氣蒼梧烟〔五〕。洞庭瀟湘意渺綿，三江七澤情洄沿〔六〕。驚濤洶涌向何處？孤舟一去迷歸年。征帆不動亦不旋，飄如隨風落天邊〔七〕。心搖目斷興難盡,幾時可到三山巔〔八〕？西峰崢嶸噴流泉,橫石蹙水波潺湲〔九〕。東崖合沓蔽輕霧,深林雜樹空芊綿〔一〇〕。此中冥昧失晝夜,隱几寂聽無鳴蟬〔一一〕。長松之下列羽客〔一二〕,對坐不語南昌仙〔一三〕。南昌仙人趙夫子,妙年歷落青雲士〔一四〕。訟庭無事羅衆賓,杳然如在丹青裏〔一五〕。五色粉圖安足珍？真仙可以全吾身〔一六〕。若待功成拂衣去,武陵桃花笑殺人〔一七〕。

【注釋】

〔一〕當塗：唐縣名,屬宣州。今安徽省馬鞍山市屬縣。趙炎少府,縣尉趙炎。少府：縣尉的敬稱。按李白另有《寄當塗趙少府炎》、《送當塗趙少府赴長蘆》等詩,可見兩人關係親密。粉圖,以粉作圖,粉壁上的彩畫。李白《金陵名僧頵公粉圖慈親贊》："粉為造化,筆寫天真。"《觀博平王志安少府山水粉圖》詩："粉壁為空天,丹青狀江海。" 〔二〕"峨眉"二句：峨眉,即四川省峨眉山,主峰高三千多米。見前《峨眉山月歌》詩注。西極,西方極遠之地。羅浮,山名,在今廣東東江北岸,增城、博羅、河源等市縣間,長達一百餘里,主峰在博羅縣城西北。《元和郡縣志》卷三四嶺南道循州博羅縣："羅浮山,在縣西北二十八里,羅山之西有浮山,蓋蓬萊之一阜,浮海而至,與羅山並體,故曰羅浮。高三百六十丈,周迴三百二十七里。峻天之峰,四百三十有二焉。"南溟,南海。二句以峨眉之高、羅浮之大贊美粉圖山水的雄偉氣勢。 〔三〕"名工"二句：工,一作"公"。繹思,指畫家的創作構思。驅,《文苑英華》作"馳"。 〔四〕"滿堂"句：此句以下寫圖上的景色,所言山水名稱均為借喻。空翠,山上的草木綠葉。謝靈運《過白岸亭》詩："空翠難強名。"可,一作"何"。
〔五〕"赤城"句：赤城,赤城山,在今浙江天台縣北。蒼梧,又名九疑山,在今湖南寧遠縣南。蒼梧烟,指蒼梧雲烟,《太平御覽》卷八引《歸藏》云："有白雲自蒼梧入大梁(今河南開封市)。" 〔六〕"洞庭"二句：洞庭,

355

湖名,在湖南北部,長江南岸。瀟湘,湘水源出今廣西靈川東海洋山西麓,至湖南零陵與瀟水會合,故合稱瀟湘。渺綿,遥遠貌。三江,古代各地多有"三江"之名的水道,如郭璞注《山海經·中山經》稱長江、湘水、沅水為三江,《元和郡縣志》稱岷江、澧江、湘江為西、中、南三江,等等。七澤,司馬相如《子虛賦》謂楚有七澤,後只稱雲夢一澤,其他六澤未詳所在。此三江七澤乃從畫意泛説,未必定指一處。洄沿,逆流而上曰洄,順流而下曰沿。此"意渺綿"、"情洄沿"乃形容畫中水景綿延遥遠、迴旋蕩漾,亦為賞畫時之遐想。 〔七〕"驚濤"四句:詩人從畫中的洶湧波濤,推想其流向何處;從畫面的孤舟,推想旅客思歸的悵惘心情。
〔八〕"心摇"二句:形容畫的神妙作用,使人看後内心激動,意興不盡,不知何時可到神仙故事中的蓬萊、方丈、瀛洲三山之頂,飽覽宇宙景色。
〔九〕"西峰"二句:蹙,迫促。潺湲,水流聲。二句謂泉水從高聳的西峰上噴流而下,由於橫石阻礙,水波潺潺有聲。 〔一〇〕"東崖"二句:合沓,重疊。芊綿,草木蔓延叢生貌。二句謂東邊峰巒層疊,茂林雜樹為輕霧所遮。 〔一一〕"此中"二句:謂在此深山幽暗處不分晝夜;隱坐几旁四周極為寂静,聽不到蟬鳴。几,宋本作"机",據他本改。
〔一二〕"長松"句:羽客,道士。漢武帝時使方士欒大穿羽衣以示飛騰成仙,後因稱道士所穿之衣為羽衣,稱道士為羽客。此句謂穿道服者列坐於松下。以上均描繪畫中景物。 〔一三〕"對坐"句:坐,王本作"座"。仙,宋本作"山",誤,據他本改。漢代梅福曾為南昌縣尉,後棄官歸鄉里,王莽專政,又捨妻子而去,後傳説得道成仙。此擬當塗縣尉趙炎。此句承上啓下,由畫上人説到主人。 〔一四〕"妙年"句:妙年,指少壯之年。歷落,形容儀態俊偉。青雲士,高尚之士。 〔一五〕"訟庭"二句:訟庭,訴訟的公堂,指趙炎的衙署。羅,排列,聚集。杳然,深遠貌。丹青,中國古代繪畫常用之色,此泛指圖畫。《文苑英華》作"丹霄",非。二句謂趙炎於公事之暇聚集賓客,就像在深遠的圖畫之中。又合寫主人與畫。 〔一六〕"五色"二句:謂五色之圖不足貴,現實中的真山纔可使己隱居安身。又從圖畫回到現實。 〔一七〕"若待"二句:武陵桃花,用陶淵明《桃花源記》典。二句謂如等到功成再身退,必然會被桃花源中人譏笑。

【評箋】

舊題嚴羽評點《李太白詩集》卷七："滿堂"句："掃"字,人不能下。　又評首八句:峨眉、羅浮、赤城、蒼梧、洞庭、三江、七澤,太羅織。又評"驚濤"十四句:自"驚濤"至此,寫畫逼真却如畫,情景都幻。　又評末四句:極破極快,豈必以含蘊為佳?通篇皆賦題目,只此是達胸情。始知作詩貴本色,不貴著色。

謝榛《四溟詩話》卷二:屈原曰"衆人皆醉我獨醒",王績曰"眼看人盡醉,何忍獨為醒"。左思曰"功成不受爵,長揖歸田廬",太白曰"若待功成拂衣去,武陵桃花笑殺人"。王、李二公,善於翻案。

唐汝詢《唐詩解》卷一三:此觀圖而有慕仙意。言山之極天者,非峨眉,連海者,非羅浮乎?今公之筆力能驅走山海,則是兼二山形勝而有之。瀟湘、洞庭無非君圖中物也。見孤舟之逝而發三山之想,因少府所畫而憶南昌之仙,蓋以梅福況趙也。因言趙以妙年而志在青雲,便當及此時而仙去。必功成然後拂衣,則年歲已暮,徒為武陵桃花所笑耳。

沈德潛《唐詩別裁》卷六:"峨眉高出西極天"以下四句,畫筆如真。"深林雜樹空芊綿",綿韻複。"南昌仙人趙夫子"以下四句,真景如畫。

《唐宋詩醇》卷五:寫畫似真,亦遂驅山走海,奔轃腕下。"杳然如在丹青裏",又以真為畫,各有奇趣。康樂之模山範水,從此另開生面。

王闓運手批《唐詩選》卷八:與杜《昆侖圖》對看,此覺散漫。

按:李白又有《春於姑孰送趙四流炎方序》云:"然自吴瞻秦,日見喜氣。上當攫玉弩,摧狼狐,洗清天地,雷雨必作。"當指安禄山亂時。此詩未有安史之亂迹象,却有"訟庭無事羅衆賓"之句,當作於天寶十三載(七五四)未亂時。此乃一首題畫詩。通過對一幅山水壁畫的描叙,既歌贊畫工的藝術創造力,又表達詩人觀畫的深刻感受。全詩三十句,都用賦體鋪陳,充分馳騁想像。

答杜秀才五松山見贈

五松山,南陵銅坑西五六里〔一〕。

昔獻《長楊賦》,天開雲雨歡。當時待詔承明裏,皆道揚雄才可觀〔二〕。敕賜飛龍二天馬,黃金絡頭白玉鞍〔三〕。浮雲蔽日去不返,總為秋風摧紫蘭〔四〕。角巾東出商山道,采秀行歌詠芝草〔五〕。路逢園、綺笑向人,兩君解來一何好〔六〕。

【注釋】

〔一〕杜秀才:名不詳。李白另有《同吳王送杜秀芝舉入京》,當是"送杜秀才赴舉入京"之訛誤。未知此"杜秀才"是否同一人。五松山,在今安徽銅陵市南。題下為李白自注。　〔二〕"昔獻"四句:《漢書·揚雄傳》:"孝成帝時,客有薦雄文似相如者……召雄待詔承明之庭。……從至射熊館,還,上《長楊賦》,聊因筆墨之成文章……故藉翰林以為主人,子墨為客卿以風。"顏師古注:"承明殿在未央宮。""長楊,宮名也,在盩厔縣,其中有射熊館。""藉,借也。風,讀曰諷。"此借喻己天寶初供奉翰林。天開雲雨歡,指為君王所賞識。　〔三〕"敕賜"二句:飛龍,唐代御廄名。《新唐書·兵志》:"又以尚乘掌天子之御,左右六閑……總十有二閑,為二廄……其後禁中又增置飛龍廄。"天馬,御廄之馬。詳見前《駕去溫泉宮後贈楊山人》詩注。黃金絡頭,古樂府《陌上桑》:"黃金絡馬頭。"白玉鞍,吳均《贈任黃門詩二首》:"白玉鏤衢鞍,黃金瑪瑙勒。"下句形容馬的絡頭和鞍飾之貴重。　〔四〕"浮雲"二句:《文子·上德》:"日月

358

欲明,浮雲蔽之。……叢蘭欲秀,秋風敗之。"此以浮雲蔽日、風摧紫蘭喻小人讒害忠良。　〔五〕"角巾"二句:角巾,古時隱士常戴的一種有棱角的頭巾。《晉書·羊祜傳》:"既定邊事,當角巾東路歸故里。"商山,又名商阪、地肺山、楚山,在今陝西商縣東南。秦末漢初四老人東園公、甪里先生、綺里季、夏黃公隱居於此,號"商山四皓"。采秀,《楚辭·九歌·山鬼》:"采三秀兮於山間。"王逸注:"三秀,謂芝草也。"李白《送溫處士歸黃山白鵝峰舊居》有"采秀辭五嶽"句。詠芝草,《樂府詩集》卷五八引《琴集》有四皓《采芝操》,詩云:"曄曄紫芝,可以療饑。"此即用其意。
〔六〕"路逢"二句:園、綺,指商山四皓中的東園公、綺里季。兩君,宋本作"而君",據他本改。解來,解脱以來,即避世隱居以來。二句乃想像之詞。

以上第一段,敘供奉翰林及被讒離京情事。

聞道金陵龍虎盤〔七〕,還同謝朓望長安〔八〕。千峰夾水向秋浦〔九〕,五松名山當夏寒。銅井炎爐歊九天〔一〇〕,赫如鑄鼎荆山前。陶公矍鑠呵赤電〔一一〕,回禄睢盱揚紫烟〔一二〕。此中豈是久留處?便欲燒丹從列仙。愛聽松風且高卧,颼飀吹盡炎氛過〔一三〕。登崖獨立望九州,《陽春》欲奏誰相和〔一四〕?

【注釋】
〔七〕金陵龍虎盤:形容金陵地勢雄壯險要。《太平御覽》卷一五六引晉張勃《吳錄》:"劉備曾使諸葛亮至京,因睹秣陵山阜,歎曰:'鍾山龍盤,石頭虎踞。此帝王之宅。'"李白《永王東巡歌》其四:"龍盤虎踞帝王州,帝子金陵訪古丘。"　〔八〕謝朓望長安:謝朓《晚登三山還望京邑》詩:"灞涘望長安,河陽視京縣。"　〔九〕秋浦:水名。《元和郡縣志》卷二八江南道池州秋浦縣:"秋浦水,在縣西八十里。"在今安徽池州市。
〔一〇〕"銅井"句:《元和郡縣志》卷二八江南道宣州南陵縣:"銅井山,在縣西南八十五里。出銅。"按：此山又名利國山，今名銅官山，在今安徽銅陵市。歊，熱氣上昇貌。《後漢書·班固傳》："吐金景兮歊浮雲。"歊，宋本作"敲"，誤。據他本改。赫，火燒的紅色。《詩·邶風·簡兮》："赫如渥赭。"鑄鼎荆山，《史記·封禪書》："黄帝采首山銅，鑄鼎於荆山下。鼎既成，有龍垂胡髯下迎黄帝。"《元和郡縣志》卷六河南道虢州湖城縣："荆山，在縣南。即黄帝鑄鼎之處。"在今河南靈寶市閿鄉南。二句謂銅井山煉銅的爐火直上九霄，火紅的顏色猶如黄帝在荆山前鑄鼎。
〔一一〕"陶公"句：《列仙傳》卷下："陶安公者，六安鑄冶師也。數行火，火一旦散上行，紫色衝天，安公伏冶下求哀。須臾，朱雀止冶上，曰：'安公，安公，冶與天通，七月七日，迎汝以赤龍。'至期，赤龍到，大雨。而安公騎之，東南上一城邑。數萬人衆共送視之，皆與辭決云。"矍鑠(jué shuò)，宋本作"攫鑠"，疊韻聯綿詞，可通假。强健貌。《後漢書·馬援傳》："矍鑠者，是翁也！"李賢注："矍鑠，勇貌也。"呵，吹氣。赤電，指火光。此句以陶公吹火形容銅井山的冶煉。　〔一二〕"回禄"句：回禄，傳說中的火神。《左傳·昭公十八年》："(鄭子産)禳火于玄冥、回禄。"杜預注："回禄，火神。"睢盱，跋扈貌。《莊子·寓言》："老子曰：'而睢睢盱盱。'"郭象注："跋扈之貌。"此句謂火神跋扈飛揚着紫色烟焰。
〔一三〕"颸颸"句：颸颸，風聲。一作"颺颺"。炎氛，熱氣。氛，胡本作"風"。　〔一四〕"《陽春》"句：《陽春》，古代高雅的曲名。宋玉《對楚王問》："客有歌於郢中者……其爲《陽春》、《白雪》，國中屬而和者不過數十人。"後常用以喻格調高絶的作品。此自喻品格高尚，難與俗人相處。

以上第二段，叙江南游歷及孤高的情操。

聞君往年游錦城〔一五〕，章仇尚書倒屣迎〔一六〕。飛牋絡繹奏明主〔一七〕，天書降問迴恩榮〔一八〕。骯髒不能就珪組，至今空揚高蹈名〔一九〕。夫子工文絶世奇，五松新作天下推〔二〇〕。吾非謝尚邀彦伯，異代風流各一時〔二一〕。一時相逢樂在今，袖拂白雲開素琴，彈爲《三峽流泉》

音〔二二〕。從兹一別武陵去,去後桃花春水深〔二三〕。

【注釋】
〔一五〕錦城:今四川成都市。見前《蜀道難》注。 〔一六〕"章仇"句:章仇尚書,指章仇兼瓊。《資治通鑑》唐玄宗開元二十七年:"十二月,以(章仇)兼瓊為劍南節度使。"又,天寶五載五月"乙亥,以劍南節度使章仇兼瓊為户部尚書,諸楊引之也"。倒屣,古人家居脱鞋席地而坐,因急於迎客,把鞋子穿倒,此用以形容對來客的熱情歡迎。《三國志·魏志·王粲傳》:"時(蔡)邕才學顯著,貴重朝廷,常車騎填巷,賓客盈坐。聞粲在門,倒屣迎之。粲至,年既幼弱,容狀短小,一坐盡驚。邕曰:'此王公孫也,有異才,吾不如也。吾家書籍文章,盡當與之。'" 〔一七〕"飛牋"句:謂章仇兼瓊連續不斷地寫信向英明的君王推薦。絡繹,前後連續不斷。宋本作"絡驛",聯綿詞,通用。今據他本改。 〔一八〕"天書"句:天書,指皇帝的詔書。此句謂天子下詔慰問,旋即給予榮恩。
〔一九〕"骯髒"二句:骯髒,同"抗髒",高亢剛直貌。《後漢書·趙壹傳》:"抗髒倚門邊。"李賢注:"抗髒,高亢偉直貌也。"珪組,指仕宦。珪乃古代貴族朝聘、祭祀、喪葬所用禮器;組乃古代官員佩印、佩玉的絲帶。《文選》卷四六任昉《王文憲集序》:"既襲珪組,對揚王命。"劉良注:"珪,諸侯所執也。組,綬,所以繫印者也。"高蹈,指隱居。宋本作"高道",據他本改。張協《七命》其一:"翫世高蹈。"二句謂性格剛直不願做官,至今還是個隱士。 〔二〇〕"夫子"二句:謂杜秀才善寫詩文,奇絶當代,五松山的新作被天下人所推崇。 〔二一〕"吾非"二句:此用謝尚知賞袁宏(彦伯)事,載於《晉書·袁宏傳》。見《夜泊牛渚懷古》注。二句謂自己雖無謝尚的地位,杜秀才則有袁宏之才,但兩人相知,亦如謝尚與袁宏,異代各有知音,皆盡一時之風流。 〔二二〕三峽流泉:琴曲名。《樂府詩集》卷六十引《琴集》曰:"《三峽流泉》,晉阮咸所作也。"
〔二三〕"從兹"二句:武陵、桃花,用陶淵明《桃花源記》典故:"晉太元中,武陵人,捕魚為業。緣溪行,忘路之遠近。忽逢桃花林。"二句意謂分手後即去桃花源隱居。

以上第三段,叙杜秀才出衆的品格才華,以及兩人的友誼。

【評箋】

延君壽《老生常談》:《答杜秀才五松見贈》詩,兩人出處正爾相同,故情真而言暢,洋洋灑灑,讀之永無轅駒之誚。

按:此詩當是天寶十四載(七五五)途經南陵五松山遇杜秀才而作。詩中有"千峰夾水向秋浦,五松名山當夏寒"句,知時在夏天。當是杜秀才先有五松山詩贈李白,李白以此詩酬答。

書懷贈南陵常贊府〔一〕

歲星入漢年,方朔見明主〔二〕。調笑當時人,中天謝雲雨〔三〕。一去麒麟閣,遂將朝市乖〔四〕。故交不過門,秋草日上階。當時何特達,獨與我心諧〔五〕。

置酒凌歊臺〔六〕,歡娛未曾歇。歌動白紵山〔七〕,舞迴天門月〔八〕。問我心中事,爲君前致辭。君看我才能,何似魯仲尼〔九〕?大聖猶不遇,小儒安足悲〔一〇〕!

雲南五月中,頻喪渡瀘師〔一一〕。毒草殺漢馬,張兵奪秦旗〔一二〕。至今西二河,流血擁僵屍〔一三〕。將無七擒略〔一四〕,魯女惜園葵〔一五〕。咸陽天下樞,累歲人不足。雖有數斗玉,不如一盤粟〔一六〕。賴得契宰衡,持鈞慰風俗。自顧無所用,辭家方未歸〔一七〕。霜驚壯士髮,淚滿逐臣衣〔一八〕。以此不安席,蹉跎身世違〔一九〕。終當滅衛謗,不受魯人譏〔二〇〕。

362

【注釋】

〔一〕南陵：唐縣名，屬宣州。在今安徽南部。贊府，唐代對縣丞的敬稱。常贊府，姓常的縣丞，名未詳。李白另有《與南陵常贊府游五松山》、《於五松山贈南陵常贊府》二詩，當是同一人，且為同時之作。　〔二〕"歲星"二句：《太平廣記》卷六引《洞冥記》及《東方朔別傳》："朔未死時，謂同舍郎曰：'天下人無能知朔，知朔者唯太王公耳。'朔卒後，武帝得此語，即召太王公問之曰：'爾知東方朔乎？'公對曰：'不知。''公何所能？'曰：'頗善星曆。'帝問：'諸星皆具在否？'曰：'諸星具；獨不見歲星十八年，今復見耳。'帝仰天歎曰：'東方朔生在朕傍十八年，而不知是歲星哉！'慘然不樂。"此以東方朔自喻。入漢年、見明主，皆指天寶元年應詔入京見玄宗。〔三〕"調笑"二句：謂供奉翰林時因調侃嘲笑時臣而得罪，終於半途辭別君恩。雲雨，比喻恩澤。《後漢書·鄧騭傳》："托日月之末光，被雲雨之渥澤。"　〔四〕"一去"二句：麒麟閣，漢代閣名，在未央宮中。見《金門答蘇秀才》注。此指唐代翰林院。將，與。朝市，朝廷。乖，分離。二句謂離開翰林院後，就與朝廷脫離了關係。　〔五〕"當時"二句：特達，特出。諧，合。　〔六〕凌歊(xiāo)臺：古臺名，在今安徽當塗縣北黃山上。　〔七〕白紵山：即白苧山。據《太平寰宇記》，白苧山在當塗東五里，本名楚山，桓溫領妓游此山，奏樂，好為《白苧歌》，因改名白苧山。山，胡本作"曲"。　〔八〕"舞迴"句：天門，山名。在今安徽當塗縣西南長江兩岸。東為博望山，西為梁山，兩山夾江對峙，中間如門，故合稱天門山。山上有却月城，乃南朝宋車騎將軍王玄謨所築。此句即用却月典。却月，半圓形的月亮。　〔九〕"君看"二句：魯仲尼，孔子，字仲尼，春秋時魯國人。二句謂己與孔子才能相比如何。　〔一〇〕"大聖"二句：謂像孔子那樣的大聖人尚且不被世用，自己是個小儒，又有何可悲！江淹《雜體詩·魏文帝曹丕游宴》："高文一何綺，小儒安足為。"

〔一一〕"雲南"二句：指鮮于仲通及李宓等兩次征南詔喪師。見前《古風》其三十四"羽檄如流星"注。　〔一二〕"毒草"二句：漢、秦，均借指唐朝。秦，一作"雲"。二句謂雲南的野草毒死了唐朝的戰馬，南詔的強兵奪取了唐朝的軍旗。　〔一三〕"至今"二句：西二河，即西洱(ěr)河，今稱洱海，在今雲南省大理、洱源間，以湖形如耳得名。二，胡本作"洱"。按《新唐書・玄宗紀》：天寶十載（七五一），"四月壬午，劍南節度使鮮于仲通及雲南蠻戰於西洱河，大敗績，大將王天運死之"。十三載（七五四）六月，"劍南節度留後李宓及雲南蠻戰於西洱河，死之"。二句即寫兩次征南詔死者之眾。　〔一四〕"將無"句：七擒略，《三國志・蜀志・諸葛亮傳》裴松之注引《漢晉春秋》曰："亮至南中，所在戰捷。聞孟獲者為夷漢並所服，募生致之。既得，使觀於營陣之間，問曰：'此軍何如？'獲對曰：'向者不知虛實，故敗。今蒙賜觀營陣，若只如此，即定易勝耳。'亮笑，縱使更戰，七縱七擒而亮猶遣獲。獲止不去，曰：'公，天威也，南人不復反矣。'"此句謂唐軍將領沒有像當年諸葛亮七擒孟獲那樣的軍事才能。　〔一五〕"魯女"句：《列女傳・仁智傳》："魯漆室邑之女也，過時未適人。當穆公時，君老，太子幼，女倚柱而嘯。……其鄰人婦從之游，謂曰：'何嘯之悲也！子欲嫁耶？吾為子求偶。'漆室女曰：'嗟乎！吾豈為不嫁不樂而悲哉！吾憂魯君老，太子幼。'鄰女笑曰：'此乃魯大夫之憂，婦人何與焉？'漆室女曰：'不然。……昔晉客舍吾家，繫馬園中，馬逸馳走，踐吾葵，使我終歲不食葵。……今魯君老悖，太子少愚，奸偽日起。夫魯國有患者，君臣父子皆被其辱，禍及眾庶。婦人獨安所避乎？吾甚憂之。子乃曰婦人無與者，何哉？'鄰婦謝曰：'子之所慮，非妾所及。'三年，魯果亂。齊、楚攻之，魯連有寇。男子戰鬥，婦人轉輸，不得休息。"此句謂人民憂慮國家有難使百姓遭殃。　〔一六〕"咸陽"四句：咸陽，此指長安。天下，宋本作"天地"，據他本改。《文選》卷三一袁淑《效曹子建樂府白馬篇》："秦地天下樞。"李善注引高誘曰："樞，要也。"累歲，多年。人不足，人民沒有足夠的糧食。一盤，咸本作"一杯"。　〔一七〕"賴得"四句：契（xiè），傳說中商朝君主的始祖，帝嚳之子，母為簡狄。曾助禹治水有功，被舜任為司徒，掌管教化。宰衡，原為漢平帝時加給王莽的稱號。《漢書・王莽傳》："咸曰：伊尹為阿衡，周公為大宰……采伊尹、周公稱號，加公為宰衡，位上公。"後人因多以宰衡指宰相。鈞，製陶器所用的轉輪。古代常以陶鈞比喻治理國家。持鈞，操持國政。四句謂幸有如契那樣的賢宰相，掌握國政，關心人民疾苦。自己回想自己沒有用處，離家至今未歸。據《舊唐書·玄宗紀》載,天寶十二載八月,"京城霖雨,米貴,令出太倉米十萬石,減價糶與貧人"。十三載秋,"霖雨積六十餘日……物價暴貴,人多乏食,令出太倉米一百萬石,開十場賤糶以濟貧民"。詩當即指此。未,一作"來",咸本作"求"。　〔一八〕"霜驚"二句:逐臣,詩人自指。二句謂頭上白髮如霜,使人心驚而淚滿衣襟。
〔一九〕"以此"二句:不安席,不能安坐。蹉跎,光陰虛度。身世違,遭遇背時。身,一作"因"。　〔二○〕"終當"二句:朱諫《李詩選注》:"衛謗者,孔子見衛南子也。魯人譏者,叔孫、武叔毁仲尼也。"按:叔孫、武叔為魯大夫。《論語·子張》:"叔孫、武叔毁仲尼。子貢曰:'無以為也,仲尼不可毁也。他人之賢者,丘陵也,猶可踰也;仲尼,日月也,無得而踰焉。人雖欲自絕,其何傷於日月乎!多見其不知量也。'"

按:詩云:"雲南五月中,頻喪渡瀘師。"據史載第二次征南詔在天寶十三載(七五四),則此詩當為天寶十四載在南陵時作。全詩叙往事,述友情,言時事,寫心聲,雖曲折多變,但脈絡分明。

清　溪　行〔一〕

清溪清我心〔二〕,水色異諸水。借問新安江〔三〕,見底何如此〔四〕?人行明鏡中,鳥度屏風裏〔五〕。向晚猩猩啼〔六〕,空悲遠游子。

【注釋】
〔一〕清溪行:宋本校:"一作宣州青溪。"一作"宣州清溪"、"宣城青溪"、"宣城清溪",《文苑英華》作"入清溪行山中"。清溪,在今安徽池州城北。劉長卿有《次秋浦界清溪館》詩。詳見《秋浦歌》其二注。　〔二〕清溪:

咸本作"青溪"。　　〔三〕新安江：錢塘江上游的支流。又稱"徽港"、"歙港"。源出皖南休寧、祁門兩縣境，東南流至浙江建德梅城入錢塘江。《元和郡縣志》卷二五江南道睦州清溪縣："新安江，自歙州黟縣界流入縣，東流入浙江。"　　〔四〕見底：沈約《新安江至清淺深見底貽京邑游好詩》："洞徹隨清淺，皎鏡無冬春。千仞寫喬樹，百丈見游鱗。"〔五〕"人行"二句：南朝陳釋惠標《詠水詩》："舟如空裏泛，人似鏡中行。"屏風，喻重疊的山嶺。　　〔六〕"向晚"句：《文選》卷四左思《蜀都賦》："猩猩夜啼。"劉逵注："猩猩生交趾、封谿。似獲，人面，能言語。夜聞其聲，如小兒啼。"江淹《雜體詩·謝臨川靈運游山》："夜聞猩猩啼。"晚，一作"曉"。

【評箋】

胡仔《苕溪漁隱叢話後集》卷五：《復齋漫錄》云：山谷言"船如天上坐，人似鏡中行"，又云"船如天上坐，魚似鏡中懸"，沈雲卿詩也。老杜云"春水船如天上坐"，祖述佺期之語也，繼之以"老年花似霧中看"，蓋觸類而長之。予以雲卿之詩原於王逸少《鏡湖》詩所謂"山陰路上行，如坐鏡中游"之句。然李太白《入青溪山》亦云："人行明鏡中，鳥度屏風裏。"雖有所襲，然語益工也。

《唐宋詩醇》卷五：佇興而言，鏗然古調，一結有言不盡意之妙。

按：此詩當是天寶十四載（七五五）往秋浦時作。

宿清溪主人〔一〕

夜到清溪宿，主人碧巖裏〔二〕。簷楹挂星斗〔三〕，枕席響風水〔四〕，月落西山時，啾啾夜猿起〔五〕。

【注釋】

〔一〕清溪：見前《清溪行》注。　　〔二〕"主人"句：謂主人家在青山中。〔三〕"簷楹"句：簷，屋簷。楹，廳堂前的柱子。挂星斗，形容房屋地勢之高。　　〔四〕"枕席"句：形容環境幽靜。　　〔五〕啾啾：猿鳴聲。《楚辭·九歌·山鬼》："猿啾啾兮狖夜鳴。"

【評箋】

舊題嚴羽評點《李太白詩集》卷十：其境過清，不堪久宿。

《唐宋詩醇》卷五：奇語得自眼前。

按：此詩亦是天寶十四載(七五五)游秋浦時之作。詩中描繪夜宿清溪所見所聞之景，真可謂繪形繪聲，使人讀後如親臨其境。

秋浦歌十七首〔一〕

其　　一

秋浦長似秋〔二〕，蕭條使人愁。客愁不可渡〔三〕，行上東大樓〔四〕。正西望長安，下見江水流。寄言向江水，汝意憶儂不〔五〕？遥傳一掬淚〔六〕，為我達揚州〔七〕。

【注釋】

〔一〕秋浦：縣名，隋開皇十九年置，以秋浦水得名，屬宣州。唐永泰元年置池州，秋浦歸屬池州。即今安徽池州市。此組詩當是天寶十四載(七五五)游秋浦時所作。　　〔二〕"秋浦"句：據《貴池縣志》記載，秋浦水長八十餘里，闊三十里。長似秋，長期蕭條如秋。　　〔三〕渡：他本皆作"度"。　　〔四〕大樓：山名。《江南通志》卷一六謂大樓山在池州府城南四十里。　〔五〕"汝意"句：儂，吳語自稱。不，同"否"，讀平聲。此以江水擬人，問江水是否思念自己。　〔六〕一掬：猶一捧。掬，量詞。《小爾雅·廣量》："一手之盛謂之溢，兩手謂之掬。"　〔七〕揚州：胡震亨《李詩通》："白時從金陵客宣，故不能忘情於揚州，然其意實在長安也。"

【評箋】

　　舊題嚴羽評點《李太白詩集》卷七："秋浦"二句：音響清絕。　又評"行上"句：東大樓，不雅，却不避。　又評末二句：與石頭城下水何如？

　　《唐宋詩醇》卷五：觸物懷人，抑鬱誰語？澤畔行吟，深情宛露。自是騷人之緒。

　　按：此首表示自己"身在江海之上，心居乎魏闕之下"(《莊子·讓王》)；詩人寄言江水，可謂奇情妙語，含蓄深婉。

其　二

　　秋浦猿夜愁，黃山堪白頭〔八〕。青溪非隴水，翻作斷腸流〔九〕。欲去不得去，薄游成久游〔一〇〕。何年是歸日？雨淚下孤舟〔一一〕。

【注釋】

　　〔八〕"秋浦"二句：黃山，指秋浦縣之黃山嶺，在清溪上游，俗稱小黃山。此言在秋浦夜晚聽到黃山猿猴的哀啼，可使人髮白。　〔九〕"青溪"二句：青溪，一作"清溪"，是。見《清溪行》詩注。隴水，隴頭的流水。古樂府《隴頭歌辭》(今《樂府詩集》卷二五收入《橫吹曲辭》)云："隴頭流水，鳴聲幽咽。遙望秦川，心肝斷絕。"極言隴水鳴聲悲切。　〔一〇〕薄游：短暫的游歷。薄，短暫。　〔一一〕雨淚：流淚如雨。淚，咸本作"涕"。

【評箋】

舊題嚴羽評點《李太白詩集》卷七：首二句：又不獨人愁矣。 又評"清溪"二句：此水何獨無情。

胡震亨《李詩通》評"何年"二句：望歸切而未歸乃雨淚，情故生於久游。

許學夷《詩源辯體》卷一八：太白五言律，如"歲落衆芳歇"、"燕支黃葉落"、"胡人吹玉笛"等篇，極為馴雅。然後人功力深至，尚或可為。至如……"秋浦猿夜愁"、"爾佐宣州郡"、"昨夜巫山下"、"牛渚西江夜"、"漢水波浪遠"等篇，格雖稍放而入小變，然皆興趣所到，一掃而成，後人必不能為。所謂人力可強，而天才未易及也。

按：此首寫客久思歸。

其　　三

秋浦錦駝鳥〔一二〕，人間天上稀。山雞羞渌水，不敢照毛衣〔一三〕。

【注釋】

〔一二〕錦駝鳥：秋浦所產之土鳥，形似吐綬雞，翎羽青黃相映若垂綬，非常美麗。　〔一三〕"山雞"二句：山雞，又名錦雞、山雉。《博物志》卷四："山雞有美毛，自愛其色，終日映水，目眩則溺死。"二句謂錦駝鳥羽毛極美，使山雞自慚不如，羞得不敢照水顧影。

其　　四

兩鬢入秋浦，一朝颯已衰〔一四〕。猿聲催白髮，長短盡成絲。

369

【注釋】

〔一四〕颯：衰落貌。

【評箋】

陸游《入蜀記》：李太白往來江東，此州(池州)所賦尤多。如《秋浦歌》十七首，及《九華山》、《清溪》、《白笴陂》、《玉鏡潭》諸詩是也。《秋浦歌》云："秋浦長似秋，蕭條使人愁。"又云："兩鬢入秋浦，一朝颯已衰。猿聲催白髮，長短盡成絲。"則池州之風物可見矣。然觀太白此歌，高妙乃爾，則知《姑熟十詠》決為贗作也。杜牧之池州諸詩，正爾觀之，亦清婉可愛，若與太白詩並讀，醇醨異味矣。

舊題嚴羽評點《李太白詩集》卷七：不應先出"白"字，用虛更佳。

按：此首謂客游秋浦忽然生白髮，乃猿聲催人衰老所致。

其　　五

秋浦多白猿，超騰若飛雪〔一五〕。牽引條上兒〔一六〕，飲弄水中月。

【注釋】

〔一五〕"超騰"句：超騰，跳躍。《新序·雜事》："子獨不見夫玄猿乎？從容游戲，超騰往來。"飛，一作"冰"。　〔一六〕條上兒：指攀援在枝條上的幼猿。

按：此首描繪秋浦樹林中白猿的活動：跳躍飛騰，牽引幼猿，飲水溪中，水中弄月。是一幅逼真的風景畫。

其　　六

愁作秋浦客，強看秋浦花〔一七〕。山川如剡縣〔一八〕，風日似長沙〔一九〕。

【注釋】

〔一七〕"愁作二句"：客，咸本作"曲"。強，勉強。　〔一八〕"山川"句：《世說新語・言語》："顧長康(顧愷之)從會稽還，人問山川之美，顧云：'千巖競秀，萬壑争流，草木葱蘢，其上若雲興霞蔚。'"剡縣，唐屬江南東道越州(會稽郡)，即今嵊州市、新昌縣一帶。　〔一九〕"風日"句：風日，猶風景，風物。長沙，唐代屬江南西道潭州，天寶間改稱長沙郡。今湖南長沙市。《嘉慶重修一統志》卷一一九池州府："秋浦在貴池縣西南八十里。……四時景物，宛如瀟湘、洞庭。"

【評箋】

唐汝詢《唐詩解》卷二一：青蓮之客秋浦，放逐使然，故有"愁作"、"強看"之處，因言此地山川非無剡中之勝，但風日有似乎長沙耳。不言懷抱，而言風日，正騷人托興深遠處。

按：此首以秋浦的山川、風景之美比擬越州剡縣和長沙瀟湘。只因為自己是"愁"客，所以只能算是勉強看花。

其　　七

醉上山公馬〔二〇〕，寒歌甯戚牛〔二一〕。空吟白石爛〔二二〕，淚滿黑貂裘〔二三〕。

【注釋】

〔二〇〕山公：指晉朝山簡。見前《襄陽歌》注。　〔二一〕甯戚牛：

據《楚辭·離騷》"甯戚之謳歌兮,齊桓聞以該輔"王逸注及洪興祖補注:甯戚,春秋時人,家貧無資,為人挽車。至齊,於車下飯牛,扣牛角而歌曰:"南山矸,白石爛。生不逢堯與舜禪。短布單衣適至骭。從昏飯牛薄夜半,長夜漫漫何時旦?"齊桓公聞而異之,召與語,悦之,拜為大夫。　〔二二〕白石爛:即指甯戚《飯牛歌》。　〔二三〕黑貂裘:《戰國策·秦策一》:"蘇秦……説秦王書十上而説不行,黑貂之裘敝,黃金百斤盡。"

按:此首自言醉即騎馬,歌則扣牛,空有甯戚之才,不逢桓公之召。時不我用,只得如蘇秦困時淚滿黑貂裘。瞿蜕園、朱金城《李白集校注》曰:"十七首中惟此首不涉秋浦風物,亦正惟此首直抒作詩時心境,疑是天寶十二載在江南時作,蓋已多年漫游無所遇也。"

其　　八

秋浦千重嶺,水車嶺最奇〔二四〕。天傾欲墮石,水拂寄生枝〔二五〕。

【注釋】

〔二四〕水車嶺:宋本校:"一作人行路。"胡震亨《李詩通》:"《貴池志》:縣西南七十里有姥山,又五里為水車嶺,陡峻臨淵,奔流衝激,恒若桔槔之聲。舊注以為在齊山者誤。"　〔二五〕寄生枝:有寄生植物的樹枝。《本草綱目·木部四·桑上寄生》引陶弘景《名醫別錄》:"寄生,松上、楊上、楓上皆有,形類一般。但根津所因處為異,則各隨其樹名之。生樹枝間,根在肢節之內,葉圓青赤,厚澤易折。旁自生枝節,冬夏生,四月花白,五月實赤,大小如豆,處處皆有。"韓保昇《蜀本草》:"諸樹多有寄生,莖葉並相似。云是鳥鳥食一物子,糞落樹上,感氣而生。葉如橘而厚軟,莖如槐而肥脆。"

【評箋】

《唐宋詩醇》卷五：奇境如畫。

按：此首描繪水車嶺奇境如畫：高聳雲空的巨石欲墜而不落，寄生在別的樹木上的枝條在水中飄拂。此景所以為"最奇"，因其他山嶺所無也。

其　九

江祖一片石〔二六〕，青天掃畫屏〔二七〕。題詩留萬古，綠字錦苔生。

【注釋】

〔二六〕"江祖"句：江祖，即江祖石。胡震亨《李詩通》引《池州志》："清溪上有江祖石，突出高數丈。上有仙人迹。亦名江祖山，去城二十五里。"按此石位於今池州市城南二十里，清溪河北岸。　〔二七〕"青天"句：謂江祖石高聳天空，猶如繪畫的屏風。

【評箋】

宋長白《柳亭詩話》卷三：太白《秋浦歌》第九首曰："江祖一片石，青天掃畫屏，題詩留萬古，綠字錦苔生。"江祖是地名，齊賢、士贇未經注出。其第十一首復曰"江祖出魚梁"。《寄權昭夷》亦有"獨上江祖石"之名。……則其地當在池陽也。

按：此首描繪江祖石的雄偉奇麗，並説明石上有古人題詩。詩人崖石題詩，期以萬古留名。

其　十

千千石楠樹〔二八〕，萬萬女貞林〔二九〕。山山白鷺滿〔三〇〕,澗澗白猿吟。君莫向秋浦,猿聲碎客心。

【注釋】

〔二八〕石楠:又作石南。俗稱千年紅。植物名。花供觀賞,葉可入藥。《齊民要術·石南》:"《南方記》曰:'石南樹,野生。二月花色,仍連着實。'"《本草綱目·木三·石南》:"《魏王花木志》:'南方石楠樹野生,二月開花,連着寔寔如燕覆。子八月熟,民采取核和魚羹尤美。'""生於石間向陽之處,故名。"　〔二九〕女貞:俗稱冬青。常緑灌木或喬木,初夏開白色小花。葉冬夏常青,未嘗凋落,若有節操,故以名焉。
〔三〇〕白鷺滿,咸本作"白鷳鳥"。鷺,宋本校:"一作鷳。"

【評箋】

舊題嚴羽評點《李太白詩集》卷七:"山山"、"澗澗"可學;"千千"、"萬萬"不可學。

《唐宋詩醇》卷五:《周南·采蘋》章連用六"于以"字,《十九首》"青青河畔草"連用六疊字句,白詩祖之。

按:此首寫秋浦景物。石楠樹、女貞林、白鷺鳥,都是美好的,可是白猿的哀啼會使人心碎,所以勸人不要游秋浦。王琦曰:"首四句皆疊二字,蓋仿《古詩》中'青青河畔草'一體。"

其　十　一

邏人橫鳥道〔三一〕,江祖出魚梁〔三二〕,水急客舟疾,山花拂面香。

【注釋】

〔三一〕邏人:與"江祖"相對,亦秋浦嶺石名。胡震亨《李詩通》作"邏叉",注云:"《貴池志》:城西六十里李陽河,出李陽大江,中流有石,槎牙橫突,為攔江、羅叉二磯。……羅叉,今本作'邏人',誤。"王琦按:"鳥道是高山峭嶺人迹稀到之處,而邏叉橫其間,今以水中磯石當之,亦恐未是。"按《乾隆池州府志》卷七"山川"云:"萬羅山,在城南二十里,與江祖石隔溪對峙。上有邏人石。李白《秋浦歌》所謂'邏人橫鳥道,江祖出魚梁'是也。"由此可知"邏人"即萬羅山上之邏人石。鳥道,見前《蜀道難》注。 〔三二〕"江祖"句:江祖,見本組詩其九注。魚梁,一種捕魚設施。用土石築壩橫截水流,留缺口,以竹籠承之,魚隨水流入竹籠中,不能復出。此句謂江祖石從為捕魚而築的堤壩上突出出來。魚,咸本作"漁"。

【評箋】

《唐宋詩醇》卷五:江行真景。

按:此首前二句寫邏人石與江祖石隔溪對峙的高峻而巨大的氣勢。後二句寫水急舟疾,花香撲面。描繪秋浦江行的景色,逼真如畫。

其 十 二

水如一疋練〔三三〕,此地即平天〔三四〕。耐可乘明月,看花上酒船〔三五〕。

【注釋】

〔三三〕"水如"句:疋,同"匹"。練,潔白的熟絹。謝朓《晚登三山還望京邑》詩:"澄江靜如練。" 〔三四〕平天:平天湖。《池州府志》卷七"山川":"平天湖,在城西南十里。本清溪之水,由江祖潭、上洛嶺以下,瀦而為湖。李白《秋浦歌》所云'水如一疋練,此地即平天'者是也。"
〔三五〕"耐可"二句:耐可,即"哪可"之意。與李白《陪族叔曄及賈舍人至游洞庭》"耐可乘流直上天"同。二句謂乘月上天既不可得,那就只得一邊看花,一邊上酒船了。

【評箋】
　　舊題嚴羽評點《李太白詩集》卷七:與前首為比目。

　　按:此首贊賞平天湖之水景。乘舟游覽,賞花飲酒,似乎暫時忘却了憂愁。

其 十 三

　　淥水净素月〔三六〕,月明白鷺飛。郎聽采菱女,一道夜歌歸〔三七〕。

【注釋】
〔三六〕"淥水"句:淥水,謂清澈的水。素月,潔白的月亮。
〔三七〕"郎聽"二句:寫江南農村風俗。《爾雅翼·釋草·菱》:"吳楚風俗,當菱熟時,士女相與采之,故有采菱之歌以相和,為繁華流蕩之音。"《文選》卷二六謝靈運《道路憶山中》詩:"采菱調易急,江南歌不緩。"李善注:"《楚辭》曰:'涉江采菱發陽阿。'王逸曰:'楚人歌曲也。'古樂府《江南》辭曰:'江南可采蓮。'"一道,一路。

【評箋】
　　舊題嚴羽評點《李太白詩集》卷七:聲色俱清。
　　《唐詩歸》卷一六鍾惺評:口齒了然。

　　按:此首描寫江南農村夜景,水月相映,白鷺飛翔,采菱女唱采菱曲,田家郎陪伴夜歌歸。真是一幅美麗的風俗畫。

其 十 四

爐火照天地,紅星亂紫烟[三八]。赧郎明月夜[三九],歌曲動寒川。

【注釋】

[三八]"爐火"二句：王琦注："爐火,楊注以爲煉丹之火,蕭注以爲漁人之火,二火俱不能照及天地,其説固非。胡注謂'山川藏丹處,每夜必發光,所在有之。……'此解亦未是。琦考《唐書·地理志》,秋浦固産銀、産銅之區,所謂'爐火照天地,紅星亂紫烟'者,正是開礦處冶鑄之火,乃足當之。"按：王説是。此"爐火"指煉銅之火。　[三九]赧(nǎn)郎：指煉銅工人。赧,原指因羞愧而臉紅,此指冶煉工人的臉被爐火所映紅。

【評箋】

舊題嚴羽評點《李太白詩集》卷七：仙爐、漁火擬之,皆非。或是陶濱,總欠雅。或曰：赧郎,吴音也。

按：此詩是李白詩歌乃至中國古代詩歌中唯一歌贊冶煉工人的詩。

其 十 五

白髮三千丈[四〇],緣愁似箇長[四一]。不知明鏡裏,何處得秋霜？

【注釋】

[四〇]三千：宋本作"三十",據他本改。　[四一]"緣愁"句：緣,因。箇,這般。

【評箋】

　　葛立方《韻語陽秋》卷二：詩家有換骨法，謂用古人意而點化之，使加工也。李白詩云："白髮三千丈，緣愁似箇長。"荆公點化之，則云："繰成白髮三千丈。"

　　舊題嚴羽評點《李太白詩集》卷七：一詰，一解，又一詰，不可解。是言愁，亦是解愁。

　　劉辰翁曰：後聯活脱脱，真作家手段。(《唐詩品彙》卷三九引)

　　唐汝詢《唐詩解》卷二一：髮因愁而白，愁既長，則髮亦長矣。故下句解之曰"緣愁似箇長"，言愁如許而髮亦似之也。我想平時初未嘗有是，不知鏡中從何處得此秋霜乎？托興深微，辭難實解，讀者當求之意象之外。

　　胡震亨《李詩通》：古人云"髮短心長"，此却緣愁長，髮爲俱長。

　　王琦《李太白全集》注：起句奇甚，得下文一解，字字皆成妙義。洵非仙才，那能作此？

　　《唐宋詩醇》卷五：突然而起，四句三折，格力極健，要是倒裝法耳。陳師道云"白髮緣愁百尺長"，語亦自然。王安石云"繰成白髮三千丈"，有斧鑿痕矣。

　　黄叔燦《唐詩箋注》：因照鏡而見白髮，忽然生感，倒裝説入，便如此突兀，所謂逆則成丹也。唐人五絶用此法多，太白落筆便超。

　　郭兆麒《梅崖詩話》：太白詩"白髮三千丈"、"燕山雪花大如席"，語涉粗豪，然非爾便不佳。……如少陵言愁，斷無"白髮三千丈"之語，只是低頭苦煞耳。故學杜易，學李難。然讀杜後，不可不讀李，他尚非所急也。

　　馬位《秋窗隨筆》：太白"白髮三千丈"，下即接云"緣愁似箇長"，並非實詠。嚴有翼云："其句可謂豪矣，奈無此理。"詩正不得如此講也。

　　何文焕《歷代詩話考索》：李太白云"白髮三千丈，緣愁似箇長"，王介甫襲之云"繰成白髮三千丈"，大謬。髮豈可繰？……《韻語陽秋》以爲得換骨法，我不信也。

按：首句劈空而來，令人生奇發愕，白髮豈有"三千丈"之長？李白以誇張的手法，以白髮之長三千丈來比喻愁之深重，賦予愁以奇特形象，可謂奇人奇想，凝聚著詩人超凡的氣魄和才情。詩人懷有"安社稷"、"濟蒼生"的理想，卻一直無法施展，所以"何處得秋霜"的明知故問中，包含著對國事的憂懷和虛度年華的悲慨。

其 十 六

秋浦田舍翁〔四二〕，采魚水中宿。妻子張白鷴〔四三〕，結罝映深竹〔四四〕。

【注釋】

〔四二〕田舍翁：年老的農民。 〔四三〕張白鷴：張網捕白鷴。白鷴，江南水鳥名，屬雉類，色白，雜有黑文。 〔四四〕罝(jū)：捕捉鳥獸的網。《文選》卷二張衡《西京賦》："結罝百里。"薛綜注："罝，網也。"

【評箋】

舊題嚴羽評點《李太白詩集》卷七：一幅好畫。
《唐宋詩醇》卷七：似輞川詩。

其 十 七

桃波一步地〔四五〕，了了語聲聞〔四六〕。闇與山僧別〔四七〕，低頭禮白雲〔四八〕。

【注釋】

〔四五〕桃波：當為"桃陂"之誤。秋浦境內有桃胡陂。李白《清溪玉鏡潭宴別》詩原注："潭在秋浦桃胡陂下。"可知"桃波"為"桃陂"之訛無疑。

〔四六〕了了：清楚明朗之意。　〔四七〕闇，默然。咸本作"闕"。
〔四八〕禮：禮拜。

【評箋】

舊題嚴羽評點《李太白詩集》卷七："桃波一步地"與"長門一步地"，一親一疏，一喜一恨。"闇"字説時可，説情亦可。"禮云"説卑可，説傲亦可。

《唐詩歸》卷一六譚元春評"桃波一步地"：長門一步地，責怨無已；桃波一步地，清幽逼人，俱安得妙甚。

朱諫《李詩選注》卷五：言秋浦與桃波相近，桃波乃僧人所居。我游秋浦，不得與桃波僧人面別面歸，非恝然而忘主客之情也。意則暗與之別，但低頭而禮其白雲，望其所居之處，致其辭謝而已矣。

劉克莊《後村先生大全集》卷一八一《詩話新集》：《秋浦歌十五首》……雖五言，然多佳句。

朱諫《李詩選注》：按《秋浦歌》原一十七首，以第十首辭氣不相類，故闕之，故得十六首也。其序事簡而實，近而明，辭情兼至，景象物類有如畫出。後人讀之，宛若親履其地也。使他詩人之詠，必加妝點而反多晦矣。此白所以難及也。

（以上總評）

按：此組詩乃天寶十四載（七五五）秋天游秋浦時所作。當時詩人從幽州歸來，往來於宣州、金陵、廣陵及秋浦一帶。由於在幽州目睹安禄山的囂張氣焰，心中一直為唐王朝的安危擔憂着，故詩中多籠罩着愁色。

贈　汪　倫〔一〕

李白乘舟將欲行〔二〕，忽聞岸上踏歌聲〔三〕。桃花潭

贈 汪 倫

水深千尺〔四〕,不及汪倫送我情。

【注釋】
〔一〕敦煌寫本《唐人選唐詩》題作"桃花潭別汪倫"。宋本題下注:"白游涇縣桃花潭,村人汪倫常醖美酒以待白。倫之裔孫至今寶其詩。"據涇縣《汪氏宗譜》、《汪漸公譜》、《汪氏續修支譜》殘卷,皆謂汪倫為汪華五世孫,曾為涇縣令,任滿後辭官居涇縣之桃花潭。　〔二〕將欲行:敦煌寫本《唐人選唐詩》作"欲遠行"。　〔三〕踏歌:唐代民間流行的一種手拉手、兩足踏地為節拍的歌唱方式。《舊唐書·睿宗紀》:"上元日夜,上皇御安國門觀燈,出内人連袂踏歌。"《資治通鑑》則天后聖曆元年:"(閻知微)為虜踏歌。"胡三省注:"踏歌者,聯手而歌,踏地以為節。"
〔四〕桃花潭:在今安徽涇縣西南一百里。

【評箋】
　　舊題嚴羽評點《李太白詩集》卷一一:才子神童出口成詩者多如此,前夷後勁。
　　范梈批選《李翰林詩》卷二:此非必其詩之佳,要見古人風致如此。
　　謝榛《四溟詩話》卷二:詩有四格:曰興,曰趣,曰意,曰理。太白《贈汪倫》曰:"桃花潭水深千尺,不及汪倫送我情。"此興也。陸龜蒙《詠白蓮》曰:"無情有恨何人見,月曉風清欲墮時。"此趣也。王建《宫詞》曰:"自是桃花貪結子,錯教人恨五更風。"此意也。李涉《上于襄陽》曰:"下馬獨來尋故事,逢人惟説峴山碑。"此理也。悟者得之,庸心以求,或失之矣。
　　唐汝詢《唐詩解》卷二五:倫,一村人耳,何親於白?既醖酒以候之,復臨行以祖之,情固超俗矣。太白於景切情真處,信手拈出,所以調絶千古。後人效之,如"欲問江深淺,應如遠別情",語非不佳,終是杯棬杞柳。
　　黄生《唐詩摘鈔》:直將主客姓名入詩,老甚,亦見古人尚質,得以坦懷直筆為詩。若今左顧右忌,畏首畏尾,其詩安能進步古人耶?　"請君試問東流水,別意與之誰短長?"意亦同此,所以不及此者,全得"桃花潭水"四字襯映入妙耳。

　　陸時雍《唐詩鏡》卷二〇：妙於言情。

　　應時《李詩緯》卷四：前平後勁，絶句之體；然此詩下筆已超忽矣。

　　沈德潛《唐詩别裁》卷二〇：若説汪倫之情比於潭水千尺，便是凡語，妙境只在一轉换間。

　　黄叔燦《唐詩箋注》：相别之地，相别之情，讀之覺娓娓兼至，而語出天成，不假爐煉，非太白仙才不能。"將"字、"忽"字，有神有致。

　　李鍈《詩法易簡録》：言汪倫相送之情甚深耳，直説便無味，借桃花潭水以襯之，便有不盡曲折之意。

　　于源《鐙窗瑣語》：贈人之詩，有因其人之姓借用古人，時出巧思；若直呼其姓名，似徑直無味矣。不知唐人詩有因此而入妙者，如"桃花流（潭）水深千尺，不及汪倫送我情"、"舊人惟有何戡在，更與殷勤唱渭城"、"平生不解藏人善，到處逢人説項斯"，皆膾炙人口。

　　按：此詩乃天寶十四載（七五五）游涇縣桃花潭臨别時作。李白另有《過汪氏别業二首》，王琦注引《寧國府志》載胡安定《石壁詩序》，題作《涇川汪倫别業二章》，認爲二詩皆贈汪倫，爲同時之作。

北　上　行〔一〕

　　北上何所苦？北上緣太行〔二〕。磴道盤且峻〔三〕，巉巖凌穹蒼〔四〕。馬足蹶側石〔五〕，車輪摧高崗〔六〕。沙塵接幽州〔七〕，烽火連朔方〔八〕。殺氣毒劍戟，嚴風裂衣裳〔九〕。奔鯨夾黄河，鑿齒屯洛陽〔一〇〕。前行無歸日，返顧思舊鄉。慘戚冰雪裏，悲號絶中腸〔一一〕。尺布不掩體，皮膚劇枯桑〔一二〕。汲水澗谷阻，采薪隴坂長〔一三〕。猛虎又掉尾，磨牙皓秋霜〔一四〕。草木不可餐，飢飲零露漿〔一五〕。歎此北上苦，停驂為之傷〔一六〕。何日王道平〔一七〕，開顏睹天光？

【注釋】

〔一〕北上行：《樂府詩集》卷三三録此詩，列為《相和歌辭·清調曲》。王琦引《樂府古題要解》云：《苦寒行》，晉樂奏魏武帝"北上太行山"，備言冰雪溪谷之苦。或謂《北上行》，蓋因魏武帝作此詞，今人效之。則此詩當為李白擬曹操《苦寒行》之作。　　〔二〕"北上"二句：一問一答，意謂北上有何苦事？答曰因有太行山之阻。太行，山西高原與河北平原間大山，東北西南走向，北起拒馬河谷，南至晉、豫邊境黄河沿岸。海拔一千米以上，最高達二千米。自麓至脊，皆陡峻不可越。獨有八處粗通微徑，為東西交通孔道，稱"太行八陘"。　　〔三〕磴道：同"墱道"，登山石徑。《文選》卷二張衡《西京賦》："墱道邐倚而正東。"薛綜注："墱，閣道也。"
〔四〕"巉巖"句：巉巖，險峻的山巖。凌，直升。穹蒼，即蒼穹，天空。
〔五〕"馬足"句：蹶，顛仆。此句謂馬足因側石難行而顛蹶。
〔六〕"車輪"句：謂車輪因高崗難上而毁壞。曹操《苦寒行》："北上太行山，艱哉何巍巍！羊腸坂詰屈，車輪為之摧。"此句即用其意。
〔七〕"沙塵"句：謂安禄山率胡兵從幽州一直打過黄河，一時沙塵四起。
〔八〕朔方：唐方鎮名，玄宗時邊防十節度使之一。治所在靈州（今寧夏靈武西南）。此句謂戰火從東北一直蔓延到西北。　　〔九〕"殺氣"二句：謂冬天肅殺之氣比劍戟更毒，寒風能使衣裳開裂。　　〔一〇〕"奔鯨"二句：鯨，海中大魚，喻不義之人。李白詩中常用以喻安禄山叛軍。鑿齒，《淮南子·本經訓》："逮至堯之時……鑿齒……為民害，堯乃使羿誅鑿齒於疇華之野。"高誘注："鑿齒，獸名。齒長三尺，其狀如鑿，下徹頷下而持戈盾。羿善射，堯使羿射殺之。"此亦指安禄山叛軍。夾黄河，指安禄山叛軍占領黄河兩岸。屯洛陽，指安禄山屯兵洛陽。　　〔一一〕"慘戚"二句：慘戚，悽楚悲傷。悲號，傷心痛哭。中腸，曹丕《雜詩二首》其一："向風長歎息，斷絶我中腸。"　　〔一二〕"尺布"二句：尺布，極言布少。劇，甚。

383

二句謂布少不能遮體,皮膚被寒風吹得開裂折皺,更甚於枯桑。
〔一三〕壠坂:山岡坡阪。壠,一作"隴"。　〔一四〕"猛虎"二句:謂猛虎擺動着尾巴,磨着白如秋霜一般的牙齒。　〔一五〕零露漿:下露水。陸機《苦寒行》:"渴飲堅冰漿,饑待零露餐。"　〔一六〕停驂:停馬。古時用四馬駕車,夾車轅的二馬稱服,兩旁的馬稱驂。此泛指駕車之馬。　〔一七〕王道平:古代稱以仁義治天下為王道。此指平定安禄山的叛亂。按王琦注"鑿齒"句曰:"天寶十四載,安禄山反於范陽,引兵南向,河北州縣望風瓦解,遂克太原,連破靈昌、陳留、榮陽諸郡,遂陷東京。范陽,本唐幽州之地,詩所謂'沙塵接幽州'者,蓋指此事而言。其曰'烽火連朔方'者,禄山遣其黨高秀巖寇振武軍,朔方節度使郭子儀擊敗之。振武軍去朔方治所甚遠,其烽火相望,告急可知。其曰'奔鯨夾黄河'者,指從逆諸將如崔乾祐徒,縱橫於汲、鄴諸郡也。其曰'鑿齒屯洛陽'者,謂禄山據東京僭號也。"按王説是。唯李白寫此詩時禄山尚未僭號。

【評箋】

范晞文《對牀夜語》卷三:李太白《北上行》,即古之《苦寒行》也。《苦寒行》首句云"北上太行山,艱哉何巍巍",因以名之也。太白詞有云:"磴道盤且峻,巉巖凌穹蒼。馬足蹶側石,車輪摧高岡。"又:"殺氣毒劍戟,嚴風裂衣裳。"此正古詞"羊腸阪詰屈,車輪為之摧。樹木何蕭瑟,北風聲正悲"。太白又有"奔鯨夾黄河,鑿齒屯洛陽"、"猛虎又掉尾,磨牙皓秋霜",亦古詞"熊羆對我蹲,虎豹夾路啼"。又"汲水潤谷阻,采薪隴阪長"、"草木不可餐,飢飲零露漿",是亦古詞"行行日已遠,人馬同時飢。擔囊行取薪,斧冰持作糜",特詞語小異耳。陸士衡、謝靈運諸作,亦不出此轍。

蕭士贇《分類補注李太白詩》卷五:此詩乃禄山初反時作也。鑿齒指禄山,奔鯨指史思明、崔乾祐之徒。按《北上行》者,征行之曲,言行役者之苦也。太白此詩,其作於至德之後乎?隱然有《國風》愛君憂國、勞而不怨、厭亂思治之意,讀者其毋忽諸!

胡震亨《李詩通》:魏武《苦寒行》……備言從軍北上所歷之苦。白擬之,改為《北上行》,而其辭有"屯洛陽"等語,似借詠祿山、思明之亂。

《唐宋詩醇》卷四:古直悲涼,亦《苦寒行》之比。

按:此詩當作於天寶十四載(七五五)冬安祿山初占洛陽之時。是年冬李白從秋浦至梁苑,正遇安祿山叛軍渡河占領陳留、洛陽,李白夫婦被困淪陷區。疑是時曾擬北上,後不果,終於西奔函谷關。

奔亡道中五首〔一〕

其 一

蘇武天山上〔二〕,田橫海島邊〔三〕。萬重關塞斷,何日是歸年〔四〕?

【注釋】

〔一〕此組詩乃李白抒寫從淪陷區逃出往潼關至華山後又從華山向南逃往江南一路奔亡情景之作。題下原有"江東"二字夾注,乃宋人編集時所加,以為此組詩作於江東,大誤。 〔二〕"蘇武"句:《漢書·蘇武傳》記載,蘇武,西漢杜陵(今陝西西安市東南)人,字子卿。漢武帝時中郎將。天漢元年(前一○○),出使匈奴,被拘留,齧雪咽旃毛,徙北海(今俄國西伯利亞的貝加爾湖)牧羊十九年,威逼利誘均不屈。至始元六年(前八一),因匈奴與漢和好,纔被遣回朝。官典屬國。天山,在今新疆境内。見《塞下曲六首》(其一)注。其實蘇武齧雪牧羊之處不在天山。此句自喻如蘇武一樣被困敵占區。 〔三〕"田橫"句:田橫,《史記·田儋列傳》載,田橫,齊國貴族。秦末從兄田儋起兵,重建齊國。楚漢戰爭中,嘗自立為王,失敗後投奔彭越。劉邦稱帝,田橫懼誅,與其徒屬五百人入海,居島中。漢王遣使招降,橫與客二人往洛陽,途中自殺。其徒屬五百餘人在海島者,聞訊同時自殺。此句形容當時自己處境就像田橫那樣被

385

困孤島。　〔四〕"萬重"二句：謂自己被重關所阻，不知何時纔能歸去。

【評箋】

　　唐汝詢《唐詩解》卷二一：奔亡之餘，難以返國，故以蘇武、田橫自比。
　　吳昌祺《删訂唐詩解》卷十一：此亦不堪作詩矣，況可以二人自比乎？

　　按：此首當是被困於敵占區時所作。

其　　二

　　亭伯去安在〔五〕？李陵降未歸〔六〕。愁容變海色〔七〕，短服改胡衣〔八〕。

【注釋】

〔五〕"亭伯"句：《後漢書·崔駰傳》載，崔駰，字亭伯，涿郡安平人。博學有偉才，少游太學，與班固、傅毅同時齊名。明帝賞其文，向竇憲介紹，竇憲揖入其府為上客，辟為掾。竇憲擅權驕恣，駰前後數諫之。憲不能容，遂遣出為長岑長。駰不之官而歸，卒於家。　〔六〕"李陵"句：《漢書·李陵傳》載，李陵，字少卿，善騎射，漢武帝時拜騎都尉。天漢二年（前九九），率步兵五千擊匈奴，戰敗投降。全家為武帝所殺。以上二句謂當時官員有些如崔駰那樣棄官而走，有些如李陵那樣降敵不歸。
〔七〕"愁容"句：海色，將曉的天色，見前《古風》其十六"天津三月時"注。此句謂愁容在早起時有了改變。　〔八〕"短服"句：此句謂改穿胡服短衣而逃亡。古代北方少數民族的服裝多為短衣窄袖，便於騎射。稱胡服。《夢溪筆談·故事一》："中國衣冠，自北齊以來，乃全用胡故服。窄袖，緋綠短衣，長靿鞾，有韘（xiè）帶，皆胡服也。窄袖利於馳射，短衣長靿，皆便於涉草。"

【評箋】

舊題嚴羽評點《李太白詩集》卷一八：情遷境移，大抵如此。

按：此首前二句以崔駰棄官、李陵降敵比喻當時官員有的逃跑，有的降敵。後二句寫自己改變愁容，決定改穿胡衣逃出淪陷區。

其　　三

談笑三軍却[九]，交游七貴疏[一〇]。仍留一隻箭，未射魯連書[一一]。

【注釋】

[九]"談笑"句：魯仲連却秦軍事，見前《贈從兄襄陽少府皓》詩注。左思《詠史詩》："吾慕魯仲連，談笑却秦軍。"　[一〇]七貴：西漢時七個以外戚關係把持朝政的家族。《文選》卷一〇潘岳《西征賦》："窺七貴於漢庭，譸一姓之或在。"李善注："七姓謂呂、霍、上官、趙、丁、傅、王也。"此泛指權貴。　[一一]"仍留"二句：魯仲連射書下聊城事，見前《五月東魯行答汶上翁》詩注。二句謂自己有魯仲連那樣有排難解紛的謀略，却不能為時所用。

【評箋】

舊題嚴羽評點《李太白詩集》卷一八：何其矜重！

按：此首以魯仲連自喻，知其在國家危亡時刻，仍想學魯仲連那樣排難解紛。

其　　四

函谷如玉關，幾時可生還[一二]？洛川為易水[一三]，嵩岳是燕山〔一四〕。俗變羌胡語，人多沙塞顏〔一五〕。申包唯慟哭，七日鬢毛班〔一六〕。

【注釋】
〔一二〕"函谷"二句：函谷，關名，古關在今河南省靈寶東北。戰國時秦置。因關在谷中，深險如函而名。其東自崤山，西至潼津，通名函谷，號稱天險。漢元鼎三年（前一一四），徙關至今河南新安縣東，離故關三百里，稱新函谷關。乃古時由東方入秦之重要關口。玉關，玉門關，漢武帝置，故址在今甘肅敦煌西北小方盤城。六朝時移至今安西雙塔堡附近。因古代西域經此輸入玉石而名，和西南陽關同為當時通西域的門戶。出玉門關為北道，出陽關為南道。東漢班超長期在西域守衛邊疆，年老思鄉，曾上疏曰："臣不敢望到酒泉郡，但願生入玉門關。"此二句謂函谷關以東被叛軍占領，變成像玉門關那樣的邊關，未知何時能生還關東？按：此時李白已逃難至函谷關之西，故有此語。　〔一三〕"洛川"句：洛川，洛水。《水經·洛水》："洛水出京兆上洛縣讙舉山……又東過洛陽縣南，伊水從西來注之。"此處即指今河南洛陽市之洛河。川，一作"陽"。易水，在今河北易縣南。《水經注·易水》："易水又東逕易縣故城南，昔燕文公徙易，即此城也。"此句謂洛水已變成像接近邊疆的易水。
〔一四〕"嵩岳"句：嵩岳，即中岳嵩山，在今河南登封市北。燕山，在今河北平原北側，由潮白河河谷直到山海關。東西走向。此句謂嵩山也變成了邊地的燕山。　〔一五〕"俗變"二句：謂中原的風俗語言已受羌胡所染而改變，人們的面容因戰亂而多帶有邊塞風沙之色。
〔一六〕"申包"二句：申包，即申包胥，春秋時楚人，姓公孫，封於申，故號申包胥。《左傳·定公四年》載吳國破楚都郢，申包胥至秦乞師復國，秦伯遲疑，申包胥立依庭牆而哭，日夜不絕聲，勺飲不入口七日。秦哀公為之賦《無衣》，遂出兵。鬢毛班，班，通"斑"。頭髮花白。二句以申包胥自喻，疑是時李白逃亡，西奔入函谷關，擬效申包胥痛哭於秦庭，請朝廷速救國難。

388

【評箋】

　　王琦《李太白全集》注：太白意謂函谷之地，已為祿山所據，未知何日平定，得能生入此關？洛川、嵩岳之間，不但有同邊界，而風俗人民，亦且漸異華風。己之所以從永王者，欲效申包慟哭乞師，以救國家之難耳。自明不敢有他志也，其心亦可哀矣(按：此時李白剛逃難至潼關，尚未入永王幕，王說非)。

　　按：此首當是李白西逃入潼關時所作。

其　　五

　　淼淼望湖水〔一七〕，青青蘆葉齊。歸心落何處？日沒大江西。歇馬傍春草，欲行遠道迷。誰忍子規鳥〔一八〕，連聲向我啼〔一九〕。

【注釋】

〔一七〕淼淼(miǎo)：大水貌。　　〔一八〕子規鳥：即杜鵑鳥。啼聲哀苦，似曰"不如歸去"，使游子聞之，心情悽惻。詳見前《蜀道難》注。
〔一九〕連：宋本作"遠"，據他本改。

　　按：此首當是天寶十五載(七五六)春天已從關中東逃至大江邊所作。詩中所寫皆為南方春景。

　　按：此組詩前人皆以為作於至德二載(七五七)永王失敗以後，與《南奔書懷》同時之作。大誤。其實，天寶十四載(七五五)冬李白回梁園，遇安祿山之亂，陷於敵占區，從洛陽西奔潼關，上華山，次年春下山向東奔江南。五首詩即奔亡途中作。描寫安史之亂初起時被困敵占區及一路逃亡途中所見所感的情景。其一寫被困於叛軍占領區事；其二敘改裝逃亡；其三叙願效魯連為國解難而無緣；其四叙欲效申包胥痛哭秦庭請救國難；其五乃叙逃南方情事。

古　　風（其十七）

　　西上蓮花山〔一〕，迢迢見明星〔二〕。素手把芙蓉〔三〕，虛步躡太清〔四〕。霓裳曳廣帶〔五〕，飄拂昇天行。邀我登雲臺〔六〕，高揖衛叔卿〔七〕。恍恍與之去〔八〕，駕鴻凌紫冥〔九〕。俯視洛陽川，茫茫走胡兵〔一〇〕。流血塗野草，豺狼盡冠纓〔一一〕。

【注釋】

〔一〕"西上"句：上，一作"嶽"。蓮花山，即西嶽華山的最高峰。《太平御覽》卷三九引《華山記》曰："山頂有池，生千葉蓮花，服之羽化，因曰華山。"　〔二〕"迢迢"句：迢迢，遙遠貌。明星，神仙故事中華山上的仙女。《太平廣記》卷五九引《集仙録》："明星玉女者，居華山，服玉漿，白日昇天。"　〔三〕"素手"句：素手，女子潔白的手。《古詩十九首》："纖纖出素手。"芙蓉，蓮花。　〔四〕"虛步"句：虛步，凌空而行。咸本作"步虛"。躡(niè)，踩，踏。太清，天空。　〔五〕"霓裳"句：此句謂仙女穿着霓裳，拖着寬廣的長帶。霓裳，以虹霓為衣裳。曳，牽引，拖。　〔六〕雲臺：華山東北部的高峰。因上冠景雲，下通地脈，嶷然獨秀，有若靈臺，故名。　〔七〕衛叔卿：神仙名。據《神仙傳》卷八記載，中山人，服雲母得仙。曾乘雲車、駕白鹿從天而降，見漢武帝。因武帝不加優禮而去。帝甚悔恨，遣使者至中山，與叔卿之子度世共之華山，求尋其父。未到其嶺，於絶巖之下，望見其與數人博戲於石上，紫雲鬱鬱於其上，又有數仙童執幢節立其後。　〔八〕恍恍：猶恍惚，模模糊糊。

〔九〕紫冥：紫色天空中的仙府。　〔一〇〕"俯視"二句：謂從華山上空俯看洛陽一帶平原,只見茫茫一片都是來往的胡兵。按：天寶十四載(七五五)十二月,安禄山率叛軍攻破東都洛陽。　〔一一〕"流血"二句：謂洛陽人民慘遭屠殺,安禄山大封偽官。按：安禄山占領洛陽後,屠殺百姓,並於次年正月僭位稱帝,大封叛臣偽官。豺狼,指屠殺人民的叛軍官兵。冠纓,官員的代稱。

【評箋】

舊題嚴羽評點《李太白詩集》卷一：評末四句曰：豺狼盡冠纓已可慨,冠纓而盡豺狼,更當何如？

蕭士贇《分類補注李太白詩》：太白此詩似乎紀實之作,豈禄山入洛陽之時,太白適在雲臺觀乎？

陸時雍《唐詩鏡》卷一七：有情可觀,無迹可履,此古人落筆佳處。

陳沆《詩比興箋》卷三：皆遁世避亂之詞,托之游仙也。《古風》五十九章,涉仙居半,惟此二章(按：指本詩及"鄭客西入關")差有古意,則詞含寄托故也。世人本無奇臆,好言昇舉,雲螭鶴駕,翻成土苴。太白且然,況觸目悠悠者乎？

按：王琦曰："此詩大抵是洛陽破没之後所作。胡兵,謂禄山之兵；豺狼,謂禄山所用之逆臣。"按：此詩當是天寶十五載(七五六)初春在華山作,為一首游仙體的紀實之作。據詩人《奔亡道中五首》,安史之亂初起時,他在洛陽一帶目睹叛軍暴行,乃西奔入函谷關,上華山避亂,至次年春又南奔宣城。過去學界認為此詩作於宣城,未諦。(詳見拙作《安史之亂初期李白行蹤新探索》,《文史》二〇〇一年第二期)

經亂後將避地剡中贈崔宣城〔一〕

雙鵝飛洛陽,五馬渡江徼〔二〕。何意上東門,胡雛更長嘯〔三〕？中原走豺虎,烈火焚宗廟〔四〕。太白晝經天,頹陽掩餘照〔五〕。王城皆蕩覆,世路成奔峭〔六〕。四海望長安,顰眉寡西笑〔七〕。蒼生疑落葉,白骨空相弔〔八〕。連兵似雪山,破敵誰能料〔九〕？我垂北溟翼,且學南山豹〔一〇〕。崔子賢主人〔一一〕,歡娛每相召。胡牀紫玉笛,却坐青雲叫〔一二〕。楊花滿州城,置酒同臨眺〔一三〕。忽思剡溪去,水石遠清妙〔一四〕。雪畫天地明,風開湖山貌〔一五〕。悶為洛生詠,醉發吳越調〔一六〕。赤霞動金光,日足森海嶠〔一七〕。獨散萬古意,閒垂一溪釣。猿近天上啼,人移月邊棹〔一八〕。無以墨綬苦,來求丹砂要〔一九〕。華髮長折腰,將貽陶公誚〔二〇〕。

【注釋】

〔一〕剡中：見前《秋浦歌》其六注。崔宣城,即宣城縣令崔欽。李白天寶十四載(七五五)所寫《趙公西候新亭頌》中有"宣城令崔欽",當即其人。又《江上答崔宣城》亦即此人。　〔二〕"雙鵝"二句：《晉書·五行志中》："孝懷帝永嘉元年二月,洛陽東北步廣里地陷,有蒼白二色鵝出,蒼者飛翔沖天,白者止焉。……陳留董養曰：'步廣,周之狄泉,盟會地也。白者,金色,國之行也。蒼為胡象,其可盡言乎?'是後,劉元海、石勒相繼亂華。"五馬,指西晉末五王,因姓司馬,故云。又《五行志中》："太安中,童謠曰：'五馬游渡江,一馬化為龍。'後中原大亂,宗藩多絶,唯琅邪、汝南、西陽、南頓、彭城同至江東,而元帝嗣統矣。"化為龍,指琅邪王即位為東晉元帝。徼(jiào),邊界。此喻指安禄山叛亂,胡兵占領中原,唐朝宗室逃亡。　〔三〕"何意"二句：何意,何曾想到。上東門,洛陽城門。胡雛,指少年胡人。二句所寫事見《晉書·石勒載記》："石勒……上黨武鄉羯人也。……年十四,隨邑人行販洛陽,倚嘯上東門。王衍見而異之,顧謂左右曰：'向者胡雛,吾觀其聲視有奇志,恐將為天下之患。'馳遣收之,會勒已去。"此處以石勒亂華喻安禄山之亂。《舊唐書·張九齡傳》：

"時范陽節度使張守珪以裨將安禄山討奚、契丹敗衄,執送京師,請行朝典。……九齡奏曰:'禄山狼子野心,面有逆相,臣請因罪戮之,冀絶後患。'上曰:'卿勿以王夷甫知石勒故事,誤害忠良。'遂放歸藩。"結果安禄山果然於天寶十四載叛亂。陷洛陽,自稱大燕皇帝。唐明皇出奔蜀中。故詩人以石勒事擬安禄山。　〔四〕"中原"二句:豺虎,指叛亂者安禄山之類。張載《七哀》:"季葉喪亂起,盗賊如豺狼。"二句指安禄山占領中原,又焚毁唐朝宗廟。《新唐書·禮樂志三》:"安禄山陷兩京,宗廟皆焚毁。"　〔五〕"太白"二句:太白,星名。即金星。《史記·天官書》:"太白光見景,戰勝。晝見而經天,是謂爭明,強國弱,小國強,女主昌。"古代認爲太白星白晝經天是天下將亂的預兆。頽陽,落日。比喻君王暮景。謝瞻《王撫軍庾西陽集别時爲豫章太守庾被徵還東》詩:"頽陽照通津,夕陰曖平陸。"　〔六〕"王城"二句:王城,都城。指長安與洛陽。奔峭,險峻。謝靈運《七里瀨》詩:"徒旅苦奔峭。"　〔七〕"四海"二句:謂長安乃天下人之希望,今爲叛軍所據,人們只能皺眉而不能向西歡笑。顰眉,皺眉。西笑,桓譚《新論·袪蔽》:"人聞長安樂,出門向西笑。"〔八〕"蒼生"二句:謂天下生靈如落葉般凋謝,自己只能哀悼遍地白骨。疑,似。　〔九〕"連兵"二句:謂唐皇朝大軍集結,但只像聚積的雪山那樣不堪一擊,誰能預料能否破敵?　〔一〇〕"我垂"二句:北溟翼,指北海大鵬的巨翅。《莊子·逍遥游》:"北冥有魚,其名爲鯤……化而爲鳥,其名爲鵬……其翼若垂天之雲。"此爲詩人自喻。南山豹,《列女傳·賢明傳》:"陶答子妻……妾聞南山有玄豹,霧雨七日而不下食者何也?欲以澤其毛而成文章也,故藏而遠害。"謝朓《之宣城新林浦向板橋》詩:"雖無玄豹姿,終隱南山霧。"謂已在亂世無能爲力,暫且收斂用世壯志以避世隱居。　〔一一〕"崔子"句:崔子,指宣城縣令崔欽。王粲《公讌》詩:"願我賢主人,與天享巍巍。"　〔一二〕"胡牀"二句:胡牀,亦稱"交牀"、"交椅"、"繩牀"。一種可以折疊的輕便坐具。《後漢書·五行志一》:"靈帝好胡服、胡帳、胡牀……"二句謂坐在胡牀上吹奏紫玉笛,猶如在青雲中歌唱。　〔一三〕臨眺:登高遠望。　〔一四〕"忽思"二句:剡溪,在今浙江嵊州市南。即曹娥江上游諸水,古通稱剡溪。有二源:一出天台,北流經新昌縣至嵊州市。一出武義,經東陽至嵊州市。清,一作"青"。　〔一五〕"雪晝"二句:謂白雪照耀天地勝於白晝之明。風吹使湖山的面貌更為開朗。"晝",作動詞用。《全唐詩》作"盡"。〔一六〕"悶為"二句:洛生詠,《世說新語·輕詆》:"人間顧長康:'何以不作洛生詠?'答曰:'何至作老婢聲?'"劉孝標注:"洛下書生詠音重濁,故云老婢聲。"吳越調,即吳歈越吟,吳越地區的歌曲。是時洛陽淪陷,詩人避地吳越,故悶為洛詠,醉發吳越調。　〔一七〕"赤霞"二句:描繪早晨日出時彩霞閃金光的景色。日足,太陽的脚,指從雲隙中射出的日光。森,使動詞,使海嶠顯得森嚴。　〔一八〕"猿近"二句:猿在高山啼,故云"近天";月倒映舟邊水中,故云"月邊棹"。　〔一九〕"無以"二句:墨綬,繫在印紐上的黑色絲帶。……崔欽為縣令,故以墨綬代稱。丹砂要,修煉之術,即煉丹砂的要訣。二句謂不要以縣令公事自苦,還是與我一起隱居煉丹。　〔二〇〕"華髮"二句:折腰,《南史·陶潛傳》:"為彭澤令……郡遣督郵至縣,吏白應束帶見之。潛歎曰:'我不能為五斗米折腰向鄉里小人。'即日解印綬去職,賦《歸去來》以遂其志。"二句承上謂若不退隱,頭髮花白還要彎腰逢迎長官,將被陶淵明所嘲笑。

【評箋】

舊題嚴羽評點《李太白詩集》卷十一:評"忽思"四句:一派空明,置身其中,可使形神俱化。

許學夷《詩源辯體》卷一八:太白五言古長篇,如"門有車馬賓"、"天津三月時"、"憶昔作少年"、"一身竟無托"、"昔聞顏光禄"、"鸑乃鳳之族"、"我昔釣白龍"、"雙鵝飛洛陽"、"吳地桑葉綠"、"淮南望江南"、"化城如化出"、"鍾山抱金陵"等篇,興趣所到,瞬息千里,沛然有餘。然與子美各自為勝,未可以優劣論也。

唐汝詢《唐詩解》卷四:此避亂隱身招同志也。天寶之末,幾同永嘉,禄山之姦,無減石勒,故借晉事為喻。言亂徵始見,而胡雛謀逆,遂至擾亂中原,焚毀宗廟,民人流離,白骨相弔,喪亂極矣。故我欲如鵬之高舉,豹之深藏,以全身於亂世。乃崔子為宣城主人,又能置酒設樂以相留也。

我想剡中山水多奇,漁釣其間,足以自樂。今崔君幸勿為墨綬所苦,空老一生,當來就我,以求丹砂延年之術。苟白首而戀此微官,且將貽誚於淵明矣。

吳昌祺《刪訂唐詩解》卷二:起得悲壯。　　又評"中原"一段:此亦《七哀》之遺。

《唐宋詩醇》卷五:奇辭絡繹,行以蒼峭之氣,直達所懷,絕無長語。謝朓驚人,此故不減。

按:此詩當作於天寶十五載(七五六)"東奔吳國避胡塵"回到宣城時還想南奔剡中而作。

贈溧陽宋少府陟〔一〕

李斯未相秦,且逐東門兔〔二〕。宋玉事襄王,能為《高唐賦》〔三〕。常聞《綠水曲》〔四〕,忽此相逢遇。掃灑青天開,豁然披雲霧〔五〕。葳蕤紫鸑鷟〔六〕,巢在崑山樹〔七〕。驚風西北吹,飛落南溟去〔八〕。早懷經濟策,特受龍顏顧〔九〕。白玉棲青蠅〔一〇〕,君臣忽行路〔一一〕。人生感分義,貴欲呈丹素〔一二〕。何日清中原?相期廓天步〔一三〕。

【注釋】

〔一〕溧陽宋少府陟:溧陽縣尉宋陟。陟,咸本作"郯",誤。溧陽,唐屬江南西道宣州。故城在今江蘇溧陽市西北。少府,縣尉的敬稱。宋陟,事蹟不詳。李白《溧陽瀨水貞義女碑銘》中提到"縣尉廣平宋陟",另有《賦得白鷺鷥送宋少府入三峽》詩,當為同一人。　〔二〕"李斯"二句:見前《行路難》其三注。此謂李斯未為秦宰相前,只能在上蔡東門獵兔。為詩人自喻。　〔三〕"宋玉"二句：宋玉,戰國末楚國詩人,曾與楚襄王游於雲夢之臺,望高唐之觀,作《高唐賦》。此喻宋陟。　〔四〕"常聞"句：常聞,王本作"嘗聞",是。嘗,曾經。渌水,一作"淥水",是。淥水,古曲名。《文選》卷十八馬融《長笛賦》："中取度於《白雪》、《淥水》。"李周翰注："《白雪》、《淥水》,雅曲名。"此指宋陟所作詩。　〔五〕"掃灑"二句：徐幹《中論·審大臣》："文王之識也,灼然若披雲而見日,霍然若開霧而觀天。"《晉書·樂廣傳》："衛瓘……見廣而奇之。……曰：'……此人之水鏡,見之瑩然,若披雲霧而覩青天也。'"此喻宋陟性格爽朗。〔六〕"葳蕤"句：葳蕤,草木繁盛貌。此形容羽毛豐盛。《文選》卷七司馬相如《子虛賦》："錯翡翠之葳蕤。"呂延濟注："葳蕤,羽貌。"按：葳,宋本作"葴",據他本改。紫鷟,紫色鷟鳥,古代傳說中的瑞鳥。　〔七〕崑山：崑崙山之簡稱。崑崙山為橫貫新疆、西藏間的高山。唐代前後亦常泛稱今印度半島南部及南洋諸島。　〔八〕南溟：南海。《莊子·逍遙游》："是鳥也,海運則將徙於南冥(溟);南冥者,天池也。"　〔九〕"早懷"二句：謂己早年就懷有經國濟民的策略,後來獨受皇帝的恩寵。指因玄宗召見而供奉翰林。龍顏,代指皇帝。　〔一〇〕"白玉"句：白玉,詩人自喻。青蠅,常用以喻進讒小人。《詩·小雅·青蠅》："營營青蠅,止於樊。豈弟君子,無信讒言。"陳子昂《宴胡楚真禁所》詩："青蠅一相點,白璧遂成冤。"　〔一一〕"君臣"句：行路,指行同陌路,比喻不相關的人。此句謂由於小人進讒,君王與己突然疏遠。　〔一二〕"人生"二句：分義,情分。丹素,丹誠。二句謂人生總為情義所動,可貴的是互相推心置腹。　〔一三〕"何日"二句：清中原,指平定安史之亂。廓天步,開擴國運。沈約《法王寺碑》："因斯而運斗樞,自茲而廓天步。"

【評箋】

　　舊題嚴羽評點《李太白詩集》卷九："白玉"二句：追琢見警。
　　曾國藩《求闕齋讀書錄》卷七：首四句,以李、宋二姓引入。"嘗聞"四句,喜相見而披豁情愫也。"葳蕤"四句,指宋由京而至江南。"早懷"四句,自叙遭讒失志。末四句,叙投分之意。

按：此詩當作於天寶十五載（七五六）李白"東奔吳國避胡塵"到達溧陽之時。

猛　虎　行〔一〕

　　朝作《猛虎行》，暮作《猛虎吟》〔二〕。腸斷非關隴頭水〔三〕，淚下不為雍門琴〔四〕。旌旗繽紛兩河道〔五〕，戰鼓驚山欲傾倒。秦人半作燕地囚，胡馬翻銜洛陽草〔六〕。一輸一失關下兵〔七〕，朝降夕叛幽薊城〔八〕。巨鼇未斬海水動〔九〕，魚龍奔走安得寧〔一〇〕？

【注釋】
〔一〕猛虎行：樂府舊題，《樂府詩集》卷三一《相和歌辭·平調曲》收此篇，題為《猛虎行》，引古辭云："飢不從猛虎食，暮不從野雀棲。野雀安無巢，游子為誰驕？"又引《樂府解題》曰："晉陸機云'渴不飲盜泉水'，言從遠役猶耿介，不以艱險改節也。又有《雙桐生空井》，亦出於此。"猛虎，喻凶惡之人，此處喻安禄山。　〔二〕"朝作"二句：宋本校："一作'行亦《猛虎吟》，坐亦《猛虎吟》'。"　〔三〕隴頭水：《初學記》卷一五引《辛氏三秦記》謂隴右西關，其阪九回，不知高幾里，欲上者七日乃越。上有清水，四注流下，即所謂隴頭水。俗歌曰："隴頭流水，鳴聲幽咽。遥望秦川，肝腸斷絶。"乃寫行人因聽隴頭流水而思鄉腸斷。蕭士贇注："隴頭水，亦古樂府別離之曲，正與雍門琴相對。"此句謂己腸斷則與別離無關。
〔四〕雍門琴：據《説苑·善説》載，戰國時齊人雍門子周，曾以琴見孟嘗君，孟嘗君曰："先生鼓琴亦能令文悲乎？"雍門子周引琴而鼓，於是孟嘗君增悲流涕曰："先生之鼓琴，令文若破國亡邑之人也。"此句謂己之淚下，並非由於聽到雍門子周悽楚的琴聲。　〔五〕"旌旗"句：旌旗，宋本作"旂旌",據他本改。旗幟的通稱。繽紛,交錯雜亂貌。兩河道,指唐代的河北、河南兩道。安禄山叛亂時,此兩道各州縣均相繼陷落。
〔六〕"秦人"二句:謂唐兵(多為關中秦地人)一半作了安禄山(安禄山為范陽節度使,其根據地在今北京市一帶,先秦時屬燕國)的俘虜,胡人軍馬(安禄山及其部下多胡人)屯駐洛陽。 〔七〕"一輸"句:史載,天寶十四載十二月,安禄山攻陷洛陽,封常清敗退至陝縣,對屯守在陝的左羽林大將軍高仙芝説:"潼關無兵,若賊豕突入關,則長安危矣。陝不可守,不如引兵先據潼關以拒之。"於是高仙芝率兵退守潼關,途中遭安禄山軍隊追擊,傷亡慘重。幸而潼關修完守備,安禄山纔退軍回去。當時監軍邊令誠向玄宗奏封常清、高仙芝失敗情况,稱封常清以賊摇衆,高仙芝棄陝地數百里。玄宗大怒,遣邊令誠即於軍中斬高仙芝、封常清。此"一輸"指封常清、高仙芝軍事上的失敗。"一失"則指玄宗不從堅守潼關的戰略意義上考慮,即聽信讒言,殺掉兩員大將,是政治上的失策。
〔八〕"朝降"句:幽薊,幽州和薊州(今北京市和河北省薊縣一帶),此泛指河北一帶。據《資治通鑑》天寶十四載記載,是年十二月,常山(今河北正定縣)太守顔杲卿起兵抗擊安禄山,命崔安石等徇諸郡云:"大軍已下井陘,朝夕當至,先平河北諸郡。先下者賞,後至者誅!"於是河北諸郡響應,凡十七郡皆歸朝廷,兵合二十餘萬。其附禄山者,唯范陽、盧龍、密雲、漁陽、汲、鄴六郡而已。但不久杲卿兵敗,常山陷落,於是原已歸正的廣平、鉅鹿、趙、上谷、博陵、文安、魏、信都等郡亦復為賊守。此句當即指此事。
〔九〕"巨鼇"句:以巨鼇不滅海波不會平静,喻安禄山未被消滅,天下就仍將動蕩不安。 〔一〇〕"魚龍"句:喻唐朝君臣民衆紛紛逃亡。

以上第一段,寫安禄山叛亂給國家和人民帶來的災難。並批評唐玄宗在軍事失敗後殺大將的失策。

　　頗似楚漢時,翻覆無定止〔一一〕。朝過博浪沙,暮入淮陰市。張良未遇韓信貧,劉項存亡在兩臣。暫到下邳受兵略,來投漂母作主人〔一二〕。賢哲恓惶古如此,今時亦棄青雲士〔一三〕。有策不敢犯龍鱗〔一四〕,竄身南國避胡塵〔一五〕。寶書玉劍挂高閣,金鞍駿馬散故人〔一六〕。昨日方為宣城客,掣鈴交通二千石〔一七〕。有時六博快壯心〔一八〕,繞牀三匝呼一擲〔一九〕。

【注釋】

〔一一〕"頗似"二句:謂當前的戰爭很像秦末楚漢的拉鋸戰,時勝時敗,各州郡的歸附和反叛也翻覆無常。　〔一二〕"朝過"六句:博浪沙、下邳受兵略,叙張良故事,見前《經下邳圯橋懷張子房》詩注。入淮陰市、來投漂母,叙韓信故事。入,《文苑英華》作"宿"。據《史記·淮陰侯列傳》載,韓信,淮陰人。少年時貧困難以度日,釣於城下,有一漂母見其饑,常給以食。此謂張良和韓信年輕時都曾落魄貧困,但後來在楚漢戰爭中却成了決定劉邦得天下、項羽失天下的謀士和大將。　〔一三〕"賢哲"二句:哲,《文苑英華》作"達"。恓恓,一作"悽悽"。惶惶不安貌。《論語·憲問》:"微生畝謂孔子曰:'丘何為是恓恓者歟?'"邢昺疏:"恓恓,猶皇皇也。"今時亦棄,《文苑英華》作"今將棄擲"。青雲士,志向遠大者,詩人自謂。　〔一四〕犯龍鱗:犯,《文苑英華》作"干"。《韓非子·說難》曾以龍喻君,謂龍喉下逆鱗,"若有人嬰之者,則必殺人"。此句謂己雖有平定叛亂的策略,只是不敢觸犯龍鱗。　〔一五〕"竄身"句:竄,奔逃。南國,南方。此時李白在溧陽(今屬江蘇),將南去剡中。胡塵,指安禄山叛亂戰爭。　〔一六〕"寶書"二句:謂己未受君王任用,故只能挂書劍於高閣,送馬鞍給友人。玉,一作"長"。挂,一作"束"。　〔一七〕"昨日"二句:掣,牽引。鈴,鈴閣,古代州郡長官辦事處。唐時官署多懸鈴於外,有事則引鈴以代傳呼。交通,交往。二千石,漢代對郡守的通稱,因當時郡守月俸一百二十斛,故習稱郡守為二千石。二句謂昨天自己還作客宣城,在郡衙内與太守交往。　〔一八〕"有時"句:六博,古代一種博戲。共十二棋,六黑六白,兩人相博,每人六棋,故名。詳見前《梁園吟》注。壯心,宋本校:"一作寸心。"　〔一九〕"繞牀"句:《晉書·劉毅傳》載,一次聚會大賭,"毅次擲得雉采,大喜,褰衣繞牀叫,謂同座曰:'非不能盧(五子皆黑,是為博戲中最勝采),不事此耳。'"此句寫環繞坐具三周大呼

399

擲棋,形容賭博時興高彩烈的情態。

以上第二段,寫自己"有策不敢犯龍鱗,竄身南國避胡塵"的感慨。

楚人每道張旭奇〔二〇〕,心藏風雲世莫知〔二一〕。三吳邦伯皆顧盻〔二二〕,四海雄俠兩追隨〔二三〕。蕭曹曾作沛中吏〔二四〕,攀龍附鳳當有時〔二五〕。溧陽酒樓三月春,楊花茫茫愁殺人〔二六〕。胡雛綠眼吹玉笛〔二七〕,吳歌《白紵》飛梁塵〔二八〕。丈夫相見且為樂,槌牛撾鼓會衆賓〔二九〕。我從此去釣東海,得魚笑寄情相親〔三〇〕。

【注釋】

〔二〇〕張旭:唐代大書法家,善草書。曾為蘇州常熟縣尉。據《宣和書譜》載,他曾在酣醉中"以髮濡墨作大字。既醒,視之,自以為神,不可復得"。又曾說:"初,見擔夫爭道,又聞鼓吹,而知筆意。及觀公孫大娘舞劍,然後得其神。" 〔二一〕心藏風雲:喻胸懷豪邁,才氣橫溢。

〔二二〕"三吳"句:三吳,古地區名,說法不一。《水經注》以吳郡(今蘇州)、吳興(今浙江湖州)、會稽(今浙江紹興)為三吳,即今江蘇南部、浙江北部一帶。《元和郡縣志》則以吳郡、吳興、丹陽(今江蘇鎮江)為三吳。邦伯,州牧,指州(郡)地方長官刺史(太守)。皆,一作"多"。顧盻,眷顧,禮遇。盻,一作"盼"、"盼"。 〔二三〕"四海"句:雄俠,一作"豪俠"。兩追隨,一作"皆相推"。兩,胡本作"相"。按:作"皆相推"近是。

〔二四〕"蕭曹"句:蕭曹,蕭何、曹參。兩人相繼為漢朝初期的宰相。《史記·曹相國世家》:"平陽侯曹參者,沛人也。秦時為沛獄掾,而蕭何為主吏,居縣為豪吏矣。"沛,秦縣名,故治在今江蘇沛縣東。此句以蕭曹比擬張旭。曾,一作"亦"。 〔二五〕"攀龍"句:攀龍附鳳,古代多以龍鳳指帝王,故稱臣下追隨君王以建功立業為"攀龍附鳳"。《漢書·叙傳下》:"攀龍附鳳,並乘天衢。"當,一作"皆"。 〔二六〕"溧陽"二句:溧陽,縣名,唐屬宣州,今屬江蘇。茫茫,一作"漠漠"。 〔二七〕胡雛綠眼：眼珠綠色的少年胡人。雛，一作"人"。　〔二八〕"吳歌"句：《白紵》：吳地舞曲名。其詞盛稱舞者姿態之美，現存歌詞以晉之《白紵舞歌》最早，梁武帝令沈約改其詞為《四時白紵歌》。《樂府詩集》卷五五著錄南朝《白紵舞歌詩》及唐人擬作共十六家。飛梁塵，形容歌聲響亮，使屋梁上灰塵也飛了起來。《太平御覽》卷五七引劉向《別錄》："漢興以來善歌者，魯人虞公，發聲清哀，蓋動梁塵。"　〔二九〕"丈夫"二句：相見，宋本校："一作到處。"槌，通"搥"，敲擊；胡本作"椎"。撾（zhuā），擊。二句謂大丈夫相見且須作樂，宰牛擊鼓，大宴賓客。　〔三〇〕"我從"二句：《莊子・外物》："任公子……投竿東海，旦旦而釣。"東海，一作"滄海"。二句謂自己準備去東海邊過隱居垂釣生涯，如得魚相贈，彼此也會增進感情。

以上第三段，敘友人的韜略才能將有風雲際會之時以及自己在溧陽與友人的宴別。

【評箋】

舊題嚴羽評點《李太白詩集》卷五：太濫漫，疑非白詩，然聲情却似。

楊齊賢曰：此詩似非太白之作。

蕭士贇《分類補注李太白詩》卷六：此詩似非太白之作，用事既無倫理，徒爾肆為狂誕之辭，首尾不相照應，脈絡不相貫串，語意斐率，悲歡失據，必是他人之詩竄入集中，歲久難別。前輩識者蘇東坡、黃山谷，於《懷素草書》、《悲來乎》、《笑矣乎》等作，嘗致辯矣。愚於此篇，亦有疑焉。因筆於此，以俟知者。

王琦《李太白全集》注：是詩當是天寶十五載之春，太白與張旭相遇於溧陽，而太白又將遨游東越，與旭宴別而作也。……至蕭氏訾此詩非太白之作，以為用事無倫理，徒爾肆為狂誕之詞；首尾不相照，脈絡不相貫，語意斐率，悲歡失據，必是他人詩竄入集中者。……今細閱之，其所謂"無倫理"、"肆狂誕"者，必是"楚、漢翻覆"、"劉、項存亡"等字，疑其有高視祿山之意，而不知正是傷時之不能收攬英雄，遂使逆豎得以肆狂耳。何為以數字之辭，而害一章之意耶？至其悲也，以時遇之艱；其歡也，以得朋之慶。兩意本不相礙。首尾一貫，脈絡分明，浩氣神行，渾然無迹，有識之士自能別之。

詹鍈《李白詩論叢·李詩辨僞》：蘇涣《贈零陵僧兼送謁徐廣州》詩云：張顛没在二十年，謂言草聖無人傳。……涣詩之作，既在大曆二三年間，逆數二十年，至天寶六七載，張旭卒。今詩中所叙，皆禄山亂時事，而猶盛稱張旭，則其必爲僞作明矣。……宋代張長史僞書甚多，乾元二年帖殆亦其中之一，故不可據之以證張旭晚卒也。

按：此詩自楊齊賢、蕭士贇以後多指爲僞作，王琦則力辨非僞，今人詹鍈《李詩辨僞》(《李白詩論叢》)又以蘇涣詩證張旭卒於天寶六七載，辨王琦之説非。瞿蜕園、朱金城《李白集校注》則云："其實詩中只一處涉及張旭，並未確言與張旭本人相酬答，所謂丈夫相見且爲樂者，亦非必謂與張旭相見也。詳玩詩意，蓋有人盛稱張旭，聊藉此發端以自抒懷抱耳。古人非先製題後作詩，亦非必一詩專寫一事，不必執一二字爲辨。前人疑此詩者大抵以'頗似楚漢時'一語似非唐之臣子所宜言，而不知唐人於此等文字不似後人之計較，以本集崔宗之贈詩中'分明楚漢事'一語證之，已可知其不足怪矣。"今按：瞿、朱之説近理。一説詩中"張旭"非書法家張旭，而爲另有其人。

本詩當是天寶十五載三月由宣城赴剡中途經溧陽時作。王琦曰："是詩當是天寶十五載之春，太白與張旭相遇於溧陽，而太白又將遨游東越，與旭宴别而作也。……或曰：張旭生卒，諸書皆無考，何以知是時尚在而與白相遇耶？琦按：長史有乾元二年帖，見《山谷集》中，據此推之，則其時尚在可知矣。"按：王琦説是。

扶風豪士歌〔一〕

洛陽三月飛胡沙〔二〕，洛陽城中人怨嗟。天津流水波赤血〔三〕，白骨相撑如亂麻〔四〕。我亦東奔向吳國〔五〕，浮雲四塞道路賒〔六〕。東方日出啼早鴉，城門人開掃落花〔七〕。梧桐楊柳拂金井〔八〕，來醉扶風豪士家。扶風豪士天下奇，意氣相傾山可移〔九〕。作人不倚將軍勢〔一〇〕，飲酒豈顧尚書期〔一一〕？雕盤綺食會衆客〔一二〕，吳歌趙舞香風吹〔一三〕。原嘗春陵六國時〔一四〕，開心寫意君所知〔一五〕。堂中各有三千士，明日報恩知是誰？撫長劍，一揚眉〔一六〕，清水白石何離離〔一七〕！脫吾帽〔一八〕，向君笑；飲君酒，為君吟。張良未逐赤松去，橋邊黃石知我心〔一九〕。

【注释】

〔一〕扶風豪士：蕭士贇曰："扶風乃三輔郡，意豪士亦必同時避亂於東吳，而與太白銜杯酒，接殷勤之歡者。"扶風，即岐州，天寶元年（七四二）改為扶風郡，治所在今陝西鳳翔縣。豪士，俠義之士。姓名不詳。《寧國府志》卷三一《人物志·隱逸類》："萬巨，世居震山，天寶間以材薦不就，李白有《贈扶風豪士歌》，即巨也。因巨遠祖漢魏槐里侯修封扶風，因以為名。"未知何據。今人或謂即李白《溧陽瀨水貞義女碑銘并序》中的溧陽"主簿扶風竇嘉賓"，但未有確據。　〔二〕飛胡沙：指洛陽陷入胡人安禄山之手。　〔三〕天津：洛陽橋名，見前《古風》其十六"天津三月時"注。　〔四〕"白骨"句：形容白骨遍野，屍體縱橫。陳琳《飲馬長城窟行》："君獨不見長城下，死人骸骨相撑拄。"　〔五〕"我亦"句：《文苑英華》作"我亦來奔溧溪上"。　〔六〕"浮雲"句：司馬相如《長門賦》："浮雲鬱而四塞。"賒（shē），遠。以上謂安禄山陷東京，自己避亂至吳。　〔七〕"東方"二句：蕭士贇注云："此太白避亂東土時，言道路艱阻，京國亂離，而東土之太平自若也。"　〔八〕金井：雕飾美麗的井欄，詩詞中常指宮廷苑林中的井。王昌齡《長信秋詞》："金井梧桐秋葉黃。"　〔九〕"扶風"二句：謂扶風豪士乃天下奇人，意氣相投可使山移。鮑照

403

《代雉朝飛》:"握君手,執杯酒,意氣相傾死何有?"江總《雜曲三首》:"泰山言應可轉移。" 〔一〇〕"作人"句:辛延年《羽林郎》:"昔有霍家奴,姓馮名子都。依倚將軍勢,調笑酒家胡。"此反用其意,謂豪士為人不倚仗權勢。 〔一一〕"飲酒"句:《漢書·陳遵傳》載,遵嗜酒好客,每宴賓客,閉門,且將客人車轄拋入井中,有急事也不讓去。一刺史入朝奏事,途過拜訪,正遇陳遵飲酒,強留不放。刺史大窘,只得等陳遵醉後,叩見陳母,說明已與尚書約定時間,陳母就讓他從後閣門出。此謂豪士飲酒,哪裏還顧得上尚書的約期。 〔一二〕雕盤綺食:形容華美的餐具和豐盛的食品。 〔一三〕吳歌趙舞:古代相傳吳姬善歌,趙女善舞。以上贊豪士之豪俠奇偉。 〔一四〕原嘗春陵:指戰國時著名的四公子:趙平原君、齊孟嘗君、楚春申君、魏信陵君。他們都能待客下士,招會四方,各有食客數千人。 〔一五〕開心寫意:敞開心懷,披露心意。寫意,咸本作"露膽"。 〔一六〕"撫長劍"二句:江暉《雨雪曲》:"恐君猶不信,撫劍一揚眉。"撫,咸本作"舞持"。 〔一七〕"清水"句:用古樂府《豔歌行》"語卿且勿眄,水清石自見"之意。離離,清晰貌。此形容胸懷光明磊落。 〔一八〕脫吾帽:吾,《文苑英華》作"君"。
〔一九〕"張良"二句:張良於下邳圯橋遇黃石公事,見前《經下邳圯橋懷張子房》詩注。逐,《文苑英華》作"遂",非。橋邊,《文苑英華》作"圯橋"。逐赤松,事見《史記·留侯世家》,張良曰:"今以三寸舌為帝者師,封萬戶,位列侯,此布衣之極,於良足矣。願棄人間事,欲從赤松子游耳。"乃學辟穀,道引輕身。會高帝崩,呂后德留侯,乃強食之。司馬貞《索隱》:"赤松子,神農時雨師。能入火自燒,崑崙山上,隨風雨上下也。"黃石,秦時隱者,曾於下邳遇張良。命良圯下取履,良以其年老,為其取履而跪進之。後老人出一編書與良,曰:"讀是編可為帝王師矣。後十三年孺子見我於濟北,穀城山下黃石即我矣。"良旦視其書,乃《太公兵法》。後十三年,從高祖過濟北穀城山下,得黃石,良乃寶祠之。及良死,與黃石並葬。事詳見《高士傳·黃石公傳》。此以張良自比述志,謂己並未棄世,終有一天如張良那樣做一番事業。

【評箋】

舊題嚴羽評點《李太白詩集》卷六：評首句：只此起句，多少傷感，已將下三句吸盡。洛陽是京華，三月是春，一般是時地，若用"京華"、"春"字，便破而無味。　又評"浮雲"句：又着此句，亦覺遠塞。　又評"東方"二句：變愁亂為歡情，與"飛胡沙"相應。　又評"作人"二句：真豪語。如此使古事纔有生氣。　又評"堂中"二句：若有若無，可知不可知，感慨激歎，豪情欲積。　又評"撫長劍"二句：猶帶豪來。又評"清水"句：忽及此，堪洗胡沙。　又評"脫吾帽"二句：又着此二句，有滄浪濯塵纓之意。承啓盡妙，此詩中連環紐也。

劉克莊《後村先生大全集》卷一八一《詩話新集》：《扶風豪士歌》云："原嘗春陵六國時，開心露膽君所知。堂中各有三千士，明日報恩知是誰。"四公子之客，多雞鳴狗吠之徒，豈能一一報恩哉？羅隱云："思量郭隗平生事，不殉昭王是負心。"郭隗能致樂毅、劇辛以報燕昭，朱亥董恐未能辦此。

桂天祥《批點唐詩正聲》：流離中有此風韻，如此調蕩。　又曰：高適《少年行》："未知肝膽向誰是，令人却憶平原君"，已是佳句。及觀太白"春陵原嘗"數語，其逸氣尤覺曠蕩，比高警策。"撫長劍"以下，是太白真處。末句尤調笑入神，不可及。

胡震亨《李詩通》：洛陽如何光景，作快活語，在杜甫不會，在李白不可。

應時《李詩緯》卷二：叙事叙情不着意，起結洵是歌體。　又引丁谷雲曰：七古變化，當推此第一。

毛先舒《詩辯坻》卷三：《扶風歌》方叙東奔，忽著"東方日出"二語，奇宕入妙。此等乃真太白獨長。

趙執信《聲調譜》評"白骨"句：辣句。　又評"梧桐"二句：將轉韻處微入律，參之。　又評"堂中"二句：二句近律，然音調妙絕。　又曰：結以張良自寓，方與篇首相關。　總評：此歌行之極則，神變不可方物矣。

趙翼《甌北詩話》卷一：《扶風豪士歌》云："洛陽三月飛胡沙，白骨相撑如亂麻。我亦東奔向吳國，來醉扶風豪士家。"按天寶十四載十一月，禄山反，十二月陷洛陽，其曰"三月"，則十五載之春，自洛南奔也。

翁方綱《趙秋谷所傳聲調譜》：方綱按：《扶風豪士歌》、《夢游天姥吟》二篇，雖句法、音節極其變化，然實皆自然入拍，非任意參錯也。秋谷於《豪士篇》但評其神變，於《天姥篇》則第云："觀此知轉韻元無定格。"正恐難以示後學耳。

延君壽《老生常談》：《扶風豪士歌》："天津流水波赤血，白骨相撑如亂麻。我亦東奔向吳國，浮雲四塞道路賒。"以下若入庸手，便入扶風矣。却接"東方日出啼早鴉，城門人開掃落花，梧桐楊柳拂金井，來醉扶風豪士家"。日出鴉啼，城門洞開，梧桐金井，人掃落花，一種太平景象，與上之白骨如麻作反映；從閑處引來，第四句方趁勢入題，用法用筆，最宜留心。

方東樹《昭昧詹言》卷一二：此爲禄山之亂而作。以張良自比，以黄石比士。

王闓運手批《唐詩選》卷八：避難時，忽睹太平景象，故有此詠。然吳國何以有扶風人？尚須提明。

高步瀛《唐宋詩舉要》卷二引吳汝綸評"東方"二句曰：接筆閒雅，章法奇變。　又評"原嘗春陵"二句曰：軒昂俊偉。

按：此詩"我亦東奔向吳國"，一作"我亦來奔溧溪上"，是。當爲天寶十五載三月在溧陽時作。時詩人從華山向東南逃難至宣城、溧陽一帶。詩以繫念國事始，以報國明志結，此乃全詩主旨。

贈王判官時余歸隱居廬山屏風疊〔一〕

昔别黄鶴樓〔二〕，蹉跎淮海秋〔三〕。俱飄零落葉，各散洞庭流〔四〕。中年不相見，蹭蹬游吳越〔五〕。何處我思君？

天台綠蘿月〔六〕。會稽風月好，却繞剡溪迴〔七〕。雲山海上出，人物鏡中來〔八〕。一度浙江北，十年醉楚臺〔九〕。荆門倒屈宋，梁苑傾鄒枚〔一〇〕。苦笑我誇誕，知音安在哉〔一一〕！大盗割鴻溝，如風掃秋葉〔一二〕。吾非濟代人〔一三〕，且隱屏風疊。中夜天中望〔一四〕，憶君思見君。明朝拂衣去，永與海鷗群〔一五〕。

【注釋】

〔一〕王判官：名不詳。判官，唐代特派擔任臨時職務的大臣皆可自選中級官員奏請充任判官，以資佐理。中期以後，節度使、觀察使均有判官，亦由本使選充，以備差遣。皆非正官。參見《舊唐書·職官志三》。廬山屏風疊，廬山在今江西省九江市南，聳立於鄱陽湖、長江之濱。一稱匡山。相傳殷、周間有匡姓兄弟結廬隱此而得名。廬山五老峰東北有九個奇峰，九疊如屏，故名屏風疊。　〔二〕黄鶴樓：見前《黄鶴樓送孟浩然之廣陵》詩注。　〔三〕"蹉跎"句：蹉跎，虚度歲月。淮海，指今江蘇揚州一帶。二句指開元十二年（七二四）李白出蜀後曾在黄鶴樓與王判官告别，東游揚州。　〔四〕"俱飄"二句：謂兩人分别後都像飄零的落葉，像洞庭湖各支流分散漂流。　〔五〕"中年"二句：中年，指前之分别與今之相見中間的歲月。蹭蹬，失意潦倒。吴越，指今江蘇南部、浙江紹興一帶。　〔六〕"天台"句：天台，山名，在今浙江天台縣東北。綠蘿，即女蘿、松蘿，地衣類植物，見《白頭吟》注。二句謂曾在天台山月下思念王判官。　〔七〕"會稽"二句：會稽，今浙江紹興市。剡溪，在今浙江嵊州市南。今曹娥江上游諸水，古通稱"剡溪"。　〔八〕"人物"句：南朝陳釋惠標《詠水詩三首》其一："舟如空裏泛，人似鏡中行。"〔九〕"一度"二句：浙江，指錢塘江。楚臺，泛指楚地臺榭，如楚靈王所建章華臺等。二句謂離開會稽北渡錢塘江後，在楚地滯留的時間極長。〔一〇〕"荆門"二句：荆門，山名。在今湖北宜都市西北長江南岸。《水經注·江水》："江水東歷荆門、虎牙之間。荆門山在南，上合下開，其狀

407

似門。虎牙山在北。此二山,楚之西塞也。"此指今湖北江陵、襄陽一帶。梁苑,又名梁園,漢梁孝王劉武所築,故址在今河南省開封市東南。此指今開封、商丘一帶。屈宋,戰國時楚國詩人屈原、宋玉都生於古荆州。鄒枚,西漢辭賦家鄒陽、枚乘,都曾為梁孝王賓客。二句自謂客游荆門、梁苑,才華能壓倒古代著名的作家。〔一一〕"苦笑"二句:苦,胡本作"若"。誇誕,浮誇虚妄,語言不實。二句謂人們都笑己虚誇,知音何在?〔一二〕"大盗"二句:大盗,指安禄山。庾信《哀江南賦》:"大盗移國。"鴻溝,古運河名,故道自河南省滎陽北引黄河水,曲折東流至淮陽入潁水。秦末劉邦、項羽在楚漢戰争中,曾劃鴻溝為界,西為漢,東為楚。後稱界限分明為鴻溝。此指安禄山亂軍侵占大片中原土地,其破壞之烈如秋風掃落葉。〔一三〕濟代:即濟世,拯救人世,因避唐太宗李世民諱改。〔一四〕中夜:夜半。古代十二時辰中的子時。宋本作"中望",據他本改。〔一五〕海鷗:水鳥名。《文選》卷二二謝靈運《於南山往北山經湖中瞻眺》詩:"海鷗戲春岸,天雞弄和風。"李善注:"《南越志》曰:江鷗,一名海鷗,漲海中隨潮上下。"此句謂永遠隱居不仕,與海鷗為群。

【評箋】

舊題嚴羽評點《李太白詩集》卷一〇:評"何處"二句:人境俱不奪。

按:此詩當作於唐肅宗至德元載(七五六)秋,時李白"東奔吴國避胡塵",從華山東奔宣城,又往溧陽、杭州,然後又到廬山隱居。

在水軍宴贈幕府諸侍御〔一〕

月化五白龍〔二〕,翻飛凌九天〔三〕。胡沙驚北海,電掃洛陽川〔四〕。虜箭雨宫闕,皇輿成播遷〔五〕。英王受廟略,秉鉞清南邊〔六〕。雲旗卷海雪,金戟羅江烟〔七〕。聚散百萬人,弛張在一賢〔八〕。霜臺降群彦,水國奉戎旃〔九〕。繡服開宴語,天人借樓船〔一〇〕。如登黄金臺,遥謁紫霞仙〔一一〕。卷身編蓬下,冥機四十年〔一二〕。寧知草間人,腰下有龍泉〔一三〕?浮雲在一決,誓欲清幽燕〔一四〕。願與四座公,静談《金匱》篇〔一五〕。齊心戴朝恩,不惜微軀捐。所冀旄頭滅〔一六〕,功成追魯連〔一七〕。

【注釋】

〔一〕水軍:指永王李璘的水師。幕府,軍隊出征,施用帳幕,故古代稱將軍的府署為"幕府"。《史記·廉頗藺相如列傳》:"(李牧)常居代雁門,備匈奴。以便宜置吏,市租皆輸入莫(幕)府,為士卒費。"諸侍御,唐玄宗以後節度使及其幕僚多帶憲銜。安史之亂後節度使及其幕府僚佐皆加中央各級官銜,以九卿或憲銜居多。此處"諸侍御"當指永王水軍中幕僚帶殿中侍御史或監察御史之銜者。 〔二〕"月化"句:《十六國春秋·後燕録》:"慕容熙建始元年正月……太史丞梁延年夢月化為五白龍,夢中占之曰:月,臣也;龍,君也。月化為龍,當有臣為君。"此用喻安禄山稱帝。 〔三〕"翻飛"句:九天,指天的中央和八方。《離騷》:"指九天以為正兮,夫唯靈修之故也。"一説,九為陽數,九天即指天。此句形容叛軍氣燄囂張。 〔四〕"胡沙"二句:天寶十四載(七五五)十一月,安禄山以十五萬衆於范陽起兵,十二月攻陷洛陽。電掃,極言安禄山叛軍進展迅疾。按唐幽州,天寶元年(七四二)改為范陽郡,乾元元年復為幽州。春秋戰國時指渤海周圍一帶為北海,故此處以"北海"稱范陽。

〔五〕"虜箭"二句:指天寶十五載(七五六)玄宗幸蜀,安禄山叛軍陷京師。雨宫闕,雨,宋本作"兩",誤。據他本改。皇輿,原指皇帝車乘,此代指皇帝。《楚辭·離騷》:"恐皇輿之敗績。"王逸注:"皇,后也;輿,君之所乘。"播遷,流亡。二句謂叛軍箭如雨似的射向宫闕,君王也成了逃亡者。

〔六〕"英王"二句:英王,指永王李璘。廟略,指帝王或朝廷制定的克敵謀略。此指天寶十五載六月玄宗幸蜀至漢中郡,"下詔以璘為山南路及嶺南、黔中、江南西路四道節度采訪等使、江陵郡大都督"(《舊唐書·李璘傳》)。秉鉞,指執掌兵權。鉞,古代兵器,形似斧,有長柄。《詩·商頌·長發》:"武王載旆,有虔秉鉞。"南邊,指永王為南方四道節度使、江陵大都督。　〔七〕"雲旗"二句:形容永王建節儀式之盛。雲旗,軍旗。《文選》卷三張衡《東京賦》:"雲旗拂霓。"薛綜注:"旗謂熊虎為旗,其高至雲,故曰雲旗也。"海雪,形容海中浪濤。雪,蕭本作"雲",非。戟,一種合戈與矛為一體的武器。羅,羅列。二句謂軍旗舒卷如海濤,武器羅列如江烟。　〔八〕"弛張"句:弛張,弓弦的放鬆與拉緊。比喻事業的廢興和處事的寬嚴等。《韓非子·解老》:"萬物必有盛衰,萬事必有弛張。"一賢,指永王。　〔九〕"霜臺"二句:霜臺,指御史臺。御史職司糾彈,嚴肅如霜,故名。群彥,指永王幕府中諸侍御。水國,江南多水,故稱。戎旃(zhān),軍旗。奉戎旃,意謂參加永王軍隊。　〔一〇〕"繡服"二句:繡服,《漢書·百官公卿表上》:"侍御史有繡衣直指,出討姦猾,治大獄。武帝所制,不常置。"又《武帝紀》:天漢二年,"遣直指使者暴勝之等衣繡衣杖斧,分部逐捕"。此以繡服代指憲銜。天人,才能傑出者。《三國志·魏志·邯鄲淳傳》裴松之注引《魏略》:"淳歸,對其所知歎植(曹植)之材,謂之'天人'。"此指永王李璘。樓船,有樓的大戰船。《史記·平準書》:"治樓船高十餘丈,旗幟加其上,甚壯。"《漢書·嚴安傳》:"(秦始皇)使尉屠睢將樓船之士攻越。"　〔一一〕"如登"二句:黃金臺,見前《古風》其十四"燕昭延郭隗"注。紫霞,道教謂神仙乘紫色雲霞而行。《文選》卷二八陸機《前緩聲歌》:"輕舉乘紫霞。"劉良注:"衆仙會畢,乘霞而去。"二句謂樓船聚會如登燕昭王的黃金臺,又似遥謁紫霞仙。〔一二〕"卷身"二句:卷身,猶藏身、屈身。編蓬,編蓬草為門,指平民居處。《文選》卷五一東方朔《非有先生論》:"積土為室,編蓬為户。"李善注:"《尚書大傳》曰:子夏曰:弟子所授書於夫子者,不敢忘。雖退而窮居河濟之間,深山之中,作壞室,編蓬户,尚彈琴瑟其中,以歌先王之風,則可以發憤矣。"冥機,息機,不管世事。四十年,形容時間之長。　〔一三〕"寧知"二句:寧知,豈知。草間人,隱居在野者。龍泉,即龍淵,避唐高祖諱改。古代傳說中的寶劍。《越絕書·越絕外傳·記寶劍》:

"歐冶子、干將鑿茨山，泄其溪，取鐵英，作鐵劍三枚：一曰龍淵，二曰泰阿，三曰工布。"謂龍淵劍如登高山臨深淵，故名。曹植《與楊德祖書》："有龍泉之利，乃可議其斷割。"二句謂自己雖身居草澤，但腰佩寶劍，志在用世。　〔一四〕"浮雲"二句：《莊子·説劍》："天子之劍……直之無前，舉之無上，案之無下，運之無旁，上決浮雲，下決地紀。此劍一用，匡諸侯，天下服矣。"決，劈斷。此句形容劍之鋒利，可以劈開浮雲。清幽燕，指平定安禄山之亂。幽燕，指今河北省北部，當時是安禄山的根據地。　〔一五〕《金匱》篇：兵書名。匱，咸本作"櫃"。《隋書·經籍志三·兵家》有"《太公六韜》五卷"，注："梁六卷。周文王師姜望撰。"又有"《太公金匱》二卷"。　〔一六〕旄頭：又作"髦頭"，星宿名，即昴宿。古人認為昴宿是胡星，旄頭星特別亮時，預示有戰爭發生。此指安禄山叛軍。　〔一七〕魯連：即魯仲連。見前《贈從兄襄陽少府皓》詩注。

【評箋】

舊題嚴羽評點《李太白詩集》卷一〇：評"月化"句：奇突。　又評"聚散"二句：為自伏案。　又評"誓欲"二句：銷繳群彦。

按：此詩當是肅宗至德二載（七五七）正月參加永王幕府後所作。全詩充滿為國效力的決心，可見李白參加永王幕的動機完全是為了愛國，只是對永王的野心缺乏認識而已。

永王東巡歌十一首〔一〕

其　　一

永王正月東出師〔二〕，天子遥分龍虎旗〔三〕。樓船一舉風波静〔四〕，江漢翻為雁鶩池〔五〕。

411

【注釋】

〔一〕永王：唐玄宗第十六子李璘。天寶十五載(七五六)六月,玄宗逃往蜀中,路經漢中郡(今陝西漢中市),詔以璘為山南東道及嶺南、黔中、江南西道四道節度、采訪等使,江陵郡大都督。九月,李璘至江陵,以抗擊叛軍為號召,召募士將數萬人,隨意任命官吏,江淮的租賦在江陵堆積如山。當時肅宗已在靈武(今屬寧夏)即位,下詔令李璘歸覲於蜀,璘不從。十二月,引舟師東下。據李白《贈韋秘書子春》、《別內赴徵三首》和《與賈少公書》,知天寶十五載十二月,永王舟師東下,抵達九江時,曾三次遣使徵召隱居在廬山的李白入幕。此組詩乃至德二載(七五七)初春作於永王幕中。蕭本、郭本題下注：按此詩止當十首,第九首乃偽贋之作。
〔二〕正月：指至德二載(七五七)正月。　〔三〕龍虎旗：繪有龍虎之形的旗幟。此句即指天寶十五載玄宗任命事。意謂李璘得到玄宗的委任,讓他統率大軍,分擔守衛一方的重任。　〔四〕樓船：古時有樓的戰船。駱賓王《蕩子從軍賦》：“樓船一舉争沸騰。”　〔五〕“江漢”句：江漢,指長江、漢水一帶。雁鶩池,漢梁孝王曾在梁苑築雁鶩池。《漢書·嚴助傳》：“陛下以四海為境,九州為家,八藪為囿,江漢為池。”王筠《和何主簿春月二首》：“日照鴛鴦殿,萍生雁鶩池。”此句謂由於永王出師東巡,江漢地區的局面得以平靜。

【評箋】

舊題嚴羽評點《李太白詩集》卷七：評“天子”句：賴有此耳。

按：此首將永王率水師東下說成是承天子之命,蕭士贇曰：“此詠永王出師,首篇表之以‘天子遙分龍虎旗’者,夫子作《春秋》書王之意也。太白忠君之心於此可見。百世之下未有發明之者,故書於此。”玄宗任以藩屏之職,故東巡是正當的。詩中歌頌永王水師所到之處和平安寧,自是諛辭。

其　二

三川北虜亂如麻〔六〕,四海南奔似永嘉〔七〕。但用東山謝安石〔八〕，為君談笑靜胡沙〔九〕。

【注釋】

〔六〕"三川"句：三川，秦郡名，治所在今河南洛陽市東北。因有黃河、洛水、伊水三川，故名。北虜，指安祿山叛軍。時安祿山已據洛陽稱帝。
〔七〕永嘉：晉懷帝年號。晉永嘉五年（三一一），前趙匈奴族君主劉曜陷洛陽，中原人相率南奔，避難江左。唐天寶十五載（七五六），兩京蹂於胡騎，官吏百姓紛紛南奔，重演永嘉一幕。李白《為宋中丞請都金陵表》："天下衣冠士庶，避地東吳，永嘉南遷，未盛於此。"可參證。 〔八〕謝安石：謝安，字安石，東晉人，曾隱於會稽之東山。晉孝武帝太元八年（三八三），前秦君主苻堅率大軍南侵，謝安起為大都督，派謝玄等率軍拒敵，破苻堅百萬之軍於淝水（《晉書·謝安傳》）。此李白以謝安自比。 〔九〕"為君"句：談笑，形容運籌帷幄，從容不迫。胡沙，猶胡塵，指安祿山叛軍。

【評箋】

舊題嚴羽評點《李太白詩集》卷七：評"但用"二句：自負不淺。

劉克莊《後村先生大全集》卷一八一《詩話新集》：按永王璘客如孔巢父亦在其間，白其一爾。此篇所謂"謝安石"，不知屬誰？可見自負不淺。然十篇只目王為帝子受命東巡，與王衍、阮籍勸進事不同。

應時《李詩緯》卷四：體格不失，自得狂士氣概。 又引丁谷雲評：觀此詞意，則太白心迹可知矣。

丁紹儀《聽秋聲館詞話》卷一："但起東山謝安石，為君談笑淨胡塵"，太白詩也。人或譏其大言不慚，然其時鄴侯、汾陽均未顯用，殆有所指，非自況也。

按：此詩寫洛陽地區叛軍猖狂燒殺搶掠，局勢極為混亂。中原士人紛紛南奔，重演永嘉悲劇。詩人以謝安自比，抒寫建功立業的抱負，自信能在談笑間克敵制勝，平定叛亂。全詩用永嘉典故和謝安典故，都非常自然妥帖，明白通暢。不過，歷史證明，李白只是有平亂抱負，却無"運籌

413

帷幄，決勝千里"的實際軍事才能。

其　三

雷鼓嘈嘈喧武昌[一〇]，雲旗獵獵過尋陽[一一]。秋毫不犯三吴悦[一二]，春日遥看五色光[一三]。

【注釋】

[一〇]"雷鼓"句：雷鼓，《荀子·解蔽》："雷鼓在側而耳不聞。"楊倞注："雷鼓，大鼓聲如雷者。"嘈嘈，形容聲響嘈雜。武昌，今湖北鄂州。
[一一]"雲旗"句：《漢書·司馬相如傳》："靡雲旗。"顔師古注引張揖曰："畫熊虎於旒爲旗，似雲氣"，故名。獵獵，風吹旗幟發出的聲響。《文選》卷二七鮑照《還都道中作》："獵獵曉風遒。"吕延濟注："獵獵，風聲。"尋陽，今江西九江市。　[一二]"秋毫"句：秋毫不犯，亦作"秋豪無犯"，絲毫不加侵犯，形容軍紀嚴明。《後漢書·岑彭傳》："持軍整齊，秋豪無犯。"李賢注："豪，毛也。秋毛，喻細也。高祖曰：'吾入關，秋豪無所取。'"三吴，見前《猛虎行》注。　[一三]五色光：五色雲彩，古人以爲祥瑞。《南史·王僧辯傳》："賊望官軍，上有五色雲。"此謂永王出兵上應天象，故有五色祥雲放光。

【評箋】

舊題嚴羽評點《李太白詩集》卷七：好對仗。

按：此首寫永王軍威之盛、軍令之嚴。

其　四

龍盤虎踞帝王州[一四]，帝子金陵訪古丘[一五]。春風試暖昭陽殿〔一六〕，明月還過鳷鵲樓〔一七〕。

【注釋】
〔一四〕"龍盤"句：盤，一作"蟠"。《太平御覽》卷一五六引晉張勃《吳錄》："劉備曾使諸葛亮至京，因睹秣陵山阜，歎曰：'鍾山龍盤，石城虎踞，此帝王之宅。'"謝朓《鼓吹入朝曲》："江南佳麗地，金陵帝王州。"
〔一五〕帝子：指永王李璘，乃玄宗之子。　〔一六〕昭陽殿：指南朝時宮殿，在今江蘇南京市。《南齊書》記載羊貴嬪居昭陽殿西，范貴嬪居昭陽殿東者即是。　〔一七〕鳷鵲樓：南朝宮中樓觀名，在今江蘇南京。謝朓《暫使下都夜發新林至京邑贈西府同僚》詩："金波麗鳷鵲，玉繩低建章。"吳均《與柳惲相贈答》詩："日映昆明水，春生鳷鵲樓。"

【評箋】
舊題嚴羽評點《李太白詩集》卷七：評"春風"二句：寓悲慨於壯麗。

按：此首描寫永王的水師已到達金陵。

其　　五

二帝巡游俱未迴〔一八〕，五陵松柏使人哀〔一九〕。諸侯不救河南地〔二〇〕，更喜賢王遠道來〔二一〕。

【注釋】
〔一八〕"二帝"句：二帝，指玄宗和肅宗。時玄宗避難蜀地，肅宗即位靈武，俱未回長安。　〔一九〕"五陵"句：五陵，指唐玄宗以前五個皇帝的陵墓。即高祖之獻陵、太宗之昭陵、高宗之乾陵、中宗之定陵、睿宗之橋陵。此句謂二帝逃亡在外，祖宗的陵墓無人祭掃，使人悲哀。
〔二〇〕"諸侯"句：諸侯，指各州軍政長官。河南，指洛陽一帶，時安禄山

415

占據洛陽稱帝。　　〔二一〕賢王：指永王李璘。

【評箋】

　　舊題嚴羽評點《李太白詩集》卷七：評"諸侯"二句："更"字與"不"字不應。

　　按：此首前二句諱言明皇、肅宗逃難在外，京城淪陷。後二句歌頌永王爲勤王赴難。

其　　六

　　丹陽北固是吳關〔二二〕，畫出樓臺雲水間〔二三〕。千巖烽火連滄海，兩岸旌旗繞碧山。

【注釋】

〔二二〕"丹陽"句：丹陽，指丹陽郡，即潤州。唐天寶元年(七四二)改爲丹陽郡，乾元元年(七五八)復爲潤州，治所京口，即今江蘇鎮江市。北固，山名，亦稱北顧山。在今江蘇鎮江市。有南、中、北三峰。北峰三面臨江，形勢險要，故稱"北固"。山上有北固樓，大同十年(五四四)梁武帝登樓佇望久之，敕曰："此嶺不足固守，然京口實乃壯觀。"於是改樓曰"北顧樓"。梁武帝有《登北顧樓》詩。吳關，三國時吳地的關隘。
〔二三〕"畫出"句：按京口和北固山都臨長江，故樓臺都隱映在雲水之間。

　　按：此首表明永王水師已到達京口。

其　　七

　　王出三江按五湖〔二四〕，樓船跨海次揚都〔二五〕。戰艦森森羅虎士〔二六〕,征帆一一引龍駒〔二七〕。

【注釋】

〔二四〕"王出"句:三江,歷來説法不一,近人多認爲此處泛指南方衆多水道。江,一作"山"。五湖,六朝後有多種解釋:一説即太湖;一説指與太湖相通的五個湖灣;一説指太湖附近的五個湖。近人多認爲此處泛指太湖流域所有的湖。　〔二五〕"樓船"句:樓船,見本組詩其一注。跨海,郭沫若《李白與杜甫》曰:"水師已由長江中游到了下游,目的是準備'跨海',即主力軍經由海路北上。"次,原指行軍停留三宿以上,後泛指到達某地停留。《左傳·莊公三年》:"凡師一宿爲舍,再宿爲信,過信爲次。"揚都,揚州,泛指今南京、鎮江一帶。揚,一作"陪"。　〔二六〕"戰艦"句:《釋名·釋船》:"上下重牀曰艦,四方施板以禦矢石,其內如牢檻也。"指大型戰船。森森,密集衆多貌。羅,排列。虎士,勇武之士。《周禮·夏官·虎賁氏》:"虎士八百人。"鄭玄注:"不言徒,曰虎士,則虎士徒之選有勇力者。"　〔二七〕龍駒:駿馬。徐陵《驄馬驅》詩:"白馬號龍駒,雕鞍名鏤衢。"亦喻聰穎兒童。《晉書·陸雲傳》:"幼時,吳尚書廣陵閔鴻見而奇之,曰:'此兒若非龍駒,當是鳳雛。'"

【評箋】

郭沫若《李白與杜甫》:水師已由長江中游到了下游,目的是準備"跨海",即主力軍經由海路北上。

按:此首寫永王水師出三江巡五湖,準備跨海出征而在揚州停留。

其　　八

長風挂席勢難迴〔二八〕,海動山傾古月摧〔二九〕。君看帝子浮江日,何似龍驤出峽來〔三〇〕!

【注釋】

〔二八〕"長風"句:《宋書·宗慤傳》:"願乘長風,破萬里浪。"挂席,挂帆。席,船帆。謝靈運《游赤石進帆海》詩:"揚帆采石華,挂席拾海月。"
〔二九〕古月:即"胡"字。此處指胡人安禄山之叛軍。　〔三〇〕龍驤出峽:指晉朝王濬滅蜀後東下伐吴。《晉書·武帝紀》:"(咸寧)五年十一月,大舉伐吴,遣龍驤將軍王濬、廣武將軍唐彬,率巴蜀之卒,浮江而下。"

按:此首歌頌永王浮江東下的軍威,比之於晉朝王濬自蜀出峽伐吴的聲勢,認爲消滅胡虜安禄山叛軍指日可待。

其　　九

祖龍浮海不成橋〔三一〕,漢武尋陽空射蛟〔三二〕。我王樓艦輕秦漢〔三三〕,却似文皇欲渡遼〔三四〕。

【注釋】

〔三一〕"祖龍"句:祖龍,指秦始皇。《史記·秦始皇本紀》:"(三十六年)秋,使者從關東夜過華陰平舒道,有人持璧遮使者曰:'爲吾遺滈池君。'因言曰:'今年祖龍死。'"裴駰《集解》引蘇林曰:"祖,始也;龍,人君象;謂始皇也。"《水經注·濡水》引《三齊略記》:"始皇於海中作石橋,海神爲之豎柱。始皇求與相見,神曰:'我形醜,莫圖我形,當與帝相見。'乃入海四十里,見海神。左右莫動手,工人潛以脚畫其狀。神怒曰:'帝負約,速去。'始皇轉馬還,前脚猶立,後脚隨崩,僅得登岸。畫者溺死于海。衆山之石皆傾注,今猶岌岌東趣。"　〔三二〕"漢武"句:《漢書·武帝紀》:"元封五年冬……自尋陽浮江,親射蛟江中,獲之。"　〔三三〕"我王"句:樓艦,樓船類戰艦。《宋書·孔覬傳》:"樓艦千艘,覆川蓋汜。"《資治通鑑》陳宣帝太建十一年:"都督陳景帥樓艦五百出瓜步江,振旅而還。"胡三省注:"樓艦,即樓船,兩面施重板,列戰格,故謂之樓艦。"輕秦漢,輕視秦始皇、漢武帝。　〔三四〕"却似"句:文王,宋本作"天王",誤。據他本改。

即唐太宗。《舊唐書·太宗紀》:"貞觀十九年二月庚戌,上親統六軍發洛陽。……五月丁丑,車駕渡遼。甲申,上親率鐵騎與李世勣會圍遼東城。"

【評箋】

蕭士贇《分類補注李太白詩》云:"合十一篇而觀,第九篇用事非倫,句調鄙俗,別是一格,偽贗無疑,識者必能辨之。"

按:此首自宋楊齊賢、元蕭士贇以來,各注家皆以為是偽作。楊曰:"按此(組)詩止當十首,第九首乃偽贗之作。"郭沫若《李白與杜甫》曰:"'祖龍'是秦始皇,'文王'是唐太宗,而且超過了秦皇、漢武,(以天子之事比擬永王)比擬得不倫不類,和其他十首也不協調,前人以為偽作,是毫無疑問的。《東巡歌》應該只有十首,其後不久作的《上皇西巡南京歌》也只有十首,顯然是仿效大小《雅》以十首為一'什'的辦法。第九首無疑是永王幕中人所增益,但却為永王提供了一個罪狀,便是有意爭奪帝位,想做皇帝了。……然而儘管不是李白做的,却有史料價值。詩中說到'浮海',說到'渡遼',可證永王幕中人的確是想由海路北上直搗安史的根據地。這一首,把第一首和第八首的含意更突露出來了。"

其　　十

帝寵賢王入楚關〔三五〕,掃清江漢始應還〔三六〕。初從雲夢開朱邸〔三七〕,更取金陵作小山〔三八〕。

【注釋】

〔三五〕"帝寵"句:指唐玄宗任命永王李璘為四道節度使、江陵大都督事。《資治通鑑》唐肅宗至德元載:七月,"丁卯,上皇制……永王璘充山南東道、嶺南、黔中、江南西道節度都使,江陵郡大都督"。據此制,永王使命在經略楚地。楚關,指春秋戰國時楚地。　〔三六〕江漢:指長江、漢水一帶。　〔三七〕"初從"句:雲夢,古澤名。《爾雅·釋地》:

419

"楚有雲夢。"郭璞注:"今南郡華容縣東南巴丘湖是也。"按永王為江陵大都督,則此雲夢即指江陵而言。朱邸,漢諸侯王第宅,以朱紅漆門,故稱王侯的第宅為朱邸。《文選》卷三〇謝朓《始出尚書省》:"黄旗映朱邸。"李善注引《史記》曰:"諸侯朝天子,於天子之所立宅舍曰邸。"又引《漢書》曰:"代王入朝邸,諸侯王朱戶,故曰朱邸。"此處指永王的江陵大督府。
〔三八〕"更取"句:更,胡本作"直"。金陵,指金陵山,即鍾山。《元和郡縣志》卷二五江南道潤州上元縣:"鍾山,在縣東北十八里。按《輿地志》,古金陵山也。邑縣之名。皆由此而立。"小山,用淮南王小山事,此處借作山嶺用。意謂將鍾山作為永王朱邸中的小山。

按:此首再次點明永王是受玄宗之命進入楚地,負責掃清江漢。

其 十 一

試借君王玉馬鞭〔三九〕,指麾戎虜坐瓊筵〔四〇〕。南風一掃胡塵静〔四一〕,西入長安到日邊〔四二〕。

【注釋】
〔三九〕玉馬鞭:喻指揮權。此句謂試向永王借來君王賜予的軍權。
〔四〇〕"指麾"句:麾,一作"揮"。形容指揮戰爭鎮定自若,坐在瓊筵之間指揮平亂。亦即"談笑静胡沙"之意。　〔四一〕"南風"句:相傳虞舜作五絃琴,歌《南風》詩,曰:"南風之薰兮,可以解吾民之愠兮。"永王的軍隊在南方,故以"南風"為喻。　〔四二〕日邊:日為君象,故京城、京畿之地稱日邊、日下,即皇帝身邊。

【評箋】
胡仔《苕溪漁隱叢話前集》卷五引《蔡寬夫詩話》云:太白之從永王璘,世頗疑之,《唐書》載其事甚略,亦不為明辨其是否。獨其詩自序云:"半夜水軍來……翻謫夜郎天。"然太白豈從人為亂者哉?蓋其學本出從横,以氣俠自任,當中原擾攘時,欲藉之以立奇功耳。故其《東巡歌》有"但用東山謝安石,為君談笑靜胡沙"之句,至其卒章乃云:"南風一掃胡塵靜,西入長安到日邊。"亦可見其志矣。

按:此詩寫參加永王幕府後,自以為可以施展抱負。前人多謂李白入永王幕為從逆,以《永王東巡歌》為罪證。然細繹詩意,結合考察其入幕動機,詩人完全是出於平叛報國熱忱。只是對永王異志認識不足,結果詩人被繫潯陽獄,又長流夜郎,實為千古冤案。《永王東巡歌》記錄着詩人報國平叛的壯志和理想,千秋萬代向後人昭示着詩人的耿耿忠心!

蔡啓《蔡寬夫詩話》:太白之從永王璘,世頗疑之,《唐書》載其事甚略,亦不為明辨其是否。……然太白豈從人為亂者哉?蓋其學本出從横,以氣俠自任,當中原擾攘時,欲藉之以立奇功耳。故其《東巡歌》有"但用東山謝安石,為君談笑靜胡沙"之句。至其卒章乃云"南風一掃胡塵靜,西入長安到日邊",亦可見其志矣。大抵才高意廣如孔北海之徒,固未必有成功,而知人料事,尤其所難。議者或責以璘之猖獗,而欲仰以立事,不能如孔巢父、蕭穎士,察於未萌,斯可矣。若其志,亦可哀已。

葛立方《韻語陽秋》卷九:安禄山反,永王璘有窺江左之意……白傳止言永王璘辟為府僚,璘起兵,遂逃還彭澤。審爾,則白非深於璘者。及觀白集有《永王東巡歌》十一首,乃曰:"初從雲夢開朱邸,更取金陵作小山。"又云:"我王樓艦輕秦漢,却似文皇欲度遼。"若非贊其逆謀,則必無是語矣。

朱諫《李詩選注》:此寬夫之論李白者,得其情矣。但白之失於知人,昧於事幾,不能明決,為可議耳。自古詩人多闊略,言浮其實者亦多矣。豈白一人而已乎?又按永王璘……乃擅引舟師下金陵,方命逾境,反形已著,白又從而美之,豈其情然全有不知者乎?且璘之為人……乘國家之亂,起覬覦之心,欲據偏方以窺神器,罪固不容誅矣。白之不審,甘受其餌,自蹈逆境,其獲罪流竄,宜也。……璘罪不可掩而白有不與知者,曰形迹之可疑者,獨不知所趨避乎?然白將奈何?曰知而諫之,諭之以忠義,開之以利害,守之以死而已矣。其有可以脱身而去者,則當勇決而行,赴諸有司,以自白其狀,俾轉而達之於天子可也。若乃因循兩端,即有可誅之罪矣。故白之不死者,幸也。白雖有文章而疏於義理之學,故於利害危疑之際,處之不當,以致自累也。孰謂白果有助於永王者哉!

瞿佑《歸田詩話》卷上:老杜詩識君臣上下……太白作《上皇西巡歌》、《永王東巡歌》,略無上下之分。二公雖齊名,見趣不同如此。

(以上總評)

南奔書懷〔一〕

遥夜何漫漫!空歌白石爛〔二〕。甯戚未匡齊〔三〕,陳平終佐漢〔四〕。欃槍掃河洛,直割鴻溝半〔五〕。曆數方未遷,雲雷屢多難〔六〕。天人秉旄鉞〔七〕,虎竹光藩翰〔八〕。侍筆黄金臺,傳觴青玉案〔九〕。不因秋風起,自有思歸歎〔一〇〕。主將動讒疑,王師忽離叛〔一一〕。自來白沙上,鼓噪丹陽岸〔一二〕。賓御如浮雲,從風各消散〔一三〕。舟中指可掬,城上骸爭爨〔一四〕。草草出近關,行行昧前筭〔一五〕。南奔劇星火,北寇無涯畔〔一六〕。顧乏七寶鞭,留連道邊翫〔一七〕。太白夜食昴,長虹日中貫〔一八〕。秦趙興天兵,茫茫九州亂〔一九〕。感遇明主恩,頗高祖逖言。過江誓流水,志在清中原〔二〇〕。拔劍擊前柱,悲歌難重論〔二一〕。

【注釋】

〔一〕南奔書懷:宋本校:"一作自丹陽南奔道中作。"乃宋人編集時所加。

至德二載(七五七)二月,在江東節度使韋陟、淮西節度使來瑱、淮南節度使高適等討伐下,永王李璘的軍隊在鎮江潰散,李白自丹陽郡京口(今鎮江市)南奔至彭澤被捕,此詩作於至德二載(七五七)從丹陽郡京口南奔九江途中。 〔二〕"遥夜"二句:遥夜,長夜。漫漫,無涯際貌,形容時間久長。何漫漫,宋本校:"一作何時旦。"白石爛,指甯戚《飯牛歌》。洪興祖《楚辭補注》引《三齊記》載甯戚歌曰:"南山矸,白石爛,生不逢堯與舜禪,短布單衣適至骭,從昏飯牛薄夜半,長夜漫漫何時旦?"參見前《秋浦歌》其七注。 〔三〕"甯戚"句:甯戚,春秋時人,齊桓公客卿,見前《秋浦歌》其七注。匡,輔助。首三句以甯戚自况,哀歎一生坎坷,不被重用。 〔四〕"陳平"句:《史記·陳丞相世家》載陳平對漢王劉邦云:"臣事魏王,魏王不能用臣説,故去事項王。項王不能信人,其所任愛,非諸項即妻之昆弟,雖有奇士不能用,平乃去楚。聞漢王之能用人,故歸大王。"此李白以陳平自比,表示願為國盡力。 〔五〕"欃槍"二句:欃槍,彗星的别稱。古代認為彗星主妖,其現即有兵亂。《文選》卷三張衡《東京賦》:"欃槍旬始,群凶靡餘。"李善注:"欃槍,星名也。謂王莽在位時如妖氣之在天。"此指安禄山之亂。鴻溝,秦末楚漢戰爭中項羽與劉邦約定中分天下之處。《史記·項羽本紀》:"漢王復使侯公往説項王,項王乃與漢約中分天下,割鴻溝以西者為漢,鴻溝而東者為楚。"詳見前《贈王判官時余歸隱居廬山屏風疊》詩注。二句謂安禄山叛軍占領黄河洛水流域,簡直就像當年楚漢之争那樣割去了一半天下。 〔六〕"曆數"二句:曆,宋本作"歷",據他本改。《論語·堯曰》:"咨!爾舜,天之曆數在爾躬。"朱熹注:"曆數,帝王相繼之次第,猶歲時氣節之先後也。"雲雷,用《易·屯》"象曰:雲雷屯"之義。意謂乾坤始交而遇險難。屯,難。二句謂唐朝帝王相繼的國運不會改變,只是國家因此多災多難。屢,宋本校:"一作起。"是。 〔七〕"天人"句:天人,神奇傑出的人。《三國志·魏志·曹仁傳》:"及見仁還,乃歎曰:'將軍真天人也!'"此處指永王李璘。旄,古時旗杆頭上用旄牛尾作裝飾,因用以代指旗。鉞,古代兵器,即大斧。《書·牧誓》:"左杖黄鉞,右秉白旄。"《三國志·蜀志·諸葛亮傳》:"秉旄鉞以厲三軍。" 〔八〕"虎竹"句:虎竹,即銅虎符、竹使符,古代朝廷徵調兵將的憑證,見前《塞下曲》其五注。光,動詞,照耀。藩翰,《詩・大雅・板》:"价人維藩,大師維垣,大邦維屏,大宗維翰。"毛傳:"藩,屏也;翰,幹也。"後因以"藩翰"比喻捍衛王室的重臣。《三國志・蜀志・劉備傳》:"宗子藩翰,心存國家,念在弭亂。"此處指永王李璘受皇帝之命掌管一方軍權。按天寶十五載七月,玄宗任命永王李璘為山南東道、嶺南、黔中、江南西道四道節度使,江陵大都督,出鎮江陵。以上二句即指此事。 〔九〕"侍筆"二句:叙在永王幕中受到優禮的待遇。黃金臺,見前《古風》其十四"燕昭延郭隗"注。青玉案,古代供進食時所用有青玉裝飾的短足木盤。 〔一○〕"不因"二句:用西晉張翰典,見前《行路難》其三注。此謂當時自己也感到王室内部有矛盾,很想離軍歸去。 〔一一〕"主將"二句:主將,指永王部下大將季廣琛等。《新唐書・李璘傳》:"……即引舟師東下,甲士五千趨廣陵,以渾惟明、季廣琛、高仙琦為將,然未敢顯言取江左也。會吳郡采訪使李希言平牒璘,璘因發怒……乃使惟明襲希言,而令廣琛趨廣陵,攻采訪使李成式。……廣琛知事不集,謂諸將曰:'與公等從王,豈欲反邪?上皇播遷,道路不通,而諸子無賢於王者。如總江淮銳兵,長驅雍洛,大功可成。今乃不然,使吾等名絓叛逆,如後世何?'衆許諾,遂割臂盟。於是惟明奔江寧,馮季康奔白沙,廣琛以兵六千奔廣陵。"二句即指季廣琛等率衆離逃事。
〔一二〕"自來"二句:白沙,指白沙洲,在今江蘇儀徵市長江邊上。自來白沙上,宋本校:"一作兵羅滄海上。"鼓噪,擂鼓吶喊,指軍隊作戰時大張聲勢。丹陽,即丹陽郡,治所在今江蘇鎮江市。 〔一三〕"賓御"二句:賓御,賓客侍從。鮑照《詠史》詩:"賓御紛颯沓。"此處指永王的幕僚。二句形容永王部下幕僚極多,各自望風逃散。 〔一四〕"舟中"二句:《左傳・宣公十二年》:晉、楚交戰於邲,"(楚)遂疾進師,車馳卒奔,乘晉軍。桓子不知所為,鼓於軍中曰:先濟者有賞,中軍、下軍争舟,舟中之指可掬也"。又《左傳・宣公十五年》:楚圍宋,宋人"易子而食,析骸以爨(炊)"。此用以形容永王李璘兵敗時的慘狀。 〔一五〕"草草"二句:草草,匆亂貌。近關,附近的城門。昧前籌,不知道未來的打算。籌,同"算"。《文選》卷二三謝惠連《秋懷》詩:"夷險難預謀,倚伏昧前籌。"張詵

注：" 昧，闇；筭，計也。"　　〔一六〕"南奔"二句：劇星火，比星火更急迫。北寇，指北邊的追兵。無涯畔，無邊無際，形容敵軍勢盛。　　〔一七〕"顧乏"二句：七寶鞭，用晉明帝典。《晉書·明帝紀》載，王敦將要謀反，明帝微服私探王敦營壘，被軍士疑心，王敦亦從夢中驚醒，派兵追趕，明帝把七寶鞭交給路邊賣食老婦，並用水澆馬糞。追兵來到，老婦謊說已逃遠，並以七寶鞭出示，追兵傳玩寶鞭稽留很久，又見馬糞已冷，相信已逃遠而不追。此反用其意，謂只是自己缺乏七寶鞭，不能讓追兵把玩留連道旁。或其時知永王已被殺，喻其未能逃逸。道邊，一作"道傍"，王本作"道旁"。以上六句形容自己從軍中逃亡時的情狀。　　〔一八〕"太白"二句：太白，星名，即金星。傳說太白星主殺伐，故詩文中多用喻兵戎。昴，二十八宿(xiǔ)之一，又稱"旄頭"或"髦頭"。太白食昴謂太白星運行中掩蔽昴宿；長虹貫日謂白色長虹穿日而過。古人認為人間有不平凡的事變，就會引起這種天象變化。《漢書·鄒陽傳》："昔荆軻慕燕丹之義，白虹貫日，太子畏之。衛先生為秦畫長平之事，太白食昴，昭王疑之。"顏師古注："應劭曰：燕太子丹質於秦，始皇遇之無禮，丹亡去，厚養荆軻，令西刺秦王，精誠感天，白虹為之貫日也。蘇林曰：白起為秦伐趙，破長平軍，欲遂滅趙，遣衛先生說昭王，益兵糧，為應侯所害，事用不成，其精誠上達於天，故太白為之食昴。昴，趙分(分野)也；將有兵，故太白食昴。食者，干歷之也。如淳曰：太白，天之將軍。"此即用其事，喻己效忠國家的精誠能上感天象。　　〔一九〕"秦趙"二句：秦趙，《史記·趙世家》："趙氏之先，與秦共祖。……其後世蜚廉有子二人，而命其一子曰惡來，事紂，為周所殺，其後為秦。惡來弟曰季勝，其後為趙。"說明秦、趙原是兄弟關係。此處喻指肅宗和永王是兄弟之間發生戰爭，使全國(九州)為之動亂。　　〔二〇〕"感遇"四句：遇，宋本校："一作結。"祖逖，東晉初曾領兵北伐石勒。《晉書·祖逖傳》："帝乃以逖為奮威將軍、豫州刺史……渡江中流，擊楫而誓曰：'祖逖不能清中原而復濟者，有如大江！'辭色壯烈，衆皆慨歎。"此謂己像祖逖一樣，是為了討平叛亂，收復中原，報答明主的知遇之恩，纔參加永王幕府的。　　〔二一〕拔劍擊前柱：感情激憤的一種表示。鮑照《擬行路難》："對案不能食，拔劍擊柱長歎息。"江淹《恨

425

賦》:"拔劍擊柱,弔影慚魂。"

【評箋】

　　蕭士贇《分類補注李太白詩》:按此篇用事偏枯,句意倒雜,決非太白之作,姑存而置諸卷末,以俟心知其意者。
　　王琦《李太白全集》注:此篇首引甯戚、陳平,蓋以自況,思得見用於世之意。"欃槍掃河洛,直割鴻溝半",謂禄山反逆,覆陷兩京,河北河南半為割據。天人,謂永王璘。……"侍筆黃金臺……自有思歸歎",謂在永王軍中雖蒙禮遇,而早動思歸之志。當是察其已有逆謀,不可安處矣。太白之於永王璘,與張翰之齊王冏事略相類,故引以為喻。……"自來白沙上……從風各消散",言軍中擾亂、賓幕逃奔之狀……其曰"舟中指可掬,城上骸爭釁",甚言其撓敗之形有若此耳。"草草出近關……留連道傍甄",自言奔走匆遽之狀。"太白夜食昴,長虹日中貫",喻己為國之精神可以上干天象。"秦趙興天兵……志在清中原",明己之所以從璘者,實因天下亂離,四方雲擾,欲得一試其用,以擴清中原,如祖逖耳,非敢有逆志也。"拔劍擊前柱,悲歌難重論",自傷其志之不能遂,而反有從王為亂之名,身敗名裂,更向何人一為申論？拔劍擊柱,慷慨悲歌,出處之難,太白蓋自嗟其不幸矣。蕭士贇曰此篇用事偏枯,句意倒雜,決非太白之作。果真灼見其為非太白之詩耶？抑為太白諱而故為此言也？

　　按:唐肅宗至德二載(七五七)二月,在江東節度使韋陟、淮西節度使來瑱、淮南節度使高適等討伐下,永王李璘的軍隊在鎮江潰散,李白自丹陽郡京口(今鎮江市)南奔至彭澤被捕,此詩作於此時從丹陽郡京口南奔九江途中。

上　留　田〔一〕

行至上留田,孤墳何崢嶸！積此萬古恨,春草不復生。悲風四邊來,腸斷白楊聲〔二〕。借問誰家地?埋沒蒿里塋〔三〕。古老向余言〔四〕,言是上留田,蓬科馬鬣今已平〔五〕。昔之弟死兄不葬,他人於此舉銘旌〔六〕。

【注釋】
〔一〕上留田:一作《上留田行》。樂府舊題。《樂府詩集》卷三八《相和歌辭·瑟調曲》收魏文帝《上留田行》,並收陸機、謝靈運、梁簡文帝、李白、貫休等人同題詩。引《古今樂錄》曰:"王僧虔《技錄》有《上留田》,今不歌。"又引崔豹《古今注》曰:"上留田,地名也。人有父母死,不字其孤弟者,鄰人為其弟作悲歌以風其兄,故曰《上留田》。"《樂府廣題》曰:"蓋漢世人也。云'里中有啼兒,似類親父子。回車問啼兒,慷慨不可止'。"按此詩蕭士贇注、胡震亨注及《唐宋詩醇》均謂諷肅宗不容其弟永王李璘,是。 〔二〕"行至"六句:敘墳之荒涼。《古詩十九首》:"出郭門直視,但見丘與墳。……白楊多悲風,蕭蕭愁殺人。"此即用其意。
〔三〕"借問"二句:張載《七哀》詩:"借問誰家墳?"蒿里,本山名,在泰山之南,為死人之葬地。《漢書·劉胥傳》:"蒿里召兮郭門閱。"顏師古注:"蒿里,死人里。"塋,墓地。 〔四〕"古老"二句:古老,老年人。
〔五〕"蓬科"句:蓬科,通"蓬顆",墳上長著蓬草的土塊。《漢書·賈山傳》:"使其後世曾不得蓬顆蔽冢而托葬矣。"顏師古注:"顆,謂土塊;蓬顆,言塊上生蓬者耳。"馬鬣,墳墓上封土的一種形狀。《禮記·檀弓上》記子夏之言曰:"昔者夫子言之曰:吾見封之若堂者矣,見若坊者矣……見若斧者矣。從若斧者焉,馬鬣封之謂也。"孔穎達疏:"子夏既道從若斧形,恐燕人不識,故舉俗稱馬鬣封之謂也以語燕人。馬鬣鬣之上,其肉薄,封形似之。" 〔六〕銘旌:即明旌。舊時豎在柩前以表識死者姓名的旗幡。

一鳥死,百鳥鳴;一獸走,百獸驚〔七〕。桓山之禽別離苦,欲去回翔不能征〔八〕。

427

【注釋】

〔七〕"一鳥"四句：《禮記·三年問》："今是大鳥獸，則失喪其群匹，越月踰時焉，則必反巡。過其故鄉，翔回焉，鳴號焉，蹢躅焉，踟躕焉，然後乃能去之。"此即用其意。一獸走，走，《全唐詩》作"死"。　〔八〕"桓山"二句：桓，宋本校："一作常。"《孔子家語》卷五《顏回篇》："孔子在衛，昧旦晨興，顏回侍側，聞哭者之聲甚哀。子曰：'回！汝知此何所哭乎？'對曰：'回以此哭聲非但為死者而已，又將有生別離者也。'子曰：'何以知之？'對曰：'回聞桓山之鳥生四子焉，羽翼既成，將分於四海，其母悲鳴而送之，哀聲有似於此，謂其往而不返也。回竊以音類知之。'孔子使人問哭者，果曰：'父死家貧，賣子以葬，與之長訣。'子曰：'回也，善於識音矣。'"詩即用此典。征，胡本作"鳴"。

　　田氏倉卒骨肉分，青天白日摧紫荊〔九〕。交讓之木本同形，東枝憔悴西枝榮〔一〇〕。無心之物尚如此，參商胡乃尋天兵〔一一〕？孤竹、延陵，讓國揚名〔一二〕，高風緬邈，頹波激清〔一三〕。尺布之謠，塞耳不能聽〔一四〕。

【注釋】

〔九〕"田氏"二句：倉卒，通"倉猝"，急遽。骨肉，喻兄弟。《續齊諧記》："京兆田真兄弟三人共議分財，生貲皆平均，惟堂前一株紫荊樹，共議欲破三片。明日就截之，其樹即枯死，狀如火然。真往見之，大驚，謂諸弟曰：'樹木同株，聞將分斫，所以憔悴，是人不如木也。'因悲不自勝，不復解樹，樹應聲榮茂。兄弟相感，更合財寶，遂為孝門。"二句即用此典。
〔一〇〕"交讓"二句：讓，一作"柯"。交讓木，楠木別名。《述異記》卷上："黃金山有楠樹，一年東邊榮，西邊枯；後年西邊榮，東邊枯；年年如此。張華云：交讓樹也。"《文選》卷四《蜀都賦》："交讓所植，蹲鴟所伏。"劉淵林注："兩樹對生，一樹枯則一樹生，如是歲更，終不俱生俱枯也。"二句用此事。　〔一一〕"參商"句：參、商，二星座名。參在東，商在西，此出彼沒，互不相見。此處比喻反目成仇的兄弟。《左傳·昭公元年》："子產曰：昔高辛氏有二子，伯曰閼伯，季曰實沈，居於曠林，不相能也。日尋干戈，以相征討。後帝不臧，遷閼伯於商丘，主辰，商人是因，故辰為商星。遷實沈於大夏，主參，唐人是因，以服事夏、商。"杜預注："尋，用也。"此處用以喻肅宗與永王兄弟間用兵。高步瀛《唐宋詩舉要》："此言兄弟相逼，非獨鳥獸之不若，並有愧無知之草木，意極沉痛。"胡乃，為何。

〔一二〕"孤竹"二句：孤竹，古國名。《史記·伯夷列傳》載，伯夷、叔齊為孤竹君之二子，因父欲立弟叔齊，二人謙讓，均逃去。此以孤竹指伯夷、叔齊兄弟事。延陵，古邑名。春秋時吳季札之封邑。故址即今江蘇常州市。《史記·吳太伯世家》記吳公子季札多次讓位事。季札封於延陵，故號曰延陵季子。此即以延陵指季札。伯夷、叔齊與季札，都是歷史上以讓國揚名者。　〔一三〕"高風"二句：謂伯夷、叔齊與季札的高尚品格流傳千古，使衰頹的風尚也能因此激揚清波。緬邈，遙遠貌。

〔一四〕"尺布"二句：據《史記·淮南衡山列傳》記載，淮南王劉長謀反，事被發覺，當斬，赦死，處蜀郡嚴道邛郵。劉長不食而死。"孝文十二年，民有作歌，歌淮南厲王曰：'一尺布，尚可縫；一斗粟，尚可春。兄弟二人，不能相容。'"此處即藉以言肅宗與永王兄弟不能相容。《藝文類聚》人部十三引李陵《贈蘇武》詩："游子暮思歸，塞耳不能聽。"高步瀛《唐宋詩舉要》："末舉兄弟讓國以愧兄弟不相容者。"

【評箋】

　　舊題嚴羽評點《李太白詩集》卷二：首八句：雖是先經起義亦為漏泄，春光下問答便覺少力。　又評"田氏"句曰：田氏義從題中字生亦不泛。　又評"青天"句曰：便見不忍。　又評"無心"二句曰：以天性相傷為"天兵"，二字甚新警，非注所能悉。

　　蕭士贇《分類補注李太白詩》卷三注：此篇主意全在"孤竹、延陵，讓國揚名"、"尺布之謠，塞耳不能聽"數句，非泛然之作，蓋當時有所諷刺。以唐史至德間事考之，其為啖廷瑤、李成式、皇甫侁輩受肅宗風旨，以謀激永王璘之反而執殺之。太白目擊其時事，故作是詩歟？

　　王琦注曰：太白所謂弟死不葬，他人舉銘旌之事，與《古今注》所說不同,豈別有異詞之傳聞?抑於時實有斯事,而借古題以詠新聞耶?

沈德潛《唐詩別裁》卷六:促節繁音,如聞樂章之亂。　又曰:末以孤竹、延陵、漢文、淮南為言,知此非同泛然而作也。太白每借古題以諷時事,豈有感於永王璘之死而為是言歟?

《唐宋詩醇》卷二:蕭士贇說得之。白之從璘,雖曰迫脅,亦其倜儻自負,欲藉以就功名故也。詞氣激切,若有不平之感,如謝靈運所云"道消結憤懣"者。"恒山之禽",蓋白自比也。胡應麟《詩藪》稱其《公無渡河》篇"波滔天,堯咨嗟,大禹湮百川,兒啼不窺家","其害乃去,茫然風沙"等語,為極力摹漢。似此情質詞古,何遽不如漢也?

陳沆《詩比興箋》卷三:此傷太子瑛、鄂王瑶、光王琚遇害之事也。武惠妃生壽王瑁,謀奪嫡,數譖搆之,言有異謀,欲害己母子。帝怒,遂并廢為庶人,旋賜死城東驛,天下冤之。李林甫欲遂立壽王為太子。帝聽高力士言,乃立忠王。故有"延陵孤竹,讓國揚名","參商胡乃尋天兵"之語。歲中惠妃病,數見三庶人為祟,使巫祈請改葬,訖不解,遂死。故有"孤墳峥嵘"、"埋没蒿里",及"弟死兄不葬,他人於此舉銘旌"語也。蕭士贇謂指永王璘之死,殊非情事。太白又有《樹中草》一篇云:"鳥銜野田草,誤入枯桑裏。客土植危根,逢春猶不死。草木雖無情,因依尚可生。如何同枝葉,各自有枯榮。"又有《山人勸酒》篇,述綺、皓之事云:"欻起佐太子,漢王乃復驚。顧謂戚夫人,彼翁羽翼成。"其指惠妃、壽王譖太子事益明矣。

高步瀛《唐宋詩舉要》卷二:蕭謂太白此詩感永王璘事而作,是也。……陳秋舫以為明皇殺太子瑛、鄂王瑶、光王琚等而作,情事迥不相似,失之遠矣。　又評首六句:先叙其故。　又評"借問"七句:次叙其事。　又評"一鳥死"十二句:此言兄弟相逼,非獨鳥獸之不若,並有愧無知之草木,意極沉痛。　又評"孤竹"六句:末舉兄弟讓國,以愧兄不相若者。　又引吳(汝綸)曰:看其憑空橫發,所以奇肆超妙。

詹鍈《李白詩文繫年》:按此詩當是太白悲悼永王之死而作。詩云:"積此萬古恨,春草不復生。"《萬憤詞投魏郎中》則云:"獄戶春而不草,獨幽怨而沉迷。"本詩云:"桓山之禽別離苦,欲去迴翔不能征。"《上崔相百憂章》則云："星離一門，草擲二孩。"《萬憤詞投魏郎中》亦云："兄九江兮弟三峽，悲羽化之難齊。……一門骨肉散百草，遇難不復相提攜"均可證為前後之作。　又曰：按太子瑛、鄂王瑤、光王琚等之廢為庶人以致於死，在開元二十五年，時壽王瑁尚未成年，讒害之謀乃出於武惠妃。陳氏以之釋"延陵孤竹"、"孤墳崢嶸"及"弟死兄不葬"等數語，均欠恰當。且當是時，白方居東魯，尚未入京，與太子瑛、鄂王瑤、光王琚了無關涉，即或得知瑛等遇害之事而惋惜之，亦必不若是之憤憤也。至《樹中草》詩則亦為永王而發，《山人勸酒》為太白天寶四載游商山時有感而作，陳氏（沆）所比擬皆不倫。

按：此詩當為至德二載（七五七）永王兵敗被殺以後所作。

萬憤詞投魏郎中〔一〕

海水渤潏，人罹鯨鯢〔二〕。䲭胡沙而四塞，始滔天於燕齊〔三〕。何六龍之浩蕩，遷白日於秦西〔四〕。九土星分，嗷嗷悽悽〔五〕。南冠君子〔六〕，呼天而啼。戀高堂而掩泣〔七〕，淚血地而成泥。獄户春而不草，獨幽怨而沉迷。兄九江兮弟三峽，悲羽化之難齊〔八〕。穆陵關北愁愛子〔九〕，豫章天南隔老妻〔一〇〕。一門骨肉散百草，遇難不復相提攜〔一一〕。樹榛拔桂，囚鸞寵雞〔一二〕。舜昔授禹，伯成耕犁。德自此衰，吾將安栖〔一三〕？好我者恤我，不好我者何忍臨危而相擠？子胥鴟夷〔一四〕，彭越醢醯〔一五〕。自古豪烈，胡為此繄〔一六〕？蒼蒼之天，高乎視低。如其聽卑，脱我牢狴〔一七〕。儻辨美玉，君收白珪〔一八〕。

431

【注釋】

〔一〕萬憤：極度悲憤。魏郎中，名不詳。因《舊唐書·房琯傳》有房琯自選"中丞宋若思、起居郎知制誥賈至、右司郎中魏少游為判官"的記載，近有人謂指魏少游。然李白詩文中未見與魏少游過從事迹，故此"魏郎中"是否即魏少游，有待進一步查證。　〔二〕"海水"二句：渤潏，當作"浡潏"。《文選》卷一二木華《海賦》："天網浡潏。"李善注："浡潏，沸涌貌。"李周翰注："浡潏，急流貌。"罹，遭受。鯨鯢，即鯨魚，雄曰鯨，雌曰鯢。喻凶人。《左傳·宣公十二年》："古者明王伐不敬，取其鯨鯢而封之，以為大戮。"杜預注："鯨鯢，大魚名，以喻不義之人。"此二句喻指安禄山叛亂如海水泛濫，人民遭難。　〔三〕"翁(wěng)胡沙"二句：翁，聚集貌。胡沙四塞，指叛亂四處蔓延。滔天，《書·堯典》："浩浩滔天。"本形容洪水，此喻大禍。燕齊，今河北山東一帶。安禄山自范陽（今北京地區）起兵，占據燕地，齊與燕接壤，故兼稱之。　〔四〕"何六龍"二句：六龍，神話中日神的車子由六龍駕御，見前《蜀道難》注。此處喻皇帝的車駕。浩蕩，廣闊綿長貌。白日，喻皇帝。秦西，指蜀中，蜀在長安之西，故稱。二句指玄宗逃奔西蜀。　〔五〕"九土"二句：九土，九州之土。古代分天下為九州。左思《蜀都賦》："九土星分，萬國錯跱。"李善注引《周禮》曰："以星土分辨九州之地所封域。"嗷嗷，哀怨聲。悽悽，悽苦貌。二句謂全國各地被戰爭分割，人民悽苦哀怨。　〔六〕南冠君子：《左傳·成公九年》："晉侯觀於軍府，見鍾儀，問之曰：'南冠而縶者，誰也？'有司對曰：'鄭人所獻楚囚也。'……使與之琴，操南音。……公語范文子，文子曰：'楚囚，君子也。……樂操土風，不忘舊也。'"杜預注："南冠，楚冠。……南音，楚聲。"後以"南冠"為囚犯代稱。李白當時被囚潯陽獄中，故自稱"南冠君子"。　〔七〕"戀高堂"二句：高堂，蕭士贇注："喻朝廷也。"王琦謂"其說近是"。瞿蛻園、朱金城《李白集校注》按："高堂喻朝廷，於古無徵。且據前後文義亦不宜指朝廷，蕭、王説疑非。詩意或謂思念已故之父母耳。"今按：其時李白年五十七，父母未必均已亡故。　〔八〕"兄九江"二句：兄，李白自謂，並非另有一兄在九江。李白有《送舍弟》詩，或即此處"弟"歟？九江，即指潯陽（今江西九江市）。三峽，指長江西起今重慶奉節,東至今湖北宜昌市南津關間二百零四公里的瞿塘峽、巫峽、西陵峽一帶。羽化,道教稱成仙為羽化。二句謂兄弟離散,悲歡難以如飛仙那樣羽化而相聚。　〔九〕穆陵關:《新唐書·地理志二》河南道沂州琅邪郡沂水縣:"北有穆陵關。"故址在今山東臨朐縣東南、沂水縣北、大峴山上。此處泛指東魯一帶。當時李白之子伯禽在東魯兗州。　〔一〇〕豫章:郡名。即洪州,天寶元年改為豫章郡,乾元元年復改為洪州。治所在今江西南昌市。當時李白的妻子宗夫人正寄居豫章,此可由後寫之《南流夜郎寄內》詩"南來不得豫章書"可證。〔一一〕提攜:幫助,照顧。　〔一二〕"樹榛"二句:以種植低劣的榛樹而拔除名貴的蘭桂、囚禁高尚的鸞鳥而寵愛平凡的雞為喻,謂平庸之輩竊居高位,有才能者却被排斥。《後漢書·劉陶傳》:"公卿所舉,率黨其私,所謂放鴟梟而囚鸞鳳。"　〔一三〕"舜昔"四句:《莊子·天地》:"堯治天下,伯成子高立為諸侯。堯授舜,舜授禹,伯成子高辭為諸侯而耕。禹往見之,則耕在野。禹趨就下風,立而問焉。……子高曰:'昔堯治天下,不賞而民勸,不罰而民畏。今子賞罰而民且不仁,德自此衰,刑自此立,後世之亂,自此始矣。'"此即用其意。授,宋本作"受",據他本改。
〔一四〕"子胥"句:子胥,姓伍,名員,春秋時吳國大夫,曾助闔閭刺殺吳王僚,奪取王位,攻破楚國。因勸吳王夫差拒絕越國求和並停止伐齊,夫差不聽,賜劍命其自殺。鴟夷,皮製口袋。據《國語·吳語》及《説苑》等記載,伍子胥死後,吳王夫差命人將子胥屍體裝在皮袋中,拋入江中。
〔一五〕"彭越"句:彭越,西漢初大將,封梁王。後被劉邦所殺。醢醢(hǎi xī),剁成肉醬。《史記·黥布列傳》:"漢誅梁王彭越,醢之,盛其醢遍賜諸侯。"　〔一六〕繄(yī):語氣助詞。　〔一七〕"蒼蒼"四句:蒼蒼,深青色。《莊子·逍遥游》:"天之蒼蒼,其正色邪?"《史記·宋微子世家》景公三十七年記司星子韋有"天高聽卑"之語,此謂高高在上的蒼天却能聽到處在卑微地位的人的呼聲。牢狴(bì),牢獄。《孔子家語·始誅》:"孔子為魯大司寇,有父子訟者,夫子同狴執之。"王肅注:"狴,獄牢也。"
〔一八〕白珪:白玉,喻己品格清白。《詩·大雅·抑》:"白圭之玷,尚可磨也;斯言之玷,不可為也。"

【評箋】

　　舊題嚴羽評點《李太白詩集》卷二〇：百憂萬憤，情哀詞迫，當是賦流。

　　劉克莊《後村先生大全集》卷一八一：太白《百憂》、《萬憤》二篇：《百憂》，上崔相者員（渙）也……《萬憤》，投魏郎中，不知魏何人，乃儕之崔相之列。此篇云："樹榛拔桂，囚鸞寵雞。"語甚新。又言兄弟妻子離隔，有"一門骨肉散百草，遭難不復相提攜"之句。魏必是一志義之士，能恤人患難者。當考。

　　許學夷《詩源辯體》卷一八：初讀太白《遠別離》，高廷禮謂"傷時君子失位，小人用事而作"，殊不醒。然後讀《贈辛判官》詩云："函谷忽驚胡馬來，秦宮桃李向明開。"伍國泰云："此指諸臣附合肅宗者而言，太白深有所刺也。"予意猶未會。既而讀《萬憤詞》云"舜昔授禹，伯成耕犁，德自此衰，吾將安棲"，意便了然。乃知《遠別離》言堯舜不當禪禹，又引《竹書》"堯幽囚"為證，實與《萬憤詞》互相發明。

　　王琦《李太白全集》注：此詩有云"兄九江兮弟三峽"，與下文"愛子"、"老妻"並言，似指其親兄弟而言。上有兄下有弟，則太白乃其仲歟？然兄弟之名則無可據，姑表出之，以俟淹博者之詳考。

　　按：此詩當作為至德二載（七五七）潯陽獄中所作，抒發含冤受屈、極度悲憤之情。

上崔相百憂章〔一〕

　　共工赫怒，天維中摧〔二〕。鯤鯨噴蕩〔三〕，揚濤起雷。魚龍陷人，成此禍胎〔四〕。火焚昆山，玉石相磓〔五〕。仰希霖雨，灑寶炎煨〔六〕。

【注釋】

〔一〕題下原有注:"四言,時在尋陽獄。"崔相,即崔涣。李白另有《獄中上崔相涣》及《繫尋陽上崔相涣》詩可證。按《新唐書·宰相表》:至德元載(七五六)七月庚午,"蜀郡太守崔涣為門下侍郎、同中書門下平章事"。二載(七五七)八月甲申,"涣罷為左散騎常侍、餘杭郡太守"。由此知崔涣為相僅一年時間。李白《為宋中丞自薦表》云:"前後經宣慰大使崔涣及臣推覆清雪。"可知李白出獄,是得崔涣之助的。百憂,極度憂愁。
〔二〕"共工"二句:工,一作"公",非。《淮南子·天文訓》:"共工與顓頊爭為帝,怒而觸不周之山,天柱折,地維絶。"此以共工喻安禄山。赫怒,勃然震怒。天維,天綱,喻國家綱紀。《晉書·束皙傳》:"振天維以贊百務,熙帝載而鼓皇風。" 〔三〕鯤鯨:鯤,傳説中的大魚。鯨,海中大魚。此喻指安禄山。《莊子·逍遥游》:"北溟有魚,其名為鯤。"木華《海賦》:"魚則横海之鯨。" 〔四〕禍胎:禍根。《漢書·枚乘傳》引枚乘《上書諫吴王》:"福生有基,禍生有胎。"顔師古注引服虔曰:"基、胎,皆始也。" 〔五〕"火焚"二句:昆,同"崑"。崑山,古代傳説中産玉之山。《書·胤征》:"火炎崑岡,玉石俱焚。"詩即用此典,喻國家人民和心懷叵測者同遭災難。硙(duī),撞擊。木華《海賦》:"五岳鼓舞而相硙。"李善注:"硙,猶激也。" 〔六〕"仰希"二句:霖雨,喻解救災難的力量。煨,爐。二句謂希望有一場大雨,灑在寶地上,使災火熄滅。

箭發石開〔七〕,戈揮日迴〔八〕。鄒衍慟哭,燕霜颯來〔九〕。微誠不感,猶縶夏臺〔一〇〕。蒼鷹搏攫,丹棘崔嵬〔一一〕。豪聖凋枯,王風傷哀〔一二〕。斯文未喪,東岳豈頽〔一三〕!穆逃楚難〔一四〕,鄒脱吴災〔一五〕。見機苦遲,二公所咍〔一六〕。驥不驟進〔一七〕,麟何來哉〔一八〕?

【注釋】

〔七〕"箭發"句:《西京雜記》卷六:"李廣……獵於冥山之陽,又見卧虎射

435

之,没矢飲羽,進而視之,乃石也,其形類虎。退而更射,鏃破幹折而石不傷。余嘗以問揚子雲,子雲曰:'至誠則金石為開。'"班固《幽通賦》:"李虎發而石開。"　〔八〕"戈揮"句:《淮南子·覽冥訓》:"魯陽公與韓構難,戰酣,日暮,援戈而撝之,日為之反三舍。"　〔九〕"鄒衍"二句:《文選》卷三九江淹《詣建平王上書》:"昔者賤臣叩心,飛霜擊於燕地。"李善注引《淮南子》曰:"鄒衍盡忠於燕惠王,惠王信譖而繫之,鄒子仰天而哭,正夏而天為之降霜。"　〔一〇〕"微誠"二句:繫,拘囚。宋本作"贄",據他本改。夏臺,夏代監獄名。《史記·夏本紀》:"桀不務德而武傷百姓,百姓弗堪,迺召湯而囚之夏臺。"司馬貞《索隱》:"獄名。夏曰均臺。皇甫謐云'地在陽翟'是也。"此即指牢獄。二句謂己精誠不能感動上蒼,所以還被拘繫獄中。　〔一一〕"蒼鷹"二句:蒼鷹,《漢書·郅都傳》:"都遷為中尉……是時民樸,畏罪自重,而都獨先嚴酷,致行法不避貴戚,列侯宗室見都側目而視,號曰'蒼鷹'。"顏師古注:"言其鷙擊之甚。"搏攫,猛力抓取。此形容獄吏凶狠。丹棘,赤棘。《易·坎》:"置於叢棘。"孔穎達疏:"謂囚執之處以棘叢而禁之也。"崔嵬,高聳貌。此謂牢獄戒備森嚴。　〔一二〕"豪聖"二句:楊齊賢注:"豪聖,周公也。周公遭流言之變,王道凋枯,故《豳》以下諸詩哀傷之。"陳子昂《峴山懷古》詩:"丘陵徒自出,賢聖幾凋枯。"王風,指《詩·豳風》中哀傷周公遭遇的篇什。〔一三〕"斯文"二句:《論語·子罕》:"天之將喪斯文也,後死者不得與於斯文也!"斯,此;文,指禮樂制度。後以"斯文"指儒者或文人。東岳,指泰山,《禮記·檀弓上》記孔子臨死時,"負手曳杖,消摇於門,歌曰:'泰山其頹乎,梁木其壞乎!哲人其萎乎!'……子貢聞之,曰:'泰山其頹,則吾將安仰;梁木其壞,哲人其萎,則吾將安放。夫子殆將病也。'……蓋寢疾七日而没。"此反用其意,自信自己不會死亡。　〔一四〕"穆逃"句:《漢書·楚元王傳》記載,楚元王以穆生、白生、申公為中大夫,穆生不嗜酒,元王特為其設醴(甜酒)。元王死,其子戊即位,也遵照設醴,後來偶忘置醴,穆生以為對己輕慢,再留將遭禍。申公、白生認為只是王偶失小禮,勸其留下。穆生説:君子見機而作,不俟終日。遂謝病而去。後王戊淫暴,申公、白生進諫,被罰穿囚衣做苦工。穆生因早走而免難。

〔一五〕"鄒脫"句：據《漢書·鄒陽傳》載，鄒陽，西漢時齊人。仕吳國，吳王以太子事怨望朝廷，陰有邪謀。鄒陽上書諫，吳王不納。於是鄒陽離吳王至梁國事梁孝王。後吳王叛亂被誅，鄒陽因先走得免。
〔一六〕"見機"二句：謂自己苦於沒有及時離開永王李璘，故只能被穆生和鄒陽那樣見機而作的人哂笑。哈(hāi)，譏笑。《楚辭·九章·惜誦》："又衆兆之所咍也。"王逸注："咍，笑也。"　〔一七〕驥不驟進：宋玉《九辯》："驥不驟進而求服兮。"此以良馬不求急用喻己並不急於求功名。服，駕。　〔一八〕麟何來哉：《孔子家語·辯物》載，叔孫氏之車士獲麟，"使人告孔子曰：'有麕而角者何也？'孔子往觀之曰：'麟也，胡為來哉！'反袂拭面，涕泣沾襟。……子貢問曰：'夫子何泣爾？'孔子曰：'麟之至為明王也，出非其時而見害，吾是以傷焉。'"此以麟自比，表示自己入永王幕府亦"出非其時"而被害。

　　星離一門，草擲二孩〔一九〕。萬憤結緝〔二〇〕，憂從中催。金瑟玉壺，盡為愁媒〔二一〕。舉酒太息，泣血盈杯。

【注釋】
〔一九〕"星離"二句：星離，形容分散。《晉書·殷仲堪傳》："骨肉星離，荼毒終年。"草擲，倉卒遺棄。二孩，指女兒平陽和兒子伯禽；或謂指兩個兒子伯禽和頗黎。　〔二〇〕"萬憤"二句：結緝，當作"結縎"。緝，宋本校："一作縎。"一作"習"。王逸《九思·怨上》："心結縎兮折摧。"此句謂萬種悲憤鬱結不解。　〔二一〕"金瑟"二句：謂悅耳的音樂和玉壺中的美酒，都成了引起怨愁的媒介。江淹《貽袁常侍》詩："凝怨琴瑟前。"

　　台星再朗，天網重恢〔二二〕。屈法申恩，棄瑕取材〔二三〕。冶長非罪，尼父無猜〔二四〕。覆盆儻舉，應照寒灰〔二五〕。

【注釋】

〔二二〕"台星"二句：《晉書·天文志上》："三台六星，兩兩而居，起文昌列抵太微。一曰天柱，三公之位也。在人曰三公，在天曰三台。"此"台星"即指宰相崔涣。天網，國法。恢，寬大貌。《老子》："天網恢恢，疏而不失。"王琦注："台星再朗，謂崔相之明察，能照見幽微。天網重恢，冀其赦己之罪。"　〔二三〕"屈法"二句：屈法，枉法。丘遲《與陳伯之書》："主上屈法申恩，吞舟是漏。"棄瑕取材，不計較以往過錯而取用人才。陳琳《為袁紹檄豫州文》："收羅英雄，棄瑕取用。"此謂枉屈大法，施予恩德，拋開缺點，加以取用。　〔二四〕"冶長"二句：《論語·公冶長》："子謂公冶長'可妻也。雖在縲紲之中，非其罪也'。以其子妻之。"尼父，對孔子的尊稱。孔子字仲尼，古代常在男子字的後面加一"父"字以示尊敬。此以公冶長自比，希望崔相能像孔子那樣明察自己的無辜。
〔二五〕"覆盆"二句：《抱朴子·辨問》："是責三光不照覆盆之內也。"喻沉冤莫白。《三國志·魏志·劉廙傳》："起烟於寒灰之上，生華於已枯之木。"二句謂崔相如能掀開覆盆，那麼陽光應該照暖寒灰。盆，宋本作"盃"，據他本改。

　　按：此詩當作於至德二載（七五七）潯陽獄中。詩全用四言，節奏急促。多用典故作比喻，貼切恰當，更能深切表達含冤悲憤的感情。

中丞宋公以吴兵三千赴河南軍次尋陽脱余之囚參謀幕府因贈之〔一〕

　　獨坐清天下，專征出海隅〔二〕。九江皆渡虎〔三〕，三郡盡還珠〔四〕。組練明秋浦〔五〕，樓船入鄂都〔六〕。風高初選將，月滿欲平胡〔七〕。殺氣橫千里，軍聲動九區〔八〕。白猿慚劍術〔九〕，黃石借兵符〔一〇〕。戎虜行當剪，鯨鯢立可

中丞宋公以吴兵三千赴河南軍次尋陽脫余之囚參謀幕府因贈之

誅〔一一〕。自憐非劇孟,何以佐良圖〔一二〕?

【注釋】

〔一〕中丞宋公:即御史中丞宋若思。《舊唐書·玄宗紀》:天寶十五載六月,"以監察御史宋若思為御史中丞充置頓使"。李白另有《陪宋中丞武昌夜飲懷古》詩、《為宋中丞請都金陵表》、《為宋中丞自薦表》及《為宋中丞祭九江文》等,並指宋若思。其《祭九江文》有"若思參列雄藩,各當重寄"語可證。按《元和姓纂》卷八宋氏:"之悌,太原尹,益州長史,河南(東)、劍南節度;生若水、若恩(思),御史中丞。若水,丹徒令。"勞格、趙鉞《唐御史臺精舍題名考》卷二:"'恩'疑'思'。"岑仲勉《元和姓纂四校記》卷八:"'恩'誤無疑,惟'思'字應重。"由此知宋若思乃宋之悌之子。李白早年與宋之悌為友,見前《江夏別宋之悌》詩注。中丞,御史臺副長官。脫余之囚,使已從尋陽獄中解脫出來。參謀幕府,參加宋若思幕府謀議軍事。按《舊唐書·地理志三》江州至德縣:"至德二年(載)九月中丞宋若思奏置。"證知至德二載九月宋若思在宣歙采訪使兼宣城郡太守任。時宣歙采訪使駐宣城郡,江州屬宣歙采訪使管領。因贈之,咸本作"因口號贈此詩"。　〔二〕"獨坐"二句:獨坐,專席而坐,特指御史中丞。《後漢書·宣秉傳》:"建武元年,拜御史中丞。光武特詔御史中丞與司隸校尉、尚書令會同並專席而坐,故京師號曰'三獨坐'。"專征,帝王授予諸侯、將帥掌握軍旅的特權,不待帝王之命,可以自專征伐。《竹書紀年》帝辛三十三年:"王錫命西伯得專征伐。"《白虎通·考黜》:"賜以弓矢,使得專征。"二句謂宋若思身為御史中丞,受皇帝重任,專征出至海邊。　〔三〕"九江"句:《後漢書·宋均傳》:"遷九江太守,郡多虎暴,數為民患,常募設檻穽而猶多傷害。均到,下記屬縣曰:'夫虎豹在山,黿鼉在水,各有所托。且江淮之有猛獸,猶北土之有雞豚也。今為民害,咎在殘吏,而勞勤張捕,非憂恤之本也。其務退奸貪,思進忠善,可一去檻穽,除削課制。'其後傳言虎相與東游度江。"　〔四〕"三郡"句:三郡,按是時宋若思為采訪使兼宣城郡太守,采訪使當管有九江郡在內。還珠,《後漢書·孟嘗傳》載,合浦原產珠,因宰守並多貪穢,珠遂漸徙於交

439

趾郡界。孟嘗任合浦太守,"革易前敝,求民病利。曾未逾歲,去珠復還,百姓皆反其業,商貨流通,稱為神明"。以上二句稱頌中丞宋若思在宣城等三郡的治績。 〔五〕"組練"句:組練,組甲被練,指軍士之武裝陣容。《左傳·襄公三年》:"楚子重伐吳,為簡之師,克鳩茲,至於衡山,使鄧廖帥組甲三百,被練三千以侵吳。"杜預注:"組甲、被練,皆戰備也。組甲,漆甲成組文。被練,練袍。"秋浦,見前《秋浦歌》注。 〔六〕郢都:指今湖北省江陵。楚國都城。《史記·貨殖列傳》:"江陵,故郢都,西通巫巴,東有雲夢之饒。"張守節《正義》:"荆州江陵縣,故為郢,楚之都。"《漢書·地理志》南郡:"江陵,故楚郢都,楚文王自丹陽徙此。"〔七〕"月滿"句:月滿,指月圓之時。平胡,指平定安禄山叛軍。以上四句說明宋若思當時正率兵自宣城往武昌。 〔八〕"殺氣"二句:形容宋若思所率吳兵軍威之盛。九區,即九州,泛指全國。 〔九〕"白猿"句:《吳越春秋·勾踐陰謀外傳》:"今聞越有處女,出於南林……越王乃使使聘之,問以劍戟之術。處女將北見於王,道逢一翁,自稱曰袁公。問於處女:'吾聞子善劍,願一見之。'女曰:'妾不敢有所隱,惟公試之。'於是袁公即杖箖箊竹,竹枝上頡橋,未墮地,女即捷(接)末,袁公則飛上樹,變為白猿。"此用喻敵人非宋若思的對手。 〔一〇〕"黃石"句:《史記·留侯世家》載,張良曾經在下邳圯橋遇見黃石公,授太公兵法,佐劉邦建立漢王朝。此句謂宋若思富有用兵機謀,可與張良相比。兵符,用兵的謀略。詳見前《經下邳圯橋懷張子房》詩注。 〔一一〕"戎虜"二句:謂安禄山叛軍很快就可消滅。戎虜、鯨鯢,皆喻安禄山叛軍。〔一二〕"自憐"句:劇孟,見前《梁甫吟》詩注。二句謂自愧不是劇孟,無以輔助宋若思的英明才略。

【評箋】

　　舊題嚴羽評點《李太白詩集》卷一〇:氣格清飭,政排體所難。
　　胡震亨《唐音癸籤》卷一〇《評彙六》:凡排律起句極宜冠裳雄渾,不得作小家語。唐人可法者……李白"獨坐清天下,專征出海隅"……此類最為得體。

唐汝詢《唐詩解》卷四七：宋公以中丞出將，故云獨坐而專征。

沈德潛《唐詩別裁》卷一七：《史記》："吳楚反時，條侯至河南，得劇孟，喜曰：'吳楚不求孟，知其無能為矣！'"詩中不多感謝脫因，而第言己非劇孟，立言有體。

按：此詩當是至德二載（七五七）秋在宋若思幕中作。全詩除末二句外，全用對仗句贊美宋若思的政績和軍功。結構完整，用典深切。

贈何七判官昌浩〔一〕

有時忽惆悵〔二〕，匡坐至夜分〔三〕。平明空嘯咤〔四〕，思欲解世紛。心隨長風去，吹散萬里雲〔五〕。羞作濟南生，九十誦古文〔六〕。不然拂劍起，沙漠收奇勳〔七〕。老死田陌間，何因揚清芬〔八〕？夫子今管樂，英才冠三軍〔九〕。終與同出處，豈將沮溺群〔一〇〕？

【注釋】

〔一〕何七判官昌浩：姓何，名昌浩，排行第七。拓本《唐故鄧州司户參軍何府君（昌浩）墓誌銘并序》（貞元九年十月）："解褐澤州參軍……左遷光州定城縣丞……移鄧州司户參軍。無何，二京覆没，遂潛迹江表，為宣歙採訪使宋若斯（思）辟署支使。天不憖遺，罔祐其善，官舍遇疾。以永泰二年薨，春秋五十二。"可知何昌浩一生僅有一次入幕，即"為宣歙採訪使宋若斯（思）辟署支使"。其為判官即在此時。唐人常以"判官"概指節度使幕僚。宋若思為宣歙採訪使在至德二載，則何昌浩為判官亦當在此年。李白亦曾入宋若思幕，當與何昌浩為同僚。後李白離開宋若思幕，逃難到宿松。李白另有《涇溪南藍山下有落星潭可以卜築余泊舟石上寄

441

何判官昌浩》,可參讀。《舊唐書・職官志三》:節度使幕中有"判官"二人。按唐代特派擔任臨時職務的大臣皆得自選官員奏請充任判官,以資佐理。 〔二〕惆悵:因失意而悲傷。《楚辭・九辯》:"惆悵兮而私自憐。" 〔三〕"匡坐"句:匡坐,正坐。《莊子・讓王》:"上漏下濕,匡坐而絃歌。"成玄英疏:"匡,正也。"夜分,夜半。《後漢書・劉慶傳》:"每朝謁陵廟,常夜分嚴裝衣冠待明。"李賢注:"分,半也。" 〔四〕"平明"句:平明,猶平旦,古時段名,凌晨四點鐘。《史記・留侯世家》:"後五日平明,與我會此。"嘯咤,大聲呼吼。 〔五〕"心隨"二句:化用《宋書・宗慤傳》"願乘長風破萬里浪"句。 〔六〕"羞作"二句:濟南生,指伏生。據《漢書・儒林傳》載,伏生,濟南人,曾為秦博士,精通《尚書》。漢文帝徵召治《尚書》者,時伏生年已九十餘,不能行走,於是文帝派晁錯至其家受業。古文,指秦代禁讀而藏於壁中的古文《尚書》。 〔七〕"吹散萬里雲⋯⋯沙漠收奇勳":宋本漫漶且有闕字,據他本補。 〔八〕"老死"二句:田陌,一作"阡陌"。田間小路,南北為阡,東西為陌。清芬,指高潔的聲名。陸機《文賦》:"誦先人之清芬。" 〔九〕"夫子"二句:夫子,對何昌浩的敬稱。管樂,管仲和樂毅。管仲是春秋齊桓公時賢相,曾助桓公建立霸業。樂毅為戰國燕昭王時亞卿,曾領趙、楚、韓、魏五國兵伐齊,攻下齊國七十餘城。此以管樂喻何昌浩乃當代傑出人才。冠三軍,居於三軍之首。《文選》卷四一李陵《答蘇武書》:"陵先將軍功略蓋天地,義勇冠三軍。"劉良注:"義勇出於三軍之上也。" 〔一〇〕"終與"二句:出,出仕。處,隱居。出處,猶進退。沮溺,即長沮、桀溺,春秋時隱士。《論語・微子》記載"長沮、桀溺耦而耕",曾嘲諷孔子在列國間奔走的積極用世精神。二句謂要與何昌浩共進退,有所作為,不能與長沮、桀溺為伍。朱异《還東田宅贈朋離詩》:"雖有遨游美,終非沮溺群。"

【評箋】
　　劉辰翁曰:起意正同。　　又評"羞作"二句:自謂素志如此。(《唐詩品彙》卷五引)

唐汝洵《唐詩解》卷四：史稱白喜縱橫，好擊劍，為任俠。於此詩見之。

周珽《唐詩選脈會通評林》：開口慷慨，便能吞吐凡俗。蓋用世之志，由夜及旦，思得同心者並驅建樹，以揚芬千古。故既羞為章句宿儒，復不甘與耕隱同類。白自負固高，其贊何亦不淺也。

吳昌祺《刪訂唐詩解》卷二：起句從鮑明遠"愁思忽而至"來，然此種詩在五言古中將無唐突。

曾國藩《求闕齋讀書錄》卷七：五字句跌宕乃爾。

吳汝綸曰：起接超忽不平，一片奇氣，其志意英邁，乃太白本色。（高步瀛《唐宋詩舉要》卷一引）

按：此詩當為至德二載（七五七）在宋若思幕中贈同僚何昌浩之作。

贈張相鎬二首〔一〕 時逃難病在宿松山作

其 一

神器難竊弄，天狼窺紫宸〔二〕。六龍遷白日，四海暗胡塵〔三〕。昊穹降元宰〔四〕，君子方經綸〔五〕。澹然養浩氣，欻起持天鈞〔六〕。秀骨象山嶽，英謀合鬼神〔七〕。佐漢解鴻門，生唐為後身〔八〕。擁旄秉金鉞，伐鼓乘朱輪〔九〕。虎將如雷霆，總戎向東巡〔一〇〕。諸侯拜馬首，猛士騎鯨鱗〔一一〕。澤被魚鳥悅，令行草木春〔一二〕。聖智不失時〔一三〕，建功及良辰。醜虜安足紀？可貽幗與巾〔一四〕。倒瀉溟海珠，盡為入幕珍〔一五〕。馮異獻赤伏〔一六〕，鄧生欻來臻〔一七〕。庶同昆陽舉，再覩漢儀新〔一八〕。

443

【注釋】

〔一〕贈張相鎬二首：宋本校："後一首亦作《書懷重寄張相公》。"張相鎬：宰相張鎬。《新唐書·宰相表》：肅宗至德二載五月丁巳，"諫議大夫兼侍御史張鎬為中書侍郎、同中書門下平章事"。乾元元年，"五月戊子，鎬罷為荆州大都督府長史"。新、舊《唐書》有傳。題下為李白原注。宿松山，在今安徽宿州。　〔二〕"神器"二句：《文選》卷三張衡《東京賦》："巨猾閒舋，竊弄神器。"薛綜注："神器，帝位也。"天狼，星名，在東井南。《楚辭·九歌·東君》："青雲衣兮白霓裳，舉長矢兮射天狼。"王逸注："天狼，星名，以喻貪殘。"此喻安禄山。紫宸，帝位代稱。《梁書·元帝紀》載王僧辯奉表："紫宸曠位，赤縣無主。"　〔三〕"六龍"二句：六龍，見前《蜀道難》注。此處喻玄宗帝駕南遷成都。遷，宋本校："一作駕。"四海，宋本校："一作九洛。"胡，《文苑英華》作"紅"。　〔四〕"昊穹"句：昊穹，天空。《史記·司馬相如列傳》："自昊穹兮生民。"元宰，冢宰，指宰相。《文選》卷四六王融《三月三日曲水詩序》："元宰比肩於尚父。"李善注："元宰，冢宰也。"此句贊美張相乃天所授。　〔五〕"君子"句：君子，指張鎬。謂張鎬正治理天下。《易·屯》："象曰：雲雷屯，君子以經綸。"孔穎達疏："言君子法此屯象有為之時，以經綸天下，約束於物。"　〔六〕"澹然"二句：澹然，恬静安定貌。浩氣，浩然之氣。《孟子·公孫丑》："我善養吾浩然之氣。"欻，忽然。天鈞，大秤，大權，重任。謂位任宰相。天，一作"大"。二句指張鎬由布衣入仕不到二年就做了宰相。　〔七〕"秀骨"二句：謂張鎬的形象與謀略。贊美張鎬骨氣像山岳一樣堅定，英明的謀略合乎神靈。　〔八〕"佐漢"二句：鴻門，《史記·項羽本紀》記載，劉邦攻占咸陽，守函谷關。項羽率四十萬軍進駐鴻門（今陝西臨潼東）。項羽謀臣范增擬於宴中除掉劉邦，未成。劉邦得免，張良在其中居功甚偉。此處用鴻門宴故事，以張良比擬張鎬，謂張鎬能像漢張良那樣解除漢高祖的鴻門之厄，其生在唐代不愧是張良的後身。生唐為後身，宋本作"興唐思退身"，據他本改。興唐，宋本校："一作功成。"　〔九〕"擁旄"二句：班固《涿邪山祝文》："杖節擁旄，鉦人伐鼓。"《文選》卷三六任昉《宣德皇后令》："擁旄司部。"李周翰注："擁，持也。旄，旌旗之屬，以麾衆

444

者也。"鉞,兵器名,狀如大斧,裝有長柄,古時大將出征,賜黃金塗刃與柄之鉞。伐鼓,擊鼓,指出兵征戰。《詩·小雅·采芑》:"伐鼓淵淵。"鄭玄箋:"謂戰時進士衆也。"朱輪,猶"朱軒"。古代王侯貴族所乘的紅色車子。《文選》卷四一楊惲《報孫會宗書》:"惲家方隆盛時,乘朱輪者十人。位在列卿,爵爲通侯。"李善注:"二千石皆得乘朱輪。"張銑注:"朱輪,以丹漆塗車轂。"二句寫張鎬乘車帶兵出征。　〔一〇〕"虎將"二句:虎將,形容將軍之勇猛。如雷霆,形容聲勢盛大。霆,《文苑英華》作"電"。總戎,猶主將,統帥。以上寫張鎬率兵救睢陽之緊急情景。

〔一一〕"諸侯"二句:形容張鎬的威風。諸侯,指各節度使和州郡長官。騎鯨鱗,揚雄《羽獵賦》:"乘巨鱗,騎鯨魚。"　〔一二〕"澤被"二句:形容張鎬的賢明。澤,恩澤。被,加,及。令,法令。二句形容張相賢明,恩澤所及,魚鳥爲悦;法令所行,草木爲春。　〔一三〕聖智:《文苑英華》作"逢聖"。　〔一四〕"醜虜"二句:醜虜,猶醜類,惡虜。《詩·大雅·常武》:"鋪敦淮濆,仍執醜虜。"安足紀,何足道。幗與巾,古代婦女的髮式與頭巾。《晉書·宣帝紀》:"亮(諸葛亮)數挑戰,帝(指司馬懿)不出,因遺帝巾幗婦人之飾。"此即用此典表示對叛賊極端蔑視。

〔一五〕"倒瀉"二句:形容張鎬善於收攬天下賢才,大海的珍珠都倒瀉在其幕中。獨孤及《唐故洪州刺史張公(鎬)遺愛碑》:"慎選乃僚,必國之良。有若博陵崔貞、昌黎韓洄、趙郡李惟岳、北海王士華、河間邢宙、河東裴孝智、隴西李道,皆卿材也,以嘉言碩畫參公軍事。"　〔一六〕"馮異"句:《後漢書·馮異傳》:"移檄上狀,諸將皆入賀,並勸光武即帝位。"又《光武帝紀》:"光武先在長安時,同舍生强華自關中奉《赤伏符》,曰:'劉秀發兵捕不道,四夷雲集龍鬭野,四七之際火爲主。'群臣因復奏曰:'受命之符,人應爲大……今上無天子,海内淆亂,符瑞之應,昭然若聞,宜答天神,以塞群望。'……六月己未,即皇帝位。"此以馮異勸光武即位與强華獻赤符事合而爲一,喻指當時群臣擁唐肅宗即位。赤伏,預言凶吉的赤色符瑞。　〔一七〕"鄧生"句:鄧生,即鄧禹,東漢初大臣。欻,忽然。一作"倏"。臻,到達。《後漢書·鄧禹傳》:"及漢兵起,更始立,豪桀多薦舉禹,禹不肯從。及聞光武安集河北,即杖策北渡,追及於鄴。光武見之甚歡。"〔一八〕"庶同"二句：庶，庶幾，差不多。《文苑英華》作"至"。昆陽，在今河南葉縣。《元和郡縣志》卷六河南道汝州葉縣："昆陽故城，在縣北二十五里。後漢世祖（光武帝劉秀）破王邑、王尋之處。"此指東漢光武帝以三千兵破王莽數十萬軍的昆陽之戰，詳見《後漢書·光武帝紀上》更始元年六月記載。再覘漢儀，《後漢書·光武帝紀上》："更始將北都洛陽，以光武行司隸校尉。……時三輔吏士……及見司隸僚屬，皆歡喜不自勝。老吏或垂涕曰：'不圖今日復見漢官威儀！'"二句謂如今形勢就像當年昆陽戰役，一舉定天下，使人民重新見到唐王朝的威儀。

以上為第一段，叙安禄山之亂及張鎬為國立功。

昔為管將鮑〔一九〕，中奔吳隔秦〔二〇〕。一生欲報主，百代期榮親〔二一〕。其事竟不就，哀哉難重陳〔二二〕！卧病古松滋〔二三〕，蒼山空四鄰〔二四〕。風雲激壯志，枯槁驚常倫〔二五〕。聞君自天來〔二六〕，目張氣益振。亞夫得劇孟，敵國空無人〔二七〕，捫蝨對桓公，願得論悲辛〔二八〕。大塊方噫氣，何辭鼓青蘋〔二九〕。斯言儻不合，歸老漢江濱〔三〇〕。

【注釋】

〔一九〕"昔為"句：此以管仲與鮑叔牙的知交喻張鎬與自己昔日友誼。管，指春秋時齊國大臣管仲，曾助齊桓公成為春秋時霸主。將，與。鮑，鮑叔牙，齊國大夫，以知人著稱，少年時與管仲為友，後因齊國內亂，隨公子小白出奔莒，管仲則隨公子糾出奔魯。齊襄公被殺後。糾和小白争奪君位，小白得勝即位，即齊桓公。桓公命鮑叔牙為宰相，他推辭而保舉管仲。後鮑叔牙死，管仲痛哭曰："……生我者父母，知我者鮑子也。士為知己者死，而況為之哀乎？"此句謂己過去是像管仲與鮑叔牙那樣尚交重義的人。〔二〇〕"中奔"句：指戰亂離散，相隔如吳地與秦地那樣遙遠。　〔二一〕"一生"二句：謂一生想報答君主的恩情，期望百代榮宗耀祖。《文選》卷三七曹植《求自試表》："臣聞士之生世，入則事父，出則事君。事父尚於榮親，事君貴於興國。"呂向注："榮親，謂爵禄名譽。"期，一作"思"。　〔二二〕其事，指"報主"、"榮親"。不就，不成。哀哉難重陳，指懷報國之心入永王幕，却遭入獄之禍。　〔二三〕古松滋：漢初皖縣地，後爲松滋侯國。唐爲宿松縣，屬淮南道舒州。今安徽宿松縣。古松滋，一作"宿松山"。　〔二四〕蒼山：山，一作"茫"。
〔二五〕"枯槁"句：枯槁，瘦瘠。《楚辭·漁父》："顔色憔悴，形容枯槁。"常倫，常人，一般的人或物。江淹《雜體詩·效嵇康〈言志〉》："遠想出宏域，高步超常倫。"此句謂己貧困憔悴，使常人感到吃驚。　〔二六〕自天來：謂受朝廷之命而來。　〔二七〕"亞夫"二句：見前《梁甫吟》注。此處以漢大將周亞夫比擬張鎬，以漢大俠劇孟自比。意謂張鎬得己能如當年亞夫得到劇孟，那叛軍就無人可用，不足爲慮了。敵國空無人，敵，一作"七"。空，咸本作"定"。　〔二八〕"捫蝨"二句：用王猛典故。《晉書·王猛傳》："桓温入關，猛被褐而詣之，一面談當世之事，捫蝨而言，旁若無人。"此以桓温喻張鎬，以王猛自喻。意謂願像當年王猛那樣從容不迫地向張鎬傾吐自己的志向和遭遇。　〔二九〕"大塊"二句：《莊子·齊物論》："大塊噫氣，其名爲風。"成玄英疏："大塊者，造物之名，亦自然之稱也。"按大塊，猶大地。噫氣，呼氣，嘘氣。宋玉《風賦》："夫風生於地，起於青蘋之末。"此以風喻張鎬，以青蘋自比，希望張相鼓吹提拔。　〔三〇〕"斯言"二句：謂上述的話如不合張鎬的心意，自己只能終老於漢水邊了。

以上爲第二段，叙自己願投張鎬麾下，報效祖國。

【評箋】

　　舊題嚴羽評點《李太白詩集》卷一〇：評"枯槁"句：説枯槁偏不寂寞。　又評末二句：結語每每氣崛。

　　按：此詩作於出潯陽獄後。詩述與張鎬的友誼、平生之志及失敗後的哀痛,頌揚張鎬的功績,用多個典故表示自己希望得到張鎬的提攜。

其　二

　　本家隴西人〔三一〕,先為漢邊將〔三二〕。功略蓋天地〔三三〕,名飛青雲上〔三四〕。苦戰竟不侯,當年頗惆悵〔三五〕。世傳崆峒勇〔三六〕,氣激金風壯〔三七〕。英烈遺厥孫,百代神猶王〔三八〕。十五觀奇書,作賦凌相如〔三九〕。龍顏惠殊寵,麟閣憑天居〔四〇〕。晚途未云已,蹭蹬遭讒毀〔四一〕。想像晉末時,崩騰胡塵起。衣冠陷鋒鏑,戎虜盈朝市。石勒窺神州,劉聰劫天子〔四二〕。撫劍夜吟嘯,雄心日千里。誓欲斬鯨鯢〔四三〕,澄清洛陽水!六合灑霖雨〔四四〕,萬物無凋枯〔四五〕。我揮一杯水,自笑何區區〔四六〕!因人恥成事,貴欲決良圖〔四七〕。滅虜不言功,飄然陟蓬壺〔四八〕。惟有安期舃,留之滄海隅〔四九〕。

【注釋】

〔三一〕"本家"句:本家,《文苑英華》作"家本"。隴西,李陽冰《草堂集序》:"李白,字太白,隴西成紀人,涼武昭王暠九世孫。"隴西,郡名,戰國時秦昭襄王二十七年(前二八〇)置,因在隴山之西得名。治所在狄道,今甘肅臨洮縣。唐代重郡望,聯宗之風很盛。李姓有十三望,以隴西李氏為第一。詳見《新唐書·宗室世系表》。　〔三二〕"先為"句:先,《文苑英華》作"代"。漢邊將,指漢飛將軍李廣,隴西成紀人,威武勇猛。涼武昭王暠為李廣後裔,故李白以李廣為祖先。　〔三三〕"功略"句:《文選》卷四一李陵《答蘇武書》:"陵先將軍功略蓋天地,義勇冠三軍。"劉良注:"先將軍,廣也,功績謀略甚大,可蓋於天地。"蓋天地,《文苑英華》作"天地中"。　〔三四〕"名飛"句:名,名聲。青雲,形容其高。

448

〔三五〕"苦戰"二句：不侯，不封侯。侯，作動詞用，封侯。《史記·李將軍列傳》："廣嘗與望氣王朔燕語曰：'自漢擊匈奴而廣未嘗不在其中，而諸部校尉以下，才能不及中人，然以擊胡軍功取侯者數十人，而廣不為後人，然無尺寸之功以得封邑者，何也？豈吾相不當侯邪？且固命也？'"　〔三六〕崆峒：山名。在今甘肅平涼市西，屬六盤山，古屬隴西郡。李廣隴西郡人，故以此代指。　〔三七〕金風：古代以五行解釋方向季節，秋屬金，故稱秋風為金風。《文選》卷二九張協《雜詩》："金風扇素節。"李善注："西方為秋而主金，故秋風曰金風也。"　〔三八〕"英烈"二句：謂先祖李廣英勇壯烈之氣，遺留給其子孫，雖百代之後仍很旺盛。百代，宋本作"伯代"，據他本改。王，通"旺"，旺盛。《莊子·養生主》："神雖王，不善也。"　〔三九〕凌相如：超越西漢著名辭賦家司馬相如。凌，凌駕，超越。相如，西漢著名辭賦家司馬相如。　〔四〇〕"龍顏"二句：龍顏，皇帝的容貌，此指唐玄宗。惠殊寵，賜予特殊的恩寵。指天寶初玄宗召見時御手調羹、步輦降迎之事。麟閣，即麒麟閣。漢代閣名，在未央宮中。《三輔黃圖》："麒麟閣，蕭何造，以藏秘書、處賢才也。"此處代指唐代翰林院。憑，依；靠着。天居，天子之居。《文選》卷三一鮑照《代君子有所思》："層閣肅天居。"劉良注："高閣肅然，天子之居。"二句謂天寶初供奉翰林時受天子恩寵。麟閣憑天居，宋本校："一作侍從承明廬。"　〔四一〕"晚途"二句：晚途，後期。途，咸本作"徒"。未云已，未已，指積極入世之心未停止。蹭蹬，喻失意，潦倒。此指供奉翰林時受張垍等人的讒毁。以上自叙家世與經歷。　〔四二〕"想像"六句：以西晉末"五胡之亂"喻唐安史之亂。《晉書·孝懷帝紀》："（永嘉五年）六月癸未，劉曜、王彌、石勒同寇洛川……丁酉，劉曜、王彌入京師……帝蒙塵於平陽。"崩騰，動亂。《文選》卷一九謝靈運《述祖德》詩："崩騰永嘉末，逼迫大元始。"吕延濟注："崩騰，破壞貌。"胡塵起，指五胡之亂。衣冠，本指士大夫的穿戴，此處指世族士紳。鋒鏑，刀劍箭鏃。戎虜盈，胡本作"荆棘生"。盈，咸本作"滿"。石勒，五胡十六國時後趙的開國君主，羯人。見《晉書·石勒載記》。神州，指全中國。劉聰，十六國中前趙君主，與石勒同時，曾虜晉懷帝，故云"劫天子"。見《晉書·孝懷帝紀》及《劉聰載記》。

以上借喻安禄山之亂的形勢。　〔四三〕鯨鯢：即鯨魚。雄稱鯨，雌稱鯢。古代常喻凶殘之輩。《左傳·宣公十二年》：“古者明王伐不敬，取其鯨鯢而封之，以為大戮。”杜預注：“鯨鯢，大魚名，以喻不義之人。”此處指安史叛軍。　〔四四〕"六合"句：六合，天地四方。《文苑英華》作"三台"。霖雨，喻朝廷恩澤。此句謂天地四方都受到唐王朝的恩澤。〔四五〕"萬物"句：萬物，《文苑英華》作"六合"。凋枯，凋落枯萎。陳子昂《峴山懷古》詩："賢聖幾凋枯。"　〔四六〕區區：微小。宋本作"驅驅"，據他本改。　〔四七〕"因人"句：耻於因人成事。《史記·平原君列傳》："毛遂曰：‘公等碌碌，所謂因人成事者也。’"因人成事，謂依賴別人的力量而成事。此謂以因人成事為耻，重在施展自己美好的抱負。以上敘已想為國盡力。　〔四八〕"飄然"句：陟，胡本作"向"。蓬，王本作"方"。蓬壺，方壺、蓬萊都是古代傳説中的仙山。《列子·湯問》："渤海之東，不知幾億萬里，有大壑焉。……其中有五山焉：一曰岱輿，二曰員嶠，三曰方壺，四曰瀛洲，五曰蓬萊。"　〔四九〕安期舄：安期，即安期生。仙人名。先秦時方士。劉向《列仙傳》載，秦始皇召見安期生，賜他金璧等物，皆置去，留書，以赤玉舄一雙為報，曰："後數年，求我於蓬萊山。"舄(xí)，鞋子。後四句表示功成身退之意。

【評箋】

　　葛立方《韻語陽秋》卷六：先是，蘇頲為益州長史，見白異之，曰："是子天才英特，少益以學，可比相如。"故白詩中每以相如自比。……《贈張鎬》曰："十五觀奇書，作賦凌相如。"白自比為相如，非止一詩也。

　　舊題嚴羽評點《李太白詩集》卷一〇：以留侯比鎬，以李廣不侯者自況，氣不衰颯。

　　按：此二詩當作於肅宗至德二載(七五七)十月張鎬急救睢陽之危時。時李白已離宋若思幕，卧病在宿松山。詹鍈《李白詩文系年》繫此詩於至德二載。云："但此詩既在太白出獄之後，則逃難云云，不知何指。意者白之出獄，乃宋若思擅為之主，迨宋上書薦白，朝廷非但不加赦免，且欲窮追，致白又離宋中丞幕而逃難宿松耳。"其説可從。

公無渡河[一]

黃河西來決崑崙[二]，咆哮萬里觸龍門[三]。波滔天，堯咨嗟[四]。大禹理百川[五]，兒啼不窺家。殺湍堙洪水，九州始蠶麻[六]。其害乃去，茫然風沙。被髮之叟狂而癡[七]，清晨徑流欲奚為[八]？旁人不惜妻止之，公無渡河苦渡之。虎可搏，河難憑[九]。公果溺死流海湄[一〇]。有長鯨白齒若雪山[一一]，公乎公乎挂罥於其間[一二]。箜篌所悲竟不還[一三]。

【注釋】

〔一〕公無渡河：樂府舊題，又名《箜篌引》。《樂府詩集》卷二六列於《相和歌辭》，並引崔豹《古今注》曰："《箜篌引》者，朝鮮津卒霍里子高妻麗玉所作也。子高晨起刺船，有一白首狂夫，被髮提壺，亂流而渡，其妻隨而止之，不及，遂墮河而死。於是援箜篌而歌曰：'公無渡河，公竟渡河！墮河而死，將奈公何！'聲甚悽愴，曲終亦投河而死。子高還，以語麗玉。麗玉傷之，乃引箜篌而寫其聲，聞者莫不墮淚飲泣。麗玉以其曲傳鄰女麗容，名曰《箜篌引》。"李白之前今存梁代劉孝威和陳代張正見《公無渡河》各一首。　〔二〕崑崙：山名，在新疆西藏之間，西接帕米爾高原，東入青海省。古代相傳黃河發源於崑崙山。《爾雅·釋水》："河出崑崙墟。"
〔三〕"咆哮"句：咆哮，形容河水的奔騰怒嘯。哮，《樂府詩集》卷二六、《全唐詩》卷一九作"吼"。龍門，山名，在山西河津、陝西韓城之間，黃河兩岸峭壁對峙，形如闕門，故名。《書·禹貢》："導河積石，至於龍門。"《太平御覽》卷四〇引辛氏《三秦記》："河津一名龍門……江海大魚洎集

451

門下數千，不得上，上則為龍，故云曝鰓龍門。" 〔四〕"波滔天"二句：《書·堯典》："帝曰：咨！四岳。湯湯洪水方割，蕩蕩懷山襄陵，浩浩滔天。"孔傳："滔，漫也。……浩浩，盛大若漫天。" 〔五〕"大禹"句：大禹，傳說中古代帝王，姓姒，名文命，史稱禹、夏禹、戎禹。鯀之子，古史相傳禹奉舜命治理洪水，採用疏導的方法，歷十三年，三過家門而不入，水患皆平。《孟子·滕文公》："禹八年於外，三過其門而不入。"理，治。因避唐高宗李治諱改。 〔六〕"殺湍"二句：殺，減少。湍，急流之水。堙洪水，堵塞大水。堙(yīn)，一作"湮"。水，一作"流"。九州，傳說中古代中國的行政區劃，後常泛指中國。蠶，胡本作"桑"。二句謂大禹治水減少湍流，堵塞洪水，洪水治理好了，全國各地纔得以養蠶種桑。以上四句喻唐朝軍民抗擊安祿山叛軍。 〔七〕被髮之叟：見前引崔豹《古今注》，此為作者自喻。被，通"披"。 〔八〕"清晨"句：徑流，徑渡。直接渡河。徑，一作"臨"。奚為，為何。 〔九〕"虎可搏"二句：《詩·小雅·小旻》："不敢暴虎，不敢馮河。"毛傳："徒涉曰馮河。徒搏曰暴虎。"馮，即古"憑"字。 〔一〇〕流海湄：飄流到海邊。此喻流放夜郎。 〔一一〕長鯨白齒：喻當時惡毒凶狠的讒言，即杜甫詩所云"世人皆欲殺"。 〔一二〕挂罥：挂纏。罥(juàn)，纏繞，挂礙。宋本作"骨"，誤。據他本改。《文選》卷一二木華《海賦》："或挂罥於岑嵓之峰。"李善注："《聲類》曰：罥，係也。" 〔一三〕箜篌：古撥絃樂器，有臥、豎式兩種。

【評箋】

舊題嚴羽評點《李太白詩集》卷二：評首二句：有聲有勢。"波滔"四句：綜變《書》、《孟》，是好手。"殺湍"四句：風沙是害，在洪水卻是利，遣用最精。野事不必用典語，作頭覺太重。"虎可"二句：沒要緊，為論語所累。末二句：掛齒有情，呼吸及箜篌更有情。

蕭士贇《分類補注李太白詩》：此篇大意謂洪水滔天，下民昏墊，天之作孽，不可違也。當地平天成，上下相安之時，乃無故馮(憑)河而死，是則所謂自作孽者，其亦可哀而不足惜也矣。故詩曰："旁人不惜妻止之"，是亦諷止當時不靖之人自投憲網者,借此以為喻云耳。

胡應麟《詩藪內編·古體上·雜言》:太白……《公無渡河》長短句中有絕類漢、魏者,至格調翩翩,望而知其太白也。

陸時雍《唐詩鏡》卷一八:"茫然風沙"一段,最是奇蕩。"旁人不惜妻止之,公無渡河苦渡之"二語,悲甚,可作當年之曲。

毛先舒《詩辯坻》卷三:太白《公無渡河》,乃從堯、禹治水說起,迂癡有致,然筆墨率肆,無足取焉。

胡震亨《李詩通》:"波滔天,堯咨嗟。大禹理百川,兒啼不窺家。其害乃去,茫然風沙。"太白之極力於漢者也,然詞氣太逸,自是太白語。

陳沆《詩比興箋》卷三:是詩自昔不言所指,蓋悲永王璘起兵不成誅死。而《新唐書》言永王璘辟白為府僚佐,及璘起兵,白逃還彭澤。蓋永王初起事時,太白實望其勤王,不圖其猖獗江、淮,是以見機逃遁。及璘兵敗身戮,太白被誣,坐流夜郎,至後遇赦得還,乃追悲之。"黃河咆哮"云云,喻叛賊之匈潰。"波滔天,堯咨嗟"云云,喻明皇之憂危。"大禹理百川,兒啼不窺家"云云,謂肅宗出兵朔方,諸將戮力,轉戰連年,乃克收復也。艱難若此,豈狂癡無知之永王所能立功乎?乃既無戡亂討賊之才,復無量力守分之智,馮河暴虎,自取覆滅,與渡河之叟何異乎?《豫章篇》云:"本為休明人,斬虜素不閑。豈惜戰鬥死,為君掃凶頑。精感不沒羽,豈云憚險艱?樓船若鯨飛,波蕩落星灣。"即此詩所指。

按:李白此詩前人多謂乃擬作,詠其本事。後人亦有多種解釋,皆未得其旨。唯郭沫若《李白與杜甫·李白的家室索隱》所析甚為精闢:首二句喻安祿山之亂為害極大。詩中以堯比擬玄宗,以大禹比擬玄宗之孫、肅宗之子——天下兵馬元帥廣平王李俶。肅宗至德二載(七五六)十月廣平王率主力軍收復兩京。"披髮之叟"是李白自喻。"旁人不惜妻止之"的"妻"即指《別內赴徵》中的妻子宗氏夫人。李白在安史之亂時與宗氏夫人隱居廬山,永王率水師東下,徵召李白入幕,宗夫人苦苦勸阻,不聽。結果肅宗討伐永王,永王兵敗被殺,李白因此入潯陽獄,出獄後又長流夜郎。此詩中"長鯨白齒"比喻當時對李白的讒言囂張,即杜甫《不見》

詩中的"世人皆欲殺"。"挂胃於其間"即比喻入潯陽獄和長流夜郎。此詩當是在至德二載（七五七）末被流放夜郎告別宗夫人時所作，其時未料到一年多以後會中途遇赦，所以此詩最後有"箜篌所悲竟不還"之語。

流夜郎贈辛判官〔一〕

　　昔在長安醉花柳，五侯七貴同杯酒〔二〕。氣岸遙凌豪士前，風流肯落他人後〔三〕！夫子紅顏我少年，章臺走馬著金鞭〔四〕。文章獻納麒麟殿〔五〕，歌舞淹留玳瑁筵〔六〕。與君自謂長如此，寧知草動風塵起〔七〕。函谷忽驚胡馬來〔八〕，秦宮桃李向胡開〔九〕。我愁遠謫夜郎去，何日金雞放赦回〔一〇〕？

【注釋】

〔一〕夜郎：郡名，即珍州，天寶元年改為夜郎郡。郡治在今貴州正安縣西北。有夜郎縣，在郡治周圍。肅宗至德二載冬李白因參加永王李璘幕被判長流夜郎。辛判官，名與事蹟未詳。據詩意，辛氏與詩人天寶初曾同在長安。　〔二〕"昔在"二句：指天寶初供奉翰林時情景。花柳，指游賞之地。五侯，《漢書·孝元王皇后傳》："河平二年，上悉封舅譚為平阿侯、商成都侯、立紅陽侯、根曲陽侯、逢時高平侯。五人同日封，故世謂之五侯。"七貴，《文選》卷一〇潘岳《西征賦》："窺七貴於漢庭。"李善注："七貴為呂、霍、上官、趙、丁、傅、王也。"李周翰注："漢庭七貴，呂、霍、上官、丁、趙、傅（傳）、王，並后族也。"五侯七貴，泛指當時權貴。二句謂當年在長安同權貴們一起游宴縱酒。　〔三〕"氣岸"二句：氣岸，傲岸不羈的氣概。風流，風度才華。《三國志·蜀志·劉琰傳》："（先主）以其宗姓，有風流，善談論，厚親待之。"肯，反詰副詞；豈能。他人後，他，宋本

454

校:"一作誰,又作諸。"咸本作"誰"。 〔四〕"夫子"二句:夫子,對男子的敬稱。此指辛判官。章臺,漢長安章臺下街名。《漢書·張敞傳》:"敞無威儀,時罷朝會,過走馬章臺街。"顏師古注:"孟康曰:'在長安中。'臣瓚曰:'在章臺下街也。'"著金鞭,揮金鞭策馬。下句形容當年在長安的得意和威風。 〔五〕"文章"句:麒麟殿,西漢長安城未央宫中殿名,藏秘書、處賢才之所。《三輔黃圖》卷三:"未央宫有麒麟殿。"此處代指唐代宫廷。 〔六〕玳瑁筵:豪華珍貴的筵席。唐太宗《帝京篇》其九:"羅綺昭陽殿,芬芳玳瑁筵。"玳瑁,海中動物,形似龜,甲殼黃褐色,有黑斑花紋和光澤,可作裝飾品。 〔七〕"寧知"句:寧知,豈知。草動風塵起,隱指安禄山之亂的爆發。 〔八〕"函谷"句:函谷,關名。見前《奔亡道中五首》其四注。胡馬,指安禄山叛亂軍隊。 〔九〕"秦宫"句:楊齊賢注:"桃李,指公卿歸禄山也。"蕭士贇注:"子見(按,楊齊賢,字子見)以桃李向明開為公卿歸禄山,非也。太白詩意是指同時儕類如辛判官之輩因兵興之際,不次被用,為人桃李,我獨遭謫也。向明者,向陽花木之義。"按:向胡開,一作"向明開"。從詩的結構看,此句當承上句,作"向胡開"似較妥,指秦宫曾淪陷被叛軍占領。 〔一〇〕金雞放赦:指大赦。《新唐書·百官志》少府中尚署:"赦日,樹金雞於仗南,竿長七丈,有雞高四尺,黃金飾首,銜絳幡長七尺,承以綵盤,維以絳繩,將作監供焉。"《封氏聞見記》卷四:"按金雞,魏晉以前無聞焉。或云始自後魏,亦云起自吕光。……(北齊)武成帝(高湛)即位,大赦天下,其日設金雞。宋孝王不識其義,問於光禄大夫司馬膺之曰:'赦建金雞,其義何也?'答曰:'按海中星占,天雞星動,必當有赦,由是王以雞為候。'"

【評箋】

許學夷《詩源辯體》卷一八:讀《贈辛判官》詩云:"函谷忽驚胡馬來,秦宫桃李向明開。"佺國泰云:"此指諸臣附合肅宗者而言,太白深有所刺也。"

《唐宋詩醇》卷五:中間轉捩處甚健。

按：此詩當是乾元元年(七五八)流放夜郎途中贈友之作。全詩氣調自逸，直而不婉。

放後遇恩不霑〔一〕

天作雲與雷，霈然德澤開〔二〕。東風日本至，白雉越裳來〔三〕。獨棄長沙國，三年未許回〔四〕。何時入宣室，更問洛陽才〔五〕？

【注釋】
〔一〕放後：被流放之後。《舊唐書·肅宗紀》：至德三載二月，"乙巳，上御興慶宮，奉册上皇徽號曰太上至道聖皇大帝。丁未，御明鳳門，大赦天下，改至德三載為乾元元年。"遇恩，或即指此事。不霑，沒有受到恩遇，此指己流放之罪未被免除。　〔二〕"天作"二句：霈，雨盛貌。二句以天雨滋潤草木喻皇帝實行大赦，用《易·解》"雷雨作，解，君子以赦過宥罪"之意。　〔三〕"東風"二句：形容唐帝國聲威遠播。王琦注："'東風'、'白雉'二句，言遠人皆蒙恩澤之意。"日本，即今日本國。白雉，白色雉鳥，珍禽。《後漢書·南蠻傳》："交趾之南有越裳國。周公居攝六年，制禮作樂，天下和平，越裳以三象重譯而獻白雉。"　〔四〕"獨棄"二句：《史記·屈原賈生列傳》記載，西漢時洛陽才子賈誼為太中大夫，被權臣排擠，貶長沙王太傅。三年，仍未被召回，作《鵩鳥賦》以自悼。
〔五〕"何時"二句：《史記·屈原賈生列傳》："後歲餘，賈生徵見。孝文帝方受釐(祭祀)，坐宣室(宮殿名)，上因感鬼神事，而問鬼神之本，賈生因具道所以然之狀。至夜半，文帝前席。既罷，曰：'吾久不見賈生，自以為過之，今不及也。'"司馬貞《索隱》："《三輔故事》云：'宣室在未央殿北。'"庾信《聘齊秋晚館中飲酒》詩："欣茲河朔飲，對此洛陽才。"二句謂何時能

456

像賈誼那樣被皇帝徵召考問自己的才能呢？洛陽,胡本作"賈生"。

按：此詩當為至德三載（乾元元年）（七五八）二月聞朝廷大赦天下自己却不霑而作。詩描寫朝廷大赦的恩澤如天作雲雷,東南遠夷皆賓服進貢。反觀自己的不幸遭遇,遇恩不霑,以賈誼自比,被棄長沙,三年不許回。其實詩人之遭遇比賈誼慘得多,賈誼還蒙文帝宣室之召,而詩人作為罪犯被流放,已無召回朝廷之望矣！

南流夜郎寄內〔一〕

夜郎天外怨離居〔二〕,明月樓中音信疏〔三〕。北雁春歸看欲盡,南來不得豫章書〔四〕。

【注釋】
〔一〕夜郎寄內：夜郎,見前《流夜郎贈辛判官》詩注。內,指妻子。
〔二〕"夜郎"句：天外,喻相距極遠。離居,分離居住。《古詩十九首·涉江采芙蓉》："同心而離居,憂傷以終老。"　〔三〕明月樓：指宗氏夫人所居之處。曹植《七哀詩》："明月照高樓,流光正徘徊。上有愁思婦,悲歎有餘哀。"張若虛《春江花月夜》："何處相思明月樓。"　〔四〕豫章：唐郡名。即洪州,天寶元年改豫章郡,乾元元年復為洪州,治所在今江西南昌市。當時李白妻宗氏正寓居於此。

按：此詩當是乾元元年（七五八）春在流放夜郎途中寄給妻子宗氏之作。

上 三 峽[一]

巫山夾青天[二],巴水流若兹[三]。巴水忽可盡,青天無到時。三朝上黃牛[四],三暮行太遲。三朝又三暮,不覺鬢成絲[五]。

【注釋】
〔一〕三峽:指長江西陵峽、巫峽、瞿塘峽。《水經注·江水》:"江水又東逕巫峽。……謂之巫峽,蓋因山為名也。自三峽七百里中,兩岸連山,略無闕處。重巖疊嶂,隱天蔽日,自非停午夜分,不見曦月。" 〔二〕"巫山"句:巫山,在今重慶市巫山縣長江兩岸,東北—西南走向,長江穿流其中,在長江中仰望如山夾青天。 〔三〕"巴水"句:巴水,指三峽中的長江流水,因地處古三巴地,故稱。按:古三峽水屈曲如"巴"字,故稱"巴水"。若兹,如此。 〔四〕黃牛:山名,在今湖北宜昌西北,長江西陵峽處。據盛弘之《荊州記》載,此山高崖有石,如人負力牽牛狀,人黑牛黃,形狀極似。山勢甚高,江流曲折迂回,故舟行雖多日,猶能望見。古有諺曰:"朝發黃牛,暮宿黃牛。三朝三暮,黃牛如故。" 〔五〕鬢成絲:鬢髮皆白。

【評箋】
舊題嚴羽評點《李太白詩集》卷一八:"夾青天",三字形容已盡,設有驚奇之意,必繁衍作數十語矣。"巴水流若兹":亦謂水如"巴"字耳。只言"若兹",更指點虛妙,並不必作川上見解。"三朝"四句:從謠音再疊,情似《陽關》。

楊慎《升庵詩話》卷二:古樂府"朝見黃牛,暮見黃牛。三朝三暮,黃牛如故。"李白則云:"三朝見黃牛,三暮行太遲。三朝又三暮,不覺鬢成絲。"……古人謂李詩出自樂府古《選》,信矣。

王夫之《唐詩評選》卷二:落卸皆神,袁淑所云"須捉著,不爾便飛"者,非供奉不足以當之。真《三百篇》,真《十九首》,固非歷下、琅邪所知,況竟陵哉!

田雯《古歡堂集雜著》卷一:青蓮善用古樂府,昔人曾言之。如……"三朝見黃牛"……皆自古樂府來。如李光弼將郭子儀軍,旌旗改色;又如禪僧拈佛祖語,信口無非妙諦。

《唐宋詩醇》卷七:質處似古謠,惟其所之,皆可以相肖也。爽直之氣,自是本色。

按:此詩當是乾元元年(七五八)流放夜郎途經三峽時所作。李白詩中常寫到"青天",有時僅指天空,有時則暗喻人生道路的寬廣光明,如《行路難》其二"大道如青天"等。本詩的"青天"顯然寓有對壯志未酬却遭流放的人生感慨。融情于景,密合無間。詩後四句由古謠諺脱胎而來,但古謠諺只是説舟行的緩慢,而此詩除這層意思外,還加有"不覺鬢成絲",旅途的艱苦和心中的憂愁在不知不覺中頭髮都已變白。把客觀叙事和主觀抒情巧妙結合,含蓄委婉地反映出詩人當時愁苦、焦慮的心情。全詩語言真率自然,可見詩人學習民歌的成就。感情憂抑,但表現得含蓄深沉。

自巴東舟行經瞿唐峽登巫山最高峰晚還題壁〔一〕

江行幾千里,海月十五圓〔二〕。始經瞿唐峽,遂步巫山巔〔三〕。巫山高不窮,巴國盡所歷〔四〕。日邊攀垂蘿,霞外倚穹石〔五〕。飛步凌絶頂,極目無纖烟〔六〕。却顧失丹壑〔七〕,仰觀臨青天。青天若可捫〔八〕,銀漢去安在？望雲知蒼梧〔九〕,記水辨瀛海〔一〇〕。周游孤光晚〔一一〕,歷覽幽意多〔一二〕。積雪照空谷,悲風鳴森柯〔一三〕。歸途行欲曛〔一四〕,佳趣尚未歇〔一五〕。江寒早啼猿,松暝已吐月〔一六〕。月色何悠悠！清猿響啾啾〔一七〕。辭山不忍聽,揮策還孤舟〔一八〕。

【注釋】

〔一〕巴東：郡名,即歸州,天寶元年改為巴東郡,乾元元年復為歸州。治所在今湖北秭歸縣。唐時歸州有巴東縣,在今湖北巴東縣東南。瞿唐峽,在今重慶奉節東,巫山縣西,兩崖對峙,中貫一江,望之如門。唐,一作"塘"。下同。陸游《入蜀記》："瞿塘峽兩壁對聳,上入霄漢,其平如削成,視天如匹練。"巫山,見前《上三峽》詩注。舊傳山形如巫字,故名。有十二峰。　〔二〕十五圓：指歷時十五個月,即流放夜郎途中已一年又三個月。　〔三〕"始經"二句：謂開始進入瞿塘峽,自己就登上巫山最高峰。巔,山頂。步,胡本作"陟"。　〔四〕"巫山"二句：不窮,無窮,没有盡頭。巴國,今重慶市及其以東地區,先秦時為巴國。《元和郡縣志》卷三三劍南道渝州："古之巴國也。閬、白二水東南流,曲折如'巴'字,故謂之巴。然則巴國因水為名。……其地東至魚復,西抵僰道,北接漢中,南極牂柯,是其界也。春秋時亦為巴國,戰國時楚既稱王,巴亦稱王。"歷,閱歷。二句謂登上巫山最高峰,巴國景色全部閱歷。
〔五〕"日邊"二句：蘿,即松蘿。穿石,即大石。日邊、霞外,均形容巫山高聳。　〔六〕"飛步"二句：謂快步登上頂峰,極目遠望,見不到一點細小的烟塵。郭璞《游仙詩》："翹手攀金梯,飛步登玉闕。"　〔七〕"却顧"句：却顧,回頭看。丹壑,赤色山谷。　〔八〕"青天"二句：捫,摸。銀漢,銀河。《後漢書·和熹鄧皇后紀》："后嘗夢捫天,蕩蕩正青,若有鍾乳狀,乃仰嗽飲之。"李賢注："捫,摸也。"　〔九〕"望雲"句：《太平御覽》卷八引《歸藏》曰："有白雲自蒼梧入大梁(今河南開封市)。"意謂在巫山頂可見白雲出處,即知是蒼梧山(即九疑山,在今湖南寧遠縣南)。
〔一〇〕"記水"句:記,識記。瀛海,浩瀚無邊的大海。據《史記·孟子荀卿列傳》記載,騶衍認為:"中國外如赤縣神州者九,乃所謂九州也。於是有裨海環之,人民禽獸莫能相通者,如一區中者,乃為一州。如此者九,乃有大瀛海環其外,天地之際焉。"《論衡·談天》:"九州之外,更有瀛海。"此句謂從巫山頂峰可辨瀛海之所在。 〔一一〕"周游"句:周游,遍游。孤光,一縷陽光,指時已傍晚。鮑照《發後渚詩》:"孤光獨徘徊。"〔一二〕"歷覽"句:歷覽,一一觀覽。幽意,幽思逸懷。江淹《青苔賦》:"必居閑而就寂,以幽意之深傷。" 〔一三〕"悲風"句:謂淒清幽厲的風聲在茂密的林中呼嘯。森,茂盛。柯,樹枝。 〔一四〕行欲曛:快到日落時。曛,落日餘光。 〔一五〕歇:盡,竭。 〔一六〕"松暝"句:暝,日暮。吐月,謂月亮從雲層裏出來。吳均《登壽陽八公山詩》:"疏峰時吐月。" 〔一七〕"清猿"句:清猿,《文選》卷六〇任昉《齊竟陵文宣王行狀》:"清猿與壺人爭旦。"張銑注:"清猿,謂猿鳴聲清也。"啾啾,猿鳴聲。屈原《九歌·山鬼》:"猨啾啾兮狖夜鳴。" 〔一八〕策:竹杖。

【評箋】

朱諫《李詩選注》:按此詩題意甚明,首四句乃自巴東舟行經瞿塘峽也。次十二句乃登巫山最高峰也。後十二句乃晚還而題壁也。故所言多晚景。但題壁意不曾說出耳。蓋題壁是通章意,不專於晚還也。李白之詩雖曰天成,觀其構思,亦已密矣。豈苟乎哉?

《唐宋詩醇》卷七:於叙次中見寄託,詞意沉鬱。蓋白當憂患之餘,雖豪邁不減,而懷抱可知,故言多楚聲,吟皆商調。中間遙情忽往,不勝魏闕之戀。猿啼月上,於邑誰語?其所感深矣。其詞斂而不肆,讀者以意逆之,可也。

按:此詩當是乾元二年(七五七)初春流放夜郎途中始經瞿塘峽時登巫山最高峰而作。首四句點明流放途中已有十五個月。或謂此詩乃開元十三年出蜀經三峽時所作,巴東指古巴東郡,即唐代夔州,今重慶奉節。然此説與詩意不符。詩云："望雲知蒼梧，記水辨瀛海。"顯然是已經歷過"南窮蒼梧，東涉溟海"。又云："始經瞿塘峽，遂步巫山巔。"可知開始進入瞿塘峽時，步登巫山頂。若是從奉節往東下行，應是走完瞿塘峽，纔登巫山。詩中透露的氣息完全不像青年人，末二句顯然是老人的形象。

早發白帝城〔一〕

朝辭白帝彩雲間〔二〕，千里江陵一日還〔三〕。兩岸猿聲啼不盡〔四〕，輕舟已過萬重山〔五〕。

【注釋】

〔一〕白帝城：在今重慶奉節城東白帝山上，長江瞿塘峽邊。東漢初公孫述築城。述自號白帝，故以為名。題一作《白帝下江陵》　〔二〕彩雲間：一則描繪早晨之雲彩；一則形容白帝城地勢之高，為下句寫水勢之急張本。　〔三〕江陵：今屬湖北省。相傳白帝城至江陵共一千二百里，此"千里"乃舉其成數。　〔四〕"兩岸"句：《水經注・江水》："自三峽七百里中，兩岸連山，略無闕處。重巖疊嶂，隱天蔽日，自非停午夜分，不見曦月。至於夏水襄陵，沿泝阻絶，或王命急宣，有時朝發白帝，暮到江陵，其間千二百里，雖乘奔御風，不以疾也。……每至晴初霜旦，林寒澗肅，常有高猿長嘯，屬引淒異。空谷傳響，哀囀久絕。故漁者歌曰：'巴東三峽巫峽長，猿鳴三聲淚沾裳。'"詩意本此。啼不盡，一作"啼不住"。

〔五〕輕舟已過：一作"須臾過却"。

【評箋】

楊慎《升庵詩話》卷四：盛弘之《荆州記》寫"巫峽江水之迅"云："朝發白帝，暮到江陵，其間千二百里，雖乘奔御風，不以疾也。"杜子美詩："朝發白帝暮江陵,頃來目擊信有徵。"李太白"朝辭白帝彩雲間……"雖同用盛弘之語,而優劣自別。今人謂李、杜不可以優劣論,此語亦太憒憒。　　白帝至江陵,春水盛時行舟,朝發夕至,雲飛鳥逝不是過也。太白述之為韻語,驚風雨而泣鬼神矣。

胡應麟《詩藪·內編》卷六:太白七言絕,如"楊花落盡子規啼"、"朝辭白帝彩雲間"等作,讀之真有揮斥八極,凌厲九霄意。賀監謂為謫仙,良不虛也。　　又《外編》卷四:古大家有齊名合德者,必欲究竟,當熟讀二家全集,洞悉根源,徹見底裏,然後虛心易氣,各舉所長,乃可定其優劣。若偏重一隅,便非論篤。況以甲所獨工,形乙所不經意,何異寸木岑樓,鉤金輿羽哉!正如"朝辭白帝",乃太白絕句中之絕出者,而楊用修舉杜歌行中常語以當之。然則《秋興》八篇,求之李集,可盡得乎?

《唐詩選脈會通評林》引焦竑曰:盛弘之謂白帝至江陵甚遠,春水盛時行舟,朝發暮至。太白述之為韻語,驚風雨而泣鬼神矣。　　又引周敬曰:脫灑流利,非實歷此境說不出。

沈德潛《唐詩別裁》卷二〇:寫出瞬息千里,若有神助。　　入"猿聲"一句,文勢不傷於直。畫家布景設色,每於此處用意。

《唐宋詩醇》卷七:順風揚帆,瞬息千里,但道得眼前景色,便疑筆墨間亦有神助。三、四設色托起,殊覺自在中流。

李鍈《詩法易簡錄》:通首只寫舟行之速,而峽江之險,已歷歷如繪,可想見其落筆之超。

宋顧樂《唐人萬首絕句選評》:讀者為之駭極,作者殊不經意,出之似不着一點氣力。阮亭推為三唐壓卷,信哉!

桂馥《札樸》卷六:但言舟行快絕耳,初無深意,而妙在第三句,能使通首精神飛越。若無此句,將不得為才人之作矣。晉王廙嘗從南下,旦自尋陽,迅風飛帆,暮至都,廙倚舫樓長嘯,神氣俊逸,李詩即此種風概。

施補華《峴傭說詩》:太白七絕,天才超逸,而神韻隨之。如"朝辭白帝彩雲間,千里江陵一日還",如此迅捷,則輕舟之過萬山不待言矣。中間却用"兩岸猿聲啼不住"一句墊之;無此句,則直而無味;有此句,走處仍留，急語仍緩。可悟用筆之妙。

　　俞陛雲《詩境淺説續編》：四瀆之水，惟蜀江最爲迅急，以萬山緊束，地勢復高，江水若建瓴而下，舟行者帆櫓不施，疾於飛鳥。自來詩家，無專詠之者，惟太白此作，足以狀之。誦其詩，若身在三峽舟中，峰巒城郭，皆掠艦飛馳，詩筆亦一氣奔放，如輕舟直下。

　　按：此詩作於乾元二年(七五九)三月。李白在流放途中抵達白帝城時遇大赦，流放罪以下一律免罪。詩人驚喜之極，旋即在早晨辭別白帝，返舟東下，重經三峽直抵江陵而作此詩。詩中巧妙地暗用《水經注》的一段文字，不僅未露痕迹，而且更爲生動傳神，可見詩人善於熔鑄前人成語。

荆門浮舟望蜀江〔一〕

　　春水月峽來〔二〕，浮舟望安極〔三〕。正見桃花流〔四〕，依然錦江色〔五〕。江色渌且明〔六〕，茫茫與天平。逶迤巴山盡，摇曳楚雲行〔七〕。雪照聚沙雁，花飛出谷鶯〔八〕。芳洲却已轉〔九〕，碧樹森森迎〔一〇〕。流目浦烟夕〔一一〕，揚帆海月生。江陵識遥火，應到渚宫城〔一二〕。

【注釋】
〔一〕荆門：山名。見前《渡荆門送别》詩注。望蜀江，回望蜀地之長江。
〔二〕月峽：明月峽的省稱。長江上游峽谷。在重慶市東。峽首西岸壁高百餘米，其壁有圓孔，形若滿月，故名。庾信《枯樹賦》："對月峽而吟猿。"　〔三〕望安極：意謂怎能望見盡頭。　〔四〕"正見"句：見，一作"是"。桃花流，春天桃樹開花，雨水方盛，川谷冰消，衆流匯集，故稱桃花流或桃花水。《漢書·溝洫志》："如使不及今冬成,來春桃華水盛,必羡溢。"顏師古注:"《月令》:'仲春之月,始雨水,桃始華。'蓋桃方華時,既有雨水,川谷冰泮,衆流猥集,波瀾盛長,故謂之桃華水耳。而《韓詩傳》云:'三月桃華水。'"　〔五〕錦江:見前《白頭吟》詩注。　〔六〕"江色"句:淥,一作"綠"。　〔七〕"逶迤"二句:逶迤,山脈連綿彎曲貌。巴山,廣義的大巴山指綿延川、渝、甘、陝、鄂五省市邊境山地的總稱,狹義的大巴山僅指漢江支流任河谷地以東,重慶、陝西、湖北三省市邊境的山地。主峰在湖北神農架林區境内。山形曲折如巴字,故以為名。摇曳,形容雲彩移動。鮑照《代櫂歌行》:"摇曳高帆舉。"摇,宋本作"遥",據他本改。楚雲,荆門古屬楚國,故稱。　〔八〕"雪照"二句:謂聚集白沙灘的雁在陽光下猶如雪光映照,黄鶯飛出山谷在花間穿翔。蕭統《錦帶書·姑洗三月》:"啼鶯出谷,爭傳求友之聲。"　〔九〕芳洲:花草茂盛芬芳的水中陸地。　〔一〇〕森森:樹木茂密貌。　〔一一〕"流目"句:《後漢書·馮衍傳下》:"游精宇宙,流目八紘。"流目,轉動目光。謂目光由近及遠移動觀望。浦,水邊。烟,暮靄。此句謂縱目觀望,暮靄已籠罩水邊。　〔一二〕"江陵"二句:渚宫,春秋時楚成王建,為楚國别宫,故址在今湖北省江陵城内。二句謂遠遠望見江陵燈火,知道該到渚宫城了。

【評箋】

　　王琦注引陸放翁曰:杜子美"曉看紅濕處,花重錦官城",李太白"蜀江緑且明",用"濕"字、"明"字,可謂奪化工之巧,世未有拈出者。又放翁《入蜀記》曰:與兒輩登堤觀蜀江,乃知李太白《荆門望蜀江》詩"江色緑且明",真善狀物也。

　　按:詩曰:"逶迤巴山盡,摇曳楚雲行。"可知是由巴入楚,則此詩當是乾元二年(七五九)三月遇赦回到荆門泛舟而作。

465

贈從弟南平太守之遥二首〔一〕（選一）
時因飲酒過度貶武陵，後詩故贈。

其　一

　　少年不得意，落拓無安居〔二〕。願隨任公子，欲釣吞舟魚〔三〕。常時飲酒逐風景，壯心遂與功名疏。蘭生谷底人不鋤，雲在高山空卷舒〔四〕。漢家天子馳駟馬，赤車蜀道迎相如〔五〕。天門九重謁聖人〔六〕，龍顔一解四海春〔七〕。彤庭左右呼萬歲〔八〕，拜賀明主收沉淪〔九〕。翰林秉筆迴英眄〔一〇〕，麟閣崢嶸誰可見〔一一〕？承恩初入銀臺門〔一二〕，著書獨在金鑾殿〔一三〕。龍駒雕鐙白玉鞍，象牀綺席黄金盤〔一四〕。當時笑我微賤者，却來請謁爲交歡。一朝謝病游江海，疇昔相知幾人在〔一五〕？前門長揖後門關，今日結交明日改〔一六〕。愛君山嶽心不移，隨君雲霧迷所爲〔一七〕。夢得"池塘生春草"，使我長價《登樓詩》〔一八〕。別後遥傳《臨海作》，可見羊何共和之〔一九〕。

【注釋】

〔一〕南平太守之遥：南平，即渝州，天寶元年改爲南平郡，乾元元年復改爲渝州。今重慶市。太守，郡的行政長官，即州的刺史。李之遥，事蹟不詳。下篇《江夏贈韋南陵冰》詩云："天地再新法令寬，夜郎遷客帶霜寒。……賴遇南平豁方寸，况兼夫子持清論。""南平"，即指此南平太守李之遥。可知當時李白與韋冰、李之遥在江夏相遇同游。可能是李之遥由渝州刺史被貶朗州而來江夏。此詩題下爲李白原注。武陵，即朗州，天寶元年改爲武陵郡，乾元元年復爲朗州。　〔二〕"少年"二句：得

466

意,宋本作"作意",據他本改。落拓,一作"落魄",亦作"落托"、"落泊"。疊韻聯綿詞,意同。窮困失意。《史記·酈生陸賈列傳》:"(酈生)家貧落魄,無以為衣食業。" 〔三〕"願隨"二句:《莊子·外物》:"任公子為大鉤巨緇,五十犗以為餌,蹲乎會稽,投竿東海,旦旦而釣,期年不得魚。已而大魚食之,牽巨鉤䫥沒而下,鶩揚而奮鬐,白波若山,海水振蕩,聲侔鬼神,憚赫千里。任公子得若魚,離而臘之,自制河以東,蒼梧以北,莫不厭若魚者。"李白借此以寓少年大志。 〔四〕"蘭生"二句:《三國志·蜀志·周群傳》:"芳蘭生門,不得不鉏。"此處反用其意,謂不當要害,可以免禍。卷舒,自由卷曲舒展。謂少年時代自由放縱。 〔五〕"漢家"二句:《華陽國志·蜀志》:"城北十里有昇仙橋,有送客觀。司馬相如初入長安,題市門曰:'不乘赤車駟馬,不過汝下也。'"此借漢武帝召見司馬相如,喻自己天寶元年(七四二)奉詔入京。 〔六〕"天門"句:天門九重,指皇宮深遠。《楚辭·九辯》:"君之門以九重。"聖人,指皇帝。 〔七〕"龍顏"句:指皇帝開顏一笑而天下都受恩澤如草木逢春。《列子·黄帝》:"夫子始一解顏而笑。" 〔八〕彤庭:赤色的庭院。謂以丹漆塗飾的宫庭。《文選》卷一班固《西都賦》:"玉階彤庭。"張詵注:"彤,赤色也。以彤漆飾庭。"此處指皇宫朝庭。 〔九〕收沉淪:收納埋沒淪落之人。指天寶元年(七四二)玄宗詔李白入京。 〔一〇〕"翰林"句:指天寶元年至三載在翰林院為翰林供奉。秉筆,指為皇帝草擬詔書,撰寫詩文。英盼,指得到皇帝的注目。盼,一作"眄"。 〔一一〕麟閣:即麒麟閣。見《金門答蘇秀才》注。此處借指唐代翰林院。 〔一二〕銀臺門:指翰林院。《舊唐書·職官志二》:"翰林院,天子在大明宫,其院在右銀台門内。"承恩初入銀臺門,宋本校:"一作承恩侍從甘泉宫。" 〔一三〕金鑾殿:唐大明宫中殿名,殿與翰林院相接,故皇帝常在此召見翰林供奉。李陽冰《草堂集序》:"天寶中,皇祖下詔,徵就金馬……置於金鑾殿,出入翰林中,問以國政,潛草詔誥,人無知者。"即指此。 〔一四〕"龍駒"二句:龍駒,良馬。雕鐙,雕飾精美的馬鐙。象牀,象牙裝飾的牀。綺席,豐盛的宴席。席,宋本作"食",據他本改。二句形容當年的豪華生活。 〔一五〕"一朝"二句:謝病,因病辭職。乃

"賜金放歸"之委婉說法。疇昔,往日。　〔一六〕"前門"二句:極言世態炎涼,交情虛僞。　〔一七〕"愛君"二句:贊美李之遥看重交情,像山嶽般堅定不移。隨,咸本作"墮"　〔一八〕"夢得"二句:《南史·謝惠連傳》:"謝惠連年十歲能屬文,族兄靈運嘉賞之,云:'每有篇章,對惠連則得佳語。'嘗於永嘉西堂思詩,竟日不就,忽夢見惠連,即得'池塘生春草',大以為工。嘗曰:'此語有神助,非吾語也。'"此以謝靈運、謝惠連擬已和李之遥的關係。長價,增加聲價。《登樓詩》,即謝靈運《登池上樓詩》。　〔一九〕"別後"二句:《臨海作》,指謝靈運《登臨海嶠初發強中作與從弟惠連見羊何共和之》詩。臨海,晉時郡名,今浙江臨海市。《宋書·謝靈運傳》:"靈運既東遷,與族弟惠連、東海何長瑜、穎川荀雍、太山羊璿之,以文章賞會,共為山澤之游,時人謂之四友。"羊,羊璿之;何,何長瑜。二句謂別後李之遥如看到自己的詩作,便能和詩友們一起唱和了。

【評箋】

舊題嚴羽評點《李太白詩集》卷一〇:"前門"二句:說盡炎涼變態,可以警世,可以平情,政不必温厚。

《唐宋詩醇》卷五:炎而附,寒而去,自是俗情之薄。翟公書門,殷浩詠詩,白何見之晚耶?"蘭生谷底"二句,逸韻可賞,復有深味。末四語用古入化,別具清新之致。

按:此詩當是乾元二年(七五九)流放遇赦回到江夏時所作。

江夏贈韋南陵冰〔一〕

胡驕馬驚沙塵起〔二〕,胡雛飲馬天津水〔三〕。君為張掖近酒泉〔四〕,我竄三巴九千里〔五〕。天地再新法令寬〔六〕，夜郎遷客帶霜寒〔七〕。西憶故人不可見，東風吹夢到長安。寧期此地忽相遇，驚喜茫如墮烟霧〔八〕。玉簫金管喧四筵，苦心不得申長句〔九〕。昨日繡衣傾綠樽〔一〇〕，病如桃李竟何言〔一一〕！昔騎天子大宛馬〔一二〕，今乘款段諸侯門〔一三〕。賴遇南平豁方寸，復兼夫子持清論〔一四〕。有似山開萬里雲，四望青天解人悶〔一五〕。

【注釋】

〔一〕韋南陵冰：即南陵縣令韋冰。韋冰乃景駿之子，渠牟之父。黃本驥在《顔魯公集》中附李白《寄韋南陵冰余江上乘興訪之遇尋顔尚書笑有此贈》詩，並注云："韋冰，元珪之子。後為鄂令者也。"詹鍈《李白詩文繫年》從其説。檢《舊唐書·韋堅傳》：天寶五載(七四二)七月，"堅弟將作少匠蘭、鄂縣令冰……並遠貶。至十月，使監察御史羅希奭逐而殺之，諸弟及男諒並死"。可知鄂縣令韋冰早在天寶五載被逐殺，與此詩稱"夜郎遷客"，時間不合。考《元和姓纂》卷二韋氏郿城公房："景駿生述、迪……冰。冰，一名達，生渠牟，太常卿。"又據權德輿《韋渠牟墓誌》："大曆末，丁著作府君憂。"知韋冰卒於大曆末，時代相當。又據權德輿《左諫議大夫韋公渠牟詩集序》稱，渠牟年十一，賦《銅雀臺》絶句，得到李白贊賞。渠牟卒於貞元十七年(八〇一)，享年五十三，則十一歲時當乾元二年(七五九)，正是李白流放夜郎遇赦歸江夏之時。參見拙著《李白叢考·李白暮年若干交游考索》。江夏，唐天寶元年至至德二載(七五七)改鄂州為江夏郡，即今湖北武漢市武昌。南陵，今安徽南陵縣。　〔二〕胡驕：胡人。《漢書·匈奴傳》："南有大漢，北有強胡。胡者，天之驕子也。"此指安禄山叛軍。　〔三〕"胡雛"句：胡雛，指少年胡人。雛，宋本作"騶"，據他本改。《晉書·石勒載記》："石勒……上党武鄉羯人也。……年十四，隨邑人行販洛陽，倚嘯上東門。王衍見而異之，顧謂左右曰：'向者胡雛，吾觀其聲視有奇志，恐將為天下之患。'"此指安禄山部下的胡兵。天津水，天津橋下之水。天津橋在洛陽西南洛水上。此句謂安禄山

469

叛軍占據洛陽。〔四〕張掖、酒泉,均為唐郡名。天寶元年(七四二)改甘州為張掖郡,改肅州為酒泉郡。即今甘肅省張掖市、酒泉市。〔五〕三巴:東漢末益州牧劉璋分巴郡為永寧、固陵、巴三郡,後改為巴、巴東、巴西三郡,合稱三巴。在今重慶嘉陵江和綦江流域以東地區。李白流放夜郎,至三巴遇赦而歸,故云"竄三巴"。九千里,誇張之辭,極言遥遠。〔六〕"天地"句:天地再新,指收復兩京,國勢好轉。新,咸本作"造"。法令寬,指大赦天下。《唐大詔令集》卷八四《以春令减降囚徒制》:"其天下見禁囚徒死罪從流,流罪以下一切放免。"注:"乾元二年二月。"李白當因此制被赦放還。〔七〕"夜郎"句:謂已剛從流放夜郎途中赦回,心中仍帶着寒霜餘悸。〔八〕"寧期"二句:寧期,豈料。二句謂不想在此相遇,驚喜得茫然如入烟霧之中。〔九〕"苦心"句:申,表達。長句,指七言古詩。長,宋本作"一",據他本改。〔一〇〕"昨日"句:繡衣,指御史臺官員,見前《在水軍宴贈幕府諸侍御》詩注。此句似指節度使幕府宴會。唐代中期以後使府幕僚常帶憲銜,故常以御史稱之。綠樽,酒杯。〔一一〕"病如"句:《史記·李將軍列傳》:"桃李不言,下自成蹊。"此句謂悲憤無言如桃李之病。意外指有苦無處訴。〔一二〕大宛馬:漢西域大宛國所產名馬。大宛國故址在今中亞費爾幹納盆地。《史記·大宛列傳》:"及得大宛汗血馬,益壯,更名烏孫馬曰西極,名大宛馬曰天馬云。"〔一三〕款段:行走遲緩的劣馬。《後漢書·馬援傳》:"乘下澤車,御款段馬。"李賢注:"款,猶緩也,言形段遲緩也。"〔一四〕"賴遇"二句:南平,指李白族弟南平太守李之遥。見前《贈從弟南平太守之遥二首》其一注。豁方寸,敞開胸襟。方寸,亦作"方寸地",指心。《三國志·蜀志·諸葛亮傳》:"庶(徐庶)辭先主而指其心曰:'本欲與將軍共圖王霸之業者,以此方寸之地也。今已失老母,方寸亂矣。'"夫子,對韋冰的敬稱。夫,咸本作"三"。〔一五〕"有似"二句:用《晉書·樂廣傳》衛瓘贊樂廣語:"此人之水鏡,見之瑩然,若披雲霧而覩青天也。"

人悶還心悶,苦辛長苦辛。愁來飲酒二千石,寒灰重暖生陽春〔一六〕。山公醉後能騎馬〔一七〕，別是風流賢主人。頭陀雲月多僧氣〔一八〕，山水何曾稱人意？不然鳴笳按鼓戲滄流〔一九〕，呼取江南女兒歌棹謳〔二〇〕。我且為君槌碎黃鶴樓，君亦為吾倒却鸚鵡洲〔二一〕。赤壁争雄如夢裏〔二二〕，且須歌舞寬離憂〔二三〕。

【注釋】
〔一六〕"寒灰"句：《史記・韓長孺列傳》記載，韓安國犯罪入獄，為獄吏所辱，安國説："死灰獨不復燃乎？"後梁國缺内史，朝廷又請韓安國去擔任。此即用其意。　〔一七〕山公：指晉朝名士山簡，見前《襄陽歌》注。　〔一八〕"頭陀"句：頭陀，寺名。《元和郡縣志》卷二七江南道鄂州江夏縣："頭陀寺，在縣東南二里。"原址在今湖北武漢黃鶴山。雲月，雲和月的空氣。月，咸本作"外"。僧氣，佛寺的肅穆苦寂之氣。
〔一九〕"不然"句：然，宋本校："一作能。"鳴笳，吹笳。笳，古管樂器。按鼓，擊鼓。《文選》卷三三宋玉《招魂》："陳鐘按鼓，造新歌些。"劉良注："按，猶擊也。"按，宋本作"桉"，據他本改。滄流，滄涼之水。指江水。
〔二〇〕歌棹謳：唱棹歌。《文選》卷四左思《蜀都賦》："發棹謳。"劉淵林注："棹謳，鼓棹而歌也。"　〔二一〕鸚鵡洲：在今湖北武漢市西南長江中。相傳東漢末江夏太子守黃祖長子射在此大會賓客，有人獻鸚鵡，禰衡作賦，故名。　〔二二〕赤壁争雄：指歷史上著名的三國赤壁之戰。赤壁，山名，即今湖北蒲圻西之赤壁山。一説即今湖北武漢市武昌區西赤壁磯。東漢建安十三年(二〇八)孫權劉備聯軍敗曹操於此。
〔二三〕離憂：憂傷。《楚辭・九歌・山鬼》："思公子兮徒離憂。"

【評箋】
　　舊題嚴羽評點《李太白詩集》卷一〇：評"人悶"二句：忽入樂府，一句轉韻，難於增情，多有此襯副之累。　又評"山公"二句：有韻致，便能使事化。　又評"頭陀"句：情境會處乃有此語，非虛想所能得，然斷章爲佳,不可續下句。　　又評"我且"二句:太粗豪。此太白被酒語,是其短處。

延君壽《老生常談》:《江夏贈韋南陵冰》,是初從夜郎放歸,忽與故人相遇,一路酸辛悽楚,閑閑著筆。末幅"頭陀雲月多僧氣,山水何曾稱人意"二句,忽然擲筆空際。此下以必不可行之事,抒必當放浪之懷,氣吞雲夢,筆掃虹霓。中材人讀之,亦能漸發聰明,增其豪俊之氣。

王闓運手批《唐詩選》卷八評"復兼"句:接鬆懈。　　又曰:似欲生奇。不知江漢之不可壓倒。謂江景不如"女兒",夫誰信之?且"女兒"不可渡大江。

按:此詩當是乾元二年(七五九)流放夜郎遇赦回至江夏時作。

江　上　吟〔一〕

　　木蘭之枻沙棠舟〔二〕,玉簫金管坐兩頭。美酒樽中置千斛,載妓隨波任去流〔三〕。仙人有待乘黃鶴〔四〕,海客無心隨白鷗〔五〕。屈平詞賦懸日月,楚王臺榭空山丘〔六〕。興酣落筆搖五岳,詩成嘯傲凌滄洲〔七〕。功名富貴若長在,漢水亦應西北流〔八〕。

【注釋】

〔一〕江上吟:李白自製題目的歌行體詩,與《樂府詩集·雜曲歌辭》所收謝朓的《江上曲》完全不同。宋本校:"一作江上游。"　　〔二〕"木蘭"句:木蘭,又名杜蘭、林蘭,形狀如楠樹。可造船。《文選》卷四左思《蜀都賦》:"其樹則有木蘭梫桂。"劉淵林注:"木蘭,大樹也,葉似長生,冬夏榮,常以冬花,其實如小柿,甘美,南人以爲梅,其皮可食。"枻(yì):短槳;船柁。沙棠,木名。《山海經·西山經》:"崑崙之丘有木焉,其狀如棠,黃花赤實,其味如李而無核,名曰沙棠,可以禦水,食之使人不溺。"《述異記》卷中:"漢成帝與趙飛燕游太液池,以沙棠木為舟。其木出崑崙山,人食其實,入水不溺。"此句謂船和槳都用名貴木材製成。　〔三〕"美酒"二句:樽,宋本校:"一作當。"斛,古代量器名。十斗為一斛。千斛形容船中置酒之多。流,一作"留"。郭璞《山海經贊》:"安得沙棠,製為龍舟。……聊以逍遥,任波去留。"此蓋用其意。　〔四〕"仙人"句:黃鶴樓原在今湖北武昌西黃鶴磯上。傳説仙人王子安乘黃鶴過此,故名。又傳説費文褘登仙,曾駕黃鶴在此休息,遂以名樓。此謂要想成仙,還須待黃鶴飛來。　〔五〕隨白鷗:隨,宋本校:"一作狎。"《列子·黃帝》:"海上之人有好鷗鳥者,每旦之海上,從鷗鳥游,鷗鳥之至者百住而不止。"此句謂海上人無機詐之心,因而能隨白鷗一起嬉游。　〔六〕"屈平"二句:謂屈原辭賦如日月高懸,千古不朽,而楚王的宫苑却早已成了荒丘。《史記·屈原賈生列傳》:"屈平之作《離騷》……雖與日月争光可也。"臺榭,臺上有屋稱榭。楚靈王有章華臺,楚莊王有釣臺。　〔七〕"興酣"二句:五岳,指東岳泰山、西岳華山、南岳衡山、北岳恒山、中岳嵩山。嘯傲,一作"笑傲"。滄洲,濱水之處,古時稱隱士居處。二句謂興酣落筆寫成的詩可以摇撼五岳,凌駕滄洲。　〔八〕"漢水"句:漢水,源出今陝西寧强縣,東南流經陝西南部、湖北西北部和中部,至武漢市入長江。此以漢水西北倒流為喻,謂事情絶不可能。

【評箋】

　　舊題嚴羽評點《李太白詩集》卷六:評"仙人"二句:是律,體却非律,妙。　又評末二句:斬然。

　　蕭士贇《分類補注李太白詩》注:此達者之辭也。漢水無西北流之理,功名富貴不能長在,亦猶是乎!

　　應時《李詩緯》卷二:氣豪放,却紀律精嚴。

　　沈德潛《唐詩別裁》卷六評"功名"二句:言必無之理。

　　王琦注《李太白全集》按:"仙人"一聯,謂篤志求仙,未必即能冲舉,

473

而忘機狎物，自可縱適一時。"屈平"一聯，謂留心著作，可以傳千秋不刊之文，而溺志豪華，不過取一時盤游之樂，有孰得孰失之意。然上聯實承上文泛舟行樂面言，下聯又照下文興酣落筆而言也。特以四古人事排列於中，頓覺五色迷目，令人驟然不得其解。似此章法，雖出自逸才，未必不少加惨淡經營，恐非斗酒百篇時所能構耳。

《唐宋詩醇》卷五：發端四語，即事之辭也，以下慷當以慨，雖帶初唐風調，而氣骨迥絕矣。反筆作結，殊為遒健。

高步瀛《唐宋詩舉要》：淋漓酣恣。

郭沫若《李白與杜甫》：且引他的《江上吟》一首為例，那是酒與詩的聯合戰線，打敗了神仙丹液和功名富貴的凱歌。……這是他從長流夜郎半途赦回，流連在江夏一帶時所做的詩。

按：此詩當為乾元二年（七五九）之作。王琦云此詩"恐非斗酒百篇時所能構耳"，極是。此詩不僅否定功名富貴，對神仙因有所待，故亦不嚮往，認為唯有詩文辭賦可以不朽。此當為晚年之思想。乾元二年流放遇赦回到江夏時，與友人韋冰游樂甚歡，有《江夏贈韋南陵冰》、《寄韋南陵冰余江上乘興訪之遇尋顏尚書笑有此贈》等詩，與此詩意境相似。就在此年，李白還給韋冰之子韋渠牟傳授古樂府之學。詳見拙著《李白叢考·李白暮年若干交游考索》。

自漢陽病酒歸寄王明府〔一〕

去歲左遷夜郎道〔二〕，琉璃硯水長枯槁〔三〕。今年敕放巫山陽〔四〕，蛟龍筆翰生輝光〔五〕。聖主還聽《子虛賦》，相如却欲論文章〔六〕。願掃鸚鵡洲〔七〕，與君醉百場。嘯起白雲飛七澤，歌吟綠水動三湘〔八〕。莫惜連船沽美酒，千金一擲買春芳。

【注釋】
〔一〕王明府：漢陽縣令王某，名不詳。李白還有《贈王漢陽》、《寄王漢陽》、《望漢陽柳色寄王宰》、《早春寄王漢陽》、《醉題王漢陽廳》等詩，皆為同一人。漢陽，今湖北武漢市漢陽。明府，縣令的敬稱。　〔二〕左遷夜郎：左遷，貶謫。古人凡得罪而下遷官職皆曰左遷，李白無官而稱左遷，蓋指流放而言。夜郎，見前《流夜郎贈辛判官》詩注。　〔三〕"琉璃"句：謂停筆不寫文章。徐陵《玉臺新詠序》："琉璃硯匣，終日隨身。"此反用其意。　〔四〕"今年"句：年，一作"歲"。敕，皇帝詔書。放，免罪。巫山，在四川巫山縣東。舊傳山形如巫字，故名。此指乾元二年(七五九)流放夜郎途經巫山時得到赦免之事。今年：一作"今歲"。
〔五〕"蛟龍"句：形容又能揮筆如蛟龍遨游般地寫出光輝的文章。
〔六〕"聖主"二句：《史記·司馬相如列傳》："蜀人楊得意為狗監，侍上。上讀《子虛賦》而善之，曰：'朕獨不得與此人同時哉！'得意曰：'臣邑人司馬相如自言為此賦。'上驚。乃召問相如。"於是相如與武帝議論文章之事。此以聖主指唐朝皇帝，以相如自喻。欲，一作"與"。　〔七〕鸚鵡洲：見前《江夏贈韋南陵冰》詩注。　〔八〕"嘯起"二句：嘯，撮口發出長而清越之聲，此指吟唱詩歌。七澤，在湖北省境內，司馬相如《子虛賦》："臣聞楚有七澤，嘗見其一，未覩其餘也。臣之所見，蓋特其小小者耳，名曰雲夢。"三湘，湖南省湘潭、湘鄉、湘陰合稱。二句形容吟詠詩歌聲徹雲霄，振動水澤。綠，一作"淥"。

【評箋】
　　《唐宋詩醇》卷六："平生飛動意，見爾不能無"，胸懷正復如此。
　　趙翼《甌北詩話》卷一：《漢陽病酒寄王明府》云："去歲左遷夜郎道，今年敕放巫山陽。"其下即云："願掃鸚鵡洲，與君醉千場。莫惜連船沽美酒，千金一擲買群芳。"其豪氣依然如故也。

按：詩云"去歲左遷夜郎道……今年敕放巫山陽"，當是乾元二年（七五九）遇赦回至江夏時作。

峨眉山月歌送蜀僧晏入中京〔一〕

我在巴東三峽時〔二〕，西看明月憶峨眉。月出峨眉照滄海〔三〕，與人萬里長相隨。黃鶴樓前月華白〔四〕，此中忽見峨眉客〔五〕。峨眉山月還送君，風吹西到長安陌。長安大道橫九天，峨眉山月照秦川〔六〕。黃金師子承高座〔七〕，白玉塵尾談重玄〔八〕。我似浮雲滯吳越〔九〕，君逢聖主游丹闕〔一〇〕。一振高名滿帝都〔一一〕，歸時還弄峨眉月〔一二〕。

【注釋】

〔一〕蜀僧晏：蜀中的僧人名晏，事迹不詳。中京，指長安。《資治通鑑》唐肅宗至德二載：十二月，"以蜀郡為南京，鳳翔為西京，西京為中京"。胡三省注："以長安在洛陽、鳳翔、蜀郡、太原之中，故為中京。"
〔二〕"我在"句：巴東，即歸州。天寶元年改為巴東郡。乾元元年復為歸州。治所在今湖北秭歸。峽，一作"月"，非。　〔三〕"月出"句：月出峨眉，宋本校："一作峨眉山月。"照滄海，照，咸本作"映"。滄海，大海。此處泛指天下山水。　〔四〕"黃鶴樓"句：黃鶴樓，故址在今湖北武漢市蛇山黃鶴磯上。相傳始建於三國吴黃武二年（二二三），歷代屢毀屢建。傳說費褘登仙，每乘黃鶴於此憩駕，故號為黃鶴樓。《元和郡縣志》卷二七江南道鄂州："城西臨大江，西南角因磯為樓，名黃鶴樓。"月華，月光。　〔五〕峨眉客：指蜀僧晏。　〔六〕秦川：指長安周圍的渭河平原。東起潼關，西至寶雞，南接秦嶺，北達陝北高原，沃野千里，以古屬秦地,故稱。　〔七〕"黃金"句:師,一作"獅"。佛教認為佛是"人中獅子",故美稱和尚坐處為"獅子座"。《大智度論》七:"佛為人中師子,佛所坐處若牀若地,皆名師子座。夫師子,獸中獨步,無畏,能伏一切。"《法苑珠林》卷三四亦載,龜兹王曾造金獅子座,上以大秦錦褥鋪之,請高僧鳩摩羅什升座説法。此處指蜀僧晏。承高座,一作"乘高座"。
〔八〕"白玉"句:麈尾,用麈(似鹿而大之獸)之尾做的一種扇形拂子,古代清談家常執手中以示高雅。重玄,即《老子》所謂"玄之又玄"之意。此以老莊哲學釋佛。《世説新語·容止》:"王夷甫容貌整麗,妙於談玄,恒捉白玉柄麈尾,與手都無分别。"　〔九〕滯吳越:滯留於長江中下游地區。滯,一作"孺"。　〔一〇〕丹闕:赤色宫門,此指皇宫。
〔一一〕帝都:即京都,指長安。　〔一二〕歸時還弄:時,宋本校:"一作來。"弄,玩賞。謝靈運《怨曉月賦》:"滅華燭兮弄曉月。"

【評箋】

舊題嚴羽評點《李太白詩集》卷七:是歌須看其主伴變幻。題立峨眉作主,而以巴東、三峽、滄海、黄鶴樓、長安陌與秦川、吳越伴之,帝都又是主中主。題用"月"作主,而以"風"、"雲"作伴,"我"與"君"又是主中主。迴環散見,映帶生輝。真有月映千江之妙。非擬議所能學。　又評"黄金獅子"二句:二句在此詩中如果中核,嚙之有物;又如屋中柱,去之則頽。世有無核果、無柱屋否?知此者,可與言詩。　又評末四句:巧如蠶,活如龍,迴身作繭,噓氣成雲,不由造得。

按:此詩前半寫"峨眉山月歌",後半寫"送蜀僧晏入中京",此乃李白用歌吟體寫送别詩的常用手法。此詩當是太白流放夜郎遇赦歸江夏時作。

與史郎中欽聽黄鶴樓上吹笛〔一〕

一為遷客去長沙〔二〕,西望長安不見家〔三〕。黄鶴樓

477

中吹玉笛,江城五月落梅花〔四〕。

【注釋】
〔一〕史郎中欽:郎中史欽。欽,宋本作"飲",誤,據他本改。郎中,唐尚書省六部諸曹官員皆稱郎中和員外郎。史欽,事迹不詳。李白另有《江夏使君叔席上贈史郎中》詩云:"昔放三湘去,今還萬死餘。"語意相合,當為同一人。黄鶴樓,見前《黄鶴樓送孟浩然之廣陵》詩注。　〔二〕"一為"句:用西漢賈誼事。見前《放後遇恩不霑》詩注。遷客,《文苑英華》作"仙客",誤。此"遷客"以賈誼自比,一説指史欽。　〔三〕"西望"句:王堯衢《古唐詩合解》:"望長安而懷故國,旅思凄然,何堪又聞哀響!"
〔四〕"江城"句:江城,指江夏。今湖北武漢市武昌。落梅花,即《梅花落》,笛曲名。此因押韻而倒置,亦含笛聲因風散落之意。一語雙關,乃傳神之筆。

【評箋】
　　胡仔《苕溪漁隱叢話後集》卷四:《復齋漫録》云:"古曲有《落梅花》,非謂吹笛則梅落。詩人用事,不悟其失。"余意不然之。蓋詩人因笛中有《落梅花》曲,故言吹笛則梅落,其理甚通,用事殊未為失。
　　舊題嚴羽評點《李太白詩集》卷一九:凄遠堪墮淚。
　　謝榛《四溟詩話》卷四:作詩有三等語,堂上語、堂下語、階下語,知此三者,可以言詩矣。凡上官臨下官,動有昂然氣象,開口自別。若李太白"黄鶴樓中吹玉笛,江城五月落梅花",此堂上語也。
　　應時《李詩緯》卷四:旅愁含蓄無盡。　　又引丁谷雲評:一片神機。
　　黄生《唐詩摘鈔》:前思家,後聞笛,前後兩截,不相照顧,而因聞笛益動鄉思,意自聯絡於言外。與《洛城》作同,此首點題在後,法較老。
　　《唐宋詩醇》卷八:凄切之情,見於言外,有含蓄不盡之致。至於《落梅》笛曲,點用入化,論者乃紛紛争梅之落與不落,豈非癡人前不得説夢耶?

高步瀛《唐宋詩舉要》：因笛中《落梅花》曲而聯想及真梅之落，本無不可。然意謂吹笛則梅落，亦傅會也。復齋説雖稍泥，然考核物理自應有此，不當竟斥為妄。

按：此詩當是乾元二年（七五九）五月流夜郎遇赦回到江夏後所作。詩人早年曾有《春夜洛城聞笛》詩，同是七言絶句，同寫聞笛，但那是抒鄉愁客思之情，此則寫飄零淪落之感。構思筆法不同，那是順叙，先寫聞笛，然後寫引起的思鄉之情，着力在前二句，意境通暢；此則倒叙，先叙心情，然後寫聞笛，着力在後二句，意境含蓄。

經亂離後天恩流夜郎憶舊游書懷贈江夏韋太守良宰〔一〕

天上白玉京，十二樓五城〔二〕。仙人撫我頂，結髮受長生〔三〕。誤逐世間樂，頗窮理亂清〔四〕。九十六聖君，浮雲挂空名〔五〕。天地賭一擲，未能忘戰争〔六〕。試涉霸王略〔七〕，將期軒冕榮〔八〕。時命乃大謬，棄之海上行〔九〕。學劍翻自哂，為文竟何成？劍非萬人敵，文竊四海聲〔一〇〕。兒戲不足道，《五噫》出西京〔一一〕。臨當欲去時，慷慨淚沾纓。歎君倜儻才，標舉冠群英〔一二〕。開筵引祖帳，慰此遠徂征〔一三〕。鞍馬若浮雲〔一四〕，送余驃騎亭〔一五〕。歌鍾不盡意，白日落昆明〔一六〕。

【注釋】

〔一〕江夏韋太守良宰：江夏郡太守韋良宰。江夏，唐郡名，即鄂州，屬江南西道。天寶元年（七四二）改為江夏郡，乾元元年（七五八）復為鄂州。

太守，郡的長官，即州的刺史。《新唐書·宰相世系表四上》韋氏彭城公房有良宰。當即此人。《元和姓纂》卷二韋氏彭城公房：" 慶祚生行祥、行誠、行佺。……行佺，尚書右丞，生良宰、利見。" 此詩中之韋良宰，當即韋行佺之子、韋利見之兄。　〔二〕"天上" 二句：白玉京，道教稱天帝所居之處。王琦注引《五星經》："天上白玉京，黃金闕。"《漢書·郊祀志下》："方士有言，黃帝時為五城十二樓，以候神人於執期。" 顔師古注引應劭曰："昆侖玄圃五城十二樓，仙人之所常居。"《抱朴子·袪惑》："又見崑崙山上……内有五城十二樓。"　〔三〕"結髮" 句：結髮，猶束髮，指年輕時。受長生，接受道教長生不老之術。　〔四〕"頗窮" 句：窮，窮究；探求。理亂，即治亂。因避唐高宗李治諱改。此句謂對天下治亂很有研究。　〔五〕"九十" 二句：謂自秦始皇至唐玄宗共九十六代皇帝，都像浮雲似的過去，徒留空名。　〔六〕"天地" 二句：謂這些帝王像賭博一樣，孤注一擲，通過戰争來争奪天下。　〔七〕"試涉" 句：涉，涉獵，泛覽群書。霸王略，稱霸稱王的策略。此句謂自己曾涉獵成就霸王之業的策略。　〔八〕"將期" 句：期，期望。軒，華美的車乘。冕，高級官員所戴之禮帽。古制大夫以上官員可乘軒服冕，此以軒冕代稱高官顯宦。〔九〕"時命" 二句：謬，差錯。《莊子·繕性》："古之所謂隱士者，非伏其身而不見也，非閉其言而不出也，非藏其知而不發也，時命大謬也。" 二句謂自己身不逢時，只能抛棄霸王之略而浪迹江海。　〔一〇〕"學劍" 四句：《史記·項羽本紀》："項籍少時，學書不成，去，學劍又不成。項梁怒之，籍曰：'書足以記名姓而已。劍，一人敵，不足學；學萬人敵。'於是項梁又教籍兵法。" 自哂(shěn)，自我嘲笑。竊，自謙之詞。此為詩人自歎學武不成，弄文却取得天下揚名。　〔一一〕"五噫" 句：《後漢書·梁鴻傳》："因東出關，過京師，作《五噫之歌》曰：'陟彼北芒兮，噫！顧覽帝京兮，噫！宮室崔嵬兮，噫！人之劬勞兮，噫！遼遼未央兮，噫！'肅宗聞而非之，求鴻不得。乃易姓運期，名燿，字侯光，與妻子居齊魯之間。" 此喻自己學梁鴻而離京。西京，指長安。　〔一二〕"歘君" 二句：倜儻，豪爽卓異。標舉，猶高超。標，宋本作 "摽"，據他本改。冠群英，為群英之首。《宋書·謝靈運傳論》："靈運之興會標舉，延年之體裁明密，並方

480

軌前秀,垂範後昆。"　〔一三〕"開筵"二句:祖帳,古代為遠行者在野外路旁餞別而設的帷帳。亦指送行的酒筵。遠徂征,往遠行。二句寫韋良宰曾為李白設宴送行。　〔一四〕"鞍馬"句:形容送行之人馬衆多。〔一五〕驃騎亭:地址不詳。王琦謂玩詩意當在長安。瞿蜕園、朱金城《李白集校注》謂乃借用,非實指。　〔一六〕"歌鍾"二句:歌鍾,古樂器名,即編鐘。鍾,通"鐘"。《左傳·襄公十一年》:"鄭人賂晉侯……歌鍾二肆。"孔穎達疏:"歌鍾者,歌必先金奏,故鍾以歌名之。"此處泛指奏樂。二句謂送別時音樂尚未盡意,太陽已落入昆明池。昆明,池名。故址在今陝西西安市西南豐水和潏水之間。漢武帝元狩三年(前一二〇)為準備和昆明國作戰訓練水軍,以及解決長安水源不足而開鑿。

以上第一段,叙己生平經歷及韋良宰為其餞行情景。

　　十月到幽州〔一七〕,戈鋋若羅星〔一八〕。君王棄北海,掃地借長鯨〔一九〕。呼吸走百川,燕然可摧傾〔二〇〕。心知不得語,却欲棲蓬瀛〔二一〕。彎弧懼天狼,挾矢不敢張〔二二〕。攬涕黃金臺,呼天哭昭王〔二三〕。無人貴駿骨,綠耳空騰驤〔二四〕。樂毅儻再生,于今亦奔亡〔二五〕。蹉跎不得意,驅馬過貴鄉〔二六〕。逢君聽絃歌,肅穆坐華堂〔二七〕。百里獨太古,陶然臥羲皇〔二八〕。徵樂昌樂館〔二九〕,開筵列壺觴。賢豪間青娥,對燭儼成行〔三〇〕。醉舞紛綺席,清歌繞飛梁〔三一〕。歡娛未終朝,秩滿歸咸陽〔三二〕。祖道擁萬人,供帳遥相望〔三三〕。一別隔千里,榮枯異炎涼〔三四〕。

【注釋】

〔一七〕"十月"句:幽州,在今北京市及河北北部。天寶元年改為范陽郡,乾元元年復改為幽州。李白於天寶十載(七五一)有幽州之行,自開封首途,次年十月,抵達范陽郡。時安禄山為范陽節度使,即幽州地區的最高軍事長官。　〔一八〕"戈鋋"句：鋋(yán)，短矛。羅星，羅列如星，形容衆多。此以兵器之多説明軍隊嚴陣備戰，預示安禄山即將叛亂。〔一九〕"君王"二句：君王，指唐玄宗。北海，指北方大片土地。長鯨，指安禄山。天寶元年(七四二)，唐玄宗任安禄山為平盧節度使。三載(七四四)，代裴寬為范陽節度使，仍領平盧軍。幽州之北，盡給安禄山。天寶十載(七五一)，又兼河東節度使。詩即言此事。　〔二〇〕"呼吸"二句：形容安禄山氣焰囂張，如長鯨呼吸之間可使百川奔騰，燕然山倒塌。燕然，山名，現名杭愛山，在今蒙古人民共和國境内。《後漢書・竇憲傳》："憲、秉遂登燕然山，去塞三千餘里，刻石勒功，紀漢威德。"〔二一〕"心知"二句：不得語，語，宋本作"意"，據他本改。却，退而。蓬瀛，即蓬萊、瀛洲，傳説大海中的仙山。二句謂玄宗寵信安禄山，自己地位低下，知道説話無用，故只能隱居避世。　〔二二〕"彎弧"二句：弧，木弓。天狼，星名。《楚辭・九歌・東君》："挾長矢兮射天狼。"王逸注："天狼，星名，以喻貪殘。"《史記・天官書》："其東有大星曰狼。"張守節《正義》："狼為野將，主侵掠。"此指安禄山。　〔二三〕"攬涕"二句：黄金臺、燕昭王，見前《行路難》其二注。　〔二四〕"無人"二句：駿骨，千里馬之骨。典出《戰國策・燕策一》：燕昭王欲招天下賢士，報齊破燕之讎。郭隗對燕昭王述古代一君主用千金求千里馬，三年不能得。有侍臣用五百金買到千里馬的屍骨，君王怒曰：死馬何用？侍臣説，買死馬尚肯用五百金，天下人必信君王誠心求馬，千里馬將不求自至。不久，果然來了三匹千里馬。今君王誠心招賢士，先從我郭隗開始，必有賢於郭隗者為大王用。綠耳，駿馬名。周穆王"八駿"之一。綠，一作"騄"。騰驤，奔躍。二句謂當今無人重視賢才，賢人無法施展才能。　〔二五〕"樂毅"二句：《史記・樂毅列傳》載，樂毅至燕，為燕昭王重用，攻下齊國七十餘城，立下大功。但昭王死後，齊國用離間計使燕惠王疑忌樂毅，燕惠王就派騎劫代樂毅為將，樂毅被迫奔趙。　〔二六〕"蹉跎"二句：蹉跎，虚度光陰。宋本校："一作蒼忙。"過，一作"還"，咸本作"逐"。貴鄉，唐縣名，屬河北道魏州，故址在今河北大名縣東北。　〔二七〕絃歌：用子游治武城典。《論語・陽貨》：子游為武城宰。"子之武城，聞絃歌之聲。"

夫子莞爾而笑曰：割雞焉用牛刀？"此處喻指韋良宰當時為貴鄉縣令。
〔二八〕"百里"二句：《三國·蜀志·龐統傳》："先主領荊州，統以從事守耒陽令，在縣不治，免官。吳將魯肅遺先主書曰：'龐士元非百里才也。使處治中、別駕之任，始當展其驥足耳。'"後以"百里才"指治理一縣的人才。太古，遠古。《禮記·郊特牲》："太古冠布。"鄭玄注："唐、虞以上曰太古。"陶然，和樂安閑貌。羲皇，指伏羲氏。古人以為伏羲氏時代的人，無憂無慮，生活安樂。《晉書·陶潛傳》："嘗言夏月虛閑，高臥北窗之下，清風颯至，自謂羲皇上人。"此處贊揚韋良宰如陶潛任縣令時一樣無為而治，使貴鄉縣民風淳樸，社會安定，像遠古伏羲氏時代一樣。
〔二九〕昌樂館：昌樂，唐縣名，屬河北道魏州。治所在今河南南樂縣。館，樂館。　〔三○〕"賢豪"二句：賢豪，賢能勇壯之士。青娥，青年女子。江淹《水上神女賦》："青娥羞豔，素女慚光。"儼，端整貌。
〔三一〕"清歌"句：用《列子·湯問》故事。戰國時代，韓娥到齊國去，途中缺糧，在雍門唱歌乞食，歌聲餘音繞梁，三日不絕。此喻歌舞音樂美妙。　〔三二〕"歡娛"二句：終朝，早上。《詩·小雅·采綠》："終朝采綠。"毛傳："自旦及食時為終朝。"未終朝，極言時間之短。秩滿，宋本校："一作解印。"指韋良宰貴鄉縣令的任期已滿。歸咸陽，指回長安朝廷。
〔三三〕"祖道"二句：《漢書·疏廣傳》："公卿大夫故人邑子設祖道，供帳東都門外。"顏師古注："祖道，餞行也。"供帳，餞行所用之帳幕。此寫韋良宰離任時送行者甚多。　〔三四〕"榮枯"句：榮枯，指草木開花和枯萎，亦喻仕途的榮枯。炎涼，暑寒，亦喻世態炎涼。此句謂季節變換，相別多年。

以上第二段，叙已赴幽州所見景象及回到魏州與韋良宰會見之事。

　　炎涼幾度改，九土中橫潰〔三五〕。漢甲連胡兵，沙塵暗雲海〔三六〕。草木搖殺氣，星辰無光彩。白骨成丘山，蒼生竟何罪？函關壯帝居〔三七〕，國命懸哥舒〔三八〕。長戟三十萬，開門納凶渠〔三九〕。公卿奴犬羊，忠讜醢與葅〔四○〕。二聖出游豫〔四一〕，兩京遂丘墟〔四二〕。

【注釋】

〔三五〕"九土"句：九土，指全國。《國語·魯語上》："能平九土。"韋昭注："九土，九州之土也。"中横潰，《文選》卷三〇謝靈運《擬魏太子鄴中集詩》："天地中横潰。"李善注："横潰，以水喻亂也。"此句指安禄山反叛，天下大亂。　〔三六〕"漢甲"二句：謂官軍與叛軍接戰，飛揚的沙塵使廣闊的天空都昏暗下來。漢甲，指唐朝軍隊。胡兵，指安史叛軍。
〔三七〕"函關"句：函關，即函谷關。詳見前《奔亡道中》其四注。此處借指潼關。帝居，指唐京師長安。此句謂函谷關形勢險要，使長安顯得雄壯。　〔三八〕"國命"句：哥舒，指哥舒翰。此句謂國家存亡懸挂於哥舒翰之手。《舊唐書·哥舒翰傳》："及安禄山反，上以封常清、高仙芝喪敗，召翰入，拜為皇太子先鋒兵馬元帥。……拒賊於潼關。"
〔三九〕"長戟"二句：指哥舒翰三十萬軍兵敗降安禄山事。長戟，兵器名。此代指士卒。凶渠，指叛軍將領。渠，首領。《舊唐書·哥舒翰傳》："引師出關……軍既敗，翰與數百騎馳而西歸。為火拔歸仁執降於賊。"二句即指哥舒翰被擒投降安禄山事。　〔四〇〕"公卿"二句：奴犬羊，為犬羊所奴役。一作"如犬羊"。犬羊，指安史叛軍。忠讜，忠誠敢言之士。醢與菹，即菹醢（zū hǎi），古代的酷刑，把人斬成肉醬。醢，肉醬，此用作動詞，意謂慘遭殺害。二句指叛軍入長安後大肆殺戮朝廷大臣。
〔四一〕"二聖"句：二聖，指唐玄宗和唐肅宗。游豫，游樂。《孟子·梁惠王下》："吾王不游，吾何以休？吾王不豫，吾何以助？"此諱言逃亡，故言游豫。　〔四二〕"兩京"句：兩京，指洛陽和長安。丘墟，廢墟。此處用作動詞，變成廢墟。

以上第三段，叙安禄山起兵攻陷兩京。皇帝逃亡，人民和官吏慘遭殺戮。

　　帝子許專征，秉旄控強楚〔四三〕。節制非桓文〔四四〕，軍師擁熊虎〔四五〕。人心失去就，賊勢騰風雨〔四六〕。惟君固房陵，誠節冠終古〔四七〕。僕卧香爐頂〔四八〕，餐霞漱瑶泉〔四九〕。門開九江轉，枕下五湖連〔五〇〕。半夜水軍來，尋陽滿旌旃〔五一〕。空名適自誤，迫脅上樓船〔五二〕。徒賜五百金，棄之苦浮烟。辭官不受賞，翻謫夜郎天〔五三〕。夜郎萬里道，西上令人老〔五四〕。掃蕩六合清，仍為負霜草〔五五〕。日月無偏照，何由訴蒼昊〔五六〕？良牧稱神明，深仁恤交道〔五七〕。

【注釋】

〔四三〕"帝子"二句：帝子，指永王李璘。見前《永王東巡歌》注。專征，皇帝給予統兵征討的權力。秉旄，掌握軍隊。旄，古時旗杆上用旄牛尾做的裝飾。《書·牧誓》："右秉白旄以麾。"控強楚，指永王當時控制着古楚國的廣大富強地區。　〔四四〕"節制"句：節制，指約束有方的軍隊。桓文，指春秋時五霸中的兩個霸主齊桓公和晉文公。《荀子·議兵》："秦之銳士，不可以當桓、文之節制。"此反用其意，謂永王璘之軍皆烏合之衆，非齊桓、晉文約束有方之師。　〔四五〕"軍師"句：熊虎，謂永王將領像熊虎般驕橫跋扈。《書·牧誓》："尚桓桓，如虎如貔，如熊如羆。"此句謂統率無方，徒有強壯之兵。熊，胡本作"羆"。　〔四六〕"人心"二句：謂天下人心茫然動摇，而叛軍之勢却如強盛風雨。

〔四七〕"惟君"二句：李白同時寫有《天長節使鄂州刺史韋公德政碑》："曩者永王以天人授鉞，東巡無名，利劍承喉以脅從，壯心堅守而不動。房陵之俗，安於太山。"可與此二句參證。固房陵，堅守房陵。房陵，即房州，郡治在今湖北房縣。誠節，忠誠的節操。冠終古，超過自古以來的人。二句謂韋良宰為房陵郡太守時，忠誠地堅守崗位，不為永王李璘所脅迫。　〔四八〕香爐：峰名。在廬山北部。因水氣鬱結峰頂，雲霧彌漫如香烟繚繞，故名。　〔四九〕"餐霞"句：瑶泉，瑶池之水，仙水。此句謂以雲霞為食，以瑶泉漱口，過着神仙般的隱士生活。　〔五〇〕"門開"二句：九江，古代傳說，長江流至潯陽分為九道。《書·禹貢》："九江孔殷。"孔傳："江於此州界分為九道。"故潯陽亦名九江，即今江西九江市。此借指長江。五湖，其說甚多，此似指廬山下的湖泊。其時李白隱

485

居廬山屏風疊,故言。 〔五一〕"尋陽"句:尋,《全唐詩》作"潯"。滿旌旐,形容軍中旌旗之多。 〔五二〕"迫脅"句:按從《永王東巡歌》及《在水軍幕宴贈諸侍御》等詩可知,李白參加永王幕事出自願,此稱"迫脅",乃永王兵敗後被稱為逆亂,故推說如此。 〔五三〕翻謫:反而被貶謫流放。 〔五四〕"夜郎"二句:萬里道,極言其遠。令人老,極言愁苦。徐幹《室思詩》:"峨峨高山首,悠悠萬里道。君去日已遠,鬱結令人老。" 〔五五〕"掃蕩"二句:負霜草,草被霜蓋着見不到陽光,比喻含冤受屈。六合,古人以天、地、四方為六合。二句謂天下已掃清叛亂,但自己却成負霜之草,被流放夜郎。 〔五六〕"日月"二句:《禮記·孔子閒居》:"日月無私照。"蒼昊,蒼天。二句謂日月本應遍照天下,可是自己却被無辜流放,無從申訴。 〔五七〕"良牧"二句:良牧,賢良的太守。指江夏太守韋良宰。古代稱一州的地方長官刺史為"州牧"。唐代自玄宗天寶元年(七四二)至肅宗至德二載(七五七)改州為郡,改刺史為太守。此詩中的江夏太守即鄂州刺史。稱神明,稱,咸本作"睎";神明,明智如神。《淮南子·兵略訓》:"見人所不見謂之明,知人所不知謂之神。神明者,先勝者也。"恤,體恤,顧念。交道,好友。

以上第四段,叙己因參加永王幕而被流放,回來後多蒙韋良宰的愛恤。

一忝青雲客,三登黃鶴樓〔五八〕。顧慚禰處士,虛對鸚鵡洲〔五九〕。樊山霸氣盡,寥落天地秋〔六〇〕。江帶峨眉雪,橫穿三峽流〔六一〕。萬舸此中來,連帆過揚州〔六二〕。送此萬里目,曠然散我愁〔六三〕。紗窗倚天開,水樹綠如髮〔六四〕。窺日畏銜山,促酒喜見月〔六五〕。吳娃與越豔,窈窕誇鉛紅〔六六〕。呼來上雲梯,含笑出簾櫳〔六七〕。對客《小垂手》,羅衣舞春風〔六八〕。賓跪請休息,主人情未極〔六九〕。覽君荊山作,江鮑堪動色〔七〇〕。清水出芙蓉,天然去雕飾〔七一〕。逸興橫素襟,無時不招尋〔七二〕。朱門擁虎士，列戟何森森〔七三〕！剪鑿竹石開，縈流漲清深〔七四〕。登樓坐水閣，吐論多英音〔七五〕。片辭貴白璧，一諾輕黃金〔七六〕。謂我不愧君，青鳥明丹心〔七七〕。

【注釋】

〔五八〕"一忝"二句：忝，謙詞，辱，有愧於。辱為青雲之客，乃李白為韋太守貴賓的客套話。黃鶴樓，見前《黃鶴樓送孟浩然之廣陵》詩注。

〔五九〕"顧慚"二句：禰處士，東漢末名士禰衡。《文選》卷十三禰衡《鸚鵡賦序》："時黃祖太子射賓客大會，有獻鸚鵡者，舉酒於衡前曰：'禰處士今日無用娛賓，竊以此鳥自遠而至，明惠聰善，羽族之可貴，願先生為之賦，使四坐咸共榮觀，不亦可乎！'衡因為賦。筆不停綴，文不加點。"鸚鵡洲，在今湖北武漢市西南長江中。見前《江夏贈韋南陵冰》詩注。二句謂面對鸚鵡洲秀麗的景色而不能像禰衡那樣寫出好作品，深感慚愧。

〔六〇〕"樊山"二句：宋本校："一作彤襜冠白筆，爽氣凌清秋。"樊山，在今湖北鄂州市西。樊，宋本作"焚"，誤。據他本改。《元和郡縣志》卷二七鄂州武昌縣："樊山，在縣西三里。"按唐代武昌縣即今鄂州市。霸氣盡，指三國時孫權曾在此建立霸業，如今已蕩然無存。王勃《江寧吳少府餞宴序》："霸氣盡而江山空，皇風清而市朝改。" 〔六一〕"江帶"二句：寫峨眉山峰巒高峻，上極寒，冬春積雪，經時不散，至夏方融化流入岷江，經三峽而下。橫穿，一作"川橫"。 〔六二〕"萬舸"二句：舸(gě)，大船。陸游《入蜀記》："至鄂州泊稅務亭，賈船客舫不可勝計，銜尾不絕者數里，自京口以西皆不及。李太白《贈江夏韋太守》詩曰：'萬舸此中來，連帆過揚州。'蓋此地自唐為衝要之地。"過，咸本作"逐"。

〔六三〕"送此"二句：謂極目送萬里之舟，心神開朗使我的憂愁消散。曠然，心曠神怡貌。散我愁，我，宋本校："一作煩。" 〔六四〕"水樹"句：宋本校："一作水渌樹如髮。" 〔六五〕"窺日"二句：窺日，日，宋本校："一作光。"銜山，指日落。見月，一作"得月"。 〔六六〕"吳娃"二句：吳娃、越豔，指吳越地區美女。王勃《采蓮賦》："吳娃越豔，鄭婉秦妍。"《文選》卷五左思《吳都賦》："幸乎館娃之宮。"劉逵注："吳俗謂好女為

487

娃。"窈窕,美好貌。《詩・周南・關雎》:"窈窕淑女,君子好逑。"《方言》:"美心曰窈,美狀曰窕。"鉛紅,鉛粉和胭脂。 〔六七〕"呼來"二句:雲梯,形容黄鶴樓的階梯之高。簾櫳,本指竹簾和窗櫺,此當為偏義複詞,指簾子。 〔六八〕"對客"句:小垂手,古代舞蹈中的一種垂手身段,有大垂手、小垂手之分。《樂府詩集》卷七六《雜曲歌辭》有《大垂手》、《小垂手》。並引《樂府解題》曰:"《大垂手》、《小垂手》,皆言舞而垂其手也。"吴均《大垂手》云:"垂手忽迢迢,飛燕掌中嬌。羅衫恣風引,輕帶任情摇。"又《小垂手》云:"舞女出西秦,躡影舞陽春。且復小垂手,廣袖拂紅塵。"二句描寫舞姿。 〔六九〕"賓跪"二句:賓跪,賓客引身稍起之狀。古人席地而坐,引身稍起即跪。《禮記・曲禮》:"客跪撫席而辭。"情未極,興趣未盡。 〔七〇〕"覽君"二句:荆山,山名,在今湖北武當山東南、漢水西岸,漳水發源於此。荆山作,指韋良宰之詩,今不傳。江、鮑,指南朝詩人江淹、鮑照。動色,臉上顯出感動的表情。二句謂江淹、鮑照如看到韋太守荆山之作,亦必能為之動情於色。 〔七一〕"清水"二句:鍾嶸《詩品》:"謝詩如芙蓉出水。"此用以贊美韋良宰的作品清新自然,不假雕飾。 〔七二〕"逸興"二句:逸興,超逸豪放的意興。興,咸本作"喜"。横,充溢。素襟,平素的胸懷。王僧達《答顔延年》詩:"清氣溢素襟。"謂韋良宰平素胸襟豁達,具有超逸豪放的意興。招尋,招引尋找賓朋游賞。 〔七三〕"朱門"二句:形容江夏郡衙門的威儀。朱門,門,宋本校:"一作旄。"虎士,勇猛的衛士。戟(jǐ),古兵器名。按唐代制度,州府以上衙門前列戟。《新唐書・百官志》衛尉寺武器署:"凡戟……一品之門十六,二品及京兆、河南、太原尹、大都督、大都護之門十四,三品及上都督、中都督、上都護、上州之門十二,下都護、中州、下州之門各十。"森森,威嚴貌。 〔七四〕"剪鑿"二句:寫韋良宰太守園林景色之美。剪竹鑿石,清流縈繞。 〔七五〕"登樓"二句:樓,一作"臺"。坐,宋本校:"一作入。"英,宋本校:"一作奇。"英音,卓越高雅的談論。
〔七六〕"片辭"二句:謂韋良宰重義尚信,片言隻語比白璧、黄金還要貴重。諾,允諾。《史記・季布欒布列傳》載,漢初季布最守信用,答應人的事一定辦到。楚人諺曰:"得黄金百斤,不如得季布一諾。"璧,宋本作

"壁",據他本改。　〔七七〕"謂我"二句：説我無愧於你的交道,只能借青鳥傳書來表明我的丹心。阮籍《詠懷詩》："誰言不可見,青鳥明我心。"此即用其意。鳥,宋本校："一作鸞。"明,一作"問"。

以上第五段,叙此次與韋良宰相見之樂並贊美其詩作。

　　五色雲間鵲,飛鳴天上來。傳聞赦書至,却放夜郎迴〔七八〕。暖氣變寒谷,炎烟生死灰〔七九〕。君登鳳池去〔八〇〕,勿棄賈生才〔八一〕。桀犬尚吠堯〔八二〕,匈奴笑千秋〔八三〕。中夜四五歎,常為大國憂。旌旆夾兩山,黄河當中流〔八四〕。連雞不得進,飲馬空夷猶〔八五〕。安得羿善射,一箭落旄頭〔八六〕?

【注釋】
〔七八〕"五色"四句：唐張鷟《朝野僉載》卷四："唐貞觀末,南康黎景逸居於空青山,常有鵲巢其側,每飯食以喂之。後鄰近失布者誣景逸盜之,繋南康獄,月餘劾不承。欲訊之,其鵲止以獄樓,向景逸歡喜,似傳語之狀。其日傳有赦,官司詰其來,云路逢玄衣素衿人所説。三日而赦至,景逸還山,乃知玄衣素衿者,鵲之所傳也。"按李白於乾元二年(七五九)三月在流放途中遇赦放還,四句即以"靈鵲報喜"故事叙此事。　〔七九〕"暖氣"二句：暖氣,《藝文類聚》卷九引劉向《別錄》："《方士傳》言,鄒衍在燕,燕有谷地,地美而寒,不生五穀。鄒子居之,吹律而温氣至,而穀生,今名黍谷也。"死灰,用《史記・韓長孺列傳》所載韓長孺入獄而後復用事,見前《江夏贈韋南陵冰》詩注。此以寒谷變暖、死灰復燃喻己流放遇赦。
〔八〇〕鳳池：鳳凰池。《通典・職官三》："魏、晉以來,中書監令掌贊詔命,記會時事,典作文書,以其地在樞近,多承寵任,是以人固其位,謂之鳳凰池焉。"此處泛指朝廷要職。　〔八一〕賈生：即漢賈誼。此為詩人自比。勿,一作"忽"。　〔八二〕"桀犬"句：《漢書・鄒陽傳》："桀之犬可使吠堯。"桀,夏朝最後一個皇帝。此用桀犬喻叛將餘兵,堯喻唐朝皇帝。按其時安禄山已死，其部下史思明等仍在作亂。　〔八三〕"匈奴"句：千秋，指漢武帝時丞相車千秋。《漢書·車千秋傳》："千秋無他材能學術，又無伐閱功勞，特以一言悟主，旬月取宰相封侯。世未嘗有也。後漢使者至匈奴，單于問曰：'聞漢新拜丞相，何用得之？'使者曰：'以上書言事故。'單于曰：'苟如是，漢置丞相非用賢也，妄用一男子上書即得之矣。'"此喻指當時宰相苗晉卿、王縉等皆庸碌無能之輩。
〔八四〕"旌旆"二句：旌旆，旗幟。兩山，指黃河兩邊的太華、首陽兩山。二句謂黃河兩岸旌旗密布，戰爭未息。　〔八五〕"連雞"二句：雞，咸本作"難"，非。連雞，縛在一起的雞，喻互相牽制，行動不能一致。《戰國策·秦策一》："諸侯不可一，猶連雞之不能俱止於棲亦明矣。"夷猶，《楚辭·九歌·湘君》："君不行兮夷猶。"王逸注："夷猶，猶豫也。"二句喻指當時各節度使互不合作，如連雞一樣不能協調一致，飲馬觀望而猶豫不進。　〔八六〕"安得"二句：羿，后羿。傳說中夏代東夷族首領，原為有窮氏部落首領，善於射箭。羿，宋本作"弄"，據他本改。旄頭，見前《在水軍宴贈幕府諸侍御》詩注。落旄頭，喻討平叛亂之軍。

以上第六段，希得韋太守汲引，為國效力於戰亂未息之時。

【評箋】

　　舊題嚴羽評點《李太白詩集》卷一〇：長篇轉音，情憤而暢。　又評"天地"二句：好大眼孔。　又評"鞍馬"四句：豪雅。　又評"函關"四句：刺得痛快。　又評"江帶"十句：清境豪情，寫得盡興。　又評"吳娃"六句：忽成《子夜》聲。

　　朱諫《李詩選注》卷七：説者謂杜子《北征》、李白《書懷》皆長篇之作，冠絕古今，可擬《風》、《雅》。然《北征》論時事而辭嚴義正，《書懷》敷大義而痛切激揚；比而較之，《書懷》雖不若《北征》之純，而辭藻清麗，情思憂樂，充然有餘；所以明治亂之迹，著群臣之義者，則又未嘗不皎然而明白也。此二公俱大手筆，敘事有條，整而不亂，宜芳譽並稱，而世為天下之法也。

　　《唐宋詩醇》卷五：白之從璘辟也，蘇軾辨其由於迫脅，論甚平允。此篇歷敘交游始末，而白生平蹤迹亦略見於此。"十月到幽州"一段，蓋白自被放後，北游燕、趙，觀聽形勢，知祿山之必叛；尾大不掉之害，欲言不能，述之猶覺痛切。至於潼關失守，江陵煽亂，與白之為璘所脅，受累遠謫，無不明如指掌。結尾一段，慮廟堂之無人，憂將帥之不一，而賊之不得速平，與前遙相照應。通篇以交情、時勢互為經緯，汪洋灝瀚，如百川之灌河，如長江之赴海，卓乎大篇，可與《北征》並峙。

管世銘《讀雪山房唐詩序例》：陳、張《感遇》出於阮公《詠懷》，供奉《古風》本於太沖《詠史》。《經亂離後贈江夏韋太守》計八百三十字，太白生平略具，縱橫恣肆，激宕淋漓，真少陵《北征》勁敵。後人舍此而舉昌黎《南山》，失其倫矣。

佘成教《石園詩話》卷一：太白《憶舊游書懷贈江夏韋太守》云："僕臥香爐頂，湌霞漱瑶泉。門開九江轉，枕下五湖連。半夜水軍來，潯陽滿旌旃。空名適自誤，迫脅上樓船。徒賜五百金，棄之若浮烟。辭官不受賞，翻謫夜郎天。"其不受永王之僞命，自述已明。《永王東巡歌》云："帝寵賢王入楚關，掃清江漢始應還。"諷之以"帝寵"，明有所尊，諭之以"應還"，見不可進，此又足以證明其心迹矣。史謂其佐璘起兵，逃回彭澤，璘敗，當誅。亦第據當時之傳聞，無所確據。而欲為太白湔洗者，但據其素行以為辨，亦未嘗求之于其詩而參論之也。

陳僅《竹林答問》：太白《經亂憶舊游書懷贈江夏韋太守》詩，書體也；少陵《北征》詩，記體也；昌黎《南山》詩，賦體也。三長篇鼎峙一代，俯籠萬有，正不必以優劣論。

按：這是李白最長的一首詩。當是肅宗乾元二年（七五九）流放途中遇赦回到江夏時所作。

與夏十二登岳陽樓[一]

樓觀岳陽盡[二]，川迥洞庭開[三]。雁引愁心去[四]，

491

山銜好月來〔五〕。雲間逢下榻，天上接行杯〔六〕。醉後涼風起，吹人舞袖迴。

【注釋】

〔一〕夏十二：排行十二，名不詳。岳陽樓，今湖南岳陽市西門城樓，下瞰洞庭湖。開元四年(七一六)中書令(宰相)張説為岳州刺史時，常與才士登樓賦詩，自此名著。　〔二〕"樓觀"句：岳陽，謂天岳山之陽，樓以山立名。此句謂登樓俯瞰，天岳山之陽的一切景物盡收眼底。
〔三〕"川迥"句：迥，遠。一作"迴"。洞庭開，指洞庭湖水寬闊無邊。
〔四〕雁引愁心去：《文苑英華》作"雁別秋江去"。　〔五〕"山銜"句：此句指月亮從山後升起，如被山銜出。　〔六〕"雲間"二句：逢，一作"連"。下榻，為賓客設榻留住。《後漢書·徐穉傳》載，陳蕃為豫章太守，"在郡不接賓客，唯穉來特設一榻，去則懸之"。王勃《秋日登洪府滕王閣餞别序》："徐孺(徐穉，字孺子)下陳蕃之榻。""下"字本此。行杯，傳杯飲酒。二句謂在岳陽樓下榻、行杯如同在雲間天上，極言樓高。

【評箋】

　　舊題嚴羽評點《李太白詩集》卷一八：老杜亦有此詩，其寫景甚雄，寫情甚鬱。此只一味清逸，各如其人。
　　朱諫《李詩選注》卷一二：按李杜有登岳陽樓詩，古人皆謂李不如杜。夫"吳楚東南坼，乾坤日夜浮"之句，固為絶唱。而三聯之弱，似為上句所壓；則李白"雲間連下榻，天上接行杯"之句又勝之矣。夫詩各有情思所到，有能與不能者，大方家不可專以一句一字為殿最也。抑不知老杜彼時得"吳楚"二句，許多氣概；而下文"親朋"二句却又衰颯，遠不相稱。讀之似若非出於一手一篇之作者。而説者强謂其略不用意，而情境實等，亦附會也。大抵詩人興之所至，有神而來者，雖自己亦不知其所以然而然也。"楓落吳江冷"，意亦若此。李白此詩，平順清麗，使老杜見之，必不多相殿最，亦當各有所讓也。

按：此詩當是乾元二年(七五九)秋由江夏南游岳陽時所作。

巴陵贈賈舍人〔一〕

賈生西望憶京華，湘浦南遷莫怨嗟〔二〕。聖主恩深漢文帝，憐君不遣到長沙〔三〕。

【注釋】
〔一〕巴陵：即岳州，天寶元年改為巴陵郡，乾元元年復為岳州。州治在巴陵縣，即今湖南岳陽市。賈舍人，即詩人賈至。至，字幼鄰，天寶末為中書舍人，乾元元年(七五八)春出為汝州刺史，乾元二年秋貶岳州司馬。賈至有《初至巴陵與李十二白裴九同泛洞庭湖》詩云："江畔楓葉初帶霜，渚邊菊花亦已黃。"則賈至抵巴陵，當在乾元二年(七五九)九月。中書舍人是中書省重要官員，負責撰擬詔旨。以有文學資望者充任。賈至雖已貶為岳州司馬，但按唐人習慣仍稱其以往在朝廷的官職，故稱他為"賈舍人"。　〔二〕"賈生"二句：《史記‧屈原賈生列傳》："孝文帝悦之，超遷，一歲中至太中大夫。……於是天子後又疏之，不用其議，乃以賈生為長沙王太傅。賈生既辭往行，聞長沙卑濕，自以壽不得長，又以適去，意不自得。及渡湘水，為賦以弔屈原。"此以賈誼擬賈至。西望，岳陽、長沙皆在長安東南，故云。京華，京城長安。湘浦，指長沙，亦暗指岳州。
〔三〕"聖主"二句：聖主，指唐肅宗。長沙，唐潭州，天寶元年改為長沙郡，乾元元年復為潭州，今湖南長沙市，比巴陵距長安更遠。二句用反譏語，謂唐肅宗對賈至比漢文帝對賈誼的恩似更深，因為沒有把賈至貶到更遠的長沙去，也算是皇帝的愛憐吧！

【評箋】
楊慎《升庵詩話》卷一：賈至中書舍人左遷巴陵，有詩云："極浦三春草,高樓萬里心。楚山晴靄碧,湘水暮流深。忽與朝中舊,同為澤畔吟。感時還北望,不覺淚霑襟。"太白此詩解其怨嗟也,得溫柔敦厚之旨矣。

《唐宋詩醇》卷五:可謂深婉。蕭士贇以此與前篇(按:指《繫尋陽上崔相渙三首》)為非白作,觀其氣味,非白不辦。

宋宗元《網師園唐詩箋》評末二句:言語妙天下。

宋咸熙《耐冷譚》卷一:唐人贈遷謫詩,率用賈太傅事,然不過概作惋惜之詞耳。太白《巴陵贈賈舍人》云:……真得溫柔敦厚之旨。唐汝洵疑其詞氣不類,非也。

按:兩位詩人劫後重逢,泛舟洞庭,酬唱之作頗多。全詩婉而多諷,含蓄不露,在李白詩中較為少見。

陪族叔刑部侍郎曄及中書賈舍人至游洞庭五首〔一〕

其　　一

洞庭西望楚江分〔二〕,水盡南天不見雲。日落長沙秋色遠〔三〕,不知何處弔湘君〔四〕。

【注釋】

〔一〕刑部:唐代中央行政機關尚書省的六部之一,掌管法律和刑獄事務。侍郎,部的副長官。李曄,《新唐書·宗室世系表》大鄭王房有刑部侍郎曄,乃文部侍郎李暐弟。《舊唐書·李峴傳》載李曄為肅宗貶至嶺南任縣尉。中書賈舍人至,見前《巴陵贈賈舍人》詩注。　〔二〕楚江分:長江西來,至湖北石首縣分兩道入洞庭湖,因稱。　〔三〕日落長沙:江淹《從冠軍建平王登廬山香爐峰》詩:"日落長沙渚,曾陰萬里生。"此句本此。 〔四〕湘君：湘水之神。《史記•秦始皇本紀》："上問博士曰：
'湘君何神？'博士對曰：'聞之，堯女，舜之妻……'"司馬貞《索隱》："《列
女傳》亦以湘君為堯女。按《楚辭•九歌》有湘君、湘夫人。夫人是堯女，
則湘君當是舜。今此文以湘君為堯女，是總而言之。"

【評箋】
　　楊慎《升庵詩話》卷九：此詩之妙不待贊。前句云"不見"，後句"不
知"，讀之不覺其複。此二"不"字，決不可易。大抵盛唐大家正宗作詩，
取其流暢，不似後人之拘拘耳。
　　《唐詩歸》卷一六鍾惺評後二句：此句正形容秋色遠耳。俗人不知，
恐誤看作用湘君事。
　　吳逸一評《唐詩正聲》：《遠別離》托興皇、英，正可互證。
　　敖英《唐詩絕句類選》：妙在綴景而略寓懷古之意。此詩綴景宏闊，
有吞吐湖山之氣，落句感慨之情深矣。
　　唐汝詢《唐詩解》卷二五：按乾元中白流夜郎，至亦被謫，逐臣相遇，
故諸篇俱有戀主意。洞庭西望者，懷京師也。楚江分者，山川間之也。
如是安所布其衷悃乎？吾其弔湘君而愬之爾，然水光接天，秋色無際，弔
之無從，終於飲恨而已。湘君不得從舜，有類逐臣，故思弔之。幼鄰亦云
"白雲明月弔湘娥"，白蓋反其語意爾。
　　《唐宋詩醇》卷七：即目傷懷，含情無限，二十八字，不減《九辯》之哀
矣。解者求之於形迹之間，何以會其神韻哉！
　　李鍈《詩法易簡錄》：次句寫出洞庭之闊遠。"弔湘君"妙在"不知何
處"四字，寫得湘君之神縹緲無方，而遷謫之感令人於言外得之，含蓄最深。
　　宋顧樂《唐人萬首絕句選評》：此作以神勝。
　　俞陛雲《詩境淺說續編》：此詩寫景皆空靈之筆，弔湘君亦幽邈之思，
可謂神行象外矣。

　　按：此首寫八百里洞庭水的浩渺，點出神話傳說，抒發弔古深情。

其　　二

　　南湖秋水夜無烟[五]，耐可乘流直上天[六]。且就洞庭賖月色，將船買酒白雲邊[七]。

【注釋】

〔五〕"南湖"句：南湖，指洞庭湖。因在岳陽樓西南，故稱。夜無烟，形容秋水靜夜清澄無染。　〔六〕耐可：唐人俗語。猶哪可、安得、怎能。
〔七〕"且就"二句：就，胡本作"問"。賖，借；咸本作"明"。二句謂既不能乘流上天，姑且借洞庭月光，在船上喝酒為樂。

【評箋】

　　《唐詩歸》卷一六鍾惺評：寫洞庭寥廓幻杳，俱在言外。　又評首句：水月靜夜，身歷乃知。
　　唐汝詢《唐詩解》卷二五：天不可乘流而上，覺思君為徒勞，聊沽酒以相樂耳。"賖"者，預借之意，時蓋未有月也。
　　周珽《唐詩選脈會通評林》：前首下聯，景中含情，落句弔古；此首下聯，情中見景，落句悲今。真景實情，互相映發，凌厲千古。

　　按：此首寫月夜泛舟湖上，放誕縱酒。此詩之佳不在景物描寫的工致，而在於詩人將強烈而獨特的奇想融進景中，使景色充滿奇情異趣。

其　　三

　　洛陽才子謫湘川[八]，元禮同舟月下仙[九]。記得長安還欲笑，不知何處是西天[一〇]。

【注釋】

〔八〕"洛陽"句：洛陽才子，指賈誼。潘岳《西征賦》："賈生，洛陽之才子。"賈至亦河南洛陽人,故以賈誼為比。謫湘川,指賈至被貶為岳州司馬。岳州為湘水入洞庭處。 〔九〕"元禮"句:東漢時河南尹李膺,字元禮。《後漢書·郭太傳》:"乃游於洛陽,始見河南尹李膺,膺大奇之,遂相友善,於是名震京師。後歸鄉里,衣冠諸儒送至河上,車數千輛。林宗(郭太字)唯與李膺同舟而濟,衆賓望之,以為神仙焉。"此以李膺比擬李曄,借指同舟游湖。 〔一〇〕"記得"二句:謂思念長安。桓譚《新論》:"人聞長安樂,則出門而西向笑。"此即用其意。西天,即指長安。蕭士贇曰:"此詩雖游賞之作,然末句隱然有睠顧宗國、繫心君主之意。其視前輩所評杜甫之詩'一飯不忘君'者,夫何慊之有哉!"

【評箋】

舊題嚴羽評點《李太白詩集》卷一七:五絕俱清寥,曠然言表,獨此用事,為眼中屑,抹去為快。

唐汝詢《唐詩解》卷二五:賈生比至,惜其謫;元禮指曄,美其名。二子雖流落於此,能不復想長安而西笑乎?但波心迷惑,莫識為"西天"耳。四詩之中,三用"不知"字,心之煩亂可想。

按:此首歎志士才高命蹇,並傾吐對長安的憶念。詩人心中的苦痛無法用言語形容,"不知"二字,寫得何等沉痛!組詩中凡三次出現"不知",展示了詩人內心的迷茫和失落,寫盡了心中的哀惻。

其 四

洞庭湖西秋月輝,瀟湘江北早鴻飛〔一一〕。醉客滿船歌《白紵》〔一二〕,不知霜露入秋衣。

【注釋】

〔一一〕"瀟湘"句:瀟湘江,瀟水和湘水在湖南零陵合流,故常泛稱洞庭湖以南為瀟湘。早鴻,盧照鄰《送鄭司倉入蜀》詩:"霜氛落早鴻。"鴻,大

497

雁。　〔一二〕《白紵》：紵，一作"苧"，同。六朝時吳地民歌。王琦注："《白苧》，清商調曲也。苧，是吳地所産，故舊説以爲吳人之歌，始則田野之作，後乃大樂用焉。一云即《子夜歌》也，在吳歌爲《白苧》，在雅歌爲《子夜》。"

【評箋】
　　唐汝詢《唐詩解》卷二五：秋月未沉，晨雁已起，舟中之客，霜露入衣而不知，豈其樂而忘歸耶？意必有不堪者在也。
　　吳昌祺《删訂唐詩解》卷一三：霜露喻讒謗，却不露，故妙。
　　應時《李詩緯》卷四：情出景中，是太白所長，且位置不紊。　又引丁谷雲評：(其一、其二、其四)三首極蒼茫潦倒之致，太白之不得志，于此可見。
　　宋顧樂《唐人萬首絕句選評》：驚心遲暮，含思無限。

　　按：此詩善用對比、反襯之法，主旨含而不露，神韻幽深。

其　　五

　　帝子瀟湘去不還〔一三〕，空餘秋草洞庭間。淡掃明湖開玉鏡〔一四〕，丹青畫出是君山〔一五〕。

【注釋】
〔一三〕帝子：指堯之女、舜之妻娥皇、女英。《楚辭・九歌・湘夫人》："帝子降兮北渚。"王逸注："帝子，謂堯女也。降，下也。言堯二女娥皇、女英，隨舜不及，没於湘水之渚，因爲湘夫人。"詳見前《遠别離》注。
〔一四〕"淡掃"句：用擬人化手法。形容月光照亮湖面的潔净如美女打開玉鏡，淡掃蛾眉，光輝無比。掃，咸本作"拂"。　〔一五〕"丹青"句：丹青，丹和青是古代繪畫中常用之色。《漢書・蘇武傳》："竹帛所載，丹青所畫。"亦泛指繪畫。君山，又名湘山。《水經注・湘水》："洞庭之山，帝之二女居焉。……湖中有君山……是山,湘君之所游處,故曰君山矣。"《元和郡縣志》卷二七江南道岳州巴陵縣:"君山,在縣西三十里青草湖中。昔秦始皇欲入湖觀衡山,遇風浪,至此山止泊,因號焉。又云湘君所游止,故名之也。"此句謂君山聳立湖上,風景如畫。

按:此首與組詩其一首尾呼應。其一突出描寫洞庭雄偉壯闊之境,此首則着手描繪洞庭湖山娟静空靈之美。全詩風神摇曳,靈動圓轉,充溢着詩情畫意之美。

【評箋】
　　郭濬《增定評注唐詩正聲》:洞庭諸作不專寫景,須看他一段無聊之思。
　　宋長白《柳亭詩話》:太白《洞庭》五絶,結句三用"不知"二字,亦強弩之末也。
　　(以上總評)

按:此組詩當是乾元二年(七五九)秋作,時李曄由刑部侍郎貶嶺下某縣尉,途經岳陽,賈至亦由汝州刺史貶任岳州司馬,李白與二人在岳州相會而同游洞庭。

陪侍郎叔游洞庭醉後三首〔一〕

其　　一

今日竹林宴〔二〕,我家賢侍郎〔三〕。三杯容小阮〔四〕,醉後發清狂〔五〕。

499

【注釋】

〔一〕侍郎叔：即刑部侍郎李曄，詳見前《陪族叔刑部侍郎曄及中書賈舍人至游洞庭五首》其一注。　〔二〕竹林宴：《世説新語·任誕》載，西晉時山濤、阮籍、嵇康、向秀、劉伶、阮咸、王戎七人，常集於竹林之下，任誕飲酒，世稱"竹林七賢"。此用喻詩人與李曄的游宴。　〔三〕賢侍郎：指李曄，其時由刑部侍郎貶職嶺南。　〔四〕小阮：指竹林七賢中的阮咸，阮咸乃阮籍之姪，《晉書·阮籍傳》："(阮)咸任達不拘，與叔父籍為竹林之游。"此以阮籍比李曄，以阮咸自比。容小阮，謂寬容自己，自謙之詞。　〔五〕清狂：放逸不羈。杜甫《壯游》詩："放蕩齊趙間，裘馬頗清狂。"按：《漢書·昌邑哀王劉髆傳》："清狂不惠。"顔師古注引蘇林曰："凡狂者，陰陽脈盡濁。今此人不狂似狂者，故言清狂也。或曰，色理清徐而心不慧曰清狂。清狂，如今白癡也。"王琦於此詩注按："詩人所稱，多以縱情詩酒之類為清狂，與《漢書》所解殊異。"指縱情詩酒，不拘形迹。

【評箋】

　　黄周星《唐詩快》：四句只如一句。

　　按：此首以晉代竹林七賢中阮籍與阮咸的叔姪關係為喻，謂今日叔姪洞庭之游，猶如當年阮氏叔姪的竹林之宴，請叔寬容小姪不以醉後清狂而責備。

其　二

　　船上齊橈樂〔六〕，湖心泛月歸〔七〕。白鷗閑不去，爭拂酒筵飛。

【注釋】

〔六〕齊橈樂：一同划槳歡樂。橈(ráo)，船槳。　〔七〕泛月歸：月映水中,船槳划水,如蕩月而歸。

【評箋】

唐汝詢《唐詩解》卷二一：齊橈而樂,得船人之歡心,便可狎鷗而處矣。

吴昌祺《删訂唐詩解》卷一一：齊橈泛月,只言游賞之趣。

按：此首詠泛湖之樂。謂船上共同划槳取樂,湖心蕩月而歸。白鷗近人而不去,爭拂酒筵而飛。

其　　三

剗却君山好,平鋪湘水流[八]。巴陵無限酒,醉殺洞庭秋[九]。

【注釋】

[八]"剗却"二句：剗(chǎn)却,鏟平,削去。木華《海賦》："於是乎禹也乃鏟臨崖之阜陸,決陂潢而相浚。……群山既略,百川潛渫。……江河既導,萬穴俱流。"二句用其意。剗,同"鏟"。杜甫《劍門》詩："吾將罪真宰,意欲鏟疊嶂。"君山,見前《陪族叔刑部侍郎曄及中書賈舍人至游洞庭》其五注。湘水,此處指洞庭湖。《北夢瑣言》卷七："湘江北流至岳陽,達蜀江。夏潦後,蜀漲勢高,遏住湘波,讓而退溢爲洞庭湖,凡闊數百里。而君山宛在水中,秋水歸壑,此山復居於陸。"二句謂最好把君山鏟平,使洞庭湖水不受阻礙地平穩流動。　　[九]"巴陵"二句：巴陵,唐郡名。即岳州,天寶元年改爲巴陵郡,乾元元年復改爲岳州。今湖南岳陽市。二句謂欲使湖水都變成巴陵的酒,就可在秋天的洞庭湖邊醉倒了。

【評箋】

羅大經《鶴林玉露》卷九：李太白云："剗却君山好,平鋪湘水流。"杜子美云："斫却月中桂,清光應更多。"二公所以為詩人冠冕者,胸襟闊大故也。此皆自然流出,不假安排。

舊題嚴羽評點《李太白詩集》卷一七評首二句：便露出碎黃鶴樓氣質。

謝榛《詩家直說》：《金鍼詩格》曰："内意欲盡其理,外意欲盡其象,内外含蓄,方入詩格。若子美'旌旗日暖龍蛇動,宫殿風微燕雀高',是也。"此固上乘之論,殆非盛唐之法。且如賈至、王維、岑參諸聯,皆非内意,謂之不入詩格可乎？然格高氣暢,自是盛唐家數。太白曰："剗却君山好,平鋪湘水流。巴陵無限酒,醉殺洞庭秋。"迄今膾炙人口,謂有含蓄之意,則鑿矣。

瞿佑《歸田詩話》卷上：太白詩云："剗却君山好,平鋪湘水流。巴陵無限酒,醉殺洞庭秋。"是甚胸次？少陵亦云："夜醉長沙酒,曉行湘水春。"然無許大胸次也。

唐汝詢《唐詩解》卷二一：山如剗成,水如鋪就,天下之至勝也,況有酒堪盡醉,能負此洞庭秋色乎！

吴昌祺《删訂唐詩解》卷一一：起是奇語,如子美"斫却月中桂"也。結句言洞庭秋色,可令人醉死。

黄生《唐詩摘鈔》：放言無理,在詩家轉有奇趣。四句四見地名不覺。

吴烶《唐詩選勝直解》：言鏟去君山而令湘水平鋪,太白胸中放曠豪邁可見。中流暢飲,洞庭秋意,盡收於醉中矣。

黄叔燦《唐詩箋注》：詩豪語闊,正與少陵"斫却月中桂,清光應更多"匹敵。"巴陵"二句,極言其快心。

王堯衢《古唐詩合解》卷四："巴陵無限酒。醉殺洞庭秋",有酒而不為之限量,醉倒在洞庭秋色之中,真有萬頃茫然,縱一葦所如之意。

陳偉勳《酌雅詩話》：瞿存齋云：……余謂不然。洞庭有君山,天然秀致。如剗却,是誠趣也。詩情豪放,異想天開,正不須如此說；既如此說,亦何大胸次之有？

按：此詩開端起得奇,大呼鏟平君山,真是異想天開！詩人在另一首詩中説："淡掃明湖開玉鏡,丹青畫出是君山。"把君山寫得很美好,而此詩為何要鏟掉君山？次句作回答，説是為了讓浩浩蕩蕩的湘水毫無阻攔地平穩奔流，實際上是詩人在宣泄胸懷救社稷、濟蒼生的抱負，却"遭逢二明主，前後兩遷逐"(《流夜郎半道承恩放還兼欣剋復之美書懷示息秀才》)的憤懣。這與《江夏贈韋南陵冰》詩中"槌碎黄鶴樓"、"倒却鸚鵡洲"的泄憤相同。後兩句是詩人借酒澆愁後的浪漫奇想，詩人醉眼望見的洞庭湖水，好像都變成了無窮的巴陵美酒，就可使整個洞庭秋天"醉殺"了。詩人早年曾在《襄陽歌》中寫下類似的詩句："遥看漢水鴨頭緑，恰似葡萄初醱醅。此江若變作春酒，壘麴便築糟丘臺。"當時幻想漢水變成酒，如今又幻想洞庭水變成酒，但早年詩抒發的是初入長安功業無成而産生的及時行樂思想，此詩抒發的却是一生潦倒的悲憤之情，希望在醉酒中忘却痛苦，排泄愁悶。

按：此組詩乃乾元二年(七五九)秋李曄被貶嶺南某縣尉路經岳陽，遇見李白，李白與之同游洞庭而作。

荆州賊亂臨洞庭言懷作〔一〕

　　修蛇横洞庭，吞象臨江島。積骨成巴陵，遺言聞楚老〔二〕。水窮三苗國，地窄三湘道〔三〕。歲晏天崢嶸〔四〕，時危人枯槁〔五〕。思歸阻喪亂，去國傷懷抱。郢路方丘墟，章華亦傾倒〔六〕。風悲猿嘯苦，木落鴻飛早。日隱西赤沙〔七〕，月明東城草〔八〕。關河望已絶，氛霧行當掃〔九〕。長叫天可聞，吾將問蒼昊〔一〇〕。

【注釋】
〔一〕荆州賊亂：《資治通鑑》唐肅宗乾元二年："八月乙巳……襄州將康

楚元、張嘉延據州作亂。……楚元自稱南楚霸王。……九月甲午,張嘉延襲破荆州。……十一月,康楚元等衆至萬餘人,商州刺史充荆、襄等道租庸使韋倫發兵討之,駐於鄧之境,招諭降者,厚撫之;伺其稍怠,進軍擊之,生擒楚元,其衆遂潰;……荆、襄皆平。"題中荆州賊亂即指此事。亂,宋本作"辭",據他本改。一作"平",非。按詩云:"鄢路方丘墟,章華亦傾倒。風悲猿嘯苦,木落鴻飛早。"可知時當秋季,據上引《通鑑》,賊平在十一月,李白作此詩時,賊亂未平。故題中作"賊亂"是,作"賊平"則非。〔二〕"修蛇"四句:修蛇,大蛇,即指巴蛇。《山海經·海内南經》:"巴蛇食象,三歲而出其骨。"巴陵,又名巴丘山、巴岳山,在今湖南省岳陽市。相傳堯使后羿斬巴蛇於洞庭,此蛇屍骨堆積如丘陵,故名。《元和郡縣志》卷二七江南道岳州巴陵縣:"昔羿屠巴蛇於洞庭,其骨若陵,故曰巴陵。"四句用其意,喻康楚元、張嘉延之亂。遺言,傳說。　〔三〕"水窮"二句:窮,盡,極。三苗國,古代部族名,今湖南岳陽一帶,屬古三苗部族。《史記·五帝本紀》:"三苗在江淮、荆州。"張守節《正義》:"吳起云:'三苗之國,左洞庭而右彭蠡。'"可知當在長江中游以南一帶。窄,狹長。三湘,指湘潭、湘陰、湘鄉。亦泛指今湖南省。一説湘水發源與灕水合流稱灕湘,中游與瀟水合流後稱瀟湘,下游與蒸水合流後稱蒸湘,總名三湘。〔四〕"歲晏"句:歲晏,歲暮。崢嶸,《文選》卷一四鮑照《舞鶴賦》:"歲崢嶸而愁暮。"李善注:"《廣雅》曰:崢嶸,高貌。歲之將盡,猶物之高。"〔五〕"時危"句:時危,指時局危亂。枯槁,憔悴。　〔六〕"鄢路"二句:鄢,春秋時楚國都城,在今湖北江陵。《文選》卷六左思《魏都賦》:"臨淄牢落,鄢郢丘墟。"吕延濟注:"丘墟,謂居人少也。"章華,臺名。春秋時楚靈王造,在今湖北監利西北。《左傳·昭公七年》:"楚子成章華之臺。"杜預注:"臺今在華容城内。"《水經注·沔水二》:"水東入離湖,湖在(華容)縣東七十五里,《國語》所謂楚靈王闕為石郭陂,漢以象帝舜者也。湖側有章華臺,臺高十丈,基廣十五丈。左丘明曰:'楚築臺于章華之上。'韋昭以為章華亦地名也。"二句形容當時荆州一帶破壞慘重。　〔七〕赤沙:湖名,在今湖南華容縣南,亦名赤亭湖。《岳陽風土記》:"赤沙湖在華容縣南,夏秋水泛,與洞庭湖通。"　〔八〕東城草:王琦疑"城草"或為

"青草"之誤。青草,湖名,又名巴丘湖,即今洞庭湖東南部。一說因湖南有青草山得名;一說因春冬水涸,青草彌望而名。 〔九〕"關河"二句:氛霧,喻戰亂。《文選》卷三一江淹《雜體詩·劉太尉琨傷亂》:"皇晉遘陽九,天下橫氛霧。"張銑注:"氛霧,喻賊亂也。言大晉遇此陽九之災,而亂賊橫叛。"此二句謂山河阻隔望斷,叛亂必須掃清。 〔一〇〕蒼昊:蒼天。《文選》卷一一王延壽《魯靈光殿賦》:"承蒼昊之純殷。"張載注:"蒼昊,皆天之稱也。春為蒼天,夏為昊天。"

【評箋】

《唐宋詩醇》卷八:幽鬱之衷,沉雄之氣,可云程形賦音。

按:此詩當作於乾元二年(七五九)秋天,與《九日登巴陵置酒望洞庭水軍》當為同時之作。

九日登巴陵置酒望洞庭水軍

時賊逼華容縣〔一〕

九日天氣清,登高無秋雲。造化闢川岳,了然楚漢分〔二〕。長風鼓橫波,合沓蹙龍文〔三〕。憶昔傳游豫,樓船壯橫汾〔四〕。今茲討鯨鯢,旌旆何繽紛〔五〕!白羽落酒樽〔六〕,洞庭羅三軍〔七〕。黃花不掇手〔八〕,戰鼓遙相聞。劍舞轉頹陽,當時日停曛〔九〕。酣歌激壯士,可以摧妖氛〔一〇〕。鼪鼪東籬下,泉明不足群〔一一〕。

【注釋】

〔一〕九日:指唐肅宗乾元二年(七五九)九月九日。巴陵,又名巴丘山、巴岳山,在今湖南岳陽市。《元和郡縣志》卷二七岳州巴陵縣:"昔羿屠巴蛇於洞庭,其骨若陵,故曰巴陵。""洞庭湖,在縣西南一里五十步。周迴二百六十里。"水軍,指朝廷平叛的軍隊。題下為李白原注。此"賊"指康楚元、張嘉延的叛亂軍隊。《資治通鑑》唐肅宗乾元二年:"八月乙巳,襄州將康楚元、張嘉延據州作亂,刺史王政奔荆州。楚元自稱南楚霸王。……九月甲午,張嘉延襲破荆州,荆南節度使杜鴻漸棄城走。"華容縣,唐縣名。屬岳州。在今湖南北部,臨洞庭湖。題中"九日登巴"四字宋本漫漶,據他本補。 〔二〕"造化"二句:謂大自然開闢了山河,使楚山和漢水了然分明。 〔三〕"長風"二句:合沓,重疊。蹙,皺,收縮。龍文,形容水的波紋。二句謂長風鼓起洞庭湖洶涌波浪,重疊皺縮如龍紋一般。 〔四〕"憶昔"二句:游豫,游樂。《孟子·梁惠王下》:"夏諺曰:'吾王不游,吾何以休?吾王不豫,吾何以助?一游一豫,為諸侯度。'"趙岐注:"言王者巡狩觀民,其行從容,若游若豫。豫亦游也,游亦豫也。"漢武帝《秋風辭》曰:"……泛樓舡兮濟汾河,横中流兮揚素波,簫鼓鳴兮發棹歌。"此謂想當年漢武帝巡幸游樂,坐着樓船横渡汾水,氣勢何等雄壯。 〔五〕"今兹"二句:鯨鯢,指康楚元、張嘉延亂軍。二句謂今天討伐叛亂之軍,旌旗衆多,陣勢多麽威武。 〔六〕"白羽"句:白羽,即白旄,古代軍旗的一種,此處泛指軍旗。《孔子家語·致思》:"子路進曰:'由願得白羽若月,赤羽若日,鍾鼓之音上震於天,旍旗繽紛下蟠於地。'"此句謂軍旗之影映入酒樽。 〔七〕羅三軍:羅,布列。三軍,軍隊通稱。時叛軍逼近華容縣,故列軍於洞庭,以捍衛湘鄂岳之地。〔八〕"黄花"句:黄花,即菊花。掇,采摘,拾取。九月九日重陽節應采摘菊花,如今"戰鼓遥相聞",故無此雅興。 〔九〕"劍舞"二句:轉頹陽,拉轉下落的太陽。曛(xūn),落日餘光。日停曛,謂太陽停留不落。《淮南子·覽冥訓》:"魯陽公與韓搆難,戰酣,日暮,援戈而揮之,日為之反三舍。"二句用其意,謂戰鬥激烈,至日暮,太陽亦為之停留不動。〔一○〕"酣歌"二句:酣歌,盡興高歌。妖氛,指叛亂災禍。〔一一〕"齷齪"二句:齷齪,器量狹窄。宋本作"踸踔",據他本改。一作"握齪"。疊韻聯綿詞,同音通假,張衡《西京賦》:"獨儉嗇以齷齪。"《史

506

記·酈生陸賈列傳》：「酈生聞其將皆握齪，好苛禮自用，不能聽大度之言。」裴駰《集解》引應劭曰：「握齪，急促之貌。」司馬貞《索隱》引韋昭曰：「握齪，小節也。」東籬下，陶淵明《飲酒詩》其五：「采菊東籬下，悠然見南山。」泉明，即淵明。李白避唐高祖諱改。他本皆已回改作「淵明」。二句謂在戰亂中像陶淵明那樣隱居是不足為伍的。

【評箋】

曾國藩《求闕齋讀書錄》卷七：「齷齪東籬下，淵明不足群。」按杜公譏四皓為局促，太白譏淵明為齷齪；自是詩人一時豪語，非定論也。東坡極稱「局促商山芝」為杜公傑句，過矣！若謂其辭雖譏之，其意實欽之，乃為窺見古人深處耳。

司馬將軍歌 代隴上健兒陳安〔一〕

狂風吹古月，竊弄章華臺〔二〕。北落明星動光彩〔三〕，南征猛將如雲雷〔四〕。手中電曳倚天劍，直斬長鯨海水開〔五〕。我見樓船壯心目，頗似龍驤下三蜀〔六〕，揚兵習戰張虎旗〔七〕，江中白浪如銀屋。身居玉帳臨河魁〔八〕，紫髯若戟冠崔嵬〔九〕。細柳開營揖天子，始知灞上為嬰孩〔一〇〕，羌笛橫吹《阿嚲迴》，向月樓中吹《落梅》〔一一〕。將軍自起舞長劍，壯士呼聲動九垓〔一二〕。功成獻凱見明主〔一三〕，丹青畫像麒麟臺〔一四〕。

【注釋】

〔一〕司馬將軍歌：樂府舊題。《樂府詩集》卷八五收此詩，列於《雜歌謠辭三》。《晉書·劉曜載記》：「（陳）安善於撫接，吉凶夷險與衆同之。及

507

其死,隴上歌之曰:'隴上壯士有陳安,軀幹雖小腹中寬,愛養將士同心肝,驪驄父馬鐵瑕鞍。七尺大刀奮如湍,丈八蛇矛左右盤。十蕩十決無當前,戰始三交失蛇矛,棄我驪驄竄巖幽,為我外援而懸頭。西流之水東流河,一去不還奈子何!'曜聞而嘉傷,命樂府歌之。"《樂府詩集》收此謠,題作《隴上歌》。李白此詩題下原注"代隴上健兒陳安",即模仿《隴上歌》作。王琦按:"《通鑑》乾元二年:九月,襄州亂將張嘉延襲破荊州據之。此詩當是是時所作,故有'狂風吹古月,竊弄章華臺'之句。嘉延疑亦蕃將,否則故安史部下之降兵也。其時鄰郡多發兵為備,故太白又有《九日登巴陵置酒望洞庭水軍》詩。此詩所謂'江中樓船',其即洞庭之水軍歟?" 〔二〕"狂風"二句:古月,合成胡字,為胡的隱語。《晉書·苻堅載記》:"古月之末亂中州。"即其所本。竊弄,非法用兵,即叛亂。章華臺,春秋時楚靈王所建,故址在今湖北潛江市西南。二句謂胡人刮起狂風,在荊州一帶叛亂。 〔三〕"北落"句:北落,星名,即北落師門。《晉書·天文志上》:"北落師門一星,在羽林西南。北者,宿在北方也;落,天之藩落也;師,衆也,師門,猶軍門也。" 〔四〕"南征"句:宋本校:"一作南方有事將軍來。"南征,唐都長安在北方,出兵南擊荊襄叛軍,故云。如雲雷,形容軍隊威武迅疾。 〔五〕"手中"二句:形容平亂將士英勇善戰。電曳,如閃電般迅疾揮動。宋本校:"一作曳電。"他本一作"電擊"。倚天劍,極言劍之長。宋玉《大言賦》:"長劍耿耿倚天外。"長鯨,喻叛軍。 〔六〕"我見"二句:樓船,古代水軍常用的有樓大船。見《在水軍宴贈幕府諸侍御》注。龍驤,指晉朝益州刺史王濬。《晉書·王濬傳》載,晉武帝伐吳,造大船連舫,拜王濬為龍驤將軍,自蜀出發,兵不血刃,攻無堅城,很快占領夏口、武昌等地,直逼吳都建業(今南京)。二句以王濬水軍喻唐朝平亂之軍。漢代以蜀郡、廣漢、犍為為"三蜀",此泛指蜀地。 〔七〕虎旗:繪有虎形標誌的旗幟。 〔八〕"身居"句:玉帳,軍帳。征戰時主將所居之帳。古代認為主將按一定方位設置軍帳,則堅不可犯。宋張淏《雲谷雜記》謂:"戌為河魁,謂主將之帳宜在戌也。"根據古代干支方位,戌在西方偏北。 〔九〕"紫髯"句:紫髯如戟,《南史·褚彥回傳》:"君鬚髯如戟。"戟為古兵器名,此形容鬚髯堅硬。

崔嵬,高貌。此句描繪主將相貌威武。　〔一〇〕"細柳"二句:《史記·絳侯周勃世家》記載,漢文帝時,匈奴為邊患,乃派劉禮、徐厲、周亞夫諸將分別駐軍灞上(在今陝西西安市東)、棘門(今陝西咸陽市東北)、細柳(今陝西咸陽市西南)。一次,文帝親自勞軍,至灞上及棘門二軍,文帝車駕直馳而入。到細柳則被阻,文帝親自下詔給周亞夫,方被迎入,還得按照軍中規定,車駕不得驅馳,文帝只得按轡慢行。亞夫見到文帝時,不拜,只行軍禮。文帝為之感動。對群臣云:"此真將軍矣。曩者霸上、棘門軍,若兒戲耳,其將固可襲而虜也。至於亞夫,可得而犯耶!"此借以贊頌平叛將領治軍嚴謹。　〔一一〕"羌笛"二句:羌笛,樂器名,原出古羌族。阿嚲(duǒ)迴,笛曲名,即《阿濫堆》,據說原為驪宮小禽名,唐玄宗采其聲翻為笛曲。落梅,指《梅花落》,亦笛曲名,見前《與史郎中欽聽黃鶴樓上吹笛》詩注。　〔一二〕九垓:猶九重,天空極高處。垓,重。〔一三〕獻凱:謂軍隊得勝還朝獻功而奏之樂曲。　〔一四〕"丹青"句:丹青,圖畫。麒麟臺,即麒麟閣。漢代閣名。在未央宮中。漢宣帝時曾圖霍光等十一功臣像於閣上,以表揚其功績。後多以之表示卓越功勳或最高榮譽。此謂平叛將軍為有功之臣。

【評箋】

舊題嚴羽評點《李太白詩集》卷三:評"南征"句:"雷"字生湊,却是造冰手。　又評"揚兵"二句:壯哉!　又評"將軍"二句:又見劍,豈伯亦拔劍起舞耶?

楊慎《升庵詩話·阿嚲迴》:太白詩:"羌笛橫吹《阿嚲迴》。"番曲名。張祜集有《阿濫堆》,蓋飛禽名。明皇御玉笛采其聲,翻為曲子,即此也。番人無字,止以聲傳,故隨中國所書,人各不同耳,難以意求也。

王闓運手批《唐詩選》卷八:天骨開張。

按:此詩作於乾元二年(七五九)秋,正值康楚元、張嘉延叛軍襲破荊州之時。此詩反映了唐肅宗乾元間張嘉延在荊裏作亂及朝廷派兵平定的史實。

門有車馬客行〔一〕

門有車馬賓,金鞍曜朱輪〔二〕。謂從丹霄落〔三〕,乃是故鄉親。呼兒掃中堂,坐客論悲辛。對酒兩不飲,停觴淚盈巾。歎我萬里游,飄颻三十春〔四〕。空談霸王略,紫綬不挂身〔五〕。雄劍藏玉匣,陰符生素塵〔六〕。廓落無所合〔七〕,流離湘水濱。借問宗黨間〔八〕,多為泉下人〔九〕。生苦百戰役,死托萬鬼鄰。北風揚胡沙,埋翳周與秦〔一〇〕。大運且如此,蒼穹寧匪仁〔一一〕?惻愴竟何道〔一二〕?存亡任天鈞〔一三〕。

【注釋】

〔一〕門有車馬客行:樂府舊題,《樂府詩集》卷四〇收此詩,列於《相和歌辭·瑟調曲》,引《古今樂錄》曰:"王僧虔《技錄》云:'《門有車馬客行》歌東阿王置酒一篇。'"又引《樂府解題》曰:"曹植等《門有車馬客行》皆言問訊其客,或得故舊鄉里,或駕自京師,備叙市朝遷謝,親友凋喪之意也。"按曹植詩題作《門有萬里客行》,陸機、鮑照等作《門有車馬客行》。
〔二〕"門有"二句:賓,《樂府詩集》、《全唐詩》作"客"。曜,一作"耀"。朱輪,古代王侯貴族所乘紅色車駕。《文選》卷四一楊惲《報孫會宗書》:"惲家方隆盛時,乘朱輪者十人,位在列卿,爵為通侯。"李善注:"二千石皆得乘朱輪。"朱,《文苑英華》作"珠"。　〔三〕丹霄:天空。《北堂書鈔》卷一五一引漢賈誼詩:"青青雲寒,上拂丹霄。"丹,《文苑英華》作"雲"。
〔四〕飄颻:飄蕩,漂泊不定。一作"飄飄"。　〔五〕"空談"二句:霸王略,指君主統治的謀略。霸,一作"帝"。紫綬,古代大官繫金印的紫色絲帶。《漢書·百官公卿表》:"相國、丞相,皆秦官,金印紫綬。……太尉,秦官,金印紫綬。……太傅,古官,高后元年初置,金印紫綬。……太師、太保,皆古官,平帝元始元年皆初置,金印紫綬。前後左右將軍,皆周末官,秦因之,位上卿,金印紫綬。"二句謂己雖有輔佐帝王的抱負,却一直未曾做高官。　〔六〕"雄劍"二句:據《搜神記》記載,春秋時,干將、莫邪夫婦鑄成二劍,一雄一雌。雌劍進於吴王,雄劍留給兒子,為父報讎。此泛指寶劍。鮑照《贈故人馬子喬》詩:"雙劍將别離,先在匣中鳴。"陰符,兵書名。《戰國策・秦策》:"(蘇秦)乃夜發書,陳篋數十,得太公《陰符》之謀。"歷代史志皆以《周書陰符》著録兵家,《黄帝陰符》入道家。此以寶劍藏在匣中,兵書堆滿灰塵喻己之才能不得使用。　〔七〕廓落:同"瓠落"、"濩落",空虚貌。　〔八〕宗黨間:同宗親族之中。〔九〕泉下人:黄泉下人,謂死去。　〔一〇〕"北風"二句:指安史之亂,洛陽與長安淪陷。埋翳,隱没遮蔽。埋,一作"霾"。周與秦,此指洛陽與長安。　〔一一〕"大運"二句:大運,天運。蒼穹,蒼天。寧,《文苑英華》作"能"。匪,通"非"。二句謂朝廷天運尚且如此,上天難道是不仁的?　〔一二〕"惻愴"句:惻愴,凄慘,悲傷。竟,《文苑英華》作"憶"。　〔一三〕天鈞:大自然,造化。天,一作"大"。鈞,一作"均"。

【評箋】

　　舊題嚴羽評點《李太白詩集》卷四:"謂從"二句:寫得驚喜出。　又評"對酒"二句:停觴、不飲,合作一句則可,不飲、停觴分作兩句則不可。

　　《唐宋詩醇》卷四:此非漫擬前人,正寫身世之感。雖與陸機詩相出入,而筆力較勁,氣象亦大。後半俯仰慨歎,所見者大,義遠情深,豈徒作者!

　　曾國藩《求闕齋讀書録》卷七:按"北風"二句,言兩京俱陷,借古題以傷時事。

　　按:此詩有"北風揚胡沙,埋翳周與秦"之句,當是安史之亂兩京淪陷以後所作。詩中還有"廓落無所合,流離湘水濱"之句,證知作於長沙、瀟湘一帶。按李白於乾元二年(七五九)流放遇赦歸來曾於是年秋天漫游洞庭瀟湘一帶，故可定為是年之作。

贈盧司戶〔一〕

秋色無遠近，出門盡寒山。白雲遥相識，待我蒼梧間〔二〕。借問盧耽鶴，西飛幾歲還〔三〕？

【注釋】
〔一〕盧司戶：指永州司戶參軍盧象。盧象，字緯卿。司戶參軍是州衙主管民戶的官員。《新唐書·藝文志四》："《戶象集》十二卷。"注云："字緯卿，左拾遺，膳部員外郎，授安禄山偽官，貶永州司戶參軍，起為主客員外郎。"按劉禹錫《唐故尚書主客員外郎盧公（象）集紀》："始以章句振起於開元中，與王維、崔顥比肩驤首，鼓行於時。……初謫果州刺史，又貶永州司戶，移吉州長史。" 〔二〕"白雲"二句：《太平御覽》卷八引《歸藏》曰：有白雲自蒼梧入大梁。蒼梧，山名，即九疑山，在今湖南寧遠縣南。詳見前《遠別離》詩注。 〔三〕"借問"二句：盧耽鶴，《水經注·洭水》引鄧德明《南康記》："昔有盧耽，仕州為治中。少棲仙術，善解雲飛，每夕輒凌虚歸家，曉則還州。嘗於元會至朝，不及朝列，化為白鵠至闕前，迴翔欲下，威儀以石擲之，得一隻履。耽驚還就列，內外左右莫不駭異。"此處用以喻盧象。

【評箋】
舊題嚴羽評點《李太白詩集》卷一〇：評首二句：清絕，安得如此畫手。 又評前四句：只存四句，無題更佳。雲想、雲知、雲相識，而待此一片雲。太白看得飛活，可與為友。

《唐詩歸》卷一五譚元春評"秋色無遠近，出門盡寒山"二句：後代清語領此一派。 鍾惺評"白雲遥相識，待我蒼梧間"：白雲曰"遥相識"，

512

春風曰"不相識",分別得妙,不當以理求之。
　　黃周星《唐詩快》評"秋色"句:蒼然有仙氣。
　　《唐宋詩醇》卷五:高調,妙於省净。

按:此詩當是乾元二年(七五九)秋末在永州會見舊友盧象而作。詩中寫秋景淒涼,亦寓心境之苦。末二句懷人情深。

早春寄王漢陽〔一〕

　　聞道春還未相識,走傍寒梅訪消息。昨夜東風入武陽〔二〕,陌頭楊柳黃金色。碧水浩浩雲茫茫,美人不來空斷腸〔三〕。預拂青山一片石,與君連日醉壺觴〔四〕。

【注釋】
〔一〕王漢陽:即漢陽縣令王某。名不詳。　〔二〕武陽:一作"武昌",疑是。按唐代武昌即今湖北鄂州市,在今武漢市東南百餘公里。此處代指江夏。即今武漢市。　〔三〕美人:指漢陽縣令王某。
〔四〕"預拂"二句:謂預先將青山的一片石頭拂净,以便與王某在此連日痛飲。

【評箋】
　　梅鼎祚《李詩鈔》:此雖非太白極致,朱諫删入《辨疑》,未的。
　　陸時雍《唐詩鏡》卷一九:一起四語,乃詩家排調,然語氣自老。
　　《唐宋詩醇》卷六:秀骨天成,偶然涉筆,無不入妙。

按:李白另有《望漢陽柳色寄王宰》詩,此詩當為同時之作,即上元元年(七六〇)早春由零陵回江夏時作。比《望漢陽柳色寄王宰》詩略早。

鸚 鵡 洲〔一〕

鸚鵡來過吳江水〔二〕,江上洲傳鸚鵡名。鸚鵡西飛隴山去〔三〕,芳洲之樹何青青〔四〕!烟開蘭葉香風暖,岸夾桃花錦浪生〔五〕。遷客此時徒極目〔六〕,長洲孤月向誰明?

【注釋】
〔一〕鸚鵡洲:在今湖北武漢市西南長江中。相傳東漢末江夏太守黃祖之長子射在此大會賓客,有人獻鸚鵡,禰衡作賦,後禰衡為黃祖所殺,葬此。故名。《後漢書·禰衡傳》:"(黃)祖長子射為章陵太守,尤善於衡。……射時大會賓客,人有獻鸚鵡者,射舉卮於衡曰:'願先生賦之,以娛嘉賓。'衡攬筆而作,文無加點,辭采甚麗。"《元和郡縣志》卷二七江南道鄂州江夏縣:"鸚鵡洲,在縣西南二里。" 〔二〕吳江水:此借指江夏(今武漢市)一帶的長江水。李白《望鸚鵡洲悲禰衡》詩:"吳江《鸚鵡賦》,落筆超群英。"與此同。 〔三〕"鸚鵡西飛"句:隴山,又稱隴坻、隴阪。在今陝西隴縣西。延伸於陝西、甘肅兩省邊界。相傳鸚鵡出自隴西。《文選》卷一三禰衡《鸚鵡賦》:"惟西域之靈鳥兮。"李善注:"西域,謂隴坻(即隴山),出此鳥也。"盧照鄰《五悲·悲窮通》:"鳳凰樓上隴山雲,鸚鵡洲前吳江水。"此謂鸚鵡已西飛回隴山而去。 〔四〕"芳洲"句:芳洲,長滿香草的沙洲。崔顥《黃鶴樓》詩:"晴川歷歷漢陽樹,芳草萋萋鸚鵡洲。" 〔五〕"烟開"二句:謂暖風吹蘭葉,衝開烟霧,送來香氣;夾岸的桃花飄落江水,美似錦浪。 〔六〕"遷客"句:遷客,被貶謫之人,詩人自謂。極目,盡目力所及遥望。

【評箋】

舊題嚴羽評點《李太白詩集》卷一八：極似《黃鶴》，"芳洲"句更擬"白雲"，極騷雅，政嫌太騷。"烟開"二句，較"晴川"句竟分雅俗矣，結故清遠足敵。

李東陽《麓堂詩話》：古詩與律不同體，必各用其體乃為合格。然律猶可間出古意，古不可涉律……李太白"鸚鵡西飛隴山去，芳洲之樹何青青"，崔顥"黃鶴一去不復返，白雲千載空悠悠"，乃律間出古，要自不厭也。

陸時雍《唐詩鏡》卷二〇：太白七言，絕無蘊藉。《鸚鵡洲》一首，氣格高岸。

許學夷《詩源辯體》卷一七：太白《鸚鵡洲》擬《黃鶴樓》為尤近，然《黃鶴》語無不鍊，《鸚鵡》則太輕淺矣。至"烟開蘭葉香風暖，岸夾桃花錦浪生"，下比李赤，不見有異耳。

唐汝詢《唐詩解》卷四〇：此登覽而傷遷逐也。洲名鸚鵡，因步驟黃鶴樓以成篇，蘭葉桃花即洲上之景也。末言我方極目傷神，月果為誰而明耶？豈不益我之愁也！

吳昌祺《刪訂唐詩解》：此太白率筆，後人稱之，陋矣。

金聖歎《貫華堂選批唐才子詩》卷三下：（前解）：此必又擬《黃鶴》，然"去"字乃至直落到第三句，所謂一蟹不如一蟹矣。賴是"芳洲"之七字，忽然大振，不然，幾是救饑俉父之長歌起筆。先生英雄欺人，每不自惜有此也。"芳洲之樹何青青"，只得七個字，一何使人心杳目迷，更不審其起盡也。（後解）：五、六蘭葉風起，桃花浪生，正即"此時極目"之"此時"二字也。看他"風"字、"浪"字，言我欲奪舟揚帆，呼風破浪，直上長安，刻不可待，而無如浮雲蔽空，明月不照，則終無可奈之何也。（不敢斥言聖主，故問長洲孤月。）

王夫之《唐詩評選》卷四：此則與《黃鶴樓》詩宗旨略同，乃顥詩如虎之威，此如鳳之威，其德自別。

應時《李詩緯》卷三：體裁雖不如崔顥，亦大有逸致。

毛先舒《詩辨坻》卷三：李白《鸚鵡洲》詩，調既急迅，而多複字，兼離唐韻，當是七言古風耳。

汪師韓《詩學纂聞·律詩通韻》：李白《鸚鵡洲》一章，乃庚韻而押"青"字，此詩《唐文粹》編入七古，後人編入七律，其體亦可古可今，要皆出韻也。

沈德潛《唐詩別裁》卷一三：以古筆為律詩，盛唐人每有之，大曆後，此調不復彈矣。

趙臣瑗《山滿樓箋注唐詩七言律》：人謂此必又擬《黃鶴樓》，似也。聖歎云：一蟹不如一蟹。以予觀之，則殊未肯讓崔獨步也。前半亦是順敘法，而却以鳳凰臺之二句展作三句，可見伸縮變化，皆隨乎人，豈當為格律所拘耶？"芳洲之樹何青青"，效"白雲千載空悠悠"，更具情趣。

《唐宋詩醇》卷七：偶書數語，覺其對此茫茫，百端交集矣。

袁枚《詳注圈點詩學全書》卷二：此效《黃鶴樓》篇法，登覽而傷遷逐也。"蘭葉"、"桃花"，洲上之景，極目傷神，對月益生愁也。此二首蜂腰格。

《瀛奎律髓彙評》卷一：紀昀評：白雲悠悠，不覺添出芳洲之樹，却明露湊泊，此故可思。五、六二句亦未免走俗。　又曰：崔是偶然得之，自然流出。此是有意為之，語多襯貼，雖效之而實不及。　又引馮舒評：極擬崔，幾同印板。　又引馮班評：與崔語一例，而詞勢不及，似稍遜《鳳凰臺》。　又引陸貽典評：起四句雖與崔作一意，而體格自殊，崔作乃金針體，此作乃扇對格也。　又引何義門評：畫筆不到。義山安敢望此？

方東樹《昭昧詹言》卷一六：崔顥《黃鶴樓》，千古擅名之作，只是以文筆行之，一氣轉折。五、六雖斷寫景，而氣亦直下噴溢。收亦然，所以可貴。太白《鸚鵡洲》，格律工力悉敵，風格逼肖，未嘗有意學之而自似。此體不可再學，學則無味，亦不奇矣。細細校之，不如"盧家少婦"有法度，可以為法千古也。

按：詩稱"遷客"，又有"烟開蘭葉香風暖，岸夾桃花錦浪生"句，時當春天，疑是上元元年（七六〇）自零陵歸至江夏時作。此詩以古體入律，與《登金陵鳳凰臺》結構類似。

廬山謠寄盧侍御虛舟〔一〕

我本楚狂人，鳳歌笑孔丘〔二〕。手持綠玉杖〔三〕，朝別黃鶴樓〔四〕。五嶽尋仙不辭遠〔五〕，一生好入名山游。

【注釋】
〔一〕廬山：在今江西九江市南。見前《望廬山瀑布二首》詩注。謠，不用樂器伴奏的歌唱。按：此與歌行體詩的"歌"、"吟"相同。盧侍御虛舟，即殿中侍御史盧虛舟。《全唐文》卷三一七李華《三賢論》："范陽盧虛舟幼直，方方而清。"又卷三六七賈至有《授盧虛舟殿中侍御史制》。殿中侍御史屬御史臺殿院，掌管殿廷儀衛及京城糾察。趙璘《因話錄》卷五："御史臺三院，一曰臺院，其僚曰侍御史，衆呼為端公。二曰殿院，其僚曰殿中侍御史，衆呼為侍御。三曰察院，其僚曰監察御史，衆亦呼為侍御。"
〔二〕"我本"二句：據《論語·微子》、《莊子·人間世》及皇甫謐《高士傳》卷上記載，陸通，字接輿，春秋時楚國人，時人謂之楚狂。孔子至楚，接輿唱着歌過孔子之門，曰："鳳兮鳳兮，何德之衰！往者不可諫，來者猶可追。已而已而，今之從政者殆而。"詩人在此以楚狂接輿自況。笑，宋本校："一作哭。" 〔三〕綠玉杖：綠玉鑲飾的手杖。杖，宋本校："一作枝。"非。 〔四〕"朝別"句：此句可知李白乃從江夏來到廬山。黃鶴樓，見前《江夏行》注。 〔五〕五嶽：此處泛指群山。

廬山秀出南斗傍〔六〕，屏風九疊雲錦張〔七〕，影落明湖青黛光〔八〕。金闕前開二峰長〔九〕，銀河倒挂三石梁〔一〇〕。香爐瀑布遙相望〔一一〕，迴崖沓嶂凌蒼蒼〔一二〕。

517

翠影紅霞映朝日〔一三〕，鳥飛不到吳天長〔一四〕。登高壯觀天地間，大江茫茫去不還。黃雲萬里動風色，白波九道流雪山〔一五〕。

【注釋】

〔六〕"廬山"句：秀出，秀麗突出。南斗傍，傍，王本作"旁"。廬山在春秋時屬吳國，為斗宿(xiù)的分野，故稱"南斗傍"。南斗，星官名，指二十八宿中的斗宿。古代星占術認為地上州郡與天上區域相對應，稱為分野。在該天區發生的天象預應着對應地方的吉凶。　〔七〕"屏風"句：屏風九疊，廬山自五老峰以下，山峰九疊如屏風，故名。又稱"九疊屏"。雲錦張，如張開的錦繡雲霞。極言其美。　〔八〕"影落"句：謂夕陽使山影射入清澈的鄱陽湖，閃耀着青黑色的光彩。湖，指今鄱陽湖，古稱彭蠡、彭澤、彭湖。在今江西省北部，廬山東南側。　〔九〕"金闕"句：金闕，廬山有金闕巖，又名石門。《太平御覽》卷四一引晉慧遠《廬山記》云："西南有石門山，其形似雙闕，壁立千餘仞，而瀑布流焉。"《輿地紀勝》卷三〇江南西路江州："金闕巖……其巖正對天子障。"長，宋本作"帳"，據他本改。　〔一〇〕"銀河"句：銀河，形容瀑布。挂，《唐文粹》作"瀉"。三石梁，屏風疊左有三疊泉，水勢三折而下，如銀河倒瀉於石梁。
〔一一〕"香爐"句：謂香爐峰瀑布與三疊泉瀑布遥遥相對。
〔一二〕"迴崖"句：迴崖，曲折的懸崖。沓嶂，重疊的山峰。凌蒼蒼，凌越青天。凌，宋本作"崚"，據他本改。宋本校："一作何。"蒼蒼，天色。
〔一三〕映朝日：宋本校："一作照千里。"　〔一四〕吳天：廬山在三國時屬吳，故稱。　〔一五〕"白波"句：九道，長江在今江西九江一帶分為很多支流。《書·禹貢》："九江孔殷。"孔傳："江於此州界分為九道。"《漢書·地理志上》："九江郡。"顏師古注引應劭曰："江自廬江、尋陽分為九。"郭璞《江賦》："流九派乎潯陽。"雪山，形容江中波濤翻滾如雪山疊流。

好為廬山謠，興因廬山發。閑窺石鏡清我心〔一六〕，謝公行處蒼苔沒〔一七〕。早服還丹無世情〔一八〕，琴心三疊道初成〔一九〕。遥見仙人綵雲裏，手把芙蓉朝玉京〔二〇〕。先期汗漫九垓上，願接盧敖游太清〔二一〕。

【注釋】

〔一六〕石鏡：《太平寰宇記》卷一一一江南西道江州：“石鏡，在廬山東懸崖之上，其狀團圓，近之則照見形影。”《文選》卷二六謝靈運《入彭蠡湖口作》詩：“攀崖照石鏡，牽葉入松門。”李善注引張僧鑒《潯陽記》：“石鏡山東有一圓石，懸崖明净，照見人形。”　〔一七〕“謝公”句：謝公，指謝靈運。謝靈運曾游廬山，有《登廬山絶頂望諸嶠》詩。此謂當年謝靈運游歷之處，如今已被蒼苔淹没。謝公行處蒼苔没，宋本校：“一作緑蘿開處懸明月。”　〔一八〕“早服”句：還丹，相傳道教煉丹，使丹砂燒成水銀，積久又還成丹砂，因稱“還丹”。見《抱朴子·金丹》。道教認為服用還丹可以成仙，長生不老。世情，世俗之情。　〔一九〕琴心三疊：道教修煉術語。氣功修煉法。《黃庭內景經》：“琴心三疊舞胎仙。”梁丘子注：“琴，和也。疊，積也。存三丹田，使和積如一，則胎仙可致也。胎仙，胎息之仙也。猶胎在腹中，有氣而無息。”三疊，指上中下三丹田(即兩眉間、心窩部、臍下)。意謂修煉內丹，做到心和神悦是修道初成境界。

〔二〇〕玉京：道教稱元始天尊所居之處。葛洪《枕中書》：“元始天王在天中心之上，名曰玉京山。山中宫殿，並金玉飾之。”　〔二一〕“先期”二句：《淮南子·道應訓》記載，盧敖游於北海，見一形貌古怪士人。盧敖邀其同游北陰之地，士人笑曰：“……吾與汗漫期於九垓之外，吾不可以久駐。”隨即聳身跳入雲中。先期，預先約定。汗漫，漫無邊際，不可知之。九垓，九天之外。盧敖，據高誘注：“盧敖，燕人。秦始皇召以為博士，使求神仙，亡而不反也。”此處借以指盧虚舟。太清，道教所尊天神道德天尊(亦稱太上老君)所居之地。在玉清、上清之上，為最高仙境(亦稱“大赤天”)。

【評箋】

舊題嚴羽評點《李太白詩集》卷一二：篇中祇雲、鳥、大江三句開豁，餘俱尋常仙語，更屬厭。

桂天祥《批點唐詩正聲》：方外玄語，不拘流例。全篇開闔軼蕩，冠絕古今，即使杜工部為之，未易及此。高、岑輩恐亦脅息。又其襟期雄曠，辭旨慨慷，音節瀏亮，無一不可。　又曰：結句非素胎仙骨，必無此詩。

唐汝詢《唐詩解》卷一三：此詠廬山之勝而相約游仙也。

吳昌祺《刪訂唐詩解》卷七：山本奇秀，詩又足以發之。

沈德潛《唐詩別裁》卷六：先寫廬山形勝，後言尋幽不如學仙，與盧敖同游太清，此素願也。筆下殊有仙氣。

《唐宋詩醇》卷六：天馬行空，不可羈紲。

方東樹《昭昧詹言》卷一二："廬山"以下正賦。"早服"數句應起處，而提筆另起，是以不平。章法一線乃為通，非亂雜無章不通之比。

王闓運手批《唐詩選》卷八評"廬山"句：此就山中典故鋪叙，非游山之景。

按：此詩作於上元元年（七六〇）。詩人流放遇赦後，在江夏、洞庭游覽逗留將近一年，然後從江夏泛舟赴潯陽（今江西九江）再游廬山，寫下此詩。盧虛舟是詩人好友，曾寫有《通塘曲》，誇廬山之美；李白有《和盧侍御通塘曲》曰："君誇廬山好，通塘勝耶溪。通塘在何處？遠在尋陽西……"此後詩人又以此首歌唱廬山的詩寄給他。首段自述和末段游仙，雖寫法不同，但都表現出對官場的鄙視和對自由的嚮往。全詩結構完整，首尾呼應，感情豪邁，氣勢沛沛，想像豐富，色彩鮮明，是李白晚年七言歌行代表作之一。

下尋陽城汎彭蠡寄黃判官〔一〕

浪動灌嬰井，尋陽江上風〔二〕。開帆入天鏡〔三〕，直向彭湖東〔四〕。落景轉疏雨，晴雲散遠空。名山發佳興〔五〕，清賞亦何窮？石鏡挂遙月，香爐滅彩虹〔六〕。相思俱對此，舉目與君同。

【注釋】

〔一〕尋陽：即潯陽，唐縣名。屬江南道江州，為江州治所。又唐郡名。江州，天寶元年改為潯陽郡，乾元元年復為江州。今江西九江市。彭蠡，湖名，即今江西鄱陽湖。黃判官，名不詳。黃，咸本作"董"。判官，唐代大臣被特派擔任臨時職務時，都可自選官員奏充判官，作為助理。中期以後，節度使、觀察使都可自選判官，以備差遣。　〔二〕"浪動"二句：二句為倒裝句，意謂尋陽江上大風吹動巨浪，灌嬰井中亦水浪翻動。尋陽，宋本校："一作吾知。"按：漢潁陰侯灌嬰，見《史記·樊酈滕灌列傳》、《漢書·灌嬰傳》。灌嬰井：在今江西九江市。《元和郡縣志》卷二八江州："州理城，古之湓口城也。漢高帝六年灌嬰所築。漢建安中，孫權經此城，權自標地，令人掘之，正得古井，銘云：'漢六年潁陰侯開，三百年當塞。後不滿百年，當為應運者所開。'權以為己瑞。井極深大，江中風浪，井水輒動。"二句即用其意。　〔三〕天鏡：形容湖水清澈，天空倒映其中，如明鏡一般。　〔四〕彭湖：即彭蠡湖。今鄱陽湖。　〔五〕"落景"三句：宋本校："一作'返景照疏雨，輕烟澹遠空。中流得佳興'。"落景轉，胡本作"返景照"。　〔六〕"石鏡"二句：宋本校："一作'瀑布灑青壁，遥山挂彩虹'。"石鏡，謂懸崖上光滑的圓石，近前可照見形影。香爐，峰名，見前《望廬山瀑布二首》詩注。

【評箋】

　　陸游《入蜀記》卷三：泛彭蠡口，四望無際，乃知太白"開帆入天鏡"之句為妙。

　　舊題嚴羽評點《李太白詩集》卷一二：情在景中，景在眼中，不須多詞。

521

按：此詩當是上元元年（七六〇）由潯陽往洪州（今江西南昌市）途中泛彭蠡湖而作。

豫　章　行[一]

　　胡風吹代馬[二]，北擁魯陽關[三]。吳兵照海雪[四]，西討何時還？半渡上遼津[五]，黃雲慘無顏。老母與子別，呼天野草間。白馬繞旌旗，悲鳴相追攀[六]。白楊秋月苦，早落豫章山[七]。本為休明人，斬虜素不閑[八]。豈惜戰鬥死，為君掃凶頑。精感石沒羽，豈云憚險艱[九]！樓船若鯨飛[一〇]，波蕩落星灣[一一]。此曲不可奏，三軍鬢成斑[一二]。

【注釋】

〔一〕豫章行：樂府舊題。《樂府詩集》卷三四收此詩，列於《相和歌辭·清調曲》，並引《古今樂錄》曰："《豫章行》，王僧虔云《荀錄》所載《古白楊》一篇，今不傳。"又引《樂府解題》曰："陸機'泛舟清川渚'，謝靈運'出宿告密親'，皆傷離別，言壽短景馳，容華不久。傅玄《苦相篇》云'苦相身為女'，言盡力於人，終以華落見棄。亦題曰《豫章行》也。"李白此篇蓋以舊題寫時事，唯傷別離和"根在豫章山"之意仍與古辭相關。豫章，唐郡名，即洪州，治所在今江西南昌市。　　〔二〕"胡風"句：宋本校："一作燕人攢赤羽。"胡風，北風，因北方多為胡人所居，故稱。代馬，古代國（在今河北蔚縣和山西東北部一帶），產名馬，後因以代馬泛指好馬。　　〔三〕魯陽關：古關名。《元和郡縣志》卷二一鄧州向城縣："魯陽關，在縣北八十里，今鄧、汝二州於此分境。"約在今河南魯山縣西南。二句謂安史叛軍侵擾魯陽關。按《新唐書·來瑱傳》："上元二年春，破史思明餘黨於魯

522

山,俘賊渠。又戰汝州,獲馬牛橐駝。"證知上元二年(七六一)前魯陽關一帶確曾為安史叛軍占領。　〔四〕"吳兵"二句:吳兵,泛指南方士兵。西討,指開赴西北征討叛軍。　〔五〕上遼津:水名。《通典·州郡十二》載豫章郡建昌縣有上遼津,約在今江西永修縣。　〔六〕"白馬"二句:白馬,宋本校:"一作百鳥。"追,咸本作"擐"。　〔七〕"白楊"二句:反用古樂府《豫章行》"白楊初生時,乃在豫章山"之意。
〔八〕"本為"二句:休明,指政治清明,天下太平。閑,通"嫻",熟習。二句謂本來生長在和平環境中的人,平素不掌握殺敵的本領。
〔九〕"精感"二句:《史記·李將軍列傳》:"廣出獵,見草中石,以為虎而射之,中石沒鏃,視之石也。因更射之,終不能復入石矣。"此謂專心可使箭羽入石,豈懼艱險!豈云,《全唐詩》作"豈忘"。　〔一〇〕樓船:有樓的戰船。見《在水軍宴贈幕府諸侍御》注。　〔一一〕落星灣:蕭士贇注:"落星灣在今南康軍城之右,唐時屬江州。"按今又稱落星湖,在今江西鄱陽湖西北部。　〔一二〕"此曲"二句:謂《豫章行》樂曲很淒涼,將士們聞之鬢髮都會愁得變白。三軍,春秋時大國多設中上下三軍。此處為軍隊的統稱。鬢,一作"髮"。斑,花白色。按宋本作"班",據他本改。

【評箋】

舊題嚴羽評點《李太白詩集》卷五:評"白馬"句:此"白"字可換。　又評"豈惜"二句:可住,申下二句反味薄。

胡震亨《李詩通》:此白詠永王璘事自悼也。……白初從廬山誤陷於璘。事敗,又於潯陽繫獄,其地皆屬豫章,故巧取此題為辭。以白楊之生落於豫章者自況,寫身名墮壞之痛,而傷璘敗,終不忍斥言璘之逆,則猶近於厚。得風人之意焉。

又《唐音癸籤·詁箋六》:古《豫章行》,詠白楊生豫章山,秋至為人所伐。太白亦有此辭,中間止着"白楊秋月苦,早落豫章山"兩句,首尾俱作軍旅喪敗語,並不及"白楊"片字,讀者多為之茫然。今詳味之,如所云"吳兵照海雪"及"老母與子別,呼天野草間"、"樓船若鯨飛,波蕩落星

523

灣",皆永王璘兵敗事也。蓋白在廬山受璘辟,及璘舟師鄱湖潰散,白坐繫潯陽獄,並豫章地。故以白楊之生落於豫章者自況,用志璘之傷敗,及己身名隳壞之痛耳。其借題略點白楊,正用筆之妙,巧於擬古,得樂府深意者。

王琦《李太白全集》注:"白馬繞旌旗,悲鳴相追攀",謂母子別離之時,乘馬亦為之感動而哀嘶也。"白楊秋月苦,早落豫章山",謂見草木之凋殘,亦若為母子悲慟者之所感召也。總以寫從軍者離別時情景耳。又云:按《唐書·來瑱傳》……知是時汝、鄧之間為賊兵往來之地,所謂"胡風吹代馬,北擁魯陽關",乃安史之兵,而非永王之兵也。……所謂"吳兵"者,即宋中丞所統三千之兵,所謂"上遼津"者,即樓船所濟之津。詩之作也,當在是時無疑。與永王璘事全無干涉,而胡氏更於每段中必引璘事以強合之,牽扯支離,盡失本詩辭意焉。

《唐宋詩醇》卷四:胡震亨說得詩之意。其以"胡風吹代馬"起,而繼曰"西討何時還",若曰祿山之亂未弭,璘之起兵,原為國家討賊耳!故下以"本為休明人"六句申之,至於鄱湖潰敗,若隱若顯,全不徑露,此白微意所在。其詞意危苦,筆墨沉鬱,真古樂府之遺。

陳沆《詩比興箋》卷三:璘敗於江西,故以豫章名篇。"胡風",指漁陽之叛;"吳兵",謂璘擁江淮之師。"上遼津",故隱其詞,寄之邊塞也。"本為休明人,斬虜素不閑",言承平帝冑,生長深宮,本無武略也。"豈惜戰鬥死"四語,惜其不知一意討賊,勤王北上,縱令敗死,猶不失為忠義也。落星灣,在江洲潯陽,璘由此戰敗走鄱陽也。璘死後,肅宗以少所自鞠,不宣其罪,謂左右曰:"皇甫侁執吾弟,不送之蜀而擅殺,何耶?"終身不用。則朝廷亦憫其無知矣。……當知無論太白從與不從,先問永王之是賊非賊,今朝廷尚以永王為冤,而反議太白之從叛,豈不乖哉!

按:胡震亨、《唐宋詩醇》、陳沆所說皆非,當從王琦說為是。此詩當是上元元年(七六〇)秋在豫章一帶目睹南方人民應徵入伍,赴前線抗擊安史之亂,有感而作。詩中充滿對國事的關心和對戰士們的同情。

江西送友人之羅浮〔一〕

桂水分五嶺〔二〕,衡山朝九疑〔三〕。鄉關眇安西〔四〕,流浪將何之？素色愁明湖〔五〕,秋渚晦寒姿。疇昔紫芳意〔六〕,已過黄髮期〔七〕。君王縱疏散〔八〕,雲壑借巢夷〔九〕。爾去之羅浮,我還憩峨眉。中闊道萬里,霞月遥相思。如尋楚狂子〔一〇〕,瓊樹有芳枝〔一一〕。

【注釋】

〔一〕江西：指唐代的江南西道。治所在洪州豫章,今江西南昌市。羅浮,山名。《元和郡縣志》卷三四嶺南道循州博羅縣：“羅浮山,在縣西北二十八里。羅山之西有浮山,蓋蓬萊之一阜,浮海而至,與羅山並體,故曰羅浮。高三百六十丈,周迴三百二十七里,峻天之峰,四百三十有二焉,事具袁彦伯記。”在今廣東省東江北岸,增城、博羅、河源等縣市間。參見前《當塗趙炎少府粉圖山水歌》注。　〔二〕“桂水”句：桂水,即指今廣西東北部之桂江。西江支流。上游為漓江。南流經桂林、陽朔、昭平等地到梧州市入西江。五嶺,《史記·張耳陳餘列傳》：“北有長城之役,南有五嶺之戍。”《漢書·張耳傳》作“五領”,領,通“嶺”。顏師古注引鄧德明《南康記》：“大庾領一也,桂陽騎田領二也,九貞都龐領三也,臨賀萌渚領四也,始安越城領五也。”按：五嶺位於今江西、湖南、廣東、廣西四省區之間,是長江與珠江流域的分水嶺。　〔三〕“衡山”句：衡山,古稱南嶽。在今湖南衡山等縣境内。九疑,山名。又名蒼梧山。見前《遠别離》詩注。　〔四〕眇安西：遥遠的安西。眇,一作“渺”。眇,通“渺”。遥遠。屈原《九章·哀郢》：“眇不知其所蹠。”安西,唐安西大都護府。初治西州(今新疆吐魯番高昌故城),後徙治龜兹(今新疆庫車)。王琦認為此安西字疑訛,恐非。按李白出生地在安西(大)都護府轄下的碎葉城,此處謂自己和友人的鄉關都遠在安西。字當不訛。　〔五〕素色:秋色。　〔六〕"疇昔"句:疇昔,往昔。疇,助詞。紫芳意,指隱居。《文選》卷三一江淹《雜體詩·謝光祿莊郊游》:"終覯紫芳心"。李善注:"紫芳,紫芝也。"傳説秦末商山四皓避亂隱居時曾作《采芝操》曲,起句為"曄曄紫芝,可以療饑"。後因稱隱居為"采紫芝"或"紫芳"。　〔七〕"已過"句:黄髮期,黄髮,指年老高壽,頭髮由白變黄。《詩·魯頌·閟宮》:"黄髮台背。"鄭玄箋:"黄髮、台背,皆壽徵也。"《文選》卷二四曹植《贈白馬王彪》詩:"王其愛玉體,俱享黄髮期。"張銑注:"黄髮期,謂壽考也。"〔八〕疏散:謂不受拘束。指天寶三載賜金還山事。謝朓《始之宣城郡》詩:"疏散謝公卿。"　〔九〕巢夷:指巢父與伯夷。巢父,傳説唐堯時的隱士。堯以天下讓之,不受。又讓許由,亦不受。伯夷,商朝末年孤竹君長子。孤竹君以次子叔齊為繼承人,孤竹君死後,兄弟互讓,二人都投奔至周。武王滅商時因諫阻不從,逃至首陽山,不食周粟而死。後被儒家奉為賢人。　〔一〇〕楚狂子:《論語·微子》:"楚狂接輿歌而過孔子曰:'鳳兮鳳兮,何德之衰!'"邢昺疏:"接輿,楚人,姓陸,名通。字接輿也。昭王時,政令無常,乃披髮佯狂不仕,時人謂之楚狂也。"後用為狂士的通稱,此處李白用以自喻。參見前《廬山謠寄盧侍御虚舟》詩注。〔一一〕瓊樹:玉樹。傳説中的樹名。《漢書·司馬相如傳》引《大人賦》:"咀噍芝英兮嘰瓊華。"顔師古注引張揖云:"瓊樹生崑崙西流沙濱。"江淹《雜體詩·古離別》:"願一見顔色,不異瓊樹枝。"謂己效仿楚狂隱居避世。

【評箋】

　　舊題嚴羽評點《李太白詩集》卷一五:評"君王"二句:并丘壑亦歸君恩,其意溫厚。

　　按:詩云"已過黄髮期",當是晚年作品,疑為上元元年(七六〇)在豫章時作。

聞李太尉大舉秦兵百萬出征東南懦夫請纓冀申一割之用半道病還留別金陵崔侍御十九韻〔一〕

秦出天下兵,蹴踏燕趙傾〔二〕。黃河飲馬竭,赤羽連天明〔三〕。太尉杖旄鉞〔四〕,雲旗繞彭城〔五〕。三軍受號令,千里肅雷霆〔六〕。函谷絕飛鳥,武關擁連營〔七〕。意在斬巨鼇,何論鱠長鯨〔八〕!

【注釋】

〔一〕李太尉:指李光弼。《舊唐書·肅宗紀》記載,上元二年(七六一)五月,李光弼來朝,進位太尉、兼侍中,充河南副元帥,都統河南、淮南、山南東道五道行營節度,出鎮臨淮。秦兵,指李光弼從長安帶來的唐軍。東南,指臨淮,即泗州,州治在今安徽泗縣,位置在長安東南。懦夫,詩人謙稱。請纓,《漢書·終軍傳》:"乃遣軍使南越,說其王,欲令入朝,比內諸侯。軍自請:'願受長纓,必羈南越王而致之闕下。'"此指從軍。一割之用,用《後漢書·班超傳》"況臣奉大漢之威,而無鉛刀一割之用乎"語,意謂鉛刀雖鈍,仍望一試。此喻已雖衰老,却還想為國出力。崔侍御,名不詳。詩中有"金陵遇太守"語,太守當即此人。然侍御為七八品(殿中侍御史為從七品上,監察御史為正八品上)官,太守為四品官,已為太守,不當再稱侍御。唐代中期以後,以侍郎出為太守(刺史)者甚多,疑此"崔侍御"當為"崔侍郎"之誤。 〔二〕"秦出"二句:秦,指長安,謂唐朝廷。蹴踏,踩踏。燕趙,此指安史叛軍所據之地。傾,傾覆。 〔三〕赤羽:赤色羽毛,似為軍旗飾品。此泛指旌旗。《孔子家語·致思》:"由願得赤羽若日,白羽若月。" 〔四〕旄鉞:旄節和斧鉞。由皇帝授予軍隊統帥,表示給予指揮生殺之權。《三國志·蜀志·劉禪傳》:"五年春,丞相

527

亮出屯漢中。"裴松之注引《諸葛亮集》劉禪三月詔："今授之以旄鉞之重，付之以專命之權。" 〔五〕"雲旗"句：雲旗，《史記·司馬相如列傳》："拖霓旌，靡雲旗。"張守節《正義》："畫熊虎於旌，似雲氣也。"一作"雲騎"。《文選》卷三〇謝靈運《擬魏太子鄴中集詩八首》其二《王粲》："雲騎亂漢南。"吕向注："雲騎，言多如雲也。"彭城，即徐州，天寶元年（七四二）改為彭城郡，乾元元年（七五八）復為徐州。州治在今江蘇徐州市。《舊唐書·李光弼傳》："史朝義乘邙山之勝，寇申、光等十三州，自領精騎圍李岑於宋州。將士皆懼，請南保揚州，光弼徑赴徐州以鎮之，遣田神功擊敗之。" 〔六〕"三軍"二句：形容李光弼威懾士兵。《舊唐書·李光弼傳》："御軍嚴肅，天下服其威名。每申號令，諸將不敢仰視。"
〔七〕"函谷"二句：函谷，函谷關。見前《奔亡道中五首》其四注。武關，《元和郡縣志·闕卷逸文》卷一關內道商州商洛縣："武關，在縣東九十里，即少習也。"在今陝西丹鳳縣南，為秦南關。戰國時秦置，秦昭王曾誘楚懷王會於此，執以入秦。劉邦亦由此關入秦。二句謂軍事防守嚴密。
〔八〕"意在"二句：鼇，傳說中的大海龜。此喻指叛軍首領。鱠，細切的魚或肉。二句謂目的是要斬叛軍首領，至於一般的叛將更不在話下。鱠長鯨，胡本作"鯢與鯨"。

以上第一段，寫題中"李太尉大舉秦兵百萬出征東南"。

　　恨無左車略〔九〕，多愧魯連生〔一〇〕。拂劍照嚴霜，彫戈鬐胡纓〔一一〕。願雪會稽恥〔一二〕，將期報恩榮。半道謝病還，無因東南征〔一三〕。亞夫未見顧，劇孟阻先行〔一四〕。天奪壯士心，長吁別吴京〔一五〕。

【注釋】

〔九〕"恨無"句：左車，指李左車，秦末漢初人。據《漢書·淮陰侯列傳》記載，其人富於韜略，曾為陳餘出謀畫策，陳餘不聽。後陳餘被殺，李左車被韓信俘獲，韓信解其縛，師事之。略，韜略，計謀。 〔一〇〕魯連生：即魯仲連，戰國時齊國人，善為人排難解紛。見前《贈從兄襄陽少府皓》詩注。　〔一一〕"拂劍"二句：謂已拿着劍戟,戴着軍帽,在嚴霜照耀下從軍。彤戈,鏤刻花紋的戟。《國語·晉語三》："穆公衡彤戈,出見使者。"韋昭注："彤,鏤也。戈,戟也。"髦胡纓,纓帶名。髦,通"縵"。《莊子·説劍》："垂冠縵胡之纓。"注引司馬彪曰："縵胡之纓,謂粗纓無文理也。"　〔一二〕會稽耻：《史記·越王勾踐世家》載,春秋時越被吳所破,吳王圍越王勾踐於會稽山。越王獻美女、寶器求和。吳兵退後,勾踐卧薪嘗膽,常警告自己："女(汝)忘會稽之耻邪？"此以"會稽耻"喻唐王朝被安史叛軍所摧殘的耻辱。　〔一三〕無因：因,宋本校："一作由。"〔一四〕"亞夫"二句：亞夫,周亞夫,西漢名將。劇孟,西漢著名俠客。見前《梁甫吟》注。此處以周亞夫比擬李光弼,以劇孟自比。　〔一五〕"長吁"句：長吁,長歎。吳京,指金陵。三國時吳國京都,故稱。今江蘇南京市。

以上第二段,寫題中的"懦夫請纓,冀申一割之用,半道病還"。

　　金陵遇太守,倒履欣逢迎〔一六〕。群公咸祖餞〔一七〕,四座羅朝英。初發臨滄觀〔一八〕,醉栖征虜亭〔一九〕。舊國見秋月〔二〇〕,長江流寒聲。帝車信迴轉〔二一〕,河漢縱復橫〔二二〕。孤鳳向西海,飛鴻辭北溟。因之出寥廓,揮手謝公卿〔二三〕。

【注釋】

〔一六〕"倒履"句：倒履,鞋子倒穿。形容迎接賢客的急切情狀。履,一作"屣"。欣,一作"相"。《三國志·魏志·王粲傳》："(蔡邕)聞粲在門,倒屣迎之。"　〔一七〕祖餞：古代出行時祭祀路神曰"祖",後因稱設宴送行為祖餞。《後漢書·高彪傳》："時京兆第五永為督軍御史,使督幽州,百官大會,祖餞於長樂觀。"　〔一八〕臨滄觀：即金陵新亭,三國吳築,東晉時周顗與王導等會宴處。南朝宋時改名臨滄觀。故址在今南京市西南,地近江濱,依山為壘,為軍事和交通要塞。《太平寰宇記》卷九

○:"臨滄觀,在勞勞山上,有亭七間,名曰新亭。吳所築,宋改為新亭,中間名臨滄觀。晉周顗與王導等常春日登之會宴,顗曰:'風景不殊,舉目有江山之異。'即此。謂之勞勞亭,古送別所。"〔一九〕征虜亭:故址在今江蘇南京市棲霞區。《世說新語·雅量》:"支道林還東,時賢並送於征虜亭。"劉孝標注引《丹陽記》曰:"太安中,征虜將軍謝安立此亭,因以為名。"按:據《晉書·謝安傳》,太元中征虜將軍當為謝安子謝琰。《資治通鑑》齊明帝永泰元年:"太子寶卷使人上屋,望見征虜亭失火。"胡三省注:"征虜亭在方山南。自玄武湖頭大路北出至征虜亭。"〔二〇〕舊國:舊,咸本作"別"。〔二一〕帝車:星名,即北斗星。《史記·天官書》:"斗為帝車,運於中央,臨制四鄉。"車,宋本校:"一作居。"〔二二〕"河漢"句:河漢,銀河。縱復橫,一作"復縱橫"。〔二三〕"孤鳳"四句:謂己與各官員揮手告別後,將如孤獨的飛鴻一般,在廣闊的天空中飄飛。

以上第三段,寫題中的"留別金陵崔侍御(郎)"。

【評箋】

趙翼《甌北詩話》卷一:青蓮雖有志出世,而功名之念,至老不衰。集中有留別金陵諸公詩,題云《聞李太尉大舉秦兵百萬出征懦夫請纓冀申一割之用半道病還》。按李光弼為太尉,在上元元年,統八道行營,鎮臨淮。青蓮於乾元二年赦歸,是時已在金陵矣。一聞光弼出師,又欲赴其軍自效,何其壯心不已耶!或欲自雪其從璘之累耶!

按:此詩當是上元二年(七六一)秋本欲從軍、半道病還離別金陵時作。全詩風格沉鬱悲涼,與以前的飄逸豪放風格完全不同。這是詩人歷盡人間滄桑之後給他的詩風帶來的變化。

臨 路 歌〔一〕

大鵬飛兮振八裔〔二〕,中天摧兮力不濟〔三〕。餘風激兮萬世〔四〕,游扶桑兮挂石袂〔五〕。後人得之傳此〔六〕,仲尼亡乎誰為出涕〔七〕?

【注釋】

〔一〕臨路歌:王琦注:"按李華《墓誌》謂太白賦《臨終歌》而卒,恐此詩即是。'路'字蓋'終'字之訛。"是。此詩當是寶應元年(七六二)李白臨終時所作。李華《故翰林學士李君墓誌銘并序》:"年六十有二不偶,賦《臨終歌》而卒。"即指此詩。　〔二〕"大鵬"句:大鵬,傳説中的大鳥,見《莊子·逍遥游》。李白青年時代曾作《大鵬遇稀有鳥賦》,後改寫為《大鵬賦》。又《上李邕》詩有"大鵬一日同風起"之句,與此詩同以大鵬自喻。八裔,八方。　〔三〕"中天"句:中天,半空中。摧,挫折,失敗。濟,成功。　〔四〕"餘風"句:此句謂遺風足可激蕩萬世。　〔五〕"游扶桑"句:扶,胡本作"榑"。此句以袂被扶桑挂住暗喻才能過大而不被使用。《楚辭·哀時命》:"衣攝葉以儲與兮,左袪挂於榑桑。"王逸注:"袪,袖也。……言己衣服長大;攝葉、儲與,不得舒展,德能宏廣,不得施用,東行則左袖挂於榑(扶)桑,無所不覆也。"扶桑,神話中的樹名。《山海經·海外東經》:"湯谷上有扶桑,十日所浴。"郭璞注:"扶桑,木也。"《楚辭·離騷》:"總餘轡乎扶桑。"王逸注:"扶桑,日所拂木也。《淮南子》曰:日出湯谷,浴乎咸池,拂於扶桑,是謂晨明。"石袂,胡本作"左袂",咸本作"右袂",王本注:"當作'左'。"是。袂,衣袖。　〔六〕"後人"句:此句謂後人得知大鵬半空摧折的消息,並以此相傳。　〔七〕"仲尼"句:此句謂當年魯國獵獲象徵祥瑞的異獸麒麟,孔子認為麒麟出非其時,見之出涕,如今孔子已死,誰能為大鵬中天摧折而流淚?喻己之不遇於時,無人為之惋惜。仲尼,孔子名丘,字仲尼。亡乎,一作"亡兮"。

【評箋】

胡震亨《李詩通》:擬《琴操》仲尼適趙,聞簡子殺鳴犢,臨河不濟而歎,作《臨河歌》。此"臨路"或"河"字之誤。

陸時雍《唐詩鏡》卷一八:古意。

531

王琦《李太白全集》注：詩意謂西狩獲麟，孔子見之而出涕。今大鵬摧於中天，時無孔子，遂無有人為出涕者，喻己之不遇於時，而無人為之隱惜。太白嘗作《大鵬賦》，實以自喻，茲于臨終作歌，復借大鵬以寓言耳。

按：李華《故翰林學士李君墓誌銘并序》：＂年六十有二不偶，賦《臨終歌》而卒。＂當即指此詩。此詩可看作詩人自撰的墓誌銘。在總結一生時，流露出對人生無比眷念以及才未盡用的深沉惋惜。全詩兼寓自悼、自傷、自信之情。化融多個典故，形象鮮明，想像豐富，含不盡之意於言外。

乙、不編年詩

古　　風（其一）

　　《大雅》久不作〔一〕，吾衰竟誰陳〔二〕？王風委蔓草〔三〕，戰國多荆榛〔四〕。龍虎相啖食〔五〕，兵戈逮狂秦〔六〕。正聲何微茫〔七〕，哀怨起騷人〔八〕。揚馬激頹波〔九〕，開流蕩無垠〔一〇〕。廢興雖萬變，憲章亦已淪〔一一〕。自從建安來，綺麗不足珍〔一二〕。聖代復元古〔一三〕，垂衣貴清真〔一四〕。群才屬休明〔一五〕，乘運共躍鱗〔一六〕。文質相炳焕，衆星羅秋旻〔一七〕。我志在刪述，垂輝映千春。希聖如有立，絶筆於獲麟〔一八〕。

【注釋】
〔一〕《大雅》：《詩經》的一部分，共三十一篇，多為西周時代的作品。舊説雅是正的意思，指與"夷俗邪音"不同的正聲。又謂雅指王政所由廢興，而王政有大小，故有《大雅》、《小雅》。《大雅》反映王朝的重大措施或事件。　〔二〕"吾衰"句：《論語·述而》：子曰："甚矣吾衰也！"陳，陳述。傳説古代天子命太師搜集詩歌，獻給天子，以觀民風（見《禮記·王制》）。此句謂孔子衰老，還有誰能編集《大雅》這樣的詩歌向天子陳述？
〔三〕"王風"句：《王風》，《詩經》十五國風之一。乃周王室東遷後，東都洛邑（今河南洛陽）一帶的民歌。《毛詩序》云："關雎麟趾之化，王者之風。"此處的"王風"乃概指以《詩經》為代表的正聲。詩人認為春秋之後王者之風被丟棄於草叢之中，形容"王風"衰頹。　〔四〕"戰國"句：戰國，春秋末，諸侯兼併劇烈，最後形成秦、楚、齊、燕、韓、趙、魏七國爭雄局面，史稱戰國時代。荆榛，叢雜的樹木，形容戰國時天下大亂，詩壇荒蕪。〔五〕"龍虎"句：龍虎，指戰國七雄。班固《答賓戲》："於是七雄虓闞（xiāo hǎn），分裂諸夏，龍戰虎爭。"相啖食，相互吞併。啖，胡本作"噉"。〔六〕"兵戈"句；兵戈，戰爭。逮，及，到。此句謂直到狂暴的秦始皇消滅六國，統一天下，戰爭纔得以停息。　〔七〕"正聲"句：正聲，平和雅正的詩歌。茫，宋本作"芒"，據他本改。　〔八〕騷人：指屈原、宋玉等楚國詩人。屈原創作的《離騷》是《楚辭》的代表，後因稱楚辭體為騷體詩，稱詩人為騷人。以上二句謂自從以《大雅》為代表的平和雅正之音衰微後，代之而起的是以《離騷》為代表的以哀怨著稱的楚辭。　〔九〕"揚馬"句：揚馬，指西漢著名的辭賦家揚雄、司馬相如。此句謂司馬相如、揚雄的賦激揚頹波。　〔一〇〕"開流"句：開拓了沒有涯際的洪流。無垠，漫無涯際。　〔一一〕"廢興"二句：憲章，指詩歌的法度。〔一二〕"自從"二句：自從，宋本校："一作蹉跎。"建安，東漢末獻帝年號（一九六—二二〇）。其時以曹氏父子和建安七子為代表的詩歌，內容充實，格調剛健，詩風為之一變，被後世稱為建安風骨。但建安詩歌在格調剛健的同時，也重視辭藻。後來六朝詩歌則單純追求靡麗的辭藻、講究音律對偶，內容却很空虛，李白認為不足貴。　〔一三〕"聖代"句：聖代，指詩人所處的唐代。元古，遠古。此句謂唐朝詩壇一變六朝淫靡之風，恢復了遠古的淳厚質樸。　〔一四〕"垂衣"句：垂衣，穿着長大的衣服，形容無為而治。《易·繫辭下》："黃帝、堯、舜垂衣裳而天下治。"此用以歌頌唐代政治清明。垂，宋本作"重"，據他本改。清真，樸素純真，和上文"綺麗"相對。　〔一五〕屬休明：屬，適值，恰逢。休明，指政治清明。　〔一六〕"乘運"句：乘運共起，如魚得水，騰躍於文壇。運，氣數，運會。　〔一七〕"文質"二句：謂許多詩人的創作內容和形式相互輝映，猶如群星羅列於秋空。文，指辭藻。質，指內容。旻(mín)，秋天。秋夜天氣爽朗，星光特別明亮。　〔一八〕"希聖"二句：希聖，仰慕追蹤孔子。有立，有所成就。絶筆，《史記·孔子世家》記載：魯哀公十四年(前四八一),魯國人打獵時獲麟,孔子認為麒麟被人捕獲,象徵着自己將要死亡,哀歎説:"吾道窮矣。"遂擱筆不復述。由其修訂的《春秋》即終於是年。

【評箋】

　　孟棨《本事詩·高逸》:白才逸氣高,與陳拾遺齊名,先後合德。其論詩云:"梁、陳以來,豔薄斯極,沈休文又尚以聲律,將復古道,非我而誰與!"

　　葛立方《韻語陽秋》卷三:李太白、杜子美詩皆掣鯨手也。余觀太白《古風》、子美《偶題》之篇,然後知二子之源流遠矣。李云:"《大雅》久不作,吾衰竟誰陳?……"則知李之所得在雅。

　　《朱子語類》卷一四〇:李太白詩不專是豪放,亦有雍容和緩底,如首篇"大雅久不作",多少和緩!

　　舊題嚴羽評點《李太白詩集》卷一:初聲所噫,便悲慨欲絶。　又評"王風"以下:是申前語,是遞起語;"正聲"二句,又生一慨。　又云:以建安為"綺麗",具眼。　"聖代"二句,當鄭重炫赫處,着"清真"二字,妙。　又云:"秋旻"有眼。若讀《爾雅》太熟,但認作有來歷,非知詩者矣。

　　蕭士贇《分類補注李太白詩》:觀此詩則太白之志可見矣。斯其所以為有唐詩人之稱首者歟!

　　《唐詩選脈會通評林》引周敬曰:朱子謂太白詩不專是豪放,如"《大雅》久不作"多少和緩。今誦之,和緩中實多感慨激切,發一番議論,開一番局面,真古韻絶品。結二句有膽有志。

　　胡震亨《李詩通》:統論前古詩源,志在刪詩垂後,以此發端,自負不淺。

　　沈德潛《唐詩別裁》:昌黎云:"齊梁及陳隋,衆作等蟬噪。"太白則云:"自從建安來,綺麗不足珍。"是從來作豪傑語。　又曰:"不足珍",謂建安以後也,《謝朓樓餞別》云"蓬萊文章建安骨"一語可證。

　　《唐宋詩醇》卷一:《古風》詩多比興,此篇全用賦體,括《風》、《雅》之源流,明著作之意旨,一起一結,有山立波迴之勢。昔劉勰《明詩》一篇略云：兩漢之作，結體散文，直而不野，為五言之冠冕；又云建安之初，五言騰踊，不求纖密之巧，惟取昭晰之能。何晏之徒，率多浮淺，惟嵇志清峻，阮旨遥深，故能標焉；晉世群才，稍入輕綺，采縟於正始，力柔於建安。觀白此篇，即劉氏之意。指歸《大雅》，志在刪述，上溯《風》、《騷》，俯觀六代，以綺麗為賤，清真為貴，論詩之義，昭然明矣。舉筆直抒所見，氣體實足以副之。陽冰稱其"馳驅屈、宋，鞭撻揚、馬，千載獨步，惟公一人"，洵非阿好。其纂《草堂集》以《古風》列於首卷，又以此篇弁之，可謂有卓見者。枕上授簡，同不朽矣。

趙翼《甌北詩話》：青蓮一生本領，即在五十九首《古風》之第一首。開口便説：《大雅》不作，騷人斯起，然詞多哀怨，已非正聲；至揚、馬益流宕，建安以後，更綺麗不足為法；迨有唐文運肇興，而己適當其時，將以刪述繼獲麟之後。是其眼光所注，早已前無古人，後無來者，直欲於千載後上接《風》、《雅》。蓋自信其才分之高，趨向之正，足以起八代之衰，而以身任之，非徒大言欺人也。

陳僅《竹林答問》：首章以説詩起，若無與於治亂之數者。而以《王風》起，以《春秋》終，已隱自寓詩史。自後數十章，或比或興，無非《國風》、《小雅》之遺。

按：詩中對《詩經》以來到唐朝的歷代詩賦作了概括性的總結和評價，並抒寫了自己的文學主張和抱負，實為中國文學史上最早的一首論詩詩。全詩結構嚴密，層次井然。歷評前代詩壇並不平鋪直叙，而是詳略有間，文勢多變。李白詩多豪放飄逸，而此詩却平和淡雅而渾厚。全詩一韻到底，音節平緩，表明李白詩歌風格的多樣性。《唐宋詩醇》稱此詩"括風雅之源流，明著作之意旨，一起一結，有山立波回之勢"。甚是。

古　　風（其三）

秦皇掃六合〔一〕，虎視何雄哉〔二〕！揮劍決浮雲，諸侯盡西來〔三〕。明斷自天啓〔四〕,大略駕群才〔五〕。收兵鑄金人〔六〕,函谷正東開〔七〕。銘功會稽嶺〔八〕,騁望琅邪臺〔九〕。刑徒七十萬,起土驪山隈〔一〇〕。尚采不死藥,茫然使心哀〔一一〕;連弩射海魚,長鯨正崔嵬。額鼻象五嶽,揚波噴雲雷。鬐鬣蔽青天,何由覩蓬萊?徐巿載秦女,樓船幾時回〔一二〕?但見三泉下〔一三〕,金棺葬寒灰〔一四〕。

【注釋】
〔一〕秦皇:指秦始皇。皇,王本作"王"。掃六合,即統一中國。六合,天地四方。賈誼《過秦論》:"及至始皇,奮六世之餘烈,振長策而御宇內,吞二周而亡諸侯,履至尊而制六合。" 〔二〕虎視:《後漢書·班固傳》引《西都賦》:"周以龍興,秦以虎視。"李賢注:"龍興虎視,喻強盛也。" 〔三〕"揮劍"二句:揮,一作"飛"。《莊子·說劍》:"此劍直之無前,舉之無上,案之無下,運之無旁。上決浮雲,下絕地紀。此劍一用,匡諸侯,天下服矣。此天子之劍也。"決,斷。西來,六國諸侯皆在關東,而秦在關西。秦始皇橫掃天下,六國諸侯皆西向臣服。 〔四〕"明斷"句:宋本校:"一作雄圖發英斷。"明斷,英明決斷。天啓,上天的啓發。《左傳·僖公三十三年》:"天之所啓,人弗及也。" 〔五〕"大略"句:略,才略。駕,駕馭;控制;驅使。 〔六〕"收兵"句:收兵,聚集兵器。鑄,熔鑄。《史記·秦始皇本紀》:"二十六年……收天下兵,聚之咸陽,銷以為鍾鐻,金人十二,重各千石,置廷宮中。" 〔七〕"函谷"句:此句謂秦始皇消滅六國,天下一統,函谷關不再需要禁閉,可向東打開。函谷,關名。見前《奔亡道中五首》其四注。 〔八〕"銘功"句:《史記·秦始皇本紀》:"三十七年……上會稽,祭大禹,望于南海,而立石刻頌秦德。"銘,刻;記載。會稽,山名,在今浙江紹興南。相傳夏禹至苗山,大會諸侯,計功封爵,始名會稽。 〔九〕"騁望"句:《史記·秦始皇本紀》:"二十八年……南登琅邪,大樂之,留三月。乃徙黔首三萬户琅邪臺下,復(免除徭役)十二歲。作琅邪臺,立石刻,頌秦德,明得意。"琅邪臺,在今山東諸

537

城市東南琅邪山上。　　〔一○〕"刑徒"二句：《史記·秦始皇本紀》："隱宮(宮刑)徒刑者七十餘萬人，乃分作阿房宮，或作麗(驪)山。"驪山，在今陝西臨潼縣東南。隈，彎曲處。二句謂秦始皇三十五年，役使囚犯七十萬人，分別在咸陽建阿房宮和在驪山下修築陵墓。　　〔一一〕"尚采"二句：不死藥，《史記·秦始皇本紀》："三十二年……因使韓終、侯公、石生求仙人不死之藥。"心，宋本校："一作人。"　　〔一二〕"連弩"八句：《史記·秦始皇本紀》："二十八年……齊人徐市(fú)等上書，言海中有三神山，名曰蓬萊、方丈、瀛洲，仙人居之。請得齋戒，與童男女求之。於是遣徐市發童男女數千人，入海求仙人。……三十七年……方士徐市等入海求神藥，數歲不得，費多，恐譴，乃詐曰：'蓬萊藥可得，然常為大鮫魚所苦，故不得至，願請善射與俱，見則以連弩射之。'始皇夢與海神戰，如人狀。問占夢，博士曰：'水神不可見，以大魚蛟龍為候。今上禱祠備謹，而有此惡神，當除去，而善神可致。'乃令入海者齎捕巨魚具，而自以連弩候大魚出射之。自琅邪北至榮成山，弗見。至之罘，見巨魚，射殺一魚。遂並海西。"連弩，裝有機栝、可以連續發射的弓。長鯨，巨魚。崔嵬，高大貌。五嶽，此泛指大山。鬐鬣(qí liè)，魚脊和魚頷旁之鰭鬚。此用晉代木華《海賦》："魚則橫海之鯨……巨鱗插雲，鬐鬣刺天，顱骨成嶽，流膏為淵。"覩，咸本作"觀"。市，宋本作"氏"，據他本改。　　〔一三〕三泉：三重之泉，形容地下很深。　　〔一四〕"金棺"句：金棺，銅鑄的棺材。寒灰，指化為灰土的屍骨。

【評箋】

　　舊題嚴羽評點《李太白詩集》卷一：評首四句：雄快。　　評"收兵"二句：與"西來"相應。　　評"刑徒"二句：與"銘功"、"騁望"為犄角之句。　　評"尚采"二句：二語緊接，方警動。若蓄而不露，只就下文委蛇去，便氣漫不振矣。

　　蕭士贇《分類補注李太白詩》：白意若曰，仙者清淨自然，無為而化。秦皇之所為若此，求仙者豈如是乎？宜其卒為方士之所欺，而不免於死也。後之為人君而好神仙者，亦可鑒矣。

沈德潛《唐詩別裁》卷一：既期不死,而又築高陵,自相矛盾矣。

《唐宋詩醇》卷一：極寫其盛,正為中間轉筆作地。"茫然使心哀"五字,多少包含。借秦以諷,意深旨遠。

方東樹《昭昧詹言》卷七：收兩義合併。

陳沆《詩比興箋》：此亦刺明皇之詞,而有二意：一則太白樂府中所謂"窮兵黷武有如此,鼎湖飛龍安可乘"。二則"人心苦不足",周穆、秦、漢同一轍也。

按：玄宗晚年亦好神仙慕長生,《資治通鑑》唐玄宗天寶九載："太白山人王玄翼上言見玄元皇帝,言寶仙洞有妙寶真符。命刑部尚書張均等往求,得之。時上尊道教,慕長生,故所在爭言符瑞,群臣表賀無虛月。"此詩顯然有托古諷今之意。

古　　風（其九）

齊有倜儻生〔一〕,魯連特高妙〔二〕。明月出海底,一朝開光曜〔三〕。却秦振英聲,後世仰末照〔四〕。意輕千金贈,顧向平原笑。吾亦澹蕩人〔五〕,拂衣可同調〔六〕。

【注釋】

〔一〕倜儻(tì tǎng)生：瀟灑超拔之人。生,古時對士人的通稱。

〔二〕魯連：即魯仲連。戰國時齊國人。見前《贈從兄襄陽少府皓》詩注。

〔三〕"明月"二句：明月,夜光珠名。因珠光晶瑩似明月,故名。古時常以明月珠喻傑出人物。如李白《哭晁卿衡》："明月不歸沉碧海。"一朝,朝,《唐文粹》作"夕"。　〔四〕"却秦"二句：謂魯仲連退秦軍而不肯受賞的行動為後人所仰慕。末照,餘輝。　〔五〕澹蕩：淡泊名利而不受

539

檢束。　〔六〕"拂衣"句：拂衣，借指歸隱。與《玉真公主別館苦雨贈衛尉張卿》："功成拂衣去，搖曳滄洲旁"、《游溧陽北湖亭望瓦屋山懷古贈同旅》："與君拂衣去，萬里同翱翔"意同。同調，指志趣相投。謝靈運《七里瀨》詩："誰謂古今殊，異代可同調。"

【評箋】

　　舊題嚴羽評點《李太白詩集》卷一："倜儻"與"澹蕩"，絕不相類，而看作一致，始知有意倜儻者，非真倜儻也，惟澹蕩人乃可與同耳。

　　楊齊賢曰：此篇蓋慕魯仲連之為人，排難解紛，功成無取也。（蕭士贇《分類補注李太白詩》引）

　　唐汝詢《唐詩解》卷三：此慕魯連之為人也。言魯連立談而名顯，猶明珠乍出而揚光。彼却秦之英聲，既為後世所仰，又能輕千金，藐卿相，以成其高，故我慕其風而願與之同調也。

　　吳昌祺《刪訂唐詩解》卷二：以"澹蕩"目魯連，最妙。

　　《唐宋詩醇》卷一：曹植詩"大國多良材，譬海出明珠"，即"明月出海底"意。白姿性超邁，故感興於魯連。

　　趙翼《甌北詩話》卷一：青蓮少好學仙……然又慕功名，所企羨者，魯仲連、侯嬴、酈食其、張良、韓信、東方朔等。總欲有所建立，垂名於世，然後拂衣還山，學仙以求長生。

　　方東樹《昭昧詹言》卷七：此托魯連起興以自比。

　　瞿蛻園、朱金城《李白集校注》：以魯連功成不受賞自比，為李詩中常用之調，例如：《在水軍宴贈幕府諸侍御》"所冀旄頭滅，功成追魯連"……《五月東魯行》"我以一箭書，能取聊城功"，皆是。此蓋受左思《詠史》詩之影響。

　　按：本篇贊揚魯仲連為趙國排難解紛、却強秦之圍、功成不受賞賜的高風亮節，表示自己與魯仲連志趣相投，引為同調，寄寓詩人的志向及抱負，李白在許多詩中將魯仲連視作自己的榜樣，顯然受左思《詠史詩》影響，同時亦為表達詩人要求做一番事業後功成身退的思想。

古　　風（其二十一）

郢客吟《白雪》，遺響飛青天。徒勞歌此曲，舉世誰為傳？試為《巴人》唱，和者乃數千〔一〕。吞聲何足道〔二〕？歎息空悽然。

【注釋】

〔一〕"郢客"六句：《文選》卷四五宋玉《對楚王問》："客有歌於郢中者，其始曰《下里》、《巴人》，國中屬而和者數千人；其為《陽阿》、《薤露》，國中屬而和者不過數百人；其為《陽春》、《白雪》，國中屬而和者不過數十人。引商刻羽，雜以流徵，國中屬而和者不過數人而已。是其曲彌高，其和彌寡。"此即用其意，借"曲高和寡"以抒懷才不遇之情。郢，古都邑名。在今湖北江陵西北。春秋戰國時楚國都城皆稱郢。《下里》、《巴人》、《陽阿》、《薤露》、《陽春》、《白雪》，皆古代楚國的歌曲名。屬而和者，跟着唱和的人。寡，少。遺響，留下的聲響。陸機《擬今日良宴會》詩："遺響入雲漢。"　〔二〕吞聲：不敢出聲。

【評箋】

舊題嚴羽評點《李太白詩集》卷一：哽咽之韻，愈短愈悲。

蕭士贇《分類補注李太白詩》：此篇感歎之詩也。高才者知遇之難，卑污者投合之易，古猶今也。士負才不遇者，能不讀其詩而為之吞聲歎息也與！

郭本引徐禎卿曰：此篇白自傷之詞也。

曾國藩《求闕齋讀書錄》卷七：此首言曲高和寡。

按：此詩以"曲高和寡"比喻知遇之難。

古　　風（其二十六）

碧荷生幽泉，朝日豔且鮮。秋花冒綠水〔一〕，密葉羅青烟。秀色空絕世〔二〕，馨香誰為傳〔三〕？坐看飛霜滿〔四〕，凋此紅芳年。結根未得所，願托華池邊〔五〕。

【注釋】

〔一〕冒：覆蓋之意。曹植《公宴詩》："朱華冒綠水。"　〔二〕"秀色"句：秀色，美色。絕世，冠絕當代。　〔三〕誰為：一作"竟誰"。
〔四〕坐：空，徒然。　〔五〕華池邊：《楚辭·七諫》："黿鼉游乎華池。"王逸注："華池，芳華之池也。"

【評箋】

　　蕭士贇《分類補注李太白詩》：此篇荷與華池，比也。謂君子有絕世之行，處於僻野而不為世所知，常恐老之將至，而所抱不見於所用，安得托身於朝廷之上而用世哉？是亦太白自傷之意也歟！

　　朱諫《李詩選注》：此以碧荷喻賢才也。

　　陸時雍《唐詩鏡》卷一七：秀色可餐。

　　《唐宋詩醇》卷一：前有"郢客吟《白雪》"一篇，云"舉世誰為傳"，此篇云"馨香誰為傳"，傷不遇也。末二句情見乎辭。白未嘗一日忘事君也，求仙采藥，豈其本心哉！嚴羽云："觀白詩，要識其安身立命處"，此類是也。

　　陳沆《詩比興箋》卷三：君子履潔懷芳，何求於世？然而未嘗忘意當世者，懼盛年之易逝，而思遇主以成功名也。

　　方東樹《昭昧詹言》卷七：言己賢而人不知，將老死也。

按：全詩借物喻人，實為詩人以碧荷自比。意謂賢者身雖在偏僻荒野，但品格自高，才藝自美，只是無人知道而不能用世，徒然虛度年華而浪費青春。如果托付得人，致身朝廷，定當有所作為。此詩作年不詳，當為未遇時之作。

古　　風（其三十三）

北溟有巨魚，身長數千里〔一〕。仰噴三山雪〔二〕，橫吞百川水。憑凌隨海運〔三〕，烜赫因風起〔四〕。吾觀摩天飛，九萬方未已。

【注釋】

〔一〕"北溟"二句：莊子《逍遥游》："北溟有魚，其名為鯤。鯤之大不知其幾千里也。化而為鳥，其名為鵬。鵬之背，不知其幾千里也。怒而飛，其翼若垂天之雲。"北溟，亦作"北冥"，即北海。　〔二〕三山雪：三山，指傳説中的海上三神山：蓬萊、方丈、瀛洲。　〔三〕憑凌：侵凌進逼。凌，一作"陵"。海運，海中行走。　〔四〕烜赫：聲勢盛大貌。烜，一作"燀"。

【評箋】

　　蕭士贇《分類補注李太白詩》：此詩言志之作也。
　　郭本引徐禎卿曰：此假莊生之言以自況也。
　　曾國藩《求闕齋讀書録》：此首自況，即賦大鵬之意也。
　　詹鍈《李白詩文繫年》：按詩云："吾觀摩天飛，九萬方未已。"似為供奉翰林時作。

按：全詩以《莊子・逍遥游》巨魚化鵬高飛九萬里的故事，比喻自己欲上青天的宏偉志向。

古　　風（其三十五）

醜女來效顰，還家驚四鄰〔一〕。壽陵失本步，笑殺邯鄲人〔二〕。一曲斐然子，雕蟲喪天真〔三〕。棘刺造沐猴，三年費精神。功成無所用，楚楚且華身〔四〕。《大雅》思《文王》，《頌》聲久崩淪〔五〕。安得郢中質，一揮成斧斤〔六〕？

【注釋】

〔一〕"醜女"二句：《莊子・天運》："故西施病心而矉其里，其里之醜人見而美之，歸亦捧心而矉其里。其里之富人見之，堅閉門而不出；貧人見之，挈妻子而去之走。"效，模仿。顰、矉，同"矉"，蹙額皺眉。

〔二〕"壽陵"二句：《莊子・秋水》："且子獨不聞夫壽陵餘子之學行於邯鄲與？未得國能，又失其故行矣。直匍匐而歸耳。"成玄英疏："壽陵，燕之邑；邯鄲，趙之都。弱齡未壯謂之'餘子'。趙都之地，其俗能行，故燕國少年遠來學步。既乖本性，未得趙國之能；舍己效人，更失壽陵之故；是以用手據地，匍匐而還也。"此與前二句用意同。謂寫作詩文，無獨特見解而只是模仿他人，又未得精髓，只能弄巧成拙，徒留笑柄而已。

〔三〕"一曲"二句：一曲，一端。《莊子・天下》："猶百家之衆技也，皆有所長，時有所用。雖然，不該不徧，一曲之士也。"一曲，宋本校："一作東西。"斐然，文彩貌。雕蟲，喻小技。揚雄《法言》卷二："或問：'吾子少而好賦？'曰：'然。童子雕蟲篆刻。'俄而曰：'壯夫不為也。'"二句謂當時風行之曲雖然文彩華麗，但屬雕蟲小技，喪失了作品天然真率的本色。

〔四〕"棘刺"四句：棘刺，酸棗樹的刺。沐猴，獼猴。《韓非子・外儲説左

544

上》記載,有個衛國人欺騙燕王説:能在棘刺的尖端雕刻母猴。楚楚,鮮明貌。《詩·曹風·蜉蝣》:"衣裳楚楚。"四句謂寫作詩文,雕琢文采猶如在棘刺上雕刻獼猴,徒然花費精神,却不切實用。又像穿着華麗,只能自炫其身,却無益於社會。華,宋本校:"一作榮。" 〔五〕"《大雅》"二句:《大雅》、《頌》是《詩經》的兩個組成部分,《大雅》首篇即為《文王》,《大雅》之詩,多詠文王之德。詩人推崇《雅》、《頌》,由此想到西周文王時的詩風,從而感歎當代詩風的衰落。 〔六〕"安得"二句:《莊子·徐無鬼》:"莊子送葬,過惠子之墓,顧謂從者曰:郢人堊(白色土)慢(塗)其鼻端若蠅翼,使匠石(石匠)斲(削)之。匠石運斤(斧)成風,聽而斲之,盡堊而鼻不傷。郢人立不失容。宋元君聞之,召匠石曰:'嘗試為寡人為之。'匠石曰:'臣則嘗能斲之。雖然,臣之質(指郢人)死久矣。自夫子之死也,吾無以為質矣,吾無與言之矣。'"此謂自己有改變當時文風、恢復古道的才能,可是没有像理解石匠那樣的郢人,致使自己無法施展抱負。一揮成斧斤,宋本校:"一作承風一運斤。"斧,一作"風"。

【評箋】

蕭士贇《分類補注李太白詩》卷二:此篇蓋譏世之作詩賦者,不過藉此以取科第、干禄位而已,何益於世教哉?太白嘗論詩曰:"將復古道,非我而誰?"《雅》、《頌》之作,太白自負者如此,然安得《雅》、《頌》之人識之,使郢中之質能當匠石之運斤耶?

朱諫《李詩選注》:此白論當時之為詩者不能復古也。

沈德潛《唐詩別裁》卷二:譏世之文章無補風教,而因追思《大雅》也。

曾國藩《求闕齋讀書錄》卷七:此首刺當時文士之以雕飾奪天真者,即第一首"綺麗不足珍"之意。

按:這篇也是李白著名的論詩詩之一。詩中主張恢復《詩經》中《大雅》和《頌》的詩風,與《古風》其一"《大雅》久不作"篇的思想相同。可參讀。

古　　風（其四十八）

　　秦皇按寶劍，赫怒震威神〔一〕。逐日巡海右，驅石架滄津〔二〕。徵卒空九寓〔三〕，作橋傷萬人。但求蓬島藥，豈思農扈春〔四〕？力盡功不贍〔五〕，千載為悲辛。

【注釋】
〔一〕"秦皇"二句：皇，胡本作"王"。謂秦始皇以武力統一中國，其威怒叱咤之姿，震動凶威的神靈。江淹《恨賦》："秦帝按劍，諸侯西馳。削平天下，同文共規。"按，撫。震，宋本作"振"，據他本改。　〔二〕"逐日"二句：巡海右，巡游海邊。滄津，海上橋梁。據《藝文類聚》卷七九引《三齊略記》載："始皇作石橋，欲過海觀日出處。於時有神人能驅石下海，城陽一山，石盡起立，嶷嶷東傾，狀似相隨而去。云石去不速，神人輒鞭之，盡流血，石莫不悉赤，至今亦爾。"江淹《恨賦》："方架黿鼉以為梁，巡海右以送日。"架，一作"駕"，非。　〔三〕九寓：即九州，指全國。寓，"宇"的古體字。　〔四〕"但求"二句：《史記·封禪書》："自威、宣、燕昭使人入海求蓬萊、方丈、瀛洲。此三神山者，其傳在勃海中，去人不遠；患且至，則船風引而去。蓋嘗有至者，諸仙人及不死之藥皆在焉。……及至秦始皇并天下，至海上，則方士言之不可勝數。始皇自以為至海上而恐不及矣，使人乃齎童男女入海求之。船交海中，皆以風為解，曰未能至，望見之焉。"扈，通"雇"，本作"雇"，一作"雁"。鳥名。相傳古帝少皥氏以鳥名官，置九農之官，稱農扈，亦號"九農"。春扈氏農正督民耕種。此謂秦王又想到蓬萊山求仙藥長生，哪裏還想到農民的耕種。陳子昂《奉和皇帝上禮撫事述懷應制》："願罷瑤池宴，來觀農扈春。"　〔五〕"力盡"句：謂雖窮盡人力而不見功效。贍，足，成。

【評箋】

萧士贇曰：此詩於時亦有所諷，借秦為喻云。

陳沆《詩比興箋》卷三：此刺好大務遠，而不勤恤民隱也。

按：此詩以秦始皇為喻而諷時。詩中雖未寫到時事，但唐明皇晚年也好神仙求長生，恐此詩之作亦有諷喻之意。

古　　風（其四十九）

美人出南國，灼灼芙蓉姿〔一〕。皓齒終不發〔二〕，芳心空自持〔三〕。由來紫宮女〔四〕，共妒青蛾眉〔五〕。歸去瀟湘沚〔六〕，沉吟何足悲！

【注釋】

〔一〕"美人"二句：化用曹植《雜詩七首》其四："南國有佳人，容華若桃李"之意。灼灼，鮮明貌。《詩·周南·桃夭》："桃之夭夭，灼灼其華。"南國，南方。芙蓉，即荷花。　〔二〕"皓齒"句：皓齒，猶玉齒，潔白的牙齒。不發，不啓齒，不笑。　〔三〕自持：自矜，控制自己。
〔四〕"由來"句：由，《唐文粹》作"猶"，非。紫宮，指天子所居之處。《文選》卷二一左思《詠史八首》其五："列宅紫宮裏。"李周翰注："紫宮，天子所居處。"紫宮女，喻指皇帝周圍的小人。　〔五〕"共妒"句：用屈原《離騷》"衆女嫉予之蛾眉兮，謠諑謂余以善淫"之意。青蛾眉，指美人。李白自喻。　〔六〕瀟湘沚：曹植《雜詩七首》其四："夕宿瀟湘沚。"此用其意。瀟湘，今湖南境內的二水名，此處泛指南方之水。沚，水中小洲。

547

【評箋】

　　舊題嚴羽評點《李太白詩集》卷一：悲言不悲，其悲彌甚。

　　張戒《歲寒堂詩話》卷上：《國風》云："愛而不見，搔首踟躕。""瞻望弗及，佇立以泣。"其詞婉，其意微，不迫不露，此其所以可貴也。《古詩》云："馨香盈懷袖，路遠莫致之。"李太白云："皓齒終不發，芳心空自持。"皆無愧于《國風》矣。

　　蕭士贇《分類補注李太白詩》：此太白遭讒擯逐後之詩也。去就之際，曾無留難，雖然，自後人而觀之，其志亦可悲矣。

　　《唐宋詩醇》卷一：亦前篇（"綠蘿紛葳蕤"）之意。但前篇寓意於君，此則謂張垍輩之譖毀也。

　　方東樹《昭昧詹言》卷七：屈子"衆女"之旨。

　　按：此詩乃擬曹植《雜詩七首》其四："南國有佳人，容華若桃李。朝遊江北岸，夕宿瀟湘沚。時俗薄朱顏，誰為發皓齒？俛仰歲將暮，榮耀難久持。"詩以南國瀟湘美人自喻，喻受衆小讒害。可知此詩乃天寶三載（七四四）春被讒去朝以後所作。朱諫《李詩選注》卷一："此白自述其材藝之美，與不遇之故。"其說是。

古　　風（其五十三）

　　戰國何紛紛，兵戈亂浮雲〔一〕。趙倚兩虎鬥〔二〕，晉為六卿分〔三〕。姦臣欲竊位，樹黨自相群〔四〕。果然田成子，一旦弒齊君〔五〕。

【注釋】

〔一〕"戰國"二句：謂戰國時代戰爭頻繁，兵戈成陣，似浮雲之紛亂。

〔二〕"趙倚"句：趙，戰國時的趙國。倚，依靠。兩虎，指廉頗與藺相如。《史記·廉頗藺相如列傳》載，趙以藺相如功大，拜為上卿，位在廉頗之右。廉頗自以為有攻城野戰之大功，而藺相如只憑口舌之勞，而位居己上，怨之，揚言謂"我見相如，必辱之"。相如聞，每朝時，常稱病避之。後在途望見廉頗，引車避匿。於是舍人相與諫相如。相如曰："強秦所以不敢加兵於趙者，徒以吾兩人在也。今兩虎共鬥，其勢不俱生，吾所以為此者，先國家之急而後私讎也。"此句謂趙國依靠廉頗與藺相如與秦國鬥爭。　〔三〕"晉為"句：晉六卿，指晉國范、中行、智、趙、韓、魏六家大夫，世為晉卿，故有此稱。後范、中行、智三家敗，趙、魏、韓日盛，三家終於分晉。《史記·太史公自序》："六卿專權，晉國以耗。"此句謂晉國為家大夫所瓜分。　〔四〕"姦臣"二句：姦臣，指當時掌權陰謀篡位之臣。樹黨，結黨謀亂。自，咸本作"日"。　〔五〕"果然"二句：田成子，即陳成子。春秋時齊國大臣，名恒，一作"常"。後殺死齊簡公，擁立平公，自任相國，從此齊國由陳氏專權。其子孫終於篡位為齊國之君。《莊子·胠篋》："然而田成子一旦殺齊君而盜其國。"其事詳見《史記·齊太公世家》。弑，臣下殺死君王稱"弑"。一作"殺"。

【評箋】

陳沆《詩比興箋》卷三："此即《遠別離》篇'權歸臣兮鼠變虎'之意。內倚權相，外寵驕將，卒之國忠、祿山兩虎相鬥，遂致漁陽之禍。"

按：蕭士贇注以為此詩作於天寶年間。按《資治通鑑》天寶三載："上從容謂高力士曰：'朕不出長安近十年，天下無事，朕欲高居無為，悉以政事委林甫，何如？'對曰：'天子巡狩，古之制也。且天下大柄，不可假人；彼威勢既成，誰敢復議之者！'上不悅。"則此詩乃借古諷今，勸告唐明皇警惕朝廷有姦臣，不可以權假之。

549

古　　風（其五十四）

倚劍登高臺，悠悠送春目〔一〕。蒼榛蔽層丘，瓊草隱深谷〔二〕。鳳皇鳴西海，欲集無珍木〔三〕。鸒斯得所居，蒿下盈萬族〔四〕。晉風日已頹，窮途方慟哭〔五〕。

【注釋】

〔一〕"倚劍"二句：謂腰佩寶劍，春日登高臺而遠眺。《文選》卷三一江淹《雜體詩三十首·鮑參軍》："倚劍臨八荒。"李周翰注："倚，佩也。"
〔二〕"蒼榛"二句：蒼榛，青色的叢生雜樹，比喻小人。瓊草，此指珍貴的靈芝草，比喻君子。二句謂層層丘陵，雜草叢生，珍貴的靈芝却隱蔽在深谷之中。以此喻小人得志，賢人在野。庾闡《游仙詩》："瓊草被神丘。"此反用其意。瓊草隱深谷，宋本校："一本此句以下云：翩翩衆鳥飛，翱翔在珍木。群花亦便娟，榮耀非一族。歸來愴途窮，日暮還慟哭。"　〔三〕"鳳皇"二句：鳳皇，皇，一作"鳥"。比喻君子。西海，指西方之海。《史記·封禪書》："東海致比目之魚，西海致比翼之鳥。"珍木，珍貴之樹。二句謂賢才四海漂流，難覓珍樹棲身。　〔四〕"鸒斯"二句：鸒(yù)斯，一名鴉烏，雀類，小而多群，腹下白，江東亦呼為鵯烏。比喻小人。《詩·小雅·小弁》："弁彼鸒斯，歸飛提提。"又《文選》卷三一江淹《雜體三十首·效阮籍詠懷》："青鳥海上游，鸒斯蒿下飛。"斯，助詞。所居，宋本作"匹居"，據他本改。居，宋本校："一作棲。"二句謂小人掌權，勾結成勢。　〔五〕"晉風"二句：《晉書·阮籍傳》："籍有濟世志。屬魏晉之際，天下多故，名士少有全者。籍由是不與世事，遂酣飲為常。……時率意獨駕，不由徑路，車迹所窮，輒慟哭而反。"二句謂世風日下，只能像當年阮籍那樣窮途慟哭而歸。

【評箋】

舊題嚴羽評點《李太白詩集》卷一：此首緒雜而湊不成篇，"蒿下"句復不成句。

蕭士贇《分類補注李太白詩》：此篇首兩句乃居高見遠之意也。三句、四句比小人據高位而君子在野也。五句至八句蓋謂當時君子亦有用世之意，而在朝無君子以安之，反不如小人之得位，呼儔引類至於萬族之多也。末句借晉為喻，謂如此則君子道消，風俗頹靡，居然可知，若阮籍之途窮然後慟哭，毋乃見事之晚乎！

郭本引徐禎卿曰：窮途慟哭，蕭解未善。言風既頹矣，途既窮矣，方可慟哭而已。

陸時雍《唐詩鏡》卷一七："依劍登高臺，悠悠送春目"，此似阮公語，其意不言而至。

《唐宋詩醇》卷一："天寶以還，小人道長，君子道消矣。物亦各從其類也。篇中連類引象，雜而不越，途窮慟哭，亦無可如何而已。"

按：此詩首二句寫登高望遠，三、四二句比喻小人滿朝，賢人在野。五至八句謂賢人悲鳴於西海，懷才而不得用；小人却得高位結朋引類至於萬族。末二句以晉為喻，謂當前國勢日頹，世風日下，君子如不急起解救，乃至途窮，只能效當年阮籍那樣慟哭。從詩意看，似當作於天寶末期。然未能確證。

古　　風（其五十九）

惻惻泣路歧，哀哀悲素絲。路歧有南北，素絲易變移〔一〕。萬事固如此，人生無定期。田竇相傾奪，賓客互盈虧〔二〕。《谷風》刺輕薄〔三〕，交道方嶮巇〔四〕。斗酒強然諾〔五〕，寸心終自疑。張陳竟火滅，蕭朱亦星離〔六〕。眾鳥集榮柯，窮魚守空池〔七〕。嗟嗟失懽客，勤問何所規〔八〕？

【注釋】

〔一〕"惻惻"四句：意謂見到歧路而痛苦，看到白絲而悲泣，因為歧路有南北，白絲容易染成不同顏色。《淮南子·説林訓》："楊子(朱)見逵路而哭之，為其可以南、可以北。墨子(翟)見練絲而泣之，為其可以黃、可以黑。"惻惻、哀哀，哀傷貌。易，宋本作"無"，校："一作有。"他本皆作"易"，據改。　〔二〕"萬事"四句：宋本無此四句，在"變移"下校："一本下添萬事固如此，人生無定期。田竇相傾奪，賓客互盈虧。世塗多翻覆，交道方嶮巇。斗酒以下同。"今據他本改。田、竇，指西漢兩個大臣田蚡、竇嬰。《史記·魏其武安侯列傳》："魏其侯竇嬰者，孝文后從兄子也。……七國兵已盡破，封嬰為魏其侯。諸游士賓客争歸魏其侯。……武安侯田蚡者，孝景后同母弟也。……武安侯新欲用事為相，卑下賓客，進名士家居者貴之，欲以傾魏其諸將相。……天下吏士趨勢利者，皆去魏其歸武安。"此諷刺天下人趨炎附勢。　〔三〕"谷風"句：谷風，《詩·小雅》篇名。毛詩《序》曰："《谷風》，刺幽王也，天下俗薄，朋友道絶焉。"谷風刺輕薄，一作"世途多翻覆"。　〔四〕嶮巇：同"險巇"。艱險崎嶇貌。《文選》卷五五劉峻《廣絶交論》："世路嶮巇，一至於此。"李善注引王逸曰："嶮巇，猶顛危也。"　〔五〕然諾，許諾。　〔六〕"張陳"二句：《後漢書·王丹傳》："張、陳凶其終，蕭、朱隙其末。"李賢注："張耳、陳餘初為刎頸交，後構隙。耳後為漢將兵，殺陳餘於泜水之上。蕭育字次君，朱博字子元，二人為友，著聞當代，後有隙不終。故時以交為難。"按張耳、陳餘事見《史記·張耳陳餘列傳》；蕭育、朱博事見《漢書·蕭育傳》。火滅、星離，指有隙不終。　〔七〕"衆鳥"二句：衆鳥，比喻趨炎附勢之人。榮柯，茂樹；比喻權貴之門。窮魚，比喻貧賤之士。空池，空，一作"枯"。比喻窮困之地。謂世人都喜歡聚集於榮耀之地，只有窮困者方孤守陋巷。

〔八〕"嗟嗟"二句：嗟嗟，悲歎聲。失懽客，失去歡樂的人。指同為淪落而勤問李白的朋友。懽，同"歡"，一作"權"，非。規，營求，宋本校："一作悲，又作窺。"

【評箋】

舊題嚴羽評點《李太白詩集》卷一：評"世途"四句：友情至此，真可痛哭。

蕭士贇曰：此詩譏市道交者，必當時有所為而作。太白罹難之餘，友朋之交道，其不能始終如一而奔趨權門者，諒亦多矣，徒有一類失懽之客，勤勤問勞，亦何所規益乎！

朱諫《李詩選注》卷一：興而比也。此詩刺世之以利交者不能相終始也。

曾國藩《求闕齋讀書錄》卷七："此首即翟公署門之意，老杜《貧交行》亦同此慨。"

按：此詩列舉歷史上的許多事例，説明人生多變，交道險惡，當是詩人有感而作。

戰　城　南〔一〕

去年戰，桑乾源〔二〕；今年戰，葱河道〔三〕。洗兵條支海上波〔四〕，放馬天山雪中草〔五〕。萬里長征戰，三軍盡衰老。匈奴以殺戮為耕作，古來唯見白骨黄沙田〔六〕。秦家築城備胡處，漢家還有烽火燃〔七〕。烽火燃不息，征戰無已時。野戰格鬥死，敗馬號鳴向天悲〔八〕。烏鳶啄人腸，銜飛上挂枯樹枝〔九〕。士卒塗草莽〔一〇〕，將軍空爾為。乃知兵者是凶器，聖人不得已而用之〔一一〕。

【注釋】

〔一〕戰城南：樂府舊題。《樂府詩集》卷一六收此詩，列於《鼓吹曲辭》。古辭云："戰城南，死郭北，野死不葬烏可食。為我謂烏：'且為客豪，野死諒不葬，腐肉安能去子逃？'水深激激，蒲葦冥冥。梟騎戰鬥死，駑馬徘徊

553

鳴。(梁)築室,何以南何北,禾黍(而)不獲君何食?願為忠臣安可得?思子良臣,良臣誠可思,朝行出攻,暮不得歸。"為哀悼戰死將士之作。梁吳均、陳張正見、唐盧照鄰有《戰城南》,都是五言八句,皆為描寫戰爭之作。唯李白此篇為雜言體,與古辭同,内容亦與古辭接近,蓋諷刺天寶年間朝廷在西北窮兵黷武而作。　〔二〕桑乾源:桑乾,河名,即今永定河上游,在河北西北部和山西北部。源出山西北部管涔山,在河北西北部入官廳水庫。唐時與奚、契丹部落常於此發生戰事。源,《文苑英華》作"原"。　〔三〕葱河:即葱嶺河,今有南北兩河,南名葉爾羌河,北名喀什噶爾河,發源於帕米爾高原,為塔里木河支流之一。唐時常與吐蕃於此發生戰事。　〔四〕洗兵條支:洗兵,洗淨兵器備用,謂出兵。條支,漢西域國名,在今伊拉克底格里斯河、幼發拉底河之間,瀕臨波斯灣。唐代在西域訶達羅支鶴悉那城(今阿富汗的加兹尼)設置條支都督府。此泛指遙遠的西域。條支,《河岳英靈集》作"滌戈"。　〔五〕天山:即今新疆境内之天山。見《塞下曲六首》其一注。　〔六〕"匈奴"二句:謂胡人以殺人為業,不事耕作,所以田野只見黄沙白骨而不見莊稼。匈奴,古代對北方少數民族的稱呼。王褒《四子講德論》:"匈奴,百蠻之强者也。……其未耜則弓矢鞍馬,播種則扞弦掌拊,收秋則奔狐馳兔,獲刈則顛倒殪仆。"詩句本此,而錘煉更見精彩。匈奴,《河岳英靈集》作"胡人"。以殺,敦煌寫本《唐人選唐詩》作"已煞"。　〔七〕"秦家"二句:秦家,秦朝。城,指長城。《史記·蒙恬列傳》載,秦始皇統一六國後,使大將蒙恬北築長城以防禦匈奴。二句意謂秦朝築長城防備胡人的地方,漢朝的時候仍然還經常燃起烽火。備,一作"避"。處,《文苑英華》作"虜"。還,《文苑英華》作"猶"。　〔八〕"烽火"四句:烽火燃燒不息,戰爭沒有停止之時。在荒野戰場上格殺而死,敗走的馬都在向天悲鳴號叫。烽火,古時在邊境上每隔若干里,高築一土臺,上置柴薪,發現敵情即燃火報警。征戰,一作"長征"。敗,敦煌寫本《唐人選唐詩》作"怒"。號,《文苑英華》作"嘶"。　〔九〕"烏鳶"二句:鳶,猛禽名,鷹類,主食動物和腐屍。銜,敦煌寫本《唐人選唐詩》作"悲"。上掛枯樹枝,宋本校:"一作上枯枝。"　〔一〇〕塗草莽:指戰死後血塗草莽。

〔一一〕"乃知"二句：《六韜·兵略》："聖人號兵為凶器，不得已而用之。"此即用其意。聖人，敦煌寫本《唐人選唐詩》作"聖君應"，《文苑英華》作"聖君"

【評箋】

舊題嚴羽評點《李太白詩集》卷二：此篇乏雄深之力，成語有入詩似詩者，生割不化，典亦成俚。雖豪情不拘，而率筆未善。

蕭士贇《分類補注李太白詩》：開元、天寶中，上好邊功，征伐無時，此詩蓋有所諷者也。

陸時雍《唐詩鏡》卷一八：老傑。七言樂府，意象作用，得自西漢樂府居多，淋漓痛快，往往追神入妙。"烏鳶啄人腸，銜飛上挂枯樹枝"，於頭顱成冢、膏血成川中，略一二語，指點得出。

周珽《唐詩選脈會通評林》：寫到淋漓痛快處，覺筆化為戟，血化為碧，巾幗化為鬚眉。　又曰：作樂府等篇，非有墜鐵深刻之候，則琅玕之出不奇；非有鑿道蜀山之力，則鉤棧之設不險；非有落羽層雲之巧，則風雨之觀不大。青蓮《遠別離》、《蜀道難》諸(詩)膾炙人口外，如《戰城南》蒼而渾，《胡無人》奇而壯……俱多開天落地語，可謂極力於漢者，六朝安望其津畔！

沈德潛《唐詩別裁》卷六評"匈奴"二句：奇句。　又評"乃知"二句：端莊語以搖曳出之。又曰：末句用《老子》。

《唐宋詩醇》卷二：古詞云："戰城南，死郭北，野死不葬烏可食。"又云："願為忠臣安可得！"白詩亦本其意，而語尤慘痛，意更切至，所以刺黷武而戒窮兵者深矣。

趙翼《甌北詩話》卷一：青蓮集中古詩多，律詩少。……蓋才氣豪邁，全以神運，自不屑束縛於格律、對偶，與雕繪者爭長。然有對偶處，仍自工麗；且工麗中別有一種英爽之氣，溢出行墨之外。如"洗兵條支海上波，放馬天山雪中草"……何嘗不研鍊，何嘗不精采耶？

方東樹《昭昧詹言》卷一二：結二語，虛議作收，陳琳、鮑照不逮其恣。

陳沆《詩比興箋》卷三：陳古刺今，此樂府之至顯者。

陳僅《竹林答問》：詩至八言，冗長嘽緩，不可以成句矣，又最忌折腰。東方朔八言詩不傳，古人無繼之者。即古詩中八字句法亦不多見，不比九字、十一字奇數之句，猶可見長也。有唐一代，惟太白仙才，有此力量。如《戰城南》"匈奴以殺戮為耕作"，"聖人不得已而用之"，《蜀道難》"黃鶴之飛尚不得過"，《北風行》"日月照之何不及此"，《久別離》"為我吹行雲使西來"，《公無渡河》"有長鯨白齒若雪山"等句，惟其逸氣足以舉之也。

施補華《峴傭說詩》：《戰城南》："乃知兵者是凶器，聖人不得已而用之。"《蜀道難》："其險也若也，嗟爾遠道之人胡為乎來哉。"要是野調。太白天才揮灑，人遂不敢議耳。

按：此詩前人多謂天寶中警戒朝廷在北方窮兵黷武而作。用樂府舊題寫傳統題材往往不限於某一特定戰役，此詩中雖有具體地名，然不可確指，只是為了表示詩歌的形象性，故不能編年。此詩句式靈活多變，三、五、七、八、九言交錯運用，顯示出散文化傾向，為議論開了方便之門。但全詩散漫中有整飭，且多排偶句，增添了抒情性。

長　相　思〔一〕

長相思，在長安。絡緯秋啼金井欄〔二〕，微霜淒淒簟色寒〔三〕。孤燈不明思欲絕〔四〕，卷帷望月空長歎。美人如花隔雲端〔五〕。上有青冥之高天，下有淥水之波瀾〔六〕。天長路遠魂飛苦〔七〕，夢魂不到關山難〔八〕。長相思，摧心肝〔九〕！

【注釋】
〔一〕長相思：樂府舊題。《樂府詩集》卷六九收此詩，列於《雜曲歌辭》。

"長相思"本漢人詩中語。如蘇武詩："生當復來歸,死當長相思。"《古詩十九首》："客從遠方來,遺我一書札。上言長相思,下言久別離。"六朝始以命篇。六朝吳邁遠、蕭統、陳後主等均有此題,皆寫纏綿相思之情。李白《長相思》,胡本、《樂府詩集》作《長相思三首》,除本詩外,尚有"日色已盡花含烟"一首、"美人在時花滿堂"一首。此篇表面寫美人難見,承舊題之意,實乃寄寓追求理想不能實現之苦。　〔二〕"絡緯"句:絡緯,蟲名,即莎雞,俗稱紡織娘。金井欄,精美的井上欄杆。　〔三〕"微霜"句:微,宋本校:"一作凝。"淒淒,寒冷貌。簟(diàn),竹席。色,敦煌寫本《唐人選唐詩》作"上"。　〔四〕孤燈不明:明,胡本、《文苑英華》作"寐"。宋本校:"一作寐,又作眠。"　〔五〕"美人"句:此句用比興手法,謂詩人所追求的理想高在雲際。《古詩·蘭若生春陽》:"美人在雲端,天路隔無期。"美人如花,《文苑英華》作"佳期迢迢"。　〔六〕"上有"二句:青冥,青天。高,一作"長"。淥水,清澈的水。淥,一作"綠"。　〔七〕魂飛苦:魂,一作"行"。　〔八〕"夢魂"句:謂與理想中人相隔遙遠,關山重重,夢魂難到。　〔九〕摧:傷心。

【評箋】

舊題嚴羽評點《李太白詩集》卷二:評"簟色寒":他人不能着"色"字。　又評"夢魂不到":似當作"欲到",義始醒。

王夫之《唐詩評選》卷一:題中偏不欲顯,象外偏令有餘,一以為風度,一以為淋漓。嗚呼,觀止矣!

《唐宋詩醇》卷二:絡緯秋啼,時將晚矣。曹植云:"盛年處房室,中夜起長歎。"其寓興則同。然植意以禮義自守,此則不勝淪落之感。《衛(邶)風》曰:"云誰之思,西方美人。"《楚辭》曰:"恐美人之遲暮。"賢者窮於不遇而不敢忘君,斯忠厚之旨也。辭清意婉,妙於言情。

沈德潛《唐詩別裁》卷六:"美人",指夫君言。

陳沆《詩比興箋》卷三:此篇托興至顯。

按:此詩深刻地寫出痛苦絕望的相思之情,表面看是一首情詩。但

557

考慮到自屈原《離騷》以來，詩人們常用比興手法，將自己的政治理想比作美女，或把君王比作美人，此詩顯然繼承了這一傳統。以"長安"作為美人所在地，此美人顯然是指君王。以"青冥高天"、"淥水波瀾"、"天長路遠"、"關山不到"比喻君王難見；以"長相思"表示對理想的執着追求，以"摧心肝"形容追求理想失敗的深沉痛苦。正因此詩是詩人用血淚寫成，故千餘年來一直撼動人心。讀此詩，必然聯想到詩人的遭遇，決不可看作是首單純的情詩。

前有樽酒行二首〔一〕

其　　一

春風東來忽相過，金樽淥酒生微波〔二〕。落花紛紛稍覺多，美人欲醉朱顏酡〔三〕。青軒桃李能幾何〔四〕！流光欺人忽蹉跎〔五〕。君起舞，日西夕〔六〕。當年意氣不肯傾〔七〕，白髮如絲歎何益〔八〕！

【注釋】

〔一〕前有樽酒行：樂府舊題，即《前有一樽酒行》。《樂府詩集》卷六五收此詩，列於《雜曲歌辭》。晉傅玄、陳後主及張正見諸作皆言置酒以祝賓主長壽之意。李白此篇則變而為歎息光陰虛度之辭。樽，一作"一樽"。
〔二〕"春風"二句：春，《文苑英華》作"東"。淥酒，水清曰淥，淥酒即清酒。淥，一作"綠"。　　〔三〕朱顏酡：《文選》卷三三宋玉《招魂》："美人既醉，朱顏酡些。"李善注："朱，赤也。酡，著也。言美女飲啖醉飽，則面著赤色而鮮好也。"酡(tuō)：飲酒而臉紅。　　〔四〕"青軒"句：青軒桃李，用王適《古別離》"青軒桃李落紛紛"之意。能，《文苑英華》作"有"。
〔五〕"流光"句：流光，指日月光陰。蹉跎，光陰虛度。流，敦煌寫本《唐人選唐詩》作"烟"。忽,敦煌寫本《唐人選唐詩》作"勿"。 〔六〕西夕:西下,將夕。西,宋本校:"一作將。" 〔七〕"當年"句:意氣,意志與氣概。傾,倒。一作"平"、"惜"。 〔八〕"白髮"句:白髮如絲,宋本校:"一作白首垂絲。"歎,一作"竟"。

【評箋】

許學夷《詩源辯體》卷一八:(太白)《烏夜啼》、《烏棲曲》、《長相思》、《前有樽酒行》、《陽春歌》、《楊叛兒》等,出自齊梁;《擣衣篇》亦似初唐。

《唐宋詩醇》卷二:即白所云"浮生若夢,爲歡幾何"之意,寫來偏自細緻,不是一味豪放,又不是齊梁卑靡之音,故妙。

吴闓生《古今詩範》卷九:"春風"句,開後世妙遠之境,歐公即是此種。

按:王琦注:"傅玄、張正見諸作,皆言置酒以祝賓主長壽之意,太白則變而爲當及時行樂之醉。"瞿蜕園、朱金城《李白集校注》按:"末句'當年意氣不肯傾,白髮如絲歎何益',當與《古風》第八首'意氣人所仰,冶游方及時……投閣良可歎,但爲此輩嗤'之語參看,有兀傲不肯隨俗之意。王氏指爲當及時行樂,恐未的。"詩中以美人自喻,感歎時光虛度。

其 二

琴奏龍門之緑桐〔九〕,玉壺美酒清若空〔一〇〕。催絃拂柱與君飲,看朱成碧顔始紅〔一一〕。胡姬貌如花,當壚笑春風〔一二〕。笑春風,舞羅衣,君今不醉欲安歸〔一三〕?

【注釋】

〔九〕龍門:在山西河津、陝西韓城之間。其地產桐,可製琴。《文選》卷三四枚乘《七發》:"龍門之桐,高百尺而無枝……使琴摯斫斬以爲琴。"李善注："《周禮》曰：龍門之琴瑟。孔安國《尚書傳》曰：龍門山在河東之西界。" 〔一〇〕清若空：謂清澈透明的美酒盛在玉壺裏，壺酒一色，宛如空壺。 〔一一〕"催絃"二句：柱，敦煌寫本《唐人選唐詩》作"燭"。看朱成碧，形容醉眼迷離，把紅的看成綠的。看朱成碧顏始紅，《文苑英華》作"眼白看杯顏色紅"。 〔一二〕"胡姬"二句：辛延年《羽林郎》："胡姬年十五，春日獨當壚。"此即用其意。當壚，意即賣酒。古代賣酒積土為壚，放置酒甕。因其四邊隆起，一面略高，形如鍛爐，故名。
〔一三〕欲安歸：欲，一作"將"。

【評箋】

舊題嚴羽評點《李太白詩集》卷二：評"玉壺"句："空"字難下。 又評"催絃"二句：着色狀醉字，使人目眩心怪。

按：此詩意境與前首略有不同，及時行樂的情態較明顯。向達《唐代長安與西域文明·西市胡店與胡姬》曾引此詩。曰："李白天縱其才，號為謫仙。篇什中道及胡姬者尤夥。如《前有樽酒行》云：'胡姬貌如花，當壚笑春風。'……當時長安，此輩以歌舞侍酒為生之胡姬亦復不少。如李白《送裴十八圖南歸嵩山》之一云：'何處可為別？長安青綺門。胡姬招素手，延客醉金樽。'……"據此，此詩可能在長安所作。

夜　坐　吟〔一〕

冬夜夜寒覺夜長〔二〕，沉吟久坐坐北堂〔三〕。冰合井泉月入閨〔四〕，金釭青凝照悲啼〔五〕。金釭滅〔六〕，啼轉多；掩妾淚，聽君歌。歌有聲，妾有情；情聲合〔七〕，兩無違。一語不入意，從君萬曲梁塵飛〔八〕。

【注釋】

〔一〕夜坐吟：樂府舊題。《樂府詩集》卷七六收此詩，列於《雜曲歌辭》。今存鮑照同題詩，其辭云："冬夜沉沉夜坐吟，含情未發已知心。霜入幕，風度林。朱燈滅，朱顔尋。體君歌，逐君音。不貴聲，貴意深。"本篇擬之。謂人貴兩情相合。　〔二〕"冬夜"句：冬夜寒冷，更覺夜特別長。《古詩十九首》有"愁多知夜長"句，知此句暗含"愁多"之意。　〔三〕北堂：古代居室東房的後部，為婦女盥洗之所。《儀禮·士昏禮》："婦洗在北堂。"鄭玄注："房中半以北。"賈公彥疏："房與室相連為之，房無北壁，故得北堂之名。"後即以指婦女居處。　〔四〕"冰合"句：冰合井泉，謂井水凍成冰。閨，女子居室。　〔五〕"金缸"句：缸(gāng)，燈盞。《文選》卷一班固《西都賦》："金缸銜璧。"吕延濟注："金缸，燈盞也。"青凝，謂青色的火焰似凝住一般。金缸青凝，一作"青缸凝明"。　〔六〕金缸滅：金，一作"青"。　〔七〕情聲合：謂歌聲與感情相投合。〔八〕"從君"句：從(zòng)，通"縱"，儘管，任憑。梁塵飛，《太平御覽》卷五七引劉向《別錄》："漢興以來善歌者，魯人虞公，發聲清哀，蓋動梁塵。"陸機《擬東城高且長》："一唱萬夫歎，再唱梁塵飛。"指歌聲激越，清韻繞梁，振動飛塵。二句謂如有一語不合意，縱然萬曲歌聲再動人，也無濟於事。

【評箋】

　　舊題嚴羽評點《李太白詩集》卷二：評首二句：疊字是奇處，是惡處。　又評"冰合"二句：語情幽異，絕似長吉。

　　《唐詩歸》卷一六鍾惺評"金缸"句："悲啼"字不悲，悲在"照"字。又評此四句：哀樂動人。又評"歌有聲"四句：入微。詩樂妙理，盡此十二字中。　譚元春評："從君"二字，嬌甚，恨甚。似鮑參軍"體君歌，逐君音，不貴聲，貴意深"，而以"一語不入意"二句，露出太白爽快聰俊之致，微有别耳。

　　《唐宋詩醇》卷二：空谷幽泉，琴聲斷續，恩怨爾汝，昵昵如聞，景細情真。結語從鮑照詩翻案而出。

陳沆《詩比興箋》卷三：人之相知，貴相知心。而知心之言不在多。苟於此心曲之一言既不合，則萬語款洽皆虛文矣。喻君臣之際，惟志同而後道合。

按：今存鮑照同題詩，謂聽歌逐音，因音托意。李白此詩擬其辭而反其意。以女子口吻，察丈夫之情，如一語不合，縱有萬曲亦無情。

日　出　入　行〔一〕

日出東方隈〔二〕，似從地底來。歷天又復入西海〔三〕，六龍所舍安在哉〔四〕？其始與終古不息〔五〕，人非元氣〔六〕，安得與之久徘徊〔七〕？草不謝榮於春風，木不怨落於秋天〔八〕。誰揮鞭策驅四運〔九〕，萬物興歇皆自然〔一〇〕。羲和〔一一〕，羲和，汝奚汩没於荒淫之波〔一二〕？魯陽何德，駐景揮戈〔一三〕？逆道違天，矯誣實多〔一四〕。吾將囊括大塊，浩然與溟涬同科〔一五〕。

【注釋】

〔一〕日出入行：樂府舊題。一作《日出行》。《樂府詩集》卷二八列此詩於《相和歌辭》。又卷一《郊廟歌辭》有《日出入》，古辭云："日出入安窮？時世不與人同。故春非我春，夏非我夏，秋非我秋，冬非我冬。泊如四海之池，遍觀是邪謂何？吾知所樂，獨樂六龍，六龍之調，使我心若。訾黃其何不徠下！"意謂日出入無窮而人命極短，所以希望乘龍升天。此詩則反用其意，認爲四時變化乃自然規律，並不由神仙主宰；人們只能順其自然，而不可能像日月那樣永恆存在。　　〔二〕隈（wēi）：角落。
〔三〕"歷天"句：一作"歷天又入海"。　　〔四〕"六龍"句：六龍，見前

《蜀道難》注。舍,住宿之地。 〔五〕其始與終古不息:《文苑英華》作"其行終古不休息"。終古,久恒。《莊子·大宗師》:"日月得之,終古不息。"陸德明注引崔云:"終古,久也。" 〔六〕元氣:古代哲學名詞,多指天地未分前混一之氣。古人認爲元氣無形,渾渾沌沌,天地和萬物均由其所生。 〔七〕安得:得,一作"能"。 〔八〕"草不"二句:《莊子·大宗師》郭象注:"暖焉若陽春之自和,故蒙澤者不謝;淒乎若秋霜之自降,故凋落者不怨也。"詩即本此,謂四季氣候變化,草木自榮自落,既不感謝,也不怨恨。 〔九〕"誰揮"句:揮,《文苑英華》作"將"。四運,即春夏秋冬四時。《文選》卷二二殷仲文《南州桓公九井作》:"四運雖鱗次。"吕向注:"四運,四時也。" 〔一〇〕"萬物"句:謂一切事物的興亡都是自然規律決定的。 〔一一〕羲和:古代神話中駕馭太陽的神。《廣雅·釋天》:"日御謂之羲和。" 〔一二〕"汝奚"句:奚,何。汩(gǔ)沒,沉淪,埋没。荒淫,浩瀚廣闊。此句謂日何以沉埋於浩瀚的波濤之中。 〔一三〕"魯陽"二句:魯陽,神話中的大力士。《淮南子·覽冥訓》:"魯陽公與韓構難,戰酣,日暮,援戈而撝之,日爲之反三舍。"駐景,留住太陽。 〔一四〕"逆道"二句:謂以前關於太陽的傳説違背自然規律,多爲欺詐之論。 〔一五〕"吾將"二句:囊括,包羅。《文苑英華》作"括囊"。大塊,大自然。溟涬(xìng),混沌貌,此代指元氣。同科,同等。二句謂詩人要與天地和整個自然合一。

【評箋】

舊題嚴羽評點《李太白詩集》卷二:評首二句:不信釋典須彌之說,但言其疑似。 又評"魯陽"四句:詰難得好。

蕭士贇《分類補注李太白詩》卷三:此篇大意謂日月之運行,萬物之生息,皆元氣之自然,人力不能與乎其間也。

胡震亨《李詩通》:漢《郊祀歌》(日出入)言日出入無窮,人命獨短,願乘六龍,仙而升天。太白反其意,言人安能如日月不息,不當違天矯誣,貴放心自然,與溟涬同科也。

沈德潛《唐詩别裁》卷六:言魯陽揮戈之矯誣,不如委順造化之自然也。總見學仙之謬。

《唐宋詩醇》卷二：《易》曰："原始反終"，故知死生之説。不知自然之運而意於長生久視者，妄也。詩意似為求仙者發，故前云"人非元氣，安得與之久徘徊"，後云"魯陽揮戈，矯誣實多"，而結以"與溟涬同科"，言不如委順造化也。若謂寫特行物生之妙，作理學語，亦索然無味矣。觀此亦知白之學仙，蓋有所托而然也。

陳沆《詩比興箋》：此篇蕭氏謂全祖《莊子》"雲將鴻濛"一篇之意，胡震亨謂人安能如日月不息，當放心自然云云，皆見其表，未見其裏。夫歎羲和之荒淫，悲魯陽之回戈，此豈無端之泛語耶？蓋歎治亂之無常、興衰之有數，姑為達觀以遣憤激也。日從地出，似將自幽而之明；歷天入海，又由明而入闇。氣運遞嬗，終古如斯。但我生之初，我身之後，皆不及見耳。既皆氣運盛衰之自然，則非人力所能推挽；猶草木榮落有時，無所歸其德怨，以無有鞭策驅使之者也。不然，羲和照臨八極，胡忽汩没於洪波？魯陽回天轉日，胡卒無救於桑榆？蓋以羲和喻君德之荒淫，魯陽憫諸臣之再造。萇弘匡周，左氏斥為違天；變雅詩人，亦歎天之方虐；皆憤激之反詞也。漢以來樂府，皆以抒情志、達諷諭，從無空譚道德，宗尚玄虛之什，豈太白而不知體格如諸家云云哉！

按：全詩以説理、述事、抒情相結合，詩中對神話傳說的辯駁、否定和嘲諷，都用生動的形象描述，避免抽象説教，而將自己"順從"自然的觀點寓於其中。詩中繼承屈原《天問》的浪漫主義表現手法，探索宇宙的奧秘。不過屈原只是"問"，李白則指出問題而又回答了問題，表達了自己樸素唯物主義的觀點。

胡　　無　　人〔一〕

嚴風吹霜海草凋〔二〕，筋幹精堅胡馬驕〔三〕。漢家戰士三十萬,將軍兼領霍嫖姚〔四〕。流星白羽腰間插,劍花秋蓮光出匣〔五〕。天兵照雪下玉關〔六〕,虜箭如沙射金甲〔七〕。雲龍風虎盡交回〔八〕,太白入月敵可摧〔九〕。敵可摧,旄頭滅〔一〇〕,履胡之腸涉胡血。懸胡青天上,埋胡紫塞旁〔一一〕。胡無人,漢道昌。陛下之壽三千霜,但歌大風雲飛揚,安用猛士兮守四方〔一二〕。

【注釋】

〔一〕胡無人:樂府舊題,即《胡無人行》。《樂府詩集》卷四〇收此詩,列於《相和歌辭·瑟調曲》。徐摛、吳均、徐彦伯等均有《胡無人行》之作,言胡地寒苦及兵士奮勇殺敵。李白此詩擬其意。胡無人,一作《胡無人行》。　〔二〕嚴風:猶寒風。　〔三〕"筋幹"句:幹,一作"榦"。弓的代稱。《周禮·考工記·弓人》:"凡為弓,冬析幹而春液角,夏治筋,秋合三材。"驕,馬強壯貌。　〔四〕"漢家"二句:兼領,一作"誰者",《文苑英華》作"誰是"。霍嫖姚,即霍去病,漢武帝時名將。嫖(piāo)姚,勇健輕捷貌。霍去病曾為嫖姚校尉,後為驃騎將軍。　〔五〕"流星"二句:形容裝束精幹威武。流星,古寶劍名。晉崔豹《古今注·輿服》:"吳大帝有寶刀三,寶劍六……四曰流星。"白羽,即箭翎。秋蓮,寶劍上刻有蓮花形的花紋。　〔六〕"天兵"句:天兵,形容兵威強盛。玉關,即玉門關,在今甘肅敦煌西北。見前《奔亡道中五首》其四注。　〔七〕金甲:金屬製的鎧甲。　〔八〕"雲龍"句:雲龍、風虎,皆兵陣名。古時以天、地、風、雲、龍、虎、鳥、蛇為八陣。雲龍風虎,敦煌寫本《唐人選唐詩》作"龍風虎雲"。盡,一作"晝",是。意謂白晝八陣交戰非常激烈。

〔九〕"太白"句:太白,即金星,又名啓明星。傳説太白星主殺伐,太白星進入月亮,是大將被殺戮的徵兆。此用為敵人被消滅的徵兆。

〔一〇〕旄頭滅:即胡人被消滅之意。《史記·天官書》:"昴曰旄頭,胡星也。"　〔一一〕紫塞旁:紫塞,指長城。崔豹《古今注·都邑》:"秦築長城,土色皆紫。漢塞亦然,故稱'紫塞'焉。"旁,一作"傍"。

〔一二〕"陛下"三句：漢高祖劉邦《大風歌》："大風起兮雲飛揚，威加海內兮歸故鄉，安得猛士兮守四方。"安用猛士兮守四方，一本下有"胡無人，漢道昌"六字。用，一作"得"。一本無"陛下"後三句。

【評箋】

蘇轍《詩病五事》：漢高帝歸豐沛，作歌曰："大風起兮雲飛揚，威加海內兮歸故鄉，安得猛士兮守四方。"高帝豈以文字高世者哉？帝王之度固然，發於其中而不自知也。白詩反之曰："但歌大風雲飛揚，安用猛士守四方。"其不識理如此。老杜贈白詩有"細論文"之句，謂此類也哉？(《欒城三集》卷八)

蕭士贇注曰：詩至"漢道昌"，一篇之意已足……一本云無此三句者是也。使蘇子由見之，必不肯輕致不識理之誚矣。

楊慎《升庵詩話》卷三《古胡無人行》："望胡地，何險側。斷胡頭，脯胡臆。"此古詞雖不全，然李太白作《胡無人》尾句全效，而注不知引。

王琦注曰：《酉陽雜俎》云：禄山反，太白製《胡無人》，言"太白入月敵可摧"，及禄山死，太白蝕月。蕭氏注從之，謂此詩必作於上元間，據太史之占而言。今考《唐書·天文志》，初未嘗有太白入月之事，而蕭(士贇)妄引上元元年、三年月掩昴之文以當之，誤矣。玩"天兵照雪下玉關"之句，當是開元、天寶之間為征討四夷而作，庶幾近是。

趙翼《甌北詩話》卷一：又如《胡無人》一首中，有"太白入月敵可摧"之句，適與禄山被殺之讖相符，説者又謂此詩預决禄山之死。不知"太白入月"本天官家占驗之法，豈專指禄山？且此篇上文但言戎騎窺邊、漢兵殺敵之事，初不涉漁陽一語也。

按：前人或謂此詩作于安禄山叛亂之時，然詩中僅言胡人入侵，漢兵下玉關殺敵之事，與安史之亂無關。且"太白入月敵可摧"、"旄頭"主胡星乃天官占驗之法，故此詩當是開元、天寶間為征討西北胡人入侵而作。

俠　客　行〔一〕

　　趙客縵胡纓〔二〕，吴鈎霜雪明〔三〕。銀鞍照白馬，颯沓如流星〔四〕。十步殺一人，千里不留行〔五〕。事了拂衣去，深藏身與名。閑過信陵飲〔六〕，脱劍膝前横〔七〕。將炙啖朱亥，持觴勸侯嬴。三杯吐然諾，五嶽倒為輕。眼花耳熱後，意氣素霓生。救趙揮金槌，邯鄲先震驚。千秋二壯士，烜赫大梁城〔八〕。縱死俠骨香〔九〕，不慚世上英。誰能書閣下，白首《太玄經》〔一〇〕？

【注釋】

〔一〕俠客行：樂府舊題。《樂府詩集》卷六七收此詩，列於《雜曲歌辭》。客，《唐文粹》作"家"，非。按：晉張華有《游俠篇》，李白擬之而為《俠客行》。　　〔二〕"趙客"句：趙客，戰國時燕趙一帶多出俠客，後人因稱俠客為燕趙之士。縵胡纓，即縵胡之纓，一種武士佩帶的粗而無文理的冠帶。《莊子·説劍》："吾王所見劍士，皆蓬頭、突鬢、垂冠、曼胡之纓。"司馬彪注云："謂粗纓無文理也。"《文選》卷六左思《魏都賦》："三屬之甲，縵胡之纓。"張銑注："縵胡，武士纓名。"　　〔三〕"吴鈎"句：吴鈎，古代吴地所産的一種彎形刀。　　〔四〕颯沓：群飛貌。此形容馬行迅疾。〔五〕"十步"二句：《莊子·説劍》："臣之劍十步一人，千里不留行。"意謂行十步殺一人，行千里殺人不停。　　〔六〕信陵：即信陵君，名無忌，戰國時魏安釐王異母弟。曾封信陵君，招致賢士，有食客三千。見前《梁園吟》詩注。　　〔七〕膝前横：横放在膝上。前，《唐文粹》作"上"，《文苑英華》作"邊"。　　〔八〕"將炙"十句：用戰國時信陵君救趙事。朱亥、侯嬴，乃魏國兩俠士。據《史記·魏公子列傳》載，魏安釐王二十年(前二五七)，秦昭王出兵圍攻趙國都城邯鄲(今河北省邯鄲市)，趙求救於魏。

567

魏王受秦王威脅,命大將晉鄙領兵駐鄴城,按兵不動,名為救趙,實持兩端以觀望。信陵君姊乃趙國平原君夫人,信陵君數次勸魏王救趙,魏王不聽。後來魏都大梁(今河南開封市)夷門監侯嬴為其策畫,由魏王愛妾如姬竊得兵符,又薦屠者朱亥隨信陵君同去。晉鄙對兵符懷疑而拒交兵權,朱亥乃用鐵錘擊殺晉鄙。信陵君得以率軍進攻秦軍,終於解救了邯鄲。眼花耳熱,形容酒酣時情狀。張華《輕薄篇》:"三雅來何遲,耳熱眼中花。"素霓,即白虹。此形容意氣慷慨激昂,如長虹貫日。張華《壯士篇》:"慷慨成素霓,嘯咤起清風。"槌,《唐文粹》作"錘"。邯鄲,宋本作"鄲邯",據他本改。二壯士,指侯嬴、朱亥。烜(xuān)赫,形容聲名盛大。大梁城,魏國都城,即今河南開封市。 〔九〕"縱死"句:本張華《游俠曲》:"生從命子游,死聞俠骨香。"死,一作"使"。 〔一〇〕"誰能"二句:用漢揚雄模仿《周易》作《太玄》事,見前《感寓二首》其二"咸陽二三月"注。此謂誰願如揚雄般閑於閣中,長期從事寫書。

【評箋】

胡仔《苕溪漁隱叢話後集》卷四引《復齋漫錄》:太白《俠客行》云:"事了拂衣去,深藏身與名。"元微之《俠客行》云:"俠客不怕死,怕死事不成,事成不肯藏姓名。"二公寓意不同。

按:此詩表現了對行俠生活的嚮往。李白青年時代曾"托身白刃裏,殺人紅塵中"(《贈從兄襄陽少府皓》),"少任俠,手刃數人"(魏顥《李翰林集序》),任俠是李白的重要性格,詩人一生的理想就是想幹一番驚天動地的事業,然後功成身退。所以此詩禮贊俠客精神,也是詩人的自我寫照。

關　山　月〔一〕

明月出天山,蒼茫雲海間〔二〕。長風幾萬里,吹度玉門關〔三〕。漢下白登道〔四〕，胡窺青海灣〔五〕。由來征戰地，不見有人還。戍客望邊色〔六〕，思歸多苦顏。高樓當此夜，歎息未應閑〔七〕。

【注釋】

〔一〕關山月：樂府舊題。《樂府詩集》卷二三收此詩，列於《橫吹曲辭》，並引《樂府解題》曰："《關山月》，傷離別也。古《木蘭詩》曰：'萬里赴戎機，關山度若飛。朔氣傳金柝，寒光照鐵衣。'"梁元帝、陳後主、陸瓊、張正見、徐陵等人諸作皆寫征人遠戍、離別相思之苦。此篇意同。
〔二〕"明月"二句：天山，即今甘肅青海間的祁連山。匈奴人稱天為祁連，又祁連山與今新疆境內的天山相連，故稱。　　〔三〕玉門關：見前《奔亡道中五首》其四注。　　〔四〕白登：山名，在今山西大同市東北，山上有白登臺。據《漢書·匈奴傳》載，匈奴冒頓曾圍困漢高祖於白登，七日乃解。即此處。　　〔五〕"胡窺"句：窺，窺探。青海，湖名。在今青海省東北部。隋時屬吐谷渾，唐高宗龍朔三年(六六三)，吐蕃滅吐谷渾。儀鳳年間李敬玄，玄宗開元年間王君㚟、張景順、皇甫惟明、王忠嗣皆先後與吐蕃攻戰，即在青海附近。　　〔六〕邊色：色，蕭本、郭本、胡本作"邑"。　　〔七〕"高樓"二句：徐陵《關山月》："思婦高樓上，當窗未應眠。"此即用其意。閑，宋本校："一作還。"

【評箋】

　　舊題嚴羽評點《李太白詩集》卷三：天山亦若雲海，皆虛境。若以某處山名實之，謂與玉門關不遠，即曲為解，亦相去萬里矣。　　又評"由來"二句：極慘極曠。　　又評"高樓"二句：似近體，入古不礙，真仙才也。

　　蕭士贇《分類補注李太白詩》引楊齊賢注引《吳氏語錄》：太白詩如"明月出天山，蒼茫雲海間，長風幾萬里，吹度玉門關"，皆氣蓋一世，學者能熟味之，自不褊淺矣。天山在唐西州交河郡天山縣，天山至玉門關不為太遠，而曰幾萬里者，以月如出於天山耳，非以天山為度也。

569

《唐詩品彙》卷四引劉辰翁評曰：偶然玉門關一語，以白登、青海，跋涉甚長。

胡應麟《詩藪·内編》卷六：青蓮"明月出天山，蒼茫雲海間。長風幾萬里，吹度玉門關"，渾雄之中，多少閒雅！

應時《李詩緯》卷一引丁谷雲評曰：無承接照應，自耐人思想，真樂府之神。

《唐宋詩醇》卷三：朗如行玉山，可作白自道語。格高氣渾，雙關作收，彌有逸致。

按：唐崔融有《關山月》："月生西海上，氣逐邊風壯。萬里度關山，蒼茫非一狀。漢兵開郡國，胡馬窺亭障。夜夜聞悲笳，征人起南望。"對李白此詩顯然有影響。

登高丘而望遠海[一]

登高丘，望遠海。六鼇骨已霜，三山流安在[二]？扶桑半摧折[三]，白日沉光彩。銀臺金闕如夢中[四]，秦皇漢武空相待[五]。精衛費木石，黿鼉無所憑[六]。君不見驪山茂陵盡灰滅[七]，牧羊之子來攀登[八]。盜賊劫寶玉，精靈竟何能[九]！窮兵黷武今如此[一〇]，鼎湖飛龍安可乘[一一]？

【注釋】

〔一〕登高丘而望遠海：樂府舊題。《樂府詩集》卷二七收此詩，列於《相和歌辭》魏文帝"登山而望遠"篇之後。此詩諷刺秦皇、漢武的求仙行為，唐玄宗亦好神仙之術，殆有托古諷今之意。　　〔二〕"六鼇"二句：據

《列子·湯問》載,渤海東面極遠的大海裏,有五山:岱輿、員嶠、方壺、瀛洲、蓬萊。上居神仙。因五山之根無所繫,常隨潮波上下往還。天帝怕山流失,因命海神禺彊使巨鼇十五舉首戴之。後龍伯國巨人釣走六鼇,燒灼其骨用來占卜。於是岱輿、員嶠二山無所依憑,漂流到北極,沉没海中。此謂六鼇已骨白如霜,餘下三山又漂到何處? 〔三〕扶桑:神話中的樹名。見前《臨路歌》詩注。 〔四〕"銀臺"句:銀臺、金闕,均為神仙所居之處。此句謂神仙境界虛無縹緲,如同夢幻。 〔五〕"秦皇"句:秦始皇、漢武帝都迷信神仙。秦始皇事見前《古風》其三注。據《史記·封禪書》記載,漢武帝也曾遣方士入海求蓬萊神仙安期生,找了很久仍未找到,故云"空相待"。 〔六〕"精衛"二句:精衛,神話傳說中的鳥名。《山海經·北山經》卷八載,炎帝女溺死於東海,化為精衛鳥,常銜西山之木石填於東海。黿鼉(yuán tuó),水中動物名。《竹書紀年》卷八載,周穆王在九江以黿鼉為橋梁,渡過長江,南伐越國。二句謂大海之深非精衛用木石所能填;黿鼉為梁說亦虛說無據。 〔七〕"君不見"句:驪山,在今陝西臨潼縣東南,秦始皇死後葬此。茂陵,漢武帝陵名,在今陝西興平縣東北。此句謂秦始皇、漢武帝的屍體都已化為灰塵。 〔八〕"牧羊"句:《漢書·劉向傳》載,有一羊逃入驪山秦始皇墓中,牧童持火入内尋找,不慎失火,秦始皇的棺槨被燒。 〔九〕"盜賊"二句:謂秦始皇、漢武帝死時厚葬,結果墳墓中寶玉都被盜,鬼魂對此亦毫無辦法。 〔一〇〕"窮兵"句:謂秦始皇、漢武帝生前竭盡兵力,好戰無厭,如今死後卻如此無能為力。 〔一一〕鼎湖飛龍:《抱朴子·微旨》:"黄帝於荊山之下,鼎湖之上,飛九丹成,乃乘龍登天。"此句謂窮兵黷武之人怎能乘龍上天成仙呢?

【評箋】

舊題嚴羽評點《李太白詩集》卷三:題加"而"字,如賦如騷。

胡震亨《李詩通》:時玄宗方用兵吐蕃、南詔,而受籙、投龍、崇尚玄學不廢,大類秦皇、漢武之為。故白之譏求仙者,亦多借秦漢為喻。白他詩又云:"窮兵黷武今如此,鼎湖飛龍安可乘?"其本指也歟!

571

王夫之《唐詩評選》卷一：後人稱杜陵為詩史，乃不知此九十一字中有一部開元、天寶本紀在內。俗子非出像則不省，幾欲賣陳壽《三國志》，以雇說書人打匾鼓誇赤壁鏖兵。可悲可笑，大都如此。

陳沆《詩比興箋》卷三：黃帝治天下，幾若華胥之國。民享其利，服其教，故致乘龍上升之祥。今秦皇漢武殺人開邊，毒痛天下，大傷上帝好生之德，而欲己之長生，得乎？納約自牖，庶乎知道。

按：胡震亨《李詩通》："今考魏武《碣石篇》首章'東臨碣石，以觀滄海'，白詩似采此句為題。"詩中對神話傳説多予否定，對秦皇漢武的求仙亦加批判，認為神仙之事虚無縹緲，不可實迹以求，海上求仙，徒勞無益。秦皇墓被焚於牧童，茂陵財被劫於赤眉，生前威風，死後無能。前人多謂此詩是托古諷今之作，近是。

荆　州　歌〔一〕

白帝城邊足風波〔二〕，瞿塘五月誰敢過〔三〕？荆州麥熟繭成蛾。繰絲憶君頭緒多〔四〕，撥穀飛鳴奈妾何〔五〕！

【注釋】

〔一〕荆州歌：樂府舊題。歌，一作"樂"。《樂府詩集》卷七二收此詩，列於《雜曲歌辭》。梁宗夬有《荆州樂》。《樂府詩集》云："《荆州樂》蓋出於清商曲《江陵樂》。荆州即江陵也。有紀南城，在江陵縣東。梁簡文帝《荆州歌》云：'紀城南里望朝雲，雉飛麥熟妾思君'是也。又有《紀南歌》，亦出於此。"按：荆州，唐代屬山南東道，天寶元年（七四二）改為江陵郡，乾元元年（七五八）復改為荆州。治所在今湖北江陵。　　〔二〕"白帝"句：白帝城，在今重慶市奉節，唐代屬夔州。見前《早發白帝城》詩注。足，多，過分。　　〔三〕瞿塘：即瞿塘峽，在奉節東，與巫峽、西陵峽合稱長江三峽。瞿塘峽中水流險急，中多礁石，有灩澦堆，行舟過此常遇險，夏曆五月漲水時更險。　〔四〕"繰絲"句：繰，同"繅"，抽繭出絲。絲，六朝樂府民歌中常用以諧"思"字。頭緒多也有雙關之意。此句謂思念丈夫的頭緒如繰絲一樣紛繁。　〔五〕撥穀：即布穀鳥。《本草綱目》卷四九引陳藏器曰："布穀，鳲鳩也。江東呼為獲穀，亦曰郭公。北人名撥穀。"

【評箋】

舊題嚴羽評點《李太白詩集》卷三：詞如《竹枝》，意同《子夜》。

楊慎《李詩選》：此歌有漢謠之風。唐人詩可入漢魏樂府者，惟太白此首，及張文昌《白鼉謠》、李長吉《鄴城謠》三首而止。杜子美却無一篇可入此格。

延君壽《老生常談》："荆州麥熟繭成蛾，繰絲憶君頭緒多"、"雲鬟綠鬢罷梳結，愁如回飈亂白雪"，可云善於言情，工於言愁。

《唐宋詩醇》卷三：古質入漢，得風人之遺韻，樂府妙處，如是如是。　又引桂臨川曰：李詩短章，若《荆州歌》等作，俱出《風》、《雅》，可以被之管絃者也。

按：本篇寫荆州商人之婦在麥熟時思念客於白帝城的丈夫，與梁簡文帝之作同意。此詩有民歌風韻，楊慎《李詩選》謂"唐人詩可入漢魏樂府者，惟太白此首"，很有見地。

設辟邪伎鼓吹雉子班曲辭〔一〕

辟邪伎作鼓吹驚，雉子班之奏曲成〔二〕。喔咿振迅欲飛鳴〔三〕。扇錦翼，雄風生。雙雌同飲啄，趫悍誰能爭〔四〕？乍向草中耿介死〔五〕，不求黃金籠下生。天地至廣大，何惜遂物情〔六〕？善卷讓天子〔七〕，務光亦逃名〔八〕。所貴曠士懷〔九〕，朗然合太清〔一〇〕。

【注釋】
〔一〕設辟邪伎鼓吹雉子班曲辭：樂府舊題。《樂府詩集》卷一八收此詩，列於《鼓吹曲辭》。又卷一六有《雉子班》。引《樂府解題》曰："古詞云：'雉子高飛止，黄鵠飛之以千里，雄來飛，從雌視。'若梁簡文帝'妒場時向隴'，但詠雉而已。"按《樂府詩集》卷一九有《雉子游原澤篇》（何承天作），言避世之士，抗志清霄，視卿相功名猶冰炭之不相入。李白此篇表現耿介拔俗，不向權貴屈服的精神，與何氏意同。設，扮演。辟邪，古代傳説中的神獸名，形似獅而帶翼。南朝陵墓前常有辟邪石雕像。辟邪伎，辟邪之形的舞蹈藝伎。鼓吹，樂名，主要樂器有鼓、鉦、簫、笳，出自北方民族，本爲軍中之樂。雉子班，曲名。謂雉子的排列，即指扮演群雉的隊列。班，一作"斑"，下同。取意於雉子的羽毛色彩斑斕。〔二〕"辟邪"二句：謂辟邪伎和鼓吹曲雉子班的演出，都使人震驚。作，演出。鼓吹驚，軍樂鼓吹曲，聲音響亮，驚動觀衆。〔三〕"喔咿"句：喔咿，鳥鳴聲。振迅，振翅迅飛。〔四〕"趫悍"句：趫（qiáo）悍，健捷強悍貌。〔五〕"乍向"句：乍，乍可，寧可。耿介，光明正直。《文選》卷九潘岳《射雉賦》："厲耿介之專心兮。"李善注引薛君《韓詩章句》曰："雉，耿介之鳥也。"〔六〕物情：人心，人情。《後漢書·爰延傳》："所以事多放濫，物情生怨。"〔七〕"善卷"句：善卷，傳説中的上古隱士。《莊子·讓王》："舜以天下讓善卷。善卷曰：'余立於宇宙之中，冬日衣皮毛，夏日衣葛絺……日出而作，日入而息，逍遥於天地之間，而心意自得。吾何以天下爲哉？'"〔八〕"務光"句：務光，亦作瞀光，上古隱士。《莊子·讓王》："湯又讓瞀光……瞀光辭曰：'廢上，非義也；殺民，非仁也；人犯其難，我享其利，非廉也。吾聞之曰，非其義者，不受其禄；無道之世，不踐其土。況尊我乎？吾不忍久見也。'乃負石而自沉於廬水。"〔九〕曠士：曠達之士。鮑照《放歌行》："小人自齷齪，安知曠士懷！"
〔一〇〕"朗然"句：朗然，光明貌。太清，天空。

【評箋】

舊題嚴羽評點《李太白詩集》卷三："雉子班之奏曲成"："之"字真為折腰,亦為強項。　　又評"乍向"二句:豪俠語,千古有生氣。

《唐詩歸》卷一六鍾惺評首二句:此句似漢七言。　　又評"天地"二句:亦有怨語,語厚不覺。　　譚元春評"耿介"二句:"耿介死",寫出忠義人心事形狀。　　又評"天地"二句:大文章。

王夫之《唐詩評選》卷一:二首(按指此詩及《夷則格上白鳩拂舞辭》)從曹孟德父子問津,遂抵西京岸次,後人橫分今古,明眼人自一篾片穿起。太白於樂府歌行不許唐人分半席,惟此處委悉耳。歷下、琅琊學《鐃歌》,更不曾湯著氣味在。

《唐宋詩醇》卷三:前半傅題,後半攄意。隱者為高,故往而不返。究何關於造物之大,然亦各行其志也。白本高曠,故其言如此。

按:此詩借觀賞《雉子班》歌舞以寄慨,顯然是詩人自述志向,表示自己所貴曠達正直,嚮往自由生活。

久　別　離〔一〕

別來幾春未還家,玉窗五見櫻桃花〔二〕。況有錦字書,開緘使人嗟〔三〕。至此腸斷彼心絕〔四〕,雲鬟緑鬢罷攬結,愁如回飈亂白雪〔五〕。去年寄書報陽臺〔六〕,今年寄書重相催。胡為乎東風〔七〕,為我吹行雲使西來〔八〕。待來竟不來,落花寂寂委青苔〔九〕。

【注釋】

〔一〕久別離:樂府舊題。《樂府詩集》卷七二收此詩,列於《雜曲歌辭》。

《古詩》有"行行重行行,與君生別離"之句。後遂有《長別離》、《生別離》、《古別離》曲。皆寫離別相思之苦。江淹《擬古》始有《古別離》,後乃有《長別離》、《生別離》等名。李白《久別離》及《遠別離》皆自為之名,源出《古別離》。　〔二〕"別來"二句:上句自述已離家數年,下句想像妻子在家中已五見窗下櫻桃花開。　〔三〕"況有"二句:《晉書·竇滔妻蘇氏傳》記載:十六國時,前秦秦州刺史竇滔被徙流沙,其妻蘇蕙織錦為迴文璿璣圖詩寄贈,其詩迴旋往還都成義可讀,以示思念之深。緘,封。使,《文苑英華》作"令"。此寫接到妻子書信,為自己不能回家而歎息。〔四〕"至此"句:至,宋本闕,據他本補。"此"指自己,"彼"指妻子。〔五〕"雲鬟"二句:雲鬟綠鬢,形容女子頭髮濃密如雲,且有光澤。鬟,髮髻。綠,一作"霧"。鬢,兩頰邊的頭髮。攬,一作"梳"。回飆,旋風。二句寫想像中妻子的愁苦情狀。　〔六〕"去年"句:報,告知。陽臺,山名,在今重慶巫山縣境。一說在今湖北漢川縣南。宋玉《高唐賦》言楚王曾游高唐,夢一女子來會,自云巫山之女,在"陽臺"之下。後因以陽臺代指男女歡會之所。此指妻子所居之地。　〔七〕"胡為"句:一作"東風兮東風"。　〔八〕"為我"句:行雲,用宋玉《高唐賦》巫山神女自謂"旦為朝雲,暮為行雨"之典,意謂盼望妻子西來相會。　〔九〕"落花"句:寂寂,孤獨無聲貌。《文苑英華》作"寂寞"。委,丟棄。

【評箋】

舊題嚴羽評點《李太白詩集》卷三:評"去年"二句:已絕復催,又是五年後事,時愈久,情愈深。　又評"東風兮"四句:意類詞曲。

陸時雍《唐詩鏡》卷一八:幽思飄然,絕去綺羅色相。

《唐宋詩醇》卷三:一往纏綿,所謂緣情之什,却自不涉綺靡。

詹鍈《李白詩文繫年·李白樂府集說》:"按詩云'別來幾春未還家,玉窗五見櫻桃花',乃言離家業已五載。'至此腸斷彼心絕……愁如回飆亂飛雪',乃想像其婦在家相思之愁苦。'今年寄信重相催'者,催其婦去家來就,故下文又云'東風兮東風,為我吹行雲使西來',蓋家在行人之東,去家來就,正使西來也。孰意'待來竟不來,惟見落花寂寂委青苔'而已。朱氏(諫)疑為偽作,亦由未得其旨耳。"

按：此詩寫兩地相思之苦。詩自敘離家日久,極寫思婦之焦急,反襯游子思家情切。

結客少年場行〔一〕

紫燕黃金瞳〔二〕,啾啾搖綠鬃〔三〕。平明相馳逐〔四〕,結客洛門東。少年學劍術,凌轢白猿公〔五〕。珠袍曳錦帶〔六〕,匕首插吳鴻〔七〕。由來萬夫勇,挾此英雄風〔八〕。托交從劇孟〔九〕,買醉入新豐〔一〇〕。笑盡一杯酒,殺人都市中〔一一〕。羞道易水寒,從令日貫虹。燕丹事不立,虛没秦帝宫。武陽死灰人,安可與成功〔一二〕？

【注釋】

〔一〕結客少年場行：樂府舊題。《樂府詩集》卷六六收此詩,列於《雜曲歌辭》。取曹植《結客篇》"結客少年場,報怨洛北邙"句為題,始於鮑照。《樂府詩集》引《樂府解題》曰："《結客少年場行》,言輕生重義,慷慨以立功名也。"又引《廣題》曰："漢長安少年殺吏,受財報讎,相與探丸為彈,探得赤丸斫武吏,探得黑丸殺文吏。尹賞為長安令,盡捕之。長安中為之歌曰：'何處求子死,桓東少年場。生時諒不謹,枯骨復何葬。'"《結客少年場行》,即少年時結任俠之客,為游樂之場,終而無成之意。宋鮑照等有此題詩,李白此詩亦祖此意。　〔二〕"紫燕"句：紫燕,古駿馬名。明刊《文苑英華》作"紫騮"。黃金瞳,形容目光如黃金般的光彩。劉劭《趙郡賦》："良馬則……常驪,紫燕……目如黃金,蘭筋參精。"
〔三〕"啾啾"句：啾啾,馬鳴聲。《文苑英華》作"稜稜"。《楚辭·離騷》：

577

"鳴玉鸞之啾啾。"王逸注："啾啾，鳴聲也。"鬃(zōng)，即鬃，馬頸上的長毛。　〔四〕平明：時段名，即寅時，凌晨四點鐘前後。又稱"平旦"。〔五〕"凌轢"句：凌轢(lì)，傾軋，欺壓。凌，《文苑英華》作"陵"。白猿公，《吳越春秋》卷五《勾踐歸國外傳》："越有處女，出於南林……道逢一翁，自稱曰袁公。問於處女：'吾聞子善劍，願一見之。'女曰：'妾不敢有所隱，唯公試之。'於是袁公即杖箖箊竹，竹枝上頡橋，末墮地，女即接末，袁公則飛上樹，變為白猿。"　〔六〕珠袍：綴珠之袍。　〔七〕吳鴻：吳鉤的代稱。《吳越春秋·闔閭內傳》記載，吳王闔閭命國中作金鉤，並下令善作鉤者，賞之百金。有人殺其二子吳鴻、扈稽，以血塗鉤，獻於吳王。吳王問其金鉤有何特殊之處，並令其於衆鉤中挑出自己的兩把。於是鉤師呼二子之名："吳鴻、扈稽，我在於此，王不知汝之神也。"聲剛絶，兩鉤飛出，吳王大驚，乃賞百金。遂佩不離身。　〔八〕"挾此"句：此，指匕首吳鴻。英雄，一作"生雄"。　〔九〕"托交"句：劇孟，西漢洛陽游俠，周亞夫平七國之亂，喜得之。見前《梁甫吟》詩注。　〔一〇〕新豐：漢縣名。故城在今陝西臨潼東北。　〔一一〕"殺人"句：此句用魏左延年《秦女休行》成句。　〔一二〕"羞道"六句：《戰國策·燕策》記載，燕太子丹質於秦，逃歸燕國，派荊軻謀刺秦王，又令燕國武士秦武陽為副手。臨行，太子丹送於易水之上，高漸離擊筑，荊軻慷慨悲歌曰："風蕭蕭兮易水寒，壯士一去兮不復還！"二人至秦，秦武陽見秦王而面如死灰。事不成，荊軻被殺。相傳荊軻離開燕國時，精誠感天，曾出現白虹貫日的天象。詩即寫此事。從，一作"徒"。

【評箋】

　　舊題嚴羽評點《李太白詩集》卷三：評"由來"二句：器與神遇，政不必張空拳。　　又評"笑盡"二句：神閑氣定，便可放倒荊軻。

　　按：此詩描寫少年俠客們的形象。全詩都是寫俠客的勇氣，當與詩人少年時代任俠行為有關。

古朗月行〔一〕

　　小時不識月,呼作白玉盤。又疑瑶臺鏡,飛在青雲端〔二〕。仙人垂兩足,桂樹何團團〔三〕?白兔擣藥成〔四〕,問言與誰餐〔五〕?蟾蜍蝕圓影〔六〕,天明夜已殘〔七〕。羿昔落九烏〔八〕,天人清且安。陰精此淪惑〔九〕,去去不足觀〔一〇〕。憂來其如何?惻愴摧心肝〔一一〕。

【注釋】

〔一〕朗月行:樂府舊題。《樂府詩集》卷六五收此詩,列於《雜曲歌辭》。今存六朝宋鮑照《朗月行》,寫佳人對月絃歌。此詩題前加"古"字,主旨與鮑詩迥異,僅為用古題而已。詩中以蟾蜍蝕影、陰精淪惑喻朝中奸佞,希望有后羿般的人來射落九烏,廓清天下。　〔二〕"又疑"二句:瑶臺,神仙所居之地。見前《清平調詞三首》其一注。在,胡本作"上"。青,一作"白"。　〔三〕"仙人"二句:古傳説月亮中有仙人和桂樹,月初生時只見仙人兩足,變圓以後纔見仙人和桂樹全形。見《太平御覽》卷四引虞喜《安天論》。何,宋本作"作",據他本改。團團,宋本作"團圓",據他本改。圓貌。　〔四〕"白兔"句:傳説月亮中有白兔擣藥。晉傅玄《擬天問》:"月中何有?白兔擣藥。"　〔五〕與誰:一作"誰與"。
〔六〕"蟾蜍"句:傳説月中蟾蜍食月造成月蝕。《淮南子·精神訓》:"月中有蟾蜍。"高誘注:"蟾蜍,蝦蟆也。"又《説林訓》:"月照天下,蝕於詹諸。"高誘注:"詹諸,月中蝦蟆;食月,故曰'蝕於詹諸。'"　〔七〕天明:一作"大明",是。大明,月亮。《文選》卷一二木華《海賦》:"大明鑠轡於金樞之穴。"李善注:"言月將夕也。大明,月也。"　〔八〕"羿昔"句:《楚辭·天問》:"羿焉彃日,烏焉解羽?"王逸注:"《淮南》言堯時十日並出,草木焦枯,堯命羿仰射十日,中其九日,日中九烏皆死,墮其羽翼,故

579

留其一日也。"後人遂把烏作為太陽的代稱。　〔九〕"陰精"句：陰精，指月亮。張衡《靈憲》："月者，陰精之宗，積而成獸，象兔蛤焉。"淪惑，沉淪迷惑。　〔一〇〕去去：催人速去之詞。　〔一一〕惻愴：傷感，悲痛。一作"悽愴"。

【評箋】

舊題嚴羽評點《李太白詩集》卷三：評首二句：點趣。

蕭士贇《分類補注李太白詩》：此詩借月以引興。日，君象；月，臣象；蓋為安禄山之叛兆於貴妃而作也。

胡震亨《唐音癸籤·評彙七》：盧仝《月蝕》詩，生於李白之《古朗月行》。李白《古朗月行》，生於《天問》"夜光何德？死則又育。厥利維何？而顧菟在腹"數語。始則微辭含寄，終至破口發村，靈均氏亦何料到此！

沈德潛《唐詩別裁》卷二評"蟾蜍"句：暗指貴妃能惑主聽。　又曰：與《古風》中"蟾蜍薄太清"篇同意。但《古風》指武惠妃，此指楊貴妃，各有主意也。

《唐宋詩醇》卷三：寓托處書法謹嚴。蟾蜍以比禄山，陰精以刺太真。取義皆切。羿射九烏，以彼比此，原無指實。必字字為之附會，則鑿矣。

陳沆《詩比興箋》卷三：憂禄山將叛時作。月，后象；日，君象。禄山之禍兆於女寵，故言蟾蜍蝕月明，以喻宮闈之蠱惑。九烏無羿射，以見太陽之傾危，而究歸諸陰精淪惑，則以明皇本英明之辟，若非沉溺色荒，何以安危樂亡而不悟耶？危急之際，憂憤之詞。蕭士贇謂禄山叛後所作者，亦誤。

曾國藩《求闕齋讀書錄》卷七：蟾蜍蝕影、陰精淪惑等句，似亦諷讒諂蔽明之意。

王闓運手批《唐詩選》卷一：先本詠月，後乃思及楊妃。胡前後不相顧？

按：詩人一生愛月，寫下許多詠月佳作，此為其中之一。前人和今人多謂此詩非一般的詠月之作，而是寄寓着政治局勢。然謂刺玄宗惑於楊貴妃,恐未必然。今人又謂此詩前半喻開元之治,在詩人心目中如朗月在兒童心目中然;後半喻天寶後期,蟾蜍指安禄山、楊國忠輩,昏蔽其君,紊亂朝政。此説可供參資。

獨　不　見〔一〕

白馬誰家子,黄龍邊塞兒〔二〕。天山三丈雪〔三〕,豈是遠行時？春蕙忽秋草〔四〕,莎雞鳴曲池〔五〕。風催寒梭響〔六〕,月入霜閨悲〔七〕。憶與君别年,種桃齊娥眉〔八〕。桃今百餘尺,花落成枯枝。終然獨不見,流淚空自知。

【注釋】

〔一〕獨不見:樂府舊題。《樂府詩集》卷七五收此詩,列於《雜曲歌辭》,並引《樂府解題》曰:"《獨不見》,傷思而不得見也。"梁柳惲、唐沈佺期等有此題詩。此詩寫女子思念遠戍丈夫,與沈佺期之作意同。　〔二〕"白馬"二句:曹植《白馬篇》:"白馬飾金羈,連翩西北馳。借問誰家子,幽并游俠兒。"黄龍,古城名,即龍城。又名和龍城、龍都。古址在今遼寧朝陽市。此泛指邊塞地區。　〔三〕天山:即今新疆境内之天山。見《塞下曲六首》(其一)注。　〔四〕春蕙:蕙蘭,蘭的一種。春天開花。此句謂時間迅速,春蕙凋謝不久,倏忽之間又見秋草。　〔五〕"莎雞"句:莎,宋本作"沙",據他本改。莎雞,俗稱紡織娘。見前《長相思》注。曲池,曲,一作"西"。　〔六〕"風催"句:催,一作"摧"。梭,織布梭子。一作"稷",又一作"棱",誤。　〔七〕霜閨:秋閨,此指秋天深居内室的女子。　〔八〕娥眉:一作"蛾眉",同。

【評箋】

舊題嚴羽評點《李太白詩集》卷三:評"風摧"二句:讀之使人意境清

飒。　又評"桃今"句:世間那得此高桃,豈從王母偷來三千年結實種耶?

楊慎《升庵詩話·太白句法》:太白詩:"天山三丈雪,豈是遠行時!"又云:"水國秋風夜,殊非遠別時。""豈是"、"殊非",變幻二字,愈出愈奇。孟蜀韓琮詩:"……青青河畔草,不是望鄉時。"亦祖太白句法。

《唐宋詩醇》卷三:"喓喓草蟲,趯趯阜螽"、"卉木萋止,女心悲止",思婦之言,《三百篇》具矣,幽怨淒清,宛然可聽。

按:此詩與前《塞下曲》其四意旨略同,寫邊塞征夫與閨中思婦。

白紵辭三首〔一〕

其　一

揚清歌〔二〕,發皓齒。北方佳人東鄰子〔三〕。且吟《白紵》停《綠水》〔四〕,長袖拂面為君起〔五〕。寒雲夜卷霜海空,胡風吹天飄塞鴻〔六〕。玉顏滿堂樂未終〔七〕。

【注釋】

〔一〕白紵辭:樂府舊題。《樂府詩集》卷五五收此三首,列於《舞曲歌辭》。並引《宋書·樂志》曰:"《白紵舞》,按舞辭有巾袍之言,紵本吳地所出,宜是吳舞也。"又引《樂府解題》曰:"古詞盛稱舞者之美,宜及芳時行樂,其譽白紵曰:'質如輕雲色如銀,製以為袍餘作巾,袍以光軀巾拂塵。'"白紵:用紵麻纖維織成的布,出吳地。《白紵歌》配《白紵舞》,為吳地民間歌舞。後為朝廷樂府採用。梁武帝令沈約改其辭為四時之歌。辭,或作"詞"、"歌"。　〔二〕揚清歌:揚,宋本作"楊",據他本改。歌,一作"音"。　〔三〕"北方"句:北方佳人,《漢書·孝武李夫人傳》:

"(李)延年侍上起舞,歌曰:'北方有佳人,絕世而獨立,一顧傾人城,再顧傾人國。寧不知傾城與傾國,佳人難再得!'"東鄰子,東鄰女子。《文選》卷一九宋玉《登徒子好色賦》:"天下之佳人莫若楚國,楚國之麗者莫若臣里,臣里之美者莫若臣東家之子。……嫣然一笑,惑陽城,迷下蔡。"〔四〕"且吟"句:且,《樂府詩集》作"旦"。淥水,樂曲名。淥,一作"渌",通。《淮南子·俶真訓》:"手會《淥水》之趨。"高誘注:"《淥水》,舞曲也。"《文選》卷一八馬融《長笛賦》:"中取度於《白雪》、《渌水》。"李周翰注:"《白雪》、《渌水》,雅曲名。" 〔五〕"長袖"句:此句用沈約《冬白紵歌》"長袖拂面為君施"句意。 〔六〕"胡風"句:鮑照《代陳思王京洛篇》:"霜高落塞鴻。"此用其意。 〔七〕"玉顔"句:玉顔,此指美女。樂,一作"曲"。按:蕭本此下有"館娃日落歌吹濛"一句,今從底本將此句作為第二首之首句。王琦注曰:"蕭本以'館娃日落歌吹濛'一句續作末句,便不相類,今從古本。"按:王説是。第二首若無"館娃"一句,便不能領起全篇。

【評箋】

舊題嚴羽評點《李太白詩集》卷三:評"寒雲"二句:清新俊逸,二語兼之。

王琦《李太白全集》注:按鮑照《白紵辭》……太白此篇句法,蓋全擬之。

按:此詩主要是描繪吳地的女子在寒夜歌舞的情景。其結構句法和內容基本上都是模擬鮑照的《白紵辭》:"朱唇動,素袖舉。洛陽少年邯鄲女。古稱《淥水》今《白紵》,催絃急管為君舞。窮秋九月荷葉黃,北風驅雁天雨霜,夜長酒多樂未央。"可以參讀。蕭士贇曰:"太白此詞全篇句意間架并是擬鮑明遠者。……杜少陵所謂'俊逸鮑參軍'者,其此之謂歟?"

其 二

館娃日落歌吹深〔八〕,月寒江清夜沉沉〔九〕。美人一笑千黃金〔一〇〕，垂羅舞縠揚哀音〔一一〕。郢中《白雪》且莫吟〔一二〕，《子夜吳歌》動君心〔一三〕。動君心，冀君賞〔一四〕。願作天池雙鴛鴦，一朝飛去青雲上〔一五〕。

【注釋】

〔八〕"館娃"句：館娃，春秋時吳宮名，相傳吳王夫差為西施所造。今蘇州西南靈巖山上有靈巖寺，即其故址。揚雄《方言》："吳有館娃宮，今靈巖寺即其地也。山有琴臺、西施洞、硯池、玩花池，山前有采香徑，皆宮之故迹。"歌吹深，吹，《唐文粹》作"塵"。深，一作"濛"。〔九〕江清：一作"天清"。〔一〇〕"美人"句：崔駰《七依》："回眸百萬，一笑千金。"鮑照《白紵歌六首》其六："千金顧笑買芳年。"〔一一〕垂羅舞縠：下垂輕薄絲綢的舞裙。羅，質地柔薄手感滑爽透氣性強的絲織品。縠，縐紗類絲織品。鮑照《白紵歌六首》其一："纖羅霧縠垂羽衣。"〔一二〕郢中《白雪》：見前《古風》其二十一注。〔一三〕子夜吳歌：晉曲名。相傳為晉女子子夜所作，孝武帝太元中已流行。後人更為四時行樂之詞，謂之《子夜四時歌》。因出吳地，故稱吳歌。見前《子夜吳歌》注。歌，敦煌寫本《唐人選唐詩》作"聲"。〔一四〕冀：希望。〔一五〕"願作"二句：沈約《春白紵歌》："願在雲間長比翼。"二句化用其意。池，一作"地"。青，一作"綠"。

【評箋】

舊題嚴羽評點《李太白詩集》卷三：評"館娃日落歌吹濛"：歌吹着"濛"字，不獨曛色迴翔，亦覺音響潤澤。又評"月寒"句：好光景。又評"美人"二句：音妙必哀，能動人心。

胡震亨《李詩通》：言日已落，館娃宮尚在歌吹中也。俗本改作"歌吹濛"，誤。

《唐宋詩醇》卷三：二詩（按指本題前二首）雖出入古詞，要自情景雙美，別具豐神。

按：此詩描敘館娃宮中的美女為吳王夜以繼日的歌舞，希望得到君王的賞識和寵愛。

其　　三

吳刀剪綵縫舞衣〔一六〕，明粧麗服奪春輝〔一七〕。揚眉轉袖若雪飛〔一八〕，傾城獨立〔一九〕世所稀。《激楚》《結風》醉忘歸〔二〇〕，高堂月落燭已微，玉釵挂纓君莫違〔二一〕。

【注釋】

〔一六〕"吳刀"句：吳刀，吳地出產的剪刀。綵，彩色絲織品。鮑照《白紵歌六首》其一："吳刀楚製為佩褘。"綵，一作"綺"。　〔一七〕"明粧"句：此句謂明亮的面容和華麗的服裝勝過春天太陽的光輝。陸機《長安有狹邪行》："麗服鮮芳春。"輝，王本作"暉"　〔一八〕"揚眉"句：眉，一作"蛾"，一作"目"。雪，一作"雲"。　〔一九〕傾城獨立：用李延年詩句，見本詩其一注。　〔二〇〕《激楚》、《結風》：皆歌曲名。司馬相如《上林賦》："鄢郢繽紛，《激楚》《結風》。"《史記·司馬相如列傳》司馬貞《索隱》謂"激楚"、"結風"都是急風之意，楚地風氣輕快，歌者又用急風為節拍，使樂曲急促哀切。　〔二一〕玉釵挂纓：司馬相如《美人賦》："玉釵挂臣冠，羅袖拂臣衣。"江總《和衡陽殿下高樓看妓》詩："挂纓銀燭下，莫笑玉釵長。"此謂男女歡情。

【評箋】

舊題嚴羽評點《李太白詩集》卷三：評"高堂"二句：暗用絕纓事，又不可作此黏帶看。

陸時雍《唐詩鏡》卷一八：鮑(照)俊而麗，此俊而爽。

袁枚《詳注圈點詩學全書》卷一：寫歌舞之盛。"激楚"，舞名。《玉臺新詠》："騁纖腰於結風。"此七言七句一韻，每句押韻短古風。

585

按：鮑照有《代白紵舞歌詞四首》，其一曰："吳刀楚製為佩襡……"李白此首擬之。此詩寫美女穿着用吳地剪刀裁製的彩色絲綢舞衣，顯得格外豔麗，使人陶醉忘歸。末句暗寫男女幽歡，大膽而又含蓄。蕭士贇注："按此三篇句意字面皆與明遠（鮑照）者相出入，豈此曲體製當如是邪？抑擬之而作也？會有知言者矣。"

妾薄命〔一〕

漢帝重阿嬌，貯之黄金屋〔二〕。咳唾落九天，隨風生珠玉〔三〕。寵極愛還歇，妒深情却疏〔四〕。長門一步地，不肯暫回車〔五〕。雨落不上天，水覆重難收〔六〕。君情與妾意，各自東西流〔七〕。昔日芙蓉花，今成斷根草〔八〕。以色事他人，能得幾時好？

【注釋】

〔一〕妾薄命：樂府舊題。《文苑英華》作《妾薄命篇》。《樂府詩集》卷六二收此詩，列於《雜曲歌辭》，並引《樂府解題》曰："《妾薄命》，曹植云：'日月既逝西藏。'蓋恨燕私之歡不久。梁簡文帝云：'名都多麗質。'傷良人不返，王嫱遠聘，虞姬嫁遲也。"此篇則詠漢武帝廢陳皇后之事，反映婦女被遺棄的痛苦。胡震亨曰："其稱陳后，亦藉以發端，非專詠此事，如《長門怨》之類。"　〔二〕"漢帝"二句：漢帝，即漢武帝。重，一作"寵"。阿嬌，漢武帝陳皇后小名。《漢武故事》謂武帝數歲，長公主抱置膝上，問是否願得阿嬌為婦，武帝曰："若得阿嬌作婦，當作金屋貯之。"成語"金屋藏嬌"即由此而來。　〔三〕"咳唾"二句：形容阿嬌得寵時之高貴，咳唾飛沫似從九天落下，隨風化為珠玉。《莊子·秋水》："子不見夫唾者乎？噴則大者如珠，小者如霧，雜而下者不可勝數也。"句意本此。
〔四〕"寵極"二句：據《漢武故事》記載，武帝即位，立阿嬌為后，長公主求欲無厭,皇后寵愛衰退。阿嬌想再獲寵,命女巫作術。事為武帝發覺,終於被廢退居長門宮。　　〔五〕"長門"二句:長門,即長門宮。二句謂長門宮雖只有一步之遙,但武帝却不肯回車去看阿嬌。　　〔六〕"雨落"二句:謂漢武帝廢陳皇后已成事實,不可能再有所改變,就像落下的雨不能再上天,傾覆的水不能再收回一樣。宋長白《柳亭詩話》云:"太白詩'雨落不上天,水覆難再收'出《後漢書·光武紀》'反水不收',又《何進傳》'覆水不收'。"水覆,《文苑英華》作"覆水"。重難,一作"最難",一作"難再",宋本校:"一作難重。"　　〔七〕"君情"二句:君,指漢武帝。情,宋本校:"一作恩。"妾,指陳皇后阿嬌。東西流,古樂府《白頭吟》:"溝水東西流"。以水東西分流喻夫妻分離。　　〔八〕"昔日"二句:芙蓉花,即荷花。斷根草,喻失寵。日,《唐詩紀事》作"作"。成,《唐詩紀事》作"為"。斷根,《文苑英華》作"素秋",《唐詩紀事》作"斷腸"。王琦認為揆之取義,"斷腸"不若"斷根"之當。

【評箋】

　　舊題嚴羽評點《李太白詩集》卷三:評"寵極"四句:提醒"寵"、"妒"無用,末二句從此生。　　又評末二句:警策。此詩亦可分為四章。
　　蕭士贇《分類補注李太白詩》:太白之詩,其旨出於《國風》,往往寄興深遠。欲言時事,則借古喻今。此詩雖言漢武之事,而意則實在於明皇、王后也。……辭意悽慘,讀之令人感歎。
　　《唐詩歸》卷一五鍾惺評"隨風生珠玉":氣焰情思,盡此五字。又評"長門一步地":責怨在此五字。　　又評"以色事他人":句法直得妙。　　譚元春評"各自東西流":此句接水説,妙甚。
　　沈德潛《唐詩別裁》卷二評"咳唾"二句:形容盡態,妙於語言。
　　《唐宋詩醇》卷三:因題見意,與《白頭吟》同,不必妄傅時事也。"雨落不上天"以下,一意折旋,可以發人深省。
　　李鍈《詩法易簡錄》:此詩換韻俱在對句,與劉越石《扶風歌》同,而音節駘宕,自是謫仙本色。
　　延君壽《老生常談》:《妾薄命》云:"寵極愛還歇,妒深情却疏。長門一步地,不肯暫回車。"下忽接"雨落不上天,水覆難再收。君情與妾意,各自東西流"。此種神妙,讀者縱能了然於心,不能了然於口。

　　趙文哲《媕雅堂詩話》:七古莫盛於盛唐,然亦體製各殊。……惟太白仙才不可捉搦,"咳唾落九天,隨風生珠玉"二語殆其自贊。後人雖不易學,然用意琢句之間,略得一二,真足脱棄凡猥,誠療俗之金丹也。

　　瞿蜕園、朱金城《李白集校注》:王后之廢在開元十年,李白甫逾弱冠,身在蜀中,何事而為之作詩?蕭説不可信。

　　按:全詩通過陳皇后從受寵到失寵的描寫,揭示出古代女子以色事人,色衰必然被棄的悲劇命運。語言自然流暢,比喻貼切鮮明,議論深刻奇警。

玉　階　怨〔一〕

　　玉階生白露〔二〕,夜久侵羅襪〔三〕。却下水精簾〔四〕,玲瓏望秋月〔五〕。

【注釋】

〔一〕玉階怨:樂府舊題。《樂府詩集》卷四三收此詩,列入《相和歌辭·楚調曲》。漢班婕妤失寵後退居長信宮,作《自悼賦》,有"華殿塵兮玉階苔"之句,南朝齊謝朓取之作《玉階怨》詩云:"夕殿下珠簾,流螢飛復息。長夜縫羅衣,思君此何極。"此詩即為擬謝之作。　〔二〕生白露:生,郭本作"坐"。　〔三〕羅襪:曹植《洛神賦》:"凌波微步,羅襪生塵。"
〔四〕"却下"句:却,還。水精簾,用水晶編織成的簾子。精,一作"晶"。
〔五〕玲瓏:月光明亮澄澈貌。一作"玲瓏"。王琦注:《韻會》:玲瓏,明貌。毛氏《增韻》云:玲瓏,月光也。然用'玲瓏'不如'玲瓏'為勝。"夜久不寐,下簾而望月,極寫怨情之深。

【評箋】

舊題嚴羽評點《李太白詩集》卷四：上二句行不得，住不得。下二句坐不得，卧不得。賦怨之深，只二十字，可當二千首。

蕭士贇《分類補注李太白詩》卷五：太白此篇，無一字言怨，而隱然幽怨之意見於言外，晦庵所謂"聖於詩者"，此歟？

應時《李詩緯》卷四：只二十字，藏無限神情。

黃叔燦《唐詩箋注》：始在階前，繼居簾内，當夜永而不眠，藉望月而自遣。曰"却下"，曰"玲瓏"，意致悽惻，與崔國輔"浮掃黄金階"詩意同。一曰"不忍見秋月"，一曰"玲瓏望秋月"，各極其妙。彼含"不忍"字，此含"望"字。

楊逢春《唐詩偶評》：首二是寫望月已久，却不説破，只言夜久侵露，轉出下簾意味。第四轉從下簾逆折。清夜望月，則其輾轉凝眄，清夜不眠之況如見矣。悲涼淒婉，含"愁"字之神於字句之外。

《唐宋詩醇》卷四：妙寫幽情，於無字處得之。"玉顏不及寒鴉色，猶帶昭陽日影來"，不免露却色相。　又引蔣杲曰：玉階露生，望之久也；水晶簾下，望之絶也。

李鍈《詩法易簡録》：無一字説到怨，而含蓄無盡，詩品最高。"玉階生白露"，則已望月至夜半，落筆便已透過數層。次句以"夜久"承明，露侵羅襪，始覺夜深露重耳。然望恩之思，何能遽止？雖入房下簾以避寒露，而隔簾望月，仍徹夜不能寐，此情復何以堪？又直透到"玉階"後數層矣。二十字中，具有如許神通，而只淡淡寫來，可謂有神無迹。

俞陛雲《詩境淺説續編》：題為《玉階怨》，其寫怨意，不在表面，而在空際。第二句云露侵羅襪，則空庭之久立可知。第三句云却下晶簾，則羊車之絕望可知。第四句云隔簾望月，則虛帷之孤影可知。不言怨，而怨自深矣。

按：此詩題稱"玉階怨"，但詩中不見"怨"字。雖未直接寫人，但字裏行間可見人的影子，而且可以體會其若有所待、若有所思、若有所訴、若有所怨之狀。又寂寞幽怨難以入眠，於是徘徊不定，終乃隔簾望月，只有月與人相伴。似月伴人,又似人伴月。人有心中話而不語,月解此心中話又不語,只是望月,怨在言外。如此千轉百折的情思,詩人不著一語,只寫物狀,絲毫不涉人的內心。比謝朓原作,更為含蓄生動,耐人尋味。

鼓吹入朝曲〔一〕

　　金陵控海浦〔二〕,淥水帶吳京〔三〕。鐃歌列騎吹〔四〕,颯沓引公卿〔五〕。槌鐘速嚴粧〔六〕,伐鼓啓重城〔七〕。天子憑玉案〔八〕,劍履若雲行〔九〕。日出照萬户,簪裾爛明星〔一〇〕。朝罷沐浴閑〔一一〕,遨游閬風亭〔一二〕。濟濟雙闕下〔一三〕,歡娛樂恩榮。

【注釋】
〔一〕入朝曲:樂府舊題。《樂府詩集》卷二〇收此詩,列於《鼓吹曲辭》,題為《入朝曲》。齊永明八年,謝朓奉鎮西隨王教,於荆州道中作鼓吹曲十篇,其中有《入朝曲》。詞云:"江南佳麗地,金陵帝王州。逶迤帶綠水,迢遞起朱樓。飛甍夾馳道,垂楊蔭御溝。凝笳翼高蓋,疊鼓送華輈。獻納雲臺表,功名良可收。"此詩當是李白游金陵時擬謝朓之作。故題為《鼓吹入朝曲》,詠六朝之事。　〔二〕"金陵"句:金陵,古邑名。戰國時楚威王在今南京市清涼山設金陵邑,埋金以鎮王氣,故名。成為今江蘇南京市的別稱。控海浦,控制通海口。　〔三〕"淥水"句:謂清澈的水環繞着吳地京城。淥,《樂府詩集》作"綠"。吳京,指金陵。六朝皆建都金陵,以三國時吳國為始,故稱。帶,圍繞。　〔四〕"鐃歌"句:鐃歌,樂府鼓吹曲的一部分,用於激勵士氣及宴餉功臣。騎吹,鐃歌別稱。因多鼓吹於馬上而名。按:列於殿庭者為鼓吹,從行鼓吹為騎吹。此句謂騎兵列隊吹奏鐃歌。　〔五〕"颯沓"句：颯沓，《文選》卷二一鮑照《詠史》："賓御紛颯沓。"劉良注："颯沓，衆盛貌。"引，《唐文粹》作"列"。〔六〕"槌鐘"句：槌，同"搥"，敲，擊。嚴粧，猶嚴裝，裝束端正。此句謂隨着擊鐘聲迅速整理好裝束。　〔七〕"伐鼓"句：伐，擊。啓，開。重城，指有多道城門。此句謂隨着擊鼓聲打開一道道城門。　〔八〕"天子"句：憑，依仗，憑靠。案，一作"几"。　〔九〕"劍履"句：劍履，古代高官貴臣得天子特許，可帶着劍，不脱履而上殿。此借指功臣和高官。若雲行，形容公卿之多。　〔一○〕"簪裾"句：簪裾，顯貴達官的服飾。庾信《奉和永豐殿下言志十首》其二："星橋擁冠蓋，錦水照簪裾。"此句謂公卿們服飾光彩如明星般燦爛。　〔一一〕沐浴：猶"休沐"，休假。洗髮曰沐，洗身曰浴。古代官吏例假稱休沐。　〔一二〕閶風亭：《太平御覽》卷一九四引《郡國志》："潤州覆舟山有閶風亭。"按覆舟山在今南京市。　〔一三〕"濟濟"句：濟濟，衆多貌。雙闕，宫門兩旁的兩個樓觀，用以遠觀或懸挂法令。因兩樓觀中有空缺，故名。此泛指宫殿。一說，特指南朝所立石闕。《六朝事蹟》卷三："(建康)縣北五里有二石闕，在臺城之門南，高五丈，廣三丈六寸，梁武帝所造。"

【評箋】

舊題嚴羽評點《李太白詩集》卷四：評"日出"二句：句有光焰。

蕭士贇《分類補注李太白詩》：此篇全得《國風》之體。……末句歸美朝罷休閑，歡娱如此，恩榮如此，其氣概可見矣。

王琦《李太白全集》注：此篇蓋擬六朝人之作，故以金陵、吳京為辭。蕭氏以為諷永王入朝而作，則天子當在長安，與金陵、吳京何預？而朝罷遨游之地，亦不當在閶風亭矣。其説非是。

按：此詩作於金陵。惟李白多次游金陵緬懷往事，故難以編年。

秦女休行〔一〕 古詞魏朝協律
都尉左延年所作,今擬之。

西門秦氏女,秀色如瓊花〔二〕。手揮白楊刀〔三〕,清晝殺讎家。羅袖灑赤血,英聲凌紫霞〔四〕。直上西山去,關吏相邀遮〔五〕。壻為燕國王,身被詔獄加〔六〕。犯刑若履虎〔七〕,不畏落爪牙。素頸未及斷,摧眉伏泥沙〔八〕。金雞忽放赦,大辟得寬賒〔九〕。何慚聶政姊,萬古共驚嗟〔一〇〕。

【注釋】

〔一〕秦女休行:樂府舊題。《樂府詩集》卷六一收此詩,列於《雜曲歌辭》。題下為李白原注。按魏左延年古辭,大略言女休為燕王婦,為宗報讎,殺人都市,雖被囚繫,終以赦宥,得寬刑戮。此詩所詠與之意同。此外,晉傅玄亦有《秦女休行》,稱"龐氏有烈婦",亦言殺人報怨,以烈義稱,與古辭義同而事異。此詩辭義結構都擬左延年的《秦女休行》。唯左詩為雜言詩,此詩全用五言。 〔二〕"西門"二句:用左延年詩"始出上西門,遙望秦氏廬。秦氏有好女,自名為女休"之意。瓊花,珍異花木,其色微黃而有香味。傳說隋煬帝開運河下揚州就是為了賞瓊花。此用以形容女休之美。 〔三〕白楊刀:寶刀名。即白羊子,古之利刃。《淮南子·修務訓》:"羊頭之銷。"高誘注:"白羊子,刀也。"左延年詩云:"左執白楊刃,右據宛魯矛。"此即用其意。刀,胡本作"刃"。 〔四〕"英聲"句:聲,《全唐詩》卷一六四作"氣"。紫霞,指天空。 〔五〕"關吏"句:邀遮,攔截。左延年詩:"女休西上山,上山四五里。關吏呵問女休……"此即寫其事。 〔六〕"壻為"二句:詔獄加,謂施以下獄之罪。詔獄,奉詔拘禁罪人的監獄。左延年詩:"女休前置詞,平生為燕王婦,於今為詔獄囚。"此即寫其意。　〔七〕履虎：踏在虎身上。極言犯刑之險。《易·履》："履虎尾，不咥人，亨。"　〔八〕"素頸"二句：謂正當女休低眉伏在泥沙上臨刑之時。左延年詩："女休凄凄曳梏前，兩徒夾我持刀，刀五尺餘。刀未下，朣朧擊鼓赦書下。"此即寫其事。　〔九〕"金雞"二句：金雞放赦，指大赦。見前《流夜郎贈辛判官》詩注。大辟，死刑。《書·吕刑》："大辟疑赦。"孔傳："大辟，死刑也。"寬賒，寬大赦免。〔一〇〕"何慚"二句：聶政姊，《戰國策·韓策二》載，聶政刺殺韓國宰相韓傀，然後毀容自殺。韓國取聶政之屍暴於市，以千金購問刺客是誰。政姊聞之，曰："弟至賢，不可愛妾之軀，滅弟之名，非弟意也。"於是到韓國，哭曰："今死而無名……此為我故也！夫愛身不揚弟之名，吾不忍也！"乃抱屍而哭之曰："此吾弟軹深井里聶政也。"然後亦自殺於屍下。晉、楚、齊、衛聞之曰："非獨政之能，乃其姊者亦列女也。"聶政之所以能揚名後世，由於其姊不避誅而揚弟名之故。此句謂女休的行為在聶政姊面前可以毫無慚色。

【評箋】

　　舊題嚴羽評點《李太白詩集》卷四：評首四句：非此人能作此事。四語已盡，餘俱可廢。

　　胡震亨《李詩通》：按女休事奇烈，第重述一過，便堪擊節。太白擬樂府，有不與本辭為異，正復難及者，此類是也。

　　曾國藩《求闕齋讀書錄》卷七：左延年辭言秦女休為燕王婦，為宗報讎，殺人都市，遇赦得免。傅玄詞言龐娥為報仇殺人，以烈義稱。太白此辭擬左延年。但左、傅俱用長短句，太白但用五言，為小異耳。

　　按：嚴羽評點此詩首四句曰："四語已盡，餘俱可廢。"其實，首四句只是概括性敘述事件，後面的描寫纔更生動感人，女休的剛烈性格躍然紙上。末句以頌揚作結，表明詩人的敬仰之情，與《東海有勇婦》詩相同。只是彼詩紀時事，此詩則是詠古事。

少年行二首〔一〕

其 一

　　擊筑飲美酒〔二〕,劍歌易水湄〔三〕。經過燕太子〔四〕,結托并州兒〔五〕。少年負壯氣,奮烈自有時〔六〕,因聲魯勾踐,争博勿相欺〔七〕。

【注釋】

〔一〕少年行:樂府舊題。《樂府詩集》卷六六收此詩,列於《雜曲歌辭》。本出《結客少年場行》。《樂府解題》云:"《結客少年場行》,言輕生重義,慷慨以立功名也。"按:鮑照有《結客少年場行》,王融、吴均有《少年子》,皆寫少年任俠行樂事。宋本題下校:"後一首亦作小放歌行。"乃宋人編集時所加。　　〔二〕"擊筑"句:筑(zhù):古擊絃樂器。形似筝,頸細而肩圓,有十三絃,絃下設柱。演奏時,左手按絃的一端,右手執竹尺擊絃發音。　　〔三〕"劍歌"句:易水,在今河北易縣南。湄,河岸。此句用燕太子丹送荆軻入秦刺秦王事。《戰國策·燕策三》載,荆軻為燕太子丹赴秦刺秦王,"太子及賓客知其事者,皆白衣冠以送之。至易水上,既祖取道,高漸離擊筑,荆軻和而歌,為變徵之聲,士皆垂淚涕泣。又前而歌:'風蕭蕭兮易水寒,壯士一去兮不復還。'"　　〔四〕燕太子:名丹,燕王喜之太子。為質於秦。後逃歸。秦滅韓、趙後,燕太子丹派荆軻往秦行刺秦王,事敗後,秦急攻燕,燕王喜只得斬丹以獻。見《戰國策·燕策》。〔五〕并州兒:《晉書·山簡傳》:"時有童兒歌曰:'舉鞭問葛彊,何如并州兒?'"葛彊家在并州,山簡的愛將。并州,漢武帝所置"十三刺史部"之一。東漢時治所在晉陽(今山西太原市西南),唐代并州轄境相當於今山西陽曲以南、汶水以北的汾水中游地區,治所在今太原市。此處"并州兒"借指幽、并游俠少年。　〔六〕"少年"二句：徐悱《白馬篇》："少年負壯氣,耿介立衝冠。"上句用其成句。　〔七〕"因聲"二句：魯勾踐,戰國時趙國游俠。《史記·刺客列傳》："荆軻游於邯鄲,魯勾踐與荆軻博,爭道,魯勾踐怒而叱之,荆軻嘿而逃去,遂不復會。……魯勾踐已聞荆軻之刺秦王,私曰：'嗟乎,惜哉,其不講於刺劍之術也！甚矣,吾不知人也！曩者吾叱之,彼乃以我爲非人也！'"二句用其意。因聲,一作"因擊"。爭博,宋本作"爭情",據他本改。

【評箋】

舊題嚴羽評點《李太白詩集》卷五：意已見前,又似未了。

其　　二〔八〕

五陵年少金市東〔九〕,銀鞍白馬度春風。落花踏盡游何處？笑入胡姬酒肆中〔一〇〕。

【注釋】

〔八〕其二：宋本校此首亦作《小放歌行》。　〔九〕"五陵"句：五陵,見前《叙舊贈江陽宰陸調》詩注。年少,咸本作"少年"。金市,一爲魏晉時洛陽街市名。陸機《洛陽記》："洛陽有三市：一曰金市,在宫西大城内；二曰馬市,在城東；三曰羊市,在城南。"按西爲兑,於五行爲金,故稱金市。二指長安西市。後泛指繁華街市。　〔一〇〕胡姬：西域女子。唐代長安多胡人酒肆,店中有胡姬歌舞侍酒。胡,胡本作"吴"。

【評箋】

舊題嚴羽評點《李太白詩集》卷五：評"笑入"句：寫豪情在"笑入"二字,有味。

《唐詩歸》卷一六鍾惺評"落花"二句：行徑風生。

唐汝詢《唐詩解》卷二五：金市,地之豪也。銀鞍,騎之華也。春風,時之麗也。踏落花入酒肆,游之冶也。模寫少年之態,曲盡其妙。

朱之荆《增訂唐詩摘鈔》：極寫豪華之盛,曲盡少年之態。

按：此詩詠少年游冶之情景。五陵為豪俠之地,少年游於金市之東,駕銀鞍,跨白馬,意氣飛揚,馳騁於春風之中。落花踏盡,笑入酒肆,擁紅粉而醉歌,不知天高地厚,真少年之行徑。

淥水曲〔一〕

淥水明秋日〔二〕,南湖采白蘋〔三〕。荷花嬌欲語,愁殺蕩舟人〔四〕。

【注釋】

〔一〕淥水曲：樂府舊題。淥,一作"緑",下同。《樂府詩集》卷五九收此詩,列入《琴曲歌辭》。齊江奐,梁吴均、江洪都有此題詩。王琦注云："《淥水》,本琴曲名,太白襲用其題,以寫所見,其實則《采菱》、《采蓮》之遺意也。" 〔二〕"淥水"句：謂清澄的水在秋天的陽光下發亮。明,用作動詞,照亮。秋日,一作"秋月"。 〔三〕白蘋：水草名。亦稱四葉菜、田字草。葉四方,中拆如十字。根生水底,葉浮水上,五月有花,白色,故稱白蘋。常見於水田、池塘、溝渠中。 〔四〕"愁殺"句：愁殺,極言其愁。殺,甚之之辭。蕩舟人,《史記·管蔡世家》："齊桓公與蔡女戲船中,夫人蕩舟。"此指蕩船女子。

【評箋】

舊題嚴羽評點《李太白詩集》卷五：直是死不得,活不得,情深之極。

唐汝詢《唐詩解》卷二一：此泛舟為水戲之辭。言淥水清澈如月,適采蘋於此,見荷花之豔,令人意不自持也。

應時《李詩緯》卷四引丁谷雲曰：清氣逼人，不見其媚。

吳昌祺《删訂唐詩解》卷一一：末句言蕩舟之婦妒其豔而生愁。

《唐宋詩醇》卷四：逸調。末句非有軼思，特妒花之豔耳。

黄叔燦《唐詩箋注》："愁殺"兩字，反覆讀之，通首俱攝入矣。

馬位《秋窗隨筆》：少陵"春去春來洞庭闊，白蘋愁殺白頭人"；太白"荷花嬌欲語，愁殺蕩舟人"。風神摇漾，一語百情。李、杜洵敵手也。

劉文蔚《唐詩合選詳解》：采蘋而忽見荷花之嬌豔，因轉而爲愁，蓋妒其豔也。

按：此詩寫南湖水清，女子采蘋，蕩舟於荷花之間，見荷花嬌豔而傷情。正如王琦所説："太白襲用其題以寫所見，其實則《采菱》、《采蓮》之遺意也。"

春　　思〔一〕

燕草如碧絲，秦桑低緑枝〔二〕。當君懷歸日，是妾斷腸時。春風不相識，何事入羅幃〔三〕？

【注釋】

〔一〕春思：《樂府詩集》未收此詩，亦無此題。當是李白自製的樂府新題，仿《秋思》之意。　〔二〕"燕草"二句：寫春天景色，謂燕地(今河北一帶)緑草如絲，秦地(今陝西一帶)柔桑滿枝。　〔三〕"春風"二句：謂所懷之人不至，則似與春風不相識。然不相識之春風又何以吹入羅帳？言外自有無限哀怨。幃，一作"幢"。

【評箋】

舊題嚴羽評點《李太白詩集》卷五：評"春風"二句："識"字説得春風

597

有心有眼,却又不落尖巧。

　　蕭士贇《分類補注李太白詩》卷六:燕北地寒,草生遲,當秦地柔桑低綠之時,燕草方生如絲之碧也。秦桑低枝者,興思婦之斷腸也。言其夫方萌懷歸之志,猶燕草之方生。妾則思君之久,先已斷腸矣,猶秦桑之已低枝也。末句喻此心貞潔,非外物所能動。此詩可謂得《國風》不淫不誹之體矣。

　　《唐詩歸》卷一五鍾惺評:若嗔若喜,俱着"春風"上,妙!妙!比"小開罵春風"覺老成些,然各有至處。　譚元春評:後人用此意,翻跌入填詞者多矣,畢竟此處無一毫填詞氣,所以為貴。

　　唐汝詢《唐詩解》卷四:此為戍婦之辭。蓋夫在燕而己在秦,故言燕草碧則君思歸,秦桑低則妾腸斷矣。並感時物之變而興懷也。因言我所欲見者,惟此懷歸之征客。今春風素不相識,何故入我羅幃耶?其貞靜純一,不為外物所摇如此。蕭注以為不淫不誹者,得之。又以首聯興次聯,則謬矣,萋萋草蟲亦興耶?

　　王夫之《唐詩評選》卷二:字字欲飛,不以情,不以景。《華嚴》有"兩鏡相入"義,唯供奉不離不墮。

　　應時《李詩緯》卷一引丁谷雲評:題非樂府,情、聲却合。

　　吳昌祺《删訂唐詩解》卷二:蕭注以一、二興三、四,唐正之矣。又以末二句為貞靜,則猶淺。詩蓋以風之來,反襯夫之不來,與簡文"祇恐多情月,旋來照妾牀"同意。唐用蕭解,删之。

　　《唐宋詩醇》卷四:古意,却帶秀色,體近齊梁。"不相識",言不識人意也,自有貞靜之意。

　　黃周星《唐詩快》:同一"入羅幃"也,"明月"則無心可猜,而"春風"則不識何事。一心一疑,各有其妙。

　　按:"春"字在中國古典詩歌中既可指春天,也可比喻男女間的愛情,此詩就具有這兩層意思。燕、秦兩地相隔遙遠,把想像中的遠景和眼前實有的近景合在一幅畫面上,都從少婦的角度寫出,細緻地表達出少婦深刻相思的心理活動,可謂妙筆。而且"絲"諧音"思","枝"諧音"知",這也和後面的"思歸"和"斷腸"相關，加強了詩的含蓄和音樂美。在南朝樂府民歌中，春風乃多情之物，如《子夜四時歌·春歌》："春風復多情，吹我羅裳開。"《讀曲歌》："春風不知著，好來動羅裙。"此詩則反其意而用之，少婦斥責春風"不相識"而來干擾，正表現出思婦對丈夫遠別久而情愈深。全詩通過畫面的巧妙組合，心理活動的細緻描寫，使思婦形象生動感人。

擣　衣　篇〔一〕

　　閨裏佳人年十餘，嚬蛾對影恨離居〔二〕。忽逢江上春歸燕，銜得雲中尺素書〔三〕。玉手開緘長歎息，狂夫猶戍交河北〔四〕。萬里交河水北流，願為雙鳥泛中洲〔五〕。君邊雲擁青絲騎，妾處苔生紅粉樓〔六〕。樓上春風日將歇，誰能攬鏡看愁髮！曉吹員管隨落花〔七〕，夜擣戎衣向明月。明月高高刻漏長〔八〕，真珠簾箔掩蘭堂〔九〕。橫垂寶幄同心結〔一〇〕，半拂瓊筵蘇合香〔一一〕。瓊筵寶幄連枝錦〔一二〕，燈燭熒熒照孤寢〔一三〕。有使憑將金剪刀，為君留下相思枕〔一四〕。摘盡庭蘭不見君，紅巾拭淚坐氤氳〔一五〕。明年更若征邊塞，願作陽臺一段雲〔一六〕。

【注釋】
〔一〕擣衣篇：《樂府詩集》卷九四《新樂府辭》有《擣衣曲》，並曰："蓋言擣素裁衣，緘封寄遠也。"錄王建、劉禹錫詩，似為唐代新體。但却未收李白此詩。其實，謝靈運、謝惠連已有《擣衣詩》。謝惠連《擣衣詩》："櫩高砧響發，楹長杵聲哀。微芳起兩袖，輕汗染雙題。"寫為在外的丈夫縫衣與對其思念。李白此詩承六朝人《擣衣》詩意,專寫女子對遠戍邊塞的丈夫的憂鬱思念之情。擣衣,古代縫衣前,用棍棒捶擊練帛。　〔二〕顰蛾:蹙眉。蛾,眉毛。　〔三〕尺素書:寫在白絹上的書信。古人寫信,多用絹,通常長一尺,故稱尺素書。古樂府《飲馬長城窟行》:"呼童剖鯉魚,中有尺素書。"　〔四〕"狂夫"句:狂夫,此指丈夫。狂,胡本作"征"。戍,防守。交河,古城名。故址在今新疆吐魯番西北約五公里處,雅爾湖村之西,處於兩條小河交叉環抱的一個柳葉形小島上,故名。自西漢至後魏,車師前王國皆都於此,公元四五〇年後為高昌所滅。於此置交河郡。唐貞觀十四年(六四〇),滅高昌,於此置交河縣。　〔五〕"願為"句:雙鳥,一作"雙燕"。中洲,洲中。　〔六〕"君邊"二句:君,指丈夫。青絲騎,用青絲為飾之馬。劉孝綽《淇上戲蕩子婦示行事》詩:"不見青絲騎,徒勞紅粉妝。"二句即用此意。　〔七〕員管:胡本作"篔管",是。樂器名。形製不詳。　〔八〕"明月"句:刻漏,古人的計時方法,在水壺中置一刻有度數的箭,使水下漏而露出刻度,以此計算時間。此句謂思婦徹夜不眠,深感夜長。　〔九〕"真珠"句:謂用珍珠穿成的門簾,遮掩着蘭香氤氲的堂室。　〔一〇〕"橫垂"句:寶幄,珍貴的帳幔。同心結,用錦帶打成的連環回文樣式的結子,為男女相愛的象徵。此指放下帳幔,將上面的帶子兩端於中心處打成結,橫垂於帳幔之前。〔一一〕"半拂"句:瓊筵,珍貴的筵席。蘇合,植物名,原產小亞細亞,梵語名咄嚕瑟劍。在漢代傳入中國。從此樹中取膠,製成香料,謂蘇合香。又可入藥。一説蘇合香乃合諸香汁煎之,非自然一物。見《法苑珠林》卷四九。　〔一二〕"瓊筵"句:謂筵席上的裝飾和帳幔都用連理枝圖案的錦製作。　〔一三〕熒熒:明亮貌。　〔一四〕"有使"二句:謂如有使者,自己願裁製一枕請其帶給丈夫,用之可在睡中相思相見。有使,一作"有便"。　〔一五〕"摘盡"二句:紅巾,唐代富貴之家佩巾都以胭脂染之為紅色,故稱紅巾。坐,一作"生",是。氤氲(yīn yūn),烟霧彌漫貌,此形容淚眼模糊。　〔一六〕"明年"二句:若更,宋本作"更若",據他本改。陽臺一段云,用宋玉《高唐賦》楚王夢與巫山神女雲雨事,見前《襄陽歌》詩注。

【評箋】

舊題嚴羽評點《李太白詩集》卷五：評末二句：無可奈何。

蕭士贇《分類補注李太白詩》卷六：末句曰："明年若更征邊塞，願作陽臺一段雲。"意謂滔滔不歸，則惟有托夢以從其夫於四方上下耳。此亦極其懷思之形容也歟！

胡應麟《詩藪·內編》卷三：太白《擣衣篇》等，亦是初唐格調。

邢昉《唐風定》：子安《擣衣》尚襲梁、陳，此雖綺麗有餘，而神骨自勝矣。

毛先舒《詩辯坻》卷三："閨裏佳人年十餘"，頗有四傑風格，差逸宕耳。要此等是太白佳作。

橫江詞六首〔一〕

其　一

人言橫江好，儂道橫江惡〔二〕。一風三日吹倒山〔三〕，白浪高於瓦官閣〔四〕。

【注釋】

〔一〕橫江：指今安徽和縣東南橫江浦與南岸采石磯之間的長江，形勢險要。《元和郡縣志》闕卷逸文卷二淮南道和州歷陽縣："橫江，在縣東南二十六里，直江南采石渡處。東漢建安初，孫策自壽春經略江都，揚州刺史劉繇遣將屯橫江，孫策擊破之於此。隋將韓擒虎平陳，自橫江濟，亦此處也。"按《樂府詩集》卷九〇收此六首詩列入《新樂府辭》。其實，此六詩非樂府詩，乃李白即地名題的歌吟體詩。　〔二〕"人言"二句：言，一作"道"。儂（nóng），吳方言自稱曰"儂"。道，一作"言"。惡，壞。
〔三〕"一風"句：謂大風連吹三天，幾乎要把山都吹倒。三，郭本作"二"。一風三日吹倒山，《文苑英華》作"猛風吹倒天門山"。　〔四〕"白浪"

句:形容浪高。瓦官閣,亦作"瓦棺閣"。王琦注引《幽怪録》:"上元縣(今江蘇南京市)有瓦棺寺,寺上有閣,倚山瞰江,萬里在目,亦江湖之極境,游人弭棹,莫不登眺。"按瓦官寺之名,本於寺在原製瓦工場。《焦氏筆乘》續集卷七云:"晉哀帝興寧二年,詔移陶官於淮水北,遂以南岸窑地施與僧慧力造寺,因以瓦官名之。"又據説民間以掘地有瓦棺,因稱瓦棺寺。寺有瓦官閣,高二十五丈。南唐時改名昇元寺,閣稱昇元閣。

【評箋】

舊題嚴羽評點《李太白詩集》卷六:凡形摹語無妨過言,不必如語實語。

趙翼《甌北詩話》卷一:詩家好作奇句警語,必千錘百鍊而後能成。如李長吉"石破天驚逗秋雨",雖險而無意義,衹覺無理取鬧。至少陵之"白摧朽骨龍虎死,黑入太陰雷雨垂",昌黎之"巨刃摩天揚"、"乾坤擺礧硠"等句,實足驚心動魄,然全力搏兔之狀,人皆見之。青蓮則不然。如"撫頂弄盤古,推車轉天輪。女媧戲黄土,團作愚下人。散在六合間,濛濛如沙塵"(《上雲樂》)、"舉手弄清淺,誤攀織女機"(《游泰山》)、"一風三日吹倒山,白浪高於瓦官閣"(《横江詞》),皆奇警極矣,而以揮灑出之,全不見其錘鍊之迹。

其　二

海潮南去過尋陽〔五〕,牛渚由來險馬當〔六〕。横江欲渡風波惡,一水牽愁萬里長〔七〕。

【注釋】

〔五〕尋陽:尋,一作"潯"。尋陽,今江西九江市。古時相傳海潮倒灌衝入長江,可至尋陽。唐人詩中多有此説。如張繼《奉寄皇甫補闕》詩:"潮至潯陽回去,相思無處通書。"從横江浦到尋陽的一段長江由東北往西南,故云"海潮南去"。　〔六〕"牛渚"句:牛渚,山名,在今安徽馬鞍山市長江邊。北部突入江中,名采石磯,水流湍急,形勢險要。古時為大江南北重要津渡,也是兵家必爭之地。馬當,山名,在今江西彭澤縣東北,橫枕長江,風急浪險。山形似馬,故名。陸龜蒙《馬當山銘》:"言天下之險者,在山曰太行,在水曰呂梁,合二險而為一者,吾亦聞乎馬當。"此句謂牛渚在馬當下游,故海潮倒灌之勢向來比馬當山更險惡。

〔七〕"一水"句:謂險惡的潮水牽動旅人愁思,就像洶湧的波浪萬里悠長。

按:此首是站在江邊南望上游,寫海潮倒灌入長江之險惡。從海潮幾欲過尋陽而上,又由尋陽聯想到附近的馬當。歷來認為馬當山水為天下之險,而海潮衝向尋陽、馬當,必然先過牛渚,故牛渚比馬當更險。用馬當與牛渚比較,形容牛渚更險於馬當,也暗喻自己一生經歷中一次比一次險惡。故面對橫江的風浪,一水牽愁萬里長。

其　　三

橫江西望阻西秦〔八〕,漢水東連楊子津〔九〕。白浪如山那可渡〔一〇〕?狂風愁殺峭帆人〔一一〕。

【注釋】

〔八〕西秦:今陝西省一帶,因春秋戰國時屬秦,地處六國之西,故名。此指長安。　〔九〕"漢水"句:漢水,源出陝西西南部寧強縣,東南流經陝西南部、湖北西北部和中部,至武漢市入長江。揚子津,在今江蘇省揚州市南長江北岸,是古代重要渡口。當時橫江浦為建康之西津,揚子津為建康之東津。按唐朝時交通,在江東可取道長江、漢水,轉向長安。漢水東連,宋本校:"一作楚水東流。"連,《文苑英華》作"流"。楊,一作"揚"。　〔一〇〕那可:怎可。那,通"哪",疑問詞。　〔一一〕峭帆人:高挂船帆之人,指船夫。峭,疑為"舠"或"梢"字之訛。

【評箋】

舊題嚴羽評點《李太白詩集》卷六：評"狂風愁殺峭帆人"：況舟中之人乎！

按：此首是站在江岸西望長安。以山川之險喻指求仕之難，以風波之狂險喻仕途險惡，以漢水與揚子津遙相連接暗喻身在萬里之外而心繫長安。

其 四

海神來過惡風迴〔一二〕，浪打天門石壁開〔一三〕。浙江八月何如此〔一四〕？濤似連山噴雪來〔一五〕！

【注釋】

〔一二〕"海神"句：謂海神過後江面又掀起險惡的風浪。來，一作"東"。《博物志》卷七記載，周武王夢見東海神女將西歸，說我行時必有大風雨。以後果有疾風暴雨。於是世傳海神走後必有惡風雨。　〔一三〕"浪打"句：天門，山名。見前《望天門山》詩注。此句謂巨浪撞擊天門山，石壁為之開裂。　〔一四〕"浙江"句：浙江，即錢塘江。江入海處有山橫江，江口呈喇叭狀，海潮倒灌，造成以凶險著名的"錢塘潮"。夏曆月初、月中常有大潮，每年八月十八日在海寧所見海潮倒灌潮水最猛。《水經注·漸水》："錢塘……縣東有定、包諸山，皆西臨浙江。水流於兩山之間，江川急濬，兼濤水晝夜再來，來應時刻，常以月晦及望尤大，至二月、八月最高，峨峨二丈有餘。"此句乃詩人設問：這橫江風浪與錢塘江八月大潮相比怎樣？　〔一五〕連山：喻波濤如連綿的山峰。木華《海賦》："波如連山。"

按：此首眺望橫江下游通海，因此聯想到海神。

其　　五

橫江館前津吏迎[一六]，向余東指海雲生[一七]。"郎今欲渡緣何事？""如此風波不可行！"[一八]

【注釋】

〔一六〕"橫江"句：橫江館，王琦注引《太平府志》："采石驛，在采石鎮，濱江，即唐時之橫江館也。"遺址在今馬鞍山市采石公園内。津吏，掌管渡口事務的官吏。《新唐書·百官志四下》："上津置尉一人，掌舟梁之事。……永徽中，廢津尉，上關置津吏八人，永泰元年，中關置津吏六人，下關四人，無津者不置。"　〔一七〕海雲生：海上雲起，是暴風將起之兆，預示江上風浪將更險惡。　〔一八〕"郎今"二句：此為津吏語。郎，古時對一般男子的敬稱。緣，連詞，因為、為了。梁簡文帝《烏棲曲》："采蓮渡頭礙黃河，郎今欲渡畏風波。"李白以此下句衍化為二句，情態畢現。

【評箋】

舊題嚴羽評點《李太白詩集》卷六：此詩四句一氣，其意言内已盡，而言外更無盡，是絕句第一流。

范梈批選《李翰林詩》卷二：絕句，一句一絕，乃其本體。其次，句少意多，極四句而反覆議論。此篇氣格含歌行之風，使人詠嗟之，有無窮之思。此唐人所長也。諸家非不佳，然視李、杜，氣格音調異，熟復之當見也。

楊慎《升庵詩話》：古樂府《烏棲曲》："采菱渡頭礙黃河，郎今欲渡畏風波。"太白以一句衍作二句，絕妙。

應時《李詩緯》：不假錘鍊而意味無窮。非惟中晚人難及，即盛唐亦不能到。

趙執信《聲調譜》評"橫江館前"一首：樂府也。

《唐宋詩醇》卷五：梁簡文《烏棲曲》云"郎今欲渡畏風波"，白用其語，風致轉勝。若其即景寫心，則托興遠矣。

黃叔燦《唐詩箋注》：質直如話，此等詩最難。

李鍈《詩法易簡錄》：全是本色。橫江之險，只從津吏口中敘出。"緣何事"三字，更有無窮含蓄。絕句中佳境，亦化境也。

宋顧樂《唐人萬首絕句選評》：托津吏勸阻，意更佳。

按：此首不僅寫眼前事，用口頭語，而且用人物手勢、對話入詩，真可謂繪聲繪色。全詩一氣呵成，語言爽朗，風格明快。

其　　六

月暈天風霧不開〔一九〕，海鯨東蹙百川迴〔二〇〕。驚波一起三山動〔二一〕，公無渡河歸去來〔二二〕！

【注釋】

〔一九〕月暈：一作"日暈"。日月光線經過雲層中水晶的折射或反射而形成的光環。日暈主雨，月暈主風。　〔二〇〕"海鯨"句：木華《海賦》："魚則橫海之鯨，突杌孤游……吸波則洪漣踧踖，吹澇則百川倒流。"蹙(cù)，迫促。此句謂海鯨在東海迫促翻騰而使百川為之倒流。百，《文苑英華》作"衆"。　〔二一〕三山：在江蘇南京市西南長江東岸，因突出江中，有三峰得名。六朝京城在建康(今南京市)，三山為其西南江防要地，故又稱護國山。　〔二二〕"公無"句：公無渡河，樂府詩題，《樂府詩集》卷二六列於《相和歌辭》，又名《箜篌引》。見前《公無渡河》詩注。此處只是借用其語。無，《文苑英華》作"莫"。歸去來，陶淵明有《歸去來辭》。來，語助詞。

【評箋】

舊題嚴羽評點《李太白詩集》卷六：二謠辭題合用無縫。

唐汝詢《唐詩解》卷二五：此津吏盛陳風波之惡而勸其歸，亦賦而比也。暈霧，譬君之蔽壅；海鯨，喻臣之跋扈。河山動搖，乾坤板蕩，豈賢者

606

仕進之時耶！

　　吴昌祺《删訂唐詩解》卷一三：前以雲生為風候,此以月暈為風候。　　又評唐汝詢所解末二句：予以為不必。

　　按：此首寫月暈、天風、江霧的惡劣天氣,海鯨簸浪使百川倒流,驚濤撼動三山。

　　舊題嚴羽評點《李太白詩集》：第一首是詞餘,五首是詩,似不同調。
　　楊慎評《李詩選》卷二：太白《橫江詞》六首,章雖分,意如貫珠,俗本以第一首編入長短句,後五首編入七言絶,首尾衝决,殊失作者之意,如杜詩《秋興八首》之分作二處。余特正之。凡古人詩歌不可分,類似此。
　　胡應麟《詩藪·内編》卷六：五言絶,唐樂府多法齊、梁,體製自别。七言亦有作樂府體者,如太白《橫江詞》、《少年行》等,尚是古調。
　　(以上總評)

　　按：此組詩共六首,寫作年代和詩中的寓意衆說紛紜。或謂"郎"乃對青年男子的敬稱,詩中津吏既稱詩人為"郎",應是青年時代的作品。或謂六首詩極寫橫江風波險惡,言外寓有政途險惡欲往無從之意,當作於被讒出京以後。《樂府詩集》卷九〇收此組詩於《新樂府辭》,但與中唐時期白居易等人對每首詩明確點明主題的《新樂府辭》有顯著區别。此六詩類似古題樂府,多比興寄託。故謂六首詩寓政途險惡之意不無可能。姑暫不編年。各首結句均謂風惡難渡,一、二首為總說,其三借船夫說,其四與錢塘怒潮比較作設問說,其五就津吏說,其六則結出"公無渡河",彼此不相重複。全詩語言明白如話,具有民歌風味。

送　友　人

青山橫北郭〔一〕,白水繞東城〔二〕。此地一為别〔三〕,

孤蓬萬里征〔四〕。浮雲游子意,落日故人情〔五〕。揮手自茲去,蕭蕭班馬鳴〔六〕。

【注釋】
〔一〕北郭:北城外。古時城有兩道,內城曰城,外城曰郭。 〔二〕白水:一説李白有《游南陽白水登石激作》詩,此"白水"即指南陽白水(在今南陽市東),為漢水支流,俗名白河。 〔三〕為別:猶作別。
〔四〕孤蓬:喻獨自漂泊如蓬草隨風飄轉。 〔五〕"浮雲"二句:王琦注:"浮雲一往而無定迹,故以比游子之意;落日銜山而不遽去,故以比故人之情。" 〔六〕"蕭蕭"句:蕭蕭,馬嘶鳴聲。《詩·小雅·車攻》:"蕭蕭馬鳴。"班馬,離別之馬。班,咸本作"斑",非。《左傳·襄公十八年》:"有班馬之聲。"杜預注:"班,別也。"

【評箋】
舊題嚴羽評點《李太白詩集》卷一五"浮雲"二句:澹蕩淒遠,勝多多許。
應時《李詩緯》卷三:大白五律之結構,當推此詩第一。
沈德潛《唐詩別裁》卷一〇:三、四流走,亦竟有散行者,然起句必須整齊。 又曰:蘇、李贈言多唏噓語,而無蹶躄聲,知古人之意在不盡矣。太白猶不失斯旨。
《唐宋詩醇》卷七:首聯整齊,承則流走而下,頸聯健勁,結有蕭散之致。大匠運斤,自成規矩。
王堯衢《古唐詩合解》卷七:前解叙送别之地,後解言送友之情。

把 酒 問 月 故人賈淳令余問之〔一〕

青天有月來幾時?我今停杯一問之。人攀明月不可得，月行却與人相隨。皎如飛鏡臨丹闕〔二〕，綠烟滅盡清暉發〔三〕。但見宵從海上來，寧知曉向雲間没〔四〕？白兔擣藥〔五〕秋復春，姮娥孤棲與誰鄰〔六〕？今人不見古時月，今月曾經照古人。古人今人若流水，共看明月皆如此。唯願當歌對酒時，月光長照金樽裏〔七〕。

【注釋】
〔一〕詩題：題下為李白自注。賈淳，事蹟不詳。按：屈原《天問》："日月安屬？列星安陳？出自湯谷，次於蒙汜；自明及晦，所行幾里？夜光何德，死則又育？厥利維何，而顧菟在腹？"始對日月發問，似對李白此詩有所啓發。又張若虛《春江花月夜》："江畔何人初見月？江月何年初照人？"為本詩之先導。　〔二〕"皎如"句：飛鏡，飛上天的明鏡。比喻月亮。丹闕，紅色宫門。唐太宗《秋月即目》詩："爽氣浮丹闕。"
〔三〕"綠烟"句：綠烟，指月光未明前的烟霧。滅盡，消除。《文苑英華》作"滅後"。清暉，同"清輝"。形容月光皎潔清朗。杜甫《月圓》詩："萬里共清輝。"　〔四〕"寧知"句：寧知，豈知。謂哪知早晨在雲間消失。
〔五〕白兔擣藥：傅玄《擬天問》："月中何有？白兔擣藥。"　〔六〕"姮娥"句：姮娥，神話人物，傳說是后羿之妻。《淮南子·覽冥訓》："羿請不死之藥於西王母，姮娥竊以奔月。"又作"嫦娥"，漢代因避文帝劉恒之諱而改。與誰鄰，《唐文粹》作"誰與鄰"。　〔七〕"唯願"二句：用曹操《短歌行》"對酒當歌，人生幾何"之意。唯，《文苑英華》作"所"。酒時，《文苑英華》作"清酒"。

【評箋】
舊題嚴羽評點《李太白詩集》卷一七：纏綿不墮纖巧，當與《峨眉山月歌》同看。

朱諫《李詩選注》卷一一：賦也。按此詩明白簡易，辭指清亮，飄然無所拘滯。時白在長安，故人賈淳相與對月把酒，令白作詩以問月，故多問之之辭。想其一停杯而詩輒就,遂為古今絕唱。說者謂其神就,夫神就者,天才也。白果天才者歟!

《唐詩歸》卷一六鍾惺評:問月妙矣,令予問之尤妙。"青天有月來幾時,我今停杯一問之",誕得妙。"綠烟滅盡清輝發",寫得入微。"今人不見古時月,今月曾經照古人",二句兒童皆誦之,然其言自足不朽。

王夫之《唐詩評選》卷一:於古今為創調。乃歌行必以此為質,然後得施其裁制。供奉特地顯出稿本,遂覺直爾孤行,不知獨參湯原為諸補中方藥之本也。辛幼安、唐子畏未許得與此旨。

《唐宋詩醇》卷七:奇思忽生,曠懷如見。"共看明月皆如此",令延之見之,又當失笑。

按:題下原注顯得滑稽:友人自己不問而叫別人問月,饒有趣味。首二句用倒裝句法,先出問語,有劈空而來的氣勢,然後補出發問的人及其把酒停杯的情態。全詩從停杯問月寫起,到月光照金樽結束,在時間、空間上縱橫馳騁,反復將月與人對比,穿插神話和月色描繪,融提問、敘述、描繪、議論、抒情於一體,有曲折錯綜、抑揚頓挫之美,形象鮮明生動,語言自然流暢,哲理與詩情交融,有自然渾成之妙。

宿五松山下荀媼家〔一〕

我宿五松下,寂寥〔二〕無所歡。田家秋作苦〔三〕,鄰女夜春寒〔四〕。跪進雕胡飯〔五〕,月光明素盤〔六〕。令人慚漂母〔七〕,三謝不能餐〔八〕。

【注釋】

〔一〕五松山:在今安徽銅陵東。荀媼,姓荀的老年婦女。媼(ǎo),老年婦女。《漢書·高帝紀上》"母媼"顏師古注引文穎曰："幽州及漢中皆謂老嫗為媼。"　〔二〕寂寥：冷清寂寞。　〔三〕"田家"句：用楊惲《報孫會宗書》成句"田家作苦"。秋作，秋天的勞動。　〔四〕夜舂：晚上用石臼舂米。　〔五〕"跪進"句：跪，古人席地而坐，屈膝坐在腳跟上，上身挺直，叫跪坐。此謂荀媼跪下身子將飯呈送給跪坐的詩人。凋葫，一作"彫胡"，《全唐詩》作"雕胡"。即菰米。菰，多年生水生宿根草本植物。根際有白色匍匐莖，春天萌生新株。基部形成肥大的嫩莖，即食用的蔬菜"茭白"。穎果狹圓柱形，名"菰米"，又稱"雕胡米"，可煮食。《西京雜記》卷一："菰之有米者，長安人謂為彫胡。"宋玉《諷賦》："為臣炊雕胡之飯，烹露葵之羹。"　〔六〕明素盤：照亮潔白的菜盤。明，照亮，作動詞用。　〔七〕漂母：在水邊漂洗絲絮的婦女。語出《史記·淮陰侯列傳》，見《贈新平少年》注。裴駰《集解》引韋昭曰："以水擊絮為漂，故曰漂母。"此處以"漂母"喻荀媼。　〔八〕三謝：再三致謝。

【評箋】

舊題嚴羽評點《李太白詩集》卷一八：是勝語，非怯語，不可錯會。

謝榛《四溟詩話》卷二：太白夜宿荀媼家，聞比鄰舂臼之聲以起興，遂得"鄰女夜舂寒"之句。然本韻"盤"、"餐"二字，應用以"夜宿五松下"發端，下句意重辭拙，使無後六句，必不落"歡"韻。此太白近體，先得聯者，豈得順流直下哉？

余成教《石園詩話》卷一：太白《宿五松山下荀媼家》詩末云："令人慚漂母，三謝不能餐。"夫荀媼一雕胡飯之進，素盤之供，而太白感之如是，且詩以傳之，壽於其集。當世之賢媛淑女多矣，而獨傳於荀媼，荀媼亦賢矣。然不遇太白，一草木同斃之村嫗耳。嗚乎！人其可不知所依附哉！

按：此詩疑作於晚年。全詩風格樸質自然，與詩人多數詩篇的豪放飄逸不同。反映出詩人對山村農民的誠摯謙恭和親切的心態。

611

山中與幽人對酌〔一〕

兩人對酌山花開,一杯一杯復一杯。我醉欲眠卿且去〔二〕,明朝有意抱琴來〔三〕。

【注釋】
〔一〕幽人:幽居之人,指隱士。 〔二〕"我醉"句:《宋書·陶潛傳》:"貴賤造之者,有酒輒設。潛若先醉,便語客:'我醉欲眠,卿可去。'其真率如此。"此處用其意。卿,對友人的愛稱。 〔三〕抱琴:琴乃古代隱士所愛樂器,陶潛、李白都喜歡彈琴。

【評箋】
舊題嚴羽評點《李太白詩集》卷一九:評"我醉"二句:麾之可去,招之可來,政見同調。詼謔得好,不是作傲語。
朱諫《李詩選注》:按此詩清淺明白,其趣味與淵明相似。詩辭輕順而近情,故後人好誦之而不厭也。
《唐詩歸》卷一六譚元春評:是與幽人對酌詩,若俗人則終筵且不堪,何可明日再來?……"有意"二字,有不敢必之意。
《唐宋詩醇》卷八:用成語妙如己出。前二句古調,後二句諧。拗體正格。
劉宏煦等選評《唐詩真趣編》:此詩寫對幽人,情致栩栩欲活。言我意中惟幽人,幽人意中惟我,相對那能不酌?酌而忽見山花,便似此花為我兩人而開者,意投神洽,杯難停手,故不覺陶然至醉也。"我醉欲眠卿且去"固是醉中語,亦是幽人對幽人,天真爛漫,全忘却形迹周旋耳。幽意正濃,幽興頗高,今日之飲,覺耳中不聞雅調,空負知音,大是憾事,君善琴,明日肯為我抱來一彈,纔是有意於我。兩個幽人何等纏綿親切! 劉仲肩曰:坦率之至,太古遺民。

王曉堂《峒陽詩話》：作詩用字，切忌相犯，亦有犯而能巧者。如"一胡蘆酒一篇詩"，殊覺為贅。太白詩"一杯一杯復一杯"，反不覺相犯。夫太白先有意立，故七字六犯，而語勢益健，讀之不覺其長。如"一胡蘆"句，方疊用一字，便形萎弱。此中工拙，細心人自能體會，不可以言傳也。

按：前二句敘飲酒，第三句突然一轉寫醉，第四句又轉寫後約，直敘中有曲折波瀾。語言明白如話，却能化用典實；感情表達酣暢淋漓，但韻味深長。一般絕句中避忌重複，本詩却連用三個"一杯"而反覺生動，此乃詩人之擅場。

自　　遣

對酒不覺暝〔一〕，落花盈我衣。醉起步溪月〔二〕，鳥還人亦稀〔三〕。

【注釋】
〔一〕暝：昏暗，此指傍晚。　〔二〕步溪月：在溪邊月下散步。
〔三〕鳥還：陶淵明《歸去來兮辭》："鳥倦飛而知還。"

【評箋】
　　吳逸一《唐詩正聲》：語秀氣清，趣深意遠。
　　桂天祥《批點唐詩正聲》：情景兩忘。胸中無此趣，不能為此詩。
　　唐汝詢《唐詩解》卷二一：不覺暝者，忘懷於酒也，然鳥還人稀之時，終有大不堪者在。
　　應時《李詩緯》卷四：興在言中，而感在言外。
　　吳烶《唐詩選勝直解》：遣興之致，描出自然。
　　黃叔燦《唐詩箋注》：此等詩必有真胸境，而後能領此真景色，故其言皆成天趣。

朱之荆《增訂唐詩摘鈔》：前二句忘懷之甚，後二句又有靜中愁來之意。

按：題曰"自遣"，非酒不能排遣，故對酒自酌，不覺日暝。花下飲酒，坐之甚久，故落花盈衣。日落月上，人已醉而起來步月，沿溪而觀。倦鳥已還，游人稀少，只有花月與酒為伴，真堪自遣。全詩沖澹而自適，甚得幽寂之趣。

聽蜀僧濬彈琴〔一〕

蜀僧抱綠綺〔二〕，西下峨眉峰〔三〕。為我一揮手〔四〕，如聽萬壑松〔五〕。客心洗流水〔六〕，餘響入霜鍾〔七〕。不覺碧山暮，秋雲暗幾重。

【注釋】
〔一〕蜀僧濬：李白另有《贈宣州靈源寺仲濬公》詩，"蜀僧濬"、"仲濬公"，疑為同一人。宋本題下有"蜀中"二字注，乃宋人編集時所加。誤。既稱"蜀僧"，則絕非作於蜀中。　〔二〕綠綺：琴名。傅玄《琴賦序》："齊桓公有鳴琴曰號鐘，楚莊王有鳴琴曰繞梁，中世司馬相如有琴曰綠綺，蔡邕有琴曰焦尾，皆名器也。"張載《擬四愁詩》其四："佳人遺我綠綺琴，何以贈之雙南金。"　〔三〕"西下"句：下，《唐文粹》作"上"。峨眉峰，山名。見前《峨眉山月歌》注。　〔四〕揮手：指手揮琴絃，彈琴。嵇康《琴賦》："伯牙揮手，鍾期聽聲。"　〔五〕萬壑松：形容琴聲如無數山谷中的松濤聲。按：琴曲有《風入松》。　〔六〕"客心"句：此句謂琴心優美如流水，一洗詩人的客中情懷。客，詩人自謂。流水，《列子·湯問》："伯牙善鼓琴,鍾子期善聽。伯牙鼓琴,志在登高山;鍾子期曰:'善哉!峨峨兮若泰山。'志在流水;曰:'善哉!洋洋兮若江河。'伯牙所念,鍾子期必得之。"〔七〕"餘響"句:餘響,琴聲餘音。王本作"遺響"。霜鍾,鍾,通"鐘"。《山海經·中山經》:"豐山……有九鍾焉,是知霜鳴。"郭璞注:"霜降則鍾鳴,故言知也。物有自然感應而不可為也。"此"入霜鍾"謂琴音與鐘聲混合。

【評箋】

舊題嚴羽評點《李太白詩集》卷二〇:一味清響,真如松風。

《唐詩歸》卷一六鍾惺評"為我"二句:飄然不喧。　又評"客心"二句:流水事,用得好。

朱諫《李詩選注》:按此聽琴之詩,可入清商之調,使善音者奏之於樂音而被之於徽絃之內,則當與《白雪》、《陽春》同一律矣!

應時《李詩緯》卷三:真景而運以逸思。　又引丁谷雲評:韓昌黎琴詩非不刻畫,然乏自然神致,所以詠物詩最忌粘皮帶骨。如謂不然,請細讀此詩可也。

《唐宋詩醇》卷八:纍纍如貫珠,泠泠如叩玉,斯為雅奏清音。

宋宗元《網師園唐詩箋》:逸韻鏗然,是能得絃外之音者。

高步瀛《唐宋詩舉要》:一氣揮灑,中有凝煉之筆,便不流入輕滑。

俞陛雲《詩境淺說》:此詩前半首,質言之,惟蜀僧為彈琴一語耳。學作詩者,僅此一語,欲化作四句好詩,幾不知從何下筆。試觀其起句,言蜀僧抱古琴自峨嵋而下,已有"入門下馬氣如虹"之概。緊接三、四句,如河出龍門,一瀉千里,以松濤喻琴聲之清越,以"萬壑松"喻琴聲之宏遠,句法動蕩有勢。五句言琴之高妙,聞者如流水洗心,乃賦聽琴之正面。六句以"霜鐘"喻琴,同此清迥,不以俗物為譬,乃賦聽琴之尾聲。收句聽琴心醉,不覺山暮雲深,如聞韶忘肉味矣。

按:此詩作年不詳。或謂天寶十二載(七五三)在宣城作,無據。

615

勞　勞　亭〔一〕

　　天下傷心處，勞勞送客亭。春風知別苦，不遣柳條青〔二〕。

【注釋】
〔一〕勞勞亭：遺址在今南京市西南，古新亭南。三國時吴國築。為古送別之所。勞勞，憂傷貌。　　〔二〕"春風"二句：古代春天送別，有折柳贈行的習俗。然寫此詩時柳色未青，詩人便設想春風亦知離別之苦而不使柳條發緑。構思新穎巧妙。王之渙《送別》詩："近來攀枝苦，應為別離多。"此反用其意，烘染"傷心"二字，愈見藴藉深婉。

【評箋】
　　舊題嚴羽評點《李太白詩集》卷二一：評"天下"句：一口吸盡。　　又評"春風"二句：情深思巧，却不費些子力，又非淺口所能學。
　　《唐詩歸》卷一六譚元春評"天下傷心處"：古之傷心人，豈是尋常哀樂？　　鍾惺評後二句："知"字、"不遣"字，不見着力之痕。
　　應時《李詩緯》卷四引丁谷雲評："春風"二語反結上意，無中生有，千古絶調也。
　　黄周星《唐詩快》：春風柳條，想亦同一傷心。
　　黄生《唐詩摘鈔》：將無知者説得有知，詩人慣弄筆如此。
　　朱之荆《增訂唐詩摘鈔》：深極巧極，自然之極，太白獨步。
　　《唐宋詩醇》卷八：二十字無不刺骨。
　　李鍈《詩法易簡録》：若直寫別離之苦，亦嫌平直；借"春風"以寫之，轉覺苦語入骨。其妙全在"知"字、"不遣"字，奇警無倫。
　　馬位《秋窗隨筆》：雲溪子曰：杜舍人牧《楊柳》詩云："巫娥廟裏低含

雨，宋玉堂前斜帶風"……俱不言"楊柳"二字，最為妙也。如此論詩，詩了無神致矣。詩人寫物，在不即不離之間，"昔我往矣，楊柳依依"，只"依依"兩字，曲盡態度。太白"春風知別苦，不遣柳條青"，何等含蓄，道破"柳"字益妙。

按：此詩作年不詳。勞勞亭是送客亭，故也是傷心亭。不說天下傷心事是離別，却說天下傷心處是勞勞亭，越過離別事寫送別地，直中見曲，立意高妙，運思超脫。又古代有折柳送別的習俗，蓋"柳"諧音"留"，可表依依不捨之情。詩人則反用其意，謂春風因不忍心看到人間離別苦，故不使柳條發青。這是移情於景，托物言情，迂回曲折，奇想妙絕，蘊藉深婉。

宣城見杜鵑花〔一〕

蜀國曾聞子規鳥〔二〕，宣城還見杜鵑花。一叫一迴腸一斷，三春三月憶三巴〔三〕。

【注釋】

〔一〕《全唐詩》卷一八四於本篇題下校："一作杜牧詩，題云《子規》。"北宋田概編《樊川別集》即誤作杜牧《子規》詩，《全唐詩》卷五二五重收杜牧下。考杜牧為京兆萬年人，生平未曾至蜀，與"蜀國曾聞"語不合。故此詩絕非杜牧所作。杜鵑花，又名映山紅。每年三月杜鵑鳥啼時盛開，顏色鮮紅，傳為杜宇啼血所化，故名。　〔二〕子規鳥：又名杜鵑鳥。傳說乃古蜀王杜宇之魂所化。暮春而鳴，音似"不如歸去"，能觸動旅客歸思。　〔三〕三巴：東漢末，益州牧劉璋置巴郡、巴東、巴西三郡，合稱三巴，在今重慶、四川境內。李白在蜀中度過青少年時期，故以三巴作為故鄉思念。

【評箋】

舊題嚴羽評點《李太白詩集》卷二一：出太白，如此猶不惡。

《唐宋詩醇》卷八：如謠如諺，却是絕句本色。效之，則癡矣。

按：此詩疑為晚年在宣城之作。此詩是絕句，却整篇對仗。尤其是後二句，"一"與"三"，三次重複，按理在近體詩中是禁忌的，但詩人却寫得神韻天然，反使人覺得回味無窮。

長門怨二首〔一〕

其 一

天回北斗挂西樓〔二〕，金屋無人螢火流〔三〕。月光欲到長門殿，別作深宮一段愁〔四〕。

【注釋】

〔一〕長門怨：樂府舊題。《樂府詩集》卷四二收此二詩，列於《相和歌辭·楚調曲》，並引《樂府解題》曰："《長門怨》者，為陳皇后作也。后退居長門宮，愁悶悲思，聞司馬相如工文章，奉黃金百斤，令為解愁之辭。相如為作《長門賦》，帝見而傷之，復得親幸。後人因其賦而為《長門怨》也。" 〔二〕"天回"句：北斗，星名。在北天排列成斗（古代酒器）形的七顆亮星。此句謂北斗七星的杓柄，每夜在天空由東向西迴轉。挂西樓，謂斗柄已轉到西邊，夜已深。宋之問《奉和幸韋嗣立山莊侍宴應制》："地隱東巖室，天回北斗車。" 〔三〕金屋：用漢武帝陳皇后的故事。此處即指長門宮。詳見前《妾薄命》注。螢火流，成群的螢火蟲在飛動，形容宮之荒涼。 〔四〕深宮：一作"深深"。

【評箋】

劉克莊《後村先生大全集》卷一八一《詩話新集》：此篇雖只二十八字，然婉而成章，哀而不怨，勝《長門賦》。

胡應麟《詩藪·內編》卷六：太白《長門怨》："天迴北斗挂西樓……"江寧《西宮曲》："西宮夜靜百花香，欲捲珠簾春恨長。斜抱雲和深見月，朦朧樹色隱昭陽。"李則意盡語中，王則意在言外。然二詩各有至處，不可執泥一端。大概李寫景入神，王言情造極。王宮詞樂府，李不能為；李覽勝紀行，王不能作。

唐汝詢《唐詩解》卷二五：上聯因時而叙景，下聯即景而生愁。樓獨稱西者，秋則斗柄西指也。月本無心，哀怨之極，覺其有心耳。

應時《李詩緯》卷四：推為絕句正體。　又引丁谷雲評：可一句一絕。

黃生《唐詩摘鈔》：含意甚深，故曰"詩可以怨"，何必定云"枉把黃金買詞賦，相如原是薄情人"，始為此題本色語？

朱之荊《增訂唐詩摘鈔》：上二語實寫，第三句空中陡起，奇闢驚人。　又曰："金屋無人"已含愁，又下"欲到"、"別作"四字一轉，更覺咀味不盡。

黃叔燦《唐詩箋注》："別作"、"一段"四字，令人詠味不盡。

宋顧樂《唐人萬首絕句選評》：只從"金屋"、"長門"着想，解此詩意，已盡得矣。

按：咸本、《唐人萬首絕句》錄此二詩分載兩處。此二詩或謂天寶二年（七四三）秋被讒見疏而借陳皇后故事自況而作，然無確據，故仍不編年。

其　　二

桂殿長愁不記春[五]，黃金四屋起秋塵[六]。夜懸明鏡青天上，獨照長門宮裏人[七]。

【注釋】

〔五〕"桂殿"句：桂殿，漢宮名有桂宮。《西京雜記》卷二："武帝為七寶牀、雜寶案、廁寶屏風、列寶帳，設於桂宮。"此處即作長門宮的美稱，特指住在殿中之人。此句謂殿中人因長期憂愁，忘了春天的到來。

〔六〕"黄金"句：黄金四屋，即金屋四周。起秋塵，謂轉眼間又是秋風滿殿塵埃飛揚。比喻恩寵衰落。鮑照《代陳思王京洛篇》："但懼秋塵起，盛愛逐衰蓬。"　〔七〕"夜懸"二句：用司馬相如《長門賦》"懸明月以自照兮，徂清夜於洞房"意。明鏡，指月亮。此謂只有秋夜明月高懸，特意照到長門宮來。

【評箋】

舊題嚴羽評點《李太白詩集》卷二一：前首言愁已清微，此但舉如此光景，不言愁，愈不堪。

陸時雍《唐詩鏡》卷二〇：二詩用意高妙。氣格雄深。"夜懸明月青天上，獨照長門宮裏人"，倒頓絶佳，若一直寫下，氣索然矣。

唐汝詢《唐詩解》卷二五：前篇因秋而起秋思，此篇則無時非秋矣。"獨"字甚佳，見月之有意相苦。

吴昌祺《删訂唐詩解》卷一三：月獨為我，用意最妙。

應時《李詩緯》卷四：此等詩脱胎於古，出以幽新，亦絶句之上乘。

黄叔燦《唐詩箋注》：曰"不記春"，曰"起秋塵"，形容長愁無盡，不覺春去而秋至也。下二句就長夜之愁托出"獨照"二字，說怨意妙。

《唐宋詩醇》卷八：寫出淒涼奇況，所謂善於言愁。

宋顧樂《唐人萬首絶句選評》：情思不如江寧，正以氣格勝。通首不言怨，怨在言外。

俞陛雲《詩境淺説續編》：首句桂殿秋與春對舉者，言含愁獨處，但見秋之蕭瑟，不知有春之怡暢也。次句言四面黄金塗壁，華貴極矣，而流塵污滿，則華貴於我何預？只益悲耳。後二句言月鏡秋懸，照徹幾家歡樂，一至寂寂長門，便成獨照，不言怨而怨可知矣。

620

按：前首最後出現一個"愁"字，此首開頭即接着寫殿中人的"長愁"，首二句"不記春"、"起秋塵"，正是極力形容"長愁"不盡，不覺春去而秋至（黄叔燦《唐詩箋注》語）。"黄金四屋起秋塵"，是前首"金屋無人"的深化。後二句又與前首三、四句呼應，前首是"月光欲到"，此首則已"明鏡高懸"，月光照到長門，並讓冷宫中的人物出場。

怨　　情

美人卷珠簾，深坐顰蛾眉〔一〕。但見涙痕濕，不知心恨誰？

【注釋】
〔一〕顰蛾眉：皺眉。顰，同"颦"。古代詩文中常以"蛾眉"形容女子長而美的眉毛。

【評箋】
　　舊題嚴羽評點《李太白詩集》卷二一：寫怨情，已滿口説出，却有許多説不出，使人無處下口通問，直如此幽深。
　　胡震亨《李詩通》："心中念古人，涙墮不知止"，此陳思王《怨詩》語也。明説出個"故人"來，覺古人猶有未工。
　　《唐詩歸》卷一六鍾惺評後二句：二語有不敢前問之意，温存之極。
　　唐汝詢《唐詩解》卷二一：美人之恨，蓋有不可語人者。
　　應時《李詩緯》卷四：一種幽深之致，娓娓動聽。　又評"美人"二句：摹擬極細。　又評"但見"二句：大得古體。
　　《唐宋詩醇》卷八：絶好形容。
　　黄叔燦《唐詩箋注》："深坐"二字妙。　又曰："不知"，俱含在字裏。

621

馬位《秋窗隨筆》：最喜王摩詰"看花滿眼淚，不共楚王言"，李太白"但見淚痕濕，不知心恨誰"……得言外之旨；諸人用"淚"字，莫及也。

按：詩中描寫女子幽居獨處、顰眉垂淚形象，筆簡情深，含蓄蘊藉。

學古思邊〔一〕

銜悲上隴首，腸斷不見君。流水若有情，幽哀從此分〔二〕。蒼茫愁邊色，惆悵落日暉〔三〕。山外接遠天，天際復有雲。白雁從中來，飛鳴苦難聞。足繫一書札，寄言歎離群〔四〕。離群心斷絕，十見花成雪〔五〕。胡地無春輝〔六〕，征人行不歸。相思杳如夢〔七〕，珠淚濕羅衣。

【注釋】

〔一〕此詩在題材上學古詩描寫女子對征夫的思念，故題曰《學古思邊》。
〔二〕"銜悲"四句：銜悲，含悲；心懷悲戚。任昉《王文憲集序》："有識銜悲，行路掩泣。"隴首，即隴頭，亦稱隴坻、隴阪，在今陝西隴縣至甘肅平涼一帶。為陝甘兩省交界。其北連沙漠，南帶汧渭，關中四塞，為西陲之險要。古樂府橫吹曲有《隴頭歌辭》云："隴頭流水，鳴聲幽咽。遙望秦川，心肝斷絕。"此四句即用其意。據《三秦記》記載："隴山頂有泉，清水四注。"故云"幽哀從此分"，恍若有情。 〔三〕落日暉：落日的餘光。
〔四〕"白雁"四句：古代傳說雁能為人傳書。《漢書·蘇武傳》："教使者謂單于，言天子射上林中，得雁，足有繫帛書，言武等在某澤中。"此謂飛雁帶來丈夫的書信，信中歎息離別的痛苦。歎離群，指哀歎離別。一作"難離群"，非。 〔五〕"十見"句：花成雪，謂春花變成冬雪。此謂自春至冬，已過了十年。 〔六〕春輝：春天的陽光。輝，一作"暉"，意同。　　〔七〕杳如夢：遙遠如夢。

按：詩中擬女子思念遠征丈夫的口吻。淒惻之情，溢於言外。

思　　邊〔一〕

去年何時君別妾？南園綠草飛蝴蝶〔二〕。今歲何時妾憶君？西山白雪暗秦雲〔三〕。玉關去此三千里〔四〕，欲寄音書那可聞〔五〕？

【注釋】

〔一〕思邊：宋本校："一作春怨。"　　〔二〕"南園"句：綠樹，蝴蝶，寫春天景色。謂在去年春天分別。張協《雜詩》："借問此何時？蝴蝶飛南園。"　　〔三〕"西山"句：王琦注云："西山即雪山，又名雪嶺，上有積雪，經夏不消，在成都之西，正控吐蕃，唐時有兵戍之。"其説可從。此謂西山白雪與秦雲相映，秦雲為之暗淡。秦，《全唐詩》作"晴"。王昌齡《從軍行》其一云"青海長雲暗雪山"，亦用"暗"字，形容青海上空層雲遮蔽雪山，使之暗淡無光，但用法迥異。此乃突出西山雪白。此句謂今年冬天妾思夫。可知征夫兩年未歸。　　〔四〕玉關：即玉門關。見前《奔亡道中五首》其四注。去此，咸本作"此去"。　　〔五〕"欲寄"句：音書，音訊；書信。宋之問《渡漢江》詩："嶺外音書斷，經冬復歷春。"那可聞，豈可聽；怎能得到。可，胡本作"得"。以上二句謂邊關遙遠，音書難通。

【評箋】

舊題嚴羽評點《李太白詩集》卷二一：評首四句：亦祖《采薇》之卒章耳。彼僅十六字，尚有疊字與助語字，且"依依"、"霏霏"，景上還有摹寫。

623

學之者拙,令我愈思古人。

按:此詩擬秦地女子的口吻,描寫思念征夫之情。

折荷有贈〔一〕

涉江翫秋水,愛此紅蕖鮮〔二〕。攀荷弄其珠,蕩漾不成圓〔三〕。佳人綵雲裏,欲贈隔遠天〔四〕。相思無因見,悵望涼風前。

【注釋】

〔一〕王琦注:"此篇即前卷《擬古》之第十一首,只五字不同。"按:王本《擬古》在卷二四。此篇在卷二五,當是一詩之兩傳者。 〔二〕"涉江"二句:涉,趟水過河。翫,玩的異體字。《擬古》其十一作"弄"。紅蕖,紅色荷花。《擬古》其十一作"荷花"。 〔三〕"攀荷"二句:謂以手攀動荷葉,葉上水珠滾動而不成圓形。 〔四〕"佳人"二句:佳人,《擬古》其十一作"佳期"。裏,《擬古》其十一作"重"。佳人,指所思念之人。綵雲裏、隔遠天,極言其遠。

哭宣城善釀紀叟〔一〕

紀叟黃泉裏〔二〕,還應釀老春〔三〕。夜臺無李白〔四〕,沽酒與何人〔五〕?

【注釋】

〔一〕善釀紀叟：姓紀的善於釀酒的老翁，名不詳。　〔二〕黃泉：地下。《左傳·隱公元年》："不及黃泉，無相見也。"　〔三〕老春：紀叟所釀酒名。唐代酒名多帶春字。李肇《國史補》卷下："酒則郢州之富水，烏程之若下，滎陽之土窟春，富平之石凍春，劍南之燒春。"　〔四〕"夜臺"句：夜臺，墓穴。墓閉後不見光明，故稱。《文選》卷二八陸機《挽歌》："送子長夜臺。"李周翰注："墳墓一閉，無復見明，故云長夜臺。"《楊升庵外集》："《哭宣城善釀紀叟》，予家古本作'夜臺無李白'，此句絕妙。不但齊一死生，又且雄視幽明矣。昧者改為'夜臺無曉日'，又與下句'何人'字不相干，甚矣土俗不可醫也。"其說是。李白，宋本作"曉日"，據胡本改。〔五〕宋本校："一作《題戴老酒店》云：戴老黃泉下，還就釀大春。夜臺無李白，沽酒與何人？"當是一詩之兩傳者。

【評箋】

舊題嚴羽評點《李太白詩集》卷二一：一作《題戴老酒店》云……"大春"不如"老春"。"無李白"，妙。　既云"夜臺"，何必更言"無曉日"耶？與"稽山無賀老"用意同。狂客、謫仙，飲中並歌，白視世間，惟我與爾。　於鬼窟亦居勝地，傲甚，達甚，趣甚！

劉克莊《後村先生大全集》卷一七六《詩話後集》：太白七言近體如《鳳凰臺》，五言如《憶賀監》、《哭紀叟》之作，皆高妙。

《唐詩歸》卷一六鍾惺評："夜臺無李白，沽酒與何人"，夜臺中還占地步。

按：詩中寫的是宣城有一位善於釀酒的姓紀的老翁，突然去世，詩人深感悲痛，思念不已。

文 選

論文

編年文

代壽山答孟少府移文書〔一〕

淮南小壽山謹使東峰金衣雙鶴銜飛雲錦書于維揚孟公足下〔二〕，曰：僕包大塊之氣〔三〕，生洪荒之間〔四〕，連翼、軫之分野〔五〕，控荊、衡之遠勢〔六〕。盤薄萬古〔七〕，邈然星河。憑天霓以結峰，倚斗極而橫嶂〔八〕。頗能攢吸霞雨，隱居靈仙。產隋侯之明珠〔九〕，蓄卞氏之光寶〔一〇〕。馨宇宙之美，殫造化之奇〔一一〕。方與崑崙抗行，閬風接境〔一二〕。何人間巫、廬、台、霍之足陳耶〔一三〕！

【注釋】

〔一〕壽山：在今湖北安陸境內。《方輿勝覽》卷三一德安府山川：＂壽山，在安陸縣西北六十里，昔山民有壽百歲者。＂故名，又因山在縣城北，故稱北壽山。孟少府，孟姓縣尉，事蹟不詳。少府，對縣尉的敬稱。移文，古代文體的一種，常帶有責備對方之意。《文心雕龍·檄移》：＂及劉歆移太常，辭剛而義辭，文移之首也。＂此書乃李白收到孟縣尉移文後，用壽山的名義作為回答的信。　〔二〕＂淮南＂句：唐時安州安陸郡隸淮南道。金衣雙鶴，一對黃鶴。後人謂此指北壽山的支脈大小鶴山。《安陸縣志》稱：大鶴山在縣東北四十五里，高四十餘仞，如鶴展翅；其南有小鶴山，高不十仞。維揚，指今江蘇揚州市。揚，宋本作＂陽＂，據他本改。《書·禹貢》：＂淮海惟揚州。＂後人因稱揚州為維揚。足下，稱對方的敬辭。

629

〔三〕大塊：此指大自然。《淮南子・俶真訓》："夫大塊載我以形。"高誘注："大塊，天地之間也。"按李白集中多處言及"大塊"，《日出入行》："吾將囊括大塊，浩然與溟涬同科。"《春夜宴桃李園序》："陽春召我以烟景，大塊假我以文章。" 〔四〕洪荒：指混沌蒙昧狀態的太古之世。 〔五〕"連翼軫"句：古代天文學家把黃道的恒星分成二十八個星座，稱為二十八宿，翼與軫為二十八宿中的二宿。古代又把天上的二十八宿與地上的州、國聯繫起來，稱為分野。翼軫兩宿的分野為荆楚地區。王勃《滕王閣序》稱南昌為"星分翼軫"，即因南昌古屬楚地。此稱翼軫分野，即指安陸古屬楚國。 〔六〕控荆衡：控，控制。荆衡，荆州、衡州之地。荆州、衡州古亦屬楚國。 〔七〕盤薄：通"盤礴"，盤屈牢固貌；雄偉貌。楊炯《西陵峽》詩："盤薄荆之門，滔滔南國紀。" 〔八〕"憑天"二句：天霓，天際虹霓之氣。《文選》卷三張衡《東京賦》："雲旗拂霓。"薛綜注："霓，天邊氣也。"斗極，《爾雅・釋地》："北戴斗極為空桐。"邢昺疏："斗，北斗也。極者，中宮天極星。……以其居天之中，故謂之極。極，中也。北斗拱極，故云斗極。值此斗極之下，其處名空桐。"二句謂峰之高可達虹霓，山之連綿倚傍着北斗。 〔九〕"產隋"句：《淮南子・覽冥訓》："隋侯之珠，和氏之璧。"高誘注："隋侯見大蛇傷斷，以藥傅之，後蛇於江中銜大珠以報之，因曰隋侯之珠，蓋明月珠也。" 〔一〇〕"蓄卞"句：事見《韓非子・和氏》，楚人卞和在山中得玉璞，先後兩次獻給厲王、武王，都以為是石，刖去卞和雙足。文王即位，卞和抱玉璞哭於楚山下，文王使玉人治理璞而得寶，命為和氏之璧。以上二句謂北壽山所產皆珍寶。 〔一一〕"罄宇宙"二句：謂北壽山盡蓄宇宙大自然的奇美之物。罄、殫，皆謂竭盡之意。 〔一二〕"方與"二句：《水經注・河水》："崑崙之山三級：下曰樊桐，一名板桐。二曰玄圃，一名閬風。上曰增城，一名天庭，是謂太帝之居。"此謂壽山正可與崑崙抗衡，與閬風相鄰。抗行，咸本作"抗衡"。 〔一三〕"何人"句：巫，巫山，在今重慶、湖北接壤處。廬，廬山，在今江西九江市南。台，天台山，在今浙江天台縣東北。霍，霍山，在今安徽西部，主峰在霍山縣南。此句謂人間之巫山、廬山、天台山、霍山等怎可相與並論？

以上第一段，用擬人化的手法，以壽山的名義寫回信給姓孟的縣尉。信中誇耀壽山的地理形勢和山中所蘊藏的珍奇寶貝，說明壽山是能使神仙隱居的好地方，為下文敘述李白隱居此山張本。

一昨於山人李白處奉見吾子移文〔一四〕，責僕以多奇，叱僕以特秀〔一五〕，而盛談三山五嶽之美〔一六〕，謂僕小山，無名無德而稱焉〔一七〕。觀乎斯言，何太謬之甚也！吾子豈不聞乎：無名為天地之始，有名為萬物之母〔一八〕。假令登封禋祀，曷足以大道譏耶〔一九〕？然能損人費物，庖殺致祭〔二〇〕，暴殄草木〔二一〕，鑴刻金石〔二二〕，使載圖典〔二三〕，亦未足為貴乎〔二四〕？且達人莊生〔二五〕，常有餘論〔二六〕，以為尺鷃不羨於鵬鳥〔二七〕，秋毫可並於太山〔二八〕，由斯而談，何小大之殊也〔二九〕？

【注釋】

〔一四〕"一昨"句：一昨，他本皆無"一"字。奉見，他本皆無"奉"字。移文，《全唐文》作"移白"。　〔一五〕叱：大聲呵斥。一作"鄙"。
〔一六〕三山五嶽：謂海中的蓬萊、方丈、瀛洲三座神山和泰山、衡山、華山、恒山、嵩山五座名山。　〔一七〕稱焉：在此自稱。焉，兼詞，"於之"二字的合義。　〔一八〕"無名"二句：用《老子》成語："無名天地之始，有名萬物之母。"河上公注："無名者，謂道無形，故不可名也。始者，道之本吐氣布化，出於虛無，為天地本也。有名，謂天地有形位，陰陽有剛柔，是其有名也。萬物母者，天地含氣生萬物，長大成熟，如母之養子。"可見李白受道家思想影響很深。　〔一九〕"假令"二句：登封禋祀，指登泰山封禪潔清齋戒以祭祀。戰國時齊魯有些儒士認為五嶽中泰山最高，帝王功治定應到泰山封禪。築壇祭天曰"封"，在山南梁父山上祭地曰"禪"。秦始皇、漢武帝、唐玄宗都曾登泰山封禪，向上天報告自己的功業。禋祀，潔清齋戒以祭祀，古代祭天的典禮。曷足，何足。二句謂壽山雖小，如果有帝王登封祭祀，可與三山五嶽一樣為用，何足以大道來譏笑我呢！　〔二〇〕"然能"二句：能，一作"皆"。庖殺，厨師宰殺牲口。　〔二一〕暴殄：殘暴地滅絕。　〔二二〕鐫刻金石：在銅器或石頭上雕鑿文字。　〔二三〕圖典：圖書典籍。　〔二四〕"亦未足"句：也不足為尊貴吧。　〔二五〕達人莊生：通達事理之人莊子。莊生，即指戰國時的道家思想家莊周。　〔二六〕常有餘論：曾經有過美談。常，通"嘗"，曾經。餘論，美論；對别人言論的敬辭。《文選》卷七司馬相如《子虚賦》："問楚地之有無者，願聞大國之風烈，先生之餘論也。"李善注引張晏曰："願聞先賢之遺談美論也。"　〔二七〕"以為"句：尺鷃，小鳥。尺，《全唐文》作"斥"。鵬鳥，傳説中極大的鳥。《莊子·逍遥游》："北冥有魚，其名為鯤。鯤之大不知其幾千里也。化而為鳥，其名為鵬。鵬之背不知其幾千里也。怒而飛，其翼若垂天之雲。是鳥也，海運則將徙於南冥。南冥者，天池也。齊諧者，志怪者也。諧之言曰：'鵬之徙於南冥也，水擊三千里，摶扶摇而上者九萬里，去以六月息者也。'"又曰："斥（尺）鷃笑之曰：'彼且奚適也？我騰躍而上，不過數仞而下，翱翔蓬蒿之間，此亦飛之至也。而彼且奚適也？'"　〔二八〕"秋毫"句：《莊子·齊物論》："天下莫大於秋毫之末，而太山為小。"秋毫本指鳥獸在秋天新長出的細毛，極小而難見。太山則是高大的山。莊周故意説秋毫為最大，而太山為小。此借莊子語説明尺鷃之小不羨慕大鵬之大，秋毫之小亦可與太山並列。　〔二九〕"何小大"句：有什麽小與大的不同呢？

以上第二段，以老子關於有名和無名的關係、莊周關於小和大的關係的論述，來説明壽山雖然小而無名，却可以與三山五嶽並美。以此來回擊孟少府移文中的指責。

又怪於諸山藏國寶、隱國賢，使吾君傍道燒山〔三〇〕，披訪不獲，非通談也。夫皇王登極，瑞物昭至〔三一〕，蒲萄翡翠以納貢〔三二〕，河圖洛書以應符〔三三〕。設天網而掩賢〔三四〕，窮月竁以率職〔三五〕。天不秘寶，地不藏珍〔三六〕，風威百蠻〔三七〕，春養萬物。王道無外〔三八〕，何英賢珍玉而能伏匿於巖穴耶？所謂牓道燒山，此則王者之德未廣矣。昔太公大賢〔三九〕，傅說明德〔四〇〕，棲渭川之水〔四一〕，藏虞、虢之巖〔四二〕，卒能形諸兆朕〔四三〕，感乎夢想。此則天道闇合，豈勞乎搜訪哉！果投竿詣麾〔四四〕，捨築作相〔四五〕，佐周文，贊武丁〔四六〕。總而論之，山亦何罪？乃知巖穴為養賢之域，林泉非秘寶之區。則僕之諸山，亦何負於國家矣？

【注釋】

〔三〇〕牓道燒山：牓道，張貼告示於路旁。牓，同"榜"。燒山，用阮瑀事。據《三國志・魏志・阮瑀傳》裴松之注引《文士傳》曰："太祖雅聞瑀名，辟之，不應。連見迫促，乃逃入山中。太祖使人焚山，得瑀，送至。"梁邵陵王蕭綸《貞白先生陶君碑》："榜道求賢，焚林招士。" 〔三一〕瑞物：預兆吉祥之物。 〔三二〕"蒲萄"句：王琦注："蒲萄西域所產，翡翠南越所產，略舉二物，以見遠方納貢之意。" 〔三三〕"河圖"句：《易・繫辭上》："河出圖，洛出書，聖人則之。"此謂河圖洛書乃應吉祥的符瑞。 〔三四〕"設天"句：謂撒開天網，搜羅賢者。曹植《與楊德祖書》："吾王於是設天網以該之，頓八紘以掩之。" 〔三五〕"窮月"句：窮盡四方極遠之人都奉行職事。《文選》卷二七顏延年《宋郊祀歌》："月窴來賓。"呂延濟注："窴(cuì)，窟也。月窟，西極。"率職，奉行職責。顏延年《赭白馬賦序》："五方率職，四隩入貢。" 〔三六〕"天不"二句：互文見義，意謂天地並不秘藏珍寶。 〔三七〕百蠻：夷狄總稱。指與華夏對稱的諸少數民族。班固《東都賦》："內撫諸夏，外綏百蠻。"
〔三八〕王道無外：《公羊傳・隱公元年》："王者無外。"何休注："明王者以天下為家。" 〔三九〕太公：指姜太公，垂釣於渭濱，周文王夢見太公，後出獵而遇，拜為師，詳見前《梁甫吟》詩注。 〔四〇〕傅說(yuè)：人名。原為虞虢之界傅巖築牆的奴隸，殷王武丁夢得聖人，以其形象求之，因得傅説，任為大臣，治理國政。詳見《史記·殷本紀》。 〔四一〕"棲渭"句：指姜太公未遇文王前，垂釣於渭濱事。 〔四二〕"藏虞"句：指傅説未遇武丁前，在虞虢之界傅巖築牆事。 〔四三〕兆朕：同"兆眹"。眹，王本作"朕"。事物發生前的徵候或迹象。即指以上六句所叙之二事。《淮南子·俶真訓》："天氣始下，地氣始上……繽紛龍蓯，欲與物接，而未成兆朕。"此處指太公雖隱於渭川，傅説雖藏於虞、虢之巖，但兩人的形迹終能在文王占卜中出現徵兆，在武丁的夢想中出現感應。〔四四〕投竿詣麾：指姜太公棄釣竿而為周文王師。詣，前往。麾，指揮軍隊。 〔四五〕捨築作相：指傅説捨築而佐武丁為相。〔四六〕贊，同"賛"，助。

以上第三段，以聖明天子在位，四方都來進貢，英賢都來奉職，並以姜太公輔佐周文王、傅説輔佐商武丁為例，説明天地不會隱匿珍寶。如果要榜道燒山，求賢不獲，那是因為"王者之德未廣"，巖穴和山林是無罪的。以此來回擊孟少府對壽山藏寶隱賢的指責。

近者逸人李白自峨眉而來〔四七〕，爾其天為容，道為貌〔四八〕，不屈己，不干人，巢、由以來〔四九〕，一人而已。乃蚖蟠龜息〔五〇〕，遯乎此山。僕嘗弄之以緑綺〔五一〕，卧之以碧雲，嗽之以瓊液，餌之以金砂〔五二〕。既而童顔益春，真氣愈茂。將欲倚劍天外，挂弓扶桑〔五三〕。浮四海，横八荒，出宇宙之寥廓，登雲天之眇茫〔五四〕。俄而李公仰天長吁，謂其友人曰：吾未可去也。吾與爾達則兼濟天下，窮則獨善一身〔五五〕。安能飡君紫霞，蔭君青松，乘君鸞鶴，駕君虯龍，一朝飛騰，為方丈、蓬萊之人耳，此則未可也〔五六〕。乃相與卷其丹書，匣其瑶瑟〔五七〕。申管、晏之談，謀帝王之術。奮其智能，願為輔弼〔五八〕。使寰區大定，海縣清一。事君之道成，榮親之義畢〔五九〕，然後與陶朱、留侯,浮五湖,戲滄洲〔六〇〕,不足為難矣。即僕林下之所隱容〔六一〕,豈不大哉!必能資其聰明,輔以正氣,借之以物色,發之以文章,雖烟花中貧,没齒無恨〔六二〕。其有山精木魅,雄虺猛獸,以驅之四荒,磔裂原野,使影迹絶滅,不干户庭〔六三〕。亦遣清風掃門,明月侍坐。此乃養賢之心,實亦勤矣。

【注釋】

〔四七〕自峨眉而來:指從蜀地來。峨眉,山名,見前《峨眉山月歌》詩注。峨,宋本作"蛾",據他本改。 〔四八〕"爾其"句:爾其,語助詞,猶言至於。此句即仙風道骨之意。《莊子·德充符》:"莊子曰:'道與之貌,天與之形,惡得不謂之人。'" 〔四九〕巢、由:指巢父、許由,堯時兩位隱士。 〔五〇〕虯蟠龜息:道家語。謂蟠曲如虯(無角龍),呼吸調息如龜(不飲食而長生)。左思《吴都賦》:"輪囷虯蟠。"《抱朴子·對俗》:"《史記·龜策傳》云:江淮間居人為兒時,以龜支牀,至後死,家人移牀而龜故生,此亦不減五六十歲也。不飲不食,如此之久而不死,其與凡物不同亦遠矣。……仙經象龜之息,豈不有以乎!" 〔五一〕緑綺:琴名。詳見前《聽蜀僧濬彈琴》詩注。此代指琴。 〔五二〕"嗽之"二句:嗽,通"漱"。瓊液,玉漿。餌,使之食。金砂,即丹砂、仙藥。以上四句謂:我壽山送緑綺琴使其撫弄,讓碧雲使其卧息,用瓊液使其漱口,用仙藥使其服食。 〔五三〕"倚劍"二句:宋玉《大言賦》:"長劍耿耿倚天外。"扶桑,神話中日出處的樹木。阮籍《詠懷詩》三十八:"彎弓挂扶桑,長劍倚天外。"此即用其意。 〔五四〕眇茫:眇,王本作"渺"。 〔五五〕"吾與爾"二句:《孟子·盡心上》:"古之人,得志澤加於民,不得志修身見於世。窮則獨善其身,達則兼濟天下。" 〔五六〕"安能"七句:意謂原本托壽山之福的,飲壽山的紫霞,依靠壽山青松的蔭庇,乘壽山的鸞鶴,駕壽山的虯龍,怎麽能一旦飛騰往方丈、蓬萊的仙山而去呢?這是不可以的。方丈、蓬萊,傳說中的海中仙山名。此則,宋本作"此方",據他本改。

〔五七〕"乃相"二句：謂於是與友人互相卷起煉丹的書籍，把琴瑟裝進匣中。指離開隱居之地。瑟，《全唐文》作"琴"。 〔五八〕"申管晏"四句：管、晏，指春秋時齊國名相管仲、晏嬰。《史記·管晏列傳》："管仲夷吾者，潁上人也。……管仲既用，任政於齊，齊桓公以霸，九合諸侯，一匡天下，管仲之謀也。……管仲卒，齊國遵其政，常強於諸侯。後百餘年而有晏子焉。晏平仲嬰者，萊之夷維人也。事齊靈公、莊公、景公，以節儉力行重於齊。……以此三世顯名於諸侯。"帝王之術，統治之術；亦即王霸之道。奮，發揚。輔弼，宰相。 〔五九〕"使寰區"四句：寰區，猶寰宇，宇内，天下。海縣，猶神州。指中國。清一，清平統一。榮親，使父母光榮。《文選》卷三一曹植《求自試表》："事父尚於榮親。"吕向注："榮親，謂爵禄名譽。" 〔六〇〕"然後"三句：陶朱，指范蠡。見《留别王司馬嵩》注。留侯，指張良，幫助劉邦建立漢朝，封留侯。自以為"此布衣之極，於良足矣。願棄人間事，欲從赤松子游耳"，乃學辟穀，道引輕身。見《史記·留侯世家》。滄洲，濱水之地，古代常用以稱隱士的居處。以上乃李白的志向，概括地説，即"功成身退"。 〔六一〕"即僕"句：謂就像我為壽山所隱藏容納於林下。隱容，隱藏容納。容，宋本作"客"，據他本改。 〔六二〕"必能"六句：意謂壽山靈氣必能資李白以聰明，助李白之正氣，借李白以物色，使李白文章俊發。即使春景為此衰落，終身無恨。輔以，助之。以，《全唐文》作"其"。烟花中貧，指春景衰落。没齒，終年；終身。 〔六三〕"其有"六句：謂壽山將精魅虺獸驅之四方極遠之地，分裂其肢體於曠野，使之影滅迹絶，不來干擾。干，咸本作"千"。非。山精木魅，山林中的精怪鬼魅。鮑照《蕪城賦》："木魅山鬼，野鼠城狐，風嗥雨嘯，昏見晨趨。"虺，毒蛇。猛獸，猛虎。唐人諱虎，故改稱獸。磔裂，分裂牲體。

以上第四段，是本文的核心。有三個層次：首先以壽山的口氣，叙李白在壽山隱居的情況。正當李白想雲游四海八極之時，突然一轉，進入第二個層次，由李白説出自己的志向："達則兼濟天下，窮則獨善一身。"這是儒家孟子説的話，見《孟子·盡心上》。於是卷起道書，藏好玉瑟，説明告别道教。在此李白的思想表達得非常清楚，那就是要像當年管、晏那樣做輔弼大臣,為帝王出謀畫策,等到完成事君之道、榮親之義,然後功成身退。說明李白的主導思想是儒家的出仕,在功成之後再身退,也就是在完成儒家事業後再實踐道家理想。第三個層次又是壽山口氣叙其幫助李白的情景,說明壽山乃養賢之地,其功甚大,回擊孟少府所謂"無名無德而稱"的責難。

　　孟子孟子〔六四〕,無見深責耶〔六五〕!明年青春〔六六〕,求我於此巖也。

【注釋】
〔六四〕孟子:對孟少府的尊稱。　〔六五〕"無見"句:不要深責我吧!無,通"毋",不要。　〔六六〕青春:指春天。因春天草木青葱,故稱。《楚辭·大招》:"青春受謝,白日昭只。"
　　以上第五段,為最後的結語,告誡孟少府不必深責我壽山,明年春天你來求我,李白這位賢人就會出山做一番事業了。

　　按:從文中稱"近者逸人李白自峨眉而來"可知,其時李白初到安陸,隱於北壽山。則本文約作於開元十五年(七二七)。從文中還可知當時淮南某縣姓孟的一位縣尉寫了一篇移文,指責壽山是一座無德無名的小山,讓李白那樣的人隱居,是藏寶埋賢。此書乃李白收到孟少府的移文後,用壽山的名義作答的信。全文結構完整,層次清晰。特別值得注意的是本文中李白表達的理想是"達則兼濟天下,窮則獨善一身"。說明李白的主導思想是儒家的出仕思想,在功成之後再身退,也就是在完成儒家事業後再實踐道家理想。這是李白一生為之奮鬥的目標。遺憾的是終其一生未能功成,所以也談不上身退。

早春於江夏送蔡十還家雲夢序〔一〕

　　吾觀蔡侯,奇人也〔二〕。爾其才高氣遠,有四方之志〔三〕。不然,何周流宇宙太多耶〔四〕?白遐窮冥搜,亦以早矣〔五〕。海草三緑,不歸國門。又更逢春,再結鄉思〔六〕。一見夫子,冥心道存。窮朝晚以作宴,驅烟霞以輔賞〔七〕。朗笑明月,時眠落花。斯游無何,尋告睽索〔八〕。來暫觀我,去還愁人。

【注釋】

〔一〕蔡十:姓蔡,排行第十,名不詳。還家雲夢,説明蔡十為雲夢人。唐代安州有雲夢縣,在州治南七十里。雲夢澤,在縣西七里。序,文體的一種,常用於送别、贈别,與文集之序不同。　〔二〕"吾觀"二句:蔡侯,指蔡十。唐代士大夫之間常尊稱對方為"侯",猶言"君"。杜甫《與李十二白同尋范十隱居》詩:"李侯有佳句,往往似陰鏗。"奇人,非凡之人,不尋常的人。《後漢書·隗囂傳》:"龍池之山……其傍時有奇人,聊及閒暇,廣求其真。"　〔三〕"爾其"二句:爾,通"而",連詞。其,指蔡侯。才高氣遠,才氣高遠。四方之志,指輔佐帝王治理天下之志。《魏書·夏侯道遷傳》:"少有志操。年十七,父母為結婚韋氏,道遷云:'欲懷四方之志,不願取婦。'"　〔四〕"何周流"句:謂何以周游天下那麼多地方?周流宇宙,周游天下。屈原《離騷》:"周流乎天余乃下。"　〔五〕"白遐窮"二句:遐窮,長久窮盡。冥搜,搜訪及於幽遠之處。《文選》卷一一孫綽《游天台山賦序》:"非夫遠寄冥搜,篤信通神者,何肯遥想而存之。"李善注:"言非寄情遐遠、搜訪幽冥、篤信善道、通神感化者,何肯存之也。"亦以早矣,即"亦已早矣"。以,通"已"。　〔六〕"海草"四句:海草,水草。三緑,指過了三個春天。國門,指綿州昌明縣故鄉。四句謂離開家鄉已三年,今又逢春,愈添故鄉之思。　〔七〕"一見"四句:夫子,對士子的敬稱。此處指蔡十。冥心,泯滅俗念,使心境寧静。《魏書·逸士傳序》:"冥心物表,介然離俗。"四句謂一見蔡十,滅俗存道之心相合,早晚歡宴,觀賞烟霞。　〔八〕"斯游"二句:謂此次同游沒有多長時間,不久即告分别。睽索,離散。睽(kuí),一作"暌"。駱賓王《與親情書》:"風壤一殊,山河萬里,或平生未展,或睽索累年。"

　　以上第一段,叙蔡十的才華與志向,兼及自己的鄉思,又叙自己與蔡十的過從及此次短暫的會面和分離。

　　乃浮漢陽,入雲夢〔九〕,鄉枻云叩,歸魂亦飛〔一〇〕。且青山綠楓,累道相接,遇勝因賞,利君前行〔一一〕。既非遠離,曷足多歎〔一二〕?

【注釋】
〔九〕"乃浮"二句:漢陽,地名,今湖北武漢市漢陽,與江夏隔江相對。蔡十從江夏還鄉乃走水路,過長江,進漢水逆流北上至雲夢。
〔一〇〕"鄉枻"二句:枻(yì),船舷。《楚辭·九歌·湘君》:"桂櫂兮蘭枻。"王逸注:"枻,船旁板也。"鄉枻云叩,即叩船舷。"云"字乃句中助詞。二句謂歸鄉的船舷已叩響,歸鄉之魂亦隨之而飛。　〔一一〕"且青山"四句:設想蔡十舟行歸鄉途中所遇欣賞勝景。　〔一二〕"既非"二句:謂江夏至雲夢路程很短,既非遠離,何必有太多的歎息!曷,何。

　　以上第二段,描寫蔡十的歸鄉之舟的行程及途中美麗的景色足以欣賞,並安慰其並非遠離而不必歎息。

　　秋七月,結游鏡湖〔一三〕,無愆我期〔一四〕,先子而往,敬慎好去,終當早來。無使耶川白雲不得復弄爾〔一五〕。鄉中廖公及諸才子為詩略謝之〔一六〕。

【注釋】
〔一三〕鏡湖:即鑑湖。在今浙江紹興市。詳見前《送賀賓客歸越》詩注。
〔一四〕無愆我期:不要耽誤我們約定的日期。愆(qiān),同"愆",耽誤。《詩·衛風·氓》:"匪我愆期,子無良媒。"毛傳:"愆,過也。"
〔一五〕耶川:指若耶溪。在今浙江紹興市,見前《越女詞》注。耶川,一

639

作"晚耶"。　〔一六〕鄉中廖公：鄉中，指安州。廖公，李白《送戴十五歸衡嶽序》"邵國之秀，有廖侯焉"，當即此人，名字事蹟不詳。

以上第三段，叙與蔡十相約七月同游鏡湖，並囑其不要耽誤。

按：此文云："海草三緑，不歸國門，又更逢春，再結鄉思。"可知李白出蜀已四年，則此《序》當是開元十六年（七二八）在江夏作。

上安州裴長史書〔一〕

白聞天不言而四時行，地不語而百物生〔二〕。白，人焉，非天地也〔三〕，安得不言而知乎？敢剖心析肝〔四〕，論舉身之事〔五〕，便當談笑，以明其心〔六〕。而粗陳其大綱，一快憤懣〔七〕，惟君侯察焉〔八〕！

【注釋】

〔一〕安州裴長史：安州，唐州名，治所在今湖北安陸。長史，唐代安州設都督府，長史是府中協助都督管理行政事務的長官。裴長史，其名及事蹟均不詳。　〔二〕"白聞"二句：語本《論語·陽貨》："天何言哉，四時行焉，百物生焉。"《北史·長孫紹遠傳》："夫天不言，四時行焉；地不言，萬物生焉。"語，《唐文粹》作"言"。　〔三〕非天地也：一本無"也"字。〔四〕"敢剖"句：謂冒昧地剖陳心迹。敢，謙詞，有冒昧、斗膽之意。剖心析肝，剖陳心迹。剖，一作"刻"。《漢書·鄒陽傳》："兩主二臣，剖心析肝相信，豈移於浮辭哉！"　〔五〕"論舉"句：謂談論自己全部事蹟。申述一身經歷之事。　〔六〕"便當"二句：權當言笑，以表明我的心迹。〔七〕"而粗"二句：謂粗略地陈述大概情况，以一泄心中的煩悶為快。大綱，《唐文粹》作"萬一"。一快，《唐文粹》作"悒快"。憤懣，抑鬱煩悶。

〔八〕"惟君侯"句：謂希望長史明察。

以上為第一段。以自然界可以不說話而四季運行，百物生長，而人不說話是無法使別人知道的，來說明自己上書的理由。也就是要向裴長史談生平之事來表明心迹，以泄心中憤懣為快。

　　白本家金陵〔九〕，世為右姓〔一〇〕。遭沮渠蒙遜難〔一一〕，奔流咸秦〔一二〕，因官寓家。少長江漢〔一三〕，五歲誦六甲〔一四〕，十歲觀百家〔一五〕。軒轅以來〔一六〕，頗得聞矣。常橫經籍書，制作不倦〔一七〕，迄於今三十春矣〔一八〕。

【注釋】

〔九〕本家金陵：本家，《唐文粹》作"家本"。王琦注按："自'本家金陵'至'少長江漢'二十餘字，必有缺文訛字，否則'金陵'或是'金城'之謬，亦未可知。"按金城，漢郡名，治所在今甘肅永靖西北。十六國前涼以金城（今甘肅蘭州市）為治所。李白自稱隴西人，則"金陵"當為"金城"之訛。或謂李暠在西涼亦設建康郡，故亦得別稱金陵，恐鑿。　〔一〇〕右姓：古代以右為上，漢魏以後稱世家大族為右姓。　〔一一〕遭沮渠蒙遜難：沮渠蒙遜（三六八—四三三），十六國時北涼的建立者。按《晉書·李玄盛傳》記載，涼武昭王諱暠，字玄盛，隴西成紀人，姓李氏，漢前將軍廣之十六世孫。世為西州右姓。當呂氏之末，為群雄所奉，遂啟霸圖，兵無血刃，坐定千里。進號大都督、大將軍、涼公，領秦涼二州牧。據河右，遷都酒泉。李暠卒後，其子歆嗣位，為沮渠蒙遜所滅，諸弟奔逃。遭沮渠蒙遜難事即指此。難，一作"之難"。　〔一二〕咸秦：指秦故地，即長安咸陽一帶。鮑令暉《代葛沙門妻郭小玉作詩二首》其一："君非青雲逝，飄迹事咸秦。"　〔一三〕江漢：指長江與漢水流域。此處指古巴蜀之地，今四川省。杜甫《枯椶》詩："嗟我江漢人，生成復何有！"仇兆鰲注："江漢，指巴蜀。"　〔一四〕六甲：用天干地支相配計算時日，其中有甲子、甲戌、甲午、甲辰、甲寅，稱六甲。猶言學數干支也。《漢書·食貨志上》："八歲入小學，學六甲五方書計之事。"　〔一五〕百家：指先秦諸子百

641

家之書。　〔一六〕軒轅：即黃帝。《史記·五帝本紀》謂黃帝姓公孫，名軒轅。司馬貞《索隱》引皇甫謐曰："居軒轅之丘，因以為名，又以為號。"《史記》第一篇《五帝本紀》即從黃帝軒轅氏開始，此處"軒轅以來"即謂有史以來。　〔一七〕"常橫"二句：謂經常橫放着書籍，晝夜攻讀，寫作不倦。經籍書，一作"經籍詩書"。《文選》卷四五班固《答賓戲并序》："徒樂枕經籍書，紆體衡門。"呂向注："枕經典而卧，鋪詩書而居也。"又卷四六任昉《王文憲集序》："公自幼及長，述作不倦。"李周翰注："述作，文史詩賦也。"　〔一八〕迄於今三十春：至今已有三十年。此"三十春"，指從"本家金陵……少長江漢"算起。故學界據此謂此書寫於三十歲時。又有人以為從"五歲誦六甲"算起，謂此書作於三十五歲時。

以上為第二段。敘自己家世和出身，以及幼年以來努力攻讀和寫作的情況。

　　以為士生則桑弧蓬矢，射乎四方〔一九〕，故知大丈夫必有四方之志〔二〇〕。乃杖劍去國〔二一〕，辭親遠游。南窮蒼梧〔二二〕，東涉溟海〔二三〕。見鄉人相如大誇雲夢之事，云楚有七澤〔二四〕，遂來觀焉。而許相公家見招，妻以孫女〔二五〕，便憩迹於此〔二六〕，至移三霜焉〔二七〕。

【注釋】

〔一九〕"以為"二句：《禮記·射義》："故男子生，桑弧蓬矢六，以射天地四方。天地四方者，男子之所有事也。故必先有志於其所有事，然後敢用穀也，飯食之謂也。"孔穎達疏："明男子重射之義，以男子生三日射人以桑弧蓬矢者，則有為射之志，故長大重之桑弧蓬矢者，取其質也。所以用六者，射天地四方也。"李白此即取其意。桑弧蓬矢，桑木做的弓，蓬梗做的箭。射乎，《唐文粹》作"射于"。　〔二〇〕四方之志：見上篇《早春於江夏送蔡十還家雲夢序》注。　〔二一〕杖劍去國：持劍離別故鄉。杖，通"仗"。去國，離開故鄉。　〔二二〕窮蒼梧：窮，歷盡。蒼梧,古地區名。其地當在今湖南九嶷山以南。又作山名,即九疑山,相傳舜葬於蒼梧之野。地在今湖南寧遠縣南。　〔二三〕涉溟海:涉,到達。溟海,大海。　〔二四〕"見鄉人"二句:鄉人,同鄉人。漢代辭賦家司馬相如,是蜀人;李白亦少長蜀地,故稱司馬相如為鄉人。大誇雲夢之事,云楚有七澤,司馬相如有《子虛賦》,言及楚有七澤和雲夢之事,詳見後《大獵賦》注。　〔二五〕"而許"二句:許相公,指高宗時宰相許圉師。據《舊唐書·許圉師傳》,圉師有器幹,博涉藝文,舉進士。顯慶二年,累遷黄門侍郎、同中書下三品……龍朔中為左相。……上元中,再遷户部尚書。儀鳳四年卒。見招,被招為婿。……妻以孫女,以許相國之孫女嫁給李白為妻。　〔二六〕憩迹:猶棲息。宋本無"迹"字,據他本補。　〔二七〕三霜:猶三年。按李白三十歲寫此文,上推三年,可知其二十七歲來安陸定居。

以上為第三段。叙述自己辭親遠游的志向;歷叙離開故鄉後的經歷;來到安陸被故相家招親;在安州已住了三年。

曩昔東游維揚〔二八〕,不逾一年,散金三十餘萬,有落魄公子〔二九〕,悉皆濟之。此則是白之輕財好施也〔三〇〕。又昔與蜀中友人吴指南同游於楚,指南死於洞庭之上〔三一〕,白禫服慟哭〔三二〕,若喪天倫〔三三〕。炎月伏屍〔三四〕,泣盡而繼之以血〔三五〕。行路聞者〔三六〕,悉皆傷心。猛虎前臨,堅守不動。遂權殯於湖側〔三七〕,便之金陵。數年來觀,筋骨尚在〔三八〕。白雪泣持刃〔三九〕,躬申洗削。裹骨,徒步,負之而趨。寢興攜持,無輟身手〔四〇〕,遂丐貸營葬於鄂城之東〔四一〕。故鄉路遥〔四二〕,魂魄無主,禮以遷窆,式昭朋情〔四三〕。此則是白存交重義也。

【注釋】

〔二八〕"曩昔"句：曩昔，往昔，往日；以前。向秀《思舊賦》："追思曩昔游宴之好，感音而歎，故作賦云。"維揚，揚州的別稱。見前《代壽山答孟少府移文書》注。揚，宋本作"陽"，或作"楊"，今據王本改。　〔二九〕落魄：同"落拓"。窮困失意。《史記·酈生陸賈列傳》："[酈食其]家貧落魄，無以為衣食業。"　〔三〇〕好施：喜歡施捨他人　〔三一〕"又昔"二句：咸本無"同游於楚，指南"六字。　〔三二〕襌服：猶喪服。襌(dàn)，除喪服的祭禮。　〔三三〕天倫：舊指父子、兄弟等天然的親屬關係。此處指兄弟。《穀梁傳·隱公元年》："兄弟，天倫也。"范甯注："兄先弟後，天之倫次。"　〔三四〕炎月：夏天暑月。唐太宗《停封襌詔》："又以朕往歲躬勤拯溺，至於炎月，沿比不安。"　〔三五〕"泣盡"句：用《韓非子·和氏》成句："泣盡而繼之以血。"泣盡而，一本無"而"字。〔三六〕"行路"句：行路，路人。《後漢書·范滂傳》："行路聞之，莫不流涕。"聞，宋本作"間"，據他本改。　〔三七〕權殯：暫且停柩；暫且埋葬。　〔三八〕筋骨：骨，一作"肉"。　〔三九〕雪泣：揩拭眼淚。《呂氏春秋·觀表》："吳起雪泣而應之。"高誘注："雪，拭也。"〔四〇〕"寢興"二句：謂白天趕路，晚上睡覺，都拿着屍骨包裹，不離身手。寢興，臥與起。泛指日夜。《詩·小雅·斯干》："乃寢乃興。"輟，停止。　〔四一〕"遂丐貸"句：丐貸，借債。營葬，料理喪葬。鄂城，指鄂州城，今湖北武漢武昌。　〔四二〕路遙：路，《唐文粹》作"遠"。〔四三〕"禮以"二句：謂以禮遷葬，用以顯示朋友間的深情。遷窆(biǎn)，遷葬。式，以，用。昭，顯揚。朋情，友情。朋，宋本作"明"，據他本改。

以上為第四段。主要敘述兩件任俠仗義的事：一是在揚州"散金三十餘萬"，全部救濟窮困士子；一是以禮喪葬友人吳指南，把朋友當作兄弟一樣；這是李白出蜀後實施任俠仗義的主要兩件事。

又昔與逸人東嚴子隱於岷山之陽〔四四〕，白巢居數年〔四五〕，不迹城市〔四六〕。養奇禽千計，呼皆就掌取食，了無驚猜〔四七〕。廣漢太守聞而異之〔四八〕,詣廬親覩〔四九〕,因舉二人以有道,並不起〔五〇〕。此則白養高忘機〔五一〕,不屈之迹也。

【注釋】

〔四四〕"又昔"句:逸人,隱居不仕之人。東嚴子,嚴,一作"巖"。楊慎《李太白詩題辭》謂即梓州鹽亭人趙蕤。楊天惠《彰明逸事》謂李白隱大匡山,依趙徵君蕤,從學歲餘。故楊説可從。岷山,在今四川北部,綿延四川、甘肅兩省邊境,為長江、黃河分水嶺,岷江、嘉陵江發源地。陽,山之南,水之北。此即指大匡山。　〔四五〕巢居:原始社會人棲宿於樹,稱巢居。《莊子·盗跖》:"且吾聞之,古者禽獸多而人少,於是民皆巢居以避之。"此處指築巢而居。　〔四六〕不迹:蹤迹不到。
〔四七〕了無驚猜:全不驚懼嫌隙。　〔四八〕廣漢太守:廣漢,漢郡名,治所在乘鄉(今四川金堂縣東),東漢移治雒縣(今四川廣漢市北)。大匡山在唐綿州境内,在漢為廣漢郡所轄,故此以廣漢指代綿州。廣漢太守即指綿州刺史。　〔四九〕詣廬:到茅舍。　〔五〇〕"因舉"二句:有道,唐科舉取士制科的科名。由地方官推舉到京師後,由皇帝命試。二句謂綿州刺史推舉他們應試有道科,但他們都不去。　〔五一〕養高忘機:養高,保養高尚志節。忘機,忘却計較得失,指淡於名利,與世無爭。機,機巧之心。

以上為第五段。主要叙述與友人隱居大匡山,逍遥自在,養鳥取樂,當地長官請他們出山,推薦去考功名,都被拒絶,説明他們淡泊名利,氣節高尚。

又前禮部尚書蘇公出為益州長史〔五二〕,白於路中投刺〔五三〕,待以布衣之禮〔五四〕。因謂群寮曰〔五五〕:"此子天才英麗,下筆不休〔五六〕,雖風力未成〔五七〕,且見專車之骨〔五八〕。若廣之以學,可以相如比肩也〔五九〕。"四海明識,具知此談〔六〇〕。前此郡督馬公〔六一〕,朝野豪彥;一見盡禮〔六二〕,許為奇才。因謂長史李京之曰〔六三〕:"諸人之文,猶山無烟霞,春無草樹〔六四〕。李白之文,清雄奔放,名章俊語,絡繹間起,光明洞澈〔六五〕,句句動人。"此則故交元丹〔六六〕,親接斯議。若蘇、馬二公愚人也〔六七〕,復何足盡陳〔六八〕!儻賢賢也,白有可尚〔六九〕。

【注釋】

〔五二〕"又前"句:蘇公,指蘇頲。據《舊唐書·蘇頲傳》,蘇頲開元八年除禮部尚書,罷政事,俄知益州大都督府長史事。益州,唐州名,治所在今四川成都市。按唐時益州大都督常由親王遥領,不赴任,故大都督府長史為州的實際行政長官。　〔五三〕投刺:投名帖請謁。刺,名帖。《北齊書·楊愔傳》:"遂投刺轅門,便蒙引見。"　〔五四〕布衣之禮:布衣,平民,指未仕的讀書人。布衣之禮,猶布衣之交。意謂蘇頲不以名位之尊,而以平等身份接待李白。《三國志·吳志·孫登傳》:"登待接寮屬,略用布衣之禮,與恪、休、譚等或同輿而載,或共帳而寐。"
〔五五〕群寮:指蘇頲的幕僚。群,《唐文粹》作"郡"。　〔五六〕下筆不休:形容才思泉涌。《文選》卷五二曹丕《典論論文》:"(班固)《與弟超書》曰:'武仲以能屬文,為蘭臺令史,下筆不能自休。'"張銑注:"超,班超也。武仲,傅毅字也。休,息也,言其文美不能自息也。"　〔五七〕風力:猶風骨。指文章的風采筆力。劉勰《文心雕龍·風骨》:"相如賦仙,氣號凌雲,蔚為辭宗,廼其風力遒也。"　〔五八〕專車之骨:滿車之骨。《國語·魯語下》:"吴伐越,墮(隳)會稽,獲骨焉,節專車。"韋昭注:"骨一節,其長專車。專,擅。"專車之骨,此指文章氣象宏大。　〔五九〕比肩:並肩,地位相等。按此事亦見《新唐書·李白傳》:"蘇頲為益州長史,見白異之,曰:是子天材英特,少益以學,可比相如。"意謂若增廣學識,可與司馬相如並列。　〔六〇〕"四海"二句:謂天下卓識之士都知道這一評價。　〔六一〕"前此"二句:郡督馬公,指安州都督府都督馬正會,乃代宗時名將馬璘之祖父。郡督，《全唐文》作"郡都督"。《全唐文》卷六二三熊執易《武陵郡王馬公神道碑》："在皇朝，松、安、嶲、鄯四府都督，隴右節度，加、郿、鄜三州刺史，右武、左武二衛大將軍，扶風公，食邑千户，贈光禄卿府君諱正會，公之曾祖也。……四鎮北庭、涇原、鄭潁等節度使，開府儀同三司，尚書左僕射、知省事兼御史大夫，扶風郡王，贈司徒、太尉府君諱璘，公之烈考也。"詳見拙著《唐刺史考全編》卷一三五安州"馬正會"條。朝野豪彦，朝廷和地方上的英豪。　〔六二〕一見盡禮：初次相見就優禮相待。宋本作"一見禮"，闕"盡"字，據他本補。
〔六三〕李京之：此前李白有《上安州李長史書》，李長史即李京之，為裴長史之前任。其他事蹟不詳。　〔六四〕"諸人"三句：形容他人之文質木無味。山無烟霞，喻不含蓄藴藉；春無草樹，喻文無藻飾。
〔六五〕"絡繹"二句：絡繹，《唐文粹》作"駱驛"。往來不絶，前後相接，接連不斷。洞澈，同"洞徹"。透明清澈。　〔六六〕元丹：即元丹丘。李白好友，見前《以詩代書答元丹丘》詩注。　〔六七〕"若蘇馬"二句：謂如果蘇頲、馬正會二公之言是愚弄人的話，那又有什麼可以陳述的。愚人，愚弄人，説謊捉弄人。　〔六八〕復何足盡陳：一本無"盡"字。《唐文粹》作"復何以盡陳"。　〔六九〕"儻賢"二句：謂如果二公是推敬誇獎賢人，那我李白還是有可以崇尚之處。儻，通"倘"，倘若。賢賢，上"賢"字為動詞，推敬賢人；下"賢"字為名詞，賢人。有可尚，有可以崇尚之處。儻賢賢也，《唐文粹》作"儻其賢賢也"。《全唐文》作"倘賢者也"。

以上為第六段。列舉兩位前輩著名大臣對自己的以禮相待，以及對自己文學才華的賞識和稱贊，還有傍人作證，説明自己不是平庸之人，而是一個少有的人才。

夫唐虞之際，於斯為盛，有婦人焉，九人而已〔七〇〕。是知才難不可多得。白，野人〔七一〕也，頗工於文，惟君侯顧之，無按劍也〔七二〕。伏惟君侯〔七三〕，貴而且賢，鷹揚虎視〔七四〕，齒若編貝〔七五〕，膚如凝脂〔七六〕，昭昭乎若玉山上行，朗然映人也〔七七〕。而高義重諾，名飛天京〔七八〕，四方諸侯，聞風暗許〔七九〕。倚劍慷慨，氣干虹蜺。月費千金，日宴群客，出躍駿馬，入羅紅顏〔八〇〕，所在之處，賓朋成市〔八一〕。故時人歌曰〔八二〕："賓朋何喧喧！日夜裴公門。願得裴公之一言，不須驅馬將華軒〔八三〕。"白不知君侯何以得此聲於天壤之間，豈不由重諾好賢，謙以得也〔八四〕？而晚節改操，棲情翰林〔八五〕，天才超然，度越作者〔八六〕。屈佐鄖國〔八七〕，時惟清哉。稜威雄雄，下慴群物〔八八〕。

【注釋】

〔七〇〕"夫唐虞"四句：《論語・泰伯》："武王曰：'予有亂臣十人。'子曰：'才難，不其然乎？唐虞之際，於斯為盛，有婦人焉，九人而已。'"何晏注："馬曰：亂，治也。治官者十人，謂周公旦、召公奭、太公望、畢公、榮公、太顛、閎夭、散宜生、南宫适。其一人謂文母。"又曰："周最盛，多賢才，然尚有一婦人，其餘九人而已。大才難得，豈不然乎？"此用其句意。謂號稱賢才最盛的周武王時期，其中尚有一位婦人，此外只有九個賢人而已，由此可知大才難得。　〔七一〕野人：庶人，平民。《論語・先進》："先進於禮樂，野人也；後進於禮樂，君子也。"劉寶楠正義："野人者，凡民未有爵祿之稱也。"　〔七二〕無按劍也：不要按劍發怒。《史記・平原君列傳》："毛遂按劍，歷階而上。"此"按劍"表示呵叱之意。按咸本無"顧之無按劍也伏惟君侯"十字。　〔七三〕伏惟：猶俯思，下對上有所陳述時表敬之辭。　〔七四〕鷹揚虎視：鷹揚，威武貌。虎視，如虎之雄視。《文選》卷四二應璩《與侍郎曹長思書》："王肅以宿德顯授，何曾以後進見拔，皆鷹揚虎視，有萬里之望。"李周翰注："鷹揚虎視，言其雄勇之士，力有萬里之望，謂望富貴。"　〔七五〕編貝：形容牙齒潔白整齊如編排的貝殼。《漢書・東方朔傳》："長九尺三寸，目若懸珠，齒若編貝。"〔七六〕凝脂：喻皮膚柔滑潔白如凝凍的脂肪。《詩・衛風・碩人》："手如柔荑，膚如凝脂。"　〔七七〕"昭昭"二句：昭昭，光明貌。《楚辭・九歌・雲中君》："靈連蜷兮既留，爛昭昭兮未央。"玉山上行，《世說新語・

容止》:"見裴叔則如玉山上行,光映照人。"此即用其意。上行,《唐文粹》作"之行"。朗然,明亮貌。映人也,《唐文粹》無"也"字。以上五句形容裴長史的儀表風采。　〔七八〕天京:此處指京都長安。
〔七九〕"四方"二句:四方諸侯,指各地方長官。暗許,私下贊許。
〔八〇〕"出躍"二句:出外騎駿馬,歸家美女環列。羅,排列。紅顔,指侍女。　〔八一〕賓朋成市:形容賓客衆多,喧鬧如市。朋,《唐文粹》作"客"。下同。　〔八二〕時人:宋本作"時節",據他本改。《全唐文》作"詩人"。　〔八三〕將華軒:乘美車。將,與;乘。華軒,雕飾華美的車乘。將,一作"埒"。　〔八四〕謙以得也:一作"謙以下士得也"。
〔八五〕"晚節"二句:晚節,暮年。李白《留別廣陵諸公》詩:"晚節覺此疏,獵精草太玄。"改操,改變操行。《後漢書·孔奮傳》:"及拜太守,舉郡莫不改操。"翰林,文翰之林,文苑。《文選》卷九揚雄《長楊賦》:"故藉翰林以爲主人,子墨爲客卿以風。"李善注:"翰林,文翰之多若林也。"
〔八六〕"天才"二句:天性的才能。蕭統《答晉安王書》:"汝本有天才。"天才,王本作"天材"。度越,超過。《漢書·揚雄傳贊》:"若使遭遇時君,更閲賢知,爲所稱善,則必度越諸子矣。"顔師古注:"度,過也。"
〔八七〕鄖國:古國名。在今湖北安陸。春秋時爲楚所滅。鄖,宋本作"邧",據郭本、王本、《唐文粹》、《全唐文》改。《左傳·桓公十一年》:"鄖人軍於蒲騷。"　〔八八〕"稜威"二句:謂裴長史爲人所畏服。稜威雄雄,威勢盛貌。慴(shè),同"懾",畏懼。繆本誤作"熠"。《三國志·魏志·武帝紀》:"稜威南邁,術以隕潰。"《楚辭·大招》:"雄雄赫赫,天德明只。"朱熹集注:"雄雄,威勢盛也。"

以上爲第七段。首先引用孔子的話説明人才難得,表示自己在文學方面有才華,請裴長史考慮。接着就從各個方面寫裴長史的爲人:從儀表、牙齒、皮膚到風采,從品格、氣概、豪奢、駿馬、美女到賓客成市,説這一切都是他重諾好賢而所得。然後又轉而頌揚他晚年傾情文學,其天才的作品超越一般作者。最後説他屈居長史之位而治理清明,並能使下屬畏服。

白竊慕高義〔八九〕,已經十年。雲山間之,造謁無路〔九〇〕。今也運會,得趨末塵〔九一〕,承顏接辭,八九度矣〔九二〕。常欲一雪心迹,崎嶇未便〔九三〕。何圖謗言忽生,衆口攢毀〔九四〕,將恐投杼下客〔九五〕,震於嚴威。然自明無辜,何憂悔吝〔九六〕。孔子曰:"畏天命,畏大人,畏聖人之言。"〔九七〕過此三者,鬼神不害〔九八〕。若使事得其實,罪當其身,則將浴蘭沐芳,自屛於烹鮮之地〔九九〕,惟君侯死生〔一〇〇〕。不然,投山竄海,轉死溝壑。豈能明目張膽,托書自陳耶!昔王東海問犯夜者曰〔一〇一〕:"何所從來?"〔一〇二〕答曰:"從師受學,不覺日晚。"王曰:"吾豈可鞭撻甯越以立威名!"〔一〇三〕想君侯通人〔一〇四〕,必不爾也〔一〇五〕。

【注釋】

〔八九〕竊慕高義:私下羨慕您的崇高節義。《史記·魏公子列傳》:"以公子之高義,爲能急人之困。"　〔九〇〕造謁:登門拜謁。袁宏《後漢紀·獻帝紀二》:"同郡陳仲舉名重當時,鄉里後進莫不造謁。"
〔九一〕"今也"二句:如今幸得良機,得以跟隨趨走。運會,時運際會。末塵,猶後塵,比喻別人之後。拜會的謙詞。羊祜《讓開府表》:"今臣身托外戚,事遭運會。"　〔九二〕"承顏"二句:承顏,承接顏色,謂見面。《漢書·雋不疑傳》:"今乃承顏接辭。"度,次。　〔九三〕"常欲"二句:雪,洗清,表白。心迹,心志,心中所想之事。崎嶇,道路高低不平貌。漢王符《潛夫論·浮侈》:"傾倚險阻,崎嶇不便。"此指道路曲折不便。
〔九四〕"何圖"二句:何圖,豈料。謗言,誹謗之言。言,宋本作"詈",據他本改。攢,聚集。謂衆人交口譭謗。　〔九五〕"將恐"句:恐,宋本作"欲",據他本改。投杼,喻謡言可以傷人。典出《戰國策·秦策二》,見前《答王十二寒夜獨酌有懷》詩注。　〔九六〕何憂悔吝:何必憂慮災

650

禍。吝,宋本作"恪",咸本作"悋",據他本改。《易·繫辭上》:"悔吝者,憂虞之象也。"悔吝,災禍。　〔九七〕"畏天命"三句:《論語·季氏》:"孔子曰:'君子有三畏,畏天命,畏大人,畏聖人之言。'"何晏注:"順吉逆凶,天之命也。大人即聖人,與天地合其德。"又云:"深遠不可易知測,聖人之言也。"　〔九八〕"過此"二句:謂除此三者,鬼神復何所懼。

〔九九〕"浴蘭"二句:用芳草蘭湯沐浴,自己甘願退居受刑之地。屏,退居。烹鮮,用《老子》"治大國者若烹小鮮"之典。河上公注:"鮮,魚。烹小魚,不去腸,不去鱗,不敢撓,恐其糜也。治國煩則下亂。"後以烹鮮喻治國之道。此"烹鮮之地"猶言鼎鑊。浴蘭沐芳,表示自己品德高潔。
〔一〇〇〕惟君侯死生:只由您處置死生。　〔一〇一〕"昔王東海"句:《世說新語·政事》:"王安期作東海郡,吏錄一犯夜人來,王問:'何處來?'云:'從師家受書還,不覺日晚。'王曰:'鞭撻甯越以立威名,恐非致理之本。'使吏送令歸家。"此即用其事。王東海,指東海郡太守王承,字安期,古人常以官名稱人。　〔一〇二〕何所從來:即"從何處來"。
〔一〇三〕"吾豈可"句:吾豈可,《全唐文》無"吾"字。甯越,據《世說新語》劉孝標注引《呂氏春秋》:"甯越者,中牟鄙人也……其友曰:'……學三十歲則可以達矣。'甯越曰:'請以十五歲,人將休,吾不敢休;人將臥,吾不敢臥。'學十五歲而為周威公之師也。"此以王承喻裴長史,以甯越自比。　〔一〇四〕通人:指學識淵博、貫通古今之人。王充《論衡·超奇》:"通書千篇以上,萬卷以下,弘暢雅言,審定文讀,而以教授為人師者,通人也。"又曰:"故夫能說一經者儒生,博覽古今者為通人。"
〔一〇五〕不爾:不如此。

以上為第八段。首先說仰慕裴長史已十年,過去沒有機會見面;接着說現在有了機會認識已八九年,但尚未能一吐心事;然後提到正題,沒有想到眾多的人譭謗自己,而自己完全是無辜的。為了表示自己的無辜,說了兩層意思:一是請裴長史查清事實,如果事情屬實,自己甘願接受烹刑。一是如果確有其事,自己早就逃走,豈敢明目張膽地上書?最後用王安期不願鞭打好學的犯夜人以立威名的典故,來刺激裴長史的態度。

651

願君侯惠以大遇〔一〇六〕，洞開心顔，終乎前恩，再辱英眄〔一〇七〕。白必能使精誠動天，長虹貫日〔一〇八〕，直度易水，不以爲寒〔一〇九〕。若赫然作威〔一一〇〕，加以大怒，不許門下，逐之長途〔一一一〕，白即膝行於前，再拜而去，西入秦海，一觀國風〔一一二〕，永辭君侯，黄鵠舉矣〔一一三〕。何王公大人之門，不可以彈長劍乎〔一一四〕？

【注釋】

〔一〇六〕大遇：猶殊遇。極大的禮遇。遇，《唐文粹》作"愚"。孔融《論盛孝章書》："昭王築臺以尊郭隗，隗雖小才而逢大遇。"　〔一〇七〕"終乎"二句：前恩，指前文所言"承顔接辭，八九度矣"。再辱，再次賜予。辱，謙辭。英眄，猶"青睞"、愛顧。眄，一作"盼"。　〔一〇八〕"白必能"二句：精誠，真誠。《莊子·漁父》："真者，精誠之至也，不精不誠，不能動人。"此謂己真誠之心能使蒼天感動。長虹貫日，謂長虹穿日而過。古人認爲人間有不平凡的行動，就會引起這種天象變化。《戰國策·魏策四》："聶政之刺韓傀也，白虹貫日。"　〔一〇九〕"直度"二句：用荆軻事，此處反用荆軻離燕往秦時所歌"風蕭蕭兮易水寒"之意。按《史記·魯仲連鄒陽列傳》："昔者荆軻慕燕丹之義，白虹貫日，太子畏之。"則此處用荆軻事亦有"長虹貫日"意。　〔一一〇〕"赫然"句：赫然，盛怒貌。作威，施展威風。作，《唐文粹》作"振"。　〔一一一〕"不許"二句：謂不許入門，驅逐到遥遠之地。逐，郭本作"遂"，誤。　〔一一二〕"西入"二句：秦海，指今陝西一帶。因其古爲秦地，地域廣袤，故稱秦海。唐都長安，此以秦海爲長安之代稱。國風，此指朝廷的景象。

〔一一三〕"黄鵠"句：鵠，《唐文粹》作"鶴"。黄鵠，大鳥名。一名天鵝。形似鶴，色蒼黄，亦有白者，其翔極高，一飛千里。舉，高飛。古代隱逸之士常自比黄鵠。《韓詩外傳》卷二："田饒事魯哀公而不見察，田饒謂哀公曰：'臣將去君，黄鵠舉矣。'"《文選》卷三三屈原《卜居》："寧與黄鵠比翼乎？"劉良注："黄鵠，喻逸士也。"　〔一一四〕彈長劍：用馮驩典故。見前《贈從兄襄陽少府皓》注。

以上為第九段。希望裴長史再次像過去那樣以禮遇接待自己,就會感動上天。否則,如果作威而驅逐自己,自己就永遠拜別裴長史,西入長安去觀光,到王公大人之門去求助。

【評箋】

洪邁《容齋四筆》卷三:李太白《上安州裴長史書》云:……裴君不知何如人,至譽其"貴而且賢,名飛天京,天才超然,度越作者,稜威雄雄,下慴群物"。予謂白以白衣入翰林,其蓋世英姿,能使高力士脫靴於殿上,豈拘拘然怖一州佐者邪?蓋時有屈伸,正自不得不爾。大賢不偶,神龍困於螻蟻,可勝歎哉!白此書自叙其平生云:"昔與蜀中友人吳指南,同游於楚,指南死於洞庭之上,白禪服慟哭,炎月伏屍,猛虎前臨,堅守不動,遂權殯於湖側。數年來觀,筋骨尚在。雪泣持刀,躬申洗削,裹骨徒步,負之而趨,寢興攜持,無輟身手,遂丐貸營葬於鄂城。"其存交重義如此。"又與逸人東嚴子隱於岷山,巢居數年,不迹城市,養奇禽千計,呼皆就掌取食,了無驚猜。"其養高忘機如此。而史傳不為書之,亦為未盡。

按:本文自叙生平說"迄於今三十春矣",故學術界多認為此《書》作於三十歲時,即開元十八年(七三〇)。由於《書》中詳細叙述了自己的出身和經歷,所以本文是研究李白生平的重要資料。從此信可以看出,李白在安陸的遭遇確實很糟糕,文中充分暴露出李白的可憐相,說了許多諂媚的話。真如洪邁《容齋四筆》卷三《李太白怖州佐》所說:"大賢不偶,神龍困於螻蟻,可勝歎哉!"

劍 閣 賦 [一] 送友人王炎入蜀

咸陽之南,直望五千里,見雲峰之崔嵬[二]。前有劍閣橫斷，倚青天而中開〔三〕。上則松風蕭颯瑟颶，有巴猿兮相哀〔四〕。旁則飛湍走壑，灑石噴閣，洶涌而驚雷〔五〕。

【注釋】
〔一〕劍閣：即指劍門關。在今四川劍閣縣東北大劍山小劍山之間，相傳為諸葛亮修築，是川陝間主要通道，軍事戍守要地。《水經注》卷二十《漾水》云："又東南逕小劍戍北，西去大劍三十里，連山絶險，飛閣通衢，故謂之劍閣也。"武則天聖曆中分普安、永歸、陰平三縣置劍門縣，並置劍門關。縣、關皆因大劍山、小劍山峰巒連綿，下有隘路如門，故名。地勢險要，有"一夫當關，萬夫莫開"之稱。題下為李白原注。入，宋本作"又"，據他本改。王炎乃李白好友，其死時李白寫有《自溧水道哭王炎三首》詩。　〔二〕"咸陽"三句：咸陽，在今陝西咸陽市東北二十里，因位於九嵕山之南，渭水之北，在山水之陽，故名。為秦都城。後人詩文中常以咸陽代指長安。崔嵬，高聳貌。《蜀道難》："劍閣崢嶸而崔嵬。"按《元和郡縣志》卷三三劍南道劍州："東北至上都一千四百三十里。"此處稱"五千里"，當是誇張之辭。或謂"五千里"非指咸陽至劍閣的路程，而是指蜀地南北之長度，左思《蜀都賦》"經途所亘，五千餘里"可證。可備一說。
〔三〕"倚青天"句：謂前面衆山連綿，突兀入雲，唯有劍閣倚空，中開一線，可通蜀地。　〔四〕"上則"二句：寫山上景色。蕭颯，秋風吹拂所發之聲。瑟颶(yù)，即颮颶，大風迅急貌。張鷟《游仙窟》："婀娜蔫茸，清冷颮颶。"巴猿，巴山中的猿猴。　〔五〕"旁則"二句：寫道旁景色，謂飛流湍急，擊石噴閣，奔流入山谷，其勢洶涌，其聲如雷。

送佳人兮此去〔六〕，復何時兮歸來？望夫君兮安極，我沉吟兮歎息〔七〕。視滄波之東注，悲白日之西匿〔八〕。鴻別燕兮秋聲，雲愁秦而暝色〔九〕。若明月出於劍閣兮，與君兩鄉對酒而相憶〔一〇〕。

【注釋】

〔六〕佳人：可指美女，亦可指君王、俊士或良友。此處指友人王炎。
〔七〕"望夫君"二句：夫君，指友人。猶言那人。此處指王炎。孟浩然《游精思觀回王白雲在後》詩："衡門猶未掩，佇立望夫君。"安極，蕭士贇注："無所極止也。"沉吟，低回悒鬱貌。　〔八〕"視滄波"二句：西匿，向西山隱藏。曹植《贈白馬王彪》其四："白日忽西匿。"鮑照《觀漏賦》："波沉沉而東注，日滔滔而西屬。"此即用其意。　〔九〕"鴻別"二句：謂鴻雁在秋聲中離別北方而飛往南方，秦地浮雲亦因愁苦而變成暮色。燕，幽燕，此泛指北方。秦，關中秦地，指長安。　〔一○〕"若明月"二句：謂如明月出於劍閣上空，兩人當在兩地同時舉杯對月而相思。按王炎由秦地去蜀，故有此語。謝莊《月賦》："美人邁兮音塵闕，隔千里兮共明月。"

【評箋】

祝堯《古賦辨體》卷七：賦也。其前有"上則"、"旁則"等語，是揫斂《上林》、《兩都》鋪叙體格，而裁入小賦，所謂"天吴與紫鳳，顛倒在裋褐"者歟？故雖以小賦，亦自浩蕩而不傷儉陋。蓋太白天才飄逸，其為詩也，或離舊格而去之，其賦亦然。

按：此賦開頭即稱"咸陽之南直望五千里"，可知立足點在長安，則此賦當是與前《蜀道難》、《送友人入蜀》詩同為開元十九年(七三一)初入長安時之作。賦中描寫劍閣形勢之險要，並抒發對友人入蜀的關懷以及友人別後的悲愁和相思之情。

春夜宴從弟桃花園序〔一〕

夫天地者，萬物之逆旅也；光陰者，百代之過客也〔二〕。而浮生若夢,為歡幾何〔三〕?古人秉燭夜游,良有以也〔四〕。

【注釋】
〔一〕《文苑英華》、《唐文粹》題作"春夜宴諸從弟桃園序"。《古文觀止》題作"春夜宴桃李園序"。按李白詩文中稱從弟者甚多。或謂此指李幼成、李令問等人。 〔二〕"夫天"四句:逆旅,客舍。《左傳·僖公二年》:"今虢為不道,保於逆旅。以侵敝邑之南鄙。"孔穎達疏:"逆,迎也;旅,客也,迎止賓客之處也。"過客,李白《擬古十二首》其九云:"生者為過客,死者為歸人。天地一逆旅,同悲萬古塵。"按光陰本綿延無涯,有一定限度的時間,纔有百代的概念,此反用其意,以"光陰"為"過客",總在形容人生短暫。 〔三〕"而浮"二句:浮生,《莊子·刻意》:"其生若浮,其死若休。"莊子以為人生在世,漂浮無定,故稱人生為"浮生"。後人即以浮生指人生。為歡,指賞心樂事。二句謂人生就像夢幻,極為短暫,而真正能歡會娛志之事,又有多少? 〔四〕"古人"二句:《古詩十九首》有"晝短苦夜長,何不秉燭游"句,曹丕《與吳質書》:"古人思秉燭夜游,良有以也。"後以"秉燭夜游"表示及時行樂。秉燭,手持蠟燭。良有以也,真是有原因的。

以上為第一段,謂光陰易逝,人生如夢,故應及時行樂。

況陽春召我以烟景,大塊假我以文章〔五〕。會桃花之芳園,序天倫之樂事〔六〕。群季俊秀,皆為惠連〔七〕;吾人詠歌,獨慚康樂〔八〕。

【注釋】
〔五〕"況陽春"二句:陽春,温暖的春天。召,招。烟景,烟花景色。大塊,大地。《莊子·大宗師》:"夫大塊載我以形,勞我以生。"假,給予。文章,言大自然之優美色彩。兩"以"字後均為狀語後置。 〔六〕"會桃花"二句：會，會聚。桃花，《文苑英華》、《全唐文》、《古文觀止》作"桃李"。芳園，園之美稱。序，通"叙"。天倫，父子兄弟等天然的親屬關係。《穀梁傳·隱公元年》："兄弟，天倫也。"范甯注："兄先弟後，天之倫次。"〔七〕"群季"二句：群季，古人以伯仲叔季作為兄弟間的排行，此以季為弟之代稱。因從弟非止一人，故曰群季。惠連，指謝惠連。《宋書·謝方明傳》："子惠連，幼而聰敏，年十歲，能屬文，族兄靈運深相知賞。"李白在此以謝惠連喻群季。 〔八〕"吾人"二句：吾人，《文苑英華》作"古今"。康樂，指謝靈運。因襲封康樂公，故稱謝康樂。此為詩人自比。《宋書·謝靈運傳》："……出為永嘉太守。郡有名山水，靈運素所愛好，出守既不得志，遂肆意游遨，遍歷諸縣，動逾旬朔，民間聽訟，不復關懷。所至輒為詩詠，以致其意焉。"二句謂我等對景賦詩，只有我獨自慚愧不及謝康樂。慚是自謙之詞。

以上為第二段，謂與諸從弟聚會桃花園，暢叙天倫之樂，贊美諸弟皆如當年謝惠連般聰敏俊秀，謙稱自己則不如謝靈運而慚愧。

幽賞未已，高談轉清〔九〕**。開瓊筵以坐花，飛羽觴而醉月**〔一〇〕**。不有佳詠**〔一一〕**，何伸雅懷**〔一二〕**？如詩不成，罰依金谷酒斗數**〔一三〕**。**

【注釋】

〔九〕"幽賞"二句：謂深細的品賞尚未完畢，便由漫無邊際的闊論，轉入辨名析理的清談。清談，清雅的談論。劉楨《贈五官中郎將》詩："清談同日夕。" 〔一〇〕"開瓊筵"二句：謂精美的筵席設在花叢中，插羽的酒杯在月光下頻頻飛舉。瓊筵，筵之美稱。坐花，圍群花而坐。羽觴，古代飲酒用的耳杯。作雀鳥狀，有頭、尾、兩翼。一説插鳥羽於觴，促人速飲。飛羽觴，形容促飲之速。醉月，醉於月下。 〔一一〕佳詠：美好的詩章。一作"佳作"。 〔一二〕"何伸"句：謂怎能表達高雅的情懷？伸，《文苑英華》作"申"。 〔一三〕"罰依"句：金谷，地名，亦稱金谷澗。其地在今河南洛陽市西北。晉太康時石崇築園於此，即世傳金谷園。石

657

崇常與友人在園中飲酒賦詩。石崇《金谷詩序》："遂各賦詩，以叙中懷，或不能者，罰酒三斗。"此即用其意。酒斗數，一無"斗"字。

以上為第三段，描寫與諸從弟宴飲賦詩的歡樂情景。

【評箋】

　　王志堅《四六法海》卷一〇：太白文蕭散流麗，乃詩之餘。然有一種腔調，易起人厭。如陽春、大塊等語，殆令人聞之欲吐矣。陸務觀亦言其識度甚淺。

　　《古文觀止》：發端數語，已見瀟灑風塵之外，而轉落層次，語無泛設。幽懷逸趣，辭短韻長，讀之增人許多情思。

　　按：此序作年難考。按李白《秋夜宿龍門香山寺奉寄王方城十七丈奉國瑩上人從弟幼成令問》詩云："朝發汝海東，暮棲龍門中。"則桃花園當在汝州境内。《道光汝州全志》卷一"山川""八景"之一有"春日桃園"，卷九"古迹"亦載"桃園在城東北聖王里"。則此序當作於開元二十二年（七三四）。全文如行雲流水，一氣呵成，瀟灑流暢，層次分明。文辭雖短，但韻味深長。

與韓荆州書〔一〕

　　白聞天下談士相聚而言曰〔二〕："生不用萬户侯〔三〕，但願一識韓荆州〔四〕。"何令人之景慕，一至於此耶〔五〕！豈不以有周公之風，躬吐握之事〔六〕，使海内豪俊，奔走而歸之，一登龍門，則聲譽十倍〔七〕。所以龍盤鳳逸之士，皆欲收名定價於君侯〔八〕。願君侯不以富貴而驕之，寒賤而忽之〔九〕，則三千賓中有毛遂〔一〇〕，使白得穎脱而出，即其人焉〔一〕。

【注釋】

〔一〕與韓荆州書：宋本目錄及《唐文粹》"荆州"下有"朝宗"二字。韓荆州，即韓朝宗。《新唐書·韓朝宗傳》："朝宗初歷左拾遺……累遷荆州長史。開元二十二年，初置十道采訪使，朝宗以襄州刺史兼山南東道。"按唐代荆州置大都督府，時韓朝宗以荆州大都督府長史兼襄州刺史。李白另有《憶襄陽舊游贈馬少府巨》詩云："昔為大堤客，曾上山公樓，高冠佩雄劍，長揖韓荆州。"知詩人拜謁韓朝宗在襄陽。　〔二〕談士：善談之士。《文選》卷四一孔融《論盛孝章書》："天下談士，依以揚聲。"吕向注："孝章好士，故天下談文史之士，皆依倚孝章以發揚美聲。"　〔三〕"生不"句：不用萬户侯，《全唐文》作"不用封萬户侯"。萬户侯，食邑萬户的諸侯。《史記·李將軍列傳》："如令子當高帝時，萬户侯豈足道哉！"按漢代制度，諸侯食邑大者萬户，小者五六百户。此取至貴之意。

〔四〕"但願"句：《新唐書·韓朝宗傳》："朝宗喜識拔後進，嘗薦崔宗之、嚴武於朝，當時士咸歸重之。"可見韓朝宗以獎掖識拔後進知名於時。故後以"識荆"為初次識面的敬詞，本此。　〔五〕"何令"二句：何令人，《唐文粹》作"何人"。景慕，仰慕。《後漢書·劉愷傳》："今愷景仰前修。"李賢注："景，猶慕也。"後人多取李賢之釋，《北史·楊敷傳》："敷少有志操，重然諾，人景慕之。"即其例。於此耶，《唐文粹》無"耶"字。

〔六〕"豈不"二句：有周公，《唐文粹》無"有"字。周公，指周文王子姬旦。曾輔助武王滅紂，建立周王朝，被封於魯。武王死，成王年幼，周公攝政。吐握，指禮賢下士。《韓詩外傳》卷三："周公曰：'吾文王之子，武王之弟，成王之叔父也，又相天下，吾於天下亦不輕矣。然一沐三握髮，一飯三吐哺，猶恐失天下之士。'"《文選》卷四七王褒《聖主得賢臣頌》："昔周公躬吐握之勞，故有圉空之隆。"二句謂豈不是因為您有周公的風度，"三握""三吐"禮賢下士的作為。　〔七〕"一登"二句：典出《後漢書·李膺傳》："膺獨持風裁，以聲名自高，士有被其容接者，名為登龍門。"此即用其意。聲譽十倍，譽，《全唐文》作"價"。十，《唐文粹》作"千"。

〔八〕"所以"二句：龍盤鳳逸之士，喻指懷才而隱居的豪傑。盤，《唐文粹》、《全唐文》作"蟠"。收名定價，取得聲名，確定身價。君侯，古代對諸侯的敬稱。《戰國策・秦策五》："少庶子甘羅曰：'君侯何不快甚也？'"唐人常以"君侯"敬稱地方州郡長官。　〔九〕"願君侯"二句：謂希望您不因自己的尊貴而傲視他們，也不因他們的貧寒卑賤而忽視他們。

〔一〇〕"三千賓"句：賓，《唐文粹》作"之"。毛遂，戰國時趙國平原君趙勝的食客。《史記・平原君列傳》載，毛遂依平原君已三年，自薦於平原君。平原君曰："夫賢士之處世也，譬若錐之處囊中，其末立見。……"毛遂曰："臣乃今日請處囊中耳。使遂蚤得處囊中，乃穎脱而出，非特其末見而已。"穎，錐尖。詩人於此以毛遂自比。　〔一一〕穎脱：錐尖戳出。《全唐文》作"脱穎"。比喻有才能的人得到機會，就能建功立業，顯示自己。

　　以上為第一段。首先將韓朝宗善於獎掖後進的聲譽極力贊揚，接着希望他不要因富貴寒賤而區別對待，最後提出自己有與衆不同的才華，為下文正式要求韓朝宗薦舉作鋪墊。

　　白隴西布衣〔一二〕，流落楚漢〔一三〕。十五好劍術，遍干諸侯〔一四〕；三十成文章，歷抵卿相〔一五〕。雖長不滿七尺，而心雄萬夫。王公大臣〔一六〕，許與氣義。此疇曩心迹，安敢不盡於君侯哉〔一七〕！君侯制作侔神明，德行動天地〔一八〕，筆參於造化，學究於天人〔一九〕。幸願開張心顔，不以長揖見拒〔二〇〕。必若接之以高宴，縱之以清談，請日試萬言，倚馬可待〔二一〕。今天下以君侯為文章之司命〔二二〕，人物之權衡〔二三〕，一經品題〔二四〕，便作佳士〔二五〕。而君侯何惜階前盈尺之地，不使白揚眉吐氣、激昂青雲耶〔二六〕？

【注釋】

〔一二〕隴西布衣：隴西，古郡名，秦置，至隋廢。治所在狄道（今甘肅省臨洮南)。按李白自稱隴西人,乃就郡望而言。布衣,古代做官之人穿絲綢衣服,平民百姓只能穿麻布衣服,故稱無官職的平民為布衣。《戰國策·趙策二》:"天下之卿相人臣,乃至布衣之士,莫不高賢大王之行義。"李白《贈張相鎬二首》其二:"本家隴西人,先為漢邊將。"　〔一三〕楚漢:指古楚國漢水一帶。當時李白正流浪於安陸、襄陽、江夏等漢水流域,故云。　〔一四〕"十五"二句:十五,未必實指,泛言少年時代。干,干謁;求見,此指交往。諸侯,古代對中央政權所分封的各國國君的統稱。諸侯國轄地如後世州郡,故後人常比稱州郡長官為諸侯。〔一五〕"三十"二句:三十,未必實指三十歲,泛言三十歲左右。歷抵卿相,當指開元十八或十九年第一次去長安干謁公卿宰相之事。抵,咸本作"詆"。　〔一六〕王公大臣:公,《唐文粹》作"侯"。臣,一作"人"。〔一七〕"疇曩"二句:疇曩,過去,往時。疇,語氣助詞。哉,宋本作"為",據他本改。　〔一八〕"君侯"二句:《唐文粹》"君"上有"而今"二字。謂您的著作文章與神明齊等,德行驚動天地。制作,指詩文著作。《孔子家語·本姓解》:"(孔子)祖述堯、舜,憲章文、武,刪《詩》述《書》,定《禮》理《樂》,制作《春秋》。"侔,齊等。《莊子·外物》:"海水震蕩,聲侔鬼神。"神明,形容其明智高超如神。《淮南子·兵略訓》:"神明者,先勝者也。"〔一九〕"筆參"二句:謂筆下參與天地自然的創造化育。學問窮究天道人事之間的關係。何承天《達性論》:"妙思窮幽賾,制作侔造化。"《梁書·鍾嶸傳》:"文麗日月,學究天人。"按:"筆參於造化,學究於天人"二句,一作"筆參造化,學究天人"。　〔二〇〕"幸願"二句:謂希望韓朝宗開張心胸,和顏悅色,不要因為我的長揖不拜而拒絕接見。長揖,拱手高舉,自上而下的相見禮。《漢書·高帝紀》:"酈生不拜,長揖。"按古代平民見長官或下級見上級都要行跪拜禮,長揖是平輩相見的禮節,李白是個平民,見長官長揖不拜是失禮的行為。　〔二一〕倚馬:靠在馬身上。《世説新語·文學》:"桓宣武北征,袁虎時從,被責免官,會須露布文,喚袁倚馬前令作,手不輟筆,俄得七紙,殊可觀。"後即以"倚馬"喻文思敏捷。此處"倚馬可待"形容才思敏捷,為文頃刻而成。　〔二二〕文章之司命:掌握文章命運的人。此指文章優劣的評判者。司命,掌握命

661

運者。《孫子·作戰》:"知兵之將,民之司命。" 〔二三〕權衡:秤;評量,衡量。權,秤錘。衡,秤桿。喻指權力。《朝野僉載》卷四:"子位處權衡,職當水鏡,居進退之首,握褒貶之柄。" 〔二四〕品題:評定人品高下,給以評語。《唐文粹》作"題品"。《後漢書·許劭傳》:"劭與(許)靖俱有高名,好共覈論鄉黨人物,每月輒更其品題,故汝南俗有'月旦評'焉。" 〔二五〕佳士:品行或才學優良之人。《三國志·魏志·楊俊傳》:"同郡審固、陳留衛恂,本皆出自兵伍,俊資拔獎致,咸作佳士。" 〔二六〕"而君侯"二句:喻韓朝宗不推薦自己進入仕途。謂您又何必吝惜屋階前一尺之地,不使我揚眉吐氣、激昂奮發而直上青雲呢?而君侯何惜,《唐文粹》作"而今君侯惜"。青雲,喻進入仕途。耶,《唐文粹》作"邪"。

以上為第二段。前十二句向韓朝宗介紹自己的身份和經歷,表明不是平庸之人。接着歌頌韓朝宗的文學和德行,希望他能心胸開闊地禮賢下士。然後又介紹自己文思敏捷,才華出衆,希望掌握文章命運和品評人物優劣的韓朝宗能推薦自己,使自己有施展才華的一席之地。

昔王子師為豫州〔二七〕,未下車即辟荀慈明,既下車又辟孔文舉〔二八〕。山濤作冀州,甄拔三十餘人〔二九〕,或為侍中、尚書,先代所美〔三〇〕。而君侯亦薦一嚴協律,入為秘書郎〔三一〕。中間崔宗之、房習祖、黎昕、許瑩之徒〔三二〕,或以才名見知,或以清白見賞〔三三〕。白每觀其銜恩撫躬〔三四〕,忠義奮發,白以此感激,知君侯推赤心於諸賢腹中〔三五〕,所以不歸他人,而願委身國士〔三六〕。儻急難有用,敢效微軀〔三七〕。

【注釋】

〔二七〕"昔王"句:王子師,東漢名臣王允的字。《後漢書·王允傳》:"王允字子師……拜豫州刺史,辟荀爽、孔融等為從事。"豫州,州名。漢武帝所置十三刺史部之一。東漢時治所在譙(今安徽亳縣)。宋本原作"豫章",據王本、《唐文粹》改。　〔二八〕"未下車"二句:《晉書·江統傳》:"昔王子師為豫州,未下車辟荀慈明,下車辟孔文舉。"下車,上任。辟,徵召。荀慈明,名爽,《後漢書》、《三國志》有傳。孔文舉,名融,建安七子之一,曾為北海相,世稱孔北海。《後漢書》、《三國志》有傳。〔二九〕"山濤"二句:山濤,字巨源,西晉名士。冀州,州名。晉時治所在房子(今河北高邑縣西南)。《晉書·山濤傳》:"出為冀州刺史……濤甄拔隱屈,搜訪賢才,旌命三十餘人,皆顯名當時,人懷慕尚,風俗頗革。"甄拔,指甄別人才,薦舉識拔。　〔三〇〕"或為"二句:侍中,官名,初僅伺應雜事,但因接近皇帝,地位日漸貴重。南朝時侍中掌管機要,實際上即為宰相。尚書,官名。漢成帝時設尚書五人,始分曹辦事。魏晉以後,尚書事務更繁。隋、唐時代中央機關分三省,尚書省為政務執行機關,分六部,六部首長都稱尚書。先代,前代。美,稱讚。　〔三一〕"而君侯"二句:薦一,《唐文粹》、《全唐文》作"一薦"。嚴協律,姓嚴的協律郎,名不詳。協律郎為掌管校正樂律的官員。秘書郎,秘書省掌管圖書收藏及抄寫事務的官員。　〔三二〕"中間"句:崔宗之,李白重要交游之一,曾為起居郎、禮部員外郎、禮郎部中、右司郎中等職。詳見前《酬崔五郎中》詩注。房習祖,事蹟不詳。黎昕,王維有《黎拾遺昕見過》詩。其他事蹟不詳。許瑩,事蹟不詳。　〔三三〕"或以"二句:謂有的以才華名聲被您知曉,有的因品格清高被您賞識。　〔三四〕銜恩撫躬:從心底感恩戴德。　〔三五〕"白以此"二句:白以此,王本無"白"字。感激,感動奮發。推赤心於諸賢腹中,對諸賢推心置腹,傾心相待。諸賢腹中,《全唐文》作"諸賢之腹中"。《後漢書·光武帝紀上》:"降者更相語曰:'蕭王推赤心置人腹中,安得不投死乎?'"　〔三六〕委身國士:把自己委托給您。《全唐文》作"委身於國士"。國士,國中傑出優秀的人物。此指韓朝宗。《戰國策·趙策一》:"知伯以國士遇臣,臣故國士報之。"〔三七〕"儻急難"二句:謂倘若您遇到急難而欲使用我時,我甘願不惜微軀為您效勞。儻(tǎng),倘若。軀,宋本作"驅",據他本改。

此為第三段,首先歷舉前代名人推薦提拔賢士之事,被前代稱美;接着稱讚韓朝宗也善於薦拔人才,使被薦之人感恩戴德,最後表示自己願意投靠韓朝宗，為他效勞。

　　且人非堯、舜，誰能盡善〔三八〕？白謨猷籌畫，安敢自矜〔三九〕？至於制作，積成卷軸〔四〇〕，則欲塵穢視聽〔四一〕，恐雕蟲小技〔四二〕，不合大人。若賜觀芻蕘〔四三〕，請給以紙墨，兼人書之〔四四〕。然後退歸閑軒，繕寫呈上〔四五〕。庶青萍、結綠，長價於薛、卞之門〔四六〕。幸惟下流，大開獎飾，惟君侯圖之〔四七〕。

【注釋】

〔三八〕"且人"二句：堯、舜，古代傳説中的兩位聖明之君。盡善，完美無缺。《晉書·周顗傳》："人主自非堯舜，何能無失。"　〔三九〕"白謨"二句：謨猷籌畫，運籌謀略。《周書·寇洛李弼于謹傳論》："帷幄盡其謀猷，方面宣其庸績，擬巨川之舟艫，為大廈之棟樑。"安敢自矜，宋本作"安能盡矜"，據《全唐文》改。一作"安能自矜"。自矜，自誇；自負。《史記·太史公自序》："文侯慕義，子夏師之。惠王自矜，齊、秦攻之。"　〔四〇〕"至於"二句：謂至於詩文創作，已累積成卷軸。卷軸，裝裱的卷子，指書籍。古時文章，皆裱成長卷，有軸可以舒卷。任昉《齊竟陵文宣王行狀》："所造箴銘，積成卷軸。"　〔四一〕"則欲"句：謂很想給您過目。塵穢視聽，玷污您的耳目。此處為自謙之詞。　〔四二〕雕蟲小技：指詩賦。揚雄《法言·吾子》："或問：'吾子少而好賦？'曰：'然。童子雕蟲篆刻。'俄而曰：'壯夫不為也。'"技，宋本作"伎"，據他本改。　〔四三〕芻蕘(chú ráo)：割草，打柴。後常借指草野之人。此句謂如蒙韓賞識，欲觀草野之人的文章。為詩人自謙之詞。芻，通"蒭"。蕭統《中吕四月》："今因去雁，聊寄蒭蕘。"　〔四四〕"請給"二句：給以紙墨，王本無"以"字。墨，《全唐文》作"筆"。兼人書之，一作"兼之書人"，是。意謂加上抄寫之人。　〔四五〕"退歸"二句：意謂回到安静的書室，繕寫奉上。退歸，王本、《唐文粹》、《全唐文》作"退掃"。　〔四六〕"庶青萍"二句：青萍，

664

古代寶劍名。結綠,美玉名,喻有才能者。薛,指薛燭,古代善相劍者,事載《越絕書》卷十一。卞,指卞和,善於發現寶玉者,見《韓非子・和氏》。二句謂希望自己的詩文能像青萍寶劍和結綠美玉那樣,在行家薛燭和卞和的門下增添價值。此喻自己能被韓朝宗賞識而發揮才志。

〔四七〕"幸惟"三句:謂希冀韓朝宗能爲卑下之人着想,大開獎飾之門,請您考慮。大開,宋本作"之閑",據他本改。咸本作"大閑"。獎飾,獎勵,誇飾。

以上爲第四段。首先説明自己不是聖人,不可能無過。接着説自己寫的詩賦很多,想請韓朝宗過目,又怕不適合;故請賜紙筆和書人,在静室中繕寫呈上,希望得到韓朝宗的賞識。

按:據史書記載,韓朝宗於開元二十二年(七三四)爲荆州大都督府長史兼襄州刺史,則此文當爲是年李白過襄陽拜謁荆州長史韓朝宗時所作。本文自始至終充滿作者的激情,故文中具有巨大的氣勢和力量,這正是作者的自信心和豪邁個性的生動體現。本文不愧爲李白著名的代表作。

冬夜於隨州紫陽先生餐霞樓送烟子元演隱仙城山序〔一〕

吾與霞子元丹、烟子元演〔二〕,氣激道合,結神仙交〔三〕。殊身同心,誓老雲海,不可奪也〔四〕。歷行天下,周求名山〔五〕,入神農之故鄉,得胡公之精術〔六〕。

【注釋】

〔一〕隨州,又作"隋州"。唐州名,屬山南東道。今湖北隨州市。紫陽先生，唐道士，姓胡，道號紫陽，名不詳，隱居於隨州。據李白《唐漢東紫陽先生碑銘》，李白好友元丹丘曾請胡紫陽至嵩山傳道籙。天寶元年(七四二)曾奉詔入京，不久稱疾辭帝，返至葉縣病卒，年六十二，是年十月二十三日葬。餐霞樓，當在胡紫陽居處。烟子元演，李白好友，與元丹丘當為從兄弟行。見前《憶舊游寄譙郡元參軍》詩注。仙城山，在隨州東八十里，又名善光山，見《輿地紀勝》卷八三。　〔二〕"吾與"句：霞子，元丹丘之號。元丹，即元丹丘。李白一生最親密的摯友。烟子，元演的號。元演後為譙郡參軍。其父約在開元二十三年(七三五)為太原尹，故元演於是年五月邀李白過太行山游太原，一直到秋天。　〔三〕"氣激"二句：謂意氣激奮而志向相同，結為學道求仙的神仙之交。　〔四〕"殊身"三句：謂雖然身體不同而三人之心相同，發誓要終老於雲海之間求仙學道，此志不可改變。殊，不同。奪，喪失。《論語·子罕》："三軍可奪帥也，匹夫不可奪志也。"　〔五〕"歷行"二句：歷行，遍行；走遍。行，宋本作"可"，《文苑英華》作"考"，據他本改。《後漢書·張禹傳》："歷行郡邑，深幽之處莫不畢到。"周求，遍求；到處尋訪。　〔六〕"入神農"二句：神農之故鄉，指隨州。隨州有厲山，相傳為上古炎帝神農氏之生地。《史記·五帝本紀》："軒轅之時，神農氏世衰。"裴駰《集解》引皇甫謐曰："《易》稱庖犧氏沒，神農氏作，是為炎帝。"張守節《正義》引《括地志》曰："厲山在隨州隨縣北百里，山東有石穴，昔神農生於厲鄉，所謂列山氏也。春秋時為厲國。"胡公，指胡紫陽。李白《漢東紫陽先生碑銘》："先生姓胡氏。"精術，精微的道術。術，《文苑英華》作"宇"。

以上為第一段。敘自己與元丹丘、元演志同道合，遍行天下，同往隨州訪胡紫陽，得其道術。

　　胡公身揭日月，心飛蓬萊〔七〕。起餐霞之孤樓，鍊吸景之精氣〔八〕。延我數子，高談混元〔九〕。金書玉訣〔一〇〕，盡在此矣。

【注釋】

〔七〕"胡公"二句：身揭日月，《莊子·山木》："昭昭乎，如揭日月而行。"揭，高舉。蓬萊，神話傳說中的海中仙山。二句謂胡紫陽其身如高舉日月那樣光明，其心飛馳嚮往蓬萊仙山。　〔八〕"起餐霞"二句：謂建起名為餐霞的高樓，鍊吸日光精氣的道術。餐霞，餐食日霞；道教修鍊之術。《真誥》："日者霞之實，霞者日之精。君惟聞服日之法，未知餐霞之精也。餐霞之經甚秘，致霞之道甚易，此謂體生玉光，霞映上清之法也。"《文選》卷二一顏延之《五君詠·嵇中散》："中散不偶世，本自餐霞人。"李善注："餐霞，謂仙也。《楚辭》曰：'漱正陽而含朝霞。'司馬相如《大人賦》曰：'呼吸沆瀣餐朝霞。'"景精，即日精；景，日光。宋之問《詠王子喬》詩："乘騎雲氣吸日精。"　〔九〕"延我"二句：延，邀請。數子，指李白、元丹丘、元演三人。混元，天地元氣。　〔一〇〕金書玉訣：仙書寶訣，道教的經典。沈約《游金華山》詩："若蒙羽駕迎，得奉金書召。"

以上為第二段。敘胡紫陽身心光明，餐霞鍊氣，邀請李白等三人秘授道教仙書寶訣。

白乃語及形勝〔一一〕，紫陽因大誇仙城〔一二〕。元侯聞之〔一三〕，乘興將往。別酒寒酌，醉青田而少留〔一四〕；夢魂曉飛，度淥水以先去〔一五〕。

【注釋】

〔一一〕形勝：名勝；風景幽美，形勢優越。《荀子·強國》："其固塞險，形勢便，山林川谷美，天材之利多，是形勝也。"　〔一二〕大誇仙城：《文苑英華》"誇"下有"其"字。　〔一三〕元侯：指元演。侯，唐代士大夫之間的敬稱，猶言"君"。　〔一四〕青田：酒名。崔豹《古今注·草木》："烏孫國有青田核……得清水，則有酒味出，如醇美好酒。核大如六升瓠，空之以盛水，俄而成酒。劉章得兩核，集賓客設之，常供二十人之飲。一核盡，一核所盛已復中飲。飲盡，隨更注水。隨盡隨盛，不可久置，久置則苦不可飲。名曰青田酒。"駱賓王《秋日與群公宴序》："欹爾連襟，共抱青田之酒。"青，咸本作"月"。　〔一五〕淥水：一作"緑水"。

以上為第三段。叙元演聞仙城山為名勝之地，欲乘興前往。設宴餞行，元演夢魂已先往仙城山。

吾不凝滯於物，與時推移〔一六〕。出則以平交王侯，遁則以俯視巢、許〔一七〕。朱紱狎我，緑蘿未歸〔一八〕。恨不得同棲烟林，對坐松月。有所款然，銘契潭石〔一九〕。乘春當來，且抱琴卧花，高枕相待〔二〇〕。詩以寵別〔二一〕，賦而贈之。

【注釋】

〔一六〕"吾不"二句：《楚辭·漁父》："聖人不凝滯於物，而能與世推移。"王逸注："不困辱其身也，隨俗方圓。"此處用其意。謂自己不為凡俗所拘，而要應時變化。不凝滯，宋本無"凝"字，據他本補。郭本作"不疑滯"。凝滯，拘泥。　〔一七〕"出則"二句：謂出仕則與王侯貴族平等交往，隱遁亦要高於巢父、許由等古代隱士。　〔一八〕"朱紱"二句：朱紱，古代繫佩玉或印章的紅色絲帶。《文選》卷二十曹植《責躬詩》："冠我玄冕，要我朱紱。"李善注："《禮記》曰：'諸侯佩山玄玉而朱組綬。'《蒼頡篇》曰：'紱，綬也。'"劉良注："朱紱，諸侯之儀服。"此處代指做官。緑蘿，指隱居。隱士與緑蘿為伴。郭璞《游仙詩》："緑蘿結高林，蒙籠蓋一山。"二句意謂與官宦中人生活周旋，所以尚未有歸隱的打算。狎，親近。

〔一九〕"恨不"四句：謂自己恨不能與元演同隱山林，對坐松月。親熱誠懇的衷情，可以銘刻於潭邊石上。款然，親熱真誠貌。一作"疑然"，一作"感歎然"。《文選》卷二五謝靈運《還舊園作見顔范二中書》詩："曾是反昔園，語往實款然。"李善注引《廣雅》："款，愛也。"潭，一作"譚"。銘契，鐫刻。　〔二〇〕"乘春"三句：謂乘春天來臨時我當來看你，你暫且在花中高卧，抱琴相樂，高枕無憂地等待着我。　〔二一〕寵別：以言詞贈別。蕭昕《夏日送桂州刺史邢中丞赴任序》："徵文寵別，慰行邁之思。"

以上爲第四段。叙自己平交王侯、俯視巢許的品格,目前尚想出仕,未能同隱山林。請友人抱琴高卧花中等待他日來臨。

按:此序當作於開元二十二年(七三四)冬,時李白與元丹丘、元演同往隨州訪胡紫陽。李白《憶舊游寄譙郡元參軍》詩曰:"相隨迢迢訪仙城,三十六曲水迴縈。一溪初入千花明,萬壑度盡松風聲。銀鞍金絡到平地,漢東太守來相迎。紫陽之真人,邀我吹玉笙。餐霞樓上動仙樂,嘈然宛似鸞鳳鳴。"即寫此時事。

大　獵　賦〔一〕并序

白以爲:賦者,古詩之流〔二〕。辭欲壯麗,義歸博遠〔三〕。不然,何以光贊盛美,感天動神〔四〕?而相如、子雲競誇辭賦,歷代以爲文雄,莫敢詆訐〔五〕。臣謂語其略,竊或褊其用心〔六〕。《子虚》所言,楚國不過千里,夢澤居其太半,而齊徒吞若八九,三農及禽獸無息肩之地,非諸侯禁淫述職之義也〔七〕。《上林》云:"左蒼梧,右西極"〔八〕,考其實,地周袤纔經數百〔九〕。《長楊》誇胡,設網爲周阹,放麋鹿其中,以搏攫充樂〔一〇〕。《羽獵》於靈臺之囿〔一一〕,圍經百里而開殿門〔一二〕。當時以爲窮壯極麗,迨今觀之,何齷齪之甚也〔一三〕!

【注釋】
〔一〕大獵賦:此賦描寫開元年間天子在秦地畋獵的情景。　〔二〕"白以爲"二句:白,《唐文粹》作"臣"。賦者,古詩之流,語見《文選》卷一班固

669

《兩都賦序》:"或曰:'賦者,古詩之流也。'"李善注:"《毛詩序》曰:詩有六義焉,二曰賦,故賦為古詩之流也。" 〔三〕"辭欲"二句:謂賦的辭藻要壯美華麗,取義要博雅深遠。遠,一作"達"。劉勰《文心雕龍·詮賦》:"麗詞雅義,符采相勝。" 〔四〕"何以"二句:《毛詩序》:"故正得失,動天地,感鬼神,莫近於詩。"古人認為詩賦有動天地感鬼神之功。
〔五〕"而相如"三句:意謂司馬相如和揚雄競相以辭賦相誇,歷代論者亦奉之為作賦能手,無人敢有非議。相如,司馬相如。子雲,揚雄的字。兩人均為西漢著名辭賦家,漢代賦體大盛,稱戰國時屈原所作《離騷》等為《楚辭》,後常以辭賦並稱。詆訐(dǐ jié),非議,譭謗。 〔六〕"臣謂"二句:其略,《唐文粹》、《全唐文》作"其大略"。略,大要,即所作賦的主旨。褊(biǎn),本指衣服狹小,引申為狹隘、偏失。褊,宋本作"楄",據他本改。二句謂論其賦的主旨,我私下以為其用心有所偏失。 〔七〕"子虛"六句:《子虛》,《子虛賦》,司馬相如的代表作。其詞云:"臣聞楚有七澤……臣之所見,蓋特其小小者耳,名曰雲夢。雲夢者,方九百里。……烏有先生曰:'……且齊東渚鉅海,南有琅邪,觀乎成山,射乎之罘,浮渤澥,游孟諸。邪與肅慎為鄰,右以暘谷為界。秋田乎青丘,彷徨乎海外。吞若雲夢者八九,於其胸中曾不蒂芥。'"《上林賦》:"亡是公听然而笑曰:'……夫使諸侯納貢者,非為財幣,所以述職也;封疆畫界者,非為守禦,所以禁淫也。……從此觀之,齊楚之事,豈不哀哉!地方不過千里,而囿居九百,是草木不得墾闢,而民無所食也。'"六句所言即本此。太半,太,通"大"。三農,指平地、山、澤所居之農民。息肩之地,休息歇腳之處。禁淫,禁止越出一定的範圍。述職,諸侯向天子陳述履行職務的情況。
〔八〕"上林"三句:《上林》,《上林賦》。按《子虛》、《上林》在《史記》、《漢書》中為一篇,自蕭統《文選》始析一為二,前人多辯其非。其詞云:"亡是公听然而笑曰:'……獨不聞天子之上林乎?左蒼梧,右西極,丹水更其南,紫淵徑其北。'"上林,苑名。本秦時舊苑,漢武帝擴建。周圍三百里,有離宮七十所,苑中養禽獸,供天子春秋時打獵。其地在今陝西長安、周至(盩厔)、户(鄠)縣界。蒼梧,在長安東南,故言左。西極,在長安西,故言右。 〔九〕"考其"二句:考,宋本作"者",據他本改。周袤,周長。

裘,宋本作"袤",據他本改。揚雄《羽獵賦》:"武帝廣開上林……周袤數百里。" 〔一○〕"長楊"四句:楊,宋本作"揚",據他本改。揚雄有《長楊賦》,其《序》云:"上將大誇胡人以多禽獸。秋命右扶風發民入南山,西自褒斜,東至弘農,南驅漢中,張羅網罝罘,捕熊羆豪豬,虎豹狖玃,狐兔麋鹿,載以檻車,輸長楊射熊館,以網為周阹,縱禽獸其中,令胡人手搏之,自取其獲,上親臨觀焉。是時農民不得收斂。雄從至射熊館,還,上《長楊賦》。"周阹(qū),獵者利用天然地形圍獵禽獸。此指未有野獸先設圍陣。搏攫,搏擊,爭奪。 〔一一〕"羽獵"句:羽獵,指揚雄《羽獵賦》。靈臺,周朝所建臺名,用以游觀,一說用以觀天象。囿(yòu),畜養禽獸的園林。按揚雄《羽獵賦》稱:"帝將惟田于靈之囿。"此句即用其意。〔一二〕"囿經"句:用揚雄《羽獵賦》成句:"囿經百里,而為殿門。"〔一三〕"當時"三句:謂當時以為場面壯觀,而今看來,何其狹小之極!齷齪(wò chuò),局面狹窄。迨,同"逮"。

但王者以四海為家,萬姓為子,則天下之山林禽獸,豈與衆庶異之〔一四〕?而臣以為不能以大道匡君,示物周博,平文論苑之小,竊為微臣之不取也〔一五〕。今聖朝園池遐荒,殫窮六合〔一六〕,以孟冬十月大獵於秦,亦將曜威講武,掃天蕩野〔一七〕。豈淫荒侈靡,非三驅之意耶〔一八〕?臣白作頌,折中厥美〔一九〕。其辭曰:

【注釋】
〔一四〕"但王者"四句:謂但帝王若以四海為家,以百姓為子,那麼天下山林禽獸,怎能與庶民不同享?衆庶,庶民;百姓。 〔一五〕"而臣"四句:謂我以為為人臣而不能以治國之道匡輔君王,使物產豐富,却著文論說園苑之大小,我私下以為不足取。苑,《全唐文》作"苑囿"。
〔一六〕"今聖朝"二句:遐荒,荒遠之地。殫(dān)窮,竭盡。六合,指天地四方。兩句言天下之大,無不為天子園地。 〔一七〕"以孟冬"三

671

句：孟冬,冬季第一月,指夏曆十月。秦,指長安一帶。今陝西地區。曜威講武,誇耀武力,練習戰法。曜,一作"耀"。古代皇朝於冬季例有畋獵的禮儀風習。《周禮·夏官·大司馬》:"中冬,教大閲……修戰法……遂以狩田。"掃天蕩野,形容畋獵時人多勢猛,仿佛能橫掃天空,蕩滌曠野。〔一八〕"豈淫荒"二句:淫荒,一作"荒淫"。三驅,古代帝王田獵的制度。《易·比》:"王用三驅,失前禽。"前賢多謂畋獵時三面驅獸,讓開一面,以示好生之德。《漢書·五行志上》:"田狩有三驅之制。"顏師古注:"謂田獵三驅也。三驅之禮,一為乾豆,二為賓客,三為充君之庖也。"此謂畋獵以三驅為度。　〔一九〕折中:猶言取正。折其兩端而取其中,使之適當。王琦注:"賦意謂分之而求其中,惟兹所頌美,較勝古人也。"

　　以上為賦序。首先述說賦的性質和作用,然後評論司馬相如和揚雄的《子虚》、《上林》、《長楊》、《羽獵》諸賦只是誇大其辭,其實狹小之極;不能以大道匡君,故詩人以為不足取。而當今皇帝的田獵講武,猶為三驅之意,故詩人要取正而頌美,特作此賦。

　　粵若皇唐之契天地而襲氣母兮,粲五葉之葳蕤〔二〇〕。惟開元廓海寓而運斗極兮,總六聖之光熙〔二一〕。誕金德之淳精兮,漱玉露之華滋〔二二〕。文章森乎七曜兮,制作參乎兩儀〔二三〕。括衆妙而為師〔二四〕。明無幽而不燭兮,澤無遠而不施〔二五〕。慕往昔之三驅兮,順生殺於四時〔二六〕。

【注釋】

〔二〇〕"粵若"二句:謂大唐得天地元氣之本而有天下,五世基業,光輝燦爛,非常興旺,如草木的繁茂爭榮。粵若,同"曰若",語助詞。皇唐,大唐。契,通"挈"。《莊子·大宗師》:"豨韋氏得之以挈天地,伏戲氏得之以襲氣母。"成玄英疏:"豨韋氏,文字已前遠古帝王號也。得靈通之道,故能驅馭群品,提挈二儀。又作'契'字者,契,合也。言能混同萬物,符合二儀者也。……襲,合也。氣母者,元氣之母。應道也。為得至道,故能畫八卦,演六爻,調陰陽,合元氣也。"粲,燦爛。五葉,五世。唐自高祖至玄宗凡五世。葳蕤,草木茂盛貌。　〔二一〕"惟開元"二句:開元,唐玄宗年號,公元七一三年至七四一年。海寓,寓,"宇"的異體字。海內,宇內,即國境以内。運,運轉。斗極,北斗星與北極星。此喻指政權。總,聚。六聖,指唐開國以來的六個皇帝:高祖、太宗、高宗、武后、中宗、睿宗。光熙,光輝。　〔二二〕"誕金德"二句:誕,誕生。玄宗誕生於八月,八月為秋,於五行為金,秋天多露,故以"金德"、"玉露"頌之。淳精,純正精華。淳,一作"纯"。華滋,潤澤。　〔二三〕"文章"二句:謂文章繁盛於日月星辰,著作精妙参列天地。森,繁茂貌。七曜,指日、月及金、木、水、火、土五星。兩儀,指天地或陰陽。《易·繫辭上》:"是故易有太極,是生兩儀。"　〔二四〕"括衆妙"句:謂集中衆多絕妙之物作為師法。衆妙,萬物的玄理。《老子》:"玄之又玄,衆妙之門。"括衆妙而為師,括,宋本作"栝",據他本改。而,宋本作"以",據他本改。瞿蜕園、朱金城校注:此句單行叶韻,文氣不屬,疑上脱一句。　〔二五〕"明無幽"二句:謂光明照到任何幽暗處,恩澤施至任何遥遠之處。無,一作"胡"。〔二六〕"慕往昔"二句:謂仰慕過去的田獵制度,必須應四時而殺生。古代朝廷四時皆有田獵之事。春曰田,獵取農田中的野獸,為耕種作準備;夏曰苗,為禾苗除害;秋曰蒐,擇大獸獵而取之;冬曰狩,獵無擇;故曰"順生殺於四時"。蕭士贇注:"順生殺於四時者,謂春蒐、夏苗、秋獮、冬狩,各有制也。"

以上是賦的第一段,贊美開元天子繼承五世六帝的光輝基業,創建開元盛世。文章著作極盛而精妙,陽光普照,恩澤廣遠,仰慕前聖的三驅,順應四時的田獵制度。

若乃嚴冬慘切,寒氣凛冽〔二七〕,不周來風,玄冥掌雪〔二八〕。木脱葉,草解節〔二九〕,土囊烟陰,火井冰閉〔三〇〕。是月也,天子處乎玄堂之中〔三一〕,滄八水兮休百工，考王制兮遵《國風》〔三二〕。樂農人之閑隙兮，因校獵而講戎〔三三〕。

【注釋】
〔二七〕"若乃"二句：慘切，淒厲。凜冽(lǐn liè)，寒冷刺骨。　〔二八〕"不周"二句：不周，指不周風。《史記·律書》："不周風居西北，主殺生。"玄冥，神名。《禮記·月令》："孟冬之月……其神玄冥。"　〔二九〕"木脫"二句：謂樹木凋零，枯草衰敗。　〔三〇〕"土囊"二句：土囊，《文選》卷一三宋玉《風賦》："夫風生於地，起於青蘋之末。侵淫谿谷，盛怒於土囊之口。"李善注："土囊，大穴也。盛弘之《荆州記》曰：'宜都佷(hěn)山縣有山，山有穴，口大數尺，為風井，土囊當此之類也。'"火井，產可燃天然氣之井。古代多用以煮鹽。《文選》卷四左思《蜀都賦》："火井沈熒於幽泉。"劉逵注："蜀郡有火井，在臨邛縣西南。火井，鹽井也。欲出其火，先以家火投之，須臾許，隆隆如雷聲，爓出通天，光輝十里，以筒盛之，接其光而無炭也。"《華陽國志·蜀志》："臨邛縣……有火井，夜時光映上照，民欲其火光，以家火投之，頃許如雷聲，火焰出，通耀數十里。以竹筒盛其光藏之，可拽行，終日不滅。"冰閉，因結冰而使井口封閉。
〔三一〕玄堂：北向的堂，古代天子冬月所居。《禮記·月令》："孟冬之月……天子居玄堂左个。"鄭玄注："玄堂左个，北堂西偏也。"
〔三二〕"滄八水"二句：滄(chuàng)，寒冷。滄，宋本作"飡"，《全唐文》作"餐"，據他本改。八水，指關中八川。《初學記》卷六引晉戴祚《西征記》："關內八水，一涇，二渭，三灞，四滻，五滂，六滈，七灃，八潏。"都在關中，皆出入上林苑。百工，各種工匠的總稱。《吕氏春秋·季秋紀》："是月也，霜始降則百工休。"高誘注："霜降天寒，朱漆不堅，故百工休不復作器。"王制，指《禮記·王制》。國風，指《詩》十五《國風》。《文選》卷一班固《東都賦》："若乃順時節而蒐狩，簡車徒以講武，則必臨之以《王制》，考之以《風》《雅》。"李善注："《禮記·王制》曰：'天子諸侯無事則歲三田，田不以禮，曰暴天物。'風，《國風》，《騶虞》、《駟鐵》是也。雅，《小雅》，《車攻》、《吉日》是也。"　〔三三〕"樂農"二句：謂使百姓於農閑之時得以

674

愉樂,因而出去狩獵,講習武事。閑隙,指農閑。因,宋本作"困",據他本改。校獵,用木欄遮阻,獵取禽獸。《漢書·司馬相如傳》:"於是乎背秋涉冬,天子校獵。"顏師古注:"校獵者,以木相貫穿,總為闌校,遮止禽獸而獵取之。"講戎,講習武事,演武練兵。《左傳·隱公五年》:"故春蒐、夏苗、秋獮、冬狩,皆於農隙以講武事也。"

以上是賦的第二段,描寫嚴冬季節的景象,開元天子遵王制而在農閑之時校獵習武。

乃使神兵出於九闕,天仗羅於四野〔三四〕。徵水衡與林虞,辨土物之衆寡〔三五〕。千騎飈掃,萬乘雷奔〔三六〕。梢扶桑而拂火雲兮,刮月窟而搜寒門〔三七〕。赫壯觀於今古,燊摇蕩於乾坤〔三八〕。此其大略也。而内以中華為天心,外以窮髪為海口〔三九〕。谿咽喉以洞開,吞荒裔以盡取〔四〇〕。大章按步以來往,夸父振策而奔走〔四一〕。足迹乎日月之所通,囊括乎陰陽之未有〔四二〕。

【注釋】

〔三四〕"乃使"二句:神兵,天兵;指唐朝軍隊。九闕,九門;指皇宮。古代宫室制度,天子設九門。《禮記·月令》:"(季春之月)田獵、罝罘、羅罔、畢翳、餧獸之藥,毋出九門。"鄭玄注:"天子九門者,路門也、應門也、雉門也、庫門也、皋門也、城門也、近郊門也、遠郊門也、關門也。"後用以稱宮門。天仗,手執兵器的儀仗。羅,分布;陳列。二句謂狩獵隊伍從皇宮出發,軍士手執兵器,環列四野。 〔三五〕"徵水衡"二句:徵,徵召。水衡,古官名。水衡都尉的簡稱。漢武帝元鼎二年置,至隋廢。掌皇家上林苑。《漢書·百官公卿表上》"水衡都尉"顏師古注引應劭曰:"古山林之官曰衡。掌諸池苑,故稱水衡。"又引張晏曰:"主都水及上林苑,故曰水衡。主諸官,故曰都。有卒徒武事,故曰尉。"後泛指管理水利之官。林虞,古代掌管山林之官。王琦注:"《周禮》有山虞、澤虞,皆掌山

675

澤之官,今稱林虞者,變文言之也。"土物,土產之物。　〔三六〕"千騎"二句:形容畋獵盛況。千騎萬乘如狂颮飛掃,如雷電橫奔。
〔三七〕"梢扶桑"二句:形容畋獵範圍之廣。梢、拂,意同。梢,郭本作"捎"。扶桑,神話中東方日出之地。火雲,其色如火之雲。刮、搜,意同。刮,王本作"括"。搜刮,席卷。月窟,神話中月亮所生之地。寒門,指北極之門。寒,宋本作"塞",據他本改。《淮南子·墜形訓》:"北方曰北極之山,曰寒門。"高誘注:"積寒所在,故曰寒門。"　〔三八〕"赫壯觀"二句:謂此次畋獵為古今赫赫壯觀,其氣勢似能搖蕩乾坤。業,高聳貌。業,一作"業"。杜審言《南海亂石山中作》詩:"群山高業地。"
〔三九〕"而内"二句:中華,指華夏民族地區。天心,天的中心。窮髮,《莊子·逍遥游》:"窮髮之北。"司馬彪注:"北極之下,無毛之地也。"毛,草。　〔四〇〕"豁咽喉"二句:豁,開通。咽喉,喻險要之地。《戰國策·秦策四》:"韓,天下之咽喉;魏,天下之胸腹。"荒裔,邊遠地區。
〔四一〕"大章"二句:大章,即太章,古代傳說中的善行者。《淮南子·墜形訓》:"禹乃使太章步自東極,至于西極。二億三萬三千五百里七十五步。"高誘注:"太章、豎亥,善行人,皆禹臣也。"按步,按,宋本作"桉",據他本改。夸父,古代神話中人物。《山海經·海外北經》:"夸父與日逐走,入日;渴欲得飲,飲於河渭。河渭不足,北飲大澤。未至,道渴而死。棄其杖,化為鄧林。"振策,揮動手杖。二句即用此二事。　〔四二〕"足迹"二句:謂縱獵範圍之廣,凡日月所經之地都留下足迹,獵取土物之多,凡天地間的一切莫不包含在内。未,《唐文粹》作"所"。

　　君王於是撞鴻鐘,發鑾音〔四三〕,出鳳闕,開宸襟〔四四〕。駕玉輅之飛龍,歷神州之層岑〔四五〕。游五柞兮瞰三危,挾細柳兮過上林〔四六〕。攢高牙以總總兮,駐華蓋之森森〔四七〕。於是擢倚天之劍,彎落月之弓〔四八〕。崑崙叱兮可倒,宇宙噫兮增雄〔四九〕。河漢為之却流〔五〇〕,川嶽為之生風。羽旄揚兮九天絳,獵火燃兮千山紅〔五一〕。

【注釋】

〔四三〕"君王"二句：鴻鐘，大鐘。古代帝王出入都有擊鐘的儀節。《文選》卷八揚雄《羽獵賦》："撞鴻鐘，建九旒。"李善注引《尚書大傳》曰："天子將出，則撞黄鐘之鐘。"鑾(luán)音，帝王車馬繫鈴發出的聲音。鈴由青銅製成，形似鸞鳥銜鈴，故謂之鸞鈴，亦稱鑾鈴。　〔四四〕"出鳳"二句：鳳闕，漢代宫闕名。《史記·孝武本紀》："其東則鳳闕，高二十餘丈。"司馬貞《索隱》引《三輔故事》："北有圓闕，高二十丈，上有銅鳳皇，故曰鳳闕也。"《藝文類聚》卷六二引潘岳《關中記》："建章宫圓闕臨北道，鳳在上，故曰鳳闕也。"後用爲皇宫通稱。宸(chén)襟，帝王的襟懷或思考。何遜《九日侍宴樂游苑詩爲西封侯作》："宸襟動時豫，歲序屬涼氛。"　〔四五〕"駕玉輅"二句：玉輅(lù)，指帝王所乘之車。以玉爲飾。《舊唐書·輿服志》："唐制，天子車輿有玉輅、金輅……玉輅，青質，以玉飾諸末。"飛龍，指駕車之馬。《禮記·月令》"駕蒼龍"鄭玄注："馬八尺以上爲龍。"神州，指中原地區。戰國時齊人鄒衍稱華夏之地爲"赤縣神州"，見《史記·孟子荀卿列傳》。層岑，高峰。亦作"曾岑"。《文選》卷三一江淹《雜體詩三十首·謝光禄莊郊游》："四睇亂曾岑。"吕延濟注："曾，高也；岑，峰也。"　〔四六〕"游五柞"二句：五柞(zuò)，漢代宫名。故址在今陝西周至縣東南。《漢書·武帝紀》：後元二年，"二月，行幸盩厔五柞宫。"顔師古注引張晏曰："有五柞樹，因以名宫也。"瞰(kàn)，俯視。三危，古代西部邊疆山名。《書·禹貢》："三危既宅。"孔傳："三危爲西裔之山也。"在今甘肅敦煌縣東南三十里，三峰聳峙，其勢欲墜，故名。俗亦名卑羽山。細柳，觀名。在今陝西西安市西南昆明池南。漢時在上林苑中築有細柳觀，司馬相如《上林賦》"登龍臺，掩細柳"，即此處。挾，襟帶。　〔四七〕"攢高牙"二句：攢，聚集。牙，指牙旗，旗杆上以象牙爲飾，故稱。古帝王出幸，建大牙旗。高牙，高舉之牙旗。總總，衆多貌。《楚辭·大司命》："紛總總兮九州。"華蓋，帝王的車蓋。崔豹《古今注·輿服》："華蓋，黄帝所作也，與蚩尤戰於涿鹿之野，常有五色雲氣，金枝玉葉，止於帝上，有花葩之象，故因而作華蓋也。"森森，氣象嚴肅貌。　〔四八〕"於是"二句：擢，抽，拔。倚天之劍，形容極長的劍。語本宋玉《大言賦》："方

677

地為車,圓天為蓋,長劍耿耿倚天外。"阮籍《詠懷詩》其三十八:"彎弓挂扶桑,長劍倚天外。"二句用其意。落月,蓋狀彎弓之形。 〔四九〕"崑崙"二句:意謂軍士們一聲叱咤,可使崑崙山崩倒;一聲噫吁,又可使宇宙增添雄姿。 〔五〇〕"河漢"二句:謂天河之水為之倒流,山川為之生風。河漢,天河。却流,回流,倒涌。 〔五一〕"羽旄"二句:班固《東都賦》:"羽旄掃霓,旌旗拂天。"羽旄,此指旌旗。旄,一作"毛"。九天,指中央和八方。古代把天分為九天:中央稱鈞天,東方稱蒼天,東北方稱變天,北方稱玄天,西北方稱幽天,西方稱顥天,西南方稱朱天,南方稱炎天,東南方稱陽天。絳,大紅色。獵火,為驅趕野獸而燃起的火焰。燃,《唐文粹》作"㸎"。

乃召蚩尤之徒,聚長戟,羅廣澤〔五二〕。呵雨師,走風伯〔五三〕。稜威曜乎雷霆,炟爀震於蠻貊〔五四〕。陋梁都之體制,鄙靈囿之規格〔五五〕。而南以衡霍作襟,北以岱恒作袪〔五六〕。夾東海而為塹兮,拖西溟而流渠〔五七〕。麋九州之珍禽兮,迴千群以坌入〔五八〕;聯八荒之奇獸兮,屯萬族而來居〔五九〕。

【注釋】
〔五二〕"乃召"三句:蚩尤:傳説中東方九黎族首領。相傳與黄帝戰於涿鹿,失敗被殺。此處蚩尤之徒指隨從帝王田獵的猛士。《史記・五帝本紀》:"於是軒轅乃習用干戈,以征不享,諸侯咸來賓從。而蚩尤最為暴,莫能伐。"張守節《正義》引《龍魚河圖》曰:"黄帝攝政,有蚩尤兄弟八十一人,並獸身人語,銅頭鐵額,食沙石子。造立兵仗刀戟大弩,威震天下,誅殺無道,不慈仁。萬民欲令黄帝行天子事,黄帝以仁義不能禁止蚩尤,乃仰天而歎。天遣玄女下授黄帝兵信神符,制伏蚩尤,帝因使之主兵,以制八方。蚩尤没後,天下復擾亂,黄帝遂畫蚩尤形象以威天下,天下咸謂蚩尤不死,八方萬邦皆為弭服。"《文選》卷八揚雄《羽獵賦》:"蚩尤並轂,蒙公先驅。"李善注:"韓子曰:黄帝駕象車,異方並轂,蚩尤居前。"張衡《西京賦》:"於是蚩尤秉鉞,奮鬣被般(班)。"劉良注:"蚩尤,作兵戈也。秉,執。……言使蚩尤秉鉞斧,奮振其鬣,被文錦之衣。"聚長戟,執持兵器。聚,《唐文粹》作"叢"。羅廣澤,羅列在廣大的沼澤地區。 〔五三〕"呵雨"二句:雨師,司雨之神。風伯,風神。班固《東都賦》:"雨師泛灑,風伯清塵。"此即用其意。《韓非子·十過》:"昔者黄帝合鬼神於泰山之上……蚩尤居前,風伯進掃,雨師灑道。"則蚩尤、雨師、風伯皆黄帝之臣,此處借喻指隨從帝王田獵之臣。 〔五四〕"稜威"二句:稜威,威嚴之勢。《三國志·魏志·武帝紀》:"稜威南邁,(袁)術以隕潰。"曜,一作"耀"。烜燀,同"烜赫"。聲勢盛大貌。燀,一作"赫"。顔真卿《贈裴將軍》詩:"將軍臨八荒,烜赫耀英材。"蠻貊,泛指邊遠地區少數民族。《論語·衛靈公》:"言忠信,行篤敬,雖蠻貊之邦行矣。"二句意謂威勢如雷電閃耀,聲勢威震於蠻夷地區。 〔五五〕"陋梁都"二句:陋,作動詞,以之為陋。梁都,《唐文粹》作"梁鄒"。王本校:"'梁都'當是'梁鄒'之訛。"《後漢書·班固傳》引《東都賦》:"制同乎梁騶,義合乎靈囿。"李賢注:"《魯詩傳》曰:'古有梁鄒者,天子之田也。'"靈囿,周文王苑囿,在今陝西長安縣西。二句謂與此次狩獵規模相比,古代梁鄒、靈囿的體制規格都顯得鄙陋。 〔五六〕"而南"二句:衡霍,指衡山、霍山。衡山即南嶽,又名岣嶁山,在今湖南衡山等縣境。霍山又名天柱山,在今安徽西部。主峰白馬尖,在霍山縣南。岱恒作袪:岱,《唐文粹》作"代"。恒,宋本作"常",當為避諱改,今據他本回改。袪,一作"阹"。岱恒即岱宗、恒山。岱宗即泰山,為東嶽,在今山東中部,主峰玉皇頂在泰安市北。恒山即北嶽,漢時避文帝諱改常山。在今山西東北部,主峰玄武峰在渾源縣東。襟,襟帶。袪,袖口。二句謂以衡山霍山為襟,以泰山恒山為袖。〔五七〕"夾東海"二句:謂挾東海為繞城之河,拖西海為流水之渠。塹(qiàn),護城河。西溟,西海。溟,一作"冥"。流渠,水渠。 〔五八〕"麾九州"二句:謂驅趕九州珍禽,成群進入所設之圈。麾,指揮、驅逐。九州,中國。奔(bèn)入,併入。 〔五九〕"聯八荒"二句:聯,彙聚。八荒,八方極遠之地。屯,堆積。萬族,萬類;極言奇獸之多。

以上三節,是賦的第三段,描繪天子畋獵的規模之大,聲勢之盛,猛士之多,範圍之廣。

　　雲羅高張〔六〇〕,天網密布。置罘縣原,峭格掩路〔六一〕。蠛蠓過而猶礙,蟭螟飛而不度〔六二〕。彼層霄與殊榛,罕翔鳥與伏兔〔六三〕。從營合技,彌巒被崗〔六四〕。金戈森行,洗晴野之寒霜〔六五〕。虹旗電掣,卷長空之飛雪〔六六〕。吳驂走練,宛馬蹀血〔六七〕。縈衆山之聯緜,隔遠水之明滅〔六八〕。

【注釋】

〔六〇〕"雲羅"句:雲羅高張,宋本缺"張"字,據他本補。雲羅,猶天網。高張,高高地撒開。　〔六一〕"置罘"二句:置罘(jū fú),捕獸網。縣原,綿延在高原上。峭,高貌。格,用於張網之木棍。掩路,掩遮道路。《禮記・月令》:"田獵置罘羅網。"鄭玄注:"獸罟曰置罘,鳥罟曰羅網。"《文選》卷五左思《吳都賦》:"峭格周施。"呂向注:"峭,高也。格,張網之木也。"　〔六二〕"蠛蠓"二句:蠛蠓(miè měng),小蟲名。《爾雅・釋蟲》:"蠓,蠛蠓。"郭璞注:"小蟲似蚋,喜亂飛。"蟭螟(jiāo míng),古代傳說中一種極小的蟲。《列子・湯問》:"江浦之間生麼蟲,其名曰焦螟。群飛而集於蚊睫,弗相觸也。栖宿去來,蚊弗覺也。"不度,不能飛越。二句極力形容羅網之密,連蠛蠓、蟭螟最細小之蟲都不能過。　〔六三〕"彼層霄"二句:謂九重霄和雜樹叢中很少再留下飛鳥與伏兔。層霄,重霄。殊榛,異樹叢生。殊,一作"翳"。罕,一作"空"。　〔六四〕"從營"二句:謂隨從於軍營之人匯合各種技能,布滿崗巒。從,一作"促"。彌、被,皆覆蓋之意。　〔六五〕"金戈"二句:謂手提長戟的人群密集而行,洗盡晴空田野的寒霜。金戈,指前文的長戟。　〔六六〕"虹旗"二句:虹旗,形容旌旗色彩如虹。電掣,形容旗幟揮動如閃電。　〔六七〕"吳驂"二句:吳驂(cān),吳地的馬。走練,形容吳馬之白,行如走練。《論衡・言虛》:"顏淵與孔子俱上魯太山,孔子東南望吳閶門,外有繫白馬,引顏淵指以示之曰:'若見吳閶門乎?'顏淵曰:'見之。'孔子曰:'門外何有?'曰:'有如繫練之狀。'"上句即用其意。宛馬蹀血,《漢書・武帝紀》:太初四年,"貳師將軍廣利斬大宛王首,獲汗血馬來"。顏師古注引應劭曰:"大宛舊有天馬種,蹋石汗血,汗從前肩膊出,如血。號一日千里。"蹀,即蹋,履。 〔六八〕"縈衆山"二句:謂狩獵人群縈繞着連綿的群山,隔水遠望,忽明忽暗。

以上是賦的第四段,描寫圍獵時布網極密,小鳥小獸亦難逃;獵人之衆覆蓋山崗,揮旗如閃電,走馬如飛練。

使五丁摧峰,一夫拔木〔六九〕。下整高頹,深平險谷〔七〇〕。擺椿栝,開林叢〔七一〕。喤喤呷呷,盡奔突於場中〔七二〕。而田疆、古冶之疇,烏獲、中黄之黨〔七三〕,越崢嶸,獵莽蒼〔七四〕。喑呼哮闞,風旋電往〔七五〕。脱文豹之皮,抵玄熊之掌〔七六〕。批狻手猱,挾三挈兩〔七七〕。既徒搏以角力,又揮鋒而爭先〔七八〕。行魖號以鶚眄兮,氣赫火而歊烟〔七九〕。拳封狖,肘巨狿〔八〇〕。梟羊應叱以斃踣,獮㺄亡精而墜巔〔八一〕。或碎腦以折脊,或歊髓以飛涎〔八二〕。窮遐荒,蕩林藪〔八三〕,扼土狛,殪天狗〔八四〕。脱角犀頂,探牙象口〔八五〕。掃封狐於千里,捩雄虺之九首〔八六〕。咋騰蛇而仰吞,拖奔兕以却走〔八七〕。

【注釋】

〔六九〕"使五丁"二句:五丁,《華陽國志・蜀志》:"時蜀有五丁力士,能移山舉萬鈞。"摧峰,摧頹山峰。峰,《唐文粹》作"鋒"。拔木,《楚辭・招魂》:"一夫九首,拔木九千些。"王逸注:"言有丈夫一身九頭,强梁多力,從朝至暮,拔大木九千枚也。" 〔七〇〕"下整"二句:謂整平高低的山坡,深險的川谷。整,一作"塹"。 〔七一〕"擺椿栝"二句:謂撥開樹

681

木叢林,開出道路。擺,撥開。宋本作"攞",據他本改。椿(chūn),樹木名。一作"樁(zhuāng)"。栝(kuò),樹木名,即檜樹。郭本作"括"。
〔七二〕"喤喤"二句:喤喤、呷呷,象聲詞,指禽獸飛奔時的叫聲。奔突,奔竄。 〔七三〕"而田疆"二句:田疆、古冶,指田開疆、古冶子。古齊國之力士。疆,宋本作"強",據他本改。《晏子春秋》内篇《諫下》:"公孫接、田開疆、古冶子事景公,以勇力搏虎聞。"疇,通"儔",輩,黨;同類。烏獲,古代力士。《孟子·告子下》:"然則舉烏獲之任,是亦爲烏獲而已矣。"趙岐注:"烏獲,古之有力人也,能移舉千鈞。"《史記·秦本紀》記載,戰國時秦國力士名烏獲,與任鄙、孟說皆以勇力仕秦武王至大官。中黄,指中黄伯,亦古代力士。《文選》卷二張衡《西京賦》:"乃使中黄之士。"李周翰注:"中黄,國名,其俗多勇力。"李善注引《尸子》:"中黄伯曰:余左執太行之猱,而右搏雕虎。" 〔七四〕"越崢嶸"二句:越,《唐文粹》作"超",《全唐文》作"超"。崢嶸,山勢高峻貌。莽蒼,草野之色。《全唐文》作"蒼莽"。蒼,宋本作"倉",據他本改。二句謂跨越群山,逐鹿曠野。
〔七五〕"喑呼"二句:喑(yīn)呼,悲叫聲。呼,一作"嗚"。哮㘚(kǎn),虎咆哮聲。風旋電往,形容奔跑疾速。 〔七六〕"脱文豹"二句:文豹,豹皮色彩斑斕,故稱文豹。豹於冬季,皮毛茸厚,故極珍貴。《莊子·山木》:"夫豐狐文豹,棲於山林,伏於巖穴,静也。"玄熊,黑熊。熊在冬蟄時,自舐其掌,所以其掌極美。抵,擊。 〔七七〕"批狻"二句:批,手,意同,以手搏擊。狻(qūn),通"夋",狻兔名,又泛指兔。猱(náo),猿類動物。挾、挈,意同,挾帶手持。 〔七八〕"既徒搏"二句:寫狩獵時與野獸搏擊的情景,謂既有赤手空拳與野獸角鬥的,又有争先恐後揮刀砍殺野獸的。 〔七九〕"行豻號"二句:豻(hán),白虎。鶚(è),鳥名,亦名魚鷹,性凶猛,食魚,羽毛可用。睨(nì),斜視。歊,氣上衝貌。宋本作"敵",據他本改。二句謂獵手勇健,其聲如虎之號,其視如鶚之睨,氣勢威赫如烟火上衝。 〔八〇〕"拳封狦"二句:封狦(tuān),大野豬。狿(yán),獸名。《文選》卷二張衡《西京賦》:"鼻赤象,圈巨狿。"薛綜注:"巨狿,詹也,怒走者爲狿。"拳、肘,皆用作動詞,以拳、肘打擊。肘,宋本作"引",據他本改。 〔八一〕"梟羊"二句:謂梟羊隨着叱咤聲仆地斃命,狻貐亦失神而落下山峰。梟羊,獸名,即狒狒,見《爾雅·釋獸》郭璞注。狒狒四肢粗壯,面部肉色,光滑無毛,手脚黑色,雜食各種野生植物、昆蟲等。斃踣(bó),斃命仆地。狻貐(yà yǔ),獸名,見前《梁甫吟》詩注。
〔八二〕"或碎腦"二句:形容野獸斃命時的慘狀,謂有的被擊碎腦臚折斷脊骨,有的噴出骨髓涎水濺飛。歕髓,噴出骨髓。歕(pēn),同"噴"。
〔八三〕"窮遐荒"二句:謂窮盡荒遠之地,掃蕩林藪淵澤。林,《唐文粹》作"淵"。　〔八四〕"挓土狛"二句:挓,掐死。土狛(bò),《説文》:"狛,如狼,善驅羊。"狛,《唐文粹》作"伯"。土,指地上動物,與下文"天狗"相對。殪(yì),殺死。天狗,獸名。《山海經·西山經》:"陰山……有獸焉,其狀如狸而白首,名曰天狗。其音如榴榴,可以禦凶。"　〔八五〕"脱角"二句:謂在犀牛頂上取角,在大象口中拔牙。探牙,探,《唐文粹》作"拔"。牙,蕭本作"采"。　〔八六〕"掃封狐"二句:封狐,大狐。挘(liè),扭。雄虺(huǐ),毒蛇。屈原《天問》:"雄虺九首。"　〔八七〕"咋騰蛇"二句:謂咬着騰蛇仰脖而吞,拖住奔跑的犀牛使之倒行。咋(zé),咬住。騰蛇,傳説中能飛的蛇。郭璞《爾雅注》:"騰蛇,龍類也,能興雲霧而游其中。"奔兕(sì),奔跑的犀牛。兕,犀牛類獸名。以,《全唐文》作"而"。

以上是賦的第五段,描寫衆多猛士與各種野獸搏擊的情景。

君王於是峨通天,靡星旄〔八八〕,奔雷車,揮電鞭〔八九〕,觀壯士之效獲,顧三軍而欣然〔九〇〕。曰:夫何神抶鬼摽之駭人也〔九一〕!又命建夔鼓,勵武卒〔九二〕。雖躝躒之已多,猶拗怒而未歇〔九三〕。集赤羽兮照日,張烏號兮滿月〔九四〕。戎車轠轆以陸離,縠騎煌煌而奮發〔九五〕。鷹犬之所騰捷,飛走之所蹉蹶〔九六〕。攖麏麖之咆哮,蹂豺貉以挂格〔九七〕。膏鋒染鍔,填巖掩窟〔九八〕。觀殊材舉逸群,尚揮霍以出没〔九九〕。

683

【注釋】

〔八八〕"君王"二句：峨，高貌。此作動詞，高高地戴上。通天，冠名，天子所戴。靡，倒下，旃(zhān)，赤色曲柄旗。星旃，形容旗之高拂於星空。王琦曰："靡，偃也。方獵而偃其旗者，即《王制》'天下殺則下大綏'之義。"
〔八九〕"奔雷車"二句：謂車奔如迅雷，鞭揮如閃電。　〔九〇〕"觀壯士"二句：效獲，獻出所獲之物。欣然，喜悅貌。　〔九一〕"夫何"句：神扶鬼摽，宋本作"神狹鬼慄"，據他本改。一作"神讋鬼慄"。扶(chì)，鞭打。摽(biào)，捶擊。此句謂是什麼神鬼打擊得如此駭人。揚雄《羽獵賦》："神扶電擊……軍驚師駭。"　〔九二〕夔鼓：用夔皮所製之鼓。《山海經·大荒東經》："東海中有流波山，入海七千里，其上有獸，狀如牛，蒼身而無角，一足。出入水則必風雨，其光如日月，其聲如雷，其名曰夔。黃帝得之，以其皮為鼓，橛以雷獸之骨，聲聞五百里，以威天下。"武卒，武士。　〔九三〕"雖躪轢"二句：謂雖然狩獵時踐踏已多，但獵興還未抑止而歇息。躪轢(lìn lì)，踩躪，踐踏，傷害。亦作"轔轢"、"躪轢"，雙聲聯綿詞，同音通假。拗怒，抑怒。《後漢書·班固傳》引《西都賦》："躞躪其十二三，乃拗怒而少息。"李賢注："拗，猶抑也。言且抑六師之怒而少停也。"此處言"拗怒而未歇"，則士氣極盛，雖抑怒猶未歇。
〔九四〕"集赤羽"二句：赤羽，指飾有紅色羽毛的箭。其鮮紅明亮如日。《孔子家語·致思》："由(子路)願得白羽若月，赤羽若日。"烏號，弓名。傳說黃帝乘龍上天，小臣不得上，挽持龍髯，髯拔，墮黃帝弓，群臣抱弓而號，故名。一說楚地有桑柘，質堅勁，烏棲息其上，將飛，枝勁健又起，烏號呼其上。砍伐其材作弓，因稱烏號。滿月，指弓張如滿月之圓。
〔九五〕"戎車"二句：戎車，兵車。轞轞(jiàn jiàn)，車行聲。《詩·王風·大車》："大車檻檻。"鄭玄箋："檻檻，車行聲也。"檻檻，通"轞轞"。陸離，參差不齊貌。彀(gòu)騎，張滿弓弩的騎兵。《史記·張釋之馮唐列傳》："遣選車千三百乘，彀騎萬三千。"司馬貞《索隱》引如淳曰："彀騎，張弓之騎也。"煌煌，明亮貌。奮發，振作奮起。　〔九六〕"鷹犬"二句：鷹犬，指獵鷹獵犬。騰捷，騰飛迅捷。飛走，飛禽走獸。蹉蹶(cuō jué)，跌落於地。二句謂鷹犬騰躍之地，即飛禽走獸跌落倒地之處。

〔九七〕"攫麏麚"二句：攫(jué)，抓。麏(jūn)，亦作"麇"、"麏"，獸名，即麕獐，似小鹿，無角，行動敏捷，善跳躍。麚(jiā)，雄鹿。豺貉(chái háo)，兩種獸名。豺似狗，體較狼小，性凶猛，又稱豺狗。貉似狐狸，但體較胖，尾較短。喜睡，作窟以避風雨日曬，亦用以防患。二句謂抓住咆哮的獐鹿，蹂躪格鬥的豺貉。　〔九八〕"膏鋒"二句：膏鋒染鍔，謂刀劍鋒刃染有禽獸的脂膏。填巖掩窟，指所砍殺的禽獸極多，可填平巖谷、遮掩洞窟。　〔九九〕"觀殊材"二句：殊材、逸羣，皆指強健出衆的禽獸。舉，王本據《唐文粹》、《全唐文》改作"與"，是。揮霍，亂奔跳貌。二句謂那些強健的禽獸還在亂奔亂跳，出没於洞窟。

　　別有白猵飛駿，窮奇貙獌〔一〇〇〕。牙若錯劍，鬣如叢竿〔一〇一〕。口吞殳鋋，目極槍櫓〔一〇二〕。碎琅弧，攫玉弩〔一〇三〕，射猛豨，透奔虎〔一〇四〕。金鏃一發，旁疊四五〔一〇五〕。雖鑿齒磨牙而致伉，誰謂南山白額之足覷〔一〇六〕？

【注釋】
〔一〇〇〕"別有"二句：白猵、飛駿，獸名。具體形狀不詳。駿，一作"駮"。窮奇，獸名。《山海經·西山經》："邽山，其上有獸焉，其狀如牛，蝟毛，名曰窮奇，音如嗥狗。"貙獌(chū màn)，獌，一作"獌"，獸名，即貙獌，似狸。　〔一〇一〕"牙若"二句：若，一作"如"。謂牙齒像參差的利劍，鬣毛如叢生的竹竿。　〔一〇二〕"口吞"二句：形容猛獸被獲前的情景。殳鋋(shū chán)，兵器。殳，古代撞擊用的兵器。鋋，小矛。槍，長矛。櫓，盾牌。　〔一〇三〕"碎琅弧"二句：寫射獸者取弩丟弧的情景。攫，《唐文粹》作"玃"。琅弧、玉弩，指用玉石裝飾的弧與弩。〔一〇四〕"射猛豨"二句：謂射倒凶悍的野豬，箭透勇猛的大虎。豨，野豬。奔虎，奔走之虎。　〔一〇五〕"金鏃"二句：謂箭頭金光一閃，旁邊射倒的禽獸已疊成一堆。猶一箭穿數獸。曹丕《飲馬長城窟行》："長

685

載十萬隊,幽冀百石弩。發機若雷電,一發連四五。"金鏃(zú),金色箭頭。　〔一〇六〕"雖鑿齒"二句:謂即使鑿齒磨牙也能致力抵抗,誰説見到南山白額虎的凶猛足以懼怕?鑿齒,古代傳説中的野人。《漢書·揚雄傳》:"鑿齒之徒,相與磨牙而爭之。"顔師古注引服虔曰:"鑿齒,齒長五寸似鑿,亦食人。"致伉,拚命抵抗。伉,通"抗"。白額,白額虎,極凶猛。二句極力形容獵人的勇敢。

　　總八校,搜四隅〔一〇七〕,馳專諸,走都盧〔一〇八〕。趫喬林,撇絶壁〔一〇九〕,抄獑猢,攬貁獼〔一一〇〕。囚鼬鼯於峻崖,頓穀貜於穹石〔一一一〕。養由發箭,奇肱飛車〔一一二〕,巧聒更羸,妙兼蒱且〔一一三〕。墜鸚䳘於青雲,落鴻雁於紫虚〔一一四〕。捎鵾鴣,漂鸘鷫〔一一五〕,殫地廬,空神居〔一一六〕。斬飛鵬於日域,摧大鳳於天墟〔一一七〕。龍伯釣其靈鼇,任公獲其巨魚〔一一八〕。窮造化之譎詭,何神怪之有餘〔一一九〕?

【注釋】

〔一〇七〕"總八校"二句:總,集合。八校,八校尉的省稱。按漢代八校尉指中壘、屯騎、步兵、越騎、長水、胡騎、射聲、虎賁,皆武帝初置,領禁衛諸軍,均為顯要之官。四隅,四方。　〔一〇八〕"馳專諸"二句:專諸,人名。《史記·吴太伯世家》:"公子光詳(佯)為足疾,入于窟室,使專諸置匕首於炙魚之中以進食。手匕首刺王僚,鈹交於匈(胸),遂弑王僚。公子光竟代立為王,是為吴王闔廬。闔廬乃以專諸子為卿。"《吴越春秋·王僚使公子光傳》:"乃得勇士專諸。專諸者,堂邑人也。……碓顙而深目,虎膺而熊背。"都盧,古國名。國中之人善爬竿之技。此借指力士。《文選》卷二張衡《西京賦》:"非都盧之輕趫,孰能超而究升。"李善注:"《漢書》曰:自合浦南有都盧國。《太康地志》曰:都盧國,其人善緣高。"傅玄《正都賦》:"都盧迅足,緣脩竿而上下。"　〔一〇九〕"趫喬林"

二句：趫(qiáo)，行步矯健。此指緣木而上。喬林，喬木之林。撇，攀引。〔一一〇〕"抄獑猢"二句：抄，鈔之俗字。《説文》："鈔，叉取也。"獑猢(chán hú)，猿類動物，似獼猴，頭有毛，腰後黑，常棲於樹。攬，撮持。貊(mò)，獸名，大如驢，狀頗似熊，多力，食鐵。貚，音義均無考。或謂貊貚一物，即指貊獸。無據。《文選》卷四左思《蜀都賦》："戟食鐵之獸，射噬毒之鹿。"劉逵注："貊獸毛黑，白臆，似熊而小，以舌舐鐵，須臾便數十斤。出建寧郡也。"〔一一一〕"囚鼬鼯"二句：鼬鼯(yòu wú)，《唐文粹》作"鼯鼬"。兩種鼠名。鼬鼠善於捕鼠，俗稱鼠狼。鼯鼠亦稱大飛鼠，生活在森林中，夜行。郭璞《爾雅注》："鼯鼠狀如小狐，似蝙蝠，肉翅，翅尾項脊毛紫赤色，背上蒼艾色，腹下黃，喙頷雜白。腳短爪長，尾三尺許，飛且乳，亦謂之飛生。聲如人呼，食烟火，能從高赴下，不能從下上高。"峻崖，險峻的山崖。頓，頓仆，跌倒。縠(hú)，一作"豰"，獸名。似鼬而大，腰後黃色，一名黃腰。食獼猴。玃(jué)，大母猴。穿石，大石。〔一一二〕"養由"二句：養由，人名，即養由基。《史記·周本紀》："楚有養由基者，善射者也。去柳葉百步而射之，百發而百中之。"奇肱(gōng)，神話中國名。《山海經·海外西經》："奇肱之國在其北，其人一臂三目，有陰有陽，乘文馬。"郭璞注："其人善為機巧以取百禽。能作飛車，從風遠行。"〔一一三〕"巧䛡"二句：巧䛡(guō)，在恰當時發聲。䛡，一作"括"。更嬴，當作"更羸"，人名。《戰國策·楚策四》："更羸與魏王處京臺之廡下，仰見飛鳥，更羸謂魏王曰：'臣能為王引弓虛發而下鳥。'魏王曰：'然則射可至此乎？'更羸曰：'可。'有間，雁從東方來，更羸以虛弓發以下之。魏王曰：'然則射之精乃至於此乎？'更羸曰：'此孽也。'王曰：'先生何以知之？'對曰：'其飛徐，其鳴悲；飛徐者，故瘡痛也；鳴悲者，久失群也；故瘡未息而驚心未去，聞弦音引而高飛，故瘡裂而隕也。'"蒱(pú)且，同"蒲且"，指蒲且子，楚人，善弋射。《列子·湯問》："蒲且子之弋也，弱弓纖繳，乘風振之，連雙鶬於青雲之際，用心專，動手均也。"〔一一四〕"墜鸀鳿"二句：墜、落，意同，均指射落。鸀鳿(zhú yù)，水鳥名，即鸑鷟，似鴨而大，長頸赤目，紫紺色。青雲、紫虛，並指天空。《史記·司馬相如列傳》："䲭䴋鸀鳿。"張守節《正義》："鸀鳿，燭玉二音。郭

687

云:'似鴨而大,長頸赤目,紫紺色。……江東呼為燭玉。'"按:《漢書》、《文選·上林賦》作"駕鵝屬玉"。 〔一一五〕"捎鶬鴰"二句:捎,掠取。宋本作"梢",據他本改。鴰,一作"鶻"。鶬鴰(cāng guā),水鳥名。似鶴,蒼青色。《史記·司馬相如列傳》:"雙鶬下,玄鶴加。"張守節《正義》引司馬彪曰:"鶬似雁而黑,亦呼為鶬鴰。"《漢書·司馬相如傳》顏師古注:"鶬鴰,今關西呼為鴰鹿,山東通謂之鶬。鄙俗名為錯落。錯者,亦言鶬聲之急耳。又謂鴰捋。鴰鹿、鴰捋,皆象其鳴聲也。"漂,王琦注:"漂,當作'摽',擊也。"鸕鷀(lú qú),兩種水鳥名,鸕即鸕鷀,又稱水老鴨,魚鷹。鷀,即鸕鷀,似鳧,灰色,雞足。俗稱水雞。《文選》卷八司馬相如《上林賦》:"煩鶩庸渠。"李善注引司馬彪曰:"煩鶩,鴨屬也。庸渠,鳧,灰色而雞脚。一名帝渠。"庸渠,即指鸕鷀。 〔一一六〕殫地廬,空神居:宋本作"彈地廬與神居",據《唐文粹》改。二句謂搜尋禽獸上下窮盡。殫,盡。地廬,指大地。神居,神仙居所,此借指天空。左思《魏都賦》:"天宇駭,地廬驚。" 〔一一七〕"斬飛鵬"二句:飛鵬,飛翔的大鵬鳥。日域,日出之處。《文選》卷九揚雄《長楊賦》:"東震日域。"劉良注:"日域,日出處,在東。"摧,摧頹。大鳳,王琦謂當作"大風",傳說中的凶怪之獸。天墟,指天空。北方虛宿。《爾雅·釋天》:"玄枵,虛也。……北陸,虛也。"郭璞注:"虛在正北,北方色黑。""虛星之名凡四。虛,墟。" 〔一一八〕"龍伯"二句:龍伯,古代神話中巨人國。《列子·湯問》:"龍伯之國有大人,舉足不盈數步,而暨五山之所,一釣而連六鼇。"靈鼇,神鼇。任公,《莊子·外物》:"任公子為大鈎巨緇,五十犗以為餌,蹲乎會稽,投竿東海,旦旦而釣,期年不得魚。已而大魚食之,牽巨鈎錎沒而下,鶩揚而奮鬐,白波若山,海水震蕩,聲侔鬼神,憚赫千里。任公子得若魚,離而腊之,自制河以東,蒼梧以北,莫不厭若魚者。" 〔一一九〕"窮造化"二句:謂窮盡自然界的各種怪異,沒有任何例外。譎詭,怪異,變化多端。

所以噴血流川,飛毛灑雪〔一二〇〕,狀若乎高天雨獸,上墜於大荒;又似乎積禽為山,下崩於林穴〔一二一〕。陽烏沮色於朝日,陰兔喪精於明月〔一二二〕。思騰裝上獵於太清,所恨穹昊於路絶〔一二三〕。而忽也莫不海晏天空,萬方來同〔一二四〕。雖秦皇與漢武兮,復何足以争雄〔一二五〕!

【注釋】

〔一二〇〕"所以"二句:謂狩獵時禽獸之血噴滿川原;羽毛紛飛,猶如晴空飄雪。　〔一二一〕"狀若"四句:狀,一作"乍"。四句謂禽獸彷彿如雨從高空墜落於廣邈的曠野,又似堆疊的山巒崩散於林穴。《文選》卷七司馬相如《子虚賦》:"獲若雨獸,揜草蔽地。"劉良注:"言所殺既多,如天之雨獸,以蔽掩其地焉。"　〔一二二〕"陽烏"二句:謂陽烏在日中也感到神色沮喪,陰兔在月裏亦失魂落魄。陽烏,太陽。古代傳説日中有三足烏,故名。朝,一作"旭"。陰兔,指月。古代傳説月中有兔,月爲陰精,故稱陰兔。左思《吴都賦》:"思假道於豐隆,披雲霄而高狩,籠烏兔於日月,窮飛走之棲宿。"按左思僅寫欲上天圍獵的豪情壯語,此處則更進一步寫陽烏月兔亦懼怕獵人上天爲所弋獲。　〔一二三〕"思騰裝"二句:謂想輕裝騰身上獵於太空,但恨無路可以上天。太清,道教所稱三清天之一。此處指高空。穹昊,蒼天。《周書·宣帝紀》:"穹昊在上,聰明在下。"於,《全唐文》作"之"。　〔一二四〕"而忽"二句:謂倏忽之間,四海晏安,天地清平,招致萬邦歸順來朝。王琦注:"海晏天空,見天地清平之意。"《詩·魯頌·閟宫》:"至於海邦,淮夷來同,莫不率從,魯侯之功。"鄭玄箋:"海邦,近海之國也。來同,爲同盟也。率從,相率從於中國也。"〔一二五〕"雖秦皇"二句:謂即使秦皇漢武,又怎能與如今的皇上争雄!争雄,争强,争勝。

以上四節,是賦的第六段,描寫天子親臨獵場,命令建鼓勵士,士卒獵騎奮勇争先,射飛禽,擊猛獸。致使高天雨獸,積禽成山。致使日中之烏與月中之兔都驚怕得沮色喪精。倏忽之間天下清平,萬邦來朝。即使當年的秦皇漢武,亦無法争雄!

俄而君王茫然改容,愀然有失〔一二六〕,於居安思危,防險戒逸，斯馳騁以狂發，非至理之弘術〔一二七〕。且夫人君以端拱為尊，玄妙為寶〔一二八〕。暴殄天物，是謂不道〔一二九〕。乃命去三面之網，示六合之仁〔一三〇〕。已殺者皆其犯命，未傷者全其天真〔一三一〕。雖剪毛而不獻，豈割鮮以焠輪〔一三二〕。解鳳皇與鵷鶵兮，旋騶虞與麒麟〔一三三〕。獲天寶於陳倉，載非熊於渭濱〔一三四〕。

【注釋】

〔一二六〕"俄而"二句：謂旋即君王茫然改變容色，若有所失。《文選》卷八司馬相如《上林賦》："於是二子愀然改容，超若有失。"李善注引郭璞曰："愀然，變色貌也。"然，《唐文粹》作"若"。　〔一二七〕"於居"四句：謂和平時要考慮可能出現的禍患，預防危險必須警戒放縱；如此馳騁田獵而發狂捕獸，並非治國大術。《老子》上篇："馳騁畋獵，令人心發狂。"於居安思危，宋本作"於安思危"，無"居"字，據他本補。一作"居安思危"。　〔一二八〕"且夫"二句：謂君王應無為而治，把玄妙之道作為至寶。《魏書·辛雄傳》："端拱而四方安，刑措而兆民治。"人君，《唐文粹》作"君"。端拱，端坐拱手；指帝王無為而治。玄妙，道家謂"道"深奧難測，為萬物所自出。語本《老子》"玄之又玄，衆妙之門"。　〔一二九〕"暴殄"二句：謂殘害滅絕天生之物，此謂之無道。《書·武成》："暴殄天物，害虐烝民。"殄(tiǎn)，滅絕。不道，無道。　〔一三〇〕"乃命"二句：謂於是命令撤去三面圍網，以示對天地四方的仁愛之心。《史記·殷本紀》："湯出，見野張網四面，祝曰：'自天下四方皆入吾網。'湯曰：'嘻，盡之矣！'乃去其三面，祝曰：'欲左，左。欲右，右。不用命，乃入吾網。'諸侯聞之，曰：'湯德至矣，及禽獸。'"此處即用其意。

〔一三一〕"已殺"二句：謂已被殺的，都算它犯了天命；尚未傷害的，讓它返歸自然。皆其犯命：皆，《唐文粹》作"待"。犯，宋本作"杞"，據他本改。

〔一三二〕"雖剪毛"二句：王琦注引毛萇《詩傳》："面傷不獻，剪毛不獻。"又引孔穎達正義："面傷不獻者，謂當面射之。剪毛不獻者，謂在旁而逆射之。二者皆爲逆射。不獻者,嫌誅降之意。"《文選》卷七司馬相如《子虛賦》:"割鮮染輪。"李善注引李奇曰:"鮮,生也。染,擩也。切生肉擩車輪,鹽而食之也。"吕向注:"鮮,牲也,謂割牲之血,染於車輪也。"又《子虚賦》:"胕割輪焠。"李善注引韋昭曰:"焠,謂割鮮焠輪也。"謂古代有剪毛不獻之禮,如今豈能殺生來沾染車輪。剪毛,指捕獲的禽獸。割鮮,殺生。焠(cuì),染。焠,宋本作"悴",繆本改作"淬",今據他本改作"焠"。〔一三三〕"解鳳皇"二句:皇,一作"凰"。鸑鷟(yuè zhuò),鳳凰别稱。《説文》:"鸑鷟,鳳屬,神鳥也。"騶虞(zōu yú),古代傳説中的獸名。尾長於身,白虎黑文,不踐生草,不食生物,古人稱之爲義獸。《詩·召南·騶虞》:"于嗟乎騶虞。"毛傳:"騶虞,義獸也。白虎黑文,不食生物,有至信之德則應之。"麒麟,古代傳説中的動物名。雄曰麒,雌曰麟。麇身、牛尾、狼蹄、一角。解,旋,放還的意思。按:此處謂鳳凰、鸑鷟、騶虞、麒麟,皆是祥瑞禽獸,被獵獲而旋即放還。　〔一三四〕"獲天寶"二句:天寶,傳説中的神雞。即陳寶。《文選》卷八揚雄《羽獵賦》:"追天寶,出一方。"李善注:"應劭曰:天寶,陳寶也。晉灼曰:天寶,雞頭而人身。"《史記·封禪書》:"作鄜畤後九年,文公獲若石云,于陳倉北阪城祠之。其神或歲不至,或歲數來,來也常以夜,光輝若流星,從東南來集于祠城,則若雄雞,其聲殷云,野雞夜雊。以一牢祠,命曰陳寶。"司馬貞《索隱》引《列異傳》:"陳倉人得異物以獻之,道遇二童子,云:'此名爲媦,在地下食死人腦。'媦乃言:'彼二童子名陳寶,得雄者王,得雌者伯。'乃逐童子,化爲雉。秦穆公大獵,果獲其雌,爲立祠。……雄止南陽,有赤光長十餘丈,來入陳倉祠中。"陳倉,今陝西寶雞市。非熊,不可名之獸。《史記·齊太公世家》:"吕尚蓋嘗窮困,年老矣,以漁釣奸(干)周西伯。西伯將出獵,卜之,曰'所獲非龍非彲,非虎非羆;所獲霸王之輔'。於是周西伯獵,果遇太公於渭之陽,與語大説,曰:'自吾先君太公曰:當有聖人適周,周以興。子真是邪? 吾太公望子久矣。'故號之曰'太公望',載與俱歸,立爲師。"後以非熊指吕尚,即本此。渭濱,渭水之濱。

以上是賦的第七段,描寫君王思無爲而治,結束圍獵。撤三面之網,釋放禽獸,以示六合之仁。

於是享獵徒，封勞苦〔一三五〕。軒行庖，騎酌酤〔一三六〕。韜兵戈，火網罟〔一三七〕。然後登九霄之臺，宴八紘之囿〔一三八〕。開日月之扃，闢生靈之户〔一三九〕。聖人作而萬物覩〔一四〇〕，覽蒐敖與狩岐，何宣成之足數〔一四一〕？哂穆王之荒誕，歌白雲之西母〔一四二〕。

【注釋】

〔一三五〕"於是"二句：享，通"饗"，宴饗，用酒食款待。封，封賞。勞苦，慰勞辛苦。　〔一三六〕"軒行庖"二句：謂車、騎之士卒進餐飲酒。軒，車。庖，厨，製作菜肴。庖，一作"炰"。酤，美酒。　〔一三七〕"韜兵戈"二句：謂收藏兵器，火化網罟，以示不再使用。韜，本指弓袋，此用作動詞，藏納。火，用作動詞，焚燒。罟，網的總名。　〔一三八〕"然後"二句：九霄，九天，天的極高處。八紘(hóng)，大地的極限；猶言八極。《淮南子·墬形訓》："九州之外，乃有八殥，亦方千里……八殥之外，乃有八紘，亦方千里。"高誘注："紘，維也。維落天地而為之表，故曰紘也。"囿，園囿。八紘之囿，極言其大。　〔一三九〕"開日月"二句：謂打開民衆門户，享受日月之光明。扃(jiōng)，門窗。闢，開。生靈，人民百姓。《後漢書·郎顗傳》："誠欲陛下修乾坤之德，開日月之明。"《晉書·慕容盛載記》："生靈仰其德，四海歸其仁。"　〔一四〇〕"聖人"句：用《易·乾·文言》成句。意謂聖人出現，萬物可見。　〔一四一〕"覽蒐岐"二句：蒐(sōu)岐，史載周成王自奄歸，大蒐於岐山(在今陝西岐山縣北)之陽。此即用其意。蒐，秋獵。狩敖，相傳周宣王曾狩獵於敖(今河南滎陽西北)。二句謂觀今日之獵，當年周成王、周宣王的岐山、敖地之蒐狩又何足道！覽蒐岐與狩敖，宋本作"覽蒐敖與狩岐"。據他本改。成，宋本作"城"，據他本改。　〔一四二〕"哂穆王"二句：哂(shěn)，嘲笑。穆王，周穆王。荒誕，荒唐，虛妄不可信。《穆天子傳》："吉日甲子，天子賓於西王母。乃執白圭元璧，以見西王母。好獻錦組百純，組三百純，西王母再拜受之。乙丑，天子觴西王母於瑶池之上。西王母為天子謡曰：'白雲在

大獵賦

天,山陵自出。道里悠遠,山川間之。將子無死,尚能復來!'天子答之曰:'予歸東土,和洽諸夏。萬民平均,吾顧見汝。比及三年,將復而野。'"二句即用此事。白雲之西母,之,一作"於"。

以上為賦的第八段,描寫宴享獵徒,然後藏兵戈,燒獵網,表示不再圍獵。然有此次大獵,則當年周成王、周宣王的岐山、敖地之蒐狩就不足道,而覺得周穆王覯西王母的故事更是荒誕可笑。

曷若飽人以淡泊之味,醉時以淳和之觴〔一四三〕,鼓之以雷霆,舞之以陰陽〔一四四〕。虞乎神明,狃於道德〔一四五〕。張無外以為罝,琢大朴以為杙〔一四六〕。頓天網以掩之,獵賢俊以御極〔一四七〕。若此之狩,罔有不克〔一四八〕。使天人宴安,草木蕃植〔一四九〕。六宮斥其珠玉,百姓樂於耕織〔一五〇〕。寢鄭衛之聲,却靡曼之色〔一五一〕。天老掌圖,風后侍側〔一五二〕。是三階砥平,而皇猷允塞〔一五三〕。豈比夫《子虛》、《上林》、《長楊》、《羽獵》,計麋鹿之多少,誇苑囿之大小哉〔一五四〕!

【注釋】

〔一四三〕"曷若"二句:謂何如以清淡之味使人吃飽,以醇和之酒使人酣醉。曷(hé)若,何如。以反問語氣表示不如。淡泊,清淡寡味。淳和,醇正中和。觴,酒杯,此代指酒。 〔一四四〕"鼓之"二句:謂以雷霆作鼓,以陰陽為舞,喻有威有惠。《禮記·樂記》:"陰陽相摩,天地相蕩,鼓之以雷霆,奮之以風雨。" 〔一四五〕"虞乎"二句:謂娛樂神明,熟諳道德。虞,通"娛"。娛樂。狃(niú),熟習。 〔一四六〕"張無外"二句:無外,沒有內外之分。《公羊傳·隱公元年》:"王者無外。"何休注:"明王者以天下為家。"蓋謂普天之下,莫非王土。罝(jū),捕獸之網。罝,宋本作"宜",據他本改。琢,雕琢。大朴(pò),大木材。大,《全唐文》作"太"。《楚辭·九章·懷沙》:"材朴委積兮,莫知余之所有。"王逸注:"條

693

直為材,壯大為朴。"杙(yī),木椿。用以拴牲口。《尚書大傳》卷二:"斸、竄者有容,椓杙者有數。"鄭玄注:"杙者,繫牲者也。"杙,宋本作"栈",據他本改。 〔一四七〕"頓天網"二句:頓,整頓。掩,收羅。囊括。賢俊,賢士俊傑。御極,指帝王登位。曹植《與楊德祖書》:"吾王於是設天網以該之,頓八紘以掩之。"此即用其意。 〔一四八〕"若此"二句:謂如果這樣狩獵,無有不成。此以狩獵比喻治理天下。罔,無。克,完成,戰勝。 〔一四九〕"使天人"二句:謂使天下人民和平安樂,草木繁殖滋長。宴,一作"晏"。蕃植,蕃,王本作"繁"。植,一作"殖",是。
〔一五〇〕"六宫"二句:謂六宫妃嬪罷去珠玉裝飾,天下百姓樂於耕耘紡織。此乃賦中常用的勸勉君王之辭。揚雄《長楊賦》:"於是後宫賤瑇瑁而疏珠璣。"班固《東都賦》:"去後宫之麗飾……興農桑之盛務。"六宫,古代皇后寢宫,正寢一,燕寢五。後泛稱皇后妃嬪所居之地。
〔一五一〕"寢鄭衛"二句:寢,停止。鄭衛,指鄭國、衛國。古人認為鄭衛之聲淫,是亂世之音。却,丢棄。靡曼,柔豔。 〔一五二〕"天老"二句:天老,傳説中黄帝之臣。《太平御覽》卷七九引《河圖挺佐輔》曰:"黄帝修德立義,天下大治,乃召天老而問焉:余夢見兩龍挺日圖,即帝以授余於河之都,覺昧素喜,不知其理,敢問於子。……天老以授黄帝,舒視之,名曰録圖。"前句本此。風后,傳說中人名。《史記·五帝本紀》:"舉風后、力牧、常先、大鴻以治民。"裴駰《集解》引鄭玄曰:"風后,黄帝三公也。"張守節《正義》引《帝王世紀》曰:"黄帝夢大風吹天下之塵垢皆去。……寤而歎曰:'風為號令,執政者也。垢去土,后在也。天下豈有姓風名后者哉?……'於是依二占而求之,得風后於海隅,登以為相。"
〔一五三〕"是三階"二句:謂如此則三階如砥之平,皇道也真正充實於天下。三階,即三台星。謂上台、中台、下台。古代以星象徵人事,以三階、三台稱三公。《漢書·東方朔傳》:"願陳《泰階六符》,以觀天變。"顔師古注:"孟康曰:'泰階,三台也。每台二星,凡六星。符,六星之符驗也。'應劭曰:'《黄帝泰階六符經》曰:泰階者,天之三階也。上階為天子,中階為諸侯公卿大夫,下階為士庶人。……三階平則陰陽和,風雨時,社稷神祇咸獲其宜,天下大安,是為太平。'"砥平,平如砥(磨刀石)之意。皇猷

(yóu),帝王之謀。《詩·大雅·常武》:"王猶(通"猷")允塞,徐方既來。"毛傳:"猶,謀也。"鄭玄箋:"允,信也。"塞,充實。 〔一五四〕大小哉:一作"大小者哉"。

以上為賦的第九段,以狩獵比喻治理天下,謂帝王應網羅賢士俊傑,使人民和平安樂,草木繁盛滋長。三階平而帝謀誠,豈能如司馬相如、揚雄那樣計禽獸、誇苑囿相比?

方將延榮光於後昆,軼玄風於邃古〔一五五〕,擁嘉瑞,臻元符〔一五六〕,登封於太山,篆德於社首〔一五七〕。豈不與乎七十二帝同條而共貫哉〔一五八〕?君王於是迴蜺旌,反鑾輿〔一五九〕。訪廣成於至道,問大隗之幽居〔一六〇〕。使罔象掇玄珠於赤水,天下不知其所如也〔一六一〕。

【注釋】

〔一五五〕"方將"二句:謂正當將榮譽光華施及於後代,帝王的教化超越遠古時代。延,施及。榮光,榮譽光輝。後昆,後代。《書·仲虺之誥》:"垂裕後昆。"軼(yì),超越。玄風,帝王的教化。庾亮《讓中書令表》:"弱冠濯纓,沐浴玄風。"邃古,遠古。 〔一五六〕"擁嘉瑞"二句:擁,擁有。嘉瑞,吉祥的預兆。臻,至,達到。元符,大瑞。《後漢書·班固傳》:"以望元符之臻。"李賢注:"元,大也;符,瑞也。" 〔一五七〕"登封"二句:登封,指登泰山封禪。太山,即泰山。篆德,指登封後篆刻功德於石。社首,山名。在今山東泰安西南。《史記·封禪書》記周成王封泰山,禪社首即此處。 〔一五八〕"豈不"句:豈不與,宋本無"不"字,據他本補。謂唐皇此舉難道不是與七十二帝之作為相條貫麼。七十二帝,《史記·封禪書》引管仲曰:"古者封泰山禪梁父者七十二家。"此即取其説。條貫,條理;系統。《漢書·董仲舒傳》:"夫帝王之道,豈不同條共貫與?" 〔一五九〕"君王"二句:謂君王車駕返回。蜺旌,飾有霓虹的旌旗,蜺,同"霓"。旌,《唐文粹》作"旐"。鑾輿,帝王所乘之車。 〔一六〇〕"訪廣成"二句：廣成，即廣成子，傳説黄帝時人，居崆峒山中。《莊子·在宥》："黄帝立爲天子十九年，令行天下，聞廣成子在於空同之上，故往見之，曰：'我聞吾子達於至道，敢問至道之精。吾欲取天地之精，以佐五穀，以養民人。吾又欲官陰陽以遂群生。'"至道，極高之道。大隗，神名。隗（weǐ），宋本作"塊"，據他本改。《唐文粹》作"傀"。《莊子·徐无鬼》："黄帝將見大隗乎具茨之山……適遇牧馬童子，問塗焉，曰：'若知具茨之山乎？'曰：'然。''若知大隗之所存乎？'曰：'然。'黄帝曰：'異哉，小童！非徒知具茨之山，又知大隗之所存。'" 〔一六一〕"使罔象"二句：罔象，人名。《莊子·天地》："黄帝游乎赤水之北，登乎崑崙之丘而南望，還歸，遺其玄珠。使知索之而不得，使離朱索之而不得，使喫詬索之而不得也，乃使象罔。象罔得之。黄帝曰：'異哉，象罔乃可以得之乎！'"王先謙集解引宣云："赤者，南方明色，其北則玄境也。南乃明察之方。已游玄境，不能久守而復望明處，則玄亡也。"《文選》卷五五劉孝標《廣絶交論》"得玄珠於赤水"李善注引司馬彪云："赤水，水假名；玄珠，喻道也。"掇，拾。玄珠，黑珠。赤水，神話中水名，在崑崙山下。所如，所往之地。

以上爲賦的第十段，謂當今天子的教化超越遠古，正當將榮譽光華施及後代，登泰山，封社首，與七十二帝共條貫。於是天子鑾駕返回，訪道廣成，問政大隗，赤水掇珠。天下人不知其所往。

【評箋】

任華《寄李白》詩：《大獵賦》，《鴻猷文》，嗤長卿，笑子雲，班張所作瑣細不入耳，未知卿雲得在嗤笑限？

祝堯《古賦辨體》卷七：與《子虚》、《上林》、《羽獵》等賦，首尾布叙，用事遣辭，多相出入。

俞樾《九九銷夏録》：《李太白集》有《大獵賦》，序言"以孟冬十月大獵於秦"，不言何年。據史則先天元年，開元元年、八年並有其事。太白生年或云聖曆二年己亥，或云長安元年辛丑，則作此賦總在十三歲以後，二十三歲以前。

郭沫若《李白與杜甫》：在開元八年二十歲時所作的《大獵賦》，有些辭句在氣魄上很足以令人佩服。試舉數句如下："擢倚天之劍,彎落月之弓;崑崙叱兮可倒,宇宙噫兮增雄。河漢為之却流,川嶽為之生風。羽旄揚兮九天絳,獵火燃兮千山紅。"詩情韻調的清新激越,的確是超過了漢代的司馬相如,更遠遠超過了同時代人杜甫所自鳴得意的《三大禮賦》。

按:此賦描寫開元年間天子在秦地畋獵的情景。據《舊唐書·玄宗紀上》,玄宗在先天二年(七一三)十一月甲辰"畋獵於渭川"(十二月庚寅改元開元元年);開元八年(七二〇)十月壬午"畋於下邽";十七年(七二九)十二月乙丑"校獵渭川濱";餘皆未見記載。李白《上安州裴長史書》稱:開元九年(七二一)春蘇頲赴任益州大都督府長史時,李白路中投刺,蘇頲曾贊賞其作將來可與司馬相如比肩。竊疑當年投蘇頲之作或即此賦,則此賦初作當在開元八年(七二〇)。又按:今此賦自稱"臣白作頌",乃向皇帝獻賦口吻。李白《東武吟》曰:"因學揚子雲,獻賦甘泉宮。天書美片善,清芬播無窮。"《答杜秀才五松山見贈》詩曰:"昔獻《長揚賦》,天開雲雨歡。當時待詔承明裏,皆道揚雄才可觀。"《憶舊游寄譙郡元參軍》詩曰:"此時行樂難再遇,西游因獻《長揚賦》。北闕青雲不可期,東山白首還歸去。"又據獨孤及《送李白之曹南序》:"曩子之入秦也,上方覽《子虛》之賦,喜相如同時,由是朝詣公車,夕揮宸翰。"由此證知,此賦當是天寶元年(七四二)在原來基礎上修改定稿而向玄宗進獻之作。

大　鵬　賦[一] 并序

余昔於江陵見天台司馬子微[二],謂余有仙風道骨,可與神游八極之表[三]。因著《大鵬遇希有鳥賦》以自廣[四]。此賦已傳于世[五],往往人間見之。悔其少作,未窮宏達之旨,中年棄之[六]。及讀《晉書》,覩阮宣子《大鵬

贊》,鄙心陋之〔七〕。遂更記憶,多將舊本不同〔八〕。今腹存手集,豈敢傳諸作者,庶可示之子弟而已〔九〕。其辭曰:

【注釋】

〔一〕大鵬賦:《莊子·逍遥游》:"北冥有魚,其名爲鯤,鯤之大不知其幾千里也。化而爲鳥,其名爲鵬。鵬之背不知其幾千里也。怒而飛,其翼若垂天之雲。是鳥也,海運則將徙於南冥。南冥者天池也。齊諧者,志怪者也。諧之言曰:'鵬之徙於南冥也,水擊三千里,摶扶摇而上者九萬里,去以六月息者也。'"其意即此賦所本。 〔二〕"余昔"句:江陵,《唐文粹》作"江陵口"。即今湖北江陵。司馬子微,即司馬承禎,字子微,唐代著名道士。初隱天台山(在今浙江天台縣)。開元中,被召至京師,玄宗詔於王屋山置壇以居。開元二十二年(七三四)卒,年八十九。詳見兩《唐書·隱逸傳》。 〔三〕"謂余"二句:仙風道骨,神仙的風采和有道者的骨相。八極之表,指人世之外。《淮南子·原道訓》:"廓四方,坼八極。"高誘注:"八極,八方之極也,言其遠。" 〔四〕"因著"句:希有鳥,神話中的鳥名。東方朔《神異經·中荒經》:"崑崙之山……上有大鳥,名曰希有。南向,張左翼覆東王公,右翼覆西王母。"此以"希有鳥"喻司馬承禎,而以大鵬鳥自況。希,稀少,少見。自廣,自我寬慰。

〔五〕"此賦"二句:謂少作已流傳人間。 〔六〕"悔其"三句:《文選》卷四〇楊修《答臨淄侯箋》:"修家子雲,老不曉事,强著一書,悔其少作。"李善注:"《法言》曰:或問:'吾子少好賦?'曰:'然,童子雕蟲篆刻。'俄而曰:'壯夫不爲。'是悔其少作也。子雲,(揚)雄字也。與修同姓,故云'修家'。'著一書',即《法言》也。"少作,一本無此二字。宏達,才識宏大廣博。 〔七〕"及讀"三句:《晉書·阮脩傳》:"脩字宣子。……嘗作《大鵬贊》曰:'蒼蒼大鵬,誕自北溟。假精靈鱗,神化以生。如雲之翼,如山之形。海運水擊,扶摇上征。翕然層舉,背負太清。志存天地,不屑唐庭。鷽鳩仰笑,尺鷃所輕。超世高逝,莫知其情。'"鄙心,李白對自己的謙稱。陋之,以之(指阮脩《大鵬贊》)爲粗陋。陋之,《文苑英華》作"頗陋其作"。 〔八〕"遂更"二句:於是將記憶中之事重新改寫,很多處與原作不同。將,與。舊本,指初作《大鵬遇希有鳥賦》。 〔九〕"今腹"三句:如今將存於腹中之事手寫出來,怎敢傳之於方家,也許可以給子弟看看罷了。腹存,存於腹中。諸,之於。作者,猶言方家。庶可,也許可以。腹存手集,《文苑英華》作"復存於手集"。腹,一作"復"。手,《唐文粹》作"於"。

以上為賦序。説明作此賦的原因,即後悔青年時所作《大鵬遇稀有鳥賦》"未窮宏達之旨",又陋阮脩《大鵬贊》,故作此賦。

　　南華老仙發天機於漆園〔一〇〕,吐崢嶸之高論,開浩蕩之奇言〔一一〕,徵至怪于齊諧〔一二〕,談北溟之有魚,吾不知其幾千里,其名曰鯤〔一三〕。化成大鵬,質凝胚渾〔一四〕。脱鬐鬣於海島,張羽毛於天門〔一五〕。刷渤澥之春流,晞扶桑之朝暾〔一六〕。燀赫乎宇宙,憑陵乎崑崙〔一七〕。一鼓一舞,烟朦沙昏〔一八〕。五嶽為之震蕩,百川為之崩奔〔一九〕。

【注釋】

〔一〇〕"南華"句:南華老仙,指莊子。《舊唐書·玄宗紀》:天寶元年,詔封"莊子號為南華真人"。老仙,宋本校:"一作仙老。"天機,天賦的悟性。漆園,古地名。戰國時莊周曾為蒙漆園吏。一説在今河南商丘市北,一説在今山東菏澤北,一説在今安徽定州市東。又或以為漆園非地名,莊周乃在蒙邑中為吏主督漆事。蒙在今商丘市北。 〔一一〕"吐崢嶸"二句:崢嶸,瑰奇超拔貌。浩蕩,廣闊壯大貌。 〔一二〕"徵至怪"句:徵,徵引。至,宋本校:"一作志。"是。志怪,記載奇異之事。齊諧,《莊子·逍遙游》:"齊諧者,志怪者也。"成玄英疏:"姓齊名諧,人姓名也。亦言書名也,齊國有此俳諧之書也。" 〔一三〕"談北溟"三句:用《莊子·逍遙游》語。溟,郭本作"冥"。有,一作"巨"。吾不知其幾千里,宋本無"其"字,據他本補。鯤,《文苑英華》作"鵾"。 〔一四〕"質凝"句:《文選》卷十二郭璞《江賦》:"類胚渾之未凝。"李善注:"似胚胎渾混尚未

699

凝結。"此似指鯤化為鵬的蛻化過程。凝,《唐文粹》作"疑"。胚,宋本作"肧",據他本改。　〔一五〕"脱鬐鬣"二句:鬐鬣(qí liě),本指馬頸上的長毛。此指鯤的脊鬐。鬐鬣,一作"脩鱗",一作"脩鬣"。《文選》卷一二木華《海賦》:"巨鱗插雲,鬐鬣刺天。"李善注引郭璞曰:"鰭,魚脊上鬐也。"羽毛,一作"廣翅"。天門,天宫之門。《淮南子·原道訓》:"排閶闔,淪天門。"高誘注:"天門,上帝所居,紫微宫門也。"天,《文苑英華》作"塞"。　〔一六〕"刷渤"二句:渤澥,即渤海。澥,郭本作"海"。《初學記》卷六:"東海之别有渤澥,故東海共稱渤海,又通謂之滄海。"《史記·司馬相如列傳》:"浮勃澥。"裴駰《集解》引《漢書音義》曰:"海别枝名也。"司馬貞《索隱》:"案《齊都賦》云:'海傍曰勃,斷水曰澥。'"扶桑,神話中樹木名。朝暾,初升的太陽。暾,《文苑英華》作"暾",非。《楚辭·東君》:"暾將出兮東方,照吾檻兮扶桑。"王逸注:"謂日始出東方,其容暾暾而盛大也。""言東方有扶桑之木,其高萬仞,日出,下浴於湯谷,上拂其扶桑,爰始而登,照耀四方,日以扶桑為舍檻。"晞(xī),乾燥。此用作動詞,猶曬。二句謂在渤海的春水裏洗刷羽翼,又在扶桑樹上曬着朝陽。〔一七〕"燀赫"二句:燀(chěn)赫,聲勢盛大。王維《送鄭五赴任新都序》:"雷霆之威,燀赫百里。"燀赫乎,宋本作"炟爀于",咸本作"炟爀乎",據蕭本、郭本、王本改。憑陵,侵擾。陵,宋本作"凌",據他本改。《左傳·襄公二十五年》:"今陳忘周之大德,蔑我大惠,棄我姻親,介恃楚衆,以憑陵敝邑。"　〔一八〕"一鼓"二句:謂大鵬之翅一旦鼓蕩,就能使烟波混茫,沙石昏暗。朦,一作"蒙",《唐文粹》作"曚"。　〔一九〕"五嶽"二句:謂大鵬的鼓撲,使五嶽為之震蕩,百川為之奔騰。蕩,宋本作"落",據他本改。崩奔,大水激岸,洶涌澎湃。《文選》卷二六謝靈運《入彭蠡湖口》詩:"圻岸屢崩奔。"吕向注:"水激其岸,崩頹而奔波也。"崩奔,《文苑英華》作"沸騰"。

以上為賦的第一段,謂大鵬形象源出《莊子·逍遥游》由鯤變鵬的寓言,並描繪大鵬出世的巨大聲勢。

乃蹶厚地,揭太清〔二〇〕**,亘層霄,突重溟**〔二一〕**。激三**

千以崛起,向九萬而迅征〔二二〕。背嶪太山之崔嵬,翼舉長雲之縱橫〔二三〕。左迴右旋,倏陰忽明〔二四〕。歷汗漫以夭矯,羾閶闔之崢嶸〔二五〕。簸鴻濛,扇雷霆〔二六〕。斗轉而天動,山摇而海傾〔二七〕。怒無所搏,雄無所爭〔二八〕,固可想像其勢,髣髴其形〔二九〕。

【注釋】

〔二〇〕"乃蹶"二句:乃,他本"乃"字上皆有"爾"字,作"爾乃"。蹶(jué),踏。《莊子·秋水》:"蹶泥則没足滅跗。"乃蹶厚地,《文苑英華》作"爾乃蹶巨壑"。揭,高舉。《詩·小雅·大東》:"維北有斗,西柄之揭。"太清,天空;亦指天道,自然。《莊子·天運》:"行之以禮義,建之以太清。"成玄英疏:"太清,天道也。"揭,一作"陵",一作"摩"。　〔二一〕"亘層"二句:謂大鵬橫貫九天,衝擊大海。亘,橫貫。層霄,重霄。古人認為天有九重,故云層霄。霄,近天雲氣。重溟,大海。《文選》卷一一孫綽《游天台山賦》:"或倒景於重溟。"李善注:"重溟,謂海也。"亘層霄,突重溟,《文苑英華》作"左迴右旋,倏陰忽明"。　〔二二〕"激三千"二句:謂大鵬展翅水擊三千里,勃然衝天而起,向九萬里高空迅疾奮飛。崛起,勃起。向,一作"搏"。　〔二三〕"背嶪"二句:謂背負高聳崔嵬的泰山,翼拍縱橫蒼穹的浮雲。嶪(yè),岌嶪,山高貌。太山,泰山。崔嵬,《楚辭·九章·涉江》:"冠切雲之崔嵬。"王逸注:"崔嵬,高貌。"背嶪太山,《文苑英華》作"背岌泰山"。太,宋本作"大",據他本改。"山"下宋本校:"一作虚。"長雲,一作"垂天",又一作"垂雲"。　〔二四〕"左迴"二句:形容大鵬翱翔於長空,左右盤旋,穿雲破霧時忽明忽暗的情景。
〔二五〕"歷汗漫"二句:謂漫無邊際地自由飛騰,一直飛到高峻的天門。汗漫,漫無邊際。見前《廬山謠寄盧侍御虚舟》詩注。夭矯,屈曲飛騰貌。《文選》卷一二郭璞《江賦》:"吸翠霞而夭矯。"李善注:"夭矯,自得之貌。"呂向注:"夭矯,飛騰貌。"羾(gòng):飛至。一作"塌",一作"排"。《文選》卷七揚雄《甘泉賦》:"登椽欒而羾天門兮,馳閶闔而入凌兢。"張銑注:

701

"玒,至也。"李善注引王逸曰:"閶闔,天門也。"崢嶸,高峻貌。

〔二六〕簸鴻濛:簸,搖動。濛,一作"蒙"。鴻濛,指自然界的元氣。一說為海上之氣。《淮南子·道應訓》:"西窮窅冥之黨,東開鴻濛之光。"
〔二七〕"斗轉"二句:形容大鵬奮飛,其氣勢使斗轉星移,蒼天震動,高山搖動,大海傾波。　〔二八〕"怒無"二句:謂其奮飛時無物可與之相搏,其雄力無物可與之爭衡。搏,宋本作"摶",據他本改。《文苑英華》此下無"怒無"至"若乃"二十字。　〔二九〕髣髴:依稀想見。

以上為賦的第二段,寫大鵬起飛時水激三千,遠征九萬,歷汗漫,至天門,斗轉天動、山搖海傾的雄偉景象。

若乃足縈虹蜺,目耀日月〔三〇〕,連軒沓拖,揮霍翕忽〔三一〕。噴氣則六合生雲,灑毛則千里飛雪〔三二〕。邈彼北荒,將窮南圖〔三三〕。運逸翰以傍擊,鼓奔飆而長驅〔三四〕。燭龍銜光以照物,列缺施鞭而啓途〔三五〕。塊視三山,杯觀五湖〔三六〕。其動也神應,其行也道俱〔三七〕。任公見之而罷釣,有窮不敢以彎弧〔三八〕。莫不投竿失鏃,仰之長吁〔三九〕。

【注釋】

〔三〇〕"若乃"二句:謂大鵬雙足縈繞虹蜺,其目使日月生輝。縈,《文苑英華》作"策"。耀,《文苑英華》作"輝"。虹蜺,舊謂虹雙出時色彩鮮盛者為雄,稱虹;色彩暗淡者為雌,稱蜺(霓)。　〔三一〕"連軒"二句:形容飛走迅速。《文選》卷一二木華《海賦》:"翔霧連軒。"張銑注:"連軒,飛貌。"又"長波浩沱(同"沓拖"),李善注:"浩沱,相重之貌。"李周翰注:"浩沱,延長貌。"《文選》卷三五張協《七命》:"翕忽揮霍。"劉良注:"並飛走亂急也。"　〔三二〕"噴氣"二句:謂大鵬噴氣,使天地四方雲生霧起;灑毛則使千里之地大雪紛飛。灑,《文苑英華》作"落"。
〔三三〕"邈彼"二句:南圖,一作"南隅"。二句謂大鵬飛及邈遠的北方,又將窮盡南方的邊遠之地。　〔三四〕"運逸翰"二句：謂大鵬用閑逸的羽翼兩旁拍打，鼓蕩疾風，凌空遠翔。逸翰，疾飛的鳥羽。一作"逸翮"。翰、翮，並指鳥羽。奔飇，疾風。長驅，長途驅馳，遠飛。此二句《唐文粹》作"遞逸翮以傍鼓，擊奔飇而長驅"。按："運逸翰"至"啓途"二十六字，《文苑英華》作"魂視三山，杯觀五湖。燭龍唧光以照影，列缺施鞭而啓途"。　〔三五〕"燭龍"二句：燭龍，古代神話中的神獸。在西北無日之處，人面龍身，銜燭以照幽暗。見《山海經·大荒北經》、《淮南子·墬形訓》等。列缺，指天際雷電。見前《夢游天姥吟留別》詩注。二句謂燭龍口銜燭光，為大鵬照明萬物；雷電執鞭，為大鵬啓程開道。
〔三六〕"塊視"二句：三山，指傳説中的三神山：蓬萊、方丈、瀛洲。五湖，有多種説法，在先秦古籍中，都指太湖附近的五個湖泊。二句謂大鵬視三神山猶如土塊，看五湖猶如酒杯。塊，《文苑英華》作"魂"。觀，一作"看"。　〔三七〕"其動"二句：謂大鵬的舉措有神靈相應，其行為與天道俱成。《文選》卷一三賈誼《鵩鳥賦》："至人遺物兮，獨與道俱。"李善注引《鶡冠子》："至人不遺，動與道俱。"　〔三八〕"任公"二句：《莊子·外物》記載任公子為大鈎巨緇得大魚，見前《大獵賦》注。罷釣，停止垂釣。有窮，夏朝時國名。相傳有窮國君后羿善射。此即以有窮指后羿。此謂善釣的任公子不敢再垂釣，善射的后羿也不敢再彎弓。　〔三九〕"莫不"二句：投竿，指任公。失鏃，指有窮。鏃，箭。二句謂任公子和有窮國后羿見大鵬如此，也只能罷釣抛竿，收弓丢矢，仰天長歎。按："任公"至"河漢"，《文苑英華》無。

以上為賦的第三段，極誇張地描繪大鵬在高空疾飛，噴氣生雲，灑毛飛雪，視三山為土塊，視五湖為杯水，於是善釣的任公罷釣，善射的后羿棄弓。

　　爾其雄姿壯觀，塊軋河漢〔四〇〕，上摩蒼蒼，下覆漫漫〔四一〕。盤古開天而直視，羲和倚日而傍歎〔四二〕。繽紛乎八荒之間，掩映乎四海之半〔四三〕。當胸臆之掩晝，若混茫之未判〔四四〕。忽騰覆以迴轉，則霞廓而霧散〔四五〕。

【注釋】

〔四〇〕"爾其"二句：謂大鵬雄姿矯健壯觀，在空中與河漢相映。坱（yǎng）軋，漫無邊際貌。《文選》卷一三賈誼《鵩鳥賦》："大鈞播物兮，坱圠無垠。"劉良注："坱圠，無涯際也。"《漢書·揚雄傳》："忽軮軋而無垠。"顔師古注："軮軋，遠相映也。"坱軋、坱圠、軮軋，音義皆同。坱軋，一作"映背"。　〔四一〕"上摩"二句：摩，接。蒼蒼，指青天。《莊子·逍遥游》："天之蒼蒼，其正色邪？"漫漫，指大地。《楚辭·離騷》："路漫漫其修遠兮。"王琦曰："此用其字，對上天體蒼蒼而言，蓋謂大地之形，漫漫，闊遠無有窮極之意。"　〔四二〕"盤古"二句：盤古，神話中開天闢地的人。據《太平御覽》卷二引徐整《三五曆紀》記載，盤古生於天地混沌中。後天地開闢，天日高一丈，地日厚一丈，盤古日長一丈，如此一萬八千歲，天就極高，地就極深。所有日、月、星辰、風、雲、山、川、田、地、草、木，均為其死後身體各部所變。羲和，古代神話中駕日車之神。見前《日出入行》注。二句謂盤古開天來觀看大鵬的飛翔，羲和倚在日旁為此壯觀而感歎。倚日而傍歎，而，一作"以"。傍歎，《文苑英華》作"旁歡"。

〔四三〕"繽紛"二句：謂大鵬翱翔於極遠之地，使人眼花繚亂；鵬翼展翅，掩映了半個世界。繽紛，繚亂貌。八荒，八方極遠之地。四海，四方極遠之地。《書·大禹謨》："文教敷於四海。"孔穎達疏："四海，舉其遠地。"紛，《文苑英華》作"翻"。掩，一作"隱"。　〔四四〕"當胸"二句：謂當大鵬用胸脯掩遮白晝時，天地就仿佛處於上古未開化時的那種混茫狀態。當胸臆之掩晝，一作"横大明而掩晝"。混茫，一作"混芒"，一作"混沌"。混芒，同混茫；混沌蒙昧，指上古人類未開化狀態。《莊子·繕性》："古之人在混芒之中。"判，分開。　〔四五〕"忽騰"二句：謂大鵬突然騰飛覆轉，使得雲霞廓清，霧靄飄散。覆，《文苑英華》作"陵"。轉，一作"旋"。廓，廓清，清除。

以上為賦的第四段，寫大鵬上摩蒼天，下覆大地的巨大雄姿。盤古、羲和也只能直視和傍歎，其胸可掩日而為混茫未分，其回轉則為霧散霞開。

然後六月一息,至于海湄〔四六〕。欻翳景以横奔,逆高天而下垂〔四七〕。憩乎泱漭之野,入乎汪湟之池〔四八〕。猛勢所射,餘風所吹,溟漲沸渭,巖巒紛披〔四九〕。天吴為之怵慄,海若為之躨跜〔五〇〕。巨鼇冠山而却走,長鯨騰海而下馳〔五一〕。縮殼挫鬣,莫之敢窺〔五二〕。吾亦不測其神怪之若此,蓋乃造化之所為〔五三〕。

【注釋】

〔四六〕海湄:海邊。《文苑英華》作"天池",校曰:"集作海濱。"《文選》卷一八嵇康《琴賦》:"俯闚海湄。"吕向注:"海湄,海邊也。"湄,宋本作"濁",據他本改。　〔四七〕"欻翳"二句:欻(xū),忽然。翳景,蔽遮日月之光影。奔(zhù),飛舉。奔,一作"楮"。逆,背;向下。二句謂大鵬忽然横飛掩蔽日月,背向高天而下垂。　〔四八〕"憩乎"二句:謂休憩在廣袤無邊的荒野上,又沐浴在浩瀚的海水中。泱漭(yāng mǎng):廣大無涯貌。《文選》卷八司馬相如《上林賦》:"過乎泱漭之野。"李善注:"泱漭之野,《山海經》所謂'大荒之野'。如淳曰:'大貌也。'"汪湟,猶汪洸。水深廣貌。《文選》卷一二郭璞《江賦》:"澄澹汪洸。"池,此指海。《唐文粹》作"地"。　〔四九〕"猛勢"四句:謂大鵬俯衝而下,其勢猛烈,氣浪所及,海亦沸動,山亦紛亂。溟漲,大海。《文選》卷二二謝靈運《游赤石進帆海》詩:"溟漲無端倪。"李周翰注:"溟、漲,皆海也。"沸渭,同怫愲,水勢踴躍不定貌。《文選》卷一七王褒《洞簫賦》:"佚豫以沸渭。"李善注引《埤蒼》曰:"怫愲,不安貌。"劉良注:"沸渭,聲踴躍不定貌。"巒,《唐文粹》作"嶽"。紛披,紛亂貌。庾信《枯樹賦》:"紛披草樹,散亂烟霞。"
〔五〇〕"天吴"二句:天吴,水神名。《山海經·海外東經》:"朝陽之谷,神曰天吴,是為水伯。……其為獸也,八首八面,八足八尾,皆青黄。"怵慄,恐懼,戰慄。怵,宋本作"佚",繆本改作"袾",《唐文粹》作"怞",今據他本改。海若,傳説中的海神名。躨跜(kuí ní),動蕩貌。二句謂大鵬凶猛之勢,使水伯都感恐懼,海神也為之戰慄不安。　〔五一〕"巨鼇"二句：謂負山的大黿見了連忙避走，長鯨見了立即騰躍潛逃。巨鼇，大黿。冠，戴。《文選》卷五左思《吳都賦》："巨鼇贔屭，首冠靈山；大鵬繽翻，翼若垂天。"吕向注："巨鼇，大黿也。靈山，海中蓬萊山，而大鼇以首戴之。冠猶戴也。"長鯨，海中的大鯨魚。左思《吳都賦》："長鯨吞航，修鯢吐浪。" 〔五二〕"縮殼"二句：縮殼，指海鼇縮頭殼中。挫鬐，指鯨折斷長鬐，不敢窺視大鵬。二句形容海中動物見大鵬後的畏葸情景。
〔五三〕"吾亦"二句：謂自己亦難以預想大鵬竟如此神異，這大概是大自然所造就的。造化，指大自然。

以上為賦的第五段，寫大鵬六月一息，入水使水伯恐懼，海神不安，巨鼇却走，長鯨下匿。神怪如此，乃大自然造成的。

　　豈比夫蓬萊之黄鵠，誇金衣與菊裳〔五四〕？恥蒼梧之玄鳳，耀綵質與錦章〔五五〕。既服御于靈仙，久馴擾於池隍〔五六〕。精衛勤苦於銜木，鷄鷓悲愁乎薦觴〔五七〕。天鷄警曙于蟠桃，踆烏晞耀於太陽〔五八〕。不曠蕩而縱適，何拘攣而守常〔五九〕？未若兹鵬之逍遥，無厥類乎比方〔六〇〕，不矜大而暴猛，每順時而行藏〔六一〕。參玄根以比壽，飲元氣以充腸〔六二〕。戲暘谷而徘徊，馮炎洲而抑揚〔六三〕。

【注釋】
〔五四〕"豈比"二句：《西京雜記》卷一記載，漢昭帝始元元年（前八六），曾有黄鵠下太液池，昭帝為之歌曰："黄鵠飛兮下建章，羽肅肅兮行蹌蹌，金為衣兮菊為裳。"當時太液池中亦造三山，以象瀛洲、蓬萊、方丈，故此稱"蓬萊黄鵠"。此謂誇耀自己金衣菊裳的黄鵠，怎能與大鵬相比。
〔五五〕"恥蒼"二句：蒼梧，山名。即九疑山。在今湖南寧遠縣南。相傳為虞舜帝葬處。玄鳳，玄鳥鳳凰。陳子昂《感遇》其二五："崑崙見玄鳳，豈復虞雲羅。"二句謂使只會炫耀自己錦彩羽毛的蒼梧玄鳳也感羞恥。
〔五六〕"既服"二句：謂黄鵠、玄鳳既為靈物神仙所駕御，又長期被馴服於城池之中。服御,駕馭。一作"御服"。久,《唐文粹》作"亦"。靈仙,靈物神仙。馴擾,馴伏。池隍,城池。有水為池,無水為隍。 〔五七〕"精衛"二句:精衛,神話中的鳥名。銜木,《山海經·北山經》:"發鳩之山……有鳥焉。其狀如烏,文首,白喙,赤足,名曰精衛。其鳴自詨。是炎帝之少女,名曰女娃。女娃游于東海,溺而不返,故為精衛。常銜西山之木石,以堙於東海。"勤苦,一作"殷勤"。鶢鶋(yuán jū),海鳥名。又稱爰居。悲愁乎薦觴,《國語·魯語上》:"海鳥曰爰居,止於魯東門之外三日,臧文仲使國人祭之。"《莊子·至樂》載:"魯侯御而觴之(海鳥)於廟,奏九韶以為樂,具太牢以為膳。鳥乃眩視憂悲,不敢食一臠,不敢飲一杯,三日而死。"薦觴,祭獻之酒。按:從上段之"欸欻"至本段之"薦觴",《文苑英華》作:"溟漲沸渭,丘陵遷移,長鯨扶栗以辟易,巨鼇攝竄而踉跄。窮洪荒之壯觀,浮萬里之清漪。借如羽蟲三百,鳳為之王,或欻不至,時無望違。猶迫脅於雲羅,乃賢哲之所傷。彼眾禽之瑣屑,同蟭螟之渺茫。"
〔五八〕"天雞"二句:謂天雞在蟠桃樹上報曉,三足烏在太陽中閃光。天雞,見前《夢游天姥吟留別》詩注。警曙,報曉。曙,一作"曉"。踆烏,《淮南子·精神訓》:"日中有踆烏。"高誘注:"踆,猶蹲也。謂三足烏。"踆烏晣耀於太陽,《文苑英華》作"駿馬炳耀于太陽"。晣,《唐文粹》作"炳"。晣耀,發光。於,一作"于"。 〔五九〕"不曠"二句:謂何不曠達坦蕩而恣情自適,却要拘束蜷曲而墨守常規?"不曠"至"守常",郭本無此十二字。 〔六〇〕"未若"二句:謂精衛、鶢鶋、天雞、踆烏等都不如大鵬自由自在,無與倫比。厥,其;他。乎,一作"而"。 〔六一〕"不矜"二句:謂大鵬不驕矜碩大,不表露凶猛,却經常順應時運,決定出處行止。行藏,《論語·述而》:"用之則行,舍之則藏。" 〔六二〕"參玄"二句:參,參驗。玄根,道之根本。《文選》卷二五盧諶《贈劉琨》詩:"處其玄根,廓焉靡結。"李善注引《廣雅》曰:"玄,道也。"玄,宋本作"方",據他本改。元氣,古代哲學名詞,指陰陽二氣混沌未分時的實體。充腸,充饑。一作"為觴",一作"為漿"。 〔六三〕"戲暘"二句:暘谷,亦作"湯谷"。古代傳說中日出處。《書·堯典》:"分命羲仲,宅嵎夷,曰暘谷。"孔傳:"暘,明也。日出於谷而天下明,故稱暘谷。"炎洲,傳說南海中洲名。《十洲

707

記》載:"炎洲在南海中,地方二千里,去北岸九萬里。"二句謂大鵬在日出處游戲徘徊,又在南海的炎洲俯仰上下。按:從"不矜"至"抑揚",《文苑英華》無。

以上為賦的第六段,以大鵬與黃鵠、玄鳳、精衛、鷄鷗、天雞、踆烏作比較,這些神物都不曠蕩縱適,拘攣守常,都不如大鵬的逍遥自在。大鵬不矜大、不暴猛,能順時行藏,参玄根,飲元氣,戲暘谷,游炎洲。無所不可。

俄而希有鳥見謂之曰〔六四〕:"偉哉鵬乎,此之樂也〔六五〕。吾右翼掩乎西極,左翼蔽乎東荒〔六六〕,跨蹍地絡,周旋天綱〔六七〕。以恍惚為巢,以虛無為場〔六八〕。我呼爾游,爾同我翔〔六九〕。"于是乎大鵬許之〔七〇〕,欣然相隨。此二禽已登於寥廓,而尺鷃之輩空見笑於藩籬〔七一〕。

【注釋】

〔六四〕"俄而"句:俄而,不久。見謂之,一作"見而謂之"。 〔六五〕此之樂也:一作"若此之樂也"。 〔六六〕"吾右"二句:一作"吾左翼掩乎東極,右翼蔽乎西荒"。西極,西方極遠之地。東荒,東方極遠之地。二句形容希有鳥形體之大,其翼可掩蔽東西極遠之地。 〔六七〕"跨蹍"二句:謂希有鳥踏遍大地,馳逐周天。跨蹍,跨踏。地絡,大地的脈絡,指山川等。天綱,天之綱維。《文選》卷一張衡《西京賦》:"爾乃振天維,衍地絡。"李善注:"維,綱也;絡,網也;謂其大如天地矣。""跨蹍地絡,周旋天綱",《文苑英華》無。 〔六八〕"以恍惚"二句:謂希有鳥以混茫為棲息之地,以虛無為游戲場所。恍惚,隱約不可捉摸。《老子》:"道之為物,惟恍惟惚。"虛無,道家的思想主旨。《史記·太史公自序》:"道家無為……其術以虛無為本。" 〔六九〕"爾同"句:同,一作"呼"。 〔七〇〕于是乎:乎,一本無此字。 〔七一〕"此二禽"二句:謂大鵬、希有鳥已騰躍於太空,而尺鷃之類的小鳥只能空蹲在藩籬邊,被人嘲笑。

二禽,指大鵬和希有鳥。寥廓,廣闊的天空。《楚辭·遠游》:"下崢嶸而無地兮,上寥廓而無天。"尺鷃,鳥名,即鵪鶉。尺,一作"斥"。《莊子·逍遥游》:"斥鷃笑之曰:'彼且奚適也? 我騰躍而上,不過數仞而下,翱翔蓬蒿之間,此亦飛之至也。而彼且奚適也?'"陸德明《莊子音義》:"司馬云:斥,小澤也,本亦作尺。……鷃,鷃雀也。今野澤中鵪鶉是也。"

以上為賦的第七段,寫希有鳥稱贊大鵬,請與之同游,大鵬欣然相隨,登於天上寬廣之處。那些小雀只能在藩籬之下徒然被笑。

【評箋】

魏顥《李翰林集序》:《大鵬賦》,時家藏一本。

祝堯《古賦辨體》卷七:比而賦也。太白蓋以鵬自比,而以希有鳥比司馬子微。賦家宏衍鉅麗之體,楚《騷》、《遠游》等作已然。司馬、班、揚尤尚此。此顯出於《莊子》寓言,本自宏闊,而太白又以豪氣雄文發之。事與辭稱,俊邁飄逸,去《騷》頗近。然得騷人賦中一體爾,若論騷人所賦,全體固當以優柔婉曲者為有味,豈專為宏衍鉅麗之一體哉? 後人以《莊》比《騷》,實以《莊》、《騷》皆是寓言,同一比義,豈知《騷》中比兼風興,豈《莊》所及?《莊》文是異端荒唐繆悠之説,《騷》文乃有先王盛時發乎情止乎禮義之遺風,學者果學《莊》乎,學《騷》乎?

陳鴻墀《全唐文記事·祖襲》:莊周之書,有鷦鷯巢林,不過一枝。又曰:鵬搏扶摇九萬里,而風斯在下。蓋齊物之論也。後世有本其説而賦之者,如張茂先賦鷦鷯,自譬甚小;李太白賦大鵬,自譬甚大。皆適其性而已,不出莊周齊物之論耳。

張道《蘇亭詩話》:太白之《希有鳥賦》、《惜餘春賦》,子美之《三大禮賦》,實可仰揖班、張,俯提徐、庾。

按:據此賦序中首四句所言,可知此賦初作於開元十二年(七二四)剛出蜀至江陵之時。按《全唐文》卷九二四司馬承禎《陶弘景碑陰記》云:"子微將游衡嶽,暫憩茅山。……時大唐開元十二年甲子九月十三日己巳書。"又按《唐大詔令集》卷七四《令盧從愿等祭嶽瀆詔》:"令太常少卿張九齡祭南嶽。"下注"開元十四年正月"。張九齡有《登南嶽事畢謁司馬道士》詩，此"司馬道士"當即承禎。由此知司馬承禎游衡嶽在開元十四年（七二六）。按《舊唐書·司馬承禎傳》："開元九年，玄宗又遣使迎入京，親受法籙，前後賞賜甚厚。十年，駕還西都。承禎又請還天台山，玄宗賦詩以遣之。十五年，又召至都。玄宗令承禎於王屋山自選形勝，置壇室以居焉。……卒於王屋山，時年八十九。"由此知開元十五年（七二七）後承禎一直居王屋山，未能再至南方。據衛憑《唐王屋山中巖臺正一先生廟碣》，知承禎於乙亥歲（開元二十三年）夏六月十八日卒。又按李白自開元十二年秋出蜀至江陵，至十三年夏游洞庭後下金陵。則李白遇見司馬承禎寫《大鵬遇稀有鳥賦》，當即在開元十二或十三年間。此賦序云："悔其少作，未窮宏達之旨。中年棄之。……遂更記憶，多將舊本不同。"知今存此賦為改寫本。賦開頭即稱"南華老仙"，據《舊唐書·玄宗紀》，天寶元年，詔封莊子為南華真人。則此賦改寫的時間，當在此之後，或即在天寶二年供奉翰林時歟？此賦用"序"說明作賦緣起，其後七段正文都是從《莊子·逍遙游》中鯤化為鵬的寓言生發開去，可見李白受莊子思想影響之深。全賦運用鋪陳排比、極度誇張的手法，從各個視角和方位描繪大鵬不同凡響的形象。大開大合，層次井然。賦中顯然以大鵬自比，而以希有鳥喻司馬承禎。表現出詩人自視之高和志趣之大，風格飄逸豪放，文筆縱橫恣肆，充分反映出宏大壯美的盛唐氣象。

虞城縣令李公去思頌碑〔一〕 并序

王者立國君人，聚散六合，咸土以百里，雷其威聲〔二〕。革其俗而風之，漁其人而涵之〔三〕。其猶衆鮮洋洋，樂化在水，波而動之則憂，頳尾之刺作焉〔四〕；徐而清之則安，頌首之頌興焉〔五〕。苟非大賢，孰可育物〔六〕？而能光昭絃歌,卓立振古,則有虞城宰公焉〔七〕。

【注釋】

〔一〕虞城縣:即今河南虞城縣,鄰接山東、安徽。秦置虞縣,隋改虞城縣。李公,據文中所云,名錫。按李白另有《對雪獻從兄虞城宰》詩,即此李錫。去思,古代地方士紳表示對離職官員的思念。去思頌碑,亦稱"德政碑",著文勒碑,頌揚德政,表示去後留思之意。　〔二〕"王者"四句:謂稱王者建立國家,統治人民,分散天下土地,皆以一縣百里之地,顯揚雷一般的威聲。君,用作動詞,統治。聚散,複詞偏義,此指散,劃分。六合,天地四方,猶言天下。咸,皆。百里,指一縣之地。《三國志·蜀志·龐統傳》記載,劉備讓龐統當縣令,"吳將魯肅遺先主書曰:'龐士元非百里才也。'"後即以百里指一縣。雷其威聲,趙岐《孟子注》云:"諸侯方百里,象雷震也。"　〔三〕"革其"二句:謂改革其風俗而教化之,聚集人民而養育之。革,宋本作"華",據他本改。風,教化。漁,奪取,引申為收羅。涵,包容,養育。　〔四〕"其猶"四句:謂猶如群魚樂於水中嬉戲,洋洋自得,若水波動則憂慮而尾赤,故《詩·周南》有"赬尾"之刺。衆鮮,群魚。洋洋,自在得意貌。赬(chēng)尾,赤色魚尾。《詩·周南·汝墳》:"魴魚赬尾。"毛傳:"赬,赤也;魚勞則尾赤。"孔穎達疏:"婦人言魴魚勞則尾赤,以興君子苦則容悴。"　〔五〕"徐而"二句:謂如水波緩慢而水澄清,則群魚安適。故《詩·小雅》有"頒首"之頌。頒(fén)首,《詩·小雅·魚藻》:"魚在在藻,有頒其首。"毛傳:"頒,大首貌。"鄭玄箋:"魚之依水草,猶人之依明主也。魚處於藻,既得其性,則肥充,其首頒然。"
〔六〕"苟非"二句:謂若非大賢,誰能化育萬物?　〔七〕"而能"三句:謂能顯揚絃歌而治的縣令,特立於往古之人者,則有虞城縣令李公。光昭,光明;顯揚。絃歌,絃歌而治。《論語·陽貨》載孔子弟子子游為武城宰,"子之武城,聞絃歌之聲"。後即以絃歌指縣令治民有方。卓立,特立。振古,自古,往古。宰,縣令。

以上為第一段,贊美虞城縣令李公善於絃歌而治,使民衆能如魚在水。

公名錫，字元勳，隴西成紀人也〔八〕。高祖楷，隋上大將軍，綿、益、原三州刺史，封汝陽公〔九〕。曾祖騰雲，皇朝廣、茂二州都督，廣武伯〔一〇〕。祖立節，起家韓王府記室參軍，襲廣武伯〔一一〕。父浦，郲、海、淄、唐、陳五州刺史，魯郡都督，廣平太守，襲廣武伯〔一二〕。皆納忠王庭，名鏤鐘鼎，侯伯繼迹，故可略而言焉〔一三〕。

【注釋】

〔八〕隴西成紀：隴西，郡名。秦置，漢晉因之。治所在今甘肅臨洮南，後移至今甘肅隴西縣南。成紀，漢縣名，治所在今甘肅秦安縣北。按隴西李氏為望族，李白亦自稱隴西李氏後裔。　　〔九〕"高祖"四句：按：楷，宋本作"揩"，據他本改。《隋書·獨狐楷傳》記載，其字修則，不知何許人，本姓李氏。父屯，從齊神武帝與周師戰於沙苑，齊師敗績，因為柱國獨狐信所擒，配為士伍，因賜姓獨狐氏。隋高祖受禪，進封汝陽郡公。仁壽初，出為原州總管、益州總管。煬帝即位，轉并州總管。有子凌雲、平雲、彥雲。未言及上大將軍及綿州刺史。按上大將軍在隋為勳官，在柱國之下、大將軍之上。綿，綿州，治所在今四川綿陽東。益，益州，治所在今四川成都市。原，原州，治所在今寧夏固原。刺史，州的行政長官。〔一〇〕"曾祖"三句：《古今姓氏書辯證》京兆獨狐氏："(楷)生凌雲、平雲、滕雲、卿雲、彥雲。……滕雲，荊府長史，廣武公。生奉節。"作"滕雲"，未及廣、茂二州都督。廣，廣州，治所在今廣東廣州市。茂，茂州，治所在今四川茂縣。都督，負責數州軍事的長官。　　〔一一〕"祖立節"三句：立節，《古今姓氏書辯證》京兆獨狐氏作"奉節"。起家，指初仕所得官位。韓王，唐高祖李淵第十一子元嘉，封韓王。王府官員有記室參軍事二名，正八品下，掌表啓書疏。　　〔一二〕"父浦"五句：李白《崇明寺佛頂尊勝陀羅尼幢頌》云："我太官廣武伯隴西李公，先名琬，奉詔書改為輔。其從政也……五鎮方牧，聲聞於天，帝乃加剖竹於魯，魯道粲然可觀。"此"李輔"當即李浦，"五鎮方牧"即本文之"郲、海、淄、唐、陳五州刺史"。又按《古今姓氏書辯證》謂"(奉節)生琬、炎。琬,太僕卿,開元中,上表請改姓李氏,名俌。"浦,作"俌"。襲廣武伯,宋本缺"廣"字,據他本補。　　〔一三〕"皆納忠"四句:納忠,效忠。鏤,刻。鐘鼎,古銅器總稱。古代常於其上銘刻文字,宣揚功德。侯伯繼迹,謂一代代繼承爵位和功績。

以上為第二段,叙李錫的籍貫和家世。

　　公即廣武伯之元子也〔一四〕。年十九,拜北海壽光尉〔一五〕。心不挂細務,口不言人非。群吏罕測,望風敬憚〔一六〕。秩滿〔一七〕,轉右武衛倉曹參軍〔一八〕,次任趙郡昭慶縣令〔一九〕。奉詔修建初、啓運二陵,總徒五郡〔二〇〕,支用三萬貫。舉築雷野〔二一〕,不鞭一人。功成,餘八千貫。其幹能之聲大振乎齊、趙矣〔二二〕。時名卿巡按,陵有黃赤氣上衝太微,散為慶雲數千處,蓋精勤動天地也如此〔二三〕。因粉圖奏名,編入國史〔二四〕。

【注釋】

〔一四〕元子:正妻所生的嫡長子。　　〔一五〕"拜北"句:北海,唐郡名,即河南道青州,天寶元年改為北海郡,乾元元年復改為青州。治所在今山東青州市。壽光,縣名。今山東壽光市。尉,縣尉,負責一縣的軍事和治安。　　〔一六〕"心不"四句:謂李錫心中不牽挂繁瑣事務,口中不臧否人物,屬下莫測其高深,遠望其人而敬畏。細務,瑣碎事務。罕測,少能測知其為人。望風,自遠處瞻望其人。敬憚,敬畏。　　〔一七〕秩滿:指官員任期屆滿。　　〔一八〕"轉右"句:轉,遷調。唐左右武衛有倉曹參軍事各二人,正八品下,掌文官勳考、假使、俸禄、公廨、田園、食料、醫藥等事。　　〔一九〕"次任"句:趙郡,即河北道趙州。天寶元年改為趙郡,治所在今河北趙縣。昭慶縣,即象城縣,天寶元年改為昭慶縣。治所在今河北隆堯縣東。昭慶,宋本作"昭應",據他本改。

713

〔二〇〕"奉詔"二句：建初，陵名；唐高祖李淵之高祖父李熙之墓。啓運，陵名；唐高祖李淵之曾祖父天賜之墓。據《唐會要》載，獻祖宣皇帝（李熙）葬趙州昭慶縣界，儀鳳二年追封建昌陵，開元二十八年詔改為建初陵。懿祖光皇帝（李天賜）葬趙州昭慶縣，儀鳳二年追封延光陵，開元二十八年詔改為啓運陵。陵，宋本作"陝"，據他本改。總徒五郡，謂李錫統率五郡的役工修陵。　〔二一〕"舉築"句：築，築牆搗土之杵。雷野，聲響如雷，震動原野。《後漢書・光武帝紀下》："長轂雷野，高鋒慧雲。"李賢注："雷野，言其聲盛也。"　〔二二〕"其幹"二句：謂其精幹多能的名聲，大振於齊（今山東北部）趙（今河北南部）。　〔二三〕"時名卿"四句：名卿，有名望的公卿。巡按，巡視按察。《唐會要》卷二十《公卿巡按》："（開元）二十八年七月十八日制：伏以八代祖宣皇帝、七代祖光皇帝……其建初、啓運二陵，仍準興寧陵例……年別四時及八節，委所由州縣，數與陵署相知，造食進獻。"太微，即太微垣，星官名，在北斗之南，軫宿和翼宿之北。《史記・天官書》："南宮朱鳥，權、衡。衡，太微，三光之廷。"司馬貞《索隱》引宋均曰："太微，天帝南宮也。"慶雲，古人以為祥瑞的一種彩雲。《漢書・天文志》："若烟非烟，若雲非雲，郁郁紛紛，蕭索輪囷，是謂慶雲。"蓋，推原之詞，意如大概、由於。精勤，專心勤奮。
〔二四〕"因粉圖"二句：謂於是把祥瑞的形狀繪成圖畫，同李錫的事蹟一起上報朝廷，朝廷把此事編入了國史。粉圖，用色粉作畫圖。奏名，以李錫事蹟上報朝廷。

　　以上為第三段，叙李錫的宦歷和政績。

　　天寶四載，拜虞城令，而天章寵榮，俾金玉王度，囧若七曜，昭回堂隅〔二五〕。於戲〔二六〕！敬之哉！宸威臨顧，作訓以理。其俗魯而木，舒而徐〔二七〕。急則狼戾，緩則鳥散〔二八〕。公酌以鈞道，和之琴心〔二九〕，于是安四人，敷五教。處必糲食，行惟單車〔三〇〕。觀其約而吏儉，仰其敬而俗讓。激直士之素節，揚廉夫之清波〔三一〕。三月政成，鄰境取則〔三二〕。因行春,見枯骸于路隅,惻然疚懷,出俸而葬〔三三〕。由是百里掩骸,四封歸仁〔三四〕。有居喪行號城市者,習以成俗。公弔之親鄰,厄以凶事〔三五〕,而鰥寡惸獨,衆所賴焉〔三六〕。可謂變其頹風,永錫爾類〔三七〕。

【注釋】

〔二五〕"天寶"六句:天寶四載,即公元七四五年。天章寵榮,天子用詩章賜予愛寵和榮光。俾金玉王度,使帝王的德行法度如金玉一般堅重寶愛。此處指所賜詩章。《左傳·昭公十二年》:"思我王度,式如玉,式如金。"孔穎達疏:"思使我王之德度,用如玉然,用如金然,使之堅而且重,可寶愛也。"沈約《鼓吹曲》:"舞蹈流功德,金玉昭王度。"此即用其意。冏(jiǒng),一作"炯",音義同,光明,光亮。七曜,指日、月及金、木、水、火、土五星。曜,宋本作"耀",據他本改。昭回堂隅,光照堂屋的角落。

〔二六〕於戲:同"嗚呼"、"吁戲",感歎詞。　〔二七〕"宸威"二句:宸,帝王的代稱。威,威望;郭本作"滅",非。臨顧,眷顧。作訓以理,謂帝王曾訓示李錫如何治理其民。理,治;唐人避高宗諱而改。魯而木,遲鈍而呆笨。舒而徐,鬆散而緩慢。　〔二八〕"急則"二句:謂如急迫治之,則其民凶狠無相親之意;如緩慢治之,則其民如鳥之散飛,不能相顧。狼戾,凶狠。狼,宋本作"很",據他本改。《漢書·嚴助傳》:"今閩越王狼戾不仁,殺其骨肉。"鳥散,比喻人群紛紛散去。《史記·平津侯主父列傳》:"夫匈奴之性,獸聚而鳥散,從之如搏影。"　〔二九〕"公酌"二句:酌,斟酌。釣道,喻指治民之道。《説苑·政理》:"宓子賤為單父宰,過於陽晝,曰:'子亦有以送僕乎?'陽晝曰:'吾少也賤,不知治民之術,有釣道二,請以送子。'"此即用其意。釣道,宋本作"鈞道",據他本改。琴心,本指以琴聲傳達心意。王琦注云:"王儉《褚淵碑文》:'參以酒德,間以琴心。'此文借用其字。垂釣、鼓琴皆能令人心靜,承上文緩急之事而言,其當靜以治之也。"　〔三〇〕"于是"四句:安四人,即安定四民。四民,指士、農、工、商。敷,設施。五教,即五常之教,指父義、母慈、兄友、弟恭、子孝。處,指在家。糲食,粗米飯。糲,《全唐文》作"礪",非。行,指外出。單車,獨車;謂没有隨從。此句及上句表示節儉廉約,以身作則。〔三一〕"觀其"四句:謂李錫簡約而僚屬亦戒奢從儉,仰慕其恭敬而民風亦謙讓,激勵秉直之士的平素節義,發揚廉潔者的清高品德。直士,正直之士。揚,郭本作"楊",誤。廉夫,清廉之士。 〔三二〕"三月"二句:謂經過三個月治理,獲得成功,鄰縣亦取以效法。境,郭本作"墳",誤。此處暗用孔子宰中都事。《史記·孔子世家》:"孔子為中都宰,一年,四方皆則之。" 〔三三〕"因行春"四句:漢代制度,太守於春季巡視所管縣,督促耕作,謂之行春。《後漢書·鄭弘傳》:"弘少為鄉嗇夫,太守第五倫行春,見而深奇之,召署督郵,舉孝廉。"李賢注:"太守常以春行所主縣,勸人農桑,振救乏絶。見《續漢志》也。"李錫官不至太守,亦效法古制行春。枯骸,枯乾風化的屍骨。路隅(yú),路旁。惻然,悲傷貌。疚懷,内心不安。俸,俸禄;官員所得薪水。 〔三四〕"由是"二句:謂從此一縣之内都掩埋狼藉的枯骨,四境人民都歸於仁愛。百里,指一縣。掩骸,掩埋屍骨。骸,一作"骼";骨枯曰"骼"。四封,本指國之四境。此指縣之四界。 〔三五〕"公勗"二句:謂李錫勉勵其親鄰,以别人的凶事當作自己的災難。勗(xù),勉勵。厄以凶事,即"以凶事為厄"。厄,災難。 〔三六〕"而鰥"二句:鰥(guān),無妻之人。寡,無夫之人。惸(qióng),無兄弟之人,亦作"煢"。獨,無子之人。《孟子·梁惠王下》:"老而無妻曰鰥,老而無夫曰寡,老而無子曰獨,幼而無父曰孤:此四者,天下之窮民而無告者。"賴,依賴,依靠。 〔三七〕"可謂"二句:頹風,衰頹的風俗。永錫爾類,永遠賜福予民衆。《詩·大雅·既醉》:"孝子不匱,永錫爾類。"鄭玄箋:"永,長也。孝子之行,非有竭極之時,長以與汝之族類,謂廣之以教導天下也。"

以上為第四段,叙李錫任虞城縣令的政績,使鄰縣取則,民衆有靠,風俗大變。

先時邑中有聚黨橫猾者,實惟二耿之族,幾百家焉〔三八〕。公訓為純人,易其里曰"大忠正之里"〔三九〕。北境黎丘之古鬼焉,或醉父以刃其子,自公到職,蔑聞為災〔四〇〕。官宅舊井，水清而味苦，公下車嘗之，莞爾而笑曰："既苦且清，足以符吾志也。"〔四一〕遂汲用不改，變為甘泉。蠡丘館東有三柳焉，公往來憩之，飲水則去。行路勿剪，比于甘棠〔四二〕。鄉人因樹而書頌四十有六篇〔四三〕。

【注釋】

〔三八〕"先時"三句：先時，以前。聚黨橫猾者，聚集徒黨橫行不法之人。猾，宋本作"㹛"，據他本改。實惟，是為。二耿之族，二耿的族人。幾百家，將近有一百家。　〔三九〕"公訓"二句：訓，教育；訓化。純人，良民。易其里，改換其鄉里的名字。大忠正，王琦謂"忠"當作"中"。按魏晉南北朝時代，各州設大中正，由世族豪門擔任，品評士人才能。

〔四〇〕"北境"四句：謂虞城縣北境黎丘有古鬼作怪，有時使父親喝醉而手刃其子，但自從李錫到縣任職，沒有聽說再有這種作怪的災害。黎丘，地名。據《太平寰宇記》卷一二記載，地在虞城縣北二十里，高二丈。《呂氏春秋·疑似》載，黎丘一老人醉歸，被偽裝其子的奇鬼所騙。後又醉歸，遇其子來迎，老人以為又是奇鬼所化，遂殺其子。或，有時。醉父，使父醉。蔑聞，無聞，沒有聽説。蔑，宋本作"蔑"，據他本改。　〔四一〕"官宅"六句：官宅，官署。下車，指初到任。莞(wǎn)爾，微笑貌。符，符合。

〔四二〕"蠡丘"五句：蠡丘館，館名，地址不詳。蠡，宋本作"蟊"，據王本改。三柳，三株柳樹。憩，休息。行路勿剪，路人都不加剪伐。《詩·召南·甘棠》有"勿剪(翦)勿伐"之句。《史記·燕召公世家》："召公巡行鄉邑，有棠樹，決獄政事其下，自侯伯至庶人，各得其所，無失職者。召公卒，而民人思召公之政，懷棠樹不敢伐，哥(歌)詠之，作《甘棠》之詩。"此處以召公事比擬李錫德政。　〔四三〕因樹而書頌：借李錫所憩柳樹以歌頌其愛民的事蹟。因，郭本作"田"，誤。

以上為第五段，舉例敘李錫的具體德政：教訓橫行不法之人，消滅裝鬼殺人之事，喜飲味苦之清水使之成為甘泉，憩息柳樹而鄉人歌頌。

惟公志氣塞乎天地，德音發乎聲容，縞乎若寒崖之霜，湛乎若清川之月〔四四〕。彈惡雪善，速若箭飛〔四五〕。尤能筆工新文，口吐雅論〔四六〕。天下美士〔四七〕，多從之游。非汝陽三公三伯之積德，則何以生此〔四八〕？邑之賢老劉楚璟等乃相謂曰〔四九〕："我李公以神明之化，大賴于虞人。虞人陶然歌詠其德〔五〇〕，官則敬，去則思〔五一〕。山川鬼神猶懷之，況于人乎！"〔五二〕乃咨群寮，興去思之頌〔五三〕。縣丞王彥暹，員外丞魏陟，主簿李詵，縣尉李向、趙濟、盧榮等〔五四〕，同德比義，好謀而成〔五五〕，相與采其瓌蹤茂行，俾刻石篆美，庶清風令名，奮乎百世之上〔五六〕。

【注釋】

〔四四〕"惟公"四句：形容李錫志氣之大，德音之美，品格潔白如寒崖之霜，清澄如清水之月。塞，充滿。德音，善言。聲容，聲音容顏。縞，白色。湛，清澄。　〔四五〕"彈惡"二句：謂李錫處理彈惡事和昭雪事速如飛箭。彈，彈劾。雪，昭雪。彈惡雪善，即去惡揚善。　〔四六〕"尤能"二句：謂尤其擅長筆寫創新的文章，口談高雅的言論。

〔四七〕美士：有才識卓行的人。　〔四八〕"非汝陽"二句：謂如不是汝陽公等祖先世世積累德行，怎麼會生出李錫這樣的人才。三公三伯，指李錫高祖李楷封汝陽公，曾祖騰雲封廣武伯，祖立節、父浦均襲爵廣武伯。三伯，一作"二伯"。積德，指祖先積累的德行。　〔四九〕"邑之"句：邑，城邑。賢老，賢達的老鄉紳。劉楚璟，人名。事蹟不詳。

〔五〇〕"我李"三句：神明之化，如神之明的化育。化，轉移人心，改變風俗。大賴，大利。虞人，指虞城縣人。陶然，快樂貌。其德，指李錫的功德。　〔五一〕"官則"二句：謂任官時令人尊敬，去職後又使人思念。

〔五二〕"山川"二句：極言李錫善政，謂山川鬼神尚且懷念，何況于人！

〔五三〕"乃咨"二句：咨，徵詢。群寮，縣衙屬吏。興，作。去思之頌，即指撰寫此文。　〔五四〕"縣丞"三句：縣丞、主簿、縣尉，均為縣官。唐制，縣官除縣令外，有縣丞、主簿、縣尉。員外丞，指正額以外的縣丞。王彥遲、魏陟、李詵、李向、趙濟、盧榮等，事蹟均不詳。　〔五五〕"同德"二句：謂此數人都有高尚的德行和義氣，凡事都商量而行。比，並。《後漢書·孔融傳》："先君孔子與先人李老君同德比義，而相師友。"好謀而成，語出《論語·述而》。　〔五六〕"相與"四句：相與，相互。采，搜集。瓌(guī)蹤茂行，奇偉、美好的事蹟和行為。俾，使。刻石，指鐫刻事蹟於石上。篆美，篆寫頌美。庶，副詞，表示希望。清風令名，清廉之風，美好之名。奮，發揚；傳頌。百世之上，極言傳頌之久。

以上為第六段，贊揚李錫品德高尚，文章優美，虞城縣官吏和民眾都願為其頌德立碑。

其詞曰：

激揚之水兮，白石有鑿〔五七〕。李公之來兮，雪虞人之惡。厥德孔昭，折獄既清〔五八〕。五教大行，殷雲雷之聲〔五九〕。既父其父，又子其子〔六〇〕。春之以風，化成草靡〔六一〕。乃影我崗，乃雨我田〔六二〕。陽無驕僁，四載有年〔六三〕。人戴公之賢，猶百里之天〔六四〕。棄余往矣，茫如墜川〔六五〕。哀喪惠博〔六六〕，掩骼仁深〔六七〕。苦井變甘，凶人易心〔六八〕。三柳勿剪，永思清音〔六九〕。

【注釋】

〔五七〕"激揚"二句：《詩·唐風·揚之水》："揚之水，白石鑿鑿。"毛傳："鑿鑿，鮮明貌。"鄭玄箋："激揚之水，波流湍疾，洗去垢濁，白石鑿鑿然。"　〔五八〕"厥德"二句：厥，其。代詞。孔昭，很明。《詩·小雅·鹿鳴》："我有嘉賓，德音孔昭。"鄭玄箋："孔，甚也。昭，明也。"折獄，決斷獄訟。清，公正清明。　〔五九〕"五教"二句：謂五教大行，猶如雲雷之聲殷殷然。五教，五常之教，見本文前注。殷，震動聲。《詩·召南·殷其

719

雷》:"殷其雷,在南山之陽。"　　〔六〇〕"既父"二句:謂既使人尊敬父親,又使人愛撫兒孫。句中前一"父"、"子"字都用作動詞。
〔六一〕"春之"二句:用陸賈《新語》"上之化下,猶風之靡草"之意,謂李錫如春風吹拂,民衆如草,向風而化。　　〔六二〕"乃影"二句:乃,而。影,日影;用作動詞,照。咸本作"景"。崗,《全唐文》作"岡"。雨,動詞,下雨。　　〔六三〕"陽無"二句:謂太陽不過分照光,即春陽和煦,沒有差錯,四年都是豐收。僣,超越本分。郭本作"僭"。有年,五穀豐收。
〔六四〕"人戴"二句:謂民衆擁戴李錫之賢,猶如喜愛縣城之上的天。百里,指一縣之境。　　〔六五〕"棄余"二句:謂李錫棄虞城民衆而去,使民衆茫然如墜水中。　　〔六六〕惠博:恩惠博大。　　〔六七〕仁深:仁義極深。　　〔六八〕凶人易心:指前所謂"聚黨橫猾"的"二耿之族"被"訓爲純人"。　　〔六九〕清音:清廉的品德。
　　此段為頌的正文,概括以上《序》的内容,頌揚李錫的德政。

　　按:碑云"天寶四載,拜虞城令",又云"四載有年",則此碑當作於天寶八載(七四九)李錫離任之時。

秋於敬亭送從姪耑游廬山序〔一〕

　　余小時,大人令誦《子虛賦》〔二〕,私心慕之。及長,南游雲夢,覽七澤之壯觀〔三〕。酒隱安陸,蹉跎十年〔四〕。初,嘉興季父謫長沙西還,時余拜見,預飲林下〔五〕。耑乃稚子,嬉游在傍。今來有成,鬱負秀氣〔六〕。吾衰久矣〔七〕,見爾慰心,申悲道舊〔八〕,破涕為笑〔九〕。

【注釋】
〔一〕敬亭:山名,《元和郡縣志》卷二八江南道宣州宣城縣:"敬亭山,州北十二里,即謝朓賦詩之所。"從姪耑,堂兄之子李耑,事蹟不詳。廬山,在今江西九江市南。　〔二〕"余小"二句:小,《全唐文》作"少"。大人,對父母的敬稱。此處指父親。《史記·高祖本紀》:"高祖奉玉卮,起為太上皇壽,曰:'始大人常以臣無賴,不能治產業,不如仲力。'"《子虛賦》:漢代司馬相如代表作。見前《大獵賦》注。　〔三〕"南游"二句:《元和郡縣志》卷二七江南道安州安陸縣:"雲夢澤,在縣南五十里。《史記·司馬相如傳》云:'楚有七澤,其小者名雲夢,方九百里。'"雲夢、七澤,詳見前《上安州裴長史書》注。　〔四〕"酒隱"二句:安陸,即安州,天寶元年改為安陸郡,乾元元年復改為安州。今湖北安陸市。蹉跎,虛度歲月。《晉書·周處傳》:"欲自修而年已蹉跎。"十年,當為約略之數。按:李白從開元十五年(七二七)至二十四年,在安陸住家約十年。
〔五〕"嘉興"三句:嘉興季父,為嘉興縣令的叔父。名不詳。嘉興縣在唐代為蘇州屬縣。今浙江嘉興市。謫長沙西還,被貶為長沙縣屬官而西返。余拜見,李白拜見叔父。余,宋本作"途",據他本改。王本作"予"。預飲林下,暗用阮籍、阮咸叔姪為竹林之游事。　〔六〕"今來"二句:有成,有成就。《論語·子路》:"苟有用我者,期月而已可也,三年有成。"鬱負,猶鬱勃。氣盛貌。秀氣,靈秀之氣。秀,《文苑英華》作"壯"。《禮記·禮運》:"人者,其天地之德,陰陽之交,鬼神之會,五行之秀氣也。"二句謂如今李耑已經成長,學有所成,精力氣勢很盛,容貌清秀美麗。
〔七〕"吾衰"句:用《論語·述而》語:"甚矣吾衰也!久矣吾不復夢見周公!"　〔八〕申悲道舊:謂解除悲哀,叙述往事。道,宋本、王本作"導"。王本校:"當作道。"今據他本改。　〔九〕"破涕"句:劉琨《答盧諶書》:"時復相與舉觴對膝,破涕為笑。"此用其成句。涕,《唐文粹》作"啼"。

　　方告我遠涉,西登香爐〔一〇〕。長山橫蹙,九江却轉〔一一〕。瀑布天落,半與銀河爭流;騰虹奔電,潨射萬壑,此宇宙之奇詭也〔一二〕。其上有方湖石井,不可得而窺焉〔一三〕。

【注釋】

〔一〇〕"方告"二句：謂李崟告訴我將遠游，往西去登廬山香爐峰。遠涉，長途跋涉。香爐峰，據陳舜俞《廬山記》卷二，廬山有南、北兩個香爐峰。此處指山南之香爐峰。《藝文類聚》卷七引慧遠《廬山記》："東南有香爐山，孤峰秀起，游氣籠其上，則氤氳若烟水。" 〔一一〕"長山"二句：謂高大的山峰縱橫曲折，九條江水在此回轉。 〔一二〕"瀑布"五句：形容瀑布奔瀉的壯觀。可與前《望廬山瀑布二首》參讀。該詩其二："飛流直下三千尺，疑是銀河落九天。"其一："欻如飛電來，隱若白虹起。……空中亂潨射，左右洗青壁。"電，《文苑英華》作"雷"。潨射，水相聚而激射。潨，《文苑英華》作"激"。奇詭，奇特詭異。
〔一三〕"其上"二句：方湖石井，慧遠《游廬山記》："自托此山，二十三載。再踐石門，四游南嶺，東望香爐峰，北眺九江。傳聞有石井方湖，中有赤鱗涌出。野人不能叙，直歎其奇而已。"因方湖石井乃傳聞，故曰"不可得而窺"。

以上第二段，描寫廬山的風光景色，點題中的"游廬山"之意。

　　羨君此行，撫鶴長嘯。恨丹液未就，白龍來遲〔一四〕，使秦人著鞭，先往桃花之水〔一五〕。孤負夙願，慚未歸於名山〔一六〕，終期後來，攜手五嶽〔一七〕。情以送遠，詩寧闕乎〔一八〕？

【注釋】

〔一四〕"羨君"四句：撫鶴長嘯，形容道教人物風致。丹液，道教稱長生不老之藥。白龍，道教中天帝的使者。《水經注·沔水》記載，陵陽縣人子明釣得白龍，後三年，龍迎子明上陵陽山。又《神仙傳》記載，太真王夫人、王母小女乘一白龍，周游四海。 〔一五〕"使秦人"二句：秦人，《文苑英華》闕"秦"字。用陶淵明《桃花源記》事。意謂自己歸隱已遲，讓秦人先占了桃花源。著鞭，猶言着手進行。《晉書·劉琨傳》："吾枕戈待旦，志梟逆虜，常恐祖生先吾著鞭。" 〔一六〕"孤負"二句：孤負，辜負,對不起。夙願,同"宿願",平素願望。按李白最高理想為"功成身退",但時至今日,其功未成,故慚愧尚未歸隱名山。慚未歸於,宋本作"慚歸",據他本改。　〔一七〕"終期"二句:謂始終期望以後能實現夙願,然後攜手同游名山。五嶽,指嵩山(中嶽)、泰山(東嶽)、華山(西嶽)、衡山(南嶽)、恒山(北嶽)。　〔一八〕"詩寧"句:謂詩豈能缺呢?寧,豈;難道。《史記·酈生陸賈列傳》:"陸生曰:'居馬上得之,寧可以馬上治之乎?'"闕,空缺。

以上第三段,叙自己辜負歸隱的夙願而慚愧,期望將來叔侄攜手同游名山。暗寓送別之情。

按:序云"吾衰久矣",疑此序當在天寶十三載(七五四)前後作於宣州敬亭山。

趙公西候新亭頌〔一〕 并序

惟十有四載〔二〕,皇帝以歲之驕陽,秋五不稔,乃慎擇明牧,恤南方凋枯〔三〕。伊四月孟夏,自淮陰遷我天水趙公作藩于宛陵,祗明命也〔四〕。

【注釋】
〔一〕題下原無"并序"二字,據他本補。趙公,即宣城郡太守趙悦。李白另有《贈趙太守悦》詩及《為趙宣城與楊右相書》,與本文同為天寶十四載(七五五)所作。西候新亭,亭名。趙悦所建,原址在今安徽宣城市西。
〔二〕"惟十"句:惟,句首助詞。十有四載,指玄宗天寶十四載(七五五)。
〔三〕"皇帝"四句:謂皇帝因為考慮到去年的旱災,使秋收時五穀不豐,於是謹慎地選擇賢明的郡太守,來體恤救濟南方百姓的貧困饑餓。驕陽,猛烈的陽光,指長期不雨而旱災。秋五不稔,秋收時五穀不豐。稔(rěn),穀子成熟;不稔,即歉收。慎擇,謹慎地選擇。明牧,精明强幹的地方長官。恤,體恤,周濟。凋枯,貧困衰敗。　〔四〕"伊四月"三句:伊,句首助詞。孟夏,夏季的第一個月。即農曆四月。淮陰,唐郡名。即楚州。天寶元年改名淮陰郡,治所在今江蘇省淮安市。天水趙公,即指趙悦;天水為趙氏郡望,在今甘肅天水市。作藩于宛陵,到宣城郡當太守。藩,指封建王朝的諸侯國或屬國。唐代州(郡)刺史(太守)所管轄之地相當於古代諸侯國,故稱當刺史或太守為"作藩"。宛陵,指唐宣城郡。按唐宣城縣本漢宛陵縣,宣城郡治所在宣城縣,此沿用舊稱。祗明命,尊奉詔命。祗,恭敬,尊奉。

此為序的第一節,叙天水趙公自淮陰郡調任宣城郡太守的原因。

　　惟公代秉天憲,作程南臺。洪柯大本,聿生懿德〔五〕。宜乎哉!横風霜之秀氣,鬱王霸之奇略〔六〕。初以鐵冠白筆,佐我燕京〔七〕,威雄振肅,虜不敢視。而後鳴琴二邦,天下取則〔八〕。起草三省,朝端有聲〔九〕。天子識面,宰衡動聽〔一〇〕。殷南山之雷〔一一〕,剖赤縣之劇〔一二〕。强項不屈〔一三〕,三州所居大化,咸列碑頌〔一四〕。至於是邦也,酌古以訓俗,宣風以布和〔一五〕。平心理人,兵鎮唯静〔一六〕。晝一千里,時無莠言〔一七〕。

【注釋】

〔五〕"惟公"四句:謂趙悦世代執掌天子法令,在御史臺任職樹立準則。積累成大樹深根,於是生下了具備美德的趙悦。天憲,帝王的法令。作程,樹立法度和準則。程,宋本作"保",據他本改。南臺,指御史臺,因在宫闕西南,故名。洪柯,大樹。大本,深根。聿,句首助詞,懿德,美德。　〔六〕"横風霜"二句:謂趙悦充溢着嚴厲肅穆的秀拔之氣,藴藏着王霸之道的奇妙韜略。横,充溢。鬱,藴藏。　〔七〕"初以"二句:謂趙悦起初以監察御史的憲銜在幽州節度使幕中為僚佐。鐵冠白筆,指御史臺官員。鐵冠,即法冠。以鐵為柱,以纚為展筒,御史臺官員執法時所戴之冠。白筆,御史臺官員隨身攜帶之筆。《三國志·魏志·辛毗傳》裴松之注引《魏略》:"殿中侍御史簪白筆,側階而立。上問何官,辛毗曰:'御史簪筆書過以奏。'"燕京,指河北道幽州節度使治所幽州。　〔八〕"而後"二句:謂趙悦此後歷任兩縣縣令,使天下各縣取法作為榜樣。鳴琴二邦,任過兩個縣的縣令。《呂氏春秋·察賢》:"宓子賤治單父,彈鳴琴,身不下堂,而單父治。"後即以鳴琴代指縣令。《金石萃編》卷八七《趙思廉墓誌》:"二子:悦,坦之。悦,揚歷監察御史,江陵、安邑二縣令。"證知"鳴琴二邦"乃指為江陵、安邑二縣令。天下取則,各地取法作為榜樣。
〔九〕"起草"二句:謂趙悦在中央三省起草文書,朝廷上很有聲望。三省,指唐代中央機關尚書省、中書省、門下省。朝端,朝廷三省長官。亦泛指朝廷。　〔一〇〕"天子"二句:謂趙悦為天子所認識,為宰相所聽聞。宰衡,即宰相。《漢書·平帝紀》:"加安漢公號曰'宰衡'。"顏師古注引應劭云:"周公為太宰,伊尹為阿衡,采伊、周之尊以加(王)莽。"
〔一一〕"殷南山"句:《詩·召南·殷其雷》:"殷其雷,在南山之陽。"毛傳:"殷,雷聲也。山南曰陽。"鄭玄箋:"雷以喻號令,於南山之陽,又喻其在外也。召南大夫以王命施號令於四方,猶雷隱然發聲於山之陽。"
〔一二〕"剖赤縣"句:剖解全國的繁重事務。赤縣,指中國。《史記·孟子荀卿列傳》:"中國名曰赤縣神州。"劇,繁重。以上二句謂李錫雷厲風行地治理地方的繁難事務。　〔一三〕強項:指秉性剛直不阿,倔強不肯低頭。《後漢書·董宣傳》:"帝令小黄門持之,使宣叩頭謝主,宣不從,強使頓之,宣兩手據地,終不肯俯。帝敕曰:'強項以出。'"
〔一四〕"三州"二句:趙悦歷任三州刺史,李白《贈宣城趙太守悦》詩有"出牧歷三郡,所居猛虎奔"可證。按《金石錄》卷七有《唐淮陰太守趙悦遺愛碑》,證知楚州確曾立碑歌頌趙悦,餘二州立碑頌無考。
〔一五〕"酌古"二句:謂斟酌古訓以勸勵風俗,發揚和樂融洽的民風。
〔一六〕"平心"二句:謂以公平的心態來治理人民,用兵只是為了維護安定平靜。理,治。唐人避高宗李治諱,改治為理;人,民。避太宗李世民諱,改民為人。 〔一七〕"畫一"二句：謂州境千里之内整齊一致,當時没有人說過表示不滿的話。畫一,整齊,一致。《漢書·曹參傳》："蕭何爲法,講若畫一。"顔師古注："畫一,言整齊也。"莠言,壞話。《詩·小雅·正月》："莠言自口。"毛傳："莠,醜也。"

此爲序的第二節,叙趙悦的宦歷及其政績。

　　退公之暇,清眺原隰〔一八〕。以此郡東塹巨海,西襟長江,咽三吴,扼五嶺〔一九〕,輶軒錯出,無旬時而息焉〔二〇〕。出自西郭,蒼然古道。道寡列樹〔二一〕,行無清陰。至有疾雷破山,狂飈震壑,炎景爍野,秋霖灌途〔二二〕。馬逼側於谷口,人周章於山頂〔二三〕,亭候靡設,逢迎闕如〔二四〕。

【注釋】

〔一八〕"退公"二句：謂處理完公事之後的空閑之時,眺望清明的原野。退公,指公餘休息時間。《全唐文》作"公退"。原隰,高原與低濕之地。《詩·小雅·皇皇者華》："皇皇者華,于彼原隰。"毛傳："高平曰原,下濕爲隰。" 〔一九〕"以此郡"四句：形容地勢重要。謂東以大海爲護城河,西以長江爲衣襟,是三吴的咽喉地區,控制着五嶺的要道。塹,護城河,壕溝。三吴,指吴郡、吴興郡、丹陽郡。今江蘇南部和浙江北部。扼,控制。五嶺,即越城、都龐、萌渚、騎田、大庾五嶺之總稱。在湘、贛和粤、桂等省區邊境。 〔二〇〕"輶軒"二句：謂使者之車交錯進出,無短暫歇息之時。輶軒,輕車。常爲古代使臣所乘坐,後因以輶軒稱使者之車。《文選》卷三五張協《七命》："語不傳於輶軒,地不被乎正朔。"李善注："《風俗通》曰：'秦、周常以八月輶軒使採異代方言,藏之秘府。'"旬時,十日爲一旬。此處泛指很短時間。旬,宋本作"自",據他本改。

〔二一〕道寡：寡,郭本作"寬"。 〔二二〕"至有"四句：形容環境惡劣。謂甚至有迅雷打破山頂,狂風震動山谷,烈日熔燒原野,連綿的秋雨淹没道路。炎景,炎熱的日光。爍,熔化。秋霖,連綿的秋雨。

〔二三〕"馬逼側"二句：逼側，又作"逼仄"，狹窄而相逼。郭本作"之側"。周章，驚懼貌。《文選》卷五左思《吳都賦》："輕禽狡獸，周章夷猶。"劉良注："周章夷猶，恐懼不知所之也。"一說周章為周流，到處奔跑。
〔二四〕"亭候"二句：亭候，亦作"亭堠"，古代用作偵察、瞭望的崗亭。靡設，不設。逢迎闕如，接待工作欠缺。闕，通"缺"。

以上為序的第三節，敘宣城郡的形勢重要及自然條件的惡劣，說明設置西候新亭的必要。

　　自唐有天下，作牧百數〔二五〕，因循齷齪，罔恢永圖〔二六〕。及公來思，大革前弊〔二七〕。實相此土，陟降觀之〔二八〕。壯其迴崗龍盤，沓嶺波起〔二九〕，勝勢交至，可以有作〔三〇〕。方農之隙，廓如是營〔三一〕。遂鏟崖坦堙卑，驅石剪棘〔三二〕，削污壤，堦高隅〔三三〕，以門以墉，乃棟乃宇〔三四〕。儉則不陋，麗而不奢。森沉閒閌，燥濕有庇〔三五〕。若鼇之涌，如鵬斯騫〔三六〕。縈流鏡轉，涵映池底〔三七〕。納遠海之餘清，瀉連峰之積翠〔三八〕。信一方雄勝之郊，五馬踟躅之地也〔三九〕。

【注釋】
〔二五〕"自唐"二句：謂自從唐朝建立以來，來宣州當刺史的人數以百計。作牧，擔當州郡地方長官。沈約《齊故安陸昭王碑文》："建麾作牧，明德攸在。"　〔二六〕"因循"二句：謂沿襲局狹的舊規，沒有恢宏長遠的計劃。因循，沿襲墨守舊規不改。齷齪，器量局狹。罔，無；沒有。恢，發揚擴大。永圖，長久之計。　〔二七〕"及公"二句：謂等到趙悅來當宣城郡太守，大力改革以前的弊端。思，語尾助詞。　〔二八〕"實相"二句：謂視察這裏的土地，上下認真地觀看。實，句首助詞。相，看；視察。陟降，上下升降。《詩·大雅·公劉》："陟則在巘，復降在原。"鄭玄箋："陟，升也。降，下也。"　〔二九〕"壯其"二句：謂以其如龍盤旋的山崗、似波起伏的重嶺爲雄壯。　〔三〇〕"勝勢"二句：謂在名勝形勢交會有利之處，可以有所作爲，建設亭臺。　〔三一〕"方農"二句：正當農閑空隙，就開始營建。廓如，開闊貌。營，經營建設。是，句中助詞。〔三二〕"遂鏟"二句：就鏟高坡，填低地。驅除亂石，剪除荆棘。崖，陡立的高地。坦，他本皆無"坦"字，蓋宋本衍文。堙，填塞。卑，低地。〔三三〕"削污壤"二句：挖掉污泥，在角落處砌起高高的臺階。堦，"階"的異體字，臺階；此處作動詞用，砌臺階。隅，角落。　〔三四〕"以門"二句：門、墉、棟、宇皆作動詞用。即作門、砌牆、上樑、蓋屋頂。墉，牆垣。〔三五〕"儉則"四句：謂亭的外觀節儉而不簡陋，美麗而不奢侈。里巷之門深沉，可以去燥除濕以庇護亭臺。閈閎(hàn hóng)，里巷之門。《左傳·襄公三十一年》："高其閈閎，厚其牆垣，以無憂客使。"又《襄公十七年》："吾儕小人，皆有闔廬，以辟燥濕寒暑。"閈，繆本作"閉"。〔三六〕"若鼇"二句：形容亭臺屋角的態勢。如鼇從海中涌出，如大鵬振翅高飛。鼇之涌，宋本作"梟之勇"，據他本改。斯，句中助詞。鶱(xiān)，鳥振翅而飛。宋本作"騫"，據他本改。　〔三七〕"縈流"二句：謂環繞亭子的流水如鏡旋轉，亭子倒影映照池底。　〔三八〕"納遠"二句：謂如接納遠海所餘之清水，瀉走連綿山峰所積的綠葉。連，宋本作"蓮"，據他本改。按"連峰"與上句"遠海"相對，蓮峰在唐詩中則專指華山蓮華峰，於此不合。　〔三九〕"信一方"二句：謂確實是城郊一方雄偉的勝景，路人都爲之流連徘徊。五馬踟躕，漢樂府《羅敷行》："使君從南來，五馬立踟躕。"後即以"五馬"指太守車馬。踟躕，徘徊。

以上爲頌序的第四節，叙趙悦打破歷任太守的舊規，規劃建設新亭的經過及新亭建成後的情景。

長史齊公光乂，人倫之師表〔四〇〕；司馬武公幼成，衣冠之髦彦〔四一〕；録事參軍吳鎮〔四二〕、宣城令崔欽〔四三〕，令德之後，良材間生〔四四〕。縱風教之樂地，出人倫之高格〔四五〕，卓絶映古，清明在躬〔四六〕。僉謀僝功，不日而就〔四七〕。總是役也，伊二公之力歟〔四八〕！過客沉吟以稱歡,邦人聚舞以相賀。僉〔四九〕曰:"我趙公之亭也!"群寮獻議,請因謠頌以名之,則必與謝公北亭同不朽矣〔五〇〕。白以為謝公德不及後世,亭不留要衝,無勿拜之言〔五一〕,鮮登高之賦〔五二〕,方之今日,我則過矣〔五三〕。

【注釋】

〔四〇〕"長史"二句:謂宣州長史齊光乂,道德學問是我輩的表率。《南史·沈約傳》:"沈記室人倫師表,宜善事之。"按唐制,州刺史以下有長史、司馬、錄事參軍事各一人。齊光乂,當即是光乂。《元和姓纂》卷六是氏:"天寶秘書少監是光乂,改姓齊氏。"《新唐書·藝文志三》類書類:"是光乂《十九部書語類》十卷。"注:"開元末,自秘書省正字上,授集賢院修撰,後賜姓齊。"《全唐文》卷三四五李林甫《進御刊定禮記月令表》,天寶五載(七四六)上,内注作者有"宣城郡司馬齊光乂"。可知天寶五載後一直在宣城郡,從司馬升任長史。又卷八一三有齊光乂《陳公神道碑》,小傳稱"乾符初集賢院學士"。"乾符"當為"乾元"之誤。可知肅宗時齊光乂已在朝廷任職。 〔四一〕"司馬"二句:謂宣州司馬武幼成,是士紳中的俊傑。按李白有《夏日陪司馬武公與群賢宴姑熟亭序》,司馬武公當即宣州司馬武幼成。衣冠,古代士以上戴冠,衣冠連稱,是古代士以上的服裝,此處代指世族、士紳。髦彥,俊傑。 〔四二〕"錄事"句:李白有《宣城吳錄事畫贊》,吳錄事當即吳鎮。 〔四三〕崔欽:李白有《江上答崔宣城》《經離亂後將避地剡中留贈崔宣城》等詩,崔宣城當即此宣城縣令崔欽。 〔四四〕"令德"二句:謂吳鎮、崔欽等人都是美德君子的後代,上應星象間世而生出的優秀人才。鄭棨《開天傳信記》:"上以晏間生秀妙,引晏於內殿,縱六宮觀看。" 〔四五〕"縱風教"二句:謂縱横施展才華於民風教化的樂地,在道德人倫方面超出高標準。

〔四六〕"卓絶"二句:謂古今卓絶,自身懷有清明之德。《禮記·孔子閑居》:"清明在躬,氣志如神。"孔穎達疏:"言聖人清静光明之德,在於躬身。"此處即用其意。 〔四七〕"僉謀"二句:謂共同籌劃顯示功效,沒有多少日就竣工。僉,共同;全部。僝(zhuàn),顯現。《書·堯典》:"共工方鳩僝功。"孔傳："共公，官稱。鳩，聚。僝，見也。"孔穎達疏："謂每於所在之方皆能聚集善事以立事業，見其功。"　〔四八〕"總是役"二句：總管此項工程的，不都是那二公的力量嗎？總，郭本作"然"。伊，句首助詞。二公，或謂指齊光乂和武幼成，又或謂指吴鎮和崔欽。竊疑"二"字為衍文，總此役者當指"公"，即趙悦。　〔四九〕僉：皆；都。
〔五〇〕謝公北亭：指謝公亭。《方輿勝覽》卷一〇五寧國府宣城："謝公亭在縣北二里。舊經云：'謝元（玄）暉送范雲零陵内史之地。'"
〔五一〕"無勿"句：謂沒有不許拔之言。《詩·召南·甘棠》："蔽芾甘棠，勿翦勿拜。召公所説。"鄭玄箋："拜之言拔也。"　〔五二〕"鮮登"句：謂缺少後人吟詠其亭的詩賦。　〔五三〕"方之"二句：謂與今日相比，趙悦所造亭子的名氣超過謝公北亭。方，相比。

此為頌序的第五節，敘下屬官員的協力同心，建成趙公亭。通過與謝公亭的對比，歌頌趙公亭。

　　敢詢耆老而作頌曰〔五四〕：
　　眈眈高亭〔五五〕，趙公所營。如鼇背突兀於太清〔五六〕，如鵬翼開張而欲行。趙公之宇，千載有覩。必恭必敬，爰游爰處〔五七〕。瞻而思之，罔敢大語〔五八〕。趙公來翔〔五九〕，有禮有章。煌煌鏘鏘，如文翁之堂〔六〇〕。清風洋洋〔六一〕，永世不忘。

【注釋】

〔五四〕耆老：年高而有聲望者。　〔五五〕眈眈：同"沉沉"，深邃貌。《史記·陳涉世家》："入宫，見殿屋帷帳，客曰：'夥頤！涉之為王沉沉者！'"裴駰《集解》引應劭曰："沉沉，宫室深邃之貌也。"　〔五六〕"如鼇"二句：謂如鼇之背高聳特出於天空，又如大鵬之翅膀展開欲飛，突兀，高聳特出貌。太清，道家所稱的天道，亦謂天空。《莊子·天運》："行之以禮儀，建之以太清。"成玄英疏："太清，天道也。"按此二句與前文"若鼇之涌,如鵬斯騫"意同。　〔五七〕爰游爰處:游覽和憩息。爰,助詞。用於動詞詞頭。《詩·小雅·斯干》:"爰居爰處,爰笑爰語。"〔五八〕"罔敢"句:謂不敢大聲説話。　〔五九〕"趙公"二句:謂趙悦來此游覽,既有禮儀又有規章。翔,游玩。　〔六〇〕"煌煌"二句:謂既明亮又崇高,就像當年文翁的講堂。《漢書·文翁傳》:"景帝末,為蜀郡守,仁愛好教化。見蜀地辟陋有蠻夷風,文翁欲誘進之,乃選郡縣小吏開敏有材者張叔等十餘人,親自飭厲,遣詣京師,受業博士,或學律令。……數歲,蜀生皆成就還歸。……又修起學官於成都市中,招下縣子弟以為學官弟子,為除更繇。……數年,爭欲為學官弟子,富人至出錢以求之。繇是大化。蜀地學於京師者比齊魯焉。至武帝時,乃令天下郡國皆立學校官,自文翁為之始云。"煌煌,明亮貌。鏘鏘,高貌。
〔六一〕"清風"句:謂亭中清風舒緩送爽。又暗寓美德遠揚。洋洋,舒緩貌。

以上乃頌的正文,用韻語總括序的內容。

按:此頌作於天寶十四載(七五五),有"序"五節。全文結構完整,層次分明。一般人寫《頌》敘宦歷行事容易板滯,多近於阿諛。但本文却寫得非常自然流暢,具體而生動,對太守的歌頌也很有分寸,剪裁得當。既富有文采,又無雕琢堆砌之病,堪稱頌文佳作。

春於姑熟送趙四流炎方序〔一〕

　　白以鄒魯多鴻儒,燕趙饒壯士〔二〕,蓋風土之然乎!趙少翁才貌瓌雅〔三〕,志氣豪烈。以黃綬作尉〔四〕,泥蟠當塗〔五〕。亦雞棲鶴籠,不足以窘束鸞鳳耳〔六〕。

【注釋】

〔一〕姑熟:古城名,因城南臨姑熟溪得名,東晉時築,後成為當塗的別名。故址在今安徽當塗縣。唐代為當塗縣治所。熟,咸本作"孰"。趙四,指趙炎,排行第四。原為當塗縣尉。李白有《當塗趙炎少府粉圖山水歌》、《送當塗趙少府赴長蘆》、《寄當塗趙少府炎》等詩。流,流放。炎方,謂南方炎熱之地,唐時多指嶺南。具體地點不詳。趙炎"以疾惡抵法"而被流放炎方。　〔二〕"白以"二句:鄒魯,孟子生於鄒國(今山東鄒城市東南),孔子生於魯國(今山東曲阜),古代常以"鄒魯"作為"文化昌盛"之地的代稱。鴻儒,大儒。《莊子·天地》:"其在《詩》、《書》、《禮》、《樂》者,鄒魯之士,縉紳先生,多能明之。"《論衡》卷三九:"能精思著文,連結篇章者,為鴻儒。"燕,國名(今河北北部和遼寧西端),戰國七雄之一,後為秦所滅。趙,戰國時國名(今河北南部、山西北部),為秦所滅。古稱燕趙多慷慨悲歌之士。趙,《文苑英華》作"魏"。饒,多。　〔三〕"趙少翁"句:趙少翁,即趙四。少翁,亦作"少公",即少府,縣尉的敬稱。翁,一作"公"。瓌雅,奇美風雅。雅,《文苑英華》作"雄"。　〔四〕黃綬:縣尉等低級官員繫印的黃色絲帶。《漢書·百官公卿表》:"凡吏秩比二千石以上,皆銀印青綬……秩比六百石以上,皆銅印黑綬……比二百石以上皆銅印黃綬。"　〔五〕泥蟠:蟠屈在污泥中。比喻仕途不得志。〔六〕"亦雞"二句:謂猶如鳳凰棲於雞棚鶴籠,不足以困窘束縛鸞鳳的。亦雞棲,一作"亦猶雞棲"。雞棲,雞棲息之處。鳳,一作"凰"。此以"鸞鳳"喻趙四。

以上第一段,以鄒魯多大儒、燕趙多壯士起興,謂趙四才高貌雅,却屈居當塗一尉,如龍蟠污泥,鳳棲雞棚,決不會長期困束於此,定當有高飛之時。

　　以疾惡抵法,遷于炎方〔七〕。辭高堂而墜心,指絶國以搖恨〔八〕。天與水遠,雲連山長。借光景於頃刻,開壺觴於洲渚〔九〕。黃鶴曉別,愁聞命子之聲〔一〇〕;青楓暝色,盡是傷心之樹〔一一〕。

【注釋】

〔七〕"以疾惡"二句:謂因痛恨惡勢力打不平而觸犯刑法,被流遷到炎熱之地。疾惡,痛恨壞人壞事。疾,《文苑英華》作"嫉"。《晉書·傅咸傳》:"風格峻整,識性明悟,疾惡如仇。"抵法,觸犯刑法。遷,流遷。
〔八〕"辭高堂"二句:高堂,指父母。墜心,痛心;失魂。墜,《文苑英華》作"墮"。江淹《恨賦》:"或有孤臣危涕,孽子墜心。"絶國,指極其遥遠之地。以摇恨,以,《文苑英華》作"而"。摇恨,心神不安而痛恨。
〔九〕"借光景"二句:謂借片刻的光陰,在洲渚邊開筵餞別。借光景,借,一作"惜"。景,通"影"。 〔一〇〕"黄鶴"二句:命,呼叫。《文選》卷四左思《蜀都賦》:"白黿命龜。"李善注:"命,呼也。"命子之聲,指黄鶴的叫聲。在早晨離別,於哀愁中聽黄鶴的聲音。 〔一一〕"青楓"二句:謂青楓在暮色之中,也變成了傷心的樹木。《楚辭·招魂》"湛湛江水兮上有楓,目極千里兮傷春心。"二句用其意。暝色,暮色。暝,宋本作"瞑",據他本改。

以上第二段,點明趙四因痛恨惡勢力而被遷貶赴炎熱之遠方。具體描寫其離親別友的憂愁傷心情景。

　　然自吳瞻秦,日見喜氣〔一二〕。上當攬玉弩,摧狼狐,洗清天地,雷雨必作〔一三〕。冀白日迴照,丹心可明〔一四〕。巴陵半道,坐見還吳之棹〔一五〕。令雪解而松柏振色,氣和而蘭蕙開芳〔一六〕。僕西登天門,望子於西江之上〔一七〕。

【注釋】

〔一二〕"然自"二句:王琦注:"秦者,長安帝都之地。日見喜氣,謂其有振興之象。"謂身居吳地遠望秦地,每日都能見到可喜的氣象。吳,當塗古屬吳地。秦,指長安。喜氣,指唐朝振興的氣象。宋本闕"氣"字,據他本補。 〔一三〕"上當"四句:王琦注:"上者,指玄宗。攬玉弩,謂親秉征伐之柄。《尚書帝命驗》:'玉弩發,驚天下。'摧狼狐,謂勦滅安禄山之徒。洗清天地,謂宇宙清泰。雷雨必作,謂大赦天下。《易·解卦》:

'雷雨作,解,君子以赦過宥罪。'"上,皇帝。攬,取。玉弩,用玉為飾的弩弓。狼狐,指安禄山。四句謂皇帝當親秉討賊之柄,消滅安禄山之亂,使天地再清,定將大赦天下。摧,宋本作"催",據他本改。 〔一四〕"冀白日"二句:冀,《文苑英華》作"而冀"。白日,太陽,喻指帝王。李白《駕去溫泉宫後贈楊山人》詩:"忽蒙白日迴景光。"迴照,宋本闕"迴"字,據他本補。丹心,忠誠的心。二句謂希望君王的恩澤如陽光普照,使趙四的赤誠丹心可得昭明,罪責得以清雪。 〔一五〕"巴陵"二句:巴陵,即岳州,天寶元年改爲巴陵郡,乾元元年復改爲岳州。治所在今湖南岳陽市。二句謂在流遷至岳州的半途中,當可出現返回吴地當塗的歸舟。〔一六〕"令雪解"二句:形容冤案平雪解決而使趙四心花怒放。謂使雪融化而松柏更振青色,天氣暖和而使蘭蕙芳草開花。令,《文苑英華》作"今"。 〔一七〕"僕西"二句:僕,作者謙稱自己。天門,山名,在當塗西南長江兩岸。詳見前《望天門山》詩注。西江,古時稱金陵至九江的一段長江爲西江。此處即指當塗天門山。西,一作"滄"。

以上第三段,設想天子當親征平定叛亂,大赦天下而使趙四半道返回。

吾賢可流水其道,浮雲其身〔一八〕,通方大適,何往不可〔一九〕?何戚戚於路歧哉〔二〇〕!

【注釋】

〔一八〕"吾賢"二句:吾賢,指趙四。謂趙四其道如流水,其身如浮雲。意即順應自然,隨遇而安。 〔一九〕"通方"二句:通方,通曉爲政之道。《漢書·韓安國傳》:"通方之士,不可以文亂。"顏師古注:"方,道也。"大適,到處都能適應。適,咸本作"道"。何往不可,用反問語氣表示無往不可。 〔二〇〕"何戚戚"句:何戚戚,《文苑英華》作"亦何戚戚"。謂何必在分岔的歧路口悲傷流淚呢!戚戚,憂懼貌。《論語·述而》:"君子坦蕩蕩,小人長戚戚。"路歧,一作"岐路"。岐,同"歧"。阮籍《詠懷》詩:"楊朱泣歧路,墨子悲染絲。"

以上為第四段,贊揚趙四通曉大道,善於適應各種環境,勸慰其不必在歧路邊傷心。

按:序云:"自吳瞻秦,日見喜氣。上當攫玉弩,摧狼狐,洗清天地,雷雨必作。"知安禄山叛亂已起。又按趙炎天寶末為當塗縣尉,則此序約作於至德元載(七五六)。

與賈少公書〔一〕

宿昔惟清勝〔二〕。白綿疾疲苶〔三〕,去期恬退〔四〕,才微識淺,無足濟時。雖中原橫潰〔五〕,將何以救之?王命崇重,大總元戎〔六〕,辟書三至〔七〕,人輕禮重。嚴期迫切,難以固辭〔八〕。扶力一行〔九〕,前觀進退。

【注釋】

〔一〕賈少公:名未詳。少公,即少府,唐人對縣尉的敬稱。　〔二〕"宿昔"句:謂過去只想在清静勝境中生活。王琦云:此句"上似有缺文"。其說是。清勝,勝境。　〔三〕"白綿疾"句;綿疾,久病。疲苶,倦怠貌。苶(nié),"薾"的異體字。《文選》卷二六謝靈運《過始寧墅》詩:"疲薾慚貞堅。"吕向注:"疲薾,困極之貌。"　〔四〕"去期"句:謂過去時期一直淡於名利,安於退讓。《宋書·孝武帝紀》:"其有懷真抱素,志行清白,恬退自守,不交當世……具以名奏。"恬退,指淡於名利。　〔五〕橫潰:水旁決貌。此喻指安史之亂使中原兵連禍結。《文選》卷三〇謝靈運《擬魏太子鄴中集詩》:"天地中橫潰。"李善注:"橫潰,以水喻亂也。"
〔六〕"王命"二句:謂永王之命非常尊重,他是統領衆兵主帥。王命,王,一作"生",又作"主"。《漢書·董賢傳》:"統辟元戎,折衝綏遠。"顏師古注:"統,領也。辟,君也。元戎,大衆也。言為元戎之主而統之也。"總元戎,統領大兵。 〔七〕"辟書"句:辟書,徵召的文書。至德二載(七五七)正月,永王李璘軍次潯陽,時李白正隱於廬山,永王三次徵召,李白感到情深義重,下山入幕。《文選》卷四〇阮籍《奏記詣蔣公》:"辟書始下,下走為首。"李善注:"辟,猶召也。" 〔八〕"嚴期"二句:謂規定的期限很嚴格迫切,難以堅決推辭。嚴期,急期。 〔九〕扶力:王琦注:"扶力,猶勉力也。"

以上為第一段,敘自己身心疲憊而淡於名利,在中原淪陷時也無力挽救。但因永王三次徵召,難以推辭而只得入幕。

且殷深源廬嶽十載,時人觀其起與不起,以卜江左興亡〔一〇〕。謝安高臥東山,蒼生屬望〔一一〕。白不樹矯抗之迹,恥振玄邈之風〔一二〕,混游漁商,隱不絶俗。豈徒販賣雲壑,要射虛名〔一三〕?方之二子,實有慚德〔一四〕。徒塵忝幕府,終無能為。唯當報國薦賢,持以自免〔一五〕,斯言若謬,天實殛之〔一六〕。以足下深知,具申中款〔一七〕。惠子知我,夫何間然〔一八〕?勾當小事,但增悚惕〔一九〕。

【注釋】

〔一〇〕"且殷"三句:且,句首助詞。殷深源,宋本作"殷源",據他本改。《世説新語·賞譽》:"殷淵源在墓所幾十年,於時朝野以擬管、葛,起不起,以卜江左興亡。"此即用其事。深源即淵源,晉殷浩字,為避唐高祖李淵諱改。 〔一一〕"謝安"二句:《世説新語·排調》:"謝公在東山,朝命屢降而不動。後出為桓宣武司馬,將發新亭,朝士咸出瞻送。高靈時為中丞,亦往相祖。先時,多少飲酒,因倚如醉,戲曰:'卿屢違朝旨,高臥東山,諸人每相與言:"安石不肯出,將如蒼生何?"今亦蒼生將卿何!'謝笑而不答。" 〔一二〕"白不"二句:矯抗,同"矯亢",指故意立異以抬高自己。嵇康《卜疑集》:"尊嚴其容,高自矯抗。"《文選》卷三七劉琨《勸進表》:"願陛下存舜、禹至公之情,狹巢由抗矯之節,以社稷為務,不以小行為先。"張銑注:"舜、禹皆受禪以濟時,故願存之;巢父、許由皆舉高節不仕,顧狹小之行推讓也。"玄邈,清高遠奧。《文選》卷三八桓溫《薦譙遠彥表》:"臣聞大朴既虧,則高尚之標顯;道喪時昏,則忠貞之義彰。故有洗耳投淵,以振玄邈之風。"李周翰注:"邈,遠也。言此可以振玄遠之風也。"〔一三〕"豈徒"二句:謂難道只是以隱居來作買賣、邀求虛名?雲壑,雲氣遮覆的山谷。孔稚珪《北山移文》:"誘我松桂,欺我雲壑。"要射,追逐,逐取。《魏書·高宗紀》:和平二年詔曰:"大商富賈,要射時利,旬日之間,增贏十倍。"〔一四〕"方之"二句:謂與殷深源和謝安相比。方,比;相比。慚德,德行不及,深感慚愧。《書·仲虺之誥》:"成湯放桀于南巢,惟有慚德。"孔傳:"有慚德,慚德不及古。"〔一五〕"徒塵忝"四句:謂自己徒然像塵粒一般,愧占幕府之位,始終無所作為。只當報國薦賢,以此自請免職。塵忝,自謙之辭。《文選》卷四〇任昉《昇到大司馬記室箋》:"顧己循涯,寔知塵忝,千載一逢,再造難答。"呂向注:"塵,污;忝,辱也。"《晉書·石苞傳》:"吳人輕脆,終無能為。"又《羊祜傳》:"夫舉賢報國,台輔之遠任也。"〔一六〕"斯言"二句:斯言,此言,指上"唯當報國薦賢,持以自免"二句。若謬,如果是胡亂之言。天實殛之,上天誅殺。實,句中助辭。殛,誅殺。〔一七〕中款,猶"衷曲",内心的真情。陸雲《為顧彥先贈婦》詩:"何用結中款,仰指北辰星。"〔一八〕"惠子"二句,《莊子·徐無鬼》:"莊子送葬,過惠子之墓,顧謂從者曰:'……自夫子之死也,吾無以為質矣,吾無與言之矣。'"《文選》卷四二曹植《與楊德祖書》:"其言之不慚,恃惠子之知我也。"李周翰注:"我有此言而不慚者,恃子之恩惠之知我也。一云惠子,惠施也。"按惠施,莊子之友。此即用其意。夫何間然,有何嫌隙呢。夫,語首助詞。間然,隔閡貌。〔一九〕"勾當"二句:勾當,料理,處理。唐宋時俗語。《北史·叙傳》:"事無大小,士彥一委仲舉,推尋勾當,絲髮無遺,於軍用甚有助焉。"悚惕,恐懼。《水經注·河水四》:"城南依山原,北臨黃河,懸水百餘仞,臨之者感悚惕焉。"

此為第二段。以晉代名士殷浩和謝安的出處重大作對比,自謙德行不及而無所作為。表示自己願薦賢報國,此唯好友深知。

按:從本文中稱"徒塵忝幕府,終無能為。唯當報國薦賢,持以自免"來看,此文當作於肅宗至德二載(七五七)在永王李璘幕中。首段説永王三次徵召,無法推辭而扶病入幕。次段自謙德行不及前賢而無所作為,願薦賢報國。似乎李白入永王幕并非自願,而是萬不得已而為之;內中隱情只有賈少府知道。但此乃李白托辭,因為從《別內赴徵三首》、《在水軍宴贈幕府諸侍御》及《永王東巡歌》等詩中可看出,當時李白對參加永王幕是非常積極的,切盼隨永王平定叛亂,建功立業。可能是李白在寫了《永王東巡歌》後不久,自己感覺到永王並不重用他,在幕府中已經無所作為等於灰塵,所以想薦賢報國,自己隱退了。後來他在《南奔書懷》詩中也談到"不因秋風起,自有思歸歎",與此所説的心情相同。可能此時李白感到永王已處於危險境地。文中表現出的情緒比較消沉,與李白的其他文章風格完全不同。

為宋中丞自薦表〔一〕

臣某聞,天地閉而賢人隱,雲雷屯而君子用〔二〕。

臣伏見前翰林供奉李白,年五十有七。天寶初,五府交辟,不求聞達〔三〕。亦由子真谷口,名動京師〔四〕。上皇聞而悦之,召入禁掖〔五〕。既潤色於鴻業〔六〕,或間草於王言〔七〕。雍容揄揚,特見襃賞〔八〕。為賤臣詐詭,遂放歸山〔九〕。閑居製作,言盈數萬。屬逆胡暴亂,避地廬山,遇永王東巡脅行,中道奔走,却至彭澤〔一〇〕。具已陳首〔一一〕。前後經宣慰大使崔渙及臣推覆清雪,尋經奏聞〔一二〕。

【注釋】

〔一〕宋中丞：御史中丞宋若思。據《元和姓纂》卷八宋氏記載，宋若思為宋之悌子。李白早年有《江夏別宋之悌》詩，至德間又蒙宋若思營救出潯陽獄，見前《江夏別宋之悌》及《中丞宋公以吳兵三千赴河南軍次尋陽脫余之囚參謀幕府因贈之》詩注。此表題《為宋中丞自薦表》，可知是由李白替宋若思撰寫。　〔二〕"臣某聞"三句：《易·坤·文言》："天地閉，賢人隱。"孔穎達疏："謂二氣不相交通，天地否閉，賢人潛隱。"《易·屯》："雲雷屯，君子以經綸。"王弼注："君子經綸之時。"三句謂世道昏暗，則賢士多隱居山林；政治清明，則賢人出仕而樂於為用。　〔三〕"五府"二句：謂雖為官府交相聘請，但自己不追求顯達和名望。五府，《後漢書·張楷傳》："五府連辟，舉賢良方正，不就。"李賢注："五府，太傅、太尉、司徒、司空、大將軍也。"　〔四〕"亦由"二句：《華陽國志·先賢士女總贊》："鄭子真，褒中人也，玄靜守道，履至德之行，乃其人也。……成帝元舅大將軍王鳳備禮聘之，不應。家谷口，號谷口子真。"《漢書·鄭子真傳論》："谷口鄭子真不詘其志，耕於巖石之下，名震於京師。"此謂由於自己像當年鄭子真一樣學道有術，故名動京師。　〔五〕"上皇"二句：上皇，指玄宗。天寶十五載（七五六），肅宗即位，尊玄宗為太上皇。禁掖，宮中旁殿。此泛指帝王所居，猶言禁中、禁垣。掖門，宮中旁門。《漢書·高后紀》："入未央宮掖門。"顏師古注："非正門而在兩旁，若人之臂掖也。"　〔六〕"既潤"句：潤色，此指修飾文字，使有文采。鴻業，大業，王業。《文選》卷一班固《兩都賦序》："以興廢繼絕，潤色鴻業。"李善注："言能發起遺文，以光贊大業也。"　〔七〕"或間"句：謂有時根據皇帝之言起草詔書。間草，一作"閱草"，又一作"間進"。　〔八〕"雍容"二句：雍容，形容態度大方，從容不迫。揄揚，諷諭宣揚。班固《兩都賦序》："雍容揄揚，著於後嗣。"呂向注："雍，和；容，緩；揄，引；揚，舉。……言諷諭之事，著於後代。"特，獨。見，被。　〔九〕"為賤臣"二句：魏顥《李翰林集序》："與丹丘因持盈法師達，白亦因之入翰林。……上皇豫游召白，白時為貴門邀飲，比之半醉，令製《出師詔》，不草而成，許中書舍人。以張垍讒逐，游海、岱間，年五十餘尚無祿位。"此"賤臣"當指張垍而

739

言。詭詭,欺騙,讒毀。　〔一〇〕"遇永王"三句:叙參加永王李璘幕府事。中道奔走,指永王兵敗後逃跑。彭澤,縣名。唐屬江南西道江州,今屬江西省。　〔一一〕陳首:陳述所歷事由。　〔一二〕"前後"二句:崔涣,宋本缺"涣"字,據他本補。據《新唐書·宰相表》:至德元載八月庚子,"蜀郡太守崔涣爲門下侍郎,同中書門下平章事"。十一月戊午,"涣爲江南宣慰使"。推覆清雪,審訊覆案,洗清冤情。

以上爲第一段,叙李白之年齡、經歷及參加永王李璘幕、案情已清雪之事。

　　臣聞古之諸侯進賢受上賞,蔽賢受明戮〔一三〕。若三適稱美,必九錫先榮,垂之典謨〔一四〕,永以爲訓。臣所薦李白〔一五〕,實審無辜。懷經濟之才,抗巢、由之節〔一六〕。文可以變風俗,學可以究天人〔一七〕,一命不霑,四海稱屈〔一八〕。

【注釋】

〔一三〕"臣聞"二句:用《漢書·武帝紀》元朔元年詔:"進賢受上賞,蔽賢蒙顯戮,古之道也"成句。明戮,即"顯戮",避唐中宗諱改。明,郭本作"顯"。　〔一四〕"若三適"三句:三適,三次舉賢得人。適,一作"道"。《漢書·武帝紀》:"有司奏議曰:古者諸侯貢士,壹適謂之好德,再適謂之賢賢,三適謂之有功。乃加九錫。"顔師古注引服虔曰:"適,得其人。"九錫,顔師古注引應劭曰:"一曰車馬,二曰衣服,三曰樂器,四曰朱户,五曰納陛,六曰虎賁百人,七曰鈇鉞,八曰弓矢,九曰秬鬯。此皆天子制度,尊之,故事事錫與,但數少耳。"又引張晏曰:"九錫,經本無文,《周禮》以爲九命,《春秋説》有之。"又引臣瓚曰:"九錫備物,伯者之盛禮。齊桓、晉文猶不能備,今三進賢便受之,似不然也。當受進賢之一錫。《尚書大傳》云:'三適謂之有功,賜以車服弓矢。'是也。"顔師古認爲九錫内容,應劭之説是。即古代帝王賜給有大功或有權勢者九種物品。但進賢只得一錫,臣瓚之説是。先榮,一作"光榮"。垂,流傳。典謨,原指《尚書》中的《堯典》、《大禹謨》,後泛指典籍,典範,常法。謨,宋本作"謀",據他本改。
〔一五〕薦:一作"管"。　〔一六〕"懷經濟"二句:經濟之才,經世濟民之才。巢由之節,巢父與許由的節操。巢父、許由,均爲堯時高士。
〔一七〕"文可"二句:謂李白詩文可以像《詩經》那樣移風俗,其學問可以如《史記》那樣究天人之際。《詩·大序》:"故正得失,動天地,感鬼神,莫近於詩。先王以是經夫婦,成孝敬,厚人倫,美教化,移風俗。"司馬遷《報任安書》:"凡百三十篇,亦欲以究天人之際,通古今之變,成一家之言。"究,窮究,極盡。天人,"天人之際"的略詞。　〔一八〕"一命"二句:一命,受初次品官。《周禮·春官·大宗伯》:"壹命受職,再命受服,三命受位,四命受器,五命賜則,六命賜官,七官賜國,八命作牧,九命作伯。"後世以受初品官爲一命,本此。霑,霑潤。二句謂朝廷一次拜命都未使之得到,天下人都爲其叫屈。

以上爲第二段,説明爲國薦賢是古訓,而李白的才能節操和學問,理應得到推薦。

伏惟陛下大明廣運,至道無偏,收其希世之英,以爲清朝之寶。昔四皓遭高皇而不起,翼惠帝而方來〔一九〕。君臣離合,亦各有數,豈使此人名揚宇宙而枯槁當年〔二〇〕！傳曰:舉逸人而天下歸心〔二一〕。伏惟陛下,迴太陽之高暉,流覆盆之下照〔二二〕。特請拜一京官,獻可替否,以光朝列〔二三〕,則四海豪俊,引領知歸〔二四〕。不勝僂僂之至〔二五〕,敢陳薦以聞。

【注釋】
〔一九〕"昔四皓"二句:四皓,商山四皓。秦末隱士,漢高祖屢請不出。後吕后用張良計,使皇太子卑辭束帛致禮迎至。高祖初欲易太子,見四皓輔佐而罷。見《史記·留侯世家》。二句引此事以漢高祖喻玄宗,惠帝喻肅宗,以四皓自比。　〔二〇〕枯槁:瘦瘠。《楚辭·漁父》:"顏色憔悴,形容枯槁。"　〔二一〕"舉逸"句:逸人,即逸民,唐人避太宗諱而改。《論語·堯曰》:"興滅國,繼絕世,舉逸民,天下之民歸心焉。"此句用其意。　〔二二〕"迴太陽"二句:謂如今帝王能使太陽的光輝照到覆盆之下,使蒙冤者見到光明。覆盆,覆置之盆不見光亮,以此喻沉冤莫白。　〔二三〕"特請"三句:謂特意請求授予李白一個朝廷官職,使其能為朝廷做些勸善規過、議興議革之事,從而使朝廷列官增添光彩。獻可替否,進獻可行者,廢除不可行者。《左傳·昭公二十年》:"君所謂可,而有否焉,臣獻其否,以成其可;君所謂否,而有可焉,臣獻其可,以去其否。"《文選》卷四七袁宏《三國名臣序贊》:"入能獻替。"呂向注:"獻,進也;替,廢也;謂事有可者進之,否者替之。"　〔二四〕引領:伸長脖子,形容盼望殷切。　〔二五〕慺慺:勤懇;黽勉。《後漢書·楊賜傳》:"豈敢愛惜垂没之年,而不盡其慺慺之心哉!"李賢注:"慺慺,猶勤勤也。"

以上為第三段,説明給李白做官可以使天下人歸心,所以請求朝廷授官。

按:表云:"前翰林供奉李白,年五十有七。"李白生於武后長安元年(七〇一),則此表當作於肅宗至德二載(七五七)。表謂"前後經宣慰大使崔渙及臣推覆清雪",可知時已出潯陽獄,正在御史中丞宋若思幕中,故代其撰寫此表。全文不卑不亢,非常得體,可惜因此表涉及永王之黨而使李白招來長流夜郎之災難,極為可悲。

為宋中丞祭九江文〔一〕

謹以三牲之奠,敬祭于長源公之靈〔二〕。惟神包括乾坤,平準天地〔三〕。劃三峽以中斷,疏九道以争奔〔四〕。綱紀南維,朝宗東海〔五〕。牲玉有禮〔六〕,祀典無虧。

為宋中丞祭九江文

【注釋】

〔一〕宋中丞：即宋若思。見前《為宋中丞自薦表》注。九江，《書·禹貢》：荆州，"九江孔殷"。後人解説不同。一般認為九江在尋陽境内。此即指尋陽(今江西九江市)附近的長江。　〔二〕"謹以"二句：三牲，古代用於祭祀的三種動物：牛、羊、豬。長源公，為"廣源公"之誤。廣源公，長江封號。《舊唐書·玄宗紀下》：天寶元年，"封河瀆為靈源公，濟瀆為清源公，江瀆為廣源公，淮瀆為長源公"。此文祭長江，應為廣源公，此稱"長源公"，王琦認為字誤，其説可信。　〔三〕"惟神"二句：謂只有神靈能夠囊括天地宇宙，平衡調正天下萬事萬物。平準，平衡持正。〔四〕"劃三"二句：劃，割開。三峽，指瞿塘峽、巫峽、西陵峽，即從四川奉節到湖北宜昌間的長江。疏，王本作"流"。九道，指尋陽附近九條流入長江的支流。二句謂割開三峽而使兩岸山勢中斷，流九派而使水勢争奔。　〔五〕"綱紀"二句：綱紀，法度，秩序。維，聯結。朝宗，本指諸侯朝見天子，後借指百川入海。《漢書·地理志上》："江漢朝宗於海。"顔師古注："江漢二水歸入於海，有似諸侯朝於天子，故曰朝宗。宗，尊也。"〔六〕牲玉：祭祀用的牲口與寶玉。王琦注："玉，告神時薦於座之玉器。與牲幣俱陳者。"按：玉，宋本誤作"王"，據他本改。

以上為第一段，謂宋若思隆重祭奠長江之神。

今萬乘蒙塵，五陵慘黷〔七〕。蒼生悉為白骨，赤血流於紫宫〔八〕。宇宙倒懸，攙搶未滅〔九〕。含識結憤，思剪元凶〔一〇〕。

【注釋】

〔七〕"今萬"二句：萬乘，指皇帝。蒙塵，指帝王逃亡在外，蒙受灰塵。五陵，長安附近漢代五個皇帝陵墓，此借指唐代五個皇帝的陵墓。慘黷，王琦謂當作"埁黷"。黷，郭本作"瀆"，誤。《文選》卷四七陸機《漢高祖功臣頌》："茫茫宇宙，上埁下黷。"李善注："天以清為常，地以静為本。今上埁下黷，言亂常也。埁，不清澄之貌也。……賈逵曰：'黷，媟也。'"李周翰

743

注:"圿,垢;黷,濁也。"庾信《哀江南賦》:"潰潰沸騰,茫茫圿黷。"即用其意。按是時安史之亂未平,唐玄宗幸蜀,肅宗即位靈武,長安為安祿山所占,尚未收復,故有此二句。　〔八〕紫宮:帝王的宮禁。　〔九〕攙(chán)搶:王琦注:"與'欃槍'同。"彗星別稱,古代以彗星為妖星,認為它的出現即有兵亂。此借指安祿山叛軍。　〔一〇〕"含識"二句:謂人民胸中結滿憤恨,常思斬除首惡。含識,佛教語。指有意識和感情的人。

以上為第二段,謂帝王流亡,民衆流血,人所共憤,思滅敵寇。

若思參列雄藩,各當重寄〔一一〕。遵奉王命,大舉天兵〔一二〕。照海色於旌旗,肅軍威於原野〔一三〕。而洪濤渤潏,狂飈振驚〔一四〕。惟神使陽侯卷波,羲和奉命〔一五〕。樓船先濟,士馬無虞〔一六〕。掃妖孽於幽燕,斬鯨鯢於河洛〔一七〕。惟神祐我,降休于民〔一八〕。敬陳精誠,庶垂歆饗〔一九〕。

【注釋】

〔一一〕"若思"二句:若思,一作"而況"。雄藩,強大的藩鎮。此指地勢險要、足以控制四方的重要州郡。時宋若思以御史中丞為宣歙采訪使兼宣城郡太守。重寄,重托,寄托重任。　〔一二〕"遵奉"二句:王命,宋本作"天命",據他本改。天兵,指唐朝的軍隊。　〔一三〕"照海"二句:謂旌旗在曉色照射下飄揚,原野上軍威嚴肅。海色,將曉的天色。
〔一四〕"而洪"二句:渤潏(yù):水奔涌貌。狂飈,狂暴之風。
〔一五〕"惟神"二句:陽侯,傳説中的波濤之神。《淮南子·覽冥訓》:"武王伐紂,渡於孟津,陽侯之波,逆流而擊。"高誘注:"陽侯,陵陽國侯也。其國近水,溺水而死,其神能為大波,有所傷害,因謂之陽侯之波。"羲和,神話中的太陽神。　〔一六〕"樓船"二句:謂使戰船先渡,人馬無恙。樓船,有層樓的大船。見《在水軍宴贈幕府諸侍御》注。無虞,沒有差失。
〔一七〕"掃妖"二句:妖孽,指安祿山叛軍。幽燕,安祿山發動叛亂之地。

鯨鯢,喻凶惡之人,指安禄山。河洛,指洛陽,安禄山稱帝之地。
〔一八〕降休:施降吉慶。休,吉祥。　〔一九〕歆饗:謂祭祀時神靈享受祭品。

以上為第三段,謂宋若思身受重寄,舉天兵北上平叛。祈江神保佑人馬順利渡江。

【評箋】

郭沫若《李白與杜甫》:僅僅一百七十五個字,把長江的氣魄、時局的艱危、戰士的振奮,表現得頗有力量。這和《春夜宴桃花園序》對照看,是別具風格的文字。一邊是輕鬆,一邊是凝重,但無疑都是經過充分錘煉的作品。

按:此文當為至德二載(七五七)在宋若思幕中所作。

《澤畔吟》序〔一〕

《澤畔吟》者,逐臣崔公之所作也。公代業文宗〔二〕,早茂才秀〔三〕。起家校書蓬山〔四〕,再尉關輔〔五〕,中佐于憲車〔六〕,因貶湘陰〔七〕。從宦二十有八載,而官未登於郎署〔八〕,何遇時而不偶耶〔九〕?所謂大名難居,碩果不食〔一〇〕。流離乎沅、湘〔一一〕,摧頹於草莽〔一二〕。

【注釋】

〔一〕《澤畔吟》:是崔公的一本詩集,今已不傳。據此文所叙,崔公"起家校書蓬山,再尉關輔,中佐於憲車,因貶湘陰",當即崔成甫。按國家圖書館藏拓片《有唐朝散大夫守汝州長史上柱國安平縣開國男贈衛尉少卿崔公(暟)墓誌》重刻時有崔祐甫附記叙崔成甫仕歷曰："安平公之次子沔，字若沖，服闕，授左補闕，累遷御史、尚書郎……薨贈禮部尚書、尚書左僕射，諡曰孝。僕射之長子成甫，仕至秘書省校書郎，馮翊、陝二縣尉，乾元初年卒。"又《有唐通議大夫守太子賓客贈尚書左僕射崔孝公(沔)墓誌》重刻時亦有祐甫附記，其中有關成甫之事曰："孝公長子成甫，服闕授陝縣尉。以事貶黜。乾元初卒於江介。成甫之長子伯良，仕至殿中侍御史；次子仲德，仕至太子通事舍人；少子叔賢，不仕；並早卒。今有伯良之子詹、彥，並未仕。仲德之子，未名。"此外，今李白集附有崔成甫《贈李十二》一詩，具銜為"攝監察御史"，與此文中所具崔公經歷相符，故知此崔公必為崔成甫。序，指為《澤畔吟》詩集所寫的序言，與贈序之"序"不同。〔二〕"公代"句：謂其家世代從事文學並且廣受宗仰。文宗，備受尊崇的文章宗伯。《後漢書・崔駰傳贊》："崔為文宗，世禪雕龍。"按：崔成甫之父崔沔、祖崔暟，皆為當時文章大家，故云"代業文宗"。 〔三〕"早茂"句：謂崔公早年就顯示出美秀的才華。茂，與"秀"同義，優秀，卓越。〔四〕"起家"句：起家，出身。謂從家中出來，開始接受官職。《晉書・杜預傳》："文帝嗣位，預尚帝妹高陸公主，起家拜尚書郎。"蓬山，指秘書省。《後漢書・竇章傳》："是時學者稱東觀為老氏藏室，道家蓬萊山，(鄧)康遂薦章入東觀為校書郎。"李賢注："蓬萊，海中神山，幽經秘錄並皆在焉。"後即以"蓬山"為秘閣代稱。按崔成甫最早官職為秘書省校書郎，故有此語。 〔五〕"再尉"句：關輔，指關中與三輔。關，宋本作"開"，據他本改。《文選》卷二八鮑照《昇天行》："家世宅關輔。"李善注："關，關中也。《漢書》曰：'右扶風、左馮翊、京兆尹是為三輔。'"呂向注："關輔，謂關中三輔也。"崔成甫曾先後任馮翊縣尉、陝縣尉，其地都在京畿和都畿，故稱"再尉關輔"。 〔六〕"中佐"句：憲車，《通典・職官・御史臺》："漢謂之御史府，亦謂之御史大夫寺，亦謂之憲臺。大唐皆曰御史臺，龍朔二年，改為憲臺。"又古代御史臺官員常乘車巡察郡縣，故亦稱"憲車"為憲車。崔成甫曾攝監察御史之職，故云"佐于憲車"。 〔七〕湘陰：縣名。唐時屬岳州，今屬湖南。崔成甫《贈李十二》詩云："我是瀟湘放逐臣。" 〔八〕郎署：指尚書省各部曹。唐代尚書省各部曹官稱郎、員外郎,故稱其官署為郎署。《文選》卷三七李密《陳情表》:"且臣少仕偽朝,歷職郎署。"張銑注:"郎署,尚書郎。" 〔九〕"何遇"句:謂為何遭逢聖明之時而不見重用? 不偶,不遇,不合,指命運不好。 〔一〇〕"所謂"二句:大名難居,《史記·越王勾踐世家》:"勾踐以霸,而范蠡稱上將軍。還反國。范蠡以為大名之下難以久居,且勾踐為人可與同患,難與處安,為書辭勾踐。"碩果不食,語出《易·剥》:"剥之上九,碩果不食。"果,宋本作"菓",據他本改。二句謂盛名容易招致災禍,故難以久居。大的果實因其太大就不被人食用。比喻崔成甫才大名高而被人嫉妒。〔一一〕沅湘:指沅水、湘水流域。沅水源出貴州省霧山,東北流經辰溪、沅陵、常德等縣市,入洞庭湖。上游稱清水江,自湖南省黔陽縣黔城鎮以下始名沅江。湘水源出廣西靈川縣東海洋山西麓,東北流貫湖南東部,經衡陽、湘潭、長沙等市到湘陰縣浩河口入洞庭湖。二水皆流經岳州,後人因以沅湘為岳州代稱。 〔一二〕摧頹:困頓;失意。頹,宋本作"穎",據他本改。曹植《浮萍篇》:"何意今摧頹,曠若商與參。"

以上為第一段,敘崔成甫的家世、仕歷及被貶的不幸遭遇。

同時得罪者數十人〔一三〕,或才長命夭,覆巢蕩室〔一四〕。崔公忠憤義烈,形于清辭〔一五〕。慟哭澤畔,哀形翰墨〔一六〕。猶《風》、《雅》之什,聞之者無罪,覩之者作鏡〔一七〕。書所感遇,總二十章〔一八〕,名之曰《澤畔吟》〔一九〕。懼奸臣之猜,常韜之於竹簡〔二〇〕;酷吏將至,則藏之於名山〔二一〕。前後數四,蠹傷卷軸〔二二〕。

【注釋】

〔一三〕"同時"句:指因韋堅案而被株連之事。《舊唐書·韋堅傳》:"天寶元年三月,擢(韋堅)為陝郡太守、水陸轉運使。……於長安城東九里長樂坡下、滻水之上架苑牆,東面有望春樓,樓下穿廣運潭以通舟楫,二年而成。……及此潭成,陝縣尉崔成甫以堅為陝郡太守鑿成新潭,又致揚州銅器,翻出此詞(指《得寶歌》),廣集兩縣官,使婦人唱之。……五載正月望夜,堅與河西節度、鴻臚卿皇甫惟明夜游,同過景龍觀道士房,為林甫所發,以堅戚里,不合與節將狎昵,是構謀規立太子。玄宗惑其言,遽貶堅為縉雲太守,惟明為播川太守。……至十月使監察御史羅希奭逐而殺之,諸弟及男諒並死。……連累者數十人。"按崔成甫既與韋堅交接至深,其被貶湘陰,當即為韋堅案"連累者數十人"之一。 〔一四〕"或才"二句:謂有的人很有才華,却短命夭折;有的人又被害得傾家蕩產,全家被殺。《世說新語‧言語》:"孔融被收……融謂使者曰:'冀罪止於身,二兒可得全不?'兒徐進曰:'大人豈見覆巢之下,復有完卵乎?'尋亦收至。" 〔一五〕清辭:指詩句。 〔一六〕哀形翰墨:《全唐文》作"哀形於翰墨"。翰墨,筆墨,指文章。 〔一七〕"猶風雅"三句:《風》《雅》之什,指《詩經》。《詩經》有《風》、《雅》、《頌》三部分,後人多以"《風》《雅》"代指《詩經》。什,《詩經》中《雅》、《頌》部分多以十篇為一組,稱之為"什",如《鹿鳴之什》、《清廟之什》等。後用以泛指詩篇、文卷,猶言篇什。聞之者無罪,《詩‧周南‧關雎序》:"上以風化下,下以風刺上,主文而譎諫,言之者無罪,聞之者足以戒,故曰風。"作鏡,作為鑒戒。鏡,照鑒。聞之者,《全唐文》無"者"字。 〔一八〕總:宋本作"惣",總的異體字,郭本誤作"物",今據王本改。 〔一九〕澤畔吟:戰國時楚國大夫屈原被流放,游於江潭,行吟澤畔,見《楚辭‧漁父》、《史記‧屈原賈生列傳》。後人常稱謫官失意時所寫作品為澤畔吟。李白《流夜郎至西塞驛寄裴隱》詩:"空將澤畔吟,寄爾江南管。" 〔二○〕"常韜"句:韜(tāo),掩藏。韜之於竹簡,謂在竹簡上所寫的文辭隱晦深奧。〔二一〕"則藏"句:古人因恐著作丟失或遭其他意外之禍,往往置之石函而藏之名山。《史記‧太史公自序》云:"厥協《六經》異傳,整齊百家雜語,藏之名山,副在京師。" 〔二二〕"前後"二句:前後數四,謂前後隱藏多次。蠹傷卷軸,謂詩集已被蛀蟲所蝕。蠹,書蛀蟲。卷軸,指書籍。古時書籍都裱成長卷,有軸可舒卷,故稱。

以上為第二段,叙崔成甫與同時被害人的遭殃,成甫在被貶後之忠憤義烈寫於二十首詩中,名為《澤畔吟》。為避奸臣酷吏,將詩集多次隱藏。

《澤畔吟》序

　　觀其逸氣頓挫，英風激揚，橫波遺流，騰薄萬古〔二三〕。至於微而彰，婉而麗，悲不自我，興成他人，豈不云怨者之流乎〔二四〕？余覽之愴然〔二五〕，掩卷揮涕，為之序云。

【注釋】

〔二三〕"觀其"四句：逸氣，超脱世俗的氣概。曹丕《與吳質書》："公幹有逸氣，但未遒耳。"頓挫，謂聲調抑揚。《後漢書·孔融傳贊》："北海天逸，音情頓挫。"李賢注："頓挫猶抑揚也。"英風，英武傑出的風度和氣概。阮籍《詠懷詩》其四七："英風截雲霓，超世發奇聲。"激揚，激越昂揚。揚，宋本作"楊"，據他本改。江淹《恨賦》："及夫中散（嵇康）下獄，神氣激揚。"橫波遺流，指詩境廣闊，如波奔流。騰薄，上下起伏。《文選》卷一八嵇康《琴賦》："洶涌騰薄，奮沫揚濤。"張銑注："騰，上；薄，下。"騰薄萬古，指崔成甫詩可以奔馳萬古，雄視百代。　　〔二四〕"至於"五句：謂崔成甫詩發語雖微而意思顯明，詞氣閑婉而語言華麗，雖滿腔悲憤而又含而不露，由讀者披覽體味而得其旨趣，豈非所謂哀而不傷，怨而不怒那樣的作品？怨者之流，《史記·屈原賈生列傳》："屈平之作《離騷》，蓋自怨生也。《國風》好色而不淫，《小雅》怨誹而不亂。若《離騷》者，可謂兼之矣。"

〔二五〕愴然：悲傷貌。

　　以上為第三段，稱贊崔成甫之詩具有英風逸氣，微而彰，婉而麗，深得《風》《雅》、騷人之旨，詩人深為感動，揮淚而作序。

　　按：序云："從宦二十有八載，而官未登於郎署。"又按崔祐甫附記謂成甫卒於乾元元年（七五九），則此文必作於乾元元年或稍後。時成甫已死，李白正流放夜郎途經湘陰或遇赦歸游瀟湘之時。詳見拙著《李白叢考·李白詩中崔侍御考辨》。全文結構嚴密，層次井然，感情深摯，沉鬱頓挫，字裏行間充溢着對友人不幸遭遇的深切同情和對奸臣迫害的刻骨痛恨。

江夏送倩公歸漢東序〔一〕

　　昔謝安四十,臥白雲於東山;桓公累徵,為蒼生而一起。常與支公游賞,貴而不移〔二〕。大人君子,神冥契合,正可乃爾〔三〕。僕與倩公一面,不忝古人〔四〕。言歸漢東,使我心痗〔五〕。

【注釋】
〔一〕江夏:今湖北武漢武昌。倩公,李白《漢東紫陽先生碑銘》:"有鄉僧貞倩,雅仗才氣,請予為銘。"此倩公當即漢東鄉僧貞倩。漢東,唐郡名。即隨州。天寶元年改為漢東郡,乾元元年復改為隨州。今湖北隨州市。
〔二〕"謝安"六句:《晉書·謝安傳》叙謝安寓居會稽東山,無用世意。屢徵不起,後謝萬被廢,始有仕進志,時年已四十餘矣。征西大將軍桓温請為司馬。昔謝安四十,他本無"昔"字。四十,一作"四十年"。東山,指會稽東山。桓公,指桓温。累徵,宋本作"素徵",據他本改。支公,指支遁。東晉時高僧。　〔三〕"大人"三句:謂大人與君子結交,神契暗合,正可像謝安與支遁的交誼那樣。神冥契合,《文苑英華》作"神契冥合"。　〔四〕"僕與"二句:僕,作者謙稱自己。一面,一面之交,一次會面。一本無"一"字。不忝(tiǎn)古人,不辱於古人,不愧於古人。《孔叢子·執節》:"不忝前人,不泯祖業,豈徒一家之賜哉!"　〔五〕"言歸"二句:言,句首助詞。歸漢東,指回歸隨州。《文苑英華》校:"古本作'興言歸東'。"心痗(mèi),心中憂傷。《詩·衛風·伯兮》:"願言思伯,使我心痗。"毛傳:"痗,病也。"

　　以上為第一段,以謝安與支遁的友誼比擬自己與倩公的交情。倩公的離別,使自己心憂。

　　夫漢東之國,聖人所出,神農之後,季良為大賢〔六〕。

爾來寂寂，無一物可紀。有唐中興，始生紫陽先生〔七〕。先生六十而隱化〔八〕，若繼迹而起者，惟倩公焉。蓄壯志而未就，期老成於他日〔九〕。且能傾産重諾，好賢工文〔一〇〕。即惠休上人與江、鮑往復，各一時也〔一一〕。僕平生述作，罄其草而授之〔一二〕。思親遂行，流涕惜别。

【注釋】

〔六〕"夫漢東"四句：聖人，指神農氏。隨州相傳為神農出生地，見前《冬夜於隨州紫陽先生餐霞樓送烟子元演隱仙城山序》注。季良，春秋時隨國賢大夫。又作"季梁"。《左傳·桓公六年》："熊率且比曰：'季梁在，何益？'"杜預注："季梁，隨賢臣。"郭本作"李良"，誤。　〔七〕紫陽：即胡紫陽。李白有《漢東紫陽先生碑銘》，言其事甚詳。見前《冬夜於隨州紫陽先生餐霞樓送烟子元演隱仙城山序》注。　〔八〕隱化：死亡的諱稱。　〔九〕"若繼"四句：謂若説能繼紫陽先生之事蹟而起的人，只有倩公。他積蓄壯志而尚未發揮，期待着他日大器晚成。　〔一〇〕工文：工，宋本作"士"，一作"攻"，今據《文苑英華》、《全唐文》改。〔一一〕"即惠休"二句：惠休上人，指湯惠休。《宋書·徐湛之傳》："時有沙門釋惠休，善屬文，辭采綺豔，湛之與之甚厚。世祖命使還俗。本姓湯，位至揚州從事史。"上人，對僧人的尊稱。江、鮑，指江淹、鮑照。往復，有詩歌往還唱和。二句謂倩公與自己及文士的交往，就像當年惠休上人與江淹、鮑照交往一樣，各盡一時之風流。　〔一二〕"僕平生"二句：謂自己平生所寫詩文，全部草稿都交給了他。罄（qìng），盡，全部。

以上為第二段，謂隨州是出聖賢之地，從神農到季良，唐代有胡紫陽，之後就有倩公。倩公就像當年的惠休上人，好與文士交友，所以自己將全部詩文作品交給他。

今聖朝已捨季布，當徵賈生〔一三〕。開顏洗目，一見白日〔一四〕。冀相視而笑於新松之山耶？作小詩絶句，以寫別意：

【注釋】

〔一三〕"今聖朝"二句：據《史記·季布欒布列傳》記載，季布在楚漢戰爭中曾為項羽大將，多次圍困劉邦。後項羽兵敗，漢高祖劉邦懸賞千金購季布頭，下令有誰藏匿季布，罪及三族。季布匿於周氏家中，周氏將其剃光頭髮，作為奴隸賣給大俠朱家。朱家知其即季布，優待之。後朱家說服汝陰侯滕公，滕公在漢高祖面前說情，劉邦終於下令赦免季布，並拜為郎中。此處李白以季布自喻。謂自己長流夜郎已獲赦免。又《史記·屈原賈生列傳》記載，賈誼為朝貴讒害，被貶長沙王太傅。後歲餘，又被漢文帝徵召進京。此處作者又以賈生自比，謂如今朝廷已赦其罪，應像漢文帝用賈誼一樣再度起用。　〔一四〕白日：指皇帝。

以上為第三段，詩人認為自己已經無罪，皇帝當會徵用自己。最後點明送別友人的題意。

　　彼美漢東國〔一五〕，川藏明月輝〔一六〕。寧知喪亂後〔一七〕，更有一珠歸〔一八〕。

【注釋】

〔一五〕"彼美"句：咸本上有"李白辭曰"四字，王本上有"辭曰"二字。彼美，《文苑英華》作"路入"。　〔一六〕明月：指明月珠。《楚辭·九章·涉江》："被明月兮佩寶璐。"王逸注："言己背被（披）明月之珠，要（腰）佩美玉。"陸機《文賦》："石蘊玉而山暉，水懷珠而川媚。"此處用其意。　〔一七〕喪亂後：指安史之亂後。　〔一八〕一珠歸：將倩公比作一顆明珠，回歸漢東去。

以上四句為詩，謂漢東乃川藏明珠之地，豈知亂後還有一顆明珠歸去。

　　按：序曰："今聖朝已捨季布，當徵賈生。開顏洗目，一見白日。"可知作於乾元二年（七五九）李白長流夜郎半途遇赦回到江夏之時。

《中國古典文學名家選集》已出書目

王維孟浩然選集　　／王達津選注
高適岑參選集　　　／高文、王劉純選注
李白選集　　　　　／郁賢皓選注
杜甫選集　　　　　／鄧魁英、聶石樵選注
韓愈選集　　　　　／孫昌武選注
柳宗元選集　　　　／高文、屈光選注
白居易選集　　　　／王汝弼選注
杜牧選集　　　　　／朱碧蓮選注
李商隱選集　　　　／周振甫選注
歐陽修選集　　　　／陳新、杜維沫選注
蘇軾選集　　　　　／王水照選注
黃庭堅選集　　　　／黃寶華選注
楊萬里選集　　　　／周汝昌選注
陸游選集　　　　　／朱東潤選注
辛棄疾選集　　　　／吳則虞選注
陳維崧選集　　　　／周韶九選注
朱彝尊選集　　　　／葉元章、鍾夏選注
查慎行選集　　　　／聶世美選注
黃仲則選集　　　　／張草紉選注